Best Time

白 马 时 光

天下
归元

著

凰权

HUANG
QUAN

第一卷·上

百花洲文艺出版社
BAIHUAZHOU LITERATURE AND ART PRESS

图书在版编目（CIP）数据

凰权.第一卷/天下归元著.—南昌：百花洲文
艺出版社，2017.8（2018.4 重印）
　ISBN 978-7-5500-2354-3

　Ⅰ.①凰…　Ⅱ.①天…　Ⅲ.①长篇小说—中国—当代
Ⅳ.① I247.5

中国版本图书馆 CIP 数据核字（2017）第 173159 号

出 版 者　百花洲文艺出版社
社　　　址　江西省南昌市红谷滩世贸路 898 号博能中心Ⅰ期 A 座 20 楼　　　邮编：330038
电　　　话　0791-86895108（发行热线）0791-86894790（编辑热线）
网　　　址　http://www.bhzwy.com
E-mail　　bhzwy0791@163.com

书　　　名　凰权·第一卷
作　　　者　天下归元
出 版 人　姚雪雪
出 品 人　李国靖
特约监制　何亚娟　燕　兮
责任编辑　周振明
特约策划　大　俊
特约编辑　高利娟　黄　悦
封面设计　小　贾
封面绘图　鹤　九
版式设计　王雨晨
经　　　销　全国新华书店
印　　　刷　北京中科印刷有限公司
开　　　本　710mm×980mm　1/16
印　　　张　59.5
字　　　数　800 千字
版　　　次　2017 年 8 月第 1 版
印　　　次　2018 年 4 月第 3 次印刷
书　　　号　ISBN 978-7-5500-2354-3
定　　　价　108.00 元（全三册）

赣版权登字：05-2017-283

目 录

第
一
卷

凤权

目 录

凰权

第一卷

目　录

第一卷 凰权

大成之亡

夜色深黑，层云飞动，银蛇般的闪电灼亮暗金色的云层边缘，将十万里漠漠长空，犁出阡陌纵横。

一个黑云压城、暴雨欲来之夜。

喀！

一声暴雷终于划裂夜的寂静，天地瞬间白茫茫大亮，勾勒出大地之上树木张牙舞爪的狰狞黑影，在那些长而妖乱的树影之间，有数条更黑的影子流星般飞越。

当先一人轻功卓绝，身形快得几乎生出淡淡的虚影，只是每次落地时，似乎都有些踉跄，看那姿态似乎气力不济，然而每次将要栽落时，那人都顺势一扭身，更快更猛地射出去，丝毫不顾惜气力，丝毫不给自己停顿的机会。

那人身子微微前倾，一个狂奔时最省力的姿势，双手却紧紧抱住了怀中的一个小小包裹。

那小小一团被护在他怀中，风雨不惊。那人前奔时犹自不忘用手护着，唯恐沾着一星雨丝。

他身后，几条人影不即不离，以护卫的姿势跟随着，几个人轻功虽有高下之分，但步姿频率一致，围护的方式十分有章法，一看便知道训练有素。除了最前面那人埋头前奔之外，后面几人疾行中犹自不断回头，似乎在注意着身后的动向。

隆隆雨声隔绝了喧嚣，狂暴的风却将身后一些隐隐的动静卷了过来——马蹄踏在水洼中的声音、刀剑摩擦交击的声音、长鞭焦躁频频抽打在马身上的声音。

这些声音传入这个疾奔的小小队伍中，让这些疲惫而狼狈的人脚下更快了。

很明显，这是一场雨夜追杀，在蜿蜒山路和苍青密林间，在恶劣的天气下，追逐者和逃亡者进行着体力和耐力的比拼。

"好歹快到地头了！"逃亡者队伍中，一个魁梧大汉抹了一把雨水，翘首望向苍山背后某个方向，满是血丝的眼底闪烁起希望的星火。

"等到了，赶紧看看小六的伤。"另一个颀长玉面的男子转过头，目光关切地看着身后一个持着双剑的少年。

那个叫小六的，看起来还是个孩子，苍白清瘦，遍身血染，面对几人齐齐看过来的关心目光，倔强地抿着唇，摇了摇头。

"叫你别来你非要来，这下好了，拖后腿！"一个矮个子男子斜着嘴角，睨视着那个瘦弱少年，却顺手弹出一颗药丸，塞到那少年嘴里。

那少年"呸"的一口将药吐在尘埃里。

"你！"

"三虎！"抱着包裹的领头男子沉声一喝，矮子立即住嘴扭过头去。领头男子目光有些歉疚地看着这个少年——小六还未学成，本不该走这一趟，可是……他叹息一声，摸摸那少年的头，道："好在快到了……"

咻！

猛烈的破空风声穿透雨幕，刹那间截断他的语声，随即雨花伴着血花溅起，奔在最后负责警戒的一个身影踉跄一下，无声栽落。

穿透他后背的森黑的锋尖，将这群逃亡者眉宇间刚露出的喜色钉住！

敌人追来了！

领头那人下意识紧了紧怀中包裹，抿了抿唇，一甩头间满身雨水飞散，湿漉漉的脸映在闪电的白光里，眼神锐利如鹰掠向队伍之末。

接收到他眼神的魁梧大汉霍然扭身，大笑道："奶奶的，事真多！"掌间青光一亮，二话不说扑向了追逐者。

暴雨中，粗豪的冷笑声钉子般射出，几乎在刚落地的那一刻，那个看起来已经精疲力竭的大汉便手起刀落，连杀数人。倒落的敌人的尸体将道路阻住了。

被激怒的敌人包抄上来，将他围在中间，雨水冲刷出厮杀者的轮廓，泥泞里响起不知是谁的嘶吼，大片大片血花混杂着雨水泼洒而开，将苍白的闪电染红。

闪电里，黑色背影孤独地留在雨幕那头，以一己之力死死挡住敌人前进的步伐。而这一头，其余人连犹豫都没有，咬着牙，头也不回地继续前行。

没有时间犹豫，更没有时间伤心，这样的场景在那白骨鲜血铺就的逃亡之路上已经绵延了一地。一路上，三百人的队伍，生生以这样的方式，被削薄成今夜最后剩下的寥寥数人。

没有人不满，更没有人畏怯，这是他们存在的全部使命。六百年前，惊才绝艳的皇者创立下一代代被大力培养的密卫，这些人享有最高等级的供奉，家族妻儿都被专门照拂，平时不作战，不护卫，不被任何达官贵胄驱使。一生也许都未必派上一次用场，然而一旦用上，便是天地倾覆之刻，那么到时，人人都是以一当百的死士！

何止以一当百！在长达千里的逃亡之路上，数万大军不死不休地追逐、暗杀、设伏、反间、攻防……出发时三百人，到了这里只剩下最后五人，然而，换来的却是数千敌人尸首，一路倒伏。

在重门深锁的皇家密档里，他们被称作：血浮屠！

然而，正如血浮屠永不能为世人所知一样，属于这支精兵队伍再辉煌的战绩都将注定被历史无声地湮没。

存在，就是为了在需要的时刻，牺牲。

身后敌人的喧嚣再次传来，一条命只能拖延宝贵的一刻。小六眼神一冷，返身要扑，矮子三虎突然伸手将他狠狠一拽，拽到一边。

"逞能！"

暴雨里，三虎束紧腰带，那里有个一直流血的伤口，很不满地道："我就知道好事该轮到我了。"

他倒拖着刀转过身去，留给同伴一个懒洋洋的背影，挥挥手。

"如果谁活下来，记得告诉我女儿，她爹再也娶不了二房了，叫她放心！"

剩下的三个人沉默着，小六脸色更白了，领头男子闭了闭眼。

"好！"

厮杀声被远远抛在身后，三个人拼命飞驰，这是拿命博来的时间，没有谁有权利浪费！

远处传来一声凄厉而熟悉的嘶吼，尖厉地穿透天地喧嚣，领头男子立即道："别回头！"

　　然而小六已经回过头去，一转首间看清身后骨肉飞撒、践踏成泥的一幕，眼色血红。

　　随即，他无声无息扑了回去。

　　领头男子一伸手便抓住了他。小六死命挣扎，卡在臂上的手却铁钳般动也不动，雨声中，他听见老大清晰稳定地道："阿衍，你去！"

　　小六霍然回首，怒道："老大，你疯了！"

　　那颀长男子已然笑笑，道："我家孩儿，拜托老大了。"

　　领头男子默然点头，掉转目光。小六还要说什么，却立即被封了哑穴。

　　颀长男子摸摸他的头，笑容温暖，道："小六，天战世家如今只剩下你一个传人，你好好活着。"

　　他转头，目光和领头男子交视，随即各自错开。

　　仰头望向雨幕尽头，似乎想穿过这沉沉的雨看见自己想看见的人，又似乎在默默做着告别，他眼神中泛起淡淡的疼痛和柔软，却又一闪即逝，随即，他头也不回，掠向敌人之中。

　　人尚未到，手腕一振。

　　唰！

　　地面上弹开黑色的绳索，灵活而矫健地缠上追来的奔马，一滚一抽，最前面一匹马惨嘶着倒地，马上张弓搭箭的骑士猝不及防被掀翻，葫芦似的滚下去，撞上后面的马。那马仰首长嘶，双蹄将抬未抬之际，雪光一闪，血影一亮如虹，一颗人头在雨花中旋开去——他长刀自肘间翻出，一刀断了当先骑士的头，然后顺势一拉，齐齐斩去第二匹马的腿，马身轰然坠地的那一刻，他已鹞子般翻身而起，撞入马上骑士怀中，刀进，刀出！

　　血光爆现里，第三个骑士也已经到了，长剑劈下，风声猛烈。那男子跃起，手中比寻常刀更细更薄的长刀，迎上那人的剑，刀剑相贴，嚓一声。

　　马上骑士只觉得对方的刀突然不见了，心中刚刚一喜，突然便看见一截刀尖无声无息紧贴着自己的长剑，蛇般滑出，瞬间射爆生命的星火！

　　刹那之间，毙两马，杀三人！

　　血浮屠第一高手！

　　小六被领头男子拖着奔行，犹自回头死死盯着他闪掠如电的背影，浑身都在轻微发颤。

　　是的，整个队伍都是老大的属下，都该在生死之境前赴后继，但是，不应该包括阿衍！

　　只有他知道，他是老大的亲兄弟！

　　更重要的是，他是一个父亲，而他那三千里地一根独苗的儿子，是那个家族最后的后代……而那个孩子……那个奇异的孩子，如果没有父亲，怎么能活成！

这一替，替的是两条命，替的是血浮屠首领家族延续的最后香火。

这样的决定，老大怎么忍心做？

他突然不挣扎了，湿漉漉的头发披散下来，垂在眼上。领头男子看着少年苍白的额，微微有些怜惜地拍拍他，解开了他的穴道。

"我心里有预感，前面大概还有敌人。"领头男子沉声道，"如果真的是这样，我会引开对方，你记得一定要带……"

"走！"

他还没说完，少年突然一抬手，一把抓过他怀中的包裹扔了出去！

小小一团在半空中飞出一道弧线，刹那被扔出好远。雷声隆隆里隐约听得包裹中细弱哭音颤颤一响，领头男子大惊，急忙跃起去接……包裹落在手中，这才嘘了一口长气。

等他再回头，少年瘦弱的身影已经掠向身后的追骑之中。

浴血苦战的阿衍回过头来，望着小六，目光里不知是喜是悲。那少年只笑笑，轻声道："天战世家中人，永远和兄弟共死。"

暴雨如注，似苍穹悲歌辽远，末世皇朝的最后一批忠诚男儿选择了含笑赴死。

领头男子抱着包袱，远远看着那背靠背作战的人影，眼底泛起微光，随即抿唇掉头离去。

如果可以，他宁愿选择代替兄弟去死，但是，他不能。

怀中那一团轻软如无物，责任却重如千钧，在没有完成自己的誓言之前，他没有理由卸下。

厮杀声阻隔在雨幕和夜色之外，他奔行的身影快过闪电。远远，山坳后露出一处小树林。

男子眼中露出喜色，他知道树林之后，便是终点。

然而，那点喜色突然被冻结，他霍然转身，低喝："谁？"

幽暗的树林寂然无声，树叶被风吹得唰唰响，犹如鬼拍手，那一声凝足中气的低喝，仿佛落在空处。

男子皱皱眉，提足真力，按照约定向树林之后掩映的一座茅舍传音："皇极之后求见谷主，请谷主履行世代相传的密约！"

连呼三遍，树林后毫无动静，茅舍中灯光全无。

男子心中一沉，知道事情有变，立即不动声色，慢慢后退三步，环顾四周，缓缓靠上一棵地势较高的老树。

这处视野开阔，身后又有遮挡，即便林中有敌人，也无法对他包围攻击。

在不利形势下首先选择最有利于自己的地形，是血浮屠的必修功课。

男子十分谨慎，在靠上老树之前，已经仔细确认了树身没有异常，不可能对他造成伤害。

然而后背刚刚靠上树身，他就蓦然发出一声狂吼，一个大仰身拼命地翻了出去。

落地时腿上鲜血淋漓。

树林中人影连闪，数名灰袍老者无声无息地出现了，将他包围在正中。

男子面色惨然，瞪着刚才那树的树桩方向，那里青苔累积、树根盘绕，看起来没什么特别，然而男子瞪着那树桩的眼神就像看见地下钻出了一个魔鬼。

地下没有魔鬼，却突然缓缓伸出了一只手。

洁白的、不大的，看上去像是孩子的手。

树林幽暗深黑，灰色的雨丝斜斜地打下来，暗淡的色彩里小手浮雕般鲜明，自苍青的老树身上缓缓伸出……这一幕怎么看都有几分诡异，男子素来稳定沉重的心怦怦跳了起来。

先是手，然后是手腕……伪装的青苔树根被一一拨开，现出乌黑的发顶，一个人，从树桩的位置，钻了出来。

他抬起头。

男子震惊地退后一步。

真的是孩子。

不过六七岁模样，披一件暗绿色油绒衣，看起来和那树身颜色近似——这种颜色难看得很，穿在这孩子身上，却让人觉得清而雅，正如这夜雨深林般幽暗、泥泞、污浊、阴冷。他站在那里，所有人心中却都突然掠过一个词——玉人。

明光清润，如玉琢成。

不过一个孩子，便已如此容色摄人，一旦长成，却不知又该如何颠倒众生。

男子却只抱紧怀中包袱，警惕地盯着这个孩子——他不会忘记，正是这个看来无害的小小少年，躲在这树身之中，利用这雨夜暗林的掩护，偷袭了身经百战的他。

训练有素的血浮屠精英在密林遇险时，会习惯性地先选择背靠大树占据有利地形，而正常情况下，人的视线一般都只会平齐向前而不会故意向下。他哪里想得到在那并不粗的树桩处，竟然会挖空藏了个孩子。

是巧合，还是故意安排？

如果是有意安排，那这孩子也太可怕了——熟悉血浮屠的作战自保方式，懂得人的习惯选择，胆大心细，出手狠绝。

刚才那一刀，如果不是他应变超卓及时避过，本来是该捅在他腰眼要害的。

那孩子微微偏头，有趣地瞧了瞧他，目光自他手中的包袱掠过，突然淡淡道："有些人就是蠢，何必费尽心思折损人手，像条狗似的撵在你们后面？与其千里追杀，不如守株待兔，你说，是不？"

男子抿了抿唇，目光向后一掠，那孩子立即道："不用看了，你要接头的人已经走了。"

男子眼神一颤，这个山谷的主人和先主有约定，在他前来求助联络之前，是绝对不会离开的。然而这林子里闹出这么大动静，后方石屋依旧毫无动静，难道，人真的走了？

这么一想，心中便是绝望地一沉，然而他依旧谨慎地保持沉默，并不失措慌张。那孩子却似能读心一般已经轻轻笑起来，笑容清雅明润，眼神却晶石般冷。

"不相信是吗？其实很简单，假如在你之前，已经有人带着你们血浮屠的令牌，抱着和你怀中一样的宝贝，求见谷主，你说，谷主大人会怎么做？"

男子重重一震，骇然地盯着那孩子，半晌低低道："你怎么会知道……"

属于皇室数百年来的绝顶机密，怎么会被这孩子知道得一清二楚？

"你说呢？"那孩子薄唇上的笑意，浮凉若瑟瑟秋夜里的灯花，"这世上的秘密，只要有人知道，就迟早有被泄露的一天。"

男子握紧了手掌……血浮屠当中有奸细！

皇朝倾覆，王公尽降，忠于王朝的旧臣尽数被屠戮。如今天下之大，只留下世代享受供奉、不为任何掌权者所控制的血浮屠。他们保留了自由之身来护持这皇朝最后一点血脉，千里追杀中多少人丧于路途，多少人拼死断后，到得如今走到最后的寥寥几人。阿衍、老石、三虎、小六……无一不是队伍中最为精英、地位最高、忠诚亦最无懈可击的成员，是他生死相托的兄弟。

那么……会是谁？能是谁？

不能怀疑，不敢怀疑，这个念头一旦触及便是森冷的撕裂和无垠的阴影，如果是真的，如果那些牺牲和追随都能有假，叫人情何以堪？

深深吸了一口气，男子后退一步，现在已经不是追究谁是奸细的时辰，当务之急，是完成自己的承诺。

他退一步，那数名灰袍老者也齐齐向前一步，动作看似平凡，男子却精细地注意到，自己和他们之间的距离，在这一步移动过后，和原先保持得完全一样。

这个发现让他心中再次一紧，毋庸置疑，对方是眼力和武力俱佳的绝顶高手，以他现在的状态，一个也接不下，更不要说在众人环伺之下逃脱。

落雨无声，隐约听得人因紧张的粗重呼吸。当先一个灰袍老者木然抬手一指，指向那男子怀中的包裹。

男子垂眼，声音平静，"……想要？拿命来换。"

那孩子却笑了起来。

手一挥。

砰然一声闷响，一团东西被掷在了林中，昏暗光线勾勒出淋漓而模糊的微红轮廓，一时让人看不清那是什么。男子却死死盯着，掩在袖子里的双手攥紧，指甲深入肉中。

那是三虎的尸体，或者说……其实已经不能算尸体了。

如果不是那明显较矮的个子和腰间还剩半个的血浮屠标志，便是三虎那个智慧卓绝、狠辣明利的小女儿来认，也一定认不出。

他沉默着，一言不发，林中一片死寂。明明没有人有任何动作，气氛却紧张得一触即发。

却有人若无其事地开口："偌大的皇朝，到现在还在以命相拼的，只剩下你们血浮屠。"那孩子语气轻轻，微带惋惜，"我不得不说，你们真是……愚忠。"

"看见他的下场了吗？"他指指地上那一团，小小年纪，面对那样的惨景依旧气定神闲，平静漠然得令人心中发冷，"你再执迷不悟，也一样。"

男子却已将目光缓缓收回，看向那孩子，竟然还笑了一下。

"大成皇朝最起码还有我们这群愿意战至最后一刻的愚忠……"他笑，"就不知道将来阁下家皇权崩塌之时，有几个人会为你赴死？"

"很遗憾，你看不到那一天。"那孩子并不生气，微微一笑，语气一转，"但是，就算你看不到，你不希望你的子孙后代能看到那一天吗？"

男子面色一变。

"你家族世代子嗣艰难。"那孩子看着他，语气淡淡，"到了你这一代，百年难遇地有了兄弟两人，但是就算如此，好运似乎也已经走到尽头，你那兄弟虽然早早娶妻，至今却只有一个男丁，据说还是个……"他说到这里，轻笑一下住了口。

男子脸色铁青，一直稳定的双手竟然微微有些发抖，他注视着这个小小的孩子，眼神中终于有了几分震惊。

血浮屠的一切都是绝密，属于他这个首领、属于他家族的隐私，更是世上几乎无人得知的，而这个小小孩子，竟然了如指掌！

那孩子却无视他的脸色，坦然继续，"我相信你不惧身死，也认为金银珠玉买不动世代忠诚的血浮屠首领，但是我也相信，世代守护血浮屠的第三十七代家主，一定不愿意家族承继在自己手中彻底断绝。"

轻轻巧巧一句话，却如巨锤般砸中男子，他踉跄地退后一步，脸色惨然。

世上没有怕死的英雄，却有为责任所困的蛟龙。

家族一脉若今日绝，他至死难见先祖。

那孩子看着他的神色，嘴角弯起一抹满意的弧度，"我不伤你，我甚至不问你任何事情，只要你此刻放下这包裹，转身而去，你家族的那个孩子便会从此安枕无忧。"

竖起手掌，尚带童稚的声音听来竟也铮铮有声，"以我圣宁血脉为誓，违者，断嗣！"

林中众人齐齐动容——一手掀翻大成皇朝统治的宁氏家族，是大成皇朝外戚之族。据说，百年前是大成属国皇室血脉分支，百年前被大成吞并，因此宁家私下自号为圣，极重血统承继，这样的誓言是相当重了。

男子表情不变，眼神中却已露出沉吟之色，显见已被他的誓言打动。

"拿来吧……"那孩子察言观色，立即轻轻伸出双手，舒展向前，一个等待接过的姿势。

密林幽暗的色彩里，他的腕骨精致、掌心如玉，语声如一缕细丝悠悠散开，缠缠绕绕捆上男子悸动不安的心神。

"血浮屠只剩下你一个……普天之下，只要这里的人不说，谁也不会知道你曾做过什么……"低沉的声音听来无尽诱惑，幽幽蛊惑人心，"你只要放开手，从此之后，天下再无人可以为难你的家族……"

男子沉默着，似在思量，眼神悲凉而遥远，似乎想透过此刻暗沉的天幕，看见想要看见的人。

众人屏息凝神等着，等着他退，或进。

等着自己成为这个辉煌皇朝的终结者，等着这个皇朝最后一点星火熄灭。

这一刻沉默厚重，宛如泥浆般凝结，似要将众人的身心动作都束缚。

很久以后。

男子终于抬头，望定他，露出一个笑容。

那笑意轻浅，于深重晦暗的色彩里，看来浮薄如早间的雾气。

那孩子眯着眼睛，眼神里掠过一丝寒芒。

男子的手却已经抬了起来，掌心微赤，显见已经提足了真力。

那孩子眼神收缩得更紧，身形却纹丝不动。

那男子提掌，却不是放开的姿势，而是突然向下一沉。

沉向怀中锦缎包裹的前心！

与此同时，悲愤的笑声激越荡起，震得这林中落叶簌簌而下。

"国将倾亡，何来家族？既然如此，不如都毁个干净！"

眉头一动，那孩子刹那间轻烟般掠了过来，与此同时，密林四周一直虎视眈眈的身影都动了，灰色暗影如收束的网，四面收拢，势必要将男子手中的动作阻止。

然而他们动作再快，又如何能比落掌的速度，隐约间红光一现，手掌已经劈上包裹。

"呜——"

半声呜咽尚未响起，便已戛然断绝！

那声音那般细弱稚嫩，在午夜风雨密林中，如残烛星火，刹那飘摇，转瞬消逝。

所有人面色铁青。

少年的眼神一层层地冷了下来，他盯着男子，明明身形尚小气势未足，看来却如一条幼龙于长天之上盯住了山野大地上奔驰的虎。

只是那眼神在掠过那已经毫无动静的包裹时，依然有几分狐疑。

那男子却随手将包裹一抛，愤声笑道："既已与皇朝同殉，也无所谓葬在哪里！"

包裹飞了出去。

众人齐齐仰头，看着飞龙舞凤的锦缎包裹在半空中划过一条金色的弧线，以一种惊心动魄的弧度迅速落向密林后的崖下。

少年眉一扬，飞快叱道："拦下！"

立时有人腾身而起，男子却飞身掠了过来，直直地扑向少年，半空里手一掣，寒光闪耀、罡风呼啸劈向少年天灵盖。

所有人惊呼出声，赶紧回转，再也无心去追那个包裹，男子却在将要扑向少年身前时突然长声一笑，"血浮屠与皇朝共存亡，不敢多活一刻！"

他手一抄捞起地上那团看不清脸面的血肉，身形一扭，比那包裹更快地冲向崖下。

众人不想他在万里奔逃精疲力竭时，依然有如此速度，一时都追赶不及，只是眼看他放弃对主子的攻击，半空中都舒了一口长气。

却不想惊变突起！

轰！

天地灰蒙中突然迸开明烈的色彩，半空中腾起一朵乌金色的花，巨大的气浪将穿林而入的绵绵雨丝激飞，下了一道斑斓惨人的惨烈血肉之雨。

一片深黑亮红腥雾弥漫里，首当其冲的那金尊玉贵的孩子，无声无息地倒了下去。

四面的惊呼声都似要凝结！

良久，一些淡红的碎肉扑簌簌自树叶之端无声滑落，瞬间在人脚下积了一堆，那是刚才被扔在少年脚前的血浮屠卫士的最后遗骸。

刚才那男子看似拎起尸体离开，却在敌人最不防备的那一刻，引爆了藏在尸体中的炸药。

衣袂带风声瑟瑟，所有人都向已经倒地、生死不知的主子赶了过去。

却有一声怆然长笑，自未散的硝烟中响起。

"以我血浮屠已死之身，尚能换得乱臣贼子贱命一条，三弟，你可以瞑目了！"

半空中浴血黑衣人凝目脚下那已看不出是什么东西的一堆，眼神疼痛而欣慰。

所有的血浮屠高层，体内都有一颗雷弹火器，用来在最后关头与敌人同归于尽，久经训练的血浮屠临敌保命和杀人的技巧也非同凡响。一路逃亡，众人早已知道也许会有遇上敌方重要人物的一天，而自己的尸体也很有可能被拿来动摇己方军心，所以哪怕被围攻而死，都很有默契地没有选择自爆，为的就是这最后一个机会。

既已身死，何惧再抛了这血肉皮囊？拿来拉个垫背的也好。

男子一眼掠过，再无留恋，长啸一声。

啸声如苍龙，在深邃密林之中飞越穿梭，震得叶上露珠晶莹滚落，如英雄最后一滴男儿泪。

围着少年的众人为啸声所惊，骇然回首。

只看见一片染血的黑色衣角飞驰而落，消失在苍青的崖边。

众人怔怔地看着，脸色被凄迷的月色染得苍白，眼见那一片衣角湮灭于幽暗的崖下时，所有人都不禁嘘出一口长气。

眼神里都缓缓浸出些许的怅然和迷茫。

眼见它高楼立，眼见它宴宾客，眼见它……楼塌了。

六百年繁华金粉，十万里锦绣江山，曾引鞭断流，曾万国来朝，曾威凌天下，曾四海俯伏……所有属于辉煌绝艳大成皇朝的骄傲拥有……

自此刻……

终换了主人。

和光十六年，绵延国祚六百年、盛极一时的大成皇朝，倾毁。

于金宫玉阙、断瓦废墟及前朝皇族尸山血海之上，天盛皇朝立。

第一章
我手脏

长熙十五年，冬。

天盛皇朝都城，帝京。

一大早，蒙蒙雾气，薄幕般沁凉，浮游于天地间，落在西华巷秋府那深红明亮的琉璃瓦上，泛起了一层淡淡的粉白，而那点覆在雪色霜花下的深红，便收了几分艳烈，生出几分温润可爱，像经了霜的冻果。

冻果……

凤知微咽了口唾沫，摸了摸突然开始咕咕乱叫的肚皮。

深秋熟透的鲜红的柿子，经初冬的第一场雪冻过，再加点九酿极品蜂蜜，盛在景丰薄胎雪瓷盏中，晶莹嫣红如琉璃。抿一口，冰凉沁甜，一颗玉般滑进肺腑，抚平她肺腑之中盘旋不去的难熬燥热。

可惜……那似乎已经是上辈子的享受了。

凤知微神往地仰着头，似有若无地叹息一声，懒洋洋地挥动扫帚，将道路上的积雪扫到路边的人工湖内。

扫帚柄冰凉，还积着点冻雪，平常人看着便会觉得冷，凤知微却舒舒服服抓着，只觉得那凉意真令人舒爽。

身后突然传来环佩叮当之声，浓郁的香气随之袭来，凤知微没回头，却顺手将手中的扫帚平平一捺，一些凝结了的冰珠子滴溜溜地滚在了前方地面上。

"哟，这不是我家凤小姐？"身后的女声带笑，笑里透着鄙薄的寒气，"一大早的，这是在做什么呢？"

"如您所见，"凤知微回头，将扫帚拢拢，"扫雪。"

"这种下人活计，怎么能让金尊玉贵的甥小姐来做？"女子二十余岁，妆容精致，一双眼角微微上挑，抹了点淡淡的银红胭脂，是今冬京城最为流行的"飞霞妆"，"你舅舅知道的话，不知道要怎么心疼呢！"

凤知微微笑，垂下眼睫。

"舅舅日理万机，哪能用这种小事烦扰他？有五舅母心疼我便够了。"

"也是，你舅舅身兼五军都督并飞影卫指挥使，乃天盛皇朝武将第一人，实在没有闲工夫理这后院诸事。你知道分寸，舅母少不得要多照看你。"秋府早已失宠的五姨娘，满意地看着凤知微那和顺低垂的脸——这丫头一向脾气好，怎么揉捏都不会生气，想不到那位丢人现眼的秋家姑奶奶，竟然生得出这么温和的女儿。

"舅母今儿怎么一个人出来？"凤知微谦恭地退到一边，斜斜架着扫帚，干脆连那个"五"字也省略了。

五姨娘听了这称呼，心情大好，纤指懒懒搁在唇边，指上蔻丹鲜红，衬得眼波流荡，笑道："说是前头来了人，也许需要我侍应……嗯，你不用多问了。"

凤知微垂着脸，面无表情。天盛皇朝民风开放，皇族大臣更是浪荡风流，日常交往，共用美姬、互赠侍妾是常有的事。秋府姬妾众多，五姨娘色未衰而爱已弛，在秋府过得寂寞，今天一大早便着了盛装，悄悄一个人跑去前院，八成是听说哪位贵人来了，想着来个"惊艳邂逅"什么的，也好鲤鱼翻身，换个天地。

就是不知道来的是哪个倒霉蛋。

"舅母身边没人侍候怎么成？"凤知微搁下扫帚，伸手去扶五姨娘，"我扶您。"

"别！你手脏！"五姨娘啪的一下打开她的手，嫌恶地看了一眼她沾了雪的手指，又看看她眉宇间不正常的微红气色，避瘟疫般退后了一步。

凤知微谦卑地笑着，将手缩进了袖子里。

"你也十五岁了，老在这后院里不是事。"五姨娘立在雪堆旁，斜瞟她一眼，"改日我和夫人说说，给你配个人，你知道的，前院里刘管事的儿子，我看着不错。"

是不错，私塾读了整整五年，《三字经》还没背会。

　　凤知微依旧在笑，笑得越发温柔和静，偏黄的肤色上一双眼眸迷迷蒙蒙嫣然流转，渐渐便生出几分流光飞舞般的媚和艳来。

　　五姨娘瞟她一眼，心中一动——这丫头，若不是肤色太差，当真好姿容呢，难怪有人说她像那个人……

　　不过，好姿容又如何？有那么一个臭名昭著的出身，还是个活不长的病秧子，红颜空花注定要开败在泥泞之中。

　　她冷然一哂，觉得今日和这丫头话说得够多了，换成往日，哪有这心情理她！要不是楚王殿下来了，约她后院私会，喜得她心花怒放，她才不会去管这丫头的终身大事。

　　她扬起脸，冷哼一声，想着那号称天盛皇朝美貌风流第一的楚王殿下，想着自己从此可以脱离秋府这寂寞日子，眉梢眼角喜气盈盈，抬步便走了开去。

　　哧——

　　脚下突然一滑，踩上了一地细小却滑溜的冰珠，五夫人站立不住，身子向后一倾，她一声惊呼，下意识伸手乱抓，手指眼看要碰到一边插在雪堆里的扫帚……

　　凤知微突然将扫帚拿了开去。

　　五姨娘抓了个空，砰的一声跌在地上。地面积冰之上一层薄薄的浮雪十分滑溜，五姨娘一落地便滑了出去，而前方就是严冬之下水冷彻骨的冰湖。

　　五姨娘在一片天旋地转身不由己中慌乱地喊："扶我！扶我！"

　　凤知微看着那女人一路滑过去，缓缓将手笼回袖中，温柔地道："别，我手脏。"

　　扑通！

　　人体落水的声音听起来也就那么轻描淡写的一声。凤知微笑笑，拿了扫帚行到岸边。五姨娘居然会点水性，挣扎着在水中扑腾，可水太冷，她一张脸瞬间冻成惨青之色，油光水滑的发髻散落下来，湿淋淋地沾在脸上，像一条条游移的黑蛇。她似乎已经冻得叫不出声，又似乎知道凤知微不会救她，只拼命游着往岸边移动。

　　凤知微蹲在岸边，平静地看着。这里本就偏僻，一大早前边又有事，更不会有人来。五姨娘失心风从这里过，真是找死。

　　湿淋淋的人游了过来，颤抖的手指刚要触及岸边，凤知微便用扫帚轻轻一拨，拨了开去。

　　这一拨，为娘。

　　当年娘带着她姐弟回归秋府，跪在秋府门前三日三夜。第三天门开时，一盆洗脚水呼啦一下泼出来，门后面端着脚盆的便是这位五姨娘的婢女。

那也是个大雪天，比今天还冷，她跪在娘身后，眼看着那洗脚水在娘头发上一点一点结成冰。事后，娘高烧三日三夜，险些丢了命。

五姨娘第二次游了过来，湖水激起大片涟漪。她动作已经慢了很多，手指僵硬着想要抓住岸边一块石头。

凤知微扫帚一伸，将五姨娘顶了出去。

这一顶，为她自己。

刘管事是五姨娘的远房亲戚，早早看中了她，先是为自己求娶她做续弦老婆，被拒绝后又为傻儿子求娶，敢情打的是父子共享一女的主意。娘为此一直闹到舅舅面前，这父子俩才消停了些，但是就在前几天，刘管事将她堵在了一间无人去的旧屋里，要不是她随身带着剪刀，现在的凤知微，要么做了父子二人的老婆，要么便因为失贞，被赶出秋府。

五姨娘第三次游了过来，这女人的性子居然很有几分凶悍狠厉，竟然不再试图抓住岸边的石头，而是突然一把抓住扫帚，全身抱住，狠狠向下一拉。

扑通！

凤知微猝不及防，一把被她拉进湖中！

冰冷彻骨的湖水瞬间包围全身，她打了个寒战，以为自己立刻要被冻僵，然而那最初的寒冷过去后，体内那股盘桓不休的热流突然一阵激涌，喷泉般流遍全身，和体外的冰冷一交击，中和成温泉般合适的温度，在血脉经络之间奔流舒展，一时，她竟觉得温暖而舒适，如同泡在温水之中。

凤知微怔了怔，下意识地摸了摸心口，她自幼便有莫名内热的病症，时时燥郁，身如火焚，十分贪凉。大夫断言她活不过二十岁，所以在众人眼里，她就是个将死之人。

这病……大概更重了吧？竟然连冬日湖水都不觉得冷。

突然，她头皮一紧，是身侧的女人一把抓住了她的头发。凤知微一转头，便看见那已经露出死色的脸上带着一抹苍白狰狞的笑意，而手指藤蔓般紧紧纠缠住了她的头发，试图带着她一起沉底。

凤知微偏头，对她笑了笑。

嚓。

剪刀的雪光在碧绿的湖面上一闪，一缕黑发悠悠落于水面，根根分明地浮游开去。

抓了个空的五姨娘再也支持不住，头在水面上最后露了露，便无声无息地沉了下去。

凤知微一脚蹬在她头顶，将她蹬得更下沉一些——既然注定要死，不妨死得快些。

借着这力，她身子向上蹿了蹿，并在水中挽了挽湿淋淋的头发——这湖水泡得她体内燥热全散，她觉得身子轻快、神志清明，舒服得竟然不想离开。

于是她便湿淋淋地泡在水中，想着这件事的善后——如何将岸边的痕迹掩饰掉，如何向娘交代自己突然短了一截的头发和湿透的衣服。

这些对她而言都不是问题。过了一会儿，她伸手去抓岸边的石头准备上岸，余光无意中掠到水面，身子蓦然一僵。

一抹衣袂翩飞的修长倒影，正映在如镜的水面上。

第二章

杀人需要理由吗

凤知微盯着那抹影子。

翠玉冠，月白底暗银纹锦袍，披一件雪白轻裘，轻裘毫光灿烂名贵绝伦，更灿烂的却是那人的容颜，似斑斓人间美景浓缩后，俱凝化于一人眉宇，瞬间惊艳万里江山。

那眉微微上挑，精致如剔羽；那唇弧度美妙，似天神之手精心描绘；然而这些绝世之美，在那双浓密长睫之下的眼眸悄然一转时，天地间便只剩下那眸墨玉般的光辉。

初冬的风吹起雪末，自岸边一片白梅林飘过。碎雪般的梅花和梅花般的碎雪掠过一碧如玦的冰湖，再碎在他飘飞的衣襟里，这略显单调苍白的冬日景色立刻风景如画。

山中仙人，林下高士，国手丹青，难描之姿。

那人裹在轻裘里的身子修长，玉树一般立在岸边的山石之上，从姿态上看，正微微俯身看着湖中的自己。

凤知微立即向水下沉了沉，然后抬头。

她看见一双深黑冰凉的眼眸。

那眼眸生得极美，转动时流彩逼人，凝视人时则静若明渊，那般黑白分明里泛出纯净的微微的钢蓝色，像一匹富丽的锦缎，一层层卷近来，华美尊贵却又厚重冰凉得似要将人湮没。

　　凤知微手拢在胸前，盯着那看似顾盼多情、浸透迷离夜色般将风流写尽的眼眸想，世人是不是都会迷惑于这样令人惊艳的容颜，而看不见他眼底千里冰封的森凉？

　　"劳驾，让让。"她抬起头，示意那人让开脚下的位置。

　　男子不动，俯首看着她——站在浅水处的凤知微，散披的长发间露出一张清丽的脸，黑而细的眉浸了水，乌沉若羽，一双眸子迷迷蒙蒙，看人时像笼了一层迷离的纱。

　　真是一位看来很娇弱无害的女子。

　　真是一张……很令他惊讶的脸。

　　流动的水波里，凤知微弯着身，双手巧妙地护住了胸，并没有因为这样的姿势而尴尬局促，也没有因为杀人被发现而慌张失措，依旧坦然地立在水中，对这男子笑意中暗含凌厉的目光不避不让。

　　在这人琉璃般明澈的眼眸前，任何伪装都是自取其辱。

　　"你就打算这样上来？"半晌后他开口，声音温醇，细细听来却依旧能让人觉出那份淡漠的凉。

　　凤知微回头看看，五夫人已经沉了下去。

　　"如果她浮上来呢？"男子注视着那一方水面，"到那时，负责洒扫这片园子的你，要如何应对秋府的盘问？"

　　凤知微觉得，他的语气并不像在为她担忧，倒有几分考校的意味，可她为什么要被一个陌生人考校？

　　"哦？盘问？"凤知微笑笑，蹚着水径直走向岸边，她身上滴落的水溅到他锦绣墨履上，男子果然立刻让了让。

　　"五夫人在赴阁下之约时莫名失足落湖。"凤知微伸手挽住湿发，有点遗憾地摸摸自己的脸——五夫人指甲上的蔻丹似乎掺了具有提色生香作用的"无那花"，这东西的粉末和水一溶，正好能将她脸上的姜黄肤色洗去。这些年她一直顶着那张黄脸见人，虽然是娘的要求，但她自己也觉得省心，现在倒好，被人看光了。

　　无奈地叹了口气，她转首向他笑，"需要向秋府解释的，好像应该是您？"

　　"赴我之约？"男子转首，笑得意味深长，"可是，姑娘，似乎在下约的是你，而不是那个半老徐娘。"

　　凤知微站住，偏头看他。她天生眼眸迷蒙、眼神柔软，这样带着笑意看过来，温软得像一朵一触即破的花。

　　"是吗？那真是奴家的荣幸……那么，请问公子……奴家姓甚名谁？"

男子唇角的笑容更深，突然一伸手挽住她，在她耳侧轻声道："你迟早会自己告诉我的……"

凤知微猝不及防便落入他的怀中，一挣之下纹丝不动，这才发觉这人看似俊美精致、玉人一般的风姿，手底功夫却绝非寻常。她垂目看向握住自己胳臂的手指，指节修长，指骨分明，肌肤细腻接近透明，轮廓优美不像武人的手，却充满不容抗拒的力度。

他靠她极近，微凉的薄荷荼蘼气息冲入鼻端。那是一种寒凉而又清艳的味道，不明显却又无处不在。她不习惯地皱了眉，还想挣扎，却听见他身后突然传来一阵杂沓的脚步声。

有人厉声道："玉华呢？宣她前院侍应，怎么人影都不见了？"

凤知微心中一颤，她认得这个声音——她的舅舅，五军都督兼飞影卫指挥使秋尚奇，当朝武将炙手可热第一人。

而玉华，现在正沉在她脚下的池塘里。

秋尚奇身后有人低低回报着什么，话说到一半却被秋尚奇打断了，他"啊"的一声道："原来您在这里……"

那语气是冲着凤知微这个方向来的，只是话说了一半，也被轻裘男子打断，"秋大人，我随处走走，怎么，不方便吗？"

"不敢。"秋尚奇立即躬身，语气惶恐。

凤知微听着，觉得舅舅这话惶恐虽有，敬意却不足，而这人的语气也有些不妥，这对话听来实在有几分古怪。

"府中小妾玉华善歌舞工琵琶，本来要指了来伺候您的。"秋尚奇有点尴尬地笑着，"只是她突然有恙……"

"我已经见过她了。"轻裘男子语气闲适。凤知微眉毛一挑抬目看他，两人目光相撞，男子对她露出含着玩味的笑意。

是见过了，在水底。

两人目光交会，以眼神无声对答。

知道我会怎么说吗？

那是您的事。

怕吗？

杀人偿命，无可怨尤。

女子的眼神始终在笑，让人看不出心底的真实情绪，唯独抵着他前心的手指似乎微凉……男子突然挑了挑眉，有些奇怪——隔着这冬日的厚衣裳，他竟然也能感觉到那丝冷，是幻觉，还是胸口那时常寒入骨髓的旧伤再次发作？

安分了好久的旧疾竟然在此刻重来，而对面女子眼波盈盈笼烟罩雾，那般难以追索的感觉，令他没来由地生出一分恍惚。

是个有意思的人呢！

诸般纷繁思绪不过是一瞬间，下一瞬他已收了目光，半转身，对上秋尚奇疑问的目光。

"哦，我杀了。"

语气轻描淡写，像提起一只被踩死的蚂蚁。

秋尚奇震惊地瞪大双眼，对面男子那清雅微凉的容颜上的漠然笑意，令他倒抽一口凉气，随即想起帝京关于此人的传说——那些风流华艳背后满是狠辣阴鸷、喜怒无常，不由得立即掩饰了惊讶神情，和声道："……杀了也罢，想必是侍妾无礼冲撞了您……"

依旧再次打断了他的话，轻裘男子漫不经心轻挽袖口，语气淡得像这冬日融了碎雪的风。

"杀人需要理由吗？"

第三章

不是东西

"杀人需要理由吗?

"需要理由吗?

"需要吗?

"不需要吗?"

凤知微裹着半干的衣服,拖着扫帚哆哆嗦嗦地走在清晨积雪的道路上,不住咕哝着这句无比霸气的回答。

那个看起来清雅如雪中青竹的家伙,说起话来竟然这么令人无语!凤知微一向认为自己定力不错,但当时听见这一句也不禁抖了抖。

原以为舅舅就算不勃然大怒,也必然要不悦,不想舅舅竟然干笑两声,似乎已经很习惯这人说话的方式。其间,他几次试图探头看清楚被遮挡住的她,不知为什么却一直没有走近。

两人寒暄几句,舅舅就被打发走了。那男子在舅舅走后也突然松开她离开了,只临走前意味深长地看了她一眼,生生将她看出一身鸡皮疙瘩。

凤知微抱着臂,无奈地叹了口气,运气真差啊……忍气吞声这么多年,好容易逮着个机会第一次杀人,居然被人抓个正着,真是流年不利。

虽然最终那人没有为难她，还为她脱了罪，凤知微却不敢因此生出一丝庆幸。

因为水中初见的那一瞬，她明明在那碧水倒映的明眸之中，看见了……杀气。

她因此被冻在冰湖之中，连汗毛都不敢动一分。

"人为刀俎我为鱼肉的感觉真差……"凤知微叹了口气，虚虚地将手中的扫帚向前一劈。扫帚无力地荡了荡，只腾起一小片雪雾。凤知微悻悻地收了扫帚，怔怔想着自己什么时候也可以这么嚣张一回。

如果自己可以，那么再不会寒冬腊月跪在人家门前喝洗脚水了。

如果自己可以，那么再不会有那些不开眼的混账东西将她堵在空屋里了。

如果自己可以，那么再也不会寄人篱下，看着娘亲忍气吞声地护持他们姐弟而无能为力了。

……

做梦吧，凤知微自嘲地笑了笑，拖着扫帚向前走。

活不过二十岁的人想那么多做什么？

她的身影不疾不徐，转过花墙之角，却没有发现花墙后一直有人静静地注视着她。

看尽她神色中的怅惘和无奈。

那一角花墙牵了一丛常青藤蔓，风过了藤蔓只有叶片摇动的声音，丝毫感应不到人的存在，只在那深翠的叶片之间，隐约露出微微斜飞的眉，如剔羽，透着远山般的黛青色。

良久之后。

"宁澄。"

"哦。"

"你说……"男子将轻裘的领口竖起，灿烂的毫光半掩慑人的容色，薄透琉璃眼眸中笑意森凉，"要不要杀了她呢？她坏了我的事，另外，我总觉得……有些危险。"

"主子。"他身边左侧容貌平常的灰衣男子认真看了看远去女子的背影，掰掰手指算了算，肃然道，"半刻钟。"

半刻钟的意思就是半刻钟内连杀人、带毁尸、带消灭一切痕迹全套做完。

手指扣着下巴，轻裘男子似笑非笑地看着自己这个直觉超凡的属下，"你最近速度慢了。"

"这个女子有点不同。"宁澄依旧认认真真，"她让我有种熟悉的感觉，有点阴、有点诡、有点寒、有点不是东西。"他偏头想了想，有点迷茫的思考，"像……"

男子挑眉，眼神中泛出了然的笑意，有点阴、有点诡、有点寒、有点……不是东西。

果然，那家伙泛出恍然大悟的神色，欢喜地拍手道："像主子！"

……

握拳，掩唇，微咳，男子看定喜笑颜开的属下，微笑，"是吗？"

宁澄恍然不觉，大力点头，"是！"

一直站在右边没有说话的另一名灰衣男子冷汗滴滴，将这祸害一把拖了开去……

男子饶有兴趣地看着两名死忠属下逃窜开去，随即转首看看凤知微消失的方向，想起那女子令他惊讶的容颜，眼神闪动，半晌，大笑。

"……像我？"

在侍卫侍候下懒洋洋披上飞羽密织墨龙纹披风，他饶有兴趣地又看了四周一眼，轻笑着负手而去。

"既然如此，我便看着。"那笑声不高，却震得四面落木萧萧下，"看她能不能和我一样，在这风雨欲来、云谲波诡的帝京生存，看她能不能……"

语气一顿，肃杀之意微生，梅枝最高处，一朵白梅突然粉碎。

"……活过三个月。"

第四章

都是馒头惹的祸

秋府最偏僻的西北角，一座小院半开着门。这院子没有名字，原先是下人房的一部分，后来便拨给了秋家姑奶奶居住。因她好歹也算是个主子，便用一堵矮墙和那些下人房隔了开来，算是原先的秋家大小姐的一点体面，但也只有这点体面而已，除此之外，什么陈设用度都和下人那边一样。

当初房子是夫人亲自拨下来的。夫人原以为心高气傲的小姑子定要大闹一场，不想凤夫人秋明缨自从私奔离家、又在多年后带着一对儿女回来后，便转了当初的性子，十分好说话地接受了哥嫂的一切安排。

本来嘛，曾经有辱家门、又走投无路自己找回来的人，哪有资格计较什么？

凤知微进了院子直奔饭桌——一大早，又杀人、又落水、又被人搂搂抱抱，她早饿得肚皮碰见肋骨了。

饭桌上摆了碗白菜粉丝，还有两个馒头，都失了热气，粉丝成了浑汤水，馒头硬成城墙砖。曾经的秋家大小姐、现在的凤夫人坐在瘸了一条腿的矮桌边，正努力地试图用小刀刮去桌上难看的黑色垢痕。

看见凤知微进来，她小心翼翼取了一个馒头，招呼凤知微："微儿，来吃。"

凤知微皱眉坐下，"明明三个人，怎么就给两个馒头？"

"赵管事说，陛下明日会驾临秋府，厨房很忙，就只有这些。"凤夫人不去碰那馒头，小心地拨了一点粉丝汤，慢慢喝。

凤知微不说话，咬着馒头看她，露在馒头上的一双眸子迷迷蒙蒙，看似透着几分柔软的媚和艳，却在眸光凝定不动时，自生熠熠尊贵之气。

凤夫人无奈，只好道："据说韶宁公主也会来。"

凤知微"哦"了一声，立刻收回目光，继续啃馒头——韶宁一来，舅舅家的儿子全体激动，全府鸡飞狗跳忙着讨好，厨房都去供应挑食的公主——自己这里只能吃隔夜饭菜。

很正常，习惯就好。

母女俩边吃边聊。

"陛下出宫做什么？"

"前几天一场寒流，京城冻死了不少人，九城衙门在赈灾施粥，陛下大概是去看看情形。"

"看赈灾是假，看楚王殿下总管的九城衙门有无怠工失职是真吧？"凤知微用力撕馒头皮，"太子殿下前几天因为纳了几个西凉美人被弹劾了，停了太子宝印，朝中风向便又乱了乱。楚王是太子那个阵营的，自然有人落井下石。"

"知微。"凤夫人放下筷子，"跟你说了多少次，妇道人家不要妄言朝政。"

"这话真稀奇。"凤知微放下馒头，笑吟吟地看着凤夫人，"不知道的人听见了，只怕还真以为我家凤夫人，是个温良贤淑、不闻国事、一心教子的妇道人家。"

"难道不是吗？"凤夫人不理她，很是珍重地挑起一筷粉丝，皱眉想着，世上相似的东西有时候真是天差地远，比如这粉丝，看起来很像当年常吃的翠盖鱼翅——上品小排翅，先用鸡汤文火清炖，再将大个紫鲍、上好云腿用荷叶包起合炖，成品后清醇润细，荷香四溢……再比如那人，知微和韶宁有着那么相似的容貌，身份境遇却有云泥之别……算了，想那么多干吗？都是命。

她香喷喷地吃饭，头也不抬。凤知微斜着眼睛瞟她，曼声道："是啊，没什么不对，凤夫人从来都是这样的，至于什么将门虎女、天生帅才，十岁随父出征，十二岁亲手杀人，十四岁沙场临危受命力挽狂澜——率三万赤膊儿郎迎战敌军，杀得人头滚滚、血舞黄沙，一战成名天下景仰，人称火凤……"

"够了。"凤夫人平静地打断她，斟酌了一下白菜粉丝的分量，小心地又倒了一点。

凤知微恍若未闻。

"……人称火凤女帅的秋明缨……"她突然站起来，撑着桌子，将一张娇花堆雪般的脸对上凤夫人的脸，眼眸直直看进她的眼底，"……死了，已经死了。"

啪!

桌上的碗筷一阵震动，叮叮当当乱响。手按在桌面上的凤夫人竖眉凝目，刹那间目光如电，煞气逼人，依稀便现当年叱咤风云的女帅风采。

凤知微却只微笑，不动。

余震未歇，那只破了半边口的白菜碗一斜，汤水直直泼向凤知微。凤知微低头看着，噙着一抹微笑，还是不挪身子，连睫毛都没有动上一分。

倒是怒目凝视她的凤夫人，怔怔看着她的脸，突然叹了口气，伸指一按，桌上旋转的碗筷立刻齐齐静止，一点溅出的汤水泼在凤夫人的手指上。凤夫人可惜地想去吮，一抬头对上凤知微的目光，立刻将手在围裙上擦了擦。

"好了……都过去了。"凌厉的女帅刹那间消失，坐在凤知微对面的还是那个抱着破碗珍惜地喝菜汤的妇人，"赶紧吃饭，吃完去前头赵嬷嬷那里帮忙。"

凤知微凝视着凤夫人姣好却已微微苍老的脸，慢慢收回撑着桌子的手，叹息着正要坐下……身后突然有人砰地撞开门，带着彻骨的凉气卷进来，一屁股坐在她身边，一边抓起凤夫人一直没动的馒头就啃，一边口齿不清地嘟囔："又是馒头!"

"皓儿，急什么，小心咬着舌头。"凤夫人立即慈爱地伸手去抚那孩子的头发，"冷了吗? 我给你拿去热热?"

凤知微垂眼看看自己手中的硬馒头——拿去热热，说得真轻巧，厨房里现在正忙得热火朝天，有工夫给你热馒头?

自己手里的馒头也铁一般硬，怎么不说拿去热?

"这么冷怎么吃?"凤皓咬了一口，皱眉，手一撒便将馒头扔了出去，梆硬的馒头砸在地上铿然有声，"不吃了!"

凤知微盯着那个馒头——这是今天的早饭，三个人分两个馒头，娘碰都没碰，只喝那隔夜的菜汤。现在，这个宝贵的馒头被弟弟轻狂的手砸出，沾满尘埃。

随即她缓缓转头，盯着凤皓。

"捡起来。"

凤知微的语气是一贯的温温柔柔，眼睛里似乎还蕴着笑意，那天生就氤氲朦胧的眼波怎么看人都不带霸气。凤夫人刚才惊鸿一现的凌厉凛冽，在她身上，寻不见。

凤皓却缩了缩，不知怎的，每次姐姐带着笑意这样和他说话，他便没来由地心底发寒，而那明媚鲜妍的剪水双瞳里，似乎另有一些寻常人看不见的东西，束缚得他心中发紧。

只是母亲的宠爱让他一向有恃无恐。他退后一步，离开凤知微身周范围，才昂起头，不屑地从鼻中冷哼一声。

凤知微看着他，眼神依旧是笑的，然后笑着坐了下去，继续啃她的馒头，淡淡道："不捡是吗？成，你大了，有自己主张了。明儿我去求夫人，让你去陪三少爷读书。你这么聪明，保不准将来我们凤家光耀门楣，还得指望你呢。"

"别！"凤皓脸色大变，怒目瞪她，"你还是我姐姐不是？送我去那火坑？你这恶毒女人，自己活不长，还想捎带上我……"

"皓儿！"

凤皓被那一声厉喝惊住，悻悻住口。凤夫人直直看着他，又看看凤知微。凤知微眼底的笑意淡了些，唇角却微微弯起。

"不就是个馒头吗？"凤夫人一笑，匆匆走到墙角拾起那馒头，仔细地吹了吹，拢在手中，"我去让厨房热一热。"

凤知微垂下眼，看着娘手中的馒头，看着娘曾经光滑细润、如今却全是粗糙裂痕的手，再看看娘低垂的鬓发，不知何时，乌发青丝换了鬓已星星，而那一点斑白，刺痛了她的眼。

数十年星霜换，再回首朱颜改，昔日夭娇绝绝的一代女杰，传闻中性烈如火的女帅，早已湮灭在故纸之中，徒留那鲜艳轮廓，在诸般远去的传说中孤独回望。

她甚至不知道，什么样的经历，才能磨平那般光华四射的刚厉棱角，换了此刻隐忍而困苦的人生。

"我去吧。"半晌，凤知微叹息一声，接过凤夫人手中的馒头——厨房那些人爬高踩低，势利得很，她不想看见娘低声下气求人，再被言语的刀锋刺伤。

跨出门槛，凤皓高声大气的吩咐追了出来。

"看有什么好吃的，带点回来！"

凤知微的脚步在门槛上微微停留了一刻，随即头也不回地离开了，隐约听得身后，娘似乎将凤皓搂在怀里，低声安抚。

凤知微没有表情——作为养女，是不应该对人家的儿子受宠表示任何不满的。

虽然，只有她知道凤皓其实也只是养子，但他好歹是男的，是将来能将凤氏一姓传承下去的种。

说实在的，凤夫人能在最困难的时节一直带着她这个累赘，并且从未对任何人说过她不是自己的亲生女儿，让她因此能在势利的秋府待下去，她已经足够感激。

至于那些亲情和温暖……算了，命都未必能掌握在自己手中，还奢望什么其他？

大厨房这时正乱成一团，忙着为挑食的公主准备最新奇精致的点心。韶宁公主是当今陛下最宠爱的女儿。据说当年，建国之初，战乱之中还在襁褓中的公主曾经和陛下失散，费了好一番力气才找回。公主找回之日，天现祥瑞之景，之后不久，陛下便攻克京城，建立了天盛皇朝，所以陛下一向视这个女儿为福星，宠爱异常。

凤知微悄悄从侧门进了厨房，她依旧是那张黄脸，眉梢画得蔫不拉搭，只是改动这么两处，整个人的容貌气质便变化得天翻地覆，让人多看一眼的兴趣都没。

厨房里间专设着大大小小的蒸锅，热气弥漫看不清人脸，空气中有种奇异的甜香味道，不知道又在制作什么新点心。凤知微不想惊动任何人，悄悄找了个空着的炉子，在锅里倒上水，准备把馒头重新热热。

案板上很有一些好吃食，凤知微却连一眼都没有多看——凤皓要她带点好吃的，那是他不懂事，以她母女三人在府中的尴尬地位，只求别人不要为难便好，哪里还能多惹事端。

只是那香气实在让人受不住……凤知微摸摸肚皮，觉得更饿了。

她专心等着水开，没有注意到厨房门口处，有人悄悄溜了进来，更没有注意到几个厨娘看似很认真地在忙碌，眼神却有意无意对着这个方向掠了掠。

锅里的水咕嘟咕嘟冒着热气，凤知微不敢多待，水开了一会儿便去掀锅，算着馒头有个半热也就成了，可手刚碰着馒头皮，就蓦然听见一声脆响。

嚓！

与此同时，快得仿佛等在一边似的，厨娘的尖叫声便响了起来。

"有贼！上供的御膳被偷了！"

第五章

一巴掌

　　凤知微一惊，立即缩手，飞快地直起身，不管馒头滚烫，一把抓起往怀里塞，一扭身便向后窗奔去——两步外便是厨房的后窗，窗子很低，翻出去是个花石矮林，只要能翻出去她就有办法脱身，无论如何，此刻她不该出现在这里。

　　然而她终究迟了一步。

　　不是她反应不快，而是她刚刚奔出，就看见有人抢先一步也奔向那个方向，攀着窗沿翻了出去，大概太过于惊慌，刚刚落下便崴了脚，隐约听见"哎哟"一声痛呼。

　　熟悉的声音。

　　凤知微停住了脚。

　　她立在窗前，眼光下垂，一刹那间脸上掠过恼怒、无奈、担忧、痛恨等复杂交织的神色。随即她深吸一口气，回身，快速稳定地将馒头放回锅内。

　　现在再翻窗已经不可能，窗下忍痛的细细呼吸告诉她，偷吃的人走不动了，她翻出去也会一起被发现，到时候更加说不清。

　　此时厨房已经轰然一声闹了起来，外间的管事和厨子们都赶了过来。

　　"是你——"当先一个半老徐娘看着背窗而立的凤知微，语气恼怒惊讶，眼神里却飘过一丝得意的窃喜。

凤知微心中暗叫倒霉——这是管厨房的安大娘，早年丧夫的老寡妇，一直想着和外院颇有势力的刘管事睡作一铺，刘管事却嫌她老脸橘子皮般粉都擦不住，一心想着睡年轻的凤知微，因此，老女人看她不顺眼已经很久了。

安大娘目光快速地在案上一转，突然面色大变，扑了过去。

"你竟然毁了供奉给公主的金丝燕果！"

因为窗扇大开，蒸汽散去，现出了案上用银丝罩小心罩着的一个玉盏，只是现在银丝罩翻在一边，玉盏半倾，里面半凝固乳酪状的物体流得满桌都是，玉盏边还留着几个乌黑的指印，看起来十分肮脏狼狈。

空气中那股甜香更加浓重了，凤知微微微吸气，心又沉了几分，虽然不知道这是什么东西，但很显然，绝对是珍品。

"这要如何交代？这要如何交代？"安大娘原本只是想给凤知微一点难堪，发现有人进来便不动声色，不想被动的竟是要供给韶宁的膳食，眼看就要传膳了，这下可真惹了大祸。她恨恨地盯着凤知微，如果说先前还有点借势发作，现在便真的是痛恨入骨了。

窗下隐约传来点异常的响动，像是什么物体不小心摩擦上墙壁的声音，但被安大娘粗重的呼吸盖了过去。凤知微沉着脸色，手指微微捏了捏。

"凤小姐呀……"安大娘身侧一个中年妇人尾音拖得阴森，脸色铁青，"这金丝燕果是二公子千辛万苦从大越重金搜购而来，一两便是数千金，再以不传密法九蒸九晒，配上雪山紫苏等十余种精料，全程还得只能用昂贵的黑石木作为柴料……做这一盏，花了多少钱、费了多少力不说，关键这都是独一无二的珍品，明日公主传膳，你叫我们拿什么去供奉？"

凤知微听着这些代表金山银山的食材名称，心下暗恼，深吸一口气道："我只是来热一下馒头，没动那个。"

"那是谁？"安大娘冷笑，目光咄咄逼人。

凤知微手指又捏了捏，然而，随即她平静地道："你厨房那么多人，刚才那么快地拥过来，谁碰了都有可……"

啪！

手掌接触皮肤的脆响，惊得所有人眉毛都跳了跳。

凤知微只觉得脑子嗡的一响，随即脸上一麻，麻木未散，火辣辣的疼痛感便卷了来，口腔里有微腥的甜味，连着牙帮都抽搐着痛起来。

好狠的一巴掌！

安大娘举着手，也僵住了，似乎有点不敢相信自己动了手。

她原本也没想过分，毕竟凤知微名义上是主子，在等级森严的天盛皇朝，以下犯上为大不敬，然而，今天这事非比寻常。她为明日的传膳已经焦心如焚，急怒之下再看见这小蹄子如此气定神闲，只气得热血一冲、脑子一昏，等反应过来，对面凤知微脸上已经五彩纷呈。

一片沉寂。

半晌，一线细细的血从凤知微的唇角缓缓绽开，凄厉艳丽如残花。众人脸色都变了变。

凤知微抬手，手指轻轻按了按唇角，再仔细看看指尖上的血痕，然后……笑了笑。

她头发被打乱，笑意半隐半现在乌发之中，沉在四周未散去的雾气和这一角半明半暗的阴影里，看起来温柔而又森然，矛盾般凛冽着，令站在她对面一直盯着她的安大娘激灵灵打了个寒战。

此时她才想起，好歹凤知微还是个小姐，而她那个娘是这府中的正经主子，据说脾气也是暴烈的……

然而她随即便壮起胆气，打了便打了，她能怎样？说实在的，以前是她乖巧，不给人捉错处，想教训她也没机会；今天既然送上门来，又占着理，不打白不打。难道她还能逃得掉"偷窃御用之物"的大罪？再说，好歹自己是夫人的陪房，在这府里有头有脸，教训一个贱妇来路不明的女儿，怕什么？！

这般念头不过一闪而过，随即安大娘便一不做二不休，一指凤知微，厉喝："把这胆大包天偷窃贡物的女人拿下！送交夫人治罪！"

第六章

一巴掌的利息

"你这小子在这儿干什么？！"

安大娘话音刚落，另一个仆妇突然尖叫起来。她刚才被安大娘那一巴掌惊得退后一步，撞到半开的窗，隐约听见窗下一声低微的惊叫，回头才发现窗户底下蹲着凤家的二小子。

立即有人过去，将凤皓拎了进来。凤皓早已吓白了脸，期期艾艾说不出话。凤知微皱了皱眉，安大娘却像发现了宝贝，尖声道："皓少爷在这里做什么？也是来偷东西的？"

凤皓被那个"偷"字惊得浑身颤了颤，看了凤知微一眼，怯怯地低下头。

他这神情看在安大娘眼底，老婆子立即目光一闪，微有喜色，突然放柔了口气，笑道："少爷年纪小不懂事，被人唆使犯些错也没什么，只是和大娘好好说说便行了，莫要等到夫人来了，不好下场。"

凤皓犹豫着，袖子里的手指无意识地绞在一起，一点异香隐约散发出来，指端还可以看见一点点金丝状的物体。众人都看见了，却都转开目光，只齐齐盯紧凤皓。

"皓少爷，大事面前，是非可得拎清楚。"安大娘似笑非笑，下巴对着前府方向一点，"老爷军法治府，最容不得偷鸡摸狗的事，何况失窃的是上供的御膳。就算明日陛下不怪罪，老爷知道了，也一定会将你逐出府去。皓少爷，你看……"

她语音长长，听得凤皓颤了颤，怯懦地退后一步。

凤知微吸一口气，抚住脸的手缓缓放下，盯着凤皓。

那是和她一起长大的弟弟……

凤皓被她看得一颤，膝盖不由自主软了软，却立即掉开头，又退离她身侧一步，随即含混快速地道："姐姐说这里有好吃的，叫我在这里接应她……"

安大娘舒出一口长气，嘴角浮现出一抹森然的笑意。

四周的婆子们，齐齐挑起了嘴角。

凤知微转过头，不再看凤皓。

"皓儿！"一声怒喝突然传来。众人回头，才看见门口处，不知何时已经站了府中女主人秋夫人，而刚才发话的凤夫人，正站在她身侧，怒视着凤皓。

凤皓一看见凤夫人，立即扑了过去，大叫："娘！她们扭得我好痛！"

凤夫人脸色铁青，看着凤皓扑过来，衣袖无风自动，脚下微微挪移，然而，随即便稳住了脚，有点僵硬地抬起手臂，接住了扑来的凤皓，将他揽在怀中。

凤知微冷眼旁观，目光一闪——母亲刚才的姿势，有点奇怪呢……

然而，那仿佛是她的错觉，转眼间，凤夫人已将儿子搂在怀中，低声抚慰。

秋夫人镇静地看着这一切，听着急急赶上前的安大娘添油加醋地回报，突然转头问凤皓："皓儿，是知微让你在窗下等的？"

满室静默，忙着撒娇的凤皓有点僵硬地抬起头来，嘴唇嗫嚅了几下，看了看凤夫人。

凤夫人手指抖了抖，掉开眼光。凤知微看见她悄悄蹭掉了衣袖口一点金黄的食物，那是凤皓刚才扑过来时，沾在她身上的。

凤皓神情有点迷惘，似是没明白母亲的意思，然而凤夫人不阻拦已经壮了他的胆气，被逐出府的命运也让他不愿意面对，他狠下心，脖子一梗便要开口。

凤夫人却突然拦住了他，转身对秋夫人躬了躬。

秋夫人微微还礼，嘴角浮现出一丝了然的笑意。

一直看着母亲的凤知微，突然轻轻舒了口气，眼神里浮现出一点含着欣慰的快乐。

这世上还是有人会为她辩白的……

随即她听见凤夫人低低道："夫人……知微年轻不懂事，贪馋，还望您多宽涵……"

凤知微突然退后一步。

仿如闷雷劈在心底，裂出一道深而黑的宽缝，焦炭一片，血痕殷然。

面上却换了淡淡的笑意，清而浅的，不像是笑，倒像是墨笔画上去的，弧度完美却僵硬，而那眉却是轻扬的，目光却是粼粼流转的，一动一静间，生出诡而艳的气韵，彩俑般令人心底森凉。

秋夫人倒是怔了怔，她了解凤家姐弟，尤其了解不富贵却纨绔的凤皓，而今日之事，很明显是凤皓贪馋，却畏事栽赃给亲姐，她原以为以刚烈出名的小姑子一定会为知微辩白，而且看她刚出现时义愤填膺的模样，接下来那句话一定是责子救女，但不想……居然会是这个结果。

果然还是儿子重要些……秋夫人淡漠地想着，又想凤家这个女儿，看似温柔和顺，在秋府一角不争不求，淡漠度日，却从没人可以从她母女那里讨到任何便宜。

她突然想起当年小姑子携儿带女跪在府门前，因她命家中上下不得报给老爷，老爷也装作不知，凤夫人在门外冻病昏迷。当时，凤知微不过四岁，却毫不慌张，立刻拉着弟弟跪到巷外大街上，姐弟俩什么都没说，只含泪一言不发。路人见了，都觉得小小的孩子十分可怜，陪着唏嘘，因而只跪了一天，秋府上下便吃不消世人非议，只得将母子三人接了进府。

小小年纪，就知道引发世人议论给秋府施加压力，又选了母亲冻病的时候发难，让世人不至于责怪凤夫人利用孩子博门路。这等分寸把握和临事智慧，让她事后想明白，直觉得心中发寒。

又想起自己想把她配给刘管事家的儿子时，这孩子在她面前一句拒绝也没有，却"无意路遇"老爷，一句"三小姐看中知微的玉钗，给她送去"引得老爷询问玉钗的来历。

她便答："刘家的送来的，难得妹妹喜欢。"

事后老爷大发雷霆，责她治家不严，外面婆子意味不明的东西，竟然露了大家小姐眼中，真要让知微送给了天真不懂事的三小姐，传出去名声怎么说？

这许多年，这孩子在府中地位尴尬，却能保住自己不被摆弄，又不显山露水，这般定力耐性，让人想着总是不安。

如今，倒确实是个机会。

"说起来也不是什么大事。"秋夫人笑着，近乎慈和，"自家人怎会为难你们，明日圣驾驾临，换了便是。陛下和公主待秋氏一向亲厚，不会计较这些。"

凤夫人脸上一喜，转头看凤知微。凤知微不动声色地看着窗下一朵随风飘摇的花，手笼在袖子里。

"只是……"秋夫人果然话锋一转，"也难保哪个下人不会嘴快，传出去不好收场，老爷又是个性烈的，治家又严，到时候雷霆一怒，外甥女只怕要吃亏……"她微微笑，看向凤知微，"外甥女要不还是暂时出府避避？放心，一切有舅母为你担待。"

这还是要逐出府了，众人都听出了意思，浮出一脸薄薄的笑。

凤知微虽然不受尊重，但也算自小养在深闺，这么个纤纤弱质的大家小姐，一旦逐出府面临的会是什么？就算日后接回来，这曾流落在外的名声传出去，她也永远无法再配一门好亲事。

安大娘舒展出一脸笑，拔去了眼中钉，真是愉快。

凤夫人神色一急，正要说话，秋夫人却突然侧身，亲自为她整了整鬟，又将自己鬟上一朵红宝珠花取下，插在凤夫人的鬟上，笑道："皓儿还未长成，微儿又不太懂事，妹妹操心太过，眼见着也苍老了。"

一句"皓儿还未长成"，竟然让凤夫人激灵灵打了个寒战。她半偏着脸，抬手摸了摸那珠花，手指微微颤抖。

随即她垂下眼帘，低低道："多谢嫂嫂关爱……"

黄昏霞光穿堂入户，将众人的脸色都映得鲜艳，那传闻中刚烈明亮的女子却灰暗地沉在一角暗影里，霞彩抹上她的脸颊，衬出一片冷月光似的霜白。

凤知微立在冬日的黄昏里，只觉得衣单襟寒，忍不住将袖子拢得更紧些。她目光无声地流过去，在凤皓唇红齿白的脸上转了转，在娘那鬟边的珠花上转了转。那红宝珠花艳丽熠熠，压着不再鸦青的鬟，隐约挑出白发一丝，不觉华美却觉沧桑。

这是她的弟弟，这是她的娘亲。

凤知微垂下眼帘，一瞬间居然绽出点笑意，不苍凉、不悲伤，不讽刺、不激愤，很平和的笑意。

众人戒备着她发作、哀求或者哭泣，却不想她竟是这般神情，一时都有点发愣，凤知微却突然转身，一言不发，走了出去。

这回连秋夫人也怔住了。

凤知微头也不回，一直走到安大娘身前，停住。

她鬟发先前被安大娘一巴掌打得微乱，半掩的鬟发间指印宛然。安大娘有些惊惧地看着她，这才想起刚才自己以奴欺主已经犯禁，如今凤家小姐即将被逐，若临走前出出气还她一巴掌，夫人心中有愧，只怕也不会管。

她畏缩地退后一步。凤知微在她身前站定，扬起手。

众人都等着那清脆的一巴掌响起。

凤知微却微微一笑。

她一笑间神光离合，明明一张黄脸貌不出众，却令人觉得容光极盛，竟至炫目。

　　一片屏息寂静中，凤知微抬手……摸了摸自己脸上的指印。

　　她的神情近乎怀念，竟似想通过指尖的触摸，再次体验那巴掌落下时震动的疼痛。

　　然后她放下手，温柔地笑着，凑近愣住的安大娘耳侧，轻轻道："一巴掌的利息……等我来取。"

　　她笑着，在众人看不见的角度轻轻拍了拍安大娘的脸，随即一步跨出门外。

　　前方夕阳温暖地射过来，后方众人惊讶的目光森凉地打在背后，她在中间，返身而去的背影单薄。

　　却不曾回头。

　　不去看弟弟毫不心虚的神情，不去看娘亲眼底的苦涩，不去想亲人的背叛，不去想出了这门后即将面对的是什么。

　　她只是近乎安详地迈向那轮硕大的夕阳，在扑面的金光里深深吸气。

　　对自己说。

　　"我会回来。"

第七章

何当把酒孤桥上

冬日的暖阳一分分沉下去，风携着夜的寒气一层层扬起来。

天色暗沉，街上行人寥落，更夫当当地打起了梆子，听来苍凉。

吱呀一声，天水大街小酒馆的堂倌放下支窗的竹架，对幽暗小店的一个更幽暗角落笑道："客人……小店打烊了……"

角落里，小小的一团靠墙坐着，桌上摆着几瓶粗劣的薄酒，听见堂倌告罪时，轻轻"嗯"了一声，缓缓站起，放下一点碎银，顺手将桌上没喝完的两瓶残酒带走。

堂倌望着那人裹在薄棉袄里的瘦弱背影，无声地摇了摇头——这近夜滞留在外的，都是无家可归的人吧？

走出门，迎面风紧，凤知微将薄棉袄拉紧了些，手指靠在唇边，呵气如霜。

她拎着一壶酒，漫无目的地逆着人群前行，渐渐越过贫民聚集的东城区，向城中走去。

走了一阵子，忽然看见前方一条河流倒映着灯影迷离，未化的积雪点在河岸边的青石上，看来有如水晶冰玉。

凤知微在积雪的青石上坐了下去，面对着河水。

她摸摸索索掏出怀中酒，就着瓶口，一口口慢慢喝，酒很快剩得不多，她仰头便对嘴倒。

粗陶酒壶做工粗劣，边口不齐，有清亮的酒液漏出来，泻在她脸上，流下眼角。

她漫不经心地去抹，指上一片湿漉漉，有酒气，还有些别的液体，她出神地看着手指，很久很久之后，轻轻抬手，蒙住了眼。

雪夜无声，冷风寥廓，河水沉默流过，青石上少女身影茕茕，蒙住眼的手指在夜色中闪着水光。

远处胭脂香气氤氲，隐约有娇笑掠波而来，传到这一角寂静的河岸时，也只剩了寥落。

却有声音突然打破这一刻苍凉般的寂静。

"公子……"

声音娇软，拖着长长撒娇似的尾音，接着响起步声杂沓，有人走近。

凤知微放下手，皱皱眉，这才注意到河水倒映着的灯影花影——如果没记错的话，这里好像是城中的胭脂河，因傍着十里胭脂青楼而闻名，而两岸绵延，尽是卖笑人家。

这大概是哪家嫖客突发奇想，携了夜莺来河边寻野趣。

凤知微坐着没动——嫖客不怕被人看，她还怕看别人嫖？

步声接近，那女子娇呼一声："哎呀，有人……"语气里却也没有多少在意，随即转头对身侧男子继续撒娇，"公子……你说要给茵儿看个新奇的……"

隐约有人淡淡"嗯"了一声。一声喉音竟也听得出微凉，语气有几分熟悉。

凤知微摩挲着酒壶，瞥到一角清雅的银纹锦袍，而深黑色披风上，淡金色的摩诃曼陀罗花，近乎张扬地在她眼角的视野处猎猎飞舞。

环佩叮当，艳丽的彩裙转了过来，背对着河水，行到那锦袍男子面前，抬手搂住了那男子的颈项，娇笑，"那么……茵儿等着。"

那人似乎没动，语气里却有了几分笑意，道："今儿看见了一出好戏，实在觉得精彩，不和人分享一下，真真耐不住。"

凤知微心中一动，转过头去。

随即看见那锦袍清雅的男子，雪夜里微笑凉如霜雪，淡淡瞥了她一眼，然后，浅笑着，搂着那女子，向前行了一步，又一步。

一直行到河边。

那茵儿沉醉在男子绝俗的风姿里，浑然不觉自己正背对河水，一步步后退。

将到河边。

男子俯下脸，浅浅一笑。

女子嘤咛一声，凑近唇去。

男子温柔伸手，轻轻一推。

扑通。

凤知微捧住头，呻吟一声。

居然……真是这样。

茵儿做梦也没想到自己竟然被推下了水，惊得忘记了挣扎。好在河水不深，这本就是景观河，只是她瞬间便白了脸唇，也不知道是吓的，还是被河水冻的。

她怔怔地望着河边的一对男女，男子负手微笑遥望远方，看也不看她一眼；女子执壶，优雅却又执着地只管喝自己的酒。

茵儿一刹那间只觉得快要崩溃了。

世上竟然还有这样的人，一个无故推人入水，一个见人落水不予施救。

她在水中抖了半天，才挣扎着自己慢慢靠近岸来，向男子哀求似的伸出手求他拉上一把，"公子……公子……"

伸出的手指冻得青白，一朵将折的花般颤颤可怜。

男子看着她的手指，缓缓将手笼进袖中，微笑道："别，你手脏。"

正在小口抿酒的凤知微，突然咳嗽起来。

"公子……茵儿知道错了……茵儿以后再也不抢着缠您……"那女子在水中哭得梨花带雨，"茵儿知道了……不该喜欢您……"

泪水洗去艳丽的妆容，露出青稚的眉目。这女子年纪还小得很，也正因为年幼，所以不知分寸，如今冬夜冷水一泡，才恍然想起，传说中那人阴鸷无情、不喜羁绊。

她泡在冬夜的河水中，瑟瑟发抖，却不敢再求援，甚至不敢自己出水。

凤知微突然放下酒壶。

她站起来，不看那男子，行到河边，对着茵儿伸出手。

茵儿犹自畏怯。凤知微一笑，"上来，没有人想置你于死地。"

将那湿淋淋的女子拉出来，凤知微看她本就薄裙单衣，如今水一湿曲线毕露，竟然连亵衣都没穿。她想了想，脱下自己的薄棉袄，给她裹住。

就算这卖笑女自己不介意裸身招摇过市，她作为女性，也不愿让她这样在那男子面前走过。

茵儿感激地看着她，低低道："我在那边兰香院……姐姐如有需要，可以去找我。"

凤知微笑笑，拍拍她的肩。那女子一眼也不敢再看那男子，裹着薄棉袄慢慢走远了。

冷风吹来，只剩单衣的凤知微打了个寒噤，对着河水抱紧了肩。

一壶酒突然递了过来。

执壶的手指纤长洁净，姿势稳定，稳定到近乎有着亘古不变的漠然。

凤知微俯首，看着那酒，皱眉道："这是我的酒。"

一件披风递了过来。

"换你的酒。"

凤知微毫不客气地接过，"那你亏了。"

"无妨。"男子微笑，微微上挑的眼角瞬间媚如桃花，"今儿从你那儿学了一招，这便当束脩。"

凤知微不语，看着河水里这人的倒影，想着，这人千面万变，不可捉摸，连容貌气质都一日三变——初见他，清雅逸致如山中高士；推人下河时，神情却如那淡金曼陀罗般张扬恣肆；而此刻，笑得却又艳若桃李，近乎媚惑。

这样的人，只能用"危险"二字来形容。

男子却似乎不知道她的心思，突然笑道："这河边风大，小心着凉，我们换个地方。"

凤知微不置可否，跟着他前行。前方拐弯，突然出现一座石拱桥，桥身十分高大，只是桥面斑驳，看来已经废弃。

两人上桥，桥上石栏是整块原石，很好的挡风处，两人席地而坐。男子拿着凤知微的酒壶，喝了一口酒，递给凤知微。

凤知微有些发怔，一是不习惯和男人共饮一壶酒；二是想不到这人一看就是贵介公子，居然肯喝这么粗劣的酒，而且他明明不喜人黏缠，却又肯和她共酒。

她想了想，用袖口擦了擦壶口，小心地喝了一口。

以为那人要生气，不想他却没有看她，只是仰首注视天际。凤知微抬头看过去，才发现这座桥十分高旷，在桥上，不仅可以看长天冷月分外清晰，还可以看见大半个帝京，而在那阡陌纵横尽处，巍巍皇宫赫然在目。

凤知微将那一口辛辣的酒慢慢咽下，眼睛有点亮，突然问："你好像对这里很熟悉？"

"这座桥，原本是大成望都第一桥，相传是大成皇朝开国皇帝为皇后所建。"男子半合双目，语气幽幽，"皇后喜欢阔大的事物，因此此桥高阔无伦、俯瞰四野，号称大成第一桥。六百年前，帝后常微服私游于桥上，传为佳话。"

凤知微笑笑，道："很美。"

心中却不认为，这样的男人会为前朝传说而流连感动。

"大成灭国后，天盛皇帝挥兵入京师，得望都，改名帝京，底定天下。陛下首次在京接见旧臣，就在此桥之上。当日，大成旧臣如草偃伏，尽在我皇脚底。"

男子语气平静，却自有骄傲睥睨之意。凤知微抹了抹唇边酒液，突然有些心情烦躁，不禁森然一笑，道："拜的不过是染血刀兵而已。"

男子霍然回首，一瞬间目光如刀。凤知微坦然对视，在刀般的目光里笑意柔和。

半响，男子目光渐敛，竟然也笑了起来，道："是，不过成王败寇而已。这些旧臣说到底福气好，换个皇帝还是臣，最怕的是连寇也没的做。"

凤知微不语，连寇也没的做，自然只剩下死。

她微笑，拉回话题，"这桥如此风光，为什么最终会被废弃？"

"天下底定，陛下接宫眷入京。最受宠爱的韶宁公主被抱上桥时，突然大哭，便有钦天监官员私下说，此事不祥。"

"三年后，就在这座桥上，"男子顿了顿，接过她手中酒壶，喝了一口，才道，"三皇子发动兵变，意图逼宫。那一战，皇室死三人，伤四人，残一人……从此，此桥废弃。"

惊心动魄的皇族争斗史，从他口中淡淡说来，简单白描，却似瞬间铺开漫天腥风血雨。凤知微突然觉得有些凉，拢紧了披风。

这高阔异常的第一桥上，曾留下前朝开国帝后俪影双双的脚印，也曾响起新朝皇子的悲凉号哭，不知道在这午夜盘旋的风里，是否还蹑足行着冤死者不灭的魂？

而这个锐利而神秘的人，为何对这桥有着异乎寻常的感情？

他如此熟悉这桥，是否常常在中夜无眠时，在这桥上流连徘徊？

不过这终究与她无关，她能在今夜和这陌生男子共饮彻夜长谈，已经是人生的异数——不过都是因为在寂寞的时刻害怕寂寞，然后正巧遇上另一个寂寞的人而已。

正如他不问她为何会出现在这里，她也不会去问他眼神里的寂寥和森凉。

残酒将尽的时候，天色微微放了明，凤知微在清晨的第一抹光里，倒出壶中最后一滴酒，笑道："最后一滴酒，敬这一弯孤桥，世事跌宕多变，唯此桥亘古。"

然后她站起身，手腕一振，披风滑落，头也不回，自行下桥。

清晨第一抹光透过雪色，照在她的肩头，纤弱的少女，背影笔直。

男子盘坐不动，看她决然下桥而去，眼神里微光闪烁，半响道："宁澄，你说她会去哪里？"

桥洞下冒出容貌平常的护卫，认真地看着凤知微的背影，道："两种可能，一是破釜沉舟，回府抗争；一是委曲求全，服从秋府意志。"

他笑笑，指了指身后十里烟花，道："总之，她会立刻回去，绝不会在这烟花地流连太久，多待一刻，便多污一分声名，她总不能拿自己的终身开玩笑。"

"是吗？"男子微笑，拖长声调。

"打赌。"宁澄兴致勃勃地凑过来。

男子不置可否。两人站在桥上，看见那女子一路直行，似乎有目标般毫不犹豫，随即在一处挂着兰花灯的门前停下，扎起男子的发髻，然后，干脆地敲门。

宁澄的脸青了。

那女子的脸微微侧着，对着开门的人微笑着说了句什么。里面的人似乎愣在那里，而能读懂唇语的宁澄，远远地在桥上，猛地一个踉跄。

桥上，男子突然轻笑。

他墨玉般的瞳闪着新奇而锐利的光，像久已沉静的深渊，被长天之外带着雪意的风，吹起层波叠浪。

他立在桥头的万丈红日里，黑色披风上淡金曼陀罗花在风中飞扬，那猎猎冷风吹来遥远的语声。他似乎听见风里，那纤弱的少女对着开门的兰香院老鸨询问，冷静而疯狂。

"你这里，需要龟奴吗？"

第八章

新番龟奴

"小知，听说集市上新出了挑染绢花，给我带几枝！"

"也给我带几朵，要翠绿橘黄的！"

"四芳斋冰糖糯藕带半斤！"

时近中午，十里胭脂临近苏醒，兰香院小楼莺声燕语，姑娘们纷纷探出身，招呼着楼下天井里、挎着篮子准备出去采买的青衣小厮。

小厮是兰香院红牌姑娘茵儿的远亲，一个月前投奔来此，不多话，却灵活有眼色，很得姑娘们喜欢。

"嫣红姐姐肤色白里偏红，戴翠色花反而相冲，不如浅粉更增丽色。"小厮仰头含笑，又道，"糯藕虽好，吃多了却积食，翠环姐姐太贪吃，小心成了肥美人。"

"臭小子！"姑娘们笑嗔，神情却是满意的。嫣红笑道："小知，要不是知道你是茵儿的远亲，又在我们这地方打杂，我真要以为你是哪家大户人家的公子出身。"

"可能吗？"茵儿从房内出来，一拍她的肩膀，"我天盛皇朝等级何等森严，大户人家公子就算沦落成乞丐饿死，也不会来我们这地方的。"

她神色复杂地看了那小厮一眼，看见对方对她微微一笑，依旧坦然，正如这人一直以来的气质——似乎明朗，其实神秘；似乎冷静，其实行事超越常规。

小知，人缘极好的魏知，凤知微。

托庇妓院一月来，她将打杂的工作胜任得很好，当然这也多亏了茵儿的照顾。那女子没让她真去做龟奴，缠着妈妈收了她做小厮，虽说其实于事无补，但好歹也是一份善心。凤知微十分领情，茵儿却对她谢了又谢，说那日实在是救命之恩。

不过是伸手拉她出河，怎么就上升到救命之恩，凤知微不解，茵儿却闭口不答。她对那晚的事心有余悸，提起那男子便神色惊恐，看那惊恐，并不像是因为被推入河，倒像还有些别的。

凤知微却没有再问下去的欲望。那夜桥上共饮，雪夜一别，她并不愿与他再见。

然而，世事总会与愿违——不是不想见便可以不见的。

她挎着篮子，刚要出门，突然看见前方来了一大群人。

凤知微一怔，刚想躲，那边已经有人招呼道："喂，那龟奴，公子爷们来了，还不安排姑娘接客！"

凤知微低着头，眼角瞥到那些人衣着华贵，显见都是京城的王孙公子。其中一袭锦袍，月白重锦，衣角绣着银线竹纹，清雅高贵，那色彩看得她眉梢一动，头登时垂得更低了。

她一边侧身让开，一边转头，哑声对院内唤道："姑娘们，有客——"

这一声还是平时听龟奴张德迎客学来的，不熟练，腔调有些僵硬，那群王孙公子顿时哄然大笑。

"兰香院哪儿来的新龟奴？连迎客都叫得像娘们儿叫春。"

"张德哪儿去了？换这个磨磨蹭蹭的小子？"

一群人旁若无人地从她身边笑着走过去。凤知微盯着地面，见那袭袍角也点尘不惊地掠过自己身边，刚无声地舒了口长气，就听一个公子哥儿笑着指了她，对迎来的妈妈道："等下我们要吃酒行令，叫这小子侍候着！"

妈妈愣了愣，勉强应了，使个眼色示意凤知微过来，低低道："小心些！唉……"

妈妈神色忧虑，毫无生意上门的喜色，凤知微诧异地看她。妈妈神色凝重，低声道："看见那个黄衣服的瘦子没？听说不是个东西，前头冠华居的头牌软玉儿，据说被那家伙弄残了。冠华居苟妈妈仗着有人撑腰要闹，没几天便被人逼得连院子都砸了，关了门。唉，怎么今天想到来这里？可不要给我生事……"

又嘱咐凤知微："小知，你向来伶俐懂礼，比院子里其他人都强，今天可得帮妈妈一回，好歹照看着。"

凤知微无奈应了，寄人篱下，还寄在妓院，这一日是迟早的事，能躲自然要躲，不能躲，那便走着瞧吧。

那群人占了院里最好的倦芳阁，叫了最美的姑娘来陪，人手一个，嬉笑戏谑，吵嚷得不堪，但只有一处角落，人人都自觉地不去打扰，安静得有些诡异。

他所在的地方。

一方黑檀绣银竹屏风半隔出宁静空间，精致的毯席旁，三足黑石小鼎里燃着上好的沉香，淡白微凉的烟气里，那人长发微散，衣襟垂落，以肘懒懒支着腮，笑意浅浅俯首于姑娘的皓腕玉指间，饮了她奉上的杯中酒。

随即那人轻轻捏了捏那女子的粉颊，引得兰香院花魁兰依姑娘娇羞忸怩地撒娇。

那一角笑声低沉、女子嘤咛，比起外间的吵嚷喧闹，反而别有一番暧昧旖旎的情致。

凤知微面无表情地端茶侍应，心想，兰依若是见过那晚他推茵儿下河那一幕，不知道还能不能娇羞得起来。

又想，明明这人和一堆王孙公子一起嫖妓，行动举止也随意自然，但不知怎的，就是让人感觉格格不入。

她手上不停，转身来去之间总觉得背后有目光掠来，黏在背上满是探索，却始终不动声色，头也没向那个方向转一下。

她的注意力在席上，因为茵儿脸色很难看，总在有意无意地向她打眼色，而她身边就是那位脸色苍白发青的黄衣瘦子，浑浊的眼神看起来不太对劲。

凤知微不想管闲事，只作没看见——风尘女子，难免遇见各种不入流的客人，应付他们是她们的必修课，但不是她的义务。

酒过三巡，人人都有了醉意，有些人便带着姑娘出去了，茵儿也被那公子哥儿带了出去。众人看着他们的背影，眼神都有些古怪。

茵儿被那人拥在怀中，频频回首，眼神凄切而祈求，似乎在寻找谁可以帮她解围，然而人人都转开了眼光。

凤知微皱起了眉，脚下却依然没动，她总觉得，只要那个人在场，自己还是不要逞能的好。

然而那两人相拥着走过她身边时，茵儿半敞的衣襟里，雪色肌肤上一抹深红瘀紫突然掠过她的眼帘。

凤知微怔了怔，沉默半晌，无声无息地放下手中的茶盏，从边门悄悄跟了出去。

她这边刚出门，那边背对着她的雅间内，月白锦袍的清雅男子突然微笑着推开了怀里的兰依。

兰依以为他只是在调笑，娇笑着再次靠了过去。

那人俯下脸，倾倒众生的眉目笑意淡淡，看着那女子不知眼色地靠近，唇角一弯。

随即他衣袖一招。

相貌普通的侍卫不知从哪个角落突然冒出来，抓起黑石小鼎，翻过来就对兰依当头一倒。

灼热的烟灰腾腾落下，伴随着女子一声凄惨的尖呼。

四周立时寂静，人人惊悚无声。

"宁澄，你最近开始怜香惜玉了。"男子看也不看倒地痛呼的女子，微笑着站起来，"我以为你会对着脸倒。"

"本来是这样打算的。"宁澄探头望了望兰依，"不过我突然发现她脸上胭脂太厚，怕烫不着。"

轻轻一笑，不理自己那活宝侍卫，男子无声无息地掠过众人身侧，向凤知微离开的方向，出门去。

他经过的地方，烟灰不起，哭泣只能埋在尘埃里。

第九章

让子蛋飞

凤知微跟着茵儿那两人，一直跟到后院一个僻静的小花园。

她有些奇怪，嫖妓为什么不去房里，难道此人爱好野趣？

一丛迎春花后，那两人停了下来，接着便响起男子急促粗重的喘息、女子低微细细的呻吟、衣服细碎解开之声、口水交融的吧唧之声。

凤知微红了脸，背转身，心想自己发了疯多什么疑心，人家嫖客嫖妓居然也跟了来！

她抬脚就要走，忽觉得身后那细微的呻吟很有些不对劲，不像是情动呢喃，倒像是在忍耐痛楚。

她犹豫了一会儿，还是转头去看，透过金黄的花丛，看见那衣衫尽褪的男子，竟然采下一朵蔷薇，往茵儿胸前插！

蔷薇遍生细密的小刺，开得深红妖娆。那男子将蔷薇茎端削磨尖锐，用力试图将花捅进茵儿胸上那一点嫣红。

茵儿的呻吟已经变成惨呼。

凤知微突然走过去。

她走过来，脸上居然还带着微笑，拍拍男子的肩膀，笑道："早。"

那人正玩得兴起，冷不防在这地方居然有人这样和他打招呼，愕然之下松手转头。

寒光一闪。

一个滚圆的带血的东西飞出，骨碌碌落在了凤知微的掌心。

凤知微犹自在笑，站在那人身前，一只手中是一把冷光映射的匕首，另一只沾血的手，很麻利地抓了那东西从人家裆下收回。

就在刚才，她那声招呼过后，她一刀割开了人家的子孙袋，手指快速一捏，挤飞了一个宝贝蛋。

她动作太快、太利落，导致手收回后，对方才感觉到疼痛，"嗷"的一声抱住裆，一跳丈高。

然而那声痛呼也没能顺利冲出口，就在他感觉疼痛跳起的同时，凤知微抓过那朵蔷薇，一把塞进了他嘴里。

蔷薇细密的小刺瞬间刺破口腔，伤口无数。那人痛得直翻白眼，浑身抽搐，连叫也叫不出了。

凤知微这才好整以暇地收回手，并顺手扯了几片树叶擦干净血迹。

茵儿震惊得话也说不出，白着脸退后几步，衣服都忘记穿好，还是凤知微好心地帮她整理完，并顺手从她腰间取下一个荷包，将那宝贝蛋装了进去。

然后她将那装了宝贝蛋的荷包，在那人面前晃了晃。

"你……你……"那公子哥儿喘着气，直接被凤知微不动声色的彪悍给打倒，又痛又怕，抖得话也说不周全。

"我很好。"凤知微微笑，"你可就不太好了。"

"你……我要杀了你……"对方抽搐着，从齿缝里憋出嘶哑的声音，字字都是切齿痛恨，"我要扒了你的皮！拆了……你的骨！把你全家……挫骨扬灰……"

凤知微不理他，转身低低问了茵儿几句话，随即笑了。

她笑意坦然，抓着个装蛋的荷包就像抓着朵花，轻轻巧巧地道："不知道李学士知道他家三代单传的孙子，嫖妓嫖少了子孙袋，会是怎样的感受？"

那人颤了颤，脸色一白，想起自家严厉的爷爷，腿又软了几分。

"不知道李学士那些朝中老相好、御史们，知道学士大人治家不严，宝贝孙子嫖妓被阉，会不会亲自敦请陛下帮助管束？"

那李公子怔了怔，似乎想起了什么，更加脸无人色，本来痛得要晕过去，这下也不敢晕了。

凤知微笑得越发温柔。

茵儿只知道这纨绔的身份，而她却更知道，天盛朝廷政争严重，朝中大臣各有派系，一旦抓住对方的把柄，那是不依不饶、至死方休的，虽然不知道李学士是哪个派系的，但一定也隶属某势力集团，所以这种事，一样会是别人攻击的软肋。

何况中书学士是清贵文职，身负选拔天下才华高洁之士的职责，首重人品操守，那这放纵自家孙子嫖妓被阉的事出来，必遭弹劾。

凤知微很满意，看来那李公子也不是草包，立刻便明白了其中的利害。她笑得温柔可亲，高高举起那荷包，柔声道："我也不为难公子，您做的这腌臜事，我们也不会说出去，只要您表示点诚意……"

"什么……诚意……"李公子白着脸青着唇，濒临痛哭。

"其实，少了个宝贝，也未必从此不是男人。"凤知微幽幽道，"据说，山南名医轩辕擎，出身第一医学世家，一身医术可生死人肉白骨，如果这东西保存得好，也保不准能给您装回去。再说，就算装了以后没用，好歹您死的时候也是全尸啊。咱们天盛，最忌讳尸首不全下葬，祸延九代啊！"

"那……那……"李公子呆呆捂着裆。他血流得不多，这都多亏凤知微手快、刀利、下手准，所以他痛得要死，却没有性命之危，只是头脑晕眩，越发难以理解凤知微的意思。

"我说……您回去，安安分分，游学出京，去找那名医也好，去游山玩水也好，反正从此您不认识我们，我们也不认识您。"凤知微将那袋子在他面前晃悠，"等您出京了，托人捎个信，我便把您这宝贝再卖给您，成全您的名声和百年之后的尸首，如何？"

割了人家蛋，再卖给人家……

倒霉的李公子翻翻白眼，直接要晕，被凤知微大力拍脸拍醒后，面如死灰，出神半晌。他明白今日自己没带护卫，吃定了亏，就算事后能派人杀了这小子，可只要他随便把那蛋一抛，把这事说出去……他这辈子没法做人不说，李家还难免招祸。

无论如何，他的蛋已经被挤了出来，这是铁打的事实，是他永远的把柄，再遮掩都难免被人发现，而现在，他唯一能做的，就是立刻出京找名医，把自己的蛋买回来，好歹凑齐一枪两蛋。

"多少银子……"他目光呆滞地问。

"不多。"凤知微笑得可亲，"辛苦费三千两。"

三千两银子不多不少，一般都是这类公子哥儿能够不惊动自家长辈而自行动用的钱数，做人不能太贪，凤知微觉得自己很谦虚。

"身上……没……这么多……"李公子满头大汗，看她的眼神如看魔鬼，"明日让……

送来……"

"送到东池胡同西墙根第三块砖下。希望在你银票送来时，我已经得到你出京的消息。"凤知微满意地点点头，心中盘算着如何安全地拿到钱。

"不要玩花招。"凤知微平静的眼神在日光下粼粼闪烁，看得对方又缩了缩，"有身家的人永远不要和我这种升斗小民斗，因为我们一无所有，也就再不怕失去。"

李公子冷汗涔涔，咬唇点头——如果他原本还有点什么心思，此刻在看凤知微眼神时也都打消了，这单薄少年无论做什么都神容平静，这镇定本身已经够可怕了，但更可怕的是那眼神，迷蒙背后，无限倔狠。

虽然这人一句实在的威胁都没，但他就是相信，如果他真的试图报复，那这少年死了也会拖他做垫背。

"你出京三天后，再派人去同一个地方取东西，让人快马加鞭送给你，说不定还来得及。"凤知微笑意盈盈，拍拍荷包，"荷包也送给你，不要钱，买一送一。"

"……"

唤了一个路过的小厮，扶李公子回府，凤知微相信这位公子爷现在又气又慌，也顾不上杀人灭口。

她安抚了几句一直怔怔看着她，眼神复杂的茵儿，将她打发走，然后独自站在迎春花丛前，沉思不语。

初春的日光下，黄脸小厮容貌清秀，眼神温柔湿润，看花的神情十分慈祥珍惜。

手中也十分慈祥珍惜地，抓着蛋包。

……

良久她笑了笑，道："您看够了没？"

第十章
请允我偷看

四面寂寂无声，她仿佛是在对空气说话，不急不躁，微笑如前。果然，下一刻，花丛摇动，那人端着酒杯，施施然行来。

"为什么每次看见你，都有好戏发生？"斜飞的眉青若剔羽，眉下那双眼深沉黝黯，不被日光照亮。

"倒不如说好戏常发生在阁下身周。"凤知微回身一笑，有些惊异他每次都能认出自己的伪装，是不是这黄脸太有标记性了？

哎，下次扮个漂亮少年，也许他就认不出了？

顽皮的心思一闪而过，少女的眼眸因此流波跃彩、鲜活如春，引得男子更深地看她，她眸中光芒微闪，却看不出真实思绪。

他的目光落在她的掌心，眼神似笑非笑，几分惊异，几分古怪。凤知微这才想起手中的蛋包，有点尴尬地笑了笑，下意识想藏，最终却选择将蛋包抓得更紧。

"我见你三次，两次你都在杀人。"男子抿了一口酒，目光遥遥地落在云天之外，"你真当天下无王法，我管不得此事吗？"

"下次你遇见我，我一定不杀人。"凤知微肃然答道。

手顿了顿，男子哑然失笑，再次仔细地看她一眼，只见眼前少女倚着花丛，身姿单薄，眉宇间却气度开阔，因日头有些烈，她晒出一点薄汗，肌肤便泛起晶莹的水色，被那迷蒙的目光一衬，生出几分楚楚韵致。

当然，这楚楚感觉，是在没看见那蛋包的前提下。

轻轻转着手中的酒杯，男子似乎在为某事沉吟不决，突然道："你不回秋府？"

"要回的。"凤知微答得很老实，"龟奴不适合我做。"

"那你为何要托庇于妓院？"男子转目四顾，"这种肮脏的地方，以后你要怎么回去？"

"于不可能中寻找可能。"凤知微无奈地笑笑，"秋府再怎么想，也想不到我会来这里，反而比在外面抛头露面讨生活被秋府抓了把柄要好，再说，风尘女子多义气，反而比一般人可靠。"

"你可以去尼庵暂住。"

"阁下也是京师人士，难道不知道尼庵也不过是富贵人家的后花园？"凤知微唇角挂着一抹浅浅的笑意，"藏污纳垢，不逊于妓院，一旦去了，也许我终身都再走不出。"

她轻叹一声，道："我一介弱女子，命若飘萍，最大的本事也就是护自己周全而已。"

男子不答，只静静看她，他的眼神落进她眼中，于那少女收敛的锋芒里，看尽她难掩的智慧。

四面不知为何一直没有人来，连一直啁啾不休的鸟鸣声也不闻，风吹得凝重，花开得静寂，呼吸……屏息至无声。

良久之后，男子一抬袖，饮尽杯中酒，对她一笑。

他那一笑若日光初升、彩霞蒸腾，明艳得不可方物。风突然悠悠流动，花于是开得灿烂，她的呼吸终于流水般放了开来。

然后听见他淡淡道："帝京居，大不易，希望下次见你，你能安分些。"

她躬身，凛然受教。

低垂的视野里，她看见那一角月白清雅锦袍，不疾不徐地离去。

凤知微没有动，却轻轻抖了抖后背的衣服。

背上，衣服已被汗湿，黏得发痒。

刚才那一瞬间，他和初次相遇一样，再次露出杀气，甚至比第一次更浓。

她知道自己运气不好，两次对人动手都在他眼皮底下；两次杀伤人，对方都似乎和他有关联。

她不知道他在做什么，只隐约觉得，她也许坏了他的事？

就算没有什么内情，如他那样的人，定然会对自己这样的人感觉危险；如他那样的人，定然也不愿被人看出他背后的锋芒，而解决这些危险的最好办法，就是杀了她。

她刚才拼命表白自己，就是为了告诉他，她无意介入，也对他没有危险。

有那么一瞬间，她觉得自己没有打动这个外表清雅美丽、内心冷若铁石的权贵。

然而最终，他又放了她一次。

凤知微怔怔地站在迎春花丛前，金黄的花朵映着她微有些苍白的唇色，而四面暮色渐起，黄昏将临。

"小知，多带几朵花来，我晚上要用！"

"哎！"

兰香院里，每日的对答仍在继续。那天之后，凤知微顺利取回了银票，也听说了李学士的独孙出京游学的消息。她很小心地等待了一阵子，却发现一切都已经恢复了平静，看起来没有留下任何的不妥。

因为帮妈妈和兰香院解决了危机，凤知微现在日子挺好过，只是每日，她还坚持出门帮姑娘们采买。

正午时分，是帝京天水大街最热闹的时辰——店铺琳琅满目，客商络绎不绝，疾驰而过的马车镶着明晃晃的玻璃，招摇过市的贵族少年扛着精致的双管火枪。

富盛风流。

天盛，如今是天下第一大国，疆域南起金沙海疆，海疆岛国俯首称臣；北至呼卓格达木雪山山脉，桀骜凶猛的呼卓十二部尽收羽翼；东瞰肃苍高原，万里青莽放牧着星辰般的羊群；西控昌河古道，金发碧眼的异域行商频繁叩响城关。

自南向北，快马奔驰，一年难至。

这般强盛广阔，来源于大成皇朝六百年的积淀。大成皇朝风标独具的神瑛皇后孟扶摇，女帝出身，江山为嫁，与惊才绝艳的大成开国皇帝一起号称绝代帝侣。两人琴瑟和鸣，共享国事处决之权，在位期间，发展工商，开辟海市，改革货币，优化官制，推广文教，鼓励农耕……国力一日千里，领先西夷上百年。

然而天下无铁打的江山，大成一统天下后，六百年国祚，三十二帝，前期大多是英主，到十九代以后，子孙不肖，国内纷争不断，国力在内耗中日渐消退，到第三十代的庆帝，更曾闭关锁国，终在两代之后，亡于外戚宁氏之手。

宁氏建天盛皇朝之后，加强中央集权，拉大等级差距，增加关口税收，控制对外通商……由于内斗太狠，朝廷对外藩控制也远不如当初的大成。如今的天盛皇朝，富盛仍在，却再无大成建国时自由蓬勃的气息，反而从骨子里透出苍老陈旧的腐朽味道。

正如那玻璃，原本可以推广给全民，却被朝廷人为控制，成为贵族的奢侈品。

凤知微就着街边一辆马车的玻璃，理了理发髻。她不会易容，却天生对此道很有悟性，扮起少年来似模似样，连耳洞都小心地用淡黄胭脂配合胶泥填过。

然后她绕过马车，转入一个七拐八弯的巷子，在一间破旧房门前停住。

她伸手去推门，探出的手指稳定而慎重。

咻！

门开一线，一道乌光激射而出，直奔她面门，凤知微百忙中扭身错步头一偏，乌光夹着的劲风险而又险地从她耳侧擦过，带落几缕鬓边发丝。

注视着发丝悠悠落地，凤知微苦笑一下——原来今天是飞剑。

只是这一闪间，她体内时刻熬煎着经脉的灼热气流，突然微微凉了几分，透骨地舒适。凤知微眯起眼睛，感受着那难得的轻松。

门里传来轻咳声，似是不满她反应太慢，凤知微这才进门。黑暗扑面而来，屋内无灯无光，角落里坐着宽袍黑衣人，戴着一张乌木面具，整个人和黑暗融为一体，别说不辨男女，连想看出那里有个人都很困难。

见凤知微进来，那人抬手，对屋角一个炉子指了指。凤知微二话不说，认命地去提水烧水。

她沦为这人"佣仆"的过程，说起来颇有些奇特。她初到兰香院，一次出门采买时，无意冲撞了一位富家少年，被那人指使着家仆好一阵暴打。她逃入这条巷子时，慌不择路间踢翻了一个熬制草药的炉子，结果被这屋主人冲出来再次暴打了一顿。这人顺便把那群追逐她的家丁打走，却勒令她赔偿他的"九州十地大罗金仙回生丹"。

九州十地大罗金仙回生丹——名字很唬人，实质很欺诈，白痴也看得出，陋巷破屋烂泥炉，熬着甘草五加皮，是无论如何也不会练出什么"回生丹"的。

不过凤知微也只有捏着鼻子认了，她不怕强权，她怕强拳。

自此，她卖身做苦力，日日来报到，以求早日偿还"巨债"，可来了没几天，她就深刻认识到此间主人性情之恶劣、行事之离奇，实在令人发指——叫她抹桌子，桌子四角能进出机关；叫她洗衣服，衣服洗完她就开始浑身长斑，三日后才消退，害得她那几日只好捂得密不透风；陪他吃饭，他面前菜香四溢，而她面前难以下咽；更过分的是，每天她开门时，必有暗招伺候，或无声无息一指，或风声虎虎老拳，或寒光闪烁长剑，或神出鬼没暗器……就没重复过。

一个人怎么会这么多进攻招数？凤知微不解，不过一日日闪躲下来，她发觉自己竟然渐渐身体轻便、动作灵巧，而且，体内那股灼热的气流，似乎也有归顺之势。

有了这种感悟，凤知微才心甘情愿被奴役，每日出门采买完，必来报到。

提了一桶水，倒进炉子中，炉子里的草药散发着奇异的气味。凤知微自幼便由凤夫人亲自教导，医理也多有涉猎，熟知人体经脉穴道和各式药物，却也辨不出这炉子里熬的是什么东西。事实上，除了第一天的甘草五加皮大罗金仙回生丹，后来每天熬的草药都无法辨明是何物。

凤知微耐心地调控着炉火，时不时开盖看看火候，接受那难闻药味的冲面洗礼——这也是这人的古怪要求之一。

微红的雾气从壶中散发，扑到脸上，竟然是微微的凉，带点辛涩的味道。凤知微不知不觉吸了一口气，觉得心神舒爽，体内的热流突然欢快地流转起来，却不复以往的灼烫，温存而熨帖。

她沉迷于这奇特的感觉，一时舍不得离开，却冷不防，那宽袍人一抬手，恶狠狠地将一个东西砸了过来。凤知微一让，一回头看见黑衣人目光闪烁，眼神颇有几分古怪。

她愣了愣，这才低头去看手中的东西，却是一个破烂得连封皮都掉了的册子，打开看，是一本杂记。作者字写得不怎么样，笔意却飞扬睥睨，用词新奇有趣，不同于当今语言，内容囊括对武学、游记、政治、经史等各方面的感悟，写得杂乱随意，却字字珠玑。凤知微随意翻阅，越看越心惊，然后目光突然在某一页上凝住。

那页页头，突然出现另一人的笔迹，骨秀神清、铁画银钩，写着："卿卿，请允我偷看。"

接着是原作者的笔迹，写得剑拔弩张，看起来很有几分恶狠狠，"偷窥者耻！"

下一行，漂亮的笔迹答："告而窥之，不为耻。"

原作者更加恶狠狠，"责而继续窥，更耻！"

凤知微忍不住扑哧一声笑了出来，觉得这对真是妙人。不知怎的，她就感觉到，这留下笔迹的两人，一定是一对男女，而且，是心神契合的爱侣。

然而眼光扫到下一行，她突然惊得掉了手中的册子！

第十一章
是你强暴我

那一行，是那笔迹潇洒的男子所写。

"偷笑者，亦耻。"

凤知微这一惊非同小可——说的是她？正在偷笑的她？

随即又觉得是自己吓自己，怎么可能，看这册子这么破旧，这册子上的人早已作古不知道多少年，怎么可能未卜先知？

她捡起册子，下一秒又一个哆嗦。

"阁下莫惊，小心掼散了册子。"

凤知微惊到极处，反而不慌了，此时她已经可以确认，书上那男子的话，是对她说的。

心中突起戏弄之意，她不看下一行，顺手将那书作势往炉火上一搁……

宽袍人似乎大惊，欠身欲起阻止……凤知微已快速将手收回。

随即她看见书上下一行，男子写着："此书乃金丝猱皮制成，烧不坏。"下一句紧跟着，却是换了语气，似乎是对这本书的作者说的，"这孩子竟和你一样调皮。"

底下一句是那女子答的，语气似乎有些无奈，"数百年后事，何必费事以元神探知？别吓着人。"

底下再无对话字迹。凤知微摩挲着书页，微笑着想，也许这对搁下笔，躲到什么地方卿卿我我去了也未可知。

遥想多年前那对神仙眷侣，红袖添香，月下笔谈，含笑搁笔、两两对望，真真是一副很美的场景。

宽袍人一直默然不语，这人头脸都掩在极其肥大的衣袍里，似乎不愿被人看见真容，只在凤知微作势要烧书时，才动了一动。

药炉里药味袅袅，旧册中暗香重重，宽袍人的目光，突然落在了凤知微的指尖。

不知道何时，凤知微的指尖泛出淡淡的微红，在靠近药炉时，尤其明显些，随即渐渐消退。

宽袍人目光一闪，凤知微却不知道这个变化，做完了杂务，向对方挥挥手中的册子，"可以带回去看吗？"

想了想又补充道："我会小心不给人发现的。"

她直觉这册子绝不仅仅是一本杂记，那闻所未闻的金丝猱皮，也不知道是哪里的异兽；能用这册子写字的人，身份定非寻常；所遗留的文字，定然也价值不菲。匹夫无罪怀璧其罪，她最好是别要这东西，可不知怎的，心里十分不舍得放弃。

宽袍人却似乎没这个担心，挥挥手示意她离开。凤知微将册子揣进怀中，突然又是一怔。

只这刹那间，她觉得自己有些不同，但是遍察浑身，也没发现有什么不对，只得笑笑出门去。

一出门便"哎呀"一声，她这才发现自己看书入迷，竟然误了时辰，天际金乌西沉，竟然已近黄昏。

凤知微赶紧抄近路急急往回走，她知道有一处巷子，可以绕到兰香院后门。

巷子掩在街角之后，十分僻静。凤知微听见自己的脚步声，近乎空旷地响在青石路上。

空旷般的寂静之中，突然响起了不知哪里来的嗡嗡说话声。

"娘，给我一两银子。"

凤知微心中一震——这是凤皓的声音。

她急忙闪身躲在街角之后，屏住呼吸，接着便见凤皓和娘一路过来，凤皓在不住地向凤夫人撒着娇，缠磨着要"一两银子，好去买件丝绸里衣"。

"玩飞球穿不得粗布，出汗都沾在身上，还有怪味。"凤皓笑嘻嘻的，"他们都说，我再不换点像样的衣裳，便不要我玩了。"

飞球是早先大成传下来的游戏，据说由神瑛皇后所创，原先推广至全国，如今改良后却成了贵族的奢侈，一个球便价值百金。凤皓这身份，哪里能玩这飞球？又是和谁玩？

凤知微眼光落在凤皓和母亲交缠的胳膊上，心中一酸，刚才的问题便一闪而过没有多想。

她抿着唇角，孤身立在墙角后，听见娘絮絮关切着凤皓，低声说："咱们这样的人家，不要和那些公子哥儿混在一起……"随即凤皓笑道："他们答应我，推荐我去青溟书院呢。娘你不是说青溟书院是天下最好的书院吗……"

夕阳的光影射进小巷，将走过的那两人背影融为一体，而她的身影，斜而长地倒映在地面，和那背影楚河汉界，远隔天涯。

凤知微抱着臂，被逐出秋府那一夜的寒意再次袭来，她在初春的黄昏中，微微颤了颤。

眼见着娘慈爱地抚摩凤皓的头，最终耐不过他的撒娇，小心地掏了一两银子出来，又见凤皓三言两语打发走了娘，鬼鬼祟祟地四处张望，她唇角不由得绽出一丝讥诮的笑意。

娘一个月的月钱也就一两银子，真要拿出去做娇儿一件里衣也就罢了，怕就怕，送进了兰香院姑娘的脂粉乡。

一个月省吃俭用，送去给妓女买吃一半扔一半的糖瓜子。

她笑得近乎森然，不再想那对祥和的母子，也不想此时进院和弟弟碰上，干脆靠着墙角，将凉了的糯米糖藕掰了一段来吃。

吃到一半，无意中目光一掠，凤知微怔了怔。

这面后墙上，怎么有几个脚蹬的痕迹？

凤知微仰起头，发现这面墙其实极为隐蔽，一棵大树枝叶茂密，离兰香院后墙只有三尺远，树冠靠着墙头，再看墙上那脚蹬的痕迹，明显有人曾经从树上攀缘到墙上，再进入兰香院。

偷嫖，还是哪个姑娘和没钱的穷情郎私会？

正猜测着，忽听头顶树叶一阵簌簌摇晃，便见绿叶间露出一双穿着薄底千层鞋的脚，随即，一个穿月白色裤子的臀从墙头爬过，光降于树叶之间。此臀稳稳坐于树梢，并不急着下来，似乎很有闲情逸致地四面观望高处风景。

凤知微饶有兴致地靠树立着，想看看臀后此人的庐山真面。

隐约看见树顶那臀摆动不休，听那人深情凄然地道："菊花，苍天不老，此情难绝，心似双丝网，中有千千结……千万珍重，千万自爱，千万……不要为我瘦损衣带……"

凤知微捧住胃，心想也没吃太多糯米，怎么这么想呕呢？

不捧场的人似乎不止她一个，墙里似乎有人一推，树叶一阵晃动，那人便"哎呀"

一声，臀颤不休，在树顶越发凄伤地吟："去年紫陌青门，今宵雨魄云魂。断送一生憔悴，只消几个黄昏……菊花，你好狠心……"

那人滔滔不绝地将情诗背下去，不仅囊括古今，甚至还有自创诗词，随口吟诵而诸多妙句，当真文思敏捷、舌灿莲花。凤知微叹口气——这等少见才华，用于妓院之三流妓女，也不嫌作孽。

正背着，忽然一阵鼓噪声起，兰香院前门后门都响起大力的碰撞之声，隐约便听男子吼、妇人哭，吵吵嚷嚷叫："把那个不知羞的杀千刀给我交出来！"

"哎哟！"

树顶背诗正欢的那位，戛然而止，惊叫一声，鼠蹿而起，却又忘记自己还在树上，这一蹿身子一斜，一阵衣裳刺啦乱响、树叶纷纷摇乱。凤知微只看见月白的臀突然在自己眼前放大，随即砰的一声，一人栽倒在她脚前的尘埃中。

凤知微一低头——好一张风情万种的大叔脸！

大叔"哎哟""哎哟"跌得很重，却立即从尘埃中爬起，惊惶四顾，而后门擂门的人也隐约听见了这边后墙的动静，随即远远有人呼喝："去那边看看！"

凤知微一听不好，抬腿就要走——人家来捉奸，自己留着当奸被捉吗？

抬脚却抬不动，低头一看，裤脚被一只手紧紧抓着，而地上那人在泥坑里仰起白莲花一般的脸庞，冲她谄笑，"兄弟，好歹救我一救！"

凤知微蹲下身，微笑。那人满面希冀地看着她，看见她微笑着，温柔地伸出手，似乎要拉起他，那人便更加欢喜欲狂地松开她裤脚，去接她的手。

凤知微立即缩手，转身就走。

那人半起的身子再次砰的一声栽倒在尘埃里……

眼见凤知微无情无义、见死不救，而后门处脚步杂沓已经逼近，那人低叫："你敢走！"

凤知微置若罔闻，停也不停。

腰上突然一紧，她身子已经被人抱住，有高雅的男子熏香逼人而来，随即听见身后那人嚷："你不救我，我就说是你强暴我！"

第十二章

板砖事件

凤知微定住，缓缓转身，指着自己的鼻子，不可置信地问："我？强、暴、你？"

那人媚然一笑，一掠鬓发，风情万种地点点头，顺便还把自己撕裂的衣裳展示给凤知微看，"喏，你还撕破了我的衣服，铁证如山。"

凤知微气极反笑，"就阁下这张老脸，脸上的沟壑足可以栽死人。我？强、暴、你？"

"喂，你有点良心好不好？"那人急了，将一张脸直直送到她面前，"我是老脸？老脸？老脸？"

凤知微近距离瞅了瞅，不得不承认自己刚才确实是昧着良心说话，若这脸是老脸，全天下的人都可以进棺材了。

这样一张俏生生的脸，告人强暴，无论男女，都很有说服力。

当事态不可以躲避时，便无须躲避。

这是刚才那本册子上的一句随笔，很得她赞同。凤知微笑笑，道："行，救你，你先放开。"

那人斜瞄着她，觉得此人不可信任，凤知微也不挣扎，就着他的怀抱半转身，先快速打散了他的发髻。

随即将自己买的绢花戴了他满头。

新买的粉底桃枝绣纹绸布呼啦啦展开，往他肩上一披。

一抬手将瓷罐里糖藕的赭色酱汁往他脸上一倒，一阵涂抹，玉色肌肤立即成了黄黑肤色。

然后横肘一顶，将他顶在树上。

一连串动作一气呵成，那人还没反应过来，凤知微却已经处理完毕，而追兵已经近前。

好凶猛的娘子军。

当先是一个胖大妇人，左手菜刀右手砧板，左枪右棒，十分威风。

随后是和妇人容貌相似、体态略瘦的一群莺莺燕燕。她们手中凶器花色不一，大到搓衣板，小到锅铲，应有尽有。

那群人气势汹汹奔来，当先妇人挥刀大喝："杀千刀的，敢背着老娘偷腥！今儿不阉了你，我姓倒过来写！"

大脚片子噔噔地冲过来，她原以为定然能捉到自家那老不羞，不想却看见一个青衣少年，正俯首和一个妇人调笑。

妇人戴绢花，着绣纹罗衫。少年遮住她的身子，而她露出的半边脸肤色微黑。

听见人声，少年回头，一张陌生而平凡的脸上带点惊愕和不快。

那戴花妇人看见这么多人，似羞不自胜，举袖掩面，怯怯微颤。

眼前这两人，哪个都和那冤家不搭边。原以为此来必捉到自家风流鬼，不承想撞破人家好事，胖大妇人顿时有些讪讪，尴尬地一点头，手一挥，娘子军顿时呼啸而去。

凤知微臂下，美貌大叔吐出一口长气。

似笑非笑，收回臂，凤知微拦住对方道谢，手一摊，"江南道出产绣纹金花绢布四尺、丰仪斋新进点金粉绢花五朵、四芳斋糯米糖藕一斤，一共十六两八钱银子，谢谢！"

那人弯下的腰僵在一半，半晌苦兮兮抬起头，瘪着嘴道："……可否欠着？"

凤知微眯起眼，"阁下进院子，居然也不带钱？"

"用钱嫖姑娘算什么本事？"那人骄傲地一挺腰，"能令风尘女子心甘情愿倒贴，方是男儿本色。"

凤知微上下打量他一遍，若有所悟地点点头，"是，就您这姿容，也难说是谁被占便宜。"

"你……"

还没等对方露出青面獠牙，凤知微已经快速道："夜渡资可以不掏，救命费不可不给——你家夫人还没走远呢！"

那人无奈，低头摸索半晌，递过一枚小小的印鉴，道："这是田黄石的，值点钱……"

是"值点钱"，市面上手指大一块成色较好的田黄石，价值千金。

凤知微不太满意地接过，皱眉，"……还是现银比较实惠……"顺手揣在了口袋里。

那美人大叔一直看着她的举动，突然道："你是这妓院小厮？你这样的人才，屈身这烟花地，实在可惜，要不要换个地方？"

凤知微没兴趣地摆摆手，"谢了，免了。"

"那你什么时候改了主意，去城外十里松山找我，凭这印鉴找小辛就成。"

凤知微很敷衍地点点头，看着大叔"小辛"贼般潜行而去，突然叫住他。

"多嘴问一句——阁下尊夫人贵姓？"

大叔扁扁嘴，"……王。"

"……"

天色已晚，凤知微从后门进去。她先去嫣红那里送绢花，刚要推门，就见门帘一掀，一人快速冲了出来，和她撞个满怀，随即听见嫣红的尖嗓子，大骂："哪家来的浑小子！一两银子也敢要老娘过夜！"

那人满面羞红，愤而回头还嘴："本少爷看你半两银子也不值！"

凤知微怔了怔，没想到躲了这半天，还是和凤皓撞上了。他这也太不争气了，没出息到妓院来了。

凤皓倒没注意到这个小厮，他正气得浑身发抖——早些日子刚结识了一批体面朋友，带着他到处游乐，见识了许多新鲜东西，又怂恿他"尝尝女人的滋味"，说是一两银子足够，不想今天到这兰香院，那点碎银子直接被掼了出来。

门帘一甩，嫣红柳眉倒竖着出来，手指几乎戳到凤皓的鼻子上，"穷酸，回你娘肚子上趴着去，想嫖老娘，还早！"

凤皓从小被宠到大，如何受得了这种气，伸手就去扇嫣红巴掌，"臭婊子！"

一只手突然横空出世，轻轻截住他的巴掌。

凤皓涨红了脸一挣，没挣动，这才抬眼看见对面的黄脸小厮正静静地看着他。

怔了怔，凤皓认出了凤知微，"啊"的一声道："姐——"

"借钱？没有！"凤知微飞快截断他的话，对嫣红欠欠身，"嫣红姑娘，这是我一个老乡……"

"真是土包子……"嫣红咕哝一句，挥挥手。凤皓还要理论，却早被凤知微一把拽了出去。

凤皓出了院子犹自愤愤不平，大骂："贱人！只认得银子！"

凤知微连教训他的心思都没了，娘向来对他一意偏宠，这几年尤其变本加厉，自己轻描淡写说上几句，又有什么用？

她不和凤皓计较，凤皓倒不肯放过她，一肚皮怨气没处泄，看谁都不顺眼，偏头斜睨着凤知微，"姐，你怎么会在那脏地方？清白大家女子，怎么可以这么不知羞？也不怕污了我凤家名声？"

凤知微转头，不可思议地看着凤皓——以前只觉得娘偏宠儿子，对凤皓未必是好事，却没想到，人居然可以被宠到这么不知好歹的地步，别说人品，连良知都寻不着了。

她黝黑的眸子在黄昏中乌光灿然，深渊旋涡一般森冷而幽邃，看得凤皓缩了缩，随即，他听见他那一向温柔的姐姐，一字字咬金断玉。

"我再不知羞，也不会拿母亲辛苦积攒的体己钱去妓院游乐；我再有辱门楣，也不及凤家唯一的男丁，十五岁便骗钱嫖妓。"

"谁骗钱嫖妓了？！"凤皓如同被踩了尾巴般跳起来，唇红齿白的脸扭曲着，怒不可遏，"你栽赃！陷害！无耻！诬赖！"

凤知微冷笑，"此道似乎你更擅长。"

凤皓呛了一下，想起凤知微现在的境况，终究有些心虚，半晌讷讷地正要说话，忽见一大群人嬉笑着过来，当先一人向凤皓招呼："阿皓，玩得可痛快？"

"一两银子豪富出手，姑娘们定然抢着自荐枕席？"一个华衣少年挤眉弄眼，神情戏谑。

"那是，皓少爷如果喜欢，便包了人家！一两银子，足够了！"

众人一阵哄笑。

凤皓脸色一阵青一阵白。凤知微冷眼旁观，知道这便是先前娘和皓儿对话中说的那群公子哥儿了，可凤皓出门很少，没有银钱，也没什么机会行走大户府邸之间，这些人，他是怎么认识的？

凤皓年轻气盛，哪经得起这样当面讽刺，怒道："你们以为我真的拿不出值钱的？等着！"

他气冲冲转身就走。凤知微直觉不好——这小子不会愤激之下回家乱翻娘的私藏吧？她赶紧拉住他，低喝："别发疯！"

凤皓挣扎，"让开！让开！士可杀不可辱！"

　　凤知微又好气又好笑，抬手就把他拽到墙角处。她这段时间给那宽袍人做杂务，不知不觉力气长进不少，凤皓竟然挣扎不开。两人憋在墙角里，凤知微按住弟弟，怒道："你想做什么？你还嫌不够丢人？"

　　凤皓脖子一梗，继续发他的大少爷脾气，"不可辱！"

　　凤知微却在想着今天的事，凤皓突然交上这群朋友，突然去嫖妓，如今又被逼成这样，不知怎的，她总觉得这看似平常的事里透着几分诡异，令人不安。

　　她有些分神，冷不防一柄泥金扇插入两人之间。刚才先说话的那个少年笑吟吟道："你俩鬼鬼祟祟地在这里商量什么？"

　　他一瞟容貌俊秀的凤皓，突然神秘兮兮一笑，道："不就是没钱被婊子赶出来了嘛！不怕，皓哥儿！你这么好模样，我引荐你，随便哪家王爷府里陪一夜，出来就够你包十个婊子玩一年了……"

　　啪！

　　一个尾音还没结束，半空里便绽开血花，泼辣辣溅得鲜艳。那少年眼珠子突然直了，短促的"啊"一声后，砰的一声栽倒在地。

　　同时落地的还有凤皓手中半块染血的砖头。

　　凤大少爷，在刚才那一刻，难得那么迅捷地一砖头拍开了人家的脑袋。

　　"杀人啦！"

　　拍砖声惊动了在墙那边等待的其他少年，一人探头过来，看见地上的少年，顿时杀鸡般惊呼。

　　变调的惊呼惊醒了发愣的两人。凤知微心道不好，伸手就去拽凤皓，想拉他一起逃跑，可手刚伸出去，凤皓突然将手中染血的砖头往她手中一塞！

　　随即他一个翻身，从身后一堵短墙翻了出去，砰的一声似乎栽在墙那边，却停也不停地爬起来跑远了。

　　凤知微第一反应就是扔掉手中砖，然而已经迟了，那一群富家少年已经拥了过来，齐声呼喝："抓住这人，他杀了人！"

第十三章
楚王宁弈

满地鲜血，地上躺着的人生死不知，人群惊呼拥来，弟弟再次临阵栽赃，逃之夭夭。

这一瞬间发生的事太迅速、太让人始料不及，凤知微素来镇定，此刻也愣了一愣。

立在那里，她看着凤皓消失的方向，心中的怒火刹那一涌，随即听见手中轻微的嚓一声。

一声响过，半空里飘起簌簌粉尘。气势汹汹的人群突然停住了脚。

凤知微一低头，便看见自己手中的半块砖，不知何时已经碎成无数截，落在地上。

这一手惊着了那群公子哥儿，也惊着了她自己。凤知微难以置信地抬起手，看了半天也没看出哪里发生了异常。

她试图找回刚才那一瞬间热血上激的感觉，再次捏一把试试，结果手中的砖头渣子纹丝不动。

四面围过来的人却已经停住了脚，惊惶地望着她。凤知微一撒手，砖头渣子落地，她顺脚将渣子踩碎，地面上只留下一堆灰迹。

随即她笑道："哎呀，这位兄台怎么突然倒地了？快送医救治！"

"……"

众人直着眼，望着刚才还抓着染血的砖头、现在却在卖力张罗救人的"杀人凶手"，一时都跟不上凤知微诡异的思路。

"在下一介穷酸，"凤知微拍拍掌中灰，那个动作立即逼得冲在最前面的公子哥儿胆怯地退后一步，"无钱付诊金，我也就不多事了。这位兄台伤势不轻，各位请，快请。"

凤知微微笑着对正愣得七荤八素的人们手一引，风度翩翩，镇定转身，退场。

一阵冷风吹过，后背衣衫贴在身上，凉飕飕的。

再走几步，就可以脱离这群人的视线……

啪、啪、啪。

三道慢条斯理的掌声，在一片诡异的寂静中突兀响起。

凤知微转头，便看见不远处两匹骏马之上，坐着两个男子，身后跟着一大群官儿衙役。

左侧白马上是个少年，着明紫锦罗袍，俊秀中还带有几分稚气，眼睛乌亮如黑珍珠，正瞪得大大的，看着她。

右侧黑马上，男子漫不经心地俯首看她，月白隐青虁纹长袍清雅如一束山间月光，和其容颜、气质交相辉映，披风却是深黑色的，绣着大团淡金曼陀罗，流水般拂在肩头，妖艳而凛冽，整个人有种矛盾般的诱惑之美。

他眼神静而深，盯着凤知微的目光，看不见任何涟漪。

凤知微有点尴尬地扯扯嘴角——上次才和人家保证不生事、不杀人的，这么快竟然又让他遇上这种场面。

这次更狠，她持砖当街行凶，将人开了瓢。

想她好歹也是大家淑女出身，向来循规蹈矩，为什么每次遇见他都这么巧？唉，是不是和他八字不合啊？

紫衣少年在马上瞪着眼睛，指着凤知微，断断续续道："你——你——"

凤知微心中一沉，知道这几个人一定已经看见她手持砖那一幕，看来今日想要蒙混过关，很难。

那少年确实看见凤知微毁凶器又坦然赖账，下意识地便要说出口，可不知怎的，看见凤知微那双在危急时刻愤怒却镇定的眸子时，张了张嘴，话堵在了喉咙口。

他有点无措地看向身侧的六哥，却觉得一向深沉的六哥，此刻看人的眼神有点奇怪。

马鞭轻轻敲在镶金鞍鞯上，黑马上的男子没让自己的幼弟把话说完整，便开了口："闹什么？"

"殿下！"那群公子哥儿像看见救星，急急扑过去，却又不敢靠那马前太近，"吴家小公爷被杀了！"

凤知微心中又是一沉——姓吴，又是小公爷，很明显是当朝辅国公家的嫡系子弟，而凤皓竟然结交到这个层次的贵介子弟，又惹了这么大的祸事！

而这有三面之缘的男子，是哪位皇子？传闻中太子性情喜怒无常；二皇子好武跋扈；五皇子冷峻难接近；六皇子是太子一党，以美貌风流、个性恣肆传名帝京；七皇子和五皇子交好，在朝野声名不错，是诸皇子中最早封王的；十皇子年轻，倒没什么传闻。

看年纪，不是六就是七。

"蠢货。"男子上挑的眼角盛满轻鄙，马鞭一指地上少年，"人死没死，都不知道？"

众人又一窝蜂地去看地上的伤者，几个公子哥儿赶紧把人抬走救治。掌管京城治安的九城都卫指挥使驱马行到男子身侧，皱眉问："可知凶手何人？"

"他！"其余人齐齐指向凤知微。

凤知微一脸惊讶，退后一步，无辜地瞪大眼睛，"路人好奇，无意卷入，胡乱攀咬，何其冤枉！"

"瓜田李下，事端突生，不知回避，招祸活该。"那男子居高临下看着她，接得流利迅捷，生生将凤知微给堵住了。

抬眼，两人目光再次相撞，一个警惕，一个森凉，半晌，凤知微垂下眼帘，主动避让。

形势比人强，就是有一肚皮的伶牙俐齿，这时候也最好不要拿出来显摆。

这位虽然捉摸不透，但好歹那句话里，竟然隐隐约约帮她摘清了点干系。

九城指挥使面色微微为难，向男子躬身，"殿下，辅国公那里必定要一个交代的。此人身负嫌疑……"

男子凤眼斜飞，瞟了凤知微一眼，淡淡道："你既说冤枉，那么，可能指证凶手是何人？"

凤知微一怔，一瞬间心念电转，半晌咬咬牙，忍住了将凤皓招出来的打算。招出来有什么用？拔出萝卜带出泥，妓院小厮身份牵扯出来不说，让秋府知道了保不准还落井下石，再说，到时娘在自己和弟弟间，是不是会再次做出那样的选择？

心中一酸，面上却一丝不露，她坦然笑着对身后一指，"刚才有看见一人满手鲜血，越墙而过，向西去了。"

白马上的少年呛了一声，突然不住咳嗽，引得黑马上的男子转眼看他，少年讪讪笑道："呃，六哥，没事，风大我闪了舌头。"

六哥……果然是六皇子楚王宁弈，至于这个风大闪了舌头的，自然是十皇子宁霁了。

京中曾流传有一句诗："早梅发高树，回映楚天碧。"暗指的就是封号楚王的宁弈。

当今诸皇子中，原先风头最盛的并不是太子，也不是号称贤王的七皇子，而是这位少年早慧的六皇子。据说，此子出生时，宫人曾闻天际有礼乐之声，然而这个传说似乎没给他带来好运，不过几个月，他的母妃产后血崩而死，无声无息湮灭于巍巍皇城。之后，皇后曾试图将他养于膝下，但不知为何，很快又将他交给自己的远房族妹贵妃常氏抚养。

传闻里宁弈开口极迟，三岁才出口第一句话，但仿佛那姗姗来迟的一句话便开启了他一生的灵慧——他五岁破围棋国手珍珑局，七岁和天下第一才子、惊才绝艳的辛子砚对诗。盏茶之间，《盛风》赋成，洋洋洒洒千字长赋，耀彩腾文、气象万千，令个性独特的辛子砚拍案惊奇，引为忘年之交，并因此接受皇家延请，成为天下第一书院院首，宁弈也因此轰动京华。

但诸般光彩都似昙花一现，宁弈七岁时，天盛建国之后，一场大病葬送了那皎皎童子的无限才慧，而从生死线上挣扎回来的宁弈性情大改，从此走马章台，沉迷烟花，谢家燕、王家柳……少年风流的宁六皇子，成为帝京花魁红唇贝齿间时时旖旎娇唤的佳客。

也因此，辛子砚曾对友人暗叹："欲为万里赠，杳杳山水隔。"这是那句映射宁弈的诗的下一句，其中含义，深不可言，然而无论有什么含义，无论是否有谁曾试图"相赠万里"，对如今的宁弈，也已经没有了任何意义。

也因为那场病，宁弈一直没有去位于天盛西北的楚地就封，而是留在帝京调养身体，当然，是用药调养，还是用美人香泽调养，还值得推敲。

不过凤知微绝不会现在推敲这个问题，她像煞有介事地指着那个方向。宁弈瞟她一眼，尚未说话。那"风大闪了舌头"的十皇子宁霁，已经笑嘻嘻道："那么，麻烦阁下引路？"

他笑容狡黠，乌亮的眼珠转啊转，一副看好戏的模样，以为凤知微一定心虚，不想凤知微一点头，转身便走。

"跟上！"宁霁一愣，反应倒也快。

巡捕们急急跟上。凤知微带着他们左一拐右一扭，进了一条小巷，道："我看见人往这巷子里去了。"

她指的正是那宽袍人的屋子——宁弈愿意再次给她个机会自救，她便瞬间想到了这个神秘人——交代出凤皓保不准还要连累自己，而交代出这个人，最起码他能自保，万一动起手，她也好浑水摸鱼逃走。

这么想着，凤知微悄悄退后几步，等着一旦乱起，立刻逃开。

她面对着衙役向后移动，突觉背后一凉，有什么东西硬硬地硌住了腰。

转身，便看见镶金嵌玉的马鞭横在自己后腰，而马上，宁弈俯低眉目清雅的容颜，微笑得近乎亲切地看她，"要去哪儿？"

第十四章
胭脂痣

凤知微看着他完全没有笑意的眼眸，也慢慢笑了笑，道："哪儿都不去，等指挥使大人查获真凶。"

"正好，你我心愿一同。"宁弈笑得更亲切了。

凤知微抽抽嘴角，心想，反正人也没死，这点小事，王爷殿下跟过来做什么？她靠着他的马站着，十分仰慕地昂头看那极其神骏的黑马，笑道："王爷，这是邻国大越上贡的骊马吧？天下难得的品种呢！听说大越一年也上贡不了几匹。"

话音刚落，一旁十皇子宁霁的眼光突然掉转过来，有点担心地看了看宁弈。

宁弈神色如常，俯低眼睛看着坦然和他对望的凤知微，只见那女子微微仰头，虽然是苍白的少年容貌，目光却依旧平静清澈，实在看不出有什么异常。

他眼神微沉几分，十分简短地"嗯"了一声，掉转脸有点出神。

凤知微似乎没有发觉他情绪的突然转变，兴致勃勃地伸手去抚那马身。宁霁神色大变，喝道："别乱碰蹑电，它脾气暴——咦？"

那匹性子出奇古怪的名驹，今天突然转了性，对凤知微的碰触只是象征性地让了让，随即便微微动了动身子，还凑近了她一点。

此时宁弈也已经转过头来，眼神中有些惊讶。凤知微收回手，讪讪地笑道："对不住，这马实在漂亮，没忍住。"

她微微笑着，无辜的样子，无辜地想，前不久宽袍客和她闲聊，说起二皇子和六皇子曾为大越名驹相争，最后闹得皇帝老子险些动祖宗家法，六皇子也因此被禁足三个月——如今看来，果然是不错的。

轰！

几人话还没说完，接到命令搜捕小院的衙役刚要踢开院门，就听院内突然传来一声巨响。

刹那间，院墙塌了半边，墙边一直熬煎着药物的炉子飞了起来，砸在了冲在前面的几个衙役身上，几人嗷嗷乱叫着跳开去，而更多人则被气浪冲倒在地。

一片灰烟弥漫中，小院废墟里突然飞起两条人影，一人宽袍黑衣，戴着乌木面具，正是折腾了凤知微好一阵子的宽袍神秘客；另一人却不认识，远远看去，身材修长，戴着纱笠，天水之青的衣袂飞舞若流云。他的身法极其奇异，笔直自烟尘中升起，浑身上下静若凝渊。黄昏的日光打在他肩上，天水之青便泛出淡淡的水色光华，像一尊眩光里升起的玉雕神像。

那一瞬间，地上人人仰首，连凤知微都看得眯起了眼睛，只觉得哪怕容颜不见，那气质风神也已逼人。

只是这般为风华所慑的一瞬间，那两人已经冲近来。看样子，他们原本就在小院里比斗，只是误打误撞被凤知微带人惊扰到，于是破屋而出。

宽袍客发现凤知微，"咦"了一声掠了过来，那青衣纱笠男子却如轻烟般紧追他身后，手一搭便搭向宽袍客的肩头。宽袍客下意识地让开，而那人居然不改变方向，直向凤知微的脸抓来。

日光下那手指如玉，指尖却泛着珊瑚般的红。

这人速度快得惊人，凤知微眼前一花，劲风已然逼脸。她正要哀叹如花似玉的容貌从此诀别，身侧宁弈突然冷冷一哼。

哼声未毕，他的衣袖已经迎风掠起，翻飞间碧光一闪。

天地间都有光芒亮了亮。

亮至逼人，所有人都刹那闭眼，凤知微也不例外，却努力睁开一线眼缝试图看清状况——隐约间面上突然有柔软的布料拂过，天水般澄净的青，像是苍穹经风雨淘洗之后的色彩，透过布料经纬看见的淡色稀疏阳光，都似因此润而明澈，而那拂面的感觉软而轻，像一个惊破荣华的梦。

　　随即，她又觉得月白色光华一闪，氤氲如梦的天水之青便淡去，接着，一道华丽的碧色匹练自眼前横曳而过，淡金色的曼陀罗花朵妖娆一绽，她的眉心间突然落下湿润的水滴。

　　那水滴色泽艳红，沾在眉间，像一颗命运无心点落的胭脂痣。

　　这般种种变化都在刹那间，凤知微突然觉得心中恍惚，她不明白发生了什么事，心里却升起淡淡的凉，随即觉得身子一轻，身不由己地被拽了出去。

　　三道人影，瞬间消逝。

　　场间一片死寂般的安静。

　　良久，有人轻轻哼了一声，随即是宁霁的声音，带着几分震惊和不安，"六哥，你受伤了！"

　　九城指挥使大惊，急忙奔过去询问。宁弈面无表情，淡淡地看着凤知微消失的方向。他此刻没坐在马上，而他原先的马鞍，不知何时，翻了个个儿。

　　就在方才，他和那青衣男子对掌，下意识试图挽救她一张脸时，那混账女子，却先在他马鞍上做了手脚。

　　很明显，先前她故意提起大越贡马的旧事，引他不快失神，接着便顺手在他马鞍上安了一个简易倒钩。他掠下马拦截那时，带得倒钩翻起，戳痛马身，而马一动，绊得他动作慢了一慢，于是，他不仅没能拦下对方，还受了点伤。

　　她和那青衣男人相识？两人约好了下手合攻他？

　　宁弈面无表情，眉宇间却生出森然的冷，对指挥使关切的询问一言不发，只缓缓从袖筒里抽出一方丝巾擦了擦手上的血迹，随即顺手一扔。丝巾飘落在地，巾上娇蕊数朵，在风中颤颤，鲜活如生。

　　然后他漫然转身，一脚将那绣工精绝的佳人绣帕踩落于泥泞中，毫不顾惜。

　　黄昏的日光看似烂漫实则隔膜，隔出他唇角笑意微凉。

　　好，好，你好——

第十五章
大侠，你大胆地跟我走

初春夜里的寒气，是那种不凛冽却沁凉的感觉，凤知微被裹在风中一阵奔驰，很快整个人就冻成了冰棍。

她无法抬头，看不见挟持自己的人的脸，只看见天水之青的衣袂，在风中不疾不徐地流动，很明显是那个面纱罩脸、试图抓毁自己脸的男子。

这人衣着看起来有点怪异。天盛皇朝富盛风流，时人衣着流行宽大敞露，男子露一点锁骨视为都丽之美，然而这人，从上到下裹得严实，垂下的笠纱直披到肩头，连脖子都没露一分，衣袖也比一般人要长，落下时完全覆住手指，也不管这样打起架来是不是方便。

他身上的气息不同于宁弈那繁花盛雪般的华艳又微凉，而是一种流水中青荇的味道，似乎闻不着，离开了却又能令人想起那般微涩而洁净的感觉。

他拎着凤知微——用两根手指，指尖还翘着，不是做作地摆兰花指，而是很明显，不愿意碰触到凤知微身上任何部位。

凤知微苦笑，心想，这八成也是个难缠的。宽袍客，很明显武功不凡，这人却似乎还要高上一层，早知道这样，她还不如去坐牢呢！

只是这人和自己素昧平生的，为什么要抓自己呢？

身子突然重重一顿，顿得她头晕眼花，半天才看清，他们停在了城外一片郊野里。

那人将她扔在地上，扔出的时候顺便封了她的穴道，随即站定，不动了。

他站着不动，不说话，月光冷冷泊出一弯霜白，他在那片白里晶莹纯澈，更像一尊雕像。

凤知微仰头看着他，心里毛毛的，突然怀疑自己是不是和某具传说中容颜永驻的不老僵尸待在了一起。

好在哑穴没封，她试探着搭讪："喂……"

那人不动，连头也不转一下。凤知微不气馁，继续喊："喂……大侠……"

那人突然搭话了，对着前方空气说："喂，大侠。"

"……"

"你是谁？"

"你是谁？"

"……"

"我叫魏知……"

"……我叫魏知。"

"……"

凤知微再也坚持不下去，苦着脸揣测着——这人属应声虫的？或者这真的是具僵尸？美貌的、不会说人话的僵尸？

那人静静站着，似乎在慢慢想着什么，然后想起来什么似的，摇了摇头。

这是他第一次给凤知微感觉到"像人"的动作，她心中燃起希望，换了个话题问："大侠，咱们无冤无仇，你抓我来做什么？"

那人这回终于正常了点，答："抓人。"

……什么意思？

"抓谁？"

"人。"

凤知微脸青了一半——我当然知道我是人！

换个方式问："你要抓的人，是我？"

那人偏了偏头，月光透过朦胧的笠下面纱，隐约间那眼波亮而静，像一方凝玉，毫无流动。

"抓院子里的人。"

凤知微又呆了呆，想了想问："不管是谁，只要是院子里的人？问题是当时院子里很多人。"

那人似乎想了一下，他说话很慢，答话也慢，一个字一个字地吐，语声毫无升降起伏。答话时也不看人，目光只落在自己面前的一尺三寸地上，似乎像个神智不全的人，然而凤知微却知道，神智不全的人，很难学成他那一身行云流水般的绝顶武功。

随即听他答："他们说，抓院子里的人。"

凤知微呆了半晌，有点明白了，看来这个人是受命而来，大概是为了抓走宽袍客，而宽袍客一直独居从无外客，所以这个一根筋的就被交代只需要抓院子里的人就行。谁知道她撞上来，这人最后一抓抓的是宽袍客，可宽袍客让开，他顺手便抓了她。

真是倒霉催的！

她突然又觉得有点不对，当时宁弈也在，为什么不抓他？

她老实说出疑问，但这个问题对于对方似乎太难——月光下那人又站成了玉雕，不回答了。

冷风嘶嘶，月光寂寂，一坐一站两人，大眼瞪小眼，哦，不，大眼瞪面纱。

半个时辰过去了。

月光寂寂，大眼瞪面纱……

一个时辰过去了

冷风嘶嘶，大眼瞪面纱……

……

面纱始终纹丝不动，玉雕站姿永远完美，凤知微却已经要崩溃了——这是在干什么？

"你要干什么？"

玉雕答："等。"

"等谁？"

"他们。"

凤知微哀吟一声，知道不用问他们是谁，问也问不出，"他们怎么还不来？"

来了算了，一刀被宰掉也胜于在这春夜泥地上，被封了穴道，和一个玉雕一起干等。

好歹来的应该是正常人，她还有可以攻关的余地，而对一个玉雕或石头，没有攻克的可能。

"不知道。"

果然是不知道。凤知微的怒火噌噌地往外冒，什么好脾气也经不得这等磨人的考验。她忍着气张望半晌，看着四面景物雷同的野外，突有所悟，"你们约在野外？你是不是认错路了？”

这四野树木山石，相似的地方很多，最近听说城外青溟书院扩建，采石改道的也有地形变动……难不成这人第一次来帝京，而他那群伙伴没能给他交代清楚地点，于是他迷路了？

那人缓缓转动脖子，看了半晌，缓缓答：“也许。”

……

好吧……老天生下我就是为了磨炼我、考验我，最终成全我的……凤知微咬牙半晌，恨恨道：“我认得路，你给我解穴，我带你找到你要去的地方。”

“他们要我等。”

“那是在正确的地方等！”凤知微终于有辱斯文地吼了出来。

那人永远不为凤知微所动，毫无迷惘，继续坚定而简练地答：“等。”

……

“那解开我穴道好不好？”一败涂地的凤知微哀求，“他们没说不可以解开穴道，对吧？”

这句话终于起了作用，玉雕思考半晌，点点头，衣袖一拂。

凤知微立即觉得身子一松——这人竟然可以隔空解穴！这种武功，以她最近被宽袍客耳濡目染的武功见识看来，绝对惊世骇俗了。

她一骨碌爬起来，拍拍身上的灰，看也不看那玉雕一眼，微笑道：“大侠，他们没有说抓了人以后怎么办，对不对？”

玉雕沉默着，似乎在搜索记忆里这个问题的固定答案，半晌摇头。

“没说杀了，对不对？”

“他们说要问一些事情，问那人在哪里。”

后半句没头没脑。凤知微听不懂也不关心，只抓住重点，“既然他们没说要你怎么处理抓来的人，只是要你等，那么，你等你的，我走我的……再会。”

再会，永远不会。

和这种人在一起，会疯的。

凤知微走得干脆，头也不回，走出好远，却忍不住回首。

那人依旧一动不动地站在原地，月光下影子长长，他天水之青的衣袂在月色下像一道透明的风，悠悠飘摇。

凤知微哼一声，继续走。

前方突然出现一道山坳，凤知微这才认出这是城外十里松山的一个山头。这里十分偏僻，少有人来，倒是前方三里处，有座迎客亭，十分显眼地矗立着。

如果她没猜错的话，那少根筋口中的"他们"，肯定和他约在了迎客亭这简单好认的地点，然而这人却跑错了，跑到那背山的山坳里。

凤知微幸灾乐祸地笑笑，心想，等吧，瞧你那一步不挪地等，等到人家找到那里，一定饿死了。

她继续前行，又走了几步。

然后突然叹了口气，停住了脚。

唉……

随即她转身，大步回到那人身侧。那人依旧面向月亮站着，对她的离去和到来都无动于衷。

凤知微再次坚定地相信，这人真的很可能会在这里等到饿死。

她伸手去牵他，那人立即让开，凤知微道："你路错了哎，他们在别的地方等你。"

那人终于偏了偏头。凤知微笑眯眯地牵着他的袖子，"走吧，带你去。"

那人也便跟着走了。

凤知微喜洋洋地牵着人家，走在无人的旷野上，并没有走向迎客亭方向。她心中打着如意算盘：他衣服质料很了得，身上银子一定不少，而她现在不敢回城，三千两银票没带出来，正好借来花花。

他武功那么高，又好骗。她现在的安全好像很有问题，正好牵去当保镖……

庚寅年二月初三，一个月黑风高的夜里，凤知微，凤大小姐，自以为赚了大便宜地牵走了一个神秘的男人……

第十六章
咱们谁跟谁

凤知微后悔了！

早知道男人不是随便牵的！

她牵着那家伙走了大半夜，一开始还很高兴，因为发现他身上虽然没有银子，却有些做工精细的人皮面具。她不问自取，找了张普通少年的戴上，自己觉得买卖还是划算的。然而又走了一阵子，觉得又累又饿，便问他："可有干粮？"

书上说，大侠行走江湖都随身带干粮的嘛！

那人听见她询问，这次反应很快——不是回答，是肚子立即咕咕一响，随即慢慢向她伸手，"干粮。"

凤知微眨眨眼睛，这才醒悟过来——人家饿了，问她要干粮了！

伸出来的手也雪白如玉雕，丝毫不像武人的手指。可惜凤知微完全没有兴趣欣赏，只想毫不淑女地恶狠狠地打掉这只手。

"你会打猎不？"她忍着气，勉强笑靥如花地问。

"你打猎。"

"！！！"

这不是个大侠，这是个少爷！

凤知微开始后悔自己的决定，算了，还是把他扔了吧，饿死拉倒。

她温柔地放开拉着他衣襟的手指，温柔地把住他的肩，转了个方向，笑道："喏，他们就在那个方向，你自己去找啊。我去帮你打猎，再会。"

然后她潇洒地挥挥手，快步向前走。

终于做了个明智的决定……男人果然是不能随便捡的……

她在月色下轻快地走着，有点讶异自己的体力似乎越来越好，折腾大半夜也不累，步子多么有力啊！

步子……有力……

这步声，也太重了吧？

她有点僵硬地回头，果然看见，身后亦步亦趋飘着那纱笠少年，天水之青的轻薄衣袂在月色下像一道展开的娴静流水。

凤知微抚额，有点悲怆地预感到，事情不是这么好解决的。

"你跟着我干什么？"

玉雕静静道："你说带我去。"

"我那是骗你的。"凤知微温柔甜美地告诉他。

"你说带我去。"玉雕不为所动。

"……"

当凤知微前后尝试了三四种办法依旧无法令玉雕放弃跟着她之后，她终于悲惨地认识到，这牛皮糖算是粘上了。从头到尾，他就能用一句话打发她！

你说带我去！

算了，和这人对话也是找虐，凤知微终于放弃。她走了大半夜，又饿又渴，看见前方一处溪涧，便想去喝水洗脸。走到溪边，她取下面具蹲下来，月色明亮，她的影子清晰地倒映在碧水之中。

那影子看来有几分不同。

凤知微怔怔地看着水波中摇晃的影子——女子皎皎如月，唯独眉心一点红痣如胭脂，平添了几分妖娆。

半晌，她缓缓抬手，在眉心一捻，指尖沾染一点鲜红，月色下光泽幽幽。

凤知微对着这点眉心鲜血怔了半晌，脑海中浮过黄昏时翻飞的月白衣袖，和那在华丽碧光里绽放的淡金曼陀罗。

宁弈受伤了？

凤知微立即便猜到，他受伤必然和自己的小动作有关——和玉雕这样的高手对阵，稍有分神，别说受伤，性命之危也是有的。

她怔怔地立在月下。悄然良久，银霜般的月色镀在她玉白的脸颊上，再落于飘飞的衣袖，而衣袖下，沾血的手指，终于无声无息地将那点血迹捻去……

落在谁眉心的胭脂痣，落不下生命的印痕。

半晌，凤知微一抬头，才看见前方半山处，掩着一座建筑。

从树荫山石间露出的那一角别致的青色飞檐来看，好像这一路纠缠着，竟走到青溟书院来了。

青溟号称天下第一书院，前身是大成第一书院，早先云集天下才学之士，不分贵族寒门，只选超卓学子。天盛建国后，按照这个皇朝等级森然的一贯习惯，青溟渐渐成为第一皇家书院，只为皇族和贵族官宦服务。不过，自从辛子砚就任院首之后，在他的坚持下，每年还是会招收一部分特别出色的寒门及商门学子。这些人进来十分不易，学成后却多半仕途通达。这也不奇怪，书院档次太高，随便一个隐姓埋名的学子，都有可能是手眼通天的贵族，哪怕书读不出来，单靠这经营的关系，也足够这辈子混了。

所以每年青溟学试，天下人都会挤破头。凤知微想起那日听见的弟弟和娘的对话，心想，那批和他交往的狐朋狗友想必都是青溟书院的，果然纨绔。

她此时很饿，无处可去，还牵着个累赘，心想，不如去要点吃的？

于是便带了玉雕去敲门。敲了一阵子，边门打开，一个老苍头探出头来，待凤知微将来意说明后，那老头翻翻白眼，粗声道："一杯水一百两银子！一个饼一千两！拿不出，滚下山！"

凤知微愕然——这是水还是玉液琼浆？难道沾了青溟书院的牛气，连水也高贵了？

好在她一向性子好，想让她生气不太容易，她还是赔着笑说："老丈……家兄有病，好歹通融一下……"

"对，我知道你家兄有病，还知道你早年丧父，寄人篱下，受尽冷眼，兄不友弟不恭，被逐家门，流落江湖，险些卖入妓院……"老头翻白眼，意态飞扬，手一挥。

凤知微惊叹地仰望他，唏嘘道："您怎么知道的？真是一点都不错！不过我没被卖入妓院……"

"你没卖入妓院，就是你姐姐被卖入妓院，不过就是这些！"

凤知微听得有点不对，转头看看，这才发现四周都是裹着毯子、席地而睡的人，虽有人衣着光鲜，但大部分衣衫褴褛，形容枯槁，脸色比她还黄，表情比她还可怜，衣衫就差盖不住屁股了，都巴巴地望着那老苍头，眼底闪着希冀的光。

凤知微心中一动，若有所悟。老苍头已经恶狠狠再次关上了门。

苦笑一声后，凤知微正摇头要走，突然过来一个少年，斯斯文文对她一揖，"兄台。"

凤知微不明白他过来做什么，还了礼，但看那少年容貌清秀，一双眼睛尤其特别，似有星火于其中璀璨，看得人目眩。

那少年神秘兮兮凑过来，道："兄台是不是不明白为什么会这样？"

凤知微肃然求教，"愿闻其详。"

"书院辛院首，早先出身寒门。"那少年低笑，"是以对寒门学子一向照顾，所以……"

凤知微恍然大悟——所以不管有钱没钱，这些人都扮成颠沛流离、衣不蔽体、一个比一个凄惨的穷酸样，好让辛院首看中得以进入书院。

所以，看惯了这一幕的老苍头以为她也是扮穷大军的一员，直接给她吃了闭门羹。

何其冤枉！

"既然知道这里面有假，为什么不干脆杜绝？"

少年神情中似有敬意，道："辛院首说，将这些人驱逐容易，书院也能落得清静，但是假如其中真的有贫苦却又有才学的人，岂不是白白断送了人家的机会？所以他并不阻止，偶尔还会出来亲自选拔，只是要想过老苍头这一关，就很难了。"

凤知微笑笑，道："辛院首真是慈悲心肠。"

"那是！"少年无比仰慕地道，"院首大人，人品贵重，心地良善，扶老恤贫，不慕女色，私德谨慎，洁身自好……"

他赞得滔滔不绝。凤知微微笑听着，心想，这说的是正常人吗？还有，这小子声音这么高，不会是想让老苍头或者随时可能出门的辛院首听见吧？

突然又听见他悻悻地叹气，放低音量道："小弟是从南海过来的，不知道此地规矩，穿得实在太漂亮了些，本想在山下穷人家买些旧衣，不想山下人居然因为卖旧衣都卖成了富户，个个衣裳比我还光鲜……"他连声叹气，神情十分惨痛。

凤知微闻弦歌而知雅意，立即道："兄台可是看中小弟这身衣服了？"

"然也！"那少年一合掌，"兄台痛快！小弟出一百两银子，买您外衣就行。小弟这套南海鲛丝长衫，也归您！"

"好，成交！"凤知微比他还爽快，立刻开始脱外衣——一身小厮衣裳卖一百两银子，还饶上一件名贵外套，傻子才不换！

她衣裳一脱，叮的一声响，一个小小的物件从袖筒夹层里掉落。凤知微还没看清是什么，那少年已经抢先捡起，拿在手中仔细一望，顿时"咦"了一声。

他掌中是那块田黄印鉴，翻来覆去看了几遍后，那少年眼光突然就变得狼似的。

凤知微愕然地看着他，心想，这人看起来就是出身大富之家，不会对一块田黄石也起贪心吧？

那少年捧着田黄石，喜滋滋道："你有这个，怎么还……"一抬头看见凤知微愕然的眼神，顿时改了口，笑嘻嘻凑过来，用肘捅了捅凤知微，"大哥，咱商量个事。"

凤知微有点奇怪，这小子怎么突然亲热了许多，还这么自来熟，于是随口问："怎么？"

"您也想进书院是吧？"少年低笑，"小弟包您能进，只是有个小小的要求：您进去的时候，说小弟是您的随从，如何？书院允许每人带两个伴当入学……哦，忘记自我介绍了，小弟姓燕，来自南海燕家。"

凤知微目光一闪——南海燕家，天盛三大潜族之一，和天战世家、轩辕世家并称于世，据说早先都是皇族，后来为大成吞并，而隐退的前皇族势力渐渐由前台转向幕后，不再闻声于朝，但在草莽之间，三大家族势力雄厚，天战世家稳控江湖；轩辕世家是商业巨头，掌控全国医药、锻造、纺织等业；燕氏则为海上霸主，麾下有全国最大的船舶工坊，在遥远的明海之上，燕家船舶的风帆遮天蔽日。

商家财势雄厚，在这天子脚下的帝京却鞭长莫及，但无论如何，燕家子弟，值得结交。

"怎敢委屈兄弟做佣仆？"凤知微猜想，这关键在那田黄石身上，却也不问，只微笑推辞。

那小子发了急，跟过来道："每月纹银三千两，供大哥零花！"

"无功不受禄，呵呵……"

"一万两！"

"钱财乃身外之物，呵呵……"

"小弟在帝京一应家人下属，随时供大哥驱策！"

凤知微不呵呵了，微笑转头，认真看燕家小子。燕家小子缩缩脖子，坚定地举起手，"以我大燕氏皇始祖神位发誓！"

当他家祖宗真可怜，动不动就被拎出来发誓……

凤知微微笑，一拍燕家小子的肩膀。

"咱们谁跟谁啊……呵呵！"

第十七章
樱桃诱惑

　　燕家小子再次去敲门。果然这次情况不同，老头前倨而后恭，亲自迎出来，于是，三个人在众人无限羡慕的目光中，进了号称最难进的青溟书院大门。

　　玉雕是不用问的，他目前的全部思维好像就是跟着凤知微。凤知微怀疑，就是去茅坑也许他也会跟着。燕家小子喜气洋洋，看那样子，不像去做小厮倒像是去做院首。

　　凤知微一脸无所谓的态度，她反正无处可去，妓院那里，李公子挤蛋事件之后，还是不要待久的好，但唯一遗憾的就是宽袍客那里——给他熬药让她很舒服啊，可以后享受不到了。

　　她摸摸怀里，想起宽袍客借给她的册子。她打算就此把这书给黑了，反正借书知道还的能有几个？

　　燕家小子乐颠颠地跟在她身后，道："小弟燕怀石，不知兄长大名？"

　　怀石？这小子精得石头都能榨出油，叫这名字实在不搭调，这名字适合玉雕。想到这里，凤知微笑笑道："兄弟魏知。"

　　对方长长"哦"了一声，很明显，不信。

　　凤知微也不管他怎么想，和蔼可亲地问玉雕："名字？"

　　她算是发现了，和这人说话，一定不能复杂，越简单越有可能得到答案。

果然玉雕答："顾南衣。"

"好名字。"凤知微假惺惺地赞，心中却想，白瞎了好名字。

青溟书院很大，占地百里，分政史、军事两个分院，所有学生均是白衣入学，同等对待，吃、住、行完全一致。据说这个规矩是辛院首定的，早先朝廷十分不赞同，称这样对入学的官宦子弟不安全，也无法体现贵族威严。辛子砚这人也绝，并不和朝廷对抗，而是立即在书院门口张贴布告一则，上书："本院统一食宿被服，学子亦可自备，以示地位高下区分，本院亦只认衣裳不认人，但凡着绸衣吃独食者，年末多加考试一次，且评定等次不得低于优良；但凡着缎衣吃独食者，年末多加考试两次，且评定等次不得低于卓异……以此类推。"

规矩一出，绸衣下市。公子哥儿们急急忙忙换上统一的青衣，若谁请他穿绸衣，他就立即呸谁一脸。

衣食住行统一，也就看不出身份高低，学子们相处更加自然随意，不过，仍有悄悄传言，说书院里有些学生身份很高，很高很高。有人问：多高？被问的人一定神秘兮兮摇手指——不可说，不可说。

凤知微一路走着，一路听燕怀石滔滔不绝地介绍书院，听那熟悉程度，哪里像一直不得其门而入的学子，倒像是已经在书院求学了三四年。

"你怎么知道得这么清楚？"凤知微问他。

燕小厮笑嘻嘻地捻了捻食指拇指，示意：银票万能。

"燕家富有海上，为什么还要跑到京中四处钻营，受这个气？"

"朝廷重农抑商，商家再富甲天下，都要仰地方官鼻息。"燕怀石仰望青溟书院的飞檐，玩世不恭的眼神突然沉潜几分，"帝京，总是个机会很多的地方。"

凤知微一笑，心想，世家大族子弟众多，下代家主一定也竞争激烈。这位跑到帝京，要么是不堪倾轧被流放的，要么就是见识开阔——意识到帝京资源将来会为自己争位加分，特意跑来的。看这燕家小子灵活做派，后者可能性更大。

老苍头将他们带到正院，交给一个中年文士，并附在文士耳边说了几句。那人微露惊异眼神，随即笑着请凤知微录了名字履历。凤知微早就为自己编好了一套假履历——出身山南道的农家小子魏知，父母双亡，托庇京中亲戚门下。

那人又细细问了两个随从的身份。看得出来，书院外松内紧，对内部安全其实还是十分上心，而四周行走的人也大多步伐轻捷，怀有武功。燕怀石是个浑身机关一按就动的，不用凤知微交代，早就编了一套可信的说辞，连顾南衣都捎带上了。

顾南衣始终静静站在凤知微身边，衣袖垂落，不言不动，眼光只落在面前的一尺三寸地上。厅堂里的风拂起他笠下的轻纱，偶有白玉般精致的下巴一闪。

来来往往的人都对他多看一眼，为那玉雕般的精美和凝定所吸引，却又在下一刻立刻掉开眼去——一定是武林高人，高人都是这么神秘不正常的。

只有凤知微坚信，那只是个缺心眼而已。

做好登记，接过代表学子身份的腰牌，按照那文士的指示往书院后院住宿处走，凤知微十分讶异地笑道："全天下都传青溟书院如何难进，如今看来竟然这般简单。"

燕怀石眼珠一转，鬼兮兮地看了她一眼，心想叫你小子装蒜！

凤知微刚走出几步，忽听不远处一阵鼓噪呼啸，便见四面行走着的人顿时像是得了号令，唰一下避到道旁。凤知微还没反应过来，便觉眼前一花，人影一闪。有人从她鼻子前飞速掠过，柔软的衣料拂在她脸上，散发出一阵似曾相识的熟悉香气。

顾南衣的衣袖，刹那间抬起，手指闪电般递了出去，然而那影子游鱼般地从凤知微身边掠过。凤知微愕然转头，才看见好像是一个人被另一个人拖着脚不点地，飓风般歪歪扭扭卷过，一路还乱七八糟地打招呼："啊，借过！！！啊，没撞着您吧？！啊啊，暴风过境，闲人让路！"

闲人唰唰地让路，个个都心照不宣，连燕怀石都跳了开去，只有凤知微和顾南衣，傻兮兮犹自站在路当中。

凤知微还在想，不是人已经蹿过去了吗？还让个什么？

不过很快她就得到了答案。

"别跑——"

钢丝一般尖厉的嗓音，紧追着那人逃去的滚滚烟尘，笔直地穿入众人耳中，随即一片花团锦簇红红绿绿，六七个挽着袖子、露着胳膊、撒着大脚、举着砧板的女子，花里胡哨地再次从凤知微面前卷过。

所经处一片香风。呛了一鼻子的浓艳胭脂后，妓院小厮凤知微立即认出那是廉价胭脂"夜来香"。

"这是个……什么事？"凤知微眼见着那群乡下莺燕，以剩勇追穷寇之势，呼啸奔腾而去，难得结巴。

要不是这里是地位高尚、清名卓著的青溟书院，她会以为自己来到了乡下菜市。

"哦。"唯一淡定的是燕怀石，他幸灾乐祸地道，"正常，以后你每天都有可能看见两三次，习惯就好。晚了，赶紧去吃饭，吃完休息。明天大哥你就得分堂了，看看是去政史还是军事。"

凤知微一笑，三人去了饭堂。今晚的饭是手擀大肉面，大瓷碗装得满满的，上面有油光闪亮的红烧肉七八块，不够再添，而面条味道朴实、香气醇厚，满是乡野实在气息。满堂都是抱着大碗乱逛的学子，满堂响着稀里呼噜的吃面条之声。

燕怀石很快进入状态，抱着大碗一边吃一边就不知道窜到哪桌去拉关系了，完全没有富家子应有的不适感。凤知微呆滞一会儿，立刻开始入乡随俗地学着吸面条，并一边想这青溟书院哪里像个书香盈庭的天下学府，简直就像帝京郊外的老农家。

吃了一会儿，她发觉身边诡异般安静，再一看，顾南衣坐在一边，一手端碗，一手微微掀开纱笠，露出的半张脸轮廓精致得令人想抽气，使得满堂的人都放下碗看他，而他却毫无察觉地只看着自己面前的碗。

凤知微扯扯嘴角，露出个皮笑肉不笑的笑容——少爷，您这是吃还是不吃啊？少爷，您这是在吃面还是在卖脸啊？

随即便听见顾南衣喃喃地数："一、二、三……七！"

什么七？

砰！

心底一个问号还没得到解答，却见顾南衣砰的一声重重放下碗，汤汁四溅。凤知微唰地一让，四面偷窥客齐齐一跳。

"七块！"

七块……什么七块？凤知微看他一直低头看碗，似乎是在数碗里的肉？她探头过去一数，果然是七块肉。

但是，那又有什么不对？

瞧他那苦大仇深的姿态，难道他碗里是七块人肉？

凤知微夹起自己碗里油光铮亮的红烧肉，对着日光仔细端详……也看不出来啊，据说人肉比较酸……

"八块。"

那人险些摔了碗之后，终于又说了两个字。凤知微愕然半晌，想到一个荒唐的想法，试探着问："你是……要八块肉？"

顾南衣目不斜视，对着面碗严肃地点点头。

凤知微垂泪——少爷，您嫌肉少您就直说啊，只要您别再折磨我，别说八块，九块我也没意见啊……看看碗里还剩几块？全让给他！

她殷勤地赶紧从自己碗里拨肉过去，讨好般想全给他，不想刚刚拨下一块，顾南衣筷子一拦，她的筷子就再也放不下去了。

然后他道："八块。"

好吧，八块……

凤知微一抬手，将他的纱笠拉下来，低声道："求求你不要露脸，我还想好好吃饭呢。"

在众人狼般的目光中吃饭实在太有压力了！

顾少爷终于满意地吃他那八块肉了，凤知微却有些食不下咽了，发愁自己干的蠢事什么时候才能到头呢？

吃完饭他们去了自己分到的舍院。不大的院子，两间屋，一间用来小范围会客，一间分里外套间，小点的套间一张床，大点的套间两张床，一看就是分开了主人和随从的房间。凤知微松了口气，一直有点烦心的睡觉问题算是解决了。燕怀石笑嘻嘻邀功似的道："大哥，满意不？这可是书院里最好的学生院子，舍监好不容易才匀给我的。"

凤知微赞赏地笑笑，问："原来你认识舍监？"

"不认识。"

"那他怎么会照顾你？"

"吃完面条就认识了。"燕怀石得意扬扬，"我帮他剥了三瓣蒜，他连新娶的小老婆的名字都告诉我了。"

"……"

累了一天，凤知微早早就躺下了，却一时睡不着，她有点不适应隔壁睡两个男人，便爬起身来发呆。四面很静，书院规矩，酉时必须就寝，一片寂静中，一点细微的声音，都会被无限放大。

但是，似乎少了什么声音。

凤知微皱起眉头，听着远处流水淙淙，初春早桃花瓣飘落，十丈外隔壁院子有人说梦话，呓语深深。

就是没有，隔壁那两人的鼾声。

是没睡，还是……

吱呀一声门响，里间的门突然被打开，顾南衣还是那身严严实实的打扮，抱着个枕头飘了出来。凤知微瞠目结舌地看着他，不得不承认，虽然大男人抱个枕头到处跑是件非常可怕的事，但奇怪的是，这人这姿态看起来居然还不难看。

甚至……有那么点诱惑……

从他紧紧攥住枕头的雪白手指，从他微微俯下脸靠着布面枕头的闲适姿态，从他半掀起的纱笠里，雪色肌肤上唇线柔软、一色微红，都可以看得出。

那种最纯净、最直白，仿佛来自人心深处最简单、最原始的美好，都因极致清澈而魅惑天生。

凤知微突然不合时宜地想起一句词。

流光容易把人抛，红了樱桃，绿了芭蕉……

她正沉浸在诗的美好意境中，却突见那人噔噔噔抱了枕头走过来，直奔她床前，一把掀开被子——睡了进去。

第十八章
夜来香

凤知微坐在床上。

她只穿着单衣，在初春的寒气中瑟瑟地看着钻了她被窝的男人。

那男人坦然睡在她刚焐热的被窝里，睡下了居然还不脱纱笠。

凤知微不是不想尖叫，但是尖叫也不能让这男人从她被窝里出来，因为从小接受的教育告诉她——非常时刻，慌乱于事无补。

于是她很平静地拉拉被子，近乎温柔地拍拍对方的肩，和颜悦色道："顾大侠，你睡错床了。"

顾大侠的头似乎动了动。凤知微刚要窃喜他听进去了，便听见咚的一声，随即天旋地转，臀部裂开般地痛。

……她被顾南衣一脚踢到地上去了。

燕怀石听见声音从里间冲出来，就看见凤知微坐在地上，第一次以一种傻傻的表情仰望着床上的男人，跌开的衣襟半掩，露出一抹比月色更莹润的白。午夜里花香浮动，不知道哪里有氤氲的气息淡淡弥散开来。

燕怀石立即把目光掉转开去，有点尴尬地站在门口，不知道是去扶还是回避。

随即听见床上坦然高卧的顾南衣，干巴巴地道："我一个人睡。"

燕怀石吓了一跳，咻地蹿进了里间——接下来的交涉，他还是不要听见的好。

不就是从和这个男人睡变成和另一个男人睡吗……燕公子抱着个被子，笑得和狐狸差不离。

凤知微也在笑，笑眯眯爬起来，温柔地道："好好，你一个人睡。"

识时务者为俊杰。谁拳头大，谁睡单间。她不闹，要闹也不是这样闹。

然后她另抱起一条被子准备去睡里间，并准备把燕公子赶出去——他不是和舍监混得很好吗？舍监连小老婆的闺名都告诉他了，分个被窝想必也不介意吧？

刚走两步，床上那人翻了个身，道："你在这里。"

凤知微一个踉跄，差点没给被子缠跌，然后猛回头，难以置信地问："我在这里？"

那人躺着，微微的呼吸拂动着面纱，起伏温柔，轮廓美好，此刻凤知微看在眼底，却觉得跟快要诈尸的僵尸似的。

"对。"

言简意赅，斩钉截铁。随即手一抬，一团白花花的东西飞过来，正正落在凤知微脚下。

她的枕头。

这是要她打地铺了。凤知微低头盯着那枕头，告诫了自己一百遍：

绝对不可以抓起枕头，扑上去捂住他的嘴……绝对不可以，不可以，不可以……

吸气……那册子上说过，遇见愤怒得难以自己、就要爆发的事件，首先吸气三次……

三次吸过，凤知微淡定了。

不就是睡地铺嘛，不就是被人从床上赶下来了嘛，不就是有个男人占了自己的床又不许自己占人家的床嘛！

就当自己是他丫鬟好了，丫鬟都是睡床边脚踏的。

凤知微开始在床边脚踏上铺床，被子半垫半盖，枕头端端正正放好。半开的窗吹起春夜的风，穿堂入户，沁凉芬芳，她郁愤的心情被冲散了一半。抬起头，对着深蓝苍穹上漫天的星光，露出一个浅浅的笑容。

能活着，一直活着，每一季的好时节都不错过花香，已经很好，很好。

床上的顾南衣，突然动了动。

他俯下脸来，正迎上凤知微扬起的笑脸，隔一层纱幕，他凝定如渊的目光，遇上了她温存如水的笑意。

那淡淡的笑意，于不可能的时刻绽放，如午夜里梨花结了凝露的花苞般，在东风里无声妖娆。

　　春夜迷离，轻纱浮动，一层纱氤氲如雾气，他在雾气后默默端详，她在雾气前浅浅微笑。

　　这一刻的静默没有来由，却连那向来只困于自己世界的人也不愿惊破。

　　说来似乎很长，邂逅其实很短。

　　只一瞬，他又走回自己的世界，将刚才那一刹惊动忘却。

　　凤知微更是早已掉开目光，不明白向来不会多做一个动作的僵尸玉雕那是在做什么。

　　她舒舒服服躺下来，在狭窄的脚踏上裹着被子，睡着了。

　　她似乎很快就进入了梦境，唇角那点笑意渐渐散去，而眉端轻轻蹙起，像沉入一个纠结而疼痛的人生。

　　床上那人呼吸一如既往地平静，也进入了梦乡。面纱轻轻拂动，没有人猜得到他梦中的世界，看得见他面纱后的神情。

　　或许，没有梦，没有神情。

　　窗外，月光宁谧。

　　凤知微很快知道了什么叫冲动犯傻的后果。

　　不光是让她睡觉睡脚踏，还包括诸如以下各种教训——顾少爷金尊玉贵、娇贵无比，比如他的衣服质料，不能厚重，不能粗劣，必须轻薄柔软，越轻越少越好，仿佛另一层肌肤一般熨帖；比如衣服必须毫无褶皱，有一点不平都不行，如果哪天衣服不对劲，他会直接将负责给他打理衣衫的凤知微扔出去。

　　对，负责打理衣衫，不仅如此，凤知微还彻底沦为了诸如日常杂事、整衣浆洗之类的一切事务的包干者。这些事指望燕怀石是不可能的，那少爷能将自己打理好就不错了，而顾少爷，哪怕衣服洗得有一点不干净，都能将凤知微从屋中扔到屋顶。

　　凤知微悲哀地想，果然便宜的随从不能牵，这哪是她的伴当！这明明是她大爷。

　　此刻，她将满是皂角沫子的手从盆里抽出来，低眼看着盆里昂贵而柔软的长袍和裤子，十分恶意而暧昧地想——为什么从来没有洗到过顾南衣的亵衣？

　　这么一想，脸上便泛了淡淡的红，随即听见清越的钟声。她擦擦手，取了书本去上课。

　　她被分在政史院，一路过去，人人注目——她是近期本书院迅速蹿红的学子——她的神秘随从给她增添了很多人气。据说，书院有人打赌，赌顾南衣面纱下一定是个麻子脸。

　　对，麻子脸。比麻子还坑坑洼洼的是人品！

　　不过她对书院的授课还是很感兴趣的。书院学风开明，所学驳杂，并不仅限于经史子集，甚至有时还有政论课——针对前朝乃至当前时事的讨论课，虽然讨论得比较隐晦，但令人十分受益。授课先生多半不介绍身份，只给一个含糊的姓，但是据说——又是据说，有些先生身份不同寻常，不仅可能是当代大儒，而且可能是一些朝廷清贵文臣。

今天这课便是政论，凤知微最感兴趣的学业。白发苍苍的胡先生提出了一个新的论题。

"大成守盛十三年，厉帝四十寿辰，诸皇子献礼。其中，远镇边关深受帝王宠爱的四皇子，因为陛下属相为马，也十分爱马，便千辛万苦寻来一匹绝顶骊驹，遣重兵保护远送而来。此礼必将极得陛下欢心，而当时皇帝还未立储君，四皇子呼声很高——请问诸位，若你为其他皇子幕僚，应该如何为本主建议，应对此事？"

满堂静了一刻，众家出身不凡的学子被这个直接而又暧昧的问题震得惊了一惊。凤知微垂下眼睫，心想，大成厉帝根本没有活过四十岁，厉帝的四皇子十分孱弱，根本没有戍守过边关，这说的到底是哪一朝的皇帝皇子呢？

今儿这问题，诡异啊……

要不要回答？

她默然沉思，没注意到四面气氛特别，而屋外树荫处，不知何时，半隐半现出了一个人影。

第十九章
对对狐

"寻更好的礼，力压一头！"静默一刻后，有人大声道。

一半人纷纷赞同，老先生捋须不语。

"交联近臣，在马上做手脚！"

众人露出想笑又赞同的表情，老先生微微摇了摇头。

"杀了那马！"

声音清脆而杀气腾腾，满是一往无前的决心，众人被震得纷纷回头。凤知微一转身，便看见一张清丽的脸。

那是个十四五岁的少年，一双眼睛宝光璀璨，带着刀锋般的锐气，眉目间轮廓却有点不协调似的僵硬，似乎也易了容。她凝目在那少年脸上看了看，隐约觉得，那张脸总体轮廓竟然有些熟悉。

至于像谁，一时想不出。

那少年站起来，单手按桌，喊出这一句后便虎踞龙盘般瞪视着四周的人，大有你们不赞同我我就骂人之势，而他身侧，另一个年纪相仿的大眼睛少年拉了拉他的衣袖，低声道："别，别，坐下，坐下——"

少年不耐烦地挥开他的手。众人都不说话。这两人是兄弟，温和羞怯的兄长叫林霁，跋扈嚣张的弟弟叫林韶，本来就是书院里比较特殊的人物，虽然衣食住行也没什么特别，但是身边随从龙行虎步，一看就是顶级高手。何况，两人气质迥然不同于普通官家子弟，而在这里学习的都是人精，平常都很聪明地与他们拉开距离。

当然，这事，新人凤知微是不知道的。

堂上白发胡老头，瞪着那两人，眼神掠过一丝无奈，摇摇头。

林韶竖起眉毛，目光更加凌厉，道："大位之争，岂能拘泥于非常手段？"

这话一出，众人齐齐目光一跳，随即露出天聋地哑般的表情——这种话别说是说出口，便是听，最好也是别听的。

凤知微眉头一挑，一时倒觉出危险，不想再多话，却听胡先生道："魏知，你有何看法？"

一堂目光齐刷刷转过来。凤知微愕然抬头，堂上那老家伙笑得和蔼可亲，可眼神根本不是那回事。

两人对望一瞬，各自在对方眼底找到了某种以狡诈闻名的动物的感觉。

随即凤知微恭敬地站起来，斯斯文文道："学生不知。"

林韶立即"嗤"的一声。众人窃窃私语，目光微嘲。凤知微泰然自若。

"老夫不喜欢白痴。"胡先生慢条斯理道，"凡是毫无主见者，以后都可以不来见老夫。"

……

我跟你有仇吗？

凤知微无辜地看着老家伙，不明白自己这个刚来几天的新人如何便入了这老头的眼，让他不依不饶不肯放过。

半晌，她叹了口气，道："是，学生认为，四皇子贺圣寿送骊马，本就不对，不可能讨皇帝欢心，本就无须费神应对。"

一言出，众人哗然。林韶一脸不屑，看样子似乎想跳过来辩论，却被林霁死命拉住。

"哦？"胡先生笑得意味深长，那笑容看在熟悉他的学生眼底，都开始哀悼凤知微胡言乱语，以后怕是真的不能上这政论课了。

"骊马出自我北方邻国大越，但在大越，也是极其稀少的名种，非皇亲国戚不可得，便是往年贡品，也难见此马。"凤知微垂下眼睫，"而厉帝末年，国内不靖，战乱纷起，大越蠢蠢欲动，不再服从大成朝廷管束，陈兵边境，不断叩边，两国局势一触即发。"

"而四皇子，呃……据您刚才的意思，就是为了镇服大越，才远赴边关的。"

凤知微说完，静静一躬后，坐下。

满堂人还在怔着，不知道她这没头没脑的两句话是什么意思。随即，有几个人有点明白了，露出恍然的目光，而大部分人还蒙着。林韶嚷嚷："说了半天说了什么？莫名其妙！"倒是林霁再次拉了下他，转头看着凤知微，露出惊异和深思的表情。

凤知微垂目敛眉，毫无火气——她从不和白痴一般见识。

都说得那么明白了，大越和大成交恶，双方商家互市一定已经中断，边境封锁，这名马从哪儿来？又是怎么过来的？再联想到四皇子镇守边关、手握重兵、面对大越……而这马只有皇族才能用，这其中的深意，仔细想来，怎么会不让人毛骨悚然？

真的，什么也不用做，只需要在皇帝耳边轻描淡写提醒一句，如果皇帝不联想到握兵在外的四皇子和大越皇族勾结，她就不姓凤。

哪怕四皇子这马来路正当也没用，领兵在外的皇子，向来是皇帝最易猜忌的对象。

堂上胡先生不动声色，眼神审慎。

"那你觉得，刚才诸位的建议如何呢？"

胡老头子居然还不肯放过她……

凤知微叹了口气，逼上梁山般幽怨地答："寻更好的礼，不过是个笨办法；在马上做手脚，也不是那么容易，保不准会被其他虎视眈眈的皇子推入陷阱；至于，半路杀了那马——先不谈容易与否，一旦事情暴露，传到厉帝耳中，就是罪在欺君诅咒皇帝，罪名可比送错礼严重得多——那马不管厉帝中意不中意，都是寿礼，而寿礼被毁为大不祥，没有哪个皇帝不介意这个。"

"有所为，有所不为。"她最后淡淡道，"在这件事中，最好的处理办法，就是不为。"

"很好。"满堂静默中，胡先生终于点了点头。老先生一向城府深沉喜怒不形于色，很少对人有肯定之语，凤知微还不觉什么，但熟悉胡先生的人，看凤知微的眼神都有些变了。

林韶皱着眉，盯着意态悠闲的凤知微，半晌突然一拍脑袋，咕哝道："十哥……我怎么觉得这例子有点耳熟啊……"

林霁一把捂住他的嘴，怒其不争似的叹口气，低低在他耳边说了几句话。那林韶"啊"的一声差点喊了出来，再次被捂住了嘴。

在兄长掌下撇撇嘴，林韶宝光璀璨的大眼睛瞪着凤知微，暗骂："又是一个奸人！"

而林霁，则仔细盯着凤知微，眼神古怪。

而窗外，垂落的柳条轻轻摇荡，刚才树下的人影已经不见。

半个时辰后，青溟书院后院一处静室内，茶香袅袅，竹帘半卷，雅室门口，一人披发而立，衣袍下白色长裤若隐若现。

他一边喜滋滋盯着院门的方向，一边鬼鬼祟祟听着四面的动静，不住紧张兮兮地问："七朵金花今天真的去集市了？"

"跟您说了很多遍了，夫人确实带六位小姐去踏青了，我亲眼看见她们往西山去的。"烹茶的小厮头也不抬。

"神佛保佑！"那人舒了一口大气，抚胸长叹，"昨天三花那一板斧，已经进入出神入化的境界，要不是我时常勤练身体，还真就躲不过去。"

小厮板着脸摇摇头，心想你是练得很勤，每日妓院爬墙嘛。

又想自己主子这般人才地位，居然就肯常年如一日地受那河东母狮和河东小母狮们的气。外人笑他畏妻如虎，他也苦着脸嚷了一万次要休妻，但休到今天，还没休。

茶香渐渐渗入春日明媚的空气中，清越空蒙，压下了一园怒放的花香。

"极品崎山云雾香茗，不是给你这种粗人在这香气熏人的园子里烹的。"

笑声浅浅，有人穿帘入户，分花而来。

月白隐银竹的长袍流水般拂过深青木质长廊，飘飞的衣角上沾染着嫩黄浅红的娇蕊之香，然而那深黑披风上色彩明艳的淡金曼陀罗妖娆一绽，群芳羞惭。

"你是狗鼻子？每次烹好茶就冒出来！"披发男子手中假惺惺捏着一把折扇，用扇子风情万种一挑胸前的长发，斜眼一指来客，笑意嘲讽。

"与其焚琴煮鹤，不如以待知音。"来人含笑坐下，随意取过小厮奉上的茶。

他接过茶那一刻，四面下人都无声退了下去。

"今儿怎么有空过来？"一双手伸过来，稳当地给他斟茶，但目光突然一凝，道，"怎么受伤了？"

"一时不小心。"来客立即放下袖子，明显不愿多谈，并立即转移话题，"辛院首越发小气了，好茶都偷藏着，我要不来，还喝不着。"

"你倒确实来迟一步，不过不是喝茶，而是另有些好戏你没见着。"青溟书院院首辛子砚笑意晏晏。

"哦？"

"刚才胡夫子开政论课，我路过便听了听，竟然听见了一段高论。"辛子砚笑得越发开心，"巧的是，那段高论，和你当年所说的话，一模一样。"

来人怔了怔，辛子砚扇子轻点他肩，笑道："怎么样？有没有兴趣去结识一下？"

来人沉吟不语，负手立于窗前。晨间的日光被窗纱割裂，落于他清雅的眉宇间，点缀出斑驳难明的神情，而隐在暗影里的眸瞳，黑沉若乌玉。

楚王，宁弈。

第二十章

同饮

宁弈久久站在窗前，注视着窗外垂柳依依，而那绿柳柔软曼妙的姿态，让他恍惚间想起一个身影，想起那日日光下有人微微仰起脸，眼神迷蒙而平静。他俯首看下去时，她的身姿也有着柳枝般柔而韧的风情。

突然心中便起了烦躁之意，这春光如此晴好，他眼底却起了沉沉的霾云。

"不了。"他漠然道，"不过一个书生而已。"

辛子砚看他一眼，眼神掠过一丝笑意——这人很反常、很反常，但他不打算傻傻说破。

"前些日子，承明殿半夜宣张院首诊脉。当时老张正轮休，是给从床上拉起来，赶过去的。"辛子砚漫不经心转了话题，"事后出来，倒也没说什么，只说是风疾。"

"承明殿是皇帝寝宫，张院首是太医院第一人。"辛子砚带着笑意漫然说来，仿佛这事真如他语气这般轻描淡写。

宁弈瞟他一眼，眼神里什么都没有，半晌才道："本就没什么。可笑我那大哥，第二天一早就赶去侍候汤药。老爷子没说什么，却在第三天驳回了他换任户部尚书的本子。"

他唇角的笑意有点无奈，辛子砚同情地看他一眼——不怕狼一样的对手，就怕猪一样的队友，任谁摊上这么个主子，都会觉得无奈。

陛下年纪大了，身体一日不如一日。众家皇子都在竖着耳朵捕捉承明殿的一切动静，比如这半夜宣张太医看病，就是个极其要紧的信号，但是捕捉归捕捉，面上可也不能表现得这么明显啊——半夜出的事，太子爷第二天一大早就知道了，这不是告诉老爷子，承明殿有他的内应，而他等着接位呢！

"傻点也好。"辛子砚拍拍宁弈的肩，"不傻，你也活不了这么久。"

宁弈唇角笑意不变，眼神却微微冷了几分，透着冰霜般的寒意，就如此刻，胸前旧伤所发作出来的寒意一般。

"那是多亏了你。"宁弈手指轻轻敲着窗棂，透过镂空的花墙看着外面来往的学子。将近饭时，学子们都去了饭堂，而人群中有道人影似乎有些熟悉……

然而随即他便嘲讽般笑了，怎么可能，那混账女人再会隐藏，也进不了看似宽松实则龙潭虎穴般的青溟。

想起那日之后，便再也寻不着她的踪迹，他心底再次升起某种淡淡的烦躁，至于为什么烦躁，他却不愿厘清，也不想厘清——他有更重要的事要做，所以行路中诸般风景，都不应分去任何注意。

他的人生步步危机，一次出错便万劫不复，而他对这个女人已经太过宽容放纵，几乎不像是他的作为，这种脱离他掌控的事，不允许一二再再而三。

收回目光，他转身，正视辛子砚，突然道："先生准备好否？"

"我的意思，从无更改。"一直嬉笑如意的辛子砚，也敛了笑容，正色相对。

两人目光相碰，俱铿然森然，不避不让。

窗外，有风将起。

凤知微不知道近在咫尺处曾有段关于她的对话，正如宁弈不知道近在咫尺处就是他遍寻不获的混账女子。

她正坐在饭堂里，十分熟练地探头过去数顾南衣碗里的肉。今天是炖牛肉，凤知微数了数，十块，立即熟练自然地端过他的碗，拨了两块在自己碗里。

八块，少爷要八块。

燕怀石吃饭时是从来不在的，他不是学子，不能去课上拉关系，自然要充分用上吃饭的时辰。这人在拉关系攀交情上可谓极品，凤知微昨儿听他说，舍监请他吃饭了，席间和他拜了把子。

而青溟书院那位政史院舍监，号称"铁面阎罗"……

顾南衣对凤知微的谄媚体贴完全无动于衷，他做任何事都是一样的态度——眼睛只看着面前的一尺三寸。

不过他吃饭时姿态倒是优雅，就是有时有生疏感，像是不熟练。凤知微恶意地想，不会是这孩子平常都由人喂饭吧？

来书院几天，她对这地方也算有了点了解，这里明显外松内紧，玄机处处。她最近经常研究那金丝猴皮册子，有次无意中发现，政史院和军事院之间那个毫不起眼的小花圃，竟然和书上提起的某种阵法极其相似。

难怪书院入夜不许人乱走，难怪她这么个来历不明、又带着顾南衣这个一看就不正常的危险人物的学子，书院敢轻轻松松就放进来。

根本就是有恃无恐。她发现，只要有人敢在这里闹事，只怕立刻就会被大卸八块。

当然，这是她的发现，未必是别人的。最起码，书院所有布置都十分隐秘，外表看来平静祥和，和普通书院没有区别。

她埋头吃饭，没注意到一个少年起身过来，四面一直喧嚷的语声突然静了静。

那人直向她走来，大大咧咧地一抱拳，道："魏兄。"

凤知微茫然抬头，没看清是谁先立即还礼，而对方已经声若洪钟地道："魏兄，听说你是胡夫子得意门生？在下有件事和你商量。"

凤知微偏头，笑道："这位可是军事院的同年？胡夫子的政论课考想必让您很苦恼？小弟虽然不是夫子得意门生，但为兄台提供些小抄，想必是没关系的。"

那少年大喜，想不到凤知微如此知情识趣，什么都不问就已经猜到他的来意，一张红脸都放了光，赶紧道："实在太感谢了，在下军事院淳于猛。魏兄弟以后需要什么，尽管找我！"

凤知微含笑瞟他一眼——当然要找你，如果不是从燕怀石那里知道你出身将门，是军事院隐然的大哥，我理你？

淳于猛心满意足地离开了。众人都悄悄窃笑，这家伙本来早就可以离开书院，却回回都在挑剔难玩的胡夫子的政论课中栽了。偏偏胡夫子和淳于老将军交情极好，于是可怜了淳于猛，本来早就可以在军中谋职了，却因为这事，一直脱不得身。

没过一阵子，果然是胡夫子课考。淳于猛半夜翻墙来求教于凤知微，两人便在院子里的梨花树下喝酒。一壶酒喝完，凤知微一篇文章也做好了。

淳于猛功课可交差，心情愉快，靠着梨花树敲着酒壶大唱："晓战随金鼓，宵眠抱玉鞍。愿将腰下剑，直为斩楼兰！"

"不就是胡夫子政论课？"凤知微染了酒意的眼眸越发迷蒙，笑吟吟问，"也值得高兴成这样？"

"你不知道。"淳于猛嘿嘿地笑，"我早就受了午门长缨卫校尉之职，等着从军事院出来便上任，却总因为这酸歪歪的玩意儿耽误正事，急得我！"

凤知微眉头一动——这里面似乎有些不对，政论是经史子集之外的副课，向来也不算什么重要课务，何况淳于猛是军事院的，武将和这个更没关系，那胡夫子一次次在政论课上刁难他，为的是什么？

早受了午门校尉之职……

难道是为了拖住他？为什么要拖住他？

她正在那里沉思，房门突然吱呀一声开了，顾南衣直直走出来，魂似的向他们飘来。凤知微心道不好，一口酒没喝完跳起来便把淳于猛向外推。淳于猛莫名其妙地看着她，嚷嚷："你干吗呢？"

凤知微哪里来得及解释——昨天隔了三个院子有一只野狗乱叫吵着了顾少爷，少爷也是这个样子，魂似的飘了出去，回来时衣袖上沾着狗毛。

都是她不好，喝了几口酒就忘记了顾少爷不喜欢吵嚷。

有了酒意的淳于猛还抱着树傻笑不肯走，丝毫没有感觉到顾玉雕不动声色的杀气。凤知微眼看不好，赶紧扑过去，试图挡在淳于猛面前，可她这么一急，体内热流突然一涌，随即觉得身子一轻，呼的一下就蹿了出去。

砰。

似柔软似坚硬的触感。

似馥郁似清淡的气息。

……突然爆发超常大力的凤知微，扑过了头，撞进了顾南衣怀里……

凤知微自己还没反应过来，她对体内那股不受控制的热流完全没有概念，只觉得似乎突然蹿出去很远撞上了什么，然后便是金星四射、天花乱坠。

脸下柔软轻薄，舒服熨帖，触感十分熟悉。

凤知微心知不好，不好的不是她误入男人怀，而是顾少爷讨厌近距离碰触，下一刻，她一定会被顾少爷扔上屋顶。

忽听见身后淳于猛倒抽气的声音，然后她便被推开，眼角惊鸿一瞥看见地上一个纱笠。

她撞掉了顾南衣的纱笠？

心中一个模糊的念头突然闪过，她立即抬头去看顾南衣的脸，然而还是慢了一步。顾南衣手一招，地上的纱笠再次飞到他头上，而隐约白纱飞舞间，他似乎伸出手指，沾了沾唇角，随即微微偏头，将手指在唇边轻轻一吮。

　　隔着纱幕，隐约见那神情，带点天真、带点好奇、带点迷惘和探索，以一种不关风月却狎昵天生的姿态，品尝这一生所未知的滋味。

　　隐约有淡淡的酒气散发出来。

　　凤知微愕然地看着他平静而自然地品尝唇边酒液的姿态——童子般纯真、清澈，而气韵甜蜜。

　　她这才想起，自己刚才和淳于猛在喝酒，一口酒喝到一半就奔了出去，然后撞上了顾南衣，撞掉了他的纱笠，然后唇边酒液也许也……沾上了他的唇？

　　然后他……舔掉了那点酒？

　　凤知微的脸，唰地红了。

第二十一章
大闹书院

　　撞怀尝酒事件后，凤知微好一阵子都躲着顾南衣。顾南衣自己却毫无所觉的样子，还是睡觉不摘面纱，吃肉必得八块，面前一尺三寸地就是他的全部天地，不吵不闹，不争不抢，但也不允许任何人在他面前吵闹争抢。

　　除了玉雕兄的存在有点影响心情外，凤知微最近的日子还挺好过的。她天资颖悟，自幼得凤夫人教导，学识扎实，功课不错，为人又谦虚知礼，很得夫子们喜欢。何况，淳于猛已经和她结成了"小抄兄弟"，还常带人翻过军事院的围墙，和凤知微在梨花树下拼酒，只是他杀猪般的喉咙，再也不曾放声过。

　　个性旷朗的淳于猛何止是不敢放声，从此以后每次见顾南衣，都用一种"你不是人，你咋那么那么那个那个呢……"的含义无限的眼神仰望着他。那模样像看的不是这个尘世的人，恨不得把自己缩进尘埃里；那眼神每次都令凤知微毛骨悚然，不禁心想，难道真的是活着的美貌僵尸？

　　如今一切都很和谐，除了林家兄弟中那个跛扈弟弟偶尔喜欢找凤知微点麻烦——可惜，每次都被凤知微四两拨千斤地拨回去。她不怕爱闹的小白痴，倒是对那个温和的兄长林霄有点不安，因为那少年每次看她的眼神都十分古怪，却又让她看不清楚眼神里真正的意味。

一晃也来了一个多月，淳于猛快要就职他的长缨卫校尉了；燕怀石已经认识了院中每一个人，并交了数目不下于五十的"知己"；顾南衣的薄锦长袍已经换成了极薄的丝长袍；凤知微每日都在发愁，如何能够将衣服洗得干净而又不至于被揉破。

这日她带着这个疑问去吃饭，在饭堂门口，再次遭遇五彩飓风。她看着香风腾腾而去，露出见怪不怪的表情。

书院辛院首的夫人是临江乡下人氏，其下有六个妹妹，七姐妹号称"七朵金花"。金花们以泼辣悍妒闻名，常手持菜刀、砧板、擀面杖等家常凶器，追杀尊贵的院首大人于堂堂第一书院，所经处鸡飞狗跳，菜叶与鸡蛋齐飞，绣鞋同板砖一色。

这一幕几乎每天都会上演，所有人都见怪不怪。据说，辛子砚自己也杀气腾腾地说过无数次要休妻，每次都说得令人感觉下一刻他就会拿出早已准备好的休书，然而说了很多年，还是没拿出来。

辛子砚贵为天下文人之首，学士清流，极受当朝器重，而青溟书院院首一职，更可以说是尊贵的布衣宰相，但这样一个人，竟然愿意年年月月受他那粗蠢夫人的气？七朵金花招摇过市，令书院院首沦为笑柄，实在是件让人费解的事。

凤知微立在饭堂门口，看着每次神龙见首不见尾的辛子砚狼狈逃窜，看着七朵金花张牙舞爪穷追于后，忍不住笑了笑。

这世上事，有果必有因，不理解，只是因为不知道其中因果罢了。

她刚在饭堂坐下，淳于猛便乐呵呵地抱着饭碗过来，打招呼："兄弟，准备好了没？"

凤知微一愣，身旁燕怀石已经凑过头来，道："三天后就是青溟学试，政史比文，军事比武，朝中会有重臣前来，说不定还有皇族驾临。这种学试虽说是书院内部主持，但总会选出几个出类拔萃的，直接给内阁六部要去，而混得好的，从此飞黄腾达——这才是大家伙儿挤破头要进来的原因。"

"哦……"凤知微笑笑，"你们知道的，我学业也只是尚可，而这蟾宫折桂般的荣耀，可落不到我头上。"

两人都有点失望地"哦"了一声。确实，凤知微功课是不错，但也只是不错而已，书院学业比她出众的，大有人在，而她要想出头，看来是不太可能的。

淳于猛悻悻离去。他刚走，一个人端着饭碗过来，不打招呼便往凤知微身边一坐。

凤知微一偏头，便遇上一双挑衅的眼神，正是最近处处和她不对付的林韶，只见他眼角斜飞，目光凌厉，"三天后，可敢与我比试？"

凤知微抬起眼睫，微笑，"不敢。"

林韶刚露出得意微笑，便听凤知微浅笑道："若是赢了你，我怕有人就不是杀马，而是杀人了。"

"扑哧。"

一声轻笑后，林霁走了过来，认真地看了凤知微一眼，刚要说什么，突然又有人厉声道："魏知，你什么玩意儿？敢这样对公……公子说话！小心我禀了院首，驱你出书院！"

声到人到，一大群人走了过来，足有七八人，个个衣衫华贵。凤知微眼角一挑，目光突然缩了缩。

脸熟，很脸熟。

正是当日挑唆凤皓嫖妓并导致拍砖事件的那批公子哥儿。

凤知微心中冷笑，还没来得及说话，却见林韶突然眼睛一瞪、眉毛一竖，毫不领情地大骂："谁要你们多事？都滚开！"

这一骂，众人都哑了口，一时难以下台。当先一个少年试图扳回面子，抬臂恶狠狠地指着凤知微的鼻子，厉声道："小子，有种你等着……"

吧嗒。

一句话还没说完，地上掉下了一截指尖。

血淋淋的指尖落地后还抖了抖，牵扯得饭堂里无数目光也抖了抖。

众人有些呆滞的目光从那截指尖慢慢上移，便看见一双筷子不急不忙地自半空收回。

执筷的手指，雪白修长，被衣袖掩了大半。

顾南衣，在那人手指指向凤知微鼻子的那一刻，用一双筷子，夹掉了人家的手指。

"啊！"

惨叫声尖厉得似乎连瓷碗都能震裂。顾南衣嫌吵，十分不满地一弹手指，两根筷子便擦着那少年两侧耳畔飞过，带落两鬓头发无数。

这一手，不懂武功的人不知道，而凤知微和那宽袍客相处过一阵子却明白，筷子那么钝圆的东西，却能和利器一样割掉轻细的头发，想想都令人发毛。

教训到这样也够了，凤知微很满意地正准备拉顾南衣走，忽听身后那少年在地上翻滚，杀猪般地嚷："你们敢伤我，敢伤我——我灭了你们——"

凤知微叹口气，心想为什么这种词儿每次都这个套路呢？

身边被牵着的人衣袖突然一动，无声无息从凤知微手指间滑了出去。顾南衣转身，直直走到那嚷着要报复的少年面前，平静站定，抬脚。

咔嚓。

他一脚把人家拍在地上的另一只完好的手给踩扁了。

随即他完全没有任何起伏地道："好吵。"

饭堂里立刻安静了。

一个书生努力地憋住因为豆子吃多而即将喷薄的腹中之气……

一个书生嚼也不嚼，将一块锅巴囫囵吞下了肚……

却有沙哑的声音突然响起："什么人敢在青溟书院伤人闹事？"

饭堂里突然起了骚动，原来不知何时，饭堂门口站了一个锦袍中年人，正是政史院舍监，号称"铁面阎罗"的那位。

他身后还跟着一批精悍汉子，是书院专用护卫。

学子们看见这人，比看见顾南衣还要紧张几分。燕怀石赶紧一溜烟过去，也不找他，却悄悄凑到他身后的随从身边，叽叽咕咕说了几句。

随即凤知微看见那随从衣袖一动，不知道塞进了什么东西。

那舍监一直背对两人站立，头也不回，手中铁球溜溜乱转，听那受伤少年说了始末后，"哦"了一声，半晌不说话。

那群官宦子弟得意扬扬地回首看凤知微，露出"小子，你死定了"的眼神。凤知微对他们展露甜蜜的笑意，心中却在想当初那个被板砖拍了的吴小公爷死了没，要是还没死，赶明儿一定要让顾少爷和他邂逅一下。

负有处事大权的舍监久久不说话，饭堂里气氛更加压抑紧张，众人表情复杂，幸灾乐祸有之，担忧同情有之。

直到燕怀石和随从衣袖官司打完，舍监才轻咳一声，慢腾腾道："姚公子，书院明令不得挑衅生事，你也太……不晓事了些。"

众人哗然——今儿舍监是怎么了？明明人家只是说了几句话便被人夹断手指，结果行凶的人不问，反倒先怪上受害者！

饭堂里一阵乱哄哄，那群少年个个气得脸色煞白，大叫："李舍监！你拉偏架！"

"看我的手！看我的手！"受伤少年将扁扁的手直伸到舍监眼下，悲愤地嚷，"您能视而不见？！"

"胡说！"李舍监脸色一沉，眼皮一掀，森然道，"斗殴伤人，自然也触犯书院规矩。伤人者，出来！给姚公子赔个不是，医药费用若干，由你负责！"

他说得声色俱厉，但任谁也听得出其中的偏帮意思，于是都用古怪的眼光打量着凤知微，猜测着这小子和舍监是什么关系，凤知微却暗叫不好。

顾少爷铁定发飙！

她来不及思考，赶紧对燕怀石使眼色，示意他挡在舍监面前好让她将顾南衣拉走。燕怀石"哎哟"一声，一个踉跄便流畅潇洒地倒下去，而这边凤知微同时"哎哟"一声，一头便绊向顾南衣。她一边直直往他脚下倒一边哀叹自己是倒了什么霉，送上脸去给人踩……

如果她没记错的话，顾少爷似乎不愿意她被碰着，希望这一踩，能让这个一根筋转移注意力，然后忘记刚才那句话……

顾南衣肩头刚动。

她倒下去。

顾南衣立即扭头。

凤知微窃喜。

一旁的林韶，突然伸手拉住了凤知微！

"哎呀，你怎么了？"这个一直和凤知微作对的少年，好死不死地突然良心发现，一把捞住了凤知微恶狠狠向下栽的身子，"白痴啊你！平地上也能跌……"

砰！

一道人影滴溜溜飞了出去，正是好心办坏事的林韶，刹那间撞上正低头去看燕怀石的李舍监，将他连同他身后的随从一起撞跌在长饭桌上——丁零当啷汤水四溅，一堆饭盆飞起半天高，落下来砸进人群，激起一片惊呼。

几乎就在林韶被顾南衣砸出去的同时，几条人影闪电般掠起，直扑顾南衣。

顾南衣木然地迎上林韶的护卫，白色纱笠一舞间，平地上就起了一层天水之青的旋风。

饭堂里刹那间一片混乱，碎成齑粉的碗筷食物和四处乱窜的惊惶学子混在一起。凤知微瞪大眼睛也无法看清战况到底严重到什么程度，只知道这座饭堂从今儿起，大概要成为历史了。

纷扰中只隐约听见林韶的护卫喊："……拿下，他打了公……"又呼喝："出长缨腰牌，请援宫……"

有人冲过来，一把扭住了凤知微的胳膊。凤知微苦笑，不挣扎。

混战群中的顾南衣突然一扭头，看见这幕，随即便见天水之青炫然一亮，轰然一声，地面上劈开一道狭长的深沟，位置正在他和凤知微之间，而他人已经惊电般掠来。

乱得不可开交中，有人厉喝："报院首，严厉处置！"

第二十二章

魅

听见那声呼喝，凤知微仰头笑了笑，心想自己命怎么就这么苦？为什么在哪儿都求不得安生日子？

那群官宦子弟原本远远躲在一边，此时都不禁兴奋鼓噪，大叫："大闹书院，殴打学子，青溟自建以来未有之事也，一定要上报朝廷，予以严惩，严惩！"

"惩你个祖奶奶啊！"淳于猛大骂，带着自己的兄弟们扑上去一阵暴打。

"扰乱学堂，殴打院监，好，好，你们好！"李舍监从一桌破瓷碗中被人搀扶着爬起身来，脸色铁青，抬手就把手中的铁球砸了出去。

燕怀石不动声色地从地上捡起两张银票——他刚才塞给舍监随从的，一阵拥挤后落在地上，不过他捡起也不打算再送——反正塞回去也没用了。

可以贿赂，不可浪费。

林韶被一大堆人扶起来，披头散发地指着顾南衣大骂："宰了那小子，阉了！煮了！炸了！烧了！"

又指向凤知微，"一并宰了……"叫到一半突然闭口，唰的一下再次指回顾南衣，"阉了！煮了！炸了！烧了！"

"等死吧，小子！"抖着断指的少年狞笑，"院首大人会给你好看！"

顾南衣突然滑了过来,明明一堆人围个水泄不通,他不知怎的便能一缕丝带般飘出。他似乎感觉到这里高涨的敌意,周身气韵森凉,一团霜雪般,令众人都颤了颤,一颤间,他的手指雪光叠影,直罩凤知微身后那个抓住她的男子。

唰。

极轻极细的一声,像丝线在绣花绷子上被指甲挑断,随即不知道哪里奔来一道光,那般细微而又宏大地展开,如苍穹雷霆邂逅惊电般,刹那炫目。

顾南衣的手指被无声无息弹了开去。

凤知微心中一惊,这还是她第一次见到顾南衣出手被阻,随即便听一人凉凉道:"别打了。"

语气有气无力,态度漫不经心。

众人却都凛然。

回头,门口不知何时已站了几个人,正沉静地注视着乱糟糟的饭堂。当先一人,杏色袍子月白丝缘,不热的天气偏要握个折扇,一双眼睛宜嗔宜喜,半点锁骨似露不露,容颜风情万种,表情略有猥琐。

某年某月某日,一分钱不带爬墙去妓院赋诗会三流妓女然后被七朵金花当街追杀坠落于凤知微脚下的……美人大叔。

小辛,辛子砚。

不过现在的小辛已经不复那日狼狈,轻裘缓带人模人样,正似笑非笑地看着乱成一团的饭堂,瞟了一眼凤知微,懒懒道:"又打架了?"

凤知微觉得这个"又"字,很费人疑猜。

一堆人扑过去,抢着向他诉说,凤知微及其随从,是如何跋扈骄横、寻衅生事、断人肢体、赶尽杀绝——用词血腥、态度激越,闻者伤心,听者落泪,就连凤知微这个凶手听着,都觉得自己实在是恶行累累,令人发指。

顾南衣始终没动。他根本就没有看人群中心的辛子砚,从他的手指被挑开之时,他的注意力就落在辛子砚背后的一个人身上。

那人黑色长袍褐红深衣,容貌僵木,似戴了面具,对场中一切不闻不问,对顾南衣的目光也只作不见,就好像刚才那道挑开顾南衣手指的飞剑之光,根本和他无关。

辛子砚一直含笑听着,目光落在被重重围护着的林韶和林霁身上时,眼波一闪。

众人告状已毕,想着这些罪行足够将凤知微打入死牢十八次,都心满意足地住了嘴,等着这小子在下一刻倒霉。

一片寂静中，辛子砚抬起折扇，隔着人群，遥遥指着凤知微。

凤知微叹口气，想着如果他家母老虎在就好了，不然一二三四五六金花在也行啊。

众人目光灼灼，看凤知微如同看死人。

燕怀石在袖子里飞快地数着银票，思考如何用最少的钱获得最大的利益。

林韶噘着嘴，面露犹豫之色。

淳于猛杀气腾腾地边捋袖子，边给自己一众军事院的兄弟打眼色。

……

辛子砚的折扇，却突然从凤知微身上滑过，飞快地流水般地接连点了过去！

"你！你！你！你！你！"他毫不停息地一口气点下去，一一指过被踩断手指的姚公子、林韶、林霁、淳于猛、燕怀石，"堂堂书院学子，竟然在书院清贵之地，众目睽睽之下，公然闹事，贩夫走卒一般混打一气！平日里的圣贤书读到哪儿了？唵？"

一声带着鼻音的"唵"哼得又重又快，直接哼昏了所有人，而被指的、旁观的都愣愣地看着他，不明白院首大人葫芦里卖的是什么药。

明明是凤知微这边出手凶悍，怎么一股脑儿将其他人全部包圆了？

好吧，姚公子挑衅在先算上也成，淳于猛打群架都算上也成，但这又关林氏兄弟和燕怀石什么事？

"你们！"院首大人的咆哮看起来不像咆哮倒像猫儿叫春，"通通给我关七天禁闭！静室思过！谁出门一步，打断谁的腿，逐出书院！"

姚公子翻翻白眼，直接气晕过去了。

"你！"林韶一梗脖子怒声道，"你敢颠倒黑白！我要告诉——我要——我——"

他一句话始终没能说完。辛子砚眼睛一斜，但可怜水汪汪的桃花眼实在没什么威慑力，不过音调倒是一点不降，"告诉谁？我告诉你，入我院者，无论谁，都由我处置！"

他话音未落手一挥，一队汉子立即赶来押送。林韶呛了一呛，抬手欲待示意自己的护卫动手，而他那兄长林霁却突然重重将手往下一按，示意护卫站住，随即对辛子砚一躬，低声道："是，学生们遇事不知安抚调解，反而从中生事，确实不该，谨领院首处罚。"

辛子砚"嗯"的一声，偏头看了林霁一眼。

淳于猛倒无所谓，笑哈哈挤往凤知微身边，道："放开，放开，听院首处置！"

一群人表情各异，被押往后院静室，但奇怪的是，罪魁祸首顾南衣却没有人理会，好像这个人不存在般都将他给忘记。

不过顾南衣自己不会忘记——看见凤知微被带走，他立即也跟着飘了出去。凤知微仰慕地看了一眼嫖客大叔——一眼就知道顾南衣只可智取不可力敌，神人也！

书院后方有座院子，专门用来给犯错的学生关禁闭。一丈方圆的小室，隔成七八间，每间里面只有一床一几，窗子开得小，还在高处。

凤知微数数，心道，正好，一人一间。

她被推进一间小室，关门前听见一句："好好思过！七天！"

七天。

凤知微回首，百忙中看见辛子砚遥遥负手而立，整张脸都在笑，唯独眼神没笑。

好吧，七天……凤知微笑笑，等七天禁闭关完，也许什么事都过去了。

小室很安静，她盘坐着闭目思考，正好趁这机会将那本册子上记载的一些武功好好体会一下。她总觉得，册子上一个关于练气的法门，每次她尝试修炼，都令她十分舒适。

就算练不成武功，练平了体内那股怪异的热流也好啊，这大好河山，锦绣天地，她怎可以二十岁便与之挥别？

头顶忽有动静，她仰头，便见顾南衣高高坐在小窗之上，左手抱着一只枕头——他专用的，右手抱着一床被子——凤知微的。

天色将暗，月光渐起，月光里比月光更宁谧清澈的人在高处的面纱后朦胧氤氲，看起来实在很美，可惜胳膊里的枕头太煞风景。

见凤知微望他，顾南衣平平落下来，十分习惯地睡上那张小床。

凤知微叹口气，温柔地试图劝说："少爷，你在我隔壁睡好不？那也靠得很近的。"

顾南衣的回答，是将那床凤知微的被子，扔到了桌子上。

好吧……少爷要她睡桌子。

凤知微哀怨地对着月亮叹了几声，然后哀怨地去爬桌子，爬到一半，听见那人干巴巴地道："那个很好喝，再拿点来。"

凤知微回头——"啊？"

然后看见顾少爷似乎十分怀念地，手指轻轻抚上自己的唇。

小室无灯火，只一线月光铺开如卷，银白如霜里，那人面纱半起，如玉的肌肤上唇色如春色，薄透柔软，华光滟滟，而玉雕般洁白修长的指尖一搁轻轻，衬着那轻红之色，像十万丈雪原绽开深红雪莲，瞬间便惊艳了所有豆蔻楼头的梦。

小楼一夜听春雨，明朝杏花，开在梨涡里。

凤知微刹那间连心跳都漏了几拍。

这世上最极致的诱惑，便是无心之诱，因茫然不知，而自然魅惑。

顾南衣却全然不知那刹那间美色惑人，他只是心念专一地突然想起前阵子的那无心一尝，怀念那向来不属于他凝定人生的烈而激越的味道。

"现在没有酒……"凤知微半天才找回她的声音，不可自抑地想起那晚他是如何"喝"到酒的，脸又一次不争气地红了。

然而红完之后她又有些愤怒了——为什么他就不脸红？难道他顾少爷真的认为那酒就是在一截木头上喝的吗！

"要喝。"某人从来不管她表达了什么，只管自己要表达什么。

"没有！"凤知微态度粗暴。

"有！"

墙角下传来的声音让凤知微吓了一跳，她仔细一看才发觉床下居然有个洞，而声音是淳于猛的，听来得意扬扬，"什么酒都有！要极品女儿红还是大漠一杯醉？"

凤知微默然——看样子，淳于同学经常被关禁闭，以至连禁闭小室都给他挖穿了，还储存了不少好酒。

一壶酒塞了过来，凤知微刚要接，一只手伸过来，毫不客气拿了过去。

随即，凤知微便目瞪口呆地看见顾少爷掀起面纱，倒出几滴酒，抹在唇角，然后，轻轻一舔……

"……"

第二十三章
酒不醉人人自醉

凤知微崩溃了……

这孩子出现是不是就是为了逼疯人的?

她的脸红了白,白了红,红了再白,经历无数个轮回……眼见着他居然就这么一点点地滴呀,抹呀,舔呀,尝啊……他似乎觉得这样喝酒最有滋味,半掀的面纱下半张容颜在黑暗中也如月光般让人眩晕,而那完全不自知的诱惑天生的动作,以及因为这个动作一次次重复而导致相关联想的一幕幕回放,非常具有杀伤力地直接轰塌了凤知微的冷静和理智。

终于凤知微忍无可忍,一个前扑,不怕死地从顾少爷手中抢回那壶酒,在顾少爷发飙之前,大声道:"酒是这样喝的!"

然后她一仰头,咕噜噜倒了半壶下去,心想喝呀喝呀,醉死算啦!这日子可怎么过呀?

顾南衣"哦"了一声,似乎很高兴发现了酒的真正喝法。他早就不耐烦了,可今儿这酒尝了半天,怎么就没有那日那种比较特别的滋味呢?

他坐在那里,仰起头,隐约想起这是酒,又记得似乎有谁说过酒他只能尝一点,不过没关系,他只是他,别人是别人。

这么多年,他的世界光怪陆离而又凝定如渊,这新鲜味道,他想知道。

伸手一招,有样学样,下半壶喝了个痛快。

半壶下肚，四面酒香愈烈了些，馥郁而清凉，那种淡淡如流水中青荇的味道更加鲜明，和酒香糅合在一起，中人欲醉。

凤知微晃晃头，觉得有点微晕，心中诧异，她是个海量，虽看起来喝酒斯斯文文，其实是越喝越心明眼亮。今儿这是怎么了？

隐约听见洞里淳于猛叽叽歪歪地道："……一人一杯，多了就醉死，最起码三天，剩下的还我……"

"……"

凤知微恼上心头，混账淳于猛，怎么不早说？

她冷笑着，抠了抠墙上的泥灰抖在壶里，塞回洞里，再用凳子将洞口一塞，便再也不理会那边淳于猛的鬼哭狼嚎了。

几个动作一做，酒劲上来，眼前越发金星四射，她扶着头转身，只觉得体内热流突然一涌，然后不知道哪里也流出一股沁凉的气息，绕着热流盘桓一周，她的体温立即降了下来。她却又觉得身子酥软，随即脚下一软，砰一声撞在了某处。

脸下冰丝滑凉，有淡淡的草香，似乎是顾少爷的枕头。

凤知微挣扎着要起来，她可不想和人同床共枕，一边挣扎一边模糊地想，顾南衣酒量真好啊，他喝的那半壶好像比她还多点啊，怎么这么淡定斯文、不动如山啊？

突然她觉得眼前一亮，那么明光璀璨的一闪，随即便发觉不是有了光线，而是顾南衣一抬手扔掉了他的万年纱笠。

月光已经掠过高窗，四面只剩下那般沉沉的黑暗，然而那人只是掀开纱幕，便如流星般明光四射、摄人眼目。

那双绝艳倾城的眼睛，到底该有多明亮？是呼卓格达木雪山之巅万年积雪融化，泻就雪莲漂浮的清泉一池，还是三千里金沙海疆深海之底，千年珠蚌用生命孕育出的聚宝之珠？

近在咫尺的极致光华，因耀眼太过，而令人忘却了一切本源。

凤知微并没有看见那双眼到底什么模样，更别提看清顾南衣的容颜，因为下一刻，那张脸已经无限度地靠近来，于低声呢喃间呼吸灼热，"热……"

他似乎真的很热，从呼吸到体温都如熔浆翻滚灼烧，下意识靠近一切比自己温度低的物体，于是那伏在枕边的女子那微凉的面颊便成了足可救赎的冰泉。

他靠近她，青荇般微涩洁净的气息越发浓烈了，随即一伸手，把住了她的脸。

他牢牢捧住她的脸，不满意手下人皮面具不自然的触感，手指一弹面具弹飞。女子细嫩洁白如玉如冰的脸颊在黑暗中幽幽闪光。

他满意于这种玉般凉水般清的感觉，立即将自己火热的脸凑了过去……

……

凤知微完全没有了动作。

眼前的一切实在太超出她的思想准备了。

那人清郁的气味近在咫尺，长而密的睫毛扫在她的脸颊上。他将她的脸当作最好用的冰袋，捧在手中揉啊揉捏啊捏，完了还不够，用自己的脸蹭完这边蹭那边。

黑暗斗室，耳鬓厮磨……

却全无旖旎，令她想哭……

好歹她大家闺秀出身，也算幼承庭训谨守礼教，如今虽被逼沦落为生存不得不事事从权，却也不能沦落成人形冰袋……

不就是我脸上比较凉吗？

凤知微心念一动，体内那股与热流中和的沁凉之气立即开始慢慢收敛，她的体温慢慢升了上去，脸上浮现出淡淡的红晕。

顾南衣很快就感觉到他磨蹭着的那个柔软而微凉的东西不凉了，立即失望地放开手，然而那般逼入血脉的燥热依旧令他难以忍受，于是他想了想，抬手，解扣子。

解他那从来都裹得严严实实的长衣。

他醉成那样，动作依旧极快极稳定，手指翻飞间，唰的一下，如玉颈项就出现在凤知微眼前。他那一线锁骨精致平直，那般精妙又流利的弧度，天神之手无法绘其线条之美。

……

凤知微脑中轰的一声爆炸了。

祖宗啊，为什么你总有无数的花样来折磨我？

她含泪扑过去，不顾一切地调动体内那股压制热流的寒气，然后将自己如花似玉的脸拼命送到人家面前，乞求："别脱，别脱，你摸，你摸——"

……

她扑得太快，一把将那正在脱衣服的人撞倒，随即酒意一冲，脑中一晕，便什么也不知道了……

斗室黑暗，压与被压者在酒国浮游，寂静无声。

隔壁，淳于猛高举酒壶往下倾倒，倒出泥灰一头。他摸摸头，愕然道："喝完了？完了……"

"醒醒，醒醒——"

"醒醒！"

"混账！还不醒！"

不知道从哪里来的语声，遥远得像是发自山海之外，飘飘荡荡闯进耳膜，扰乱无梦的睡眠。凤知微不情不愿地摇摇头，将怀中的被子抱得更紧了。

啪！

什么东西砸在脸上生疼？火辣辣的感觉惊得半醒的她瞬间睁开双眼。乍一睁眼，她只觉得黑暗扑面而来，好大一会儿才认出还在斗室床上，而头顶斗室窗口处，探出一张雪白的脸。

凤知微眨眨眼睛，摸摸脸，反应十分快捷地感觉到面具不在脸上，便立即伸手摸索到面具戴了起来。很庆幸，上方光线不好，应该看不清楚她的动作。

这一摸，她摸到起伏的"被褥"，温暖的肌肤，光滑的……

凤知微立即蛇咬了般缩手。

不会吧……

随即她鼓起勇气回头，果然悲哀地看见，某醉得人事不知的少爷，正被她睡在身下……

他的脸半掩在暗处，沉睡的姿态宁静安谧，却不同于平日毫无动静和表情死水般的静，而是微微有些不安，手掌掩住的长眉，轻皱着。

不知怎的，只是看这人安睡的姿态，她便觉得四面气韵沉和，午夜里玉树悄然绽放琼花。

凤知微的目光在那小半张脸上飞速掠过，微微犹豫之后，取过纱笠，轻轻盖住了他的脸。

她不想看见，不愿看见。

有些事，不触及，比触及要幸福。

做完这些，她才抬头看上方，认出拿石子砸醒她的是那个骄横古怪的林韶。

他不是也关禁闭了？怎么跑到上面去了？

"喂，我说，天亮了就是书院学试了！"林韶性子急躁，直入主题，"该死的辛子砚，一关就是七天，存心要我们错过盛会？不成！不成！"

"等等。"凤知微脑子还在发晕，听着迷糊，截住了他，"学试不是三天后吗？"

"你睡了三天啦！"林韶嗤笑她，"猪似的，叫也叫不醒。喂，我好不容易过来的，走不走？我还得在学试上打败你呢！"

"我怎么是你的对手？"凤知微捧着脑袋，"饶了我吧，少爷。"

"不行！"林韶大怒，"未战先认输，什么玩意儿！你今儿走也得走，不走也得走！"

他唰的一下消失在小窗口，过了一会儿，吊下了一个绳子。

"我还以为你能打开门让我大大方方走出去……"凤知微对着绳子苦笑。

"得了，辛子砚安排的事，哪那么容易解决？"林韶不耐烦，"好不容易才把人调开半个时辰，再不走来不及了。"

凤知微回头看了一眼顾南衣，心想算了，少爷酒还没醒，再待下去保不准还要出什么新玩意儿，还是走吧。

从绳子攀缘上屋顶，毫不意外地看见果然人都出来了。淳于猛看见她就嘿嘿一笑，道："酒神！"

凤知微白他一眼，心想，奴家的牺牲实在是令人发指、难以启齿啊……

"赶紧走，走。先去我那儿换衣服。"林韶得意扬扬，"今儿一定要大闹考堂……听说父……皇帝和太子，还有亲王们都来呢！"

凤知微负手站在屋檐上。四面晨曦初露，朝霞刹那间便穿越千山万水奔来她的脚底，她在万丈霞光中衣衫猎猎，眼神映着万里奔腾的水和不灭遥迢的山。

她眯着眼睛，微微叹息。

"起风了……"

第二十四章
夜逢

黎明前夕，最黑暗的时辰。

凤知微在后院一处穿堂前和那几个人暂且分了手，回房去换衣服——她死睡了三天，衣衫凌乱，满身酒气，实在不宜这样出现在人前。

其实换衣服是假，她现在考虑着要不要趁这个机会偷溜离开书院，所以她在半路谎称要上茅房，把跟着她的燕怀石也甩了。

酒意还未去——那酒之烈，本就在天盛皇朝首屈一指，再好的酒量不过三杯——凤知微走了一阵，胃里突然一阵翻涌，她忙不迭地找了个角落大吐，吐了一阵一抬头，突然发现眼前景物有异。

四面花木扶疏，掩映着一座小楼，小楼沉默在黑暗里，毫无灯火。

看起来没什么异常，凤知微眼睛却微微眯了眯。

这座楼四周，似乎是有阵法——看起来很近，真想要走近，却比登天还难。

她能走到这里，靠的还是那本册子，最近经常翻看，一些阵法步法已经深入心中。

她是无意中闯到什么要紧地方的外围了吗？

凤知微立即就想走，然后身子刚支起一半，立即又伏了下来。

附近，有齐整的脚步声，还有衣袂带风声。

花木一阵轻微摇动，将远处射来的光影驱散，只是那摇动十分怪异，竟然不是枝叶之动。整片乌压压的低矮灌木，都在微微移动。

随即，另一片乌压压的东西，从移开的灌木之间，冒了出来。

四面的空气突然便凝重了几分。

黑暗中，地面之下，不明物体无声冒出，携一股铁锈般森寒的杀气自地底而来——这场景着实有几分诡异。

凤知微紧紧贴着地面一动不动，看着那些物体逐渐升高，出现在地平线之上，才认出那乌压压的都是人头。

从地下走出的大军？

她的呼吸放得越发轻细，几乎没有声息。

头顶突有衣袂带风声掠过，便见一条黑影蝙蝠般穿越上空，掠上小楼之巅，然后半空中一个转身，一张僵木面具掩在暗淡的微光里。

那是三天前在饭堂，用一柄飞剑拦下顾南衣一指的那个黑衣褐袍人，当时他站在辛子砚身后，不动如山。

那人遥遥立于小楼飞檐之巅，一片落叶般轻，一块磐石般稳，他于半空回首，目光正落在凤知微藏身的花木后。

凤知微呼吸一紧，连眼睛都闭上了——遇上这种高手，目光，都会令他警觉。

那人静静立在檐角，始终不动，也不离开。高处大风吹得他衣衫飞舞，而他眼神坚硬有如实质，带着沉沉的怀疑，重锤般击在数十丈外的地面上。

凤知微的冷汗，渐渐沁出了背。

从那人的轻功来看，要杀她实在易如反掌。

此刻，生死关头。

吱呀一声，推窗之声不响，却惊得夜鸟飞起。黑沉沉的小楼，二楼的窗户突然被推开，一只手伸了出来，一把拉住了那褐袍人，轻轻巧巧便将他拉了进去。

隐约宽大袍袖一闪，露出的手臂白生生的。

凤知微趴在地面上，舒了口气，顾不得险些吃进一嘴泥土。

刚才那无意中救她一命的是辛子砚吧？除了他，还有谁能把那个铁石一般的人拖走呢！

地面上裂开的地道已经走出更多人来，他们远远聚集在小楼之下，过了一阵，无声散开。

这些人训练有素，行动利落，连兵刃都用黑布包好，以免在夜色中发出反光给人发现。

至于他们要去哪里，要做什么，凤知微已经不敢再猜。

天亮后，就是书院院试……

林韶先前那句话突然冲进脑海，她又出了一身冷汗。

眼见人群散开，四面警卫降低，她缓缓移动身子，试图不动声色地撤出。

今夜必须离开书院！

然而她的身子突然僵住了。

她僵在那里，瞬间脑中一片空白，完全忘记了所有动作！

她错了！

不该现在动的！

那地面灌木机关还没有关闭，说明还会有人出来！

最后出来的，一定是……

诸般念头在脑海中纷乱一闪后，她再也不能慢慢移动，身子一纵，这段时间自然修炼的体内气流一转，瞬间奔了出去。

逃！

然而身后一声低笑。

笑声很凉，不是那种彻骨的冷，而是凉，像细薄的花叶上刚落了一层薄薄的雪——看那花叶新鲜温暖，触及了，却是沁人刺手。

一袭深黑色披风被夜风卷起，倒飞在凤知微眼前，随即隐约扭曲夸张的淡金色花朵一闪。

那花朵在凤知微眼前张扬一舞，传来的气息华艳清凉。

凤知微立即知道那是谁了，却根本来不及思考——这次不是前三次，那些事他可以睁一只眼闭一只眼放过，而这事，却再无幸理。

身后那人的手，已经拍向她的天灵。

凤知微突然趴了下去。

她那一趴毫无预兆毫不顾惜，整个人以狗啃泥之势平平贴向地面。那一拍，顿时落空。

一声微带惊疑的"嗯"声传来，显见那人对这一招也很意外，明明凤知微武功平平，不想她却如此机变。

凤知微的机变还不止于此。

她那招狗啃式并不那么简单，而是来自那本万能册子。册子的主人似乎对奇门歪道的武功十分有兴趣，也似乎丝毫不自重身份，只要能伤人逃命，都不介意试上一试，所以这招狗啃式便是改良狗啃——落地之后，全身肌肤关节立即挪动游弋，在地上可以改变方向平移出数丈之远。

凤知微现在当然做不到这个，即便她使尽全力，也不过游出五尺。不过这也够了，身子一卷间她已经骨碌碌将自己滚了出去。

先前她已经看好地形，滚的方向，地面微带斜坡，而这一滚又是数丈，随即她跳起便奔。

身后那人似乎并不急，好整以暇地看她狼狈逃窜，在她身形将要掠出视野之际，突然手一招，指间不知何时已经搭上了一柄奇形精巧的小弩。

小弩不似中原所制，两边蛇形垂着红缨，其上弩箭长短不一，光泽微红，在夜色中血一般流淌开来。

扣指，抹弦，搭箭。风将发丝和弩弓红缨猎猎吹起，拂在那人光洁的脸颊上，黑暗里其人如月，月色中怒放淡金色的曼陀罗花。

箭尖锋锐，对准凤知微的后心。

远远地，凤知微突然手一抬，头也不回地背对那人，高高举起一样东西。

那东西圆而长，闪着金属光泽，顶端隐约可见一个拉环，而她的手指，正紧紧扣着拉环。

看上去像是个旗花火箭。

暗红的弩弓突然顿住，弩箭将出未出之际，那人手指一挽，刹那间将弓一收。

只这一顿间，凤知微已经跑开。那人立于浓郁的夜色里，看着凤知微灵活的身影，十分熟练地穿越那些看似简单其实复杂的阵法，无声地跑远了。

天边一线鱼肚白远远浮现，晨曦里他眉宇风流清雅，眼神森然沉凝。

穿林过榭，凤知微奔出了一身汗，晨风吹来，通身冰凉。

刚才要不是拿出火箭，那锋锐无伦的箭一定早已穿入她的后心。

她那一举，是告诉他——你可以杀了我，但在弩箭穿入我后心之前，我一定来得及射出旗花。

值此非常时刻，一点动静都可能引发轩然大波，而他一定准备了很久，也一定不愿被这个火箭打乱计划，将一腔心血付诸东流。

凤知微相信，他宁可事后再慢慢查访杀人灭口，也不会让她射出这旗花。

大家都是聪明人，何必同归于尽？

凤知微抚摸着那圆筒，心中感叹，这东西还是和燕怀石要来的。这家伙在京中自有护卫，因为要进青溟书院不方便带着，便留了这个紧急时备用，也分给了她一个，不想今日居然救了她一命。

她不敢再留，站定了辨认好方向，便试图从后院离开书院，可刚转过一个回廊，突然有人跳了出来，笑道："找了半天，你在这里，走，看热闹去！"

是淳于猛。

凤知微看着他，心中哀叹，半晌道："咱们还被关禁闭呢，怎么能出现在那个场合！"

"没事，咱们偷偷看，再说，就算参加也没什么，倘若做得好，院首也高兴，说不定还会免了咱们的责罚。"淳于猛没心没肺来拉她，"走吧！"

这孩子，死都不知道怎么死的……

凤知微抬眼看看天色，心中焦急，耐着性子委婉暗示："还是不要多事的好，这种场合，皇族贵人云集，咱们掺和不了……"

"皇族云集，怎么就不能掺和了？"

回廊后突然转过一个人来，锦袍清雅，衣襟淡飞，晨曦里，一线清光载在他眉梢，便似漫天里生出云霞万朵。

淳于猛惊喜地上前拜见："啊，您已经先到了……"

凤知微一见那人，脑中便轰然一声，慌乱中退后两步，而那人立在原地，微笑负手，淡淡看来。

他对着淳于猛含笑说话，目光却一点不移地落在她身上，那目光，针尖般锐，丝毫笑意也无。

"既然遇上你们，那就一起去吧。"

第二十五章
交锋

他语气轻浅，笑意薄凉，看凤知微的眼神却并无警惕和敌意，只带着一分戏谑一分讥嘲一分冷酷，像是出林的虎在看着自己爪下逃脱不得的狐。

凤知微垂目，看看自己，衣服上还沾着刚才滚地的泥土，指缝间残留着刚才隐身花木间沾的草汁。要说宁弈没有认出她来，鬼才相信。

当然，是认出刚才交手的她，而不是真正的她，宁弈再厉害，也不能穿过人皮面具，看见她的脸。

吸一口气，凤知微淡淡笑了，躬身道："是楚王殿下吗？能和您同行，真是荣幸。"

这回宁弈终于有些惊异地看了她一眼，心中一动，觉得眼前这个少年风度不凡似曾相识，但他此时满怀心事，也没有多想，只是暗笑这人也算大胆，不知道仰仗的是什么？

随即他见凤知微转身，笑问淳于猛："刚才林韶说要带样好东西给我看。淳于兄可知道他在哪儿？大家不妨一起去，院首责罚起来，也多拉个垫背。"

淳于猛十分高兴，哈哈一笑，"那兄弟俩就在前面。你说得对，要倒霉一起倒霉，找他们去。"

他扯开嗓子喊："林兄弟！林兄弟！我们在这里！"

那边踏踏的脚步声响起。林韶的脆嗓音老远就响了起来，"哎哎，等你好久了，都快开始了啊，就在讲文堂举行，快进去快进去！"

宁弈此刻唇角的笑意又冷了几分，趁淳于猛迎上林韶搭话，森然笑道："你知道的可真是太多了。"

凤知微眨眨眼，含笑不语。

她不敢多说话，毕竟宁弈熟悉她的声音。虽然她从宽袍客那里学过运气变声之法，但说多了总怕出错。

两人目光一对，一个杀气隐隐，一个笑意微微，杀气隐隐的决算着该怎么处理掉这个突然冒出来还会到处拉挡箭牌的祸害，笑意微微的在盘算着如何在这个杀气隐隐的笑面虎手下逃出生天。

对面，不知内情的林韶欢快地奔过来，不知怎的，林霁却不在他身边。林韶看着凤知微的眼神雀跃而闪亮，而凤知微迎着他露出的微笑，越发令他欢欣鼓舞，完全不知凤知微那笑，是看见挡箭牌欢喜的笑。

凤知微迎上前，轻轻一牵林韶的袖子，将他不着痕迹地一带一转，转了个方向，正好隔在她和宁弈之间，随即笑道："正要找你呢，一起走。"

林韶怔了怔——凤知微一向温柔客气却极有距离，待人春风之煦而又海天之远，这样的亲近，还是认识这段时间以来的第一次。他微微垂头，看看自己被轻牵住的衣袖，再看看身侧少年含笑的眼角，耳根之侧，突然微微地红了。

宁弈偏头看了看凤知微，突然也对林韶笑道："十一弟，见了我也不见礼？"

林韶一怔，有些困惑地看着宁弈，似乎惊讶宁弈为什么要违背约定说开这个。凤知微却在心中暗骂——你哥不是个东西，这是故意要揭穿你的身份，好让我无法再和你并行，无法拿你当挡箭牌！

肚子里骂归骂，面上却坦然如故，凤知微眨眨眼，天真无知地道："啊，韶弟，你是楚王殿下的远亲吗？"

林韶听见那声韶弟满面红光，越发思维敏捷，立即笑道："是啊，我是殿下母亲一族的远房亲戚，算起来殿下是我远房姨表哥。失礼了，哥哥金安。"说着装模作样躬了躬。

宁弈微笑，看着林韶，缓缓道："是啊，十一堂弟，等下不要忘记拜见你远房皇帝表姨夫。"

林韶一僵，再抬起头来脸已经成了苦瓜状。

凤知微和宁弈第二次交锋，挡箭牌韶小子被扭成了麻花……

讲文堂名号为堂，其实是个偌大的广场，白石铺地，黑石为台，上方是明瓦大屋，四面轩窗可供人休息，也可以开窗观景，一般是帝王和王公贵族观礼的场所。此时，所有的窗都掩起白纱，从外面望不见里面，从里面却可将外面一览无遗，以示皇家神秘尊贵。

场下四周设棚，供各级官宦使用。至于学生们，不管在外身份高低，一律在场外木栏外站立等候。

讲文堂一年开一次。凤知微以前不知道这安排设置，此时一见，登时心花怒放，又见场子四周人山人海，学生几乎都到了，更是欢喜。

有几个学生急匆匆从他们身后挤过，一边奔跑一边道："快快，听说楚王今儿也来，咱们得用心些！"

有人道："真的吗？听说殿下自从三年前和辛院首闹翻，就不来书院了啊。"

"贵人间的事，你管这么多做什么？"当先说话的学生翻翻白眼，"楚王这些年虽然不怎么管事，但才学仍在，向来喜结交清贵文人翰墨重臣。你不是想进翰林院吗？今儿要是入了他的眼，可比什么晋升之途都有用！"

一群政史院的学生兴致勃勃挤过去。更多的人却在讨论着如何令陛下看中，如何讨太子欢喜，如何得好武的二皇子齐王青睐，如何攀上清高持重的七皇子……由于此次学试几乎可以说是历次中规格最高的，学生们都十分兴奋。

不来青溟书院？昨夜还在书院地道里晃悠来着……

和辛院首关系恶劣？凌晨院首大人还在小楼里等他来着……

凤知微腹诽，面上却兴奋地道："啊……殿下真是声名卓著，能和殿下同行，真是学生三辈子修来的福分。"

淳于猛被这一句提醒，立即笑道："殿下，对了，这里可得和您分道扬镳了，再和您一起走下去，我怕被人嫉妒得揍一顿。"

他似乎和宁弈很熟，说话语气随便。凤知微已经含笑一揖，心情十分好地让到一边。

"你怕什么？"宁弈似笑非笑斜睨淳于猛，"你是军事院的学生，要攀附也是攀附老二，再说你都已经受职，和本王走近些又有什么关系？"

他一拉淳于猛，顺手一揽凤知微的肩头，笑道："本王懒得到上面闷气，就在这底下官宦棚子里坐了，你们也来。"

凤知微僵住了。

那人的手，在最合适的时机，状似无意突然揽上她的肩，可一揽之下她半边肩膀立刻麻了。

她真蠢！

　　明明知道面对的可能是天盛皇朝的第一狐狸，她刚才为什么还要得意忘形，让开道路，离开林韶身边，让他有机可乘！

　　肩膀处一股冷阴气息侵入，贯穿血脉，关节血肉立即流动缓滞，却还能动，她缓缓抬头，咬牙笑道："多谢王爷抬爱。"

　　淳于猛和林韶有些奇怪地看着她，讶异于她的动作怎么突然慢了下来，但也只是以为，出身平凡的魏知骤然入了楚王的眼，"受宠若惊"欢喜呆了，所以反应迟钝些。

　　因为宁弈刚才说话声音不低，此时两人对话已经被众人注意，学生们唰的一下齐齐回头，看见宁弈忙不迭拜倒在地。淳于猛和林韶急忙后退，唯有凤知微被宁弈阴了，又被揽住，想退也退不了。

　　她僵在那里，一身冷汗飕飕。宁弈淡淡道："都起来吧。"自始至终没放开她。众人起身时，看凤知微的目光都不对了——羡慕、嫉妒、恼恨、不屑……那些含意不明、却大多充满敌意的眼神，刹那间便将倒霉的凤知微淹没了。

　　看着转眼就成为众矢之的的凤知微，宁弈唇角一弯，笑意雅而魅，如午夜悄然绽放的雪白妖红的曼陀罗花，看得众人都直了眼，看得凤知微只想辣手摧花。

　　可惜殿下丝毫不为她的目光所动，微笑着，揽着她的肩，一路从众目睽睽中穿行，至官棚里随便坐了，"亲热"地坐在她身边。他选的位置在棚子中间，四周没人敢再坐。林韶想跟过来，却被淳于猛拉走。两人临走时挤眉弄眼，意思是他们要避嫌了，让凤知微抓紧这个机会好好巴结。

　　凤知微暗暗叫苦，只好沐浴在万众针刺般的目光里，一开始还觉得痛苦，随即坦然了——俗人是不懂将死之人的彻悟和超脱的。

　　"陛下驾到——"

　　远远地，细长的声音高声传唱而来。

　　四面突然静了下来，在万众屏息等候的那一瞬，沉凝肃杀氛围自生。

　　众人齐齐站起欲待拜倒，凤知微也想起身，不想身侧那人突然侧身过来，伏上她的肩，繁花落雪般的华艳清凉气息逼近，衣袖底手一动，已经握住了她的手。

　　凤知微心中一恍惚，随即听见那人低声絮语于耳侧，姿态旖旎，语声更柔和轻飘，像一个虚幻的梦，笑问："你的手心，怎么全是汗呢？"

第二十六章
多谢招待

那人的气息悄悄吹在耳侧，拂动她鬓边的发丝，令她微微地有些痒。那气息是春日蔷薇冬日流泉，藏着细密的刺，浮着沁凉的冰，乍一感觉美不胜收，靠近了，却是万劫不复。

正如此刻，圣驾驾临，万众参拜，他却俯靠着她的肩，姿态旖旎，看起来着实暧昧而放肆。四周伏在地上的官员都偷偷转过了眼来，看着这"一对男子"，眼神比宁弈的姿态还暧昧。

楚王风流，男女通吃之名，帝京无人不知。

却没有人知道调笑姿态下的阴毒杀机——他锁住了她的经脉，不让她下跪。

帝驾至而不跪，大不敬——他摆明了要借刀杀人，想让她被皇宫侍卫以大不敬的罪名，立即拖出去杀了。

明黄銮驾已隐隐出现在大开的正门侧，此时人人皆跪，凤知微便坐得鹤立鸡群。人们惊讶的目光，都开始射过来。

凤知微低眼，对上近在咫尺的那张脸——春风容颜，冰珠般的琉璃光华眼眸，眼眸深处一抹笑意森然。

她突然微笑，不急不躁，端坐平静，"……因为草民想着将要和王爷一同赴死，激动得出汗了。"

"哦？"

"王爷不会真的以为草民昨夜只是贸然闯入吧？"凤知微悠然道，"密楼深掩，机关重重，当真会有人能误打误撞，走近那里？"

她语气泰然，眼睛却紧紧盯着正门，最前面明黄龙旗已经招展入眼帘，圣驾马上就要驾临。

宁弈脸色不变，眼眸却暗沉几分，这正是他没有在刚才立即下手的顾忌，一方面是这种场合由他出手灭口不太方便，另一方面便是担心凤知微另有主使。

而凤知微此刻毫不避讳地提出，更加深了他的怀疑，而一旦凤知微另有主使，他必得顺藤摸瓜找出背后主谋，那这小子的命——

他微一沉吟，御林军齐整的脚步声已在逼近，铁青色的盔甲在清晨的日光中，寒芒闪烁地逼人而来。最前面的侍卫，已经可以看见场内一切，正用鹰隼一般锐利的目光扫视场内，搜寻所有不利于陛下安全的苗头和人物……他的目光，即将扫到官棚——

"那批地下奇军昨夜去做什么了？现在又在哪里呢？"凤知微掉开眼光，不看正门，却开始怡然自得，四处张望，"咦，我有好几位政史院和军事院的同学，今天怎么好像没来？"

宁弈目光一闪，突然一声冷笑。

冷笑未毕，他手一推。凤知微只觉得浑身一轻腿一软，身不由己向前一栽，额头碰上地面。

此时侍卫目光正好转过官棚。

而山呼声起，众人俯身尘埃。

凤知微伏在地上，手心里的汗瞬间湿了地砖。

身边月白绣银竹清雅袍襟铺开，宁弈跪在她身边，在震耳的山呼声中低声而清晰地道："你还有同伴多少人？现在都去做什么了？昨晚你们到底想做什么？"

凤知微转头，对他微笑，"殿下，您不会突然变笨了吧？您觉得我会现在告诉你？"

眼神一闪，宁弈微笑，"迟点告诉我也可以……就怕你挨不到那时辰。"

明黄銮驾已经过去，他伸手，状似亲密地挽凤知微起来。凤知微也不避让，大大方方任他扶起——反正命都在人家手上，占点便宜有什么要紧。

两手相触，凤知微坦然，宁弈却突然一怔——刚才他只感觉到她手心冰凉满是冷汗，如今冷汗已去，这一触间便觉出了掌心细腻的触感，软凉如玉。那手掌的大小和握着的感觉，不知怎的似曾相识。

他想抬起她的手掌再看看，但凤知微已经将手收了回去，偏头向他一笑。

她一笑间目光温软，又看得他心中一动，一动间警惕便生，他想起面前这个人心思机变、狡诈多智，眼神立即又冷了下来。

两人如前坐了。凤知微突然看见燕怀石站在斜对面，正用一种古怪的神情看着她，顿时大喜。她悄悄翻遍身侧，扯出浅蓝色的亵衣袖口，对着燕怀石晃了晃。

燕怀石看着她，神情似有疑惑。凤知微发急，将衣裳更扯出来点——蓝衣——南衣——

身侧突然有人问："你在做什么？"

凤知微立即收好袖子，正襟危坐，"热，凉快一下。"

宁弈似笑非笑地看着她——真难得，居然有人睁眼说瞎话还毫无愧意，这阳春三月，晨间微凉，怎么会热？

他眼光一落，不知怎的便落在她颈间。书院秉承天盛国风和院首大人风流，学生衣装都领口宽大半露锁骨，凤知微本来是掩得严实的，偏偏刚才扯亵衣暗示的时候，已经将衣领大大扯开，而她自己忙着耍心机也没有在意，如今便不知不觉养了宁弈的眼。

皓颈如玉，说玉也嫌太僵硬，倒似新剥的鸡头米或新棉的绒，透着三分软一分嫩一分载了日光明丽和月光晶莹的润，而其下锁骨纤细，细到令人觉得眼光落上去都嫌沉重会摧折，而锁骨下的肌肤，让人觉得薄而透，像名窑最珍贵的瓷，再顺着那肌肤向下，有微微的……

宁弈目光突然一凝，一凝间凤知微却已知觉，立即伸手掠鬓挡住他的视线，而手从鬓边落下时，已经不动声色地将衣领整好。

她垂目看着自己衣领，心中暗叫一声好险，又想自己的束胸布散开没？宁弈刚才没看到什么吧？

百忙中抬眼向对面一瞥，燕怀石已经不见，凤知微似忧似喜，也不知燕怀石到底看懂她的意思没。

此时銮驾及诸王公已经进入正堂，在白纱后纷纷就座，唱名声里听出人来得齐全，除了五皇子没来之外，皇帝、太子及诸皇子都来了。

辛子砚依旧大袖飘飘，不热的天气却挥着个折扇上前致辞，潇洒自如，和当日在妓院墙上跌下的狼狈不可同日而语，让人丝毫看不出心怀什么鬼胎。凤知微看着他，目光却透过白纱，白纱后，就是天盛皇朝最尊贵、最重要的一群人，而在今天之后，又会发生什么？

正如身边这个人，他的目标到底是谁？断不可能是所有人。他不掌兵权，虽京中九城兵马司一万八千人号称由他统管，但调兵权在太子手中，而护卫皇宫的两万长缨卫则由七皇子负责，再者，京城二十里之外，就是护卫帝京的戍卫营，所以就凭昨夜那些人，试图对所有人动手，等于自寻死路。

那么，是皇帝？太子？皇子中的劲敌？

动皇帝绝非明智之举。太子？宁弈向来被认为是太子党，那失了太子岂不是失了靠山？其余皇子？只要皇帝和太子还在，其余皇子动了又有什么用？

而辛子砚又为什么要甘冒大不韪掺和到这逆天大案中来？他和宁弈先是相交莫逆，再故作疏远，而这些年宁弈韬光养晦，在朝低调，在宫中也不受皇帝喜欢，屡屡压斥，那如今这情势，是不堪压迫顺势如此，还是早有预谋准备多年？

凤知微思绪浮沉百般疑团，台上却一片祥和欢乐按部就班——政史院和军事院学生各分两班，按顺序轮番在台前献演，这些学生已经经过师长推荐和前三天的选拔，而凤知微等人，却因为大闹饭堂，错过了。

事到如今，她已经明白自己不是被顾南衣连累，而是被林韶——辛子砚根本就是想用那个禁闭，绊住林氏兄弟，等到七天过后，一切尘埃落定。

也正因为如此，凤知微现在无法再参与学试，而君前触犯书院条规，弄不好也是死罪。

学试先是政史类，分当堂策论、讲经、诗文三道程序，由书院师长和翰林院编修主考。凤知微听着那些舌灿莲花引经据典，心乱如麻。

忽然听见一阵低低的喧哗，随即有人惊呼："金榜！"

语气惊羡，却又含着无奈。

凤知微抬眼看去，轩窗内的白纱前，站了个太监，手中捧着柔软的金丝长卷。

连宁弈也面露惊讶之色，喃喃道："老爷子又把这东西请出来了……"而四面，更是惊呼之声不绝。

金榜，又称擢英卷，上载世间离奇问题三道，据称能够答出者必为无双国士，得其人可安天下。这是大成开国皇帝传下的奇卷，历代相传，多年来早已名动天下。

大成开国皇帝惊才绝艳，据说因为师门为当初穹苍神殿的关系，还有一身难测神通，所以向来为历代帝王尊崇。他传下的东西，自非等闲，历代以来，擢英卷都珍藏于皇宫，大成灭后，这属于大成的遗宝为天盛所有。天盛皇帝对神秘的大成开国大帝似乎也十分敬仰，几乎每次科考殿试、学试，以及各类重要论文场合，都会将擢英卷取出以试天下英才，但是从来，无一成功，甚至连题目，也无人能看懂。

到得后来，擢英卷便成为不可逾越的代名词，天下士子景仰渴望，却高不可攀。

也因为失望太多次，皇帝渐生厌倦，之后便颁了圣旨，没有把握答擢英卷者，不得轻言相试，否则以欺君罪论斩。旨意一下，从此擢英卷再无人敢于舍命问津。

此时捧出来，也只是象征意义大于实际意义，做个样子而已。

金丝织就的擢英卷在风中飘摇，如一架可攀青云的黄金阶梯诱人眼目。众人眼光炽热，仰高脖子，却不敢走近。

凤知微突然心中一动。

事到如今，欲图韬光养晦已不可得，在小命立即完蛋和抛头露面可能招祸之间，她宁可选择后者。

生或死，且一博，如不在悬崖下粉身碎骨，便是从坦途上康庄大道。

宁弈，这可是你逼的——

台上，金榜在风中飘摇，举着金榜的太监手都酸了，随即听见帘后皇帝淡淡道："看来今年还是那结果，收起来吧。"

太监正要收起，忽听底下一人高声道："我来！"

官棚里，突然，决然站起单薄的青衣少年，迎风而立衣袖猎猎，正是凤知微。

她在万众灼灼的目光里坦然而立，并不急着上前，而是先回身，对着欲待阻止却又无法阻止，因而眉宇沉凝的宁弈，一笑。

这一笑如前温柔，温柔之底却突然生出刚毅凌厉的气质，那是掩藏于性格深处、唯濒临绝境时才自然展露的霸气——虽千万人吾往矣，你且给我乖乖看着——

王爷，多谢招待，再会，再会。

第二十七章

国士无双

　　宁弈看着那少年立起，喊话，转身一笑，直至决然离开。

　　不知怎的，他心中最初涌起的并不是猎物逃脱的愤怒，而是莫名的不安，像是看见笼中的鸟振翅飞出，于半空间身姿一转，突然就蜕变成凰。

　　又或者，是一只一直收敛羽翅的鹰，只等着某个时机掣云而去，再俯冲而下，给他一击？

　　他摇摇头，将这荒唐的想法挥去，慢慢向后靠在椅上，眯着眼，看着那人挺直面向金榜而去，背影清瘦如月半弯。

　　自寻死路，也好⋯⋯

　　明明应该高兴的。

　　然而眉宇间总有霾云层层，散不开。

　　凤知微行到台前，隐约听见底下有人惊呼，依稀是林韶的声气。他似乎想冲出来，却在台下被人拉住了。

　　众人此时看她的目光，也不再是先前的艳羡嫉妒或不屑，而是一种惋惜和惊异——惊异有人竟然自寻死路。

　　擢英卷，历六百余年，至今无人能懂能解，这早已在人们心中形成根深蒂固的观念——那是天书，非凡人所能答。

　　凤知微目光澄明，视各方怪异视线于无物，坦然上前去。

　　白纱后有人微微"咦"了一声。原本懒散闲聊的皇亲贵族们纷纷直起身探头张望，都对这多年来第一个大胆问津擢英卷的小子十分好奇。

　　"知道规矩吗？"捧着金丝长卷的太监拉着长调，斜睨凤知微。

　　"不能答，毋宁死。"凤知微一笑。

　　这话语气清淡，含意却震得上上下下齐齐一惊。官棚里的宁奕坐直身子，皱起长眉。

　　以和风细雨的态度行雷霆凌厉之事。这种风格，很像一个人啊……

　　太监偏头看了看纱幕内，得到指示，将金丝长卷上覆的明黄鲛纱掀开。

　　长卷三折，每折一题，虽然以往无数人试图答过，但是按照朝廷律令，无论谁看过题目都不得对外泄露，所以这题目依旧对天下人保密。无数好奇的目光，齐刷刷地投了过去。

　　凤知微一眼落下，脸上的神色……很精彩。

　　第一题。

　　"松下为什么没有索尼强？"

　　……

　　费了好大劲儿，凤知微才忍住嘴角抽搐——这就是名垂六百余年的天下第一卷？这就是号称答题者必为无双国士的擢英卷？

　　是啊，能答出来的，真的是无双——这本就不是这世间的问题吧？

　　此时所有人都紧紧盯着她的神情，看她挑眉咬唇，一副艰难隐忍、被题目问倒的模样，都觉得是意料之中，却又都隐隐失望——还以为今日能出现奇迹呢！

　　宁奕以手支腮，遥遥望着凤知微。这一刻的结果虽然也在他预料之中，然而他心情却并未变好，那种让他压抑而失落的沉霾感，仿佛莫名更重了几分。

　　月白银竹般的衣袖垂落，被风轻轻拂在颊边，凉而软，恰如此刻他的心情……这个兼具小狡诈和大智慧的人真的就这么被他逼得轻狂一掷，折戟沉沙于此地吗？

　　正沉吟间，忽见台上那人展眉一笑。

　　那一笑突如其来，明明面容只算清秀甚至有些僵木，但目中神采刹那间如日出东海，光耀天际，灼然至不可逼视，使得平常容颜，顿时绝代风华。

　　他被那目光中的笑意眩惑，怔了怔神，一怔间见那人竟然毫不犹豫上前，就早已备好的笔墨，唰唰几下，笔走龙蛇，随即含笑，一让。

太监难以置信地过去，不敢看那答案，双手取了奉入白纱内。纱内，应诏而来的一大批翰林院最有学问的学士、庶吉士们呼啦一下围拢过去，捧着凤知微的答案直着眼看了半天。

答案很简单，很古怪，比题目还古怪，是一堆歪歪扭扭的"符号"——PANASONIC。

众人瞪大眼望了半天，无解，又去看那天下第一才子。辛子砚扭曲着风情万种的容颜，悻悻道："我不是道士，看不懂鬼画符！"

只好派人飞马去宫内取珍藏的答案——答案因为向来用不着，忘记带来了。

过了半晌，纱帘内传来低低的惊呼。

镶金边纸笺上，同样一堆歪歪扭扭的鬼画符，画得比凤知微的还难看。众人一个个地对了，丝毫无误，怔了半晌，才将答案传向屏风后。

屏风后，正饮着香茗的太子搁下茶，听见下人禀报，欠身向外看了看，笑道："父皇，想不到今日居然真有人应了题。"

瘦长身材，着一身明黄便袍的皇帝"嗯"了一声，道："青溟这几年一直由你主管，越发人才辈出，倒不枉朕亲临这一遭。"

太子露出兴奋的神色，想起前些日子和老六对谈，老六说起近日大越频频叩边，金沙海寇掳掠边民一些事令陛下忧烦，不如劝陛下出门散散心，而青溟这些年颇有些人才，陛下见了也可堪告慰，所以，不妨将这次学试规模办得隆重些，传扬出去，也好显示我大国国威，人才济济，从而安抚惊惶百姓，顺带震慑一下那些不懂安分的宵小。如今看来，可真是投了陛下所好，不过他可不愿这个功劳分给老六，于是话到口边缩了回去，笑道："父皇励精图治，我天盛邀天之盛，而天下才士，尽在帝京，如今更是有擢英卷国士出世，也好让那些没眼色的宵小看着，早些安分才是！"

皇帝神色越发满意，却又抬眼看了看太子，道："不过答出一题，说国士为时过早。"

"不是也得是！"太子得意忘形，茶盏一搁笑道，"您愿意，他就是！"

皇帝瞄他一眼，唇角笑意微微沉敛，随即对太监挥挥手。

太监掀帘出来，抖着尖嗓子，道："下一题！"

场内轰然一声，所有人都站起，露出雷劈了般的表情——第一题解出来了？

宁弈正在喝茶，手一抖，一滴茶水落在衣袖上，但他没有拭去茶水，只抬头看着凤知微，一瞬间眼神精光一闪。

第二题。

"甲和乙可以互相转化，乙可以在沸水中生成丙，丙在空气中氧化成丁，丁有臭鸡蛋气味，请问甲乙丙丁各是什么？"

凤知微此时已经淡定了很多——当她远远看见金丝长卷抬头那有点熟悉的字迹时，便若有所悟；当她确认了第一题时，便知道，所谓擢英卷，所谓无双国士尽在此卷中，要么是误传，要么就是此卷主人和天下人开了一个长达六百多年的特大玩笑。

无论如何，这玩笑戏耍了天下人，却成全了她。

第二题答案递进去，众人不再漫不经心等候，都踮脚仰首紧张地看着纱帘。过了一阵子，纱帘一掀，太监惊异兴奋得近乎变调的尖嗓子刺着了全场人的神经——"第三题！"

人们开始下意识地向前挤，都想目睹存疑六百年的国士诞生。宁奕再也坐不住，一拂袖行了过去。

他和台上的凤知微擦肩而过，一转首间斜飞的眼角目光凌厉。凤知微低眉敛目，神情温存，却在他将要离开那一瞬低声道："殿下，将和你同殿为臣，真是幸事。"

宁奕的肩膀明显僵硬了一刻，随即飘身而过。凤知微看着他的背影，忽觉心情大好。

被他欺负压迫了这么久，回回都在下风，如今可算扬眉吐气了一回。

第三题。

"一颗来自苍穹长青神殿的，号称关系国运的天命神石，在血月之夜辰时三刻，扔到鄂海罗刹岛海域，会发生何事？"

钦天监和翰林院的大佬们早已窥见题目，一个个揪胡子抓头发，都在运用腹内浩瀚如烟海之学问，从星相、天象、《易经》、堪舆风水等各种深奥角度来求解这个问题。一个钦天监大佬笼着手，颤巍巍道："深不可测，深不可测……"

众人露出见怪不怪的表情。这三个问题，在早几代，就曾有学究天人的当代大儒穷其一生时光仔细研究过，最后得出的结论为：题目看似古怪幼稚，内含无限深意。三道题，涵括了阵法转换、星盘推算、天命终归等至玄至奥之人间至理。别说答案无迹可寻，便是这题目三道，便已耗去他一生时间。当时白发苍苍的大儒拍腿大叹——果然不愧是大成绝艳大帝的手笔，当真非无双国士不能为！

此时凤知微也看见了第三题，心中倒是一怔，这题她竟然没在册子上见过。

不过两题答完，她早已摸清这命题主人的鬼心思——尽管从最简单的方向，想出最简单的令人绝倒的答案就成。

凤知微的答案，递了进去。

过了一会儿，白纱内扑通扑通，连响人体倒地之声。

纱帘一掀，太监满头大汗地出来，鼓着肚子一站，张了张嘴，几次都没发出声音。

成败在此一语，众人齐齐凝神屏息，仰望着那张可怕的嘴，等待着国士诞生，或者英才陨落。

偌大、数千人的讲文堂，一瞬间静如死地。

唯凤知微负手堂前，笑意淡淡。三尺金丝长卷于她雪白的指间飘飞，其声细碎，如有人于云天之外，发出低低轻笑。

宁弈于堂前反身，注视着那单薄的少年，目光复杂。

在静寂压抑至最后一刻，所有人即将忍耐不住之时，那太监终于缓过气来，大步走向凤知微，长长一躬到地。

"请——

"国士——"

第二十八章
我的

一言出而四方静，一言出而心潮涌。

刹那间惊涛拍岸，拍昏这数千人近乎空白的大脑。

国士！

学生们只是单纯地为这两个梦寐以求的、清贵高洁的字眼激动，而朝中大佬们却彼此意味深长地交换了眼神。

这小子运气真好啊……若不是边境不宁，近年来陛下怠政，诸般国务多有弊端，导致民心不安，而陛下急需安定民心，何至于这么快便将"国士"之名加在那毛头小子身上？

还有人想得更深远些——太子平庸，诸皇子势大，朝臣各有派系，废长立贤之说从来就不曾休止。前些日子太子宝印被停，更是令诸皇子蠢蠢欲动。诸皇子争位非皇朝之福，皇帝却总也没有动静。如今青溟书院是太子门下的，老爷子玩这一出，无形中便是对皇子党们的一个警告——太子荣宠未衰，可止！

如果国家需要一个国士，那么这小子就算随便画几下，那也是国士！

甚至有人开始琢磨——这是不是串通好了？

暗潮汹涌，面上却和乐熙熙，都对凤知微含笑相迎。

凤知微不卑不亢，坦然以对，那天生雍容的风度，看得原本心存疑惑的诸大佬们又开始怀疑自己的怀疑——看这模样，还真挺国士的。

几个皇子都将目光投了过来，不过这目光就未必怀着什么好意了——青溟书院出的人才，自动算太子的人。

宁弈坐在一边，已经恢复了平静，开始慢条斯理地饮茶，长长的眼睫垂下，掩盖了淡淡的笑意。

好，你好，绝境里居然真能给你走出条路来，不过……就怕你脱了悬崖险，却遇死胡同！

因为是临时觐见皇帝，又因为被套上了"国士"之称，所以觐见的礼节相对简单。皇帝和太子也显得礼贤下士，十分随和，尤其是太子，牵着凤知微的手嘘寒问暖，简直让人以为他和凤知微暌违多年不胜思念。凤知微被他湿腻绵软的掌心弄得十分不适，便微笑着，不动声色地试图一点点脱出来。

她还没乾坤大挪移完，有人已经不耐烦了。

"让开！"

一声冷叱刚才还在场外，可尾音没结束便已到了堂下。恍惚间，众人只看见一道天水之青的影子，像天际脱曳而出的一抹星光转瞬便至，所经之处令十丈之外大树的树叶无声浮起，再在那抹影子之侧团团一收，像天地间铺开了巨大的淡绿折扇，将天外来客，扇过苍穹。

"有刺客！护驾！"

四面守卫的御林军和皇帝近卫长缨卫齐齐呼叱，跃起阻拦，然而连那团风的边际都没擦着便四散被挥开，滚葫芦似的滚成一团，接着无数甩着红缨的精钢长刀四面迸射，日光下闪着刺目的光。

却有一道深黑褐红的人影，无声无息自辛子砚身后突然冒出，抬手就去截那道天青之影，只见那人手一伸出，漫天碧影顿时一收，然而天青之影似乎对他有忌讳一般，竟然从诡异的角度一扭，避了过去。

这一避，刹那千里，那影已经到了凤知微身前。

唰的一声，一道金光打来，风声凌厉直袭来者面门，是宁弈瞬间将手中茶碗掷出阻挡的。

来者手一拨，茶碗呼地飞回。难得这一来一去，盏中茶水竟滴水不漏。

这几番拦截几番动手都只在眨眼之间，在更多人还没反应过来时，那人已经到了凤知微身前。他长长衣袖一伸，雪白的手指乍现又隐，已经将凤知微从太子魔爪下夺了过来。

太子惊惶地啊啊大叫，但就在他身子往后一仰时，被一人轻轻扶住。那人立于太子身前，再侧身挡住同样面露受惊之色的皇帝，才轻叱道："大胆！拿下！"

正是宁弈。

而牵走凤知微的，自然是酒醉方醒的顾家少爷。

御林军和长缨卫都赶了过来，只见刀出鞘箭在弦，齐齐对准了顾南衣。

顾南衣看也不看，拍开太子的手，便抓走凤知微，漠然道："我的。"

"……"

凤知微心中只想号啕大哭——顾少爷，你是在保护我还是为难我啊？你早不出现迟不出现为什么偏偏在尘埃落定时才冒出来啊……

还有，什么叫"我的"？

凤知微认为，顾少爷这句话一定又是省略式，中间应该加上几个字，诸如"我保护的""我跟随的"，或者就像那册子主人经常说的"我罩的"之类的，才对。

这样子说，会误会的！

宁弈自从顾南衣出现后，脸色便十分精彩——如果他没有记错的话，当初那混账女人就是和这人一起失踪的！

那次那混账女人和这人一起伤了他，这次这混账女人和这人一起坏他事。

难怪一直觉得这小子感觉熟悉，原来是她，是她——

盛怒之下，宁弈神情比平日更静、呼吸比平日更缓，那微微斜挑的长眉下黑玉般的眸子，看向顾南衣的眼神像在雪地里埋了千年的针。

这针从看见顾南衣出现时就破肤而出，直至那句直接而又强大的"我的"而磨砺至最尖锐的利器。

凤知微突然打了个寒噤，觉得这四周怎么一眨眼就冷了这么多呢！

再一抬眼看宁弈的脸色——美貌风流的楚王殿下，虽在人前散漫自如，在她面前深沉冷凝，但是从来就没看见过他这样的神情，仿佛随时都能挤出无数冰珠子，劈头盖脸就对她砸下来。

算了……她和他八字不对，他爱怎么生气就怎么生气，当务之急，还是救顾南衣吧。

看着瘫在椅子中两眼发直的太子，再看看神情平静地护在皇帝身前的宁弈，凤知微在心中叹了口气，随即退后一步，躬身道："陛下，殿下，草民朋友的这几下江湖把式，可还看得吗？"

这话一出，众人一愣，太子终于缓过劲来，狐疑道："……你的……朋友？"

“山野之人不通礼教，冲撞陛下罪该万死。”凤知微低眉敛目，恨不得把顾南衣不能做到的恭谦全部由自己一人表达出来，肃然道，“只是学成文武艺，便但望卖与帝王家，草民这朋友素来仰慕朝廷教化，虽因心性纯朴不知进退，却绝无犯驾之心……伏祈陛下圣心明鉴垂怜。”说着便磕头。

太子立即释然，心想，武功高强之士多半性情古怪，如今看来果然不错，何况这人这等武功，比起以往自己那些重金聘请的武林门客强了太多，若能招揽至门下，何尝不是一大助力，便立刻笑道：“这位先生若真是刺驾，怎会武器都不带？还坦然立于此地？无妨，无妨的。”

他这话接得急躁。皇帝又淡淡看了他一眼，对凤知微道：“你且让他退下。”

凤知微松了一口气，应了，又听皇帝吩咐宁弈：“你也退下。”

这语气和刚才对凤知微说话一般口气，甚至还更冷漠些。明明宁弈临危以身相护，皇帝却也似没看见一般漠然，可宁弈神色淡定如常，躬身应了。

而太子，已经笑吟吟起身，亲自取过太监手中的茶盏，给皇帝换茶。

便是太子起身离开座位，宁弈即将退下之际。

惊变突起！

第二十九章
刺

太监奉上茶来。

紫檀托盘上覆着明黄锦围，其上，茶用珐琅细瓷盖碗盛着，金沙海棠贡果用银白小碟装着，而锦围按照宫制式样，叠得四面微微翘起。

因为圣驾在外，又因为刚才顾南衣这一出，所以随身侍卫特别小心，在门口，就已经确认过锦围下没有东西，这才放行。

太子亲自去接茶，然后笑吟吟奉给皇帝，"您最爱的长丰瓜片……"

话音未落。

他突然觉得眼前烁然一亮。

那一亮银白森寒，像是一道飞电瞬间劈入人眼底。极致的亮造成极致的暗，一瞬间他突然什么也看不清了。

寒光乍起于托盘之上。

金沙海棠果滴溜溜四散飞开，在半空中艳红如血滴，却兜着一道银白的剑光……刚才的银白小碟，已经不见！

特制的折叠软剑，叠成碟子形状，装满金沙海棠贡果，于那般众目睽睽下被坦然托入，瞒住了所有人的眼睛！

剑光既出，而太子正在给皇帝奉茶，挡住了侍卫的视线。一瞬间谁也救不及，而眼看剑尖就要先穿过太子肩骨，再刺入皇帝胸膛！

极近距离，极快出手，大罗金仙也救不及。

那刺客手中软剑却突然一抖，如丝带般一转，刹那间绕过了太子，直取皇帝。

这一抖，速度便略慢，慢到终于有人来得及救援。

月白丝罗袍一闪，旋起重叠翻覆的银线青竹图案叠影，以近乎奋不顾身的诡异速度，刹那间挡在皇帝身前。

哧。

薄而利的剑穿透血肉的声音轻微，泼洒出的鲜血却华艳如锦，炫人眼目。此时，那些朱红的海棠果才伴随着激射的血花飞出数丈之外，泼在玉白金丝屏风上，染就一色泼辣辣的艳红。

红光映着满地狼藉，更衬出一人脸色苍白，是宁弈——刺驾那刻，他挡在了皇帝身前。

风声止歇，青影一闪，刺客一击不中也不恋战，返身就逃，随即月白人影闪过，宁弈不依不饶追出。刺客逃到门边，突然大扭身，抬手就是一道金光，竟然依旧是射向皇帝！

这一招谁也没料着。带伤追出来的宁弈反应不及，眼看皇帝又要倒霉，突然一条褐红色身影无声穿窗而入，手中的浑黑重剑一拍，就去拦截那金光。

是辛子砚身后那神秘的黑袍人，终于赶到救驾，只是距离似乎还差了些许，金光耀眼，将至皇帝眉宇之间。皇帝绝望地闭上眼睛。

顾南衣突然动了。

前面发生那么多事情，他始终漠然地站在凤知微身前——被刺的是人家，他却似乎觉得危险只会发生于凤知微身侧，一步不离，然而当这黑袍褐衣人出现时，他突然抬手。

这一抬，平地上便起了厚重如墙的风，击在金光上，无声无息将金光推移，撞上黑袍褐衣人的重剑，哧溜出一溜火花，比原先更快地，倒射向刺客。

刺客已经奔远，那倒射的金光却仿佛有眼睛一般直射而回。百忙中刺客奋力一扭，金光穿臂骨而过，带着一溜血珠，钉在前堂的门楣上。

此时侍卫们已经反应过来，纷纷扑上来，但刺客轻功绝佳，一闪间已逃出，随即月白身影掠过，宁弈带伤追了出去。

他掠过凤知微身边，一点血珠散落在凤知微的衣襟上，如一把桃花扇。凤知微低头看着艳红如许，眼底表情复杂。

一部分侍卫随着宁弈追出，大部分冲上来，团团围拢皇帝和太子。皇帝惊魂初定，脸色铁青但勉强还坐着，太子却色白如纸，哆嗦着四处张望，觉得这铁桶般的围护依然不安全，在一转眼看见顾南衣时，顿时如见救星，急忙招手，"先生！过来！过来！"

你把顾少爷当狗唤啊！

凤知微心中暗骂一声，在顾少爷反应过来之前，赶紧自己先奔了过去。顾南衣向来紧紧跟随着她，自然随之移步，这样好歹看起来，是太子唤过去的。

太子看见顾南衣过来，面色一喜。凤知微对他笑笑，然后，走过他身边。

她站到了皇帝身侧三步，随即跟过来的顾南衣，便很自然地挡在了皇帝身前。

天盛帝抬眼瞟了凤知微一眼，不置可否，眉宇却舒展了些。太子面色一僵，随即悻悻笑道："本宫正要相唤顾先生给父皇护法。顾先生真是善解人意。"

凤知微对他温柔一笑——大哥，不是我不卖你面子，而是给一个快要倒霉的人面子，没必要的。

安全无虞，众人都慢慢安静下来，听着远处传来的围捕和喊杀声，看着地上淋漓未干的鲜血……他们刚从险境中安定下来的心终于意识到接下来的问题，突然手心便出了汗。

谋逆刺驾大案一起，必将卷起滔天血雨，而等到尘埃落定，将会导致多少人头落地？将会葬送多少鲜活的生命？

喊杀声先在远处，随即又慢慢逼近，很显然刺客没能逃出去。白纱外大风飞动，刀剑相交之声不绝；白纱内众人屏息，知道每分每秒都有人死去，因不曾亲眼得见杀戮，而越发惊心动魄。

唯天盛帝在人群中央，慢慢饮茶，眼睛一直注视着那些散落的金沙海棠果。

杀声逼近，隐约有人长声惨号，又听见宁弈疾声道："留活口！"

众人神色，立时一紧。

留活口，就是定要追索幕后主使。楚王明知此事蹊跷，明知一旦穷追猛打必将牵连整个朝局，竟然不肯轻意放过！

众皇子面面相觑，都在对方的眼神里看见了猜测、警惕和防备的神色。

天盛帝却只看着太子，突然微笑道："升儿，若这刺客擒下，交由你审讯如何？"

太子怔了怔，没想到皇帝如此信任自己，立即喜道："谨遵父皇旨意！孩儿定要追索出真凶！"

侍卫人群之外，挤不进去的几位东宫洗马，听见这句话后，互相对看一眼，默默跌足长叹。

其余人等面色变幻——太子蠢钝，竟至于此！先前刺客舍太子而刺陛下，很明显陛下心中已经起疑，这一句根本就是在试探，如果太子够聪明，应该推掉这烫手山芋，最好推给自己的哪位政敌皇子，以示心中无鬼，如今这一接，叫陛下怎么想？

天盛帝倒是面色如常，似乎还很赞许地"嗯"了一声，只有凤知微注意到，老头子端茶碗的手指在微微发抖。

凤知微同情地偷偷瞟他一眼——当皇帝真可怜，再大的怒气也得压着，继承人再不争气也得忍着。

其实还有更可怜的等着他呢，不过想来，老头子发觉不了喽。

忽听砰的一声闷响，一人被重重掼在堂前，血溅青石地，随即有人踏着鲜血缓步而来，月白锦袍上青竹染血，神容风华却一丝不乱。

他在屏风外躬身道："儿臣幸不辱命，已将刺客擒获，请父皇发落。"

天盛帝面色稍霁，道："撤开屏风。"语气比先前温和了些。

凤知微斜眼瞄着宁弈的身影，心想，这葫芦里卖的是什么药？除了借刀杀人计、苦肉计，还有什么计策要玩？

栽赃？似乎无此必要。老头子已经怀疑太子了。

地上满身鲜血的人抬起头来，正是先前的刺客。宁弈为了避嫌，将此人交给长缨卫侍卫总管，自己退了开去。

"让张太医给你看一下伤。"天盛帝吩咐了一句。面对皇帝老子难得的关切和温情，宁弈并未露出受宠若惊的神色，态度如前微微一躬，便坦然离开了。天盛帝瞟了他的背影一眼，神色又温和了几分。

凤知微仰慕地看着宁弈转入屏风后——王爷，您真是天生的戏子啊！

一个念头还没转完，忽听屏风后宁弈淡淡发话："陛下受惊，张太医还是在陛下身边侍候吧……听说国士魏先生也精擅医理，不如本王这小伤，便请你来施展妙手？"

第三十章
约定

凤知微眨眨眼……不是吧？您就这么不肯放过我？

偏偏天盛帝觉得很有道理，他年纪大了，受了这场惊吓确实有些不舒服，需要太医在旁侍应，再说这年头，有点才学的谁不会医，于是点头首肯。

凤知微哀伤地望了望天，只好过去。顾南衣亦步亦趋跟着。凤知微一看不是个事，赶紧道："我去更衣……更衣！"

顾南衣皱眉，看着那黑色屏风，似乎觉得这借口不可信。凤知微头痛，继续哄："如厕！真的！"

好歹，顾少爷放弃了跟随，在屏风前三步站着，盯着凤知微进去"如厕"。

凤知微一转进屏风，就看见楚王殿下的脸色黑如锅底——很显然，刚才那句"如厕"，他听见了。

好吧……姑娘我无心埋汰了你一次……凤知微笑得讪讪的。

坐在锦凳上的人，不看她，将手直直一伸。

凤知微对着那染血的衣袖发呆。

"更衣。"王爷端坐如常，凉凉地吩咐着明明做过小厮却从来没学会伺候人的凤姑娘。

凤知微浅笑，"王爷，您身边左三步，是宫中宫人；您身边右三步，是侍应太监。"

言下之意，这等小事，您就不要试图麻烦区区不才国士在下我了。

宁弈瞟她一眼，黑若点漆的眸子里有点尖锐森凉的东西，扎得凤知微眯了眯眼，随即他不动声色，只对宫女颔首示意。宫女应诏上前，刚刚触及他的衣袖，他却突然手腕一拂。

宫女站立不稳，一个踉跄向后一倒，将另一个宫女手中的伤药碰翻在地，低低的惊呼声里两人赶紧跪倒请罪。宁弈已经十分不快地低喝："粗手笨脚！都滚出去！"

宫女太监刹那间退个精光。宁弈这才转脸看凤知微，而刚才的怒气已荡然无存，换了一脸微凉的笑意。

凤知微无可奈何——再坚持下去，倒霉的会是那些无辜的宫人。

早就知道宁弈这种人，看似散漫风流实则隐忍坚毅，是绝对不会轻易让步的。

她蹲下身，去捡那滚落脚下的伤药，刚刚俯身，一点靴尖突然踩上她的手指。

抬头，便见那人微微俯低身子，锦缎皂靴靴尖虚虚踏在她的指尖，并未用力，因为下倾的姿势靠得极近，那张名动帝京容色如花的脸便生生逼在她面前。

这般面对面，近到呼吸可闻，于淡淡的血腥气里，他的气息华艳清凉，她的气息温存迷蒙，二者无声而迤逦地交缠在一起。外间的吵嚷，传进这窄窄的屏风内间，也似忽然遥不可闻。

他不说话，凤知微也不知道该说什么，她所有伪装的温存和内藏的伶俐，在这个人面前都没有必要施展，只觉得靠得这么近实在暧昧，便向后靠了靠。

她退了退，他便倾了倾，一倾之间，凤知微脸上一凉。

她抬手轻轻一触，指尖鲜红殷殷，恍惚间想起那日小院之内，也曾有落眉心胭脂痣一点，随即听到他淡淡道："那日我的血也曾落在你脸上——可欢喜？可得意？"

语气轻轻，那亲切里却有种咬牙切齿的意味。凤知微愕然抬头，不明白他为何有此一问，然而当眼前那人眸子深黑，一团乌云般沉沉压下时，她竟然一时说不出话来。

半晌她才讪讪道："……您说的哪里话……"

她觉得自己态度诚恳，他却觉得敷衍，突然便有无名火从心底奔涌而起，他长眉一挑，忽然一把将她抓起。

凤知微不知道他要做什么，只下意识挣扎，一挣扎体内便生出盘旋的气流，手上力气突然大了许多，随即重重一推，也不知推在什么地方，就听见他闷哼一声。

凤知微一惊赶忙松开。一愣间，宁弈的手，已经搭上她的咽喉。

他指间有血，搁在她的颈间，那点鲜红衬得颈间肌肤越发如玉如琢，而她睁大眼睛看着他，眼神中并无惊惶与哀求，却渐渐蒙上雾气，不是带着泪意的雾气，而是天生水汽迷蒙，氤氲如梦。

像一朵开在黎明之前的花，凝上冰清的露珠，在寂寞和黑暗中，孤芳。

他的手指，忽然颤了颤。

仿佛初见——水中的女子黑眉细细，乌沉若羽，而一双眸子，在杀人后依旧迷蒙流转，嫣然明媚。

那般不为人世间任何风雨所摧折的风华。

……手指在颈间。

心在乱麻间。

她知道太多秘密，她极可能坏他的事，她如此深沉奸狡，她是他无论如何都必须除掉的毒瘤、灭掉的祸根……然而当她这样沉默而坚定地看着他时，他的五指突然便失去了收拢并捏紧的力气。

如果她哀求，他会杀了她。

如果她哭泣，他会杀了她。

然而她什么都不做，只平静面对他的杀意，他便突然想起邂逅这女子以来，所看见的她的一切。

那和他一样的，困守孤城多年，意图挣扎不甘沉沦的灵魂。

他的手指慢慢松开。

像突起的飓风，在经过一片葳蕤的花海时突然缓行，放弃了对那些美丽和娇嫩的摧折。

在五指彻底离开她颈间的那一刻，他无声地在心底叹息，劝慰自己——现在杀她不合适，外间人太多，无法交代……嗯，就是这原因。

凤知微慢慢摸了摸自己的脖子。

没有指印，没有窒息感，甚至刚才他连杀机都没露，然而她就是清晰地知道，这次才是这许多次以来，他真正要杀她，而她也最接近死亡的一次。

在刚才那一刻，她脑中也一片空白，所有的机变都失去力量，也失去用武之地，她只是那样看着他，想知道那一刻，他在想什么。

她不知道最终是什么原因使他放弃灭口，而这使她难得地沉默怅然良久。

然后她慢慢靠过去，再次捡起地上的伤药，无声地走到他身侧，脱下他的外衣，给他上药。

宁弈一直没说话，沉默地配合她。两人一改先前的暗流汹涌、剑拔弩张，难得地默契和安静。

衣衫半褪，男子的肌肤光滑如玉，既有习武之人的力度弹性，又有养尊处优的细致光洁，而锁骨精致、肩颈线条流畅紧致——极其漂亮的身体。

凤知微却触目惊心于肩上那道血淋淋的贯穿伤，那伤险些就穿过了琵琶骨，伤口皮肉翻卷十分狰狞。这般重的伤势，难得他声色不动仍悍然追出。凤知微嘶嘶地吸着气，觉得自己的肩似乎也痛了起来。

宁弈抬眼看她的神情，眉宇间晦暗的神色，微微放亮了些。

凤知微轻轻地将伤药倒在那伤口上，宁弈微微一颤，凤知微立即道："痛吗？"突然俯下身，对着伤口微微吹气。

这一下倒把宁弈逗笑了，他实在想不到这个奸猾精明的女子，竟然也会做出这种稚儿举动，随即心情又好了些，忍不住问："你这是做什么？"

凤知微有些不好意思地让开，垂下眼帘道："我记得小时候跌破膝盖，娘也这么给我吹来着……"她语声慢慢低了下去。

宁弈渐渐敛了笑容，他自然知道凤知微是怎么出府的。

半晌他轻轻道："有人给你吹过，也是好的……"

凤知微怔了怔，难以置信地抬眼看他——他是在安慰她？

宁弈出口便觉得失言，似有点懊恼地轻咳一声，不说话了。凤知微抿着唇，继续给他上药，她发丝垂下，拂在他的肩上。宁弈觉得微微有些痒，他想让，却又突然不想动。

她的呼吸近在耳侧，气息清甜，像这初夏半开的紫薇花。

外间很嘈杂，似乎有人在争执着什么，明明应该关注的，宁弈却觉得懒洋洋的，完全听不进去。

凤知微也没有注意听那些吵嚷，她看着那个露出骨茬的血洞，想起此事前因后果种种，突然便觉得心酸，忍不住低声道："何苦来！"

宁弈一僵，随即慢慢转头，看着她。

凤知微不说话——何苦来？苦心布局，不惜自损，伤成这样，多问一句的人都没有。这天下大位，这皇族荣耀，当真值得这样？

宁弈静静看着她，从她眸中读出她的意思，并没有发怒，半晌却淡淡道："你不懂的。"

凤知微默然，心想，也许我未必不懂——你幼年丧母，你身有伤病，你天资出众却被长年打压，你和辛子砚相交莫逆却不得不故作陌路，你明明原先掌握着青溟书院却被迫让给太子，你不受皇帝宠爱不得不依附太子却又经常代那个蠢材受过……你身上有太多隐藏的伤和秘密，却从无人真正怜惜，所以你不在乎给自己更狠的。

　　她缓缓取过桌上的布条，慢慢地给宁弈裹伤，突然幽幽道："今日你放过我，终有一日，我也会放你一次。"

　　宁弈惊异地看向她。凤知微淡定而决然地回望过去。

　　半晌宁弈笑笑，不以为然地摇摇头，却没有说什么。

　　他的一生，是要掌握在自己手中的；他所要得到的，是必须成功的。凭她一个小女子，就算智慧绝顶，又怎么可能有机会摆布他的性命？

　　凤知微看出他的不以为然，却也不争辩，只笑笑，仔细打好最后一个结，道："好了。"

　　声音刚落，却听外间突然一声怒叱。

　　"胡说！"

那是太子的声气，充满愤怒和不安，而四面，突然寂静了下来。

凤知微和宁弈两人对望一眼，齐齐转首，隔着屏风看见外间太子怒而立起，上前一脚试图踢飞那伏在地上的刺客，却被侍卫拉住。

太子呼呼喘气面色铁青，指着堂下怒骂道："何方妖人？竟敢句句攀诬！"

堂下那重伤刺客仰起血污满面的脸，目光怨毒，冷冷道："殿下何须心急？我可没说什么！"

太子胸膛起伏，怒不可遏，却真的是一句话也说不出——刚才他志得意满，当着留下的几位重臣和众皇子面亲自审讯那刺客，而那刺客却奸猾无比，并不回答谁是主使，却又句句暗示——主使之人地位高尚、手段通天，熟知青溟内外道路，手下效力之人无数，但他忠心其主，绝不临危卖主。

太子一开始还没听出什么，后来渐渐发觉四周众人脸色怪异，才咀嚼起那几句"地位高尚、手段通天，熟知青溟内外道路，效力之人无数"，那指的不就是自己吗？

这一想，他顿时怒发冲冠，若不是人拉着，他险些上前一个兜心脚踢死那刺客算完。

他生气，其余人却快意。二皇子闲闲道："清者自清浊者自浊，太子不必如此急躁，且看这人还能说出些什么来？"

七皇子皱眉道："真是无耻之尤！竟说出这等话来！还是得下天牢让三司好好拷问才是！"

后赶来的五皇子冷冷道："大理寺也是太子主管，我看倒不必费那事。"

太子怒目回瞪，五皇子掉开眼光，七皇子温和微笑，二皇子目光斜睨。

几位以前一直态度中立公允的重臣，今天也一反常态，不曾为太子说一句话。

天盛帝一直冷眼旁观四周的暗潮汹涌，刺客攀上太子他倒未必全信，身居九五至尊位，他早已懂得，别说耳听也许是虚，就算眼见也未必是实，而这刺客行刺时绕过太子手段明显，此刻又试图攀诬太子，怎么看，都像有人设局陷害，而且手段急切，反倒未必可信。

但是话又说回来，谁又知道这不是太子置之死地而后生的脱罪手段呢？

见惯权谋浮沉鬼蜮伎俩的人遇事想得会更多。天盛帝的目光在表情各异的众皇子脸上掠过，平静中隐藏着暗暗猜测。

会是谁呢？

目光又落在地上刺客的脸上，他发现那人看太子眼神虽然怨毒，却一直不避目光，始终直视太子，牢牢盯着他，似乎在提醒什么事情一般。

这么一想，心中便又一动。

正在僵持间，忽听堂下一阵步声急响，有人连声嚷嚷："魏知呢？魏知呢？"然后，一路推开阻拦的侍卫，闯了进来。

此时所有学生已经被辛子砚带人安排驱散。来者虽是学生打扮，身份却绝非寻常，侍卫们不敢死命阻拦，只得一路急急上报。

白纱一掀，林韶宝光璀璨的大眼睛耀得厅堂都亮了亮，看见座上天盛帝后，嚷一声"父皇"，便扑了过去。

众人齐齐躬身，"公主！"

天盛帝接着自己最宠爱的小女儿，一直紧绷的脸色才稍稍舒展。韶宁急急上下打量他，嚷着："父皇，您没事吧？没事吧？可吓坏女儿了！"

天盛帝一皱眉，斥道："堂堂公主，怎么这个急躁样子？"他语气虽然怨怪，眼神却难掩宠溺。

"当学生当久了，改不过来了。"韶宁嘻嘻笑，一扭头，看见地上刺客和气得咻咻的太子，秀眉一扬，煞气顿生，道，"就是他？"

"对！小妹。"太子素来也疼爱这个一母同胞的妹子，以往很多次他不得父皇待见，都是这个妹子一番撒娇扭转，于是当下向她诉苦，"就是这人，行刺父皇，还欲图攀诬本宫！"

"当真是悍不畏死。"韶宁冷笑，慢慢走到刺客身边，上下打量了一番，然后突然抓起一旁酸枝盆架上的一块假山石，当头对刺客砸下！

噗。

宛如西瓜破开的声音。鲜血顿时匹练般奔出，那人喉咙里咯咯几声，身子诡异般扭了扭，然后，痉挛着倒了下去。

倒在浓厚的血泊中，并永远无法再起身。

满堂寂静，都被小公主的骤下杀手惊得失去言语，唯有韶宁坦然如故，拍拍手，冷笑道："且除了你这祸害。"

太子惊得后退三步，软倒在椅上，半晌抬手抹了一下冷汗后，心中隐隐约约却安心了几分——无论情势如何对他不利，如今都死无对证，想必陛下也不会再追究，就算要追究，也是事后追查，总好过如今在众兄弟面前，被趁机陷害、落井下石。

这也就是一直蒙宠深重的韶宁才敢做的事，想到这里，他不禁对幼妹更加感激。

天盛帝反应过来时，已是面罩寒霜，怒喝："混账！"

"父皇——"韶宁扑过去，嘴一扁，搂住天盛帝的脖子，"女儿听说竟有人大胆行刺父皇，哪里还忍得住？这人谋刺天子，攀诬皇嗣，用心险恶竟欲图乱我朝纲！不杀他，难泄我心头之恨！"

天盛帝听见那句"欲图乱我朝纲"，目光一闪，心中生了几分犹豫，脑海中突然掠过一个念头——韶宁什么时候这么会说话了？

他正要开口探问，忽听底下收敛尸体的侍卫一声低呼。

众人望去，便见那侍卫慢慢从刺客脸上剥离出一件东西，随即举在手中。那是一张制作极其精良的人皮面具。

刚才韶宁一石头砸穿了刺客的天灵，大量鲜血浸泡在刺客脸部，那面具被泡得浮出一点边角。侍卫收尸时发现有异，用指甲一剥，才发现了第二张脸。

二皇子飞快地过去，探头一张望，立即道："咦，这人面熟！"

七皇子沉吟不语。五皇子抱胸淡淡道："这不是老六前些日子为王府延请的武林高手吗？我还曾在王府见过。"

太子怔了怔。

这个人，他也认识。

一个月前，有次他和老六闲聊，说起东宫总有人窥伺探问，众兄弟虎视眈眈，令他心中不安。老六便说帮他寻可靠的江湖高手，来护卫东宫安全，后来便请到了这人，说是呼卓雪山异剑门的绝顶高手。他见过一次十分欣喜，当即要请入东宫，却被老六拦住，说觉得这人眼神不正，也许别有心思，稳妥起见，还是先安置在别庄考察一番再说。后来这事他也忘记了，没想到这人果然有问题！

　　大概就是老六带那人给他察看时，被那些喜欢时不时串门的兄弟看见，才以为他是老六的人。

　　太子垂下眼帘，心中紧张地思量了一会儿——这事，说，还是不说？

　　然而几乎立刻他便做了决定——自己已经被置于嫌疑之地，再要说明实情，便是沾上身甩也甩不脱的麻烦，何必呢？

　　至于老六……自己是君，他是臣，臣为君死，本就天经地义，他就自求多福吧！

　　主意定了，他也不再犹豫，立即道："本宫也见过，这是六弟的王府护卫！"

　　这一句一出，众人脸色都一变——宁弈向来是太子党，十分忠诚，因此众皇子都以为他好歹要为宁弈辩护几句，这也是为君主者令下属归心的必要手段，却不想太子无情至此，这是要丢卒保帅了！

　　屏风后，凤知微心中一瞬间雪似的亮了。她转头，看了宁弈一眼。

　　这一眼目光流转，含意无限。宁弈接着她的目光，淡淡一笑，笑意森凉而坚定。

　　凤知微却从那笑意中，看懂了几分收藏得很好的酸楚和悲凉。

　　屏风外，众皇子已经取得默契——扳不倒太子，扳倒宁弈也是好的，去太子羽翼的事，大家都乐意，既然太子自己都先扔了石头，他们也就更不必客气了。

　　何况宁弈刚才救驾有功，不抓紧机会推他一把，难保他今日之后不会入了老爷子的眼，平步青云。

　　"青溟书院在太子之前，好像也是六弟主管。这诸般道路，他自然也是熟悉的。"面容冷峻的五皇子当先开口。

　　"难怪说地位高尚、手段通天，熟知青溟内外道路，效力之人无数……"二皇子抖着二郎腿，睁眼说瞎话，"如今看来，六弟倒也合适。"

　　"还是暂缓下定论。"贤王七皇子语气恳切，"总要允许六哥有个自辩的机会，请父皇圣裁。"

　　凤知微在屏风后听着，一抹冷笑浮在嘴角。

　　这位更狠，诸罪未定，先用上"自辩"一词，淡淡一句话，就已经给宁弈定了罪。

　　好个贤王！

屏风一角半隐着天盛帝的容颜。他半合着眼一直不言语，儿子们的吵闹攻击似乎都没听入耳，但从凤知微的角度看去，隐隐间，他眉梢微抖，垂下的眼角处光芒幽深暗沉。

却有人朗声道："青溟护卫不周，致陛下受惊，子砚特来请罪。"

纱帘拂动，辛子砚遥跪阶下。

二皇子立即笑道："院首大人来得好及时，不过这罪到底算是谁的？本王看你也不必急着便领。"

辛子砚直起腰，盯着山眉细目的二皇子，声音朗而亮，一改平日的慵懒媚态，道："那么殿下认为是谁？"

五皇子冷冷道："刚才你也听见了，不必装不懂。"

"微臣就是不懂！"辛子砚一句话直直顶回去，"熟悉青溟，和微臣私交甚笃便是有罪？那么二殿下，您以请托远房小舅子入青溟读书一事，硬赠书院良驹五百匹，算罪否？五殿下，您年前邀约微臣在近水居宴饮，席间馈赠明海贡品珍珠一斛，算罪否？七殿下，您时常在山月书居和微臣'偶遇'，先后以知音之名赠微臣绝版古籍三十二册，算罪否？"

一连三个"算罪否"如钢铁铮铮落地，砸得满堂静至窒息。几位皇子脸色或紫涨或铁青或苍白，没一个正常的。

凤知微惊异地盯着辛子砚，心想，看不出来啊，大叔，原来除了爬妓院墙和被金花追两大特色，文人风骨你居然也是有的。

宁弈突然站起，默不作声地走了出去。

他走到天盛帝脚下，伏跪在地，却始终一言不发，从头到尾，一眼都没看众皇子。

辩不如不辩，万言万当不如一默，沉默有时便是最大的悲愤。凤知微心中暗赞，论起心思掌握和拿捏分寸，宁弈确实最剔透。

她沉默地看着，心中却突然泛起淡淡的苍凉——就算一切尽在他算计中又如何，这兄弟阋墙，这群起而攻，实实在在，都是真的。

天盛帝看着宁弈，眼神变幻，半晌沉声道："你有什么说的？"

这话一出，众皇子都有喜色。

宁弈似是怔了怔，一瞬间难以置信地看了看天盛帝，又转头看了看太子。太子避开了他的目光。

闭了闭眼睛，宁弈的身子颤了颤，一瞬间面白如纸。凤知微眼尖地发现，他肩上的伤口隐透血色，似乎已经裂开。

半晌宁弈伏下身去，低声道："此人是儿臣府中护卫……但儿臣不知……"

　　天盛帝打断他的话，冷声道："既如此，你且在偏宫留着，待事情查清再出来！"

　　这是待罪软禁了。众皇子觉得出乎意料，却都露出喜色。隐约不知是谁，吐了口长气。

　　宁弈伏在地上，良久道："是。"

　　有侍卫上前，半扶半拉。宁弈甩开对方，自己站起，转身退出，走到堂前，迎着一线夕阳淡金，突然淡淡道："皇朝之嫡，将如西山落日之薄。"

　　然后他晃了晃。

　　晕了过去。

第三十二章

平步青云

那句话所有人都听在耳中，但所有人都当听不见。

凤知微拢着袖子，看着侍卫护卫宁弈乘软轿去了别宫，心中凉凉地想，王爷他老人家虽然看起来伤重，其实也只是皮肉伤，刚才触及他的脉搏，脉象好得很，哪里就这么虚弱了？

这个时候，他用这个方式退场抽身，真是绝妙啊！

座上天盛帝一直不说话，良久后才疲倦地摆摆手，示意皇子们都退下。凤知微赶紧也要告退，却听天盛帝突然道："魏先生，请留一下。"

凤知微怔了怔。天盛帝又看了看顾南衣，顾南衣也看了看他。

天盛帝再看看顾南衣。

顾南衣看看他。

……

凤知微出了一头汗，赶紧道："陛下……草民这位朋友心思单纯，而且……"她露出难以启齿的神色，犹豫道，"世间常理，他多半不太通……能否……"

话说得含糊，意思却明白——这孩子是个愚钝儿啊，走失了会有危险啊……

天盛帝犹豫了一下，终于没说什么，又示意韶宁退下。韶宁噘起嘴，却没说什么，乖乖离开了。

凤知微冷眼看着，心想这孩子虽然娇宠，其实甚有分寸，看她刚才毫不犹豫一石杀人的狠劲，还是个敢作敢当的主儿，比她那一母同胞的大哥强多了。

韶宁经过她身边，用肩头悄悄撞了撞她，挤挤眼道："好好表现……嘻嘻，没给我吓着吧？"

凤知微浅笑，后退一步，行礼如仪，"见过公主。"

韶宁白了凤知微一眼，一路笑着走了，步伐轻快，薄底靴底还沾着刺客的脑浆……

天盛帝含笑看着女儿的背影，目光一转过来，却化为沉肃，"魏先生，朕想听听你对今日此事的看法。"

凤知微眨眨眼——老爷子这是要考校她吗？这话题，似乎不适合和她这个新出炉的"国士"谈吧？

"陛下。"她微微一躬，"草民白衣之身，不敢妄论国事。"

"何来国事？"老皇帝眼睛一眯，"这是朕的家事。"

"天子无私事。"凤知微微笑，答得简单。

"嗯？"上座皇帝的眼风，刀般飞了过来。

凤知微接着这个眼光，知道今日再不可能打马虎眼，无声叹口气——老家伙啊老家伙，明明你心中自有打算，何必一定要为难人呢？

"皇储国之重器，不可轻授，亦不可轻取。"半晌她答。

眼光收敛，她看着脚尖，靴尖上血迹殷然，是宁弈的血。凤知微心中微喟……宁弈，不是我不帮你，而是你家老爷子，最起码到现在都没真的打算废太子，如果我不知自量地胡乱谏言，死的会先是我。

无论如何，自己小命要紧。

至于你……还有后手吧？

座上天盛帝沉默地看着凤知微，心想，难得这人年纪虽轻，心思却玲珑剔透，能既看出他的心思，也不忌讳坦言，胆量器宇，比寻常历经宦海的人还强几分。

也许正是因为未经宦海，所以尚留存几分明白心性！

天盛帝对于解擢英卷者得天下之说，并不十分迷信——国之气运，在于君明臣贤，在于上下一心，在于政令通畅，在于民心所向，若仅凭一人之力左右一国气数，他认为除了他自己没有别人可以做到。

然而眼前这小子，却也不妨一用……

"擢英卷空悬六百余年。"天盛帝脸上的晦暗神色已去，笑眯眯地看着凤知微，那神情很满意，"如今你当堂解得，不负擢英盛名，朕很高兴。朕在多年前便已颁布诏令，解擢英卷者，视为朝廷文供奉，赐屋百间、田千顷，领朝华殿学士职，御书房笔墨侍应，侍左右，备顾问……田就赐你京郊梅山脚下那地，屋嘛，让负责吏部的老七给你安排。将来若有实绩，再论功擢升，你意下如何？"

说着便令几个重臣进来写诏旨。当先东阁大学士姚英听着，眉梢跳了跳。

凤知微眉梢也跳了跳。

满意……实在太满意……满意到不满意。

这哪里是行赏赐职，这是把她放在火坑里烤了。

看起来领的职务是文职虚衔，算起来学士也不过正六品，这似乎并不过分，然而朝华是正殿，以往未设学士，而御书房笔墨侍应更是离奇古怪的新职务。当朝皇帝诏令，一律由几位宰相之职的内阁大学士负责，那如今这笔墨侍应，以及后面那句"侍左右，备顾问"，几乎就算是一部分宰相之职——天子近臣，参赞中枢，这是何等荣耀的地位！御书房"白衣宰相"这个说法，看样子是逃不掉了。

而赐田赐屋那几句，虽然她还不清楚状况，但看那几个重臣的表情，八成也有问题。

老头子把她高高捧起，是想某日她重重摔死吗？

"陛下……"姚英舔了舔嘴唇，斟词酌句地道，"先生年轻，未知朝务，不如先为翰林学士，也好留有日后晋升余地……"

"正六品职而已，大学士认为国士当不得？"天盛帝眼神斜睨过来。凤知微突然觉得那个表情和宁弈很像。

"臣不敢！"姚英立即请罪。

凤知微也不迟疑，"臣领旨！"

不必矫情，不必假惺惺地推，一来推也推不掉，皇帝砸下来的无论是馅饼还是陷阱，都得受着，你不受，他便要疑你有外心；二来凤知微不认为有什么真不能应付，人必须先在其位，才有和这世间一切强权欺压平等对话的权利。

她受够了步步退让，时时被欺。

哪怕前进一步是嶙峋悬崖，也胜过一直坠于尘埃为人所唾。

从正堂退出来。在堂外等候的众臣早已得了消息，都一窝蜂地上前来恭贺新贵。

淡淡的阳光下少年新贵气质雍容，笑意亲近而不狎昵，像一株独自幽芳的玉树，收获了无数艳羡的目光。

众人为目光所迷，眯起眼仰望着立在阶上的少年，心中都盘算着该以何种方式和这位平步青云的天子近臣拉关系。

凤知微一一寒暄，迎接着那些或亲切或热络的言语。突然，有眼神一闪。

一人凑了过来，笑道："魏先生真是年少有为，羡甚，羡甚！"

语气亲热，也故意透着几分高位者的矜持。

五军都督秋尚奇，她的舅舅。

真是暌违久矣，思之寤之，一日不见，如隔三秋。

"秋世叔！"凤知微立即轻轻分开围在身边的众人，快步迎上去，深深一揖到地，"一别久矣！您犹自康健，真令小侄欢喜！"

这一句倒听愣了秋尚奇，他来和这位天子新宠攀交情，怎么突然就成了人家叔叔了？

"世叔，多年前思波亭一会，您英风侠采，令小侄仰慕无地，牵记至今，此次求学青溟，家父还嘱咐侄儿，无论如何要再去拜访世叔，只是学业繁忙便耽搁了，还望世叔万勿介意……"凤知微满口胡柴，语气眼神却极其诚恳。

秋尚奇却已经信了，思波亭是府中后花园观赏厅，有客都会请至那边，这位想必是哪位世交之后，多年前跟随其父进府拜访过，因他秋府一年不知道要接待多少来客，一时想不起也是正常。这么想着，他便心花怒放，想不起来也要装作十分熟稔，于是立即喜笑颜开做恍然惊喜状："哎呀！原来是贤侄，多年不见，令尊可好？为叔也是十分牵记，惜乎山高水长相会无期，真是令人扼腕！世侄什么时候有空，千万过府一叙……"

"世叔邀约岂敢不从？秋府思波亭景色佳美，多年前一直出现在世侄梦中啊……"凤知微笑得神往——哎呀，真是想你家夫人丫鬟老婆子们啊……

两人摇晃着膀子呵呵对笑，相视的眼神里充满久别重逢的热切……

第三十三章

连环局

秋尚奇羡煞一旁的官员——本就是武职高官，如今又有了天子近臣的文职侄儿，真是美好啊……

两人"把臂言欢"，约定常来常往，才"依依不舍"分手。凤知微好不容易从官员群里脱身，溜回自己院子里休息。皇帝陛下比较开恩，给她几天时间准备接受宅子田地，也给时间好让吏部准备。

一进门便被淳于猛捶了一拳，"好小子，看不出来嘛！"

燕怀石笑容鬼兮兮，"真是一别半日，君已飞登龙门。"

凤知微不理他们，急速道："收拾东西，离开青溟书院！燕兄，你在京城皇城附近有宅子吗？咱们先去那里住，消息也好灵便些。"

众人愕然。凤知微又看了淳于猛一眼，道："淳于家想必没什么事，你还是听你父亲的，暂缓去长缨卫报到为好。"

"你在说些什么？"淳于猛还不在状态，燕怀石已经愕然道："不是刺客已经死了吗？皇帝要大动干戈？"

凤知微默然不语，心想，只怕想要大动干戈的另有其人，还有今日，众皇子攻击宁弈时，皇帝脸上的表情也很是精彩啊，有些事，未必如表面看起来那么简单呢。

"别问，相信我就离开。"凤知微答得简单，一转身，看见顾少爷已经抱好了他的宝贝枕头。

……

是夜，御驾离开青溟书院后，帝京乱生。

因为时当庚寅年，史称"庚寅之变"。

此乱，初时不显，当局者浑然不知。直至多年之后，有心人慢慢回溯推演，才换得恍然大悟"哦"的一声。

先是天盛帝诏太子进宫，父子密谈。太子出宫后，神情惶惶不安。

当夜，楚王在被软禁的行宫遇刺。宫女试图在饮食中下毒，被御林卫发现。

天盛帝一日之内再次急诏太子，却不知为何发生龃龉。据说，殿外宫人听见了清晰的盘盏碎裂之声。

次日，皇帝命五皇子暂领长缨卫总管一职。

长缨卫一直负责东宫守卫，当日，五皇子却以皇宫守卫力量不足，长缨卫不得擅离职守为名，将长缨卫调离东宫，改由自己麾下的御林军守卫。

太子一怒，亲自寻五皇子问罪。五皇子态度恭敬满嘴规矩，却不肯调回长缨卫，并称长缨与御林同为皇家守军，而太子为何执意取长缨而弃御林，莫非心中有私？太子怒极，以茶盏掷伤五皇子。

此时太子已觉众叛亲离——青溟书院自称戴罪自省，驱逐太子姻亲门下学生；楚王总管的九城衙门阳奉阴违；朝中众臣心寒太子凉薄，虽面上恭迎如故，办起事来却诸多阻碍推托。

只剩下一个十皇子，以往因年幼不被太子看重，如今失去宁弈助力的太子，忍不住便向他诉苦。十皇子劝太子不必忍让，拿出储君威仪，也让那些无视君上者见见颜色。太子遂强力接管九城衙门，并在九城衙门巡查司，查得五皇子私下结交边军将领，私圈良田，设陷暗害当年开国老臣等隐秘证据若干。

顺藤摸瓜，此事隐约七皇子也有份，太子如获至宝欣喜若狂，但又怕禀报皇帝之后此事会被压下，于是当下故意玩了点心眼：一方面使人趁宫门下钥故意延迟入宫，缓报消息；另一方面当夜搜集人证，以太子宝印将一批涉事官员停职待勘。

太子害怕五皇子、七皇子事急咬人，不听东宫幕僚劝阻，便以手谕调动京外戍卫营试图围住两座王府。五皇子意图觐见天盛帝，却被戍卫营屡次拦下，一怒之下便意图调动御林军闯宫，若不是七皇子及时赶来阻止，一场流血事件在所难免。

七皇子服软，太子满意。至此，太子觉得尘埃落定，十分欢喜，便私下设宴于东宫，席间道："父皇总说我性子绵软，如今也让老头子见见我的雷厉风行！"

一语未毕，有人冷笑接道："未必！"

随即屏风后转出一人，面容冷沉，目光森凉，正是天盛帝。

种种传说到了此时戛然而止。后面发生了什么，已经再没有人能够完整述说。短短十数日，几起几落，风云变幻。太子刚刚抓着老五、老七的把柄气焰高炽，转眼间局势却突变，随即太子宝印再次被停。五皇子和七皇子那一派朝臣顺势反攻，弹劾太子党任用私人、干涉刑狱、结党营私、株连无辜……互相攀咬攻击中，朝政乱成一团。

这些事，有些是大家都知道的，有些是凤知微通过燕家门客的四处刺探、整理、收集、补充得到的。别人还在懵懂和猜测之中，凤知微却已清楚，太子已经一步步陷入泥潭了。

原来从一开始，宁弈的目标就是太子。

还有那些势力不小如狼似虎的兄弟。

夏季风和日丽，碧纱窗清风送爽，凤知微半卷纱帘坐在屋内，用纯金小夹钳敲着胡桃，敲一个，笑一声。

"好心计！好个连环局！"

顾南衣坐在她对面，敲一个，吃一个。

"这是太子。"凤知微一肚子郁闷，拿了胡桃开始摆龙门阵，抓了一个大的，随即在一侧放了个小的，"这是宁弈，朝廷公认的忠心耿耿的太子党。"

顾南衣立刻拿起那个宁弈，飞快地吃掉。

凤知微愕然，随即抓起一个带壳胡桃扮演宁弈。没用，顾少爷还是飞快吃掉，一边吃一边十分精准地吐出所有的壳。

……凤知微最后抓了支毛笔扮演楚王殿下，终于逃过被吞之灾。

"因为他是公认的太子党，所以在脱离太子党身份之前，他绝不能对太子下手，否则出任何事，他都有连坐之罪。"

凤知微唰唰唰摆出一堆胡桃，咻咻咻弹向太子和宁弈那一堆，"就算他动了太子之后没事，也会有众虎视眈眈的皇子狼扑而上。谁都比他得天盛帝欢心，谁都比他有地位，到头来他也是为他人作嫁衣裳，而上位的，绝不会是他。"

"那么应该怎么做呢？"凤知微笑意微微，把太子胡桃弹向皇子们那一堆，然后胡桃们互相碰撞四处弹射，"先脱开自身干系，再借力打力，把所有人都拖下水，唯有自己独善其身。"

她用宁弈毛笔敲着太子胡桃，"那个刺客是第一计，根本就不是为了刺驾，而是为了使他自己'蒙冤被禁'。"

"刺客是他故意介绍给太子，故意给众兄弟无意中看见的。他摸透了太子自私的脾性，知道他临事一定会把责任推给自己。"凤知微仰头沉吟，"如果没猜错的话，这个刺客的来龙去脉，他已经用特别的方式透露给皇帝了。就算他不透露，以天盛帝的手段，对儿子们的事，他当真一点都没有数？所以当太子将责任推给宁弈、众皇子落井下石时，天盛帝的脸色才会那么难看。"

"他'背了黑锅'，却顾全大局隐忍不发；众皇子明知有假，却不顾亲情睁眼说瞎话。天盛帝看在眼底，难怪脸色那么精彩。"

凤知微抓住太子胡桃，慢慢地用毛笔那一端掏果肉吃，顺便分给顾南衣一半，"老皇帝果然不是简单角色，装作不知，将宁弈软禁来试探众人心思，只可笑那批皇家兄弟还以为终于整倒一个，却没想过，考验才刚刚开始。"

"后面的事，还是宁弈的局，只是因他此时已经不能算是太子党，而且'别宫软禁，重伤卧床'，所以怎么算，也算不到他头上，于是绵糖炒胡桃——"凤知微眯着眼睛笑，"下点毒啦，调调军啦，翻弄诸般证据啦……等到太子和众兄弟两败俱伤、咬得一嘴毛时，他老人家伤也好了，冤枉也澄清了，正好出来'粉墨登场'。"

当当当当。凤知微鼓掌，并将太子胡桃和皇子胡桃推给等了很久、完全没有听她在说什么的顾南衣。顾少爷不耐烦地赶紧吃掉。

啪啪。有人在窗外鼓掌，然后笑嘻嘻探进头来，"好一番政局推演！楚王若得知全盘计划尽在你心，不知道会不会想拆了你？"

"在下骨头虽软，但也不是那么好拆的。"凤知微一笑，单手一掷，将毛笔精准地投入了笔筒中。

"告诉你个最新消息。"燕怀石坐在窗棂上，望着皇城方向，"皇帝今日已经拒绝太子觐见，并宣三大学士进宫。

凤知微一笑，心想太子休矣。

当日夜，太子再求见天盛帝不成，又知三大学士在御书房一夜未出，绝望之下，调集东宫侍卫和京郊戍卫营，以清君侧为名闯宫。

天盛帝却在他挥兵入宫之前，便已离开皇宫，住到京郊虎威军大营。

随即连发诏旨，撤换戍卫营长官，调动虎威军反包围乱党。

凤知微也在伴驾侍臣之列——天盛帝其实是看中了她身边的顾少爷。

　　虎威大营离软禁宁弈的玉泉行宫极近。楚王得知消息后，星夜驱驰，只带十余护卫前往大营，求见天盛帝。

　　当夜父子促膝长谈，但具体说了什么，世上永无人得知，许是父慈子孝剖心以对，许是兵不厌诈你来我往。

　　是夜牛皮帐篷内沉香细细，淡白缭绕的雾气遮住了所有晦暗深沉的眼神。

　　天明时露珠染亮了帐篷边的碧草。宁弈恭谨地退出，晨光下眼圈微红，望着京城方向的目光却凉如霜雪。

　　乱风终起，谁御风而上？且算从头。

　　他突然似有感应地回过头去。

　　便见凝露草尖之上，漫天朝霞之下，那少年打扮的女子，衣衫猎猎，负手帐前，遥遥注视着他。

　　似笑，非笑。

第三十四章
香草美人

宁弈遥遥看着她。

高岗之上，丽日长风，那人乌发与衣衫齐舞，站在高处却不令人觉得气势凌人，立于低处也不令人觉得畏缩低下，永远神容平静，而在平静背后，浪潮奔涌。

这样一个岿然不动的女子。

两人目光交会，此时都有了一番不同往日的意味。

从最初的完全被动，生死操于他手，到今日的遥遥相对，一笑间各自盘算。

他知道他的一切她知，正如她知道他知道她的知。

宁弈忽有奇异的预感——从今以后，她将逐渐走向他，以越发不可捉摸的姿态。

他突然想过去，说上几句话，至于说什么，他还没想好，不过他觉得，这一段走近的路途，足够他想明白要说什么。

他刚要举步，她却突然转过头去。

远远地，碧草之上，她的身侧，升起一抹淡淡的天水之青。那玉雕一般的人依旧不看任何人，却站得离她很近，正仰起头迎向那抹初生的日光。

薄而透的阳光打在他那面纱后半露的下颌上，那里的弧线便有了玉般的质感，阳光顿如泉水般流畅地滑开去，溅落在碧草之上，空气中，也似有绚丽的光晕在飞舞。

她掉开目光，转头对那男子笑，不知说着什么。那男子还是不理会一切的样子，专注地微微仰首，在阳光下闭目闻着草木的芳香。她便俯身在四周寻了寻，找到棵甜味的草，仔细去掉草叶，一折两段，一半自己慢慢地吮，一半递给他，用带着笑意的眼睛，教着对面的少年。

那玉雕般的少年望着那草良久，终于也有样学样地将草秆放进嘴里。

高岗暖风，日光如熏，她平和冲淡地对那人微笑。

这是另一个她，他没有见过的。

她给他的是狡诈、是狠辣、是心计浮沉、是避之唯恐不及。

他突然便觉得有些气躁。

日光似乎薄了点，风声不再悠缓舒畅，那些七彩的美妙光晕碎在草尖上，天气热得令人难以忍受。

宁弈抬起手来，远远地，对着凤知微一指。

凤知微回首，看见远处楚王殿下不知何时再次神色暗沉、薄唇紧抿、表情很不和善。她心中便很有些怨念——您刚才好像还挺平和，怎么一眨眼就和六月的天一般，变了脸呢？

他指指她，指指皇城，随即拂袖离开。

"好自为之。"

她躬躬身，微笑，目送他决然离去。

"如您所愿。"

半上午的时候，燕怀石带了人来给凤知微送零食，当然主要是给顾南衣准备的。凤知微顺便安排他和几位宰辅"邂逅"了一下，算是先留个印象。

燕怀石带来了京中消息，果不其然，太子和皇帝的对抗，只有四个字最适合形容：以卵击石。

"太子也是昏了。"燕怀石大摇其头，"皇帝这些年看似不怎么管事，可是从来不曾放松对朝政和军事的把握。他以为掌握近一半的京畿护卫力量就可以掌握胜局。啧啧……"

凤知微负手，遥遥注目天际。似是被那皇城血火灼了眼目一般，她眯起了眼睛，良久缓缓道："太子和楚王的最大区别，就在于后者从来不曾小瞧了天盛帝。"

审时度势，顺力而为，宁弈之沉稳，实非常人可及。就连凤知微最初也没有猜到，宁弈会用十年的时间，来布局对付那样一个庸碌得人人都觉得可以随时扳倒的太子。

　　因为，扳倒太子易，扳倒太子而不为皇帝怀疑难。

　　如果她没猜错的话，刺杀前一夜那些士兵，真正要做的，是确保刺客能够顺利进入内堂，以及，控制住那些在书院就读的重臣子弟。

　　青溟，是此次计划的一个重头戏。通过这个书院，风流帝京的楚王其实早已扼住了多家臣子的命脉。

　　这个计划从什么时候开始？建国之初？或者更早？

　　当所有人看见青溟的重要性时，宁弈立即退出，"忠心耿耿"地将之"交给"了太子。

　　风流楚王，带领京城一批皇亲国戚公子哥儿，以浪荡无心朝政之姿，玩遍帝京花，赏尽风尘柳。

　　正如凤知微在妓院和大街上遇见他那两次，很明显，那些公子哥儿唯他马首是瞻。

　　有意无意，慢慢渗透。多年下来，这些勋贵子弟，想必已经和楚王府私下结成了密不可分的利益关系。无论是私生活，还是公家的书院，诸般是非把柄，都牢牢控制在辛子砚和他手中。

　　宁弈要做的，并不仅仅是扳倒太子，而是在扳倒太子的过程中，取信于皇帝；在扳倒太子之后，取得更多支持。

　　他从未轻视过那位一手创立天盛皇朝的开国之帝，哪怕这些年他老迈、倦政、无所建树。

　　而皇宫中那位太子，永远也不会知道自己的左膀右臂如此居心险恶。他已经被重重包围的虎威军和一面倒的劣势逼得失去常性，濒临疯狂。

　　试图闯宫失败后，他便被不断逼迫着向东宫范围内缩。天盛帝要把一切争斗留在东宫解决，鲜血可染东宫，不可染正殿朝华。

　　皇帝看来很平静，拉着凤知微在大帐里下棋。凤知微输两局必赢一局，皇帝很满意。

　　军报不时送过来，天盛帝不动声色地看，烛火下眼神平静，但每道皱纹都皱得沧桑而紧。

　　凤知微的心，也如这冷玉棋子一般，微凉。

　　这沉潜如渊帝王家。

　　棋下到半夜时，一骑快马踏破夜色而来，隐约一路唱名报进。天盛帝端坐不动，啪地下了一子，似乎力度过大，烛火颤颤欲熄。

　　凤知微无声暗叹，起身告乏，"微臣不胜棋力，陛下饶我！"

　　天盛帝笑起来，拂乱棋子。凤知微立即告退，走到门口却听见皇帝叹息，"一起听听吧。"

她心中一紧，却不敢推辞，低眉敛目，"是。"

一抬眼看见皇帝眼神疲倦，恍惚间想起那日屏风后众皇子攻击宁奕时，他也曾露出这样的眼神。

被火漆密封的军报递上来。天盛帝看罢，眉梢突然抖了抖，随即怒拍桌案。

"混账！"

太子不知道发了什么失心风，悍然以火炮轰平了东宫外墙。东宫明宜宫，本就是皇宫的一部分，后来象征性地以墙隔过一片单独区域。这一轰，他不退反进，直入皇宫，而那批被逼入死境、自知无法幸免的侍卫和戍卫营残余，凶性爆发，在宫中大肆烧杀，并挟持十皇子和韶宁公主为质，口口声声要天盛帝给个公道。

桌上灯烛被震落，军报腾腾烧起，烟雾中天盛帝神色暴怒——他了解太子，知道这儿子胆量一般，掀不起大风浪，又想着能够指望和太子交好的韶宁劝劝她大哥，所以才没有带走儿女，却不想太子丧心病狂，连亲妹都不放过！

几位老臣闻讯赶来，神色震惊，对于太子这种费人疑猜的大胆，却无一人为他寻找理由。都说人心难测，而太子身侧最多小人，又说太子临事疯狂，陛下如此恩重，竟能如此辜负！

凤知微冷眼看着，想起东阁大学士的儿子，正是曾被顾南衣折断手指的那位姚公子，以往好几次，都看见他在宁奕身边。

天盛帝发作一阵，慢慢冷静下来，突然沉声道："魏先生。"

来了……凤知微暗暗叫苦，还是躲不过去啊，本想着快速离开青溟，随皇帝避在大营，万军在侧该用不着她，却不想出了这事。

顾少爷那天就不该露那一手啊，如今可算被人惦记上了。

一刻钟后，一千虎威军帐外相候。凤知微无可奈何地爬上马，哄顾南衣，"咱们喝酒去。"

顾少爷原本是不喜欢半夜爬起来的，听见这句后立即要求，"那天那种。"

凤知微继续哄，"淳于猛有。带你去找他。"

顾少爷似乎很高兴，顺手采了根草，一折两段，递给她以作奖赏。

凤知微一咬——苦的。

将苦草叼在齿间，凤知微在马上颠啊颠，心中却在回想临别时天盛帝的话。这深沉帝王彼时眼神担忧，对她谆谆叮嘱："务必救得公主。"

未承想天盛帝对韶宁还当真有几分慈父之心，这也许是宁氏皇家，仅剩的亲情了吧？

快马回城，帝京已经戒严，皇城内所有衙门都有虎威军驻扎。这支军队，天盛帝还是大成王朝外戚的时候便已经掌握，而军中统帅胥元良和副帅淳于鸿，都是从龙有功的开国老臣之后。

西华门烟尘滚滚，喊杀震天，宁弈领旨同胥元良在猛攻太子残军，而太子被围在南宫天波楼。韶宁和十皇子正和他在一起。

凤知微拢袖坐于马上，遥遥望着血色火光中的皇城一角。暗红色的光影投射在她的脸颊上和眼眸中，有种水色润泽的光艳。

她并没有将那一千虎威军投入战场，更没有带着顾南衣闯军救人，而是静静地，等。

过了一会儿，宁弈果然策马过来，无声地在她身边停下。

一对男女，默然驻马，遥看那一角流血厮杀。

"有些人不能活。"半晌，宁弈淡淡地开口。

"有些人也不适宜死。"凤知微对他一笑，"比如，人质。"

"你救出宁霁。"宁弈长眉皱起，"也足可向陛下交代。"他顿了顿，平静地道，"我会保得你。"

凤知微相信这句话，却默然不语，这是她第一次和宁弈进行利益交换谈判，心中却有几分淡淡的凉。

寥寥几语，决人性命。宁弈若无其事是应该的，但是自己，为什么也这般坦然平静？

老皇凉薄，楚王深沉。她既已入了这争斗圈，先要保住的，只能是自己。

原来她也是天性凉薄之人。

"别让我失望。"火光跃动里，那人笑意华艳，"否则，你会绝望。"

那笑容意味深长，墨玉眸里浮漾着一些连凤知微都看不懂的东西。

凤知微拨转马头。

"别让我绝望。"她回眸一笑。

"否则，我会疯狂。"

第三十五章

暗度陈仓

立马天波楼外围，凤知微观察着局势——太子固然手持人质负隅顽抗，但以宁弈手中掌握的军力，攻下天波楼实在是很容易的事，然而他以投鼠忌器为名，并不猛攻，只慢火熬煎，存心要熬尽太子信心，熬出最后疯狂，然后，逼得他孤注一掷，最好与韶宁同亡。

如果没猜错的话，太子身侧亲信定有宁弈耳目。宁弈的后手绵绵不绝，而刚才的谈判，只不过怕她带着顾南衣去捣乱而已。

若不是天波楼轩窗四敞，里面的动静所有人都看得清楚，只怕太子和韶宁早已尸横就地。

救人其实很简单，只是不能去救而已。

隐约听得楼头太子厉笑，音如利刃，"父皇呢？父皇怎么不来见我？他就这么忍心不见他儿子？不见我——"

砰的一声，楼上扔下一个人来，那人重重落地，瞬间脑浆迸裂，惊得众人策马张望，看了半天才发现不是韶宁公主，是个宫女。

太子的笑声越发如鬼如魅，"父皇不来是吗？那么每过一刻钟，我就扔一个人。这是韶宁的宫人，下一个……下下一个……也许就是他最疼爱的小女儿。他不来，我送韶宁的魂去见他！"

　　四面静了一些，无辜死者的血缓慢地流着，随即韶宁的声音如银瓶乍破般突然响起，充满愤怒，"大哥，你疯了！"

　　"我疯了！我是疯了！"太子大笑，"大家都疯了！这肮脏的皇族地！这醒醒的帝王家！全都疯了！"

　　凤知微扭头，和燕怀石低声说了几句。燕怀石离开，随即凤知微突然上前一步，静静道："殿下。"

　　楼上笑声止歇，太子探头出来，看见凤知微目光一闪，随即充满希望地道："魏先生，你在？……是父皇要来了吗？我要面见父皇，陈明冤屈！"

　　韶宁的声音比他更欢喜，挣扎着大叫："魏知！魏知！你来救我啦！我就知道你一定会来的！"

　　一颗花里胡哨的脑袋咻地探出来，转眼间又被太子的手下拽了回去。

　　"陛下正在途中，只是稍有不适，略等一会儿便到。"凤知微眼角都没瞄韶宁一眼，撒起谎来面不改色，"太子何必疯狂如此？这么不留余地，等会儿见了陛下，如何说话？"

　　"宰辅们呢？"太子却不接话，四处张望，"怎么就派你来和我说话？你资格还不够。"

　　凤知微不动气，浅浅一笑，"我是太子门下啊，陛下让我来，太子还不明白其中心意吗？"

　　太子怔了怔，眼中绽出一道惊喜的光，随即狐疑道："我门下……那陛下为什么还让重军包围我？"

　　凤知微仰起头，微笑，"那是因为太子你蠢！"

　　一语石破天惊，别说众人惊悚，连太子都震得险些探出身来。半晌，他醒悟过来大怒，"竖子敢尔！竟然辱骂本宫！"

　　"如何不敢？"凤知微冷笑，"天下无成仇的父子，不过些许冤屈，于驾前剖心澄明便是，何至于要兵戎相见，动用军器？陛下在虎威大营苦苦等待殿下造膝坦诚，从此父子精诚，再无芥蒂，未料太子自蹈死路，竟挟持弟妹，造乱宫中！陛下一让再让，太子却不谅慈父之心，坦途不走，死路自钻，怎么不蠢？"

　　一番话骂得刻毒，太子眼中却闪起希望，试探着问："……这是父皇的意思？"

　　凤知微凛然道："微臣岂敢捏造圣意！"

　　"本宫岂是丧心病狂之人。"太子怔了半晌，颓然道，"父皇愿意听我辩白，那……"他转过头去，看着韶宁和宁霁，犹豫着是不是先放了弟妹，以表示和解诚意。

　　"殿下迷途知返、悬崖勒马真是最好不过。"忽然有人策马过来，笑容欣慰，仰首朗朗道，"既如此，臣弟立即派人飞马报知虎威大营。"

凤知微无声叹息。

宁弈啊宁弈。

您这辈子就是专门拆我台的……

楼上太子一怔——飞马报知虎威大营？陛下还在营中？那么刚才魏知就是在骗人？

"无耻！混账！"太子勃然大怒，一脚踢下一个内侍，砰的一声灰尘与鲜血四溅中，他厉声道，"你不仁，我不义！杀！"

宁弈马上冷冷笑开。

终于等到你这一句。

袖中手指无声一动。

乌青的箭雨如一片沉厚的雨云，嗡的一声撕裂空气，自人们头顶掠过，直奔天波楼头。

啪啪啪啪！

大开的轩窗刹那间全部关上。箭矢扑空，夺夺地钉在窗棂之上。

隐约间太子狂笑，随即再无声息。

呼呼几声，楼上掷下几个东西，在夜空中划开艳红深黄的轨迹后落地，一落地便砰的一声燃着。

是几个熊熊燃烧的火盆。

木质结构的楼角立即烧起。一条火龙攀着立柱而上，瞬间卷了半个楼身。

太子要自焚！

火光艳红，人人面色惨白。继多年前三皇子兵变自杀之后，这是宁氏皇族第二个以惨烈手段走上绝路的皇子。

还不是一个，是三个，更有陛下最宠爱的小公主在内。

众人眼睁睁地看着那火飞腾肆虐，又想到此事的后果，刹那间手脚冰凉，忘记所有动作。

火光里唯有宁弈，眼角斜飞，目光漠然。

虎威军指挥使胥元良心中急躁，不知道王爷打的什么主意，却也不敢代为发令，只好将目光求救般转向一旁的顾南衣。凤知微却突然"哎呀"一声，急忙忙地掸衣服，道："火！"

众人目光一转，才发现由于离楼太近，一些火星溅上凤知微和顾南衣的袍角。凤知微手忙脚乱地掸着，百忙中一转眼却看见顾少爷竟然对身上的火漠不关心，只是仰头看着那火，似乎觉得那火在那儿烧得比自己身上的有意思。

凤丫鬟只好又去拍他身上的火星，忙得不可开交。

宁弈一直淡淡地看着，看见凤知微殷勤地替顾南衣灭火，眼神更深了几分。他高踞马上，微微仰首看着大火包围中的天波楼，眼波里红光倒映，亦如一簇妖火在扭曲奔腾。

属下们惶然焦急地等着他指示，他却只在出神，直到火势完全包围天波楼已经援救不得，才缓缓道："蠢材！不知道救火救人？"

虎威军得了王令，赶紧去"救火救人"了。一边，凤知微苦笑着扯着烧得只剩半截的袍子，道："微臣去换件衣服。"

宁弈看她一眼，道："魏先生辛苦。火势这么大，顾先生只怕也救不得人，还是先去换衣服吧。"

凤知微笑得诚恳，"王爷辛苦，麻烦王爷继续辛苦。"

她行礼如仪退下，越过人群之后，走到一个僻静宫室。燕怀石从一角花木外转了过来。

"果然没错！"这小子很有些兴奋，"明修栈道，暗度陈仓！天波楼另有出口！"

凤知微意料之中地笑笑——别人都以为太子走投无路，据楼困守，只求和皇帝再见一面剖明心迹，而她却从一路过来时便觉得太子且战且退的路径似乎很有章法，不像是被逼得慌乱无意闯入。

所以在和太子谈判之前，她便安排燕怀石带着自己的门客，去好好查一下四周的路径。燕家门客中有些很有歪才，果然找出了太子的后路。

"天波楼没有地道，楼后就是人工湖。"燕怀石道，"楚王精细，也已经派人查过，但是我门下有个哨子派的祖师爷人物，说这天波楼传自大成皇宫，本身就是奇楼，楼中有楼，还有一道极薄的夹层，不是给人藏身的，而是藏了一道升降阶梯，可从那阶梯上天波楼背面。这种阶梯，那哨子派祖师爷说只有上古墓穴会有，里外机关都极精密，第一次用过是升，第二次再用就是降……你看。"

凤知微一抬眼，看见人工湖边一道绵延的假山，紧贴天波楼背面。

"那山……"

"那山中空，别有玄机。"燕怀石眼中充满惊叹，"从山穿过，穿入湖底，就是地道。地道出来是最东边的静斋，靠近东华门！"

这地道，竟然是从半空走的！

难怪以宁弈的精细，查探了四周退路也没有发觉，天波楼侧根本就没有地道。宁弈定然也查过湖底，然而湖底一开始也没有……谁会想到去湖对面查探？

　　凤知微眯了眯眼——天波楼独处一隅，背靠湖水，怎么看都是绝地，然而她却从那万能册子中，看见过某人夸夸其谈如何玩障眼法，看见过某人得意大吹各式墓穴中的奇绝机关……

　　"天意让我发现那密道。"凤知微仰首，韶宁惊喜的脸在她脑海中一晃。

　　半晌她道："去看看。"

　　燕怀石神色一凛，心知这个决定至关重要，也许便意味着和宁弈背道而驰，但他没说什么，只招呼门客过来带路。那哨子派高手一路对天波楼的设计低声赞叹不绝，又疑惑大成或天盛是哪一代出了这么位宗师级的哨子高手。

　　"哨子派是什么门派？"突然想起一事，凤知微问。

　　燕怀石答："盗墓。"

　　凤知微立刻悟了，原来那册子主人是盗墓老手……

第三十六章
黄雀在后

因为此事重大，燕怀石只留了那哨子派老头带路。他们自然也不用走密道，只要在出口等了便是。

在宫门外等是不可能的，唯有在静斋。

凤知微并不打算从太子手中要回那对兄妹——他们和太子没有利害关系，太子出逃也不会带着这两个累赘，聪明一点，都能自保。

生于皇家又受尽宠爱，如果没有自保的能力，下次依旧会死，她何必多事？

何必拼着要和宁弈完全走上敌对面？

宁弈是一定要杀了韶宁的，有这么个受尽宠爱的太子胞妹留在陛下身边，其危险性不下于太子仍旧活着。

凤知微不愿为虎作伥，却也不想故意作对，跟着，只是想掌握事态而已。

天盛皇宫是在大成皇宫旧址上改建的，而静斋是早年大成的一位太妃静修的处所，因为偏僻，很少人来。

内院也有座小楼，帐幔垂地。凤知微到的时候，太子的人还没过来，而顾南衣站在黑漆的堂柱旁，不知为何在出神。

他突然抬手去抚摸柱子。这人一向除了必要的动作外绝不多动一下，这举措突兀，顿时令凤知微转过头来。

然而顾南衣手指已经从堂柱上落下，落下的时候，一大块黑漆表皮随之剥落。

顾少爷太闲了，剥杜子玩呢？

凤知微注视着地面的那块漆皮，落地便成了灰，什么痕迹也寻不着。

底下突然传来脚步声，他们几人闪身躲在门后。随即一队遍身染血的侍卫冲了上来，四面张望了一下，拖出佛龛下的一个大箱子，接着，步声囊囊，太子等人上楼来了。

女装宫裙的韶宁正在人群中间，却不如十皇子宁霁被看守得那么严，她歪着半个发髻，满脸寒霜，冷冷道："大哥，你什么意思？你真以为你能和父皇对抗？那么你现在是准备要杀人灭口？"

"小妹说得哪里话。"太子回过头来，奇怪的是，竟然神色平和，"本宫怎么可能杀你？"

韶宁翻了翻白眼，却听下一句太子怪笑，"本宫还需要你代本宫，在父皇面前晨昏定省呢。"

"什么意思？"那笑声如枭，听得人人战栗，韶宁狐疑地转过眼来。

太子笑而不语，目光在人群中一人身上滑过，随即示意侍卫都先下去，只留下他和韶宁、宁霁和一个黑袍人。

他先前的目光正是落在这个黑袍人身上，此时只留他一个外人，顿时吸引了凤知微的注意力。她一瞟之下，心中微微"咦"了一声。

这人的身形怎么觉得有几分眼熟？

那人修长的身形靠在门边，面上戴个做工粗劣的面具，摆明了告诉你，他就是不想给你看见脸。

太子附在韶宁耳侧，低声说了几句。

"你疯了！"还没听完，韶宁便一声大叫，却立即被太子捂了嘴。随即太子阴恻恻道："虎毒不食子，他怎样对我的？他做得了初一，我便做得了十五！"

韶宁啪的一巴掌打开太子的手，怒道："不行！"

"哥哥能否翻盘，此番尽在于你。"太子语气突转哀求，"哥哥遭人陷害，一错再错，已入绝境，若你不帮，哥哥当真死无葬身之地！"

"我早劝你跟我回去！陈情阶前，诚心向父皇请罪！"韶宁怒道，"你便知道虎再毒，不食子！可你竟然冒出这等大逆念头，还想拖着我和你一起万劫不复！做梦！"

"便是做梦又如何？"太子突然冷笑，"我是陷入死局，却有承天之运，天无绝人之路自有高士来助。马上，我等来接应的人，便从东华门出皇城，自城东汴河口水路南下直入江淮。江淮总兵刘成录早年是我们外祖门下，母后虽早薨，常氏家族却还没倒！当真以为我没有一拼之力？"

他语气突转诱哄，"韶宁，所谓天下无一定死局，单看有无破天之力！哥哥是真命天子，危难时自有英杰来投。天下大业，必在我手，如今只要你我兄妹同心，你在内，我在外，到时候……哥哥便带兵入京呼应于你，以哥哥皇族嫡脉地位，大位舍我其谁？到时，封你柱国长公主，食邑十万户，永享无上尊荣！"

韶宁不为所动，"谁当皇帝，我都是长公主！"

"那也是永无自由、皇家金玩偶而已！"太子冷笑，"拘着你言行，困着你年华，在合适年龄配个你都没见过面的驸马！也许老，也许残，也许喜欢玩娈童！你隔着帘子看丈夫，他跪在阶下见妻子，一个月只能宣一次，宣多了你便被责不知廉耻——这样的长公主，你愿意？"

韶宁脸色变了变。太子放缓语气柔声道："不要以为父皇宠你，你便能例外。你仔细想想，父皇再宠你，什么时候越过祖宗礼法去？父皇大去换了新皇，能有你今日之宠？谁会为你着想一分？老二？老五？老六老七？你看，可能？"

韶宁沉默，太子瞟她一眼，笑道："你喜欢那个魏知吧？但你也知道，他一个出身微末的小臣，父皇万万不会把他指给你……韶宁，你不想嫁真心喜爱的良人？和他琴瑟合鸣、携手一生，过世间所有女子最向往的生活？"

室内沉默了下来，隐约有人呼吸急促。月光清冷地透过来，照见韶宁耳郭薄红，然而她刚才的凌厉和愤怒却渐渐消失。空气中迤逦着羞涩甜蜜而又向往的气息。

……凤知微在帐幔后，啼笑皆非。

什么时候，自己居然成了皇家博弈的诱饵？

好吧，她知道韶宁是有点那个……那个那个……不过她也只认为那是孩子的好奇心性而已，众星捧月惯了的娇女，难得遇见一个人不含糊自己，自然要感兴趣些，不想……居然一副情根深种的模样！

连太子都看出来了，还拿她来诱惑韶宁！

凤知微汗颜。

韶宁突然转了个身，从背对着凤知微转为靠着窗棂沉思。月光斜斜打过来，凤知微的啼笑皆非立即变成目瞪口呆。

那张脸……

身侧顾南衣突然偏了偏头，对着某个方向皱起了眉，凤知微一惊，注意力刚刚转移，忽听韶宁一声惊呼："大哥，你干什么——"

凤知微霍然回首，便见寒光耀眼，太子狞笑着，手执不知什么时候抽出的长剑，直劈宁霁！

十皇子宁霁一直沉默着站在一边。这一剑突如其来，他却似乎早有防备，身子一转躲过。

一转间韶宁已经扑了过来试图去挡。太子执剑去追，厉声道："他必须死！"

一瞬间凤知微恍然大悟，太子说这些不避宁霁，原来早已下了灭口之心。

"他是你弟弟！"韶宁急叫。

"什么东西？"太子冷笑，"不过老六的一条狗！"

"我不许你杀他！"韶宁脸色铁青——她和宁霁一直隐瞒身份在青溟就读，这个最小的哥哥对她照顾有加，两人情谊不错，自然不会允许太子下杀手，"你丧心病狂，竟至弑父弑弟，我绝不应你！"

"不应我？"太子转脸，眼色血红，"你想清楚了？"

"我想清楚了。"韶宁挡在宁霁身前，头发散乱却不改颜色，"你如此凉薄残忍，将来我就算帮了你，你也不会厚待我！"

她死死挡在宁霁身前，面对着同胞长兄寒芒闪烁的长剑。从凤知微的角度看去，突然在宁霁脚下，有一道亮光一闪。

此时月色朦胧，室内一切都笼罩在模糊之中，只一道月光从年久失修的窗棂缝里透进来，正照着面对窗子的宁霁脚下方位，地面一片淡灰颜色，使得那点明光越发耀眼。

窄而长、薄而亮、三指宽的光影。

凤知微突然出了一身冷汗。

刀！

那被月光反射出的是宁霁掩藏在袖子里的刀！

太子没说错，他是宁弈的人，他就是宁弈藏在太子身边的后手之一！

此时韶宁正毫无防备地将后背交给他！

凤知微手按地板，掌心湿凉——这宁氏皇族人人机关算尽、个个用穷心思，到头来却不知道谁是螳螂谁是雀！

她看着宁霁衣袖微微颤抖，似乎也在犹豫不决——地面明光闪烁，说明刀颤不休。

凤知微正待出手。

太子突然狞笑，"不帮我！都不帮我！好！"

他长剑一抖，直戳韶宁前胸。这一击含怒而来，看那雷霆来势，竟要把韶宁穿在剑上！

刹那间凤知微扑了出去。

刹那间宁霁突然抬手，手中明光一闪，铿然一响中已经架上太子的长剑，但是因为匕首太短，抵不住下劈之力，于是他灵活地一牵韶宁，便转出了剑光，扑向门外走廊，一边扑一边伸手入怀。

他这个动作一出来，引得一直站在窗边的、戴面具的黑衣人立即抬手，随即一股劲风出来，立即逼得宁霁动作一缓。

而韶宁被甩得收不住惯性，撞上走廊，而这楼年久失修，栏杆立即裂开……韶宁尖叫一声下落，而此时凤知微已经扑了出来。那黑衣人看见她，抬起的袖子突然一收。

凤知微没空理他，扑过去就去拽韶宁，韶宁也拼命伸手死死拽住她，用力之大险些将凤知微拉脱臼。凤知微忍痛，正要将她向上拉，忽觉眼前大亮，鼓噪声起，随即一道火箭如红龙跨越长空，带着呼啸的风声，直扑她身后。

隐约身后有人短促地"啊"了一声，随即有黏湿的液体喷上她的后颈，然后不知什么东西重重倾倒撞了过来，顿时将刚拉起韶宁一点的凤知微撞下栏杆！

一切只在刹那间。

凤知微只来得及抱紧韶宁。

而四面风声呼呼，光影迷乱，颠倒的光影里，铁甲如流，王旗招展，那人策马而来，锦袍月白金冠闪耀，注视着护持韶宁落下的凤知微。

一笑森然。

第三十七章

我和你，从此敌

落花宫前坠楼人。

千支火把照亮黎明前的黑，像无数飘浮的星光在宫阙万层间升起。苍黑的旧楼前，千万铁甲默然伫立，看着两条纤细的身影相拥翻滚落下，如两片柳叶在天地间随风浮游。不知从哪个角度飞出的怒龙火箭，刹那流星，卷向皇朝里一人之下最尊贵的那条真龙，箭入、火起，血喷，栽落尘埃。

皇朝太子的半个身子俯在栏杆上，头颅深深低垂，像是对着楼下万军，忏悔这一生的狂妄娇纵、庸碌无为。

那些皇朝大位、无上尊荣、不灭野心，那些逼入绝境后的欲图奋起，一朝，化灰。

如此高贵，死得却如此轻贱。

此番陨落，此番坠落。

天际突然起了一阵风，洒了几点雨。火把的光芒一阵摇动，晃得人视野闪烁，于闪烁的视野里，天水之青的光芒展开。

那人如一线轻风斜掠过楼身，刹那间追上坠落的两人。众人仰首看着，知道他无法一次救两人，却不知道他会救谁。

宁弈高踞马上，面色沉凉，一切都在料定之中——顾南衣肯定救风知微，那么，韶宁也便没了。

很好，很好。

半空中顾南衣掠到。

他并没有伸手去抓谁，却身在虚空，浅浅拂袖。

天色将亮，葱茏的花木间起了冰清氤氲的水汽。那人笔直地掠在半空，虽在飞动而气质静若凝渊，而浅浅的雾色中那漫然拂袖之姿，像仙云缥缈间迎风渡越的神祇。

众人仰望，心动神摇。

那一拂袖，便分开了凤知微和韶宁，随即顾南衣一指点在凤知微的胸臆间。

凤知微正在眩晕的坠落中，忽觉身子一轻，四肢百骸都忽然一松，不由自主地吸了一口气，体内气息一浮，下降之势一缓。

而此时被推开的韶宁，不知怎的，身子斜斜飞了出去。顾南衣横掌一拍，韶宁划出很长的下落弧线，正来得及被侍卫中的高手跃起接住。

而此时顾南衣已经牵着凤知微的手，不疾不徐地落下。半空中，那两人衣袂飘飞，姿态娴雅，纵然看起来是一对男子，也风姿卓绝，令人神往。

一切不过电光石火间，除了少数人，大多数人只看见韶宁公主被推开斜坠，而顾南衣救下凤知微，却不知道这其中还有很多动作，也不知道如果不是那一指和另有人相助，这些动作根本不可能做完。

宁弈自然是那少数人之一。

他的目光突然落在了楼头。那里，一道黑影一闪即逝。

就在刚才，韶宁被推开下落时，那人在楼上出手，以隔空真力，助顾南衣将韶宁的下落之势推斜。

他是谁？

太子的人？又怎么会和顾南衣合作？

他微微仰首，思考着其间一切蹊跷，故意让自己不去看那两人相挽的手。

不去看凤知微。

他如此平静，不会让任何人看见他那惊涛骇浪之后的疮痍满目。

见她坠落，一惊；见她护着韶宁坠落，一震；一惊一震后，怒潮卷起，却又不可自抑地苍凉。

天波楼前的谈判言犹在耳，不过半天之后便见她再次当面食言背叛。

她永远都这样，戴着面具言语温柔，一转身将所有承诺都抛在九霄云外，永远用最惑人的巧笑嫣然姿态，操刀对他。

而他，要心软到何时方了？

何时方了？方了？留这么个反复无常、心思如渊的祸害？

以前还可以劝说自己，一个不得宠的王爷何必多事？如今一切都将不同，他的路已经踏在脚下，皇朝铁血之争就在眼前，万千人的身家性命将由他背负，再不能容他有一丝退缩和心软。

任心思如许步步退让，终敌不得天意森凉翻涌。

魏知，凤知微。

我和你，从此。

敌。

凤知微遥遥看着宁弈。

那人仰首高踞马上，身前浮云涌动，身后万千铁甲，天地都在他眸中，唯独不愿有她。

她静静看着，换得默然一声长叹。

有些事非她有意为之，然而不知怎的，就像命运自有翻云覆雨手，逼得她一步步总在和他对立。

她不打算解释。

不是解释就有用的，当她抱着韶宁坠落静斋，而他正好策马而来将这一幕收入眼底，天意已成。

惊魂未定的御林军总管抹着汗上前，连声感谢凤知微和顾南衣，着意热络——陛下已经从虎威大营启程回宫，一旦得知韶宁公主被魏先生救下，一定会有厚重封赏，所以要趁现在赶紧拉好关系。

韶宁奔过来，歪着个发髻掉了只鞋，众目睽睽之下又哭又笑，一把搂住了凤知微的脖子，"魏知！魏知！魏知！"

她并不感谢凤知微的救命之恩，也不管其实救她的人不是凤知微，只是那样声声叫着，声声含泪，似要将一怀激越激动，都通过这个名字表达出来。

无数士兵尴尬地低下头去，非礼勿视。

赶来的重臣面面相觑——公主当众来这一出，当真是什么皇家颜面都不顾了？一旦传出去，以后怎么收场？

凤知微浅笑着推开韶宁，退后三步，躬身。

　　"殿下，"她温和而歉疚地道，"微臣刚才不慎被撞，连累公主被微臣带落坠楼，这都是微臣之罪，请殿下责罚。"

　　她又笑，"劫后余生，微臣和公主一样激动，失礼了。"

　　她的意思很明显——我没救你，我被太子撞得身子不稳，害得你坠楼，现在只能算功过相抵。

　　而你举止失当，只是劫后余生兴奋而已——她不说韶宁失礼说自己，但她相信——你懂的。

　　韶宁怔在当地。

　　大臣们嘘了口气。

　　凤知微却已经走开。

　　她意兴索然，淡淡一笑，带着顾南衣走到一个角落，等着陛下回宫，将虎威军令牌交还。

　　那一角僻静无人来。顾南衣喜欢那样的安静，在花丛中，尝着有没有甜味的草叶——刚才的当面杀戮溅血楼头，对他似乎全无影响。

　　凤知微注目他半晌，突然转到他面前，目光深深透过他永不取下的面纱，问："告诉我，你到底是谁？"

第三十八章
你是谁

风声细细，花香淡淡，黎明一线微光，将奔来眼前。

那人面纱后的脸依旧遥远如在天涯。

京中小院初遇，她莫名其妙成了他的俘虏，他莫名其妙被她牵走又成了她的保镖。数月相处，他似乎从未想过要去找回自己原先的生活，似乎从一开始，他就该在她身边。

而她一直知道，他真的是一个玉雕，从里到外，实心的。

也唯因如此，才有了她从不设防的信任，然而今夜的事太过蹊跷，由不得她再放过。

可以被隐瞒，不可被利用。

原以为那个固守自己一尺三寸地的少年，是不会回应她的问题的。

他却转头，第一次看定了她。

"我是……"

"魏大人！"

一声急呼打断了欲待出口的言语。天盛帝身边内侍脚不沾地地奔过来，拖了凤知微便走。

"陛下宣你！"

凤知微无奈，一边被拖走一边殷殷嘱咐："等下记得要把话说完，不然会死人的。"

那人一本正经地点点头。

天盛帝正立在静斋楼下，仰首看着楼上。太子的尸体已经被侍卫收殓，皇帝却依旧深深仰望着那破碎的栏杆，像是想从那些未干的血迹里，看出长子临死前的最后姿态来。

苍青的天穹下，栏杆开了一个歪斜的缺口，破碎的横木在风中摇摇欲坠，像是缺齿的老人，在苍凉地讽笑。

远远望去，皇帝的背影，老迈而疲弱。

一生二十六子，成活者十六。十六人中，少年夭折者四；封王之后染病而亡者二；三皇子篡位再去三人，残一人；如今，长子、皇朝继承人，再亡。

枝繁叶茂的宁氏皇族，在年复一年的倾轧中，终成删繁就简的三秋树。

宁弈跪在他身前，正情真意切地低声请罪。

凤知微听见他最后几句，"……误中流矢，救援不及……儿臣之失，自愿领罪……唯愿父皇珍重龙体，以天下苍生为念……"

好一番孝子情长。

凤知微默不作声，过去跪下。宁弈一转眼看见她，立即向天盛帝道："韶宁坠楼，儿臣离得尚远未及救援，多亏魏先生舍身相救。一介文人如此勇烈，儿臣十分感激。"

天盛帝满意的眸光转过来。凤知微心中暗暗叹息，只好逊谢："殿下谬赞，微臣实在不敢居功……"

"韶宁！"宁弈已经在唤韶宁过来。天盛帝慈爱地看着女儿，眼底有劫后余生的庆幸。韶宁还有点魂不守舍，对着父亲的殷殷询问，答得有一句没一句，眼角却不住地往凤知微身上瞟。

瞟得多了，天盛帝也发觉了，看看韶宁，又看看凤知微，眼底飘过一丝阴云。

太子的尸首以黄绫覆了抬过来，请天盛帝示下。天盛帝没有上前，闭目半晌，挥手长叹，"先停灵明宜宫。不必宣内外臣进宫哭灵了。"

那就是——不按太子礼下葬了。

宁弈仿佛没听见这句话，始终面色沉痛，并膝行到太子的尸首之前，一声哽咽，"大哥……"伏地久泣无语。

天盛帝神色沉痛而安慰。

韶宁突然走了过去。

她恍惚的神色在看见同胞兄长的尸体之后，突然清朗了许多。缓缓过去，她跪在了太子尸首另一侧，宁弈的对面。

沾满血迹和烟灰的杏黄衣裙覆上同样染血的明黄黑龙袍襟。韶宁掀开黄绫，注视着死不瞑目的兄长的尸体，半晌，合上了太子临死前因为试图大呼而大张的嘴。

随即她道："大哥。"

语气平静，清冷如拨动冰珠，和宁弈的惨痛悲切截然不同。

"就在刚才，我坠楼的那一刻，突然想明白了一些事。"韶宁抚摸着太子冰冷的脸，"原来你才是最可怜的人。"

"你想杀我，我不怪你。"她细致地整理着太子散乱的衣袖，"你临死前最后的愿望，我不能答应你，但是今天，我在这里对你发誓：你另一个心愿，我一定替你完成。"

随即她抬头，面向对面的宁弈，古怪地一笑。

"六哥，你说好不好？"

宁弈望着她。

半晌温和地道："妹妹，你太伤心了，还是去休息吧。"

"是啊，六哥，以后就是你辛苦了。"韶宁缓缓站起来，不再看太子一眼，"你可千万保重身体。"

"韶宁，你长大了。"宁弈欣慰地看着她，"闺中小女已长成，懂得为父皇兄长分忧了。哥哥真为你高兴。"

韶宁脸色变了变——她已经到适婚年纪，按说早该指了驸马，但仗着父皇和太子宠爱，她一日日拖着，可如今，谁还会如大哥般帮她找借口？谁还会如大哥一般，为她顶着朝臣压力，送她去青溟自由读书？

血海翻覆，权欲诡谲，一朝间，至亲永别。

少女摇摇欲坠般立着，衣袖下手掌成拳，攥得死紧。

一场皇家血雨腥风的博弈，写在史书上不过是轻描淡写的四个字"庚寅之变"，正如那些人命，注定只是冷冰冰的死亡数字。

死亡数字极为庞大——楚王殿下带领三法司，穷追猛打，斩草除根，太子党以及疑似太子党们，均成为"庚寅之变"的牺牲品。长熙十六年的春末夏初，天街落了人头无数，多年后，刑场的青石板缝里，依然有洗不去的暗黑血迹。

太子被废为庶人，葬于京郊西垠山。子女流放西北幽州，世代不得回京。

牵涉到构陷开国老臣旧案的五皇子被勒令交出御林军指挥权，出京去江淮道查看贯通南北两地的龙川运河工程——该工程刚刚开始，预计三年内完工。三年之内，五殿下除了逢年过节或皇帝特诏，很难有空回京溜达了。

七皇子倒是顺利从旧案中脱身，却也从此收敛了许多，闭门谢客读书。

皇朝继承人死，最受宠的两位皇子也连遭黜斥，而与之相对的是，一直不受重视的楚王殿下水涨船高——长熙十六年六月，帝赐楚王三护卫，掌长缨卫，于亲王仪仗外加一二三等护卫共十六员，领户部，并掌京畿水利营田事务。

殊荣和实权接踵而来。

"庚寅之变"后的宁弈让皇帝也很放心，在新一轮洗牌中，朝中诸般要职逐渐空出，宁弈并没有急着安插自己的势力——这些年他从未收纳门客、结交外臣，光杆王爷一个。

他完全是个忠心为国的亲王形象，只是做好自己的事，诸般职位，依旧按照旧例，由各级官署推举，以及通过青溟书院选拔。

只有凤知微清楚，宁弈不需要培养门下，青溟本来就是他的。

凤知微也升官了，还没就职就升职。因为救援公主有功，除朝华殿学士职不动外，兼任右春坊右中允、青溟书院司业两职，前者是太子侍读，负责太子奏请讲读，因现在没有太子，只是虚衔；后者则很有用——青溟书院副院长。

凤知微接旨，心中很悲伤——姑娘我实在不想和楚王殿下有任何交集啊……

她的新府邸也在西华巷，和秋府遥遥相对，是她特意选的。这次事变落马了一批太子党，其中原右中允被充军流放，她便要了他家府邸，和舅舅做了邻居。

秋府最近日子也不好过，秋尚奇一直和五皇子走得很近，现在则陷身官司之中。

大越近年来不断叩边，令天盛帝很头痛。秋尚奇自从和"国士"魏先生交好之后，突然聪明了许多，特地献计说，大越地处天盛西北，地薄人悍，资源紧缺，以致有掳掠抢劫之事，所以不如在边境开放"马市"，以越马和内地铁器、米粮、布帛互市，这样可保一方平安。

天盛帝采纳了计策，事情却发展得不如意。大越不守规矩，卖的是瘦马，却强行索要高价，甚至朝市暮寇——早上卖了一批瘦马，晚上再抢回去。

天盛帝大怒，朝中御史也趁机弹劾，令秋尚奇焦头烂额。

凤知微坐在自家小亭中，遥遥望着秋府的飞檐，微笑品茶，心想，该在什么时候以什么身份，去好好拜访一下秋府呢？

突有小厮带了个内侍进府，来人神神秘秘。过了半晌，凤知微神神秘秘把人送了出去。

随即她站在门后沉思——韶宁找自己，有什么事？

忽然想起最近忙着搬家，她把那天问顾南衣的问题忘记了，于是赶紧再问。

"你那天说你是什么来着？可以说完了吧？"

"哦。"顾少爷正在敲胡桃，最近他迷上了这个，听见这话，不急不忙，答，"⋯⋯我是你的人。"

第三十九章
红粉局

"挣破庄周梦，两翅架东风，三百座名园，一采一个空，吓傻寻芳的蜜蜂……"

凤知微悠悠地坐在青泥油毡车内，眼睛半合半闭，嘀嘀咕咕。

车旁的内侍探过头来，讨好般问："您说什么？可是车太颠？"

"没事没事。"凤知微摆摆手，小脸有点苍白。

她这只"无意寻芳"的蜜蜂，被某个漂亮的大蝴蝶——吓傻了，至今余悸犹存。

顾少爷惜字如金，但每个字出来，都能让你像吞了金。

"我是你的人。"

简练、干脆、强大、惊悚。

凤知微五雷轰顶，一句也不敢再问，当即收拾收拾逃出府去赴韶宁公主之诏，连原本想拖延一下都忘记了。

车子行得七拐八弯，渐渐偏离主街，在一座深巷里不起眼的小酒楼前停下。

"不去宫里？"凤知微皱眉，心中觉得有几分不妥，下车看看四周，隐约有人头闪动，应该是韶宁的护卫。

她最近又耳聪目明了些，说来奇怪，自从在那古怪的小册子上学了些练气法门，她体内的灼热也开始一日比一日收敛，但让她感觉最不同的一次，却是那天坠楼，那次后，体内特别轻松，有种脱胎换骨更进一层的感觉。

这种感觉，出现在生死之境，这其中有什么玄机吗？

凤知微想起坠楼那日顾南衣那一指，想起静斋楼头身形熟悉的黑衣人，心中若有所悟。

内侍在前方引路，小楼深院处十分安静，只余步声回响。门帘一掀，韶宁倚门而立，含笑盈盈地看过来。

凤知微停住脚步。

一瞬间有拔腿而逃的冲动。

又有想将顾少爷拍死的冲动——要不是被你吓着，我至于痴傻般来不及多思考就跑来这红粉局？

红粉局。

小院雅致，繁花葳蕤，娇嫩的茑萝触须轻卷，明丽的凤仙枝摇叶颤……花墙上下群芳盛开，却不及那卷帘后的人风流。

浅粉色织金纱通肩翔凤短衫，绣四合如意凤穿花襟袖，同色烟霞锦妆花百褶纱裙，镶深金缠枝暗花纱缘，一身的柔软娇嫩，而少女乌光水滑的丫髻上，嵌蝶形珠钗，插玛瑙佛手金簪，明珠柔润玛瑙华贵，衬得那一双宝光璀璨的眼睛，越发华彩四射。

皇朝公主，盛装立于帘后，纤腰如束，肤光胜雪，于室内的幽沉暗淡间，显出无限的明亮娇艳来。

凤知微看着那张脸，看出一心的恍惚。

她眼神那么微微一荡，明明荡的是别的事，但看在含羞带喜殷殷期盼的韶宁眼里，却生出天大的误会，她突然便起了加倍的羞涩，揉着那珠帘绞啊绞，往日的跋扈张扬突然便去了爪哇国。

"公主。"凤知微却已经反应过来，隔帘遥遥一躬身，"不知公主相诏于宫外，外臣不敢逾越……告辞了。"

她说完便走，步子极快，身后却立即一声娇喝："你……你站住。站住！"

第一个"你"字只有点惊讶犹豫和气急败坏，第二个"你"字便开始恢复那少女向来的跋扈和骄矜。

凤知微暗暗叹气，站下，转身，一脸不甘。

"我找你，你居然敢走？"韶宁也顾不得羞涩了，抛下帘子跑过来，一把拉住凤知微的袖子。

她十指尖尖，竟涂了鲜红的蔻丹，只是涂得太浓艳，手伸出来有如滴血。一旁的顾南衣微微垂了脸，觉得这双手看起来很有问题，于是衣袖一拂，韶宁就被挥跌出去。

四面低呼响起，刚才还空无一人的院子突然便冒出很多人去接韶宁。

韶宁身在半空，浅粉色的衣裙飘飘柔曼，说话却张牙舞爪杀气腾腾，"把这个姓顾的给我丢出去啊！啊！丢到臭水沟里去！"

侍卫们犹豫着过来，顾南衣却看也不看，拍拍手，咕哝道："好多粉！"说着连打了几个喷嚏。

被接住的韶宁脸都青了。

凤知微浅笑着提醒那些护卫，"顾先生是陛下刚刚御封的驾前带刀行走，四品武职。"

六品护卫们灰溜溜地退下了……

"帮我看着外面……不能让人接近正房。"凤知微踮起脚，在顾南衣耳边低声嘱咐，随即迎上韶宁，"公主诏微臣，有何要事？"她手指顺势一牵。韶宁脸一红，乖乖地被她牵了进房。

室内重帘深卷，沉香淡淡，榻上一张小桌上放着些点心果品，还有银壶一盏、酒杯两只，看来韶宁还打算请她喝小酒。

"微臣午后还得去点卯，公主有事请吩咐。"凤知微反客为主，主动给韶宁斟酒，斟得很满，自己杯里却随意洒了几滴。

两人喝了几杯。凤知微天南海北闲聊，就是不提朝政。韶宁心不在焉听着，脸颊微酡，怔怔看着对面的少年——这人相貌不过清秀，气质却极超卓，那种无论何时何地都可保持的闲淡优雅极为难能可贵——猝然临之而不惊，无故加之而不怒，明明出身平凡，官位低微，却笑看风云，万事底定在心。

京华满冠盖，然而那些富贵少年，和魏知比起来，都多了几分浊臭，少了几分雍容。

"其实那清水衙门，点卯不点卯有什么要紧？"韶宁终于不耐烦凤知微的云遮雾罩，一抬手喝完一杯，突然不屑地笑了，"魏知，以你大才，是应该登堂拜相入阁军机的，什么右中允？难道将来楚王做了太子，你还得给他写奏章？什么青溟司业？难道你甘于在辛子砚之下仰人鼻息，将来还是逃不脱宁弈的掌握？"

韶宁看出辛子砚是宁弈的人了？

凤知微心中一动，面上笑意淡淡，给韶宁斟酒，语气诚恳，"魏知一介白衣，一朝得圣上青眼平步青云，已经羡煞众臣，而世间荣宠，过犹不及，公主爱重，魏知却自知当不起。"

"什么当起当不起？成王败寇而已！"韶宁冷笑，幽暗的光影里羞涩尽去，眉目带煞，

"魏知，不要告诉我你不想！"她突然凑近桌案，目光灼灼地盯住凤知微，"我在你眼睛里看见了野心！这骗不了我！"

"世间男儿，皆有野心。"凤知微端坐不动，含笑看着韶宁，"只要我忠心为国，陛下会给我。"

"我给你！"韶宁一把抓住凤知微执壶的手，浑身轻颤，鬓上蝶翅金簪华光闪烁如剑光，"你要什么，我都能给你，只要你帮我，杀了宁弈！"

第四十章

冷枪

暗室对酌，言语如刀。

明烛反射的那少女鬓上的金钗光芒如剑光，映得眼神也熠熠灼热，火般燃着。

"帮我杀了他！"她急促而坚定地道，"楚王奸狡，国之害也！你如今已经得罪了他，他必容不得你活，与其坐困愁城、坐以待毙，不如效力于我除此大奸！"

凤知微抬头，看进少女的眸子，那一汪清亮，如明镜如碧水，清澈得可见微尘。这双眼睛的眼神是唯一和她不相似的地方……

半晌她轻轻抽回手，微笑，"殿下，我不明白你在说什么。"

"你明白的。"韶宁一番话说出来，人也冷静了下来，"你明白他做了什么，你明白他想做什么，你明白你应该听我的。"

凤知微默然半晌，道："殿下，那是你哥哥。"

"我只有一个哥哥。"韶宁自斟自饮，喝得很快，"他和我一母同胞，比我大十二岁。我们的母亲早逝，我独居一宫彻夜哭泣，是他将我接到他宫中，一夜数次起床看我；我病了，是他丢下国务守在一边，为此被父亲罚跪；我想出宫玩，是他替我打掩护，出了纰漏他负责；我向往自由的青溟，是他为此花费数月说动父亲，还煞费苦心安排十哥陪我……世人都说他轻狂庸碌，不当为国之储君，然而不管他是不是好储君，他都是我唯一的、永远无人能够代替的最好的兄长。"

"我的兄长，"韶宁脸上涌起绯红，重重放下酒杯，杯中酒液溅起泼上她的手背，她抬手吮去，雪白的手背衬得眸子黑亮逼人，"他死在我面前，死时胸膛破开，死后宗嗣不保，连皇家园陵都不能入葬。生于皇家，难道就注定这样下场凄凉？"

凤知微闭上眼睛，脑海中隐约有血火一闪。

"我拒绝了为他毒害父皇，可我不会拒绝为他报仇。"韶宁凄然笑道，"魏知，连我都知道他死于宁弈的连环局，你怎么会不知？你是不是觉得，我轻狂，我无知，我所谓的报仇只是孩子在说气话？"

凤知微不语，心想你好歹聪明了几分，可如今楚王势大，躲避尚且不及，你还要招惹？你想死，我不陪——

"我是天盛皇朝恩宠最盛的公主，这'最盛'两字不是白说的。"韶宁冷笑，"我同样赐三护卫，寻常亲王护卫三千，我一万，而且全是御林军中最为精锐的高手。父皇仿古制赐我汤沐邑，为江淮道富甲天下的和嘉县，而且……父皇年纪老迈，膝下却渐虚，这些年对我参知政事，并无避讳。"

前面几句倒没什么，最后一句却令凤知微眉梢跳了跳，她未想到天盛帝竟然对女儿偏宠如此，难怪宁弈一定要杀了她。

"殿下，这些话不当我这微末小臣来听。"半晌凤知微诚恳地道，"无论如何，您和楚王是皇室血脉、骨肉至亲，倘若同室操戈，将来陛下是要伤心的。"

"他难道现在就不伤心吗？"韶宁古怪地看她一眼，"你说的骨肉至亲，我以前也这么认为，可宁弈未必这么认为，他以前那些事……"

凤知微的目光转了过来，韶宁却住了口，脸色也不太好看。

"魏知，我要你帮我，也是想保你的命。"韶宁再次抓住凤知微的手，"你已陷身危险中。"

"公主，你又何尝不是呢？"凤知微出神地看着杯中酒，突然抬首对她一笑，"你擅自出宫，可知当此多事之秋，危机重重？据说，现在'太子残余流窜于市'，尚在搜捕中，万一有个什么，出事了都没处找凶手。"

"不会的。"韶宁脸色变了变，"我带了很多护卫……"

"那些护卫都可靠吗？"

韶宁脸色又一变，刚刚想张口，突然看见桌上烛火一颤！

一颤间，墙壁突然无声无息破开，一柄长枪毒蛇般穿壁而出，直戳榻上背对着墙的韶宁的后心！

那枪来势快至无法言说，奔雷闪电、冷光一现间已到近前。

凤知微搁在榻上小几上的手顺势向前一滑，一把扯住韶宁的衣袖，狠狠一拽！

韶宁被她拽倒，脸重重撞上桌上的果盘，啪的一下压扁了几个蜜桃，汁水四溅。

长枪呼的一声从韶宁头顶荡过，猛烈的劲风刹那间熄灭蜡烛。黑暗中，枪尖寒光一亮，雷霆般继续向前，直奔凤知微面门。

凤知微唰地平平倒下。枪尖擦鼻尖而过，近到嗅得见铁质的森寒血腥气味。

一瞬间，屋外响声四起、衣袂带风声不断，顾南衣却没有在第一时间出现。很明显，他也被人绊住，而来者武功，想必便如这隔墙出枪者一般，非同小可。

有人是下定决心，要将她两人置于死地了。

静室内灯火全灭，弥漫着桃汁甜腻的气息；毒蛇般的长枪枪尖微抖，嗜血般地寻觅着猎物。

黑影一闪，一个侍卫奔了进来，低呼："公主！公主，你没事吧？"

韶宁一喜，便要呼唤，却突然被冰凉的手捂了嘴。

那手掌肌肤细腻，隐约有淡淡疏凉的香气。韶宁瞪着眼睛，一片混乱中居然来得及想：魏知的手怎么这么小，这么细，这么香……

凤知微堵住韶宁的嘴，低低地呻吟一声，待那侍卫奔到榻边时，凤知微立即闪电般出手，五指如钢，捏住他的喉咙，往那枪尖一送！

哧。

枪尖入肉，鲜血喷溅，那侍卫喉头咯咯作响，瞪大的眼眸刹那光芒一亮，映出同样震惊无伦的韶宁的眼眸，随即那光芒渐渐淡下去，如烛火颤颤一摇，熄灭。

不见血不肯收的利枪，终于满意地收了回去，自墙壁上穿出的枪眼中，一闪不见。

凤知微立即拽着满脸桃肉的韶宁向外冲，刚到门口有人影一闪，便和一人撞个满怀，鼻下气息青涩洁净，便知顾南衣到了。

"送她回宫！"凤知微把韶宁往顾南衣怀里一塞。她不能让韶宁在和她私下相约的时候出事，要死换块地方死。

"不去！"顾少爷干脆地把韶宁拎到一边，习惯性地来摸自己的凤小厮。

"乖，要去。"凤知微假笑着让开，"必须。"

"为什么？"顾少爷做事，需要一个理由。

"因为，"凤知微扶着他的肩把他向外推，正色道，"你是我的人。"

第四十一章

吻

　　顾南衣最终拎着韶宁突破重围而去，留下凤知微在屋中沉思着等他回来。她总觉得顾少爷自从太子身亡之后，便似乎有所改变——比如以前，他对她几乎寸步不离，现在竟然也放心将她留下。

　　不过真正的祸害还是韶宁，顾南衣一将她拎走，四面的呼哨攻击声立即随之而去。凤知微不担心顾南衣的安全，这里毕竟是天子脚下，离宫中又极近，而宁弈一击不中，定不能追杀到底。

　　希望韶宁公主吸取这次教训，以后再不要冒冒失失约见她了。

　　她摸索着去点烛火。地上的尸体睁大眼沉默地躺着，似乎不明白自己怎么突然就成了替罪羊。凤知微俯首望着他，叹息道："你出现得太快了……做奸细不能这么心急的。"

　　如果不是奸细，怎么可能那么及时冲进来？如果不是奸细，为什么一进来就呼唤韶宁试图确定她的方位？

　　韶宁没明白，凤知微却刹那间便想清楚了，天下本就没有几个人能及得上她的应变。

　　四面逐渐沉静，暗室里血腥气无声无息缭绕了过来，凤知微手中的蜡烛冰凉滑腻，摸着像一条蛇——凤知微突然便觉得这四面的黑暗里有些让她不安的东西，沉沉地逼了来。

　　她记得火石就在榻上的小几上，去摸的时候却不见，好在她自己怀里有火石，嚓一声，点着蜡烛。

火光一亮。

一亮间什么都没看清，突然便灭了。

凤知微一惊，伸手去摸蜡烛，但根本没有被点燃的余热，仿佛刚才的火光只是错觉。

蜡烛似乎突然短了些——有人以极快的剑气，截断了点燃的蜡烛？

凤知微这时倒不敢向门外退了——如果屋里有人，她转身逃，等于把后背卖给别人；如果屋外有人，她倒退，也等于将自己送上枪尖。

她抿抿唇，再次点燃蜡烛。

火光一亮，再灭。

一亮又灭间，凤知微突然将手中的蜡烛往身侧前方的西南方向一抛，随即飞速滑步后移。

砰的一声她撞上了东西，却不是计算之中的门板，身后似硬实软、微带弹性，随即她身子一紧，已被紧紧揽住。

那怀抱并不紧窒，她却丝毫动弹不得。淡淡的男子气息逼来，那人揽她在怀，耳鬓厮磨，气息拂在耳后，温软而湿润，突然她便起了微汗，沾着乱发，簌簌地痒。

凤知微挣扎不动，立即放弃，随即手指一转，一柄匕首无声无息落下衣袖，滑在掌心。

这是她那天看见宁霁袖中刀时产生的灵感，回去后就在自己袖子里设计了一个滑链的薄叶匕首，手指一拉便可不动声色落下。

匕首在掌心，手指一弹便可直入对方腰肋要害。

身后那人却突然低低一声叹息。

那叹息绵邈悠长，像风掠过瑟瑟的枝叶，在叶尖碎于无声，最终低至不可闻，却又仿佛惊雷响在耳侧。凤知微一震，匕首僵在指间，连带身子也完全僵硬了。

一僵间，身后那人已温柔地伸手过来，极其准确地叼住了她执刀的手掌，随即近乎把玩似的将那薄刀和她纤细的手指一起握在掌心，然后指腹摩挲着刀面，轻轻一折。

清脆的咔嚓一声。那人轻笑着，手指一弹，断刀飞出，正堵在先前那个枪眼上，将最后一线微光也堵死。

刀飞出，他的手却不放开，执了她的手指，反反复复摩挲，他的掌心也光华细腻，只在指侧生着一些薄茧，而那点坚硬触着她的柔软，像细砂纸轻轻地磨过温软的心，于细微的痒中生出微痛的凉。

她垂了眼帘，不言，不动，于惊涛拍岸中漫流回溯。她没有心情体验这一刻香艳如许——因为他抱着她，指尖却正按着她的胸前大穴。

那人却好像对自己的温柔杀手浑然不觉，他微微低着的头，离她近得不能再近——呼吸相闻，气息相缠，连发丝也无声地纠结着，垂在一起，拂在她的颊、他的颈，绵软而凉，像此刻的心情。

于是他便偏了偏头。

这一偏便腻着了她的颊边。

微凉细润的唇从同样细腻如玉的颊边掠过，像犹自青葱的翠叶掠过珠光粼粼的水面，溅起涟漪层层水纹隐隐，然后无声无息荡漾开去。

两个人都震了震。

黑暗里那人似乎定了定，呼吸微促，随即又平静下来，悄然让了开去。

如午夜蜻蜓那透明的翅膀，载不动黑暗的沉凉。

凤知微心底，突然起了淡淡的悲怆，像看见十万里江山雄浑壮阔，转瞬间却分崩离析。

这般旖旎，旖旎至凛冽，恍如长天里下起深雪，雪地中颤颤一只落翅蝶。

暗室无声，心思流转，直至被一阵杂沓的足音打破。

"魏兄弟！魏兄弟！"是燕怀石的声音，"你还在吗？"

凤知微动了动，一时不知该怎么回答。身后那人再次轻笑一声，突然就手将她一推。凤知微倾身跌落，随即有凉而软的衣袂拂过脸颊，带着清浅的香气。她伸出手，那衣袂流泉般从她指间转瞬即逝。

吱呀一声，木门开启，燕怀石站在阳光里。

凤知微下意识地回首，幽暗的室内，床榻桌椅沉在浅灰的光雾中，四面倾落着杯盏和沉默的死尸，而刚才的一切，仿若一梦。

第四十二章
驯狼

天气逐渐热起来，日光如流火，皇城巍巍，都似被那般酷热凝在了静止的时间里。

皇宫中一丝风也没有，内侍们举着粘杆，小心地粘着聒噪不休的知了，以免惊扰了本就心情烦躁的陛下。

御书房的动静隐隐传出，内侍们对望一眼，眼神惊惧。

"混账！"天盛帝将一封奏简扔下，恶狠狠地砸在一人脸上，"你出的好主意！"

跪着的人满面惊惶地抬起头来，是五军都督秋尚奇。

因为"马市"一策失败，大越似乎看出了天盛朝廷无暇他顾，便越发变本加厉。边境百姓不堪其扰，纷纷向内地逃窜，使得大量边民拥入内地城镇，给当地治安也带来了无数隐患，大越更集结兵马，有大举入侵之势。

天盛帝怒火无处发泄，全部怪到了当初建议"马市"的秋尚奇身上。

秋尚奇暗暗叫苦，却也无处推脱。他抬头看了看天盛帝书案前那正面色无波地为各地奏章写节略的凤知微，无声地叹了口气。

他很想推卸责任，但是这计策本就是他自己的。当日魏先生来府拜访，在他书房坐了会儿，翻了几本书便回去了，而他收拾时在翻开的书上看见了前朝大成对付边境戎族的手段，心中一动，便有了此策。

如今，能怪得人家什么来？怪人家翻了自己的书？

"臣办砸了差事。"秋尚奇连连磕头，"区区大越，竟敢犯我天盛！请陛下容臣将功赎罪，率我天盛儿郎，将这干狂妄宵小立斩马下，方知我天威不可犯！"

天盛帝眯起眼睛，不置可否，半晌道："先退下。"

秋尚奇小心退出，看看层云翻滚的天际，心想自己一把年纪，难道还要远戍边境，出兵放马吗？

御书房内，天盛帝久久沉默不语，突然问："如何？"

书房内几位阁老面面相觑，随即纷纷道："陛下，不宜轻起战端……"

"化外之民，以怀柔威德镇抚为上……"

"前太子逆案未毕，再兴战事，有伤百姓安定之心……"

天盛帝脸色越发阴沉，众人渐渐住口，四顾不安。

御书房首座坐着宁弈，他原本是来回报京畿水利事务的，正遇上议事，便被留下旁听。乌发玉冠的男子神色淡定，含笑倾听。

凤知微就在他身侧不远处的几案上帮天盛帝磨墨，她垂目敛容，神情比他还淡静几分。

自从宁弈跨进御书房，两人便谁也没看谁一眼。

此时天盛帝面色不好，宁弈突然开口笑道："父皇不妨听听国士先生的意见。"

众人目光唰的一下转向角落里的凤知微，有人面露讥嘲之色——楚王殿下这"国士"两字，听来实在有些暧昧啊……

凤知微不动声色，搁下笔站起来，静静道："战，又不战。"

"何有此说？"天盛帝目光一亮。

"越国民风桀骜，向来不甘臣服，多年来又和中原没有战事，便早已忘记当年被我天盛驱逐出中原的狼狈，只记得这大好世界被天盛皇朝占去，蠢蠢欲动自在其中。不驯者，当以威加之，教训必须要给。"

"嗯，继续。"

"然越国以游牧民族出身，骑兵甲天下，来去如风，所以一战胜之不难，而要想连根铲除伤其元气，不易。"

内阁首辅姚英皱眉道："魏知，你绕来绕去，句句都是空话。"

凤知微瞄了这位老资格的首辅一眼，心想，这位楚王派系的老臣，本来就因为儿子的事和她有过节，如今一个屋子里办公，更是时时处处针对她，恨不得早早将她一脚踢开。

"是，老相。"她温柔一笑，态度恭谦，"魏知才薄学浅，不敢在诸位面前卖弄。"

“才薄学浅才需要历练，继续。”天盛帝皱眉，“姚英，你天朝耆老，首辅大臣，怎么一点耐性气度都没有？”

姚英碰了一鼻子灰，悻悻住口，暗骂这小子走好了韶宁公主的门路，竟哄得陛下另眼相看。

“百足之虫死而不僵，野草烧尽明春又生。”凤知微道，“兵马可以再征，武器可以再造，既然几场战役不能令彪悍的大越心死，不如……弱其民！毁其器！控其国！”

天盛帝眉心一动，急速道：“讲！”

“与其死死防守，不如大开边境。”凤知微道，“秋都督‘马市’的建议，其实方向没错，只是时机不对——大越近年来骄纵怠慢，开马市只会让越国以为我朝示弱，更长骄横之心，应先战！以重兵压阵，一战而夺其志，然后，再互市。”

“越说越荒唐！”姚英怫然不悦，斥道，“既然战了，还互市什么！不乘胜追击，岂不贻误大好战机？”

“姚老，陛下刚才说了，广开言路。让年轻人历练历练嘛。”一旁山羊胡子的次辅胡圣山，笑眯眯接了一句。

凤知微含笑称谢——老家伙就是当日青溟书院政论课的胡夫子，虽然也是楚王派系，却很少难为她。

“要互市。”她笑眯眯气死人不偿命地道，“一旦大越臣服，咱们还要用力地互市，丝绸、瓷器、药品、粮食，举凡大越没有的，除了武器，咱们都毫不吝惜地提供，同时将内地罪民北迁，允许与越国通婚。”

“胡说！”这回众人纷纷斥责，“我天盛子民血统高贵，怎能和化外野民混淆？”

“大越多年来因为生活于贫瘠之地，在与天相斗、与贫穷相斗、与侵扰不休的草原部族相斗时，养成了桀骜不驯、勇猛好斗的品性，而这些自称大鹏神后代的汉子，一旦娶了娇柔的中原女子，领略了汉民的安定富足，学会了农耕和经商，拥有了自己的财产，吃惯了丰富的中原食物，依赖惯了各色的药品……他们是否还能拥有当初的血性和耐力？是否还能做到在战场上，死而后已，不惜此身？”

室内一片静默，众人都在沉思——天盛吸取当年大成末年乱雄并起乱国的教训，多年来致力于隔绝大越势力渗透，而如今这一招，可谓将天盛帝多年的国策全盘更改。这个魏知，敢想，也敢说！

在场的都是当朝能臣，自然明白凤知微所提出的文明传播、战和策略、经济交流是镇抚草原之族的三大手段，然而纵观大成六百年对付蛮夷的国策，每种手段都有其局限性，草原的威胁始终都笼罩着中原。强悍而又长年争夺地盘的蛮族就像草原上的野草一般，烧不尽，吹又生，征服和同化一个民族和势力之后，很快就又会有一个更为凶残野蛮的蛮族在草原上兴起，此起彼伏，难以根治。

而一旦贸然兴兵，接下来的便有可能是连绵长久的战争，还得冒着打压一个政权后，再次面对另一个更凶猛政权的危险。为政者是否真的下得了这样的决心？而在天盛西南，还有一个盐业、商业发达的富饶海疆之国西凉，一旦战事胶着，又是否会被西凉趁火打劫？

这个责任，谁也负不起，所以计策虽好，却无人敢于支援。

"你有没有想过，游牧之国一旦受到中原文明教化，学我技术，学我法治，学我国策……也很有可能更加兴盛？"半晌，胡圣山幽幽问。

"通婚互市，固然是长久才见成效，而效仿我中原文化，也非一朝一夕之功。"凤知微噙着一抹笑意，"何况，僻处大越胡伦草原一隅的铁勒、骨阿、朵术三大部族，多年来也从不安分，一战退大越之后，适当扶持，必要牵制，十年之内，大越必然无法越过胡伦关。"

"何况，"凤知微一笑，一瞬间温存尽去，灵动光华自生，"微臣还有两样好东西，可保大越从此被我朝钳制，化狼为犬！"

"哦？"天盛帝神色已转为兴致勃勃，一旁的宁弈却突然眯起了眼睛。

凤知微目光一转，突然走到宁弈身边，轻轻一躬。

"殿下，介意借样东西给我吗？"

第四十三章
你的就是我的

宁弈抬起眼帘，看着凤知微，戴了面具的少女，眸子云遮雾罩，看不清眼底神情。

两人目光相遇，各自掉开。宁弈的目光垂在自己的衣袖上，随即淡淡道："好。"

他不问是什么东西，似乎已经猜出。

凤知微抿唇一笑，笑意是凉的。

其余人不知这两人打的什么哑谜，都急不可耐地张望。凤知微指指宁弈的手腕，笑盈盈道："借王爷佛珠一用。"

宁弈穿的是月白底镶金边生丝袍，衣袖宽大，寥寥绣着几朵淡绿五瓣梅，清逸秀雅，风姿夺目，众人都看不见他腕上戴了佛珠。天盛帝笑道："老六，从来也没听说你是在家居士，怎么突然信佛了？"

"前些日子七弟邀兄弟们过府宴饮，"宁弈笑道，"席间一人赠了一串，说是浔罗国贡品，夏天戴着不生暑汗，护心明目。儿臣最怕热了才戴着，倒不是做了居士。"

说着便捋袖。腕上戴着的一串黑色佛珠，色泽古雅，沉香淡淡，一看就知道不是凡品，被精致如玉的腕骨一衬，明明是那般庄肃的佛门之物，竟也于鲜明里生出几分诱惑。

他伸着手，并不自己取下佛珠，而是抬眼笑吟吟地看着凤知微。那浓密长睫下的眼神流光溢彩。

凤知微看着他。

他看着凤知微。

手腕平伸在半空，就是不收回。

凤知微暗暗咬牙，僵持久了只会越发尴尬，只好伸手去取。她小心翼翼地翘着手指，避免触及他的肌肤。旁边胡圣山突然笑道："魏大人这兰花指翘的，真有女儿娇态。"

众人都笑起来，凤知微也讪讪笑道："在下是家中第一个儿子，因前面夭折了几个兄长，父母怕养不活，自幼当女儿养着，让各位大人笑话了。"

说着，她手下动作加快，指尖滑过宁弈的掌心，却忽觉宁弈手指一蜷，轻轻在她掌心挠了一下。

这一挠轻若飘羽，欲颤还休。凤知微心中一惊一跳，下意识缩手，险些让佛珠掉地，只觉得脸上发热，暗想不好——脸上戴面具还没什么，耳根一定也红了。

果然宁弈笑道："魏大人真是细致人，捋个佛珠也如此小心。"

众人又笑，这回笑得却又不同，有人依旧心无城府，有人却目光一闪。

一个出身农家的贫穷小子，好像不应该是这种做派……

凤知微望进宁弈笑意沉凉的眼眸，坦然笑道："魏知出身寒门，如今却有幸得见天颜，更得王爷和诸位阁老青眼相看，一时又欢喜又惶恐。轻狂之处，王爷海涵。"

"没事。"宁弈微笑，"我见着你，也是欢喜的，欢喜得竟至于惶恐了。"

众人哈哈地便开起玩笑，天盛帝此时的心思却还在凤知微的驯狼策上，这一番暗潮汹涌，虽换得他心中一动，却没有深想。

"陛下。"凤知微快速转移话题，上前一步将佛珠呈上，"驯狼二策，在于此。"

天盛帝把玩着佛珠，看见珠上图案有些诡异繁复，随即若有所悟，"格鲁喇嘛教？"

"正是。"凤知微一刻也不想多待，话说得飞快，"大越早先是草原部族出身，第一代忽喇大汗曾经信仰过喇嘛教，后来这教虽然势微，被萨满教后来居上，但越国上层贵族大多信仰此教。微臣以为，不妨尝试些手段，在越国将此教推广。"

"那又如何？"

"好处有三，其一，格鲁喇嘛有'二不戒律'：一不准僧人娶妻生子，二不准僧人参与生产。一旦大量青壮剃度入教，人口与战力便会下降，就算战时还俗，长久青灯古佛的生活也早已消磨掉杀戮之心。其二，喇嘛教教义弘扬六道轮回，苦修此生，只求来世。这样，信徒便有安于现状之心。其三，不同于萨满的随处可以举行祭拜仪式，信喇嘛教必须要有寺院。大量寺院也可以将游荡的牧民拉下马背，滞留在固定区域。"

"第二策呢？"她说得快，天盛帝接得更快。他微微倾着身子，要不是顾忌着帝王体尊，看样子就打算奔下来了。

"羊毛。"凤知微道，"南海燕家长年行商海上，曾带回该国的一种长毛羊。这种羊的绒毛密而厚，纺线织布后轻软温暖，比我们冬天常用的沉重的棉布要好很多，但是因为这种羊不适应南方的湿热气候，而且闽江织造司害怕本地棉麻纺织受到冲击，也一直阻挠燕家推广。如今不妨将这种羊养到气候水土都十分适宜的北方，一旦成了气候，不仅有利于我国民生，而且对大越的经济，也必将有所钳制。"

"至于如何令喇嘛教和羊毛推广……"凤知微仰脸一笑，"在座各位老相都是能臣干吏，必有极好的计策为陛下分忧。魏知便不僭越了。"

才能尽显，而又极有分寸——座上都是簪缨贵臣，一瞬间无论敌对或是支持，心中都流过这句评价。

而那少年，立于庄严华贵的皇家御殿、天下军机总决之地、一行一言可决天下大势的人中龙凤前，犹自神采飞扬、光芒熠熠，神情间贵而不矜、谦而不卑，如玉树琅琅，超拔于九霄之上。

众人微倾身，不自觉仰望，眼神里也光芒闪动。

此子才识超卓，必有飞黄腾达之期！

此子锋芒太露，恐将折于中途！

此女藏拙作风突然大改，不着痕迹就将燕家推向前台，小心！

有最后一种想法的，自然是尊贵的楚王殿下。他端坐座上，注视着那如狐的女子，一抹笑意凝在唇边，美而沉艳，如午夜绽放的妖红曼陀罗。

长熙十六年六月，五军都督秋尚奇受封征北将军，率军二十万北上。

同月，户工二部受帝命，与南海燕氏在京代表秘密磋商英吉利长毛羊引种推广一事。燕氏代表自愿在开初三年无偿提供英吉利羊，三年后再取利三分。燕氏的大方令帝心甚许，赐为皇商，总领南境诸业与京城商贸往来。

两件事都和凤知微有关，明面上却看不出。

关于征北主帅人选，朝中也是争了个面红耳赤，因为此去必得大胜，却又得在胜后怀柔，所以主持此事的主将既需勇猛善战，也得老成持重，而这几乎是两个相对立的条件。天盛开国后，疑心病极重的天盛帝将开国老将免的免杀的杀，几乎消耗了个干净，所以争到最后，天盛帝还是令秋尚奇将功折罪，同时，又拜淳于鸿为副帅，也算平衡了几方势力。

戴罪出征的人是很难豪情满怀的。秋尚奇心中忐忑，便去拜托凤知微这个"世交之后"，在他离京后，对秋府多加看顾。

"世侄。"几日之内添了许多白发的秋尚奇，和凤知微执手相看泪眼，殷殷叮嘱，"朝中局势复杂，而你那几位兄弟不懂事，老三又刚受了虎威大营校尉一职。府里内外，还得劳你多看顾些。"

秋尚奇一双老眼殷殷地看着凤知微——如今的魏知，虽然灭越二策还未生效，一时也不便封赏，但谁都看得出，陛下对这少年英杰十分欣赏，飞黄腾达指日可待，而秋家几位公子爷都不太成器，靠恩荫进了虎威大营，却仍整日飞鸟遛狗游手好闲。早先秋家依附五皇子门下倒也安稳，可如今五皇子被变相逐出帝京，五皇子一系都在韬光养晦，呼吸都不敢大声……此时不攀上大树，秋尚奇真怕自己一旦倒台丢命，甚至沙场马革裹尸时，余下那么大家业，怎么办？因此他一意交好，指望魏先生能念着"故旧之交"，将来对秋府多加看护。

"世叔，放心。"凤知微诚恳地道，"秋府就是我的家。秋府子弟都是我兄弟，但凡有我的，必有他们的。"

她又掏出一个锦囊，递到秋尚奇手中，"世叔到了越边仓阑城，再打开吧。"

秋尚奇大喜——魏知智慧，举朝皆知。这定然是锦囊妙计了！他赶紧珍重地收进怀中，和凤知微依依挥别。

大军开拔，一路远行，终于在快到千里外边境仓阑城时，秋尚奇忍不住了，偷偷打开了锦囊。

随即二十万大军突然看见他们的主帅，大叫一声，口吐鲜血，从马上栽了下来。

风卷动锦囊内的小纸卷，悠悠飘起，落入仓阑河中。纸卷上秀丽的字迹从此湮灭，再无人看见。

秋府就是我的家，秋府子弟是我兄弟，你夫人是我舅母，你是我舅。从今之后，你们的就是我的。恭喜恭喜，多谢多谢！

——凤知微顿首。

第四十四章
回府

从魏学士府到秋都督府，区区数十步距离。

凤知微用自己的步子，不急不缓地丈量了那十几步，走得云淡风轻，似乎这数丈距离，确实就是这么轻易地走过来的。

没有那被逐出府，没有那雪夜漂泊，没有那妓院托身，没有那当街被诬，没有那青溟追杀，没有那风云暗卷，皇朝逆案中的顺势而为、站稳脚跟……

她身后跟着燕怀石和淳于猛。燕怀石看起来比她还意气风发——英吉利羊毛引进一事他和户部已经谈得差不多，前日他一封家书捎回南海，当即燕家就奔来了几位地位高的长辈，想必对他很是褒奖。燕公子眉梢眼角，都恨不得写满"人生得意"四个字。

淳于猛最近受了长缨卫策卫骑曹参军一职。在长缨卫勋、羽、策三卫中，策卫最为亲信、最接近皇宫大内，可以宿于内廷。本来，他还进不了策卫，但是一场动乱后，长缨卫被清洗，空出许多位置，他爹又拜了征北副帅，淳于大爷混个肥差自然不在话下。

经过这场动乱，因被凤知微按住不得不延迟去长缨卫报到而逃脱一场麻烦的淳于猛，对凤知微佩服得五体投地，从此鞍前马后，宁做小厮。

顾南衣站在她身侧三尺外——不近，但手臂一伸就可以够着。

几人连同随从刚刚站定，随着一阵急促的脚步声响起，秋府的门轰然大开，两队家仆快速奔了出来，在门口立定。秋府大管家满面堆笑地等在门口，对着凤知微深深弯下腰去，"魏大人，我家夫人有请。"

凤知微斜斜瞄他一眼。当日她被逐出府，虽说名义上夫人说的是"在外避避"，但所有人都有意无意地"忘记"给她安排出府的去处和盘缠吃食，任她净身出门，而当时这位大管家，在门房里跷着脚剔着牙，有意无意将牙缝里一根过夜肉丝喷在了她脚下。

"张大管事，是吧？"凤知微含笑拍拍他的肩膀，"听说，秋都督府的大管家是京中首屈一指的能干人，以一人之力将秋府打理得井井有条。如今一见，果然不同凡响。"

张成受宠若惊，没想到这位少年成名的当朝国士竟然也知道自己，一张黄脸涨得通红，连连哈腰，"不敢当魏大人称赞……不敢……不敢……"

凤知微含笑看着他，眼神温柔——你还是趁现在多听听吧，很快，或许就听不着了。

她不再理会还在躬身的张成，一边长驱直入，一边道："夫人相邀，是吧？你请这两位公子在前厅奉茶，我自己过后院去。秋府是世叔的家，也算是我的家，大家都不用客气了。"

张成愣了愣，觉得于礼不合，便试图阻拦，可顾南衣已经直直从他身边走过。

他目光低垂，不看任何人，张成却突然觉得面前似乎竖了一道墙，逼得他噔噔后退几步，险些栽倒在门前的照壁上。

凤知微头也不回，已经带着顾南衣转过照壁。

她并没有直接去后院夫人的住处，却先在无人的抄手游廊取下了面具。面具后，是那张她用了多年的垂眉黄脸妆容。自从见过韶宁公主的真容，她便知道自己的真面目是永远不能轻易显露了。

然后她直奔秋府西北角的小院。

刚走过一个回廊，就看见前面转出几个人，捧着茶盏、点心等物，看样子是正从大厨房送点心去正房。

凤知微一看那几人，笑了。

真是相逢不如偶遇，偶遇也太巧合了，这来的，不正是那几天大闹厨房的几位妈妈？当先的，不正是赏过她一巴掌的亲爱的安大娘吗？

安大娘她们此时也看见了她，都怔了一怔，但随即反应过来，笑道："哟，我说这是谁？这不是我们的凤大小姐吗？"

安大娘倒还谨慎，目光先在凤知微身上打量了一圈——凤知微穿的是一袭精丝细葛淡蓝色长袍，样式简单，剪裁却精致，可这种细葛是江淮道刚刚研制出来的新式夏布，虽穿着透气舒适，并有淡淡的水色光华，但因为制作太精、成本太高，目前只做贡品，京城还没几人能穿着，凤知微身上的也是前两天天盛帝刚刚赏的。

正因为稀少，所以就算是大户人家的嬷嬷，安大娘，也看走了眼，以为是普通细葛布——这一身在她看来，虽然不寒酸，但也不贵气，不像衣锦还乡的样子。这么一想，心中大定，不阴不阳地开了口："看来凤大小姐是在哪处发了财，瞧这身不男不女的打扮，不是哪家馆子里的公子哥儿送的吧？"

一众仆妇都掩口而笑，眼神轻蔑，而凤知微偏头看着安大娘，微笑道："大娘最近可好？瞧你的身体，越来越康健了。"

"大小姐不用和我这老婆子套近乎。"安大娘眼皮一掀，冷笑道，"老婆子我好着呢！夫人答应给我养老了，前不久还赏了银子，给置了庄院，所以老婆子这一辈子，也就死心塌地，为秋府效忠到死啦。"

仆妇们连忙一阵谄媚讨好。安大娘众星捧月，笑意舒展地睨视着凤知微，又道："大小姐可是现在混得好了，回来看夫人了？夫人正要接待贵客，不过等下客人走了，要不要老婆子给你求求夫人见你一面？不过可别是来打秋风的，秋府虽然家大势大，但下作亲戚，却也应付不起！"

凤知微还是在笑，负手立在廊中，很有趣地盯着安大娘。安大娘正得意扬扬，却突然接触到她的眼神。

那眼神静而深，不仅没有笑意，甚至连愤怒、伤心、难受、不满之类的应有的情绪都没有。那样的眼神凝定如渊、居高临下，像天神在云海之涯，俯视着汲汲营营的可笑众生。

那种感觉令人觉得，她之所以不生气，只是因为她已经不配她生气。

安大娘激灵灵打了个寒噤，突然便想起凤知微被她赏了巴掌那一刻的眼神，想起她当初也是这样温柔微笑和她擦身而过的，还在她耳边说了那句让她做了几天噩梦的话。

她有点瑟缩，然而在看了看凤知微身后没有从人、想起凤知微离开后也没听说有什么境遇后，胆气立刻又壮了起来，冷笑道："真是没规矩，挡在这里算个什么？别误了我们给夫人的贵客送点心！"

"是啊，挡在这里算什么？"凤知微轻笑，偏头对一直一动不动的顾南衣道，"喂，少爷，刚才有人骂我了。"

顾南衣有点疑惑地看过来——原谅顾少爷，他真的是没听过大宅门句句带刺的文雅骂人方式，在他的认知里，口沫横飞、杀气腾腾、指鼻子动刀剑才是敌意，才需要被处理。

凤知微踮起脚，凑到他耳边，道："她们打了我一巴掌……"

话还没说完，顾少爷突然动了，身子一飘，天水之青的色彩流过紫黑色的长廊。安大娘等人只觉得眼前青色光影一晃间，耳中已啪啪连响，随即脸颊上火辣辣般剧痛。

哗啦啦！

杯盘碗盏碎了一地，同时滚落的还有七颗血淋淋的牙。七个人，七颗门牙，一颗不少。

惨叫声响成一片。凤知微无辜地眨了眨眼，这才说完剩下的半句话："……几个月前。"

顾南衣站在一地碎片和血水中，嫌脏，于是平静地从倒下的七个女人身上踩了过去……

于是刚刚爬起一半、抖着手指要骂凤知微的安大娘翻翻白眼，被再次踩倒下去……

于是有三个仆妇的胸，被踩扁了……

凤知微浅笑着，过来，衣袂飘飘，从一地七横八竖的仆妇中间走过，顺脚还将靴子上沾着的茶水在安大娘脸上擦了擦，动作细致温柔，擦得极其小心，擦了正面擦反面，擦了靴面擦靴底，一边擦一边蔼地道："你看，拦路是不对的，躺下来拦路就更不对了。好狗都不会这样拦，还不快起来？夫人的贵客还等着你送点心呢。"

"你——"安大娘恨得眼睛发蓝，一偏头，恶狠狠地咬住了她的靴尖，可惜，凤知微的靴尖都塞了棉花，哪里咬得着。凤知微笑吟吟看着她，趁势脚尖一踢，安大娘便吭的一声，牙齿撞着舌头，血再次呼啦啦冒了出来。

凤知微却已经不再看她，淡淡道："大娘，送你一句话——自作孽不可活，从今往后，好自为之。"

她衣袂飘然地从一地呻吟的仆妇间走过，在秋府护卫过来之前，已经带着顾南衣，直奔西北角那个小院。

好半晌之后，鼻青脸肿、满脸血水的安大娘才被秋府护卫扶起。老婆子靠在栏杆上抖了半天、吐了一手帕的碎牙和血水后，才缓过气来，然后，恶狠狠地看着凤知微离去的方向，嘶声道："那女人是来闹事的！你们还不给我去抓了来！"

秋府护卫犹豫着。安大娘捶着地大骂："死人！没看见我被打成什么样子了吗？快去！我立刻去禀告夫人！夫人一定会扭了她送官！去！一切我担待着！"

这婆子是秋夫人的陪房，在夫人面前一向有地位，如今又确实被打得惨。护卫们不再犹豫，往小院方向追去。

安大娘理理乱发，喘息半晌，命人收拾起那些碎片。

"给我捧着，拿去给夫人看，你们受伤的都跟着！"

她脸孔狰狞扭曲，眼底闪过一道寒光。

"定要叫夫人整死你，叫你，敢进来，出不去！"

第四十五章
依靠

　　穿抄手游廊，过东西跨院，到了秋府西北角，那个住了十年的小院。

　　凤知微在相距小院十步外立定，没有立即过去。

　　小院西侧一株桂树还没到开花时节，青翠的枝叶在风中瑟瑟作响。凤知微仰首看着那树，恍惚间回到童年，桂花开满院香，娘带着姐弟俩，用小笸箩接了一箩淡黄幽香的桂花回去，晚饭桌上便有了娇嫩鲜美的木樨炒蛋。

　　彼时，弟弟大口吞吃，她往娘碗里拨菜，看着木樨如浅黄色的珍珠，散落在微糙的米饭里，而娘再拨回来给她，于幽幽的油灯下，彼此相视一笑。

　　一晃，这么多年了。

　　凤知微水汽迷蒙的眼眸里，似有波光流动。

　　顾南衣默默站在她身侧。凤知微目光直视前方，笑道："带你看看我从小长大的地方。"

　　顾少爷点点头，直接走了过去。

　　凤知微倒愣了愣——她虽然一回府直奔小院，但内心其实近乡情怯，一时还没决定要不要去见娘，而顾少爷倒好，直接奔过去了。

　　顾少爷的逻辑很简单——你的家嘛，哪有过家门而不入的？

还没推开院门，一道白光如风声呼啸，自半掩的院门飞射而出。

凤知微还没看清是什么东西，顾南衣却一抬手已经接住，是一只碗，碗里还有半碗饭，碗边，一根青菜蔫蔫地挂着。

"天天吃青菜！我都要变成牛了！娘，叫大厨房送点肉来！"

是凤皓的声音。

"别闹！"凤夫人的声音还是那么溺爱温和，"今儿府里有客，等会儿想必有剩的。你忍忍，过会儿我去给你拿点来。"

凤皓不作声了，过会儿却又传来砰砰声，似在烦躁地拍桌子，"娘，你上次说借钱，借到没有吗？"

屋子里静了一些。半晌，凤夫人幽幽道："皓儿，那青溟书院，还是别去念了……"

"不成！"凤皓哗地推开碗，"他们能去，我就能去！"

"他们，他们，什么他们？"凤夫人似乎也动了怒气，厉声道，"我还没问你，那次你去会你那批朋友回来后，神色不定，躲了许多天没出去，接着便传来镇国公小公爷被打伤的消息——到底怎么回事？"

凤皓似乎僵了僵，随即声音比凤夫人更大，"我怎么知道？"

凤夫人不说话，半晌叹了口气，低声道："你……可曾遇见过你姐姐？"

"没有！"凤皓答得飞快，随即又缠上来，立即转移话题，"娘，银子……"

"我也没有！"凤夫人一口回绝了。

凤皓跳起来，便听哗啦一声，似乎带翻了桌子。

凤知微突然笑了。

她惯常的那种，温柔而甜蜜，却又令人觉得森凉的笑容。

随即她从顾南衣手中接过那半碗青菜饭，推开门走进去，直直走到正愕然抬头看她的凤皓面前，一伸手，道："张嘴。"

凤皓还没反应过来。飘进来的顾南衣，突然轻飘飘一拳打在了他肚子上。

这一拳没用任何内力，却也打得毫无武功的凤皓"啊"的一声大叫。嘴一张，凤知微抬手就将半碗饭倒进了他嘴里。

凤皓腹痛如绞，五脏六腑都觉得被打散了，但还没缓过劲来嘴里又被倒了半碗饭，登时噎住，翻着白眼，险些被憋死。

凤夫人扑过来，赶紧帮他拍背顺气。凤皓直着脖子半天才将那口青菜饭咽了下去，咕嘟一声响得惊人，半晌，他脖子上绽出青筋，眼里泛出细碎的泪花。

　　一口气顺过来后，他才听见凤知微淡淡道："像你这样牛马不如，吃这青菜饭我都觉得抬举了你，你还敢浪费？"

　　凤皓捧着肚子眼泪模糊地望了凤知微半晌，才认出她是谁，然后脸色立即变了，一转身躲到凤夫人身后，从她背后探出头来嚷："娘！你看这贱人！她回来就打我！还带个野男人！"

　　"你闭嘴！"凤夫人头也不回地轻叱一声。从凤知微进门起，她一直不错眼珠地盯着凤知微，眼神里波光涌动，翻滚如浪，良久才轻轻道："知微——你——"

　　一句话便堵在了咽喉里。

　　凤知微轻轻笑着，避开她的目光，看着那张缝里沾满泥尘的桌子，一瞬间百感交集，似有无数话要说，却一起堵在咽喉，以至连一句称呼都再不能出口。

　　半晌她吸口气，还是不看凤夫人，道："我来和您商量个事。"

　　凤夫人直直地看着她，并不介意她的态度，道："好。"

　　"我还没说什么事。"凤知微似乎觉得那桌子很好看，死盯着不放，"您别答应得太早。"

　　"你的主意从没错的。"凤夫人微笑，"哎，渴了吧？喝点水。"她急急转身，张罗着茶水，从屋角水缸里舀了水，一遍遍洗那破旧的茶碗。

　　"不用了，我马上走。"凤知微仰头，不让自己看娘的忙碌，"我希望您能让我把凤皓送到河西首南山去读书。"

　　凤夫人正在舀水的手顿住。

　　凤皓已经跳了起来。

　　"首南山！"他惊恐万分，连腹部的剧痛都忘记了，"送我出京？你要送我出京，去那鸟不生蛋的鬼地方！"

　　河西道僻处天盛疆域西北，气候苦寒。首南山有个首南书院颇有盛名，但这个名气并不是青溟那样的自由与尊贵，而是严厉和约束，一般只有各地大户人家犯了错的子弟才会送去那里磨炼，性质类似于惩罚。再怎么飞扬跋扈的人进去后，再出来，都会由虎变猫，精气全失，以至天下贵介子弟闻之色变。凤皓自然也听说过。

　　"你这样的人只适合待在那里，青溟想都不要想。"凤知微一眼也不看凤皓，"我会安排人马上送走你，三年学费、生活费用，我给你负责。"

　　"滚！"凤皓一声怒骂，双眼赤红，头发都快直直竖起，"你算什么东西？敢决定我的事？青溟我说要进，就必须进！什么首南山，什么河西府，我就是死在这里，也不去！"

背对着姐弟俩的凤夫人，听见最后一句，身子颤了颤。

"我说你进不了青溟，就进不了。"凤知微没有看见凤夫人的动作，淡淡道，"由不得你。"

凤皓畏怯地看了一眼顾南衣，看了一眼神色淡定的凤知微，突然心中不安，不敢再骂，一转身扭股糖似的缠上凤夫人，"娘！你不会让我去的！你不会让我去的对不对？你舍不得我！"

凤夫人依然是那个背对的姿势，看起来有些佝偻，抓着舀水的瓢的手却抖了抖。

凤知微看着那背影，心中升起微微的凉意。

似乎很久之后，凤夫人才放下水瓢，扶着水缸缓缓直起腰。她动作很慢，似乎要靠这个慢动作来理清自己的思绪，然而当她直起腰的那一刻，立刻腰板笔直。

她迎上小儿子充满求援和希冀的目光，笑了笑，伸手替儿子理了理乱发。

凤知微退后一步，眼神冷了下来。

"皓儿……"凤夫人慢慢地、充满爱怜地理着儿子的乱发，道，"是，娘舍不得你。"

凤皓欢喜地迎着母亲的眼神，却突然怔了怔，有那么一瞬间，他觉得娘的眼睛似乎并没有看他，而是在透过他看着另一个人，然而这感觉转瞬即逝，下一瞬，娘的眼波还是温柔地凝注在他脸上。

他舒了一口气，得意地回头看凤知微。

凤知微靠着门板，望着那对殷殷相对的母子，缓缓笑了一下。

"真是母慈子孝，和乐融融。"她微笑道，"是我这个外人多事了。"

凤夫人放下手，垂着眼帘，动作有几分僵硬。

"既然如此，两位好自为之。"凤知微一句也不想多说，欠欠身，转身便走。

"贱人！"凤皓从凤夫人身后钻出来，冲着她的背影大声冷笑，"以后滚远点，我的事，我们凤家的事，轮不到你管！"

凤知微没有回头，她越走越快，步子生风。

顾南衣却忽地转身。

这个从来只看见自己面前一尺三寸地，从来对外物、外人不感兴趣的少年，突然转身凝视着凤皓。

隔着面纱，明明什么也看不见，凤皓却仿佛触着了那人的目光，极度的漠然导致极度的冷，玉雕一般凝定而凉。

他打了个寒战，可一个寒战还没打完，就眼前一花，随即便看见了湛蓝的天空。他的身子已飞了起来。

隐约下方有交手的声音，又有凤知微的声音传来，他心胆俱裂似的在半空中手舞足蹈般挣扎，然后砰的一声跌落在地，痛得四肢百骸都似乎已经摔散。

身边有杂沓的脚步声，有人七手八脚把他扶起来。凤皓哀呼半天，才看清楚扶起他的是秋府护卫。

来不及奇怪秋府护卫怎么会来小院救他，他便扭曲着摔肿的脸，神色狰狞地道："有刺客！有刺客！"

秋府护卫面面相觑，有人问："刺客去哪儿了？"

"去刺杀夫人了！"凤皓恶毒地指着刚才凤知微离去的方向。

"保护夫人！"秋府护卫头领立即一声呼哨，率众离去。凤皓砰的一声又重重落在地上……

而此时凤知微已经转过回廊，重新戴上面具，直奔秋府夫人的璃华居。

她步子快极如风，穿堂入院，路过的丫鬟仆妇都没看清人影。

凤知微只觉得这夏风很凉，却又极热，像团火扑入胸臆，烧着了她的五脏六腑，刹那烧成了灰。

成灰，这拂之不去的亲情孺慕、这久别重逢的隐隐期盼、这一番绸缪的满怀苦心。

何苦来，何苦来？

她揣着满怀的苍凉，在热风中奔走，似要将那般那般的苦，逆风散去。

身后一只手，轻轻搭上她的肩。

凤知微一震，僵在原地，半晌才缓缓回首，发现那人竟然真的是从不主动触及他人的顾南衣。

他隔着纱幕，静静看她——回廊幽静深远，四面花木扶疏，被风拂动的面纱后那人面容模糊，而唯有一双眸子，光彩闪耀，如最纯净的黑曜宝石。

长廊深深，长身玉立的男女目光交视。

四面沉静如许，雕栏旁一簇深红色的芍药灼灼绽放。

凤知微突然伸手握住他的手，就势一个转身，轻轻靠上他的肩。

"借你的肩，给我靠靠。"

顾南衣，僵在了夏风里。

第四十六章

泪痕

他的天地，一尺，三寸。

身前身后，一步距离。

多年，他行走在自己的一尺三寸里，不让人靠近，也无人敢于走近。

然而，今日如冰封被打破、云层被洞开般，那人轻俏而不容拒绝地靠近，倚在他的肩上。清甜的呼吸拂动着他颊侧的面纱，掠在他的脸颊上，柔软而凉。

顾南衣有点茫然，有点疑惑，他微微皱着眉，不知道该怎么做。

那么近那么静的呼吸，近在耳侧，湿润温暖，他应该讨厌的，正如他讨厌粗劣的布料、嘈杂的声音、刺眼的光亮……粗劣的衣物好似磨肤的砂纸，所有的声音都如碎木吱嘎，所有的光亮都如白电刺眼……甚至那些脸，常常也裂成一堆令人恐惧的碎片。

然而此刻这静而切的呼吸却让他突然觉得幽谧难言。

他不知道如何描述那感觉，只恍惚间似乎听见很多很多年前，是谁那般轻抚着他的发说："我的南衣，爹娘一生无他愿，只望你能懂得快乐的感受。"

"快乐""感受"这两个词，他都不明白。

他微微偏头，去看肩上的脸，只见那女子闭着眼，长长的睫毛微微颤动，像风中的黑翅蝶。有芍药馥郁的香气自雕栏侧袅袅迤逦，却不及她的香气，静美婉约。

.

轻轻放在他肩上的手，纤细如葱，指节玲珑，指甲闪耀着珠贝一般的光。

顾南衣微微仰起头，迎面于夏日丽风。

感受……原来这叫感受。

凤知微不知道在这一刻，这永远凝定如玉、不被打破的男子，有了人生第一次的起伏波动，如雪山皑皑万年封闭，却突启明光一线，只待在某一刻訇然中开。

她只是觉得累而疲惫，需要一个安定的憩息，而那男子沉默岿然，能够承载起她这一瞬所有的悲凉心酸。

脸朝下，微微在他肩上腻了一下，随即她微笑着抬起头来，仿佛什么都没发生过，道："走吧。"

看着那女子步伐轻快，当先而行，顾南衣微微偏头，脸颊靠上刚才那犹有余温的地方。

脸畔有淡淡的香气，他仔细地嗅了嗅，随即又觉得脸上有些潮湿。

顾南衣伸出手，摸了摸自己的脸，随即将手指举到阳光下，隐约有淡淡的水迹。

他大惑不解地看了半晌，突有所悟地摸了摸自己肩上，刚才凤知微脸靠过的地方。

摸着了微微的湿润。

长廊幽深，夏日的光影斑驳地转了过来，光影里，那人的手停在自己的肩上，伫立，久久。

秋夫人已经命人在璃华居正堂等了很久，却迟迟不见魏大人来，她又不方便自己出门去迎，正疑惑间，忽见一人蓝衫飘飘，披着日光而来。

出来查看的婢子急忙回内室禀告。秋夫人带着一大堆丫鬟婆子迎出来，正有点疑惑怎么没有秋府管事陪同，凤知微却已微笑长揖，"见过秋夫人。"

"叫我伯母好了。"秋夫人笑得十分和蔼，老爷出征前，特意关照了她，这位魏大人少年得意为天子近臣，不仅万万不可得罪，还得尽量笼络，千万不可怠慢了。

而那少年不卑不亢立于堂中，雅致清秀，倜傥风流，也确实让人一见心喜。秋夫人一边亲切让座，一边暗叹自己的三个儿子，怎么就没一个有人家这才华？

主宾寒暄了几句，依秋夫人的意思，在内院见魏知不过是秋府以示亲切之举，既然魏知称秋尚奇世叔，自己作为长辈招待一下也是应该，但她想着寥寥几句、端了茶后便由秋家三位公子招待这位少年文臣才对，于是，她很快便端了茶。

端了茶，凤知微却不动，竟然自己也端起手侧的茶，慢慢地饮，还对身侧的顾南衣笑道："秋府的香山雀舌很不错，你也尝尝。"

顾南衣将一直搁在肩上的手放下来，捻了捻手指，确定哪里都不湿润了，才一把将凤知微递过来的茶推开，道："脏。"

凤知微一笑，秋府上下的脸却青了。

秋夫人脸色也很难看——这魏知是不是出身乡下，不懂规矩？还有他这个随从，一个随从怎么也可以坐在主人身侧，还大放厥词？

"夫人。"凤知微将茶喝完，才慢悠悠道，"小侄有些话想和您说……"

她不继续说下去，只眼光向四面一转。

秋夫人愣了愣，凤知微又道："前日我到虎威大营去了一趟……"

秋家三公子刚刚得了恩荫，在虎威大营做了个录事参军。秋夫人听了这一句，神色一凝，手一挥，丫鬟婆子立即悄无声息地退下了。

"夫人真是驭下有方。"凤知微轻飘飘赞了一句，站起身来，"秋府的气度比以往更森严了。"

秋夫人正要谦虚，却忽然听出了这句话中不对劲的地方。

"以往……"她困惑地望着凤知微，为什么这个魏大人，语气中对秋府如此熟悉。

凤知微笑了笑。

"皓儿还未长成，微儿又不太懂事。"她含笑看着秋夫人骤变的脸色，"一直让您操心了。"

"你——你——"秋夫人退后一步，手扶住椅背，却还摇摇欲坠。

"我是魏知。"凤知微负手，目光平静而怜悯，"现在是，以后也是，在朝中是，在秋府也是。"

她递过一纸信笺，"这是秋世叔留给夫人的信。"

秋夫人看完，脸色铁青，将信纸在手中狠狠一揉，随即想想不妥，又赶紧展开。

凤知微笑吟吟地看着她。

以她现在的身份，要得到秋尚奇的字太容易了，拿去给燕家那些多才多艺的门客一学，一封秋尚奇亲笔信就炮制而成。信中语气含糊，只再三叮嘱魏知能力极大，而秋府如今没有主人，夫人务必遵从其一切要求安排，以求精诚合作云云。

那信看在秋夫人眼里，便觉得秋尚奇似乎已经明白了凤知微的身份，却犹自要求她不得违背，又想起老爷临走前确实再三嘱咐要好好结交这"魏大人"，她一时心中翻江倒海，怔怔无言。

"夫人，"凤知微淡淡道，"我既然对您和秋大人坦诚相见，您就不必担心我对秋府有任何怀恨之心。如今秋大人不在，以后这府中诸事，还得你我戮力同心才好。"

　　秋夫人望着凤知微，明白她说的是实话，以她现在的身份，加上秋尚奇又不在，她要真想动手，秋府还不任她揉圆搓扁！如今她亲自来这一趟，将身份暴露，便是表明诚意，自己再不识好歹，也不能当真得罪她到底，否则，到时候又有谁来给她撑腰？就算自己娘家出面，也未必能管得了秋府的事。

　　她直觉不安，却又没好办法，老爷不在，她没了主心骨，而被驱逐的凤知微竟以这样的身份石破天惊而来，确实，这震撼的消息完全撼昏了她的神志。

　　"你……要什么？"半晌后她无力地道。

　　"您见外了。"凤知微笑了，"我本就是您的外甥女，我的就是您的，您的也有我的份，还说这么清楚干什么呢？"

　　秋夫人张了张嘴，脸色青白。凤知微亲切地看着她，笑道："我这个身份，您自然是要保密的；秋府，凤知微是要回来的。从今往后，凤知微就被您从江淮娘家给接了回来，而魏大人，还是秋府的世交好友之后……您明白吗？"

　　秋夫人怔怔地站着，暑热天气，背心里竟生出凉凉的汗，看着凤知微满是笑意的脸上那完全没有笑意的眼眸，她只觉得凉气一阵阵从心底冒上来。

　　她从来就没低估过这个外甥女，但还是低估了太多！

　　"你好我好大家好，从今往后，该怎么对待回府的凤家小姐，想必我不必再关照您。"凤知微意态轻闲地拍拍袖子，"自然，投桃报李，秋府，以及三位兄弟，我会好好照顾的。"

　　秋夫人有点茫然地坐下来，半晌道："知微，以前……"

　　"请叫我魏大人。"凤知微笑容可掬。

　　秋夫人努力顺了顺气，刚想再说什么，忽听不远处一阵鼓噪。

　　"抓刺客！有刺客惊扰夫人！"

　　还有安大娘如丧考妣的破锣嗓子哭叫："夫人！夫人！老奴险些被凤家那贱人打杀，您千万给我做主！"

第四十七章
拦车骚扰

秋夫人的脸色越发难看了。凤知微侧头看了看，一把抓住想要出去揍人的顾南衣。顾南衣垂目看看自己手腕上的纤细手指，不动了。

"不打扰夫人了，告辞。"凤知微站起身来，"明天，知微会在城门外等您的车马'接回秋府'，可别忘记。"

秋夫人目光苦涩地点了点头。凤知微看她实在魂不守舍，微笑提醒道："您不应该挽留一下您的贵客吗？"

秋夫人晃悠悠站起来，跟着凤知微行了几步，麻木地高声道："舍间已备好酒饭，还是请魏大人用了晚饭再走吧。"

"夫人盛情，小侄心领。"凤知微装模作样长揖，"小侄实在还有事，下次再来恭领慈训。"

惺惺作态客气一番，凤知微和那批冲来捉刺客的侍卫擦肩而过，随即一眼看见跟来看热闹的淳于猛和燕怀石。淳于猛远远抱臂而观，大声笑道："秋将军家的护卫好大气势！撵个刺客，从府东撵到府西，却连影子都没看见！"

秋家和淳于家都是武将名门，却属于不同派系，平日里关系不睦，淳于猛逮着机会说上几句也是痛快的。

秋夫人不认识这两人，听管事介绍后，心中更加凛然——凤知微哪儿来这么大能耐？竟然结交了淳于家和燕家！

她立在阶前，心绪烦乱地斥责护卫头领："我这里好好的，哪儿来的刺客？这么胡乱嚷嚷，也不怕客人笑话！"

"夫人！"安大娘连滚带爬地扑到阶下，"老奴刚才被那凤家丫头给打了……您看看……"

秋夫人一眼也没看鼻青脸肿的安大娘，"你真是老昏聩了！这什么地方？由得你大呼小叫？没的叫人说我秋府没有规矩！拖下去，掌嘴——"

不等众人将惊呆了的安大娘拖下去，她冷然对一屋子丫鬟仆妇道："微儿刚从江淮我盛家老宅回帝京，如今还在城外，怎么回府打人？明天让老刘备车，带婆子们去接小姐回府。"

满院子的婆子和赶来的管事齐齐一愣——凤家丫头被逐出府就失去下落，从来也没听夫人提起一句，大家都当她死了，死就死了，草根一般也没人惦记，怎么现在突然说起在江淮盛家？还说要接回府？

"夫人！"安大娘挣脱婆子向前一扑，"您听我说，真的是凤家那个丫头……"

"拖出去！"秋夫人厉喝，重重拂袖回了内室。

凤知微含笑行过在地上哭得一把鼻涕一把泪的安大娘，衣袂飘飘，点尘不惊。

次日，凤知微不当值，点了卯后，便恢复了凤知微的装扮，在城外等候"被接回府"。

在城门口刚刚站定，便见一群鲜衣怒马的异族装扮的男子，驰马呼啸卷来。城门口排队的人们纷纷让道，却还是吃了一鼻子灰。

守门兵卒皱眉咕哝："呼卓十二部！越来越不像话！"

凤知微看看那些跋扈驰行的男子，也皱了皱眉。呼卓十二部是多伦草原最大的部族，原先和大越出于一脉，但先祖因为争位失败便遁走草原，占据多伦草原西南，后又在与大越的年年争斗中不敌，投入天盛版图自愿称臣纳贡。纳贡其实也只是意思意思，因为呼卓十二部的地盘有一大部分正在大越和天盛之间，是大越进犯天盛的天然屏障，所以天盛每年冬天还拨大量粮食予以支援。

如今天盛、大越即将开战，呼卓十二部的立场就显得尤其重要了。据说，呼卓部为了表示忠诚和支持，也出兵一万，且命王世子亲自上京拜见皇帝，朝廷因此倍加笼络。看来，一番厚待，已经养出了这个部族的骄娇二气。

凤知微现在不想多事，她在秋府管事的迎接下，便上了秋府的马车，可马车刚动，突有人敲玻璃。

看那手势，是敲，但是一敲之下，砰的一声，昂贵的玻璃全部碎裂。

一人在窗外笑道："久闻帝京大户人家的小姐都是截然不同草原女儿的娇弱美丽，好容易遇见一个，让我瞧瞧。"

话说得简单，正因为简单，而分外放纵恣意。仿佛这世间事，他说了就是命令，谁也不能违拗他一分。

秋府张大管家大惊失色——他来之前就得了夫人再三嘱咐，对待凤小姐务必恭敬，虽然他心中不满，却也不敢对夫人的命令打折扣，可没想到在城门口，竟然遇上这事。

虽然，天盛王朝的官员贵族崇尚风流，但是对自家女儿，还是十分上紧的，未嫁女儿被陌生男人当街非礼，将来议婚，必受影响。

他带着护卫便想拦上去，可脚步刚动，嚓一声，数匹健马齐齐横在他面前，落蹄声整齐如一。七八条深红缠金丝牛皮鞭灵蛇般一卷，秋府护卫便弹丸般被四散抛开。

这些人行动利落，动作整齐划一，眉目掩在宽檐帽下，只看得见胡茬隐隐、刀削般的下巴。

那在马车旁一指敲碎玻璃的男子始终没有回头，专心地要"瞧瞧大户人家小姐"。

玻璃碎，竹帘掀，天光一亮，凤知微赶紧偏开脸。

然而一偏间，那人目光如鹰，惊鸿一瞥间已经看见她的相貌，随即怔了一怔后，突然放声狂笑。

"哎哟，我的长生天！"他笑得浑身乱颤，"我说中原大家小姐干吗都拼命地藏着掩着！原来都是这么见不得人的黄脸婆！"

"有病的吧？"他饶有兴致地伸手去扳凤知微的下巴，"中原女子，都是这么弱？"

他的手突然僵住。

幽暗的车厢内，一点微光，反射在他的手腕上。

腕下三分，手筋要害，一截碎玻璃棱角森森，毫不犹豫地抵在那要命的位置。

"中原女子，确实都这么弱。"凤知微眼波流动，语气温婉，"万一被吓坏了，手一抖，一挑，草原男儿的这只拉弓持箭的手就要和中原女子一样弱了。"

车外的人似乎定了定。从凤知微的角度，只能看得见他棱角分明的下巴和挺直的鼻梁。

"原来中原女子不仅是黄脸婆，还是悍妇。"那人突然又是一声长笑，并不让开，手指一弹反手一捞，咔嚓一声玻璃碎成两半，一部分碎片刺入肌肤，随即鲜血流出；一部分弹起，直逼凤知微的双目！

这人竟拼着手筋也许会受伤，也不肯退让！

“南衣！”凤知微低唤一声。

车内黑暗中，一直吃着小胡桃的青衣丫鬟立刻一掌横拍了出去。

衣袖拂起如流云，劲风却凶猛如雷暴，乍起又收，轻描淡写间便把人给拍了出去。那人偌大的身子飞在半空收不住，一直撞到城门外的杂货摊上。

四面围观的人群只看见那跋扈男子先是嘲笑了秋家马车内的女子，然后伸手入车，正要为那位秋小姐哀叹，却见那人突然如被狂风卷起，瞬间狼狈栽落。

人们还没反应过来。精致的黑漆马车一动，随即女子温和的赞声传出。

“好一招上天无路下地无门头前脚后七上八下群魔乱舞手舞足蹈四面埋伏八方琵琶平沙落雁登萍渡水绝妙轻功！”

……

人们呆在原地，拼命思考着这个长达四十字的绝世轻功到底是个什么功，等回过神来，那秋府马车已经不见了。

旧衣杂货摊上，拦车男子被赶来的护卫从一地破衣烂袜子中解救出来，顶着件花汗褂，兜着条破道袍，耳朵上还挂着彩色袜带，怔怔望着秋府马车远去的方向。

日光下，在那被拍得鼻青脸肿看不出五官的脸上，一双琥珀色如美酒的深邃眸子闪耀着奇异的光。

“嘿！中原女子！”

凤知微把城门被阻完全当作一场闹剧，她今天心情很好，不会和任何人计较。

她支着下巴，笑吟吟地看着她的青衣丫鬟——瞧我们的顾少爷，女装多好看啊，腰是腰，脸是脸……呃，除了没有胸。

顾南衣专心吃着小胡桃——凤知微昨夜剥了一大堆给他，一边剥着，一边顺手就把衣服给他换了。

凤知微知道顾少爷，一向不在除了她之外的任何事上花费一分心思，所以根本不用担心他会忌讳什么堂堂男儿不穿女装。她只要负责把这件丫鬟装设计得简单点，衣服颜色必须还是天水之青，衣服质料必须还是和他常穿的一样轻薄柔软就行了。

纱笠换成了蒙面纱，换的时候，凤知微老老实实闭着眼睛，不然顾少爷就会把胡桃捏得咔咔响……让人联想挺丰富的。

四品御前带刀行走顾少爷，地位一降再降，直接沦落成了凤家大小姐的丫鬟……

车子到秋府内堂才停，秋夫人带着丫鬟婆子亲自迎了出来。

凤夫人和凤皓也在，穿得比昨日光鲜了很多，凤夫人神色复杂，凤皓却一脸神情扭曲。

安大娘不在婆子队伍中，凤知微满意地笑笑，看来秋夫人很识时务。

"知微！"秋夫人过了一夜，神情已经调整得接近自然，慈爱地迎上来，"年初送你去江淮你舅公家中散心，如今可算回来了，在舅公家过得可好？你舅公舅婆和姐妹们都好吧？江淮风物比起帝京，觉得如何？"

"劳舅母惦记。"凤知微含笑施礼，"长辈们和姐妹们都好，托我问舅母好。"

两人寒暄着往内堂走，不动声色间便把当初凤知微出府后的"去向"交代了，至于众人信不信，凤知微可不管，谁要想翻出什么幺蛾子——送死送死，请便请便。

在内室坐定，秋夫人笑道："给你在采葭居收拾好了，等会儿便搬过去吧。"

室内响起震惊的嗡嗡声，秋府上下，对于凤知微的突然回府和秋夫人态度的大改，至今迷惑不解，此刻听见要把府内出嫁了的大小姐原先的院子给凤知微，更加惊讶了。

凤知微一笑，她早已为自己想好了该住在哪里——丧生湖中的五姨娘原先住的萃芳斋，那才是她回府的真正目的，而采葭居紧靠着正房，对她这双重身份可不方便。

拒绝的话还没出口，便听见一声冷喝。

"她算什么东西？也配住我大姐的屋子！"

第四十八章
反客为主

声到人到，一抹翠色人影直直跨进门来，是来迟的秋三小姐，比凤知微小一岁的秋玉落。她可以算是自幼和凤知微一起长大，性情却和她南辕北辙，十分倨傲。

秋玉落直奔入室，看也不看凤知微一眼，只盯着秋夫人，语气里满是难以置信，"母亲，采葭院，当初我要了几次你都不给我，现在要给一个外人？"

秋夫人暗暗叫苦，她没法和女儿说清楚这其中的利害，却又不能任女儿再像以前那样对待凤知微一家，可十余年的习惯一朝扭转，别人还好办，自己的儿女却最无法交代，再看凤知微不出声不解释，看好戏似的坐在一边，更是心中郁闷。

郁闷之中，也有狐疑升起——以凤知微现在的情形，未必一定要回秋府，她回来，是舍不得凤家母子？是为了一雪多年之辱？还是有其他打算？

疑惑一闪而过，秋夫人打起精神，牵过女儿，笑道："你凤姐姐终于回来了，还不快去见过？"

"我姐姐嫁在高阳侯常家。"秋玉落噙了一抹冷笑，"这算哪门子的姐姐？"

她今天原本被嘱咐不必去夫人那里请安，老实在屋内刺绣，不想绣了没几针，安大娘求见，鼻青脸肿的，吓了她一跳。她自幼由安大娘照顾长大，感情深厚，听得安大娘哭诉后，顿时怒从心起，丢下绣绷便过来了。

"玉落！"秋夫人沉下脸，"你太不晓事了！"

秋玉落将脸一扭，直对上了凤知微，"她什么时候去了外公家，我怎么不知道？母亲，您可不要被小人给骗了。"

"府里的事本就不用你过问。"秋夫人示意左右，扶走小姐，"你年纪不小了，还这么毛躁，当真要丢我秋府的脸面？还不回去做你的绣活！"

这话不说还好，一说倒更加激起了秋玉落的火气，她铁青着脸色，死死揪住榻上的细丝龙须席，眼里已经汪上了一泡泪，"做什么绣活？做什么绣活？我为什么要做绣活？"说到最后一遍，声音已经完全变成哭音。

秋夫人脸色也变了，暗恨自己心绪不定说错话，叹一口气，正要说句软话打发走女儿，却见凤知微已经笑吟吟站了起来。

"三小姐不必担忧。"她道，"知微怎么敢住大小姐的闺房呢？我看原先那萃芳斋不错，空着也是可惜，就那里吧。"

"算你识时务！"秋玉落冷冷一哼。

"那是自然。"凤知微嫣然道，"姐姐可不敢惹怒三小姐，坏了你的心绪。这绣活最要屏气宁神，不然绣出来不如意，可是姐姐的罪过。"

"你——"秋玉落气结，这女人如此可恶！明知道她忌讳这个话题，还故意刺激她！

她转念想起这半年来自己跌宕多折的婚事；想起那日初冬雪后，内院花墙边惊鸿一瞥，那人曼陀罗淡金妖娆，回眸一段风流香；想起梦想正一日日离自己远去，绣着嫁娘的嫁衣，却嫁不着心中的良人。一瞬间悲从中来，眼泪盈在眼眶，却倔强得不肯哭，昂头拂袖而去。

"落儿真是不懂事……"秋夫人无奈地别开脸，随即邀请凤知微，"一起用饭吧。"

凤知微看着秋玉落的背影，想起燕怀石打听到的一些消息——秋家小姐原本定了一门亲事，眼看就要下聘，可太子逆案爆发，那家人失势被发配边疆；随即又定了英国公家的二公子，可没多久英国公又牵涉上当年的功臣被诬案，婚事又没成。凤知微听燕怀石的口气，秋家自从太子和五皇子之事之后，也有心向如今圣眷正隆的楚王靠拢——秋家大小姐嫁的是高阳侯常家的长子，常家正是五皇子母妃常贵妃的娘家，常氏高门巨族，很有势力，而如果秋家幺女再嫁了楚王，那秋家两个女儿，分别嫁给两个派系，也就基本可保在皇权之争中不倒了。

然而接连两次婚事未成，京中好事人等，已经给秋玉落安上了个"妨夫"的恶名。秋尚奇脸皮再厚，也不好意思求为楚王正妃，而秋家嫡女也万万没有做妾的道理，所以这事也就不敢再想，只好打点精神，给秋玉落定了中书李学士家的长孙。李家素有清名，这种清贵文臣，放在哪一朝都是君王得用的对象。秋尚奇吸取教训，这次好像终于没有选错。

只是，据说李公子正在外读书游学，所以婚期定在了明年。

凤知微觉得那名字有点耳熟，仔细一想才想起来——那不是被自己挤了蛋的李公子吗？

秋家小姐这个婚姻运，还真是跌宕啊！

"一起吃饭吧，厨房都备好了。"凤知微出神中听见秋夫人邀请凤夫人和凤皓，然后是凤夫人低声的委婉拒绝。

她微微冷笑起来。

"娘，别走，"凤知微温柔地挽住了凤夫人，"这么久，您不想我吗？"

明明告诫了自己，从此冷心冷情，只做表面假文章，不再自寻烦恼，然而这句撒娇一出口，不知怎的心底便一酸。

凤夫人看着凤知微，抬手抚了抚她的脸，没有说话。凤知微嗅见她指间熟悉的香气，心底酸涩越浓，赶紧退后让开。

"夫人，娘。"她反客为主，浅笑斟酒，"这窖藏的'一斛珠'实在不错，馥郁醇厚，回味无穷，都来喝一杯。"

一席"接风饭"备得隆重，吃起来却草草，除了凤皓铁青着脸色埋头大吃，其余人都各有心思，只蜻蜓点水。

饭后凤知微便去了萃芳斋。秋府管家很有效率，一顿饭工夫已经打扫干净，还有些摆设秋夫人说明日送来，又说让凤氏母子一起搬过来，凤夫人却一口拒绝了。

凤知微不置可否，关门休息。过了一会儿，秋府后院一处偏僻院墙外，燕怀石接到了换装偷溜出来的凤知微和顾南衣。

"有客。"燕怀石简单通知。

凤知微看看他的脸色，一笑，"不会是那些贵人吧？"

"你真是水晶心肝。"燕怀石笑，"想躲？"

"躲什么？"凤知微一笑举步，直奔自己府门，"早入了泥潭了。"

"什么泥潭？魏府亭台雅致、楼阁玲珑，若是泥潭，我那王府便可说是羊圈了，哈哈。"一声长笑，一人龙行虎步，大步迎出。看那姿态，倒像他才是魏府的主人。

凤知微含笑迎上施礼，"未知魏王殿下驾到，有失远迎，恕罪恕罪。"

受封魏王的二皇子宁昇，大笑着扶住凤知微不让她施完礼。他神情爽朗，态度亲切，只是双目闪动间，似有不快之色。

"二哥自谦也不能这么说。"忽有一人笑意冷峻，缓缓而来，"您那魏王府，异士能人云集，怎么能说是羊圈？好歹也是个牛圈！"

淳于猛立即控制不住，喷地一笑——二皇子宁昇，好武，不爱读书，为此常遭天盛帝斥责，曾有一次说他"老二混沌，如土牛木马"。这事朝中上下都知道，早已引为笑谈，如今五皇子当面揭丑，直肠子的淳于猛便第一个控制不住了。

宁昇斜眼看向淳于猛。凤知微上前一步，挡住他的目光，笑道："五殿下也光降舍间，真是蓬荜生辉。"

"魏先生不必和他谦虚。"二皇子宁昇拍拍凤知微的肩膀，"老五看似冷面，其实心肠最热，但凡什么好事，是万万不会错过的。"

这是在暗讽五皇子宁研牵涉进前段时间的功臣被诬旧案一事了。凤知微暗暗叹了口气，心想，你们兄弟水火不容，也不能站在我家门口吵架啊。

"哥哥们这是在做什么？堵住人家门口不让主人进门吗？"温和清朗的笑语传来，号称"七贤王"的七皇子宁羿，很及时地出来打圆场。

"今天真是好日子。"凤知微扬眉笑，手一引，"王爷们请。"

几位皇子各自一笑，都随了凤知微进府去。他们早就有结交凤知微之意，只是因为皇子不得随意结交外臣，所以不敢轻举妄动，但前几天御书房父皇查考功课时，将他们都教训了一通，还说了一句"朝中那么多才贯古今的学士，你们这些蠢货都不懂请教？"顿时云开见月明——还有比请教"国士"更合适的吗？

于是老二当晚召集自己府中一应美貌姬妾，比较来比较去后，挑出最美的，一大早便兴冲冲奔来，但在东阳大街"偶遇"五皇子，便只好将美人们扔在半路，两人结伴而行。路过"山月书房"时，五皇子却又说想起有问题要请教魏先生，却忘记带书来，不如在书房买了新的带去，然后，他们再次在山月书房"巧遇"七皇子，两人行变成三人行。

二皇子宁昇心中憋屈，见谁都笑得寒光隐隐。

凤知微都看在眼底——朝中传闻，二王烈、五王冷、六王风流、七王贤，其实都未必是那回事，二皇子要真是个大炮性子，刚才那话怎么回得那么敏捷？皇家子弟，没一点城府，早就白骨化灰了。

不过她还是有点庆幸的——最不想看见的那个人好像没来，真好，真好。

各自心怀鬼胎的王爷、国士四人组一路进府。凤知微笑道："这暑热天气，屋中怪闷的，王爷们请移步后院揽月亭，也凉快些。"

"好。"二皇子嘻嘻笑道，"我知道你这原先是右中允老王的宅子，而他那揽月亭建在高处，可登高揽月、迎风送爽，算是京城一绝，亭中更有曲水流觞，咱们今儿有的玩了。"

"殿下英气豪烈，竟也喜欢这些文人小玩意儿？"凤知微笑，"我以为横槊赋诗更适合殿下一点……"

她的话突然顿住。

王爷们，脚步唰地齐齐停下，仰头，瞪眼，表情精彩。

前方有白石建就的矮山一座，小山之上有亭翼然，檐角下高低错落垂着玉铃铛，风过声音琳琅，每只铃铛声音都略有不同，一起被风吹动时，便如绝世伶人，奏出自然高妙的琴音一曲。

而亭中，有人。

那人执玉杯、斟碧酒、倚亭栏，月白衣袖绣平金螭纹，明珠金冠束流水乌发，而高亭长风流畅滑过、掠起他鬓发少许，他伸手轻轻一挽。

亭中侍女齐齐失了呼吸。

绝代风华。

而他闲雅散漫的姿态便如此间主人，一杯尽便斜斜一举，立即有婢子为他殷勤斟上。

底下众人都看傻。

"都来齐了？"他在高亭之巅，反客为主，举杯含笑邀请，"来，来，小魏家窖藏的'平江春'实在不错，馥郁醇厚，回味无穷，不用客气，都来喝一杯。"

第四十九章

同醉

最先反应过来的是七皇子宁羿。

"原来六哥已经抢先拔了头筹。"他仰头笑道，"我们还苦巴巴地在前厅等，你都已经登堂入室了。"

二皇子宁昇狐疑的目光转过来，看了凤知微一眼。

凤知微苦笑一声——好，这才是釜底抽薪，宁弈宁兄台这么自在潇洒地往自己亭中一坐，几位王爷不怀疑她和他暗通款曲，才叫奇怪。

想起"暗通款曲"这个词，凤知微脑海中忽掠过暗室朦胧，落花般飘零的呼吸……脸上一红，幸好被人皮面具遮住了。

"原来六殿下也来了。"凤知微含笑责怪自己的管家，"这'平江春'放在前厅，是招待普通外客用的，六殿下自己拿错，你也不知道给换了？"

几位皇子都露出释然之色——原来老六和魏知，交情没有想象中的好。

"六弟，你这就不对了。"二皇子宁昇大笑，亲热地拍拍凤知微的肩膀，"想要喝魏兄弟的酒，也要摸清楚人家府中美酒到底在何处才行啊，这么猴急做什么呢？"

凤知微给拍得肩膀发麻，撑着僵硬的笑，暗骂——魏兄弟你个头！

"自从上次我得罪了小魏，"宁弈的目光落在宁昇拍着凤知微肩头的手上，微微一凝便转开，笑道，"他就把所有的好东西都藏起来了。"

小魏，小魏你个头！

懒得和他们打口舌机锋，凤知微急忙邀请皇子们登亭，又命人换酒。其实，她府中的好酒确实就是"平江春"，可百忙中要到哪里找好酒去？幸亏有个千伶百俐的燕怀石，早已下去为她安排此事。过了一会儿，送上来的是极品佳酿"千谷醇"。众皇子看着宁弈，笑得越发意味深长，而宁弈不动声色，将酒杯对着凤知微照了照，道："其实'一斛珠'也是不错的，下次魏兄弟不妨试试这个。"

"王爷眼光精准，心思细密，您的推荐再没有错的。"凤知微含笑应了。

两人对望一眼，都哈哈一笑。

秋府果然有楚王的眼线，还得地位不低，凤知微一边招呼众人一边思忖着。秋夫人的内院，本就不是什么仆妇便可以进入的，如今宁弈不惜暴露他在秋府的眼线，就是很明白地告诉她，她一切行动都在他的掌握之下，不要想翻出什么浪去。

凤知微本来就没指望能瞒着宁弈，两个人手中各有对方的把柄，互相顾忌，而相比较之下，她还是比较弱势的那个，她不会犯傻的。

她是个老实人，真的。

"老十先前也跟我来了。"宁弈笑道，"他不胜酒力，号称'一杯倒'，我让他找个地方去休息一下，不打扰你吧？"

"请便请便。"凤知微笑容可掬，直如好客的主人。

"酒也有了，人也齐了，不妨曲水流觞玩一局？"七皇子宁羿含笑岔开话题。

"便以冷热之物为题，四句轮回，前三句之中必须有一冷一热，最后一句三字作尾，作得不好的，罚酒三杯。"五皇子宁研一笑。

"老五很有兴致啊！"二皇子斜眼看他，"运河的活儿都做好了？"

"我回京是为母妃庆寿。"五皇子神色淡定，一贯地简单直接。

皇后早薨，五皇子的母妃常贵妃是皇后的族妹，也是宫中实际的主事人。常氏家族极为煊赫，这也是五皇子明明牵涉入开国功臣被诬案而能全身而退的原因。天盛帝喜欢玩平衡掣肘之术，常氏家族盘踞天南道势力雄厚，那天盛朝唯一一个外藩长宁王便封在相邻的西平道；大学士姚英、胡圣山为宁弈所用，天盛帝便立即提了几位年轻的阁臣，而六部尚书，更有一半的位置是七皇子掌控的。

势力均衡，互相牵制，绝不造成一家独大之势，是天盛帝多年来为政的宗旨。

也正因为如此，皇子们才各不甘心，各拥势力斗得起劲。

"容微臣僭越，微臣抛砖引玉先起一句。"凤知微不想看见他们在自己府中吵架，急忙先将酒杯盛满酒，顺着亭中做好的沟渠，悠悠流下，"碧玉杯中新温酒。"

杯子在二皇子面前流过。

"饮马桥下河灯红。"二皇子急忙取杯。

玉杯流到五皇子脚下时，他扬扬眉，抿了一口酒，"飞雪庭前拥炉坐。"又笑道，"这可便宜了后面那位。"

玉杯顺水流下，正停在宁弈面前。

宁弈一笑，长眉斜飞，一口饮尽杯中酒，接道："冻得我！"

满堂大笑，凤知微险些没喷出嘴里的酒，抬起头来不可思议地瞪着宁弈——这坏人还有这份幽默？

"老六这接的什么句子？"二皇子大笑着推宁弈，"不行不行，罚酒三杯！"

宁弈也不争辩，很爽快地一干三杯，杯底亮出，众皇子一阵喝彩，凤知微也在笑，心底却泛起一丝狐疑。

他在自己府中，这么痛快地喝酒，真是怎么看怎么不对劲。

酒令一场场递下去，各有胜负，几位皇子都有了几分醉意。几人似乎都极有默契，朝政诸事一概不谈，似乎就是来凤知微府中喝酒玩乐的。

宁弈喝得并不算多，却有些不胜酒力，下巴懒懒搁在交叠的双手上，玉白的脸颊染了酡红，乌发流水般披泻，衬着那迷离醉眼，像曼陀罗氤氲着花瓣，开在雾气隐隐的夜色里。

那般慵懒的神情，不同平日的高华清雅，令人怦然心动而不敢正视。

正好酒杯顺水，流到他面前，他也不起身，只勾勾手指，酒杯便淋漓着水流落入他掌中，但似乎使力不稳，眼看着飞到半空，却在凤知微面前一歪。

凤知微下意识伸手去扶，酒杯落入掌中，还没来得及递给宁弈，他就突然凑过头来，就着她的掌心，埋首喝完了那杯酒。

顺滑如锦的乌发落下来，连同他湿润温软的唇一同轻轻拂过她的掌心，便似春雨刹那湿了江南岸，天地一色郁郁葱葱。

凤知微于刹那间僵了僵。

他俯首于她的掌心，华艳清凉的气息连同酒液的醇厚甜香一起蒸腾，交织成一种暧昧而旖旎的韵思，而那杯酒被他喝得很慢很悠长，呼吸喷在掌间，簌簌地痒，她掌心湿湿的，不知道是他滴落的酒液，还是自己突然沁出的汗……

凤知微按捺住自己，努力不让眼神有任何一丝波动，笑道："王爷酒深了……"她伸手去扶杯，试图推开他。

宁弈手一拂，酒杯当啷落地，于清脆的金杯敲击声中他昵声道："该我接了……暗室雪颈樱桃红……"

轰然一声，凤知微烧着了。

"哎呀，真是醉了……"宁弈吟完了那句，身子一倾，便倒在她肩上，笑道，"魏府有地方给咱这个醉鬼睡吧？来来，陪我一起……"

他挽着她，整个人靠在她身上，手指好巧不巧地正正落在她的领口。看他那手势，只要手指一探一勾，她就真的"白日雪颈樱桃红"了。

凤知微无奈，望了望亭子顶，爱喝酒的顾少爷还在上面痛饮，就算此时奔下来也来不及了。

她咬咬牙，撑起宁弈沉重的身子，向众人告个罪，亲自去安排醉酒的楚王休憩。

那人倒在她怀中，坚决不肯自己用力。她用胳膊撑着，半抱半拖着他"一起去睡"，拖出好远还隐约能听见二皇子远远地嚷："老六这最后一句对得不好，哪有冷热？罚酒，罚酒！"

……

第五十章
旖旎如毒

转过假山，四周无人，凤知微笑了笑，道："殿下，戏演完了没？"

宁弈抬起头来，眼神迷蒙，淡淡的酒气拂在她的颈侧，语声呢喃："哦？"

不待凤知微回答，他伸臂揽着她，在她耳边低笑，"就许你演，不许我演？哎……'千谷醇'真是性烈，晕得厉害……"

凤知微狐疑地看着他，这人迷离生晕的模样还真像是醉了酒，难道是自己多心了？

扶着宁弈进了东跨院的一间客房，凤知微心中有气，将他往床上一扔，转身就走。

步子却还没迈得动，床上那人便突然伸腿一勾，凤知微不由自主地向后一仰栽倒，正倒在他身上。底下那人"哎哟"一声，却带着笑意。

凤知微立即便要跳起，可眼前一晕身子一转，已经被宁弈翻了过来，禁锢在他胸前，和他面面相对。

鼻尖相抵，呼吸相闻，彼此柔软的唇都近在咫尺——极其暧昧而亲昵的姿势。

凤知微试图挣扎，宁弈的臂膀却如铁铸不动一分，凤知微横肘一抵，肘肩紧紧抵在宁弈胸前，只听宁弈"嘶"一声呼痛，低低道："好狠！"

随即又道："你向来都这么狠！"

这一句低回轻软，不同于他平日的三分邪气三分冷凝，终究是有了几分酒意，蒙眬浅醺，冲淡了彼此之间的敌意和心结。他拥着她的臂膀渐渐多了几分柔软，她横肘相抵的力量也松了几分，却仍努力偏过脸去，不让自己不小心时和他口唇相触。

"难得能醉一次。"听得他声音宛若发自胸腔，带着微微的震动和低沉，"居然是在你府里……就是不知道，能给我醉多久……"

凤知微心中一动，只觉得这句话似乎另有深意，然而又不知道从何问起。

身下那人却似乎并没打算和她交谈，只自顾自低声道："等下还要去刑部……呼卓部王世子的属下打死了人……"

他声音渐低。凤知微低头一看，他居然睡熟了。

凤知微大喜，赶紧爬起，整理自己衣服时一低头，却见宁弈横卧榻上，衣襟半解，乌发散落在雪色肌肤上，不同于平日的清雅，多了种媚人的清丽，她不由得呆了一呆，急忙将目光转开。

她跨出门去，想了想，将门锁上。宁弈带来的随从还在前院，她招来自己府中的护卫守在屋外。

王爷们此时都在，她可不能让宁弈在她府中出事。

转过回廊，她突然停住了脚步。

四面风中，似乎有一些细微的声响。

衣袂带风的声音，脚步轻捷掠过屋瓦的声音，快速飞驰的声音。

凤知微凝眉站在长廊之中，心想府里来了些什么人，听声音都是高手，而自己身边那些人，为什么没有动静？

自从太子逆案之后，她便发觉，自己身边似乎隐约有人暗中保护，只是一直没有现身，这也是后来顾南衣不再时刻跟随她的原因，但是他不说，凤知微也没问。现在，府中明显有异常，而自己这批隐形保护者却没反应，难道……那动静要针对的不是她？

所有皇子此刻都在她府中，会是谁？

夏末的风悠悠荡过来，风中隐携着生铁寒冷的味道，她突然便出了一身汗。

站在回廊中，犹豫着是前进还是后退，凤知微向前走两步，又犹疑着回头。

一双手突然从拐角处伸出，一把将她拉进了廊下的树丛中！

凤知微霍然回首，于树影朦胧中看清隐在廊后树下的人。

她的目光骤然一缩，随即笑道："原来是公主殿下！"

树丛后，韶宁公主一身短打扮，脸遮了半边，焦躁地埋怨她道："哎呀，你戳在那里进进退退做什么？看得我急死——"

就是听出你急躁的呼吸，才故意进进退退引你不耐烦现身的！

凤知微笑容不改，很无辜地望着韶宁公主，"公主怎么这身打扮？来府里怎么不叫微臣迎接？正好，王爷们都在前院饮酒，公主可有兴趣？"

"我不是来你这里玩的。"韶宁冷笑，"你也不要装傻，既然你撞见了，那么就明白给我个态度。我今天要对宁弈动手，你参加不参加？"

"微臣不懂公主的意思。"凤知微心中隐隐起了怒气，淡淡道，"微臣只知道，这是微臣的府邸，一旦出了事，微臣首先要被抄家灭族。"

"我怎么会连累你？"韶宁得意地笑了，"你看，王爷们都在，出了事也未必是你的责任。"

"王爷们这么凑巧聚齐，是公主你安排的？"

韶宁笑而不语，却道："难得他今日竟然喝醉，也是，呼卓部属下打死人的事情闹得甚凶，处置或不处置都会牵动政局，他心中烦恼，自然放纵几分。真是天助我也！"

她抓紧凤知微的衣袖，急速道："我不会在你府中置他于死地，我只要他先失宠于父皇，而你既然遇见了我，也难置身事外。等下你去给他送醒酒茶，这个东西……"她手指一动，一个小纸包已经塞进了凤知微手中，"……帮我放进去就好。"

凤知微拈着那纸包，沉默不语，韶宁却犹自在谆谆劝导："宁弈不会放过你的，这是个除去他的大好时机，错过了，你会后悔的！"

"公主。"凤知微缓缓道，"您既然拉我参与，总要说清全盘计划，否则爱莫能助。"

"你救过我两次，我有什么不信你的？"韶宁看她口气松动，十分高兴，"呼卓王世子手下当街闹事，打死了吏部一个小官。那人是翰林出身，朝中文臣同仇敌忾要求严惩凶手，听说连前来京城准备应试秋闱的士子们也在串联上万言书，但是呼卓部如今地位重要，王世子扬言，谁动他的人，呼卓部上下绝不答应。凶手现被押在刑部大牢，宁弈主管刑部大理寺都察院三法司，正在头痛呢。"

"然后呢？"

"我已经命人潜入刑部大牢。"韶宁森然地笑了，"凶手会在今夜'自尽'。"

凤知微心中一颤，已经明白韶宁的计划。这种两难之局，凶手畏罪自尽自然是最好的解决办法，但是呼卓王世子怎么会相信？到头来一查，假如凶手不是自尽，宁弈自然会陷入麻烦，而韶宁必然也在宁弈的亲信属下身上做了安排，回头来顺藤摸瓜，便可知是宁弈命人下毒杀人再伪装成自尽的。呼卓王世子必然震怒，到时若影响前方战局，宁弈失势事小，只怕在众皇子的围攻下能否保住命都是问题。

确实够阴毒。

韶宁手下定有智慧出众的谋士，只是凤知微有些奇怪，这谋士似乎很厚道，特意使计让众王爷同时齐聚魏府，将来正好摘清凤知微的责任。这怎么看，都像是好好为她考虑过的。

可以说，如今确实是个除去宁弈的大好机会。

"这不是毒药。"韶宁眯着眼，笑意森冷，"只是一种在必要时候才会起作用的好东西。这醒酒汤他不喝也不要紧，你只要放在他床头，让他嗅见气味也一样。你顺便以把脉为名，把这个染在他腕脉附近的皮肤上。"

她将一颗青色药丸碾碎，涂在凤知微的手指上。

"帮我。"韶宁望定凤知微，脸上微微飞了红霞，"只要除去宁弈，你立了大功，以我的地位，总有助你飞黄腾达的那一日，到时，我们……"

她脸上红晕愈盛，终于垂头羞涩不语。

凤知微苦笑，转移话题道："既然今日被公主拉了来，只怕也由不得我不参与……这四面可都是高手，要灭口容易得很。"

韶宁心中有愧，脸色白了白，抬起眼帘来。凤知微已经揣着纸包，消失在了长廊里。

挥退侍卫，开了锁，凤知微回到客房。

宁弈仍旧平静地睡着，呼吸匀净。

凤知微静静注视着他的睡颜，男子长而浓密的睫毛垂下，在眼下勾勒出一弯静谧的弧影，挺直的鼻梁下，薄唇轻抿，亦是优美而诱人的弧度。

沉睡的男子少了几分清醒时薄凉的冷意，温暖安详如日光下卷起翠叶的荷。

就是这个人。

数次欲杀她，和她似乎生来，便各自站在了楚河汉界、海角天涯。

凤知微看着他眼下的淡淡青黑，心想这人一路搏杀，可睡过几个好觉？

似乎感应到有人注视自己，宁弈睁开眼，懒懒注视着她，而那刚睡醒的眼神清澈明洁，全无平日的幽邃。

凤知微平静地迎着他的目光，笑了笑。

宁弈也笑了笑，突然语声呢喃："你这样看着我，倒让我有种错觉，这是我的妻，侍候我于床榻……"

凤知微眨眨眼，"便当酒没醒，还在做梦吧。"

　　宁弈哈哈一笑，倒也没生气，一伸手拽过她，不由抗拒地拉到自己身前，凤知微也没挣扎，任他揽着。淡淡的酒香，混杂着男子华艳清凉香气，迤逦开来。

　　"难得睡个好觉……"宁弈缓缓摸着她的头发，"难得你我之间能如此和睦一回……"

　　"只要王爷容得我，"凤知微抿着唇，"这样的和睦会有很多。"

　　宁弈笑笑，没有接话，手势却略微缓了缓。凤知微转开眼睛，目光垂落。

　　"刚才去前院了？"宁弈在她耳边低声问，"……有什么新奇事要告诉我吗？"

　　"有。"凤知微回首，已经再次笑意盈盈。

　　"哦？"

　　"二皇子对的那几句诗，实在是叹为观止……"

　　她含笑和宁弈聊了几句，见宁弈依旧眼色蒙眬，似听非听，笑道："真是酒深了……"

　　"赏碗醒酒汤吧。"宁弈笑着推她，"得是你亲手做的。"

　　凤知微凝目看他，一笑，站起身来。

　　"好。"

　　木门吱呀一声开启，她纤细的身影出门去，开启的门荡出一室的日光光影，映得她的身影有些模糊，而宁弈沉在日光照不到的暗影里，凝望着她离开。

　　半晌凤知微回来，含笑端了碗醒酒汤，放在他榻侧的小几上。

　　"酒大伤身，我给您把把脉吧。"

　　她微笑，伸出手去。

第五十一章

心事如焗

　　"倒忘了你还擅医理。"宁弈伸出手来，淡淡笑道，"我也就是有点晕。"

　　他扬起脸看她，眼神幽光闪耀。凤知微含着一抹温存的笑意，凝神把脉，半晌松开后，笑道："是，王爷身体底子好。"

　　随即她将醒酒汤奉上。宁弈望着汤，没有接。

　　"我做的汤，也许王爷不敢喝。"凤知微笑着放下汤，"我还是端走吧。"

　　她刚转身，一只手伸过来，接走了那碗汤。

　　"焗酒或许甜蜜，良药必定苦口。"宁弈一气饮尽，"不管什么滋味，总得亲口尝了才知道。"喝完懒洋洋起身，"不早了，我还有事，得走了。"

　　凤知微在他身后施礼，"恭送王爷。"

　　宁弈却突然停下回身，似乎步子不稳身子一斜。凤知微只好伸手去扶。

　　宁弈就势横肘撑在她的肩上，将半个身子的重量都放在她的肩上。凤知微皱眉，眉还没皱完便又立即摆出习惯性的微笑。

　　宁弈有些好笑地看着她，这小女子似乎已经习惯了时刻摆出一张笑意盈盈的面庞，笑得不伤红尘，笑得不惊风雨，笑得到了最后，自己都不知道什么才是真正的表情。

　　这一生，她都要以这样的假面活到底吗？

他突然伸出手去，取了她的面具，手指在她眉头上揉了一揉，道："皱起来，皱起来。"

凤知微啼笑皆非地看着他——真是疯子，人家都是抚平眉间皱痕，他倒好，要她皱起眉来。

"不是说还有事吗？走吧走吧。"殿下不喜欢看她假笑，她也觉得装得累，戴回面具，干脆推他，"不送，不送了。"

宁弈俯下脸，一缕乌发垂落眉间，衬得肌肤如雪、眼眸迷离，更添了几分魅惑，在她耳边低声笑道："我知道，你是巴不得早些送走我的。"

"王爷玩笑了。"凤知微拂拂鬓发，避过他近在咫尺的唇，脸色力争自然，"微臣恨不得您天天驾临府中，好给微臣眉间多添几缕愁痕。"

宁弈望定她，一笑不语，当先而行。两人回到亭中，凤知微意外地看见，号称"酒醉去睡"的十皇子宁霁，红着脸在亭中继续喝酒。

"老十今儿先醉了，没给老六挡酒。"二皇子指了他笑道，"以前每次只要老十在，老六怎么也醉不了，这回可没人给你挡了。"

"也许是魏府的酒滋味更好些。"七皇子温文尔雅地笑着说。

"都来看看我给母妃准备的寿礼如何？"五皇子也已半醉，突然从袖囊里取出一个精致的笔筒，"闽南布政使派人在十万里大山里搜寻了半年，才寻到这对天下仅有的宝贝，今儿刚送来，正好给你们开开眼。"

"一个笔筒有什么稀奇？贵妃娘娘好翰墨，什么笔筒没见过？"二皇子正要摇头，突然"咦"了一声。

镂空的细竹笔筒里，一处空隙处突然冒出一双骨碌碌乱转的眼睛。

"老鼠！"十皇子大叫一声，往后便栽，五皇子一把扶住，笑道："老十你怎么还是这么胆小？太没皇家器宇了。"

十皇子讪讪的，红了脸。此时笔筒里那小东西已经钻了出来，却是一对极小的猴儿，不过手指大，毛茸茸的圆脑袋，眼睛乌黑而圆大，尾巴短小，而难得的是一色金灿灿的毛发，宛如黄金铸成，极其乖巧漂亮。

"这是传说中的笔猴吧？"七皇子惊叹，"这东西不是说早已绝迹了？从哪里找来的？竟然还通体浑金，传说中笔猴毛色或棕灰或橙黄，怎么会有这么稀罕的毛色？"

五皇子难掩得意，"闽南布政使高缮是个有心人，这对笔猴，是他从闽南十万里大山中最擅驯兽的兽舞族中寻来的，天下只此一对。母妃擅文，若有这对小东西磨墨递纸，谑笑玩乐，想来可消解她的深宫寂寞。"

众人看着那笔猴可爱，都伸手把玩。

"五哥真好孝心。"宁弈负手俯身看着那对小东西，笑道，"这下贵妃娘娘身侧，毛爪添香，短尾伺墨，真是一大风雅美事。"

众人都笑了，五皇子道："老六，你别油嘴滑舌，我问你，母妃寿礼你可备好了？"

"我自幼长于贵妃膝下，贵妃也是我的母妃，自然早早备好，只是却比不得五哥的巧心。"

"那就好。"五皇子扯出一抹淡淡的笑意，"也不枉母妃精心养你一场。"

宁弈含笑不语，从凤知微的角度，只看见他微垂的眼中有幽暗的光芒一闪。

几人说笑一阵，也就散了。凤知微送他们出院，正要松一口气庆幸韶宁没出么蛾子时，忽听前院喧嚣声起，有人嚷："有刺客！"紧接着刀剑相交声传来。

凤知微心中一紧，众皇子互望一眼，动作比她还快飞奔而去。

前院一团人正打得热闹，各府侍卫穿着各色锦衣，正在围攻两名灰衣蒙面的男子，而那两人身形鬼魅，左冲右突，手中长剑指东打西，寒光闪闪，不断有人血溅当场、踉跄退出。

凤知微看了一会儿，却看出了问题。

其中一名刺客完全没有目标，甚至不想杀人，手中长剑却招呼的是每个侍卫的左肩位置，无一漏网。

眼看要给刺客突出重围，突然一条人影飞来，半空中左手还抱着个巨大的东西，飞得摇摇欲坠。仔细一看，抱的竟然是凤知微前院里用来种睡莲的青花大瓷缸。

那人抱着泼泼洒洒的大缸，歪歪扭扭蹿到打得起劲的众人上方，随即抬手一砸，睡莲乱飞，水花乱溅。那些刺客骤然被水流浇头，下意识捂眼挥剑后退，砸缸那人却已经穿缸而出，抬手一剑，寒光渡越！

嚓！

两剑相交，剑光如日光穿透，各自一荡一抵间，血光爆起！

三人各自在对方左肩上穿了个洞。

刺客身子一晃，消失在烟尘之后，两人分两个方向跑掉了。

砸缸那人留在原地，捂着肩，丝丝抽气。凤知微辨认了一会儿，才认出是宁弈的那个贴身侍卫，似乎叫宁澄。

只听他遥望着远去的方向，恶狠狠道："司马光砸缸，司马缸砸光！"

凤知微默然，心想，司马光砸缸是大成传下来的一个传说，但是司马光到底是谁，却从来没有人知道，只有六百年前神瑛皇后说过，这是个搞拆迁的。

一场混乱，众皇子都有些不安，一边安排侍卫去追，一边匆匆向凤知微告辞。凤知微一一送出府门，然后看了看皇城的方向，眼底透出沉重的暗色。

当夜，急骤的马蹄声惊破了天街的寂静。

天色将明未明的时候，呼卓王世子敲响了宫门外的朝鼓，沉厚的鼓声击破霾云，击开天际深青的曙色。

隆隆的鼓声惊动了大半个京城。这面鼓是建国之初天盛帝设在宫门之外，供身负奇冤的朝臣百姓叩阍而用，以示民事如天，天下至公。

只是门槛太高，寻常案件怎么也够不上"奇冤"，这鼓便也渐渐成了摆设。如今一朝巨响，震动京华。

第五十二章

求娶

　　"呼卓百万臣民拜于天盛大皇帝座下，今有呼卓貔貅部护卫达扎尔，因触刑律羁于刑部，却为当朝亲王令人毒害。深冤待雪，元凶逍遥，呼卓十二部誓不与此獠共存亡，今乞于皇帝御下，希以圣明之志，追索诸凶，偿我呼卓之冤，谨告，以闻！"

　　巨大的朝鼓之下，一色深青镶边长袍，头缠白布的呼卓族人，奋力击鼓，衣袖飞舞间露出健壮的臂膀。

　　曙色破层云，宫门次第开，当朝第一次殿前叩阍，喊冤者身份又不同寻常，天盛帝集齐内外朝臣，五更升殿。

　　日光如利剑掠过千层玉阶，汉白石广场如浮在云端，一片淡白的雾霭里，有人深青长衣，白玉抹额，双手捧尸，昂然而来。

　　抱尸上殿！

　　满殿臣子震动，齐齐将目光投过来。

　　座上的天盛帝，脸色很难看。

　　那人一路行来，双手微微平伸，横抱着一具僵硬的尸首，披着一身朝霞雾气，飒然惊风，丝毫不管在这天下至尊之地，这举动有多么惊世骇俗。

　　殿前侍卫横枪一拦，喝道："天子御前，怎可如此放肆？速速退去！"

嚓的一声，万枪如林，拦成铁壁深渊。

"不许带尸首上殿，是吗？"雾气里那人仰首一笑，唇角笑意讥诮，随即将尸首放下。

众人刚松了口气，为平日里跋扈的王世子今儿终于遵纪守法了一回而放下心。

那人突然闪电般出手！

他一手探出，坚硬如刚，插入尸首心口，手指一剖，便将尸首开膛破肚，飞速掏出一截肝脏！

玉阶两侧见惯血腥场面的长缨卫齐齐变色手软，当啷一声，一个刚进长缨卫不久的年轻卫士，惊得掉了手中金枪。

"不许带尸首，我带染了毒的证据，这回该成了吧？"阶下那人手掌平摊，面不改色，只声音远远传出，如一线刚锐，逼入所有人耳中。

"宣！"

悠长的传报声宛如自天际落下。那人怡然不惧，携肝直奔金殿。

"陛下！"他一进入大殿，便直奔座下，大礼还没行完就把那肝脏亮了出来，"臣的属下无辜受害，今有苦主肝脏在此！染毒之肝，色呈青黑！陛下若不信，不妨招太医院院正相验！"

皇子们和武将还好点，满殿文臣却都露出呕吐神色纷纷后退。那人回过头来，讥讽似的向他们一笑。

排在学士末班的凤知微，此刻才看清了这位最近在帝京有着好大名声的呼卓王世子的相貌。

身量高颀，浓眉锋锐，敞开的衣襟里淡蜜色的肌肤润泽光华，却仍不及他那双奇特眸瞳光彩照人。那眸瞳正面看时呈琥珀色浓郁如酒，侧看时却又隐隐闪着幽紫色的光芒，日光下转侧掠起，炫目如七彩宝石。

他的五官，乍一看不是十分精致，然而一旦有了动作神情，立刻飞扬若舞，令人想起万里草原黄金日光下波浪般起伏的草尖。

呼卓王世子，赫连铮。

他回首，凤知微抬头，目光交视间，赫连铮看见一双似迷蒙似渺远的眼眸，有好奇和疑惑，却没有畏惧和恶心。

怔了怔，他没想到文臣队伍里还有人能有这般胆气，于是冷哼一声，悻悻回头。

"皇帝陛下！"他的中原汉语还算纯熟，就是语气有点怪，"这是达扎尔的肝！带毒的！黑的！"说着就召唤太监以金盘奉上。太监哪里敢接，白着脸望着皇帝。

天盛帝皱着眉，态度却还和气，道："世子，你若告人害命，应当去刑部大堂，三法司自会为你寻回公道，而这血淋淋的剖尸上殿，成何体统？"

"三法司会包屁！"赫连铮立即一句话顶撞回来，还错了个字。刑部大理寺都察院三位大佬，脸色顿时铁青。

刑部尚书孔成术冷声道："世子还没有去刑部诉冤，怎能一口咬定三法司会枉法不公？"

"你们都是人家的手下！"赫连铮冷笑一挥，毒肝黑血飞洒，众人纷纷走避，"当然会枉法！"

众臣脸色都变了，三法司由楚王总管，赫连铮这话的意思，就是明指宁弈了。

"凡事需要证据。"二皇子立即接口，"世子，你若随意在朝堂污蔑当朝亲王，任谁也护不了你！"

"污蔑！"赫连铮仰天长笑，将那肝脏一掷，掷到二皇子脚下，"看！我刚才当着你们的面从达扎尔身上取的！草原上最笨的鹰，都知道黑了的肝，有毒，不能吃！"

二皇子皱着眉，用脚拨弄那东西，捂着鼻子道："也许是误食了什么东西呢？"他转头，对脸色越发难看的刑部尚书笑了笑。

"昨天中午，我还去看过达扎尔。"赫连铮道，"他当时很好！然而就在晚上，我们在刑部大牢外的人看见有黑影飞出大牢时，我们赶进去一看，达扎尔就死了！"

"追到凶手没？"五皇子问，目光灼灼。

"没有。"赫连铮怒哼，"但是我们也伤了他！"他一个转身，直指一直默然不语的宁弈，"殿下，达扎尔无意伤人致死，就算要处死，也是刑部大理寺的事，你为什么要派人下手？"

"哦？"宁弈抬起眼帘，微笑，"是啊，我为什么要派人下手？"

"学我的话是没用的。"赫连铮冷笑，"你为什么要派人下手，你自己清楚。你知道我们呼卓部要力保达扎尔不死，而朝中那些酸书生却要杀了他，于是你就暗自杀了他，还做成自杀模样，说达扎尔是畏罪自杀的，那时我们也怪不得你，事情也便圆满解决了，但你却不知道，长生天光辉笼罩下的草原勇士是永远不会怯懦自尽的！"

"哦？"宁弈浅笑不变，温和地道："很合理、很精彩，以往还真不知道，世子这么好口才。"

"不要讽刺我。"赫连铮傲然道，"我听得出！草原男儿直肠子，不喜欢你们这些汉人绕来绕去。你要证据，我当然有。"

他对天盛帝躬身，"请陛下允许微臣传几个证人。"

天盛帝点点头。赫连铮拍拍手，过了一会儿，来了几个人，有呼卓侍卫，有刑部小吏，还有几个平民，都哆哆嗦嗦在阶下远远跪了。

"……我和那个凶手交过手，他正手反手都能使剑！"

"……陛下……微臣没有看清凶手的样貌，但是午后的时候，六品侍卫宁澄宁大人曾经来过大牢，在四处看了看。"

"……草民被一个蒙面人撞倒，那人拉草民起来。草民后来想起来，他用的是左手……"

一个个证人说完了，众人表情各异，一半忧虑，一半欣喜。凤知微一开始没听懂，心想总在说左手做什么？随即仔细回忆了一下昨天在自己府中宁澄砸缸那一幕，忽然恍然大悟。

宁澄抱缸用的是左手，出剑也是左手！

看众人的表情，这位楚王殿下身边贴身侍卫的这个毛病，大家都知道，只有自己一向避宁弈远远的，还真没有在意过他护卫的用手习惯。

众人指证宁澄，等于指证宁弈，宁弈却一直神色不动地听着，只嘴角带着若有若无的笑意，细看来，是冷的。

"父皇。"他转身向御座一躬，诚恳地道，"儿臣贴身侍卫宁澄，昨日一直在儿臣身边，绝无私下出外杀人之事，请父皇明鉴。"

"王爷关切属下，为他辩白也是应该。"吏部尚书华文廉道，"只是也应该给宁护卫一个自辩的机会，是不是传他前来，当堂对质？"

"本王的话，难道许尚书觉得不可信吗？"宁弈淡淡看了许柏卿一眼，许柏卿立即窒了一窒，却依旧坚持道："微臣也是为了王爷的声名着想。"

"许尚书这话就不对了。"大学士姚英立即道，"王爷驭下甚严，朝野皆知，你这话的意思是在质疑王爷撒谎？"

"不敢。"许柏卿向宁弈一躬身，他身侧的工部侍郎葛鸿英却呵呵笑道："天朗日辉下，也有暗影，王爷日理万机，未必就有空闲管束每一个属下，所以就算有一两个无耻宵小潜伏，也无损王爷盛德。"

"话可不是这么说……"大学士胡圣山开始捋胡子。

"胡老此言差矣……"敌对派立即跳出新生力军。

眼看又要上演一出口舌战，天盛帝眉头越皱越紧，终于一声怒喝："闭嘴！"

一片安静后，半晌天盛帝缓缓道："着人，拿宁澄前来。"

一个"拿"字，听得宁弈的目光一暗，听得几位皇子和他们的拥护派们目光连闪、面露喜色。

"就算是宁澄出手，也未必是楚王指使啊。"七皇子微笑道，"也许有私仇也未可知。"

"七殿下这话说得有理。"赫连铮也笑，笑容钢铁般铮铮，"虽说宁护卫和达扎尔天南海北的不可能有私仇，但我也不是随意诬陷他人的人，这不还有证据嘛！"

他又唤来一个呼卓服装打扮的老者，介绍为呼卓世代供奉的大医师。那老者颤颤巍巍地道："启禀陛下，达扎尔中的是大越边界青卓雪山的异毒无香，这种毒无色无味，只有人死后三个时辰，才会凝聚毒素到肝尖，而犯人暴死，仵作一般会立即验尸，自然是验不出来的，这种毒也极为稀少，大越才有，草民也是幼时遇见过一次。"

"请陛下召太医院大夫验证。"赫连铮请求。

太医院刘院正很快赶了过来，连同三法司最好的仵作，在阶下仔细看了那尸体，过了半晌，回报："陛下，确实是无香。"

殿上开始出现骚动，姚英等楚王派们眼神不定，都在心中暗想楚王确实最近很为呼卓武士杀人案烦恼，难道真是他的手笔？

"无香这种东西，我们都没听说过。"二皇子笑道，"说起来，六弟的母妃，我记得好像是越人。"

一言出而众人惊，似乎这才想起宁弈那位早逝的母妃，好像确实出身大越，好像还是某个小族的公主，是大越某次和天盛战争中的战俘，只因年代久远，那绝代女子又死得太早，死后又成宫中忌讳，以至众人，连同天盛帝，都忘记了。

天盛帝脸色逐渐沉下，朝堂上的气氛越发沉凝，已经无人再敢说话。

事情到了这一步，已不仅仅是一个武士被杀案对凶手的追索了，其中森然的寒意已经渐渐逼近——大越和天盛即将开战，呼卓部正是地位重要之时，这事一出，一旦引发性情桀骜的呼卓部怒火，在前线反戈一击，或者哪怕设点障碍，千里在外的大军都可能受到极大的影响，而此时揭出宁弈母族是大越人，再联想到那女子死得太早太奇怪，所有人都会忍不住联想：宁弈是不是凭借自己的大越出身，已经和大越相互勾结，也因此故意杀了呼卓武士，引发呼卓部怒火，搅浑前线战事，暗助大越？

事情一旦上升到战争叛国层面，那后果便如野兽獠牙，利齿森森，谁也不敢轻易触及了。

凤知微看着宁弈——自从二皇子说起他的母妃，他便似乎突然失去了说话的兴致，长长的睫毛垂下，遮住眼睛，无人能看清他眼底的神情，而周身的气息却似乎越发地冷了些。

"陛下。"太医院刘医正小心翼翼道，"无香绝非凡品，不是随便哪个大越人就可以拥有的，只出自雪山落日部落，而且还需落日一族王族血脉以自身精血培养，才能炼制成功……"

"落日一族……"天盛帝眯起眼，仔细回想那位早逝妃子的身世，然而，伊人逝去多年，他身侧女子又浮云般来去，如今竟连她的容貌都不记得了，哪里还想得起来她出自哪族。

而她的死，也是他不愿面对的旧事……天盛帝皱着眉头，心底有些烦躁。

"落日王族有个传说，据说，他们自称格玛日神后代，其王族的血液有日光纯金之色。"那呼卓大医师突然道，"一验便知。"

赫连铮立即笑道："对，一验便知！"

这下堂上更加鸦雀无声，当堂验血，对炙手可热的当朝皇子宁弈来说，不啻于一种侮辱，而且，皇族尊贵不可侵犯，何况这事似乎还隐秘涉及宫闱，涉及皇子母妃逝后的名声，一旦真要这么做，彼此便都没有回旋余地了。

如今只看皇帝陛下是否对这个儿子还存有信任和爱护之心，是否在维持自己统治的同时，能尽量选择维护儿子尊严的温和处理方式。

众人都紧张地盯着天盛帝，凤知微却只垂眼盯着地面。

"……这不是毒药。"韶宁的话回荡在她耳边，"……这只是一种在必要时候才会起作用的好东西……顺便以把脉为名，把这个染在他腕脉附近的皮肤上。"

原来如此。

那醒酒汤里的药，和那交代她涂上他腕脉的青色药丸，确实不是毒药，却是能够置宁弈于叛国死罪，万劫不复、无法翻身的剧毒！

韶宁还是对她保留了真相，韶宁要的根本不是宁弈失宠于天盛帝，而是要让杀人罪牵连出叛国罪，将他连根拔起，让他永无翻身之地。

两种药混合，再加上某些引子，想必能造成腕脉处的血液变金色吧？

一片压抑的安静里，宁弈只微微仰首，看着自己的父皇，而天盛帝面色晦暗，神情变幻不定，却始终避开了他的目光。

最终他淡淡地点了点头，轻描淡写地道："那就验吧。"

四个字轻飘飘地从朝堂刮过，其力度却胜于一场沉重凶猛的飓风，满堂的喧哗都被刮起，而骚动里，宁弈终于缓缓转开了一直注视天盛帝的目光。

他的眼神看起来似乎平静依旧，然而最初那点璀璨的明光，却如风中烛一般，颤颤飘摇，渐渐熄灭，最终如黑暗中的幕布降落，只余一人茕茕独立，对着满台寂寥的月光。

凤知微看着那样的眼神，忽然觉得心中刀割似的痛了痛。

一瞬间，那日娘在秋府选择了皓儿而令她被逐出府的旧事重来，而那一刻的自己是否也曾露出过这般苍凉的眼神？

她微微咬着下唇，一转眼看见宁弈正看向她，目光古怪，她心中不由得一震。

内侍捧了金盆来，陈放在御案前，众臣便自觉后退。赫连铮一步不让，斜睨着宁弈。

宁弈缓缓上前，注视着那银刀金盆，淡淡笑了笑，随即捋起袖子，而众人此时为了避嫌都退开，只他一人立于前方，背影孤凉。

"陛下，请容臣侍候王爷验血。"

这一声惊得众人抬首，便见凤知微出列，从容不迫地对天盛帝躬身，道："殿下此刻心绪不稳，取血又在腕脉，怕有不妥，而微臣自认手脚妥当，请允微臣随侍。"

天盛帝心中正有些郁郁，闻言便随意点点头。凤知微一笑上前，轻轻挽起宁弈的衣袖，然后银刀锋锐，轻轻搁在他腕间。

昨日她按在他的腕脉，为他诊脉；今日她按在他的腕脉，为那生死攸关的大案落刀。

宁弈黝黑的深瞳映着她天生水汽迷蒙的眼神，如深渊里两轮月色，一轮暗淡，一轮模糊，近在咫尺，又远在天涯。

凤知微避开了他的目光。

银光一闪，刀落，血出。

淡金之色，耀亮人眼。

惊呼声起，天盛帝色变。

宁弈霍然抬头，几乎不可思议地注视着自己腕脉上汩汩流出的淡金色血液。那些血流入金盆，和盆中被金光染黄的清水，几乎同色！

凤知微紧紧抓着刀，似乎已经呆住。

整个朝堂，都成了泥塑木雕。

"宁澄带到——"僵木中，侍卫一声长呼惊醒众人，却是奉命去拿宁澄的侍卫回来了。

宁澄被押上来，赫连铮立即赶上前，二话不说，抬手一撕！

宁澄左肩的衣服被撕裂，肩上一道伤痕赫然在目。

"陛下，这就是证据！"赫连铮长笑，"当日我的护卫曾经刺伤这贼子的左肩！"

证据确凿，尘埃落定。

一部分人面如死灰，一部分人却面露狂喜。

宁弈的手腕流着血，却不包扎也不说话，只怔怔看着那金盆。

金盆中漂浮着淡金色的血，血影里，凤知微的影子若隐若现。

二皇子上前一步，怒道："六弟，你竟如此丧心病狂！"

许柏卿轻轻摇头，"殿下，臣等知道您为呼卓武士杀人案忧心，可也不能采用这种方式解决啊……这办法……唉……"他不胜忧愁。

工部侍郎葛鸿英立即接道："但望呼卓世子深明大义，不然……"

七皇子连连摇头，"不会的，不会的，六哥不会的。这其中利害，以六哥聪慧怎会不知？一定是有小人挑拨……"

五皇子冷峻地斥责道："六弟！你一定是没考虑清楚其中的后果，还不向父皇请罪？向世子请罪？"

"请什么罪？触犯国法，王子与庶民同罪！"一声怒喝惊得众人齐齐闭嘴，御座上天盛帝神色勃然，连脖子上的青筋都在颤抖，"来人——"

"哎呀——"

一声低呼几乎和天盛帝那句号令同时发出，虽然低微，却也被众人发觉。

众人这才发现凤知微似乎在退下来时，被地上滴落的水滑了一跤，而她一直失魂落魄拿着那银刀，这一跌，正跌在刀上，刺破了手腕。

内侍急忙去扶，众人看是小事也没在意，谁知内侍也突然惊呼一声，指着凤知微的手腕颤抖不能成声。

凤知微腕间的鲜血涔涔而下，但是，也是淡金色的！

这一惊变顿时将众人的注意力全部拉回，都目瞪口呆地看着凤知微的手腕，不明白到底发生了什么。

"你……你……"天盛帝指着凤知微，差点问出一句你也是落日王族的，但是话未出口就觉得荒唐，世上哪有这么巧的事？那个王族在传说中早已凋零了。

宁弈突然一声长笑。

他飘身上前，一把夺过凤知微掌间的刀，抬手一掷，银色弧线先后擦过二皇子、许柏卿、葛鸿英几人的手腕后，当啷落地。

几人惊呼，抱臂后退。二皇子怒喝："六弟，你疯了！"

宁弈手一招，银刀飞回，他把玩着银刀，似笑非笑，"我倒没疯，疯的是某些权欲熏心的人……各位，看看你们的手腕！"

许柏卿松开捂住伤口的手，一瞥之下"啊"地叫出声来。

他们几人流出的血也是淡金色的!

天盛帝霍然站起。

赫连铮目瞪口呆。

"你们都说够了,也该轮到我说了……昨日儿臣一直和众兄弟在一起。"宁弈突然微微一笑,缓缓踱步于殿中,手中银刀闪动,笑意却森凉,"午时达扎尔好好待在刑部大牢时,儿臣正和众兄弟在魏大人府中饮酒。我酒醉,魏大人亲自送我去客房休息,其间魏大人一直未曾离开,然后众兄弟一起离开魏府,但因老十酒醉不敢回宫,七弟的府邸又离皇宫最近,我便和老十去了七弟府中,趁着酒兴聊了一夜,天明直接进宫。整整一日,宁澄一直在儿臣身边,而儿臣未和他一人独处,根本无法私下安排他去刺杀达扎尔。这事,魏大人和七弟都可以证明。"

凤知微躬身应是,七皇子无可奈何地点点头,神色尴尬。

"至于身上有伤的侍卫……"宁弈笑得更讥诮,突然唤一个内侍,"去,将几位殿下的侍卫,随便各请一个来。"

这话出口,别人还不觉得什么,几位皇子脸色却都变了。

"父皇。"五皇子上前长揖,"昨天儿臣们在魏府聚会饮酒时,有刺客闯入,所带的侍卫们多有受伤,宁护卫也在和刺客对战时受伤,这是儿臣们亲眼所见……"

"既然知道不是,刚才为什么不说?"天盛帝勃然大怒。

五皇子扑通一声跪下,膝盖撞在金砖地面上铮然作响。

"至于为什么出现淡金色的血液……"宁弈斜睨太医院刘院正和呼卓大医师,将银刀双手奉上,"陛下还是查查这盆水和这把刀有什么问题吧!"

刘院正身子一软就瘫在地上,挣扎着磕头如捣蒜。

呼卓大医师怔在当地,满头汗如雨落。

事态峰回路转,看得魂飞魄散的众人此刻终于反应过来——楚王殿下又一次完美翻盘了!

赫连铮霍然回身,怒视着呼卓大医师。那老者接触到他的目光,激灵灵打了个寒战,突然转身便逃。

呼!

嚓!

一声惨呼后,那老者在离殿门半丈远的距离处倒下,后背插着一柄折扇和一把装饰用的短腰刀。

赫连铮和宁弈各自收回手来，互相对视一眼，针尖般各自霍地一闪，随即都笑了。

"王爷好武功！"

"世子好决心！"

"哈哈。"

"嘿嘿。"

笑完了各自扭头，看也不看对方一眼。

"世子。"天盛帝已经恢复了平静，安慰了宁弈几句后，再次将案子交给三法司，这回还多了个刘医正等人谋害亲王案，然后才对赫连铮道："下次不可这么毛躁了。"

赫连铮抽了抽嘴角，半晌低下头去，"是，还请陛下帮我族找出真正的凶手。"

"那是自然。"天盛帝笑得和蔼，有意缓和气氛，"这事你就别管了，交给三法司，定还你一个公道，只是你果然如你父王所说，还有些年轻气盛。记得你父王再三嘱咐过朕，说我天盛女子温柔贤惠，可磨磨你的性子，让朕给你选个正妃。如今可有中意的人选？"

赫连铮又抽抽嘴角——呼卓王一直想和中原联姻，天盛帝也乐见其成，但是他自己不愿被羁绊，一直拖着，可今天这事自己闹得理亏，被天盛帝抓了痛脚，如果再耍性子，让老家伙把这事告诉父王，自己一定没好日子过。

可是心中又实在不愿意这么快就被拴上一个女人，再说中原女子软耷耷的，温室花草似的，有什么意思？

为难了半天，突然心中灵光一闪，他想起前几天那次令他兴致勃勃的邂逅来。

"陛下。"他立即道，"臣倒是有喜欢的人，只是那女子身份低微，不能为呼卓世子正妃，按臣的意思，先娶了做侧室，您看如何？"

"哦？"天盛帝来了兴趣，"你既愿意收心，朕自然乐见其成。是哪家姑娘？说出来朕为你主婚。"

宁弈等人都好奇地投过目光，朝堂上紧张的气氛也略略冲淡了些。

"臣只见过她一面，此女无貌，却有才，臣喜欢。"赫连铮扬起脸，微挑长眉，眼底闪过一抹不易察觉的戏谑和兴奋，笑道，"五军都督秋大人的外甥女，凤知微。"

第五十三章
征服

本已将目光转开的宁弈霍然回首。

正在低头给自己包扎手腕的凤知微手一抖，险些让白布落地。

两人同时抬头，宁弈看向凤知微，凤知微飞快瞥了一眼宁弈，两人第一眼都没看向始作俑者，都看向了对方。

然后立即各自转开目光，凤知微继续若无其事地包扎，一边斜睨着赫连铮一边包扎，看那样子，似乎赫连铮就是她那流血的手腕，正等着被她狠狠扎起，动弹不得。

这样的事是不适合金殿来议的，当下散了朝。天盛帝宣了赫连铮去了御书房，阁老们、皇子们连同负责天盛帝诏书笔墨的凤知微也随驾。

刚坐定，宁弈便转向赫连铮，眼神里渐渐浮起笑意，冷而带刺，仿佛他刚才在殿前被赫连铮指证谋杀时的神情。

他笑道："刚才本王想，世子真是有意思，天子指婚何等荣耀，你竟要用来娶一个侧室？当真是仗着天子宽宏，便不知进退吗？"

"王爷这句话也奇怪。"赫连铮立即反唇相讥，眼眸那琥珀底色上有淡紫色幽光闪烁，"这是陛下的恩典，我做藩臣的，不恭敬领受，难道还要拒绝吗？"

"是吗？"宁弈微笑，笑意浮在唇边，"过盛易折，骄极必衰。世子小心福泽过厚，损了寿算。"

"麸子吗？"赫连铮偏着头，不太懂宁弈这句文绉绉的话，"我的马都吃最好的燕麦，强壮矫健，才能载动我三十八斤重枪，只有你们天盛的公子哥儿，弱不禁风，涂脂抹粉，所以你们的马只需要吃麸子长大，就够驮得动你们。"

他说得牛头不对马嘴，众人都要笑，可谁知道赫连铮又昂然接道："天盛的女人做你们这些弱男的胯下马，真是可悲！"

当朝皇子重臣们唰地红了脸，几个白发老臣捂脸低骂："野人粗俗！玷污金殿！"要不是碍着在御前，便要拂袖而去了。

凤知微刚刚咬牙包扎好，听见这句一个手颤，差点一不小心把打的结给扯破了。

宁弈凝神瞧了赫连铮半晌，点头道："是，世子真是真英雄奇男子，便刚才这一句，帝京女子也必将引为奇人，趋之若鹜。"

殿上有人嗤笑出声。

"她必将以嫁我为荣。"赫连铮傲然道。

宁弈又斜睨赫连铮一眼，突然笑了，一边笑一边点头，诚恳地道："对，世子，你说得真是太对了。小王就在此等着你携新妇上殿谢恩的那一天，届时必将重礼为世子贺。"

他神情诚恳，语气却怎么听怎么讽刺。赫连铮并不是笨人，早已听了出来，怒目而视。

两人一冷笑一怒目，剑拔弩张，就差电光闪闪、雷鸣轰轰了。

众臣面面相觑，都觉得今日的楚王很是奇怪，往日他从不会这样当面和人针锋相对，不过，转念一想，立即释然，毕竟赫连铮刚刚当庭指证险些害他丧命，楚王心中有怨气也是难免。

天盛帝也是抱着这想法，看宁弈神色不豫，有心转移话题，笑道："世子，秋尚奇的外甥女，想必也是京中闺秀，这样的大家出身，你怎么说人家出身低微，要立为侧室？"

有人低咳了一声，大学士姚英有点尴尬地道："陛下，那秋尚奇，只有一个妹妹，就是当年的……"

天盛帝怔了一怔，想起了什么，脸色微微一暗，众人立即齐齐避开眼光——秋家大小姐当年抛弃荣华地位，不顾一切和一名男子私奔，此事轰动京华，在场的人都听说过，更有一个秘而不宣的说法，说当年秋大小姐之所以私奔，是因为宫中传出消息欲待纳她为妃。

此事想必是陛下心中的一根刺，众人都聪明地选择了避开。

"陛下，臣打听过那姑娘。"赫连铮兴致勃勃地道，"她今年十六岁，尚未婚配，据说温柔和顺，十分贤惠。臣就要这样的，将来臣娶了正妃，也不至于家宅不宁。"

这句话一说，凤知微心中暗骂——这混账什么时候对她这么了解了，连尚未婚配都打听过了，连婚后家宅宁不宁都考虑好了，真是打得如意算盘。

宁弈也皱了皱眉，一瞬间打消了心中一个念头。

"既然如此，"天盛帝脸色恢复正常，伸手去取桌边的茶盏，"来人，传旨……"

他突然咳嗽起来，一咳便呛住，脸色涨得通红，内侍急忙上来侍候，刚才的话便没有继续。

一直站在龙案边的凤知微，将手悄悄地从案几上撤下——她刚才将袖囊里一块备用的点心捏碎，然后装作掠头发，将点心上的碎花生末儿弹进了天盛帝的茶杯里。皇帝气管不太好，很容易被呛着，果然打断了他的传旨。

趁着天盛帝咳嗽、内侍忙成一团，她凑到赫连铮身边，笑道："世子，您真是好眼光啊！"

"当然……咦，你也知道那位凤姑娘？"赫连铮斜眼看她，"怎么知道的？哪里见的？她一个大门不出二门不迈的闺秀，你怎么认识的？"

他这里人还没娶到，已经完全以丈夫自居了，咄咄逼人开始查问起一切可疑的私情，也不想想自己又是怎么能认识"大门不出二门不迈"的闺秀的。

"家父当年和秋府有点故旧之情，"凤知微道，"也应邀去秋府做过客，不过大家闺秀，确实不是我能见着的，只是……"

她拖长声调，赫连铮果然问："只是什么？"

凤知微拧了眉，做严肃思考状，随即摇摇头，"背后论人是非不好……没什么。"

然后她就紧紧闭上嘴，蚌壳似的，那表情，似乎用刀子来撬也撬不开她严实的口风了。

赫连铮宝石般的眼眸紧盯着她半晌，脸上神情变幻。

来问我吧，来问我吧，来问我吧……凤知微胸有成竹地微笑。

"没什么就没什么吧。"赫连铮望了半天，居然漫不经心地扭头，嘴角噙着一抹古怪的笑，"反正我又不是真的要娶她做妻。"

凤知微"吭"的一声险些呛着……这蛮子不按常理出牌！

"我还没见过哪个女人敢对我动手的……"赫连铮望着殿外，白亮的日光映得他七彩宝石般的眼眸分外璀璨，他幽幽道，"我怎么能轻饶了她？哈哈，中原女人不是以夫为天吗？从此以后我就是她的天，叫她给洗脚就得洗脚，叫她给捶腿就得捶腿，然后我娶十房大小老婆，每个都得她伺候……叫她悍！叫她狠！再狠再悍，也是草原鹰爪下的穴鼠！"

你娘才穴鼠哩！

凤知微抽抽嘴角，将这表情控制在濒临爆发的边缘，然后嘿嘿一笑，望着赫连铮，称赞："好，好，世子真是宏图大志，雄风万里……"

她赞得轻飘飘，眼神却很同情，而这份同情看在赫连铮眼底，多少有几分疑惑，随即一把扯了她的衣袖道："瞧你吞吞吐吐的，那凤知微，有问题？"

"没问题，没问题。"凤知微扯开衣袖，慢条斯理道，"宁拆十座庙，不毁一场婚。在下在此恭贺世子得娶美人归，从此以后要想洗脚就洗脚，要想捶腿就捶腿，十个老婆都有人伺候，连丫鬟钱都省了。恭喜恭喜，十分之喜。"

她神情严肃地说完，再不看赫连铮一眼，端然去已经恢复过来的天盛帝那边伺候了，留下赫连铮皱着眉头，陷入思考。

远远地，似乎一眼也没看这边小动作的宁弈，突然瞟了两人一眼。

天盛帝咳了一阵，缓过气来，敲敲桌案，对凤知微道："魏知，拟旨。"

凤知微立即动作很快、很爽快地铺纸濡笔。

"今有五军都督秋尚奇之甥凤氏……"

"陛下！"

赫连铮突然快步上前，出声打断。

满堂疑问的目光聚拢过来，赫连铮磕了一个头，大声道："陛下，臣想过了，区区一个侧室，实在不当劳陛下赐婚。这恩典，还是等臣迎娶正妃时，您再赏吧。"

宁弈立即赞："世子真是深明大义，谦恭知礼！"

赫连铮毫无愧色，"当然！"

天盛帝沉吟了一下，应了，毕竟赐婚侧室与礼不合，他也就是破例安抚下这个不安分的小子，既然当事人自愿放弃，最好不过。

赫连铮也无所谓，他也本就是为了应付皇帝，不想被当堂塞个正妃，随口说侧室凑数，赐婚不赐婚，倒也无所谓。

不过，这凤小姐到底有什么问题呢？改日得去好好查探查探，有些事是打听不出什么来的，还是得见见本人……

赫连铮拧了眉沉思。

凤知微含了笑收起笔墨。

宁弈身子往椅上一仰，慢慢饮茶。

窗外，如锦的日光泼辣辣洒进来，夏日艳光如许。

赫连铮退出后，御书房又议了阵儿事——秋尚奇的大军已经到了边境，在和大越相隔五十里的结罗山驻兵，结罗山位于呼伦山脉中段，呼伦山脉将胡伦草原南北分界，东临凌江，跨卫、静、永、肃四州，交通发达依山为障，居高临下地势开阔，所以秋尚奇以原边军五万守在结罗山西线，面对呼卓十二部地盘，以副帅淳于鸿率军十万守在东线，面对大越南境，而自己率十万据守中军。

这等安排看在兵家老手眼底，十分稳妥——以当地驻军对上呼卓境，利用当地驻军对地形、人事的熟悉，还隐隐带着监督的意味，万一呼卓反水，也有回旋余地。

又商讨了阵儿今天的案子。看得出来天盛帝不打算从重追究，战事当前，安定为上，宁弈也十分宽容，并不穷追猛打。天盛帝十分满意，高兴之下，道："老六你时常要进宫回事，来来去去的不甚方便，龙仪殿西侧的枫昀轩就赏给你，以后若是迟了，宫门下钥，也好歇息。"

成年皇子都出宫开府，不在宫中留宿，这是额外的恩典了，几位皇子的脸色立刻都有些不自在，但是刚刚在朝上都出了丑，不敢开口。

"枫昀轩精致玲珑，又靠着父皇的寝宫，日后晨昏问安，六哥就方便了。"忽有人笑意盈盈而来，捧着茶盏，身后跟着一串宫人。

能在这天下军机之地，无所顾忌、谈笑而入的，也就是当朝第一宠，韶宁公主了。

"恭喜六哥！"韶宁将茶奉上，侧头看宁弈。

宁弈抬眼，两人目光交视，宁弈笑了笑，道："这是父皇的恩典。"

天盛帝听了韶宁那句话，脸色微微一变，犹豫的神情一闪而过，随即微笑道："正在议事，你跑来做什么？"

"听说那些笨蛋侍候得不好，父皇喝茶给呛了。"韶宁笑吟吟绕过书案，转到天盛帝背后给他捶背，"孩儿送了这碧罗茶来，轻浮美妙，再不会呛着父皇。"

"你便是有孝心。"天盛帝拍拍女儿的手，眉眼都舒展开来，又对凤知微道，"今日多亏你无意中那一刀，虽害你吃了点皮肉之苦，倒帮楚王洗清了冤枉，免了一场不小的风波，说起来也该赏你，以后你就跟着姚阁老，学着些朝务处理吧，也好长些见识。"

这句话一出口，皇子众臣的眉头又颤了颤，姚英是当朝首辅，有票拟之权，天下大事都得他先过目给出处理意见，而如今天盛帝让魏知直接做了他手下的文书，看似降了，其中含义却深不可言，看样子是要将这少年作为未来首辅培养了。

这一来，众人的眼色都火辣辣的，说不清是嫉妒还是不安。

凤知微谢了恩，心中却升起警惕——天盛帝不可能看不出，几位阁老中，首辅姚英和她不对盘，次辅胡圣山却对她青眼有加，而如今把她拨给姚英，她未必认为就是好事，难得皇帝老家伙，又来玩他的制衡之术了吗？

韶宁目光亮亮地望着她，脆声笑道："真是恭喜魏大人了，和咱们的楚王哥哥一样，少年得志，平步青云啊！"

凤知微心中苦笑，只觉得自己一不小心，又被架在了火上烤，而天盛帝背后公主的眼光望过来，又像是无数嗖嗖飞起的冰。

天盛帝近年来精神倦怠，不一会儿便命众人退出了。凤知微站在庭外等众人先走。宁弈过来，忽然瞟她一眼，道："魏大人怎么有些魂不守舍？可莫要被这日头晒昏。"

"多谢王爷关心！"凤知微此刻看见他就气不打一处来，却仍笑得眉眼飞飞，"今日亲眼得见王爷运筹帷幄的神采风范，正在好好回味。"

宁弈仔细看她一眼，虽然戴了几可乱真的人皮面具，然而那女子的眼神却丰富得几乎可以读出一本书——几分恼怒，几分不满，几分庆幸，几分悻悻。

他忍不住便要笑，唇角一抹浅浅的笑纹，如昙花开在雪地里，静美耀眼。凤知微难得看见他这样的笑意，只觉得有着和平日截然不同的风采，绚丽不可方物，不由得呆了一呆。

一怔便醒间，宁弈的背影已经隐在回廊之外，凤知微慢慢转过头去，握紧了手指，手心里一个蜡丸硌得发痛。

这是刚才韶宁公主从书案前绕过时，塞在她手中的。

她无奈地叹息一声，打开字条看了看，果然是韶宁约见。

出了御书房，没走多远，就有一个小太监默不作声跟了上来，继而走在她前方。两人七绕八绕，在一处小花园前停住，四面有些屋舍，看来却无人住，远远地也有宫室的飞檐重庑，却也是静默无声的。

四面的花木看着却有几分怪异，凤知微翻翻地上的根，认出其中一种是北疆才有的植物，因为水土不服又没人照顾，这些花木都没能长出来。

一双青色皂靴无声无息地出现在花根前，凤知微抬起头来，笑道："公主这身打扮，微臣都不认识了。"

穿着太监蓝衣的韶宁抿着嘴，难得地没有笑意，只沉沉看着她，半晌道："怎么回事？"

"我还正想问公主呢。"凤知微站起身来，眼神困惑，"怎么回事？"

"你用了我给你的东西？"韶宁倒没想到她这么坦然，眼神有些狐疑。

凤知微坦然地点了点头，韶宁怔了怔，没有说话。

她的沉默看在凤知微眼里，心里更有了底，冷笑道："怕是我为公主拼死冒险，公主却没将我当作知心人！”

韶宁脸色又变了，刚才的咄咄逼人完全消散，无意识地退后一步。

“用人不疑，疑人不用，公主自误了！”她退后，凤知微立即紧逼，“公主既然给了我那药，为什么不信我？还要嘱托刘医正在那水和刀中做手脚？多此一举，乱了全盘计划！”

“……我也不确定给你那药是不是有用……”韶宁眼神出现一丝慌乱，喃喃道，“他说不如做两手准备。我也不知道居然会出那岔子……可是……可是……”她突然挺起胸，盯着凤知微，“你要是不自伤那一刀，他们又怎么会发现？”

“公主又错了，”凤知微摇头，“我并不是有意弄伤自己的。”

“难道……”

“当时我走得好好的，突然脚下一滑。”凤知微撒谎一向比真的还真，“莫名其妙就倒了下去，然后刀刺破了手腕。我又不是傻子，既然已经下了药，还要帮楚王？”

“谁知道你下没下药……”韶宁低声咕哝。

“是啊，现在没人能看得出我到底下没下药。”凤知微恨铁不成钢般摇头，转身就走，“谁叫公主不信任我，非要做两手准备呢！现在想要知道我的忠诚，也无法证明了。”

“我信你的！”韶宁拉住她，“魏知，不要生气，这回是我错了。宁弈那厮奸狡，我身边一定有他的内应，他才会什么都清楚，完全有备而来。你看他故意派了个刺客混淆视听，在所有皇子侍卫的左肩上都捣了个洞，不动声色就解脱了宁澄的怀疑，就说明全盘计划他根本就是知道的，所以魏知，你一定要帮我！”

又来了……凤知微心中叹息，回身，诚恳地道：“公主，我不适合再帮您，最起码现在不能。您想想，楚王既然有内应，我和您的计划，他一定心中清楚。我现在自保还来不及，还要和他作对？现在最应该做的是韬光养晦，待有了机会再动也不迟。”

“还有，公主。”凤知微提醒她，“这事隐秘，知道内情的不多，您该好好清理一下身边人了。”

“身边人……”韶宁有些茫然地放开她的袖子，“我身边只有嬷嬷……她不会的……”

她声音极低，凤知微都没听清楚。转眼韶宁又笑了起来，一改刚才的茫然，笑靥如花地用脚踢踢地上的枯花，道：“你知道这是什么地方吗？”

见凤知微疑惑地看着她，韶宁得意地道：“小时候我常来这里玩，喜欢这里的花草。还有个非常美非常美的女人，就住在后面的宫里。”她指指花园后那静默的宫室，“后来有人告诉我，这里不能来，我便再也没来过。前不久我想起这事，着人打听了一番，才知道了以前的一些事，哈哈……"

她笑声里没有喜悦，只有古怪，眼神也闪动着，似乎在想什么，忽然道："今天父皇把枫昀轩赏了宁弈，看起来好像是随口说的，其实宁弈之前早就下了无数功夫，包括今天这个'他受了委屈'的局，都是为了枫昀轩。可恨我竟然为他人做了嫁衣裳，不过也没关系，你有张良计，我有过桥梯，哈哈。"

凤知微望她一眼，没有开口。韶宁主动牵着她的袖子，转了个圈，指了个方向，道："看见没有？枫昀轩。"

凤知微这才发现，原来枫昀轩离这里不远，只是隔了个花园和假山人工湖，又没有直通道路，感觉很远而已。

"你回去吧。"韶宁噙着一抹冷笑，拍拍凤知微的肩头，"等着吧，好戏还没完呢！"

从宫中出来，凤知微回到魏府，在自己房间简单装扮了一下，掀开房中一个紫檀大木箱，黑黝黝的地道入口便出现在眼前。

这是她命人挖的，直通秋府萃芳斋她的闺房，方便她出入。

顾少爷穿着华丽丽的丫鬟衣，跟在她身后，一袋子小胡桃在袖子里哗啦啦作响。

两人拱出地道，在房内坐定。院子里很安静，凤知微早就关照过秋夫人，以凤小姐得了风疹不能见风为名，不让人靠近萃芳斋。

秋夫人没有拨丫鬟过来，秋府的丫鬟也不愿来这里侍候，在她们眼里，凤知微还是原来那个没地位的私奔女人的不知来路的下贱女儿，只不过不知怎的投了夫人的好，暂时给了她个院子而已。

凤知微也不关心这些，她冒着危险和麻烦来秋府，除了希望能照应凤夫人，最主要的目的还是这五姨娘的住处。

当初她将五姨娘弄下冰湖时，那女人临死前一刻表现出的力气和反应十分奇怪，再加上宁弈的出现，让她心中始终存了一分疑惑。

仔细在内室里一阵搜索，一无所获后，凤知微皱起眉头，有点泄气地往床上一仰。

这一仰，忽然觉得背后硌人，她回身一看，一个用来束帐子的金钩，半掩在被褥下。

她坐起身，取出金钩。金钩上端是一块半镂空白玉，白玉的形状很有些特殊，两团隆起，粉光致致，顶端略有胭脂红，看起来像是女人的胸部，妖艳而诱惑，很像闺房助兴的狎昵物件儿。

大家小妾常有这些东西，以博宠幸，但用来做帐钩装饰的可不多见，而且既然是帐钩，为什么会在被子下？是谁有意收进去的吗？

凤知微在白玉的中段忽然摸着了缝隙，她手指微微用力。

啪的一声白玉被分开，掉出一个小小的金锁片。

凤知微怔了怔，这东西，看着眼熟。

她拿在手中仔细看了看，上面的生辰八字让她眼光一缩——这是凤皓的生辰八字！

凤皓出生在大成厉帝末年的六月初三，这金锁片是他幼时戴的，但后来就不见了，凤知微也没在意，不想居然出现在这里。

但是，五姨娘偷凤皓的生辰八字做什么？她偷来要给谁？

凤知微找到了东西，心中却更加疑惑，仿佛无意间触及了某个极其庞大的秘密的边缘，然而四周云遮雾罩，不见全貌。

想了想，她将金锁片收好，想去凤夫人的小院去探探口风，可一时又有些犹豫。

自从那日她要送凤皓去首南山读书被凤夫人拒绝后，母女姐弟的关系直接进入了冰冻期，凤夫人几次上门送吃食和自己做的衣物来，凤知微都闭门不见。

她对任何人都可以长袖善舞，春风化雨，因为那是外人，而对着那朝夕相处了十余年的母亲和弟弟，她再难维持和蔼温存的假面具。

只有在乎的人，才可以伤人最重。

正犹豫着，忽听院子外一阵喧哗，接着便呼啦啦拥进一大堆人来。当先一人尖着嗓子，道："给凤小姐贺喜了！"

凤知微开门出来，正迎上一院子闪烁的目光和幸灾乐祸的笑容。打头的安大娘捧着衣裳首饰，驴粪蛋似的脸上，笑得粉一块块往下掉。

"凤小姐，大喜了！"安大娘将手中的衣裳往前递了递，"听说您雀屏中选，即将成为呼卓王世子的妾？王世子现在亲自来拜访，夫人正在前院招待，您需要换件衣服去侍候吗？"

那个"妾"字咬得极重。满院子仆妇个个忍着笑，憋得脸通红，然后一个婆子笑道："听说，草原男儿是极健壮的，凤小姐真有福气。"

又一个大丫鬟笑道："就怕膻味重了些，听说草原男人一年不洗脚，小姐将来侍候夫君时，可别给熏着。"

一阵哄笑。

安大娘示威似的将衣服又往前递了递。木盘上的衣饰，是姨娘进门只能穿的那种粉红色，再配着翠绿裙子，十分俗气，而黄金项圈和狗圈似的沉而笨，压在衣上，红绿黄三色看脏了人眼。

赫连铮还真是个急性子，这就跑来了？

凤知微眉梢微挑，目光在那衣裳上淡淡瞥过，道："这莫不是大娘自己压箱底的衣服吧？可怜见的，压在箱子里那么多年，一直没机会穿上，今儿你还给我送来，是确定以后都用不着了吗？"

安大娘窒了窒，手僵在半空。

夫人并没有叫她送衣服来，是她自己想要报一箭之仇来羞辱凤知微。这衣裳首饰，确实是她压在箱子里，准备和秋府刘管事成亲的时候用的，可刘管事死了老婆又续弦，始终没她的事，诚为生平恨事，但没想到凤知微居然犀利到这种地步，一句话就戳了她的痛处。

"你——"她气得浑身发抖，站在原地颤了半晌，正愁没处下台，忽听身后一人低声问："怎么了？"

众人回头，看见凤夫人正倚门而立满脸疑惑。她刚才听见人声喧腾，往凤知微院子来，便急忙也跟来看个究竟。

安大娘眼睛一亮，立刻噔噔走过去，咬牙笑道："夫人，老婆子差点忘记恭喜您，您家姑娘飞上高枝儿了，马上就要是世子的妾了！"

"世子？妾？"凤夫人疑惑地睁大眼。一个婆子不冷不热地立即接上，"是啊，妾！你家姑娘在外面乱跑，也不知道使了什么狐媚气儿，被呼卓世子看上，说是今儿金殿之上便求了陛下赏了做妾，还说什么差点赐婚。呸，什么玩意儿？一个妾，赐婚？可能吗？"

凤夫人怔了怔，一瞬间脸色发白，张了张嘴要说什么，话又堵在咽喉。凤知微立在门边，盯着凤夫人，心中似酸似苦——她要被赐作人妾，娘还是这般不发一言吗？

母女俩隔着满院子的敌意对望，一个心中还没消化完这个消息，如乱麻一般思索如何处理；另一个揣着一怀淡淡的凄凉和失望，希冀和等待着自己最在乎的那个人，能给予自己一点温暖的回应。

她们各有心思，陷入沉默，却因此让仆妇们以为她们怯弱不敢言。

"什么赐婚，给自己撑面子吧？"另一个仆妇得意扬扬，掩着嘴笑，"不过，我们这位凤姑娘可真是有本事，不动声色便搭上了呼卓世子。也不知道大门不出二门不迈的大家小姐，哪儿学来的这招数！"

"夫人遗风，家学渊源嘛！"秋夫人身边一个识几个字的二等丫鬟，文绉绉地接了一句。

啪！

一声脆响，一道血光。

那女子的尖叫声传来，传到众人耳中已经沙哑——凤夫人突然拿起了那个沉重的黄金项圈，一个横扫千军，便拍在了那女子嘴上。

打裂的牙齿喷了出来，星星点点的血溅在了凤夫人脸上。她抹都不抹，举着那个沾血的黄金项圈，什么人都不看，抢了臂又是一扫。

"没人教你们规矩？今天打到你们醒！"

满院子得意扬扬的仆妇大惊失色，纷纷逃窜。凤夫人扑过去，抓起安大娘手中托盘上的衣服就往外扔。

"老货，带着你的寿衣，给我滚！"

花花绿绿的衣服飞出去，正蒙在一队刚过来的人脸上，只听当先一人"哎哟"一声，大叫："香得发臭，熏死我了！"

抬手就把衣服从脸上扯开，踩在脚下。

他的脸一露出来，众人都觉得原本明灿灿的日光暗了暗，恍惚间又似有什么七彩绚烂的光闪了闪，细看来却是对方的眸子。琥珀浓如酒，幽紫深似渊，两种近乎对立的色彩，融汇于一人眸中，有种奇特的、令人眩晕的美感。

那人束着袖，敞着怀，淡蜜色的肌肤上汗水晶莹，浑身上下都散发着一种喷薄欲发的男人劲儿，看得满院子姑娘媳妇都呆了眼。

一堆秋府的护卫追了来，大叫："世子，不能进，不能进——"却被他身后那队人给挡着。镶金丝的鞭子抽了嗷嗷乱叫，一点不伤人，却抽得护卫四处乱窜，越离越远。

原来这就是呼卓世子！各方眼光顿时含着不同的意味向赫连铮投去。

赫连铮目光一转，看见了披头散发手持染血项圈的凤夫人，又看见一直负手站在廊下、居高临下淡定从容的凤知微，立即扬眉一笑，道："黄脸婆，这是你娘？真是一人更比一人悍！"

凤知微呛了一下，随即听见他又高声道："我喜欢！"

这回凤夫人呛了一下，唰的一下放下了高举的黄金项圈。

"世子是来下聘的吗？"凤知微原本已准备出手，却被凤夫人的爆发给惊得忘记动作，赫连铮一过来，她立即找回了自己，立刻又雍容淡定了。

"是啊。"赫连铮偏头打量她，觉得这女子就是脸黄了点、眉垂了点，细看来也不是很丑，而且他就是喜欢她种看似平静其实万事都很睥睨的劲儿，他忍不住越想越愉快，一挥手，"八彪！"

那八个使金丝彩鞭的彪悍护卫轰然应声迈上前来。

"聘礼！"

八人各从怀中掏出一个黄布小包，珍而重之地奉上。

什么珍稀宝贝？

凤夫人再次怒上眉梢，正要把这几个布包给踩扁，却接到凤知微不赞同的眼光，忍住怒气退后一步。

"奉上我族最珍贵的聘礼，给我的女人。"赫连铮高声道，"正如苍鹰离不开天空，羊群离不开草原，呼卓十二部所有的勇士都离不开它！"

八彪动作一致，唰地掀开黄布。

一堆细白粉末，雪光耀眼。

盐巴。

满院子喷笑出声，凤夫人瞪大眼睛，凤知微啼笑皆非，安大娘缩在水缸后笑得浑身颤抖，"盐巴……聘礼盐巴……"

赫连铮却高昂头、肃眉目，一点不为众人嗤笑所惊，神态睥睨，"中原妇人，就是没见识！"

"确实是珍贵的聘礼。"凤知微笑吟吟地点点头，"呼卓部僻处北疆，远离海岸线，盐巴本就是民生必不可缺的重要物事，少了绫罗绸缎可以穿牛羊皮货，少了鸡鸭鱼肉可以吃羊肉牛奶，少了盐巴，呼卓部决胜草原的勇士便没有力气再驰骋疆场了。世子，你是用这样的方式，告诉我，我是不可替代的吗？"

赫连铮目光一亮，神采飞扬地笑道："我就知道黄脸婆你不是那些只看得见金银珠宝的俗女子！"

"我如此独一无二。"凤知微始终站着不动，俯看着赫连铮，"那么轮到你的正妃时，你该用什么聘礼来表达她的独一无二和珍贵呢？"

赫连铮严肃思考了一会儿，答："盐碗子！"

真是盐巴大王啊……

凤知微看着一碗盐巴娶天下女人的呼卓世子，瞬间觉得呼卓王庭真是省钱啊……

她眼神带着淡淡的笑意看过来，从赫连铮微微仰首的角度看去，正看到她的眼眸中，那点笑意带点浅浅的无奈和细细的忧郁，像无数小小的星火闪烁在弥漫起雾气的藏蓝色夜空中，遥远、缥缈、美丽而不可捉摸。

那样的眸子，配上那眉宇间开阔朗然的神情，恍惚间让人觉得脸也不黄了、眉也不垂了，一颦一笑间，自有既端庄又风流的态度，如长空飞卷之云无声无息罩了来，让沐浴其下的人，觉得高，觉得远，却又觉得温柔。

赫连铮本来是极不喜欢仰头看任何人的，但不知怎的，此刻却不觉得这姿势有什么不对，似乎她那样俯身站着，而他在廊下仰首看着，就是天生应该的。

微微的恍惚里，忽然听见上首那女子，巧笑嫣然地道："妾身听闻草原男儿求娶女子，都会彰显武力，展示雄鹰一般的威仪和气概，那世子愿意在妾身面前，一现风采吗？"

赫连铮听见那"妾身"两字，唰的一下就联想到华美帐篷、大红明烛、头戴花冠的新娘、凝脂般的肌肤……立刻眉飞色舞地答："是的！得胜的男儿才配娶最优秀的女子！"

"那很好。"凤知微"弱质纤纤"地婉转坐下，道，"妾身不会武功，也不能真的让您和秋府的护卫过招，不过，妾身有个十分亲近的贴身丫鬟，一直很恋慕草原雄鹰的风采。您介意指点一二吗？"

"你的贴身丫鬟吗？"赫连铮大笑，"我不和女人打架的，不过既然是你的'贴身'丫鬟，我也不介意征服她，供你一乐。"

他将"贴身"和"征服"两个词，咬得很重，凤知微有趣地看着他，挥了挥手，道："衣衣，有人要征服你。"

华丽丽天水之青，华丽丽软绸面纱，华丽丽吐掉半个小胡桃等在一边，早已十分之不耐烦的顾丫鬟，慢腾腾走上前来。

第五十四章

胡桃凶猛

顾少爷丰姿国色、衣带当风，这么慢腾腾飘飘逸逸走过来，除了个子实在太高了点，是个小缺憾外，其实很有几分韵味，看在中原人的眼底觉得这女子太高步子太散，但看在赫连铮和八彪的眼里，眼睛齐齐都亮了。

"中原女子也有这么高的个子！"赫连铮回头对八彪笑道，"比我王姐还高。"

"洁丝丽公主是草原最美的夜莺，没有人能比得上。"一个面上染了靛青飞鹰的男子粗声道，"不过这个女子看起来也不错。"

"三隼是看上她了吗？"赫连铮大笑，"那你去吧！赢了我就把衣衣赏给你。"

"谢世子！"那个叫三隼的壮汉，兴致勃勃地脱了上衣，露出一身精壮的腱子肉。赫连铮还追在后面叮嘱一句："轻着点，别伤着美娇娘。"

"没事。"三隼漫不经心挥挥鞭子，"属下会心疼自家婆娘的。"

凤知微慢条斯理地剥着胡桃，听着那几人自说自话，幽幽道："世子，咱们中原人说话比较含蓄，您是知道的，虽说是指点，可也算是比武，而这比武总有个输赢，咱们是不是要博个彩头？"

"彩头？"赫连铮不可思议地瞪大眼睛，"难道你觉得你还有胜算？"

"总要有彩头才好玩嘛。"凤知微细心地剔去胡桃上的皮，"您既然对取胜有十足把握，不问我的意见就把我的衣衣赏人了，难道一个彩头都不敢应？"

"你的就是我的，你的丫鬟也是我的人。"赫连铮斜眼道，"需要问你什么意见？也罢，彩头就彩头，既然你要赌，把自己输光了可别怪我。"

"愿赌服输。"凤知微笑吟吟的，"谁赖账，从此以后倒爬出京城。"

"成！"赫连铮爽快地道，"本世子这辈子就没赖过账。"

"好。"凤知微笑眯眯地托着腮，很有趣地看着他，"妾身若赢了，这做妾一事再也休提。从此以后您见我一次，喊我一次小姨。"

"大胆！"

八条鞭子在半空中泛起金丝流光，直扑凤知微的面门。

劲风金影里，凤知微安坐不动，眉毛都不动一根，细心地剥着她的胡桃。

赫连铮盯着凤知微，突然手臂一竖，八条来势汹汹的鞭子便如臂使指，立即静止在半空。

"胆子很大。"赫连铮第一次眯起了眼睛，"那你若输了呢？"

"妾身若输了。"凤知微吹了吹胡桃上的浮皮，眼波盈盈地瞟过来，"自然是要去草原就去草原，要送丫鬟就送丫鬟，天南海北，与君为伴。世间任何事，只要妾身能做到，任君予取予求。"

赫连铮听着这话的第一反应是自己亏了，她本来就是自己的妾，当然要去草原就去草原，要送丫鬟就送丫鬟，然而听着那句"予取予求"，语声娇软，春风桃花一般地飘飘荡荡；看着那女子娇俏地吹着胡桃皮，微微扬起的眼角水波盈盈，羽毛似的悠悠飘摇，仿佛便那么飘入心底，让人簌簌痒痒而又无处抓挠，恍惚中便想，那胡桃，是剥给我吃的吗……

这么一恍惚，自己说了什么也没想起来，然后便见院子中的人面露诧异之色，而凤知微已经大声拍掌，称赞："世子爽快！"

这一赞，赫连铮也不觉得亏了，大马金刀地坐下来，等着"予取予求"，却听凤知微又道："妾身这边就这丫鬟出战，世子那边呢？需要车轮战？还是乱战？还是齐战？还是你最后压阵战？"

赫连铮听着，怎么听都不是滋味，眉毛一挑道："你不过出个丫鬟求指点，我参与干什么？车轮战干什么？就让三隼上吧。"

"妾身可是将全部赌注押在我家衣衣身上了。"凤知微扬眉笑，"世子也敢？"

"有什么不敢的？"赫连铮傲然道，"三隼，好好指点。"

"您放心！今日您和老三晚上都来得及洞房。"另一个眉上文了貔貅的男子，笑得比赫连铮还自信还傲然。

凤知微起身，行到顾丫鬟身侧，不胜心疼地叹息道："唉，可怜我家衣衣，纤纤弱质，为了我要和呼卓世子帐下最英武的勇士动手……"

"她也可以提个赌注。"赫连铮越发大方，满不在乎地一指。

凤知微立即凑到顾丫鬟的面纱下，低声道："快提，快提。"

原以为难讲话的顾丫鬟会不理她，谁知道他道："打完再说。"

凤知微有点呆滞地仰望着顾丫鬟，不是吧？您真的想过赌注的事？今儿哪家厨房的烟火气染到您身上了？

她过分呆滞，靠得太近而不自觉，仰起的脸快要触及顾南衣的下巴，若不是隔着面纱，似乎那长而卷翘的睫毛便要扫到顾南衣的脸了。对万事漠不关心的顾南衣一垂眼帘，少女光洁的额头便扑入眼帘，他怔了怔，突然便觉得，这女人似乎靠得近了些，太近了些。

心里不知怎的有点糙糙的，那感觉不太舒服，好像看见悬崖下的小胡桃，香气十里，却令人扼腕地够不着。

顾南衣站在那里想了想，没想出这感觉的来龙去脉、前因后果，于是采取最直接的方法，唰的一下把凤知微推开，头也不回地缓步走了过去。

呼卓部下们还在漫不经心地说笑，打趣今晚要进洞房的三隼，而赫连铮还坐在一旁一边喝秋府下人送上来的茶一边有一眼没一眼地仔细琢磨着凤知微的每个动作，越看越觉得好看，就像茶越喝越觉得好喝。

然后，顾南衣那几步一跨出，互相打趣的八彪们突然安静了下来。

赫连铮感觉到这寂静，一回头看见顾南衣，一口滚烫的茶差点呛在了咽喉里。

不知何时，顾南衣手中已经多了一柄奇形玉剑，那玉通体血红、色泽热烈，是极为少见的血玉，而剑柄则是金色的，隐隐浮雕着宝塔样的图案。

金色宝塔，血色剑身，这样的搭配明明很不协调，却让人心中莫名升起几分寒意。

而顾南衣站立的姿势明明四处空门大开，仔细看却又无一空门，竟然是浑然一体、无迹可循。

步法、武器、气质很明显不是简单人物。到了此刻再看不出其中的问题，名驰草原的呼卓世子和他手下的八彪也就白活了。

三隼的脸色顿时严肃，向赫连铮看去。

赫连铮缓缓放下茶，仰首望天，半晌，却依旧决然地对三隼挥了挥手。

三隼面色一正，也不说话，从背后慎重地取出一对金锤，大步上去。

凤知微此时倒对赫连铮有了几分敬重。

已经看出了顾南衣的不好惹，却依旧愿意将关系自己终身和名誉的赌注押在属下身上，放手让他去战——这位呼卓世子对属下的信任和守诺，常人难及。

这样的人，是可以让人为之含笑赴死的。

三隼大步上前，心中怀揣着对主子的感激和敬意，热血颤颤地涌上来，冲得太阳穴嘣嘣作响。他掂着手中那对沉重的金锤，想着自己不败的战绩，再看着对面懒散的顾南衣，突然便觉得自己看走了眼。

哪里有高手的样子呢？瞧那手里还抓了个胡桃。

"嘿！"

巨大的金锤挟着凶猛的劲风砸下来的时候，像一轮太阳从天际奔落，泰山压顶般压上顾南衣的天灵。

那劲风来势之猛，像是要把顾南衣一举砸进地下，风声掀起顾南衣的衣袂。高而瘦的他，看起来似乎要被风卷去。

铿。

极清越的一声，细长袅袅，回声未尽，金光突收。

一截血红，顶在那金锤的锤面，正是顾南衣手中的玉剑，在锤身将至的刹那间，闪电而出，穿锤而过！

金锤坚硬，玉质轻薄，以一截玉剑穿过砸落的金锤，需要何等的内力和眼力？

赫连铮脸色变了。

一直不以为意的八彪们齐齐倒抽一口冷气。

凤知微百无聊赖地趴在檐下的石桌上，手指嗒嗒地敲着桌面，心想，那红杆子穿个黄球球，很像那万能册子上画过的一种棒棒糖，赶明儿照样子做个来，犒劳下顾丫鬟。

玉剑还穿在金锤上，三隼脸色死灰。顾南衣抬头看看那锤，手指轻轻一动，红光划过，金锤轻轻巧巧被剖了开来，两个变成了四个。

随即他一脚将金锤踢开，懒洋洋地便要转身。

三隼却突然飞快地捡起地上散落的半个锤，怒吼一声，再次扑了上来。

顾丫鬟头也不回，一脚将他踢了回去，红光一闪，四个变成八个。

三隼在地上打个滚爬起来，抓起八分之一锤，再次扑上去。

顾丫鬟再踢，八分之一锤变成金渣渣，满天飞。

三隼滚到地上跌落了几颗牙齿，他呸的一声吐出断牙，还有一颗摇摇晃晃碍事，他便伸手进嘴里狠狠一拔，然后恶狠狠地在脚下踩碎，随即又操起身边一个石凳，"嘿呀"一声又歪歪斜斜扑了上去。

"够了！"赫连铮一把将茶杯砸出，怒喝，"三隼，够了！输就输了！"

"不！"血光里三隼声音比他更凶厉，"我可以输，可以死，可我雄驰草原的主子不能叫一个中原女人小姨！"

他扑过去，石凳当头砸下，顾南衣却手臂一转，石凳和三隼的脑袋便同时夹在了他的腋下，他手臂一错，石凳成灰，而三隼在腾腾扑面的灰尘里喷出一口血，随即被顾丫鬟烂麻袋似的扔在地上。

被扔在地上的三隼，挣扎了半天都起不了身，却依旧蠕动着身子，在地上蹭着，试图伸臂去够顾南衣的脚跟。

满地烟尘血迹里，他抬起一片狼藉的脸，眼角竟已挣裂，流出鲜血。

誓死不让主子受辱！

凤知微动容。

未承想赫连铮的手下如此忠心。这要再继续下去，就要结成生死冤家了。

她犹豫了一瞬，正在想不如召回顾南衣，干脆退一步以平局收场算了，想那赫连铮也是聪明人，从此以后自然不会再来骚扰她。

未承想她做出的暗示，顾丫鬟却不予理会，只缓缓回身看着三隼，面上轻纱无风自动。

凤知微愕然，不知这是怎么回事，难道顾少爷今天生气了？

他也会生气？他懂得生气？

她一个念头还没闪回完，就见三隼抱住顾南衣的腿，恶狠狠咬了下去，而顾南衣手中的玉剑闪电般射下——

嚓。

一抹青影射了过来，千钧一发之际顶住了顾南衣手中的剑。

那人以一张石凳顶住那细细的玉剑，虽石凳不堪重负地微微颤抖，那人却挑眉大笑，道："输就输！他不认，我认！"

三隼泪流满面，还要试图扑上来，赫连铮却一脚将他踢开去。

顾南衣此时的玉剑也不依不饶压下来，石凳一裂两半，连同赫连铮的长袍，都被一剖两半，险些连裤子都掉了下来。

赫连铮若无其事，随手抓了一根柳条将袍子捆了捆，先盯着顾南衣目放异彩，赞了一声："了得！"

然后大大方方走到凤知微面前，更加仔细地看了她好久，随即一个长揖，大声唤："小姨！"

凤知微一惊之下捏碎了手中的胡桃。

还真叫了！

"这位高手还有个赌注。"赫连铮一点也不脸红，转身坦然道，"一起说出来吧，我们都接着。"

凤知微有些忐忑，今天的顾丫鬟有点状况外，她不知道他会提出什么赌注，可千万不要闹出什么不可收场的。

顾南衣漠然站着，指了指那几包放在一边的盐巴。

"输了的，把聘礼给吃了。"

"……"

满院静默。凤知微一不小心又捏碎了一个胡桃……

赫连铮霍然回首，注视顾南衣半晌，目光一闪，哈哈一笑，抓起一包盐巴就吃。

"别，您别，让我们吃！我们吃！"呆了半晌的八彪争先恐后扑上来，去抢世子手中的盐。

满院子的人怔怔地看着草原勇士们抢盐而食，都觉得今儿这天要变了……

几小包盐梗着脖子咽完后，八彪人人面如死灰、青面獠牙，只有赫连铮还是那副坦然劲儿。这人似乎在任何时候，都不会被折磨掉一身的坚韧和硬朗。他拍拍身上的灰和盐，束束腰间的柳条带子，迈着一字步，行动间撇着的两条精壮大腿半隐半现，他一直行到凤知微身前，直直地盯着她。

凤知微坦然对视，笑眯眯道："草原男儿今儿真是让小姨我刮目相看！"

八彪脸色灰了，赫连铮却突然笑起来。

他笑得和平日有点不同，琥珀幽紫的眼眸华光闪烁，带点微微的狡黠，像一只夜半出穴的草原狐。

随即他拍拍衣服就走，一边走一边操着被盐齁哑掉的嗓子道："忘记告诉你……我们草原，小姨也是可以娶的。"

"……"

向来好事不出门，坏事传千里，呼卓世子前往秋都督府向秋都督外甥女求亲，结果碰了一鼻子灰的事，没几天就传遍了朝野。

发生的具体事情，大家都不知道，只知道从秋府出来后那著名的八彪十分狼狈，而且呼卓世子一连好多天都不说话，仅以打手势代替，可偏偏他的手势又没人看得懂。

于是朝廷内外传出越发多个版本，连凤知微都听了一耳朵——有说世子是被那位凤小姐的丑容貌吓着落荒而走的；有说是凤家小姐撒泼将世子气走的；更多的说法是对前两种嗤之以鼻，言说其实是被凤家小姐那个一贯惊世骇俗的娘，秋家大姑奶奶，给撒泼撒走的。

凤知微听见这个传言，心中很为无辜背黑锅的凤夫人默哀了一刻钟。

又为自己默哀了一刻钟——不想出名也出名了，她现在的名声比帝京最出名的淑女，吏部尚书华文廉的女儿华宫眉，还要盛几分。

不过无论如何，她最近总算清净了一阵子，可接着又领了一项新任务——天盛帝为了显示自己的文治武功，准备编纂一部《天盛志》，内容集齐经史子集、天文地理、历史文物、风土民俗；编撰团队以次辅胡圣山为总裁，青溟书院院首辛子砚和司业魏知为副总裁，再集青溟门下杰出的人才和翰林院庶吉士——诸般人才济济一堂，势必要把这部皇皇巨著编纂成为前无古人后无来者的第一书。

为了能赶在明年天盛帝大寿时将书献上，这批编书人员都集中在外廷皇史成附近的一个偏殿里编书，而几位总裁、副总裁还给在宫内安排了住处，必要的时候忙晚了，就在宫内休息。

凤知微最近经常往来于青溟书院和宫内。秋府那边为免被发现，干脆令人在萃芳斋四侧把守，一旦有人靠近就装神弄鬼把人吓走，加上她"称病不出"，久而久之秋府众人都说五姨娘生魂作祟，于是，越发没人敢接近萃芳斋了。

这日一早又去青溟，凤知微还没坐稳，美貌大叔牌的半透明白裤子便飘入眼帘，"小知，小知——"

"院首有何吩咐？"凤知微客客气气招呼，心想这大叔这么唤她八成又要出么蛾子了。

"小知，不要这么见外嘛。"辛子砚拉着她的手，笑得眉眼飞飞，"哎呀，我刚还在念叨你。你看，最近实在是太忙了，虽然胡夫子挂着个编书总裁的名，但其实光是前方军马调拨、粮草补充、军报传递之类的事就够他忙的了，所以编书的事都在我身上了，而青溟这里实在管不过来。你看，你这个司业，是不是把政史院那边管起来？"

凤知微笑了笑，她知道现在宁弈对青溟的关注转到了军事院——战争在即，优秀的军事力量是最有力的资源，而政史院当初他着力掌控的那些纨绔子弟，随着他走上前台逐步掌权地位稳固，已经失去了原先的利用价值，所以，辛子砚才会放心把政史院交给自己。

她听说最近那批纨绔无人管束，闹得十分不像话，若处理不好，很可能就会得罪整个帝京上上下下的官僚层。大叔这是嫌她最近太顺遂，想看她笑话呢？

"院首啊，"凤知微十分深情地打量着辛子砚那容光焕发的眉眼，"瞧你最近忙的，真是面黄肌瘦，蔫眉耷眼啊。"

"是啊。"辛子砚愁眉不展地抓起她的袖子擦鼻涕，"你就好歹体恤体恤我……"

"政史院很多来头不小的子弟啊。"凤知微更加愁眉不展，"我人微言轻，打不得骂不得，实在无能为力啊……"

"打得也骂得。"辛子砚擦鼻涕擦得顺手，答得也顺口，"出什么事我给你担待。"

"好。"凤知微立即不愁眉了，顺手抓过搭在椅子上的辛子砚新做的府绸穿花暗纹大袖衣，擦了擦脸上不存在的汗，然后将那名贵的衣服团成一团，抹布似的抓在手里踱了出去，顺便道，"那小弟就勉为其难，替您管上一回……"

院首大人蹲在椅子上，看着空荡荡的椅背，再望望凤知微施施然而去的背影，突然觉得，好像、也许、大概、可能……自己又吃了这小子的亏了……

"五花马啊，千金魁啊……"离午后的课还有半个时辰，早已开完饭的饭堂里依旧闹哄哄的，一大群人围在一张桌子边猜拳，输了的人便贴了乌龟爬桌子，哄笑声震天。

这些都是科考无望，将来会走恩荫的贵家子弟，以前辛子砚在书院坐镇，这些人都乖乖的，如今辛院长忙碌，无暇管他们，这些公子哥儿便渐渐翻了天。

闹得最凶的时候，有个人斯斯文文围在外围，好奇地问："各位兄台，这是在做什么啊？"

"傻了吧？猜拳不懂吗？"一人随口答道，"要来玩吗？一两银子一把，先交十两。"

"没银子，这个可不可以？"那人好脾气地问，随即一样东西从人缝里递了过来。

那蹲在椅子上的人随手抓了往桌上一搁，发现手感不对，定睛一看，是书院高层的身份令牌，"司业"两个字，刻在古铜色的牌面上。

那人怔了怔，一回头，看见凤知微笑眯眯地看着他，道："姚公子，精神健旺啊。"

"是你啊。"首辅大学士姚英之子，曾经被顾南衣踩断过手指的姚扬宇，原本被"司业"那两字震慑住了，但一看是那个死敌魏知，无名火便立时噌噌冒起，他嘴角一撇，声调拖长，"干吗呢？司业大人也要玩一把吗？十两银子，谁来都这个价……"他手指拈起那牌子转了转，一晃间便把牌子转飞出去，"你这烂牌子不值！"

吧嗒一声牌子落地，声音清脆，众人便都安静了下来。

"不值吗？"凤知微依旧在笑，"皇家勒刻，内务司监制，陛下亲封，你爹亲手交来——我倒想用它换十两银子，就怕陛下不依，你爹不依，我堂堂天盛皇朝尊严法度不依。给我捡起来！"

她前面一直微笑侃侃而言，最后一句语气忽转悍厉，雷霆霹雳、电光穿云、一道剑光似的急转直下，众人本来还麻木平和地听着，霍然都被这一声震得浑身一颤。

姚扬宇不可思议地盯着凤知微，他从未见过一向温和的凤知微暴怒起来竟然如此慑人，像是长空之上，鸾鸟刚还在婉转飞翔，一侧首间便露出锋锐凶利的长喙。

他怔在那里还未及反应，凤知微却抬脚一踢，啪的一声踢断了他蹲着的椅子腿。

姚扬宇猝不及防，身子一斜便栽在地上，正落在凤知微脚边，摔了个嘴啃泥。

凤知微一脚踩在他背上，另一脚将那牌子挑起，啪的一声落在桌上，继而又恢复了尔雅的微笑，"各位，现在值不值？"

众公子哥儿怔在那里，半晌才反应过来，连连点头。

凤知微手一挥，护院们将饭堂的门关上。

"那就开始玩。"凤知微淡淡道，"你们要玩，我陪你们玩。我这牌子无价，你们也承认了，我就押这司业令牌，你们还是一两银子一局。所有人都必须参与，玩到我输为止，我一日不输，你们就玩一日，不能离场、不能吃饭、不能睡觉、不能解手。"

对着无数张铁青死灰的脸，她微笑，"玩到彻底痛快为止。"

她身后，跟过来的原本准备看戏的几位老资格舍监暗骂——无耻！

用一个无价的牌子和人家赌银子猜拳，永远不会输光，那岂不是逼到人家输光？还不给吃不给喝不给拉——这一手可比以前那些治标不治本的责骂驱赶要狠得多。

公子哥儿们又开始玩了——第一次这么心不甘情不愿地玩猜拳。凤知微之卑鄙无与伦比——她号称不吃饭不离场不睡觉不解手陪他们一起，然而以上诸事她照样会去干，书院上下谁能拦着？她离开时，公子哥儿们想赶紧溜，不行，御前四品带刀行走顾大爷在，以他标志性的白纱笠昭告着绝对武力、绝对威慑——他站在桌前，手捧胡桃，威凌饭堂，独霸一方。

"我拉肚子啊……"有人想屎遁。

顾少爷弹出胡桃壳，劲风飕飕，把那一肚子屎尿吓得憋了回去。

"我有急症……"有人倒地抽搐，想病遁。

顾少爷弹出胡桃壳，劲风飕飕——敲昏你，你就不病了。

"不玩了！见过强逼买卖的，没见过强逼人玩乐的！"花招用尽，有人来硬的。

顾少爷弹出一堆胡桃壳，劲风飕飕，换回一头青胡桃色的包。

有人趁人多，慢慢挪到外围想溜，虽然一旁舍监护院们睁一只眼闭一只眼，但手刚欣喜地碰到门闩，眼前便突然梆梆梆下了一阵急雨，厚重的木门上顿时多了无数个洞，漫天的星光漏进来，一双美丽的眼睛透过胡桃打出来的洞笑眯眯地望着他——睡饱喝足的魏司业来换班了。

此人翻翻白眼，干脆昏倒。

胡桃大阵，鬼神辟易。

三天三夜后，饭堂里横七竖八倒了一地，只有两个人还站着。

自然是司业大人和她的胡桃护卫。

"人生求一败而不可得啊……"凤知微孤独地立于人群之中，喟然长叹。

顾少爷吃下了今天的第八个胡桃。

从此，青溟书院再无人参与诸如猜拳牌九之类的娱乐。那群被摧残了三天三夜的公子哥儿，从此看见猜拳就躲着走，看见牌九上画的小鸟儿就想吐。

青溟书院一时安静了不少，但是憋闷了一阵子后，公子哥儿们又闲得无聊了。这回不玩书院禁止的猜拳牌九了，这回玩飞球——高贵娱乐，强身健体，陛下都提倡玩，你魏司业该没什么话说了吧？

政史院前的广场上飞球玩得热闹，私下里便开始悄悄赌球。

玩了两天，司业大人和他的胡桃护卫来了。

玩球的公子哥儿们一见这二人组就有些腿软，不过，今天的司业大人十分和蔼，纯粹就是观众。众人见司业大人没什么动静，也便渐渐胆子大了些。

看到第三把，凤知微问顾少爷："懂了吧？"

顾少爷答："抢球，砸对方门里。"

凤知微盛赞顾少爷的智慧，建议他下场玩玩，顾少爷也便去了。

飞球队陷入末日。

你无论从什么角度用什么轨迹采取什么办法搞什么假动作左冲右突试图传球带球转球过防线起步过栏时，都会在最接近目的地的那一刻，一抬头看见某个吃着胡桃的人万年玉雕似的站在你面前，一边将胡桃壳子吐到你脸上，一边顺手轻轻巧巧地弄走你的球，然后搞进你的门——那一刻，你都会觉得眼前一黑天地崩塌痛不欲生万念俱灰。

飞球队队长姚扬宇公子，在第十八次被堵之后，突然抱起地上的球仰天泣血呼喊："天啊！你错勘贤愚枉为天！"

顾少爷拿过球，砸扁了他的脸。

"犯规。"

顾少爷吃着胡桃，淡定地说。

青溟书院迎来了有史以来最安详、最和谐的时期。

青溟书院的司业大人成为风头直逼院首大人的真正二号实权人物，书院学生，尤其是那些公子哥儿，遇见司业大人，恨不得倒退着走。

司业大人无辜且和蔼地说："其实我是很好说话的。"

好说话的司业大人制了个哨子，好说话的司业大人考虑到青溟书院从此没有了娱乐、死气沉沉不是个好现象，于是重新制定了书院的操勤管理制度。

每天五更，天还没亮，御前四品带刀行走顾少爷都会飞到政史院广场塔楼顶端，将那个哨子吹响。

哨声一响，不管有多么痛不欲生，所有政史院的学生都必须立刻起床跑步。

因为顾少爷中气很足，所以只要有一个人没到，哨声就会一直不断、无比嘹亮地响下去，直到你听疯为止。

顾少爷的哨声像插了翅膀，飞过书院、飞过松山、飞过十里外的繁华京城。在很长一段时间内，京城百姓不需要更夫叫早了；在很长一段时间内，皇帝陛下的催起鼓不需要奏响了……有顾少爷的哨声就够了。

五更出操，绕松山跑一圈，允许掉队，不允许偷懒，而书院的医官坐车跟着，谁要是装病，都会收到司业大人家顾少爷的胡桃飞信。

无数试图偷懒的学生捏着香喷喷的胡桃面如死灰。

跑完以后练拳，还请来军中高手专门操练。军事院学生爬墙观看，表示：奶奶的，比我们还凶猛！

上下一等，绝无区别，书院寒门学子们拍手叫好，京中各家有子孙在书院就读的大佬们也叫好——儿子、孙子们最近乖了，脾气好了，身体也棒了，吃嘛嘛香了，流连花丛的恶习也改了——回家就倒头睡觉，嫖女人？没空！

凤知微最近精神也好，学生早起她也早起，练武功练得欢。顾少爷的光辉事迹深刻地教育了她——出来混，拳头硬就是老大。

不过有件事却出了岔子，岔子还不小。

赫连铮最近经常来"追求小姨"，这人做了小辈、吃了盐也不吸取教训，几乎每天都来报到，一方面缠着她，一方面缠着武功超卓的顾南衣，对后者的兴趣似乎还要更大些。

顾少爷哪里理会他，每次打发的方式都是顾氏风格——简单、粗暴。

凤知微拼命躲着他，无数次让人挡驾，因为赫连铮是除了宁弈之外，唯一既能见到在朝廷的魏知和他的顾护卫，又能见到在深闺的凤知微和她的"衣衣"的人，而顾少爷虽然蒙着脸，但行事风格永远不会改变，所以她怕赫连铮看出什么来。

怕什么来什么，终于有一次赫连铮在宫中路遇顾护卫，出语挑衅被拍了，而半个时辰后，在秋府萃芳斋外，他再次被衣衣拍了。

被连拍两次后，呼卓世子摸着脸，一脸若有所思地走了。

凤知微看着他的背影，沉吟半晌，问顾衣衣："你说，要不要灭口呢？"

顾少爷捏碎了一个胡桃给她看。

"不能，后果太严重。"凤知微自己否决了，然后，想了半天苦笑道，"我为什么要回来？"

回秋府，理由太多，因为她发过誓要回来，因为她想查宁弈当初在秋府做了什么，因为……她想照顾娘。

她想让在秋府被欺压、忍辱了十年的娘，能够在秋府昂首挺胸地活一回，在秋府她的家，找回当年火凤女帅的地位和尊严。

这些，不是她偷偷把娘给接出去，让她享福就可以替代补偿的，所以她不惜冒险回来。

然而希望越热，现实越冷。

"走一步看一步吧！让人小心盯着赫连铮。"凤知微黯然笑了笑，"好在赫连铮应该很快就会回去的，到时天高皇帝远，他奈何不了我。"

这句话刚说完一天，第二天凌晨顾少爷吹哨子时，赫然看见队伍里有张熟悉的脸。

顾少爷的哨声戛然而止，唰地飞下塔楼。学生们呆滞地抬头仰望，不明白顾大人今天转了什么性子。

队伍里那人宝石般的眼眸亮闪闪的，举手大声报到："新入学的学生赫连铮，见过司业大人！顾大人！"

凤知微看着他那笃定的眼神，无声地叹了口气，随即假笑，"新生吗？"

"是！"那人目光灼灼地盯着她，"新得不能再新。"

"看阁下膘肥体壮，宜入军事院。"凤知微浅笑，哗啦啦翻学籍册，"不如我给你安排进军事院吧？"

"不用了。"赫连铮决然摇头，"我小姨说了，要以智服人。"

凤知微："……"

　　难得哑了口的凤知微，正思考着怎么把这个英才塞给军事院那边，忽听门外一阵喧哗，随即有掌院快步过来，在凤知微耳边低声道："有个姓凤的少年，嚷着是赫连世子的内弟，要求入学，您看……"

　　呼卓部在天盛很受礼遇，赫连铮又有一双特别的眼眸，他的身份，大部分人都看得出。

　　"内弟？"凤知微一怔。

　　随即众人便见一个少年冲了进来，一边绕过追逐的护卫一边大声道："我姐夫在里面，让我姐夫给我作保！"

　　他一眼看见赫连铮，连忙扑了过来，拉住他的袖子叫道："我姐姐是你的妾，你好歹提携提携我！"

　　凤知微盯着那两人，微笑，背在身后的手指捏得嘎嘎响。

　　半晌她冷声道："哪里来的狂徒？赶出去！"

　　"哎，别。"赫连铮却已经反应过来，一把夹住了凤皓，对凤知微笑道，"这还真是我内弟，通融一下吧，大人。"

　　"不行。"凤知微冷淡地道，"书院没这个规矩。"

　　凤皓想要扑上来拉凤知微的衣袖恳求，却被赫连铮紧紧夹住，动弹不得。赫连铮一指弹在他的脑门上，道："内弟，安静！"

　　咔的一声，不知道谁捏碎了小胡桃。

　　"这样吧，书院不是允许带护卫吗？"赫连铮商量，"他就算是我护卫，留下来吧。"

　　凤知微沉吟了一下——凤皓如此心切地要进青溟书院，又如此不知耻，若坚持不给他进，只怕他会打着"呼卓王世子内弟"的旗号在外面招摇撞骗，到时，不知又会惹出什么麻烦，倒不如放在自己眼皮子底下看着，再说，看赫连铮那个样子，保不准能把凤皓给治服帖了。

　　她挥挥手，意兴阑珊地离开了。赫连铮夹着喜笑颜开的凤皓，望着她的背影，若有所思。

　　当晚，政史院一位新生，爬司业大人院子的墙，被逮了。

　　当晚，据说顾大人暴走了。

　　当晚，司业大人出台了新学规，共计一百八十八条，其中绝大部分是针对刚入学的新生的。

　　当晚，还在宫内彻夜办公的楚王殿下，收到了礼部送来的后日常贵妃寿辰宾客的名单。其中一张让楚王殿下看了很久，好像能看出花来。

　　"呼卓世子赫连铮，未婚妻凤知微。"

第五十五章
狂雨梨花相遇时

先说爬墙事件。

那晚据爬墙当事人说，天气是很好的，星光是灿烂的，花香是弥漫的，情怀是骚动的，书院二更就吹哨就寝的规矩是不人道的，习惯三更睡觉的他老人家是睡不着的，睡不着就容易出门乱晃的，然后，他看见一朵花很美，想去嗅一嗅，只不过没注意到那么不巧，那花长在了司业大人院子的墙头，而已。

那晚据被爬墙当事人说，墙头上没有花。

那晚据墙下捕猎者顾大人说，天黑，下雨，四更，轻功。

连在一起的意思就是，在伸手不见五指的、下雨的四更夜里，有人使轻功试图翻过没有开花的司业大人院子的墙。

至于哪个版本更具有真实性，自然不用问。

其实那晚，只过了一半墙头，爬墙者头一低，就看见墙下有人抬起头来。面纱后的眼眸亮得似北极明星，而正房窗子哗啦一声推开，一人探出头，衣服穿得严严实实，笑得温温柔柔，道："来了啊？"

一条腿内一条腿外，坐在墙头上的赫连世子十分扼腕——他本来想着就算摸不到人家房间里，这么夜半闯入，司业大人也会衣衫不整地冲出来让他正好一饱眼福，结果人家衣服穿得比他还多。

他坐在湿腻腻的墙头上给司业大人打招呼："来了。"

"墙头风景好吗？"

"好。"

"欣赏够了吗？"

赫连铮抬起头，四处望望，道："还没。"

"哦。"凤知微关起窗户，"那就一直待在上面吧。"

赫连世子不以为然地摇摇头——这人就是这么不可爱，撑什么面子？拿什么让我一直待在上面？世子我要走就走，要留就留。

他想要爬下来，又觉得在顾南衣面前爬实在太丢面子，于是双腿一蹬，准备以鹰隼之姿从墙头潇洒飞起。

就在双腿一叉将起未起的刹那间。

顾少爷突然一抬手，漫天银光一亮。

赫连铮立刻定格在半空——

无数细长的银钉就在他抬起屁股的刹那间，极其精准巧妙地从他那特别宽大的长裤裤裆里穿过，钉在了墙头上。

准确、细微、毫厘之间辗转腾挪的无上暗器手法……这些都没能让赫连铮冒出冷汗。

让他冒汗的是，有一根银钉，直直穿过他最重要的那个部位，紧紧挨着那里，就差没擦出火花。

顾少爷只要准头稍微差点，草原雄鹰从此就成为草原雌鹰了。

赫连铮呆了一呆。他此时一个飞的动作还没做完，可随着身子半纵不纵，那些钉着他裤子的钉子一阵拉扯，然后他的裤子立即变成了布条。

赫连铮唰的一下捂住了裤裆，下意识落回墙头，试图以墙头野草遮挡某些漏风的重要部位。

身下的墙突然动了动。

赫连铮以为这是幻觉——一定是自己气昏了，然后震动越发剧烈，随即便看见顾少爷拔出一把玉剑，削豆腐似的将他周围的墙齐齐整整剖开来，最后轻轻巧巧，扛在了肩上。

墙是条石灌了细米浆建造的，十分结实，所以被取下一截也不散倒，而顾少爷便扛着那截墙，墙上又着腿坐着个尊贵的赫连世子，叠罗汉似的将人连墙一路扛了出去。

一边走一边吹响了哨子。

学生们立即迷迷糊糊冲出来，在道路两边列队。

随即齐齐开始揉眼睛，揉完一遍又一遍，揉完一遍又一遍。

无论怎么揉，事实都不会改变。

风姿韶举的顾大人，稳稳走着，肩上扛着一截墙，墙头上是布条迎风飞舞的赫连世子。

世子高踞在肩头的墙上，没空理会底下仰首惊叹的人群，只忙着左抓一把右捞一把，把那些飞散的布条抓拢回重要部位。

没办法啊，这位置太高了啊！人家一仰头，什么都看见了啊！

人群越聚越多，赫连铮在高墙上看见躲躲闪闪的凤皓，连忙呼唤："内弟，给扔件裤子来——"

白天还抱着他大腿哭的内弟唰的一下跑没影了。

"呸！"赫连铮恨恨骂，"给你姐提鞋都不配！"

这样子不成，赫连铮转目四顾，这不是游街吗？堂堂世子，面子往哪儿搁？

他发狠，不就是光屁股嘛！大家都是男人，怕啥？

于是他准备不顾一切、衣带当风地从墙上飞下来，然后发挥最好的轻功挤出重围就是。

可是当他想把计划付诸行动的时候，却发现那些原本钩住他衣服的银钉子不知什么时候不见了，都在他身下化为一摊银色的水状物，十分具有黏性，不仅粘住了大腿，连关键部位都粘住了。

赫连铮这下真不敢动了——这万一人飞起来了，鸟永远留在了墙上，那就太崩溃了。

于是他老老实实地被顾南衣扛着，走大道，过广场，于高墙之上、万人中央，沐浴着万众仰慕的荣光，直到政史院塔楼之下。

"不会吧……"服输不服软的赫连铮抬头看见塔楼，有点明白顾少爷的意图后，大惊失色。

顾少爷已经淡定地开始爬楼了。

他一直爬到塔楼顶端。那里有个小平台，顾少爷把墙往平台上一放，随即找来两块石头各自支住，然后拔出剑，唰唰几下在赫连铮身下的墙面上写了几个字，最后看也不看赫连铮一眼，下楼了。

赫连铮瑟瑟地，在十丈塔楼高处的墙头上，颤抖着。

好似一朵黑莲花不胜凉风中的娇羞……

身下墙面，几个大字剑拔弩张。

"爬墙者，游街示众！"

赫连世子也没示众多久，这么轰动的事件很快就传到了辛院首的耳中。院首大人从编撰处赶回来，亲自解救了金光闪闪、瑞气千条的世子爷。

那钉子化成的粘胶其实没什么出奇，慢慢地也就脱落了，除了留下世子爷几根毛在墙头作为永久纪念外，其余没什么损伤——凤知微做事一向有分寸，就连通知辛子砚来解救也是她安排的。

赫连铮十分后悔，早知道这东西没那么恐怖，当时就该跳下来。现在好了，他的大腿，全书院都欣赏过了。

全书院都欣赏过了也没什么，可为什么最该欣赏的那个反而没欣赏到呢？

赫连世子十分扼腕。

更扼腕的是，从第二天开始，司业大人便公布了一份长达一万余字的学生院规。院规共分一百八十八条，条分缕析，十分细致，其中"不得爬墙，不得在墙头观景，不得留下个人身体发肤等任何物体在书院任何公物之上，违者一律罚银千两"之类的规定赫然在目。

因此，为了那几根被永久留在墙头的自己的毛，赫连世子破费一千银。

不过，示众又掏了钱的赫连世子自己倒没什么感觉，草原上的男儿，天大的事情也是呼卓山脉里刮过的风，眨眼间便涤荡干净了。

墙爬不成，他就老老实实去敲司业大人的门，并且随身带着那一百八十八条院规，认真核对过敲门不在院规处罚范围内。

凤知微平平静静地开门，好像那晚的事情也从来没发生过，但在听了赫连铮的来意后，眉头一皱。

"世子。"她微笑道，"常贵妃的寿辰，魏司业是要参加的。"

言下之意，凤知微自然是不能参加的。

"魏司业因为既操心编书，又忙于书院整顿，累病了。"赫连世子大大咧咧地从凤知微身侧挤进去，等凤知微回转身，他已经舒舒服服坐在美人榻上，脱下靴子，把一双大脚架在凤知微当晚要整理了带进宫的珍本古籍上了。

凤知微十分愤怒，却完全说不出话来——她急忙冲出去呼吸新鲜空气去了。

天下第一的顾少爷更是被那股强大的、无法形容的靴子的味道给熏得溃败千里，唰的一声奔上屋顶，觉得只有高处涤荡狂猛的风，才能吹去刚才那一刻几乎要把他熏窒息的气味。

赫连铮舒服地躺在凤知微刚刚躺过的美人榻上，把脸埋在柔软的褥面上蹭来蹭去，蹭来蹭去，迷醉般细细闻着那股似有若无的暗香，心想，这女人的脸换来换去，又常做男人装扮，肯定也不可能涂脂抹粉，真不知道这香气哪里来的，而草原女儿虽然健朗英气，但是若论起韵味和风姿，还真是没法和中原女子比啊……

赫连世子陶醉在凤知微的香气里，完全忘记前几天他还对中原女子表示了十分的轻蔑。

凤知微换完气回来的时候，看见的就是赫连铮抱着她的褟褥揉来揉去，将好好的软缎褥面揉得不成模样，于是更是无名火起，冷冷道："世子，魏司业没生病，也不需要你安排生病，如果你不想犯第一百八十九条院规或者再次示众的话，我劝你还是早点离开的好。"

"生病了。"赫连铮抬起头，十分肯定地道，"就在刚才，魏府伴当已经去了编纂处代魏大人告假了，编纂处明天也会向秋阁大学士告假。"

"就算我'生病'，"凤知微默然良久，坚决地压下怒气，笑起来，"凤知微也会病。"

"凤知微要去。"赫连铮似乎完全没发觉某人已经濒临爆发，只抖着靴子兴致勃勃地道，"就在刚才，我已经向礼部确定了我会携未婚妻凤知微出席，名单大概已经由礼部报内阁审核完了。"

凤知微不说话，沉在暗影里，盯着赫连铮，思考着用什么方式可以把这个男人不动声色地解决了。

"你这样看着我，我怪有感觉的，"赫连铮坐起来，饶有兴致地摸着下巴、盯着凤知微，"像胡伦草原白头山上那种特别阴险的赤鹰，沉在黑黝黝的山林子里，冷不防便从树端射下，啄你一口，特狠、特阴、特带劲儿——哎，再来一眼，我看看。"

这世上就有这么刀枪不入、油盐不进的厚脸皮男人！

凤知微突然发觉，其实楚王殿下很好说话，其实小顾少爷十分温柔，其实天下男子都面目可爱。以前，她真是要求太高了。

"我跟你说，魏司业不去最好。"赫连铮突然收了嬉笑的表情，"你现在那个身份，很受宠，却也很危险，这种宫中庆宴场合，各方关系复杂，一不小心说不定就入了别人的圈套，你要知道，越是众人抢不着的好东西，万一到最后得不到，别人会毁掉的。"

他的汉语不能和那些饱学之士比，说得有点凌乱，但其中的意思十分清楚。凤知微听着，悚然一惊，才发觉自己以前竟然有点看走眼了。

初见他，一指敲碎闺秀马车的玻璃，觉得他鲁莽跋扈；再见他，金殿之上抱尸而闯，玉阶之下悍然剖腹取肝，觉得他狠辣有决断；第三次见他，秋府求亲，三隼为他拼死而战，他为三隼慨然认输，一声小姨干脆利落，一包咸盐二话不说，又觉得他善于驭人而有大将之风；等他追到书院，半夜爬墙游街示众，他不过一笑视之，更觉得他不愧草原男儿气度。

综合起来，那是个泱泱大气的草原男子，可伸可屈、夭矫男儿，不想，竟然也懂这等汉人朝争的鬼蜮伎俩，懂得这些人心倾轧算计的机心。

看着她那有点惊异的目光，赫连铮笑了笑，这一笑间竟然第一次露出一丝苦涩，随即低声道："草原上，也是有利益之争的……"

凤知微默然，心想，权谋倾轧果然在哪里都是同样风行。

两个人都陷入沉默中，室内的气氛也沉静下来。夏风越过半开的窗棂，将伏在榻上的赫连铮的乌发吹起，而乌发下那双眼睛在月色里越发光彩如琉璃——纯粹的琥珀色和神秘的幽紫色交织在一起，令月光也失了颜色。

而他微敞衣襟，半露淡蜜色肌肤莹润的胸膛，懒洋洋缩在短小的美人榻上，像一只藏起了利爪的温和的大猫。

充满男人味道的魅惑，狂野而迷离。

凤知微有点不自在地转开眼光，随即听见赫连铮带点恳求意味地道："跟我去吧……名单已经报上去便不能更改，想必你也不愿意让凤家小姐再次被宫中注意吧？"

你倒聪明！凤知微狠狠瞪他一眼——看着这人语气虽然恳求，脸上神情却掩不住有几分得意，更是心中郁闷。

她那一眼白过去，眼波流荡，眼神中别有几分娇媚甜美；嘴角不自觉地微微噘起，一改平日的从容优雅，看得赫连铮心中一荡、眼睛一直，忍不住就欢喜地奔过去，拉着她的手道："小姨，我们草原上有种婚前合帐的传统，你看我们要不要试一试——"

啪！

砰！

前一声是赫连铮被顾少爷拎着扔出去的声音。

后一声是他的靴子扔出去，砸到他头后，再远远飞越院子，落到外院池塘里的声音。

三天后，池塘里的鱼全部翻了白肚皮，凄惨地漂在水面上，据说是被熏死的……

隔了两天，便是常贵妃的五十大寿。作为皇后的族妹，常贵妃在皇后薨后独揽宫中大权，是多年来宫中最有实权的女人，虽年华已逝，恩宠却未衰。皇帝对这位陪伴了他大半辈子的女人还是很给几分面子的，她的五十寿辰，宫中办得着实隆重。

正宴是晚宴，但一大早便要进宫拜寿，上午是宫眷，下午是内外命妇和其余宾客，午间在隆庆殿吃寿面。男宾和女宾除了晚宴在一起，其余时辰都分开安排。凤知微听着那密密麻麻的安排，便觉得上了贼船，实在失策。

一早便起来梳妆打扮。赫连铮早早派人送了衣饰来，却不是他们呼卓部的民族服装，而是十分名贵的江淮熟罗丝裙，极淡极淡的碧水之蓝，到了裙摆袖口则成了雪色的白，像在沧海之上越过阳光看见最远处的海天一线间的浅蓝，四周泛起了白色的浪花，纯净而悠远。衣裙剪裁简单，所有细微处的装饰却不厌其烦地精致。腰带绣工是帝京第一绣"葳蕤轩"的，首饰是成套的名贵海珠，连领口暗纽是极少见的南海珠贝，和衣裙色泽相得益彰，浑然一体。

年轻女子对美丽的衣裳总有天生的喜爱之情，凤知微板着的脸微微松了松。她抚着那柔软的布料，心想赫连铮那个野人，看不出来居然对女人的衣服很有品位。

门外忽有响动，她回身一看，凤夫人正倚在门边，目光复杂地望着她。

凤知微怔了怔，母女俩这是继上次求亲事件后第一次见面，一时都有些不自在。凤知微半晌才轻咳一声，问："您有事？"

凤夫人细细看着迎风而立的女儿——清晨阳光明亮纯净，映得那浅蓝色衣袂变幻得幽美如海，珠贝莹莹、明光熠熠，衬得气质清丽、不可方物，而她有半边容颜沉在细碎光影里的姿态，有种令人仰视的高贵和安详，而往日里被粗衣陋容遮掩掉的出众风神，于这个清晨忽然被唤醒。

凤夫人心中微微一痛……她的知微，原就该是这般风姿绰约啊！

"我来和你说一下……"对面知微转开的目光让凤夫人心中如被针轻刺了一下，急忙转移话题，"你弟弟，已经进青溟书院就读了。"

不是就读，是做人家下人去了。凤知微心中冷笑一声，淡淡点了点头表示知道了。

"知微。"凤夫人看着她那清淡的神色，犹豫半晌道，"那天我不同意送他去首南山读书，是因为……"

凤知微回首，等她解释。

这是她相伴十余年的娘，任何时候，她都愿意给她解释的机会。

然而，凤夫人张了张嘴，眼底闪过一丝不易为人发觉的痛苦之色，最终却没有说出话来。

凤知微自嘲地笑了一下。

不说失望，因为她已经失望了太多次。

"这事我知道了，您没有别的吩咐了吗？"她比先前更客气地问。

凤夫人抿抿唇，犹豫了一下，道："也没什么，就是你进宫，如果遇见韶宁公主身边的陈嬷嬷，记得帮我问好。多年未见，我很挂念她。"

凤知微皱皱眉，她可不想看见韶宁。

"我这个身份，"她客气地道，"不太容易和公主单独搭话，不过，如果见得着，一定帮您问候一声。这位陈嬷嬷是您以前的朋友吗？"

"不是……是……"凤夫人却像在出神，心不在焉地答了个不是，立即惊醒过来后又改口。凤知微凝眉望着她，凤夫人突然出现了一丝慌乱，急急道："皓儿的衣服还没做好，我走了。"

凤知微望着她匆匆离开的背影，觉得这半年，娘似乎又苍老了些，那背微微佝偻，似被无数的心事重压着。

她微微叹息着，不想去多想。

"发什么呆呢？"身后有人带着笑问，是熟悉的音调。

凤知微回首，看见赫连铮正站在门口的阳光下，今日他没穿草原王族正装，穿的是天盛男子贵族的服饰，和她同色的浅蓝色长袍，束着深青色玉冠，风姿卓朗，光彩熠熠，像块可以移动的巨大宝石。

赫连铮看见她，一瞬间怔了一下，眼底闪过一丝惊艳，随即笑道："乖乖，看不出你这么受打扮。"

凤知微摸摸自己的黄脸垂眉——你瞎了眼吗，没看见你小姨这"绝俗"的容貌？

赫连铮自顾自地眉开眼笑，上下打量着凤知微。他并不觉得黄脸垂眉的凤知微哪里不好看，在他眼里，脸黄，那是光润如金；垂眉，那是天生寿相。反正不管别人怎么说，他觉得他的黄脸婆小姨就是有韵味啊有韵味。

"走吧。"赫连铮来牵她。

凤知微身子一闪，让开了。

"世子，有句话我要说在前头。"她淡淡道，"此事你先斩后奏，但今天为了你我，我不得不以这个身份去宫中赴宴，但是丑话说在前头，这不等于我应了你，更不允许有第二次。"

赫连铮偏头望着她，笑道："晓得，晓得。你们中原女子最重名分的。没见我单子上写未婚妻吗？我要真是不顾你，早写上世子妃了。"

"我不喜欢羊肉，更对侍候十个主母没有兴趣。"凤知微浅笑，"和做草原王的众多姬妾之一比起来，我宁可做帝京普通人家的主母。"

"也许，你可以再进一步折服我，让我心甘情愿破除草原王族的惯例，只要你一个正妃。"赫连铮双手据膝，目光闪亮地看她，"美人，对我多用点心。"

"大王，可以。"凤知微一笑，当先行了出去，"等你足够折服我。"

赫连铮立在当地，回望那女子纤细而决然的背影，宝石般的眼眸里兴味更浓——明明这句话听来似乎狂妄，然而从她口中说来，自有令人不敢轻视的力度。

她的纤弱身体里，似有常人难及的浩瀚和刚强，在暗处熠熠闪光。

上了赫连铮安排的马车，两个小侍女乖巧地上前侍候。凤知微吸取教训，今天没敢把顾衣衣改装了带出来，为此，她剥了几斤小胡桃，以安慰她家衣衣。

顾少爷每天吃很多胡桃，但是都是按批次来的，每次绝对只吃八个，和他吃肉的习惯一样，吃完八个，过阵子再吃八个，每天的数目绝对是八的倍数。

凤知微为了讨好她家顾衣衣，把小胡桃都按数目分好了，一小袋一小袋地挂在顾少爷腰上，以至青溟书院的学生们只要听见胡桃相撞的声音，就知道轻纱狂魔顾大人来了。

马车半个时辰后，将在宫门前停下。内宫的宫女将接凤知微上小步辇去往内宫，而赫连铮也将由内侍带领着往外廷去。

马车还没停定，赫连铮便急急下了马，快步奔到马车前伸出手，这一举动令四面来往的官员内侍都停步望来，想知道是哪家女子让一向跋扈放纵的世子这么上心。

车帘掀开，一只手伸了出来，雪白、纤细、玲珑、如玉如琢，被日光一照精致似透明，纤长的手指上别无其他，只一枚深青色的硕大海珠，光芒深沉含蓄，衬得那手更洁白细致了。

"美哉！柔荑！"一位翰林院庶吉士摇头晃脑地叹道。

玉手之后，是一截淡蓝色的衣袖——极淡极淡的蓝，很少见的颜色，清雅而悠远，像日光升起后泛着雪色泡沫的平静海面，没有多余的饰带珠玉装饰，简单而高贵。

"美哉！华裳！"一位春申殿学士摇头晃脑地叹道。

众人的目光都被吸引了，宫门前有一瞬的安静。

几匹马飞驰而来，在宫门前停下，都没人注意。

赫连铮眼眸璀璨，嘴角带笑，牵过那只美妙的手。众人不自觉地发出慨然的叹息。

车内人探出身子来，极纤细玲珑的身形，线条精致如造型最好的美人觚，和那只玉手一般不让人失望。

"美哉！妙姿！"路过的次辅胡大学士驻足，站在翰林院庶吉士和春申殿学士身边一起摇头晃脑。

众人再次发出不明意义的叹息。

赫连铮得意扬扬。

美人在赫连铮的搀扶下款款下车。众人看着，觉得似乎连步子也特别灵巧轻便，风韵极佳。

然后美人一抬头。

"啊——哦——"

前一声是惊讶的"啊"，然后发觉失礼，赶紧转换成敷衍的"哦"。

"悲乎哉，容！"三个潜心追逐美丽事物的老头，唰的一下拂袖而去。

众人面面相觑。

那么美的风姿，怎么小脸淡黄，眉梢微垂，一脸破落户儿相？

扼腕啊扼腕，浪费啊浪费。

赫连铮丝毫不受影响，依旧仿佛搀了个宝似的，亲自扶着凤知微的袖子，送往宫内的便辇处。

凤知微早已将众人的反应听在耳中，不过淡淡一笑——世人愚钝，不辨妍媸，如赫连铮这般不为皮相所控者，又能有几人？

只是刚走了几步，忽然身后有种芒刺在背的感觉。

她回首，便见不远处，王袍金冠的宁弈负手而立，正淡淡地看过来。

他的眼光并没有落在她身上，而是落在赫连铮扶着她的手上。那一瞬间，凤知微有点错觉，好像那目光有点太锋利了些，刀子似的。

她回首，宁弈的目光便飘了开去，落在空处。凤知微笑笑，转开眼去。

坐了步辇到宫中，先在偏殿学了礼仪，然后随班拜见了常贵妃。贵妃娘娘雍容华贵、容貌端庄，望去也不过四十许的模样，只是厚厚的妆粉掩不住眉梢眼角的疲惫，想来，要在这宫中把持十余年不倒，也是件颇耗费精力的事。

"这位是凤小姐吧？"凤知微站在最末，常贵妃却不知怎的就看见了她，含笑招呼她走近来。

凤知微埋头哀怨地叹息了一声，再抬头时已摆出一脸温存的笑，使出今早刚学的最佳礼仪，莲步姗姗地上去，顿时，她感觉四周的目光，各含意味地射了过来。

常贵妃含笑看她过来，觉得这女子礼仪极佳、气质极好，可冷不防看清她的脸后，倒怔了怔，只是这种宫中贵人早练就了深沉的涵养，立即恢复正常，拉了凤知微的手关切了几句，表示了对呼卓世子的尊重和重视后，也便放开。随即，她安排众人到偏殿吃寿面，另召了有年纪有诰命的内外命妇进内殿说话。以凤知微的身份，自然不在其列，她只得百无聊赖地在偏殿坐了。

其间，她看见韶宁公主丽妆华服地进来。常贵妃宫中的宫女一见她便笑着迎了上去，看来很熟悉。凤知微想起，韶宁公主是皇后所生，那常贵妃算是她的姨母。

她坐在那里吃面，心中想着刚才参拜时常贵妃座边笔筒内的两只小猴，想必就是那日五皇子出示的笔猴了，只是不知道是殿内光线暗沉还是怎么的，那两只小猴原本金光灿烂的毛色似乎暗淡了一点点。

她在这里沉思，别人却在打量她，打量她华美精致的衣裳，打量她价值万金的珍珠首饰，看完这些，再在她脸上打转一圈时，瞬间目光重重，带着讥讽的力度。

凤知微全当没看见——眼光是不能杀人的，只有力量可以。

"这是凤小姐吗？"还是有人忍不住，含笑坐了过来，"倒是面生。"

凤知微瞄了这个珠翠华贵的女子一眼，好像是哪个国公府的小姐。她没兴趣记清楚。

她笑意微微地点点头，筷子却不停，示意自己吃面很认真。

那女子见她不答话，脸上挂不住，便冷哼一声，而另一个和她同来的女子立即道："自然是面生的，凤小姐在秋府，怕是没什么机会进宫吧？"

"那是。"有人凑过来，低笑，"有那位秋大姑奶奶在，凤小姐想进宫只怕也不是这么容易的。"

凤知微看她一眼。那女子触到她的眼光，顿时一缩，笑意僵在脸上，随即便见凤知微将自己的面碗挪开了一点，淡淡道："这位姐姐，麻烦你笑起来轻些，你脸上的粉掉到我的面碗里了。"

"你——"那女子张口结舌，一张姣美的脸瞬间变成铁青之色。

"诸位小姐请自重！"忽有沉稳的女声传来，众人立即抬头望去，才见不知何时殿门前站了位中年嬷嬷，一身天青色宫装，气度端凝。她望着那几个生事的大家闺秀，沉声道："宫中不是论人是非的地方，几位小姐适可而止。"

殿内安静了下来。那嬷嬷上前几步，看了看凤知微，眼底掠过一丝笑意，然后忽然转身对着殿内几十人，平静地道："秋家姑奶奶是我天盛皇朝第一女杰，当年我天盛还未建国，陛下麾下大将殷志谅在天水关一役中临阵倒戈，令我军惨败，之后虎野坡一战又死伤数万，秋震老将军战死，大军溃退数十里。殷志谅趁机提出要与我朝平分天下疆域，以天水关为国界划地自治，当时诸将连败丧胆，陛下也有退让之意，唯秋家姑奶奶临阵不退，解父亲尸身上的战甲披挂上阵，一战而败逆军，三战之下，打退殷军数百里，后以女子之身官拜元帅，建火凤军，率虎贲十万，将殷志谅直驱出中原腹地，最终建国西凉，从此僻处那蛮荒之地，再无能力与我朝一争天下——这等令天下女子为之骄傲的人物，这等定国安邦的彪炳功绩，也是你们这些坐享父辈余荫、整日只知在深闺绣花、没事闲着拈酸吃醋的女子能肆意评说的？"

一番话说得利落铿然，满殿鸦雀无声。凤知微听得目光一闪——她只知道娘过往的经历非凡，却也不知道细节，这也是她第一次这么清楚地听说娘当年的事迹。这位嬷嬷，看来对当年的事十分清楚，而看她的语气神情，再看这些骄矜女子服帖的神态，想来也不是平常的宫人。

她大概就是娘希望她代为问好的韶宁公主身边的嬷嬷了。她隐约记得，这位嬷嬷是韶宁公主的乳母，自幼陪侍她长大，而韶宁在宫中地位崇高，这嬷嬷定然也受人尊重。

"多谢嬷嬷！"凤知微站起身来，敛衽为礼。

她刚刚站起来，身边那先前发难的女子突然身子一倾，随即哗啦一声，凤知微案前的面碗被她碰翻，面汤顿时洒了凤知微一裙子。

凤知微还没怎么，那女子已经惊呼着跳起来，张口结舌地望着淋漓的桌面——刚才怎么回事，为什么突然觉得腰间一软，然后便歪了下来砸着了人家的碗？

陈嬷嬷都出面了，她正想着给这凤家姑娘赔个礼，也好在嬷嬷面前卖个好，怎么会出这事？

那女子面色青黄，怔在当地，凤知微却已经冤哉枉也地捧着脏了的裙裾，带着哭音道："这位姐姐，小妹哪里得罪了你？你这样，要我等下怎么……怎么……"她气得浑身颤抖，似乎已经说不出话来。

殿中宫人都用不赞同的眼光看着那几位女子，有人匆匆去正殿传报。"闯祸"的女子怔了半晌，看着凤知微委屈无限、泫然欲泣的模样，突然呜的一声更加委屈地哭了起来。

她一哭，凤知微倒不哭了，立即正色道："这是什么地方？这是什么时辰？娘娘大寿，你竟然当殿哭泣？"

"来人，请几位小姐回府慢慢哭！"常贵妃宫里的大嬷嬷赶来，一看这架势顿时怒上眉梢，二话不说便将几人撵了出去。

凤知微含笑立在原地，哀怨地捧着裙子叹息。那陈嬷嬷看着她，眼神里有赞赏的笑意，缓缓道："凤小姐，我那里有早年的几件衣裳，倒是适合你的。你若不嫌弃，不妨去换一下，免得晚上寿宴失礼。"

凤知微正等着这句，立即谢了，跟着陈嬷嬷出了殿，一路穿行。前方的陈嬷嬷始终头也不回，腰背笔直。凤知微看着她的背影，心想，这嬷嬷怎么和出身军旅的人似的，满身精干之气。

直到进了公主的玉明宫，在侧院偏房内换下衣裳，凤知微才施礼，"家母托知微问候嬷嬷。多谢嬷嬷适才为家母正名！"

"我可好歹见着你了。"陈嬷嬷一反刚才的淡漠，抓着凤知微的手细细看，目光在她画垂的眉毛上落了落，才点了点头，道，"你和你娘可好？"

凤知微心想，明明是娘的好友，怎么这嬷嬷好像对自己更上心些？她细细问了凤夫人的情形，又问了自己和弟弟的情况。凤知微都一一答了。陈嬷嬷仔细听着，随即拍拍她的手道："你回去告诉你娘，这些年辛苦她了，请她不要有太多心事，一切顺天意而行就是。"

说罢，嬷嬷又深深看着她，神情怅然近乎唏嘘地道："你很好。"

凤知微怎么听这两句话都觉得古怪，面上却微笑应了，又谢绝了陈嬷嬷要带她回常贵妃那里的好意——说此时回去坐在殿内也是气闷，就在这前面御苑里坐坐再去。陈嬷嬷也不勉强，由她去了。

凤知微本想着在御苑里坐坐，可天盛后宫的御苑极大，她渐渐便走到深处，绕过几座假山后，突然看见假山后有座井，有些怪异。

她在井沿坐下来，慢慢摸了摸四周的青石，上面有些经年日久的痕迹。

她沉思了一会儿，看看四周无人——这里本就极偏僻少人来，随即便扒住井沿，爬了下去。

下到一人高的地方，她脚尖一踢，果然踢到了凹陷处。她在那凹陷处微微用力，井壁上的青石便移动现出门户。

一股微微的陈腐气息飘出，凤知微仔细闻了闻没有异常。

历朝历代的皇宫都难免有地道，而太平年代过久了，有些地道便渐渐失去作用，湮灭不闻，也许这个地道也是。凤知微不打算就这么冒冒失失进去——谁知道那头是哪里，万一是常贵妃的正殿，万一是皇帝老儿的御座下……她还没活够呢！

然而天色突然暗了下来，转眼哗啦一声，便下起了雨。

凤知微暗叫倒霉，转目四顾，最近的亭子也有几十丈远，等奔过去衣服都湿透了。一低头，她看见那地道还算干净，不如先进去避避雨。

她慢慢走了进去，那地道长，但狭窄，感觉不像是用来做什么重要用途的。四面泥土气息缓缓浸润了来，凤知微直觉这里已经很多年没有人来过了。

走了一阵子，眼前天光渐亮，凤知微很是诧异——难道那头没有封住？不怕人发现？她侧耳听了听，除了隐约的雨声，没有其他任何声音，这下可以肯定不是热闹的贵妃宫中或皇宫正殿。

她又走了一步，突然眼前豁然一亮，一片晶光喷薄里，一个异妆丽人迎面而来。

她眉目静雅，衣襟飘举，微微倾身前行，丝绦飘飞如仙宫中人。

凤知微惊得站住脚步，想不明白怎么这里竟会有人迎门，下意识想逃，却又觉得哪里不对劲，于是，回身仔细看了几眼，又上前几步，才发现那女子通体半透明，眉目含笑，身姿曼妙，一动不动——竟然是一座嵌在壁中的水晶玉像。

雕刻手艺精妙绝伦，连长发丝绦都活灵活现地雕出了飘逸飞扬之感，又因在这黑暗地道刚出来，四面光影缭乱之中，很容易让人看走眼。

这座像，价值连城，却放在了这地道出口之处，看起来实在有几分诡异。

凤知微上前几步，发现那美人像背后是大块的整片水晶，外面景物朦胧可见。透过那晶幕，可见外面花木扶疏，拱桥流水，有一角飞檐探出，垂着发黑的金铃，看样子是间宫室，只是所有景物，都透着衰败陈旧之气。

此时地道静寂，不闻外间雨声，那些绵密的雨丝却清晰地映在玻璃般透明的水晶上。透过雨丝，正对上一弯小巧的拱桥，桥身的白石已经发黄，桥下荷池莲叶半残，露珠从残缺的荷叶上泻下，滴落无声。

隐在地道里，在此处的黑暗静寂里透视彼处的雨声荒凉，像隔着传说中的"前尘镜"看记忆里久已尘封的苍老曾经，故事已经发黄，美人早已老去，不知道哪里的胡琴哑哑地响着，一梦南柯。

凤知微心底，突然涌上莫名的苍凉。

随即她便看见死寂得毫无生气的院子里，忽然有人缓步而来，瓢泼大雨里不撑伞不披毡衣，以一种游魂般梦幻的姿态，步上拱桥。

他怔怔立在桥上。雨中，大雨刹那湿透那月白色衣襟，自紫金冠流下，顺着乌黑的头发，流入眉梢鬓角，那眉便黑如夜色，衬着幽沉流转的眼眸，微微苍白的脸，惊心地艳与冷。

落雨无声，人在雨中，四面的风卷不起湿透的衣袂，冰凉的袍角颤颤落了朵残花。

凤知微不自觉地伸手，似乎想去拉那人逃离这霜冷的雨，伸出的手触着的却是冰凉的晶壁。

桥上那人，却已缓缓跪了下来。

他跪在冰凉的雨地里、溅起的水花中，向着那宫室方向，嘴唇嚅动，低声唤了两个字。

凤知微怔怔望着那个雨中的剪影，让那两个字在心中缓缓流过，掌心突然冰凉。

"母妃。"

第五十六章
春色无边

　　暴雨下，石桥上，那人跪在一地冰凉之中，向晚风、冷雨、残花、废宫轻轻呼唤这世上他最重要的人，心中却明白，永远也得不到回答。

　　一墙之隔，是妆红着绿、花团锦簇的连绵皇宫。那般的喜庆热闹近在咫尺，于他却远在天涯。

　　凤知微遥遥看着那人的身影，恍然间想起这些日子见过的他，冷、沉、肃、利，一人千面，变幻无休，却从未见过如此刻这般的寂寥和哀凉。

　　凤知微悄悄地退后一步。

　　她知道，有种人只允许自己时刻光华无限地出现于人前，不愿被人看见背后的繁花落尽。

　　她原本站在晶壁之前，不知道怎么开启，这一退，却正好退到了那水晶美人怀中。不知触到了哪里，那美人的手臂突然一动，随即晶壁无声滑开。

　　凤知微回首，看见水晶美人的姿势已变——双手环抱，蠜首微偏，几分旖旎，几分诱惑。

　　她呆了呆，隐约觉得这个设计有点猥亵下作，虽然这水晶像只是玉像，但那美人眉目端雅高贵，而这种姿势看来实在有几分亵渎。

晶壁拉开，凤知微才发觉这里是一个假山，对外的那一面晶壁涂了一层淡淡的绿色，仿若青苔的颜色，从里面看外面不受影响，从外面看起来却很容易当成假山壁，难怪桥上的宁弈没有发觉她。

晶壁滑开的那一刻，宁弈终于有所感应地回了首。

雨幕成帘，他在帘那头的桥上，望着她。

飞雨成丝，她在帘这头的桥下，仰首回望。

水光斜织、竖织，像此刻绵绵密密的心情。

目光若成了丝，这一刻也是雨丝，无形无色而又微凉悠长，剪不断扯不脱地牵连在天地间。

良久，宁弈扶着桥栏缓缓站起，步下拱桥，一步步向她走来。雨水成流，从他微微苍白的颊上滑下，洗得发更黑、眉更浓、眼眸更幽深，而唇色那般白，在雨珠的浸润下，仿佛失却了所有的温度。

冠盖满京华，斯人独憔悴。

他走到凤知微身边，似乎想问什么，目光却突然落在了她身后的晶壁上，脸色顿时一变，一闪身绕过凤知微，进入地道。

他发现晶壁时铁青的脸色令凤知微有些不安，于是，她跟着转回去，却见宁弈怔怔望着那水晶美人像，嘴唇抿得极紧，毫无血色。

他看那像的目光中，几分疼痛、几分怀念、几分欣喜、几分回忆交织出复杂至难以言说的神情。凤知微看着那样的神情，再看看那美人眉目，心有所悟。

宁弈那样怔怔地看了良久，终于极其小心地上前一步，颤颤地伸出手，想去触摸那水晶像的脸。手指伸出时极轻极小心，仿佛怕力度重了，眼前这一切就会如梦境般破碎。

这一步走近，他目光一扫，才发现那水晶像的姿势特别。

宁弈怔住，又仔细看了一眼。

随即他眼底忽然泛起深浓的怒气，像暴风雨到来之前的海面，巨浪竖起横涛拍岸，汹涌得似要将天地淹没。

嚓！

白光一闪，仿若惊电，随着哗啦啦一阵裂响，华光幻影炫人眼目。凤知微惊得后退一步，心中哀叹那价值连城的水晶像从此湮灭。

脚步移动，踩着地面一堆碎晶片，发出碎裂的声响，而对面，宁弈长发披散挂剑而立。

晶壁已被毁去半边，那水晶像却完好无损，宁弈最终没有舍得毁去那也许是世上仅存的像。

他长久地立着，长长的睫毛垂落，从凤知微的角度看去，他下颌的线条精致而苍白。

地道内极静，她仿佛只能听见自己一个人的呼吸。这种感觉连同他极致的苍白令她惊心，她忍不住上前几步，想要做些什么。

刚刚走到宁弈身前，他便突然倒了下去。

雨下得凶猛，天地间一片隆隆之声，铺了条石、长满青苔的地面湿滑得厉害，凤知微艰难地背着宁弈从假山出来，刚探出头，立即被迎面的雨打了个透湿。

她抹一把雨水，暗骂自己，真是的，跑进地道躲什么雨呢？白费功夫，命中注定就是要被浇的。

又骂宁弈，真是的，没事发什么疯呢？保持一向的从容沉凉不好吗？看样子还得和她学学！

穿过这个院子，就是后院的宫室，虽然废旧，但是终究干净干燥，也许还能找到药品，对病人有好处。先前凤知微对着晕倒的宁弈思考了半天，最终还是把他背出了地道。

雨幕如墙，满地的青苔晕开淡绿色的水泊，倒映着纤弱的身形正艰难地负着人，一步一滑，前行。

短短一截路，她走了好一阵，雨大得令她睁不开眼，看不清方向，凤知微几乎是闭着眼摸到廊檐下的柱子的。

她舒了一口气，手指一扭，扭开了上锁的房门，将宁弈拖进正房。房间幽暗，所有的东西都用灰布罩着，乍一看影影幢幢，像是无数沉默蹲伏的兽影。

凤知微没有将宁弈放在床上，他浑身湿透，往床上一放也就是睡在水里。她将宁弈放在椅子上，又抱来一床被褥，将宁弈从头到脚裹个严实，随即把了把他的脉。

一把脉，凤知微皱起了眉——宁弈并不像是简单的淋雨着凉或急痛攻心，他右手肺脾命脉象洪沉大于左手心肝肾，很明显肺脾曾受重伤。这是心境痛郁引得旧伤发作，如果不及时处理，只怕后患无穷。

他体气寒凉，首先便要驱寒，不然只会加重旧伤。

凤知微立在幽暗的室内，仰首向天，想了想，随即闭起眼睛。

她把手伸进裹着宁弈的被子里，二话不说，脱。

长袍、腰带、外衫、中衣、裤子、亵衣……凤知微一开始动作很利索，渐渐便有些慢了，耳根处也微微泛起了红，却始终没有停手。

地上堆了一堆湿透了的衣物，看衣裳的件数，该脱的都脱了，不该脱的也脱了。

凤知微的手，在从被窝里撤出来时，突然停了停。

手指下的肌肤一直光滑微凉，却突然有一处微微隆起，她犹疑地摸了摸，确定那是一处伤疤，而且是十分狰狞的疤。

这大概就是导致他昏迷的旧伤了，只是天潢贵胄、皇族子弟，怎么会有机会受这么重的伤？

手指在那处隆起上缓缓抚过，伤疤长而阔、凸凹不平，可以想象出当时的惨烈。

凤知微想起京中对他的传言——七岁大病险死还生，之后便性情大改。难道当初不是病，是伤？

指尖不经意触到他完好的肌肤，指下的微凉滑润让凤知微脸色一红，赶紧缩手。她努力让自己的思维到处驰骋，什么都可以思考，以避免此刻的尴尬。

她一边想着赫连铮那家伙的脚好臭、顾南衣的胡桃有没有吃腻的一天，一边用被子将宁弈浑身用力地擦了一遍，然后抱过另一床被子覆在原先那湿透的被子上，再从底下抽出那湿被，便只剩下干燥的被子裹着宁弈了。

随即她连着被子将宁弈抱起，送往床上。

那人还在昏迷中，先前急促淡薄的呼吸却稍稍平缓了些。凤知微用被子大力揉搓着他的身体，促进血脉流通，好歹又缓解了点。苍白脸色上的灰青之色隐去，浓黑的睫毛无力地耷下，在优美的眼角弧线下覆出淡淡的黑影，那种对比鲜明的黑与白，便难得地有了几分弱。平日里那种逼人的雅艳，此刻只剩下了软而轻，一朵微云般清逸着。

忙出了一身汗的凤知微，看看这舒舒服服陷在自己梦乡里的家伙，很有些恼怒和嫉妒地拍拍他的脸，"睡得倒香！"

拍完了觉得很痛快，于是又啪啪拍了两下。哎，抓紧时间揍两下，过了这村就没这店了。

将宁弈放在床上后，看他头发还是湿着，凤知微又给他取下金冠拔了发簪，散开发来，又怕他头发湿着枕上枕头以后得头风，将他往外挪了挪，让乌黑的长发垂到榻下。

然后她又忙碌着找火石火盆，再将那些灰布家具套子都取下来引火。套子一取，她立时忍不住赞了一声——这屋子里的器物，看似素净，其实都十分精致华美，从细节处可以看出价值不菲，而且所有的器物，都不是天盛样式，边角都带着奇异的弧线，别有异族之美。

只是此时，没有心思细细欣赏，她得翻箱倒柜找自己要的东西，好在这里什么东西都是齐全的，她竟然还在一个抽屉里看见了蒲团木鱼。

找到了火石，从床下拖出火盆，她便在榻下生了火，烤他的衣服，烘他的头发，又取了把梳子，给他梳理湿发。

他发质很好，握在手中锦缎般软凉，还有一些沾在额上，凤知微便俯身用手指轻轻帮他拈去。

宁弈便是在这一刻醒来的。

从迷乱深痛的黑暗里，从冰冷暴雨连绵不绝的世界里，他一路挣扎，跋涉而出，睁开眼来，可一瞬间天地皆不得见，只看见精巧纤细的玉白手指，正手势轻柔地从眼前掠过。

视线再向上延伸，他看见一角精巧雪白的下颌，一瓣轻粉娇嫩的唇，在四面灰沉的背景里，娇柔而又鲜明地亮着。

而四面帘幕低垂，火光毕剥，有温暖的气息透骨而来。

刚才的黑暗、冰冷、疼痛仿若一梦。

或者，现在才是梦？

蒙眬中，眼前的手指忙碌着，蛱蝶穿花般飞舞，他有点迷离地看着，恍惚间只觉这场景十分熟悉，似乎很多很多年前，曾有这么一个宫室，曾有这么一个人，温柔而细致地，为他拨去额上汗湿的乱发。

一瞬间心中无涯欢喜。

那些失去的都回来了吗？

他低低地呻吟了一声，抓住了那手指，拉到颊侧，轻轻靠了上去。

"母妃……"

温暖的手指靠着冰凉的脸颊，便是透入骨髓的柔暖。他微眯着眼，沉醉至不愿放开。

凤知微僵在床边，看自己的手指被宁弈拉着蹭啊蹭，一时不知道是拔出来还是继续给他占便宜。

很明显这家伙还没清醒，她犹豫着，万一一抽手惊醒了他，他发现现实恼羞成怒怎么办？可万一不抽手，他自己回过神来更加恼羞成怒怎么办？

手指不过轻轻一颤，那人却已惊觉。

刚刚还迷蒙缥缈的眼神突然一凝，随即清明如墨玉，他抬起眼睫，一眼看清了面前的人。

环顾四周，宁弈目光渐渐锐利，放开了凤知微的手指，沉声道："你怎么在这里？"

他神色并无恼羞成怒，但瞬间便恢复了平日在她面前的锋利沉凉，墨玉般的眸瞳里迷蒙尽去，从不卸下的防备和警惕刹那重来。

凤知微将手指在裙子上擦了擦，回身去烤他的衣服，微笑道："找个地方避雨，无意中进来的。"

宁弈怔怔看着她的背影——刚刚清醒过来的他还有些茫然，被窝温暖舒适，懒洋洋地不想动，便半躺着有点麻木地看着她有条不紊地烤着外袍、深衣、裤子、亵衣……

亵衣……

亵衣？

宁弈唰的一下拉开被子，看了一眼，唰的一下又盖上。

然后开始发呆。

凤知微背对着他，淡定地举起亵衣，看看还有哪里没有烤干。

她不举起来还好，一举起来宁弈更加忍无可忍，怒道："放下！"

凤知微回身无辜地看他一眼，叹口气，真是的，这么别扭，我不是为了让你舒服吗？不然我管你内衣干没干，只要保证你外袍不被人看出透湿来就成了。

拿过基本烤干的衣物，她很贤惠地将衣服一一叠起送过来。桑蚕丝的犊鼻裤放在最上面，看得宁弈又倒抽一口气。

他忍不住抬眼看她，那女人一本正经毫无心机的样子，似乎还有点小羞涩，可他就是觉得，她是故意的。

不过，这么一尴尬，压在心底的沉沉霾云倒散去了些，他叹口气，运内息在体内游走一圈，发现旧伤虽然发作，却没有恶化，也没有在那样的暴雨袭身里受寒。

这都拜她所赐吧。

衣服整整齐齐放在他身边。他怔怔看着那女子，一场暴雨洗去了她脸上的易容，脸蛋小小只若巴掌大，惊心地秀气；眼波迷迷蒙蒙，和那窗外喧嚣的雨一般烟气四散；发髻乱了，她便也散了头发，俯身的时候丝缎般的头发垂落，落在手背上，软软的，似要揉入心底。

他突然就鬼使神差地一反手，压住了她的头发。

凤知微轻轻"哎哟"一声，一拍他的手，将头发抽出，道："别闹。"

语声轻软，带点笑意，是她一贯的温柔，却又多了点难得的纵容和体贴。宁弈突然便觉得在一片冰凉的内心里，不知哪个角落点了根小小的烛，不灼热，却恒久地暖而亮着。

他在被窝里匆匆穿好了内衣，这才仔细看了一下四周，随即眼神渐渐暗下来，却又道："你哪儿来的东西生的火？"

　　紧接着一皱眉头，又问："你动了她的东西？"

　　"我只知道你需要。"凤知微背对着他，仿佛没听出他语气中的不豫，"再宝贵的东西也没有命重要。"

　　宁弈沉默下来，转目四顾，半晌低声怅然道："还是一切都没变……"

　　风从窗棂灌进来，穿着半湿衣服的凤知微忙着打喷嚏，没空理他的伤春悲秋。

　　宁弈轻轻抚着胸口，自外袍衣袋里找了颗药吃了，听见凤知微喷嚏声密集，犹豫了一下，道："那些帐幕你也可以取下来烧了。"

　　"你又舍得了？"凤知微回眸笑他。

　　"我不过是不希望你晚上赴宴，喷嚏不断露了马脚而已。"宁弈拥被坐起身，神色淡淡的。

　　这人永远那么口不应心。凤知微懒得理他，将火盆烧得旺旺的，又听得身后那人道："拖到床边来。"

　　真把姑娘我当成你丫鬟了？

　　当然，不满归不满，习惯做双面人的凤姑娘还是笑眯眯地把火盆拖了过去。

　　"你过来一下。"宁弈继续淡淡吩咐道。

　　凤知微过去，坐在床沿。

　　身后那人掀开被子，再次淡淡吩咐道："进来，分你一半。"

　　凤知微唰的一下站起来，表示："我头发乱了，我去梳头。"

　　腰上突然被人搭住，没用内力，手法却极妙，凤知微身子立即一软，随即被拖入一个温暖的所在。

　　心怦怦跳起来，保持着僵直状态缩在那儿不动，凤知微在狼爪里讨好地笑着说："殿下，男女授受不亲。"

　　"我也没打算和你亲。"身后那人华艳清凉的气息越发浓郁了，还多了点淡淡的药香，闻起来疏旷而沁心，腰上的力道却不让一分，将拼死抵抗的她一寸寸往被窝里拖，"你以为你美到让我情不自禁吗？"

　　凤知微手指抠在床边，沉吟了一下，道："我认为我可以。"

　　身后那人呛了一下，随即咳了起来，一伸手干脆点了她的软麻穴，随即往被窝里一塞，怒道："你穿着衣服怎么烤干？我不怕被你弄湿了，你还嫌弃什么？"

　　"我嫌弃你。"凤知微假面具终于戴不住，比他还要忍无可忍地瞪过去，"你就这样对待你的救命恩人？你这样子我以后怎么嫁人？"

"嫁人？"宁弈脸上的怒气在听到这句话之后突然变得复杂，然后噙了一抹森然的笑意道，"看来你还真做起呼卓王妃的梦了。"

"还好不是楚王妃。"凤知微笑得比他更假。

宁弈瞪她半晌，突然笑起来，笑完了也不理她，动手开始剥她的衣服。

凤知微凄惨地倒在那里，想起东郭先生的故事，觉得楚王殿下就是那条没救的中山狼。

又觉得风水真是轮流转，这人明明就是在报复。现世报啊来得快，早知道先前该给他留条遮羞裤的。

女人的衣服比较麻烦，宁弈折腾了半天才脱掉外裙，随即搭在床沿上就火烤着，一转头，看见那女人紧紧闭着眼睛，嘴里不知道嘟囔着什么。

他附耳过去仔细听，才听见她一遍遍喃喃道："这位是太监这位是太监这位是太监……"

宁弈瞪着这不动声色就能气死人的笑面母虎，很想一巴掌扇下去，拍死算完。

然而瞪久了，他看着身下的女人娇靥如花，脸颊上起了淡淡的红晕，玉白的肌肤越发吹弹可破，红唇贝齿珠光闪烁，若是故意忽略掉那贝齿间冒出来的话，还是十分秀色可餐的。

而且那嘴呢呢喃喃的，也该休息了。

他突然俯下身去。

……谁的唇如此清甜芬芳，蕴藏了千万年来的春色无边，一触及便是惊艳，再深入就是失魂，忍不住便要狠狠叩开齿关攻城略地，而她的温软小舌便是他此刻的无限江山。

或许原先只想堵了那呢喃的嘴，或者惩罚性地叩下那外柔内刚的人，然而一旦触及那世间温软，便如疲惫的旅人遇上温暖的休憩地，沉湎而不愿放开。

二十三年来世事多苦，终遇着此生未曾尝过的甜，他刹那间放纵自己的心跑马，只想永远沉醉在她的葳蕤甜美中，于是手指更深地探入她脑后的发，揽住她弱不胜衣的肩；更深地探入她，将彼此的滋味无法分界地交缠在一起。

大雨隆隆，如此的喧嚣里竟然也能听见谁细细的喘息，那般近在咫尺，近在咫尺，不留一毫空隙让彼此逃过。

火盆里突然爆出一声轻响，炸起火花。

那点星花开在幽暗的室内，像十丈烟火般惊醒瞬间的迷醉，宁弈的眼神顿时清明，一翻身让了开去。

他微微抚着胸，一阵窒闷逼得他不住轻咳。唇间绽了细细的红，他抬手抹去。

这伤磨人，这药凶猛，竟导致他险些失控。

凤知微的胸部也在微微起伏，脸上潮红未退。被点了软麻穴动弹不得的她瞪着帐顶，想把那帐顶看成某人的脸，用自己的眼光烧出一个洞来。

衣服也用不着烤了，这么一来，光是用自己身上的热度就足够烤干了。

宁弈平息了气息，拉开了一点距离，一转头看见她表情平静、眼神凶狠的模样，忍不住笑了笑。

笑容一现又收，昙花一现般氤氲在这空寂的宫室里。他将凤知微又往自己身边挪了挪，顺手脱掉她的内襦去烤，只留月白色的中衣，让她枕在自己的臂弯，才淡淡道："幸好……不然你害我在母妃宫里做了不当的事，倒是罪过。"

说得好像是她在勾引他——凤知微明明可以说话，却气得再不想说，发誓这辈子就算他以后横尸在她面前，她也绝对要淡定地跨过他的尸体，顺便踩扁他的脸。

"这是夷澜居。"宁弈拥她在怀，抚着她的头发，觉得此刻心神宁静。往事如同此刻的大雨一般被远隔在外，虽听得见遥远的喧嚣，却动摇不了内心的安详，他忽然便不介意将从未对任何人吐露的心事和她分享。

"我母妃'死'后，就住在这里。"他道，"十年。"

凤知微很敷衍地"哦"了一声，准备睡觉——你愿意讲，我还未必乐意听呢。

眼睛刚闭上，霍然又睁开——他说什么？

死后住在这里？

凤知微惊得浑身鸡皮疙瘩一竖，这才想起大家都知道的宁弈的身世。他母妃是大越某小族的公主，作为战俘成为天盛帝的女人，那时天盛帝还没建国，而那传闻中的绝代女子在生下宁弈几个月后血崩而死，可宁弈七岁那年，天盛才建国。

凤知微记得自己第一次听说宁弈的出身时就觉得哪里不对劲，此时终于想了起来——生下孩子几个月后血崩而死？

血崩貌似在生产时最有可能发生，其后概率越来越小，而宁弈出生时，宁氏家族作为大成王朝炙手可热的外戚武勋家族，权势滔天富贵无伦，什么样的珍稀药物没有，怎么会和蓬门陋户人家一样，因为缺少药物和营养，出现产后血崩？

现在，真相从当事人自己口中揭出一半——原来那女子没死，又活了十年，但为什么要用这种方式隐瞒着活下去？

"大成末帝十三年，父皇起事。"宁弈淡淡道，"大越当时还只是大成的外藩，趁机宣布脱离大成藩属，自立为国。父皇当时忙于和大成皇帝的战事，鞭长莫及，直到三年后大局将定，父皇才和大越在北疆有了一战。我母妃就是在这一战中被俘，成为父皇的女人的。

"她是大越边境落日王族的族长之女。大越有日、月两族，都是出名地神秘，都住在边境山脉之内，月氏族女子擅内媚之术，落日族女子却被称为天帝之宠。两族女子向来是各地强雄争夺的对象，而对于我父皇来说，落日族女子'天帝之宠'的称号更符合他的野心和梦想，然而我母妃的被俘却不是父皇有意掳掠，她出现得很奇特，是唱着歌从天而降，落于父皇马上的。"

凤知微忍不住"咦"了一声，天外飞仙吗？

"当日大雪，十里松林积雪盈尺，父皇大军涉雪而过。"宁弈遥遥望着窗外檐下的水流，眼神很远，似乎越过雨幕，可看见多年前越边冬日，万军之前那惊艳的一幕，"母妃就是在大军经过松林时，从松树端掉落，当时她身着白麻衣，抱着只小松鼠，唱着古怪调子的歌。所有人都抬头看她，都以为一瞬间天仙下降。"

凤知微眯起眼睛，想着那日，飞雪、青松、苍黑的明光铠甲、白亮的枪尖……一切都是刚硬冰冷的，而那抱着松鼠、白衣飞扬而下的少女又该是怎样的明艳而柔软？

"母妃出现得奇异，军中重将一部分说是祥瑞，一部分说是不祥，险些争得打了起来，而父皇乾纲独断，坚持留下了她。当时母妃的语言大家都听不懂，她那歌也便没人懂得，后来母妃慢慢学了些中原语言，但始终不爱说话。

"到了第二年，母妃怀我时，大成末代皇帝厉帝逃往大越，于是父皇和大越再次短兵相接，可那次战事不利，大越联合厉帝带来的残军，连下七县，占据了呼延河以东大片国土，军中出现慌乱的情绪。谣言，便是从那时开始的。"

"探子？"凤知微忍不住问了一句。

宁弈瞟她一眼，唇角出现一抹涩冷的笑意，"是，也不是。是'天帝之宠'旧话重提。有个大越出身的臣子说，所谓'天帝之宠'，并不是说得此女必称帝，而是说落日族女子有天生的预言能力，能预见和自身或后代相关的未来，仿若得宠于天神，得见来日，然后那首她落在父皇马上时唱的歌也被解译了出来。"

"什么歌词？"

"不知道。"宁弈摇头，"知道的都死了，现在活着的、知道那歌词的只有父皇。"

"大抵是不祥的……"凤知微喃喃道。

"是的。"宁弈昂起头，手指无意识地有些痉挛，无意中拂过凤知微的脸时，冻得她激灵灵一个颤抖。

宁奕发现她的颤抖，一伸手解了她的穴道。凤知微坐离他一点，想了想，俯身将火盆拖近了些。

"你是心疼我冷吗？"身后那人低声问，语声沉而柔。

"不是。"凤知微不承认，"衣服还没干，我凑近些烤。"然后取过一个枕头夹在被窝里隔开。宁奕笑了笑，没有勉强她。凤知微看他那笑意又觉得尴尬，只好找话题，"然后怎样了？"

"然后便是那样了。"宁奕平静地道，"军中上下都要求父皇除去妖孽，当此非常时期，父皇也奈何不得。两个月后母妃生下了我，然后就传出产后血崩，'缠绵病榻'两个月后，去了。

"这些都是我幼时嬷嬷告诉我的。我生下来后没有见过母妃，也认为她死了。父皇当时还算心疼我幼失亲母，将我抱到皇后那里——那时天盛还未建国，她还不是皇后。去了不过十几天，我便开始重病，说是小儿瘰热，大抵救不活了。皇后禀了父皇，父皇叹息一阵也算了。

"然而就在我气息奄奄快要死去的那天夜里，皇后的院子里突然闹鬼。当时，都以为我快死了，只有一个老嬷嬷守在那里。在打瞌睡的她无意中看见有白影飘过，惊吓大叫。众人惊醒后奔来，发现我出了一身大汗，却已经脱离了危险。

"当时这事引为异事，但是众人也没太放在心上。我在皇后那里待着，下人们不尽心，时常受伤，太子那时也正是淘气年纪，常喜欢将古怪的东西塞到我嘴里，而我的贴身嬷嬷不敢拦，时常抱着我坐在宫外流泪。"

宁奕的语气一直很平静，仿佛说的不是他自己的事，仿佛那只是个故事，而主角的悲欢，早已凝固在历史里，化成那一地水晶，碎在前行的步伐中。

"有一晚，嬷嬷哭着哭着就睡着了，等醒来时却看见我好好地睡在她身边的台阶上，而她记得自己明明是将我抱在怀里的——这一惊非同小可，她再也不敢抱我在院子里哭泣了，然而这晚之后，皇后那里再次开始闹鬼。"

"这世上的鬼，很多时候，其实都来自人的心里。"凤知微轻轻道。

宁奕看着她，眼底掠过一丝温软的笑意，"闹过几次，皇后不安，便说我八字和她犯冲，将我送到了常贵妃那里。常贵妃是皇后的远房族妹，因为是庶出，只做了妾。她那时还没什么胆量，我便好好长到七岁，直到天盛建国。"

火盆里的火渐渐弱了，四面更加幽暗，空气中有淡淡尘灰的气味。黑底金边的名贵器物沉在无涯的暗影里，看起来和这故事一般，沧桑沉重。

"你……什么时候再见到她的？"凤知微忍了很久，还是问了出来。

"你很聪明，你就是太聪明……"宁弈摸了摸她的头发，叹息一声，似有未尽之意，"天盛建国，我那时年纪小，还住在宫中。天盛皇宫在原先大成皇宫旧址之上改建，规模极为浩大，很多地方我也没去过，直到我九岁那年，一次帮大哥捡风筝时，跌伤了腿，众人便拿了风筝呼啸而去，说是为我寻太医去。半晌，太医都不来，我痛得厉害，却在滚下山坡时，发现了一处雅居。以前那一片说是废宫，都上锁的，平常也不许人过去，那天不知道为什么开了门。"

他唇角绽出一丝笑意，眼中闪动着欣悦的光，"……门开了，一个带发修行的女子走出门来……那是我第一次见她……"

他微咳两声，转过脸去。凤知微一瞬间捕捉到他眼角一闪而过的光芒，晶亮如钻。

"那时我不知她是谁，"宁弈半晌恢复了平静，若无其事地继续说，"只觉得她极美，而且眼神极善极温暖。我长到九岁，没有见过这种温暖，一时欢喜，也就忘记了对人要有戒心，竟然容得她靠近。她将我抱进去，给我包扎，还给我做了一种味道独特的糕吃，我都九岁了她还试图喂我。我在那里待了一个多时辰，她一直都没说话，却在我彬彬有礼告辞时，落下泪来。"

这回凤知微转过脸去，只觉得鼻子酸酸、喉头哽哽。

天下母亲！

"……我回去后，总不能忘记她，后来又溜过去几次。我知道她那里算是禁地，所以每次去都很小心，只是我课业忙，兄弟们也盯得紧，一年之内也就找到几次机会，可每次我去，她都欢喜地忙前忙后。有次，我因为太累，不自觉地睡着了，两个时辰之后醒来，看见她一直在给我打扇，因为一刻也没停过，手腕都摇肿了。"

宁弈停了下来，抚着自己的手腕，似乎想通过自己的触感，来感知多年前母亲的疼痛。他动作很轻，眼神却渐渐地冷了下来。

"七次……我去过七次……第八次我去的时候……人去屋空。"

那年他九岁，九岁的他第一次见到自己的母亲，然后十岁的时候，他便永远失去了她。

他如此清晰地记得和她共处的一切，记得和她在一起的每个仿佛偷来的时光。七次，每次都是在心上，历历数过。

七次，一生。

之前的路，之后的路，都如此苍凉寒冷，只有这一段，着色描红，色泽便永不消退。

凤知微看着他的眼神，不忍问那个森冷的结局。红颜薄命，由来如是。

　　也许，她那般挣扎着、隐秘着活了十年，为的也就是有朝一日和娇儿再见一面，让母爱的光辉能够照亮那孩子在薄凉宫廷里被磨得日渐黑暗的心，在他注定寂寥的漫长一生里，尽量弥补他一生里永难弥合的缺憾。

　　"而她的死祭，后来我打听到了，就是今天。"

　　她人欢笑隆庆、人人捧场的寿辰，是她凄凉空寂、无人记挂的祭日。

　　"……等到我知道真相后，我无数次地后悔，早知道她在等我，那么，无论课业多重，无论兄弟们多不安好心，便是拼着不吃不睡，也要多去她那里几次……然而世上从来买不来后悔药，那一年，生命里最宝贵的时光就那么被我浪费了。"

　　"不，不是浪费。"凤知微诚恳地道，"你终究见过她，和她在一起共度过很多时光。那些日子，她是快乐的，你也是，那便值得。"

　　"快乐？"宁弈顿住，重复了一遍，"快乐？"

　　他突然笑起来，笑声低而沉闷，带出点点猩红，他用手背抹去，俯首看那点艳色，然后语声也和那血色一般变得凄厉，"我也曾以为她快乐，这十多年我都这么以为，然而就在刚才，我知道，我错了！"

　　凤知微震了震，想到那个姿态娇媚的水晶像。

　　"看见那个地道没有？"宁弈霍然指向那个方向，"我父皇，我那父皇，果然还是不舍她的美色，他来这里不方便，便辟了这个地道，而他做的这个雕像，什么……什么东西？"

　　急痛攻心，逆血上涌，宁弈一句话未完，便喷出一口血，随即手撑在床边不住地咳嗽，却再也说不出话来。

　　凤知微犹豫了一瞬，终于慢慢伸出手，输入一点真气助他导气归流。想起那水晶像的狎昵姿态，她明白宁弈为何如此悲愤——天盛帝既然在自己常常来的地道做出这种玉女迎门的机关，还用了宁弈母妃的容貌，可见内心猥亵，那么，对红颜不老、容华绝世的那个女子本人，又怎么会当真让她潜心修行？而宁弈的母妃，为了幼子，为了能够多见他几面，又是怎样含悲忍辱，苦熬过那般漫漫的时光？

　　她的苦如此漫长，煎熬着拉扯成永无止境的夜，却依旧不肯放手自由，只为换来和幼子相见时短暂的欢。

　　所以她不说话，也许她是怕一开口，便要忍不住落下泪来。

　　"……她是十分虔诚的人，做什么便专心去做……"宁弈手撑着床边，低低道，"她明明出了家在修行，却还不得不……她心里又是何等的苦……"

　　他垂着头，向着火盆，不说话，半晌，有什么东西沉重滴落，火盆里刺啦一响。

凤知微按在他后心的手动了动，有一瞬间向着他肩的方向移动，却最终缓缓抬起，在空中悬了一阵，慢慢收了回去。

她垂目坐在榻上，长长的睫毛垂下，暗红的火光映着她的脸，眉间有细微疼痛的神情。

宁弈转身静静看着她，突然伸手握住了她的指尖，道："知微……"

这是他第一次呼唤她的名字。凤知微震了震，抬起头来。

她天生水汽迷蒙的眼神，因为刚刚被湿润，显得分外清亮，那般亭亭地映着这天地玄黄，让人想在这样的眼眸里耗尽一生情长。

那句深埋在心底，一直为之犹豫不定，却又时刻盘桓的话，忍不住脱口而出。

"知微，纵然天下人皆为我敌，独不愿有你。"

凤知微又颤了颤——对面，宁弈苍白的容颜上，目光沉而黑，如深渊，似密茧，深意无限，千丝万缕，瞬间弹动得她心弦欲颤。

那样的眼神，她以前未曾见过，也从未想过会有他以这般诚恳的言语相对的一日。她和他自初见起，便身陷彼此的局，争斗、猜疑、试探、回避……什么都有，唯独信任，从未存在。

然而此刻他执着她的手，殷殷切切，在最近的距离里，轻轻唤她的名字。

雨在窗外，人在被中。火盆热气温暖，似乎熏得人心潮涌动。

她望着他，一句"怎么会"便要冲口而出。

却突有大片人声惊破雨声和这刻的寂静。脚步踩在雨地里吧嗒作响，瞬间便近了这屋。

有人大声呼喝："看看这边在不在！"

凤知微和宁弈同时一惊。

呼卓世子未婚妻凤家小姐和楚王殿下，衣衫不整暗室独处……这要被发现，会是怎样的轩然大波！

第五十七章
选妃

　　凤知微一惊，霍然翻身而起，一抬手抓起自己的衣服，一边穿一边扑到窗边一看，一批侍卫已经拥进前院。

　　她匆匆扣着衣纽，一瞬间心念电转，突然想起那日天盛帝将枫昀轩赏给宁弈时，在某个小花园里韶宁公主曾经目视某个宫室，说过一句好戏还在后面。如今仔细一看，当初花园后的那个宫室，可不就是这里！

　　都怪自己被大雨迷了眼，又被宁弈分去心神，竟然没有想到这上面。

　　隐隐听见韶宁公主的笑声传来，"……世子，这院子我小时候来过，如今已荒废多年，不过看看也好，也许你的心上人，一不小心走错了呢？"

　　凤知微霍然转身，目光和同时穿衣站起来的宁弈一触，一瞬间两人都明白了韶宁公主的目的——她只是要堵住宁弈，无论如何，他在常贵妃的寿辰出现在这里，别人也许不知道究竟，天盛帝心中一定明白，也一定十分不快而警惕，毕竟宁弈的母妃生前饱受甘苦，又死因离奇，身份特殊。

　　不然宁弈也不至于不带一个护卫独身出现在这里，这本就是极其隐秘的事，揭开不得。要不是常贵妃寿辰正逢他母妃死祭，宫中的人大多都集中在贵妃那里，他也不敢白天便过来。

至于凤知微，谁也想不到她会出现在这里，她只是个误打误撞的倒霉蛋而已。

然而一旦被发现和宁弈独处于这夷澜居，名誉受损还是小事，万一闹出什么事来，她也要受牵连。

两人一瞬间目光相碰，都清明在心。

两人同时扑回床边，动作默契而迅速——一个飞速地将火盆推入床榻底；一个暗运内力将床上被褥飞快撕开，无声无息放倒所有凳子，放得横七竖八。

忙着收拾火盆的凤知微愕然望着把一切搞得乱七八糟的宁弈，一时没明白他的意思，却见他一偏首看向后院，随即飞身而起，穿后窗而出。

凤知微一怔——他丢下自己跑了？这四面一定都已被围住，往哪儿跑？

她奔到窗边，却见后院赫然就是当初韶宁公主约见自己的那个花园。当日看见种在那里的来自北疆的奇异植物，虽枯死了一大半，却也有一些还存活着。

凤知微翻过窗，落入花园，听见侍卫已经进了二进院子，直奔这里而来，宁弈却仍然不急不忙地在花园里仔细搜索着什么，还一边快速吩咐凤知微："把你脸上的易容再画起来。"

凤知微二话不说，立即匆匆取出常备的胶泥假眉毛，快速恢复黄脸垂眉的面貌。

"找到了！"宁弈突然欢喜低呼，从一棵半枯的植物上采下一枚朱红色的果子，递给凤知微，"吃下去！"

凤知微抬手接过，问也不问一口咽下。

果子咽下，体内热潮一涌，她脸色顿时燥红，却若无其事地对宁弈笑了笑。

宁弈倒怔了一怔，一瞬间眼神复杂，随即抬手把住了她的脉，略略一触，皱眉道："有点来不及……"手指一颤，一股真力涌入凤知微的经脉。

凤知微此时已经大致明白了他的意图，放开防备任他的真力涌入，随即内腑间微微一痛，自己的真气顿时混乱起来。

身后屋子里一阵响动，有人推门而入，一阵杂沓的脚步声后，有人大声叫："这屋子里待过人！"

宁弈在身上搜索着，似乎要找出什么东西。凤知微笑了笑，突然操起墙边一个生锈的花锄。

"拿命来——"

她发出一声怪异的嚷叫，唰的一下，花锄便当头劈向宁弈！

对面的宁弈飘身让过，眼底笑意一现又隐，浮现出淡淡的惊异。

这女子，聪明得已经超乎他的想象，多智而近乎妖！

侍卫们听见声音，呼啦一下都拥了过来，道："花园里有人！"

大批侍卫拥出来，在通往后院的道路上分成两列，韶宁公主、五皇子、赫连铮从中大步走来。五皇子笑道："六弟是在这里吗？都快开宴了还在乱跑，父皇问你呢，还不快随我回去。"

韶宁公主扬着眉，目光闪动，似笑非笑。

赫连铮皱着眉——他本来听说凤知微在常贵妃那里被欺负了，想去找她，宫人却说她去了公主嬢嬢那里，他便去找韶宁公主，结果凤知微没找着，却被韶宁公主拉到这里来，正满心的不耐烦。

几人各怀心思，步子却都很快。韶宁公主微带得意地笑道："都愣在那里干吗？还不给我请——"

她突然也愣住。

前方，破败的花园内，正打得热火朝天，一个披头散发的黄脸女子，操着个生锈的花锄，双眉倒竖，大劈大砍，东一榔头西一棒槌地追杀着宁弈，嘴里还不住大呼："拿命来——你这狂徒——"

那女子杀气腾腾，青面獠牙，那劈砍却全无章法，一看就是闺中女子撒泼似的打法。

而宁弈单手负在身后，皱着眉不住躲避，身姿飘逸，众人一眼便能看出他根本就是在躲而不是打。那黄脸女子把四面花木砍得枝叶破碎、遍地狼藉，却连他一片衣角都没沾着。

宁弈不住皱眉低喝："够了！住手！你疯什么？怎么回事？"

"怎么回事？"韶宁直着眼，也呆了。

"凤——"赫连铮也直了眼，却动作飞快地扑上去，"凤知微！你怎么在这里？你在做什么？"

凤知微被他大力拉开，手中的花锄却控制不住反弹上去，砰的一下，反敲在赫连铮脑袋上，唰的一下肿出一个青色大包。

赫连铮"啊"的一声捂住脑袋，却没放开凤知微，紧紧抓住她，急急问："你怎么了？你怎么了？"

"拿命来，拿命来——"凤知微听若不闻，手中花锄虎虎生风。

五皇子却已反应过来，自以为是地联想到一个方面，不禁目放异光，道："这位是世子的未婚妻吗？世子未婚妻怎么会去追杀我六弟？难道……"

他目光暧昧地转向屋内，而那里，桌椅翻倒，被褥撕碎，一片狼藉。

赫连铮脸色变了变。

韶宁目中惊讶渐去，欢喜之色再生。

"六哥脸色不好。"她立即道，"有什么不妥吗？"

她本以为就逮个宁弈，想着到时候安他一个"心怀怨望"的罪名，不想误打误撞，竟然还有此收获，若能因此挑拨得了赫连铮，那么上次陷害不成的目的就会在这次达成了！

"魔！妖魔！"凤知微目光呆滞，挥舞着花锄四处张望了一会儿，突然一锄头对着赫连铮劈下去，"无常，滚开！"

赫连铮大惊跳开，又立即跳回来试图抓住凤知微，凤知微却已经奔了出去，指着一个侍卫嚷："黑无常，你也要来抓我？去死——"

她拙劣地挥舞着花锄，遇神杀神，遇佛杀佛。四面众人见她毫无内力、动作痴傻、明显不会武功的样子，没人动手，纷纷走避。

此时，韶宁公主和五皇子也看出了不对劲，狐疑地对视一眼。一旁，空下手来的宁弈才凉凉道："什么追杀？这女人就是个失心疯！我先前在御花园躲雨，这女人突然冲了来。我不想和女人计较，也不想沾惹上麻烦，便一路躲避，可她竟然一直追我到这里……是赫连世子的女伴？正好正好，请把你的东西带走。"

凤知微躲在疯狂乱砸的花锄后，装疯卖傻中恨恨盯了宁弈一眼——你才是东西呢！不，你不是东西！

韶宁张了张嘴，难掩眼神的失望，五皇子突然伸手，铁钳似的夹住凤知微的腕脉，略一试探，也皱起眉来，这女子体内果然气息混乱，脉动奇异，似有隐伏的癫狂之症。

他转头，疑问地看着赫连铮，心想，未婚妻有没有问题，呼卓世子自然最清楚。

赫连铮的目光却落在他夹住凤知微手腕的手上，浓眉一扬，大步过来道："殿下，我未婚妻的手错放在你的手里了。"

五皇子怔了一怔，急忙尴尬地放开手，脸色阵青阵红。侍卫们有人要笑，赶紧憋住。

赫连铮却不管五皇子的脸色，一把将凤知微揽过来。对面，宁弈目光一闪，转过头去。

"世子的未婚妻有癫狂之症吗？"韶宁问得很直接，"以前就有吗？"

凤知微呆滞地挥着锄头，心中却有一些不安，不知道赫连铮会怎么说，如果他也表示怀疑，今日就算过关，也必留后患。

"她啊……"赫连铮将凤知微紧紧揽在怀中，"深情"地抚摩着她的头发，眼神意味深长，声音拖得更长，"她啊……"

凤知微被他的眼神看得浑身竖起鸡皮疙瘩。这小子，不是真的猜出什么了吧？他有那么聪明吗？

"她啊……"赫连铮还在拖。那几人被吊得个个目光灼灼，连貌似不在意地转过身的宁弈都皱起了眉头。

凤知微忍无可忍，无声无息地狠狠掐了赫连铮一把。

赫连铮立即面色一整，正色答："有的。"

"哦……"韶宁公主脸色一暗。

"你们也知道的。"赫连铮继续摸啊摸，任凭凤知微手指掐啊掐，宝石般的眼眸亮晶晶，居然还摆出一脸羞于启齿的神色，"上次我去秋府提亲被赶出来，咳咳……那个，其实，就是这样……"

"哦……"这回人人齐哦，个个露出了然的神色。

赫连世子求亲被赶出秋府、之后多天没有说话的事，大家都知道，当时就流传出很多版本，其中就有凤小姐撒泼一说，只是众人都不相信而已，如今当事人自己说出来，却和现在的情形对上了——原来凤小姐真的有癫狂一症！难怪赫连世子羞于启齿。

"世子对凤小姐真是一往情深！"五皇子干笑几声，"一往情深……"

赫连铮呵呵笑，"那是当然，草原男儿喜欢最特别的女人。"

对面，一直没说话的宁弈突然一笑，"世子眼光真是特别。佩服，佩服！"

赫连铮扬起眼睫看他，嘴角那种意味深长的笑意又起，"不及王爷特别。佩服，佩服！"

凤知微听这话怎么都不对劲，于是又要继续辛苦地装疯，嘿哟嘿哟地举起花锄，想趁机挥舞一下脱离赫连铮那只趁机揩油的毛爪，不想那只手铁钳似的卡在腰间。随即，赫连铮俯下脸来，状似亲热地试她额头的温度，却用手掌挡住嘴，悄悄在她耳侧道："别装了，累不累啊？"

凤知微心中一震，原来他真的知道！

赫连铮看着她的脸色，眼角不着痕迹地扫过那边那个似乎什么都不在意其实一直关注着这里的宁弈，一直朗然笑开的神情便有些微微的不快，撇撇嘴，然后更加大力地揽紧凤知微，还故意把放在凤知微腰上的手摆在宁弈一眼就能看见的地方，之后一把夺过那个生锈的花锄，随手一抛，啪的一声，正正抛在宁弈的脚下，离他的脚尖只差毫厘。

宁弈动也不动，眼角也不瞄一眼花锄，更不屑于看他。赫连铮也不看他，仿佛刚才真的只是随手一抛，坦然对韶宁公主和五皇子笑道："我女人身子不爽，我找太医去。"也不等二人回答，夹着凤知微便脚不沾地地走了。

　　五皇子和韶宁公主看着赫连铮夹着凤知微扬长而去，面面相觑。半晌，五皇子岔开话题，"这是哪里？以前从没来过。"

　　韶宁意兴阑珊，默然不语，宁弈却笑道："从来没来过，却也能找得这么快，五哥对兄弟真是上心。"

　　五皇子越发有点尴尬，只得又换话题，"想不到凤家那姑娘不仅丑，还有癫狂之症，也就草原上的疏狂男子会看上她。"

　　他素日性子冷，不多话，今天不过随便找话掩饰一下，不想宁弈听了这话，脸色更凉几分，淡淡道："世人无目者，多矣！"

　　随即拂袖而去。

　　韶宁公主和五皇子对视一眼，各自苦笑了一声。

　　赫连铮一路抓着凤知微出去。凤知微大力捶他，"放下，放下。"

　　"装啊，你怎么不装了？"赫连铮转到一处无人的回廊后，才放下她，手撑在廊柱上，笑嘻嘻地看她，"来啊，来挠我啊。"

　　表情是在笑，眼神却毫无笑意。

　　凤知微慢条斯理地整理袖子，在栏杆上坐下，问："怎么发现的？"

　　"你吃了回春果吧？"赫连铮在她身边坐下来，"你别忘记呼卓部的领地靠近大越，那种北疆植物我也见过，想不到在天盛皇宫内竟然还存活了一株。这东西号称'回春'，其实救不了命，只是在临死前吃一颗能激发人的血气，吊得性命多一刻，一般都是给有心愿未了的将死病人用的，平常人吃了，除了血脉搏动、气息混乱，别无好处。"

　　随即他慢吞吞又道："不过适宜装疯。"

　　凤知微笑了笑，伸了个懒腰，"装疯果然不是正常人干的活儿，好累。"

　　"便是认不得这回春果，"赫连铮紧紧盯着她，"我也绝不认为你会突然失心风。"

　　"哦？"

　　"你这样的人，怎么可能会疯？"赫连铮撇撇嘴，"你把全天下都逼疯，你也不会疯。"

　　凤知微哈哈一笑，拍拍他的头，道："孩子，多谢你今儿解围！"

　　"这是男人都该做的事。"赫连铮顺手抓住她的手，欲图在自己脸颊上磨蹭，"只有宁弈那混账，不是男人！"

　　"哦？"凤知微回眸笑看他，手指轻轻对着他的眼皮一弹。赫连铮眼睫毛一阵乱闪，只好放开手。

"回春果，他叫你吃的吧？这东西伤身他不知道？装疯他叫你装的吧？他好，解脱了，你以后怎么办？你们中原女子，不是最重声誉的吗？"

"你既然知道中原女子最重声誉，刚才为什么又要证实我有癫狂之症？"凤知微不答反问。

"因为你需要。"赫连铮答得简单利落。

凤知微心中一颤，随即收拾了脸上的表情，笑道："中原还有句话，叫作两害相权取其轻，就是两个糟糕的后果，选其中比较不那么严重的一个。世上事，本来就不是能事事完美的。"

她默默运着自己的内息，体内虽然被回春果搅乱气息，但是宁弈送过来的那股真气，博大浑厚，很快平息了那果的害处，并对她燥郁的经脉很有好处。

无论如何，在这件事里，宁弈已经尽了力，当此非常之时，这同样也是她的选择。

当断不断，反受其乱。再多的怜惜，也影响不了对大局的抉择。

宁弈是这样的人，她也是。

"你就是护着他。"赫连铮老大不满意地站起身来，骂，"奸情！"

凤知微啼笑皆非地看着他，只好岔开话题，"我裙子又脏了，怎么办？"

"你还是回公主寝宫那里吧。"赫连铮道，"先前陈嬷嬷已经给你弄干净了裙上的污渍，在炉上烤好了，你正好去把衣服再换回来，晚宴的时候，咱们还可以登对出现。"

他眉飞色舞地道："一对璧人！"

已经转过身的凤知微一个趔趄。

换完衣服已经将近晚宴时辰。本来宴席设在琅琊殿内，但是一场大雨后，雨过天青，四面开阔的琅琊殿外，石磨地如水洗，清风徐来、碧色葱翠，比沉闷的殿内更多了一分韵致。天盛帝临时起了兴致，把内廷庆寿席面都设在了琅琊殿前的广场上。主席面设在广场前挽翠池的致爽亭，四面高挂着无数瓜形宫灯，灯光明亮，照得人脸色如酡。

对清风，临碧波，白石地倒映着天光水影，人在席上，如在舟中。这般旷朗韵致，酒还算喝得很有意思，凤知微坐在赫连铮身边，很满意。

当然，如果四面眼光不那么精彩地包围过来，就更满意了。

凤家小姐有疯病，以前呼卓世子求亲时发作过一次，刚才在宫中对着楚王又发作了——这消息不过短短一个时辰，已经插上翅膀飞进了每个人的耳朵里。

众王公贵族、内外命妇投向凤知微的目光充满好奇，而看向呼卓世子的目光充满不解和同情。

不解他何以看上一个既疯且丑的女子，同情草原蛮子果然脑子不太好，连眼光都不正常。

未嫁小姐们的眼光就没这些来得包容温和了，一个个冰水里冰过的刀子似的——赫连铮俊朗出众，符合很多爱慕英雄的闺中女子的梦想，虽然她们只爱做梦，未必爱嫁到草原做那十分之一，但是看见美好的事物被他人占据总是不愉快的，尤其当那草原美草，竟被栽到凤知微这样的牛粪堆上时，更是对帝京贵胄美人们的最大侮辱和漠视，所以，是可忍，孰不可忍。

小姐们很哀伤，小姐们捧心蹙眉，从衣袖里翻出小镜子在桌子底下照啊照——只见我这如花美眷、宫样蛾眉，如何便败给了那恹恹黄脸八字倒眉？

凤知微欣赏着那些各异的眼光，不动声色地喝着酒，心想，这流言传播的速度和能力，要是拿来打仗或政争，该是多么精彩啊！

寿星还未到，上首位置还空着，底下首席坐着二皇子夫妇，然后依次是五、六、七、十皇子，除了年纪还轻的十皇子和宁弈外，其余都已有了王妃。据说，宁弈迟迟未娶，一方面是他身子不好，自称不敢耽误人家好女子；另一方面是他常爱流连青楼小馆，各家大人怕他在那方面"身子也不好"，于是蹉跎至今。太子倒台后宁弈势力渐盛，议婚的势头也起来了，好像目前是次辅胡圣山的孙女、吏部尚书华文廉的女儿华宫眉，以及常贵妃的侄女、高阳侯常兴水的掌上明珠三位呼声最高。

未嫁公卿之女和三品以上京官的闺阁小姐的位置在殿外西侧，用矮矮的纱屏遮着，也就是个象征，但有点奇特的是，对着王爷们的那个方向是没有设纱屏的，也就是说，宁弈要是想将小姐们都看清楚，是很容易的。这个设置有那么点不合规矩，其中深意，着实惹人思考。

凤知微看着那设了等于没设的纱屏，似笑非笑，心想，哪位是胡小姐？哪位是常小姐呢？上座的宁弈感觉到凤知微的目光扫过来，抬起眼，流波般目光一转，瞬时，满座贵女们都觉得他在看自己，忍不住胸挺得更高了。

宁兄台的眼神真是博纳百川兼容并蓄花枝招展独领风骚啊……凤知微浅笑，收回目光给自己倒酒。

嗯，这"古月醇"确实不愧为皇家贡酒，醇厚清郁，入口回甘。

赫连铮发现凤知微居然会喝酒，而且喝起来意态潇洒，便更加喜欢，赶紧亲自给她斟酒，殷勤地道："多喝些，多喝些，这酒就是皇宫也不常拿出来的。"

宫廷御宴酒是定量的，一席一壶，以免有人不知自控，喝醉失礼。赫连铮一杯一杯给凤知微斟酒，她杯中常满，自己杯中却常空，所以一边斟着、一边咽口水，一边咽口水、一边咬牙继续斟。

一壶快去了大半，赫连铮再斟，凤知微还是抬起杯子，仰头一口饮尽，眼神和喝第一杯的时候一样清醒。赫连铮眼巴巴望着空了的杯子，露出悲壮的神色。

……她怎么就不醉呢？她怎么就不醉呢？他牺牲掉美酒，忍住馋不喝，就是为了灌醉她，她却怎么就不醉呢？呢？呢？呢？呢？

"世子。"凤知微又干了一杯，突然低声含笑道，"忘记告诉你一个秘密。"

"啊？"赫连铮凑过头来。

"这种纯度的酒，"凤知微指指酒壶，笑得温柔，"一般情形下我能喝两壶。"

赫连铮："……"

两人在那里低头附耳谈笑，状甚亲密。对面，宁弈将已经举到口边的酒杯放下，流波般的眼光再次一掠，这回所有的贵女都觉得他似乎在冷冰冰地看自己，挺起的胸唰的一下缩了回去。

贵女们在宁弈的眼神里受了伤，回头一看凤知微这里却享受着世子斟酒，意态自如，而那不以为意的神态看在她们眼里更是火上浇油——这丑女，牛粪般霸住了香草，竟然还沾沾自喜，不以为耻；竟然还享受世子斟酒，连惶恐承恩的神色都没有！

人一旦受了伤，自然要找机会发泄，满座簪缨贵族不敢挑衅，但是一个出身暧昧的丑陋疯女，还是可以欺负欺负的。

"王公公！"因为凤知微的座席是伴在赫连铮身侧，靠着十皇子，侧面便是内眷们的纱屏，一屏之隔忽有女子昂然站起，呼唤宫中管事太监，"此地气息浊臭，烦请将我换个席面。"

凤知微把玩着酒杯，偏头莞尔，看着那神态高傲的女子——嗯，挺美的，大概还是个才女，一看那眉宇间的自负疏离就晓得了，才女都是那人憎狗厌的神情。

那女子话音刚落，立即又有人站起，重重拂袖，"也请公公将我换个席面，疯女着实熏人！"

凤知微再一看，乐了，更好，熟人，秋府三小姐秋玉落。真是难为她，离自己位置还有十万八千里呢，咋就能熏到你？还有，你对着我怒，眼角却瞟着上座方向干啥呢？

见有人打头，小姐们顿时此起彼伏地冒出来，纷纷向管事太监表示换席面的要求，充分表达了自己的风骨气节和不屑与疯女同殿的高贵追求。群情如此汹涌，呼吁如此激越，连家里大人都拉不住。

秋玉落态度最激烈，表示如果让这样的疯女于金殿之上拜见帝后，对天盛皇朝的尊严将是不可挽回的侮辱。她立于场中，眼角也不瞥凤知微一眼，只气得胸部起伏、波涛汹涌，气得脸颊通红、面如桃花，连几位有了老婆的王爷都忍不住多看一眼，然后被身边的王妃面带微笑地掐了。

众王爷中唯一没对汹涌的桃花秋姐姐多看一眼的就是宁弈，更没有丝毫被小姐们惊心的表演感动震撼到的意思。他和隔席的七皇子搭话，从袖子里小心翼翼掏出一幅精美的春宫图，哥儿俩用酒壶挡着看得目光灼灼，然后被七王妃发现……桌子底下，官司闹得不可开交。

秋玉落十分失望，人一失望，情绪就容易激动，一激动，就失控，秋小姐一把推开一直劝解的管事太监，推开再三厉声勒令她坐下的秋夫人，然后自己动手去搬席面，"你们不换，我自己换。"

能换到哪儿去呢？每个人的席面都是定好的，不过做番姿态罢了，秋玉落心里也明白，想着弯下身将几案略略抬一抬，准备意思意思，让楚王殿下看见自己的独特个性也便算了。

她刚刚弯下身，太监自然要去挡，却忽有人擎着酒壶过来，笑道："别拦，别拦，我也觉得这里很臭的，每个人身上都几斤粉，果然熏死人。"随即指挥太监，"去，给这位人重七十斤粉重三十斤首饰重四十斤总重一百五十斤的小姐挪个位子……嗯，我看那里很好，风大，高处，开阔又畅快，看景看人以及被人看都方便……就那儿了。"

众人顺着他手指的方向看去——

致爽亭的亭顶……

凤知微在原座位上举起酒杯，凉凉笑着，火上浇油，"世子，您算数真差，明明是一百四十斤。"

"还有十斤粉刺。"赫连铮对着秋玉落额头上一个被脂粉遮掩住的小得几乎看不见的痘子举了举酒壶，笑道，"敬粉刺。"

满殿寂静，都被汉话都说得不太标准的呼卓世子的刻薄给惊得忘记了反应。

被赫连世子张嘴就加了几十斤、揭穿心思的秋玉落僵在那里，羞愤欲死，脸色青灰，手指痉挛，不知道该如何动作。赫连铮却已经抓着酒壶大步晃了回去，得意扬扬地对凤知微笑。凤知微叹口气，心想，怎么就不给个机会让自己表现呢？不过赫连兄台的口才居然也是很了得的……

四面安静，越发显得秋玉落神色凄惶无措。上座的七皇子看着，觉得有些不忍，询问似的望望宁弈，宁弈却淡淡道："不知进退的女人。这是什么场合？她在说谁熏人？我早就听说京中有些女子笑话呼卓部是草原蛮子。今天居然敢给世子难堪？这话要给父皇听见，立刻便要怪罪下来。"

七皇子一惊，他管着一半内外廷事务，此事他不能不理，当下给王妃一个眼色。王妃会意，招手唤凤知微上来。

这是要怀柔安慰，表达皇家对呼卓世子女伴的态度，由此表达对呼卓世子的尊重了。凤知微无奈，只好上去。王妃执着她的手，夸了头发夸衣服，夸了衣服夸手指，就是不夸她的脸。

凤知微温良恭俭地听着，心想您夸我脸啊您夸我脸啊您夸我脸啊，您夸得出我的脸我才佩服你——

随即听见王妃嫣然道："……你的气色真好，虽然不那么白，可也黄得均匀。"

凤知微一个颤抖。

七皇子噗地喷出一口酒。

隔桌的宁弈开始咳嗽。

半晌，凤知微眨眨眼，以最强大的控制力答道："不如您白得均匀。"

七王妃一个颤抖。

七皇子的桌面上，酒水喷得暴雨梨花。

宁弈咳得凶猛。

半晌七皇子笑道："倒是个妙人。"七王妃便拉了凤知微的手，道："我倒真是喜欢你，不如就在我身边坐吧。"

这是抬举了，凤知微正要婉拒，忽听隔桌宁弈淡淡道："七弟这一桌已经够挤了，如何再塞得下一个人？倒不如坐来我这里，反正空着。"

这句话一出口，众家一直竖着耳朵听的小姐们愕然相视，简直不敢相信自己的耳朵。秋玉落失魂落魄地一屁股坐下，面如死灰。

众人盯着凤知微的眼光，狼似的，不明白为什么这个丑疯子，不仅得了呼卓世子的欢心，还能令虽然风流，其实眼高于顶的楚王殿下青眼相加！

她们求楚王一顾而不可得，她竟然得了楚王邀请，还摆出那么难看的脸色！

凤知微脸色确实难看，她瞪着宁弈，心想这么无耻的话你也说得出来。

"这么无耻的话你也说得出来——"一瞬间，凤知微以为自己不小心将心里话给说出来了，回头一看才发现赫连铮又及时地冒出来，笑嘻嘻地一把牵了她，道，"我的未婚妻啊，坐你那儿算怎么回事？你招惹了半个京城的女人，还想招惹我的女人？有这工夫，还是去应付你那些粉娃娃吧。"说着，下巴对秋玉落几人的方向点了点，哈哈笑着，拉了凤知微便走。

他身份贵重，又是草原男儿，性格熟不拘礼，连皇帝都礼让三分，何况这些皇子。皇子们都呵呵笑起来，打趣宁弈。宁弈含笑不语，目光越过人群，和半路回身的赫连铮相撞。

走在一边的凤知微，突觉身边似有火星噼啪炸出……

这么闹了一场，小姐们哪里还敢再多说一句，秋玉落也脸色死灰地坐了下来。秋夫人欲待责怪又不忍，半晌叹了口气，附在女儿耳边道："玉落，听我一句话，永远不要招惹你凤姐姐。"

秋玉落咬着下唇不语。秋夫人忧心忡忡地望着女儿，心想，这孩子没经过风浪不知道其中利害，而凤家这个姑娘是何等厉害的人物——出府没多久，身无分文，白衣之身，竟然就混成了炙手可热的天子近臣，连新晋皇商燕家和淳于家都和她交好。这才没多久，她就把在虎威大营供职的秋家少爷给挪了个位置，放到了长缨卫淳于猛手下，这摆明了是在告诉秋府，她就算动不了秋府也动得了秋家少爷。还有，老爷当初一远征，她就回来了，保不准这里面也有她闹的鬼。一想到连这种事关国政的兵家大事她都能在其中搞鬼，秋夫人就觉得浑身发凉。

她拍拍女儿的手，准备回家好好劝她，一旁一个女子却突然侧身低声对秋玉落道："玉落妹妹是吧？不要难过，那疯女人，等下有她好看的。"

秋玉落目光一亮，满含希冀地望着她，道："华姐姐有什么法子吗？"

那女子正是先前最先发难，说凤知微浊臭的吏部尚书之女华宫眉，只是她性子比秋玉落圆滑，看见势头不对就先罢手了。这位京中著名的美女加才女——华小姐，细细贝齿咬着下唇，悄悄在秋玉落耳边说了几句，秋玉落便微微绽出一抹兴奋之色，道："贵妃精通文墨，最厌不学无术者了……姐姐得使个法子，让她犯忌自寻死路才好。"

华宫眉笑而不语，眉宇间有自负之色。

若论天下闺阁女子之才，舍她其谁？

她便要这今日大出风头的丑女，从云端落下，跌入尘埃！

正说着，陛下贵妃驾到，众人都起身拜迎，韶乐起，歌舞兴，齐齐贺了寿酒。常贵妃今日得了偌大脸面，兴致极好，命五皇子夫妇代为敬酒给诸宾客，满座珠围翠摇的公卿夫人谁肯拒绝这皇家恩典，一个个喝得面颊酡红，晕陶陶不能自已，水殿风来酒香满，富贵风流。

酒过三巡，几个皇子互视一眼，各自上前献礼。五皇子已经先送过了那对珍奇的金丝笔猴，极得贵妃喜爱，参加寿宴也带着。他是贵妃的亲生子，自然没人和他争风。二皇子献的是一对碧玉桃，雕工极为精致，虽难得倒也不稀奇。七皇子送的是一套古籍珍本，符合他诗文王爷的风评，也算投贵妃所好。韶宁公主送了名琴绿绮。十皇子送了淮绣屏风。贵妃都一一赞好，面露喜欢之色。

唯有宁弈的寿礼送上来时，常贵妃的笑容极短地凝固了一瞬。

那是一尊黄杨根雕，雕工不同于寻常皇家物事力求精美，刀法疏旷而别有风致，雕的是天盛南海的名山舞阳山，寥寥几笔，苍山、云海、松涛、朗日尽在其中，风物宏大，意境疏阔。

天盛帝对这件礼物倒是喜欢，拿在手中摩挲良久，玩笑似的和贵妃道："你那里那么多好东西，这件便让了我如何？"

贵妃望着那根雕，妆容精致的脸上露出一丝不自然，随即便笑道："陛下净拿臣妾打趣，臣妾什么好东西，不都是您的？"

宁弈在阶下笑道："父皇什么好的都要抢，瞧娘娘那舍不得的模样，您也忍心。"

天盛帝大笑，"猴崽子，油嘴滑舌！"说着也就丢开手，常贵妃便笑着，令人将那根雕收起，意味深长地望了宁弈一眼。

宁弈笑容如常。

凤知微的目光从那根雕上收回来，寻思着明日有空去查查南海常家。

皇子献礼已毕，按照往年贵妃寿宴的流程，会给机会让各家小姐一展长才，这也是宫中不成文的惯例——以往，皇子们的王妃，大多是在类似场合点选而出的。

宁弈和宁霁都未娶正妃，所以今日也算是个大型相亲宴。

凤知微恍然大悟，难怪今日姑娘们这么齐全，打扮得这么风骚。

忽然就想起妓院小厮的经历，觉得纱屏后一桌桌女子，看起来和兰香院那些打扮好了在一间间小房等待接客的姑娘十分相似，而上头那两位，就像多金大方的恩客。

地位是不同的，情境是相似的，姑娘们看金龟婿的目光都是发蓝的。

凤知微想得开心，忍不住一笑。

她笑得隐晦，上头宁弈的目光却立即扫过来，淡淡地瞥了一眼，眉头微皱。

这女人怎么回事？知道这是变相选妃宴，还这么开心？

他突然觉得有点心情不好。

"……总要有些彩头才好。"上头贵妃和皇帝商量，天盛帝便笑着，命人取了些赏人用的小金元宝、金线荷包来，道，"让孩子们好好玩，给你逗乐子。"

贵妃便又吩咐众皇子公主："你们也别小气，让人瞧着笑话。"

皇子们纷纷笑着解囊，众人的目光却都盯着宁弈和宁霁，尤其是宁弈。

说到底，别人都是意思意思的陪衬，今日只有宁弈拿出的东西，才是最让人关心的。

宁弈始终含笑不语。韶宁公主掩唇笑道："我穷得很，还想着娘娘赏我几个，就不凑这个热闹了。六哥倒是富得很，掌着户部谁不是财神爷？我看今儿个也该把鸾佩请出来，看看谁有福气得了去了。"

此言一出，众家小姐都露出喜色，天盛诸皇子都有鸾佩，落草便赐下，作为将来立妃之用，只是以往皇子们并不一定会在席上以鸾佩做彩头，毕竟才见一面，才学也不能代表一切，轻易拿鸾佩做彩头太过轻率。众人很快想明白其中道理，激动渐去，又稳稳坐好。

"管着户部，是父皇的差事，做哥哥的也不过拿着和你一样的月例，一分也不曾多了去。"宁弈瞟了韶宁公主一眼，笑容淡淡的。韶宁脸色僵了僵——她作为一品公主，月供封邑过于丰厚，以前太子在时没人过问，如今朝中已有异声，有几个御史还上书，举了大成皇朝曾经乱国的易城公主的例子，说皇女封赐超越皇子，非皇朝之福，要求削减她的封邑和护卫。宁弈这一句刺来，她顿时不敢再接。

"不过……"宁弈突然笑了笑，"妹妹后一句话倒终于说对了一次。"

他含一抹颠倒众生的淡淡笑意，从怀中取出一块通体莹润的翠佩，轻轻放在太监跪奉上的礼盘内。

第五十八章

论情

鸾佩落下，满殿寂静中便听见清脆的珠玉撞击之声。

无数人的小心脏，怦怦怦地跳了起来。

楚王风流满帝京，然而他的风流十分具有外延性，对向内发展似乎兴趣不大。闲杂人等可以不断听说他在哪家青楼楚馆为哪位花魁一掷千金，却不容易看见他纳妾娶妻，所以，至今他的王府，姬妾也就两三位，还是皇帝赏的，太子送的，兄弟们塞的。

据说原本姬妾队伍还要庞大些，但是隔上一阵子，总会那么恰到好处地死上一两个。如今硕果仅存的那几位，都小心地把自己活成了文物，楚王不来挖土，坚决不打算见天日。

很多人以为他不小心把鸾佩给搞丢了，这辈子不打算拿出来亮相了。

今儿可算终于盼着了。

"弈儿今日好兴致。"天盛帝眼底掠过一丝惊异，目光特地在所有闺秀脸上转过一圈。他是有点了解这个儿子的，如果座中没有他感兴趣的人，他绝不会掏出鸾佩。

当然，每个人都看过了，唯独漏掉了凤知微。

"有夫之妇"，既丑且疯，关她什么事。

"往年都是些诗词玩意儿，"常贵妃和皇帝商量，"今天不妨来点新鲜的。"

"问问孩子们都有什么好主意。"皇帝含笑吩咐。

"陛下，娘娘。"一个黄衣女子当仁不让地立起，先亭亭四面一福，姿态优雅，众人都赞一声，好风姿！

再看脸，柔婉姣美，宫样蛾眉，是名满帝京的才女，吏部尚书之女华宫眉。

众人都觉得合适，除了她，还有谁配出这个头呢？

华宫眉明眸一扫，很满意自己的众望所归，神态也更加雍容，语声更加温柔，含笑道："陛下，娘娘，诸位殿下，臣女有个浅薄的主意。"

"说来。"常贵妃神色淡淡的，有点恼她抢了自己侄女的风头。

"我朝如今正有战事，万千将士前方杀敌，雄姿如铁、旌旗如林，身为闺中儿女，虽不能亲随战场，却也心向往之。"华宫眉微笑，"臣女提议，今日仿照沙场捉对厮杀，任意自请挑战，再以战鼓之擂定下时辰，击鼓三声而文出，超过时辰者败。谨以此，表达对前方将士浴血为国的敬意，并为我天盛完胜大越助威，不知贵人们意下如何？"

这是既考能力又考捷才了，互相挑战，击鼓三声便要答出，其难度比起惯常的出个题每个人慢慢写，不知道要高出多少倍。

常贵妃皱皱眉，自家侄女文采是有的，但是敏捷不足，正想怎么否决，身边天盛帝却已扬眉笑道："好，这个法子好，且看击鼓三声，众女相争，新鲜有趣，就这样吧。"

常贵妃暗叹一声，心知天盛帝心悬战事，华宫眉这说法算是投了他所好，只好含笑吩咐众人去取鼓。不多时，韵律司取了鼓来，便在前堂阶下架了。

"不知道臣女们有没有这面子，请楚王殿下亲自击鼓？"华宫眉瞟着宁弈，笑意盈盈。

宁弈举起酒杯，轻轻沾唇，抬目对华宫眉一笑。

华宫眉一喜。

"没有。"

……

华宫眉尴尬地怔在那儿，一旁的七皇子已经笑道："六哥怎么能去击鼓？这万一要是偏心了谁家小姐，那鼓击得拖泥带水迟迟不落，可怎生是好？"

满堂大笑，顿时化解了华宫眉的窘境，那女子也十分厉害，借机一笑，道："是，多亏王爷提点，是小女子思虑不周。"一句话轻轻带过，随即向首座躬躬身，"还是请陛下亲指击鼓人吧。"

"相烦赫连世子。"天盛帝目光一转，觉得赫连铮是外客，比起其他人来少了牵扯，所以他来最合适。

赫连铮老大不乐意，咕哝："我击鼓就得是上战场，要我为一群娘们儿击鼓玩乐算个啥？"

凤知微瞟他一眼，提醒道："世子，您身边正坐着个娘们儿。"

"您是小姨。"赫连铮毫不脸红，"小姨是尊长。"

"去吧。"凤知微推他，"为这小事抗旨不值得。"

赫连铮抬手喝完杯中酒，捋起衣袖大步过去，一边走一边还不放心地回头嘱咐："你可别参加，人家娶老婆，没你事。"

"怎么会？"凤知微赶他，"谁娶老婆都不关我的事。"

她斟一杯酒喝了，心想，玩什么玩，天盛帝明显属意华宫眉，这么难的方式，不是放水给她赢？也是，华家虽然身居高位，但是家族势力单薄，而天盛帝肯定不愿宁弈娶个势力雄厚的世家女，再如虎添翼。

赫连铮坐在鼓下，金柄鼓槌在手中抛来抛去。华宫眉昂首含笑立在人群中央，目光在众席面上缓缓掠过。接触到她目光的女子们都有些不安，下意识地缩了缩，怕被她邀请挑战。华宫眉因此笑得更加得意了。

终于有人不甘被宰割。

"陛下，臣女有异议！"站起的紫衣女子，娇小清秀，风姿纤弱，语声却有几分铿锵之意，"文才有高下，文思敏捷却也未必就代表才能出众，这种比法有失公允！"

天盛帝怔了怔，常贵妃认出这是次辅胡圣山的孙女，立即笑道："胡小姐有什么好法子，但说无妨。"

胡家小姐胡静水福了福身子，朗声道："既然是为前方将士助威，此事人人都应参与。臣女的意思是，世子击鼓三声，每人写出自己的题目交上，然后由陛下娘娘按难度，点选出题目前三甲，再由臣女们自请答题。不过，点选出的三甲题，在有人自请应答前，只报出题者名字，不告知题目内容，由臣女们自请挑战题目。陛下以为如何？"

胡静水心里明白，一旦让华宫眉那样随意挑战，其他人气势首先就弱了几分，与其让她一人大出风头，不如拉所有人下水，到时说不定能冒出个可以压服她的。就算没人能压住她，选出前三甲，也可以避免让她独占鳌头，成为楚王妃当仁不让的人选。

这种国宴点选，本来就只是不成文的规矩，是一个意向确定，没有规定说必须第一就是王妃，毕竟立妃是大事，需要考虑的地方很多。

她自认为就算拿不到第一，前三甲也是没问题的，而华宫眉自负太过，难保不在哪个问题上铩羽而归。

凤知微淡淡地喝着酒，心想，这位胡小姐心计很足，这种比法，就算后面的答题不出彩，只要题目出得好被评为前三甲，也挣回了足够的面子，总比被压得死死的好。

华宫眉也无所谓，法子变来变去又如何？能改变她帝京第一的事实吗？

天盛帝沉吟了一下，他虽然有心放水，但也不好做得太过，于是当下应了。内侍给除了皇子之外的所有客人，都发了纸笔。

宁弈突然笑道："这法子好，各位小姐辛苦，小王先敬各位一杯。"

他飘身下阶，团团一敬，自己当先饮尽，流彩光灿的眼眸一扫，众人便红霞上脸，赶紧都喝了。

凤知微举起杯子，杯子里却浮着个蜡丸。

就在刚才，宁弈趁所有人都仰首喝酒的时候，弹了个蜡丸在她杯子里。

凤知微不动声色地将蜡丸取出，在袖子里捻开，只见一张小字条上写着："平藩之策。"

这是在作弊吗？凤知微将字条揉碎，若有所思——天盛朝只有一位异姓藩王，便是封在西平道的长宁王。当年的开国之臣中，老长宁王几乎助天盛帝打下了半壁江山，说句夸张点的话，当时老长宁王就是自己做皇帝也是当得的，最终却让了天盛帝，所以，建国后，封赐极重。但帝王就是这样，送给你的迟早要拿回来，让你吃下的迟早要你吐出来，再加上继位的小长宁王拥兵自重，对朝廷阳奉阴违，他属地里的官员都是自选的，朝廷干涉不成。所以这些年，天盛帝看似声色不动恩宠犹在，但内心一定已经将这事惦记上了。

宁弈的意思是要她用这题目来争夺前三甲吗？

用这个题目？

凤知微笑笑，笑意带着点讥嘲，抬眼看看，看见斜对面的华宫眉，不知为何突然喜上眉梢，脸上激动得泛出晕红，连眼眶都似泛了泪意。

这是怎么了？喝多了？

赫连铮早已不耐烦，大喝："击鼓！"

小姐们赶紧唰唰地铺纸濡笔。

"咚——咚——咚——"

鼓声很慢，然而再慢的鼓声也有停止的时候。

凤知微一直在漫不经心地喝酒，直到第二声鼓声将歇，才懒洋洋写了几个字。

纸卷封好交上去，天盛帝一一阅览。

红灯淡淡的光芒映在他脸上，四面寂静，只闻纸张簌簌翻动之声。所有人屏息静气，紧紧盯着天盛帝脸上的神情。

只有两个人，依旧神态自若。

一个是宁弈，好像现在选的不是他的妃子一样，没完没了看春宫。

一个是凤知微，偷偷将隔壁桌上因为紧张而一口没动的"古月醇"穿越到了自己桌上。

她不是馋酒啊，真的，只是可怜赫连世子到现在还没喝上几口呢。

灯光明亮，照得天盛帝神情纤毫毕现，大多数时候是平静无波的，突然轻轻"咦"了一声，拿起一份纸卷，看了看。

有人攥紧了手绢。

有人坐直了身子。

天盛帝看了看，又放下，众人发出不知是失望还是欣喜的长气。

天盛帝越翻越快，众人的小心脏也如被翻来翻去，搅扰得不知上下。突然，天盛帝停了手。

他取出那份纸卷，看了又看，突然扑哧一笑。

身边的常贵妃好奇地看了看，然后一把抽出手绢，捂了嘴。

众人面面相觑，十分好奇。韶宁公主仗着娇宠，噔噔噔奔上阶，探头一望，哈哈哈捧着肚子下去乐了。

宁弈一直淡定地看春宫，终于有点忍不住，放下春宫图回头望了望。七皇子已经起身过去，一眼看过后，脸色古怪地下来了，一看那神情，就知道憋笑憋得很辛苦。

宁弈抬眼望他，七皇子不说话，斜眼瞟他，左瞟一眼，右瞟一眼，宁弈重重放下酒杯，啪的一声酒水四溅。

七皇子吓了一跳，知道这人已经被撩拨到了顶点，赶紧凑过去在他耳边嘀咕了几句。

宁弈脸色铁青。

仔细看，他握在手中的纯金酒杯似乎有点变形。

凤知微同情地看着那只酒杯，觉得待在楚王殿下身边的东西都好可怜。

天盛帝笑了半天后，将那纸卷放在一边，第一个的位置。

常贵妃又去捂手绢；韶宁刚刚直起的腰又弯下去了；七皇子在和王妃咬耳朵，王妃忙着找手绢；其余皇子纷纷好奇地凑过头去，然后哄一下再各自找地方去笑。

宁弈手中的酒杯已经成了薄金片片。

他抬眼，目光一转，落在了凤知微身上。

凤知微对他露出一脸无知的天然呆神情——模仿顾少爷的。

宁弈怔了怔，目光倒有些狐疑了。此时天盛帝已经将题目三甲全部选出，又将那三甲题目看了看，一瞬间脸色有些复杂，随即笑了笑，道："今儿这题目倒都不错，我天盛皇朝世家之女，倒多才女。"

华宫眉神色得意，开始整肃衣服，准备领赏。

"就这三个吧。"天盛帝将三个纸卷各自拴了金银白三色的丝带，示意内侍宣布。

众人坐直身体，目光灼灼。

内侍取出第三个纸卷，先报探花的名字。

"吏部尚书女，华氏。"

众人哗然，华宫眉脸色惨变。

怎么不是状元卷？

华宫眉的题目只得了个第三，出乎众人意料。大家呆了半晌，大多数人又觉得欢喜起来。

秋玉落才学不行，自觉三甲无望，但看华宫眉失魂落魄，又觉幸灾乐祸，又有些担心，忍不住问她："怎么办？我那疯子姐姐会不会拿第一？"

华宫眉的心思并不在凤知微身上，呼卓世子的未婚妻，不是她的竞争对手，她只是不忿她如此出风头罢了，此时听见这句，冷笑一声，道："全天下人都死光了，也轮不上你姐姐！"

"榜眼卷，"内侍报，"乾元阁大学士胡圣山孙，胡氏。"

胡静水露出微笑，却又微微有些失望和惊异。

她有备而来，题目是经过指点的，怎么还会有人超过她？

"状元卷。"内侍的声音拖得长长的。众人目光灼灼地望过去，屏住呼吸——最优秀最有才名的两名女子不过屈居第二第三，还有谁能超过她们？

小姐们面面相觑，看谁都觉得可能，也都觉得不可能。

还是没人多看凤知微一眼。

宁弈自斟自饮，神态已经恢复了悠然自得，还稍稍有点幸灾乐祸的样子。

赫连铮百无聊赖地玩着鼓槌——反正也不会是凤知微，她不会在这种场合故意去争王妃之位的，这女人，心大着呢！

凤知微自斟自饮——反正也不会是她，就她那题目，不气死人就不错了。

内侍尖厉的嗓音，在极度的静寂中，穿透了整个宽阔的广场。

"凤知微！"

惊呼。

骚动。

无数人唰地站起，又发觉失礼，赶紧坐下。

都坐下了，才发觉还有人呆呆站着，完全反应不过来——秋玉落和华宫眉。两家的夫人赶紧用力按她们坐下。

宁弈小酒喝得更欢快，以至开始咳嗽，随即脸上起了淡淡的红晕，越发皎如明月雅若流云，看得无缘三甲的女子们想死。

赫连铮手中的鼓槌掉下，险些砸到脚。

凤知微一不小心，把自己的酒杯也捏成金片片了。

不是吧，就她那题目，状元？

座上天盛帝含笑道："女子无才便是德，妇人干政非国家之福，有些题目虽好，却不宜提倡。女子嘛，就该关心女子应关心的事，所以这个状元卷，看似玩笑俗气，其实新、奇而有胆气。朕是很喜欢的。"

他说到那句"妇人干政"时，原本神色不太好看的常贵妃脸色白了白，急忙接道："是，臣妾也以为，状元卷当之无愧。"

这么一说，众人更是好奇，不知凤家这个疯丑女怎么就得了陛下娘娘的青眼，如此盛赞，连胡家小姐和华家小姐都排在她后面，而常贵妃的侄女更是榜上无名。

凤知微却后悔得想撞墙。

她错了！

为了表现才华，众家小姐的题目肯定都往宏大重要的政事上想，反而引起了天盛帝的不安和不满，于是相形之下，她那恶趣味的题目就被天盛帝高高抬起，拿来提醒那些手很长的后宫嫔妃了！

真是一失足成千古恨！

"请各位小姐自行挑战三甲之题。"内侍的传报声中，赫连铮咚咚鼓声又起，这回敲得又重又凶，险些将鼓敲破。

"臣女求解探花卷。"粉衣女子含羞站起，正是常贵妃的侄女。看来她是个稳妥人，不求有功，但求无过，先争个探花卷。

内侍展开华宫眉的卷子。

"以大成长兴二十二年三王之乱，求不伤国本解决之法。"

凤知微怔了怔。

这不是变相地求平藩之策吗？大成长兴二十二年的三王之乱，其实就是外姓藩王之乱。华宫眉的题目怎么和宁弈那个提示一样？

华宫眉听着报题，脸色比刚才报她为第三时，还难看。

刚才楚王下殿敬酒，经过她身边时手指一弹，弹了个蜡丸到她的酒杯内。她当时心中狂喜，赶紧悄悄取出看了，只见楚王的字条上写着"平藩之策"，她立即明白了殿下的意思，这是要提点她了。还有谁比朝夕伴在陛下身侧的皇子们更知道陛下的心思呢？

她欢喜得心中似要爆炸，此事不光是殿下提点她这么简单，更隐晦地告诉了她，她就是殿下属意的王妃人选。梦寐以求的愿望乍然成真，一瞬间她几乎要热泪盈眶。

可是，可是，竟然只是探花卷！

想着先前天盛帝的话，她似乎有点明白宁弈的意思了，脸色变得惨白。

凤知微看着她的神情，隐约猜出了几分，嘴角掠出一抹淡淡的笑意——华宫眉其实确有几分见识，竟没被欢喜冲昏头脑，知道隐晦地改了题目换了朝代，这要真按着宁弈的原话写平藩之策，别说探花得不着，只怕立刻便要获罪。

长宁王还没有露出反意，朝廷和外藩至少表面上还你好我好。平藩只是天盛帝心中的最大隐秘，如何能在这样的场合被贸然提出打草惊蛇？一旦有人提出，天盛帝为了表示堂皇光明并安抚长宁藩，只会重处"心存挑拨，损伤国家柱石与朕之情谊"的人吧？

如今，她用这样的方式提出这个题目，也算聪明之举，陛下也可以装糊涂，再给她一个机会。

凤知微闲闲地剔指甲，心中隐约觉得，其实自己也上了宁弈的当了。

宁弈这人，极善把握他人心理。

他看似将两个相同的陷阱蜡丸同时抛给她和华宫眉，其用意却根本不同，对华宫眉，是要拉下她中状元的机会，整倒她；对自己，却是要自己上位。

华宫眉对他一腔痴恋，又为人自负，肯定会按他的蜡丸来作弊。

但是自己，宁弈知道自己肯定不会乖乖听话，而且也肯定能想到其中的利害，绝对不会用这个题目，不仅不会用，还会因为怀疑他试图陷害，而反其道行之，损他一损。

她确实忍不住损了他。

引起了天盛帝的注意。

如他所料，如他所愿。

凤知微暗暗咬牙，心想唯楚王与顾小呆难养也！

鼓声三响，常小姐倒也有几分才学，立即娓娓而谈，除了寻良将调重兵徐图缓之稳步推进之类的常规打法外，还隐晦地谈了谈对诸藩的分化之法、麻痹之法、兵力钳制和换防，以及朝臣和民心的安定。言下之意就是，应早做准备，不妨虚与委蛇，时机一到就雷霆一击，等等。天盛帝不置可否，又拿起华宫眉的答案看了看，点了点头，示意过关。常小姐嘘一口气坐下。

凤知微心中却知道，常氏是没指望了，常家虽然不是外姓王，却也是炙手可热的第一外戚，不是藩王胜似藩王，如今常家小姐当殿答出这番话来，岂不更让天盛帝心中不安？

果见常贵妃望了侄女一眼，眼神颇有不满。

接着便是榜眼卷，内侍在报："求解莲花钩箭之法。"

莲花钩箭是近年大越新创的一种箭，箭头内有钩子，触及人的体肤后弹开，扩大伤口致人血流不止而亡，天盛兵将死于其下者不计其数。这个题目提出来，关切时事，关心将士，果然切中了天盛帝的心思，难怪能得第二。

满堂一时静默下来，这个题目可不是随便能答的，宁可出不了风头，也不能胡乱说话，不然一旦被采用，临上战场却无效，祸及的便是千万将士的性命，万万玩笑不得。

凤知微垂着眼帘，想着前些日子和燕怀石聊天，也曾讨论过莲花钩箭。燕怀石提出目前的重甲不利于作战，海外吕宋国有种韧性极好的蚕丝，纺成丝绸做成内衣，丝绸软滑能够钩住箭头，防止伤害扩大。当时自己说，丝绸内衣可挡箭不是什么新办法，而且耗资巨大，朝廷只怕有心无力，其实还有个办法可以解决，只需要大胆尝试就成。燕怀石问什么办法，自己却没有回答。

那个办法，她觉得还没到时机拿出来。

这道题没有人敢回答。天盛帝难掩失望，摆摆手示意下一题。

众人的精神这下全来了，都目光炯炯。

"状元题——"

"我来！"华宫眉傲然站起，挑衅似的瞥了一眼凤知微。

凤知微无辜地冲她一笑，答吧，希望你能答出来。

内侍一眼扫过题目，先是怔了怔，随即扑哧一笑。

这一笑便知闯了祸，急忙跪下请罪。众人发出被折磨的叹息声。赫连铮忍无可忍，大步上前一把夺过纸卷，道："我看看什么了不得的玩意儿——"

他的话音突然止住，脸色古怪地变了变，随即大笑，道："对！对！太对了！"

众人面面相觑，心想，难道这位也要笑得忘记报题？

好在赫连铮一边笑，一边斜眼瞥着宁弈，一边大声道："作为女人，最讨厌的事情是什么？"

华宫眉怔了怔。

所有人都怔了怔。

谁也没想到状元卷竟然是这么一个近乎于玩笑的题目。

女人最讨厌的事情是什么?

是出身平凡?

是无貌无才?

是年华老去?

是夫君移情别恋?

是小妾爬上头来?

是外室的儿女比自己儿女有出息?

是心仪的人突然来访,翻遍所有衣柜,却发现所有的衣服都不够漂亮?

是别人穿了自己专门订购的一模一样的衣服?化了自己刚刚学来的一模一样的妆?

是出门遇见三十年前和自己争丈夫争得死去活来头破血流的情敌,却发现她的衣服质料比自己高贵,身边的夫君比自己夫君的官位更高?

一瞬间所有人都觉得自己知道答案,一瞬间所有人都觉得自己的答案还远远不够。

答案太多了——女人本就是永不满足的动物,你想要她懂得知足,比叫赫连世子脚不臭还难。

华宫眉愣在那里,她想过很多问题,涉及政治历史、天文地理、星象园艺、女红裁剪等,自负以自己的才学,无论什么问题都可以答出一二,却不想竟然是这么一个无所不包却又什么都没有的题目。

最简单的,也就是最难的,因为什么都可以是答案,却也什么都可以不是。

她怔在那里,只觉得心凉凉的,想着今天楚王的那个蜡丸,想着这个古里古怪的题目,再看着凤知微姿态娴雅地据席而坐,一杯一杯又一杯,而那淡蓝色的衣袂辽远如海,看起来竟有几分深不可测。

或许,真是她看走眼了……

"女人最讨厌的事情……"她期期艾艾而又带点悲凉地答,"……是良人的欺骗。"

宁弈笑了笑,若无其事地给自己斟酒。

凤知微笑了笑,遥遥在席上敬了敬这个勇气可嘉却运气不佳的女子。

你错了。

一旦会欺骗你,就不会是你的良人。

赫连铮摇头,拉长语调,古里古怪地读答案。

"作为女人，最讨厌的事情是什么？"

"——楚王殿下比她美！"

报完，赫连铮抛了纸卷大笑。满堂则有一瞬的寂静，众人瞧瞧黄脸垂眉的凤知微，再瞧瞧姿容清绝的宁弈，想着那句"楚王殿下比女人美"，一下想笑又不敢笑，都憋得神情古怪，五官扭曲。

憋笑完了，回头想想，问题是平常，还带点漫不经心，然而其间透露出来的敢于当殿调侃皇子的胆气，和同时勇于自我调侃的潇洒，确实不是寻常女子能够出口的。

宁弈早已被这女人给气完了，此时沐浴在众人的目光下，被众人看看凤知微再看看他，比来比去，倒若无其事——好歹你是承认我的优点的，我比你美无论如何都好过我比你蠢。

以他对凤知微的了解，知道这女人极其阴损，若不是在这种场合，天知道她那个问题还会不会更出格。

天盛帝呵呵笑着，正要道赏，突然华宫眉上前，一挑眉，愤然开口："陛下，这题目一无才学，二无深度。这堂堂皇家宫宴，若论了这样的题目为首，岂不是笑我天盛无人？"

"本来就是玩乐。"天盛帝一笑，"不过你们闺阁游戏，认真做什么？"

此言一出，众人脸色都变了变，不明白皇帝口风怎么就变了，常贵妃却舒了口气。

凤知微手指嗒嗒敲着桌子，似笑非笑，她此时已经明白了天盛帝的心思。他原本属意华宫眉，想趁宫宴这个机会将华宫眉指给宁弈，然而事与愿违，华宫眉上了宁弈的当，出了那么个题目，无论如何不能评为第一，而余下的胡小姐，因为胡圣山是楚王派，也不在考虑之列，而常贵妃的侄女也不成，这时正好冒出一个自己，又已经是"呼卓世子未婚妻"，所以干脆指了第一，把这件事变成普通玩乐，给揭过去了。

反正这宴席论文选妃，向来不正式说明。天盛帝这次要装糊涂，众人也只好跟着装。

说到底今天选妃是假，父子斗智，宁弈借用了她凤知微，使计逃脱天盛帝指婚是真。

"是啊。"宁弈一笑，轻描淡写地将鸾佩又拿了回去，换了件普通玉佩搁上去，"不过是大家同乐的一个游戏罢了。"

确实是大家同乐，当胡小姐提议所有人都出题，包括那些公卿夫人都参与时，这场点选性质已变，而宁弈这么一说，众人也渐渐明白其中的意思，都同情地看着华宫眉。

"不过该赏还是要赏的。"宁弈将那白玉佩向凤知微一招。

凤知微只好过去，假惺惺谢赏，伸手去接玉佩。宁弈将玉佩递过，却趁机捏住她的手指，悄悄笑道："真的讨厌我比你美？"

凤知微假笑道："哪能呢？"玉佩怎么不动？她用点力气去拽。

玉佩握在宁弈手中，稳稳不动。

"我可以为你变丑，只为配上你。"他抓紧玉佩，依旧在笑，笑得浮光荡漾，倒显得言辞也似闪烁，令人不辨真假。

凤知微继续假笑，"哪能呢？"接着用力拽玉佩。

"你总是不信我。"宁弈笑了，玉佩还是纹丝不动。

"哪能呢？"凤知微忍无可忍，大力一拔。

宁弈突然放手。

骤然发力又落空的凤知微倒霉地向后一栽。

赫连铮飞奔来接。

却不及宁弈速度快。他手一伸已经拽住了凤知微的手腕，将她拉住，笑道："凤小姐可不要欢喜疯了。"

他的手指扣在凤知微的腕脉上，微微一触便立即放开，然后脸上闪过一抹淡淡的笑意。

凤知微怔了一怔，转眼便想明白他是担心自己吃了回春果留了后患，这是想法子给自己把脉了。

脸上忽然起了淡淡的红晕，她掩饰地转开眼。

两人的玉佩官司因为是背对众人，无人看见，只有一直站在那里的华宫眉看了个大概。她眼底闪过一丝愤恨，突然缓步过来，笑道："既然是玩乐，臣女想邀请凤家姐姐再玩一回，凤家姐姐可敢接？"

有你这么不知进退的吗？

也罢，既然已经被宁弈设计，出错题目误出了风头，也不必再扭捏遮掩引人疑惑。

凤知微冷笑，缓缓回身看定她。

华宫眉触到她的目光，脸上笑容有些僵硬。

"不敢。"凤知微淡淡道。

华宫眉一怔，看凤知微眼光那么森凉不耐烦，她以为她要发作，不想竟然是这句，脸上顿时浮现出几分带着讥诮的笑意，正要说话。

凤知微已经负手走回案边，边走边笑道："我怕你再输一次，羞愤拼命。"

"你——"华宫眉倒吸一口长气，怒极反笑，道，"别那么多话，既然你应了，那就来最简单的对句如何？一炷香，四十句，谁停顿谁输。我倒要看看，凤姐姐如何让我羞愤拼命？"

对句不难，但一炷香时间何等短暂，连对四十句，几乎连思考的时间都没有，那又需要何等的敏捷？

众人都知道华家小姐正是以思维敏捷驰名帝京，顿时精神一振。

"也好。"天盛帝十分愉快，"彩头莫急着给，看看两位小姐的风采。"

"我向来最敬慕敏捷的女子。"宁弈拊掌笑，"胜者，楚王府大门永为你敞开！"

这句话是什么意思？华宫眉眼睛一亮，一丝希望火焰般燃起，凤知微却鄙视地撇了撇嘴——这人又玩他云遮雾罩的把戏了！

"请。"凤知微一个字都不肯多说。

青烟袅袅，香头微光明灭。

华宫眉语声飞快。

"无诗莫邀梅下客！"

"有曲常聚云中仙！"

"烟迷短棹渔歌起！"

"月笼长河清音来！"

"春声每老桃花面！"

"秋风总新芙蓉眉！"

"诗成掷笔仰天笑！"

"酒酣仗剑踏雪行！"

"茶亦醉人何必酒！"

"书能香我无须花！"

……

刹那间闪电般连对十数句，华宫眉变了颜色，凤知微一眼也不看她，含笑端起桌上酒，一杯一杯又一杯。

"聚散全是缘中起，枉负那烟雨前一肩春色！"

"是非皆因情生劫，空换得风波后两眉秋霜！"

短句不成，来长的，华宫眉咬牙。

"观尔谪落青天，飞剑西来，龙泉长舞，楼外听雨，凭谁问白发生寂寞如雪，深帘一抹溶溶月！"

"待我罢却红尘，放舟东去，凤箫低吟，岛中醉月，且忘那桃花落惆怅似梦，小楼半生漠漠风！"

"好！"有人忍不住拍掌，这等毫不思索地应对，可比出句的要高明多了，毕竟出句的很可能是以前便做好的。

华宫眉身子微微颤抖起来，却犹不死心，她痴痴望了宁弈一眼，想起多年前春日宴上初见，斯人风流从此入驻芳心。从此她所有短句长章都是为他所作，然而相思有多长，现实便有多凉。到得今日，原以为陛下属意，自己定然雀屏中选心愿得成，不想步步错，步步跌，如今，竟连一个从无才名的丑女，都敌不过！

突然便悲中从来。

"问天数盈虚，去者何如？想君当年，着黄金带，紫罗襕，就白玉杯，灵蛇剑，赏梁园月，洛阳花，笑荣华来去一身清风，谁曾想坠情关无由解，空落得碧血青竹，按得清弦殇一曲。"

这妮子，是终于灰心了吗？

凤知微含笑注视着她。华宫眉见她没有立即对句，神色一喜，却见凤知微仰首一杯，一饮而尽。

酒尽而句生。

"叹造物乘除，来生怎续？忆卿初见，有碧玉钏，翠竹箫，掠连波目，莺燕声，逢紫禁劫，大内煞，叹红尘聚散半世飘萍，早知那破尘网有恨生，且掬就丹心霜雪，奏起银筝悲长声！"

一句完而彩声如潮。华宫眉退后一步，面如死灰。凤知微淡淡地斟酒——我可提醒你了，皇家水深，还是看开些好。

可惜有人却看不开，华宫眉面色连变之后，终控制不住愤然开骂。

"视汝容颜颓败如黄花！"

"观尔面目可憎似菜刀。"

"视汝行径痴愚如小儿！"

"观尔面目可憎似菜刀。"

"视汝言行刻薄如苍婆！"

"观尔面目可憎似菜刀。"

无法抑制的哄堂大笑里，凤知微抬手将酒杯一抛，正正抛落在华宫眉脚下，"华小姐，一炷香已尽，当可止也。小妹今以数字诗一首，论情之一字的危害，但望能博您一笑。"

她负手立于庭前，晚风徐来，衣袂飘举，朦胧灯光下风姿神情若神仙中人。众人望其背影，恍惚间已忘记了那不堪的容貌和疯女之名，只觉得那女子似近实远，饮酒之姿似林下高士，吟哦漫步若在云端。

　　凤知微含笑的脸却是对着上首方向，那里，宁弈以手支额，在淡红色的灯光里目光流转，眼睛一眨不眨地默默看她。

　　"求十全完美，忘九死一生，看似八面威风，实在七窍不通，浑忘得六亲不认，搓揉得五脏不生，缠磨得四肢无力，颠倒得三餐不成，终落得二地相望，不如抛——一片痴心！"

Best Time

白 马 时 光

天下
归元
著

凰权

HUANG
QUAN

第一卷·中

百花洲文艺出版社
BAIHUAZHOU LITERATURE AND ART PRESS

潇洒决断数字诗，一诗出而满堂惊。

华宫眉踉跄退后，手扶着几案，怔怔良久，眼泪断线般滚下来。

宁弈把玩着手中的酒杯，唇角笑意薄如落花。

不如抛一片痴心，不如抛一片痴心。

这绝顶慧黠女子，竟用这样的方式，拒绝了他。

只是，这么一拒绝，却也令他窥见了在她深沉缈远的内心里，一些不愿为他看见的心思。

有一种女子，如域外蓬莱，远在高天山海之外，想要走近，先得穿过重重迷雾。

乱花渐欲迷人眼，然而只要他始终在高处，何畏浮云遮望眼?

他笑着，举杯，遥遥对凤知微一敬。

凤知微挑挑眉，遥遥对上首一礼，含笑归座，一句话也不肯多说了。

众人惊异佩服的目光跟随着她，想不到这出身暧昧的凤氏女，竟然多年来明珠蒙尘，如今一朝拂拭，尘尽光生，竟比那些频频参加诗会博得好大名声的世家之女要强上不知多少倍!

众人这才想起凤知微那个饱受非议、特立独行的母亲，秋府大小姐秋明缨。当年，她也是驰名帝京的女中人杰，号称"文武双绝"，诗书琴棋俱佳，只是后来带兵上阵拜为女帅，武功战绩太过耀眼掩盖了其华美文采，让人忘记了她也曾轻衣缓带、临亭赋诗。

不用问，凤小姐一直跟随母亲过活，如此出众的才华定然来自母亲的日夜教导。

"不愧是当年火凤女帅之后。"若有所思凝望她半晌，天盛帝终于缓缓开口，"家学渊源，名不虚传。"

这句"家学渊源"，和以往那句深含讽刺的"家学渊源"，绝对不可同日而语，一旦出自天盛帝之口，代表的就是一种态度。

众人立即心领神会。

"火凤女帅文武双绝，当年便已名闻帝京。凤小姐不愧名门之后……"

"想当年女帅英风侠彩，令人神往……"

"不见女帅久矣，想必风华更胜当年……"

凤知微手按桌案，面带谦虚的微笑，平静倾听，而半边脸沉在宫灯淡红色的光影里，无人看见她脸上的神情。

无人发现她眼中晶亮微闪，水光盈动。

娘。

多年前的春日宴，你也曾临屏赋诗，一诗出而满殿惊。

你也曾含笑簪花穿宫入殿，载了那一身万人荣光。

你也曾金殿之上面对挑衅，一杯酒当殿掷出，杯酒尽而篇章出。

如今我重现你当年慷慨傲然的风华，斗酒诗百篇，笑傲帝王前。

终换来帝王缅怀往事，一番感叹。

有他这句话，从此后再无人可以欺你，再无人可以拿那当年旧事羞辱于你。

她眼神晶亮，想要再喝一杯酒，让那温醇辛辣之味，冲去此刻心中的热潮汹涌，却摸不到酒杯——酒杯已经被她给做戏掷出。

一杯满满的酒突然递到她面前。赫连铮贼兮兮在她耳边笑，"喂，一杯酒而已，你不要感动得想哭。"

凤知微转过脸，眼睛内的晶莹已去，目光温润，含笑看着赫连铮，"谢谢！"

赫连铮看着她的笑容微微怔了一瞬，随即又恢复了平日的散漫豪气，胸膛一拍，"小姨就是我的心我的肝我的命根子宝贝，别说一杯酒，就是你要我不娶另外九个老婆我也认了！"

什么九个老婆？凤知微怔了一怔，才反应过来他又绕回去了，白了他一眼，笑道："放心，小姨既然是你的心你的肝，肯定会为宝贝侄子的十个老婆操心的，一个都不能少。"

赫连铮笑而不答，只给自己斟酒，只是那杯酒，迟迟搁在唇边，不饮。

因为选妃未能得偿所愿，小姐们情绪都有些低落。常贵妃见着，在天盛帝耳边低语了几句。天盛帝眼睛一亮，随即笑道："朕就知道你最有心。"

"陛下夸臣妾，臣妾这次却不敢受。"常贵妃笑道，"这可是魏王的孝心，臣妾也是没见过的。"

她拍了拍掌，四面突起乐声。

乐声突如其来，音调华丽古怪，带着几分清远缥缈，又带着几分诡异跌宕，隐隐含着奇异的鼓动节奏，听得人的心似紧似松，怦怦地跳起来。

四面却不见奏乐之人，只觉得那节奏忽远忽近，跳脱放纵，一收一放间，似要将人的脉中血都挤出来一般，激得人脉动怦然。一些娇弱的大家小姐，不知不觉已经红晕上脸。

仅是乐声便已先声夺人，天盛帝一改一直漫不经心的神态，丢了杯子，微微直了身。

四面宫灯的红光突然暗了暗，晕红的光芒瞬时一闪。

红光一闪，夜风徐来，殿前莲花池上，忽有人自一朵硕大的莲花上飞舞而起！

那人披妖红金帛，舞衣带当风，灵蛇髻芙蓉面，双眉缭绕如妖，眉心间一点金色波罗花，灼灼如相思。

她抱着一柄奇形娇小、金色琵琶似的乐器，纤指起铮铮之声。似近似远的奇异乐声里，轻薄娇软的雨后莲花间，人在花上步姿蹁跹，忽乱得亭亭莲叶翻覆摇动，忽拨得濯濯碧水清波微溅。纤腰柔指，如丝绸般翻来叠去，软至不可思议，诸般动作也就更加妖娆魅惑了。明明是端庄的飞天之舞，竟也给她跳出几分冶艳来，而那冶艳寓于端庄之中，若隐若现，反而比艳舞更动人心魄。

座中女子，人人脸色娇红；座中男子，人人呼吸紧迫。

天盛帝努力自持，却仍旧控制不了呼吸急促，只觉得那女子远远舞来，明明容颜不清，但那一颦一笑，容华极盛，便仿若只对自己一人。

献上这舞娘的二皇子立即凑趣地上前来，笑道："父皇，这是来自西凉的舞娘，自幼以蛮荒密林之地的奇特药草洗身伐髓，不食烟火之食，熏陶得体软如绵、气息清新，又善花上之舞，和我中原风韵大异。您看如何？"

"好！"天盛帝忍不住大赞一声，随即发觉失态，赶紧正正脸色，道，"正当战事，理当节俭用度，不得靡费歌舞。这要传到前方，也太不像话了。"

"父皇，娘娘五十整寿，若连歌舞都无，也太委屈娘娘了。"二皇子笑道，"何况这女子舞的也是我朝战舞《阳关烈》啊。"

　　"这是《阳关烈》？"天盛帝愕然，仔细倾身看了看，才喃喃道，"战舞能舞成这样？真是奇葩啊……"

　　二皇子露出喜悦的神色。

　　常贵妃的神情就有些复杂，几分高兴，几分无奈——年老色衰的妃子要想维持住自己在宫中的地位，能做的，也就是献美于皇了。

　　一舞毕，那女子飞下莲花曼步而来，衣袂飘举，妖红金帛长长摇曳于身后，姿态风华，令众家以气质高华自居的小姐羞愧得无脸见人。

　　她在阶下盈盈一拜，声音并不是莺声呖呖的娇脆，而是微带低哑，这反而更加引人绮思，令人想起红罗帐鸳鸯被，想起所有粉艳的、温软的物事，而她下拜时微微倾下的颈和胸，是天下所有男子梦寐以求的向往。

　　这女子所有的风情，都是端庄与妖艳共存。因其特别，反而极尽诱惑之能事。

　　天盛帝眉间闪耀着喜悦的光。常贵妃十分有眼色，立即命人赏了这舞娘，安排她在自己宫中休憩。那女子抱着琵琶盈盈而去时，犹自不忘回眸一瞥天盛帝，眼神娇媚，看得天盛帝险些把持不住追出去。

　　座下的皇子们看着那女子离去，眼神复杂，只有宁弈，虽然一开始对那舞娘的美貌和妖艳表示了极大的兴趣，此刻反而淡定下来，隐在暗红色的灯光后慢慢饮酒。

　　凤知微望着他，心想他明明旧伤发作，酒却喝得极多，是兴之所至，还是……心绪不稳？

　　又想这献姬一事，怎么会由二皇子出面？这是五皇子的娘的寿辰啊！

　　她心中有隐隐的不安，按住了一直喝酒的赫连铮。

　　座上，天盛帝心绪极好，越看常贵妃越顺眼，笑道："上次想起要给你写个'寿'字，临到头来却忙忘记了，今日便当堂补给你，如何？"

　　常贵妃目光一亮，寿辰有皇帝亲笔写"寿"字是莫大的恩荣，而对于后宫，更有一番特别的意义——天盛帝只给一个女人写过"寿"字，就是早薨的常皇后，她三十岁寿辰时，天盛帝为她写了个斗方。

　　如今，天盛帝一旦给她写了这个"寿"字，其中的意义自然非同凡响。

　　因此她在寿辰前夕多次暗示过想要一个"寿"字，可天盛帝都不置可否，如今因这舞娘投他所好，他总算开了金口。

　　喜不自胜的常贵妃急忙命人送上笔墨。笔墨纸砚是现成的，先前下发的还有多余，当即送了上来。

天盛帝就在案上援笔濡墨，笔走龙蛇后，一个斗大的"寿"字顷刻便成。

暗淡的红灯下，墨迹濡满，字字凸出。

"雄健洒脱，鸾翔凤翥！"常贵妃连声赞好。

常贵妃带着的那两只笔猴，向来是看见笔墨就欢喜，闻得墨香，立即从笔筒里钻出来，吱吱叫着去捧那斗方。

天盛帝大笑着，撒开手。

金光一闪！

两只笔猴一触到那斗方，突然狂躁，厉声一嘶，电射而出，直扑天盛帝的面门！

近在咫尺，势如闪电，天盛帝正撒开手欢畅大笑，侍卫还离得远，而常贵妃已惊得忘记动作，哪里还救得及？

咻！

又是一道金光，自阶下飞射而上，后发而先至，角度极佳地先后撞飞两只笔猴，撞得那两个小东西吱吱在地上打了个滚，自赶来的侍卫腿缝中一钻不见了。

阶下，宁弈身子前倾，脸色苍白，手中金杯已无。

惊魂初定的天盛帝望了他一眼，勉强镇定着哑声道："弈儿，去查——"

一句未完，他突然晃了晃，倒了下去。

手背上，有两道乌黑的抓痕。

一场皇家富盛荣华宴，以皇帝被刺收场。

谁也没想到变起顷刻，谁也没想到，那两只可爱的、天天随侍常贵妃身侧的笔猴，竟然会在寿宴之上爆发。

寿星转眼变灾星，常贵妃脱去簪环哭哭啼啼，整日跪在天盛帝寝宫前自陈冤情，却没人有空理她——天盛帝身中奇毒，昏迷未醒。

她要辩白也很难辩清楚，那两只笔猴朝夕随在她身侧，却携带奇毒。她没嫌疑谁有嫌疑？

然而，此时问题的关键其实已经不是查清嫌疑了——皇帝一倒，所有人不可避免地想到，万一这毒治不好，圣驾西归，身后这至尊之位，谁坐？

这真是个让人想起来就忍不住血脉偾张的命题。

骚动，严重的骚动。

京中的消息还在封锁，西平道的长宁王却已经派人前来京城，说是王爷给陛下和皇子问安，准备明年圣驾南巡的物事采买，并表达了王爷对帝京和皇帝的思念——很明显长宁王已经得了消息，这是来试探了，而一旦皇帝驾崩，这思念之情一定会到达顶峰，到时长宁王十有八九会难以压抑蓬勃的思念，用"丰满"的大军和铁蹄来帝京表达的。

二皇子原本管着虎威大营的一部分营务，听说最近也在频频召集将领们开会。

七皇子派的几位阁臣和尚书提议在国家无主的状态下，由阁老指定亲王监国，而至于人选，那批人表示，哪位王爷都可以，但是，当此非常之时，乱象将显，国家急需贤明厚德之人安抚四方。

贤明厚德、声名在外的，自然是七皇子。

听说宫中也莫名其妙地死了几位妃子。

一片闹哄哄中，原本最该有动作的宁弈，反而全无动静，只做着自己该做的事——天盛帝昏迷前曾说过此事交他查办，他也就真的像煞有介事地主持查办此事，而对外界的风雨流言、蠢蠢欲动，似乎毫无感觉。

"这事里有很大问题。"凤知微在自己的魏府里，对她家衣衣道，"两个可能，第一，宁弈干的；第二，皇帝自己干的。"

顾少爷看凤知微再次摆出了分析朝政的架势，很有眼色地慢吞吞摆出了一袋小胡桃，然后抓出一个大的，再抓出一个小的。

凤知微很自然地接过去剥，剥开小的那个，道："你还记得皇子们一起在我府中喝酒的那次吗？当时，五皇子就把笔猴拿出来显摆，我记得那时笔猴毛色金灿灿的，可这次看的时候，却发现暗淡了很多。宫里不会缺吃的，所以绝不会是营养不够。我怀疑问题不在那墨上，当时笔墨大家都用了，没有异常。问题就应该在那猴子上，但是接触过那猴子的人太多了，根本就查无可查。"

"宁弈。"顾少爷把剥好的胡桃接过去吃了，也不知道说凶手是宁弈还是他要吃胡桃宁弈。

"或者就是天盛帝。"凤知微剥开那个大的，"他想借这个事，看看众家儿子的心地，这也可以从宁弈目前的动作看出来。别人都蠢蠢欲动，他还在做戏，做给谁看？谁还能看见？不就是天盛帝？不过话又说回来，我绝不相信天盛帝那么自私的人会舍得使苦肉计来试探儿子。他有更好的办法可以试探，何必苦了自己？那么，宁弈又是在做给谁看？"

"如果是宁弈动的手，那他好不容易将天盛帝弄倒，却白白放过这个机会按兵不动，又是为什么？"凤知微百思不得其解，只无意识地将胡桃送进自己嘴里。

一只手突然伸过来，一把掐住她的下巴，夺过那只已经送进嘴一半的胡桃，丢进了自己的嘴里。

凤知微满脑子的阴谋诡计推演唰的一下飞到九霄云外，只目瞪口呆地望着那个还沾着她口水的胡桃进了顾少爷的嘴。

"我的。"顾少爷满意地道。

也不知道他指的到底是什么。

凤知微："……"

半晌，她压下满脸的红晕，拍拍顾少爷，苦口婆心地道："少爷，我跟你说，这样子是不对的，不干净。"

"你不干净？"顾少爷问。

凤知微："……"

"我不干净？"顾少爷又问。

天底下没有比你更干净的！我天天给你洗内衣我知道！凤知微含泪，"……"

"胡桃不干净？"顾少爷这回语气严肃了，这个问题比前两个更要紧。

凤知微深呼吸，"……"

"那哪里不干净？"直线思维的顾少爷难得地茫然了。

"这样子。"凤知微气若游丝，却还在试图解释，"从嘴里抢出来不干净……"

顾少爷突然凑过来。

他一向避人三尺之外，从不主动靠近人，这是他第一次凑近人。凤知微被惊得忘记动作，就看见雪白的轻纱随风拂动，轻纱后那张若隐若现的脸越来越近，越来越近，然后隐约间眼前若有光华突生，凤知微唰的一下闭上眼。

随即觉得一只有胡桃香的微凉手指，轻轻摸上了自己的唇。

手指动作很轻，似带着几分犹疑，先是轻轻一触，又细细抚了抚，似乎被指下的光滑柔软所惊，于是又摸了摸。

凤知微身子一颤，赶紧偏头让开，睁开眼时，看见顾少爷已经回到原位，偏着头，看着刚刚摸过她唇的手指，似乎在找上面的灰。

凤知微啼笑皆非，正想转移他对于"干净"这个问题的注意力，不想那厮没有最惊悚只有更惊悚，看完了手上没有灰，又用那摸过她唇的手指，去摸自己的唇。

手指雪白，沾唇轻轻，红唇如火，如玉下颔。

指在唇边的姿势，加上微微偏头带着几分迷惑的神情，散发着甜蜜而纯真的气息，实乃天然诱惑。

凤知微唰的一下站起来，再不好意思看那手指一眼，飞奔而出。

决定了！

她这辈子再也不吃胡桃了！

那日从宫中回去后，秋夫人很快就给凤夫人母子调换了院子，在宴席上大出风头的凤知微也开始接到各种请柬。要不是现在正是多事之秋，各府没什么心思办什么茶会诗会，凤知微的邀请会堆满屋子。

帝京第一才女虽已经换人做，但新任第一才女却不再涉足任何社交场合——她病了。

何止是病，凤知微还想着要把"凤知微"给"病死"。

如果魏知这个身份想继续下去，凤知微就不能再招人耳目。那日宫宴被宁弈设计，误打误撞出了风头，原非她本意，若再不韬光养晦，迟早惹出祸端。

先病一阵子不见外客，再以养病为名"出京"，把凤知微这个身份合理地抹出人们的视线再说。

称病之前，她去了凤夫人的院子，转告了陈嬷嬷的话。

"我知道了。"凤夫人坐在暗处，脸上的神情被飞扬的尘光模糊得不清，只点了点头。

凤知微却从那语气里听出几分疲惫和苍凉。

"你做得很好。"凤夫人抬头望她，嘴角有一抹笑意，"宫宴上的事，我听说了。"

凤知微轻咳一声，竟然有点不知道怎么回答，这许多年来娘很少夸赞她，她是个严厉的母亲。从她记事开始，她便被不停地逼着学很多东西，不仅有经史子集、诗词歌赋，还有天文、算术、地理、兵法之类的实用学说，甚至还会搬出前朝厚厚的史书，和她"以史为鉴"，看历朝将相的当政得失。

娘没教她的是女红裁剪之类的女子最该学的东西。她曾以为娘不会，然而在披甲上阵之前，娘也是堂堂秋府的大小姐，这样高门巨户家的小姐怎么可能没学过这些？

此刻乍然听到娘的夸赞，她脸上微微绽出薄红，心里流转着小小的喜悦。

"只是……你不该这样。"凤夫人话锋急转直下。她愕然地望着母亲。凤夫人站起身，忧伤地望着皇城方向，"我很早就和你说过，切勿好高骛远，切勿喜好卖弄，切勿争风斗狠……如今你出去一趟，竟然都忘记了……"

凤知微退后一步，张口结舌地望着凤夫人——她怎么可以这样说她？

她何曾好高骛远，何曾喜好卖弄，何曾争风斗狠，何曾……轻薄如此？

不过是心中的一个小小愿望，从听见多年前火凤女帅英风豪烈的事迹后便涌动起的一个小小愿望——她希望能通过自己，让被迫坠于尘埃的那个明烈女子再次昂起头来，让她因为女儿的骄傲和出众再次获得世人的承认。

她想给她挣回已经流失的尊重和荣光，就算不能重回人上，也最起码能获得世人的平等看待。

原来，娘是这么想的吗？

原来她无论做什么，在娘的眼里，都是轻狂的吗？

心一寸寸地沉，坠到月光的波心里，漾出无限的凉……总是这样，总是这样，她仅有的热血丹心只捧给那一人，却每次都被弃若敝屣。

目光一时不知该落在何处，她习惯性地垂下，一眼看见凤夫人搁在椅上的汗巾。

松香色的汗巾，绣着精致的大鹏展翅，还没完工，一看就是给凤皓的。

"呵呵……"凤知微微带着讥讽笑起来，真的，伤心什么呢？说到底还是自己傻，怨不得别人。

"知道了。"她拢拢袖子，不再回避，深深注视了凤夫人半晌，"您放心，没下次了。"

说完她跨出门去，再不回首。

一室暗淡的光影如水光动荡，被她毫不犹豫地抛在身后，而那般浮漾的微光里，她没有听见，身后也有水光一般清淡的一声叹息。

因凤知微"出天花"，萃芳斋驱散佣仆闭门谢客，而魏知整整衣冠，照旧活跃在天盛朝廷的舞台上。

局势内里暗潮汹涌，官员们一拨拨地见人串联，各大王爷府邸车水马龙。本该在贵妃寿宴后便回江淮道的五皇子，以需要伺候皇帝汤药为名赖着不走。他是皇帝被刺案的嫌疑人，却没有好好地闭府听勘——事实上，现在也没有人来勘他。太子薨，皇帝病，皇后早逝，常贵妃待罪，楚王拒绝主持政务，从内到外，无人可以主事，当然，谁想主事别人也不依。内阁按下这头翘起那头，大学士们也天天往皇帝寝宫跑，嘴角起的泡一个比一个大。

而原先由五皇子主持的工部，再三向内阁递帖子，指责户部故意延缓京中九城城门修葺工程的工银发放。户部则反唇相讥——工部未曾做好通杭运河的工程，导致今年夏天南方大水冲毁堤岸，运送钱粮税银的官船无法通行，延误了户部回银。户、工两部吵得不可开交，连带着扯出了工部尚书的侄子和南方大户承办漕运时的猫腻。据说，他还打死了人却又逍遥法外，最后扯着扯着扯上了刑部枉法纵凶。刑部不甘示弱，抛出当年北疆于邺粮库以霉粮冒充新粮送往战场导致兵败的旧案，声称掌握了什么什么新证据——滚雪球似的，六部吵成了一堆。

"陛下再不醒，事情就大发了。"胡大学士在一次入宫回来后，忧心忡忡地对凤知微叹息。

"老相宜择木而栖矣。却不知谁家的树比较结实些？"凤知微开玩笑道。

"普天之下莫非王土，率土之滨莫非王臣。"胡大学士捋捋老鼠胡子，斜瞄她一眼，一摇三晃地走了。

凤知微含笑看他远去，心想，楚王派最近也是很有些骚动的，比如姚大首辅就有些心神不定，倒是辛子砚和胡圣山，一副安之若素的样子。辛子砚干脆搬到修纂处去住，一副两耳不闻窗外事的模样，把青溟书院都交给了她。

那就静观其变吧。凤知微也就外甥打灯笼——照旧，每日带着她的顾大人去上班。

青溟书院目前还独立于风波之外，自有其超然之态，自然也有人试图拉拢，比如工部尚书就以品书赏鉴为名，给凤知微送了好几次珍贵典籍。凤知微拿来翻翻，又客客气气送了回去。来回几次，人家也就不送了。

凤知微倒是有几分疑惑，她供职内阁和书院，和六部没有交情，这位工部尚书突然大献殷勤，有点发人深省。但是，谁都知道，现在的六部是浑水，碰不得，有这个拉扯的工夫，她不如和顾衣衣剥剥胡桃，和赫连世子喝喝酒。

赫连铮现在不爬墙了，直接拎着酒来拜访司业大人，他终于摸清了他家小姨的唯一缺点——贪杯也。于是今天"大漠醉"，明天"千谷醇"，后天"江淮春"……都是极品到令凤知微无法抗拒的好酒。他小姨和小姨的衣衣每天喝得眉开眼笑，心花怒放。

赫连铮原先也眉开眼笑、心花怒放，渐渐地脸便苦了——小姨又骗人！小姨的酒量根本就不是两壶——她千杯不醉！

于是打着主意想灌醉小姨乱伦一次的赫连世子，无数次兴高采烈地来，偃旗息鼓地去……

心情不好，自然要找人发泄，最佳出气包就是他小姨的弟弟，他的亲爱的"内弟"，于是可怜的凤皓，在每次赫连铮和凤知微喝酒时，都被不断使唤"温酒去""拿个汗巾来""背我回去"。

凤皓一向是没公子命却有公子派头、娇宠惯了的，哪里吃得了这个苦，然而奇怪的是，虽然他的脸色臭比茅坑，但是居然乖乖忍了下来，和他当初一板砖拍倒国公爷的煞气不可同日而语。凤知微冷眼看着，心中倒有几分疑惑。

　　她还有个疑惑一直放在心里，终于有次在和众人一起喝酒时，问了姚扬宇——当初怎么认识凤皓的？

　　那批公子哥儿早给凤知微和顾南衣整服气了，现在凤知微叫他们汪汪他们绝对不哼哼。姚扬宇姚公子听见凤知微问这个，斜着醉眼拍着他家司业大人的肩笑，"咱们哪里看得上那小子！有次和楚王殿下在外面玩，碰见这小子探头探脑，咱们要赶，殿下心情倒好，留下了，说他怪可怜见的，不妨带着玩玩，让他见识下帝京荣华也好。可惜这小子没钱，兄弟们倒说帮他垫的，殿下却又不许，说只有借钱赌的，哪有借钱嫖的，秋府家大业大，随便拿出什么来都够用了……后来这小子不知怎的便不见了，现在又冒出来……我是看不上这小子，真不知道哪里投了殿下的眼了……"

　　又是宁弈！

　　凤知微一瞬间想到了秋府初见，想到了五姨娘萃芳斋床下的金锁片，想到了凤皓不断地和娘要钱和那批公子哥儿结交……其中似乎都隐约有宁弈的影子，虽隐在幕后，却无处不在。

　　他是想要知道什么吗？

　　凤皓身上，有什么令他感兴趣的秘密？

　　还有这几天，凤皓虽然被赫连铮使唤来使唤去，但脸上隐隐有掩不住的兴奋之色。又搞出了什么事？

　　凤知微酒杯搁在唇边，迟迟不饮，看似神情逸兴遄飞，其实酒杯里浮荡的全是心事。

　　心事还没喝干，恶客已至。

　　"大人！"一个主事带着一批人飞奔而来，神色仓皇，"刑部和九城衙门来了人，说书院窝藏重犯，要拿我们前去刑部衙门！"

　　"反了他！"姚扬宇今天又不管赫连铮的脸色，跑来蹭酒喝。年轻气盛的姚公子听见这话，爆竹似的，蹦起来就捋袖子，"敢来青溟书院拿人？天盛建国到现在，还没出过这么荒唐的事！我去打发了！"

　　他气势汹汹带了一批人就要走。

　　"慢着！"

　　这个人的话姚扬宇不敢不听，他回身怒道："司业大人，我知道不得闹事，但是，没道理欺上头来还不反击吧？"

　　"什么事还没搞清楚，急什么呢？"凤知微轻衣缓带地立在风中，还拿着一杯酒，笑吟吟道，"总得给人家说话的机会。"

她遥遥指了指大门的方向，道："开门，不要让人家堵在门口站累了，让人进来说话。"

"司业！"姚扬宇急道，"刑部那批衙役和九城衙门那批狗腿子，最是祸害——"

"让人进来。"凤知微一个眼神过去，姚扬宇一颤住口，随即眼前清风拂过，凤知微已经步伐轻快地从他身边过去，抛下的话，语声淡淡。

"既然天盛建国以来，青溟书院就没出过荒唐的事，那么在我手里，一样不会。"

凤知微人已走开，姚扬宇还呆呆地站着，有点迷惑地问赫连铮："为什么我就觉得，司业大人的每句话，都那么无比正确呢？"

"那当然。"赫连铮豪情万丈，张开双臂拥抱天空，"我小姨……哦，不，我家司业最凶猛！像密林里潜伏的赤眼鹰，阴毒得狠辣，温柔得凶猛！"

他乐颠颠地追着凤知微去了，留下姚扬宇继续发呆。

"……这是称赞吗？"

"兹有江淮人氏姜晓，长熙十六年暗杀通杭漕运舞弊案证人，后匿名逃脱，隐于青溟书院化名为江涛，现我部特来捉拿归案。"

刑部来人三言两语说清来意。凤知微笑容不变，心底却皱起了眉头。

青溟书院还是被卷入浑水了！

那场涉及六部的朝争，终于祸及青溟。传说中工部尚书的侄子和南方大户承办漕运时，中饱私囊，被人发现又杀人灭口，杀人灭口后又神奇地逍遥法外，之后再也找不着。不想大隐隐于市，竟然好本事地藏在了青溟书院！

难怪前些日子工部尚书拼命地想和自己拉交情。

凤知微一边暗赞自己真是有远见卓识啊远见卓识，一边笑道："啊，是吗？大人们也知道，书院建制特殊，允许学生化名入学，若是有人得人相助，事先洗白来历再化名入学，书院也是难以一一辨明的。"

"司业大人很会说话。"领头的是一位刑部主事，他翻着眼皮似笑非笑，"只是再怎么说，也得把人交给我。"

"那是。"凤知微立即指挥手下带刑部和九城衙门的人去寻那姜晓，还特意嘱咐了不要打草惊蛇。

不想半晌一堆人气喘吁吁跑回来，而当先的刑部主事脸色暴怒，凤知微心中一沉。

"人跑了！"刑部主事阴冷地注视着凤知微，"只抓了个通风报信的！"

几个衙役将一个人推出来。凤知微眼神一冷。

居然是凤皓！

"我没有！我没有！"凤皓惊惶地在衙役铁钳似的手中挣扎，拼命想要挣脱，"我没有！"

砰的一声，一个包裹掷在他脚下。包裹散开，露出几个金元宝，还有几张银票。

"不是你，你在姜晓的屋子里干啥？不是你，你一个穷书生哪儿来的黄金？不是你，你怎么会有江淮道汇丰银号的银票？汇丰银号，正是姜晓外祖家开的！"

几句话问得凤皓张口结舌，半晌他才眼神发直，气若游丝地道："这是他送我的……他是我最近交的好友……"

"姜晓在帝京是有个好友，据说当初那案子也有参与。"刑部主事绽出一抹冷笑，"我看就是你！"

他身旁，九城衙门的一个副指挥使手一挥，暴烈地道："给我搜！姜晓还有同党！看看是不是还窝藏在青溟！"

"慢着！"

"司业大人有什么话要说吗？"刑部主事转过身来，一副不出意料的神情，"敝司搜查青溟，是得了楚王殿下手令的。"

凤知微冷冷一笑。

宁弈果然不愿意自己掌握任何权力，自己在青溟混得风生水起，他便要将自己驱逐出去。

要不然，明明刑部和青溟都是他的势力，刑部又怎么会来找青溟的麻烦？

要不然，辛子砚就那么不巧，最近放手不管青溟了？

今日若任刑部大搜青溟，明日自己在青溟就再也待不下去了。

今日不让刑部搜青溟，也绝对不是可以解决的局。

"司业大人是要阻止搜查吗？"刑部主事步步紧逼。

凤知微一伸手，拦住了要发怒的赫连铮和要打架的顾南衣，沉默半晌。

她神容宁静，眼神中却渐渐泛起一种孤清的神情，那般黑白分明地鲜亮着，像极地之北皑皑雪原里一座黑色的不可动摇的山峰。

刑部主事和九城副指挥使看着那样的眼神，心中都一震，不知怎的有点心虚，隐约想起这位魏大人虽然出奇年轻，但是据说为人十分不好惹，只不过他们今日来意堂皇正大，又有楚王殿下手令。这位再厉害，还敢抗王令不成？

随着凤知微的沉默，四面的空气越发紧张，有的衙役已经将手按在了刀柄上，青溟书院的护卫也紧张地凑近来。

远处被衙役拦着的学生们在大叫："让他们滚！让他们滚！"

凤知微笑了笑。

随即她轻描淡写地道："搜吧。"

刑部和九城衙门的人松了口长气。

四面的学生惊愕得面面相觑，难掩眼神中的失望。

姚扬宇带着人开始怒骂。

赫连铮霍然回首，却一眼看进凤知微的眼眸。

那眼眸泛起淡淡的迷蒙，诸般心思，看不清。

然而赫连铮一皱眉间，突然就不打算再说什么，他退后一步，靠树站着，想继续看下去。

刑部和九城衙门的人却已经欢喜得忘形，便兴致勃勃散开来去搜了。

"滚！公子爷的地方也是你们搜得的？"姚扬宇堵在房门口，将一个衙役一脚踢了出去。

衙役打了一个滚，半跪于地，呛的一声抽出腰刀，但又畏惧姚家公子背后的权势，不敢动手。

"阻拦有司搜查者，一律请出书院！"远远地，凤知微负手而立，声音冷厉。

"呸！懦夫！以前看错了你！"一个前几天对凤知微追前捧后的公子哥儿狠狠吐了口口水。

凤知微瞥他一眼，眼神都没波动一丝，便转过头去，低声对顾南衣说了几句。

顾少爷点点头，一晃不见，四面的人忙着搜查，也没人注意他去了哪里，干了什么。

搜查果然是象征性的，过一阵子，衙役们渐渐聚拢来。

"搜到什么了吗？"

"再无嫌疑，抱歉惊扰，大人可以继续了。"刑部主事点点头，打算走。他们本来就不是为了要整倒青溟，只要给搜，就达到目的。

"真的没问题吗？"凤知微十分客气。

刑部主事用同情的眼神看着她——这小子还是太嫩了啊，可惜你就算客气，也挽回不了在青溟一落千丈的现实了……

"没有。"他有点不耐烦，转身要走。

"慢着。"

背后凤知微出声一唤。

刑部主事停住脚步。

"你没有问题，我有。"

刑部主事霍然转身，眼神狠厉。

"阁下搜查了所有的屋子，是吗？"凤知微对他的眼神视而不见，淡淡笑问。

"是。"

"碧翎院也搜查了，是吗？"

碧翎院是院首和院中重要人物居住的地方。

刑部主事犹豫了一下，有心说没有，但是刚才明明说了全部的屋子，只好继续答："是。"

"所以我有问题。"凤知微手一摊，"你们搜查学生屋子我不管，但是碧翎院里住的人现在都不在。我既然现在管着书院，就要对他们负责。你们搜查了他的屋子，万一有什么翻动遗失……我不放心。"

你不放心，刚才怎么不和我们一起去？刑部主事心中暗骂，嘴上却温和了，"我们没有动屋子里任何东西……"

"眼见为实，耳听为虚。"凤知微不容置疑，手一引，"请！"

刑部主事犹豫半晌。凤知微凉凉道："我要和辛院长交代啊……"

刑部主事和九城指挥使对视一眼，想起临行前楚王的嘱咐，除了要求搜查外，不得对魏司业无礼，如果魏司业坚持不给搜，也不要用强。他们心知殿下对魏司业很有些特殊，只好点了点头。

此时，众人隐约发觉情况有点不对劲，现在换刑部主事苦着脸了，于是都目光发亮地跟过去。

远远地，还没到碧翎院，便发现院门大开。

刑部主事"咦"了一声，心想刚才好像没这么凶猛啊，好像就在门口望了望啊。

"哎呀，这是怎么了这是？"凤知微一看院子就露出一脸天崩地裂的神情，快步奔过去，"哎呀，你们——你们——"

她站在院子里，一脸痛惜，一副"气"得发抖的模样。

院子里花木倒伏，器物翻乱，一片狼藉。刑部主事和九城指挥使目光呆滞，互相对看一眼，用眼神问对方"你干的""你干的"。

"哎呀，你们——"凤知微的惊叫声炸雷似的响在二楼。众人心中一紧，赶紧三步两步赶过去，就看见辛院首大敞四开的房门，满地乱扔的书籍。

刑部主事心中一松，心想，几本书扔乱了不是罪吧？

然而众人脸上的表情，却完全不是那么回事，九城副指挥使直勾勾望着地上的纸张书页，脸色铁青。

《房中术三十八法》下面压着《大成荣兴史》，《玉女攻略》旁边的《讨乱臣贼子书》翘着边，各踩了一个好大的脚印。《比翼齐飞一百零八招》用乱七八糟的信封做书签，信封上抬头赫然是："字呈楚王殿下……"

春宫与禁书齐飞，手抄共密信一色。

刑部主事目瞪口呆地望着那些乱七八糟的东西，心想《大成荣兴史》是早已明令全部烧毁，连写书人都被株连九族的第一禁书，辛院首用盒子装了放在自己房里做什么？《讨乱臣贼子书》更是当年大成余孽讨天盛的战书，提也提不得。还有那些信……院首和殿下的亲密关系，到目前都只是寥寥数人才知道的秘密，如今怎么就给抖搂了出来……

刑部主事和指挥使对视一眼，赶紧身子一错，挡住身后的衙役，却见凤知微已抢先上前一步，踩住了那些信。

这个动作令两人心一松，很感激凤知微知道其中的利害愿意遮掩，但是凤知微就两只脚，踩住了信，那些春宫秘法和禁书自然就昭然显现。学生们探进头来，"啊！哇！哦"地拼命惊叹。

院首大人的名声刹那间江河日下，更糟糕的是，那明令任何人不得拥有的禁书。

"哎呀，你们——"凤知微又发出惊呼。那两人一抬头，便看见博古架上一个珐琅金瓶凄惨碎成两截。

凤知微直着眼睛惊呼："价值万金！"

那两人脑中轰然一声。

凤知微又噔噔噔扑到隔壁院子，半晌，"哎呀，你们——"

她现在一发出这句话，那两人就眼前一黑。

凤知微抱着一个断了的剑架出来，哐啷往地上一放，随即抱拳对皇城方向一拱，一脸肃然，"这是十皇子在书院的住处，其中物品，很多御赐。这是他最心爱的紫檀剑架……"

那赶过来的两人望着地上的剑架，开始往后退。

凤知微又扑向另一个院子。刑部主事和指挥使互看一眼，悄悄挪步，寻思着是不是先走。

却有两个人稳稳地站过来，挡住去路。赫连世子笑得阳光灿烂，悄悄道："我的房间还没去看过呢，里面御赐的东西也多！"

顾少爷平静地看着他们，手里珐琅金瓶尖利的碎口寒光闪闪。

"哎呀，你们——"凤知微又叫了。

伸头一刀，缩头也一刀，那两人不躲了，悲愤地过去看。

凤知微正色举着一个裂了的八幅陵花琉璃宝石镜，"公主的爱物！"

"……"

"魏大人，"刑部主事开始抹汗，心想，就算明知凤知微栽赃也没用，只恨自己大意轻敌，"这是敝司的过失，敝司回去禀报上峰，向公主和皇子赔罪，定予赔偿。"

说着便示意衙役带走凤皓。

"慢着！"

那批人僵硬着背，苦着脸，不想转，也只好转过身。

"你们要搜，我给你们搜。"凤知微冷笑，负手上前，慢慢地踱了一圈，"可是我有允许你们破坏书院，砸坏珍品，毁坏御赐贡品？

"我有允许你们擅入碧翎院？

"我有允许你们闯入皇子寝居？

"我有允许你们碰触未嫁公主的闺房物品？"

"入得门来，容易！搜查重犯，可以！全院大搜，由你！"凤知微一改先前的平静温和，语气刹那间锋利如刀，立于人群中央，重重拂袖，"但是，我要你知道，搜得，走不得！"

"关门——"她长声一呼。

憋了很久的气、此刻眉飞色舞的学生们兴奋地呼啸而去，将书院大门重重关起，轰然声里哄堂大笑。

"毁坏御赐物品的罪自有公主和皇子跟你们计较。"凤知微冷冷道，"我会如实向公主和皇子请罪，但是那些被毁的珍品可是人家的财产。我有监院之责，这事自然要着落在你们身上要求赔偿。"

"就算赔，也要让我们回去拿钱！"那指挥使脾气不太好，冷笑，"难道你还要扣留我们不成？"

凤知微偏头看着他，看得那人凶狠的眼神都忍不住一缩，才淡淡道："你说对了。"

她轻蔑地一笑，"由来衙门最滑头，我们老实的读书人是玩不过的，今日之事若给你们走了，将来却死不认账，我找谁哭去？难不成还要我垫着？那自然要委屈你们一二。"

"你敢！"

"很不幸。"凤知微微笑，"你马上就会知道，我敢。"

"来，给大人们宽衣，值钱的先押下来！"凤知微扬眉吩咐。"老实的读书人"哗的一下兴奋了，嗷嗷叫着扑上来。赫连铮扑在最前面。

一堆如狼似虎有来头的学生，瞬间扒出了一堆白皮猪。

凤知微转过身，遥遥看着皇城的方向。

"奴不教，主之过。小孩子犯错了，自然得大人来赔礼，来领。"

"你。"她指指一个留下了裤子的衙役。

"去请你最大的主子亲自来赔钱。"

那衙役愕然地看着她，心想，你疯了，我算什么身份，我去请楚王？

凤知微已经不理他，悠悠然负手转身，背影镂在新升的一轮明月里，傲然而高远。

"叫楚王殿下，来和我说话。"

第六十章

最是那一咬的温柔

叫楚王殿下来和我说话。

这大概是天盛皇朝建国以来，下级对上级说得最牛气的一句话了。

"不去吗？"凤知微对那呆在原地的衙役微笑，"如果等到我说第二遍，阁下才去催请楚王，只怕到时连裤子都没的穿了。"

那衙役立即飞奔而去，自开了一条缝隙的大门，一溜烟跑得不见了。

余下的人面面相觑。刑部主事和九城衙门副指挥使蹲在人群后，愤声大叫："魏知，你侮辱朝廷命官，践踏官家尊严，不自缚请罪于殿下座前，还敢胆大妄为要殿下来见你？等殿下来了，你等着被庭参、被夺职、被下狱吧！"

"哦？是吗？"凤知微不以为意，"那等殿下来了再说吧。"

"殿下会亲自来见你？"九城衙门副指挥使嗤之以鼻，"你做了这等不知死活的事，还想殿下来见你？难道你还准备领赏？"

"也难说。"凤知微浅笑，捶捶腰，"哎，腰酸。"

立即有人飞奔去搬来藤椅。

"话说多了，渴。"

几个人为该谁去给司业大人沏茶，抢打了起来。

大榕树亭亭如盖，洒下一地荫凉，树荫里紫藤椅中坐着悠然自得的凤知微，青瓷盖碗里香茶袅袅，她抿了一口，笑眯眯地瞧了一眼那群白猪。

顾少爷坐在她身侧吃胡桃。赫连铮盘膝坐在树下和一群学生猜拳。

树后，一群堂堂朝廷官员和巡捕，脱了个半精光，蹲成一圈在初秋的风中瑟瑟。

宁弈从大轿内出来时，看见的就是这么对比鲜明、让人无比胸闷的一幕。

"殿下——"刑部主事和指挥使大人一看见那绿呢金顶人轿，脸色就变了，再见金冠王袍一身正式朝服的宁弈从里面出来，知道他是直接从朝中赶来的时，神情更是震惊，于是慌忙奔上去要请安，忽然又发觉这样子太失礼，唰的一下又蹲下了。

一群狼狈的人，一边躲在暗影里，遮脸挡臀地给宁弈请安；一边恨恨地扭头盯着凤知微——胆大不知死活的小子！王爷真来了，等着倒霉吧！

凤知微摆摆手。学生们知趣地退下，临走前担忧地看了一眼凤知微，却被她从容的笑意安抚了。

"王爷光降，青溟蓬荜生辉。"凤知微笑吟吟地手一引，"此地有香茗清风、骚人雅客、绿荫如盖，正宜清谈。"

赖着不走的赫连铮忍不住要笑——骚人，确实是骚人，那位刑部主事，好大的狐臭。

一身正式紫金五爪蟒龙朝服、戴着鎏金紫晶王冠的宁弈，看起来不同平日的清雅皎洁，却更生几分华贵端肃之气。他立于凤知微三步之外，目光在藤椅、小几、清茶、点心上及裸男们身上掠过，似笑非笑。

果然是凤知微的风格。

谦虚完了，便是泼天大胆。

天下也只有这个女子，能将重拳藏于棉花之中，将利刺含于巧舌之后，看似步步退让、委曲求全，实则把持坚定、石破天惊。

"既然是对坐饮香茗，清谈共金风，再那么多骚人雅客就没意思了。"宁弈的笑容怎么看都不怀好意，"不是阁下的待客之道。"

两个倒霉官儿和一群倒霉衙役露出被雷劈了的震惊神色——王爷不是该立即怒斥、严责、下令解救他们、当场罢免魏知吗？

魏知不是该立即放人、下跪、再三解释道歉、乞求王爷饶恕吗？

王爷居然就这么视而不见，还和这小子谈笑风生？

这小子居然就这么坦然以对，还敢邀请王爷喝茶？

他们脸上的神情太扭曲，导致凤知微看了碍眼。她看了宁弈一眼，慢吞吞扭头，"相烦世子和顾兄，将这群骚人请到别院去。"

"不去。"赫连铮一口拒绝，"不能放任你单独与狼共舞。"

"我倒觉得我是在与狼共舞。"宁弈施施然坐下，顺手就将凤知微的茶端了过来。

赫连铮眼中跑出草原最烈的马，甩蹄子就对着宁弈，"殿下介意和我共武吗？"

"世子，容我提醒你一句。"宁弈看也不看他，"你现在不是世子，是青溟书院的普通学生。如果司业大人和当朝亲王商谈重要事务都无法驱散手下学生，你要她以后如何立威自处？"

赫连铮冷笑，"不当学生就是！"

"那成。"宁弈挥挥手，"请去书院主事处消除学籍，等会儿和本王一起回宫给陛下请安。哦，顺便告诉你一句，凡是自愿在书院消除学籍的学生，以后再不允许进入书院一步。"

"有这条规定？"赫连铮没被吓倒，挑眉斜睨。

"会有的。"宁弈笑吟吟地看着他，"马上辛院首就会在学院院规上加上这一条。"

赫连铮狠狠瞪他，假如目光可以化为实物，那一定是北疆密林中他最爱的那种赤眼鹰的坚硬长喙，一出而碎人骨。

宁弈还是那副百炼金刚的笑容，你坚硬如铁，我漠不关心，拳头击在空气中，长喙啄到棉花里。

半晌赫连铮狠狠扭头，大步过去，拎起那两个倒霉官儿。顾南衣飘过来，赶羊一样赶走了那批衙役，临走前在小几上放了个胡桃，"咔"一声捏碎，随即飘然而去。

宁弈自然没懂是什么意思，还以为顾少爷送他胡桃吃，挺高兴地拿过来吃掉，笑道："这胡桃倒香。"

凤知微偏头，有趣地看着他吃胡桃。宁弈吃着吃着，觉得那女人的眼神实在有点不对劲，让人毛骨悚然，随即忍不住将胡桃一搁，"不过吃你一颗胡桃，你这什么眼神？"

凤知微慢慢沏茶，幽幽道："看着那胡桃在您嘴里粉身碎骨，真是解气啊……"

不等听得含糊的宁弈发问，她神色一整，"王爷刚才真是让卑职耳目一新，竟然开始操心卑职在书院能立威与否了。"

"这是兴师问罪吗？"宁弈瞟她一眼。

"不敢。"凤知微假笑。

"你在生我气吗？"宁弈问得淡定，凤知微却觉得怎么听这话都有几分兴致勃勃的味道。

"您希望我生您气吗？"她以不变应万变，以万年假笑对第一奸王。

"生我气总比对我完全漠视来得好。"宁奕在绿荫下舒展身子，斜斜瞟她的眼角弧度漂亮得惊人。

凤知微不接话——所有疑似调情之类的话，她都会间歇性耳聋。

"你都不在乎我是否生气，"宁奕不管她什么反应，自己接下去，"我其实也不必在乎你怎么想，是不是？"

"王爷这是在翻旧账吗？"凤知微笑得眼睛眯起，看起来特别诚恳，"今天请您来，也是想顺便解释一二——当初韶宁公主，我不是有意救下的。"

"但你也根本没想助我杀她。"宁奕一针见血，"你从一开始就存了欺骗之心。"

凤知微默然，半晌道："我无法让那样一张脸死在我面前。"

这句话的意思两个人都懂。宁奕沉默了一下，凤知微抬眼望他，"这是我一直想问的问题，你有答案吗？"

宁奕又沉默了一瞬。凤知微竟然在他眼中看见了瞬间飘过的迷茫之色。随即他摇摇头，"我第一眼见你也十分惊讶。"

这是说不知道原因了。凤知微仔细看他的眼神，觉得，他虽然似乎还是有话没说，但是这句话本身却不像是在骗她。

"我很抱歉，韶宁没死给你带来了很多麻烦。"半晌她低声道，"可是我只能这样。"

"所以说我们之间就是这样。"宁奕笑得有几分苦涩，"不想对立，却总被各种理由推向对立。"

"可我却不明白为什么要对立？"凤知微站起来，俯下脸盯着宁奕，"告诉我，为什么要限制我在青溟的发展？为什么将我放到姚英手下处处受制？为什么就认定我会和你对立？还有，为什么你那么关注凤皓？"

她俯下的脸近在咫尺，虽然戴了面具，一双眼却秋水迷蒙、荧光潋滟，长睫整齐得刷子似的。宁奕忍不住便伸手去抚。凤知微触电似的立即让开。

"我们在谈公事。"她板着脸道，"专心点。"

宁奕觉得她难得带点恼羞的神情很是可爱，有点不舍得地注视半晌，才道："你救过韶宁两次，你和她之间有牵扯不清的关系，甚至连容貌都惊人相似。你掌握了我太多秘密，却未必属于我这一方。你说，从上位者的角度，是不是该限制你，甚至灭了你？"

"王爷就从未想过招揽我这'国士'？"凤知微皱起眉头，总觉得宁奕的解答有哪里不对劲。

　　宁弈默然不语，一盏茶端到唇边久久未饮，淡淡的水汽浮上来，而他掩在水汽后的眉目漫漶不清。

　　凤知微也没有说话，手指抚在茶盏边缘，触感是温暖的，心却是浮凉的。

　　半晌，宁弈轻轻道："知微，听我一句劝，离开官场，回到秋府。我会有办法让赫连铮退出，将来，你就是我的……"

　　他伸手入怀，一个欲待掏取某物的动作。

　　手却被按住。

　　他垂眼看看压在自己手上的雪白手指，"你是在表示你的拒绝吗？"

　　凤知微收回手，淡淡道："我们先把今天的事说个清楚，再谈这个不迟。"

　　宁弈缓缓收手，有点茫然地笑了笑，半晌道："好，那你先告诉我，你一个女子，为什么就不肯和别的女人一样嫁人生子，却要冒险混迹官场，既谨慎又大胆地一步步向上爬？"

　　凤知微沉默了下来，负手遥遥望着长天云霞。长发散在风里，将本就云遮雾罩的眼神更掩了几分。

　　"帝京大概没有人，见过我父亲。"半晌，凤知微慢吞吞开口，似乎说起了一个别的话题，"在我的记忆里，四岁之前，他是存在的。

　　"他是一个忙碌的、漠然的、神龙见首不见尾的存在。"

　　宁弈怔怔地望着她，隐约觉得，那个曾经哄传于帝京、让一代女杰毅然私奔又黯然回京的男子，是问题的关键症结所在。

　　"四岁之前，我家日子还是很富足的，住在远离帝京的一座深山里，虽然地方偏僻，供给却一直很好。但是父亲经常不在，偶尔才回一次家，回来的时候，对我和弟弟都不太理会，而娘看见他，也并没有什么喜色，脸上的神色有时候还有些悲凉。"

　　宁弈皱起眉头，有些疑惑，既然是不顾一切私奔结亲，又有了一子一女，这对夫妻应该无比恩爱、朝夕斯守才对，为什么会这样？

　　"也因此，从懂事起，我便渐渐不再期盼父亲回家。有他在，气氛压抑，心情低落，毫无平日我们母子三人的和睦温馨。在我看来，这样的男人，让娘亲独守空闺独力抚养孩子，让子女有父如同无父，即便回来了还不能给予人快乐，有不如没有。

　　"在我一直以来的记忆里，娘也一直和我说，虽然世上大多数女子都是菟丝花，但有些人却没有那样的福气可以依靠男人，所以，与其等到将来被命运抛落，不如先学会如何依靠自己和爱自己。

"娘因此教我很多东西，也教弟弟，但弟弟天资不成。娘说我是长姐，既然弟弟不成器，将来他和娘就都要靠我供养。这是我的责任，我一直记得。"

"胡说！"宁弈忍不住驳斥，"哪有要你一个弱女子供养全家的道理？"

"凤家不出弱女子。"凤知微清明的眼眸平静地看着他，"凤家女人如果弱，早已被人踩落尘埃。"

宁弈望着她，突然伸手握住了她的手，掌中的手微凉滑润，柔若无骨，掌心处却有些细细的茧，那点薄硬触在手底，硌得不知道哪里浅浅地痛。

凤知微垂眼看看交握的手，笑笑，将手抽出。

"四岁那年，他真的不回来了。"她继续道，"没有了他的供应，家里渐渐入不敷出，娘无奈，便带我们回京了。"

"这是我面对帝京的开始，"凤知微对宁弈笑道，"从数九寒冬跪在秋府叫不开门被泼了一盆冷洗脚水开始，我和帝京、和秋府、和世人排斥欺辱的战争，便已再不回头。

"最需要的时候，没有人站在你身侧为你遮风挡雨，所有的敌意、欺辱、刁难、陷害，你要自己去挡，还要想法子给亲人挡。你步步提防，过得很累，但是再累也不能后退，因为一旦退，就是一生命运被人随随便便作结。"

"我们是秋府的耻辱，所有人都希望我们消失，如果我们不想消失，就要付出代价。"凤知微垂下眼帘，"这样的日子我过了十年。每年过年在小院子里吃最寒酸的年夜饭、听着主屋的欢声笑语的时候，我都会对自己发誓，永远不依靠任何人，永远不指望任何人。终有一日我要全靠自己，居于人上，让那些俯视过我的人，于尘埃处对我仰视。"

她笑眯眯地看着宁弈，眼睛里却如常，没有任何笑意，"你说，什么叫情意？什么又是生死相许？火凤女帅为了那个男人抛弃荣华富贵、名誉家人地不顾一切，换得的又是什么？男子们如此凉薄，怎值得女子全抛一片炽烈如火？"

宁弈张了张嘴，一瞬间却觉得所有话都堵在喉咙里。他知道凤知微过得不容易，却不知道她只靠自己单薄的肩撑了这么多年。她那种无时无刻不在笑却又无时无刻都不是真笑的神情，她那隐忍背后的决断狠辣、对自己对别人都不留情的性格，就是在这么多年的艰难行走中养成的吗？

唯有曾曳于泥途者，才越发欲图挣扎。

"什么叫良人？什么又叫可以依靠？"凤知微越笑越灿烂，眸子明光熠熠、亮若刀锋，"谁是良人？王爷您吗？"

她问得直接而辛辣。宁弈绝没想到她竟然就这么问了出来，一时愣在那里。

"您认为您是可以依靠的吗？"凤知微声音很低，语气却很厉，"您学的是登龙术，行的是困龙计，干的是灭龙事，操的是屠龙刀，胜则登临天下俯瞰苍生，败者满门缟素刑台染血，一生行事，钢丝之险。败，则需陪您丢命；胜，不过是您后宫三千分之一。您拿什么来承诺完整美满的一生？"

"您认为您是为了谁可以让步或牺牲的吗？"她笑意柔婉，辞气如刀，"您心若铁石，手腕铁血，从不会为任何人退却自我；您连区区一个青溟，都不容我一展长才；您连我这样一个微末小吏，都觉得警惕不安，时时试探步步防备；将来，就算我做了您那三千分之一，您又会允许我拥有怎样的自由？"

"综上所述，若以青溟书院学生试卷成绩论，"她浅笑舒袖，给宁弈斟茶，"楚王宁弈，不合格也！"

宁弈手按在茶盏上，静了一瞬，突然大笑。

"我是错了。"他搁下茶盏，目光灼灼，"我纵想纳你入怀，奈何佳人并不领情。我算是明白了，你这样的女人，果然谁也困不住，想要困你，也得先压服你！"

凤知微浅笑不语。

"总要你心甘情愿。"宁弈微喟，"只是……"

他突然顿住，神色间透出一分不安和无奈。凤知微很少见过他这样的神情，他却已经转了话题。

"我算不合格，那他们呢？"他一瞟后院方向，直到此刻才露出几分被拒绝的悻悻，"优良，卓异？"

凤知微眨眨眼，"谁啊？"装傻装得十分逼真。

宁弈的脸更黑了，低头喝茶不说话。

凤知微看着他的神情，难得心情大好，抿唇一笑，道："呼卓世子雄踞草原，却并非安枕无忧。呼卓十二部并不是铁板一块，各部族资源分配难免不均，年年争执不休，世子虽然是大妃所生，但草原王妻妾众多、通婚随意，各部族之间的关系千丝万缕、十分复杂，仅是和王族沾亲带故并有权继承王位者便有数十人。卧榻之侧，酣睡者太多！就算当真地位稳固，也不过是王帐诸女十分之一，熬了几十年他蹬腿了，草原风俗还有子婆后母弟纳嫂……不合格！"

宁弈抬眼望望远处一棵树的树梢，那里枝叶无风自动，舞得很是抽风。

他也心情大好，笑问："顾南衣？"

凤知微这回倒沉默了。她一沉默，宁弈脸色微变，对面树叶也不抽了。

良久，凤知微才缓缓道："您问错了。"

宁弈手敲着桌子，笑道："我倒希望我问错了，最好都是错。"

他给凤知微斟茶，神情已经恢复了先前的平静，道："知微，你一向聪慧，可是感情不是用分析政治的方法来分析的。感情之事，若是落成这般一二三四加减乘除，还有何趣味可言？"

"王爷有以教我？"凤知微一挑眉，心想，你个天下第一无情人也和我说感情！

"休谈利弊，休谈将来，只问此刻之心。"宁弈握住她执杯的手，"你的心。"

凤知微垂下眼帘，看着他那将她密密包围的手指，他指尖微扣，不容她退缩——这个男人，连一个动作，都不喜欢给人留下退路。

他是重视她、容让她的，她知道，然而那容让和重视能有多少？一旦真正涉及根本利益之争，他还会退后几分？

交出自己的心，对平常人，是幸福；对他和她，是冒险。

何况……

还有自己那张和别人惊人相似的脸——一日没得到答案，她一日不敢轻忽。

"我的心，在它该在的位置。"凤知微抽回手，笑意轻轻，"或有一日翻江倒海，能换得它倾倒翻覆。"

"我不想翻覆它，我只想掌握它。"宁弈一笑傲然，"你且看着，不是天下男人都凉薄如你父。"

凤知微垂目一笑，心想，你还不凉薄，你敢说你不凉薄，你大哥得在地下哭。

"姜晓这事还是必须得处理。"宁弈已经转回了正事，"老五闹得不像话，刑部和户部不能任他揉搓。你今天闹这么一出，已经将你自己逼入死胡同，明日老五来向你示好，你怎么办？"

"敢得罪您，我自然有赔罪补偿的办法。"凤知微一笑，"您费了那么大心思在那笔猴上，如今也就只差一把火。这放火人，我来做。"

宁弈似笑非笑地看着她。

"我是'国士'，全天下都知道，大成预言'得国士者得天下'。现在这种情形，五皇子要想为自己夺位造势，必得笼络于我，可在此之前，我得先摆出个态度……"凤知微眼珠一转，趴到宁弈耳边，笑嘻嘻道，"现在我们先来做一场戏吧！"

她突然一口咬在了宁弈的耳垂上！

宁弈如遭雷劈，泰山崩于前也不变色的人，瞬间呆在了原地。

凤知微却已经一把掀了桌子！

"殿下竟然侮辱斯文！"桌椅倾倒、茶水横流中，她嚓的一下撕破自己的袖口，抬手崩裂领口的布纽，然后蹦到茶水坑里跳了跳，把茶水溅得自己和宁弈满袍角都是，随即又捡起一块碎裂的瓷片，一边向外冲，一边挥舞着架到了自己的脖子上，"悲乎哉！士可杀不可辱！"

一连串动作利落迅捷快如闪电。宁弈还在眼花缭乱、天崩地裂中回味刚才那一咬的痛并快乐，想着她柔软的唇、馥郁的芬芳掠过自己耳垂时那深入肺腑的震撼，却不想一眨眼，那女人已经掀桌撕衣砸碗兼一哭二闹三上吊全套干完，从头到尾就没给他个反应时间。

这要脑子愚钝点的，哪里跟得上她的步调？

这一闹动静不小，四面的人都被惊动，从各个方向冲出来，就见司业大人衣衫不整披头散发号啕着要自杀，顿时都目瞪口呆面面相觑，心想，刚才远远见着还相谈甚欢的，怎么一眨眼就沧海桑田了？

随即发现沉着脸的楚王殿下，一身茶汁，脸色发红，怎么看怎么不对劲。更有眼尖的，已经发现殿下耳垂处那个隐约的牙印。

之所以能发现牙印，是因为还沾着一片小小的茶叶。

得到新发现的众人面面相觑，都在对方眼睛里发现了一颗跃动奔腾着的滚滚八卦之心。

牙印！领口！绯闻！私情！

文人的大小脑都是极度发达的，对事件的脑补能力都是令人发指的，几乎在瞬间，所有人都完成了事件的第一时间还原：原来，楚王之所以对魏司业特别客气是因为他的断袖之癖再次发作，所以，今日趁魏司业得罪他之机，威逼利诱。魏司业自然断然拒绝，但是私下相处，机会难得，楚王殿下狼心大盛，于是扯袖子、拉领口、意图用强，并把嘴凑过去，准备强吻。魏司业怒极之下，捍卫贞操，一口咬在殿下耳垂上才得脱身。冰清玉洁、风骨卓异的魏司业不堪羞辱，所以要自杀。对的，就是这样，一点也不会错。

有些八婆级的已经在发愁，听说韶宁公主对魏司业也很有点意思，那这兄妹俩是打算共事一夫呢？还是打算为了魏司业，兄妹阋墙呢？

"蓝颜祸水啊……"一位白发苍苍的老夫子忧愁地仰天长叹。

闲得没事干只知道八卦的变态还是比较少的，更多的人冲上去拦住"悲愤不已"的魏司业，抢瓷片的抢瓷片，解劝的解劝。

"大人，好死不如赖活……"这是个开朗的。

"大人，其实这也不算什么……"这是个老实的。

“大人，其实您也不亏……”这是个奔放的。

“大人，您在我心中永远冰清玉洁……”这是个趁机表白的。

凤知微一边假惺惺地撒手松开瓷片，一边用悲愤的眼泪此时无声胜有声地控诉某人的禽兽行径，一边还抽筋似的用眼神不断驱赶有点不在状态的男主角殿下。

走啊你，走啊，赶紧趁势发怒走人啊！站那里发什么呆呢？还摸着个耳垂，摆那么怀念的表情做什么呢？我知道你要摸耳垂暗示别人注意这个牙印，可也没必要摸这么久，演这么投入逼真吧？你瞧你脸上那荡漾，说你是大茶壶没人信。

凤知微垂泪——遇见王爷殿下实在太悲哀了，不是装疯就是撒泼，她的一世清名啊……

“放肆！”宁弈终于舍得从那个状态中还魂出来，有点留恋地看了看凤知微的红唇贝齿，一边想着下次不知道什么时候再演一回也挺好，一边怒而拂袖，“胆大妄为！胡言乱语！等着本王回去召集御史庭参你！”

“下官奉陪！不过一条贱命而已！”凤知微在人群中蹦起来，梗着脖子回嘴，一派可杀不可摸的文人风骨。

“等着丢官下狱吧你！”殿下咆哮而去。

“随时恭候！”凤知微拧着袖子几欲奋起，被人群拼死捺住。

学生们想着，司业大人为了书院不惜得罪权势滔天的亲王，还险些赔上贞操，如此牺牲感天动地，于是看凤知微的眼神越发缠绵入骨。

宁弈“怒气冲冲”带着他的刑部主事和指挥使们走了。那群倒霉官儿虽然得救却不觉得解气——原来殿下真的对那小白脸有意思啊？被咬了也不过雷声大雨点小，咱们的仇这辈子是别想报了。

凤皓也顺手被带走了。凤知微很明确地和宁弈说，没嫌疑，没嫌疑也让他有嫌疑，把这祸害在刑部大牢里关上一年半载的再说。

书院恢复了安静。凤知微让顾少爷把辛子砚房间里那批禁书放回了原位——这些书就是为了编《天盛志》而收缴的，堆在地下书库里准备统一销毁的。至于那些密信，不过是凤知微叫顾少爷随手写的，以辛子砚和宁弈的谨慎，有什么私下来往也不会落诸笔端留下证据。可惜那刑部主事也就算个外围人员，不够资格了解内部行事，以至于一看见那密信便乱了手脚。

顾少爷还是那样子，就是回头去找自己那颗胡桃时，找不到有点不高兴。赫连铮却板着个棺材脸，整整一天没和凤知微说话。

第二天说话了，对话如下：

"你咋了？"

"没咋，耳朵痒。"

"……"

"在想什么呢？"

"考虑我爹蹬腿了，我是娶后妈呢，还是娶嫂？"

"……"

八卦的传播速度向来比圣旨还快，不过短短一天，楚王殿下和青溟书院魏司业发生龃龉大打出手并表示势不两立的新闻便传遍朝廷，并随着男性八婆们的口耳相传，逐渐衍生出偷情吃醋版、私会咬耳版、打群架版等若干版本。

据说楚王殿下扬言，最近心烦圣驾龙体安康，没空和那跅弢佞臣计较，等陛下醒来有他好看！

据说魏大人扬言，他富贵不能淫，威武不能屈，贫贱不能移，谁要试图以淫威压迫他，他不惜血溅朝堂以证清白！

两人朝中遇见，都以"嗤""哼"作为开场白和结束语。

当天晚上，凤知微接到了五皇子的烫金请柬——揽月楼设宴，有请内阁行走、右中允、青溟书院司业魏大人。

两个时辰后，喝得红光满面的司业大人被五皇子亲自送了出来。

"小魏。"魏大人已经变成了亲热的小魏。五皇子执着凤知微的手，神情殷切诚恳，"你放心，有我在，老六再动不得你一分。"

"殿下。"凤知微泪水涟涟，反握着五皇子的手，一脸委屈，"多谢您仗义……"

"老六越来越不成话！"五皇子一脸愤慨之色，"真是倒行逆施！怎能如此对待国之重器，堂堂国士？"

凤知微悲悲切切，感激涕零，"王爷大贤也！"

五皇子一脸同情，拍拍她的肩，低声道："那我的事，拜托了……"

"小事。"凤知微语气干脆，"王爷想看陛下御书房里的书。这个微臣是很方便的，只要王爷及时还便成。"

"这个你放心。"五皇子一笑，神情诚恳，"《金匮要略》虽是帝王专藏，但陛下也曾应过要借我一读，只是诸事繁忙也便忘记了，如今王妃急病，偏偏陛下又欠安，我急需此书，只好烦劳你。我也就拿来抄阅所要的方子，事罢便立即还回去。"

"王爷说话，微臣有什么不放心的。"凤知微一笑。

"小心些……"五皇子推心置腹地道，"虽不是什么要紧事，多少也让你担着干系，所以知道的人越少越好，你明白的。"

"微臣明白，王爷放心。"凤知微一脸慎重。

两人又好亲热地说了一番话，才依依告别。

马车辘辘，驶过寂静的长街，月色清冷如雪。

凤知微在车厢的暗色光影里，慢慢地用一方雪白的手绢，将手擦了一遍又一遍。

她半边脸隐在车内的黑暗中，看不清神情，只有迷蒙氤氲的眼波，缓缓流转在碎羽流光的月影里。

一笑，森凉。

当当当，皇城钟鼓敲过数声。如星光闪烁的四面灯火渐次熄灭，二更天，宫门下钥，内城关闭。

今天是凤知微在内阁当值的日子。

寂静的长廊如一条碧色长渠，浮在天青色的月影里，远处宫殿的檐角黑影倒映过来，如渠底沉默横亘的巨石。

两队夜巡的侍卫过去，长廊的拐角，浮现出长长的人影。

软底鞋触地无声，轻捷地越过长廊，奔到一处掩映花木的山石后。

有人在那里静静等着。

"拿到了吗？"远处灯笼的光影射过来，竟然是五皇子的眉目。他目光直直落在来者怀中的一个盒子上，眼神急切。

"怎么是殿下亲自来了？"来者正是凤知微，她有点诧异地四面看看。

五皇子不答，却望了望四周，道："那位顾大人，没来吗？"

"他怎么会来？"凤知微失笑，"夜值名单是更改、增加不得的。他不是内阁值班的人，也不能宿在宫内。"

五皇子点了点头，目光闪动。

凤知微又笑道："明儿我直接送府上去不好吗？也不必您等在这里，连夜送来送去这么急。"

"因为……"五皇子接过盒子，伸手一摸确定是自己要的东西，慢吞吞一笑，目中异彩闪烁，"这里你死起来，比较方便。"

凤知微霍然抬头。

哧——

极低微的声音，像火光燎过头发的一声。凤知微"啊"了一声，缓缓向后倒去，软软坐倒在栏杆上。

她惊惶地望着五皇子，眼神里飞速漫上疼痛和绝望之色。

"你——"

"我很感谢你。"五皇子柔声一笑，素来冷峻的面容被月色光影一照，扭曲成狰狞而怪异的神态，"感谢你为我的皇图大业所做的牺牲。"

"你——"凤知微抖抖颤颤地指着五皇子，伸出的手指沾满鲜红。

"等下我走的时候，会弄出点动静，而你会因为'窃取御书房的重要机密'，死在侍卫手中。"素来不多话的五皇子今日却抑制不住满心的欢喜得意，忍不住便要说个清楚，"也让你死个明白，这盒子里的根本不是《金匮要略》。"

"怎么会……"凤知微奄奄一息，努力发问，在不该死的时刻坚决不死。

"我知道你很精明，一定会开盒查看。事实上，这盒子里的表面确实是本书，翻开来也是医书内容，但是，中间却是挖空的，藏了一样皇室最大的机密。"

五皇子打开盒子，取出书，掀开几页之后，手指在书脊上一抽，一页书页缓缓滑开，现出凹槽。仔细看，那书页竟然不是纸质，而是玉版。

五皇子从凹槽里取出一截黄色丝绢，展开看了看，浮现出一丝冷笑。

"果然还是填的太子之名。"他冷笑道，"果然还没来得及修改。"

"这是陛下千秋之后的传位遗诏。"他晃晃手中的黄绢，"看似简单，其实质料特殊，用一种异石拉丝制造而成，普天之下只有一块，而所有文字全部以异法绣上去，在特殊角度才能看见，所以全天下谁也仿造不得。这是多年前初立太子时陛下封存在御书房的。母妃有次无意中得知，告诉了我。我花费了数年工夫，打听到了那种绣法，再花费数年工夫，寻到了会那种绣法的绣娘，万事俱备，只等找机会将这东西拿来，抽丝重绣，自此后……"

他笑着扬扬手中的黄绢，"这上面的名字，早该换而不换，也就不用我客气了！"

"原来这样啊！"凤知微捧场似的发出惊叹，"您真的一点也不客气，所以大家也都不用客气。"

五皇子正要走，却听她说话居然越来越流利，愕然转身。

嚓。

四面灯火大亮，照亮了所有人铁青的脸。

啪。

假山山石上，唰地架出无数劲弩，弩箭之尖在月色下闪耀着森冷的青光，从各个方位笼罩着五皇子。

有人从长廊那头走来，轻衣缓带，笑容清雅，淡金色曼陀罗花在夜色星光下色泽妖艳。

"五哥真是好心计。"他轻轻鼓掌，衣袂和笑容一同在这初秋的夜风之中悠悠飘摇。

有人立于廊下栏杆边，一身单衣，由侍卫总管扶着，浑身微微颤抖。

"孽子！"他怒喝，"设毒伤朕于前，诡计夺诏于后，更兼杀人灭口，妄图篡位，丧心病狂，一至于斯！"

有人懒洋洋地从栏杆上坐起来，抽出怀里的海棠酱馒头，有滋有味地啃了一口，鲜红的酱汁便顺着嘴角往下流，她顺便把手指上的也舔掉了。

五皇子退后一步，望着这神情各异的三人，面如死灰。

"好！好！"半晌他绝望地笑起来，"好一出瞒天过海，釜底抽薪！"

他霍然扭头，毒蛇般的眼睛盯住了凤知微，"魏知，你好心计！"

凤知微望着他的眼睛，心中警兆忽生——当此绝境之时，他最应该做的要么是逃跑，要么是跪下求天盛帝看在父子情分上饶他一命，为何还能如此凶狠？

一句话突然闪电般在心中掠过。

"你会因为窃取御书房的重要机密，死在侍卫手中。"

如果我被他暗杀，被发现的只会是尸体，他怎么能那么确定，侍卫会帮他遮掩，再杀我一次？

而又是什么样的侍卫，能第一时间发现我的尸体？

除非侍卫总管……

凤知微霍然跳起，向宁弈所在的方向逃去。

然而已经迟了。

身后一股大力涌来，将她推向五皇子。五皇子冷笑迎上，一把揪住她的头发，扯得她头皮裂痛，并且顺手把匕首顶在了她的腰眼上。

与此同时，她听见身后侍卫总管的怆然拔剑声和天盛帝的怒极惊呼。

还有五皇子冷冽的大笑声。

"宁弈！"他笑道，"父皇和这小子，你只能救一个！"

"你救谁？"

第六十一章

非你不娶

你救谁？

长廊里，天盛帝被侍卫总管的剑架在脖子上；长廊下，凤知微被五皇子的匕首顶在腰眼要害处。

这似乎是完全不必考虑的命题。

假山上的利箭一丝不挪地对准五皇子，毫不因为凤知微在对方手中而有所放低。宫城值卫，长缨卫和御林军各司一半，现在出现的，是宁弈统管的长缨。

"韦永！"天盛帝怒叱，"你昏了头？竟敢挟持朕！你以为你能活着出宫？"

"微臣没打算活着出宫。"他身后，一把推出凤知微随即剑挟天子的侍卫总管韦永，语气平静，眼神却很晦暗，"常家对微臣有再造之恩，至今照拂着微臣的老母。微臣的这条命，自然是常家的。"

"常家。"天盛帝冷笑，"常家！"

"韦永，放下你的剑。"宁弈终于开了口，一眼也没看廊下的五皇子和凤知微，始终紧紧盯着廊上这两人，"迷途知返犹未晚，只要你此刻回头，我保你老母无事。"

韦永只惨笑摇头，默然不语。

"你要怎样？"宁弈皱眉转向五皇子，"五哥，你何苦来哉？非要拼个鱼死网破？为人子者，岂可这样逼迫亲父？你这不是逼得我宁氏皇族父子相残吗？"

"算了吧！"五皇子冷笑，"你还不了解咱们刚毅决断的父皇？当年老三是怎么死的，你忘记了？望都桥上父皇也曾说既往不咎，从此仍是和睦父子，然而当他跪下解剑的时候，等着他的又是什么？"

宁弈脸色变了变，一瞬间眼色幽暗。天盛帝怒哼一声。听见这声怒哼，宁弈的脸色立即恢复正常，淡淡道："你如此执迷不悟。"

他突然退后一步，目光对着暗处一扫。

五皇子立即警惕地一缩目光，直觉身处危险之地，但一转眼看见对面御书房门户大开灯火通明，空荡荡没有任何人，顿时眼神一亮。

"我们不要在这里说话，"他的刀紧紧顶在凤知微的腰眼上，推着她向前走，"进御书房好好谈，还有，即刻宣阁臣们进宫！"

"五哥还是省点事吧。"宁弈冷笑，"去哪里都是一个下场，平白费了力气。"

他身子隐在长廊暗处，看不清表情，但他越不愿移动，五皇子越不安，想着外面肯定已经被他布置得铁桶也似，倒不如进御书房，还好挡挡暗箭。

"喂，我说五皇子。"凤知微在他耳边咬耳朵，"御书房千万别进，你看那屏风后、书案底，难保没有埋伏，到时候你自己倒霉，可别连累我。"

真是胡扯！五皇子冷笑一声，御书房的屏风是乳白生丝屏，灯光一照一只蚂蚁都能看见；书案底造型奇特，无法容人。这两人狼狈为奸、故布疑阵的，倒越发可疑。

他竖起耳朵，隐约听见夜色中有吱嘎拉弦之声，心中不由得一紧，想起曾听说老六手下有一批能人，其中就有武器制造高手，那这拉弦之声，会不会是某种准头极好的可以远射的劲弩？

"进御书房！"他的眼光掠过书房正对着门口的江山舆图，标了蓝色的西平道长宁藩封地和标了深红色的闽南道疆域正入眼底，又看见御书房上方匾额上"圣宁永固"四个大字，心中便隐隐地起了一个念头，越发觉得可行，是眼前这死局的唯一生路，于是加紧推凤知微，又示意侍卫总管将陛下架着往内退。

"哎哟，不行。"凤知微磨磨蹭蹭，磕绊着脚步，"五皇子，您顶得太重，我脚软。"

"别玩花招！"五皇子现在可是一点都不信凤知微，刀尖入肉三分，"进书房！宁弈，给我宣阁臣！"

细细的血色自青衣上洇开，凤知微低头看看，叹息一声。

宁弈的目光一掠而过，没有表情。

"五哥，你不用枉费心思挟持一个小臣。"他突然道，"和陛下比起来，他的分量还不够看。"

"六弟，你不必枉费心思劝说我放手。"五皇子冷笑，"够不够看我无所谓，拉个垫背也好！"

他一步步往御书房走，手中的匕首寒光隐隐。

"宣阁臣，父皇当阁老面，金册勒文，立我宁氏血誓，今日之事绝不追究，违者天诛地灭，宁氏皇朝一代而亡！然后礼送我出京就藩，封在西闽道，从此后父子相安，永不相见！"五皇子细齿咬在唇间，眉宇决然。

"你先进去！"他命令宁弈，"不准落在后面！"

"所有人退后！"他仔细辨着黑暗中的呼吸，紧紧盯着天盛帝和宁弈。天盛帝沉着脸，挥挥手，那些假山上的弩箭无声撤去。

四面静了下来，只闻风声和几个人紧张的呼吸之声。

宁弈冷笑一声，当先过去，他面对着天盛帝倒退而入御书房，紧张地注意着被挟持的天盛帝的安危，没注意到脚下门槛，绊了一下，将门槛旁的盆架绊倒，随即急忙站稳，顺手扶起盆架。

"老六，这可不是腿软的时候！"五皇子远远看着宁弈退进去，讥笑一声，头一甩。韦永架着天盛帝，跨过门槛。

因为宁弈扶起的盆架没有完全放好，挡住了小半边右边的门户，韦永只得将天盛帝逼到左边，自己侧身而过。

砰！

寒光如雪！

右半边门槛中冒起雪光，刹那间碎羽成片，呼啸着自下而上直奔韦永！

完全没有给人反应的时间，机簧强劲，射入韦永下半身，血光暴涌！

韦永惨叫一声，伸手去拽天盛帝。

月白色人影一闪，宁弈闪电般掠过来，一把拉过天盛帝，却没有对韦永动手，而是擦身而过，直扑五皇子。

他用此生最快的速度扑出，隐约听见身后韦永厉哼，似有风声呼啸，却也顾不得。

这一切只发生在眨眼之间。五皇子只觉得眼前雪光一亮，随即宁弈便扑了来，他一片混沌中不及思考和动作，怔在当地。

"别杀他！"一声厉呼，与此同时，一道白影狂奔而来。

　　而头顶廊檐突然碎裂，烟尘里无声无息探出一只衣袖淡青的手，伸手就去拎五皇子的头，看那手势，只要一拎，五皇子的脑袋就会和身子永远告别。

　　惊叫方起，五皇子霍然一醒，混沌中只觉烈风扑面，而眼前光影缭乱根本辨不出有哪些人扑了过来，心知今日再无幸理，于是目中厉色一显，手中刀往下一按！

　　诸般纷乱，发生在同时——

　　宁弈已扑到。

　　只穿单衣的韶宁公主不知何时已经冲到近侧，用身子去撞五皇子的刀。

　　五皇子头顶屋檐上，闪电般探出的顾南衣的手，就要去拎起五皇子。

　　因为发生在同时，所以——

　　韶宁公主没撞上五皇子的刀，却撞上了顾南衣的手，将他的手撞偏了一分。

　　偏了的一分打在五皇子胸上令他后退一步，而已经赶到、完全救得及凤知微的宁弈便没能抓到她，反而再次撞上顾南衣反抓回来的手。

　　三个要救人的人同时撞在一起，五皇子反而没人管。

　　刀在腰眼，一捺便要命。

　　刀已捺下。

　　青衣溅红。

　　一瞬间宁弈眼色也一红。

　　他抬手就对着五皇子一剑，另一只手一把拉过凤知微就去堵她的伤口，然而那一剑还没及着五皇子，五皇子便木头般倒下去，而他忽然也觉得，那伤口触手的手感，似乎有些奇异。

　　他低头一看，手上黏黏的、甜甜的、红而馥郁。

　　新鲜的海棠酱。

　　对面那女子呼吸相闻，也带着淡淡的海棠香气，似笑非笑地道："我的海棠酱大饼，不止一块。"

　　宁弈一瞬间明白，凤知微送书时，因为不知道五皇子会对她哪个部位下刀暗杀，事先大概在所有要害都贴了大饼，腰间一定也有。她先前磨磨蹭蹭、绊绊跌跌，大概就是想将大饼的位置再调整调整，也顺便分散五皇子的注意力，避免他发现。

　　五皇子太过紧张，居然被她的海棠大饼骗过两次。

　　淡淡的香气传来，那女子眼眸轻松、笑意盈盈，有着永不为风雨摧折的安详雍容，宁弈心中也霍然一松，脸上泛起淡淡的红潮，望着她，声音有点嘶哑地道："那就好……"

　　五皇子躺在地上，被刀剑围着。他只是被凤知微趁机反制了穴道，并没有死，此刻从他的角度看去，正将宁弈的神情看个正着，刹那间恍然大悟，想了想，却森冷地笑起来。

　　他笑，一边笑一边咳，对凤知微讥诮地笑，"看，我没猜错吧，他还是该救谁，就救谁。"

　　诛心之言。

　　宁弈脸色一变，想要说话，突然脸上潮红又泛，轻咳一声竟然没说出话来。

　　凤知微并没有看宁弈，只浅笑俯首对五皇子道："别五哥笑六哥了，换成您，一样是这个抉择。"

　　这话语气和婉，毫无怨意，听在宁弈耳中却觉得似乎心中突然被揉进了一把沙子，糙糙地揉捏着，到哪儿哪儿生痛，一张口又想说什么。

　　一只手突然伸过来，一把抓走了凤知微。

　　顾南衣将凤知微揉在自己怀里，冷冷地道："碍事，让开。"

　　宁弈退后一步，扶住了廊柱，看着凤知微，突然觉得自己不需要再解释。

　　如果她也那样认为，他说也未必有用。

　　如果她不那样认为，天下人谁说也无用。

　　他等着凤知微开口，以她的聪慧，想必能看出那一刻他计算无误，如果不是中途出岔，完全能救得她。

　　凤知微却依旧没有看他一眼，顺从地依着顾南衣，懒懒在他怀中转身。

　　宁弈的神色，黄昏暮色般暗下来，半晌，自失一笑，却始终站在原地没动。

　　他不知道——

　　凤知微一转身，便在顾南衣的护持里露出一丝微痛之色。

　　她的手，轻轻按着腰，那里，鲜红的海棠酱下，有一些潺潺的同色液体，无声无息掩在那甜腻的液体之下流出。

　　大饼的厚度，是有限的。

　　五皇子最后爆发用的力气，却绝不会留情。

　　她垫了饼，趁五皇子分神也挪了位置，还是难免受伤。

　　本来可以避免的，都是阴错阳差不凑巧。

　　凤知微的神色，黄昏暮色般暗下来，她也自失地一笑，心想那日书院对谈言犹在耳。该死的不幸又被自己料中。

　　她始终没有回头。

她也不知道——

站在宁弈身后的天盛帝，惊愕地盯着儿子的背影。

保持着奋起掷刀姿势死在门槛上的韦永，嘴角有一抹快意的笑。

扶着廊柱立得笔直的宁弈。

一把刀深入后背，鲜血淋漓。

长熙十六年，多事之年。

继太子逆案之后，再发五皇子大逆案。

虽然在临朝颁布的圣旨上，对于五皇子的罪行说得笼统，只说心怀怨望、图谋不轨，废为庶人，迁宫别住，但谁都知道，常氏家族最后一位对皇位最有竞争力的皇子，也就此陨落了。

常贵妃被牵连是必然之事，虽然调查发现，她并没有参与儿子的阴谋，但是后宫尊位也势必不能再保留，降为嫔，迁居西六宫。

五皇子当初胁迫天盛帝的时候，并没有想过要带她走，她却为儿子付出了最大的代价。

和太子案的草草了结不同的是，这次天盛帝很有些穷追猛打的架势，将此案一手交给楚王追索。而随着查案的深入，当初寻来笔猴的闽南布政使高缮自然不免要被调查问罪，从而查出高缮为寻到笔猴讨好高阳侯，竟不惜翻搅闽南十万大山，血洗善养异兽的兽舞族，而那对笔猴，正是该族长穷尽多年光阴养就的珍物。

由笔猴事件，连带查出了闽南布政使贪墨枉法、私截税银、私下请托高阳侯谋职等罪状。高缮被夺职问罪，高阳侯被夺爵。

半个月前刚刚鲜花着锦、大张旗鼓给常贵妃庆寿，半个月后就火上浇油、大张旗鼓夺常家之权。常氏不甘一蹶不振——在天盛帝继续下令常家卸闽南将军职、交出兵权之时，沿海之南闹出海寇，为害渔民，高阳侯便以海境未宁为名，将朝廷派去接任的官员架空，拒交兵权。

天高皇帝远，这事便暂时悬在了那里。天盛帝似乎在此事中受了惊吓，自此生了一场病，却还支撑着上朝，将那些在他中毒卧床期间不安分的家伙，黜的黜，降的降，整的整，换的换。

经常和虎威大营将领们开会、喝酒、谈心的二皇子被打发到闽南，负责安抚因为高缮倒行逆施而被激怒闹事的十万大山土著部族，去和那些半身穿衣、脸涂黑泥的土著喝猴儿酒，和黑牙齿大屁股的土著姑娘们谈心了。

有人说二皇子倒霉，却有人说二皇子运气好——据说五皇子出事那晚，二皇子就在虎威大营，当时有一营兵半夜里点名，已经整装了准备拉出营门，却在出营十里处被堵了回去，不然的话，只怕二皇子连猴儿酒都没的喝。

至于那些在天盛帝中毒躺倒期间蹦蹦跳跳要立贤王的官员，很多都被或调或免。连首辅姚英，都被牵连出那段时间通过七皇子的内弟，在河东道一地七州六县放印子钱，受了圣旨申斥，罚了一年俸禄。

吵成一团的六部，在皇帝醒来后立即不吵了，而楚王殿下受圣命亲自处理，户部尚书被罚俸，工部尚书被降调礼部任侍郎——楚王殿下说了，工事管不好就去管唱歌，唱歌再管不好就去管土著。

看起来户部、工部都有罚，但是明眼人一看就知道，楚王麾下户部不伤元气，而原属于五皇子现属于七皇子管辖的工部却被大动干戈。更重要的是，在这件事里，天盛帝表现出的放任宁弈处理的态度，和太子逆案后尚存警惕的态度比起来，显见对宁弈的信任度已经空前高涨。

在他生病期间，宁弈也一直在宫内，天盛帝现在似乎只信这一个儿子，摆出一副有他陪着才睡得着的架势。

其间，后宫还发生了一件不大不小的事，天盛帝封了那日常贵妃寿宴上献舞的舞娘为妃，赐住常贵妃寝宫。

只闻新人笑，不见旧人哭。这种事也就在后宫掀起些波澜，除此之外，似乎没有人注意，也似乎和任何人无关。

经此一事，朝中也有些不属于任何派系的老臣，上书要求天盛帝早立皇储，称储位虚悬，非长久之计，为国家安定计，必须早立名分，而天盛帝却不置可否，折子留中不发。有说法说陛下曾经对楚王有太子之许，楚王却坚辞了，也不知道真假。

因朝中事情被宁弈以雷霆手段迅速告一段落，天盛帝便抽出精力来对付不听话的常家，他正准备调兵换防，抽调南海将军在凌水关以东的兵力讨伐海寇，以武力逼迫高阳侯交出兵权时，凤知微带着南海燕家来使趁夜求见。

整修过的御书房一切如常，凤知微跨过门槛时却神态分外小心，逗得天盛帝笑了笑。

下首靠背椅上坐着宁弈，姿态和神情都有些懒散，气色也有些苍白，不冷的天，背后竟垫着锦垫，乌发散在肩头，衬着黑黝黝的眼睛，清雅中生出几分惑人的清丽。凤知微正诧异这么晚了宁弈还在宫内，冷不防宁弈抬眼看过来，两人目光相触，立即又各自让开。

内侍送上参汤来，天盛帝亲手递了一盏给宁弈，又示意他不要起身，"好好养着，别动。"

凤知微怔了怔，没听说这家伙生病啊。

"谢父皇！"宁弈还是欠了欠身，慢慢饮参汤，不看凤知微。

凤知微觉得她最近比较虚弱的腰又开始隐隐作痛了，面上却笑得花似的，将手中纸卷递上。

书案上纸卷铺开，天盛帝一见就喜动颜色，"南海海寇布防图！"

凤知微示意燕怀石——兄弟，你出场的时辰到了。

"陛下，这是南海燕家穷多年人力物力，根据长年海上经商往来所得，画出的南海海寇势力分布图。"燕怀石言简意赅，"南海海寇，尽在其中。"

这回连宁弈都凑过去仔细看了几眼，又瞟了一眼凤知微。凤知微对他露出老实厚道的笑容。

"好！"天盛帝拍案一赞，"弈儿，你立即去皓昀轩文书处，将这图誊了快马飞递南海将军……等等……怎么这么少？"

他怔怔望着那图，浓眉揪起，眼中渐渐露出恍然神色。

"混账！"

半晌后，天盛帝蓦然一拍桌案，震得宫灯倾倒、书简翻落，内侍急忙跪下请罪。

"常氏无耻竟至于此！"天盛帝额头上青筋嘣嘣地跳，"这么点海寇，他竟然剿了这么多年都剿不干净，还年年和朝廷要钱、要粮、要扩额！他每年报上的剿匪数字，都是些什么东西？"

"只怕是南海一地无辜百姓的人头。"凤知微火上浇油。

天盛帝手一抖，瞬间气得嘴唇哆嗦，却转而问宁弈："弈儿，你看如何？"

宁弈拿过那图，淡淡道："常氏不臣，已是定论，如今不过是罪状昭彰……既然魏大人趁夜求见献上此图，必有妙策，父皇不妨听听。"

说完，眼睛从地图上方瞟过去，正遇上看过来的凤知微，又是一眼交击，各自掉开。

两人都心里有数，多年来南海海寇号称猖獗，所以年年朝廷往那里拨钱粮，年年补充兵员，导致全年岁入，三分去往南海，南海常家也因为掌握了这些力量而雄霸一方，连带邻近的闽南布政使都肥得流油。如今燕家揭出海寇一事有假，搞不好还是常家自己做的花头，那将来常家倒台，接替者的权柄必将大受削减，而偏偏这次去接替闽南将军一职的，正是宁弈的人。

凤知微不相信宁弈想不到这个，但是这人竟然没有作梗，大方地任她作为、给她机会，倒出乎她的意料，原先想好的说辞都没用上。

宁弈垂着眼帘，慢慢撇着茶上的浮沫……你想不顾一切向上走，我硬拉着也没意思，既然如此，便在你最擅长的领域折服你罢了。

眼神对流不过一瞬间，下一刻凤知微已笑道："何须枉费朝廷兵力，自凌水关远调南海重兵？这不仅劳兵伤财，而且一旦凌水关西线调动，还可能造成相邻的长宁藩不稳。其实南海本地大族，多有依海路经商发家者，多年来饱受常家和海寇勾结骚扰，早有报效国家之心，如今陛下只要给他们一个名分，光是这些世家的护卫力量联合起来，就足够扫荡掉没有常氏支持的那批海上宵小。这样，朝廷省了银子、不动大军，南海世家也一扫多年忧患，得偿所愿，何乐而不为？"

"好。"天盛帝听得双目放光，笑吟吟看着凤知微和燕怀石，"既如此，明日叫内阁拟个章程。你们有心，朕很嘉许。"

凤知微一笑，称了几句"我皇圣明"立即起身告辞，宁弈也跟着站起身来，道："我送送我家功臣。"

"我家"两字说得低而带笑，听得凤知微偏过头去，天盛帝却没觉得什么，他免了一场战事和银子，心情甚好，挥挥手便放人，随即想了想又叮嘱道："你伤没好，小心些。"

凤知微撇撇嘴，心想这人又装了。

一行人出去，宁弈步子极慢，凤知微甚不耐烦，却也只好耐着性子等他一起慢慢蹭。宁弈不动声色地瞟着她，心想这人就这点最好，假，十分假，非常假，但因为很假，所以永远不会任性行事，很好，很好。

他看着凤知微低着头老老实实跟在他身边，走一步挪三步，脸上笑意温和，袖子下的手却攥成了拳头，顿时觉得很快意啊很快意。

燕怀石看着不对，连忙假称不认路，拉着内侍飞一般跑了，其余内侍也都很有眼力，远远跟着，远在一里之外。

四面没有人，凤知微不装了。

她唰的一下越过宁弈，快步走过他身前，一边笑着一边道："呵呵，不敢劳王爷远送，呵呵，请留步，请留步，下官自己走，再会，再会。"

衣袖突然被人拉住，凤知微毫不意外，顺势一闪，手肘向后一捣，便听得身后"哎哟"一声。她也不理会照样前奔，宁弈却不放手，用力一带把她拽了过来，而这一拽牵动凤知微腰间，凤知微也"哎哟"一声。

她扶着腰间"嘶嘶"吸气，柳眉倒竖，回过头去，却见宁弈脸色苍白地靠着墙，也在不住吸气。

　　两人对望一眼，一个问："你真的受伤了？"

　　一个问："你怎么了？"

　　问完各自沉默，半晌，宁弈轻轻握了凤知微的手，觉得她掌心潮热，凤知微却觉得他手指冰凉。手掌动了动，下意识想要将这么凉的手指焐热些，却又立即缩回。

　　宁弈却没发现她的动作，一直在沉思，忽然道："知微。"

　　凤知微低低"嗯"了一声。

　　"你真的坚持走这条路吗？"月色暗昧，连带宁弈的神情都看不清，只听得语气沉沉。

　　凤知微慢慢偏过头去，一瞬间心如乱麻。

　　"你要知道，"宁弈慢慢道，"有些东西我势在必得，而如今既然已经走到这一步，便再容不得我退后。有时候为上位者也身不由己，就算他想退后，他的部属、他的跟随者也不会允许，你……可明白？"

　　凤知微默然不语，半晌笑了一笑。

　　"皇家有密卫，名金钥。"宁弈突然转了个毫不相干的话题，"浑金钥匙，无坚不摧，解天下一切久悬重案，侦缉不为人知的各类要犯，而这枚钥匙，只掌握在陛下手中，连皇子都未必清楚。"

　　凤知微抬眼看他，眼神疑惑。

　　"我只告诉你有这个机构存在罢了。"宁弈盯着她的眼睛，淡淡一笑，"所以咱们做臣子的，都要小心些。"

　　"人要活下去，本就要加倍小心。"凤知微笑笑。

　　宁弈凝视着她，忽伸手去拨她额边一丝乱发。凤知微一让，急促地道："小心人看见。"

　　"你是怪了我了，我知道。"宁弈不让，语气淡淡的，"放心，我的周围，没有人可以窥探。"

　　凤知微心中一凛，心想宁弈对宫禁的掌握已经超出了自己的想象，随即笑道："怪什么？"

　　"你什么时候能改掉你装傻的毛病？"宁弈语气有些轻弱，一股风般从她耳边掠过。

　　凤知微觉得两人靠得太近，又侧了侧头，一侧间，宁弈的唇从她耳侧掠过，随即耳垂一痛，她低低"哎哟"一声，用手一摸，一滴鲜红的血珠绽在指尖。

　　凤知微恼怒地抬头瞪他，心想这人怎么这么小气，上次咬一口不是为了做戏？这么快便要还回来。还有，上次她其实只是轻轻一咬，他咬这么重干什么？

一抬眼却见他唇角亦沾着一点血珠，掠一抹深意无限的笑，衬着玉白的肤色、流转的眼波，微光下清雅丽色尽去，妖异而魅，像传说中嗜血美艳的婆罗妖神。

宁弈凝望着她洁白的耳垂上那珊瑚珠似的一小点，眼光微沉几分，突然轻轻一推她，道："有人过来了，去吧。"

凤知微被他推开，身子还没转过去，脸上已经换好了万年不变的魏式笑容。

宁弈看着她意态如常地迎上过来接引的内侍，抬手一让间已经不动声色地抹去耳上的血痕，然后脚不点地地轻快离开，这才慢慢靠着栏杆坐下来。

"总得尝尝你的血是什么滋味。"他微咳几声，仔细端详着指尖的血色，随即轻轻在唇边触了触，眼波流转，笑吟吟道，"黑心里流出的血，居然也是红的。"

过了几日，圣旨下来——魏知对国有功，任礼部侍郎。

同时，朝廷宣布在南海开船舶总务司，由燕家家主担任第一位司官，总领南海船舶通商诸事务，直接对朝廷户部负责，不受当地布政使司管辖。

后一个消息没引起太多人注意，不过是个商人得了官身罢了，前一个消息却引起大家称羡。一般内阁阁臣在入阁前，都会到六部镀镀金，增加点政务经验，而学士出身的人到礼部任侍郎，就是将来入阁的信号。魏侍郎这么年轻，已经是三品高官，将来前途何止是不可限量，因此魏府一时车水马龙，道贺之人不绝。

魏大人却无暇接受众人的道贺——她刚到礼部上任第一天，接到的第一项工作，就是整理筛选各地递交上来的优秀官宦和世家子弟的资料，再根据家世、才学、人品、心性做一个初步拟选，最后报名单给天盛帝——天盛帝终于下定决心，要为韶宁选驸马了。

韶宁得了消息，怎么肯依？哭也哭了，闹也闹了，还四处围追堵截凤知微。凤知微也四处躲瘟神似的躲她——姐姐，你真是笨，陛下既然把这件事交给我主理，自然说明他没打算把你嫁给我，而且，就算陛下有这心思，你家六哥也绝不允许这种情况发生。你越闹，嫁得越快，你这死孩子怎么就这么不开窍呢？

韶宁可不明白这里面的花花肠子，她认为爱情的道路向来是曲折的，而前途是光明的，可光明的前途是需要两个人携手去闯的，怎么可以抛下她一个人单飞？所以最近凤知微被韶宁缠得鸡飞狗跳，叫苦连天。

这日朝会后，她在殿下又被韶宁拦住。

凤知微匆匆一揖，"公主好！公主早！公主万安！微臣还有要事，恕不奉陪。再会再会。"韶宁嘴刚刚张开，她已经说完一堆话并飞快向外跑了。

"你给我站住！"

凤知微迎风飞奔，对四面含着诡异的笑、望过来的官儿们露出一脸"我什么都不知道，我什么都没听见"的表情。

"那事你别做了！"韶宁居然追了过来，在她身后喊，"别做了！别做了！"

官儿们暧昧的笑容变得惊悚——啥事？啥事？啥事？做啥？做啥？做啥？

凤知微迎风冒出一脸的汗——公主，拜托说话说清楚点，这样说话会死人的。

"魏大人，你别跑——"一个内侍大汗淋漓追过来，"陛下宣你进去呢！"

韶宁眼色一红，知道今天朝会后，天盛帝就会定下驸马人选，这是召魏知进去询问具体情形的。

"你今儿走不了！"她咬咬牙，突然拍拍掌，"来人！"

唰的一下，角落里奔出一群侍卫，都是韶宁玉明宫里的护卫，都眼露凶光地把凤知微给拦住。

凤知微眉头一皱，魏知只是个会三脚猫把式的书生，可不能和侍卫对打，随即脚底一滑就要溜。

"给我把他拿下！"韶宁大喝。侍卫逼上，三五下掀翻凤知微。

"绑了！"

黄绸带子唰唰将凤知微绑了，扛起来招摇过市。

韶宁脸色煞青，眼睛亮红，激动得浑身发抖、语无伦次，裙子一扎，跟在后面直奔御书房。

"我和你去见父皇！

"就说你骗了我的身子，御花园私订终身，如今你非我不嫁，我非你不娶！"

第六十二章

灌酒

好好好，魏知非你不嫁，你非魏知不娶。

凤知微气急反笑，在半空中嘿嘿道："公主，有没有人告诉你，霸王硬上弓，常常一场空？"

"本官只知道，"韶宁公主气势汹汹地答，"当为却不为，到头一场空！"

"……"

八个壮汉抬着被捆成僵尸状的韶宁公主家的战利品，招摇过市。"僵尸"凤知微于半空之中悠悠荡荡，望天长叹道："这年头，男色误人啊……"

一群跟在后面躲躲闪闪意图看热闹的内侍，纷纷闪了腰……

闹哄哄行到御书房，陛下不在，说是叫去皓昀轩，又冲去皓昀轩。还没到地，二楼的窗户霍然打开，一人探出身子嚷："哎哟，这不是魏大人吗？哎呀，怎么竖着出去横着进来啦？"

凤知微直挺挺一看，赫连铮笑得眉毛都飞起来的脸冲入眼帘。这家伙怎么会在这里？

"早啊，世子！"她笑眯眯打招呼，"请恕下官甲胄在身不能施礼。"

赫连铮身侧，突又冒出一个人来，抱着个茶盏，仔细地看了看凤知微，道："横看成岭侧成峰，魏大人这个姿态倒撩人得很。"

凤知微掀掀眼皮，将楼上那人也仔仔细细打量一番，道："远近高低各不同，殿下这个表情也发人深省得很。"

赫连铮心情大好，哈哈大笑，"不识庐山真面目，殿下，魏大人可不是任你欺负的庸臣啊！"

"只缘身在此墙中。"宁弈抱了茶杯淡淡转身，"青溟书院塔楼上那墙，真高。"

赫连铮："……"

"韶宁，你在干什么？"这边在打嘴战，那边又开了个窗子，天盛帝铁青着脸站在窗前，瞪着楼下。

韶宁倔强地昂起头，大声道："父皇，我不要嫁别人，我和魏知在御花园——"话说了半截，忽听半空中僵硬的凤知微闭着眼睛声音更大地道："陛下，请恕微臣甲胄在身不能施礼。微臣刚才在御花园梦游，听见了一出戏本子，内容是御花园私订终身，可呆书生不解风情。微臣觉得这戏本子很好，很喜欢，很戏剧，公主却不喜欢。微臣觉得公主不喜欢一定是微臣的错，是微臣没能绘声绘色将本子讲得令公主心甘情愿地喜欢。微臣惭愧无地，五内俱焚，于是自缚来给您谢罪了……啊。多谢公主派侍卫帮忙将微臣抬来，微臣不小心把自己捆太紧了。"

楼上有人在笑，阁臣们都在轩内办公，听着这一套话都对视一眼，心想，魏知这小子实在滑头得泥鳅似的，明明是黑他能说成白，不动声色便把事情揽了过去又说明了原委，既堵了韶宁的话又全了皇家体面，难怪陛下一见他就眉开眼笑。

天盛帝在楼上听着，有些绷不住的模样，勉强皱着眉喝道："都还是孩子，这点子事跑到皓昀轩来胡闹什么？都给朕回去！韶宁！你越发不像样，当真要朕禁你足吗？"

韶宁仰着脸，听着凤知微那话，脸色发白，心知自己要说什么都已经被魏知堵了回去。这个人心思如海，心硬如石，她斗不过，也得不到，软求、慢磨、硬要竟动不了他一分一毫。

她倔强地仰着脸，眼眶里慢慢盈了一泡泪，却因为那昂得太高的姿势，泪水滚动着便一直不落，如两颗晶莹的珍珠，在日光下溜溜地颤着。

天盛帝看见爱女这般神情，有点惊愕，这孩子竟然不只是兴趣，竟有几分真正动情的模样，心中刚一犹豫，却听身后宁弈笑道："小妹太胡闹了，堂堂朝廷重臣，前途无量的少年英才，给她这么一闹，叫人家以后怎么做人。"

天盛帝一醒，眼神又冷静下来，确实，朝中不乏人才，翰林院才子一抓一把，但大多书生误国，偶有几个政务通达又有真才实学的，往往性子高傲狷介，难以共事。魏知是近年来少有的才华见识兼具的人才，更兼年轻练达、极有分寸，假以时日，必成首辅之才。

这样的人，给公主做了驸马，从此与仕途无缘，太可惜了。

何况这魏知，对公主也不见得就有情，便是出于心疼爱女，也不必硬凑合。

"韶宁！"他硬起心肠，厉声道，"滚回去！不许再出来！这里不是你来的地方！"

又命人给凤知微解绑。凤知微活动活动手脚，给天盛帝行礼，笑道："陛下宽宏，不怪罪微臣失礼，也请不要怪罪公主，接下来便是好日子，莫要坏了公主心情。"

听她这么一说，天盛帝越发觉得有必要禁足韶宁，都快议婚的人了，还这样乱跑绑人的，婚后驸马心生不满怎么办？他当下一拍栏杆，喝道："把公主请下去！玉明宫不许任何人出来！"

这是无限期禁足的意思了。韶宁公主这回倒不哭不闹，白着脸仰着头，狠狠瞪了父亲一眼，随即扭头就走，回身的那瞬，一滴眼泪落在尘埃里。

凤知微负手背对她立着，面色平静无波——对于韶宁，当断不断反而害了她，今日一番明白拒绝，想必从此她也可以收拾起一番错掷的芳心了。

一抬头看见宁弈倚窗看下来，眼神似笑非笑，突然对她做了个口型。

凤知微皱眉望了一眼，半晌才揣摩出那两个字。

"黑心。"

　　

天盛帝给韶宁公主选了永安侯王氏的儿子，暂拟明年完婚。凤知微也算完结一件事，出宫后先回到了秋府，因为凤夫人最近往萃芳斋去了好几次，若不是凤知微安排了人时刻挡着，凤夫人便闯进去了。

"皓儿不见了。"凤夫人一见她，也不问她怎么这么长时间不在，直接道，"你能帮我找找吗？"

凤知微望着她，心中涌起很多疑问，淡淡道："在刑部大牢里。"

"怎么了？"凤夫人震惊。

凤知微将事情简单说了说。凤夫人神色变幻，半晌道："你弟弟只是贪财，你还是想办法把他救出来吧，他哪里吃得了那样的苦？"

"您就这么肯定我能救他？"凤知微一笑。凤夫人脸色一变，随即也一笑。

"你是我的女儿，你能做到什么，不能做到什么，我清楚得很，何况，你若去求求呼卓世子，凤皓应该能放出来的。"

凤知微心中一沉，半晌冷笑道："上次求亲，您可是将人家打了出去，现在要去求人家？"

"你不去，我去！"凤夫人扭头就走，"我只是看中草原男儿仗义性子，没有拿你送人的意思。"

凤知微怔了怔，隐约觉得今天的母亲有些不同，缓了语气，道："好，我会救他出来，但是……"

"怎么？"

"救出弟弟，我们一家子，离开帝京好不好？"凤知微想着宁弈的话，注视着凤夫人，缓缓道，"帝京居，大不易，我们找个山清水秀的地方过活，好不好？"

凤夫人突然停住脚步。

从凤知微的角度看去，只见她衣袖下的手指绞扭在一起。

凤知微知道母亲向来只有在心神震动之时才会有这样的动作。她盯着那双手，突然道："我不问您弟弟的身份，我不问您为什么那样培养我，不外是要我保护他，为了您，我认。我只是想提醒您，既然凤皓是您的心头肉，为什么还要来到情势复杂的帝都？如果您认为大隐隐于市，大隐隐于朝，那么我告诉您，这个办法对凤皓不适用，他活在天高水远、不为人知之处，还有可能活得长一些。"

凤夫人震了震，没有转身，绞扭着的手，突然松开了。

半晌她回转身，认真地盯着凤知微，"这是你的真心话？"

"是。"

"你对帝京无留恋？"

"……是。"

"好。"凤夫人望着她，一瞬间眼神既失望又释然，却毫无犹豫之色，"那等你将你弟弟救出来，我们一家三口就离开帝京。"

"好。"凤知微压下心底突然泛上的酸涩和微痛，一字字道，"带回凤皓，我们就走，从此后山高水远，和帝京后会无期。"

出了秋府，凤知微正准备写封信带给宁弈，请托他放出凤皓，忽然又接到旨意宣她进宫，只好再匆匆赶去。进了皓昀轩，看见赫连铮正对着北疆地图口沫横飞，原来秋尚奇对大越首战告捷，消息传到帝京，因为呼卓部也有参与战事，天盛帝特地将他叫来，也有同乐的意思。

凤知微道了喜，天盛帝露出一丝喜容，却又有不快之色，将手中一沓书简重重往案上一扔，道："刚到了一批南海的折子——常家果然把持得深，南海那批混账很是妄为，开船舶事务司的诏告一下，折子便雪片似的递上来。大多说南海道已经有了通航司，如今再设事务司完全多余，机构冗杂枉耗国力。里面还夹了南海父老的万民请愿书，说世家把持南海各业，百姓苦不堪言，如今还要给这些世家官身荣诰，南海父老将再无立足之地。你看这句'陛下何以助巨蠹侵吞之力，置我南海万民于水火之地'竟然骂起朕来！"

"那边闹得厉害。"胡圣山幽幽插了一句，"也不知道是谁煽动的百姓，轮番冲击南海各大世家，抢夺货物，砸沉货船，雇工罢工，那边世家也开始反击，控制商贸往来，反手收购米粮，物价开始飞涨，官府却一直坐视不理，反而和朝廷要赈灾。笑话，南海水米丰足，天盛第一商贸繁荣之地，要赈什么灾？"

"人灾！"一个阁臣冷峻地道。

凤知微笑了笑，心知这是常家的反击了，想必常家已经看出开设船舶事务司的真意，所以一方面想保护自己勾结海寇的阴谋不会暴露，另一方面也想试探朝廷对铲除常家的决心。

"陛下其意如何？"她笑问。

"国策岂能随意更改？岂能为宵小所制约？"天盛帝冷然道，"只是有一件事需得提防，南海世家本就势大，如今朝廷扶持，万一膨胀过快尾大不掉，那岂不是又一个常家？"

"事务司只是临时机构，"凤知微道，"和当地各级官府互不统属。再派驻朝廷官员看着，世家的手，伸不了那么长。南海世家，微臣知道一点，多年来被常家统领的南海官吏压得苦不堪言，如今朝廷表态，必然换得他们全力支持。等常家事了，船舶事务司可改设其他机构，到时给世家一个荣爵便是。陛下不必太过忧虑。"

"你说得很对。"天盛帝目光灼灼地看她，"事务司建立本就艰难，和各级官府的交道需要既长袖善舞又有决断的人才，而更难的是建立之初的体制规定和对世家合理的控制，所以眼前就是缺一个比较熟悉情况，又对朝廷忠心耿耿的能臣去办理这事。"

凤知微一怔，敢情老家伙说了那么多，主意原来打在自己头上了，等着她自告奋勇呢。

"陛下……"她沉吟道，"微臣才能浅薄，实不该擅自请缨，只是此事既然是微臣献策，如今南海生乱，微臣责无旁贷，只是书院那边和编纂处那里……"

"你不能谁能？朕就知道你忠心为国！"天盛帝眉开眼笑，"编纂处多你一个不多，少你一个不少，无妨；书院那里，既然暂时缺人管理，不如你将那些将来会走恩荫的世家子弟挑几个，一并带去，省得留下来搅事。他们将来跟着你历练出来，也好授个实职。这个你自己去挑。"

凤知微怔了怔，没想到皇帝这么大方，这是允许她培养自己的势力了。话说到这个程度，再推辞就是祸，于是赶紧跪下谢恩："臣遵旨。"

"等下朕点选部分长缨侍卫随你去南海,燕家那小子也一起回去。"天盛帝道,"南海还有动作,最好你早点过去,即刻就动身吧,反正你在帝京也没什么家人要辞别。"

凤知微又一愣,只好应是。她一边想着娘那边来不及告别,弟弟来不及捞出刑部大牢,只好对宁弈使眼色。谁知道那厮仿佛看不懂,只对着她笑,笑得一副风生水起、眉目生花的模样,看得人眼睛都花了花。

笑什么笑?花痴似的!凤知微一边暗骂,一边又庆幸——出远门了,自由了,不用有事没事都看见楚王殿下那销魂的笑了,真好。

向来皇命要求当天走,超过一个时辰都是抗旨。凤知微来不及回秋府,只好一面在马车内急急修书告诉凤夫人这事——信中隐晦地道:待南海事了再续前话,所提之事已托人照看,定请放心;一面派人去通知顾南衣送信,通知燕怀石赶往城门;一面奔到青溟书院选人——果然报名甚是踊跃,谁都知道这差事是个肥差,而且上头有凤知微负全责,他们只跟着走一趟,名利双收,所以差点没抢打起来。

凤知微点选了姚扬宇等几个活跃分子。姚扬宇一直快快的,认为自己多次得罪司业大人一定没戏,不想凤知微既往不咎,他欢喜得恨不得跪下来给司业大人擦靴子。

人群里,凤知微看见一张熟悉的脸,仗着身高优势,跳跳地挤在那里,谁挤到他前面就被拨回去,谁挤到他前面就被拨回去……

凤知微忍无可忍,怒道:"赫连铮,你一边去,没你什么事!"

"作为书院最优秀的学生,没有之一。"赫连铮正色道,"此事我责无旁贷。"

"作为书院目前的最高管理者,没有之一。"凤知微假笑,"此事我不批准,并表示对你前面那句话的由衷不赞同。"

"我去找我小姨。"赫连铮撒手就走,"我小姨教我,以德服人。我不和你争,我叫我小姨来和你论理。"

凤知微啼笑皆非,一把拽了那厮到一边,道:"你怎么可以去?陛下也不会允许!"

"父王许我一年之期,来帝京参拜天子,游历增长见识。"赫连铮笑道,"天盛对大越战事一日未毕,我一日不能回去。你知道的,我算半个人质。"

凤知微挑挑眉,心想你还真没有点人质的自觉。

"陛下放心我跟着你的。"赫连铮嘻嘻笑,"我留在帝京他才头痛。"

"那行。"凤知微开始数指头,"几个小小要求。"

"成!"

"不许偷窥，不许爬墙，不许在任何时候提起小姨，不许试图靠近我的车马，不许享受任何特殊待遇，任何时候都得遵守书院院规，并服从我在任何时候因为任何原因增加的任何新院规。"

"成！"

凤知微狐疑地挑眉看着今日特别好说话的赫连世子。

世子爷却已经喜滋滋地去准备行李了，一边走一边嘟囔："无论如何先骗了，跟了去再说，不然我这煮得半熟的小姨鸭子就飞别人嘴里了……"

"他在说啥？"凤知微问刚赶来的顾少爷。

"他，鸭子。"

顾少爷吃着胡桃，言简意赅地说。

钦差车马辘辘驶出帝京城门，凤知微和相送的礼部官员一一告别，于烟尘中回望繁华帝京，心中骤然生出一丝惆怅——这是她第一次远离帝京，还承担着沉重的责任，面对险恶局势前途未卜，而亲人却还不知道她的离去，恍惚间便觉得自己像那断线的风筝，唰的一下便将飞远。

恍惚间又似觉得娘倚门而望，眉宇带愁，顿时便觉得心中微沉——世事多变，身不由己，和娘约好的事情，看来只好等从南海回来再说了。

她摇摇头，收拾起心情，一边笑自己怎么突然多愁善感，一边和相送的官员说着场面话，虽隐约听见谁脸带羡慕地说了句"大人得亲聆殿下教益，实在令人羡煞……"，也完全地入耳没入心。

她身侧的燕怀石因为是衣锦还乡，十分兴奋，觉得自己来帝京实在是太对了，而更正确的事情就是当初十分有决断地做了魏知的小厮，要不然现在还不知道在哪家王公门前转悠呢，又怎么会如今既做了皇商，又得了官身？

长缨派出的护卫竟然由淳于猛带领。他此刻眉眼带笑，正和燕怀石在一起叽叽咕咕。

青溟书院的那批小子春风满面，而马车顶上，顾少爷在吃胡桃。他喜欢开阔的高处，从不管那位置有什么不对，人人都仰首看他，他也觉得很好，而相比于人的脸，他更喜欢看头顶。

人人都很欢喜，她有什么理由不高兴？

凤知微摆出一脸弧度完美的笑容，慢吞吞往马车上爬，但车帘一掀，瞬间僵住。

葡萄美酒夜光杯，她的被窝有人睡。

那人睡在她的金丝软褥上，靠着她的呢绒软枕，执着她的水晶杯，还透过深红的美酒，用一双比酒色更荡漾深醇的眼眸看着她，道："这酒色真美。"

凤知微僵硬地扯了扯嘴角，心中在思考，是大礼参拜呢，还是偷偷摸摸把人推下去呢？然后便听见那人变态地继续道："和你的血似的。"

凤知微立即做了后一个决定，仰头，招呼："桃干！"

唰的一下，一柄血红的剑自车顶电射而下，直奔某人头顶。

某人慢悠悠喝酒，动也没动，连杯中酒液都没惊起一丝涟漪。

利剑奔来，一往无回，看那架势马上就会穿透天灵，却在离天灵只差寸许处突然曳开，一线惊鸿，滑水晶杯而过。

雷霆万钧，冰雪一片。戛然而止，点尘不惊。

一滴深红色的酒液，自平静的葡萄酒液面上珊瑚珠一般掠起，飞入等候已久的唇中。宁弈回味无穷地抿抿唇，笑了笑，道："多谢顾兄斟酒！"

凤知微叹气，唤："桃核！"

血剑收回，车顶上留下一个洞，被人用一只万能胡桃塞住。

桃肉——杀！桃壳——逃！桃干——吓！桃核——罢！桃粉——自行处理，胡桃——我要！

这是凤知微和顾南衣之间新研究的胡桃暗号。

顾少爷喜欢用最少的字表达最丰富的意义。

凤知微叹着气，在对面坐下来，然后从车中小几的隔板下取出另一个水晶杯，赶紧把那瓶葡萄酒给倒完，先往上递，"酒！"

顾少爷伸手下来接过去，眨眼工夫递了个空杯下来。空杯子里面有一只胡桃。

我要！

凤知微悲哀地道："就这一瓶。"

"顾兄，我这里还有半杯，你要吗？"宁弈看凤知微先递酒上去，脸色就黑了一半，语气问得冷冷的。

顾少爷的回答是一只长了蛀虫的胡桃。

宁弈用眼神问凤知微他想表达的是什么意思。凤知微端详了那只虫子半晌，沉吟道："也许他想说——呸！"

宁弈抽了抽嘴角，一抬手用真气把那只长虫的胡桃毁尸灭迹。

"我说殿下，区区南海船舶事务司，不值得您离开京都吧？"凤知微一面把那瓶涉洋而来的珍贵葡萄酒赶紧收起来，一面问，"您就这么放心帝京，就这么不放心我？"

"你还真抬举自己。"宁弈轻笑，"我可是和你一样，领皇命出京的钦差，负责巡查南海一线的水陆两军。我的钦差仪仗还在后面。"

"常氏有反意？"凤知微瞬间就反应了过来。

"未雨绸缪吧。"宁弈淡淡道，"多年经营，年年以减员为名扩充兵员，麾下将领又大多本土亲信子弟，所以，现在谁也不知道常敏江这个闽南将军手下到底有多少兵。派去接替闽南将军职务的金凯兴也不够资历压服他，不去个够分量的钦差，到时候万一出事，压不住。"

"你走了，京中怎么办？"凤知微可不觉得现在是宁弈离开帝京的好时机。

"老二远去十万大山，老七刚刚被陛下派去接了老五上次没办完的事，去了江淮道，现在陛下身边只留下老十。"宁弈并没有太多忧色，"没事。"

天盛帝竟把成年儿子们都派了外差，不过这样说来，也难怪宁弈同意出京，只要胡圣山和辛子砚在，楚王集团就不会出问题，宫中留下的又是自幼和他亲厚的老十，他也就没了后顾之忧。

凤知微却想到一个问题，笑道："陛下真是放心自己的身体。他怎么就没想过，他年事已高，又重病过一场，万一有个什么，儿子们都远在帝京之外，可怎么办？"

"也许他觉得，儿子们不在，他还能活得长些。"宁弈回答得肆无忌惮，眉宇间露出一丝冷意。

凤知微一笑，袖子里却有唧唧声响起，随即袖口一动，钻出俩黄灿灿的东西来。

"笔猴？"宁弈终于露出惊异之色，"这东西没死？你从哪儿得来的？"

"五皇子御书房行刺那晚，离开前我在院子外一处回廊下发现了它们。"凤知微轻轻摸着笔猴金黄的毛，"两个小东西就躲在御书房长廊下的缝隙里，天天夜里溜进去舔墨台，居然还胖了。我向来喜欢这些玩物，知道把它们交给侍卫就是一刀戳死，便偷偷带回来了。"

两只笔猴在凤知微手指上跳来窜去，金黄的毛刷着她的手指。宁弈看着，目光一闪，有点想伸手阻止的意思，却半途收了回去。

凤知微将他的动作看在眼底，微微一笑。

笔猴被带回来的时候，顾南衣曾经不许她碰，将两个小东西带了出去，过了阵子又带回来交给她，笔猴原本暗淡的毛色便又恢复了初见时的金光灿然。这笔猴确实给人做过手脚，她想到底是世人以为的五皇子呢，还是宁大王爷？如今看来，果然是后者。

顾南衣没有说，她也猜得出，在笔猴的毛和当时那斗方纸之中，必然有能引发笔猴狂躁的药物，因为只有这两样东西，是后来拿上来的。

　　既然确实是宁弈下的手，那以他的性子，开弓没有回头箭，他必有后手来夺取帝位，可为什么却在天盛帝中毒后中途罢手偃旗息鼓？远远退到一边？

　　"父皇没有中毒。"宁弈看出她眼眸中的疑问，半晌有点苦涩地道，"谁要闹腾，谁就倒霉。"

　　凤知微一惊，一瞬间心中凉意大盛——皇帝果然没中毒！

　　联想到当时天盛帝倒下去时说的那句"弈儿去查"，她突然便出了一身冷汗——一个被刺中毒的人，怎么可能在倒下去的瞬间那么清楚地表达完自己的意思？而那句"弈儿去查"又是何等险恶！如果宁弈没有猜出天盛帝没中毒，而是根据这句话所授予的权柄大动干戈，那么现在，等着他的是什么？

　　皇家心计，云谲波诡，一个不慎便是天意森凉！

　　她有些失神，忽觉手指被人握住，随即宁弈的声音在耳边低笑，"你的手真凉，是在为我担心吗？"

　　凤知微醒过神来，对他一笑，"是啊，担心葡萄酒的酒钱收不回来。"

　　"无情的女人……"宁弈低低的笑声响在耳侧，热气吹拂得她微微发痒。她让，宁弈便又进一步，凑在她耳侧笑道："你无情，我却不敢，先前那句话我是骗你的，我是真的不放心你……"

　　凤知微立即对他摆出假假的笑，准备驳斥回去，却听那人昵声道："不放心你左有狼右有虎，给人吃了都不晓得……"

　　真正会吃人的只有你！

　　凤知微心中恼怒，想推开他又怕动作大了给上头发现，到时候一辆精致马车全是胡桃洞洞就不太好了，然而马车地方狭小又实在无处躲，眼看着那家伙赖在她肩头就不肯下来。这人出了京，暂时离开皇城诡谲，显得轻松许多，连眉宇间那种沉凝的神色都似乎淡了些。凤知微顿时发愁，这以后漫漫长路该如何挨过殿下的淫威呢？

　　打，打不过；骂，骂不得。人家地位比她高，手段比她狠，做人比她毒，心肠比她硬……

　　眼珠一转，她突然笑着抓起一瓶酒，道："真的吗？谨以陇西名酒'半江红'，敬谢殿下关心。"

　　宁弈懒懒靠着她，很满意马车让人动弹不得的好处，挥挥手示意"你可以上来侍候了"。凤知微假笑着去取杯，随即突然一把捏住他高挺的鼻子，见宁弈"啊"的一声下意识张开嘴，凤知微抬手就把一瓶酒都灌了进去。

她动作极快。宁弈冷不防这女人这么恶毒，还没回神已经一瓶酒下肚，呛得一阵猛咳，随即眼中泛起淡淡的水光，玉白肌肤上晕红浅浅，眼波流动间，神光离合、容华极盛，那种不同于平日的清艳，令人眩晕。

可惜凤知微向来不是正常人种，她不眩也不晕，看也不看醉美人一眼，微笑着将那瓶写的是"半江红"，其实装的是大漠烈酒"三日醉"的酒瓶抬手扔了，然后拍拍手，喊她家小呆。

"桃粉！"

顾少爷飘然下车顶，扛起尊贵的楚王殿下，在所有人惊诧的目光中大步走到车队队尾，寻找了一辆看起来最破的装货的马车，将殿下给塞了进去。

……

惊掉了下巴的众人还在诧异楚王殿下是什么时候冒出来的，又惊讶殿下怎么会受到这样的对待时，那边凤知微已经探出身子远远地喊："顾兄，那是楚王殿下，不可失礼——"

她又跺脚，又招呼，焦灼之情现于颜色，而顾少爷稳稳站在车顶上，慢慢吃他的胡桃，直到觉得凤知微演得太过分了，才咻地弹出一颗胡桃。

凤知微咻一下缩回去，躺下来喝酒了。

众人恍然——哦，原来不是魏大人放肆，也是啊，他那武功高绝的护卫，据说连太子都敢揍，谁能拦住？于是，赶紧上前七手八脚地把宁弈解救出来。

赫连铮两眼放光地奔过来，乐不可支地推开众人，"我来！我来！"说着一把夹起尊贵的殿下，嘿嘿嘿嘿笑着往第二辆马车上送，却不送在座位上，只拼命往座位下塞啊塞啊塞。

被一瓶超级烈酒瞬间灌倒的宁弈，只来得及在赫连铮恶毒的摆布中抬手，遥遥指了指凤知微，便倒霉地醉昏了过去。

灌酒事件过去了好几天，凤知微却一点快意都没有——她终于尝到了恶作剧的苦果——原来殿下竟然是不善饮酒的，这人只有几杯的量，多一滴都能让他醉上一夜，何况凤知微灌下的是那整瓶烈酒。

正因为不会喝酒，所以在帝京大多时候他都捧着酒杯，可其实里面常常都是清水。凤知微这才明白当日宫宴，明明宁弈旧伤复发还敢没完没了了喝酒的原因。

皇家子弟，任何时候都不敢暴露自己的一丝缺陷，因为任何缺陷，都有可能成为被置于死地的把柄。

　　凤知微叹口气，悲凉地在河边淘洗手巾，好去给醉酒醉得浑身发热的某人降温。这人也真神奇，明明快醉得人事不知，偏偏还就认出她一个，醉眼迷离地躺在马车里，谁去侍候都呢喃挥手叫滚，只有她来，才没声没息躺倒，摆出一副任君采撷的模样来。

　　凤知微对自己说——我是正人君子，我是正人君子，我是正人君子，我没看见一身春色，我没看见一身春色，我没看见，我没看见，我没看见……

　　她默诵了十几遍，端着水进了马车，闭着眼给他解衣，可手指刚解开几个纽扣，宁弈忽然睁开眼，懒洋洋曼声道："你可不要用强……"

　　凤知微手一颤，险些把纽扣拽了下来，那人闭着眼睛又来了一句："温柔点……"

　　凤知微笑了，甜蜜地笑道："晕吗？"

　　"晕……"

　　凤知微轻手轻脚给他解衣，手指清风般灵巧。宁弈舒适地半掩长睫。

　　"舒服吗？"

　　"舒服……左肩给我按按。"

　　手指下那人慵懒浅睡，大敞衣襟，肌肤泛着淡淡的红，光滑润泽，线条精致而有力；呼吸间淡淡酒香和独属于他的华艳清凉气息交织在一起，氤氲在狭窄的马车中，香艳无边。

　　凤知微将冰冷的布巾放在一边，然后把自己的手指搓热，笑眯眯给他按着左肩，闲话家常的语声轻如游丝。

　　"醉酒什么感觉？"

　　"金星四射……"

　　"下次陪你喝……"

　　"唔……"

　　宁弈的眼皮渐渐合起，答话更加漫不经心。

　　凤知微注视着他，慢慢给他扣上衣扣，一个一个，轻轻。

　　她的语气，和黄昏暮色一般令人沉醉，不生警惕。

　　"凤知微挺麻烦啊……"

　　"是啊，她的……"

　　宁弈霍然睁眼。

　　迷蒙了几日的眸子一瞬间清明如水，眼眸墨如黑夜。

　　他那样目光灼灼地看过来，竟看得凤知微心中一颤。

　　两人在狭小的马车内一躺一坐，对面相视，四面的空气沉静下来，听得见晚归的飞鸟扑扇着翅膀掠过树冠的声音，不知道哪里的老鸹子，啊啊地叫起来。

半晌宁弈错开眼，道："出去。"

凤知微默不作声端起水盆，出了马车，半晌见燕怀石被召到马车之前，躬身听了几句，随即一脸诧色地过来，道："殿下说要回到后面他的队伍里去，叫我们派人护送。"

"你去办吧。"凤知微负手身后，望着天际深浓的彤云，淡淡道，"选最好的护卫去，三百长缨卫去两百个。殿下这几日身子不好，没自保之力，叫他们都小心些。"

"去这么多，我们这边一旦有事怎么办？"燕怀石有点不安。

"不过就是护送一下，安全送回就回来，担心什么？"凤知微笑，"真要有什么事，这些人再多也不顶用。"

不多时，淳于猛带着两百护卫，护送那辆马车回转。宁弈始终没有下车。凤知微立在夕阳下遥遥看着马车远去，心想宁弈定然以为她是故意将他灌成这样好套话，其实灌酒完全是没想到他不能喝，其实刚才真的只是一瞬间的念头……

她苦笑了一下，随便他怎么想吧，他和她之间的信任本就少得可怜，就算如今打回原点，也不过就是提前一点。

晚霞漫天，照得人眉睫如染金，凤知微看着那如火的暮色，不知怎的心里有点不安，便让车队提前找宿处。

这里附近没驿馆，便在一个叫东屯的小镇找了家客栈歇了。客栈小，却干净，连被褥都是新换的，凤知微有些诧异，老板却笑着说："前些日子有好些尊贵客人，嫌小店被褥简陋，给钱新换的。"

凤知微有心事，淡淡"哦"了一声，不想老板献宝似的从袖子里摸出一个银锭，笑道："小店开到现在，第一次见到这么大的元宝！"

凤知微一眼瞥过，又"哦"了一声，摆手让他出去。老板踢踢踏踏走到门口，凤知微脑中突然灵光一闪，转身急速道："老板，那元宝再借我看一下。"

元宝拿在手里，上好的九六成色、窝丝纹银，凤知微将底一翻，"西平"二字赫然其上。

闻了闻，有淡淡的鱼腥气。

民间不允许私铸钱币，但是有一个地方有自己的通用货币，就是紧靠闽南道的西平道长宁藩。那里有银矿，长宁王藩地自主，连银子都用自己的，而相邻的闽南道，经济和长宁藩相依相存，这种银子也通用。

再加上那鱼腥气……

闽南常家来人，出现在帝京到闽南必经之道！

凤知微拿着银子的手顿时冰凉。

常家现在的目标是谁？

是即将开办船舶事务司，断绝他们后路的自己？

还是即将远赴南线收回南线一地兵权，并对常家产生钳制的宁弈？

宁弈！

二百护卫，孤身在途，酒醉无力，危机在侧！

凤知微霍然立起，几步奔出房门，翻身上马，冲向深浓迷离的夜色！

第六十三章
患难与共

这时正是晚饭时辰，护卫们和青溟的学生们在前院吃饭，顾南衣在她的隔壁。先前凤知微看见他命人送了一桶水进去，估计他正在洗澡，就没进去呼唤，只快步经过他窗侧的时候，急急敲了一下窗棂，道："顾兄，请顺我们来时的路回头找我！"

里面没有声音，她也来不及再去探问，快步奔到马厩，牵了最神骏的一匹马翻身跃上，却在一转头间忽见院墙之外翻过几条黑影，随即，前院惊呼与桌椅翻倒之声响起。

她心中一紧，这才知道常家如此大手笔，竟然隔省派出两拨人，同时刺杀她和宁弈！

一瞬间凤知微捏着缰绳，掌心发热——两处同时遇险，宁弈的仪仗大队还在后头，而她的护卫分兵两处，实力薄弱，可以说两处都在危境！

她的队伍遇袭，她怎可一走了之？

宁弈正逢最虚弱之时遇袭，这事还是她造成的，她又怎可不管？

犹豫不过一瞬间，随即，她目光一闪，仰头对半空喊了一嗓子。

"青溟那批学生身份贵重，请务必保护，否则我亦难逃罪责，拜托！"

说完，拨马便走，骏马长嘶奔入夜色，将前院的喊杀声抛在身后。

她知道自己身侧一直有隐身护卫，到底隐在哪里没有深究过，而如今事急从权，赫连铮和姚扬宇他们不能有闪失，只好拖出来用一用。

至于她自己，顾南衣总会追上来的。

凤知微的身影消失在院门外。她不知道，就在她离开后，顾南衣从几百米外的街角拐出来，慢吞吞回了客栈——客栈的茅厕搭在靠街一侧，挺远，而顾南衣今晚有点泻肚子，在茅厕蹲了有一会儿，刚才并没有在房内洗澡。

他一回来，便听见前院声响，正要过去，两条灰影飞掠而下，在他面前膝盖点地，疾声道："她离开了，留话请您顺原路返回，又留话要我们保护这边的队伍。"

顾南衣皱眉，慢吞吞道："原路……"

"我们已经派两人一路跟随保护她，但是那马是天下神驹，时间长了怕跟不上。"灰衣人面容隐在面罩后，目光炯炯，"但是这边实力薄弱，对方武功高强，要想保护这边不受侵害，我们的人不能再拨出去……宗主，您一个人能找回去吗？"

顾南衣想了想，点点头，又慢慢道："放心，她能自保。"

灰衣人松了口气，但还是不放心地站起来，对着顾南衣详细比画了一番路线。顾南衣一动不动听着，很认真的样子。

他说了半天，顾南衣也正确复述了，然后向着正确的方向飘了出去。灰衣人瞄着顾南衣的背影，想起主子的种种怪癖和毛病，实在有点不放心，心中叹了一口气，想，要是总令大人在就好了，可惜总令大人留在帝京，要应付姓辛身边的那个叛徒和皇家金钥密卫，无法抽身……也不知道天下第一路痴宗主大人，能不能顺利找到……

这世上，愿望总是美好的，现实总是残酷的……

凤知微身下那匹马，是豪富燕家不惜重金买来的顶级越马，神骏而有长力，一番风驰电掣，滚滚烟尘里转瞬已经奔出十数里。

照凤知微的推算，宁弈那队人不会走得太快，顶多就在三十里外，而三十里外应该有个驿站，他们八成会在那里歇一宿。

时近仲秋，夜风深凉，先前出的汗此刻冰在前心后背，彻骨地冷，凤知微人在马上，速度未减，一伸手却已经从腰间缓缓抽出一柄黑色软剑。

剑很长，在腰间绕了几匝，正好将她的细腰给绕粗点；剑身不是普通形状，两边都开了刃口，其中一边是锯齿状；剑头三棱；剑面纯黑不反光——一看就是十分阴险的杀人利器，和她本人的气质十分符合。

这是她为自己设计打造的武器，从未使用过，也许今天可以开开荤。

再过一片树林，驿站便要到了。

远远地，驿站沉在一片寂静的黑暗里，月色安详地照在屋脊上，看起来毫无异状。

树林树木稀疏，分布在道路两侧，可供马匹穿行。凤知微的马超卓神骏，经过树林停也不停，扬蹄直越。

凤知微的眼睛盯着地面。

突然手中软剑向下一垂，横剑一划。

铮！

明明什么都没看见，这突然一掠乌光流窜，却起铮然之声，啪的一下似有什么断了，向两侧飞弹开去。

隐约似有人惊呼，凤知微冷笑一声，软剑横砍，路侧的树轰然倒下，树后人影一闪，冲天飞起，凤知微的超长软剑已经毒蛇般一现而收。

人影一踉跄，飞马上长发荡起的凤知微已经和他擦身而过，流光般越过横倒的树木。

出剑、断树、伤人、飞马越树，不过一瞬间。

那人影尚在地上痉挛，快马如电的凤知微已经越过树林，直垂指地的长剑上挑着一团钢丝，锯齿状的剑身上血迹殷然。

她唇角一丝冷笑，比这青蓝色的血看起来还冷。

刚才远远透过树林，看见驿站一丝灯火也没有，她便生了警惕——长缨卫作为训练有素的宫城侍卫，任何时候都会有人灯火守夜。

如果驿站真的遭了伏击，那此时杀手们很有可能在附近要道上埋伏，截杀赶来驰援的人。

但是因为大队伍不可能来得那么快，所以埋伏也肯定简单，并且不会派很多人。

在驿站之前，最佳的埋伏地就是那树林。

前来援救者，必然心急如焚驱马直奔，那还有什么比在树桩处布下钢丝，绊住对方马腿，令马倒、人伤更好的办法呢？

对方等着她折于夜色中涂黑了的钢丝。

她等着对方折于她腰间涂黑了的长剑。

都是有备者，胜在谁更狠。

一剑伤敌，凤知微再不回头，连自己生平剑下第一个战利品都不多看一眼，此地既然有人埋伏，说明宁弈确实投宿驿站，险在前方！

虎口处有裂痛，她没有提剑去看，虽然她一直都在苦练武功，但是毕竟缺少实战经验，使力角度不对，树断了，自己虎口也裂了。

唯一奇怪的就是，她明明练武极迟，但是真力进步极快，虽然无从比较别人练真气的速度，但是就算孩子也知道，才练将近一年的真力，怎够断树？

现在不是多想的时候，凤知微单手策缰，调整真气，体内热流一涌，散入经脉。

骏马一个闪身，已将奔出树林。

在马冲出树林的那一刻，凤知微突然一翻身，掠到马腹之下。

嚓！

黑暗中一道带着腥风的弩箭从她刚才坐着的位置掠过。

凤知微从马腹之下一穿而过，顺着弩箭来的方向一掠，瞬间撞入一人怀中，可她头也不抬，手肘一抬，狠狠撞上对方咽喉软骨。

细微的咔嚓一声，那人喉间发出咯咯的碎响，而左侧又有猛烈的劲风袭来，凤知微单手扣住身前人碎掉的咽喉，将那尸体往左侧一拖，狠狠一顶。

一声低低的闷响，隐约间有黏湿的液体溅开，凤知微心中一凛——好凶猛的拳力，这是个内家高手！

出现的人武功一个比一个高，也不过换得她嘴角一抹森然的笑意。手中尸体刚被对方顶破腹部，她早就等在那里的软剑已经不动声色穿透那血肉模糊的大洞，直射对方！

哧一声低响，左侧偷袭的内家高手捂住下身踉跄退后，眼神震惊——敌手武功未必十分高，但出手极狠，极准，极刁钻！

他忍痛去腰间摸索信号火箭，可手刚一动，那已经很长的软剑突然又蹿出一截，隔空一撩，乌光一闪，一只手血淋淋落地。

手上还抓着个旗花火箭。

那人张嘴欲痛呼，一团东西却砸过来，堵住了他的嘴。其味腥臭，他顿时再也唤不出。

临死前的意识里，只看见纤细的身影窜过来，捡起旗花火箭，随即冰凉细长的剑身一闪，黑暗永沉。

刹那间，杀三人。

三具尸体冰凉望天，至死都不知道身经百战的自己死在一个初出茅庐的新手手中。

那个新手一边抬袖捂着嘴做出欲呕的表情，一边踩着他们的尸体毫不犹豫地奔了出去。

驿站还是沉在黑暗里。

凤知微却隐约听见了一些细微的声音，而空气中飘荡着浓厚的血腥气和死气。

她一翻身靠上墙，耳伏在墙上，听见隐约有人沉声道："点数！"

凤知微心中一沉。

点什么数？尸体数？

地面上有种奇异的唰唰声响，随即有人惊异地"咦"了一声，道："大王！"

凤知微心中又一沉——大王？宁弈？宁弈还是出事了？

这么一想便浑身一冷，手中的剑却握得更紧了。

有人快速奔来，低声道："少两个，大王不见了！"

"搜！"

"搜了三遍了！"

最先发出命令的男子，似是沉吟了一下，道："夜长梦多，我们还有护送任务。小心钦差大队伍赶上来，你们先改装散开在四面搜索，有伤的不要跟着，然后到瓜叶渡会合。这里，烧了。"

"是！"

那人步声橐橐，向院外走去，其余人在布置放火。地面上那些唰唰的声音更响了一些，听起来流动而有序，像是散开的沙流自动地流回瓶子里去。

那声音听起来毛骨悚然，凤知微一皱眉。

只是一皱眉，呼吸略粗，隔墙的人就步声忽停。

凤知微毫不犹豫，在墙上霍然一个翻身。

咻。

几乎在同时，一柄青色的刀便穿墙而过，紧紧贴着凤知微的腰！

只要她刚才心存侥幸，动作慢上一分，现在刀穿过的就是她的腹。

凤知微身子刚翻完，刀尖刚在墙面上显现出来，凤知微已经二话不说，抬手一翻，长剑反手穿墙一扎！

你刺！我也刺！

对方青色的刀未及拔出，凤知微的黑色长剑已经以一模一样的动作穿墙而过。隔墙那人惊"咦"一声，似也没想到凤知微有如此惊人狠辣的应变，冷笑一声，竟赤手去捏凤知微的剑尖。

那手伸出，色泽如金，钢铁一般浑然，一捏之下，不仅带出软剑，连整面墙都轰然倒下！

烟尘漫起之间，那人捏着凤知微的剑冷笑，"跟我学，找死！"

忽有人在他头顶上也一声冷笑，"捏我剑，找死！"

笑声里，带青蓝之色的黑光一闪，当头对他天灵插下。

那人一惊，这才发现自己手中抢过来的竟然只是一截断剑，而凤知微手中长剑完好无损，正杀气阴冷地奔来。

这是凤知微这柄武器的又一功能——自断，灵感来源于她有次观察壁虎，对壁虎断尾自救很感兴趣，所以软剑剑头足有三个，随时可断。

长剑插下，近在咫尺，断墙的烟尘也遮挡了视线，那人却武功高绝，眼见长剑刺下，忽然一跺脚，地面顿时被跺出一个大坑。凤知微的长剑从他头顶只差一分处掠过。

一剑落空，招式用老，凤知微身在半空，空门大开。那人面具后的双眼青光一闪，单手一点，凤知微胸口一痛喷出一口鲜血，气息一窒身子落下，正落向他手中。

那人的狞笑近在咫尺。

死亡也近在咫尺。

凤知微突然抬手。

手中一块棱角分明的墙砖！

"看我九蒸九晒万法密宗八棱刺！"

啪！

板砖拍在对方耳侧，拉出一道豁口，凤知微暗叫可惜——那人反应太快，那么近、那么胜券在握还能及时扭头，不然早拍他个脑袋开花。

这一拍用了全力，又拍在脑侧穴道多的地方，随即那人一晕，向后一退。凤知微落地，板砖藏在背后瞬间捏碎，腾腾黄烟里不住咳嗽，然后一边咳嗽一边温和一笑，手一举，这回手中是个旗花，笑道："我可打你不过，等我找人去。"

那人头晕眼花看不清凤知微手中旗花样式，还以为是凤知微自己的火箭，耳侧又火辣辣地痛，又没看见凶器，不知道"九蒸九晒万法密宗"是个什么东西——他出身闽南，对这些密宗啊、诡蛊啊有天生的忌讳，便冷哼一声，发出一道奇异的呼哨声，随即身子一闪，已经消失在烟尘中。

他那些手下本就散开了放火，此时见首领受伤当先撤走，立即训练有素地消失在各个方向。凤知微看着他们人影消失，才松出一口气，一踉跄贴在墙面上，这才觉出腿软。

浑身冷汗浸出来，胸口一阵阵翻搅似的痛，凤知微一时虚弱得提不起步伐，对着地面哇哇地吐了几口，吐出点鲜血和清水，才觉得那烦恶淡淡了些。想着刚才一路过来的惊险，她又出了一身汗，心知一半靠机变一半靠运气，若不是对方设在外围的人比较薄弱，又顾忌被人发现，凭她一个新手，死都没地方死，哪还能把人逼走。

此时四面的火头已经起来，浓烟呛鼻，凤知微挣扎着爬起，支着剑向内走。外院黄沙地上有一些爬动的痕迹，她想起闽地一些传说，心中一阵阵发冷。

四面的血腥气被烟火气一中和，散发出一种难闻的气味。凤知微一进门，就被什么东西绊了一跤，借火光一看，一个长缨卫脸色狰狞地死在地上。

凤知微低头一瞥，发现那人周身无伤口，脸色呈现古怪的土黄色。凤知微想起那些流沙般的声音，握在剑上的手指紧了紧。

她一路过去，地上横七竖八都是尸体，有的手上还端着饭碗，脸上凝结着惊骇之色，很明显也是在吃饭时辰被伏击的。

她一一看过去，不住用剑翻起趴倒的尸体，低唤："殿下——"

"殿下——"

烟气呛得她不住咳嗽，呼唤声里她却逐渐绝望——宁弈如果没死，对方怎么肯走？宁弈如果没死，怎么会不回应她的呼唤？

尸体一具具数过去，连驿站驿丞和兵丁的尸体都找到了，两百一十二具，算下来，除了淳于猛、宁弈，应该还有几个长缨卫不在前面两进院子。

只剩最后一进院子没找，而火势已越来越大，最后的一进院子最先起火，此刻已经完全被火包围。凤知微支着剑，望着那里，眼神中闪过一丝犹豫——这样大的火，就算人在里面也活不了，进去了还有可能害自己丢命。

然而那丝犹豫刚刚闪过，下一瞬她已经跳进了院子里的水缸，随即浑身透湿地爬出来，脱下外袍绑住口鼻，一边咳嗽一边迎着腾腾烟气和灼热火焰奔进去。

一进去她就知道自己奔进来有多么蠢，这么大的火哪里还活得下人！

几乎是瞬间她湿透的衣裳便被烤干，下一瞬，逼人的烟气熏得她眼睛红肿，泪流不止，而头顶的梁木吱吱嘎嘎响着，摇摇欲坠，不断有烧断的承尘横梁轰然坠落，溅起无数火色星花。她在燃烧的家具间跳跃，自那些熊熊的断木下拖出一具具尸体，每拖一具尸体心便一沉，发现不是之后又是一松，这样又找又躲不过几步，身上已经渐渐燃了火。

凤知微绝望四顾——宁弈，你在哪里？

身侧火舌一舔，一截乌发被火燎着哧地熔化在她脸颊边，瞬间便起了水泡。她有些茫然地向后一退，脚突然踩到一样东西。

低头看也是具长缨卫的尸体，她先前看过的，只是此刻再看似乎动作有些奇怪，她转目一扫，几具尸体都在这附近。

这里并不是正房，倒像个厨房，正对面有个炉灶，隔壁是存放杂物的偏屋，但从燃烧物来看，也没有什么可以遮蔽的地方，人为什么都死在这里？

尸体的姿势，都是面朝外背向里，倒像是护着什么东西一样。

凤知微拍打着身上的火，目光在屋内又扫了一遍。

那个炉灶……

不对。

凤知微目光一闪，突然上前一步蹲下身，一把扣住了看起来很像炉灶口的铁皮小门，猛地一拉！

唰！

一道雪光突然自铁皮门后的黑暗中电射而出！

凤知微蹲在铁皮门前一尺处，身后是漫天火海无处可避！

啪！

千钧一发之际，凤知微狠狠关上铁皮门！

砰然一震间，厚如手指的铁皮门上穿出一道枪尖，卡在门上，离凤知微的眼皮只有一寸！

如果她反应慢一点，这一枪便要了她的命。

如果她反应错一点，这一枪也会将她逼入火海。

这一刻的险，就连素来镇定的凤知微都一阵怦怦心跳，可当她看清楚那枪的样式的时候，心中一喜。

长缨卫专配的枪！

"淳于！"她嘶哑地唤，"我是魏——"

铁皮门突然打开，一只手闪电般把她拖了进去！

对方的手其实并不如何有力，凤知微却完全没有挣扎，确定了不是敌人，她便极度配合。

这一拖之间，她隐约觉得什么东西从身边掠过，笃一声钉在铁皮门上，却也没来得及看清。

铁门后依旧很热，然而比起外边的烈火成海来，却如天壤之别，空气中有种森凉的气息。凤知微在一片黑暗中眨了半天眼，才隐约看清身边的淳于猛，随即不知道哪里有绿光一闪，借着那光，她看见不远处，宁弈背对她坐着。

凤知微一喜便要奔过去，却被淳于猛一把拉住。这一动脚，她才发觉脚下滞碍，有流动的水声。她愣一愣，道："这——"

话没出口又被淳于猛一把捂住，随即她见淳于猛一边死死捂住她，一边慢慢地抽那卡住的长枪，动作极轻，似怕发出一点声音。她心中一惊，疑惑顿生——不能发声？为什么不能发声？

宁弈为什么始终不回头？

对面又是绿光一闪，凤知微霍然睁大眼睛。

她终于看清楚，那绿光不是什么灯，而是一样东西的眼睛！

那东西轮廓模糊，只有幼兔大小，蹲在宁弈对面，伸爪遥遥指着宁弈。一个小小的轮廓，不知怎么，便有万物之王的气概。

那双眼睛一开一合，每次开启便都绿光一闪，绿得并不妖异，反而纯正美丽，宛如春日碧水或极品翡翠，引人流连。

凤知微也忍不住有点痴迷地望过去，可眼前突然一黑，却是被淳于猛又捂住了眼睛，随即她便觉得自己眼泪唰唰地流了下来，眼睛一阵疼痛。

淳于猛的手忙得很，又要捂她的嘴，又要捂她的眼，只好反手在她掌心歪歪扭扭写："王爷不许出声，也不能看那东西。"

凤知微望了望对面的宁弈，他始终一动不动，磐石也似坐在那东西对面。凤知微有点诧异，那东西一看就诡异得很，说不定便是那批人口中的"大王"，可为什么宁弈明明就在它对面，它也用爪子指着他，却不动手？

再一看才发觉，那东西的爪子，一直在漫无目的地缓缓移动，觉得哪里有声音了，指尖一弹便放出淡灰色的细小物体，却不知道是什么。

原来那是个瞎子，那么美丽的眼睛自己不能用，听觉却极灵敏，难怪宁弈一动不动，难怪不让自己发出一点声音。

淳于猛还在她掌心写："那是闽南眼蛊，万万看不得。"

凤知微写："知道了。"闽南深山密林多，大山深处有一些本事通玄的异族，擅长卜筮、巫蛊、异兽、毒虫，只是人丁稀少很少出山，但是一旦出手必有稀奇怪事。历朝历代都有关于他们的传说。常家久镇闽南，能搜罗到这类人才不稀奇，只是不知道这眼蛊，是哪种异蛊了。

淳于猛又写："这是个地下冰窖，昨日有一批给陇西布政使送冰的队伍也在这里休息，冰存在冰窖里，咱们躲在这里才能没事。"

原来地下的水是冰融化来的，难怪有森凉之气。凤知微点点头，心中却暗暗焦急，这样子僵持在那里如何是好？那东西一日不走，难道自己几人就一日被定在这里？

此时才明白先前那领头人为什么走得干脆，也不找那"大王"，原来对他家"大王"放心得很。

　　她在淳于猛手心写："你看了那眼蛊没有？"

　　淳于猛答："殿下挡住了我。我没看。"

　　凤知微点头，心中沉思着怎么把那见鬼的"大王"给赶走，然而这不能看便摸不准方位，目标物又小，万一一动不中，那"大王"爪尖的毒物已经喷来，要怎么抵挡？

　　这大概也是宁弈一直到现在都没动的原因。

　　凤知微暗暗佩服宁弈的定力——这冰水其寒彻骨，她从外面的火场奔进来带着腾腾热气，此刻也开始觉得寒凉入心，而宁弈明明昨日还醉得浑身瘫软无力，今儿硬是坐在那里支撑到了现在，也不知道怎么熬过来的。

　　她正在那里为难，袖口突然一动，两只笔猴爬了出来，四面东张西望了一阵，似乎很不喜欢四周的寒气。凤知微心中一动，想起火场里那么猛烈的火海，两只笔猴却安安稳稳待在她袖囊里不叫不闹，看样子竟然是不怕火的。

　　不怕火的兽很少见，这笔猴来历奇特，出自闽南更为神秘浩瀚的十万大山，是兽舞族族长珍养的爱物，会有什么奇妙之处吗？

　　她悄无声息地将胳膊转个方向，对上了那个眼蛊。

　　两只笔猴一抬头，便看见了那双美丽的眼睛，突然齐声唧唧一叫，电射而起。

　　金光一闪，那碧绿的眼睛转过来，听见那唧唧声，顿时眼睛一阵乱眨，鬼火似的连闪，随即低沉嗷嗷一叫，语气警惕而威胁。

　　两只笔猴不理不睬，半空中左右一分，划出两道金色的弧光，竟然采取兵家包抄战术，向眼蛊处合围。

　　那碧绿眼睛眨得更抽风，爪子连扬，漫空里淡灰色的细小物体四处乱飞，仔细听来还有嗡嗡之声，也像是活物。

　　只是那些乱飞的活物遇见那两只金毛笔猴，远远都避了开去。两只笔猴瞬间便逼到那眼蛊面前，跳上去八只爪子一阵乱挠。

　　那眼蛊嗷嗷低叫，再也不敢恋战，砰的一声从刚才蹲的桌子上跳下。它行动起来竟然如蛙，一起一落间便奔了出去，而两只笔猴叽叽喳喳在后面撵着，却也没撵几步远，看到眼蛊奔出地窖，便唰的一下又回到了凤知微手中。

　　看样子这两种东西互相都有顾忌，凤知微却已经是意外之喜，她只是抱着试试看的想法放出笔猴，不想竟一击奏效。

　　淳于猛一声欢呼，笑道："你哪儿来这么个好东西？"却也不等她回答，赶紧去开门，宁弈此时才缓缓回过头来，道："你来了？"

铁门开启，外间的光亮透进来，一瞬间凤知微觉得他眼神有点涣散，随即宁弈便垂下了眼睫，身子向后一倾。凤知微来不及思考，抢上一步扶住了他，触手冰冷，宁弈身上的汗竟然已经湿透重衣。

"淳于，你来背王爷出去。"她回头召唤淳于猛。宁弈一把拉住她的衣袖，在她身上嗅了嗅，低声笑道："好重的血腥气和烟火气。"

凤知微也低头嗅了嗅，笑道："还有汗臭气和猴骚气。"

宁弈又是一笑，道："别人的血多，还是你自己的血多？"

凤知微帮淳于猛把宁弈扶上他的背，心不在焉地道："自己看不就知道了？"

宁弈浅浅一笑。他此刻脸色极白，衬得眸子乌黑，沉沉如千年无人惊动的深渊，火光水影，不起波澜。

凤知微的注意力还在外面，道："那只怪物既然受伤败走，那群人就会知道刺杀没成功，说不定还会返回。我们一刻钟也不能多待，立即要走。"

"去哪边？"淳于猛问。

凤知微一边想顾小呆还没来，九成九又迷路了，这家伙自己出门确实很少有不迷路的时候，一边道："我那边也遇袭了，只怕活下来的人不够保护我们，我们还是回头去寻殿下的仪仗大队，三千护卫，足可无虞。"

"不行。"宁弈突然发话，"有奸细。"

凤知微怔了怔，顿时明白，宁弈离开自己队伍是临时起意，离开后定然也曾快马回转告知大队，定下会合地点，如果仪仗队伍和自己队伍里不是有了奸细，杀手怎么这么确定他就在这驿站里？

此时回大队等于自投罗网，回自己队伍也有可能给他们带来灾难。说起来，对方的目标就是宁弈和自己，倒不必连累了青溟那批尊贵的二世祖。

凤知微犹豫了一下，道："那么去本地官府，出示印信由当地官员派人护送。"

"也不行。"宁弈还是一口否决，"你忘记了？这里是陇西地界，陇西布政使申旭如的夫人，是高阳侯常兴水的姨表姐姐。申旭如当初当上这个布政使，打的还是太太牌。我们这个样子去找官府，搞不好布政使衙门里已经有了我们画像的'江洋大盗通缉令'，正好自投罗网。"

"他敢！"淳于猛眉头一竖，凤知微却不作声——有什么不敢的？利字当头，向来有人为之不惜一试国法。申旭如假如和常家狼狈为奸，再有什么把柄在常家手中，和常家一荣俱荣，一损俱损，那么为了自己的利益前途，黑着心、昧着胆子将自己几人悄没声息弄死也不是没可能，事到临头再推出几个替死鬼，换个地方照样做官。

要不然，这驿站也不是什么偏僻地方，杀人放火地搞成这样，咋连个过来查问的人都没有？

"那怎么办？"

"从这边暨阳山走，到暨阳地界找暨阳知府。彭知府是胡大学士门下，为人耿直，官声清廉，必不会和申旭如等人同流合污。"宁弈闭上眼，清晰地道，"在此之前，不要暴露身份。"

凤知微心想，这人身居高位，却连边远省份的一个知府的来历官声都清楚，想必对官员之间错综复杂的关系也摸得很透，想来定是以前在外面喝完花酒，回府都抓紧时间挑灯夜读补习了。

这个方案三人都不反对。此时外间火势渐熄，三个形容狼狈的人相扶了出去。淳于猛在火场穿行，看见一地自己同袍兄弟的尸首，双泪长流。

在铁皮门门口，他指着一具焦尸道："我叫老郭护送殿下进去，他不肯，硬推了我进去，自己却带一群兄弟死死守在这里，用背挡住了这门，才没被发现……"他抹一把眼泪，说不下去了。

"你放心，这仇，总是要报的。"宁弈并没有睁眼，也没有看一眼那几百具尸首，只是在满地焦臭烟火之中，面色淡然无波，语气却清晰坚定。

凤知微却没有伤同袍之死，也没有发誓要报仇，她在火场中翻来翻去，翻出一些烧成各种形状的散碎金子，赶紧收了。

淳于猛哭笑不得地看她，凤知微理直气壮地道："看我干吗？你身上有钱？殿下身上有钱？我们马上要隐姓埋名走路，没有钱怎么雇马车？怎么买干粮？怎么治伤？"

淳于猛怔了怔，半晌摇摇头道："看你气质比王孙公子还贵气，看你行事却比穷家小子还小气。"

宁弈在他背上半转头，看了凤知微一眼，突然道："你受伤了？"

凤知微皱皱眉，心想，这人都有些烧傻了，我身上撞伤、烧伤、擦伤一身的血你到现在才看见。

"别磨蹭了，我们先出去。"出了火场拐入小路，凤知微在路边树上做了个记号，随即道，"既然要入暨阳山，先得在山下备点干粮。前面半山有个小村，我们去投宿，休息一下。对方料想不到我们进山，那里应该安全。"

俗话说望山跑死马，那山村看起来就在前面，三人却走了好长时间，终于在黎明之前天最黑的时刻，敲开了一家猎户的门。

"老丈，我兄弟三人出行游玩，大哥跌伤了腿。请老丈行个方便，让我们三人借宿一夜。"

山民纯朴，开门的老头立即呵呵笑道："出门在外谁没个难处，进来，进来。"

小屋简陋却温暖，三人一夜血火奔波辛苦，此时都觉得心中一松。老汉斟上黄黑色的茶水，淳于猛渴得厉害，端起来一饮而尽，凤知微却忙着从袖子里掏出一枚金豆子，递给那老汉，道："我大哥落了水，烦老丈寻件衣服给我大哥换换。"

"山野人家没什么好衣服，我只去寻件干净的给你。"老汉笑呵呵接了，转身去寻衣服。凤知微端了水递给宁弈，宁弈还是闭着眼睛，淡淡道："不喝。"

"客人是觉得这水色不干净吗？"那老汉拿了一套布衣过来，笑道，"这里面是咱暨阳山独产的红藤根，喝了补血宁神，是好东西，就是看起来不好看。"

凤知微笑道："我大哥是身子不舒服，他不喝我喝。"茶碗端在嘴边，忽然想起一事，问道，"敢问老丈，往瓜叶渡怎么走？"

"客人要去瓜叶渡，怎么走到这里来了？"那老汉惊讶地道，"方向相反啊。"

凤知微放了心，"哦"了一声，突觉心中烦恶，翻江倒海地想吐，心知劳累太过，先前那一掌内伤发作，又不想在宁弈面前吐出来，便道："烦老丈给我们兄弟安排个宿处，随便什么地方，躺一躺就好。"

"还有一间空房子，你们挤一挤？"

凤知微点点头，老汉去安排住处。那间小房靠着后山，背后便是一座断崖，凤知微心中烦乱，自出了门找地方去吐。她在一处山石后蹲了半天才好些，因为蹲太久，站起来时便觉得有些腿软眼花，她向后一退，扶住了一块石头。

她定了定神，准备回去，回头却看见了那石头——似乎是个碑，这碑立在村口位置，看样子是写的村名。

碑上长满藤蔓，遮住字迹，她看着那隐约透出的笔画，心中一动。

一把拉开藤蔓，碑上有四个字"华严杜村"。

底下还有简单的说明，意思是三姓之村，华、严、杜，是以有此名。

凤知微一眼匆匆扫过，心中咯噔一下。

华严杜……

华、严、杜……

瓜叶渡！

驿站隔墙听见的那句"瓜叶渡会合"，原来说的竟是华严杜！

隔着墙，对方又有口音，自己听错了！

她愣在夜风里，突然想起自己递出金豆时，那老汉坦然自如的表情。

一个乡野山民，银子都很少有机会见识，怎么会对金子这么态度自然，像是见过很多次？

一个乡野山民，一套布衣一杯茶水，也会收人家一个金豆？

凤知微霍然跳起，迎着寒风快步奔回，却在离门口几丈远处平息呼吸，整理衣裳，随即才去敲门。

老汉还是笑呵呵的，关切地问她觉得怎么样。凤知微看着那笑容，只觉得一阵发寒。

她一边面上含笑和那老汉寒暄，一边快步回到后房。推门时手指发抖，生怕一推开门就是两具鲜血淋漓的尸体。

门开，宁弈和淳于猛都在，淳于猛睡得鼾声四起口水横流，宁弈却没有躺下，坐着，门开时肩背一紧，随即放松。

凤知微松了一口气，知道对方可能还在山下搜寻，还没过来会合，便快步到淳于猛床边去摇他："醒醒，醒醒！"

淳于猛却不醒。

一身好武功，又在这样的环境，却还睡成这样，不用说也是有问题。凤知微想到那茶水，暗暗懊悔自己警惕心还是不够。

宁弈在一旁淡淡道："不必管他，我们走吧。"

凤知微霍然回首。

"那老汉一开口我就知道有问题。"宁弈言简意赅，"暨阳山猎户大多是早年北疆战乱移民，口音偏北方，这人却一口当地话，反而露了行迹，而且态度也太大方。"

这人竟然连这也知道，凤知微有几分心惊，赶紧扶起宁弈，又去摇淳于猛，淳于猛似乎也知道不对，挣扎半天睁开眼，说了一句："走……"又睡了过去。

凤知微望着他，突然道："你既然一开始就知道有问题，那为什么不阻止他喝茶？"

"总要有人喝的，不然引起对方疑心，更加麻烦。"宁弈还是那个神情，淡淡的，不看她一眼，"你喝？还是我喝？我看不如淳于喝。"

凤知微看着他，这人面容如花，清雅似竹；这人心肠如雪，心意如冰。

"你们走——"淳于猛满头大汗，挣扎着醒了，艰难地支着刀爬下床，随即先一刀斩在自己臂上，鲜血横流间神志一醒，低声道，"走——我挡着——"

宁弈回首，仔仔细细看他一眼，随即道："好。"

他端坐着，平静地吩咐凤知微："从后崖走，这崖不高，我们可以爬下去，而前面会被人堵个正着。"

凤知微默然半晌，将两只笔猴掏出来，塞到淳于猛怀里，随即二话不说，扶起宁弈，从后窗爬了出去。

山崖湿滑，山风鼓荡，凤知微抓着宁弈的手，小心地爬出一截。她觉得他的手冰凉入骨，他觉得她的手滚烫入心。

满地青苔滑腻无比，谁也不敢放手，手指紧扣着爬出一截。下方就是半截断崖。

凤知微俯身看着那崖，心想，平日里倒也不是问题，只此刻自己有伤在身，实在有点难度。

忽听遥遥一声怒吼，是淳于猛的声音，从几丈外小屋后窗里，悲愤地喷薄出来。

那声音像一道利剑穿透夜色，震得四面碎石簌簌滚落山崖。

山风更烈，涤荡无休，衣袂被风卷起拍在脸上，重而疼痛。屋内有人用生命呐喊、厮杀、挣扎，屋外两个人伏在湿滑嶙峋的山石上，一动不动，沉默无声。

风凉得比冰窖还冻人几分，两人的乱发散在冷风里，一丝丝割着脸。那声音割人肺腑地响着，却在下一个刹那，戛然而止。

如爆发一般突然，沉寂得也突兀。

四面恢复了静寂，却是更为沉重压迫的静寂。

除了山风声，似乎连呼吸声都冻住了，宁弈垂下眼帘，没有表情，凤知微扭过头，眼神晶亮。

半晌宁弈推了推凤知微，示意她先下去。

凤知微找准崖下一块突出的山石，将身子小心移了下去，随即来接宁弈。宁弈慢慢下来，眼看将要踩到山石，突然身子一倾。

紧急中凤知微膝盖一顶，砰的一声闷响重重顶在崖壁上，代替山石顶住了宁弈的脚，因为用力过猛，膝盖上顿时一片血肉模糊。

宁弈颤了颤，下意识地要缩脚。

凤知微抬手抓住了他的袍角。

"宁弈，你的眼睛……"她仰起头，在黎明最黑的夜色和最冷的夜风中，清晰地问，"是不是瞎了？"

第六十四章
旖旎

宁弈身子颤了颤。

凤知微一膝顶在崖上，仰头看着他，想起地窖第一眼他眼神的涣散，想起他遇见自己第一个动作是闻那血火气息，想起他不知道自己的伤，想起他曾面对眼蛊，而那东西，她不小心看了个余光都眼泪直流。

是她疏忽了，淳于猛既然是被宁弈拉开了避免直视那东西，那正面对上眼蛊的宁弈，又怎么能幸免？

头顶上，宁弈却已平静了下来，淡淡道："无妨，这东西我知道点来历，有法子可解，只是暂时是不成了。"

凤知微"嗯"了一声，仰头笑道："那现在就让我做你的眼睛吧。"

她语气轻快，带点平日没有的舒朗，而轻轻一句，却似这猛烈的山风般，撞得宁弈又震一震。他斜斜俯下脸，用一片灰白的视野"看"着凤知微，那张脸虽然看不见，看见的也不是真的，然而他就是能想象出她此刻的神情，眉轻轻扬着，秋水迷蒙的眸子反射着月色的光，晶亮晶亮的。

这个女子，越是危难时刻越见颜色，可以看见她退让服软，却不能看见她哭泣迷茫。

头顶上一直沉默，凤知微有点诧异地抬头。宁弈已经转过脸去，道："好。"

答得简单，凤知微却觉得这个字里似乎有些特别的意味，然而从她的角度，再看不见宁弈的神情。

"小心些。"凤知微犹豫了一下，还是伸臂揽住了宁弈的膝窝。她居于他身下，只有这个姿势才能保证失明的宁弈不会在这崖面上失足，只是这样几乎等于半抱了，脸几乎贴着他的腿——凤知微偏过脸，一万次地告诉自己事急从权，事急从权，耳侧却还是不可抑地泛出可疑的薄红。

她环抱上宁弈的腿的时候，宁弈又震了震——一瞬间隔着不薄的秋衣，都似能感觉到她的脸那般轻俏地贴过来，温暖的小小的脸，耳根想必已生出薄红，透明精致如珊瑚珠，而细腻如薄瓷的肌肤近在咫尺，近到仿佛能感受到她温热的呼吸，暖暖拂在膝窝……宁弈的腿突然便软了软，呼吸也急促起来。

腿一软，手指一颤，便抠着了嶙峋的崖面，冰凉硌手，刺骨之冷，他一瞬间清醒过来，仰头"看看"垂直于顶的天色，虽看不见，但也能感觉到那黎明前凝结的黑，将被日色的天光破冰。

吸口气，定定神，他小心地向下移动，现在的他如果再失足，连累的将是两条人命。

凤知微一边自己努力寻找落脚处，一边小心地抱着他的腿，指引他正确地落足。天色黑，她要顾着下边也要护着上边，爬不了几步便觉得头晕眼花，忍不住喘一口气，可脑中一晕，脸便栽在了宁弈的膝窝，撞得他膝盖也向崖壁一顶。

一顶正撞上一块尖石，鲜血晕开，一阵刺痛，宁弈没去管，只急急俯下脸，连声问："知微，你怎么了？"

身下那人的脸紧紧贴在他膝窝上，没有回答。宁弈怔一怔，从来冷静恒定，即使面对眼盅失去视力也不为所动的心，突然怦怦跳起来。他摸索着去找凤知微，却只摸到她的头顶，头发乱乱的，一手的涩，还有些长长短短，远不是平日的光滑如缎，想必在火场一阵冲闯，将一头好头发烧了不少。

宁弈的手在那乱发上顿了顿，手指微微一屈，心却更慌了几分，咬咬牙正要试图松开手弯下腰，身下那人突然说话了，声音困在他的膝窝里闷闷的，语气竟还带着笑，"嗯……每次听你叫我名字我都怪不习惯的……"

宁弈松了一口气，又问："你刚才怎么了？"

"没什么。"凤知微将脸移开，声音已经恢复了平常，"有点累。"

宁弈却觉得膝窝处有点不对劲，似乎有点湿，他试探地伸手去摸，手却被凤知微轻轻拉开，随即听见她嗔怪的语气，"你抓紧石头啊，乱摸什么？"

要在平时，这句话他会抓紧机会取笑的，此刻却完全没有了心情，宁弈默不作声收回手，往下爬的速度却加快了。

爬到一大半的时候，崖上传来人声，有人探头向下看。两人紧紧贴着崖壁不敢动，随即听见有人喝道："去搜！再下两个去看看！"

凤知微心中一紧，赶紧往下爬，然而那些出身闽南的杀手，本就爬惯山崖，又身上无伤，就看见两条黑影猿猴般嗖嗖直蹿而下，眨眼就已逼近。

凤知微拔出了腰间的剑，思量着怎么能够瞬间捅死两个以避免被上面的人发现，想来想去又觉得实在有难度，而只要跑掉一个，在这崖壁上的自己两人就是等死的份。

头顶上，宁弈停下动作，抬起头来，一双失去焦距的眸子，牢牢"盯"住了飞快攀缘而下的杀手。

他突然道："我腰带里有钦差关防和楚王印鉴，你去暨阳之前记得找出来。"

凤知微一怔，心想你不和我一起吗？她还没来得及问，一个杀手已经爬下。

凤知微正待出剑。

宁弈突然敲敲崖壁。

黑暗中对方原本还没第一时间发现宁弈，却听见这声一侧头，一眼看见宁弈，伸手就来抓，欢呼道："在这儿——"

宁弈一把抱住了他！

他听见第一个字出声时便准确地辨明了方位，一把抱住正在欢喜的杀手，双足在崖壁上一蹬，越过凤知微的头顶，两人翻翻滚滚，直落而下！

凤知微只觉得眼前一花，衣袂拂面，巨大的黑影便从自己头顶越过，呼啸而下，随即听见砰的一声闷响。

这声闷响听得她心中一凉，一抬头正和第二个杀手侧面相对。那人跟在前一个人身后爬得好好的，突然身下的同伴就不见了，还没反应过来愣在那里。凤知微一扭头，眼中寒光一闪。

嚓——

她的剑自手肘底穿出，刹那射入对方眉心。

又是一声闷声坠落，凤知微咬着唇，用最快的速度攀爬而下。崖下很黑，突出的崖壁遮住了底下的光线，她在一片朦胧里四处摸索，低低唤："宁弈——"

崖上有人遥遥在叫："发现有人没？"

凤知微回想着先前说话的那个杀手那有点尖厉的嗓音，模仿着答："在搜，底下大——"

崖上人的咒骂声被山风吹来，模糊不清。凤知微没空理他，心急如焚地四处摸索，摸到一具眉心有洞的尸体，扔开，又去摸不远处的人体，恍惚间又回到了火场，她在一地断木残椅中，既害怕又庆幸地不断拖出焦臭的尸体，拖了一具不是，拖了一具又不是……

这种感觉实在太坏了，她希望这辈子不要发生第三次。

手下这具依旧一动不动，身子发凉，似乎上面还叠着一具身体。凤知微回想着宁弈落下时的姿势，心中一冷，心想，他是被压得血肉模糊了吗？

这么一想，便觉得脸上一凉，伸手一摸，手指上一片湿润，她怔怔地看着手指，崖上的微光依稀反射出指上发亮的一小块，像一面微小的镜子，映出此刻心事万千。

有多久她没流过泪？

上次流泪是在什么时候？

七年前秋家小姐丢了金簪，诬赖她偷窃，饿了她们母子五天时？

十二年前娘在秋府门前跪了三天，险些大病而亡时？

十三年前父亲离去，娘带着他们离开那座山，临行前将家烧毁时？

十四年前娘亲在院子中给不知名人氏烧纸，她无意撞见被狠狠责骂时？

她已记不清楚，却知道此刻这泪无比陌生而又无比真实。

泪水渐渐干在指尖，她怔然半晌，收拾起最后一点力气，想去搬开这具尸体，挪出下面的宁弈，在没确定宁弈是否真的身亡之前，她不想浪费时间哭泣。

如果确定他身亡，她也不会浪费时间哭泣，他、淳于，还有死去的几百卫士，那些人命——她要做的事，实在太多了。

手刚伸出去，突有人声音嘶哑地懒懒道："你到底什么时候才肯来摸我？"

凤知微的手僵在半空，反应过来时，顿时攥成拳，不轻不重地落在身下那人的胸膛上。

一声"哎哟"，宁弈的语气里有几分笑意，道："真是个恶毒婆娘。"

又问："你刚才发那半天呆在做什么？"

凤知微抿唇不语，摸到他身下那具身体已经冰凉，想必宁弈在落下时已经弄死了对方，拿对方做了肉垫，心下一松，问："你没受伤？"

"没事。"宁弈道，"好像只是扭了脚。"

"没摔坏脑子？"

宁弈诧异地瞟她一眼，心想，这女人自己有点像摔坏脑子的模样，于是想要损她，突然想起她刚才带着颤音呼唤自己的语气，心中一软，老老实实答："是。"

"那好。"凤知微笑笑，一头栽倒在他怀里，"我终于可以晕了……"

　　凤知微醒来时，只觉得浑身酸痛，仿佛经历了一场旷日持久的长途跋涉，又或者刚在梦里和一万个人大打了一场。

　　她有些恍惚，睡在那里呆呆的，又觉得身上温暖，低头一看宁弈的外袍盖在她身上。

　　上面的太阳已经升起，射到崖下却只剩下淡薄朦胧的光线，宁弈坐在她对面，只穿了中衣，正闭目调息，乳白色的烟气里，看起来眉目殊丽。

　　凤知微转目四顾，感觉和昨晚待的地方已经不同，身下草垫柔软，不远处流水潺潺，也不知道宁弈伤了脚，是怎么将她这大好少女给弄到这里的。

　　不会是抓着脚拖过来的吧？凤知微赶紧到处检查自己的身体，害怕会多上无数擦痕。

　　她在那里窸窸窣窣地忙出许多声音，对面的宁弈已经被惊醒，睁开眼睛，听着对面女人那些紧紧张张的小动作，忍不住莞尔，心想，女人就是女人，很矛盾的人种，可以心志强大到处变不惊，却也随时不会忘记关切一些最琐碎、最无用的小事。

　　他微微地笑着，注视她的眼波，带着几分自己也没察觉的温柔。

　　他想着，先前她清醒冷静地问完那两句话，确定了他没事，才肯晕在他怀里，让人哭笑不得，却也泛起淡淡的心疼——这么一个坚忍的女子！

　　想着，她晕去时那般轻而柔软地在自己怀中，完全卸下平日里温柔表面下那拒人千里之外的冷，一瓣桃花般轻弱而娇俏，有种纵横朝堂时再不能有的特别风致，他一时忍不住便……

　　宁弈的脸有一瞬间微微那么一红。

　　偏巧被抬起头的凤知微看见，她道：“你醒了？咦，你的脸色有点奇怪。”

　　宁弈摸摸脸，一摸之间便已恢复正常，笑道：“有吗？”

　　凤知微佩服地望着楚王殿下的脸，心想，这种人都不需要面具的，想脸红就脸红，想不红就不红。

　　“我们这是在哪里？”她幽幽地道，“话本子里，主人翁落崖后醒来都应该在山洞里，然后跃动着熊熊的火光。”

　　“不是所有的崖下都有洞，不是所有的人都那么巧带着火折子。”宁弈忍俊不禁，“尤其当别人还在搜寻你时，你点火，傻了吗？”

　　凤知微笑笑，坐起身来，道：“脚伤得严重吗？”

　　“没事。”

　　凤知微却已过去，帮他脱了靴，道：“还是要处理一下，不然走不得路更不好。”

　　她小心地按着宁弈肿起的脚踝，手势轻柔，用力恰到好处。宁弈倚靠着山石，半合着眼睛，似乎很舒服，突然道："你好像学过？比我府里几个手法还好。"

凤知微笑了笑，道："娘早年征战沙场，一身旧伤旧病，阴雨天就会发作，所以我自小便学了这个。"

宁弈不说话，半晌道："凤夫人很不容易。"

他似乎不愿就着这个话题多说，只懒懒半躺着，感觉那手指轻巧，暖洋洋熨帖着，心便似泡在了温水里，舒畅徜徉，正陶醉着，忽听那女人道："好了。"他顿时睁开眼，诧道："这么快？"

凤知微巧笑嫣然，"很抱歉，区区在下不如殿下府中那几位体贴、温柔、细致、会按摩，还有时间、有耐心，要按多久就按多久，想怎么按就怎么按。"

宁弈偏头"看"她，一瞬间涣散的眼神都似亮了亮，神情有点古怪，似在忍着笑，问："你在吃醋？"

凤知微"啊"的一声，摸摸脸，天崩地裂地想——我在吃醋？我在吃醋？我在吃醋？怎么可能？怎么可能？怎么可能？

"出身富贵的人，是永远不会懂得在贫寒中挣扎的小子，对天生贵族的仇恨心理的。"半晌她忧伤地答，觉得这个道理再正确不过。

宁弈还是古怪地"看"着她，半晌慢吞吞、心情很好地道："我刚才没说完，我府中的几个……婆子。"

一瞬间沉默后，凤知微笑靥如花地答："哎呀，殿下，天好亮了，咱们该想办法离开了。"

……

这段诡异的对答之后，宁弈一直心情很好的样子，嘴角挂着诡诡的笑。凤知微看见他这副神情就觉得郁闷，赶紧岔开话题："上面人都走了？"同时将他的衣服递还。她注意到衣服带子有崩断的痕迹，似乎是硬脱下来的。

"既然发现了我们还活着，他们怎么可能死心？"宁弈一边穿衣一边淡淡道，"要走出这暨阳山，不太容易。"

凤知微抱膝坐在他对面，看他穿衣服，"嗯"了一声。

半刻钟后……

凤知微抱膝坐着，看他穿衣服。

一刻钟后……

凤知微抱膝坐着，忍无可忍，眨眨眼睛，问："殿下，你是不是不太会穿衣服？"

　　宁弈停下和衣带斗争了半天的手指，毫无愧色地想了想，点点头，然后批评她："你都发现这么久了，也没表示。"

　　凤知微撇撇嘴，心想，人之极致厚黑，楚王殿下也。

　　她慢吞吞地挪过去，侍候殿下穿衣，宁弈还不时挑剔她："你手也灵巧不到哪儿去！

　　"这个带子系得不对吧？

　　"你是在扣扣子呢，还是要勒死我？"

　　凤知微笑吟吟做着，时不时把系带束得更紧些，"好歹我没用一刻钟还穿不好衣服。

　　"怎么不对？你有本事自己系？

　　"真要勒死你，这个怎么够？"

　　两个人脸色都很苍白，凤知微扣个扣子还时不时咳几声，但是没人提起，笑意如常。

　　危机未去，险境当前，一个失明，一个内伤，头顶有强敌窥伺，前路有阴谋蛰伏——唯因如此，而越发镇定逾恒。

　　两人都是为上位者，都知紧张只会自乱阵脚，而一夜奔波，屡屡受伤，身体满是伤痕，便更需要精神的放松。

　　说起来容易，做起来难，然而他们都是一样的人，都知道对方能做到。

　　衣服穿好，凤知微顺便撕下一截衣袖，把宁弈撞伤的膝盖简单包扎了一下，又把自己的伤口处理一下，随即扶宁弈站起来。

　　两人对望一眼，一瞬间都敛了笑容，宁弈淡淡道："走吧。"

　　凤知微将自己剑上糊了的血迹用草叶擦干净，把剑绕在手一伸就能拔出的地方。

　　"这里水流是活水，顺水流出去应该就有路。"宁弈道，"我估计过不了一会儿，上面的人发现那两个人始终没回来，就要派人下来看了。"

　　"走吧。"凤知微牵着他的衣袖当先而行，觉得自己的伤似乎好了些，可能先前晕倒时，宁弈要么给她喂了药，要么给她渡了真气。

　　她不知道宁弈现在的状况，也不知道中了眼蛊之后都有什么症状，但是宁弈的气色很不好，按说就算酒醉无力，也已经过了好几天，那他现在的虚弱，应该还是那眼蛊的伤害。

　　"你能不能牵我的手？"走了一阵子，宁弈在她身后道，"衣袖很容易撕裂。"

　　凤知微还在犹豫，宁弈却已经握住了她的手，两人一热一冷的手相触，彼此都颤了颤，宁弈笑道："咱们俩就看这手，也挺配的。"

　　凤知微不理他，却听他又道："等到了皇陵牵在一起，你也不热了，我也不冷了，更好。"

　　凤知微一怔，想了一下才明白殿下又绕着弯子谈婚论嫁了，连死了埋哪里都自说自话地安排好了，一句"谁和你一起埋在皇陵"到了嘴边却又收回。想着那句"皇陵"，不知怎的，心中突然涌起苍凉之感，仿佛看见高远的墓室、不灭的青灯、巨大的龙棺、洁白的玉阶，金镶玉裹的重重棺里，睡着的会是怎样的容颜？

　　而等到自己老去，会埋在哪座坟茔？一生里诸般种种，到最后写在谁的历史里？

　　想起和母亲离开帝京的约定，她忍不住便道："如果我离开帝京，永远消失，你会怎么想？"

　　宁弈沉默了一会儿，突然捏紧了她的手，清晰地道："找到你。"

　　"如果找不着呢？"凤知微觉得自己今天有点神神道道的，在这个时候偏要问这些有的没的。

　　"你走不脱。"宁弈"看"着她，语气平静，"天下疆域，风雨水土，终将都归我所有。你便是成了灰、化了骨，那也是我的灰、我的骨。"

　　凤知微默然，半晌搓了搓手臂，勉强笑道："殿下，别说得这么可怕兮兮的。"

　　宁弈也一笑，眼睛里却没有笑意。

　　凤知微望着他，知道自己如果笑起来，眼睛里也不会有任何笑意，断崖上淳于的呼声始终在耳边回荡，一声割得人心头钝痛，他们都不提，都避过，却不代表他们会忘记。

　　两人顺着水流向上走，这里是一座断谷，渐渐便入了山中。进了山，凤知微倒放了心，毕竟暨阳山这么大，对方又不可能大张旗鼓地来搜，两个人散落在大山中，相对还比先前安全些。

　　走了一阵，听见彼此肚子里都吵得厉害，不禁相视苦笑。凤知微望望四周，不敢离开宁弈去打猎，道："和楼上邻居商量一下，匀点东西来吃。"

　　"什么楼上邻居？"

　　凤知微指指头顶的松树，一只松鼠正欢快地蹦跶而过。宁弈凝神听着，道："我觉得邻居的肉也许更好些。"

　　"那你去和它商量，割肉献王吧。"凤知微似笑非笑，"下官人笨口拙，做不来。"

　　"你这女人好矫情。"宁弈嗤笑她，"杀人如切菜，杀只松鼠却舍不得。"

　　"人之恶胜于畜。"凤知微淡淡道，"牲畜很少会无缘无故挑衅你、背叛你、践踏你、伤害你，但是，人会。"

　　宁弈斜斜瞄着她，漂亮的黑眼珠子莹润得像浸在水银里，随即一笑推她，"凤公公还不去采松果，等你说教完，本王已经可以进皇陵了。"

　　凤知微白他一眼，自去爬树。宁弈靠着树等着，不断有细小的松针落下来，拂在脸上微微地痒。他仰起脸，"环视"着四周，虽然看不见，但也能想象到这秋日山林的美，山峦叠翠、碧色连波，林间一层绿来一层黄，地上落叶如赭色厚毯，午后的阳光自树端掠过去，树冠灿然如金。

　　而那纤细的女子，正在他头顶忙碌。他能感觉到树身微微的震动，枝叶哗哗地响，她在轻言软语和一只松鼠打着商量，商量着掏光它的老窝，而那只好运又倒霉的松鼠在她的如簧之舌下节节败退，鼠窜而去，把自己的储藏室留给山大王掏摸。

　　那窝在一根粗枝的顶端，他听见她胆大地从一根细枝爬过去，踩得枝叶悠悠地晃。

　　他突然便起了玩心。

　　向前一步，算准地方，他"啊"的一声惊呼，随即一脚蹬在树上。

　　一脚蹬上去才想起自己脚扭了，有钻心的疼痛，这回真的又"啊"了一声。

　　凤知微听见这两声"啊"，心中一惊赶紧向下看，不防树身摇动，脚下又是细枝站立不稳，也"啊"的一声惊呼，撒了满手的战利品栽下树去。

　　正中宁弈下怀。

　　也正落宁弈之怀。

　　早已等在正确位置的宁弈，一伸手将凤知微接个满怀，幽幽道："美人投怀，岂可不纳乎？"

　　凤知微落在他怀中便知道自己上了当，怒从心起，一推他道："昏君在上，不如刺之乎！"

　　宁弈给她推得向后一靠，踉跄地靠在树上，双臂却没放开，在她耳边不急不忙道："那便刺吧，我等着。"

　　凤知微一抬头只觉得他容颜近在咫尺，眉目清雅又光艳，有种奇异的、令人眩晕的力量，而语气轻而游离，像这山林晨间的雾气，看不见摸不着，却游丝般幽幽缠着。

　　她心中一颤，赶紧将脸一让避开，抓起一把松针，喝道："刺！"

　　宁弈"哎哟"一声松手放开，微微喘气笑道："还真刺了，好狠的女人……"

　　凤知微不理他，捡起散落的松果，递给宁弈，宁弈却不接，靠着树，懒洋洋道："咬不动。"

　　这不是要自己给他磕吗？凤知微凉凉地提醒他道："殿下，你伤的是眼，不是牙齿。"

　　"你没听说过眼蛊之毒吗？"宁弈的神情实在令人难辨真假，"据说这是地底幽冥之蛇烛九阴的后代，一双眼睛直通幽冥，自出生起以万毒和童女眼珠为食，成年后为万毒之宗，更因死者无限怨气凝于一身，所以中者必失明，且七窍渐渐失能而亡，所以我牙齿不好是应该的。"

凤知微狐疑地望着宁弈，觉得他看起来好像没这么惨，但是，这人眼睛瞎了不也一声不提，还是她自己发现的，这么一想，她便有些心软，叹了口气，不厌其烦地将松子一颗颗咬开。

对面那大王闲闲地等着享受现成的松子仁，还没忘记提醒她说："小心别沾上口水啊！"

凤知微气结，接连咬碎了几颗松子。

一小把松子暖暖的，放在掌心，散发着清香的气味，有些湿润。宁弈低头"看"着，一直为失明而有些忧烦的心情，突然漾出些微的欢喜，仿佛这瞎也不是瞎得全无好处。

一切用心来感知，那景色就更美，听她的呼吸就更清晰，而平日从不觉得香的松子，清香醉人。

他慢慢地将那小把松子嚼了，带着一点淡淡的笑意。

"这个只能垫垫饥，当不了饱，还是得找点别的东西吃。"凤知微道，"等下走远点，看看在哪儿挖点黄精茯苓。"

宁弈突然停住脚步，与此同时，凤知微也安静下来。

对面有唰唰的脚步声，有人大声唱着歌走近来，突然歌声一停，一个北方口音惊讶地道："你们是什么人？"

凤知微打量着对方，一个普通樵夫，担着满满一担柴，扁担尾端还挂着一些挖来的山货和一只野兔，看起来没有任何可疑。

"这位大哥，"她客气地道，"我们兄弟在山中迷路，受了点伤。这是什么地方？您知道出山的近路吗？"

"这是暨阳南麓。"那樵夫道，"看见前面那个废寺没有？那里向南一直下去，大概一天的路就可以下山了。你们看起来伤得不轻，眼看又要下雨了，我家就在前面半山，去我家休息一下吧。"

凤知微现在哪里敢去投宿，含笑拒绝，道："我们还是想着紧赶路，若是下雨，便去古寺避一避好了。"又问那野味可不可以卖给她，她不敢再掏金豆子，只满身找银两。那樵夫摇摇头，道："一点山货，给什么钱，拿去吧，拿去吧。"

凤知微道了谢，樵夫把东西递给她。凤知微犹豫了一下，又道："烦请大哥，如果遇见有人打问我们的下落，就说没见过我们。"

"使得，使得！"那樵夫满口答应，嘻嘻笑着瞄两人一眼，用很大的声音自言自语道，"莫不是男扮女装私奔的小两口吧？"

凤知微只当没听见，那樵夫暧昧地笑着，担着柴和他们擦身而过。

宁弈肩头忽然一耸。

凤知微闪电般手指一搭，搭在他手上。

宁弈抬起头，"看着"凤知微。凤知微盯着他的眼睛，缓缓摇头，态度坚持。

宁弈皱起眉头，却再没有动静。

那樵夫浑然不知两人的动作，更不知自己刚才刹那间和死神擦肩而过，心情舒畅地唱着歌走远了。

"凤知微居然这般菩萨心肠。"沉默半晌后，宁弈淡淡开口，语气有些讽刺。

"我杀该杀之人，枉杀无辜只会自造恶业。"凤知微不看他。

"等到他指引人来追杀我们，你就知道他不会是无辜，然而到那时，你我也没有命来杀该杀之人了。"

"你又怎么确定他一定会指引人追杀我们？"

"人为财死，鸟为食亡。"宁弈淡淡道，"一旦有人许以重金，他一定会说出来。你如果够聪明，刚才就不该拦我。"

"但也有可能，他根本就不会碰上搜寻我们的人。"凤知微一声叹息，"你不能因为只是也许会发生的事，便要人性命。"

"凤知微，我还真没看出你有这么慈悲。"宁弈冷笑，"一将功成万骨枯，成大事者不拘小节，你懂不懂？"

"我懂。"凤知微站起身，将在身旁溪水里洗干净的茯苓递给宁弈，"所以你快吃，然后我们到他家去。"

宁弈抓着茯苓，倒怔了怔——凤知微的毫无火气，让他觉得拳头击在了棉花上，空荡荡的，好不难受。

随即他便明白了凤知微的意思——刚才凤知微已经表示了要去古寺，如果搜寻的人到了近前，真的问了这樵夫，必然会去古寺搜寻。他们躲在这樵夫家附近，倒是最安全的。

他们这两个伤病人跑不快，与其累得死狗一样满山跑了给人追，不如和对方捉捉迷藏，尽量休养生息。

他默然半晌，突然在想自己刚才的语气是不是太重了些。凤知微却已经牵起了他的手，一边啃着自己那个茯苓，一边道："快吃，等下未必有空。"

说着，她又拍拍腰间拴着的兔子道："如果我真的错了，等下我烤兔子表示歉意。"

宁弈笑笑，偏头看她，道："如果是我错了，我把我腰间这个玉佩送你表示歉意如何？"

"那还是免了吧。"凤知微三下五除二吃完，"你亏。"

"我可以吃你一个人的亏。"

"我却不愿占你一个人的便宜。"凤知微答得飞快，随即轻声"嘘"了一声，两人看见那樵夫进了半山一家独户的院子，于是悄悄地潜近，发现那屋子紧靠着的半边山崖上居然还有个洞，藤蔓遮着不易发现，倒是个好地方，他们便在里面躲了。

宁弈似是十分疲倦，进了洞便闭起眼睛，却不让凤知微把他的脉。凤知微打坐调息，耳朵一直竖着。

日光打在洞壁上的光影一分分浅淡下去，暮色如昏鸦的翅膀悠悠降临，天将黑的时候果然渐渐下起了小雨，簌簌地落在藤蔓上。

宁弈突然睁开了眼睛。

凤知微坐直了身体。

不远处有脚步吧嗒踩水的声音，院子门吱呀一声推开的声音，樵夫开门询问的声音，随即一个有点古怪的口音问："两个年轻人……那么高的个子……有伤……见过没有？"

那樵夫粗豪的声音道："没有，咱刚打柴回来！"

那几人似有些失望，便要离开。凤知微松了一口气，含笑看了宁弈一眼。宁弈自然知道她是什么意思，微微一笑。

却听那边忽有人开口道："你既刚打柴回来，想必有些收获，拿来给我们。"

这声音正是那晚袭击驿站的首领，他的口音有些奇怪，让人过耳不忘。

那樵夫有些支吾，似乎拿了些东西出来，那首领接了，似乎在看那些东西。四面一片沉寂。

凤知微突然有些不安。

随即，院子里爆出长声惨呼。

惨呼声里那首领厉声道："这不是新鲜的野物！你的东西给谁了！他们现在在哪里？说！"

凤知微心中一震，眼前这境况，竟然两人都没料中，也是，被常家千里迢迢派出来执行这任务的杀手，哪个不心狠手辣？

惨呼声已经变了调，那樵夫嘶哑地道："山南古寺……古寺……别杀我——别杀我——"

他的声音戛然而止，随即那首领狠厉地道："走！"

一群人快速离去，过了半晌，有重物被扔下山崖的声音。

凤知微闭上眼，不知道这算是自己的罪孽还是别人的。

又安静了一会儿，她刚想站起来离开这山洞，到院子里去休息一会儿，宁弈突然按住了她的肩。

随即听见一人道："搜了一天还没吃东西，在这里烤点野物等下给老大送过去。等在那废寺把人解决了，咱们得快点赶回去。多烤些，老大说到时候咱们会不方便进城镇买吃的。"

另一人应了。两人将山房墙上的猎物——取下来，点起火头。

凤知微看了宁弈一眼，宁弈点点头，两人站起来，宁弈扶着她的肩走了出去。

两人坦然地打开院门，长驱直入。

在烤野味的两人听见外头有声音，又觉冷风扑面，一回头便看见有两人相扶着走来，布衣上有焦痕，有血迹，个子高的那个似乎还不太方便地靠着那个矮的，看起来很是狼狈。

然而两人神情从容，态度淡定，那模样不像落魄地出现在山野破屋，倒像王孙贵胄在巡视领地，尤其个子高的那个人的容颜，如月光在云间一显，看得两人都呆了一呆。

一呆间听见个子高的那个道："左三步。"

两人又一怔，随即便看见一道黑色的毒蛇般的剑光刹那而至，快得令人来不及思考，急忙一个翻滚避过，一滚间已经沾了一身火星，还没来得及去拍，却见个子高的那个皱了皱眉，道："右九。"

黑色剑光又逼了过来，两人又避，肩头才动，步子才迈，而个子高的人听着那风声已经快速地道："后三。"

后路被堵，又想前冲，脚步还没移，"前左一。"

那长得讨厌的剑又缠过来，哧地带出一溜血珠。

"左七。"

"右后四。"

"前五。"

软而长的剑兜兜转转，刹那间将退路封死，在那人的提前提示下，将四面堵得滴水不漏。

那两人渐渐发现，对方似乎有伤，剑上真力不足，然而两人却配合得天衣无缝，硬是一柄剑拢住了两个人。包围圈越来越小，鲜血越洒越多，犹如猫戏老鼠，冷静而残忍地，一点点收割他们的血液和生命。

这种软刀子碎割的打法，比一刀捅死更令人心惊而难以忍受，终于两人魂飞魄散地弃了剑，扑倒在地，"别杀我——别杀我——"

嚓。

奇长剑锋一次性抹过两个罪恶的喉咙，鲜血和外边绵绵的细雨喷洒在一起。

"就等你这一句。"

凤知微将长剑收回腰间，淡淡地说。

在小院里休息了一会儿，吃了些野物，宁弈估算着时辰，道："那些人应该已经在古寺扑个空了。"

"你说他们是会下山，还是会回头再找？"凤知微问。

"他们不敢在这儿逗留太久，驿站的事一定已被发现。我三千护卫的钦差仪仗在那儿，谁也没办法让他们消失。就算是做戏，申旭如也必须给朝廷一个交代，"宁弈道，"而且听刚才那两人的对话，他们已经准备下山。"

"那我们走吧。他们搜了古寺没有人便不会再去，这里倒有可能会派人回来取吃食。"凤知微扶起宁弈。

外面的雨绵绵密密，凤知微找了件连帽蓑衣给宁弈披了，自己则准备勇猛而瑟缩地行走雨中，宁弈却不由分说，一把将她拽进宽大的蓑衣内。凤知微犹豫了一下，再次告诉自己事急从权，自己淋病了谁给宁弈做眼睛？也就只好随他去。

两人共披一件蓑衣，在雨中走着，远远望去似个连体人。因为靠得极近，行走间胳膊和腿不住碰擦，让也没处让，越让，那些裸露在外的肌肤越容易触在一起，彼此都有些不自在。宁弈偏过头，目光盯着什么也看不见的虚空。凤知微垂着眼帘，一步步地数自己的步伐。

外间的雨细细地洒过来，地面泥泞，脚步踩上去吧嗒吧嗒地响，蓑衣里的天地却十分沉静，彼此都能感觉到对方的气息和呼吸，混杂在蓑衣淡淡的草香里。不知道谁的心跳怦怦地震人，或许两个人的心跳都是。

偶一偏头看见对方的侧面，都觉得弧度美好，在雨夜里勾勒出最精美的剪影，多看了一眼，又快不知道路怎么走了……

明明不方便，走起来磕磕绊绊，步子却特别快，一转眼古寺的残破飞檐已经入目。

两人远远停下，凝神听四面的动静，秋夜雨声里只有蛩虫在凄凉地做最后的挣扎之鸣，又等了半晌，终于确定那些人没有搜到人已经离开。

　　凤知微舒一口气，进了古寺，一面去解蓑衣，一面道："这里已经找过，他们一定以为我们已经连夜下山……好歹挨过去了——"

　　一句话未完，忽有喈喈的笑声响起！

第六十五章
生死相依

笑声一起，凤知微抬手就去拉宁弈，然而宁弈已经闪电般将她拉到自己身后。

两人动作都快，却因为蓑衣困着，挪动不方便，险险绊倒。凤知微长剑一拉，刺一声蓑衣破裂，麻草飞舞间，只见眼前雪光耀眼。

数十柄长剑寒芒冷锐，如秋水一泓晃动眼前，对准了两人的要害，只要向前一捅，马上就会出现凤筛子和宁筛子。

凤知微掀起眼皮看看，笑了笑，"好剑。"却在宁弈手心里悄悄写："十二人，全使剑，八卦方位，震三，离二，兑二，坎一，巽二，坤二。"

宁弈皱眉，在她掌心写："不要轻举妄动，可能不是那一批。"

凤知微也深以为然，要是那一批，剑早就出手了，何况她记得对方的武器也不是剑。

"各位这是干吗？"她扬眉冷声问，"我兄弟游山不慎失足，到这古寺避雨。就算惊扰了各位，各位犯得着以剑相对吗？"

刚才她已经亮了剑，想要装惊惶老百姓已经不可能，倒不如直接用江湖口吻，看起来和对方身份也相近。

对方十二人，都穿着灰底青边的布衣，眉目间十分精悍，太阳穴高高鼓起，神情气质，像是某一门派的江湖中人。听见她的话，眉宇间闪过一丝诧色，当先一人声音刺耳，冷冷道："这蓑衣是山民常用的式样，你既然遇见山民问人家借用了蓑衣，为什么不在人家家中休息，反而要跑到这废寺来避雨？"

这话问得正在要害，凤知微心中一惊，正在思量怎么回答，身旁宁弈已经笑道："那山民夫妻二人只有一间小房，屋中气味混浊，我们兄弟闻不得那些，宁可另找地方。"

领头之人看两人虽然寻常布衣，但确实气质高贵，举止从容，这番话倒也可信，神色微微犹豫，凤知微却已经抬手去拨他们的剑，笑道："都是武林同道，相逢也是有缘，何必刀剑相见呢？"

那人眉间闪过一丝鄙弃之色，心想，你们两个和家里武师学了点粗浅功夫的公子哥儿，也好意思说是武林中人。

他皱眉打量着两人，此时两人脸上虽都有一直故意没擦去的血和泥，容貌却还是看得出的。他目光在宁弈脸上转了转，突然目光一闪，道："兄台说的是，确实失礼，敢问两位台甫怎么会落到这等境地？"

哪有拿剑对着人和人寒暄的？凤知微心中暗骂，面上却笑吟吟道："我们是陇南人，来暨阳探访亲友暂住。我兄弟姓田，听说暨阳山风物华美，便来游山，谁知道不小心失足矮崖，也和从人失散，正想着赶紧下山呢。"

她叹息着去牵宁弈，道："各位想必也发觉了，我哥哥他……眼睛不太方便，自幼带来的眼疾，来暨阳也是为了散散心。"

那领头人脸上的狐疑，终于淡了点。

凤知微一直平静地笑，握剑的手指却捏得很紧，那些闪动的剑光就在宁弈身前，轻轻一递，她就是大罗金仙也救不得他。

所以她只好主动拿宁弈的眼睛来说事——宁弈失明，目前除了她谁也不知道，如果这批人也是找他们的，仅凭这个失明，对方就能打消怀疑。

那领头人终于挥挥手，示意其他人收起剑。

凤知微暗暗松口气，众剑环逼的险境一过，就算等下十二人围攻，也比人为刀俎我为鱼肉强。

"兄台夜宿古寺，这又是要去哪里？"十二人散开了，各自生火寻找宿处，却有意无意地一直将两人包围在正中，而凤知微仿佛毫无察觉，笑嘻嘻寒暄。

"进山。"那领头人一副不愿和她多话的样子。

古寺十分破旧，地上尘灰很重，还有些野狐社鼠，此时都被惊得四处逃窜，淅淅沥沥的雨挂在檐角，远处起了迷茫的雾气。

一个大汉走过来，重手重脚地将宁弈一推，喝道："好狗不拦路，让开！"然后挤到领头人身边坐下，从背囊里取出个油腻腻的纸包。

宁弈一个趔趄，凤知微赶紧扶住，灯火光影里只见他并无怒气，犹自微微一笑。

这笑意清而艳，在火光里幽幽闪动，像一朵暗色中默然绽放的妖花。

没有人看见他这个笑容。那大汉正忙着掏出纸包里的吃食，忽然那领头人皱眉道："这不是掌门收到又突然不见的那封信？牛奇，你太荒唐了，竟然拿这个来包食物！掌门知道了，仔细门规治你！"

"啥信啊？什么稀奇的。"那叫牛奇的汉子咧嘴笑，将那一沓油腻腻的纸抖得哗哗响，"走得匆忙，没东西包牛肉，我顺手在掌门桌上抓了一沓纸。反正掌门也看过了。"

凤知微的目光落在那最上面一张纸上，心中忽然一震。

那大汉指缝遮掩间露出一角鲜红的印戳，是标准印章常用的九叠篆，上面"陇西府书办司印"是官府书办常用的那种半正式的印鉴。因为各级封疆大吏的书办都是自己的私人亲信幕僚，负责处理一切对内对外事务，而为了行事方便，这类书办往往会有自己的印章，从某种程度上来讲，代表了封疆大吏个人的意志，比如这陇西府书办，就正是申旭如的幕僚府。

这个时候在这群江湖草莽身上看见申旭如幕僚写给对方掌门的信，其中的含义，不言而喻——九成九是申旭如怕自己两人不死，想浑水摸鱼，邀请了江湖力量来追杀，若死在江湖人手中，那真是查都没处查。

牛奇将那沓纸放在一边，拿了剑来切牛肉。凤知微坐在他身边，手指悄悄一掀，发现那厚厚一沓信里似乎还有图。

什么图？

难道是宁弈和自己的画像？

那为什么这些人没有认出来？

凤知微想了一想，恍然大悟，这封信里的画，想必原本是要交给他们的，但是被这牛奇误打误撞拿去包了牛肉。那掌门没找到信，可能就算了，大概只是口述了两人相貌，所以刚才那领头人有些怀疑却无法核对。这些江湖人，十有八九是不认字的，看见第一页密密麻麻的字就完全没有兴趣往下翻，所以那画像至今没被发现。

然而很快就会发现了，因为那个牛奇正用一张张的信纸包了牛肉分发给众人，眼看着就要掀到那幅画。

凤知微心中一急，突然抱住肚子，呻吟了一声。

　　这一声立即引起对方注意，他们都停止了咀嚼，看过来，牛奇也停了手。凤知微苦着脸，道："怎么肚子突然痛起来了？莫不是吃了什么不好的东西？"

　　江湖中人向来小心，对毒物之类特别敏感，听见这句，都放下牛肉互相狐疑地望了望。牛奇道："他又没吃我们的牛肉，你们怕什么？"虽然这样说，却用那沓纸将剩下的牛肉包了起来。

　　凤知微哎哟哎哟地嚷着痛，站起身道："不成了，得去茅厕。"她摇摇晃晃向外走，突然一个踉跄，绊倒了火堆。

　　火星四溅，众人纷纷躲避。火花溅到那些包牛肉的纸上，顿时燃烧起来。

　　凤知微心中一喜，牛奇却大步奔过去，一把抓起那包牛肉，连连拍打，道："可别给烧了，不然油腻腻的，弄脏包袱我可没法背。"

　　凤知微无奈地看着他将那牛肉小心收起，宁弈却突然站起，扶着她道："小心些，许是淋雨受了凉，我扶你去茅厕。"

　　众人看着他们离开，那领头人头一甩，示意牛奇跟上去。

　　凤知微扶着宁弈向前走，目光却紧紧盯着正对面那被雨水洗刷干净、光可照人的照壁，从中看见背后的举动，眼神里掠过失望——对方还是不放心他们跟了来，而且牛奇也没有把装了画像的包袱给带出来。

　　她在宁弈掌心，飞快地说清楚了这件事。宁弈微微沉吟，在她耳边低低道："各个击破。"

　　凤知微默然，心想，虽然冒险，却也只有这个办法了，自己两人甩不脱这批人，画像又暂时没办法毁掉，而牛奇回去随便一翻动，画像就会被看见，所以无论如何，牛奇是不能回去了。

　　既然要杀牛奇，事情就掩盖不了多久——一旦面对他们围攻，绝无活路，所以杀一个就必须杀一串，抢先下手，才有生机。

　　如何最有效地杀，是个很重要的问题。

　　当务之急是杀牛奇。

　　两人刚进茅坑，牛奇就大步跟了进来，抢占了一个茅坑，解开裤子哗啦啦一阵好溲，挺着满是黑毛的肚子笑道："真爽！"

　　宁弈嫌恶地皱起眉头。凤知微耳根有点薄红，错开眼光，捂着肚子爬上另一个坑，"哎哟哎哟"地解裤子。

　　牛奇侧头看她一眼，笑道："跟娘们似的，解个裤子也要半天——"

他突然看见一截乌黑的剑尖，从自己嘴里冒了出来。

他瞪着牛眼，有点不明白这里怎么会出现一柄剑，明明旁边的小子还在解裤子。

喉咙有撕裂的痛，他眼光无力地向下一落，看见一截乌黑带血的剑尖，自那个高而美丽的失明男子手中缓缓抽出。

身子突然飞了起来，他栽进茅坑，一生里听见的最后一句话是"好狗不拦路，让开"。

宁弈将剑递回给凤知微，刚才他扶着她时，剑就已经转了手。

此刻两人在破旧的茅厕里商量着下一步动作。

"你身上有没有带毒？"凤知微在自己身上寻找着害人的东西，随即懊恼地一拍脑袋，她出来得匆忙，身上金创药倒是有点，别的都没带。

虽然那批人很警惕，下毒不容易，但是没有什么比下毒更能放倒一批了。

宁弈摇摇头，心想，宁澄那家伙倒是爱玩毒，可惜那日接到个消息就跑了，也不知道为什么没能跟上来。

凤知微沮丧地望着他，突发奇想，问："你的眼泪是不是有毒？"

宁弈古怪地看着她，半晌道："我宁可一个个去杀人。"

凤知微正在咬牙考虑着，怎么挤出鳄鱼的眼泪，需不需要突如其来给他肚子一拳，好打出眼泪来，却见宁弈已经很有远见地退离她三步之远。

"好吧。"凤知微无可奈何地去扶他，"我们另想办法。"

宁弈"嗯"了一声，伸手去扶住她，凤知微却忽然"哎哟"一声蹲下身去，随即惊慌地道："牛奇，你——"

宁弈心中一惊，连忙低头去拉她。凤知微头一抬，砰的一声，头正撞上他的鼻子。

宁弈"啊"一声捂住鼻子，瞬间眼泪飙出。凤知微毫无愧色地拿出一片金叶子赶紧接了。

随即她感叹道："黄金盛泪，也算对得起殿下您宝贵的眼泪了。"

宁弈捂着生痛的鼻子，再次在心中确认，凤知微其实就是一头养不熟的母狼。

"母狼"看殿下捂着鼻子，手指上面，眼睛泪水汪汪，如秋水盈盈，看起来着实脆弱有趣，远不同他平日的沉凝锋利，竟像是换了一个人。一瞬间，她那少得可怜的良知复发，含笑去揉他的鼻子，道："不痛啊，不痛啊。"

她肌肤细腻的手指拂在宁弈脸上，春风般和缓，声音里还带着几分淡淡的笑意和歉意，听得人如被细絮拂面，痒而挠心。宁弈手颤了颤，随即一把握住了她的手指。

他将她的手指握在掌心，五指轻轻缠上去。凤知微下意识要挣脱，宁弈的手却牢牢缠着，不放。

宽大的袖子落下来，遮住了有点暧昧的姿势。宁弈牵着她走回去，凤知微还捧着那点眼泪，不敢用力，只好随他去，咕哝道："可惜太少……"

两人走到院子里的井台边，看见一个汉子正在取水。凤知微招呼道："大哥，给点水喝喝，顺便洗个手。"

"少爷就是讲究多！"那汉子将桶递过来。凤知微就着桶捧起水喝了，又掬出点水洗了手，道了谢。三人一起回去，领头那人看见牛奇没跟来，问："牛奇呢？"

"那位大哥啊？"凤知微掩嘴笑，"说牛肉吃多了，也有点泻肚子呢。"

"这小子就是贪吃！"那人骂了一句也没怀疑，便将那桶水放在正中，招呼大家喝水。江湖中人不拘小节，各自凑在桶边喝了个痛快。

凤知微含笑看着，殷勤地给火堆添火。

吃喝完毕，大家也就在大殿内各自找地方睡下了，还是很有默契地将两人围在正中，并留了一个人关起殿门，守在门口守夜——江湖中人独有的警惕，对任何人也不放松。

古寺里火光渐渐弱下去，四面起了淡淡的雾气，凤知微默默睡在宁弈身边，睁大眼睛等着毒性发作。她也不知道鳄鱼的眼泪到底能发挥多大作用，毕竟就那么几滴，稀释到一桶水里，效用肯定要打折扣。

宁弈闭着眼睛一动不动，一直扣着她的手指。凤知微掰也掰不开，便挠他痒，手指在掌心挠啊挠，感觉宁弈缩了缩，凤知微大喜，用劲挠，结果人家被挠习惯了，反而不缩了。凤知微懊恼地叹着气，身旁宁弈转过脸来，细细含笑，听她叹息，觉得很快意。

两人打着手底官司，以此驱散不断涌来的睡意——从昨夜到今夜，两人以受伤之身，一直处于奔波之中，一直身处紧张之地，精神和肉体都疲惫到极点，而此刻四面鼾声四起，火光温暖，如果不找点事分神，便会立即睡过去。

不知道过了多久，在凤知微快要熬不住闭上眼睛时，宁弈突然重重掐了掐她的掌心。

凤知微惊醒，随即发现身边不远处一个男子，发出低低的呻吟。

发作了？

凤知微一喜，随即发现其余的人没什么动静，大概是各人功力有高有低，发作时间也有长有短。

这人发出动静，守夜的人便奔了过去，低头轻唤道："飞子，怎么了？"

他突然觉得后心一凉。

他心中也一凉，下意识地想转头，可是头颅永远也转不过来了。

凤知微轻轻扶住他软倒的身体，让他靠着殿柱坐在暗影里，看起来像在调息。

那毒性发作的人觉得脸上一热，有温热的液体落了满脸，随即睁开眼，便看见四面似乎氤氲起浓浓雾气，而雾气后隐约有一张笑脸，正笑得狰狞地靠近来。

他呆了呆，便要去抓手边的剑，却觉得手臂酸软，随即胸口一痛。最后的意识，便是有什么东西冲天而起，扑簌簌落在自己脸上，是和先前一样温热微腥的液体。

这里的动静，睡得较近的一人隐约发觉，睁开眼，心中却先"咦"了一声，心想火头怎么灭了，还有这早晨的雾气好浓。

雾气似乎还会晃动，影影绰绰露出人影，这人睁大眼去看，却怎么也看不清，心中已经知道不对，便凭着隐约的感觉判断对方来的方向，随即霍然向反方向一个翻滚。

一滚之下，便觉得腰间一痛，随即感觉到身子一轻，然后自己的眼睛隐约看见自己的腿滚到了一个角落。

他的身前，负责扰乱视线的宁弈淡淡地笼着袖子，而他滚向的地方，凤知微抽出早已等在那里的刀。

她刚抽出自己的刀，对面一直凝神听着的宁弈忽然向她身后方向一指。凤知微头也不回，长剑从自己胁下闪电般反手一撩。

一人捂着自己的喉咙倒了下去，到死不明白对方用剑角度怎么这么诡异，胁下反插的剑为什么最后却到了自己的喉咙？

连死四人，怎么都会有点声音——所有人都醒了。

醒了的一瞬间，都怀疑自己没醒——怎么天色这么暗？一切都像罩在云雾里，只看得见隐约的轮廓。

便是趁着这一瞬间的呆怔，凤知微扬手便是一剑，射入一个最靠近自己、刚刚起身的人的喉咙。

剑光入喉，她连剑都不抽，带着那尸体滑步一移，移动到斜对面正扑过来的一人面前。

那人模糊的视野里只看见人体扑近，自然认为是敌人，低吼一声，出掌一拍，啪的一下把那倒霉蛋的脑袋拍个粉碎。

一拍之下，手掌一痛，一柄黑色的剑穿过他的手掌，射入他的眉心。

转眼又杀两人。

这些人离她最近，动作最迟钝，明显武功最低。

凤知微柿子先拣软的捏。

很明显那个领头人武功最高，但是他睡在最里面、最远的供桌上，等蹿到他面前早就被发觉，不如趁现在人还没反应过来，杀一个是一个。

鲜血飙射之中，有人捂着喉咙咯咯倒下；有人卷着火星飞扑而来，劲风猛烈，虽视力模糊却也不影响动作方位。

凤知微心中一凛，知道接下来的会一个比一个难应付，而且很明显，武功越高，中毒越轻。

那劲风如此凶猛，扑面便令人窒息。凤知微扬起剑，举到一半便觉得胸口一痛，手不由自主地垂下来。

她正心道小命玩完，身子忽然被人一撞，翻滚而出时看见宁弈闪电般滑步而出，代替她滑到那人身下，一个铁板桥倒仰滑跪而过，肘底一翻，雪光一亮。

刺啦一声，鲜血连着内脏汹涌而出，一道可怕的伤痕从胸至腹翻卷而出。那人狂吼着拼命往上一纵，努力收拾自己掉下的肠子，宁弈却鲜血披面，冷笑着横刀一绞。

扑通一声，那人重重坠落，落地之时溅起的鲜血扑了宁弈一脸。

四面怒吼声里，缓过一口气的凤知微扑了过来，一把拉住宁弈逃入偏殿。人刚射进门，立即抬腿倒踢重重将殿门踢上。

几乎就在殿门关上的那一瞬间，各种暗器狂风暴雨般卷来，笃笃连声钉在殿门上，将那些本就半腐的木头射得大块剥落横飞。

凤知微听着那强劲的发射之声，暗自庆幸自己反应够快，于是惊魂初定中反身靠在殿门后，想喘口气。

宁弈一伸手就把她拽开。

砰！

刚才凤知微靠过的地方出现了一个洞，一枚闪着蓝光的三棱刺阴险地卡在其中。

如果不是宁弈拉得快，现在这三棱刺就应该卡在凤知微背上了。

凤知微长长吐了一口气，喃喃道："你又救我一命……"

"不用算这个。"宁弈脸色发白，淡淡道，"你也救了我很多次。"

凤知微听着外间的声响，叹口气道："这毒还是不够厉害，只让他们失明，武功却没太大损害。我们现在麻烦了……"

她说到一半突然住口，想起第一个人发作时那辗转的呻吟。这从宁弈体内流出的毒素，已经经过一桶水的稀释，分别喝进了那么多人肚子里，还能这么霸道，令体健、忍受力强的江湖人不能控制地发出呻吟，那这蛊毒本身，该有多强？

而直接中了这毒的宁弈，该是怎样痛苦？

然而从中毒那夜到现在，已经快两天，她未听他发出一声呻吟，叫过一句苦。

凤知微望着宁弈苍白的脸色，一时不知道说什么好。

宁弈却只扶着墙，仔细听外间的声音。刚才没办法靠近外殿大门，紧急中被逼入这个偏殿，现在这偏殿没有窗户，唯一的门户已经关死，而毒没能让对方完全失去战斗力，他们杀了七人，还有五人，还是武功较高的。此刻形势，已经糟到不能再糟。

外间吵了一阵，也安静了下来，想必是知道他们跑不掉，又挂心自己的毒，暂时试图调息逼毒了。

空气中有种紧张的沉静，沉沉压在人的心头。

半晌，宁弈扶墙坐下来，对凤知微招了招手，"来，坐。"

凤知微笑笑，过去，然后找了些旧布幔堆在一起，点着了，和宁弈两人坐在火堆前烤火。

两人都是人杰，事到临头都有常人不及的镇静，就着渐渐喧腾的火焰，听着似有若无的淅沥沥的雨声，而被火光映得微红的脸上，都有凛然不惊的神情。

半晌凤知微道："宁弈。"

"嗯。"

"我们这次运气不太好。"凤知微咳嗽几声，悄悄抹掉嘴角咳出的一丝鲜血，侧首冲宁弈微笑，"可能要死在这里了。"

她那样冲宁弈笑着，却觉得笑容也快渐渐僵在脸上了，心跳擂鼓似的忽紧忽松，手指在不住颤抖，眼前一阵阵发黑，所有的骨节都在慢慢散架。两日两夜奔波劳累，极度紧张，受了内伤也一直没法休息，她知道自己已经心力交瘁、强弩之末。更糟的是，体内一直很稳定的燥热之流，隐约有不稳、窜动之势——那种感觉就像沉寂已久的火山，只等下一刻的轰然爆发。

她是真的快死了吧……累死的。

隐约听见宁弈低低"嗯"了一声，道："非战之罪。"

"是啊。"凤知微疲乏地垂下眼睫，觉得眼皮重似千钧，拴了无数大铁球似的，"只是我被你传染了倒霉而已。"

"我倒觉得我是被你害的。"宁弈一步不让。

凤知微没力气斗嘴，懒洋洋道："哦……"

手背突然一痛，是宁弈突然伸手过来狠狠捏她，"知微，别睡，别睡。"

凤知微无声地笑了一下，忽听宁弈问她："你为什么要赶来救我？"

凤知微累得不想回答，宁弈却在不住掐她，"说话！你敢不回答本王的问话？你是真的想来救我，还是别有目的？你那天为什么要套我的话？你到底知道了什么？"

　　这男人好吵……凤知微用此刻无比迟钝的思维想着宁弈那些问题，只觉得脑子越想越打结，随即砰的一声栽倒在宁弈怀里，呢喃道："都是些蠢问题……"

　　宁弈抱住她，一瞬间脑中也是一晕。他开始以为自己也是累的，随即又以为被凤知微撞的，直至鼻端突然嗅到一点奇异的味道，他怔了怔，才恍然大悟。

　　那群江湖人，在门外熏毒香了！

　　凤知微久战精疲力竭，先着了道。他关切凤知微，眼睛又不方便，也没有察觉。

　　此时，他也觉得体内的疲乏一瞬间全部涌了上来，那些一直细碎地切割着内腑的疼痛汹涌而来。他呼吸窒了窒，眉梢眼角透出淡青之色。

　　自己……也快不成了吧……

　　他揽紧怀中的凤知微。她细瘦的身子在怀中小小一团，像个孩子，有些软润的部位触着他，温温软软，令人联想到世间一切的粉嫩和旖旎，而此刻，他却完全没有了绮思，只想将她紧紧抱在怀中，就这么坐下去，至路途的尽头。

　　也许是不该甘心的，一腔雄心，王图霸业，却折戟于这暨阳山的一座废寺之中，何其荒唐！然而真到了这样的境地，似乎也提不起劲来懊恼或不甘，仿佛这样的安宁和静谧也很难得，便是这样结束，也不是不可以接受。

　　他渐渐地垂下眼去，不再试图弄醒凤知微，只修长的手指一颤，搁在了她的眉睫上。

　　她眉睫凝着些微的汗，像晨间花上的露。火光渐渐淡下去，夜雨声听来忽远忽近，还有丝丝缕缕的雨雾，从残破的墙缝间逶迤进来。

　　恍惚间，突然似乎遥遥有乐曲之声响起，是箫声。

　　清越、苍凉、空灵而渺远的箫声，自长天悠悠而来，自银河垂挂而下，明光一线，万里清音，刹那间渡越云山沧海，直入人心。

　　一曲《江山梦》。

　　梦中江山，江山如梦，多少年心事如许，一生里豪情谁掷，纵金戈铁马银瓶乍破，不过是百年富贵终归黄土，霸业皇图，湮于身后，四海孤独，晚来风歇。

　　宁弈一片混沌的脑海，随着箫声的接近，渐渐清醒，如被天神之手，拨去暗昧云雾。

　　怀中的凤知微也突然动了动。

　　宁弈低下头，轻轻拍她的肩，"知微，醒醒，你听。"

　　凤知微在他怀中挣扎着，支着头，闭着眼，听那箫声。她微微耸起的肩单薄如冬日的蝶翼，似乎两日间又瘦了许多。宁弈觉得自己的掌心覆于其上，都疼痛硌手。

　　箫声越发近了几分。那箫声中似乎有几分神异超拔的力量，外间的人们也似乎停了手，起了一阵惊慌的骚动。

凤知微抬起头来，和宁弈对望一眼，都在对方眼中看见一抹喜色。

此时两人还是没有力气，只得静静互相倚靠着，凝神听那一抹箫音。夜雨笼罩下的古寺静谧无声，火光残冷，细雨幽幽。他们在幽深大殿里氤氲的淡雾中席地而坐，被夜露濡湿的袍角缓缓散开。

突然都觉得心中安详，万事不再萦于怀——不止这江山不过一梦，这世间种种，人间苦恨，万丈雄心，无限谜团，都似可在这一刻洒脱抛却，换一回大笑而去，撒手红尘。

凤知微没有发觉自己靠宁弈很近。

宁弈没有发觉自己扶着她的肩。

便是在这一生里最安静的时刻，一生至此，卸下心防最接近的距离。

半晌宁弈轻轻道："这曲，潇洒中有清贵之气，苍凉中有睥睨之态，绝非普通江湖人物能为。"

凤知微"嗯"了一声，"真是令人神往的人物。"

两人望着那方向，等着那人近前来一睹庐山真面，却听见更近处忽有长啸声起，穿云裂石，劈空惊电，刹那近前！

箫声戛然而止，竟然不再靠近。

殿内两人一惊。宁弈听着那啸声，眼中突然爆出更浓的喜色。

那啸声起初还在远处，刹那便至，随即外殿便是一阵惊呼。凤知微隐约听见那个声音刺耳的领头人惊慌地道："天战……"

他一句未完，突然一声惨呼，紧接着便是重重的砰的一声，撞在偏殿的门上，震得整个殿似乎都晃了晃。半晌，有鲜红黏腻的血流，蛇般从门下的缝隙里缓缓流了进来。

凤知微看着那血流，想着那领头人的武功，觉得自己就算是全盛时期也未必是他的对手，眼前来人，却一个照面便要了他的性命，真是了得。

想到那句"天战"，心中又是一动——天战世家？执掌江湖牛耳、稳控黑白两道多年的战氏？

这个家族，在江湖中隐然已是神般的存在，难怪外面的人那么惊慌。可这个家族的人，号称皇族之后，和朝廷中人向来没瓜葛，怎么会为了他们出手？

看宁弈那样子，明明是认得的，是谁？

还有那吹箫之人，为什么听见这天战世家中人的啸声，便不再过来？

凤知微正要出门去看看是谁，忽又听到一阵衣袂带风声响，而在殿外的那个天战中人，听见那不断接近的衣袂带风声，忽然低低冷哼一声，随即便无声音了。

紧接着便听见了一个熟悉的嗓音。

"在这里吗？进来看看！"

又听见另一个熟悉到要死的声音，夹杂着点咀嚼的声音，冷冷道："吵，臭！"

凤知微砰的一下就撞在了半拉开的殿门上。

赫连铮，顾南衣！

真是的！要么一个都不来，要来全部死出来！

凤知微含着眼泪，回首向着宁弈，轻轻地笑起来。

赫连铮见到凤知微的时候，张大嘴，"呃，啊"一声，没话了。

顾少爷停下永远都在吃胡桃的嘴，将胡桃顺手塞在一边赫连铮张大的嘴里，随即唰的一下以神速飘了过来，一把将凤知微抓过去，上上下下摸了一遍。

然后从身上，上上下下摸了一大把药丸子，蚕豆似的塞在凤知微嘴里，不允许她发表任何意见。

楚王殿下就比较可怜了，没人问，还得去解救差点被胡桃噎死的赫连铮。

赫连铮缓过气来大骂："你个路痴，要不是我，你能找到这里？过河拆桥！无耻！"

顾少爷根本不会将别人的话听在耳中，骂人这件事，他毫无概念。

"有治眼睛的药吗？"凤知微半晌才咽下那些乱七八糟的药丸子，指指宁弈。宁弈淡淡道："不用问他，他还没这本事。"

顾少爷袖着手，摸着胡桃，对殿下的挑衅完全没反应。

凤知微看见门边那领头汉子的尸体旁有一个小瓷瓶，写着"长息香解药"，估计是先前他们中的那毒香的解药。看它端端正正放在那里的样子，是被那天战世家的人搜出来准备给他们的，只是不知道为什么，顾南衣、赫连铮一来，这个战氏中人也避开了。

凤知微隐隐觉得，从箫声开始到刚才得救的这段时间内，发生的事有那么点不寻常。很明显，吹箫者避开天战世家，天战世家避开顾南衣——这就很有意思了。

当然，现在这个意思研究不出来，因为顾小呆不会回答她的。

吃了药，休息了会儿，顾少爷给凤知微渡了点真气，又在凤知微的恳求之下勉强给宁弈把了脉，塞了颗从颜色到气味都让人十分难以接受的丸子。送出去的时候还很不情愿，看那样子，只要宁弈表露出一丝半点的犹豫，他就会立即收回。

可惜殿下一点不情愿的样子都没有，不仅接了，还微笑道了谢，不仅道了谢，还立刻吃了，看得顾少爷立即又去怀中掏摸胡桃，一掏就是八颗。

休息中听赫连铮讲了追来的始末。那晚顾少爷果然是迷路了，在离那驿站三十里的地方转啊，转啊，转，一直到赫连铮不放心凤知微也追了出来，才在半路上把他给捎带着。两人追到驿站，看见那么多焦尸，心就凉了一半，后来又在暨阳山脚下看见凤知微的记号，一路追了进来。只是山中找记号不是那么容易，所以才耽搁到了现在。

凤知微听说他们也去过那华严杜村，忍不住问："你有没有看见淳于猛……"

赫连铮神色一黯，摇摇头。

凤知微垂下眼睫，默然不语。赫连铮恨声道："我们那护卫死了几十，驿站那边更是全军覆灭！太过分了，这些混账！"

"欠的债，总是要还的。"宁弈站起身，让凤知微找到那几张油腻腻的、盖了陇西府印的牛肉纸收好，淡淡道，"我们走吧，还是原计划，去暨阳。暨阳离申旭如所在的陇西首府丰州已经不远，咱们也该好好和申旭如谈谈心了。"

顾少爷慢悠悠站起身来，一把拎起凤知微。凤知微在他手中恼怒地扭头，道："我自己走得动！"

可惜既怜香惜玉，又不够怜香惜玉的顾少爷，早已把她一把扔在背上，风驰电掣而去……

暨阳山下来十里处，就是暨阳府。凤知微和宁弈商量了，毕竟他们对暨阳知府彭和兴不熟，为免打草惊蛇，先拿长缨卫腰牌去求见，确定彭知府可靠再看情况表露身份。反正长缨是皇家护卫，到哪里，各地官府也确实都有接待之责。

彭知府是个面容清俊的中年书生，气质很斯文，中规中矩地接待了他们，安排他们住在知府内院，又让人去请大夫，只是眉宇间总有些忧色，似乎有什么心事。

凤知微关切地询问了几句。彭知府露出一丝苦笑，摇头道："多谢关心，强龙压不过地头蛇，你们管不了这里的事……"

凤知微呵呵一笑，道："我们也是皇家护卫啊。"

"皇家护卫……"彭知府又是一声苦笑，摇头出门去，"在陇西，申家才是皇家，一个护卫顶得了什么事……"

凤知微笑笑，让赫连铮去探听消息，过了一会儿，赫连铮还没回来，却隐约听见前院有喧闹之声。

前院就是知府大堂和办公处所，是一县首要之地。什么人敢在这里闹事？

又听见彭知府远远厉声呵斥，声音悲愤："本府长熙十年进士，受暨阳知府职至今，受命于皇，忠心国事，有何错处，要被大人如此夺职？"

似乎还有争执声响，凤知微远远听着，露出一丝冷笑。

过了一会儿赫连铮回来，也是一脸愤怒又兴奋的神情，道："陇西布政使申旭如说彭知府涉嫌贪贿，就地夺职待勘，由府丞申君鑫暂代知府职。哦，说明一下，这位府丞大人是申旭如的远房堂兄。"

话音刚落，已经有一群人冲了进来，当先一人喝道："新老爷就职，近期暨阳要戒严！什么乌七八糟的都不允许住在知府大院！报上履历，然后给我滚出去！"

那群人虽然也穿着衙役服色，口音却和本地有些区别，而领头人一脸骄横之态，素金乌纱帽，团领小杂花纹绯衫，金荔枝腰带，看样子竟然是个从四品官。

他身边跟着个白面男子，从五品服色，带着一脸冷笑，竖着眉指着院子道："本衙今日封闭，不接待外客。申大人座下左参议刘大人亲临主持交接事务，闲杂人等都避出去！"

彭知府一脸汗地追过来，怒道："就算卸职交接，关他人何事？你们也太跋扈了！"

"老彭。"那白面男子申君鑫斜睨着他，"还是闭嘴吧你，都什么时候了，泥菩萨过江自身难保，还要管这些有的没的，还是好好想想如何写服罪折子吧！"

"今日接待的是皇家护卫！"彭知府跺脚，"你们太放肆了！"

"收声！"那从四品参议刘大人阴恻恻道，"皇家护卫又如何？不过是个六品护卫，难不成你还以为可以仗恃人家，逃脱罪责？今日我在这里，谁也护不了你去！"

"荒唐！"彭知府冷声道，"皇家护卫品秩虽低，却是陛下御前护卫，一旦出京，代表皇家尊严。你们当真荒诞跋扈得没了边，竟连天子亲卫都敢不看在眼里吗？"

那刘参议偏头，古怪地看他半晌，突然凑到他耳边，嗜嗜地笑起来，道："你说对了。在陇西，在布政使衙门直管的三府七州，申大人才是你们的天！"

彭知府退后一步，惊讶地望着刘参议，半晌重重叹息："早知申氏狂妄，不想一至于斯！"

"脱了你的纱帽官袍，滚去你的书房，不许出来一步，等大人处置！"申君鑫有人撑腰，气焰熏天，伸手恶狠狠推他。几个衙役冲上来，抬手就掀掉了彭知府的官帽。

"我有什么罪？"

"贪贿！"

"你可以去搜我的内院！"彭知府挣扎着一指内院，"搜出超过十两银子，你就押我进京！"

"进京？"刘参议斜睨他，"申大人不能处置你？布政使衙门对下辖犯罪属官有全权处置之权！"

"我没罪！"

"不敬申大人就是罪！"申君鑫咆哮，又一指凤知微的院子，"几个六品小护卫，敢不出来参拜刘大人就是罪！"

啪！

一只靴子嗖地从院子中飞出，精准狠地砸中了申君鑫的脸。

申君鑫嗷的一声大叫，金星四射里突然闻见一股无法形容的味道，顿时被熏得险些昏过去。

"罪你个头啊罪！参拜你个死人啊参拜！"一个人大门不走，走窗子，一步就跨了出来，穿着一只靴子，站在院子中将着袖子，横眉竖目地骂，"汉人真不是东西！腌臢！"

半开的窗子里，正喝着茶，和宁弈下着盲棋的凤知微，摇头叹息。

赫连铮立即回头，赔笑，"不是说你。"

凤知微淡定地道："没事，确实腌臢。"

"我八彪要在，"赫连铮腮帮上青筋一鼓，"早请他吃鞭子排头！"

"你也可以请他吃。"凤知微凉凉提醒。

"大胆！"被砸昏的申君鑫现在才反应过来，勃然大怒，"敢在知府衙门出手伤人！找死！来人——"

啪！赫连铮一鞭子扇出他十步远，滚到泥地里吃土去了。

"反了！"那刘参议看样子有几分武功，上前一步踩住赫连铮的鞭子，"哪儿来的跋扈小子？给我拿下！"

赫连铮手腕一抖便将他抖了个马趴，随即又气又笑，摇头道："真是贼喊捉贼，跋扈头子骂人跋扈。老子以为以前在草原就够跋扈了，不想还差得远！"

“你敢殴打朝廷从四品命官！”刘参议抓住鞭子便赖在了上面，抬手就去拔刀。

刀没拔出来，手却被踩住，他抬头看见一人稳稳站在他的右手上，俯身看他。

刘参议看不见对方的脸，只看见白纱后一双眸子亮若晨星。

然后便见那人慢吞吞抓下他的腰牌，看了看，慢吞吞道：“从四品。”

再慢吞吞从自己腰上解下一块上书“永宸殿御前带刀行走”的蓝底金字牌子，拍在他脸上，道：“四品。”

“……”

随即四品带刀行走稳稳地从刘参议身上行走而过。

“反了，反了，反了，反了！”刘参议和申君鑫都被踩昏、熏昏了头，捂着脑袋爬起来一迭声地乱嚷，踹着踢着要衙役们上，可那些衙役哪里能靠得近赫连铮？全被他皮球似的踢了出去。

彭知府正气得浑身发抖，不想这边突然爆发，一时倒怔在原地。

“你们才反了！”闹得正不可开交时，啪的一颗棋子弹出，窗扇大开，现出凤知微淡定而森然的脸，“北疆呼卓部赫连世子携陇西道专派监察御史驾临你暨阳府，你们敢如此放肆？”

一长串头衔报出来，倒镇住了满院子正待扑上的官儿衙役。他们嚣张的气焰瞬间一收，愣在那里，面面相觑——不是说就几个六品护卫吗？哪里冒出来的御史、世子？

凤知微端坐不动，慢慢饮茶。她和宁弈商量过了。申旭如动作很快，大概得到了一些消息，想在暨阳堵了他们抢先下手，所以才诬陷彭知府，派了亲信坐镇暨阳，那么现在指望彭知府派兵护送已经不可能，这里的势力已经被申氏把持。而他们的钦差大队伍还没跟上，还不是泄露身份的时候——一旦身份暴露，万一申氏铤而走险动用全府之兵，那么单靠顾南衣和赫连铮保护，只怕也落不到好。

之前就是因为疏忽，因为没想到还没到南海之境，常家的手便伸了来；没想到常家和内地大员的勾结如此之深，申氏如此胆大；所以防护力量没有提前备好，导致两人饱受艰险、险些丢命。如今的凤知微，自然稳妥至上。

他们下山后，顾南衣的隐形护卫已经把消息分渠道递了出去，赫连铮也通知八彪赶来，而宁弈通知他家那个到处乱窜的不安分侍卫宁澄——不用自己的三千钦差护卫，而是在邻省陇南调动府军前来保护。陇南都指挥使是淳于家门下参将出身，正是楚王派系。

现在需要的，只是等。

既然暂时不能以宁弈和魏知的身份出面，那自然只有赫连铮或顾南衣出场。好在赫连世子以青溟书院学生身份跟随凤知微出京这事，只有皇帝知道，顾南衣表面上只是她的护卫，而这些申旭如都不可能清楚。

为避免这些人手中也有自己两人的画像，凤知微和宁弈都已经戴了面具，都是书生模样。

她这么一开口，倒镇住了满院的人，谁都知道，监察御史虽然品级不高，却可监察百官、巡视郡县、纠正刑狱、肃整官仪，奏本直接上达天听，最是官员们忌讳的实权要职。往年来的道监察御史，都是申大人的座上之宾，享受顶级的招待，何况还有个地位尊贵而重要的呼卓世子！

再看大开窗扇之内，一人半躺着慢悠悠吃胡桃，两人在榻上对弈，轻衣缓带，姿态悠闲，看那神情气度，正是通身的帝京气派，别说是监察御史，便是王爷也像几分啊。

而赫连铮冷笑着，一拉腰带，掌心里黄金牌上，猛禽海冬青振翅欲飞，几个镌金字"承造司长熙七年制"十分鲜明，在日光下侧角有七彩之光，正是专门承皇命御制王公以上身份令牌的承造司才有的手笔，谁也伪造不得。

刘参议愣在那里，脸色铁青，变幻不定；申君鑫傻了眼，白着脸呆站着；彭知府也直着眼，一时不知是喜是悲。

赫连铮捡起靴子穿好，满院子的人这才舒出一口长气，从险些憋死的险境中挣扎而出。

"贵府好气派！"凤知微继续喝茶，头也不抬，"见到尊享王爵的呼卓世子，也不行礼吗？"

呼卓部是草原王，享天盛二等王爵。

"见过呼卓世子！"事情来得突然，刘参议、申君鑫被凤知微等人的气势所慑，刚才的骄矜之气立刻散尽，愣了半晌，只好倒身行礼，衙役们也慌慌张张丢开手中武器，呼啦啦拜了一地。

赫连铮手一撒，二话不说回头就走。虽然凤知微嘱咐了他不妨做做假，但是世子爷就是不高兴和这批混账东西假惺惺。这么高难度的事情，还是交给凤知微那个面具女人吧。

他手痒，手很痒，骨节捏得嘎嘎响。

凤知微无奈，只好下榻，抱了杯茶踢踢踏踏过去，倚着窗笑吟吟道："在下陇西道监察御史陶一熙，见过各位大人了。"

她嘴里说着见过，却连腰都没弯一弯。

刘参议他们反而适应这个做派——向来各道监察御史都是这个样子的，官小架子大，连申大人都不必见礼，于是连忙回礼："不敢不敢，怠慢了陶大人……"说着便有几分心虚，两人犹豫着，对望一眼。

凤知微看在眼底，缭绕的茶水雾气后冷冷一笑，随即道："刚才的事是误会，是陶某没有事先报明身份，怪不得两位。"

两人都松了口气，扯着脸上僵硬的肌肉呵呵地笑起来，道："谢大人见谅！"

凤知微又幽幽道："陶某虽然受命监察陇西道，却也无权干涉贵府人事更替……"

两人笑得更开心了。

"只是既然这么巧闹到了陶某眼前……"凤知微不胜烦恼地皱着眉头，一副"你们这个样子我想替你们遮掩也是很难啊"的为难，"陶某不好完全置之不理啊……"

两人呆了呆，对望一眼，随即呵呵笑道："也只是暂时交接，彭某之罪还没有定论。大人既然来了，少不得要请大人主持此事。"

说着，立即命人准备酒席，请"世子并御史大人并护卫大人"赏光。

他们也不好再硬脱彭府的乌纱帽。彭知府梦游般望了几人半晌，然后带着自己府中衙役照常去前面办公事了。

"酸儒！"申君鑫恶狠狠对着彭知府的背影吐口唾沫，"等下有你好看！"

凤知微边似笑非笑地看着，边随两人进入花厅就席。赫连铮对谁都不理不睬，大摇大摆坐了上座，坐下时，睥睨地看了宁弈一眼。

宁弈看也不看他一眼——反正也看不见。

顾少爷坐下来就顺手撤掉了他身边左两个位置和右两个位置，一个人占据了半桌，导致其余人只好挤在那半桌。

凤知微这回不喝酒了，这几天她一看见酒就退避三舍，一边干笑着"兄弟不善饮酒不善饮酒"，一边顺手把宁弈面前的酒也撤了下去。

宁弈浅浅一笑，喝茶。

他虽然失明，却神态自若，目光也不呆滞，大多时候还垂着眼帘，所以谁也看不出他目前眼睛有问题。

凤知微最欣赏他这个——殿下装什么都像啊，装不是瞎子就一点不像瞎子，呵呵。

"谨以薄酒，敬献……"刘参议一直被打得没反应过来，沉着脸勉勉强强，而申君鑫油滑地举起杯想打圆场。

敬酒词还没说完，顾少爷就抓过一盘东坡肉，梦游般从席上走过。

"敬献……"申君鑫开始口吃。

顾少爷数肉，声音平淡无波，"一、二、三……"

"敬献……"申君鑫抓着杯，完全忘记自己要说什么了。

"四、五、六……"

"敬献……"申君鑫抓着酒杯的手开始抖，明明那人只是在平淡地数着肉，为什么他就觉得有寒气从心底冒出来？

"七、八、九！"

赫连铮抓着一壶酒跳上了窗台。

凤知微拖着宁弈退后三步，还手疾眼快地替殿下把他面前那杯茶带走。

刘参议和申君鑫张着嘴，不明白为什么一眨眼人都离席了。

啪！

一盘精工细作的东坡肉面朝下扣在了桌上。

桌上顿时多了个和碟子一般大的洞。九块无辜的肉落在两名主人的靴子尖上。

"八块。"顾少爷慢吞吞道。

"……"

申君鑫和刘参议完全被折腾得不知道怎么反应，想发怒，但看着那个轻描淡写被碟子一扣便多了个洞的坚硬的桌子，想着自己的脑袋想必经不住这样一扣，只好咽咽唾沫，安慰自己——帝京来人，总要有那么一点与众不同的。

"八块。"顾少爷很有耐心地重复了一遍。

东坡肉他很喜欢吃的，但是九块是不可原谅的。

八块……八块什么？

还是申君鑫脑子好用，目光在地上一溜，恍然大悟，试探地问："肉多了？"

顾少爷用一种"你是白痴，怎么到现在才懂，想当初说一遍凤知微就全明白了"的眼光看着他。

凤知微接收到顾少爷的眼光，露出与有荣焉的笑容，心想，你们这俩傻货坏了一个碟子算什么，想当初青溟书院的红烧肉每次都给多，导致我天天吃撑，一个月胖了八斤，惨痛无比。顾少爷最近的脾气真是越来越好了，呵呵。

不可原谅的九块肉被飞快撤下。申君鑫吸取教训，接下来，鸽子蛋是八个，清蒸螃蟹是八个，粉蒸芋头是八个，连霸王别姬里的王八，为了达到八的完美效果，愣是在另外一头王八上斩下四条腿接在上桌的这只身负重任的王八上，以神奇的八腿王八实现了顾少爷关于八的高要求。

顾少爷瞄也不瞄一眼，只埋头吃他的肉。

凤知微悲怆地望着那只举世仅此一只的八腿王八——这厨师脑子真好用，可她刚才忘记说了，顾少爷的八块要求，只限于肉。

惊魂未定的申君鑫再也不敢提敬酒了，老老实实招呼吃饭，只席间再提对彭知府的查办弹劾之事，毕竟，虽然申旭如有权处置彭知府，但如果经过监察御史的手直接递奏本，会更名正言顺些。

"我一介七品监察御史，哪能处分五品知府啊……"凤知微长长地打着哈欠。

袖子突然一动，塞进来一沓厚厚的东西，凑得很近的申君鑫谄笑道："监察御史监察百官，当得，当得。"

凤知微手笼在袖子里，捏捏那沓银票，笑得越发温柔荡漾，"是吗？好说，好说。"

"是的，是的……"

凤知微抽出银票，哗啦啦拍拍申君鑫的脸，由衷赞赏道："申大人聪明机变，将来必定前途无量！"

申君鑫的脸被拍得一阵发紫，尴尬地笑，"您夸奖，夸奖……"

"要我说，这事倒也不必急。"凤知微笑眯眯地凑到申君鑫耳边，道，"老彭在此地还是很有官声的，两位何必这么穷凶极恶地闹着难看？万一激起民变怎么处理？慢慢来，慢慢来嘛——"

"大人说的是。"申君鑫苦着脸道，"只是上峰有一些事务要立即办……"

"这个不要和我说。"凤知微漫不经心摆摆手，"你们陇西府内部的事务，也许有些不适宜我们京官处理，不敢听，不敢听哟。"

她这么一说，申君鑫倒有些不安，想了一下，道："也没什么，前日家兄召了兄弟去，说提刑按察使大人那里转来了一些海捕文书，其中有两个江洋大盗，近期流窜入我府，要兄弟接任后好生寻访，如果拿到了，须得立即报知。"

他凑近来，悄悄在凤知微耳边道："家兄说，这两位江洋大盗，在京中很干了些惊天动地的事，涉及那个……宫闱隐秘什么的，所以万万不可张扬，只宜私下缉捕。"

还真是江洋大盗呢？还涉及宫闱隐秘呢？什么隐秘？楚王殿下不能喝酒？凤知微一边含笑瞟了宁弈一眼，心想这人对申旭如也真是足够了解，一边笑眯眯转着杯子，道，"嗯，啊？抓盗啊？说到这个，兄弟倒可以略尽绵薄之力。"她对着顾少爷努努嘴，"这位是四品带刀行走衣大人，是陛下御封了专门保护世子体察天盛各地民情的。未入官身之前，是青卓雪山无极派掌门高足。一身武功嘛……你也看见了，别说碟子，脑袋也拍得碎的。他自幼就练得拍头功，每天都要拍八个壳，天底下没有他拍不了的壳……"

申君鑫和刘参议听得激灵灵打了个寒战，都觉得脑袋壳子似乎发出了一声刚才碟子般的碎裂声……

赫连铮同情地看着不为所动的顾少爷，心想，这需要怎样强大的定力才能抵抗这女人的信口雌黄、胡说八道啊？这位顾大人真是人不可貌相，海不可斗量，忍耐力不可不仰望啊！

宁弈本来还在慢条斯理地喝茶，噗的一声，喝的茶全部喷了回去。他无奈地望着自己的茶杯，随即推到一边，想了想，拿过凤知微的茶盏——反正她忙着骗人，喝不完。

啪。顾少爷淡定地拍碎了今天的第八个壳——胡桃的。

虽然被语气血淋淋的凤知微吓得抖了一抖，申君鑫还是眼睛一亮，顾南衣御前带刀行走的腰牌他是亲眼看见的，绝对不假。在天盛王朝，御前带刀行走本就是虚职，很少有人得封，封也大多封给王爵的亲信高手护卫，早年只给当初功勋彪炳的长宁王身旁的一位高手封过。如今，这位衣大人受命保护地位重要的呼卓世子，很明显绝对是当世高手。

虽然高手脾气古怪了些，申君鑫和刘参议还是忍不住怦然心动，有这么个绝无仅有的高手在，办起布政使大人交的差事，岂不是事半功倍。

两人对望一眼，想起申大人最近为那两个江洋大盗焦灼不安，一时立功邀宠之心灼热。申君鑫从怀中取出两张纸，推给凤知微，"大人，便是这两人，据说飞檐走壁、无所不能，而且巧舌如簧、善于欺诈。布政使大人交代了，万万不能给这两人开口的机会。不知道衣大人能不能……"

凤知微抓起宁弈那张画像，啧啧赞叹："画得真逼真！瞧这贼眉鼠眼，瞧这猥琐神情。一看就知道是恶贯满盈、阴险奸诈的恶盗，看着便令人觉得义愤填膺、须发皆张。申大人放心，拿奸除恶，我辈义不容辞！"

宁弈凑过来，拿起另一张凤知微的画像，也像煞有介事地"看"，笑道："是啊，画得真逼真，瞧这细鼻豆眼，瞧这八字山眉，一看就知道是飞檐走壁、无所不能、巧舌如簧、善于欺诈的奸盗，看着便觉得气从中来，令人发指。"

凤知微抓着他的画像，他抓着凤知微的画像，两人温和对望，甜蜜微笑。

重视容貌的女人，忍不住悻悻盯着那张半像不像的画像，心想，哪个混账画的像，明明我鼻子高多了，眼睛大多了！

心怀叵测的男人，趁着重视容貌的女人还在纠结容貌失真问题，用画像挡着，悄悄推过那杯刚刚自己喷过口水的茶。

重视容貌的女人心中愤愤，搁下画像，愤然将面前的茶水一饮而尽。

喝完了才发现身边的男人端着杯茶，笑得眉眼花花，眼神里满是暧昧的味道。

凤知微有点困惑，心想，这人刚才还在指桑骂槐、含沙射影，一眨眼怎么就荡漾了，也不理他，顺手将两张画像都递给顾少爷，笑道："衣大人，烦劳你。"

顾少爷低头看了看，抓起一只鸡腿蘸着酱汁，将凤知微那张图的眉毛涂了涂。

凤知微热泪盈眶地看着，心想，我家顾小呆就是贴心，能够正视我容貌的美，不像某些人，眼珠子长了就是摆设。

随即，顾少爷又看了看宁弈那张画像，以一个充满嫌恶的姿势，将鸡腿狠狠地戳了过去。

啪一声，鸡腿穿画像而过，宁弈的脸瞬间支离破碎……

赫连铮眉毛一阵乱动，觉得自己的脸好像也被恶狠狠地戳了戳。

凤知微望着还在荡漾地喝茶、一点也不知道发生什么事的宁弈，笑得很快意啊，很快意。

"申大人放心，此事包在我们身上，既然在这里叨扰，少不得要尽绵薄之力。"凤知微又打个哈欠，刘参议和申君鑫立即知趣地告辞了。

"在下受皇命监察陇西道。"凤知微像是才想起来，笑道，"暨阳这里已经看过了，很好，民风安定，仓廪丰足，此府台大人治事之功，将来一定要上本为府台大人请赏的。"

申君鑫脸色变了变，不知道她说的是自己呢，还是彭知府，毕竟一直治理暨阳的可不是他。

"再者，这折子怎么写，还得和申大人好好商议。"凤知微回眸一笑，"所以要问问两位大人，过两日世子要去丰州，少不得面见申大人，你们是留在这里呢，还是陪我们一起去？"

两人都是一喜，心想，写为自己报功的折子自己怎么能不在场？再说，接待好世子和监察御史，也算功劳一件，怎么能不在布政使大人面前邀功？急忙道："世子既然要去丰州，下官等自然要随行护送。"

"好，很好。"凤知微接得很快，"既然你们很快要随世子去丰州，那这边的事务急着接也没必要。我看还是彭知府先暂代了，待兄弟查清他的罪责，上表弹劾，再由朝廷明发批文夺职，也好给本地父老一个交代。"

申君鑫愣了愣，隐约觉得这个说法有那么点不对劲，却又想不出哪里不对劲。他刚刚一犹豫，宁弈已经淡淡道："申大人等丰州回来再一并交接，免得就这几天，手忙脚乱地丢不开反而不好。"

　　他这么一说，申君鑫倒心中一凛，想起彭知府在本地的人望，顿时连连点头。他斜眼望着宁弈，眼神带着几分猜测，虽然赫连铮一直没介绍这位男子是谁，看样子也只是个随从，然而官场老油子申君鑫就是觉得，这个一直淡淡喝茶、不怎么吃东西的男子，气势不仅不逊于在场任何一个人，甚至还有过之。

　　也许是哪位不喜欢暴露身份、微服私访的大员吧！他一拉刘参议，安排人带凤知微等人去休息后，小心地退了出去。

　　先前彭知府只给众人安排了院子，还没来得及分房。这院子一共四间房，倒是可以一人睡一间，但是现在凤知微怎么敢让宁弈单独睡，于是犹豫着是把赫连铮配给他好呢，还是把顾少爷配给他好呢，可刚转向赫连铮，世子爷便开始微笑脱靴。

　　宁弈和凤知微立即齐声道："赫连，你单独睡。"

　　凤知微又试图转向顾少爷，便见顾少爷举起那张油腻腻的被鸡腿戳了一个洞的宁弈的画像。

　　凤知微立即干脆地道："顾兄，你也一个人睡。"

　　赫连铮抗议："不行，要么我和我小姨睡，要么我和殿下睡。"

　　"我不想做天盛王朝被靴子熏死的第一人。"宁弈旗帜鲜明地拒绝。

　　"多少草原婆娘花重金为求我一只靴子！"赫连铮不服气。

　　"你家小姨永远不会成为你的草原婆娘。"

　　"不是我的草原婆娘，也不会是你的王妃！"赫连铮反唇相讥，"被多少女人睡过的男人！"

　　"据说，草原男儿成年后就要由族中健妇教以床笫之事，美其名曰成人礼。"宁弈不动气，眼角微垂，浅笑，"被半老徐娘睡过的男人。"

　　"你——"

　　"停！"凤知微忍无可忍，爆发了。

　　这都什么跟什么啊？

　　不过一个房间分配，怎么就搞成了天雷勾动地火的人身攻击？瞧这俩金尊玉贵的男人，比市井街坊里锻炼出来的大妈们还擅长骂人不带脏字。

　　"你和顾南衣一人一间，就在隔壁。我睡在这个套间的外间小房。"她把那两个往外推，砰的一声关上门。

　　还没舒出口长气，就听见那人凉凉吩咐："打水来，我要洗澡。"

　　命人送了水来，凤知微等了半天，心想恶毒王爷一定不会放过要她做小厮的机会。结果房内寂然无声，连水声都没，凤知微倒不适应了，呆了一阵，自己爬上床调息，可调息了一阵总是入不了定，心想他看不见，这澡怎么洗？

正想着，忽听咚一声，凤知微心中一惊，抓起一条布巾，绑住眼睛便往房内奔。

因为看不见，她进房便低唤："喂，宁弈，你没事吧？宁弈？"

没有人回答，只有轻轻重重的呼吸，随即又是咚的一声。凤知微心中又是一慌，摸了半天摸不到地方，无奈之下只得一把拽下布巾。

布巾落下，眼前天光一亮，油灯下一桶热水热气腾腾。宁弈好端端站在桶边，笑吟吟望着她的方向，手指敲在桶边，隔一下，咚地敲一声。

凤知微气结，扭头就走，衣袖却突然被宁弈拉住，随即听见他无辜地道："我看不见，好不容易摸到桶边，被衣服绊了，跌了一跤。"

凤知微这才想起殿下确实不太会穿衣服，何况现在看不清，心中一软，只好回头。

她一回头便怔了怔，这才看清宁弈现在的模样，顿时满面通红。

烛光下那人取了面具，脱了外袍，散了长发，里衣也微微散开，如缎的头发垂在玉色的肩上，精致的锁骨平直如妙笔镌刻，流畅的肩线下是半敞的胸膛，肌肤莹润而饱含弹性和力度，在淡红色的光线下明珠美玉一般微光流转，衬着那剔羽长眉、朱红薄唇——整个人美如玉琢，像正从内自外散发着氤氲之华。

这人千面千风华，唯这一种难得一见，因而越发令人神往，连凤知微都怔了那么一下，随即转开眼。

她垂着眼帘，语气很快就恢复了平静，道："既然如此，就由下官伺候殿下吧。"

下属对上司恭谨淡漠的语气，仿佛她真是男子魏知。宁弈眉毛微微一挑，眼中闪过一丝厉色——这女人，出了险境就翻脸不认人了！

他面上却依旧笑着，张开双臂，道："宽衣。"

灯光下，他张开双臂微微仰首的姿态有如骄傲昂首的凤凰，带着尊贵和不可轻亵的端严。凤知微慢慢蹭过来，偏着脸慢慢解他的衣扣。烛光照耀下，纯白的丝质衬袍如一片云般悠悠飘落，软软地覆在两人脚上。

腰带、长裤、亵衣……

衣服层层坠落，在两人脚下无声落了一堆。凤知微的眼光不知道放在哪里，只好垂在地上，这一垂便看见那人修长的腿，正不急不忙，踢开满地衣物，向她走来。

凤知微不是没给宁弈脱过衣服，上次在那废宫里她也曾将他处理个干净，但那毕竟是被窝底下的勾当，如今却是直面相对。她再胆大镇定，也不能控制自己的脸，一层比一层红，而看见宁弈似乎向自己走来，立即慌忙后退。

在那淡黄色光晕的映照下，肌理细腻的修长的腿却突然转了个方向，跨入了浴桶。

水声响起，溅到凤知微滚烫的脸上。她舒出一口长气，拔腿就走，却听那人问："胰子在哪里？"

凤知微只好递过澡豆。

"布巾。"

凤知微递过布巾。

热气蒸腾而起，而蒸腾的热气里，尊贵的殿下不紧不慢地吩咐："搓背。"

凤知微微笑，"殿下，东西都给您了，现在您这眼睛不妨碍洗澡了，告退，告退。"

嚓！

横梁上突然响起一声裂响。

刚刚转身的凤知微一惊，一个滑步便滑着地上的水直奔浴桶。热气蒸腾而来，她看不清宁弈，下意识便要拔剑，却忽然从浴桶里伸出一只光溜溜的手臂，一把抓住了她，将她往浴桶里一拽！

凤知微猝不及防，被拽进浴桶，慌乱之下，头埋进去吃了几口水，随即想起这是宁弈的洗澡水，顿时大怒，可眼睛一睁又依稀看见水下……哗啦一声，赶紧从水中抬起头来。

一抬头就怒道："宁弈，你现在闹什么——"

却听横梁上有一个人懒懒道："主子，她进来了。"

宁弈含笑仰头，道："多谢！"

横梁上宁澄一本正经道："不客气！"

凤知微气得七窍生烟，敢情是这一对主仆合起伙来戏弄她，可正要从浴桶里爬起，横梁上宁澄却一拳打碎了屋顶，仰头对屋顶上一人道："没有事，你要不要进来看看？"

宁弈含笑，便要揽着她站起来。

凤知微心想，要是给顾小呆看见此刻的宁弈和自己挤在浴桶里，再闹给赫连铮知道，这辈子她也没脸见人了，只好道："顾兄，没事，我在洗澡。"

屋顶上顾南衣"哦"了一声，随即赫连铮的声音兴致勃勃地凑过来道："洗澡吗？洗澡吗？需要我给小姨擦背吗……"随即砰的一声，某物直线坠落。

宁澄还是一本正经地坐在横梁上。他坐在那里，浑身透湿的凤知微便没法站起身，只好继续待在浴桶里。浴桶那么大点地方，和宁弈挤在一起，她避也避不开，躲也躲不了，看也没处看，摸也没处摸，连想抽剑破桶都没法动作。

那个没穿衣服的人一点都不觉得有什么不自在，好整以暇地搂着她，竟然不急不忙地和宁澄谈起正事来了。

"你去了哪里？"

宁澄居然毫无愧色，"我来迎您的时候，半路接到消息，五皇子失踪了。"

这个消息令宁弈身子一僵，凤知微也抬起头——五皇子从软禁他的苍山行宫逃出去了？难怪常家有这番动作，换句话说……常家注定要反！

难怪宁澄接到这个消息连宁弈都不顾，直接奔去处理了，不过这个护卫也实在散漫，居然就这么撒手一跑！宁弈这人明明驭下很严，却似乎对这个护卫特别宽纵，有什么特别之处吗？

"现在人在哪里？"宁弈果然没有生气，语气沉肃。

"我总算找到了那批人，一路跟着，现在那批人已经出了陇西境。"宁澄答，"如果不是接到这边消息要赶回来，我本来可以截杀他。"

凤知微眉梢挑了挑，常家去营救五皇子的人，一定是超级高手，行踪也一定极其隐秘，而宁澄就能这么轻描淡写找到那批人，并差点截杀？这么能力非凡？

联想到宁弈对这个护卫的宽容，和顾少爷刚才没有踢宁澄下去，凤知微若有所悟。

宁澄说完话，笑嘻嘻地从横梁上俯瞰下方，道："王爷水冷了，赶快点。"

"你可以滚了。"

横梁上只剩下一个洞，宁澄果然立刻滚了。凤知微叹口气，道："闹够了没？"

颈边突然一热，却是湿漉漉的宁弈靠近来，疲倦地将下巴搁在她的肩头，灼热的呼吸喷在她耳侧，低低道："知微……下山后便要一切回归从前吗？那么便容我再闹一次……过了今夜，你要做你不断向上爬的魏知，我也要继续我永无止境的争斗……老五跑了，闽南南海之行注定血雨腥风……知微，知微……走下去，我们都不知道那路是越来越近，还是越来越远……今晚……你能不能……能不能……彻底地近我一次……"

第六十七章
在乎

你能不能，彻底地近我一次？

凤知微从未想过内心坚冷如宁弈，竟然也会有软语相求这一日。

是毒伤在身导致一时脆弱，还是因为对将来有所预见而有感而发？

她僵在水中，水温渐渐变冷，体温却渐渐上升。他的身体近在咫尺，只隔她一层薄薄的衣衫，属于他的气息无所不在，逐渐游移着钻进她的体肤。他每一个细微的动作都会引起她的战栗，像风雨欲来之时云层里穿梭的电，细芒乱舞，振动着苍穹的脉搏。

他的下颌搁在她肩上，两人都能感觉到那般的滑润，水的滑润，肌肤的滑润，呼吸的滑润……带着迷蒙的水汽逶迤。你中有我，我中有你，让人想起一切交缠和绵软……她不自在地偏偏头，却不过换得他的唇顺势掠过她的脸颊，像灼热的风从本就涟漪暗生的湖面舞蹈而过，波纹晕生。

她在那样不动声色却又惊涛骇浪的荡漾中，不可自控地颤了颤，想说话却又觉得浑身软绵绵的，失去力气。那近得不能再近的躯体似乎侵入到她向来清醒的神志里，横亘过意识的山岭，遮了清明，让她出口的便只是低低的喘息，听了令人羞赧，她于是更加不敢说话，因为他的唇等在那里。

他的唇先是蜻蜓点水，随即便是狂风骤雨，从她的领地长驱直入，将力度和辗转的烙印打在每寸土壤，想做了主宰她的王。她雪色脖颈间很快便浮起一层暧昧的晕红，像淡红的月色照在了深雪上。

有那么一瞬间，过急的心跳和陌生的接近冲击得她陷入眩晕，令她迷茫而失去思考和语言能力。他却从一开始就没打算获得她的回答，言语只是一种昭告，行动才是男人要做的事。他在水底摸索着卡住她的腰，那纤细精致的一圈，圆润而玲珑，一只手似乎便可以掌握。他微微顿了顿，用指尖留恋似的膜拜了造物主对这个女子的钟爱，随即轻轻挪动身子，手指慢慢一滑。

凤知微觉得哪里有坚硬存在着，脑中轰然一声，云雾瞬间散尽。

宁弈却已低低地喘息着，哗啦一声披水而出，揽着她要跨出浴桶。

却突然觉得有什么东西硬硬的，顶住了自己的腹部。

"殿……下。"她的气息有些不稳，难得两个字都断了一下，随即渐渐平复，语气是那种他最喜欢也最讨厌的冷静，"不想听我的答案吗？"

两人半身在水里，在浴桶中正面相对。一柄黑色软剑，横在彼此正中。

水珠滴溜溜从宁弈裸袒的上身滚落，烛光下的肌肤泛着玉色的光泽，清郁的男子气息扑面而来。凤知微垂着眼帘，只敢看自己的剑。

"你的答案，不过如此。"宁弈已经恢复了镇定，并不在意那剑，在浴桶里向前一小步。

凤知微果然将剑向后收了收。

"你看，"宁弈笑得笃定，"你不舍得伤我的。"

他伸手去抚凤知微湿漉漉的眉睫，带点复杂的爱怜神情，道："你永远都在隐藏自己、控制自己、逼迫自己……刚刚你明明已经动情，为什么不肯放纵一回？"

"我不能伤您，而已。"凤知微有一瞬间的沉默，随即垂下眼睑，笑意淡淡的，"而且，殿下，据说未尝人事的女子，在接触不讨厌的男子时，总是容易出现失控。我想，您并不是您以为的例外。"

宁弈默然，半晌冷笑一声。

"您现在眼睛不方便，我想您一定没有注意到，"凤知微微笑，"这柄剑的剑锋，并没有对着您的方向……它对着我自己。"

宁弈的脸色，变了变。

"您上前，它确实会后退，只是会退入我自己的要害。"凤知微淡淡道，"我不知道您打的什么心思，却觉得我的身子和心不能在现在交出去，所以对不住，殿下，请让我威胁您。"

一片沉默。

水声簌簌滴落，在寂静的夜里，沙漏般滴尽时光。

宁弈"看"着凤知微的方向，灰白模糊的视野什么都看不清，他却能想象出她现在的模样——红晕尽去，眉睫乌黑，眉宇间坚执冷凝，仿若去年冬秋府冰湖初见，她一脚将人踩在脚底，淡然绾发而出的神情。

冷静、悍然，带着几分隐然的无赖。

有些事，其实是知道不可强求，也强求不来的，却依旧试图去做了。连他自己都不明白为什么会有这些举动，仿佛从遇见她，并逐渐了解她开始，有些事便乱了步调，有些心思便失了掌控。

古寺听夜雨，她在他怀中，温顺而婉转，那一刻至近的距离想忘却难，然而下山后她便可恶地换回了恭谨顺从却又遥远的姿态，令他突然想要做些什么，试图挽留住那一刻怀中的她。

未必指望此刻占有，却想让她明白真实的她自己，想让戴惯面具，因此经常搞不明白现实和虚幻的她，面对一次自己的内心。

宁弈缓缓抬手抚了抚自己的脸——果然，她还是那个可恶无情的她，他却似乎有点不是他了。

剑锋平静地横着，和桶中的水一般冰凉。

突然，她小小地打了个喷嚏，却温婉地道："殿下，小心着凉，我扶您出去吧？"

宁弈垂下眼帘，一瞬间也已恢复了沉凝锋利的神情，推开她，哗啦一声跨出水面，随即隐约听见她倒抽气的声音，有点慌张地赶紧跳出了桶去。

头顶风声一响，柔软的寝衣当头罩下。她声音平静了些，道："我伺候您穿衣。"

"不必了。"宁弈一把推开她，将一地衣物踩在脚下，头也不回地往床边走去，手指一拉已经落了帐帘。

"你成功威胁了我。"他在帘后身影淡淡，语气更淡而凉。

"只不过仗着我，在乎你。"

帐帘后宁弈再无声息。凤知微默然立在水泊里良久，然后将浴桶轻轻搬了出去。

她内伤未愈，搬得有些吃力，然而一推开门，就有一双手伸过来，接了过去。

她压下复杂的心绪，笑道："谢谢！"

顾少爷躺在屋外的台阶上，将那桶水远远地扔了开去。桶落地无声，他也没有声音。

凤知微有点诧异地发现他竟然没有在吃胡桃，并且难得地没有睡在床上或高处，却睡在了他讨厌的宁弈的门口。

凤知微回头望望，脸色有些发红——刚才他一直都在？都……听见了吗？

她想了想觉得实在不好问，却忽听顾南衣道："对不住！"

凤知微愣了愣，半晌才反应过来这话竟然是从顾少爷嘴里冒出来的。

他有"歉意"这种情绪吗？她以为他根本就不知道这个词怎么用来着。

一怔之后，她笑开，忽然觉得心情好了些，拉起顾南衣道："别睡在人家门口，回房去，也别和我道歉，这不是你的错。"

顾南衣任她拉着离开宁弈的门前，嘴里却固执地道："对不起！"

"好好好，对不起，对不起！"凤知微知道这位一根筋，不接受他的话也许他会说到明早去。顾南衣却突然指了她，又指了浴桶，道："别给人洗。"

凤知微呆了呆，脸色哗的一下通红。

顾南衣还不罢休，拉着她走到赫连铮门前，道："他也是。"

凤知微哭笑不得，害怕他每个房间都这样走一圈，那她这辈子就没脸见人了，便只好拖着他往院子外一个小花园走，道："不洗，不洗。我们去散散心。"

秋夜天高气爽，夜虫低鸣，风中有淡淡的桂花香气。凤知微找了块干净草地，坐下来，仰头对着顾南衣，笑着拍拍地面。

她有些促狭地看着他，心想，顾少爷那么拒人千里，一定不会席地坐的。

谁知道顾南衣低头看了看，竟然坐了下来，虽然依旧隔了一个人的距离，但已经破天荒地令凤知微目瞪口呆了。

今晚的顾少爷，有些反常啊……

她讨好地拔了一根甜草根擦擦干净递过去。顾少爷接了，慢慢地嚼着。

月色幽美，星光欲流，风拂起身侧男子的面纱，隐约有如雪的下颔和润泽的红唇一闪。

一截碧草拈在指间，手指因此显得更加白若明玉。

他微微偏头、专心吃甜草根的姿态，有着这污浊尘世难逢的天真纯澈的气韵，令红尘中行走的人们，觉得自己遍染尘灰。

凤知微突然就觉得，自己这么个阴暗黑心的人坐在专心吃草根的顾少爷身侧，很有点亵渎了他，于是自觉地向旁边挪了挪。

顾少爷立即也跟着挪了挪。

……

凤知微啼笑皆非，不动了，今晚的顾少爷很可爱啊，不妨谈谈心好了。

相处这么久，知道他的怪癖，知道他问不出什么来，她便没有试图试探什么——唯一一次试探，还被他那句强大的"我是你的人"给五雷轰顶了。

今晚月色很好，花香很好，草很甜，少爷很乖，应该不会有雷吧？

"为什么会迷路？"从简单的问题问起。

简单的问题问倒了顾少爷，他停止对草根的摧残，仰起头仔细思考，半晌道："记不住。"

记不住？那武功怎么记得住？

"道路都是一样的。"顾少爷慢吞吞道，"路是乱的，脸是碎的，布是粗的，声音是吵的。"

凤知微怔怔看着他——他是在说自己的感受吗？

这是他第一次对人说出自己的感觉吧？所有的路都是一样纷乱，找不出区别；所有的脸都是一样支离破碎，需要慢慢拼凑才能完整；穿在身上的衣服，再细腻的布料都会觉得粗糙磨砺，令人不耐；四周人说话的声音，永远杂乱地喧嚣在耳边。

那是怎样恐怖而可怕的感觉？

这十多年，他就是活在这样的世界里？

凤知微突然觉得心微微一痛，像被谁的指尖细细揪起，捻了一捻。

"你……这么多年怎么过来的？"

顾南衣偏偏头，有点不理解她这个问题，怎么过来的？走过来的啊！

"我是说，谁照顾你？你如何长大？"凤知微此刻并没有想故意探听什么，只是直觉地想知道，在那样纷乱的天地里，他如何长成。

"三岁前，爹爹；五岁后，伯伯，还有其他人。"

凤知微听出了其中的空缺。

"三岁到五岁呢？"

顾南衣不说话了，身子突然抖了抖。

这一抖，抖得凤知微也颤了颤，一瞬间脸色发白——失去唯一亲人的，天生有些不足的三岁孩子，那两年，是怎么过来的？

不敢想，想了从指尖到心，都发冷。

或许顾南衣自己也不敢想——从来都平静漠然如他，竟然在想起那段日子时也会发抖，那又是怎样噩梦般的幼年？

凤知微突然伸出手，按在了顾南衣的手背上。

她什么想法也没有，只想温暖一下十多年前那个三岁的孩子，在人生孤寂落雪的那段日子里，想必没有人这样暖过他的手。

她心底泛着淡淡的酸楚和温柔，忘记男女之防，忘记顾南衣从来不喜欢任何人的接近——下一瞬很可能就会把她扔到九霄云外。

顾南衣却并没有动。

他垂眼，仔细看了看被按住的手，第一反应确实是掀翻并扔飞，然而那细腻掌心里传来的淡淡温暖，那肌肤相触的陌生而奇异的感受，突然让他觉得不知哪里动了动。

这是很陌生的感觉，像千年凝固的堡垒被电光掠开一道缝隙，外面的人看见了里面蕴藏的光华十色的宝藏，里面的人看见了外面碧海蓝天、无限广阔的风景。

哪怕那风景只出现在一线狭窄之间，也令人沉溺而神往。

顾南衣觉得这种感觉无法言说却又神秘，让万事不耐烦的他突然起了探索的想法，于是，再三权衡之下他选择手指抠紧了地上的草皮，一动不动，好控制住自己直觉要掀翻的冲动，让那奇异的感觉在自己手背上多停留一会儿，直到他理解为止。

凤知微不知道顾少爷此刻莫大的牺牲和挣扎，更不知道顾少爷手底下的草皮子被摧残得面目全非。她的手在顾南衣手背上略略停留，便想起了他的怪癖，赶紧收了回去。

顾少爷缩回手，摸摸自己的手背。

这个动作看得凤知微窘了一窘，还以为他嫌自己脏，赶紧转移话题，伸手从树上摘下一片细长的叶子，卷了卷，道："教你个不迷路的办法。"

"这种树，天盛大江南北都有。"她仔细让顾南衣辨认那树叶的脉络，"这脉络很奇特，像一张脸，以后无论我们到了哪里，如果失散了，不管多紧急、多不方便，我们都不要忘记在经过的这种树的树根下留下这图案，然后就方便找到彼此了。"

"有记号。"顾南衣说。

凤知微知道他的意思是，他们本来就有联络记号，于是笑着摇摇头，"那记号是你和你的组织的，是你的组织和我的，不是我和你的。你不用找我，你就负责留记号。我认得路，我来找你。"

她想起那日奔驰去救宁弈，以为区区几十里路，又有隐身护卫在，顾南衣不会找不着自己，所以没能及时一路留记号，导致顾小呆弄丢了她。

说留记号让他找她是假，她是怕有一日小呆走失，又忘记以前的暗号了，或者他的组织出了问题，暗号不能用了，到时她到哪里去找他？

他虽强大，也脆弱。一想到让他这样的人独身行走江湖，她眼前便浮现出三岁失去爹的那个茫然的孩子，孤身行走，而前方道路大雪茫茫。

"说好了。"她笑盈盈将树叶卷起，放在唇边轻轻吹起，"我吹着叶笛，顺着你的记号一路去找你。"

顾南衣专注地看着她，摘下一片树叶，照样卷了，在唇边断断续续吹起。

月光自苍穹这头走到那头，断断续续的曲调吹碎一天的星光，在渐渐连贯流畅的小调中，凤知微含着微笑沉入睡眠。

不知道多久之后，蒙眬中听见他说："吹着笛，找着树，寻到你。"

风很轻，花很香，鸟鸣很清脆，呼吸很……粗重。

凤知微睁开眼时，发现眼前好大一张黑沉沉的脸。

她吓了一跳，赶紧向后挪，揉揉眼睛才看清，那张鼻子不是鼻子、眼睛不是眼睛的脸属于赫连世子。他正蹲在离她很近的地方，用一副"你这坏女人，你背叛了我，伤害了我，摧残了我，辜负了我"的郁卒神情逼向她。

这是干吗呢？谁克扣了他的早饭吗？

凤知微懒洋洋爬起来，手一撑才发觉手感不对劲，再一看，她刚才的枕头，赫然竟是顾小呆的大腿。

她呆呆地看着呼吸均匀的顾小呆，一眼望见，某个小帐篷就撑在离她脑袋刚才搁的位置只有一指远的地方，立即嚓一声被点燃了。

顾小呆睁开眼，淡定地和她隔着面纱大眼对小眼，淡定地拂开她的手，再淡定地推开赫连铮的脸，低头看看自己的裤子，然后慢悠悠飘出去，解决晨间问题了。

他一边飘，一边还吹着树叶笛子，曲调流畅，一泻万里。

赫连铮暴跳如雷地抖着手，指着他的背影，指了半天却发现完全没作用，他又不会隔空伤人，只好回头指凤知微。凤知微浅笑着，拨着他的手指转了个方向，道："世子，早啊！喏，茅厕在那边。"随即施施然走开了。

刚走两步，一人正色堵在她面前，用一种恨铁不成钢的眼光看着她，道："我又想花半刻钟解决你了，免得我家主子将来头痛。"

凤知微不知道这个半刻钟的典故，却明白宁澄的意思，指了指自己鼻子道："可以，但是很可能后果是，你痛快半刻钟，头痛一辈子。"

顾小呆一泻千里地过来，用胡桃的问候，告诉了宁澄头痛的具体表现方式，痛快干脆地解决了一大早关于生死和将来这个严肃命题的讨论。

"陇南府军已经调动完毕。"宁澄追过来抓着她道，"我的意思是，从离丰州最近的陇南曲水过去，这样比较不惊动当地。"

"你家王爷既然放心你指挥，你便不用问我。"凤知微笑道，"有些人不用白不用，我们这一行人自然有申君鑫派人护送，直入陇西布政使府。你带着三千陇南府军，等着接应便成。"

她回到院子，申君鑫果然前来拜望，同时过来的还有赫连铮的贴身护卫八彪。凤知微浅浅地笑了，很好，人齐了。

"兄弟还有陇南道的监察事务，"凤知微笑问申君鑫，"准备这便启程往丰州城拜会申大人，两位意下如何？"

"好好好！"申君鑫满心欢喜，殷勤地道，"刘大人和本府亲自护送，暨阳本地府兵一千人也都点了，随侍世子和大人们身侧。"

"那敢情好，有劳了。"凤知微笑容可掬，"等见了申大人，定要好好帮大人们提一笔。"

那两人笑得见牙不见眼。

赫连铮和八彪咬耳朵："你们以后千万不要娶汉人老婆。"

八彪深以为然地点点头，问赫连铮："世子，您呢？"

赫连铮惨痛地道："我也许来不及了……"

宁澄的大头突然冒在他们中间，诚恳地问："要不要我帮你永远阻止？"

群殴。

一刻钟后，宁澄掸掸衣裳上的灰，扬长而去……

一行人在申君鑫特地派出的府兵的保护下，登上备好的华贵车马。宁弈出来时脸色淡淡的，和平日没有任何区别，凤知微的举动也一切如常，就是她始终用下垂的眼皮对着他——反正殿下又看不见。

顾少爷躺在车顶，用树叶吹着小调，周而复始，没完没了。

赫连铮瞄啊瞄，总觉得一切似乎都在一样中变得不一样了。

申君鑫和刘参议一路上春风得意，喜气洋洋，奔向心目中光明灿烂的未来，浑然不知早已被别人蒙骗着走上了一条不归路。

府门前彭知府久久站着，看着这群离奇出现又离奇解脱了他的困境的朝中来人，眼底掠过一丝困惑，良久看看天色，低低道："要变天喽……"

从暨阳到丰州，快马一天，慢马一天半。

第二日晚间的时候，车马进城，申君鑫要派人提前报知布政使衙门，被凤知微阻止了。

她道："世子不喜欢繁文缛节，而在下这个区区七品监察御史也当不得布政使大人来迎，我们还是自己去拜访吧。"

又道："既然已经到了地头，府兵们也不用一直跟着了。暨阳空虚，万一有个什么匪患的，无人抵挡，还是打发回去的好。"

她说什么，申君鑫都说好，随即命手下佐领带人回转。刘参议倒是皱了皱眉头，心想，那也不用连城门都没进便急着打发府兵回去，只是申君鑫虽然官位比他低，却是布政使大人的亲戚，如今他攀附的心正重，也就没有劝阻。

布政使衙门并不在丰州城的中心，据说申旭如大人为人风雅，喜好山水，所以衙门建在丰州城灵泉湖边，位在城西。

进城门时，申君鑫要上前表露身份，喝令通行，凤知微摆摆手，笑道："何必扯出官威来呢？就这么隐着身份一路闲散走走看看，先体验一下丰州民情也好。兄弟这一路，可都是这么过来的。"

申君鑫呵呵笑着，连声应是，老老实实排队过城门，刘参议却皱起了眉头。

进城之后，车马都加快了速度，八彪有意无意地将申君鑫和刘参议围在中间。申君鑫浑然不觉，在经过城东时说自己家就在附近，相请各位进去坐坐，被凤知微含笑拒绝了。申君鑫又说想回家和夫人交代句话，又被赫连铮毫不客气地打回了。

到了这时，哪怕是一心想着受嘉奖、升职美梦的申君鑫也已经觉得有点不对，和刘参议互望了一眼。刘参议对自己身边一个随从，使了个眼色。

那随从拨转马头，直接向着八彪围成的圈子而去，笑道："上次我家大人带给布政使大人的阿芙蓉膏子，忘在申大人府中了。我家大人让我去取。"

八彪互望一眼，让开道路，一直紧张盯着那边的刘参议和申君鑫神色一松。

那随从离开队伍，立刻拍马狂奔，刚刚转过一个僻静的街角，却突然眼前寒光一闪，喉头一凉。

他捂着鲜血狂喷的喉咙倒下去，最后一眼看见一道掠过墙头的灰衣人影。

这边依旧在含笑闲话着，凤知微骑马，隔着八彪和那两个倒霉蛋，不住地指点丰州风物，谈笑风生，滔滔不绝。那两人看她神色如常，也怕自己多疑，再说，向布政使衙门通报的人已经派了出去，光衙门府兵便有两千人，城外还有驻军，也没什么可担心的，便也渐渐恢复了自如。

没多久便到了城西，凤知微望着碧水环绕、气派宏伟的布政使衙门，扬鞭轻笑道："前临碧水，后倚青山，真是块登临取胜的风水宝地！"

她扭头，道："相烦申大人通报一下。"

申君鑫呵呵笑着，面带得色地和迎上来的布政使衙门门正说了几句，那些人立即面色一整，赶紧向内通报。

不多时四门大开，一个白面微须的青袍中年男子领着一群佐官迎了出来，笑道："不知世子光降，有失远迎，伏乞恕罪！"

凤知微笑吟吟地迎上去，盯着那面貌清秀、看上去很像个三寸老学究的陇西最高统治者——就是这双软绵绵的手，指挥人画下了他们的画像；就是这张看起来没什么特别的嘴，想一气吞下两位钦差，其中还有一位是当朝皇子亲王？

看着这位害自己和宁弈流落暨阳山，险些丢命的布政使大人，凤知微笑得更加亲切开心了。

赫连铮盯着申旭如，很想按照凤知微的再三嘱咐，表现出汉人擅长的假面和变脸绝技，然而一看见那张保养得很好的团团脸，他就想起暨阳山古寺里找到凤知微时她的狼狈——一身的血和泥泞，烧得长长短短的乱发，以及乍见到他们时那一贯冷静的眼神里瞬间爆发出的狂喜——看得他当时心酸得说不出话。

想到这些，他便完成不了凤知微交代的高难度任务，袖子底下的拳头捏得咯咯直响。

凤知微上前，不动声色地一肩头将他撞开，抢先迎上去和申旭如行礼寒暄。好在此地表面上赫连铮身份最尊，也只有别人给他行礼的份，他只要仰着头哼哼，表达一下世子的尊贵和骄矜就行了，而这事，他在遇见凤知微之前很擅长，现在不过拾回老本行。

其间，申旭如狐疑地看了一眼从车上下来的戴了面具的宁弈。凤知微坦然自若，介绍道："这是世子的朋友，陇南人，顺道一同返家探亲。"

申旭如"哦"了一声也没有多想，只把着凤知微的臂笑道："难得世子和陶兄弟、衣大人光临，少不得要多待一阵子。我丰州风物，还是值得一看的。"

"自然，自然。"凤知微眯着眼睛，"没看见我想看的之前，您赶我，我也不走的。"

两人相对大笑，申旭如让赫连铮在前，自己和凤知微把臂而行。申君鑫、刘参议和布政使府的一群属官，眉开眼笑地跟着。

凤知微注意到，这布政使衙门戒备算得上森严，几乎三步一岗、五步一哨，看来申旭如追杀自己二人不成，心中也心虚得很。

一直行到后院一座暖阁前，凤知微仰头望匾额，笑道："停胜阁……好字！"

申旭如笑得得意，看来是他自己的手笔，"请！"

"请！"

人全进了暖阁，凤知微却依旧把着申旭如的臂，一脸受宠若惊的模样。衙门属官都在暗笑这个监察御史有点不知进退，申旭如脸上的笑容也有点不自然，却也没说什么。

"大人这府衙所在地，前临碧水，后倚青山，真是块风水宝地啊！"凤知微边行边笑。

申旭如正要谦虚两句，却无意中一扭头看见赫连铮的八彪竟然也跟进了暖阁，一怔之下正要劝阻，忽听身侧凤知微继续笑道："大人埋骨于此，想必也不枉啊！"

话音刚落，跟在后面反应快的刘参议脸色一变，滑步蹿起便要逃开，然而彩芒连闪，金光晃动，八彪八只长鞭咻咻而出，刹那间交织成网，牢牢网住了他和申君鑫。

赫连铮一脚踢上了暖阁的门。

顾南衣一拂衣袖就将一个意图冲出来的武官拂到了墙上挂着。

凤知微的剑，已经森凉地顶在了申旭如的后心，而宁弈不知何时已经来到了申旭如面前，负手淡淡地"看"着他。

"你们——你们——"一连串变化只在刹那间，大多数人还没反应过来，申君鑫面色惨白，大声结巴着却说不出话。

"我们多谢你一路护送，助我们畅通无阻地进入布政使衙门。多谢，多谢！"凤知微亲切地扭头看着他，"请允许在下重新自我介绍，在下礼部侍郎、南海路船舶事务司钦差魏知。"

被钳制住、一直脸色青白、似乎没缓过气来的申旭如，听见这个名字，抖了抖。

一个不知内情的参议大声道："魏大人，你这是干什么……"

"我们要干什么，问申大人便知道。"这回开口的是宁弈。他缓缓踱到申旭如正面，面对他，取下了自己的面具。

"本王，宁弈。"

满堂震惊失声，申旭如身子抖得更加厉害，半晌咬牙道："未知王爷降临，下官失礼，可是王爷这是在做什么……"

啪！

忍无可忍的赫连铮，一巴掌扇下了他十来颗牙。

脸色苍白、眼神厌恶的宁弈，在申旭如的号叫声中，淡淡道："我做什么？杀你。"

"你不能杀我！"申旭如落入人手，心知无幸，却还挣扎着最后一丝希望，"我这府中护卫上千！你们动用私刑杀了我也无法走出去！我是封疆大吏！就算有罪，也应该押送进京，由大理寺审理。就算你是亲王，擅杀封疆大吏你也——"

呲。

刀太快，鲜血一时激射不出；话说得太快，以至于刀进入心口后还来得及把话说完，"有罪。"

刚才的寂静现在成了死寂，连呼吸声都冻在了那里，所有人都定着眼睛，脸色白如死人，无法想象全省最高掌权者、在陇西呼风唤雨的布政使大人，就这么轻描淡写地被捅死了。只有赫连铮痛快的笑声，不管不顾地在阁内回荡。

"哈哈，停胜阁，挺尸阁！"

申旭如的身子软下去，凤知微嫌恶地将他的尸体扔下，落下地，麻袋似的一声。

"对，就算有泼天大罪，以你这种身份，想要痛快地杀你都不可能。你会黄绫裹枷，护送上京。你会进入大理寺，等待漫长的审理过程。在这个过程中，你往日结交下的各种错综复杂的关系网，你所投靠的在京的各类势力，都会被你搅动，自愿或不自愿地为你奔走辩护。而你又有足够的实力和金钱去支持这种消耗……等到最后，也许斩立决会变成斩监候，而候着候着，你便能等到一个大赦的机会东山再起……"宁弈慢条斯理地用一条雪白的锦帕拭了手，扔到申旭如充满惊骇之色的脸上，"所以，你还是现在死吧。"

他清淡的语声里，有山呼般的喧嚣声，奔腾而来。

那是宁澄带来的陇南都指挥使手下的三千军，掐着他们进府的时辰，极其精准地一举冲入。申旭如防备森严的府卫，遇上这些有备而来的正规军，不堪一击，整座布政使衙门迅速被控制。

暖阁里龙涎香气袅袅，一杯清茶搁在那已永远没有人去喝。满地梅花般的血点里，宁弈不动声色地踏足而过。

一身血点、杀得兴奋而酷厉的宁澄，身影一晃，出现在暖阁前。

"一刻半钟！"

一刻半钟连杀人，带控制府衙，带消灭一切痕迹全套做完。

"很好。"宁弈轻轻仰起头，专注地嗅着空气中渐渐弥散的血腥气，在一地的战栗和瑟缩中，微笑道，"还是别人血的气味，闻起来比较香。"

长熙十六年秋，震动京华的陇西府谋杀亲王、钦差案发生，陇西布政使申旭如，因与闽南常氏勾结，受命常氏，在钦差仪仗进入陇西境后进行截杀。其行径之大胆，震动当朝。

在天盛帝的书案上，历历证据证明了这件看起来有些不可思议的事件的真实性——陇西府书办给江湖长山剑派掌门的密信，申旭如下发给申君鑫的宁弈、魏知的画像，以及宁弈在极短时间内雷厉风行搜集来的关于申旭如和常家勾结的相关证据——申旭如的前任布政使，正是常家助申旭如将其构陷而死的，其后两家多有公私往来，就在前不久，申旭如还以陇西今年多雨水导致粮食霉变，请求朝廷拨粮，然后将多出来的一批粮食运往了闽南。

天盛帝得知后勃然大怒，立即下令将申旭如押解进京，涉案人等就地审理。诏令发出后不过几天，楚王回复，申旭如已伏法，相关涉案官员及相关人等三百三十六人，全数就地处决。

一眨眼，大好头颅三百颗！

天下震惊！

据说天盛帝接到这个折子时，沉默很久，满殿屏息，都为楚王的雷霆杀戮手段所惊——他竟然不等廷寄诏书，便轻描淡写砍下了这许多官员的脑袋，其中还有位在二品的封疆大吏！

更令人心惊的是，他在这么短的时间内便基本查清了申氏所涉的罪行，而且要查要杀，绝无窒碍。这等能力手段，仔细想来便心旌摇动。

在楚王幕僚上呈的折子中是这样写的："申氏骄狂，以王命令之，犹意图反抗，并伤及殿下。无奈之下就地正法……"但是谁都清楚，天知道申旭如是怎么死的，天知道是不是在宁弈上折子之前，那些官员的血就已经染红了丰州土地！

丰州流的血，确实只有丰州最清楚，一连很多天，断头台饱饮鲜血，青石缝里血痕殷然。最后宁弈急着要走，不耐烦天天按时杀人，干脆在丰州城中心最热闹的十里长街，每隔百米捆一个。他在城中最高的天元楼，鸣锣一响，鲜血成渠，百颗人头落地！

这种杀法，震得丰州百姓很多年都永难忘记。一连多天，到了晚上，原本花影如潮的街道都十分冷清，连一个人影都没有。

一出手就杀掉封疆大吏的楚王，却没有因为他的大胆妄为受责，天盛帝表示了默许的态度——他不提杀申旭如的事，快马令人送来宫中最好的治伤药。

这也令一直惴惴不安的楚王派松了口气，凤知微却知道其实根本不必担心——五皇子逃至闽南，常家势必要反，宁弈此去必将调兵遣将，大动干戈，而这一身的杀伐之气，正好震慑一下人心浮动、不太安分的闽南南海两境，而且对收整兵权也有好处。天盛，现在需要的不是怀柔之手，而是滴血之刃。

唯因如此，所以赶路甚急，留给常家的时间越多，留给自己的机会越少，当朝廷开始接手陇西之事，宁弈、凤知微立即走水路直奔南海。

　　南海闽南相邻，常家虽然领闽南将军职，家族却居住在南海道，所以在两地都有府邸和势力。凤知微和宁弈商量了，决定两队会合，先去南海。

　　顺曲水快舟行进，当赫连世子晕船晕到第七天，扶着船舷表示自己再待一天就一定会死的时候，钦差大船发出了一声砰然碰撞。

　　急急奔上甲板的凤知微，一眼看见不远处的岸边，人头涌动足有万人之多。铺天盖地的呼喝吵嚷之声传来，呼啸如潮！

第六十八章
惊变

"船底破了！"燕怀石跟在她身后，惨白着脸奔过来。他最近日子可不好过，这一路来时春风得意，行时却路途多舛，陇西境内遇袭，死伤护卫还是小事，竟丢失了凤知微和宁弈。他当时便急没了主意，好在后来两人吉人天相，又终于联系上。一连多天吃不下饭、睡不着觉的燕怀石这才放下心中大石——谁都可以有事，这两人绝不可以，一旦凤知微出事，以南海现在的状况，世家们必将被有常家撑腰的当地官府势力吞没。

所以后来那一路，燕怀石小心翼翼，恨不得睡觉也睡在凤知微的门槛上，可如今眼看抵达南海，刚要暂时松一口气，竟又遇上这事！

"看样子，你们南海欢迎钦差的方式很特别。"宁弈由宁澄扶了出来，静静听着不远处海啸般的呼声，脸上露出一抹淡而冷的笑意。

燕怀石望着岸上足有万人的黑压压的人潮，倒吸了口气，扶着船舷的手指攥得紧紧——知道南海情势恶劣，但是也绝没想到，竟然恶劣到这种程度。

赫连铮趴在船舷上，一边吐一边气息奄奄地道："虽千万人，吾往矣……"

众人正惊讶这人怎么会掉文了，随即听见他哕哕地接道："不妨操大军杀光之……"

"……"

凤知微眯着眼睛，望着人海后方。那里，南海当地官府的迎接仪仗队伍，还有世家们的迎接人等，都被偌大的人潮挤在了后方，冲击得飘摇不定，看起来可怜得很。

她取过燕怀石手中的千里眼，对准那方向，圆形千里眼的视野不断移动，笼罩着那一片衣朱腰紫的官员，有人在交头接耳，有人面带微笑，有人斜眼望着大船，而领头一个黑面汉子，被护卫团团围着，居然遮着巨大阳伞，用个太师椅稳坐在中央看书，于周围一人一口唾沫就可以淹死人的万人之潮，意态悠闲。

凤知微的千里眼慢慢下移，看见了这人腰间的犀牛带——二品大员，南海道布政使，周希中。

和贫瘠的陇西不同，南海道作为最早开辟海上通商、拥有全国第一个海务船舶司和海关的行省，境内五大世家风生水起，海上贸易带动当地经济，十分富庶，民风也相对开明，这开明是好听说法，说得不好听就是不驯。周希中经营南海多年，能将南海势力雄厚的世家们压得死死，逼得燕家不得不想办法去帝京寻找门路，又能将不驯的子民调教得如臂使指，其人能力可想而知，绝非打太太牌的申旭如可比。

早在内阁商量南海诸事时，凤知微便知道南海一行没那么简单。一个布政使敢煽动也能煽动座下所有官员抱团反对国策，还能指挥万民按照自己的意志请愿，足见其有能力，有向心力，也有胆量。这样的人，谁都不能掉以轻心。

如今，他便向宁弈展现了自己的不可轻忽——宁弈携陇西道三百三十六人的头颅和鲜血汹汹而来，他便指挥南海万民在码头上"热烈迎接"，丝毫不慑于宁弈的威势，存心要给他一个下马威。

一群黑衣红边的衙役在人群中象征性地驱赶着，赶鸭子似的挥来挥去，倒将诚心来迎接的以燕氏为首的五大世家来人都赶到了最后方。

突然有人大叫起来。

"赶走倒行逆施的糊涂官儿！"

仿佛干柴堆里点燃了火种，轰然一声，立即燃着，上万人喧腾地叫嚷起来。

"赶走朝廷昏官！"

"我们不需要船舶事务司！"

"谁给门阀撑腰，谁就滚出南海！"

"滚回帝京去！"

啪！不知道哪里扔出的一根青菜，划过一条浊绿的弧线，落在了离大船数丈外的通海之水上。

仿佛得了提醒，一瞬间，万人上空青菜齐飞、臭蛋狂舞，半空里流弹不绝，直奔钦差官船而去。

大多数投掷物都落在了水里，却也有少数力道好、准头高的飞行物，噼噼啪啪砸上大船船身，开了五颜六色的花。

"太过分了！"血气方刚又出身贵胄的青溟书院那批学生，原以为这趟肥差必能受到高规格欢迎，不想在路上就差点死于非命，船还没靠岸就遇上下马威，早已怒不可遏，于是以姚扬宇打头，一个个开始撺胳臂，"大人，放舢板，我们保护你们下去，揍死这些操蛋的！"

"殿下。"燕怀石匆忙去拉宁弈，又去拉凤知微，"船头危险！得提防有人射冷箭，还是入舱去避避吧！"

宁弈没动，凤知微也没动，两人负手并立船舷，平静地面对南海万民的怒潮。海风将长发吹起，乌发在风中猎猎如旗。

一捆鱼干啪地砸落宁弈脚下，碎裂的干鱼屑溅上他的靴子。护卫们奔过来，举起伞想为他遮挡，被宁弈淡淡拨开。

"南海百姓果然挺富庶。"宁弈笑着对身侧的凤知微说，"你看，居然还有人扔鱼干，这种鱼干转卖到京城，五百文一捆呢。"

凤知微深有同感地点点头，道："隔水蒸，伴香油、醋、蒜、葱，美味得很。"

燕怀石扎着手团团转，不明白这两人为什么在这么敌意险恶的情形下还有心情谈这些。大船已经被不知道是暗礁还是有意的手脚撞破船底，没多久就要沉没。他们要么等当地官府派大船来接，要么用自备小船慢慢载人走。但是一旦用小船，便等于暴露在了万民的鸡蛋、青菜围攻下，他怎么能让宁弈和凤知微受到这种待遇？

何况，如果先让宁弈、凤知微上小船过去，那上岸后百姓一扑而上，他们的安全谁能保证？如果先让护卫下去布防，那大船万一沉了，宁弈和凤知微在南海官员万民面前狼狈落水，以后还怎么号令南海官员？

而此刻南海官方"被阻"在万民之后，指望他们拨船来救，肯定不可能。这明明是个险恶的局，存心要让宁弈和凤知微狼狈。

周希中号称"周铁面"——南海官场又称他"周霸王"，性格桀骜刚硬，气势极足，不然也不能压下富甲天下的世家们这么多年。看今日之势，他连钦差都敢整，那要想这人服软，几乎不可能。

"我去让我家大船过来接！"燕怀石想了半天，一咬牙。

"不成。"凤知微否决，"南海百姓正被官府煽动着，说你们世家和帝京高层勾结。

如今当着万民的面，一来就用你燕家船只，正好坐实所谓的勾结，火上浇油，将来更加不可收拾。"

"那怎么办？！"

宁弈笑笑，突然道："魏知，我对你刚才说的蒸鱼很感兴趣。"

凤知微眼波流动，笑道："只有蒸鱼一味，太单调了……顾兄。"

吃着胡桃的顾少爷飘过来。

"我们不要浪费粮食。"凤知微指指水面上漂浮着的那些菜，"你看看什么能吃，都拿回来吧。"

顾少爷点点头，抛下几十个胡桃。

滴溜溜转的胡桃飞出去，落在海面上。顾南衣从船舷飘飞而下，落上最近的一个胡桃。

胡桃微小，于水面上载沉载浮，顾南衣修长的身形随之起落，却不倾不斜。他天水之青的衣袂流云般浮动在海风之中，晨间的日光打在他的肩上，他周身泛出淡淡的水色光华，像一尊温润玉像。他伸出手指，落在他指尖的霞光如金刚钻璀璨一闪。

南海百姓何曾见过这样的人物和风姿，一瞬间忘记再做长距离手臂投掷运动，张大了嘴，以为看见了神仙下降。

一万个人的目光落于一人之身，换成别人多少有点手脚不知如何摆，顾少爷却向来是除了凤知微其余人都是渣，不急不忙间，手一伸，手上多了个筐。

筐。

万余百姓嘴张得太大，以至于口水落下犹不自知——这人骑着个胡桃渡海而来就已经够惊悚了，骑着个胡桃还背着个筐渡海而来就完全突破神仙的形象了。

呃，其实背个筐渡海的神仙虽然没见过，不过好像，也蛮美的。

"神仙"拿出了神筐，慢悠悠地顺着海中漂浮的胡桃，一一飞落，所经之处可以吃的青菜啊、鸡蛋啊、鱼干啊、螃蟹啊……都一筐子兜起来。

万余百姓张大了嘴"啊"的一声，码头上像卷起了一层雷暴——原来是个骑胡桃、背筐，渡海而来，收破烂的神仙啊。

顾少爷顺着胡桃路转悠了一圈，把所有能看见的吃食都兜在了筐里，临了还飞快地掠海一圈，把胡桃全部收回——不能浪费，那是胡桃。

他掠起的弧度优美，飞凤般的身形溅着淡蓝色的水波在海面上掠过，引得万余百姓齐齐发出目眩神迷的叹息。

顾少爷浑然不知自己给南海百姓做了一个他们到死都忘不了的特技表演。他只顾着完成凤知微的任务，然后抱着筐飞回大船，往凤知微面前一递。

凤知微笑吟吟接过，随即嘴角抽搐——顾少爷买菜不辨好坏，只要在他眼前水里的他都要，于是筐子里有烂青菜、臭鞋帮，还有一堆在水下悠游的倒霉的水母。

她将不能吃的扔回大海，笑道："今儿让你们尝尝我的手艺。"随即，又对顾南衣说了几句话。

顾少爷站到船舷上。全体百姓早已忘记自己的来意和要做的动作，齐齐仰头看他。

"殿下说，南海百姓，原来如此富裕。"顾少爷干巴巴地转述凤知微的话。他似乎声音不高，但一开口，上万人听得清清楚楚。

凤知微用千里眼看见，人群中原本一直不动如山看书的周布政使，终于放下了书本，抬起头来。

"南海布政使衙门日前向朝廷请愿，称南海受灾，粮食减产，请求朝廷赈灾。"顾南衣记性极好，背得一字不差，"钦差大人前来，也有体察南海灾情，于必要时开仓放粮并减免赋税的打算，而如今一至南海境，便收集干鱼五斤，螃蟹十只，干菜、鸡蛋若干，可见南海黎庶，并无断粮之危，想来受灾之事子虚乌有，减税自然更无必要。"

万余百姓又是"啊"的一声，回头怒视官府那一群。

南海官员面面相觑。周希中站起身来。

"殿下说，他不明白南海百姓为何如此糟践粮食！"顾南衣继续背，"殿下一路出京，先后经江淮、陇西、陇南三省至南海境，除江淮鱼米之乡可堪温饱外，陇西今年大旱，三地百姓受灾；陇南山洪断路，七县百姓至今衣食无着，数万百姓嗷嗷待哺，无数饥民流落于路。殿下一路开仓放粮，犹不能全解百姓之危，无奈之下，钦差护军全员缩减米粮，沿路赈灾，连殿下都不再吃菜，只为多省得一口，便可多救一条性命，不想今日至南海境，竟见万民以鱼干相迎，这实在是太隆重了些。殿下思及陇西、陇南两地百姓饥寒之苦，不敢浪费，遂拜谢父老之赐，并以之为炊。"

南海百姓的呼啸声低了下去，面面相觑，想不到钦差大人竟然收集了菜要去吃，还说出这么一番话来。周希中笔直地站在那里，脸色阴沉。

"殿下谢父老之赐，并敢问南海父老——同为天下子民，有人流离道路，啼饥号寒；有人轻贱食物，鱼肉成泥。诸位不觉伤天害理，不觉心中有愧吗？"

人群开始有些不安地骚动——当自以为正义的道理被全盘推翻，突然成为无理取闹者，人人都有一份惶惑，再加上，是人都有恻隐之心，听着陇西、陇南两地灾情及百姓之苦，同为百姓，感同身受。又觉得钦差大人这番话实在特别而感人，比以前那些满嘴官话的钦差实在得多，大多数人都安静下来，露出些惭愧之色。

赫连铮张大嘴望着宁弈和凤知微——陇西、陇南受灾是事实，可是你们好像昨天一个还喝了燕窝汤，一个啃了王八腿吧？谁不吃菜来着了？

汉人啊，汉人……真可怕。

"并请问南海各级官府——无灾而报有灾，有粮而报无粮，欺上瞒下，罔视天威，诸位不觉得愧对远道而来意图救灾的钦差吗？不觉得愧对在帝京殚精竭虑为南海灾情谋划图救的陛下吗？"

这句话顾少爷虽按照凤知微的提示提高声调，可惜还是那没起伏的语调，起不到震撼杀伐的效果，好在语言本身就有其力量。南海官府那一群明显出现骚动。

"今天我们就在这里，把百姓赐的食物吃完再下船。"顾少爷生平第一次说这么多话，早已不耐烦，干巴巴地对一万人发表最后的宣言，"并邀请南海布政使周大人，上船食用这不可浪费之食物。官府有教化之职，南海百姓不懂粮食可贵，那么就由钦差大人和南海官府身体力行，予以示范。殿下将亲自布筷，魏大人将亲自下厨，并邀请周大人上船烧火。"

"……"

一直凝神静听的燕怀石听见最后一句，一个趔趄；赫连铮刚刚爬起来又栽了下去。

南海百姓齐齐"哈"的一声，码头上再次卷过气流造成的旋风。

南海官员那里，都仰着头傻了眼，呆望着正中央早已坐不住、脸色铁青的布政使大人。

本想给人家一个下马威，等到钦差最狼狈的时候再出面看笑话，不想人家不为所胁，轻描淡写几句话就将他们置入难堪境地，而且连船要沉了都不下，砸什么捡什么，还要拿去烧菜。烧菜也罢了，还要周大人烧火！

你还不能不烧——殿下都布筷了，你烧个火算啥？

何况是这么冠冕堂皇的理由。你想说刁难都不成，万余百姓看着呢。人家能为百姓珍惜粮食，你烧个火都不能？你不去那快沉的破船烧火，你不爱民！

那么，周大人经营十多年在百姓心中的威势地位，也将荡然无存。

狠！真狠！

周希中铁青着脸，也没想到钦差会来这么一手，真是翻云覆雨、冠冕堂皇。眼下被逼上梁山的早已变成他自己，他弄破了这艘船，现在自己得登上这破船，沉了他也跟着狼狈，而且，从此后烧火布政使将跟随他一生。

帝京这些亲王，封疆大吏们都多少有些了解。对于宁弈，周希中只知道楚王风流，而且近年来朝中接连发生的事，宁弈并没有直上舞台——其中内幕，远在南海的周希中并不清楚。而魏知这个小子，在他看来也就是个直上青云、浪得虚名的弄臣。正因为对两人掉以轻心，所以他才敢私下煽动百姓请愿闹事，却不想直接吃了一鼻子灰。

大船上顾南衣发出邀请，并不给周希中考虑的时间，只遥遥对着他的方向准确地一指，道："殿下说了，周大人如果把那本《海外诸国记》看完了，便请速速上船烧火。"

周希中下意识将书往椅子上一扔。他的幕僚赶紧把书和椅子、阳伞匆匆都撤走了。

"去叫修船队来。"周希中冷着脸吩咐左右参议，"船半刻钟就要沉了，叫他们出动所有人下水，半刻钟内给我把船修好，不管用什么办法，最起码给我保证一个时辰内船不能沉。谁让我落水，我让谁落头！"

"是！"

周希中冷笑一声，整整衣裳，扬声道："南海布政使周希中，率座下南海属官恭请圣安，向楚王殿下请安！"

南海百姓让开一条道路，人群中央周希中领头，南海官员齐齐跪下，遥遥对着大船俯拜。

燕怀石避让开，长长舒了口气，一瞬间差点热泪盈眶——他以为今日要么就是被人潮厮打，要么就是落水沉船，不想还有这结果——雄霸南海说一不二的周霸王终于下拜了。

宁弈遥遥站在船头，手扶船舷，面色如常，月白锦袍清雅如竹，深黑披风上灿金的曼陀罗却张扬妖艳，在风中卷舞如涛。他那么淡淡地望过来，明明隔那么远，所有人却都觉得他沉而凉的目光笼罩在了自己身上。

"下官得殿下一番教诲，惶恐无地。"周希中继续道，"自知罪过不浅，请殿下允许下官带领南海四品以上官员，齐上官船烧火。"

一直在甲板上择菜的凤知微挑了挑眉。

众目睽睽下，一个人上船烧火太窘迫，一起烧火便不明显，还显得官府同心，可将一场尴尬事化为和乐融融的官场大走秀——主意挺足嘛。

带那么多人来，人多欺负人少啊？凤知微笑笑。

没人回答他，宁弈淡然转身。只有顾少爷站在船舷上对周希中挥舞着柴火——快来烧火！

有人放下了几条舢板，南海道那些翎顶辉煌的大员上了船划过来。青溟书院的学生排成两排候着，用目光表示了他们无限的得意和对南海官员的羞辱。

岸上人群走了不少，却也有很多人没有散，东张西望地不知道在等着什么。

官员们上船，宁澄等在舱口，一人发了一把柴火。

"殿下说见礼就免了，"宁澄说，"鱼干蒸上了，火候不够，劳烦各位大人快些。"

周希中抓着那把柴火，明知道宁弈、凤知微故意折辱也不得不接，一张黑脸涨成了紫色。一些看惯他平日威严的属下斜眼瞄着他，想笑又不敢笑，憋得辛苦。

燕怀石将他们带到船上厨房。这个船是燕家出资改装过的官船，外表不稀奇，内里却精致齐全，一溜长串大灶，灶底糊了厚泥，再铺双层金属板，不怕伤及甲板。燕怀石带着几分快意对着周希中一躬身，指着那灶口，笑道："请！"

周希中看着那光溜溜的灶口，忍着气道："怎么连个椅子都没有？"

"大人这话可说差了。"凤知微抓着只螃蟹踱过来，笑道，"听闻大人也是寒门出身，虽然君子远庖厨，如今又养尊处优，可也应该知道，坐着椅子是没法子烧火的。"

"魏大人。"一个参议对她躬躬身，"可否给我们大人寻个马扎来？我们其他人蹲着就好。"

凤知微正色道："刚才船被撞之后，所有马扎都被拿去堵洞了，实在抱歉。"

南海官员们悲愤无语，半晌，周希中愤然一掀衣袍，蹲下去烧火了。他屁股后面，齐刷刷蹲了一大串。

蹲下去烧火还没完，点了半天火不着，还浓烟四起——顾少爷给的柴是半湿的，呛得一堆官儿连连咳嗽，一张张脸乌漆墨黑。

好容易火生起来，宁澄还一趟趟地跑着来催："筷子布好了……鱼蒸好没？"

"碗布好了……螃蟹还不上桌？"

周希中一张黑脸熏成了灰脸，面沉如水。他自然不会真的烧火，但是也不能就此离开，可怜了底下一帮四品以上的大员，撅着屁股干着这辈子都没干过的事，还得忍受着上司刀锋般的目光。

宁弈在前厅和南海道都指挥使、提刑按察使喝茶——作为地方三司，都指挥使与布政使、按察使同为封疆大吏，然而周希中独霸南海，这次宁弈驾临，他为了避免两司阻挠，竟然没有派员提前通知，而两司的衙门又不在丰州，这是得了消息刚刚赶来的。

两司到时，看见周希中在船上烧火，实在心中快意。都指挥使吕博假惺惺道："下官等也应该前去烧火。"按察使陶世峰向来和周希中关系恶劣，上来就呵呵大笑，"哎呀，老周，你这火烧得不对啊，风向不对，小心燎着了自己！"

周希中冷然以对，不理不睬。宁弈淡淡道："南海三司勠力同心，两位是该也去烧火。"

吕博和陶世峰脸上一僵，宁弈却又道："不过你们来迟了，蹲满了没位置，就前厅等候吧。"

吕博和陶世峰笑得眉眼齐飞，陪宁弈前厅喝茶去了，而周希中蹲在灶口前，手指骨捏得咯咯响。

一个参议凑近他耳边，低声道："大人，这事……"

"日子还长着呢！"周希中咬牙道，"再说，楚王迟早要去闽南，没了亲王压阵，我倒要看看这个魏知，能在我南海翻出什么浪来。"

啪！一把突然落下、砸到他脚边的柴火吓了他一跳。他抬头便见顾少爷直直飘过去，道："煳了！"

凤知微探头一看，"哎呀，煳了，重烧！"

"……"

折腾了将近一个时辰，这场高规格的饭才端上桌——清蒸螃蟹、清蒸鱼干、炖蛋、炒青菜、炒杂蚌、海带紫菜虾皮汤。

宁弈端坐首座，气韵尊贵地浅浅一让，"请！"

为了避免被人看出他眼睛不方便，他面前设了小碟，所有菜都放在一起。别人只以为这是皇家习惯，自然不会有想法。

他开动，众人便跟着举筷。周希中忙了半天也饿了，心想，殿下总不敢在这船上毒死自己，便夹了一块鱼干。

刚咬了一口，忽然发觉有些不对劲，一看，对面凤知微不举筷子，正抱着杯茶慢慢喝，笑吟吟地看着他，那笑容很温和，但怎么看都觉得似乎不怀好意。

周希中愕然道："魏大人不吃？"

"下官有点肠胃不调，这海产看得吃不得。"凤知微笑容可掬，"您请，您请！"

周希中"嗯"了一声，吃了两口，忽然嘎嘣一声。

这种场合，吃饭都是很小心细致的，一点声音也不会有，因而这一声便觉得特别清晰，所有人都停了筷，向他看来。

周希中静在那里，一张黑脸慢慢变紫，随即捂住了自己一嘴烂牙的腮帮。

这时凤知微才用众人能听见的"悄悄话"和顾南衣"咬耳朵"："喂，刚才那鱼干，你洗过没啊？"

顾少爷大声答："海水里捞出来的。"

言下之意，那也是水，还洗干吗？

"……"

可怜的布政使大人沙子硌了牙吃不成了，可怜的南海官儿们忙了半天也吃不成了，而同样饿着肚子的都指挥使和按察使却笑得快意——看见南霸王接连吃瘪，真是快活啊……

一餐饭草草完毕，船也勉强修好，航行靠岸了。众人下船时，岸上人群，还有半数之多。

燕怀石望着依旧是黑压压的人群，露出忧色，对凤知微道："看样子今天来的不只是周希中的唆使，可能还有常家的手笔。这就有些麻烦了，这么多人，谁要是在人群里放个冷箭，连凶手都找不到。"

"这人堆里是必须要过的。"凤知微道，"还是有很多人在观望，此时若让周希中强行驱散，他的人只要搞点鬼，就会重新闹起来，到时候更加不可收拾……你派人，无论如何要护好殿下。"

她带点忧色回望宁弈，心想，他那眼睛也不知道有什么办法处理，听宁澄的意思，大概要等到去闽南，才有可能找到办法解开了。

她不知道宁弈的想法，这人一向都将情绪掩藏得很好，然而宁弈伤眼，她多少有责任，所以这一路的安全，无论如何不能再有错失。

下船时，护卫先下，在码头上布下关防，再由南海三司使在前引导，宁澄和凤知微一左一右伴在宁弈身边，而青溟书院学生在外围，又布一层侍卫在更外围，重重铁桶似的围在那里。

凤知微请赫连铮和顾南衣走在学生队伍前后，再三拜托他们务必保护好这批学生——这都是帝京的二世祖，随便哪个身份都了得，都闪失不得。

宁弈听着身周的声音，悄悄捏了捏凤知微的手指，低低笑道："难得见你如此为我操心。"

凤知微一本正经地道："为殿下分忧解劳，下官分内事也。"

宁弈笑笑，忽然凑到她耳边，轻声道："本王其实更希望听见你说——为王爷侍候枕席，贱妾分内事也。"

凤知微走得本就有些紧张，又要注意人群，又要注意自己的队伍，听见这人这个时候还有心情调笑，气便不打一处来，笑靥如花地道："是吗？贱妾祝愿王爷下辈子能达成此心愿。"

话刚说到一半，她突然住口，看见不知道哪里的一个老妇，在人群中站立不稳，跌跌撞撞直向队伍冲来，走在外围的一个侍卫急忙伸手去推，而那老妇一推便倒，骨碌碌滚了出去，挎着的篮子却从侍卫们的脚下，直滚入人群中宁弈的方向。

刹那间，凤知微看见那篮子上头的布匹杂物散开，现出里面一颗颗黑色的弹子！

火弹！

篮子向她和宁弈的方向滚来，一个侍卫抬腿就去踢。凤知微大喝："不——"

可惜已经晚了。

轰然一声巨响，烟云漫开，火弹正在侍卫和密集的人群中央炸开。

血肉飞溅！

惊呼哭叫声起！

火弹爆炸烟雾升起时，凤知微一个返身抱住了宁弈，感觉中，宁弈似乎也同时向她抱了过来，接着又有人扑过来抱住他们。巨大的气浪冲得人站立不稳，三个人一起倒地，在腾腾黑云烟雾之中一阵乱滚，而四面哭声惨叫声纷乱，数千百姓被爆炸所惊，轰然四散。遮天蔽日的黑暗中，所有人都在跌跌爬爬，相互挤压碰撞。那些散落的火弹子被人不断踩响，再发出轰然的连续爆炸，于是又一波的烟雾，血肉拥挤，逃窜哭喊……刹那间太平码头，成人间地狱。

凤知微不知道自己滚了多久，滚了多远，不断有人的身体喷溅着鲜血栽落在她身上，也不断有慌不择路逃窜的人的脚踩在她身上。她来不及思考，也爬不起身，只好紧紧拉住宁弈，而宁弈反手拥着她，一点点将自己的身体覆上她的，不知道什么时候，刚倒下时的她抱住了他，已经变成了他护住她。

码头上人太多，致使爆炸的伤害无与伦比，而这种末日般的乱象里，所有人都如封闭在罐子里的斗兽，疯狂乱走碰撞。拿着人命做碾压，谁也无法站直，谁也保不了谁周全，短短一截路两人都被踩了很多脚。而上头那个人一次又一次尝试将他们扶起，却一次又一次被爆炸的气流和潮水般的人群挤倒，最后只好也将自己的身体覆盖上他们的，并努力昂起头来，在刺眼的烟雾和无数的腿中找到了一个方向，护着他们一路连滚带爬地过去。

天昏地暗一片纷乱之中，凤知微隐约听见顾南衣的声音："微！"

这是凤知微和顾南衣商量好的他对她的称呼，这个"微"通"魏"，这样不管在什么场合，这一声都不会引人怀疑。

凤知微心中一喜，顾少爷没事！她努力扯直喉咙大呼："我在这里！"然而四周所有人都在狂呼大叫，数千人的惨叫狂卷如潮，她又没有顾南衣那无可比拟的雄厚内力，即便扯破喉咙，也不可能让顾南衣听见。

而此时她觉得身子一震，落入一处低凹处，不再滚动，而四面人也少了些。她慢慢爬起来一看，这里是码头下方一个修船的地方，有一道拖船的斜坡，已经离开了码头的范围。

此时她才觉得浑身酸痛，骨节都似乎裂开了，再回头看宁弈，他也狼狈得很，手上一片青紫高高肿起，脸上也有擦伤，却平静地坐着，只伸手去抚摸她，似乎想确定她有没有受伤。凤知微舒了一口气，道："多亏宁澄护住我们。还得赶紧去找其他人，也不知道都伤得怎样……"

宁弈摇摇头，"不是宁澄。"

凤知微一怔，这才听见脚下有个人气息奄奄地道："司业大人，是我啊……"

凤知微低头一看，"呃"的一声，竟然是二世祖第一，姚英的败家子姚扬宇。

"抱歉，抱歉！"凤知微赶紧将他扶起来。姚扬宇比他们还狼狈，身上全是血迹和大脚印子。

爆炸起的时候，他正走在凤知微身边，这小子反应快，听见声音就扑了过来，一直护着他们滚到这里。

凤知微诧异宁澄居然不在，宁弈已经淡淡道："爆炸起的时候，我将他一把推到了学生那个方向。"

凤知微登时明白了他的意思——爆炸起于侍卫之中，旁边就是学生，除了侍卫，最危险的就是他们，所以宁弈推出宁澄先救学生。

再往里想想，凤知微心中突然一动，学生是她带来南海的，她对学生负全责，和宁弈没有关系，而当此危急关头，他不顾自己，却让身边武功高强的第一护卫先救学生，为的，是她吧？

而宁澄作为护卫，保护主子是首要，他肯被宁弈推出后就先救学生，也是因为，他知道宁弈的心思？

这般念头细细一转，面上却不动声色，她错开眼光，爬上斜坡。爆炸渐渐止住，硝烟散尽，满地里落了无数尸体，还有残肢断臂和挤掉的鞋子，一些受伤的百姓在血泊里痛苦呻吟，一片人间地狱的惨景。

凤知微怔怔看着，眼角湿润，低声道："也不知道伤亡了多少人……"

她突然目光一凝，看见未散的烟气里似有一些人影穿梭来去，动作矫健，似在寻找什么，随即听见身后宁弈一声："谁？"

刹那间，她回身想也不想便往宁弈方向一推，推出的同时感觉到宁弈竟也极其准确地将她一推。两人的出手互相作用，都不由自主地向后一仰栽倒，随即一道剑光掠着血色，嚓一声从两人之间擦过！

隐约一声痛呼，凤知微二话不说软剑出腰。宁弈的手听风辨位，也已直奔刺客腰间而去。一声闷响后发先至，那人被打得一个跟跄，在地上滚了两滚，飞蹿而起，狼奔而去。

两人无法追赶，只得恨恨地看着那人远去，凤知微咬唇怒道："够毒！为了杀我们，不惜在五千人中爆炸，杀伤无数无辜，就这还不罢休，还要趁乱再杀！"

她一回头看见姚扬宇捂着手臂，一道血痕隐然。他是在刚才刺客出现时欲图去挡而受伤的。凤知微赶紧上前帮他包扎，心中颇有些惭愧——刺客来时，她只记得先救宁弈，倒将这倒霉的救命恩人给丢在了一边，实在没良心得很。

姚扬宇倒无所谓，笑道："司业大人亲手帮我包扎，再伤一次也值得。"

宁弈本来还有几分歉意，听见这句脸色倒沉了沉。凤知微啼笑皆非地看着他，心想，这人有时心眼也小得很。

远远地，有人影自淡黑色的烟气中飞起，手中拎着两个人，在半空中不住东张西望。凤知微认出那身形是顾南衣，顿时大喜，挥手道："我在这里！"

顾南衣一抬头，手一松，砰的一声，两个被他救下的倒霉学生落地。顾南衣已经飘了过来。

他一来就把凤知微从宁弈怀里拽了出来，仔仔细细摸了一遍确定没事。凤知微无可奈何地任他摸，知道不爱接触人的顾少爷在这件事上很坚持，不答应他后果会很严重。

确定没大碍后，顾少爷才松开手，突然道："没树。"

凤知微怔了一怔，才想起上次的话，看来他是牢牢记住了。敢情刚才凤知微走丢的时候，他就想着找树，可是这码头周围光秃秃的，哪有树？

"没事，"她笑道，"我在呢。"

一路从死伤无数、地狱般的码头穿过，再清点从人——爆炸时，燕怀石还在船上安排后续事务没下来，是最好命的一个，而侍卫死了十几个，学生伤了四个。好在凤知微安排得当，乱起时，赫连铮、顾南衣、宁澄三大高手各自迅速出手，在最危险的爆炸中心，保证了学生的安全。

学生们都由衷感激，当此乱时，众人都在逃命，凤知微和宁弈没有先顾着自己，却首要保护了他们，这份心意实在难得。

火弹子炸起时，离南海官员距离也不远，此时官儿们惊魂未定，一个个瘫在地上起不了身，一个参议还被炸断了手臂，躺在地上惨呼不断，而周希中坐在一地护卫之中，脸色惨青，不似人色。

四面淡黑色的烟气袅袅，满地淋漓的血迹，码头上落了无数鞋子，有些已经永远不能为主人穿上。散开的、逃得性命的百姓渐渐围拢来，四处寻找自己失散的亲人，有的找着找着，便爆发出一声撕心裂肺的痛哭。

码头广场上一片哀声，四面人影蹒跚凄凉。周希中怔怔地坐着，麻木地看着这一切，有下属来试图挽他，被他一手狠狠推开。

凤知微和宁弈，都看向他的方向——此人桀骜刚硬，为人刚愎自用，但传闻中却极是爱民，也官声清廉，不然也不能得南海父老如此爱戴，而如今因为他一番私心，想要刁难钦差，组织万人码头请愿，却导致这场变乱被人为扩大，死伤无数，此时这番心情，想必难以言说。

宁弈突然看向凤知微的方向。不必目光交流，凤知微也懂得他的意思——此时正是拿下周希中的最好时机，以维护治安不力导致重大伤亡为由，令他停职待勘，而南海官员以他马首是瞻，拔掉这个刺头，以后宁弈离开，凤知微在南海行事将会少很多阻力。

然而半晌后，凤知微摇了摇头。

她转身，看着遍地血色的码头，看着死伤无数的侍卫，看着遍身染血的学生，看着目光哀凄的百姓，一贯温柔迷蒙的眼底，突泛上森然的血色。

那血色如火光跳跃在她眸中，那层永不消退、雾般的水汽迷茫，都似被蒙上一层血翳。

她一生里惯于微笑相对一切，但不代表她不会被激怒。

怀柔之势如果破不开这森然的铁垒，她亦不惧以铁血之力摧之！

嚓。

黑色软剑弹开，流光一束，劈裂青石地面，裂痕深深，如昭告誓言后抿紧的唇。

"南海常氏！等着我！"

第六十九章

送妾

常氏有没有等着凤知微，不得而知，但以燕家为首的南海五大世家，却早已等候多时。

五大世家先前被挤在人群外围，被有敌意的南海百姓和官府挡着不得其门而入，倒因祸得福，在这一场火弹之险里毫发无损。

此时一批老老少少上来磕头，却还没来得及施礼，凤知微已经道："免礼，现在不是讲虚礼的时候。各位暂且把带来的人安排下去，送伤者去就医，死者帮助收殓或通知家属。等事情做完再叙礼不迟。"

宁弈早已走了开去，吩咐南海官员处理相关事务。

五大世家恍然大悟，这可不正是一个收买南海百姓人心的机会，便赶紧吩咐下去。凤知微亲自带着顾南衣在四周搜寻，看有伤重流血不止的，便由顾南衣截穴，再由官府或世家找来的大夫处理。

燕家动作很快，在码头四角支起帐篷做了临时医署，又给不肯离开的宁弈、凤知微安排了休息的帐篷。凤知微一步都没有进帐篷，只在码头广场上时不时搭把手。

一些赶来救助的百姓，默默看着这位年轻纤瘦的少年钦差，毫不嫌弃地帮着搬那些满是焦痕、破损不堪的尸体；在血肉淋漓的伤者身侧蹲下，捋起袖子露出一双洁白的胳膊便开始处理伤口；用沾满鲜血的手擦满是青肿的额头上的汗和灰；一张清清爽爽的脸被焦烟和血汗染成了大花脸。

一个少年被炸断胳膊血流不止，大夫使尽办法也无法阻止鲜血奔涌，眼看便要血尽而亡。家人的号哭惊来了魏大人，他上前便是一指，血势顿缓，随即熟练地上药包扎，三下五除二救回一条壮健的生命。家人欲待磕头感谢，他早已奔向另一个帐篷。

一个有心病的老者头部跌伤高高肿起，在地上呻吟。有人要去搬他进帐篷，魏大人匆匆奔来阻止，招了大夫前来救人，并一再嘱咐不可移动。

伤者多大夫少，人忙不过来，到最后，魏大人亲自救治伤者，半跪于一地尘埃和泥泞中，抱着渔民肿起的腿，轻轻脱下那些沾满鱼鳞和污物血痕的靴子，仿佛没有闻见那些血腥和海物交织的令人作呕的气息，永远平静，永远悲悯。

敌意在消散，感动在滋生，一些原本避她远远的百姓开始围上来，一起搬动伤者，清洗伤口，拿布递药……

码头广场上，号哭咒骂、慌乱无措之声渐渐消逝，取而代之的是紧张而有序的救治氛围。凤知微一个眼色，便有人自动上前帮手。官府、百姓、钦差护军三方力量，在一次不友好的迎接仪式后，因为一场灾难，居然第一次实现了合作无间。

青溟书院那些娇生惯养的学生，观望了一阵后，也捋起袖子加入队伍。姚扬宇躺在担架上，自作主张地大声指挥着凤知微的护卫给大夫打下手。

灾难面前，往常分崩离析的人心，会因为悲悯而更容易走近靠拢。凤知微在水盆里洗干净满是血迹的手，望着各处忙碌的人群，心中涌起淡淡的感慨。

月色淡淡升起来，经过一整天有效的处理，广场已经恢复了平静，只有帐篷里隐约的呻吟声，似有若无地在海天一色中飘荡着。

凤知微还没休息，在广场上四处溜达。白日里一场纷乱，死数十，伤数百，真正炸死炸伤的并不是很多，倒是临急慌乱踩踏而死的不少。凤知微担心那场混乱的挤压，会将有些人挤入一些不易被察觉的缝隙。

广场上伤者遗下的破碎的衣物在风中颤抖，仿如一双双手在无声招魂；一弯冷月映着四处泊起的血泊，整个广场看起来像栽满血色的浮萍。凤知微满目哀凉地慢慢行走着，不时捡起一些物品，金锁片、荷包、绣囊……那些载满家人和情人之爱的纪念物，如今已没有了主人来珍惜。

顾南衣跟在她身后。他不知道凤知微在想什么，只觉得前面这个背影看起来有点落寞，双肩瘦削，月光打上去都似沉重难载。

他突然上前一步，将臂弯里一直搭着的东西往凤知微肩上一披。

凤知微只觉得肩头霍然一沉，什么重物沉沉压上来，险些以为是刺客，一侧头才啼笑皆非地看见顾少爷把一块一直拿着的多余的半张帐篷布，压到了她肩上。

这是在干什么？凤知微抓着帐篷角，挑眉用眼神问他。

顾少爷站在那里，不言不动。凤知微惊讶地发现，他面纱后的眼睛似乎转了转——他不是一向要么直视人，要么便垂眼看自己面前的一尺三寸地的吗？

看来想得到顾少爷的回答是不太可能了，凤知微叹口气，猜想着顾少爷是不是叫她去搭帐篷呢？忽听顾少爷开了口。

"穿了不冷。"

凤知微又怔了怔，半晌才反应过来——他是怕她冷？

他是在帮她披"衣服"？

她怔在那里，抓着沉重不透气的帐篷布，一时间不知道该如何反应，心里有些酸酸涩涩的，恍惚间想起这似乎是顾南衣第一次明确表示出这样类似"关怀"的情绪。

他一直在意她的生死，但在她的感觉里，这种在意更像是被强加的任务，而他只是不折不扣去刻板地执行而已，就像吃小胡桃或八块肉，只去做，没有原因。

在相识的最初，他踢她下床，让她睡床脚踏，把她洗得不够满意的衣服扔在茅厕里，即使是保护她，抓着她的时候也经常重手重脚不知道收敛力度。

是什么时候，鸿蒙开辟，透了这一线明亮的天光？

又是何方神圣，操灵智之刃，划裂那遮没他混沌人生的重重阴翳？

月色幽凉，广场沉寂，淡淡的烟气里语声遥远而模糊，她和他在秋夜的风中沉默相对。

良久，她拉紧了帐篷布裹住了身子，仿佛那真是一件披风，微笑道："嗯，很暖和……"

顾少爷满意地点点头，他也觉得很暖和，看起来很暖和。

凤知微却在发愁，拖着这帐篷披风可怎么走路呢？

没拖几步，顾南衣突然耳朵一动，随即凤知微也察觉了。

前方，是一堆杂物，都是些渔民常用的盆网和摊晒的海菜之类。一点细弱的声音，从那些杂物下传出来。

凤知微三步并作两步上前，拨开杂物，倒抽了口凉气。

盆网之下，一个年轻妇人死在那里，背向外，身子半侧蜷缩着，奇异地拱成弧形，而在她腹部之下放着一个盆，盆里一个孩子细细地哭着。

很明显，乱起时这妇人被人潮挤到这里挤压致死，却始终将孩子护在身下。她害怕自己倒下时压住孩子，于是不仅用背顶住了挤踏，还将孩子放到了盆里。

　　那盆不小，如果当时她能用盆把自己覆盖住，想必可以逃得一命，然而她想必已经重伤失去了力气，只能选择保全孩子。

　　凤知微望着那盆，眼眶微微湿润了。

　　天下母亲，平日里平凡近乎于琐碎，唯艰难险阻之时，方可见深爱的力度跨越生死。

　　她将那孩子抱起。孩子果然毫发无伤，只是饿得哭，却又没有力气号哭，一旦被人抱起，立即用幼嫩的手指紧紧勾住了她的手。

　　凤知微忍不住笑笑，将脸贴在他吹弹可破的脸颊上，用帐篷布将他好好包起。

　　这一包便发现，孩子穿着十分精致，有种低调的奢华，而脖子上的金锁片上没有字，却镶着一块硕大的黑曜宝石，宝石之端泛着深紫之色，华光四射。

　　再看看那死去的女子，衣着平常，普通人家装扮，一点首饰都没戴。凤知微心中倒有一丝疑惑，难道，她不是这孩子的母亲？

　　不是母亲，又怎么能做到这一步？

　　这锁片太过珍贵，她想了想，摘下收起。

　　将那孩子抱在怀里，他立即不哭了，只乐滋滋地吮指头。凤知微突起促狭之心，将孩子往顾少爷怀里一塞。

　　"你抱抱。"

　　顾少爷霍然被塞进这么一个"东西"，火烧了似的跳起来，第一反应就是扔，凤知微也有点紧张地望着他，做好去接的准备，然而那个扔的动作做到一半，那孩子便似乎察觉，哇的一声哭起。顾少爷大惊，手唰的一下收回来，紧紧抱着孩子，僵在那里不动了。

　　"对了，不能扔，不能扔。"凤知微松了一口气，笑眯眯地教育他，"你看，很可爱的是不？"

　　顾少爷默然半晌，和她商量："不要。"

　　"要。"凤知微坚持。

　　"不要——"

　　"要——"

　　"不要不要——"

　　从来不肯多话的顾少爷都开始说叠字了，可见震撼很严重。凤知微露出笑面虎似的微笑，抓起他的手让他去摸那孩子细致如瓷的脸，"你摸摸，这就是孩子……这就是香和温暖。"

　　顾少爷一个雷击还没反应过来，又一个雷劈下来，手指被拉到了孩子脸上，一触之下便是一颤，随即有如过电一般很快缩开。

"是不是很滑软，很香？"凤知微笑吟吟，不怀好意地望着他，"你也曾这么软、这么香，被抱在母亲的臂弯里；你也应该听过母亲的小曲儿，被父亲这般抚摸过脸。"

顾南衣又颤了颤，一瞬间似乎有些失神，似乎在那一瞬被凤知微的言语和怀中陌生的温软，带到了遥远得仿佛隔世的另一个世界，那里有色彩，有音乐，有笑脸，有他这一生里所有不能有的东西。

小小软软的身体抱在怀中，令他如此不自在，像没有穿衣服在外面走，他应该讨厌的，应该像以往一样直接扔开的，然而当对面她的语声那么轻轻柔柔飘过来，他从她的声音里听出和平日不同的感觉时，他虽然不知道那是什么，却直觉地知道，不能拒绝，不能扔开。

她的声音里，有希冀和愿望。

希望他的天地不只那一尺三寸和八块肉，不只是一片空漠和拒绝；希望他拥有更斑斓的色彩，更丰富的情绪，更广阔的天地，更饱满的人生。

希望他懂得，人世间一切可以为之流泪、争吵、喜悦、欢呼的存在。

顾少爷僵硬地抱着孩子，不知道有没有将她的话听进耳里，只是那抱着孩子的手臂开始颤抖。凤知微好笑地看着，觉得顾少爷抱孩子的模样真的很可爱啊，很可爱，只是大高手被逼成这样实在有点不厚道，还是慢慢来吧。

她施恩似的把孩子抱过去。顾少爷发出生平第一次的长气，随即唰的一下跳开，一个起落便钻进了远处的帐篷里。

岿然不动的顾少爷，被没良心的某人逼到狼狈逃窜，某人还毫不以为耻，在原地笑了一阵，抱着孩子找到燕怀石，要他立即找个乳娘来，随即进了宁弈的帐篷。

宁弈也没睡，在油灯下支肘静静沉思，晕黄的光圈落在他的眉睫上，他看起来微微有几分疲倦，长睫在眼下挑出淡淡的弧影，显出难得的沉静和温柔。

听见声音，他立即抬起头来，道："深更半夜还在外面找什么……"

孩子突然细细"呃"了一声。

宁弈的话堵在半道，张口结舌。

凤知微今天吓了两个人，沉重的心情松快了些，笑道："啊？殿下要说什么？继续啊。"

"哪儿来的孩子？"宁弈拉过她。凤知微将经过说了，却没有提那锁片的事。

宁弈伸手，去抚摸那孩子的脸，那孩子却不怕生，咯咯地笑着，咿呀有声地啃自己的拳头。宁弈若有所思地想了想，忽然笑了笑，道："刚才一瞬间，我突然便以为到了十年后。"

"啊？"

"我在批阅公事，你抱着孩子进来陪我。"宁弈上挑的眼角有几分戏谑，几分正经，轻笑道，"然后我不理，你掀翻我的桌。"

凤知微忍不住一笑，心想，这人又转弯抹角调戏她了，笑道："殿下真是擅长想象啊！"

宁弈却伸手轻轻抚她的脸，问："不可能吗？"

他语声低沉，在这秋夜寂静的帐篷里迤逦如流泉。有微凉的风穿入帐篷的缝隙，将桌案上的信笺卷起，他用肘尖轻轻压住。

凤知微坐直了身体。

"十年后的事情，谁知道会怎样？"她浅笑，眼睛里却没有笑意，只难得地多了几分怅然和迷惘，"也许那时陌路相对，也许只是点头之交，也许依旧是如今这样，我在阶下拜你，你远在阶上，也许……也许相逢成仇。"

最后四个字说出来，两个人都颤了颤，随即凤知微转过脸。宁弈沉默良久，缓缓道："理由？"

凤知微笑道："我这不是打比方嘛。"

她抱着孩子站起来，道："我去看看乳娘来了没。"

宁弈静静听着她的脚步声远去，沉在晕黄光影里的容颜没有表情，半晌，他慢慢移开一直压着桌案的手肘，将那封被压住的信笺拿起。

火漆密封，千里加急，另镌属于他的情报司的独属暗记，说明这是一封极其紧要的密信。

他久久地抚摸着那信，不用翻动，信上的内容也已深刻在心。

良久他将那信举起，就上烛火。

暗黄色的火苗舐舐着信封，信笺翘卷起灰白色的边缘，落灰簌簌，在桌案上积压一堆。

信笺燃尽，蜡烛也将尽，他却没有添烛，支肘案前，任黑暗沉沉压下来。

良久，不知道在哪里，散出一声幽幽的叹息。

从宁弈那里出来，凤知微和燕怀石商量，将此次事故中失去父母或亲人的孩子，送到燕家开的善堂抚养。

"这是你燕家收买人心的好机会。"凤知微注视着那孩子香甜地吃奶，神情安详，"南海官民抗拒开办船舶事务司，你们世家在这件事里表现出的对立不能说错，但也不是最好的方式。展现完你们掌控经济的能力，便该开始怀柔。一味恃强，只会让别人抱成团警惕你。"

燕怀石十分赞同，脸上却有难色，凤知微问："怎么？"

"两件难事。"燕怀石道，"一是南海百姓民风彪悍倔强，多年来对我世家的敌意不是那么容易消散的。我们世家开设的善堂，从来无人问津，他们宁可去官府排队等优抚，也不去我们那里。"

"这个容易。"凤知微道，"把这个孩子送进你们的善堂，连同此次事件中无家可归的孤儿。百姓经过今晚之事，对南海官府定然有不满之处，你们要善于利用机会。接下来如何做要看你们自己了，无论如何先化解戾气再说。官府要是阻拦，我会替你处理。"

燕怀石满怀感激地看着她，半晌道："我不知道该如何感谢你……"

凤知微一摆手，笑道："你错了，其实当初是你帮了我，若不是你，我根本进不了青溟书院，也就没有后来的一连串际遇。在帝京，我和顾兄一切吃穿用度，包括府邸和婢仆都是你一手打理的，而混迹官场后一应人情往来，若非你雄厚的财力支撑，也不能如此应付自如。咱们是朋友，就都不必一一数这些见外了。第二件难事是什么？"

燕怀石叹了口气，道："第二件难事，是我怕有负你的看重。"

凤知微愕然，燕怀石道："一言难尽，你会知道的……我燕家族老想求见你，你愿意一见吗？"

"好吧。"凤知微注目他半晌，一笑点头。

看着燕怀石匆匆出去，凤知微皱眉喝了口茶，心想，这小子有什么难言之隐？怀石这么精明能干，对燕家居功甚伟，谁还能为难他？

帐帘一掀，鱼贯进来一群人，男女老少都有。燕怀石在最前面恭敬地掀开帐门，等所有人进来了，再跟在最后进入。

所有人从他身边过，对他的恭敬都坦然接受，包括走在后面几位看起来和他年纪辈分相仿的男女都如此。

凤知微眉梢一挑，眼底闪过一丝笑意。

燕家的长老们，都是今天白天见过凤知微的，跟在后面的却是今晚刚过来，由长老带着拜会钦差大人的。此时他们看见钦差大人这么年轻，不过十五六岁年纪，都有些愕然。

凤知微感觉到有一双微带审视的目光看过来，她挑眉回望，队伍最后的那个女子，并没有收回自己的目光，还仰脸对她笑笑。

还真是……不懂规矩啊！

凤知微漠然望着她的笑容，一动不动。那女子怔了怔，笑意僵在脸上，脸皮抖了抖，显出几分凛然的怒意。

"南海燕氏，参见钦差大人，大人金安！"领头的老者颤颤巍巍行下礼去，其余人也跪了，最后那几个年轻人互相望一眼，也勉勉强强跪下了。

凤知微上前一步将几位老者扶起，"各位都是前辈耄老，万万不可行此大礼。"

她这里扶几个老头子，老头子们还在逊谢，后面那几个年轻的却已经拍拍灰自己站起来了。

燕怀石垂着头，轻手轻脚过来帮凤知微将老人扶起，道："太公请安坐，钦差大人很敬老的……"

他扶着领头老者的臂。凤知微注意到那老人手臂一抖，似乎在瞬间想将燕怀石的手拂落，随即又控制住了自己。他先是对她笑了笑表示感谢，随即便对燕怀石道："在这里碍手碍脚的，不要惹钦差大人厌烦，还不让开些。"

他语气似乎很平静，不知情的人还说不定能听出不见外的亲昵，凤知微却目光一闪，从这句话里感觉到几分压抑着的厌恶。

燕家那几个年青一代互望一眼，似笑非笑。

燕怀石低声道："是。"说完苦涩地退下去。他刚要掀开帐帘，却听凤知微突然道："怀石，你往哪儿去？"

燕家人都一怔，燕怀石缓缓转身道："我给大家奉茶去，这里简慢，没有仆人……"

"奉茶也不是你来做的。"凤知微高踞上座，似笑非笑，"和燕家会晤，少了你这个功臣怎么行？过来坐吧。"

她这句话一出，燕家人又是一怔。领头燕太公忍了又忍，终于忍不住试探地道："大人抬爱怀石，是我们燕家的福分，只是这功臣之说，从何说起？"

凤知微被问得一愣。

燕怀石不算你燕家的功臣？

不是燕怀石结识了自己，你燕家能成为皇商？

不是燕怀石为自己尽心尽力，自己投桃报李，你燕家能协助钦差，总领船舶事务司开办事务，将来得一个可供你们畅通无阻的爵衔？

但是这话她自己不好出口，只好沉吟地看着燕怀石，燕怀石却在苦笑。凤知微心中知道不对劲，怀石对经商和交际十分精明，在京中混得如鱼得水，但是自从回到南海，一开始倒还兴高采烈，后来便有些心神不安，不仅往日灵动全失，如今更是大气不敢出的样子，到底是怎么回事？

此时燕太公已经道："燕家蒙大人厚爱，厚赐良多，若非大人，燕家哪里能有今日？草民之孙怀远更得大人提携，得为在京皇商事务总办。这番恩德，至今还未面谢……"

凤知微越听越不对劲，怀远是谁？

她记得当时陛下准了在京皇商后，燕家来人办理相关事务，她事忙，没有问最后报给户部的皇商在京代理人到底是谁，按说也不用问，自然是燕怀石，难道并不是这么回事？那燕怀石为什么不说？

她疑问的目光瞟向燕怀石。燕怀石躲开了她的目光。

"皇商事务，都是怀石兄弟和本官商议所定。要谢，谢他好了。"凤知微一仰下颔，意有所指。

"关他什么事？"燕太公还未说话，坐在最后的那个女子突然冷声道，"明明是我大哥办的皇商事务！"

"怀莹！"一个中年男子低声一喝，"仔细失礼！"

那女子一脸愤愤，傲然扭头。

凤知微缓缓放下茶盏。

她并没有露出怒气，也没有表情，但就是那么淡淡的，不说话。四周七八个人都觉得帐篷内空气紧张沉冷下来，原本坐着还算宽敞，忽然便觉得挤，都在不安地动着身子。

凤知微一直沉默着。每个人都渐渐露出尴尬之色，有些无措地望着她。

半晌凤知微淡淡道："茶冷了。"

这是什么意思？被凤知微的沉默压迫得正不安的燕家人，听见这不相干的一句都面面相觑，燕怀石却已经从帐门口的暗影里起身，道："这里侍候的人不足，我去沏茶。"

"慢着。"凤知微笑了笑，道，"你一个大男人，赶着沏茶倒水的做什么？你们燕家南海大族，规矩谨严，这满堂男子议事场合，谁该去侍应，太公自然明白，不用你操心。"

燕太公怔了怔，脸色一白，立即道："是，是老朽失礼。怀莹，还不给钦差大人和诸位叔伯兄弟张罗茶水去！"

"我不去！"那女子一昂头，粉脸气得煞白，连手指都在颤抖，"我是燕家大小姐，没有侍候人的事！"

"怀莹，不得任性！"先前那中年男子再次呵斥。看那容貌应该就是燕怀莹的父亲，此时一脸气急败坏和后悔之色。

燕太公也皱着眉头，心想，听说钦差大人年轻，自己才带几个得意小辈来拜见，说不定年轻人更能说得来，当然也有套近乎的意思，却不想怀莹平日还好，遇上怀石的事便没了冷静，这下可怎么收场？

钦差大人看似年轻，但是可不是自家几个孩子好比的。白日码头大船上那一幕，他也听说了，能逼得周霸王上船烧火，又岂是寻常人？南海不是没来过钦差，被周霸王当场逼走的也有！

他觍着老脸，想赶紧打个圆场，凤知微却一眼也不看他们，再次端起了茶盏，慢慢吹着茶面的浮沫，吹一口，冷笑一声。

这笑使得众人都坐不住了，何况大人端茶便是送客，他们只得起身告辞。

那女子最先愤然起身，还一脚将马扎踢在一边。凤知微拨着茶盏盖子，淡淡看着，眼神掠过一丝轻蔑。

燕怀石正要跟着送他们出去，凤知微突然道："怀石，你留下。"

从帐帘的暗影里，她看见燕太公侧身，警告地瞪了燕怀石一眼才离开。

"怎么回事？"凤知微将茶盏一搁，直入主题。

燕怀石沉默不语。凤知微想着刚才那些人的神情和语气，越想越怒，森然道："不要以为船舶事务司的事情只能由你们燕家总领，陛下曾许我临事专决之权，南海燕、陈、黄、李、上官五大世家，哪家都可以！"

"别！"燕怀石急急道，"他们针对的只是我，对你绝不敢有不敬之心。"

"针对你什么？你为什么要让？到底什么事让他们对你有敌意？"凤知微目光如针，三个问题紧接而来。

当初青溟书院之外初见燕怀石，她一直认为这位燕家子弟，费尽心思在京中寻求门路，是希望混出名堂，好增加继承家主的砝码。如今看来，只怕还没这么好的事，别说家主了，立下偌大功劳都能被人抢了去。

燕怀石不是呆子，他心甘情愿让步，总要有个原因吧。

燕怀石还是摇摇头，似有难言之隐。凤知微望着他，沉默半晌，道："明日你让燕家给我们安排宅子，我和殿下都住过去。"

燕怀石一颤，抬起头来，他知道凤知微的性子十分审慎，在未对燕家考察清楚，以及未将世家和官府百姓矛盾解决之前，是不会随便将态度倾向任何一方引发矛盾的，而如今开了这个口，是决心要帮他了。

"魏兄弟……大人……我……"燕怀石嘴唇嚅动，颤颤不能语。

"跟你说过，不要叫大人。我们相识于微时，至今我们在帝京的宅子都连在一起，只要不背叛，永远是兄弟。"凤知微一笑，"还有，我喜欢青溟书院初见时那个精明厉害要买我衣服的你，而不是现在这个步步退让的陌生人。"

"做你自己。"她站起身，向外走去，"凡事有个底线，不管有什么难言之隐，不管因为何事被不公对待，到了底线都无须再忍。你忍，我也不允许你忍。"

　　"常氏事变在即，南海如不能迅速整合，必将被常氏势力所控。船舶事务司只是一个由头，我必须通过这件事的成功来镇服整个南海。南海，必须是我的。"凤知微纤瘦的身影镀在帐外的月色里，语气温柔而铿然，"所以，燕家，必须是你的。"

　　当晚在帐篷里将就了一夜，第二日由燕怀石安排住在燕家别业"憩园"。宁弈对凤知微的决定并无异议。南海官府很有异议，但是没用。

　　南海世家和百姓的矛盾，凤知微已经令人打听清楚了。早先南海是贫瘠之地，开海禁之后，一些有识之士仗着眼光准、动作快，早早发了家。有发展必然有侵吞，有扩张就会有掠夺，在争夺富饶海域和各类资源的过程中，难免有无辜百姓受到牵连。前一个布政使在南海的时候，和世家勾连关系甚深，很做了一些伤及百姓的事。最惨的就是，当初上官家夺了近海一块好地建造最大船舶出入港，将原本居住在那里的百姓赶到了一处浅海滩，结果突发大海潮，一夜之间将百姓草草搭建的棚子全部冲毁卷走，一个村子几乎灭绝。再加上南海百姓大多是世家雇工，由来主仆都有怨，可谓恩怨纠结已久。

　　周希中主政南海后，倒是不苟同前任，坚持认为世家大族是国家之害，一旦官府利益相连深了，必有后患。他对五大世家采取的是重税重管政策，严厉到近乎苛刻，并限制世家发展，扶持百姓利益，是以很得南海百姓爱戴。

　　凤知微知道这些，倒放下一半心，官商勾结铁板一块才是啃不动的硬骨头。好歹周希中有风骨，再经过这次码头事件，假以利害分析和谈判，船舶司的推行也未必不能。只是不知道南海官场里有多少是常家的潜伏力量，比如那五大世家，必有常氏插手，但就不知道是哪家了。

　　闽南贫瘠，南海富饶，常家要反，南海是必争之地。船舶司处理海寇已经不是凤知微此刻最重要的事务，她要做的，是将南海拿在手中。

　　南海官府还在处理码头爆炸事件，凤知微也没急着去谈话。船舶事务司的选址和兴建，以及具体章程、主事人选拔都是需要操心的事务，但是在做这些事之前，必须确定事务司总办的归属——她的意向，还是燕家，但必须得是燕家的燕怀石。

　　目前看来，这点小事也有难度，所以只好她亲自来教育教育那些枯守南海一域、已经快要不懂中原人情世故的燕家上下。

　　在憩园的第一晚，燕家倾巢出动，举办了盛大的接风晚宴。憩园装饰一新，张灯结彩，连白石小路都用水冲洗得纤尘不染，燕家现任家主，燕太公的二儿子燕文宏，亲自站在园门前迎客。凭海临风的宽阔阁台上，摆开十桌海鲜宴，都是顶级珍贵海产，五大世家家主来陪，看燕太公的眼神都充满艳羡。

申时开席，宾客早已济济一堂，有男有女，南海民风比较开放，五大世家又是商人，没有中原那么多规矩，所以五大世家很多直系小姐也有赴宴。

一声传呼，数百人静无声息，侧帘一掀，着月白色暗纹九爪飞龙锦袍、戴白玉冠的宁弈由凤知微陪着出来了。

满堂的灯光映照下，步来一对极其卓然的男子，一个清雅尊贵，容颜绝艳，一个清秀灵韵，自如雍容，站在那里，直如一对琅琅玉树，看得众人心动神摇，小姐那一桌更是人人目光闪闪。

宁弈地位尊贵，如今眼睛又不方便，只简单出场一下。接受众人诚惶诚恐的参拜后，在主桌坐一会儿，对底下举一举杯，众人急忙跟着举杯后，他也就搁下酒杯，回房了。

凤知微起身恭谨相送时，宁弈侧了侧身，看起来像和她交代什么，语气中却有淡淡的笑意，道："我闻见一桌子的腥味……你可得小心些。"

凤知微苦着脸，瞄着那一桌似乎全没烹调过的红红绿绿的海鲜——据说都是海上新捞出来的，为了保持鲜味，连壳都没去，看起来实在惊悚，低声道："为什么我听起来，你似乎在幸灾乐祸？"

"那是你心眼太小的缘故。"宁弈在她耳侧笑，热气拂在耳边簌簌地痒。她微微侧头，听见他道："嗯……要是没吃饱，晚上到我房里来……"

凤知微微笑，连连点头，"是，是，一定来，一定来。"

我来才奇怪呢！

底下人仰头艳羡地看着，心想，他们真亲热啊，魏大人真得殿下欢心啊……

宁弈一走，凤知微便招呼燕怀石："燕兄弟，这里坐。"

她这桌除了她和顾南衣就是五大世家家主，都是此地身份最贵重的，而如今这一招呼，满堂耸动。

燕怀石从偏远燕家子弟一桌起身，神色不动，端杯过来，坦然自一路意味深长、含义奇特的眼光中走过，在凤知微身边坐下。

自从和凤知微谈过，他眉宇间那自回到南海便生出的郁郁之色渐渐散去，又恢复了当初那个眼神灵动的燕怀石。

无数人的目光随着他的脚步移动，欲言又止。

那些目光数量庞大，力道强劲——敢情知道和排斥燕怀石的人，还不止燕家？五大世家那眼神，都不友善嘛。

顾南衣坐在她身侧，盯着八个一盘的各式带壳海鲜，觉得这东西和胡桃看起来有那么点相似，不知道是不是一样可以吃，然而当他一下捏碎一个贝壳溅了身边燕太公一脸血之后，他断然站起，飘往后院。

还是吃胡桃去吧……

两个没义气的男人都逃离了海鲜席，而跑不掉的凤知微只好硬着头皮，对着燕太公殷勤夹给自己的那些柔软的、带血的、看起来很像那天爆炸之后溅落的某些部位的玩意，咬牙闭眼，麻木生吞。

真是沦落啊，茹毛饮血啊……

勉强吞了几个，意思到了后，凤知微便坚决拒绝，只一口一口喝酒。不停有人敬她酒，而海量的魏大人，酒到杯干。

酒敬过一轮后，五大世家其余几位家主对望一眼，轻咳一声，正想试图问些正事，却听凤知微突然道："叨扰了大家这么多酒，也该回敬，只是酒量不足，请燕兄弟代我回敬吧。"

燕怀石站起应是。众人都一怔。燕太公表情复杂，既欣喜于钦差大人此刻对燕家的鲜明表态，又犹豫于这表态的对象竟然不是他属意的人。老头子愣在那里，眼光闪动，半晌试探地道："大人，怀石酒量怕是不成。我燕氏二房长孙怀远，向来海量，不如由他代您回敬？"

凤知微掀起眼皮，似笑非笑看他一眼。一眼过去，老头子便浑身一颤。

"燕怀远是谁？"

凤知微的一句话震得满桌都颤了颤。不远处，一个背对这里一直凝神倾听的高个子青年，僵着背放下筷子，而他身边的同桌人和燕怀莹，脸色都一变，尤其燕怀莹，神情愤然。

"在下的酒，不是谁都可以代敬的。"凤知微剑既出鞘，便不会只出一半，她端了杯，推席而起，悠悠步下，"说句不敬的话，如果真要论代敬资格，只怕在座的各位都不够，更不要说燕家一个三代子弟了。"

燕太公站起来，尴尬地赔笑。凤知微不理他，自下了阶，执壶游走于各席之间，一边随手给各桌斟酒，一边笑道："但怀石兄弟不同，他和本官相识于微时，若非他一番倾力扶持，本官不能有如今的际遇，他是本官真正的布衣之交，而船舶事务司更是因他奏本于陛下，才有今日之开办。其间种种，他居功甚伟，别说替本官代敬，就算本官今日敬他一杯，也是当得的。"

燕怀石连忙逊谢，凤知微却执了他的手相视而笑，两人一派赤诚相对的知己姿态。那些被敬酒的连忙凑趣捧场，凤知微便笑得越发满意了。上座世家的家主们目光闪烁，庭间燕家上下相顾失色。

"共富贵易，共患难难。"凤知微端壶回席，给燕太公斟酒，娓娓道，"做人要讲良心，贫贱之交不可忘，否则便猪狗不如，太公，您说是吗？"

燕太公尴尬地笑着，麻木地一杯饮尽，讷讷道："是……是……"

"投桃报李，知恩图报，论功行赏，奖罚分明。"凤知微又给他斟酒，笑意温柔，"燕家能有今日的威势，这十六字必然也是族中圭臬——太公，您说是吗？"

燕太公抬手就饮尽酒，酒喝得太急，呛了一下，连连咳嗽。凤知微不动，只执壶微笑着看他，笑道："太公可不要太激动，忘记回本官的话。"

燕怀石抢上一步，给燕太公轻轻拍背，笑道："您老是岔了气，好在顺顺就好。"

此时满座数百人，鸦雀无声，便是呆子也知道，这位年轻清瘦、看起来还有点弱的钦差大人，竟然真的是个笑面虎，有决断，也有不动声色的狠辣——当着南海全体世家的面，在这种场合发难，轻而易举便将叱咤商场多年的燕太公，逼到了这个地步。

众人屏息，不敢言语——数百人一时连呼吸声都不闻，只有燕太公的咳嗽声空洞地回荡着——都知道这是钦差大人公然表态，而燕家要是在这样的场合拂了他的面子，这事务司的总办，就真的很难说最后花落谁家了。

燕家人脸色很难看——总办不能丢，然而就这么让他们深深忌讳的燕怀石上位，却也万万不能。

燕怀莹眼光一冷，便要站起身，却被身边的燕怀远按住。他斜睨着上方姿态悠游、一路敬酒过来的凤知微，冷声道："小妹，少安毋躁，不必急在此刻。"

随即他又对上席自己的父亲，燕家家主燕文宏，使了个眼色。

燕文宏找了个借口下座，坐在他身边。燕怀远低声道："父亲，钦差大人来势汹汹，一定要给那杂种出头，您看……"

"不必急在一时吧。"燕文宏是个谨慎的人，"我们慢慢和钦差大人相处，也许还有转机……"

"不行。"燕怀远咬牙道，"父亲，您没看见钦差对我的羞辱？没见钦差将爷爷逼到这地步？他竟将我燕家嫡系一脉和百年传承就这么踩在脚底！今天这个场合，他不管不顾表了态，还要逼爷爷表态。一旦咱们让步了，将来那杂种一定会欺到咱们头上！"

"那你说……"

燕怀远嘴唇抿成一线，用筷子蘸了酒水，在桌上写了个"宁"字。

"前些日子您说的那事……"他道，"如今看来非办不可了！"

"哪有这么急的？"燕文宏瞠目结舌，"再说现在这样子也没法办啊……何况，那也是说说而已。你小妹无论如何，是我燕家的大小姐！"

"那便等着任人宰割吧！"燕怀远身子向椅背一靠，冷笑道，"想想那杂种做了家主，大家都会有什么日子？想想那过去的二十多年，燕家是怎么对他的！"

燕文宏脸色变了变。

"我去！"一旁一直没说话的燕怀莹，突然决然道，"父亲不必犹豫，哥哥说得对，当断不断，反受其乱，此时不下决心，等到爷爷被钦差逼到表态就晚了！"

"你……"燕文宏望着她，目光复杂。

"你们上次商议的事，我听见了，我愿意！"燕怀莹咬着嘴唇，想起那日码头初见，那个魏知对她的羞辱，她堂堂燕家大小姐，竟被他逼得要去斟茶倒水！她养尊处优多少年，在南海自认如公主一般尊贵，什么时候受过这种羞辱？每次想起那个魏知平静而轻蔑的神情，那眉宇间淡而凛然的神态，她就恨不得一脚踹翻他，让他在自己面前下跪道歉。她玉堂金马，出身豪富，凭什么一个出身寒门的小子敢那样看她，那样对待她？

从未受过折辱、生来如意娇纵之人，一旦受一次，便毫无接纳和包容的能力。她满心里燃烧着愤怒的火焰，连世家小姐应有的自尊和自爱，都已被恨意烧尽。

何况今日庭前一见，那人的风姿也确实令人迷醉……

不算牺牲的牺牲，能换来父兄的安定，换来燕家的家主之位永在二房，换来那姓魏的小子从此不敢轻视，值得！

"与其做哪家商家的主母，不如做那龙子凤孙的妾！"她咬着牙，恨声道，"我这商女身份，虽不用想着做楚王正妃，但做妾绰绰有余。那杂种仗着个三品官算什么？比得过皇亲国戚？"

"小妹……"燕怀远握住她的手，悄然落下泪来，"哥哥对不住你。"

"夜长梦多……今天就……这么着吧……"燕怀莹也落了泪，恨恨地抹一把，咬着唇，脸上泛起一丝红晕，"反正……也就是那样……"

她羞涩得说不下去，脸上的红晕越来越盛，眼底却生出一抹阴狠之色。

楚王风流，定不会拒我。魏知，你且等着我翻身那日，踩你在脚底！

第七十章

侍候

凤知微还在笑吟吟捧着杯，凝视着燕太公。老家伙连额头都迸出青筋来了，才吭哧吭哧憋出一句："是……"她笑得越发开心。

她温和地握着燕太公的手，语重心长地道："燕氏真是不负本官所望矣……"

燕太公眼神里闪过一丝愤色，却瞬间被苦笑所掩，深深躬下身去。

凤知微看他一眼，笑笑，不打算穷追猛打，自端了杯离去。凡事适可而止便成，逼得太紧，把老头子逼昏就得不偿失了。

她微微皱着眉头，觉得生吞了海鲜的肠胃有那么一点不调。

突然觉得背后一冷，有芒刺在背之感，她以为有刺客，霍然转身，却只看见一双眼睛，带着凌厉的锋芒，直直迎上来。

燕家那位大小姐嘛。

凤知微若无其事地迎上那目光，又漫不经心地转开目光，她不会和那女人斗眼神的，值得吗？

突然便起了促狭之念，她含笑举杯，对死死盯着她的燕怀莹遥遥一敬。

满堂的目光唰的一下转过去。燕怀莹没料到凤知微竟然会遥敬她，躲避不及，正巧被人看见她正"痴痴"望着魏大人。她怔了怔，瞬间红晕上脸，而众人都露出心领神会的笑意——哦，原来是少女怀春，恋慕英雄少年。

好事嘛，呵呵！

燕怀莹眼睛一转，看见众人的表情。她不是傻子，看出众人眼神里的未尽之意后，勃然大怒，气得胸口起伏，却又无法开口为自己解释。

凤知微一举杯，不着一字，尽得风流，燕家小姐瞬间就成了她的"爱慕者"。

这边气炸了肺，那边凤知微已经仿佛什么都没发生似的回了座。她觉得肠胃越来越不舒服，只好一杯又一杯地用酒压下去。

燕怀石坐在她身侧，恢复了以往的灵动自如，和一桌人相谈甚欢。五大世家几次试图挑起船舶司的话头，都被燕怀石轻描淡写地挡了回去。

眼看天色不早，黄家家主心急，终于忍不住直接道："大人，船舶事务司一旦开办，事务冗杂，我黄家虽然人才菲薄，却也有些勉强可用之人，愿为大人一效绵薄之力。"

拥有地皮最多的上官家立即接道："事务司选址，不知大人可有打算？不管看中哪块地，上官家都一定倾力以助！"

陈氏、李氏也连忙表示在经济、人力、物力上两家都可以襄助。凤知微支着酒杯，似笑非笑地听着，每个人说话她都点头，每次点头后她都不说话，只末了才淡淡道："众位家主不计个人私利，踊跃相助，此等拳拳爱国之心，本官在此先谢了，待回京后，必将于陛下驾前，为南海世家请功。"

家主们大喜，凤知微又道："本官在南海主持此事，主要负责和当地官府交涉联合。众位家主这些细务，和燕兄弟商量着办就是。"

家主们喜色未去，又是一怔，面面相觑。上官家主性子最暴，又多喝了酒，脸涨得通红，眉毛一斜道："要我们和一个小辈杂种……"

他话说到一半，被身边李氏家主拉了一下袖子，立即醒觉过来，赶紧住口，凤知微却已听见。

她脸色未变，眼光却已沉了下来。

杂种？这么恶毒的词，用在燕怀石身上，看来他的身世，比自己想象得更复杂。

他便是背着这样的称呼，受着这样的歧视，长到如今？

"上官先生！"她放下酒杯，一整晚的风轻云淡后，第一次换了冷而重的语气，"你喝多了！"

上官家主惶然站起，正要说什么，凤知微却已经携了冷然不语的燕怀石离席，道："散了吧。"

所有人急忙站起，凤知微却理也不理，扬长而去。世家家主们十分尴尬，赶紧告辞。燕家人送他们离开后，又在庭前聚齐。

燕太公一言不发。燕文宏重重叹气，半晌道："当初他离家说去帝京，也以为就这么闹着玩玩，还指望着送走他省心，没想到这小子心思足，竟然攀附上了当朝红人，真是人算不如天算！"

燕太公沉思半晌，叹气道："他现在有靠山，胆子大了。原以为拿着陈氏那个贱人和他那个女人，他能懂得退让，不想今晚看来，他倒像存了一份鱼死网破的心。也是，如果将来燕家家主是他，那咱们现在拿着的他的软肋，就什么都不是了。"

"太公！您真要将下代家主给他？"燕家众人大惊失色，"不能！南海谁不知道这小子的身世！这个杂种一旦做了家主，燕家百年传承都将蒙羞。他会毁了燕家！"

"不如先拖着吧，父亲。"燕文宏建议，"等钦差大人走了，他还得意什么？"

燕太公用几分失望的眼光看着二儿子，觉得他还不如孙子有决断，又想起离家出走的长子，心中一痛，吭吭地咳起来，半晌道："你又糊涂了！钦差大人走了，事务司还在！将来朝廷赐爵封官，一定也是给事务司总办。只要他做了这个总办，燕家家主就必须是他！"

燕家人露出五雷轰顶之色，燕怀远突然走过来，在燕太公耳边低声说了几句。

老头子先是一惊，随即脸上露出苦涩之色，看看低头不语的燕怀莹，再看看面色惶然的燕家人，半晌长长叹了口气，喃喃道："也只有这样了……"

燕怀远吐出一口长气，露出喜色，一转身，却对着红晕满脸的妹妹，落下泪来。

"我燕家送出金尊玉贵的大小姐，放低至此，想必殿下定然欢喜……"燕太公叹息道，"你们说得对，成大事不拘小节，事关我燕家百年气运。怀莹……委屈你了。"

"孙女为我燕家，做什么都是该当的。"燕怀莹起身一礼，"爷爷，您相信我，我定要叫他不能得逞，叫那混账钦差滚出南海。"

"你不要心急，做好你的本分就行。"燕太公道，"怀远说得对，事不宜迟，拣日不如撞日，况且，如果大动干戈地提议此事，定遭钦差阻挠。文宏，你立即去安排一下，今夜就送小姐……过去吧。"

"是！"

凤知微不知道燕家那群人的如意算盘。她肠胃里一阵阵翻搅，没走多远便靠在了一处临水栏杆上，用坚硬的石栏压住自己的腹部，笑道："你这下总可以说了吧？"

燕怀石扣着栏杆，面对海风碧水，眼中晶芒闪动，半晌才低声道："我是大房独子，却不是我父亲的亲生儿子。我的母亲过门后第二年，父亲出洋远航，有一晚，我的叔爷闯进门来……后来……便有了我……"

凤知微霍然扭头。

乱伦之子？

在天盛，在重视宗族血脉正统的南海，这是何等凄惨的身世！

难怪燕家厌他如毒，难怪世家家主骂他杂种！难怪他孤身奔帝京，立下偌大功劳都能不被承认。

可以想象这样出身的孩子，在世家大族里是怎样的地位和生活。他便是在这样的恶意欺辱和敌视里，长到如今？

凤知微想起当日青溟书院门前初见，那少年笑容朗朗，灵动机变，一眼就看出了她手中印鉴的价值，从此便带着她叩开青溟书院大门，叩开人生里的五色流景、壮阔波澜。

她抿了抿唇，心底泛上微微的酸涩，半晌道："怀石，我们不能选择我们的身世，但是我们可以选择我们的将来。"

燕怀石一直有点紧张地盯着她，害怕在她脸上看见别人惯常的鄙弃厌恶之色，虽然这样的脸色在这许多年来早已看惯，他也早有心理准备，而魏知露出这样的神色也是情理之中，可他就是觉得，如果魏知露出这样的神情，他会比以往更受伤。

然而没有，魏知确实震惊了，可震惊之后，眉宇间却是淡淡的忧伤，看着他的眼神却带着疼痛。他突然便觉得多年的辛酸积郁，刹那间盈满胸臆，便要奔涌而出。

急忙转开目光，燕怀石故作轻松地去看四周的风景。

"你母亲现在在哪儿？"良久之后，凤知微轻轻地问。

燕怀石身子一僵，半晌道："她在……颍州郊外一座庵中修行……爷爷说她败坏门风，不许她再进家门……"

"这何尝是你母亲的错？你母亲一个弱女子，遭此悲惨之事，燕家却不抚慰照顾，还要逐她出门？"凤知微眼色一冷，随即叹了口气——她这么看没用，世人不是这么看的，世人往往男尊女卑。男女之事，一旦造成后果，无论始作俑者是谁，最后都会归罪到女子身上。

也许只有她不同。娘出身将门，家门开明，自幼便学得文武双全，后来更曾领兵为女帅之身，娘的心目中没有男尊女卑的想法，自然也影响了她，只是娘也没有明确和她表露过这种观念。这是在她得到那神秘册子后，从那主人意兴飞扬的字里行间，找到的属于女子的独立和自我。

燕怀石却有些不可思议地看着她，这种事情，世人都会认为女子私德不谨，整个家族也都因此蒙羞，就算是他自己，幼时也因此怨恨了母亲很多年，恨她为什么不拼死抵抗，为什么不事后自裁，为什么要生下他。

然而今日魏知第一次听见这事，竟然第一句便是为他母亲抱不平。燕怀石手指抠紧了石栏，心怀震荡，长长吸了一口气。

"那个……你的叔爷呢？"半晌，凤知微有点艰难地问。

燕怀石默然良久，答："他被打了一顿，赶出去，现在在永州主持当地的商铺。"

凤知微冷笑起来。

毁人名节清白者，不过打一顿，换个地方照样逍遥做生意。

受害者却遭遇凄惨，困守尼庵，苦挨日月，连带着的孩子都遭殃，在困苦欺辱的环境中卑屈长大。

"这次燕家，拿这事要挟你了？"

"是。"燕怀石低声道，"上次朝廷册封皇商，长老对我说，我立了功，家族很欢喜，只是将来我还是要回南海的，在京皇商，不如就报燕怀远的名字，我也觉得我不能丢下我娘，就同意了。后来开办事务司，家族又暗示我，好好做，回来后开祠堂考虑重纳我娘回府，所以我很是欢喜……我娘在那尼庵，实在太苦了……"

"然后变卦了？"凤知微冷然问。

"然后……等快到南海时，他们的语气就开始搪塞了，至今不给我个准信。"燕怀石眼中闪着悲愤之色，"我娘和我……拿捏在他们手里，我也并不想争这家主之位，燕家家主不可能给我做。我那么努力，也就是希望能得到燕家的承认，让我娘安安稳稳地回来，由我膝前尽孝度过下半生。可怜她也是世家之女，陈家的小姐，却落得两边都关系断绝，尼庵苦挨半生。上次我见她，她老得不成模样……"

燕怀石终于说不下去，哽咽起来。

"所以你选择退让，希望他们良心发现。"凤知微一声冷笑。

燕怀石默然不语，良久道："我错了。"

"你是错了。"凤知微不客气地道，"对这群其心凉薄如纸的所谓亲人，你拿热血去拼也焐不热他们，与其步步退让，不如奋力一搏。你若是燕家家主，谁敢欺你母子？"

"昨日听你那么一说，再看看他们的嘴脸，我已经清楚了。"燕怀石道，"他们不会兑现承诺，那些暗示不过哄着我回来，再哄着我让出位置，然后过河拆桥。到头来，我什么都不会落着，还有可能被人嫉妒地踢开。不能保护自己，强大自己，何谈保护我娘？后退是死，前进是险，死也要死得痛快些。"

"我在，不会看着你死。"凤知微扶着头，一笑道，"夜了，以后还有硬仗要打，早些歇了吧。"

"我送你回房。"

"不用了。"凤知微紧紧靠着栏杆，挥挥手，"去吧去吧。"

燕怀石的身影刚刚离开，凤知微就往栏杆上一趴，哗啦一声吐了个天翻地覆。

她一边吐一边"哎呀""喂呀"地叹息。真是的，好好一池碧水，生生给那些海鲜糟蹋了。

惊天动地吐了一阵，她懒洋洋地趴在栏杆上，肚子翻空了，喝得过多的酒就开始肆虐起来。她震惊地发现，她这个百杯不醉的海量，竟然好像醉了。

头晕眼花，金星四射，浑身像抽去骨头一样全无力气，她烂纸片一样趴在栏杆上，想起当日宁弈被自己灌醉的那次，原来喝醉这么难受。

凤知微良心发现了一刻钟，决定把自己就这么晾在栏杆上，作为对当日灌醉宁弈的惩罚。

其实她是爬不动了。反正四面暂时也没有人，这栏杆也足够宽，睡在这里，泛起来了就对湖里吐一下……多方便。

然而却有人不愿意成全她的懒，身子突然一轻，她被人拎了起来。

"哎，别晃……别晃……"一起一落间，凤知微头一晕，胃里一翻，赶紧偏头过去，然而来不及了，点点痕迹已经溅上某人精致柔软的天水之青的衣袂。

凤知微悲凉地闭上眼，等着自己被砰的一声砸落尘埃。

预想中的栽落却没来，身子沉了一沉又止住，随即又往上升。凤知微睁开眼，就看见顾少爷把她拎到了眼前，仔细地看着她的脸。

柔软的遮面白纱拂到了她脸上，凤知微便伸手去拂，眯着眼笑道："少爷，我这次可是醉了。上次我醉了只知道睡，而这次在半醉不醉间，我不知道我会做些什么，你还是送我回房吧，东侧那个小院子有红色飞檐的就是。"

顾少爷不答话，还是那么看着她。凤知微扶着头，呢喃道："要么快点把我拎过去，要么放下我让我自己走，这么个上不着天下不着地的，晕死了……"

她话还没说完，忽觉面上一凉，便见那覆面白纱已经垂了下来。顾南衣松叶般青涩而干净的气息逼近，在她唇边一掠。

有什么微凉的东西在她脸颊上一擦而过。她眼角一瞥才发觉是顾少爷的鼻子，正凑近她的唇，细细嗅那酒气，似乎在猜测这是哪种酒。

面纱层层堆积在她脸上，他的唇近在咫尺，彼此肌肤微微摩擦，青涩而干净的气息整个笼罩了她。她僵住了身子，把要说的话全部忘记了。

顾少爷今晚畏惧那生猛海鲜没有喝酒，此时只是想闻闻这种感觉比较新鲜的酒气而已，然而就这么靠过去时，忽然便觉得酒气背后有什么很香软，娇花堆云一般莹而温润，又是一种全新的陌生感受，便破天荒地停在那里愣了一愣。

这一愣，凤知微已经反应过来去推他。顾少爷被推醒，唰的一下松手，凤知微噗一下掉落……

栽到地上的凤知微悻悻地爬起来，心想，早知道命中注定会掉下来，刚才还挣扎什么呢？

一转身，她忽然看见不远处的曲径小道上，一顶小轿悠悠而过。

凤知微眯起了眼睛。

她酒喝得多，可脑子没喝坏，这园子里守卫森严，又大半夜的，谁能一顶轿子这么大摇大摆抬进来？

看那方向，还是去后院静心轩，她和宁弈的住处。

那么，是去找谁的呢？

宁弈从席上回去后，并没有回房，而是在院子里调息了一阵，秋夜露重，月清明，天地之气对他的内功很有好处。这段日子，他一直练功不辍，将那奇异的蛊毒逼在丹田深处，好等过阵子去闽南寻药治疗时不至于状况太恶化。

宁澄劝说过他几次，要他赶紧奔赴闽南，拖一天危险就加重一分。他也听，也赞同，但还是一天天留了下来。

宁澄在他不远处的凉亭里睡觉，翻来覆去的，发出一些动静，很有些不满的样子。宁弈不理他，练了一阵，淡淡道："我要入定，除了她的事和危及安全的事，其他事一律别吵我。"

宁澄"哦"了一声，知道他的内功一旦入定便浑然忘我，于是小心地从亭中坐起，将四面的防护安排得更紧密了些。

他坐在主子对面，看见他最近有些憔悴的眉宇后，神色间慢慢浮上不忿之色，恨恨地坐在那里，将腮帮子扭得左鼓一块、右鼓一块。

然后他捡起一块土坷垃，双指拼命地戳啊戳，一边戳得土屑纷飞，一边喃喃骂："女人！女人！"

他对着假想敌戳得痛快，心想，反正殿下现在也不知道。

前面忽然有响动，有人在低声说话。他皱眉转过回廊，却见一顶小轿停在门口。

一个青年，似乎是燕家人，正低声下气地和拦门的护卫说话。宁澄走过去，听了几句，皱皱眉头，下意识地要赶走，突然又停住。

随即他过去，道："是来伺候殿下的吗？"

燕怀远并不认识不常露面的他，却看得出此人在楚王身边的地位，连忙应是，随即上前一步，凑在他耳边笑道："舍妹倾慕殿下风采，愿意自荐枕席。这是燕家的福祉……"

宁澄眉宇间闪过一丝厌色，慢慢将他推开，道："离远点，你口臭。"

燕怀远瞬间脸色发青，随即涨得通红。宁澄看也不看他一眼，手一挥，道："搜。"

"大人不可——"燕怀远慌忙来拦，不敢再将嘴对着他，偏着个脑袋恳求，"这是舍妹，我燕家的大小姐！"

"我不知道你什么燕家的大小姐二小姐。"宁澄平平淡淡地道，"我只知道这是你们送来侍寝的女人，这也不是什么秦楼楚馆，这是皇子殿下的寝居，容不得任何人想进就进。你们要受不得皇家规矩，那就回去。"

"哥哥，让他搜！"轿子里传来燕怀莹忍着哭腔的声音，带着几分毅然的悲怆，"进了这门，我就不是燕家小姐了！"

进了这门，忍了这辱，丢了那燕家小姐，还有更好的将来！

燕怀远听懂了这意思，他也不过虚拦而已，立即松开手。护卫掀开轿帘，将轿子连同燕怀莹上上下下都搜了个干净，然后对宁澄点了点头。

宁澄望望前院方向，眼底闪过兴奋和快意的光，挥了挥手。

小轿悄无声息地抬了进去。

燕怀远懦懦地退下，遥望着被矮矮的镂空花墙围着的静心轩，眼底闪过得意的光。

他从另一条道匆匆离开，没有发觉前方花树后有两条人影站着。

凤知微默默负手站在那里，只觉得空荡荡的胃被酒液烧得难受。燕家会有举动，会在宁弈这里下功夫在她意料之中，但是这样送人还是在她意料之外的，她实在没想到燕家竟然不知羞到这地步，连嫡出大小姐都能这样送了出去。

更意外的是，宁弈收了。

自从半途遇险，宁弈和她身边的保卫已经上升到铁桶般的地步。宁弈一般不会这么早睡，刚才燕家送大小姐来他应该知道，而且，若无他首肯，燕怀莹也断不可能进入院子一步。

　　凤知微在花树后的暗影里笑了笑。

　　楚王风流满帝京，认识他这么久，除了妓院遇见那次，其余时候，她还真的不曾感受过楚王"风流"，不过今晚，总算是找到感觉了。

　　也是，人家已经憋得够久了，从出京到现在，三十一天另九个时辰没女人了，想想实在不人道。

　　凤知微手抚着沾满夜露的花树，触手处潮湿冰凉，像此刻她不住翻涌的胃，她突然便失去了回院子睡觉的兴趣，转身道："顾兄，我们散散步吧。"

　　顾南衣望着她，"你累了，你要睡觉。"

　　凤知微抬起长睫看着他，隔着面纱也可以看见他眼睛晨星般熠熠发亮，半晌一笑，慢慢道："是呀，我累了，我想睡觉，可是今晚院子里有客，我还是让一让，明天另找个院子睡觉吧。"

　　顾南衣却不肯走，他将凤知微的意思理解为床被人占了，然后想了很久，犹豫了很久，忍痛道："那你和我睡。"

　　"……"

　　已经转过身的凤知微一个趔趄，赶紧扶住了树，又好气又好笑地看着顾南衣晶亮的眸子，想了半天只好提醒他："你最讨厌和人一起睡的。"

　　顾少爷摸出一个胡桃慢慢吃着，用很平淡的语气表达出很巨大的牺牲，"我是你的人，可以睡。"

　　"……"

　　凤知微又是一栽。花树被她撞得花朵纷纷欲落。顾少爷拂去她头上的花瓣，牵了她的衣袖，道："走，睡觉。"

　　……

　　好吧，少爷，我知道你的意思是，你是保护我的人，你可以牺牲一下，把床让给我睡。可是，你能不能不要这么精简字数，这么言简意赅。这样子说话会死人的。

　　"我今晚不想睡觉。"凤知微抱住树，坚守阵地，"真的不想睡。"

　　顾少爷却很坚持，"你不舒服，去睡。"

　　凤知微知道顾少爷的执拗性子，一件事一旦坚持起来那是很可怕的，看他吃胡桃就知道了。她万分恐惧——顾少爷说得不耐烦了，一把将她打昏了，带去睡就麻烦了。突觉肚子一阵咕咕乱响，随即有些绞痛，她赶紧道："等下就睡，现在我肚子不好，要上茅厕。"

　　顾少爷松开手。凤知微左顾右盼，看见侧前方不远处有座公用的茅厕，赶紧甩脱顾南衣奔了过去。

她奔进茅厕，才觉得肚子还真是痛得厉害，敢情不适应南海海鲜的肠胃，今晚彻底造反了。她蹲在那里，起不了身，忽听见远远有宁澄的声音，似乎在安排人。

她怔了怔，这才注意到，这座精致的茅厕是紧靠静心轩的。燕家财力雄厚，不怕糜费，为方便人游园，茅厕都建了好多个，还建得比人家的屋子还讲究。而这座憩园的全部建筑，讲究细致精美，所有院墙都是镂空花墙，装饰意味大于遮挡意味，于是这座几乎无人来用的茅厕就靠着静心轩最后一进她的房间，而斜过去就是宁弈房间的后窗。

这个位置可不太好，她叹口气，有心要起身离开，可是肚子造反，只好继续蹲着。

宁弈此时已经结束了入定，从清冷的月色下起身时，听见宁澄的脚步声从自己房间出来。

他并没有多想什么，随口问："什么时辰了？"

"三更。"宁澄答。

宁弈觉得这小子语气有那么点古怪，但还是没有多想，又问："前方席散了没？"

"那个魏还没回来。"宁澄悻悻道，"快点回来就好了。"

"你在说什么？"

"啊，没有。"宁澄道，"主子，您该歇了，那个魏马上也该回来了。"

宁弈默然不语，心想那女人真是贪杯，道："去准备点醒酒茶，再准备些点心。"

"我记得一个时辰前您刚吃过点心。"宁澄一向很喜欢表达自己的想法。

"我又饿了，不成？"宁弈淡淡瞟过去。宁澄闭嘴走开，一边走一边咕哝："看不见了瞪人，眼神还这么凶。"

宁弈听得清楚，于无人的暗影里，无奈地笑了笑。

别人都说他惯这个护卫惯得莫名其妙，猴子精似的纵得无法无天，和他平日作风不符，只有他知道，有宁澄在，那些沉重而晦暗的霾云里，才有一丝值得人心情舒爽的亮色。

"要松瓤酥和薄荷糕，不要油腻腻的鹅油卷！"他突然想起来，又关照了宁澄一句。

"知道了！"宁澄回答得有点没好气，竖起一根指头，叽咕，"不就是她不喜欢鹅油卷吗！"

走过回廊，回到房间，宁弈刚推开门，便停住了脚步。

随即他笑了笑。

他的笑意沉在房门前的一半月影一半黑暗里，宁静而优雅，斜飞的眉扬起一个流畅的弧度，看起来带着几分小小的快乐，月光斜斜射过来，那笑容在月色里清而亮地绽放着。

他的手扶在门边，没有立即推开，只闲闲倚着门，突然想好好品味此刻淡而神秘、唯有自己才知的欣喜。

这女人，还有这份小心思，明明结束了，却从后窗溜进来。

想起晚宴临走前，他半开玩笑说约她到自己房里来时，她答应的语气一听就很假。他知道她不会来，也不过笑笑而已。

不想她居然真来了，是喝了酒有点醉，所以才肯收了平日的距离和矜持吗？

他突然心情很好。

他轻轻走过去，隐约间嗅见洗浴过的人才会散发出的清爽香气。那香气和香炉里的沉香袅袅交织在一起，使得空气里有种暧昧而旖旎的余韵。

宁弈轻轻一笑，心想她动作真快，这都梳洗过了。

他正想呼唤宁澄将点心端上来，可刚一扭头，忽听一声呢喃般的娇笑，在黑暗中动人心魄地响起，随即有温暖青春的身体扑入他怀中。

凤知微在茅厕里，蹲得脚都麻了。

她几次觉得自己好了，解决了，欲待站起来，可刚一站直，便觉得肚子里又是一轮新的翻江倒海。

她蹲到头脑发晕、两腿发软，那点海鲜却还是没有饶过她的趋势。

憩园无闲人，今晚虽有一部分住在城西的燕家人留宿前院，但此时后院一片寂静，连根针掉在地上都听得见，所以她就算不想听，宁弈那边的动静也听得清清楚楚。

她听见宁弈开门的声音，听见他在房内站定的声音，却没有呵斥、没有拒绝、没有疑问。宁弈的屋内是顺理成章的安静。

随即她便笑了笑自己——为什么要有呵斥、拒绝和疑问？胡想什么？燕怀莹能进这院子，本就是他亲自首肯的啊。

哎，明儿见了燕小姐，要不要唤声新姨娘呢？

她捂住肚子，觉得今晚真是流年不利。这辈子海鲜一定和她有仇。

却听见有人大步走来，一边走一边道："微，微，出来。"

她蹲的时间太久，顾南衣不放心来找她了。

凤知微心中一跳，心想，宁弈可不知道她吃坏了肚子在这里上茅厕，而她这一出声回答，宁弈会怎么想？

她赶紧匆匆收拾自己，便要迎出去，然而顾南衣得不到她的回答，更加不放心。他想了想，知道女厕自己是不能闯的，便干脆抬掌一劈。

轰然一声，他将茅厕劈倒了半个。

那女体扑入了宁弈怀中。

一瞬间丝般柔软，丝般光滑，黑暗中一团软云似的包裹住了宁弈，随即浓郁的芍药香气扑来，她在他怀中瑟瑟，几分畏怯、几分委屈、几分哀怜，轻唤："殿下……"

宁弈先是一喜，随即便知道不对。

凤知微不会这么柔软，这么香，这么衣襟半敞、浓妆艳抹地躺在他房中，主动献身以求承欢。

哦，不，凤知微有这么柔软，这么香，但是不会给他尝。

凤知微能不推开他的手，就算是老天有眼了。

想必是燕家送来的女人吧……

有什么空落落的情绪涌了上来，一瞬前的那份油然欢喜，到了此刻只剩下淡淡的失望，失望之后又有些恼怒，却又不知道该恼怒什么。

怀中女子双臂如柳，攀缘上他的肩，手臂微微颤抖，似乎不太擅长这种求欢之姿，动作也有点僵硬，倒勒得他的脖子一阵不舒服。

他冷笑一声，突然对芍药香气厌恶彻底。

以后要拔掉王府里所有的芍药！

还有，宁澄是干什么吃的，竟然让人这样爬上了他的床！

他正要推开这莫名其妙的女人，忽听一声巨响。

轰然一声，就响在他的后窗不远处，随即便听见一声惊呼，却是凤知微的声音。

他一惊，便要赶去，怀中女子却死死勒住了他。宁弈眉毛一挑，正要一掌拍死这女人，却手刚抬起，突然顿住。

凤知微怎么会在他后窗外？

她在干什么？

他愣在那里，眼神变幻，而窗外的对话，已经清清楚楚传了来。

"你干什么？"凤知微的声音有点受惊。

"太久了。"是顾南衣平静的声音，"走，上床。"

凤知微似乎被烟尘呛了，大声咳嗽。

宁弈微微地笑了起来。

这笑意乍一看还是刚才他推开房门前的笑，仔细看来却有不同，如果说刚才的是清的、亮的，带着露珠般新鲜快乐的、闪烁着光芒的，那现在的就是冷的、魅的，带着夜色里曼陀罗花般妖而沉郁的。

燕怀莹仰头看着他这样的笑容，几乎快要看痴了。

宁弈一笑之后，抬起的手掌，缓缓落在她的肩头，随即手上用力，刺啦一声便撕裂了燕怀莹的衣衫。

雪白浑圆的肩头露了出来，在半明半暗的光线下莹润如美玉明珠。

燕怀莹低呼一声，实在没想到在这明知有人偷窥的情境下，殿下还这么猴急，这是要……立即侍寝吗？她羞红了脸，有些惶恐地望了望外面，几分害怕、几分欣喜，觉得不妥又不敢拒绝。

宁弈又抬手解了自己的领口衣纽，一线肌肤润泽晶莹。燕怀莹红着脸，目光似躲不躲，半晌，轻轻将脸靠上他胸前。

宁弈嘴角浮现出一抹莫名的笑意，揽了她行到后窗前，唰的一下拉开窗扇。

后窗不远处的花墙外，凤知微原本正在茅厕里挣扎而出，却实在没料到顾南衣会一掌毁茅厕，所以衣裳还没有完全系好，手忙脚乱中还险些被砸到。她被顾南衣拎了出来，急乱中什么也来不及说，先赶紧收拾自己，而顾南衣拎着她就想走，正在这时却听见宁弈后窗开启的声音。

她抬起头，看见宁弈衣裳半解，揽着衣裳大半解的女子，而他的手紧紧按在她不着寸缕的肩头上，她的脸牢牢贴在他敞露的胸膛上。

看见他噙着一抹淡淡的笑意，依稀是当初妓院相遇时那般熟悉的风流意蕴，正向她懒洋洋地招手，并笑道："魏侍郎，本王新纳的小妾，十分善解人意，侍候得本王筋疲力尽。你既然在，那么顺便进来，帮我们打盆水洗漱一下吧。"

第七十一章
赐妾

凤知微的目光，慢慢地抬起。

从上往下。

先是扫到宁弈的手，再落到燕怀莹的衣裳，再落到两人的腰部。

她就那么毫不动怒、仔仔细细地看了一遍，仿佛没听见那句十足侮辱和挑衅的话。

宁弈等了一会儿没有动静，眉毛一挑正要说话，忽听凤知微慢吞吞道："为王爷效劳，是下官的荣幸。"

宁弈等了半天，听得她这一句，不禁眼睫垂了垂，一言不发，揽了燕怀莹就离开窗边。

燕怀莹又是羞涩，又是得意，忍不住从宁弈怀中转了转脸，对凤知微露出挑衅的笑意。

凤知微看着她，眼神怜悯，倒看得燕怀莹怔了怔。

燕怀莹脸一转，宁弈便察觉了——有时候失明的人感觉更加灵敏，他隐约感受到这女子突然飞扬起来的心绪，眉头便不易察觉地微微一皱。

一转过身，他啪地拉下窗扇，而窗扇一合，他便推开了怀中的燕怀莹。

燕怀莹猝不及防，身子一仰正栽在床上，她还以为是殿下急不可耐要她承欢，微微嘤咛一声，便顺从地伏在榻上。

她伏在榻上，心跳如擂鼓。毕竟是处子，还是大家出身，她并不知道怎么去以色侍人，只知道蜷在榻上，手指紧紧抓住锦绣被褥，任丝滑的缎子粘住一掌的汗。她在咚咚的心跳里屏住呼吸等，竖着耳朵听，那人却沉在黑暗里，一直没有近前。

隐约中只听见他的呼吸，一开始还有些急促，渐渐便转得悠长。

砰的一声巨响，惊得燕怀莹急忙坐起，回头一看，门被撞开，却是凤知微端着好大一盆水，正歪歪斜斜地跨进来。那盆着实惊人，她双手险些环抱不过来，水装得又满，泼泼洒洒，连站在门边不远处的宁弈，都被泼了一靴子。

"水来了。"凤知微气喘吁吁地道，"下官想殿下一定很辛苦，姨娘也一定很辛苦，所以多打了些水。别说洗手，洗澡想来也够了。"

她抱着大得可以游泳的水盆，站在门口有点无辜地笑，月光下笑意朗朗。

房内的一切看起来都那么暧昧——被褥凌乱，灯烛未点，男女衣裳半解，空气里荡漾着旖旎浓郁的芍药香气。

凤知微的目光，再次在燕怀莹撕裂的衣裳上掠过。

宁弈啊，宁弈。

你就是爱玩试探人的把戏。

你如果真的碰过这个女子，就应该知道，她为了承欢于你，穿的是一件开领薄衫——海外那边的一种时新样式，好看不好看我不知道，却很好撕——分开领口直接就脱下了，用得着你费那么大力气从肩头撕裂？

还有，你搂人家上半身那么紧，腿为什么微微后撤一步？而你那放在她肩头的手，为什么怎么看都像掐而不是摸？

你根本就是很讨厌别人的靠近嘛。

凤知微摸着隐隐发痛的肚子，想着自己一人挡了海鲜席，上吐下泻还不算，还要被那两个男人先后折腾，一个天真，一个古怪，却都不给她省心。可怜她这多愁多病之身，怎么耐得住他们这倾国倾城之貌啊？

她叹息着，有点无聊地迎上燕怀莹看过来的眼光，又觉得她那件薄裙子古里古怪的，忍不住一笑。

燕怀莹张口结舌地看着她的笑容，无法想象这人在这个时候居然还在笑。她想过一万次在得到殿下的宠幸后该如何如何羞辱魏知，现在好像也接近可以羞辱这人的时候——还有什么比让他侍候自己更能泄愤的呢？然而当魏知真的端着盆进来的时候，她却无法在魏知的眸子里找到任何一丝她所期望的阴霾和愤恨。那样明洁迥彻的眸子，那样如水玉般通透澈亮的目光，平静而阔大地射过来时，她不自觉地便开始整理撕裂的衣裳，突然就觉得自己坠在了尘埃里。

宁弈一直沉默不语，只细细听着凤知微的呼吸。她似乎一直站在那里，饶有兴致地打量着，呼吸平静，不悲不喜，不恼不怒，仿佛从无波澜。他立在黑暗里聆听，用一种平静的姿态，却在寂静里，将自己的心思听在了缓缓坠落的深水里。

忽然又是一声响，金属撞地的声音。大盆落在脚下，水再次溅出来，而他躲避不及，另半边靴子也湿了，随即听见凤知微笑道："下官不善侍候人，真是笨手笨脚，要么还是姨娘来好了。"

"姨娘"两个字有点重，有咬在齿间的味道。

宁弈突然缓缓笑了。

还以为你真的厉害到不动如山呢。

这只城府深藏的小狐狸啊，终于还是有点控制不住了。

他笑得带点得意，那笑意便难得地多了几分明朗，便有一点光芒闪耀在眼角。寂静里，沉落的心思从坠底的深渊里缓缓浮上来。

他"嗯"了一声，坐了下来，忽然又偏了偏脸，冷声道："你没听见？"

他并没有看燕怀莹的方向，燕怀莹一时也就没反应过来，凤知微却笑吟吟地对她伸手一引，指了指那盆水。

燕怀莹愣在那里，这才想起刚才魏知那句"还是姨娘来好了"。

殿下竟然叫她这样去侍候？

燕怀莹坐在那里，僵了一阵子才慢慢挪下床，她将那件撕裂的开胸西洋寝衣拉了又拉，勉强遮了肩头后，一步步蹭过来。

她从没侍候过人，一时反应不过来现在应该做什么。凤知微瞟她一眼，看着她那趺扈尽去显得有些惶然的眉目，心中一叹。

何必，为了一己私欲或一点不存在的仇恨，赔上自己的终身？

这些自幼养在豪门的孩子，还是过于狭隘了，将一点琐事无限度放大，不间断地自我恐吓，直至被假想的危险逼上梁山，将自己陷进自我折磨的怪圈。

她实在不想为难她，不是同情怜悯，而是觉得她被家族牺牲，从千金小姐沦落成侍寝女已经够惨了，还注定得不到回报，而她要再折腾她，令这孩子在宁弈房里上了吊，他们还得搬家。

"反正下官手也湿了，还是下官来吧，而且，刚才还蹭着点泥，正好殿下借我点水洗洗。"她笑着打圆场，蹲到宁弈面前准备帮他脱去湿靴。

谁知宁弈脚尖一踢，踢在燕怀莹膝上，淡淡道："魏大人手弄脏了，你没听见？还不侍候大人洗手？"

燕怀莹僵在那里，不会动了。

膝盖上那一踢并不重，却瞬间将她的心踢碎，将她整个人踢下深渊，而只那一句话，她突然便明白，她错了。

是她想差了，那些仗着皇亲国戚的权势便可以对当朝大员耀武扬威的传说，只是传奇本子里乱编的故事，而那里的主角，不会是宁弈这样久经风浪的皇子，也不会是魏知这样城府深藏的官员。

在这样的人面前，什么荒诞都不可能发生，什么人都别想任意错位。

而她，才真正是为这个荒诞且一厢情愿的想法羞辱了自己，并永远无法挽回。

是她自己放弃了自己——如果说以前，她还可以拜在魏知脚下，那从此后，她连接近魏知身周三尺都不够资格。

她抖着嘴唇，想抗拒，想爆发，想愤怒，想哀哭，想像过往十几年一样任性地做她身为燕家小姐该做的事，然而她却什么也不敢做。宁弈不是魏知，她敢在温和的魏知面前耍大小姐脾气，是因为她心底感觉到魏知不会真的和她计较，哪怕是因为不屑而不和她计较，总归不会有后患，然而在宁弈面前，她不敢。这清雅如月光又绝艳如午夜曼陀罗的男子，不动声色中自有其凛然和锋利，只是目光那么淡淡扫过来，就让她觉得所有的言语都被冰住，然后永冻在了血脉里。

她相信，触怒魏知，也许只会倒霉，而触怒宁弈，那就是死。

虽然不敢发作，她却也终究做不到立刻放低自己。她僵在那里，轻轻地抖着，手指紧紧陷在掌心里，不上前，也不退后。

凤知微好像没看见她，也好像没听见宁弈对燕怀莹的吩咐，只自己撩了水洗了手，淡淡道："不敢劳燕小姐侍候，还是免了吧。"

这是在提醒宁弈对方的身份了，果然看见宁弈的眉毛微微一动，凤知微心中便更清楚几分——他连对方的身份都不知道，怎么可能有什么暧昧？以宁弈的谨慎，再风流，也不可能和一个来历不明的女人寻欢。

"既然如此，"宁弈知道燕怀莹的身份，也不过唇角露出一丝冷笑，淡淡道，"这么不懂规矩的女人，本王没耐心带在身边慢慢教导。魏大人，这个妾，便赏你吧。"

凤知微怔了一怔。

燕怀莹霍然抬头，刹那间连瞳孔都似放大了，眼睛里更是满载着难以置信的惊恐。

"殿……殿下，您说……说什么……"

宁弈却连和她多说一句话的兴致都没有，只将脸对着凤知微，一声鼻音，"嗯？"

凤知微叹气，懒洋洋道："下官谢赏！"

"那就好。"宁弈似乎心情不错，手一挥道，"既然是你的妾，待在本王房里做什么？还不出去？"

"我不出去！"燕怀莹到了此时已顾不得害怕，事情已经到了最糟糕的地步，哪怕她再畏怯宁弈，也不得不为自己的命运挣扎。

扑通一声，她跪倒在满是水迹的地面上，跪在宁弈膝下，抱住他的膝盖，瞬间眼泪便流了满脸，"殿下……殿下，我学……我会好好地学规矩，您不要赶我走……我是您的人，您刚才……您刚才还……"

她抽噎着，将一句话说了半段，含糊了事，希望能以这句暧昧的暗示，让魏知厌恶她已经是残花败柳之身，从而主动推辞。

这句话不说还好，一说，宁弈顿时长眉一挑，似笑非笑地偏转脸来，道："刚才怎么？"

燕怀莹哪里说得出口，只抱着他的膝哀哀哭泣，眼泪鼻涕不经意间沾上了宁弈的衣袍。凤知微看着不好，趁宁弈察觉之前，一把拎起她往旁边一放。

她的意思是怕宁弈一不高兴真的一脚踢死了她，倒不是她要珍惜这大小姐的性命，而是暂时她还不想和燕家闹翻脸。

燕怀莹却认为是魏知故意不给她机会，满腔悲愤便顿时找到了发泄口，一转身，霍然盯着凤知微，从喉咙里低低地发出一声怒哼后，猛地一头便撞了过来。

"你不让我活，我便死在你手里！"

凤知微啪地一掌便将她干脆利落地扇出了房门。

"记住！现在我是你的良人，你的天！你闹我，死在这院子里都没人给你出头！"

她用力巧妙，燕怀莹被扇出门去也没鼻青脸肿，却被那扑面的掌风逼得眼睛一翻闭过气去。

立即有人过来要将她拎走。

"照顾好燕姨娘，让她在屋内静养。"凤知微闲闲踱到门边，对燕家拨来侍候的奴婢道，"燕姨娘欢喜得失控，你们别跟着发疯，不然你们姨娘出了任何差错，都算你们头上。"

燕家奴婢早已听见这屋内的动静，刚刚还欢喜小姐得了宠爱，此刻都如被浇了一盆冷水，噤若寒蝉地连声应是。

人群退去，凤知微觉得有些疲乏，叹息一声正要走，有人却伸手一拉，将她拉进了怀里。

她背贴着宁弈的胸膛，感觉到肌肤的温热，忽然便想到刚才有张脸，曾婉转娇柔地贴在这胸膛上。凤知微弱水迷蒙的眼眸微微一闪，不动声色地一让，笑道："很晚了，明早还要起来去和南海官府商谈，您还是睡吧。"

"每次你不高兴，对我的称呼就变成敬称。"宁弈不松手，声音有点闷闷的，"听着怪不舒服的。"

凤知微立刻道："是，是，你还不去睡觉？"

"还得再凶些。"宁弈揽着她的肩，下巴搁在她的鬓边，轻轻吹她耳边散开的短发，"语气再冷些，疏远些。"

凤知微抽抽嘴角，道："你还不去睡觉！"

"太生硬了。"宁弈玩她的头发，绕在手指上一圈一圈，"听着很假。"

这是在干吗呢？殿下有自虐狂吗？

凤知微又好气又好笑，忍无可忍冲口而出，"睡觉！"

话出口就觉得失言，脸还没来得及红，宁弈已经咻咻笑起来。

"你看，顾南衣对你说睡觉算什么？我能让你对我说睡觉。"他牵着凤知微，转身就往床榻走，"本王礼贤下士，雅纳谏言，你说睡觉，那就睡觉。"

凤知微："……"

眼看宁弈真要拖着她往床榻去，凤知微将他轻轻一推，道："别闹了。"

宁弈在床沿坐下来，拉着她的手，仰头看着她，他虽然失明，时常眼神有点迷茫，但看她的方向从来不会错，而且目光清亮而专注，可看见眼瞳里倒映着的影子。

"知微，你看。"他平静地道，"这样的事情，你不生气，我不心虚，你我都不那么容易堕入世人常犯的错误，然而，你不觉得这样也是一种悲哀？永远审慎，永远冷静，永远先判断再行动，连想歇斯底里地哭一次、闹一次、彻底地抛却一次都不能。"

凤知微默然半晌，笑道："你又在开玩笑了，真要闹起来，你开心？"

"不，不是这个意思。"宁弈叹息着，将她的手掌缓缓靠上自己的脸摩挲着，"知微，我突然很希望，你是简单的女子，和世上千千万万普通的女人一样，会在被羞辱的时候发怒，在被背叛的时候激愤，在失望的时候闹，在受伤的时候，哭。"

凤知微又静了静，她的手指在宁弈脸上，指下的肌肤温暖而熨帖，心却如此凸凹不平，似有山川之险。

屋内黑暗没有光线，她的眸子却奇异地亮，她静静看着宁弈，一瞬间眼神翻涌。

　　两人在暗室静默相对，他温暖的呼吸拂在她的掌心，淡若春柳，柔如春风，然而那短暂的温暖过后，便是微微的湿凉，在深秋的夜里久久不散，似要透进骨子里去。

　　良久，凤知微将手指轻轻抽出。

　　"我终有一日会做这样简单的女子。"她语声温柔，笑容却有几分清凉，"可简单的女子只适合简单的男子和简单的生活来配。到那时，我希望有一间小屋、几亩良田，还有一个合适而简单的人，在我被羞辱的时候站出来替我挡下，在我被背叛时操刀砍人，在我失望时和我共向炉火慢慢哄我，在我受伤哭泣时不耐烦地骂我，然后抱住我，任我哭。"

　　宁弈沉默下来。他的手指搭在床沿，指尖苍白。

　　"今天的事情很无稽。"半晌他道，"但人的一生，总有为了某个明知不可能的念头还要去犯傻的时刻。"

　　"不过那也不是犯傻。"他慢慢睡下来，合上眼睛，"我终于确定了。"

　　确定什么，他没说下去，凤知微也没问。她帮他脱了靴子和外裳。宁弈很疲乏的样子，闭上眼睛挥手让她出去。

　　凤知微的脚步声消失在门外后，宁澄无声无息进来了。

　　"三天之内，你不要出现在我面前。"宁弈不看他，闭着眼睛。

　　"啊？不要啊。"宁澄大惊，"少了我保护你怎么行？"

　　"少了你搅事，我才安宁。"宁弈不理他。

　　宁澄翻着白眼，半晌道："那女人太难缠了，我这是对症下猛药。"

　　"你根本摸不清她的症候，下什么药？"宁弈懒懒地道，"少自作聪明。"

　　"要我说，废了她的武功，派人伏杀了顾南衣，赶走赫连铮，不管三七二十一，一抬轿子抬进府，不就完了？"宁澄觉得主子在这件事上实在不明智啊，不明智。

　　"那你等着她进府三天后收尸吧，她的，或者是我的。"

　　宁澄不服气，"我可不是白吃干饭的。"

　　"不要小看凤知微。"宁弈淡淡道，"她所有的温柔忍耐都是表象，也只是因为她不喜欢咄咄逼人，平白树敌，可一旦到了她的底线，她骨子里的狠辣决然，你十个宁澄也比不上。"

　　宁澄还想说什么，宁弈却已经道："出去吧，记得，三天。"

　　宁澄悻悻离开，宁弈突然又道："给京中发信，用密卫渠道，就说无须动作，等我回京再说。"

　　宁澄回头看看他。宁弈沉在黑暗中一动不动。宁澄默然回到自己屋里，铺开纸，先写了宁弈交代的话，想了想，又在信的后半截认认真真写："王心已乱，弟甚担忧，先生大才，必能自决。"

写完，他慢慢叠上信封，烛火里，脸上浮起一抹古怪而决然的神情。

一晚喧闹后，隔屋燕怀莹还一直在发疯般哭闹，要见楚王，要见凤知微。凤知微根本不理她，命人堵了她的嘴，捆了往床上一扔，才换了个安安静静可睡的下半夜，只是她睡得不太安宁，似乎一直在做梦。梦里，宁弈远远站在金銮殿上，对她说，知微，知微，人生里无数为难，我们都做不了自己。

醒来时，她对着帐顶发了半天呆，心想，宁弈这人真可恶啊，真的只有在梦里才肯和她说真话。

洗漱起床后，顾少爷已经在她门口吃胡桃了。昨晚，她骗顾南衣说要去揍宁弈，顾少爷便满意地放她离开了，不想今天一早看见她就道："撒谎。"

凤知微心虚，道："打了，不在脸上，你看不见而已。"

这话说出来更心虚，不过觉得似乎还确实是这么回事。

吃了早饭，凤知微正准备去布政使衙门正式谈船舶事务司建立的事宜，燕怀石和世家几位头面人物匆匆赶来请安。燕怀石已经知道昨晚燕家送妾的事情，脸色很不好看，燕家那几位则频频向宁弈屋子张望，眼神期盼。

"燕兄。"凤知微谈了几句闲话后，漫不经心地道，"昨晚承蒙殿下抬爱，赐了一个美人给兄弟做妾。"

燕怀石一怔，随即眼神狂喜，笑道："是吗？那么恭喜魏大人了。"

燕家几人相顾失色，半晌，试探着问："恭喜大人，是殿下随身侍候的京城美人吗？"

"各位真是贵人多忘事。"凤知微自如一笑，"我们来的时候，身边哪有女人？不就是昨夜燕家送来的吗？"

燕家人露出五雷轰顶之色，其余世家家主却不知道其中关窍，以为燕家送了女人，得了钦差大人欢心，纷纷面带嫉妒之色恭喜着。燕太公僵着一张脸道谢，拱手时手指都在发抖。

也有人看出不对劲，私下使个眼色去查探，那以这些人的耳目能力，不出多时，燕家舍血本送出大小姐做妾，却被楚王赐了下属的事，便将传遍丰州。

这一下实在太狠，打得燕家上下魂不守舍，连该说什么都忘记了。凤知微冷眼望着，也不和他们多说，自起轿，带了青溟学院的二世祖们，去了南海布政使衙门。

顾南衣和宁澄也陪她一起，但宁澄老大不乐意。宁弈不是南海道钦差，不方便直接参与船舶司经办事务，便把他给打发出来，说是给凤知微做护卫，其实也就代表了楚王，有为凤知微撑腰的意思。宁澄却觉得，他堂堂楚王爱将，却得给一个三品官做护卫，还是个他看不顺眼的三品官，实在是对他的莫大侮辱。

凤知微也不想身边多出个活宝，昨夜的事，她后来也算明白了，是宁澄捣的鬼，哪里还想多看他一眼。然而，他们都拗不过宁弈——殿下说了，不带宁澄，那要这个废物干什么，滚回京去。

凤知微不能害宁弈身边的第一高手滚回去，只好任他在自己轿子侧，和骑马的顾南衣搭话。

她原本没在意什么，只闭目假寐，可听着听着便觉得不对劲——宁澄似乎正在试探顾南衣的身份来历。

"顾兄武功深不可测啊，"宁澄坚持不懈地叨叨不休，"什么时候指点我一下……"

顾少爷用一次性捏碎八个胡桃，来警告宁澄他此刻的不耐烦和愤怒。

"宁先生。"凤知微唰地掀开轿帘，"顾兄不爱和人说话，你不要烦他。你若还想知道什么，不妨进轿子来，在下一次性和你说个痛快。"

宁澄被她叫破心意，却一点也不尴尬，道："啊，不啦，我只是和顾兄一见如故，希望能和他义结金兰而已。"

凤知微似笑非笑地看着他，轿帘一放又缩了回去，心想，你要有本事和顾南衣义结金兰，我便可以让宁弈女装跳舞了。

轿子在南海布政使衙门前停下，门口却空荡荡的，一问才知道周大人连日操劳，卧病在床，现在正闭门谢客。

问左右参政在否？答曰，出门办公事，要去追查码头爆炸一案的凶手。

问左右参议在否？答曰，出门办公事。

问各守道在否？答曰，出门办公事。

又去丰州知州府。答曰，今日是官署休息日，不接待来客，而知州大人因为任集村出现集体死亡的情形，已经赶去处理了。

凤知微听了通判大人满怀歉意的解释，只笑了笑，可赫连铮和青溟书院的二世祖们哪有凤知微的好耐心，接连扑空，已经开始哇里哇啦地大叫。

"什么玩意儿？"

"故意给咱们吃闭门羹！"

"去找周希中！"

凤知微坐在知州府前堂，并不离开，任由那通判如坐针毡地陪着，她只一边听二世祖们号叫，一边笑吟吟喝茶。

茶喝够了，她才道："贵署今日虽然休息，但也应该有人在吧？本官有点事务，需要向贵署借点人，这个不难吧？"

"随您指派。"

一大批衙役被叫了来，满头雾水，等她指示。凤知微慢条斯理地边喝茶，边淡淡道："今日既然不办公务，不如大家都出去散散心。知道你们熟悉当地场所风俗，所以请你们来，负责给各位爷指路。各位爷要去哪里玩，你们就带着，事后各位爷重重有赏。"

衙役们都愣了，学生们都兴奋了。姚扬宇奔过来，凑到凤知微耳边道："哪里都可以？"

凤知微瞟他一眼，"哪里都可以。"

"真的哪里都可以？"姚扬宇眼睛发亮。

"真的哪里都可以。"

姚扬宇兴奋得连声嘻嘻，凤知微却漫不经心地道："不要小气，带衙役兄弟们一起玩玩，如果遇见什么当地官府的熟人啊之类的……啊，你知道的，钦差除了所领之职外，还有负责监督当地治安、民政、经济、军事、官府等之责。你们是随员，本钦差给你们同等权力……呵呵。"

"呵呵！"不愧是京都官场里长大的第二代，首辅大学士的儿子，姚扬宇瞬间就明白了凤知微的意思，随即眉飞色舞地一拍巴掌，把学生们聚到身边，道，"兄弟们，咱们今儿，奉宪命嫖妓去！"

"噗"一声，凤知微、宁澄、赫连铮齐齐喷出了嘴里的茶……

"真是的……"见人都欢呼出门了，凤知微喃喃道，"不要说得这么直白嘛。"

"真是的……"宁澄直着眼喃喃道，"难怪昨晚刺激不到她。"

"真是的……"赫连铮屁股上像扎了针，左扭扭右扭扭，"干吗这么光明正大，害人家当着她的面还得装圣人，想去也不敢去……"

"真是的。"凤知微探过身子，好奇地问苦着脸不动的赫连铮，"干吗不去啊？难道你……"

赫连铮饱受刺激，大声道："我小姨说了，要守身如玉。"

凤知微瞅他一眼，道："你小姨说了，这个可以去。"

赫连世子腾的一下站起来，快步追大部队而去。他跑得太心急，没听见凤知微还没说完的一句。

"去了就出局……"

钦差莅临南海的第一天，南海官员被逼上船，撅起屁股烧火。

钦差莅临南海的第三天，南海官场被一场飓风般的"抓嫖行动"，掀了个底儿空。

那日原本不是衙门的休息日，但是周大人发下命令来：鉴于大家最近忙碌，允许带班休息一日。所谓带班休息，就是名义上还是办公日，实际上允许休息。

周希中对官员的管理，并不是两手抓两手都要硬，而是公事严谨，私事放手。

他作风硬朗，对下属要求高，但有时也怕压力太大逼疯人，所以对私下的一些放松活动，一般都睁一只眼闭一只眼。

于是这个休息日，官儿们名曰"办公事"，实则上都出去狂欢了。

然后和帝京来的二世祖们，在各种纸醉金迷的场合相见欢。

衙役们带着帝京钦差随员们去玩的地方，自然是丰州最高级的场合，也是布政使、知州衙门里官员常去的地方。二世祖们奉命嫖妓，对衙役们加倍笼络。这些人平日哪里见识过这等奢华的地方，都飘飘然忘乎所以，看见熟悉的某某大员，还要卖弄地和二世祖们咬耳朵，"您瞧，那是布政使衙门左参政王大人，上次我小儿娶亲还给我送了一幅字来……"

"您瞧那位，嘻嘻，布政使衙门分守道齐大人，娇红姑娘的入幕之宾！"

二世祖们端着酒杯，抱着美人，听着，露出牙齿尖尖的笑容，"认准了啊？"

"再不会错！"

二世祖们号叫一声，手一挥，钦差护卫们便冲门而入，将乐得正欢的大人们抬手掀翻，反绑双手，黑布蒙面，一根绳子悠悠牵着。

一位品级不低的高官大吼："放肆！你们是什么人？！放了我！我是布政使衙门左参政！"

有人在他耳边问："您确定您是左参政大人？"

"是！"

"您确定要我们拿去黑布？"

"快点！"

唰的一下，蒙面布拿开，天光一亮，左参政大人赫然发现自己正在大街之上，人群中央。四面百姓围得里三层外三层，全部用一种张大嘴的痴傻造型面对着他。

左参政唰的一下低下头去，大喝："我不是！快蒙上！"

……

这样的情形发生在丰州各处有高级青楼会所的大街小巷。丰州百姓有福，不要钱免费观看了一场足可津津乐道的官场全员春官大戏。

姚扬宇和赫连铮两位同学，十分具有挖人隐私和戳人马脚的八卦精神，听说一位督粮道大人口味独特，喜欢丰州城外的野味，便特意快马赶了去，在和无数位村姑相见欢后，终于胜利和粮道大人会师。

赫连铮、姚扬宇得意扬扬地押着粮道大人穿街过市，耳朵上还挂着乡下的红辣椒串子。

半天工夫，掀翻了在各会馆青楼聚众游乐的各级官员四十八名，其中有从三品大员两名、从四品官员一名、五品官员十八名、七品官员六名、九品两名，以及不入流的各级书办小吏若干。不管官职高低，全部反缚了双手、蒙了面，一根绳子牵到知州衙门。

这事一时轰动丰州，百姓追着撵了三条街，为看平日高高在上的官员们一根绳子牵蚂蚱似的游街过市。虽然事先凤知微关照了蒙面、不报名，也不说明什么事，但好事不出门，坏事传千里，一眨眼的工夫，全丰州都知道，今天南海官府集体寻欢，被钦差给全捉了。

凤知微在面如死灰的知州衙门通判的陪同下，笑吟吟地带着那串绳子"蚂蚱"，直奔布政使衙门。

周希中已经得了消息，铁青着脸迎出来，看见那绳子"蚂蚱"，脸皮抽了抽，立即吩咐将人带进府，并驱散了围观的百姓。

凤知微并不阻拦，凡事不要逼人太甚，让你看清楚我就成。

周希中将人带入大堂后，立即下令解绑。这回凤知微说话了。

"周大人。"她闲闲散散喝着茶，"您这是什么意思？"

"问得好。"周希中立即转身，森然盯着她，"魏大人这是什么意思？"

他看着年轻得近乎单薄的凤知微，心中五味杂陈。

他今日本来也只是想晾一晾凤知微，好让这年轻人懂得进退利害，再坐下来谈船舶事务司的事情时，也好拿捏住主动。

同时，也有一份私心在——他纵横南海多年，从未吃过那样的瘪，却不想一场请愿请出大祸，到现在还没处理完，反倒给钦差做了好人。他若再不给这毛头小子点颜色看，只怕属下从此都要看轻他几分。

然而他千算万算，也只看出钦差性情忍耐阴柔，善于阴人，万万没想到这小子竟然铁血在心，爆发出来，也是雷霆万钧，敢作敢为，竟然抬手就这么胆大包天地掀翻了整个南海官场，一绳子将那么多大员牵了游街！

今日若不讨了说法，此后他将步步后退，再无威势。

凤知微既然敢牵蚂蚱，哪里还在乎你个大蚂蚱？

"就是这个意思。"凤知微肃然道，"今日非天盛朝廷法定休息之日，各级官员却不在其位，聚会酒楼，冶游楚馆，败坏官声，实在有负朝廷托付之责。下官忝为南海道钦差，有监督当地官政之责，如果这事遇见了不管，岂不有伤陛下识人之明和重任之托？"

她冠冕堂皇，第一句话就将天盛帝搬了出来。周希中知道她会用这个理由，也想好了辩驳之词，却因为最后一句话而生生堵在了喉咙口。半晌，他厉声道："朝廷官员也是陛下指派，魏大人这种不留情面的做法，不也没顾及陛下的识人之明，没将朝廷颜面看在眼里？"

"大人此言差矣。"凤知微笑眯眯，"只有二品以上的在外封疆大吏是陛下亲自指派。如果今日周大人也在那些地方和下官相见欢，下官还真不敢一绳子捆了大人，有伤陛下识人之明。所幸大人官声卓著，这样的事自然不会有，而那些参政、参议……"她笑笑，"可都是大人上表举荐的当地官员。"

周希中语塞，凤知微却已收了笑容，手中茶盏向几上一搁，清脆的瓷器交击之声，听得那群"蚂蚱"齐齐一颤。

"周大人问完了，现在该下官来问了。"她清晰地道，"下官受命南海钦差，前来就为办船舶事务司事宜。这是朝廷国策，不容有失，下官却不明白大人为何推三阻四，再三为难？码头迎接煽动万人请愿，商谈之日故意遣散官员，大人是要存心和朝政对抗？和国策对抗？和陛下对抗？"

她一直温柔和缓，此刻却神色凌厉，语气逼人。周希中心中一震，知道此刻才是魏知的真颜色，可面上却一步不让，冷声道："国以民为本，朝政也应该遵循百姓意愿！南海世家欺行霸市，倒行逆施，船舶司若为世家把持，将更增其气焰。南海百姓不依！"

"欺行霸市来源于官府逼迫，若非南海官府煽动百姓对立，冲击各地世家商行，导致矛盾滋生，何至于世家以控制经济力量的手段反攻？"

"南海百姓由来便与世家对立！南海一半商贸据于燕氏，一半渔民属于黄氏，三分之一的土地被上官家占有，将近七成的百姓受过世家压迫！若无官府护持，不知多少渔民被世家驱使，死于海上！"

"若无世家雄踞海上、发展商贸，又何来你南海富庶、百姓温饱？若世家真和官府两败俱伤，受害者谁？还是百姓！周大人看似诚心为民，实则目光狭隘，一至于斯！"

"魏大人是被燕家佳园美姬迷昏了头！本府从未说过不允许世家经商扩业，却绝不赞成世家入仕！富可敌国已经难以控制，一旦再掌握权势，那异日南海，前景堪忧！"

两人一番诘问都说得飞快清晰，雷霆闪电般毫不停息，听得那群"蚂蚱"簌簌颤抖，可震惊中也开始佩服那个魏知，那么温柔和煦的一个人，气势竟然毫不输于纵横南海的周霸王。

周希中和凤知微，却已经停了下来。

两人都是聪明人，话说到这个地步，其间为难都已清楚。半晌，凤知微道："周大人，借一步说话。"

周希中默不作声，带她进了书房。

两人都平静下来，周希中还给凤知微斟了杯茶。

"下官手中的弹劾奏本，涉南海上下官员四十八人。"凤知微平静喝茶，"这本子，是今晚便交托驿站发往帝京，还是就此撕毁，由大人裁决。"

"你在威胁我？"周希中神色不动。

"是。"凤知微答得轻松。

冷笑一声，半晌后，周希中道："你要什么？"

凤知微心中一松，面上却声色不露，淡淡道："船舶事务司建在丰州，在上野县设分处，由燕怀石任司官，副职各由世家抽选一人担任。事务司职权独立，不受南海官府干涉，直接对户部负责。"

"你知道我为什么反对设事务司？"周希中没有立即回答，半晌道，"就是因为你要将事务司给燕家。南海世家除燕家独大外，其余势力基本均衡。这些年为了平衡他们，令他们互相牵制，我费了很大心力；为了阻止世家对官场渗透，败坏吏治，我更是连睡觉都不敢闭眼，可如今你竟然要扶持燕家上位！你可想过，以燕家富可敌国的财富，一旦进入官场，南海官场将会掀起多大风浪？你可知道，燕家野心勃勃，其中很有些不安分的人物，更有人自称皇族之后，天命神授，虽是玩笑话，却也不可掉以轻心。这样的家族进入官场，本地官府还没有挟制之权，万一将来出了什么事，叫我如何向陛下交代？"

"何况五大世家合纵连横，关系复杂，其中还必有和常氏勾结之人。如今还不知道是谁，你便要抬举他们，那又如何能成？"周希中目光晦暗，"陛下有密折给我，我知道你组建船舶事务司，是要借用世家力量清除南海海寇，但是世家如利刃，一个用不好，就会反伤自己。你，掂量清楚了？"

"问题的关键，在于大人不放心世家，但是，如果世家有个合适可靠的主事之人，保证大人的这些担忧都不会发生，那又如何？"凤知微淡淡问。

"你说的是燕怀石吧？"周希中冷笑一声，"你就确定他一定可靠？而且，你要知道，扶持燕怀石上位，其难度更甚于他人，不仅其他世家不依，燕家也不会依。这真正是两面不讨好的选择，小心到最后，你连自己都保不住。"

"那是我的事。"凤知微不动声色，"我只要大人一个承诺。"

"成。"周希中冷然道，"只要你镇得住燕家，调停得了其余世家，不让世家和南海被常氏把持，我便助你设这船舶事务司。如何？"

"好。"凤知微起身，微微一躬，"正如在下的弹劾本子先留存不发一般，大人也且拭目以待。"

"你年轻有为，但望不要自蹈死路。"周希中注视着她，眼中似有深意，"本府需要维持南海稳定，有些事，你自己好自为之。"

凤知微眼神微微一闪，含笑而去，经过那串"蚂蚱"时，"蚂蚱"们都缩了缩。

事情算是顺利解决一半，学生们都很兴奋，大声嚷嚷，跟着魏司业日子就是过得痛快，连从三品官员都可以揍，比在帝京幸福多了，一路上还高歌欢唱，吵得顾少爷一人赏了一只胡桃，给二世祖们一人添只包。

只有赫连铮比较沮丧，因为他小姨说了，他身上有脂粉味，臭，离远点。

赫连世子觉得很冤枉，真是的，你说了，可以去嘛。

真是的，草原女人说话个个跟铁刀一样铮铮的，为什么他就要喜欢一个满嘴谎话、两张脸的女骗子呢？

凤知微的轿子出了城，往城郊憩园方向走去，而在憩园和丰州城之间，还需要经过一座小山和几个山村。

刚走了没多远，忽有一骑快马飞奔而来，和护卫匆匆说了几句后，立即被带到凤知微面前。

"什么事？"凤知微示意停轿，认出这是憩园的一个管家。

管家匆匆在她耳边说了几句。

凤知微霍然立起。

第七十二章

围困

　　憩园的这个管家，是当年燕怀石母亲陪嫁跟过来的，算是燕氏家族里，燕怀石不多的几个亲信之一。他来时神色仓皇，一脸汗水，身上还有不少泥土。他急声告诉凤知微，就在凤知微离开后，燕家开祠堂要逐燕怀石母子出宗门。殿下知道后前去阻止，但是按照南海惯例，宗族祠堂神圣不可侵犯，一旦关闭，任何外人不得开启，一旦触犯，不仅当事家族要与之为敌，整个南海都会愤怒。殿下在燕家宗祠门前被生生堵住，虽然没有强行进入，但下令以一千护卫包围祠堂，扬言，如果里面的燕怀石母子受到伤害，那么祠堂里的人也不妨等着饿死。双方僵持在那里，而周围燕家的佃户、雇工及远近支子弟也闻讯赶来，牵丝绊藤的也有数千人，于是又将一千护卫和宁弈围在里面，至今已将近三个时辰。

　　凤知微怔在那里，未曾想到自己离开不过数个时辰，燕家便翻出了偌大的风浪。她知道南海对宗族承嗣极其看重，而且这种绵延千百年的地方宗族规矩，确实向来触犯不得，便是朝廷也必须尊重，否则一旦犯了众怒，极有可能造成群情愤激，事端扩大，最后闹到不可收拾。

　　长熙三年，南海就曾发生过一起宗祠事变。当时的南海布政使因为追索一个要犯，追入某家祠堂，误推倒对方的祖宗牌位。当事家主为此血溅祠堂，南海百姓怒而围攻，半日之内纠集数万人，生生将那布政使围困了十八日。虽南海将军前去解救，但南海边军也是当地人居多，拒绝对父老动手，最后导致那布政使被活活饿死。

百姓对其血统和宗祠的维护，有其愚昧和坚执在，越是民智未开的边远省份越是如此。宗祠被侵犯，视为最大侮辱，所有人会同仇敌忾，连平日的恩怨都可以抛到一边。朝廷吸取教训，从此后，将边远省份宗族事务视为禁区，从不干涉。

换句话说，今日之事，一个处理不好，别说燕怀石母子，便是宁弈，都可能遭灾！

人越聚越多，万一闹起来，混乱之中给宁弈造成什么伤害，到时候人群一哄而散，只怕连凶手都找不到。

凤知微捏着掌心，一时间出不了汗，却觉得掌心腾腾地燥热起来。她闭了闭眼睛，定了定神，道："赫连铮，麻烦你拿我关防，立即带学生们回转丰州，亮明身份，请周大人务必立即拨府兵来救，然后你们留在丰州，不必再跟过来。"

"让姚扬宇去！"赫连铮一口拒绝，"我就在这边。"

"让王怀去！"姚扬宇毫不犹豫，"我们一直要你保护着，累赘似的，现在又想把我们打发离开险地，不干！"

"让余梁去！"那个叫王怀的拒绝。

"黄宝梓去！"余梁也拒绝。

……

一个推一个，学生们一个个都不肯回去。凤知微霍然呵斥，怒道："都滚回去！"

"姚扬宇，你和我跟着，其余人都回去！"赫连铮横眉竖目，嗓子暴雷似的。

八彪及时用虎虎生风的鞭花，表达了对主子意见的不可违抗。

学生们不再说话，拨马回转。王怀眼泪涟涟，"司业大人，你保重……"

"两个时辰内我没看到丰州府兵出现，谁也别想保重！"凤知微不回应人家的煽情，答得无情无义。

学生们狂奔而去，凤知微的目光在那管家身上一瞥，道："你来得很快，似乎走的不是大路，有近路吗？"

"小的熟悉周围路径，可直接穿鸿山而过。"那管家道，"山腹里有个小村，有小路穿山，出来不远便是九节村燕家祠堂，可节省一半路程。"

"那还啰唆什么？走吧。"宁澄早已上前抓起他奔了出去。

凤知微下了轿，和顾南衣共乘一匹马。八彪和三百护卫尾随其后进山。他们走了一阵子，山路崎岖，便弃马步行。又过了一阵子，那管家道："快到任集村了。咦，好大的烟气。"

凤知微隐约觉得这名字有点耳熟，不知在哪儿听过。前方突然响起宁澄的怒喝。

凤知微心中一紧，快步过去，却见前方村口已经用一道横木拦了起来，横木后的村落里冒出很多黑烟，一些衙役在横木前走来走去，架着柴火，脸色紧张，还有几个穿官服的男子，远远站在一边。

管家愕然道："我先前过来时，还没有这横木啊。"

此时那些衙役已经迎了上来，大声嚷道："此地封锁，任何人不得进入。回去，回去！"

他话音未落便被赫连铮的鞭子甩了个跟头，"让开！"

"反了你！"那衙役捂住脸，"爷是为你好——"

"你是谁的爷？"赫连铮又是一鞭子将他甩到横木上。

"阁下何方人士？为何随意打人——"那几个穿官服的男子过来，一眼看见赫连铮，怔了怔。

凤知微已经淡淡道："刘知州。"

"钦差大人！"那人正是丰州知州刘瑞，看见凤知微急忙施礼，"您怎么到了这里？"

凤知微想起先前去拜访他扑了个空，正是说到什么任集村去了，正要问话，却听刘瑞紧接着问道："大人是听说这村子发生瘟疫，才赶来察看的吗？"

瘟疫？

凤知微眉毛一挑，这才知道为什么横木拦村，不给人过去。

"我不是为这事来的。"只是一瞬间她已经平静下来，将事情简单说了，"放开横木，我要过去。"

"大人不可！"刘知州急忙来拦，"这村里发的是恶疫，一夜之间，七户人家几乎死绝。我们正要烧村，里面已经点上火了，您过去不得！"

"灭火。"凤知微还是那副不容拒绝的语气，抬步就走。

刘知州还要再说，凤知微霍然转身凝视着他。

她面容平静，眼神却如铁，阴沉的天色下看来，闪耀着深青色的光，凛然至不可逼视。刘知州一句话顿时咽在了喉咙里。

"你再拦一句，我便请你和我一起穿村而过。"

刘知州呛在了那里。宁澄早已一脚踢开横木闯了进去。凤知微边头也不回地前行，边道："前方有险，我和宁澄过去就行，其他人都留下。"

没有回应，所有人都不理她，照样跟着。

凤知微也没说什么，顾南衣不会丢下她，赫连铮、姚扬宇也是犟驴子脾气，护卫们有护卫之责，临阵畏缩也是死罪。

　　既然如此，瘟病恶疫，一起闯吧！

　　"大人！"有人追了上来，"草民是山下九节村的里正，也正要下山，草民给您带路！草民还认得几种防疫的药草，也可以指给大人。"

　　凤知微点点头。一行人毫不犹豫地推开横栏，踩灭柴堆，长驱直入。

　　刘知州怔怔望着所有人决然的背影，只觉得心神摇动，半晌一跺脚，道："快回丰州报信！"

　　死村。

　　山腹里这个小村，看起来已经没有活人，四面散落着各种用具，到处点燃着星星点点的火头，散发着焦臭的黑烟。所有的草棚屋子都一片死寂，连尸体都看不见，但是可以料想得到，所有冒着火头的棚子里，都一定有暴毙的人。

　　那九节村里正急急在路上行着，绕开所有的物体，眼神却像在寻找什么，直奔某个方向。

　　他突然在一块菜地前停住脚步，二话不说便去扒土。

　　凤知微眼神一凝，看见那块菜地土质松动潮湿，显见是刚刚挖过的，而土面上，一只孩子瘦弱的手，无力地屈伸在那里，手指呈抓挠的姿势直直向天，像是欲向这漠然苍穹，索要一个公平。

　　有个孩子被活埋在了这里！

　　姚扬宇"啊"的一声便要上前扒土，凤知微却手一拦。

　　被埋在这里的，八成是疫病之人，谁也不能碰。她还要穿山，还要去祠堂，她不能带了这恶病走。

　　无谓的怜悯，只会害更多人。

　　"你若要带这人走，那你自己走吧。"那孩子被挖了出来，满脸泥土，幸亏埋得草率，时间也不长，似乎还有气。

　　"大人！这是我侄儿，没有病！"那里正抱着孩子就给她跪下了，"我这侄儿从小就奇怪，从不生病，盛夏蚊虫不咬，万山毒物躲避。他没有感染恶瘟！刘大人不相信我说的，坚持要埋了他。我，我……我才要跟着您，想救出他！"

　　他将孩子递过来，果然那脸上没有瘟病者特有的青黑之气。

　　凤知微听见那句"万山毒物躲避"，心中一动，想起南海闽南大山深处，总有些神异传说，那这孩子的血脉，可能有些奇特，留着未必是坏处。

　　"走吧。"她向来不是优柔寡断的人，决定了就不再浪费时间，摆摆手。一行人继续快步前行，走在最后的顾南衣，弹出一抹火星，落在一处屋檐的干草上，腾一声熊熊燃烧起来。整个村子，渐渐淹没在寂静而扭曲的火光里。

凤知微的背影，在火光里头也不回地决然远去。

在山中吃了些那里正找来的药草，没多时，他们已经穿山而过。

还没到燕家祠堂，远远地，就见路上无数人奔向某个方向，像蚁群自各个方向会合，流入某个终点。

“这是附近的燕家氏族中人。”里正道，“燕家这种发展了数百年的大家族，人数极为可观。整个丰州，和燕家沾亲带故的人细算下来足有数万，再算上他们的亲戚和亲戚的亲戚，可以说整个丰州有四成的人都能和燕家扯上点关系。当然，这种关系平时并不怎么样，燕家不可能照顾这么多人，这些人平日在燕家很多也就是个雇工，但是遇上宗族这种事情，南海规矩，宗祠被冲，祸延九代，任何人责无旁贷，所以人人都会去。”

凤知微跟着人群走了一阵，已经看见前方人群，真正是人山人海。无数人喧扰着，举着手中的渔叉木棍，而吵嚷声半里外就能听炸了人耳朵。他们根本无法望见里面的祠堂，自然也望不见宁弈和他的一千护卫。

“滚！”

“冲撞宗祠者，死！”

“把里面的人拉出来！”

叫声沸反盈天，蜂拥的人群堵得水泄不通。他们这个样子绝对挤不进去，除非杀人。

一旦杀人，事情也就真的不可收拾了。

“我去接他！”宁澄二话不说便打算从人头上穿越。

凤知微一把拉住他，“慢！”

她注视着人群，神色凝重。

让武功超卓的顾南衣和宁澄硬抢也不是不可以，但是她担心这庞大的人群里像上次一样混杂了常家的细作。他们一个趁乱动手，就算伤不了身在半空的顾南衣和宁澄，可随便杀几个人，这事就再也无法解决。到时候别说掌握南海，能不能走出南海都是问题。

看得出来，宁弈也考虑到了这一点，所以他始终没有令护卫和外围包围人群产生冲突。

“不能轻举妄动，人太多，一不小心就控制不住。”她想了想，对宁澄道，“通知一下殿下，我们到了。”

宁澄翻翻白眼，有些不愿意。凤知微冷冷道：“你信不信，你要是今天不听我的，明天就得滚回帝京。”

　　宁澄无奈，放出旗花，几乎是同时，远远的人群中央也射出一道金色旗花。那旗花与众不同，飞扬直上，却半空一顿，弹出一样东西，斜斜射出人群。

　　“顾兄！”

　　凤知微一喝，顾南衣已经飘身而起，流电一射，将那东西接在手中。

　　外围百姓只觉得头顶一花，还没看清人影，顾南衣已经回到凤知微身边。

　　金色的圆筒内一个纸卷，上面用炭棒写了几个字，“以利散之。”

　　凤知微眼前一亮。

　　正和她的想法吻合。

　　“里正。”她问那个九节村里正，“离这里最近的‘常平仓’在哪里？”

　　常平仓是朝廷在各地设立的县级粮库，非经朝廷批准不可动用，一般用来做救灾储备，或者平抑粮价。

　　“在相隔三十里的平野县，有两个。”里正答，随即有点疑惑地问，“您问这个做什么？常平仓直管于布政使衙门督粮道，但是非经周大人手令不得开仓，尤其最近，管得尤其严格。”

　　当然严格，最近这段时间，为船舶司的事情，世家和官府正在斗，带动南海米价上涨。周希中当然要把常平仓牢牢抓在手里，以备将来平抑物价，使自己立于不败之地。凤知微冷冷一笑，一伸手招呼赫连铮、姚扬宇，“世子爷，公子爷！”

　　赫连铮听完凤知微的嘱托，眨眨眼睛问：“如果坚持不肯，可以杀不？”

　　凤知微冷笑一声，声音从齿缝里出来，“这个可以杀。”

　　赫连铮、姚扬宇带着他的八彪和二百护卫，再次听从他小姨的意见去“可以杀”了。到了平野县之后，他和姚扬宇将分道扬镳，一人去一个粮库。两人约定了，看谁要的粮食多，少的人，就屁股后插根草，装狗在地上爬三圈。

　　“管家。”凤知微又招呼来憩园的管家，“立即回憩园，召集所有人，动用账上所有你们能动用的钱，用快马，给我全部搬到平野县城去，要快，越快越好。”

　　管家知道事关重大，一句质疑都没有，施礼后立即匆匆离开。

　　“里正，你去召集村里可用的人，搜集所有锣鼓，给我沿路敲锣过去，就说，上峰发下告示，鉴于前数日丰州海潮及物价上涨影响丰州民生之事，朝廷现在平野县城开仓放粮赈灾。丰州及郊县六十岁以上老人可领米十升，银五两；丰州郊县受灾渔民可领米十升，银三两；各大船舶工厂雇工凭号牌可领米十升，银一两。此次赈灾三日内有效，需本人亲至画押，过时不候。"凤知微啪地拍出一大沓银票给那个里正，"不管什么东西，能敲得响的都拿出来，务必要让每个人都听见。这银子是给你们的辛苦费，等人群驱散，会再给你们同样的数目！"

那里正抓了银票在手里，激动得手都在发抖，却还有些犹疑，"哪儿来的粮呢？上峰没有批文下来啊……"

"我的话就是批文。"凤知微森然一笑，"你只管派人这么说便是了！"

"你们，"凤知微指着宁澄和剩下的一百护卫，"脱去外面的衣服，给我挤进去，什么都不要做。等一下人群散开，你们只要注意那些不肯走的、表情不对的人，然后给我围过去！"

"是！"

所有人领命而去。凤知微负手向天，想着，赈灾放在平野县，等人们匆匆跑过去，那边也应该已经准备得差不多了。

堵不如疏，劝不如直接利诱。与其苦口婆心地在外围费唾沫或者硬闯惹事，不如用一堆银子在远处招手，让他们自己滚。

至于开仓放粮，必将被粮库官员所阻……那让赫连铮这个地位特殊的世子和姚扬宇这个首辅之子出面，最合适不过了。

随即她拉着顾南衣，找了两个村民换了布衣。

"顾兄。"她想到一事，对顾南衣道，"等下人群一旦开始疏散，你就帮我在高处注意着，有什么不对的，指示一下。"

顾南衣淡定地吃着胡桃，永远站在她身边三步手一伸就能够得着的地方。

不多时，里正的大锣敲起，带着数十个不属于燕家分支的青壮小伙子，顺着道路一路卖力吆喝过来。锣鼓不够，有人敲着铁锅，有人拍着盆，杂乱而嘹亮的声音立时将喧嚣的人声压了下去。

外围的人最先听见告示内容，都面带惊喜地转过头来，随即，仿佛有一阵风掠过人群，由外向内逐渐扩散，所经之处都起了波动。

这些人，大多在凤知微概括的那个赈灾人群里。凤知微知道其中有很多燕家雇工，便特意加上了雇工这一条。再加上，南海百姓长寿者多，很多人家都有六十以上的老人，而老人的赏物尤其丰厚，那么全家都会护卫着老人出行，去领取赈灾的米粮和银钱，过不了多久，这附近的人就会走空。

而且，既限定时间，又限定地点，等这些人慢吞吞到邻县走个来回，事情都完结了。

　　好消息总是传播得特别快，等里正走完一圈，所有人都知道了，都面面相觑，露出惊喜神情。

　　这个里正是九节村的老里正，村民都认识，再说，这种事情也没有人敢撒谎，当即便有人大喝一声："领米粮去喽！"

　　一声喊而千人应，再说僵持了这么久，里面也没动静，也看不出有暴力冲击祠堂的征兆，而且，都围困攻击了那么久，里面的人却一直没动气，众人也都有些不耐烦，所以听见这一声，都撇下手中木棍石块，掉头就走。

　　呼啦啦就散了千把号人，还有一些赶来的人，半路听见这个消息，扭头就走。

　　说到底，再重要的事也没有自己的肚子重要，再说宗祠不是还没被冲嘛。

　　凤知微在树上看着，松了一口气，从听见那个消息便一直悬着的心，也终于微微放下来点。

　　这一松懈，她便觉得头一晕，险些从树上栽下去。顾南衣一手捞住她，面纱后一双明光熠熠的眼睛不解地看着她。

　　凤知微笑了笑，道："树真高。"

　　她悄悄把了把自己的脉，随即垂下眼睫。

　　顾南衣转过头，忽然一弹指，射出一把胡桃。

　　胡桃如雨般飞出去，向着散开的人群后方。

　　一个汉子，挤在人群中央，看着渐渐散开的人们，眼中露出急色，衣袖一翻，掌心一柄匕首熠熠闪光。

　　他一出刀便向一个急着去领米粮的男子背心捅去！

　　刀还没没入肉，他已经张嘴准备大叫"杀人啦——"。

　　然而，忽然一道黄色的影子飞过来，砰的一下击中他的匕首，匕首立即一折两半。那黄色东西落地，却是一个小胡桃。

　　与此同时，四面乱七八糟的声音响起——"抓小偷啦！"几乎和他的喊声同时发出，硬生生将那句"杀人啦"给遮没了。

　　几个人突然挤到他身边，当先一人眼底闪过不怀好意的目光，抓住他的手往背后狠狠一拗。咔嚓一声，他顿时晕了过去。

　　这事情发生在须臾之间，虽连发五起，但五起都被瞬间扑灭。百姓们还真以为是抓小偷，一边摸着自己的荷包，一边更快地离开。

　　数千人渐渐散尽。

属于世家或者常家的细作都被擒下。

凤知微舒出一口长气，露出一丝疲乏的笑意。

她一直担心，那么多人，细作在里面一煽动，只要和宁弈的护军有一点接触，事态都可能被无限度扩大，直至闹得不可收拾。就算宁弈安全无虞，但牵一发而动全身，再被人家利用这个由头煽风点火，那后果将难以想象。

最起码，她承诺周希中的事情就再也做不到了，而无法建立船舶司也就无法将世家整合控制，更别提整合南海不为常家侵入了。

她本来有些奇怪，为何几个时辰内，细作都没能挑唆成功，此时人群散尽，才终于看见前方的情况。

气势恢宏的燕家祠堂外，现在堆着几株大树，已将祠堂各个方向堵死，而楚王护军中的盾牌军又将盾牌架在树身上，牢牢挡住里面的情景。

宁弈一发现百姓被煽动而来，立即下令砍掉祠堂门口那几株百年巨树，做成屏障，牢牢隔开了和外围百姓的接触。

这种情况下，有心人想利用肢体不经意的接触制造事端都不可能——隔着丈宽的树呢！

若非他当机立断，只怕今日等不到凤知微便会生乱。

其实宁弈在发现百姓围拢来的时候便可以及时退走，可他却选择留在险地，固然有相信凤知微能够解决的原因，但更多的是，他不打算对燕家退让。

对于凤知微做出的保燕怀石的决定，他什么也没说过，却用自己的行动完全证明了他的态度。

凤知微下了树，觉得自己更眩晕了，并一阵发热、一阵发冷。她勉强笑笑，和顾南衣拉开了几步。

巨树之前，护军看见她，嚓的一下拉开了盾牌。

顾南衣来拉她的衣袖，想带她飞过大树，凤知微却身子一斜让开，笑道："我自己来。"

她爬上大树，步伐轻快，一边走一边挥手。两边的盾牌护卫看见她那今日迥然不同平日的决断和严肃，都不敢上来惊扰，远远避开。

她爬上树身，盾牌如扇面展开。

她看见了树后，祠堂前的那个人。

层层护卫中，那人斜靠着一株树身，身下铺着金红色的楚王护军披风，大概出来得匆忙，他只穿了月白色镶金边便袍，披着绣金色曼陀罗花的薄氅。淡金色的腰间丝绦垂落，和身下的红色披风交织成华贵的艳。

他在下棋。

在这万人中央、凶危之地，他逼着人、人逼着他的互围场合，一不小心便星火燎原的险境里，他在和自己下棋。

他靠着树，姿态轻闲，面前一个临时削就的木棋盘上，有用两种树叶做的棋子，一边绿一边黄，各自为战。他抿着唇，专注地"看"着棋盘。看那模样，大概在思考着如何用自己绿方的将，吃掉自己黄方的帅。

凤知微居高临下，遥遥望着宁弈，看着黄昏的日光透过斑驳的树叶，打在他的眉梢，而他眉宇间雍容沉凝，长睫在眼下划出一圈优美的弧，有种难得的温暖的静谧。

看着那样的神情，凤知微突然觉得心中一酸。

她也抿起唇，将那点突然翻涌的心绪压成薄薄一线，压回肺腑里。

下方的宁弈听见动静，回头笑着看她，对她招招手，道："你来啦？"

"嗯。"

问得随意，答得简单，似乎只是她办完公事回来，在憩园遇见，那么云淡风轻地打个招呼。

而诸般凶险，都远在天涯，刚刚才散去的敌意汹汹的数千人，也似乎从未存在。

"过来。"宁弈又唤她。

凤知微慢慢地走下去，在他身前丈许，远远停住。

宁弈听着她的脚步声，皱眉笑道："今儿怎么扭扭捏捏的，被吓着了？"

凤知微笑笑，还是不走近，道："里面怎样了？"

"还是那样。"宁弈起身，拂乱树叶棋盘，过来拉她，"有没有吃的？我一天没吃东西，快饿死了。"

凤知微一闪身，躲得远远的，答："没有。"

"你今天怎么了？"宁弈皱起眉头，停下脚步，"你怪我没硬抢人，是吗？宗族祠堂实在事关重大，闹出事来对你将来在南海也不利，所以我选择等……"

"不，不是。"凤知微立即道，"不能硬抢，换成我也只能这样做。"

"也难说。"宁弈森然一笑，"本王的耐性是有限的，燕家若当真敢不给朝廷面子，本王自然也敢不给他们退路。"

他走到凤知微身前，凤知微又退了几步，在他即将牵到她的衣袖时和他擦身而过。她淡淡的香气从鼻端拂过，隐约间还有些别的气息。宁弈怔了怔，下意识又嗅了嗅，她却已走开。

　　他静静站在那里，脸色渐渐淡了下来，却没有再问什么，只冷冷道："你既然来了，这事本就该你处理，不该我越俎代庖，你便自己决定吧。"

　　说完他便转身。凤知微默然不语，看着楚王护军快速集结成队准备离开。

　　忽有急促的脚步声奔来。凤知微回头一看，见一个娇小玲珑的女子，布裙荆钗，奔到树前，看见大树，将布裙往腰间一束便往上爬，盾牌军立即长枪一拦，喝道："谁？"

　　"南海丰州千水村人氏，华琼，求见殿下。"那女子昂起头，一张微黑的脸，眉目秀丽，口齿特别清晰。

　　宁弈转过身去。

　　那女子在树身上磕头，道："殿下，民女来给您开门！"

　　凤知微和宁弈都霍然回首对望，眼中喜色一闪——宗祠只有本族燕氏才能进入，其他人进入便是全族之敌，可现在燕家这个情况，哪个燕家人都不会给他们开门，只好僵持着，如果能有燕家人开门，那什么问题都不存在了。

　　"你是何人？"宁弈十分冷静，"你姓华，不姓燕，不是燕家人叫开门是死罪，你不要自寻死路。"

　　"殿下。"华琼磕个头，朗朗道，"这祠堂内，是民女的婆母和丈夫。若不能同生，不如共死！"

　　两人同时一惊，"丈夫？！"

　　凤知微"呃"的一声，没想到燕怀石在南海竟然已经有了夫人，怎么没听他提起？还有，好歹燕怀石是燕家子弟，那这女子是他夫人也该锦衣玉食的，为何只是渔女装束？

　　凤知微的目光落在她的手脚上，这女子赤足草鞋，裤腿高高挽起，手腕和脚腕上，竟然有绳索磨过的血痕，有的地方还磨破见骨，鲜血淋漓。

　　她是怎么过来的？挣脱绳索？一路奔波？所以草鞋破烂，一身伤痕？

　　"让她过来。"凤知微一声令下。护卫让开路，华琼有点艰难地爬下树，却并没有过来和他们言语，而是直奔祠堂门口。

　　一边过去，还一边从身后抽出了一对渔叉。

　　凤知微又是"呃"的一声，目瞪口呆。

　　这不是来捣乱的吧？

　　她有点不放心，只好跟过去。华琼行到祠堂门前，开始敲门，大声道："燕氏第七百三十二代长房长孙，燕长天，求见宗主！"

凤知微和宁弈面面相觑，心想最近和燕家打交道，没听说过这个人啊，而且还是燕氏长孙？

再说，这明明是个男人名字，而这女子不是说她自己叫华琼吗？

祠堂的门小心翼翼开了一线，一张脸探出一半，依稀是那个燕怀远。他铁青着脸先瞄了宁弈和凤知微一眼，才看了看华琼，似乎怔了一下，随即破口大骂。

"你这小寡妇！贱人！什么燕长天？燕长天是谁？燕家至今只入谱七百三十一代，哪儿来的七百三十二代？你一个外姓，敢来敲祠堂的门，敢在祠堂圣地胡扯乱弹，小心立刻杀了你！"

"你有种就杀！"华琼怡然不惧，"只要你敢背负忤逆祖宗之名，在这祠堂门口杀掉你燕家长房长孙，我便服你！"

"什么长房长孙？滚！"燕怀远大怒，伸手去推她。

华琼突然退后一步，随即悍然一撩外衫，将腹部一挺，大喝："燕长天在此！"

上千人刹那鸦雀无声。

凤知微难得地张大了嘴。

顾南衣怔怔望着那突起的肚子，然后看了看手中的小胡桃。

宁澄一个倒栽葱跌落尘埃。

日光下，那女子揭去衣衫，千人之前坦然露身，只被一层薄薄的单衣遮住的腹部微微凸起，透过稀疏的布料，几乎可以看见上面的妊娠纹。

燕怀远呆在了那里，手伸在半空也不知道缩回来。

"你们燕家第七百三十二代的长房长孙，现在在我肚子里。"华琼神色凌厉，根本不在意衣衫凌乱，坦然迎着燕怀远的目光，一字字地道，"按七百三十二代族谱续，这一代为'长'，我给他起名燕长天。燕怀远，现在，燕长天要进去！"

她声音琅琅，口齿特别清楚爽利，让千余人听了个明明白白。

宁弈突然轻叹道："好！"

凤知微感慨地叹息一声："燕兄有福！"

燕怀远失魂落魄地盯了她的肚子半天，一撒手向后退去。里面一阵骚动，不多时，有苍老的声音传来，正是燕太公的，他颤巍巍道："华琼，你这不守妇道、不知羞耻的寡妇，竟然敢在燕氏祠堂圣地前大发厥词，还不给我速速回去！"

"谁大放厥词，谁心中有数！"华琼一句不让，顶回去，"大燕氏始皇帝神主牌位在上，历代子孙谁敢在祠堂颠倒黑白、出言撒谎，必受天谴，家族招祸！老爷子，你不怕受天谴吗！"

　　燕太公呛了一呛，终于忍不住怒道："就凭你一个外姓女子，信口雌黄称身怀我燕家后嗣，我燕氏便让你进祠堂？你做梦吧你！"

　　"你燕家这一代不积德，子孙单薄。"华琼冷笑，"自前年二房孙子在海里淹死之后，现在剩下的全是没有入宗谱的女孩，而我现在怀了你燕家长房长孙，你敢不让我进去？你燕家一向承续传于长房嫡出，而上一代大少爷出走，这一代你又想用上代恩怨赶走怀石……但我怀着的这个，没有出走，也没有犯错，你拦不得！"

　　"你算什么东西？一个克死丈夫的寡妇，至今没有入我燕家门，也敢说怀我燕氏皇族神圣血脉？"

　　"怀石！"华琼立即退后一步，高呼，"你听见没有？我现在就问你一句，你娶不娶我！"

　　一片寂静，众人如泥塑般钉在当地，都屏住呼吸，为这女子的大胆决然所惊。

　　千余人中央日光琅琅，那女子立于日光下，朗然袒腹，当众求嫁，不惜自己一生名誉命运，拼于此刻，救得情郎。

　　短暂的安静令人觉得难熬，所有人的呼吸都被拉长，随即，在祠堂深处，远远地，燕怀石的声音响起。

　　只有一个字。

　　"娶！"

　　斩钉截铁，一往无回。

　　哄然一声，千余护卫忘记身份，齐齐叫好。凤知微眼神里晶芒闪动，只觉得自己早已沉冷死去的热血，刹那间都似滚滚沸腾起来。

　　宁弈一直没说话，只是突然偏头看着她。凤知微不敢去看他的眼神，却听他忽然轻轻叹息一声。

　　华琼仰着头，眼中泪珠滚动，却一直没落下来。

　　"就算他娶你，"燕太公怔了半响，嘶声道，"你怎么敢确定这就是个男孩？女孩一样不可以进去！"

　　"这好办。"华琼轻蔑一笑。

　　凤知微突然心中一跳。

　　唰。

　　华琼举起那对渔叉，日光下，那对打磨得锃亮的渔叉反射着耀眼的光芒。

　　"看看便知！"

　　亮光一闪，渔叉对着腹部插下！

　　"别——"燕太公骇然大喊。

　　他一瞬间吓得老心脏都快停跳了。

　　祠堂之内不可活杀任何燕家子弟，否则当事人打断双腿逐出南海，而这万一剖出来的真是个男婴，他这条老命也不够赔的。

　　啪。

　　一枚胡桃准时解救了燕长天的性命。

　　宁澄已经掠过来收缴了那对渔叉，一边拿走渔叉，一边拍拍华琼的肩头，低声笑道："时间拿捏得刚刚好。"

　　华琼就好像没听见，她一手捂住肚子，刚才那动作还是很狠很快的，锋利的叉尖划破了腹部的表皮，鲜血正一滴滴滴在青石地面上。

　　上千人安静地凝在当地——自从这个女子出现，所有人都被她惊得一震一震的，早就忘记了发出声音。

　　"你自己不要我证明的。"她露出雪白的尖牙笑，笑得像山中的某种兽，"现在，开门，长房长孙燕长天要进去。"

　　燕太公定定地看她半晌，须发掩住的眉目间露出功亏一篑的绝望之色，半晌，无声地挥挥手。

　　祠堂门轰隆隆地打开，那一线被拒绝进入的阳光，在深黑色的大铁门背后延展开一道光亮而巨大的扇形。

　　凤知微望着那弧影不断扩展，望着那在弧影中傲然抚腹微笑的华琼，长长吐出了一口气。

　　随即她退后一步，找了块平整的地方，坐了下来。

　　本来一直听着那方动静的宁弈立即转头看着她的方向。

　　"宁澄。"凤知微平平静静地吩咐宁澄，"等下看好你主子，别让他靠近，另外，如果可以的话，也帮我拉住顾兄。"

　　然后她向后一仰，倒了下去。

　　一瞬间翻覆的光影里，她似乎看见谁扑了过来。

　　听见谁在厉喝。

　　"知微！"

扑过来的是顾南衣，厉喝的是宁弈。宁澄谁也没能拉住。

顾南衣武功卓绝，自然比宁弈先到，伸手就去拎凤知微，而这时，宁弈也已经到了，却并没有去抢他手中的凤知微，而是先一拍他的手。

不愿和凤知微以外的任何人有肢体接触的顾南衣下意识缩手。凤知微掉落，正好落在拍完顾南衣之后手便一伸早已等在那里的宁弈怀中。

宁弈半跪于地，抱住凤知微，手指一触她的脉搏，脸色大变。此时，宁澄已经奔过来，伸手就去拉他，"主子不能！疫……"

"闭嘴！"

宁弈霍然扭头，有些散漫的目光"盯"住了宁澄，声音低沉而冷然。

"你们到底去了哪里？"

宁澄张了张嘴，结结巴巴将经过那个发急瘟的山中小村的事情说了。宁弈的脸色越听越冷，半晌道："为什么你们没事？"

"我们吃了药草，我也不知道她怎么会……刚才还好好的。"宁澄也不明白。

顾南衣突然道："拉肚子。"

宁澄怔了怔，明白了他的意思。前晚凤知微空腹吃海鲜酒醉，上吐下泻，几乎没怎么睡，然后便奔赴丰州和周希中斗智斗勇，再一路心急如焚地赶回祠堂处理事故，体力精神都已经降至最低点。众人谁都比她身强力壮，所以只有她没能扛过去。

宁弈抿着唇，脸色一片秋草经霜似的白，怀中的凤知微身体滚热，抱着便火炉似的烤手，很明显发热已经有一阵了。什么时候开始的？她竟然又是一声不吭，竟然又是等到一切尘埃落定才肯倒下！

她一定早已知道自己已经感染，所以一直拒绝他的靠近，结果他还以为……

宁弈半跪于地，不顾衣袍遍染尘埃，抱着凤知微的手，微微颤抖着。

可恨他看不见，可恨他看不见！

顾南衣站在他身后，抓着一把胡桃，怔怔看着眉宇间渐渐泛上青黑之色的凤知微……她病了？什么时候病的？怎么病的？为什么他不知道？

那个宁弈，为什么脸色那么难看？她会死？

她会死？

这个念头冒出来，他突然便惊了惊。

忽然觉得哪里有些不舒服，像是有什么东西压着堵着，呼吸都不太顺畅的感觉，这实在是一种陌生的感受，这过往许多年从未有过。

这一生，他的情绪从来都是一泊沉静的死水，正如那心跳永远都保持着同样的节拍。伤心、难受、喜悦、矛盾……种种般般属于常人的情绪，他没有，他不懂。

三岁时没了父亲，他很平静。

八岁时照顾他的奶娘去世，临死前拉着他的手泪水涟涟，"可怜的孩子，你这样的人，为什么还要承担那样的……"

那晚，那盏油灯下，他淡漠地看着奶娘，平静地抽开了被握住的手。第一件事，便是先将她滴落到自己手背上的眼泪擦掉。

然后转身，从满屋子躬身等候他的人群中走过。

他是怎样的？怎样的？没有人告诉他。所有人都那样看着他，用一种奇特的眼光，再叹息着走过他身旁。

他不关心那结果、那眼光、那神情。他自己的事，在他看来也依旧是陌生人的事，隔着山海迢迢，仿佛在另一个世界。

然而这一刻，他突然想知道，他是怎样的。

是不是因为他不同于他人，所以他明明就在凤知微身侧，却不能知道她发生了什么。

如果她死去……如果她死去……

他退后一步，皱着眉头，摸了摸自己的心口，开始努力地闭目调息……他一定也被传染了，要死了。

凤知微突然一偏头，猛烈地开始呕吐。她没有吃多少食物，吐出的多是胃液胆汁。她吐得如此猛烈，大量的绿色胆汁箭般喷射出来，不仅紧紧抱着她的宁弈被染了一身，连不远处的宁澄和顾南衣都没能幸免。

没有人让开，连有洁癖的顾南衣都没有。

宁弈更紧地抱紧了她，将她放在自己的膝盖上，轻轻拍她的背，好让她的腹部不受压迫，避免太过激烈的呕吐导致喉管堵塞窒息，却对满身的秽物异味毫无所觉。

此时，随着一阵杂沓的脚步声响起，前方出现了黑压压的影子，是丰州府军由丰州巡检带领着赶到了。

宁弈霍然回首，冰刀似的目光"盯"着燕氏祠堂开了一缝的门，向来沉冷不露声色的眼神，第一次露出激怒的杀意。

"给我毁了燕氏祠堂！"

"殿下！"

"谁抵抗，杀！"

憩园陷入一片愁云惨雾之中。

钦差大人感染时疫危在旦夕。这个消息严厉对外封锁，对内封口。因为事关自己的命运，楚王殿下更是一怒雷霆，所以整个憩园都陷入惊风密雨之中，人们匆匆来去，路上遇见了连对话都不敢有，只是惊惶地对望一眼，就赶紧错身离开，继续为寻找大夫奔波。

大夫来了一拨又一拨，药方子雪片似的开，价值万金的珍贵药物不要钱似的流水般送进来，廊檐下的药炉十二个时辰不停息地熬药，楚王殿下的脸色却一天比一天铁青。

从那天暴怒之后，他再也没有和身边人说过一句话，也没有十二个时辰坐守凤知微床前，他只是不停地召见人，审讯那天燕家祠堂前凤知微抓获的祠堂细作，并快马密信要求朝廷派遣太医赶来救人。

凤知微被恶病击倒，在生死边缘上挣扎，南海在她陷入晕迷的时刻，也进入了天翻地覆的境地。

被彻底激怒的宁弈，终于展现了他铁血无情的一面。

当日燕家祠堂被叫开，华琼扶出行动艰难的燕怀石和陈氏后，宁弈并没有撤开包围，反而强制性关闭了燕家祠堂，将所有在祠堂的人堵在里面。然后，趁着周围村庄百姓赶往邻县领取粮钱，四面都已经基本走空时，以自己三千护卫和三千府军，一日夜间在燕家祠堂下方挖了一个地道，并埋放了大量炸药后撤出，随即点燃引线。一声闷响，矗立数百年、曾承续一代帝王血脉的南海第一大家族那无上神圣的燕氏宗祠，瞬间地裂倒塌。华楼巨厦，画栋雕梁，如慢镜头般在薄红淡金的晨曦中轰然委地。数百年令族人顶礼膜拜的圣地，刹那间化为断壁残垣。

燕家有头脸的男性族人，当时基本都在宗祠之内，宗祠坚固，塌底不塌梁，没有造成完全毁灭的伤害，但也死了一个，伤了无数。燕家现任家主被砸到脑部，昏迷不醒，燕怀远也被倒下的墙石砸断腿。燕家太公倒是毫发无伤，可族人要背他逃命时，老头子老泪纵横地拒绝了，随即趴在碎裂的燕氏皇主牌位前磕了个头，大呼："天不佑我燕家！德唯至死无颜见祖宗！"之后便一头撞死在祠堂的照壁上，鲜血从汉白玉石根上缓缓浸润而下，隐隐现出飞舞腾跃的龙纹。

彼时，宁弈负手祠堂之外，火把闪动的光亮里，他面无表情，只在四面一片凝神屏息的寂静里，听着那一地哀哭，闻着那烟火石粉气息，冷然一笑。

"天？天在我这里！"

他转身决然而去，将一地凄切哀哭的燕家族人抛在身后。

"她若有事，你们还得陪葬！"

强者之怒，毁天灭地，诸般挣扎不过弹指湮灭。等到四面村人三天后从邻县赶回，看见的是气派宏伟的燕家祠堂化为废墟，听见的是宁弈命人散布的关于燕家欺压子嗣、压榨百姓、倒行逆施以致遭天谴、山崩地裂、祠堂被毁的流言。

怪力乱神之事，百姓总是愿意信的，就算不信，也无法去找凶手。南海这边也常常闹些大大小小的地裂事故。那是天灾，没有证据，冲谁去闹？一些受到牵连、房屋也被毁的村民，收到了官府有史以来最为丰厚的补偿，也就都悄悄地搬到自己的新屋子，不动声色地去数银子了。

宁弈一出手，便彻底毁掉燕家人心目中的支柱，随即燕怀石强力入主燕家。在楚王三千护军刀出鞘、箭上弦的虎视眈眈下，燕家人噤若寒蝉，默认了燕怀石暂代燕家家主，任由燕怀石雷厉风行地撤换族堂长老，大肆清洗人员，将各地商铺实权收归自己手中。燕氏祠堂那声毫无预兆的闷响，那在晨曦之中燕家圣殿永远无法挽回的缓缓倾倒，彻底毁掉了燕家族人全部的抵抗心和意志力，就算明知祠堂被毁有猫腻，也已慑于宁弈干净利落的作风和雷霆万钧的手段之下。

燕家的退让，同时也让宁弈确定了，在燕家，没有常氏和南海官场的人插手，否则必有反复。他初步解决燕家之后，连停息都没有，便紧锣密鼓地开始了对常家潜伏势力的清洗，一边审问那几个细作，一边暗暗封堵了城门，细作还没审问出来就命人放出已经交代的风声，随即便在各处城门守株待兔，由此先后捉获了几批改装出城的上官家和黄家中人。随即，上官家便被查出最新一批远洋货物中夹带违禁品，黄家的一位直系子弟牵涉进了一起贪贿案，两家因此陷入风声鹤唳之中。

上官家和黄家自然不甘被困，暗中联络陈家和李家。与此同时，宁弈却通过周希中，宣布起建船舶事务司，任命燕怀石为总办司官，陈家家主和李家家主分别为副总办，唰的一下便掐灭了上官和黄家想和其他两家合纵连横抵抗官府的苗头。

由上官家和黄家入手，渐渐又查出南海官场中一些不干净的官员，周希中借此机会大刀阔斧开始整顿吏治，将属于常家派系的官员一点点摘出，调的调，黜的黜，找由头处理的处理，而宁弈的目光又已经飞快转向了常家。

自从钦差抵达南海，常家在丰州的大宅就已经没有直系人员居住，只有一些用人、仆妇看着宅子，但是毋庸置疑，常家必然还留下了在丰州的主事人物。从抵达南海的第一天开始，凤知微就命人好好监视着常家大宅的动静。这次抓获几个细作后，宁弈并没有全部审问，而是先用酷厉手段撬开他们的嘴，在审问过程中致使其中几个不堪折磨而死，却又故意在用刑时不动声色分出轻重，随即制造时机，让另两个细作拼死逃出。两个伤痕累累死里逃生的细作还以为是自己胆大心细运气好，却不想早已被宁澄带人远远跟着，挖出细作的上线，顺藤摸瓜，将常家留在南海的势力又牵出了一大批。

不过短短时日，从世家到官场，从燕家到常家，都经历了一场不动声色而又凶猛异常的扫荡，而百姓犹自懵然不知，无关人等悠游度日，不知瞬间已换了天地，只有旋涡中心的世家和官场，才对着那毫不喘息的一系列动作，暗暗咋舌。

惊讶这位殿下此刻方见真颜色——南海整顿如此之快，可以说是宁弈借势而为，抓住了最好的时机。南海官员私下笑说宁弈之忍——南海道钦差重病卧床，小命即将不保，这位看起来和魏大人情谊不错的楚王，竟然三天三夜没有进憩园探望！

三天三夜后，将事情基本理顺，使之告一段落的宁弈，才回了憩园。

南海初定，他并无喜色，做这些，是因为这是凤知微打算做的事。现在她倒了，他与其守在病榻旁焦心煎熬，不如将她的事情做完，让她醒来专心养病，而他也可以专心致志等她醒来。

所有人都在等她醒来。

顾南衣整天睡在那个药香弥漫的屋顶上，轻轻吹树叶笛子，从早到晚，似乎那样吹着，他所害怕的离开就不会发生。他一次次地出去，回来都会弄些古古怪怪的东西，给凤知微灌下去。宁弈看着也不阻拦，到了这时候，病急乱投医，什么方法他都愿意试一试。

燕怀石夫妇守在凤知微床前寸步不离，赶也赶不走。青溟书院的学生们被宁弈赶出院子外不许进入，便整日游魂般在院子外游荡。

赫连铮和姚扬宇赈灾完兴冲冲回来，正准备高高兴兴向凤知微汇报如何打趴了粮库守粮官，却骤然被这个消息打傻了。要不是学生们拉着，赫连铮就要去燕家杀人了。

无数人殚精竭虑地找法子，无数千金难买的药材砸下去，多少能将凤知微的性命拖延住。大夫说这种恶病本身来势极快，少有人能活过十二个时辰，但凤知微体内似有一种特别的东西，阻止了病势的快速蔓延。只是，虽然有所阻止，她却仍旧一天天地衰弱下去。

所有人都在寻找自己知道的名医，赫连铮都派三隼回草原去找他们王庭的大巫医了，然而路途太远，就连京中太医，一时半刻也到不了。顾南衣每天都会到城门口转几圈，但回来时谁都躲着他走——担心和他的胡桃一样被捏成齑粉。

虽然是传染的恶病，但是没有人选择隔绝病人，只是所有人都很勤快地洗澡、洗手、换衣，进出那个院子的时候，也都会先在偏房内用药澡净身。宁弈知道，无论如何急切，此时不能有人再病，尤其他自己。一旦他倒下，凤知微便难活，所以他每日进进出出无数次，便不厌其烦地洗无数次澡，洗到手上身上的皮肤都已经开始破损。

到了晚间，他不要任何人侍候，只自己睡在凤知微房里，睡一个时辰便翻个身，起来看她的气色。凤知微的状况是如此令人心惊胆战，一会儿灼热如火，靠近三尺都觉得热气逼人；一会儿奇冷如冰，房内气温都似跟着下降。他一会儿给她敷着冰袋，可敷不了一会儿便得很快撤开，再给她加棉被拢火炉，一夜不知道要折腾多少次。

有一次，他倦极，模模糊糊地睡着了，恍惚间便觉得凤知微停止了呼吸，砰的一下便从床上跳下来，扑到凤知微床前。他眼睛不便，扑得又太快，撞翻了桌上的茶壶。瓷茶壶的碎片割裂了他的手指，他还是浑然不觉地去探她的呼吸，感觉到她鼻间的热气在他流血的手指下氤氲着，他才长长出了口气。

那晚，他在寂静中捂着流血的手指，长久地沉默着，再也没敢睡下。

不过几天，宁弈便出奇地瘦了下去，脸色白得可看见皮肤下淡青色的脉络，一双眼睛反而像在燃烧妖火似的灼灼，看得人心惊。宁澄实在看不下去了，有一天晚上闯进房内，占着那张小床坚决不肯让，却被宁弈一脚踢了出去。宁澄扒着门号哭，宁弈伸手就把一个青花瓷瓶砸到他头上。

三天后，顾南衣出手，将他点了穴道扔出去，自己则另外拖了一张床来睡。睡了一阵子，他觉得不舒服，便干脆睡到床前的脚踏上。他在那花梨木的脚踏上躺了，将长长的身子慢慢蜷缩成一团，恍惚间想起凤知微也曾这样蜷缩在他床前的脚踏上睡觉，而夜半他醒来时总能看见她偏脸睡着，很没安全感地抱紧棉被，长长的睫毛垂下去，眼下有一弯很柔和的弧影。

那时他觉得她睡得很香，脚踏应该很舒服，可现在才知道，原来不是那么舒服。

不舒服，他也睡着不动，等着凤知微也像以前他夜半下望她一样，突然醒来，侧下身来看他。到时候他要说什么呢？他得好好想想。

不过等来等去，凤知微始终不曾侧身下望，他想好说什么了，也没机会发挥。他闭着眼睛，感觉那种堵堵的滋味又泛上来，秋夜里不知道为什么那么凉，无声无息透入肌骨里去。

后来，他也便不等了，睡在脚踏上很习惯、很方便，感觉她热了，手一伸便搭上冰袋，感觉她冷下来了，手一伸便拖过被子，点燃火盆，还不妨碍他睡觉。

有一天晚上细雨蒙蒙，宁弈在屋里，顾南衣睡在屋顶上没下来，雨声里，只听叶笛悠悠长长，拽得人心尖发疼。所有人都等在院子里，听着纸门被缓缓拉开，是南海最优秀的大夫迈出门来。他脸色苍白，跪在廊檐下对着室内磕头。

宁弈没有出来，室内寂无声息，一缕缕淡白色的烟气飘摇不散，在秋日雨幕里凝结成诡异而凄冷的画面。

燕怀石扑通一声，失魂落魄地跪在了雨地里。

赫连铮"嗷"的一声狂叫，狂奔了出去。不知道哪个倒霉蛋又要挨揍。

青溟书院的学生们愣在雨中，不知道脸上那湿漉漉的是雨还是别的什么。

整个院子笼罩在一片死寂里，所有人都僵成了泥塑木雕，浑然不知痛痒。大夫的脑袋咚咚地磕在木质的长廊上，声音空洞，敲击得人心中发痛。秋日的雨绵绵地打湿那檐角垂落的发黄惨白的树叶，看起来，就像所有人的脸色一样。

屋里没点灯，半掩的门扇后，黑沉沉得看不见景物，只隐约看见宁弈瘦了许多的背影，背对着庭院的秋雨一动不动。

良久的死寂后，他的声音淡淡地传出来。

"滚！"

大夫仓皇而去，每条皱纹都载着死里逃生的庆幸。他经过华琼时一个趔趄，华琼顺手扶住了他，有点怜悯地看着这个名满丰州、此刻却无比狼狈的名医，道："我送你出去。"

她送大夫一路到门口，正要回头，却见憩园的门丁骂骂咧咧地走进来，一扔帽子道："混账东西，这都什么时候了，还有人敢上门行骗？"

华琼疑问地一探头，看见憩园门口不远处一个人正探头探脑地张望。门丁在她身后愤愤道："转了几天了还不走！贪图咱们私下许出的重赏！可是丰州第一名医都束手无策，他一个药方都写不出的人，能成？带到殿下面前，那是找死！"

华琼又看了看那人，和对方充满期盼的目光对上。她想了想，随即，招了招手。

宁弈沉浸在一室淡缈的烟气里。

烟气背后是凤知微苍白的脸。

她已经不发热也不发冷，也没有了那种看了让人害怕的、似乎要连心肝肠胃都喷射出来的剧烈呕吐，她只静静地睡在那里，像一团即将飘走的云，无力而轻盈。

宁弈怔怔地看着她，半晌，慢慢揭去了她脸上那薄如蝉翼的人皮面具。

他的手指缓缓地在面具下摸过，摸到微垂的眉时，确定面具下是那张垂眉黄脸。

这个女人，生怕为世人发现自己的真面目，总也不厌其烦地戴着两张脸。

宁弈没有笑意地笑了一下，伸手端过床边的水盆，浸湿布巾，慢慢绞干。

总戴着两层易容定然是不舒服的吧，总要她清爽些才好。

他执着温热的布巾，手指却是冰凉的。那么湿湿的一团抓在手中，像抓着自己的心，他的手指紧紧攥着，恍惚间想起秋府后院湖边初见时，她偏着头，半身立于水中，抓着自己湿漉漉的头发。

手指缓缓落了下去，从额头开始，一点点拭去易容。

看不见，眼前却清晰如见，还是那日碧水之中，她脸上易容被水渐渐洗去时，一点点地露出洁白的额、玉雕般的鼻子、淡粉色的唇。一双黑而细的眉浸湿了水，乌沉若羽，眸子迷迷蒙蒙、雾气氤氲，看人时像笼了一层迷离的纱……最后成就了一张清丽的脸。

他停下手，放下布巾，手指轻轻弯曲，从额头开始，温柔地抚过，是熟悉的、微凉而又细腻的肌肤……恍惚间回到魏府佯装酒醉那日，又或者是韶宁和她私会密谋杀他的那间暗室，又或者是母妃最后十年的那间废宫，又或者是前阵子就在这屋中……他一次次那么靠近，她的肌肤、她的香气、她的所有温暖与凉便刻在指下、眉间、心上，如此熟稔，以至于惊心。

然而那些熟稔，从今日开始，真的要回到原点，归于陌生了吗？

有些问题不敢想，连触及都不敢触及。一生里，面临无数凶险疼痛，他从无畏惧也不能畏惧，然而此刻他畏惧命运的森凉，一个答案便可以撕裂人的心。

他的手指，一遍遍盘桓在她脸上。或者，经历这么久病痛折磨的她，其实已经不复原先的娇艳了吧？可是那又有什么关系，凤知微，永远都是凤知微。

恨自己看不见，又庆幸自己看不见。

若真见了那份苍白憔悴，他要如何才能维持此刻的平静如常？

那心潮如此澎湃汹涌，所有的岿然不动也都是假象，如经历千年万年侵蚀的礁石，外表沉凝如一，内里早已千疮百孔。

似乎有人膝行而入，低声道："殿下……是不是该准备……"哽咽着说不下去。

是燕怀石。

他背对着燕怀石，将面具给她小心地戴好，然后手指停在她颈侧，久久不动。

指下的脉搏，一点点地轻缓下去。他知道，很快，这些细微的跳动，便会像即将干涸的泉水，渐渐趋于微弱断绝，直至归于寂灭。

这样一点点等着生命的气息散去，是何等残忍。

然而到了此时，他宁可这样一声声数着，在一声声的脉动里，将初识至今的所有相遇回想。这一生，他和她看似合作相伴，实则南辕北辙，那这一生里有这么一次共同的心意，也好。

他沉静地数着。袅袅烟气里，分不清谁比谁，颜色更苍白。

屋顶上，顾南衣静静地吹着。

雨一直在下，里外都已经湿透，对于衣服必须轻柔不能厚重，否则便无法忍受的他来说，此刻穿着这样的衣服如同酷刑，他却一直没有动，没有换衣服，没有离开这座有她的屋檐。

树叶笛子沾了雨，吹起来不那么清澈明亮，他却在那样断断续续的笛声里，听见她温柔的语声。

"说好了，我吹着叶笛，顺着你的记号一路去找你。"

都没要你吹，怎么你就打算跑了呢？

隔着一层屋瓦，他似乎也能感受到底下有种沉重的气息慢慢地飘浮上来，而等到彻底浮起、散开，那也许这辈子就再没有人为他吹响这叶笛。

这种气息，他感觉到过一次，奶妈去世时，满屋子都是这气息，他因此觉得不舒服，急着要走。

她也要和奶妈一样吗？

他也要以后再也看不见她了吗？

　　那他还要做什么呢？

　　顾南衣觉得有点累，他最近思考了太多东西，已不是原先的他。过往许多年，他的世界空白单调、秩序如一，从来没有这么多疑惑和不安。

　　他怔怔地坐在那里，觉得那气息又幽幽上浮了一点。他皱着眉头，忽然一个翻身，趴在了屋瓦上。

　　他把自己沉沉地压下来。

　　压住这种气息，别让它浮上来！

　　院子里的人，一半怔怔地看着屋内闭目不语的宁弈，一半怔怔地看着屋顶趴在雨中的顾南衣。

　　每个人想表达自己的悲伤，却觉得在这两人面前怎么表达似乎都多余而做作。他们看起来似乎也并不悲伤，顾南衣和平日还有些不同，宁弈却连表情都没变过。

　　然而就是那般沉凝的寂静，叫人听见心碎的声音。

　　"殿下……"燕怀石含着泪再次磕头，"该……准备了……"

　　宁弈的手颤了颤，缓缓拿开，似乎很平静地"哦"了一声，燕怀石却听出些微的颤抖和悲凉。

　　宁弈招招手，宁澄便无声地另外端上一盆水。宁弈淡淡道："你们都出去吧，我要给她净身。"

　　燕怀石没有多想，小心退了出去，宁澄却呆呆地看着他，最终又无声地走开了。

　　宁弈摸索着凤知微的衣裳，小心地解开她的衣扣，以往很多次他都试图接近过这具身体，却只有此刻毫无绮思。

　　布巾沾了温水，细细地擦。天盛的风俗里，恩深爱重的夫妻，死去可以由对方净身。

　　他抿着唇，用手指轻轻勾勒她身体的轮廓，这是还未见便要永久失之交臂的她，过了今日永无再见之期。

　　我的……知微……

　　哗啦！

　　纸门突然被人大力拉开，满院子的雨飘了进来，他恼怒地转过头去。

　　"殿下！"特别清楚爽利的声音，来自那悍勇的小寡妇，"还有一个办法！"

　　三日后，凤知微终于睁开眼睛时，第一眼看见的是秋日菊花怒放在霞影红的窗纱上。

听见的是头顶上的叶笛声，在昏迷刚醒的那一瞬还是断断续续，却在她睁开眼睛的那一刻，突然明亮而婉转。

满院子的鸟都啁啾地鸣起来，一唱一和。

她转动着有点干涩的眼睛，发现居然满屋子的人——宁澄挂在横梁上，口水睡得滴滴答答下雨似的；雨中沐浴着的赫连铮，用一种很古怪的姿势抱头而睡，似乎怕自己的鼾声吵醒了谁；燕怀石枕着他家夫人的大腿酣然高卧；姚扬宇压着余梁的肚子袒腹而眠。

所有人乱七八糟，席地而睡。满屋子袅袅的药香里，还有些古怪而熟悉的气味。

而对面，坐着的宁弈，似乎在闭目调息。她刚睁开眼的那一刻，他也立即有所感应般睁开眼，对着她微微一笑。

凤知微也一笑，一笑间眼睛却突然红了。

这个人，是宁弈吗？

谁饿着他，打着他，苦着他，把好好一个丰神如玉、美名满帝京的风流楚王，搞成这个姥姥不亲、舅舅不爱、活像在粤州流放地做了苦役三年的样子？

还有这群人，一个个胡子拉碴的，都不知道清理一下？还全部睡在她的闺房里？

她目光流转，在一张张疲倦的脸上仔细扫过，又笑了笑。

身体很累，像被谁痛揍了一百天，心却温暖如浸入温泉，通身里流动着舒畅的血液。

宁弈侧耳，似乎听了听空气中她的呼吸后，绽开一点微微的笑意，随即站起身，将那群人拖的拖，踢的踢，全部给扔了出去。

孕妇不需要他动，自己就爬起来，拖着她那睡得迷迷糊糊的丈夫，一边出去，一边还不忘记带上纸门，"闲人清场，敬请回避！"

宁弈感激地笑了笑，隔着纸门道："燕夫人爽利明朗、智勇全才，不知道将来是否可愿为朝廷效力？"

"民女觉得也不是不可以。"华琼爽朗的笑声远去。

门关上，宁弈向床前走来。凤知微在床上向他露出浅浅的笑意，疲倦地哑声道："是不是很累？"

话还没说完，忽觉自己落入了一个温暖的怀抱里。

那人紧紧地抱着她，身子微微颤抖，在她耳边低低吸气，然后每个字都像是从齿缝里逼出来，"知微……知微……"

他什么都不说，只一遍遍唤她的名字，将她更用力地揉在了自己怀中，似乎怕那么一松手，她便飞了出去，永难找回。

那颤音瑟瑟于耳边，像一根丝弦同时拨动凤知微的心音，不知不觉，她也随着微微一抖，心底处或松或紧，迷蒙明灭，像有什么在接续，又像有什么在断裂。她有些畏缩地一让，一让间却触着他的肩骨，嶙峋坚硬的触感瞬间让她眼睛再次一红。

他却已经放开了她，笑道："你刚醒，莫要累着你。"他坐在她对面，微笑看着她，明明看不见，那眼神却仿佛看不够似的。

哗啦一声响，屋顶出现一个洞，顾南衣从洞里飘下来。凤知微再次瞪大眼睛，看着顾少爷，倒抽一口气，喃喃道："我以后坚决不生病……"

顾南衣眼睛一眨不眨地看着她，很多天没换的衣服凌乱地贴在身上，半晌慢慢过来。

凤知微等他停在三步之外，顾南衣却没有停。凤知微愕然地看着他最终在一步外停下。

他腰上永远挂着的小胡桃袋子落在凤知微眼前。凤知微取了，慢慢数了数，再看着那些泡过水的发霉胡桃，轻轻道："你最近都没吃吗？"

顾南衣点点头，还是一句话不说地看着她。

他瘦，有点乱，有点脏，胡桃没吃，衣服没换。

"我不会死。"凤知微默然，半晌，压下一瞬间的哽咽，道，"我死了，你迷路了谁去找你？"

顾南衣盯着她，这才摸出一个胡桃，慢慢地吃。

"那个受潮发霉了。"宁弈突然道，"宁澄，去陪顾先生换衣服，换胡桃。"

宁澄冒出来，笑嘻嘻地要去拉顾南衣。

"顾兄，去带殿下洗澡，换衣服，吃饭。"凤知微同时开口。

不容拒绝，一堆人都被赶了出去。到了晚间，却又都奔了回来，还是一个在屋顶，一个在床边。凤知微赶也赶不走，自己又精神不济，只好由着他们。宁弈在她身边的小床上，娓娓和她说起这段时间南海发生的事，他语气清淡，凤知微却听出其中的惊心动魄，半晌才失神笑道："没想到我睡了一觉，竟然错过这许多好戏。"

"你这一觉，睡得我差点……"宁弈一句话到了口边忽然止住。凤知微沉默着，也没有追问。两人都躺在榻上，睁大眼睛望着屋顶，有淡淡奇异的气氛飘散开来。

半晌，凤知微转了话题，问："那瘟疫那么厉害，别人都过不了夜，我怎么没事了？"

"解铃还须系铃人。"宁弈道，"你从村子过染了疫病，却也是村子里的人救了你。"

"那个孩子？"凤知微立即反应过来。

"是，那个里正隐约听说了憩园寻找名医，猜测恐怕是那天过村的人感染了疫病。他觉得他那个侄子很有些奇异，便带他来求见，但是憩园的门丁哪里肯相信他，挡在门外不给进。最后还是华琼遇见，大胆做主让他进来。来了之后，我们也不知道怎么处理，那是一个大活人不是药，幸亏顾兄在京城请来的一位大夫及时赶来，取其活血，辅以诸药，才将已经迈入鬼门关的你给拉了回来。"

"那孩子人呢？大夫人呢？"

"大夫和顾兄在一起。那孩子失血过多还在休养。"宁弈一笑，"赫连铮那家伙，一刀下去险些要了人家的命。"

"太不像话了……"凤知微精神不济，口齿微涩，"赶明儿我要教训他……"

"睡吧。"宁弈笑了笑，给她拢紧被窝。凤知微心中隐约转着一个念头，却没有精力去睁开眼睛，蒙蒙眬眬睡去。也不知道过了多久，忽觉风声扑面，似有人扑了过来，接着便是咚的一声，身体撞上床边的响声。她睁开眼，看见宁弈面带惊慌之色站在床边，听见她的动静，脸上的惶然之色才渐渐褪去。

他靠在床边，感觉到她的惊愕，脸上渐渐有点讪讪之色，随即伸手给她披了披被子，一瘸一拐地转身回自己的床，努力很自然地笑道："做噩梦，以为你……"

话没说完，凤知微却已全都明白。

那段生死不知的煎熬日子，他一直都是这样守着的吧？那些漫长而恐惧的夜里，他一直都是这样惊惶着的吧？不停地做噩梦她失去呼吸，不停地惊醒扑过来看她的生死，以至于形成了习惯，在脱离危险之后，依旧噩梦而醒。

那要多少次的夜寐而起，要多么沉重而深切的担忧，才会形成这样近似于强迫的习惯？

凤知微不说话，直直地望着屋顶，良久，眨眨眼睛。

落下泪来。

第七十四章
爱之阔大

"来，吃药。"

"哦……咦，宁弈，你看！"

"不用看，宁澄不会出现，燕怀石没有过来，刺客根本不存在，华琼肚子里的孩子没事……我说凤知微，你这招已经玩腻了，别想再转移我的注意力——吃药。"

"哦。"

某个想使诈被识破的人，乖乖要去接药碗。

"我喂你。"宁弈一让，"不然你又不知道玩什么花招。"

"你又不方便，喂什么喂？"凤知微躲闪，"我怕你喂到我鼻子里去。"

"我看得见你。"宁弈答得简单，却似有深意。

凤知微不说话了，眉毛耷拉下来，她不是任性的小孩子，良药苦口自然知道，只是这药也太恐怖了些，就算是童子尿估计都比这好喝。她喝了很多天，不仅没能喝习惯，还越喝越畏惧。

醒来已有一段时间，除了这恐怖的药，凤知微享受到了自幼至今最好的待遇——身周亲朋环绕，殿下亲自照顾。在这段凤知微没有力气拒绝的日子里，宁弈表现出了绝大的耐心和细致。一些日子下来，等到凤知微有力气去推拒，有些事已成习惯，再推拒反倒成了矫情。

朝夕相处，向来最能消磨掉意识深处的敌意和抗拒，从生死之境走过一回，也最容易令劫后余生的人们放松心防而心软，所以本来就是心思相像、很有默契的两个人，到得后来，渐渐少了疏离，多了亲切，少了戒备，多了一分温软的心境。

杯盏银勺的交击声细脆响起，坐在她榻前的宁弈神情宁静。银匙里的药汁不仅味道恐怖，气味也很嚣张，他却似乎没闻见，还特意在自己唇边嗅了嗅，才准准地递到她口边。

凤知微看着袅绕的热气里，他原本波光明灭、此刻却有些暗淡的眼神，心口一堵，一口药不知不觉便咽了下去。

四面很安静，屋顶上有窸窸窣窣老鼠般的声音——那是顾少爷在吃胡桃，听着很安逸。

凤知微不屈不挠将一碗药喝尽，吐出一口长气，可还没来得及开口，雪白的帕子已经轻轻按在了她的唇角。

"别动！"

被拭尽唇边残留的药汁，凤知微再次张口，这次是一枚甜兮兮的东西投入了她口中。

"陇西的九腌蜜梅。"宁弈似乎自己也在吃，"我看不错。"

"都被当成小孩子了。"凤知微笑，"真正做小孩子时生病，也没这个待遇。"

"那便现在补给你。"宁弈笑笑，抚了抚她的头发，"加倍地。"

凤知微心中又是一颤，随即转开眼光，看着窗外秋景，道："今儿天气不错。"

"去外面坐坐吧，也透透气。"

顾少爷飘下来，一手拎起病人，一手拎起软榻，不劳殿下费神，将人送了出去。本想软玉温香抱抱佳人的殿下有点郁怒地跟着。

顾少爷生疏笨拙地给凤知微铺好软榻，然后将她往上面一放，又呼啦啦给她盖上三层毯子。凤知微埋在厚厚的毯子里，只露出一双眼睛，艰难地挣扎着和他说谢谢。

顾少爷满意地坐回屋顶继续吃胡桃了。凤知微向宁弈求救："快点……压死我了。"

宁弈笑一笑，揭去两层毯子，给她重新整理好铺得凌乱的褥子，然后有点得意地道："你看，你还是缺不了我。"

真是自恋啊！凤知微不承认，"暂时而已。"

"暂时也好，"宁弈坐在她身侧，"我就恨你太要强。"

凤知微不说话了，两人静静坐着。秋色已深，园子里一色深深浅浅的红枫，夹杂着各色菊花，浅紫明黄，华美而萧瑟。天空很高远，偶有南飞的北雁，浅黑色的羽翼划出洁白的弧线，将一朵云掠散。

　　两个人一坐一卧，在沉静的秋景里分享彼此的沉静，听花瓣从枝头簌簌散落，听鸟儿的翅膀掠过带露的草尖，听残破的荷叶上泻下晶莹的水珠。看见看不见，没那么要紧，景在心中，人在心中。

　　安静持续了很久，直到远处隐约有一点细碎的声响，似是步伐匆匆向院子而来。凤知微抬起头，慢慢笑了一下。

　　"保重！"她道。

　　宁弈慢慢俯下身来，微热的呼吸拂在她耳边。凤知微微微一让，也让不到哪儿去，然后感觉到他的唇最终贴在耳侧，润而软，和语气一般轻，"等我。"

　　凤知微默然不语。他轻轻地咬她的耳垂，不轻不重的力度，有点刺痛有点痒，却又似乎不是痛痒在耳垂。

　　他华艳又清凉的气息，秋日的云一般悠悠远远罩下来，而眼神似飘摇的舟，要载了谁的心，荡过分离的彼岸去。

　　她不说话，他便不让。耳边有低低的呼吸，轻而浅，似是怕惊了她此刻的脆弱，但那咬啮里又带点不屈不挠的力度。凤知微只得无奈地笑起来，推开他，用手护住耳，半晌道："总是要等你一起回京的。"

　　她抬手，就势抚了抚宁弈的下巴。触手有点胡楂儿，她一笑轻轻拔去，换得他低沉的笑。她眼波流动，嫣然道："我记住你现在的轮廓了，到时候给我查出瘦了，可不饶你。"

　　"如何不饶我？"宁弈的笑声带了淡淡的快意。

　　"杀了你，和你势不两立。"凤知微微笑答道。

　　"好，等你来查。"他撒开手，笑意里多了几分暧昧，"想怎么查就怎么查，别说脸，哪里……都可以。"

　　凤知微缩回手，白他一眼，想他看不见，也便无可奈何，随即悄悄摸了摸自己的耳垂，是咬红了，还是自己变红了？

　　"把那孩子带去吧。"她道，"我当初救下他，就是想着是不是可以对你的眼睛有帮助，不想最后是给我用了。还有那位名医，你看看是不是也带去，一起想想办法。"

　　"那是你的名医。"宁弈的语气突然有些淡，"不会供我驱策。"

　　凤知微有点诧异地看了看顾南衣的方向。确实，那位名医很是神秘，到现在为止她也没见过，顾南衣也并不提这个人，要不是别人转告，她都不知道有这人存在。

　　她不再问，转移了话题，道："你去了那边，注意一下当初在陇西伏击我们的那批高手，那个首领的左肩曾经被我伤过。那边的官场被常家把持得一定更狠，你千万小心！"

"守好南海，不让它成为常家的退路，便再无顾虑。"宁弈道，"你相信我，我也信你能守好。"

"我还等你一起回京呢。"凤知微一笑，推他，"去吧。"

宁弈轻轻地捏了捏她的掌心，一笑，随即决然转身。

远处宁澄跟了上去。他先前盘腿坐在假山石上，用一种古怪的眼光看着这个方向。那眼神有点空，有点凉，有点犹豫，有点不安。

两人的身影穿越层层枫红，渐渐消失。

就在园子外，南海布政使等三司正等候着楚王车驾。

而在更远的城外，南海将军率南海边军十万，于迎风飞舞的旌旗和连绵如海的枪尖间，等候着征南主帅的到来。

就在昨日。

闽南将军常敏江起事，奉五皇子为帝，率军十五万起于闽南乔官县，杀县令方德祭旗，兵锋所指，连下五县。

朝廷急调一线边军，将镇守陇南道的曹可冰、孔士良两部人马向西南推进，调南海边军十万布于南线，以闽南道钦差大臣楚王宁弈为主帅，迎战叛军。

宁弈的身影消失很久之后，凤知微才将目光收回来，垂下眼睫，捶捶有些酸痛的腿，笑了笑。

这场病来势汹汹，对她的身体造成了很大的伤害，以至于恢复需要很长时间，可唯一她有点奇怪的是，体内那股灼热的气流，似乎比以前又浑厚了些，却又不像以前那么灼热熬人，倒有点在丹田之内慢慢稳定的趋势。

生死边缘走一遭，说不定因祸得福呢，她想。

园子外又有脚步声传来，其中一人的脚步特别轻快干脆。凤知微眯眼一笑，一定是华琼。

果然不错，一会儿，华琼就以孕妇不能有的敏捷转过回廊，出现在她面前，身边是燕怀石的母亲陈氏，身后侍女捧着新鲜的石榴。华琼拈起一个，笑着对她扬了扬。

凤知微微笑地看着她。她很喜欢华琼，不仅仅是因为初见那一刻这女子给她的震撼，还有这段日子接触中，华琼表现出的那超于他人的明朗和聪慧，可她明朗却不放纵，敢作敢为里也有善于为他人考虑的细腻，狠也狠得，收也收得，着实是个人才。

"您今天可好些了？"华琼是每日都来的，燕怀石揽下了船舶司建立的事务，忙得团团转，她这个夫人就负责来表达关切。这女子不拘虚礼，凤知微和宁弈也早已免了她通报见礼的烦琐。

"和这天气一样，不错。"凤知微看着她细细剥出鲜红饱满的石榴子，一颗颗细碎晶莹，目光便对屋顶掠了掠，华琼立刻心领神会地拿起一个抛上去。顾少爷接了，瞬间又抛回来——不是胡桃，不要。

华琼顺手便把那石榴剥给自己吃，笑意盈盈。

陈氏倒是一向中规中矩，给凤知微见礼后，看见华琼自己先吃，忍不住眉头一皱，叱道："琼儿！仔细规矩！"

华琼笑笑。凤知微已经急忙道："不妨事，燕夫人有身子呢！可不能亏待双身子的人。"她打圆场，陈氏却没有笑，目光从华琼的腹部掠过，眉毛不易察觉地微微一皱。

婆媳俩坐得远远的，一个坐姿端正，一个满不在乎，说话语气也有些生疏，全然没有想象中应有的热络和感激。

燕家祠堂，陈氏母子生死一线时，华琼挣脱燕家人的看守赤足跋涉十几里来救，不惜祠堂门前溅血，才叫开了祠堂的门。这份恩德之重，换成谁家也会当菩萨供起来，陈氏怎么会是这种态度？

凤知微的目光落在华琼的腹上，一个存在心中已久的疑问再次浮出来，但是以她现在的身份，是无论如何也问不出口的。

陈氏例行问候几句，便要走，对华琼使眼色。华琼笑道："娘，您先过去吧，我给魏大人整理一下书案再来。"

陈氏欲言又止，终还是和凤知微告辞离开了。凤知微笑笑，转向华琼。

华琼瞟她一眼，不急不忙将石榴吃光，吩咐侍女道："不错，好吃，去再要些来。"

侍女去了，凤知微目光落在盘子上，里面还有十几个石榴，根本吃不完，哪里需要再要？看来这女子冰雪聪明，是要和自己说什么了。

"魏大人有什么想问的就问吧。"华琼坐在她身侧，轻松地一拂头发。

凤知微用目光表达了对她腹部的疑问。

华琼肚子并不大，五六个月的模样，然而五六个月前，燕怀石还在帝京，根本没回过南海。

低头看了看肚子，华琼一笑，再次一语石破天惊，"您猜得对，这孩子，确实不是怀石的。"

凤知微吭吭地咳嗽起来，就算是猜到，乍然听见这么坦然的一句还是被震到了。

华琼立即伸手过来给她轻轻拍背，凤知微又是一愣。华琼已经把手收了回去。

她轻轻抚着腹部，笑意淡淡的，眼神中终于多了点忧伤，"我是乡下女子，父亲以前做过一任县官，后来辞官归故里，开了个私塾。我家的私塾，就在怀石母亲的尼庵那边。她在庵里很受欺凌，家父和我看她可怜，常常给点周济，因此我和怀石很小就认识了。"

呵，不受待见的富家子和贫家女的故事。

"别以为那就是个青梅竹马的故事。"华琼又是令人震惊的一句话，"怀石并不喜欢我。"

凤知微一口茶险些喷在了被褥上。

"陈氏是个典型的大家女子，她虽然感激我家，但并不可能欣赏我这样的野丫头。怀石受母亲影响，对我也无绮思，只是感激我家照顾，和我相处得好些，但在外人眼里，我们看起来就是一对了。"

华琼慢慢咬着石榴子，轻声道："父亲去世那年，拉着我的手说，齐大非偶，不要和燕家结亲，不然将来我会很苦。我听他的，做了第一位女私塾先生，嫁了本村的一个落第秀才。

"秀才体弱，婚后没多久就缠绵病榻，虽然我侍候了他一年多，但他还是去了，我因此落了个克夫的名声。"

"那这个孩子……"

"秀才的。"华琼道，"遗腹子。"

凤知微倒吸一口凉气，心想，祠堂那天，这女子多么理直气壮啊，多么杀气腾腾啊！那神情气概看在谁的眼里都不会怀疑，燕长天不姓燕。

燕长天还真的不姓燕……

她居然就这么顶着别人的孩子跑去敲第一家族的祠堂，面不改色地表示这是人家的长房长孙要进去，并用这个假冒的种，救了两条性命，间接地导致了燕家和整个南海形势的变化。

凤知微生平第一次对同性产生了佩服。

只是，还有个地方有点不对。

"怀石近期不在南海，燕家也是知道的，为什么当时没有提出异议？"

"一方面，是被你们当时的围困和我的气势给镇住了，忘记去算日子。"华琼道，"另一方面，在听说钦差将到南海道开办船舶事务司，怀石很可能会成为总办之后，我就知道燕家一定不会放过他，于是我曾经散布过怀石近期有偷偷回南海看过我的流言。"

"为什么？"

"这个孩子是遗腹子。"华琼轻轻抚着腹部，脸上满是将要做母亲的光彩，"没有人知道秀才给我留下了孩子。我想着，怀石的身世是他的一大软肋，之前没有威胁，是燕家不把他看在眼里，不会动他，可他一旦出头，燕家迟早要拿这事来驱逐他。而对于一向重视子嗣的燕家，没有什么比一个长房长孙更有用的挡箭牌了！"

凤知微怔怔地望着华琼。

这个女子，比她想象的还要聪慧几分，而且目光深远心有丘壑，竟然凭推断，就早早做出了这么个影响巨大而又无比正确的决定。

她疏朗的笑意背后，是细密而勇敢的心思。

"你……"很久以后凤知微终于问出了口，"爱他，是吗？"

没有深切至于入骨的爱，断不能做到如此地步。

华琼的笑意，在乍一听见这个问题时，暗淡了几分，然而，很快再次扬起，轻快地道："是的。"

她答得干脆，但两个字的含义却深得令凤知微沉思。

明知道良人心中无她。

明知道婆婆并不接受她。

明知道这么做，世人会笑她攀龙附凤，贪心势利。

却不惜自损名誉，自伤躯体，于千万人面前撒出一个心意沉重的天大谎言，只为救爱人一命。

凤知微此刻才真正明白她的勇气。

原以为两情相悦，当面求嫁自然十拿九稳。

然而她其实是揣着一怀不安，完全没有把握地在祠堂门口求嫁的。一旦燕怀石说出"不"，等待她的将是燕家绝不留情的报复——祠堂前外姓闹事，打死无干。

"现在也算得成正果了。"凤知微含着一抹庆幸的笑，欣慰地看着她，"从今往后，你是燕家家主夫人，再无人可以轻视你。"

"不。"

正准备喝茶的凤知微再次手一软，杯子险些落地，华琼一把接住。

"姑奶奶，你不要每次都吓我好不好？"凤知微苦笑道。

华琼却放下茶盏，一把抓住她的手，"带我走！"

凤知微怔怔地抬眼看她，再怔怔看着她握住自己的手，要不是确认华琼不会爱上她，她差点以为这又是第二个芳心错送的韶宁了。

"燕夫人……"她示意两人交握的手，提醒她于礼不合。

华琼却不放，明亮的眼睛紧紧盯着她。

"你知道我是……"凤知微有点疑惑，她的面具十分精致，她扮男装也十分在行，这女子怎么看出来的？

"殿下看您的眼神。"华琼抿嘴一笑，"我是过来人，我懂。"

凤知微默然半晌，不想纰漏竟然出在宁弈那里。不过好在像华琼这样外在大气、内里聪慧细腻的人也不多，更没有多少人如她一般懂得感情，所以不用太过担心。

随即她悻悻道："其实殿下是个断袖。"

华琼哈哈地笑起来，笑声清越，"您真是别扭……殿下那样的人，怎么可能会是个断袖？"

"他是怎样的人？"凤知微突然想知道别人眼里的宁弈。

"殿下并不是多情之人，相反，他很绝情。"华琼道，"您没有亲眼看见这段时间的南海，殿下手段之绝、之冷、之无情令很多人心惊。他是真正成大事的人，忍性绝心，不动则已，一动则雷霆万钧。这样的人心怀天下，做任何事都未雨绸缪，并不允许出现任何差错偏移……连同他自己的心。"

凤知微笑了笑，道："是，收拾得很好。"

"只泼在了您这里。"华琼做了个干脆有力、不容置疑的总结。

凤知微不作声，眼神里有种微微温软的东西。华琼在她对面爽利地笑着，秋日的阳光洒在身后平整阔大的白石庭院里，有种如海般的浩荡。

"那为什么要走？"半晌凤知微转了话题。

"为了我自己的幸福。"华琼道，"怀石心中没我，我这样嫁了，他还是没我。那日求娶不过是我的权宜之计，真要他这样闷声不吭地认了别人的孩子做燕长天，他愿意我还不愿意。"

"这是你该得的。"凤知微淡淡道，"没有你那抛却名誉的冒险之举，怀石不能有今日。他若停妻再娶，别说别人，我也不依。"

"他愿意娶我，是我不愿意嫁。"华琼傲然一笑，"我华琼，岂可嫁给一个勉强娶我之人？我这样嫁给他，他就算一生敬我厚我，也永远不会爱我。"

凤知微凝视着这女子复杂的眼神，突然明白了她的骄傲和自尊。她这样嫁给燕怀石，陈氏和燕怀石难免心中有疙瘩，会觉得委屈。一个怀着他人遗腹子、出身平凡的村姑，确实是配不上燕家家主的，何况燕怀石对她的感情还不算是爱。

换成其他女子，也许因为那样的功劳而坦然嫁入燕家，但是华琼不会。

"等您离开南海时，我要跟您走。"华琼执着她的手，恳切地道，"您以一介布衣女子之身，平步青云，深受当朝倚重，我很仰慕。请让我做您身边的人，带我看更阔更远的天地。"

"你想清楚，一旦离开，怀石不再欠你什么，很可能会另娶他人。"

"如果他那么容易便忘记了我，那我哪里值得为他寻死觅活，流连不忘？"华琼坦然一笑，"喜欢，也要有自尊的底线。"

日光下那女子身姿笔直，松般超拔刚强，而她迎着阳光的眉目清朗爽利，目光清亮。

"我不要任何人因为我的施恩而迁就我，来成全一段不算美满的爱情；我不要在婆母和丈夫的施舍下做了燕家夫人，顶着尊贵的姓氏安详度日；我要做掌控自己的女子，在天盛王朝的山海风物中淘洗淬炼；我要他燕怀石终有一日，不得不抬起头认真看我；我要他终有一日明白，我爱他比山海阔大，胜过所有。"

和华琼深谈过一次后，凤知微想了很久。华琼说那番话时，秋日阳光下那熠熠眉目不住在她脑海中闪回，她突然觉得，也只有那样一个潇洒任侠的女子，才敢于对苍天琅琅发誓——我爱他比山海阔大，胜于所有，而她，也确实朗阔博大，胜过山海。

突然她便起了羡慕之情和淡淡的怅然，觉得燕怀石那家伙福气真不是一般好。静夜里拥被深思，她毫无睡意，想着宁弈的大军不知道到了哪里，而南海、闽南比邻而居，他一定日夜赶路，想着他失明的眼睛——他为自己耽误了去闽南的计划，以至于到现在都没复明，那以这样的状态带领大军，又是何等不便。又想万一没有找到合适的药物，他这眼睛又耽搁了那么久，万一真的永久失明怎么办？虽然他不用亲自上阵，但战场上刀枪无眼，那……怎么办？

突然她便起了一身冷汗，想和顾南衣谈谈，请那个名医随军保护宁弈。她仰起头，敲墙。

顾少爷飘然而下，第一个动作先去摸她的额头。

凤知微受了惊吓似的看着他——神了！顾少爷会主动碰人！

顾少爷对她的目光全无所觉，这段时间什么都破例了，摸摸额头早已没有任何感觉。他在她脸上摸来摸去，觉得好像还是有点热，于是又去摸自己的脸比对。

他摸自己的脸，面纱免不了要掀啊掀。凤知微呆呆地望着那半掀不掀的面纱间露出的一点半点容颜，感觉自己的一口气哽在了喉间，又暗恨大半夜怎么没点灯，一片黑暗里容易被晃花了眼，可转念又想，点灯估计也一样，看得越清楚越遭殃。

为了避免遭殃得忘记要说什么，她赶紧转开眼光，顾少爷却好像已经比对出了结果，将凤知微因为浮想联翩而泛出的热度当作发热，一伸手就拖过一床被子，很熟练地在脚踏上一铺，然后蜷缩着躺下了。

凤知微再次受了惊吓——他干吗？

她并不知道自己重病期间顾少爷陪床的事，顾少爷自己也不会告诉她。然而，等了半天见没动静，她侧身一看，顾少爷竟然就那么抱着被子睡着了，长长的身子别扭地蜷缩在短短的脚踏上，很明显睡得很不舒服。以顾少爷极度要求舒适的习惯，很难想象他会在脚踏上睡着，再看那姿态熟练自然，很明显，不是一天能养成的。

凤知微倾着身，手扶在床沿，怔怔看着顾南衣，想起那天半夜扑过来撞到床脚的宁弈，心中一颤。手指抠在雕花木床的边沿，一点木屑簌簌落在顾南衣的面纱上。

顾南衣睁开眼，看见侧身下望的凤知微，顿时想起自己当初夜夜睡在脚踏上等她醒来时，想好的万一她醒来，侧身看他的时候要说的话。

"谢谢你！"

凤知微扒着床沿，一个手软，险些栽下去——今天的意外实在太多了。

正如不会说"对不起"却和她说了一样，永远不知道感谢的顾南衣，突然对她说了"谢"字，还是在这个莫名其妙的时候。

他现在是个什么状况？

顾少爷现在回到了凤知微重病的日子，那些沉沉压迫的夜里，他睡在脚踏上，一遍遍思考，等她醒来侧身下望时他应该说些什么。说"醒了"？废话。说"睡得好吗"？还是废话。说"没事了"？全天下最大的废话。

他这辈子就没说过废话，要说就说必须要说的。

那些夜晚的时辰，一分分溜过去，他却总是等不到她醒来，可就是在那样长久的、近乎无望的等待中，在那些沉重的表情和叹息声里，他竟然慢慢懂得了，自己心上那陌生的、沉沉压着的东西，就是他们所说的害怕和焦灼的情绪，虽很淡，但是在他空白了十几年的世界里，终于第一次发生了。

如同往日她笑吟吟给他剥胡桃时，他心中风般轻快；如同她和他吹起叶笛说要找他时，他心中云般温软；如同她一脸贼笑给他换女装时，他心中雨般柔润……现在他想明白了，那是小时候他们常说的快乐、幸福、高兴……所有明亮的、欢快的情绪。

如同那怕她死去时的沉重，叫恐惧；如同想到她会死去时的心血微凉，叫悲伤……他在那些日子里，终于懂得了情绪。

或许离真正的感觉还差着距离，或许一时还复杂难解，但是他注定贫瘠苍白的一生里，逐渐开始抹上饱满鲜艳的色彩。

这些，都是凤知微给予的，别人再不能。

他突然就明白了，他唯一该对她说的，是谢谢。

谢谢她的存在，谢谢她的耐心，谢谢她将他封闭的堡垒打开一线，让他看见一点鲜亮的天地。

不觉得以前不懂这些有什么不好，但是觉得现在懂得一点这些，更好。

因为如果他懂，他就更像凤知微，像所有那些说他不同的人，然后，他就不会像上次那样，凤知微快死了他都不知道。

所以应该和她说，谢谢你。

顾南衣觉得，想说的话就一定要说出来，上次等了那么久，险些永远也没能对她说出口，这次自然不能放弃。

他说完，觉得了了心事，便抱着棉被继续睡了。

某个可怜的人却被他惊得睡不着了，凤知微从上往下瞪着他，看他抛出一块砸人的石头后居然又睡了，气不打一处来，伸手搡他，"哎，哎，别睡，起来解释清楚。"

顾少爷睁开眼，目光清亮如一泊秋水，"什么？"

他已经忘记了。

凤知微无奈地看着他，"你说谢谢我。"

"哦。"顾少爷想了会儿，拍了拍自己的心口，慢吞吞道，"你快死的时候，这里很难过。谢谢你让我懂得了，什么叫难过。"

谢谢你让我懂得，什么叫难过。

凤知微深深望着那个扣着自己心口、一本正经和她道谢"懂得难过"的男子，慢慢咬住了下唇，良久，眼圈渐渐镀上一层淡淡的红。

屋内月色浅淡明灭，雾气般悠悠浮沉，顾南衣沉在半边月影里，看起来宁静安详。只有凤知微知道，他的宁静安详，不是世人带着温暖和美的那种，而是他一直生活在漠然而嚣杂的天地，生活在永远的冰库里。

这世上有一种人，沉没在冰水深处，空白一生。世间最简单的快乐和最汹涌的疼痛，对他们来说都淡漠得如隔世。

只有在那样冰冷的世界里独自长大的人，才明白这句有些荒唐有些苍凉的话，分量重逾千钧。

凤知微望着他，只觉得心底泛起钝钝的痛——相识这么久，她敲开了他的门，却最先教会了他悲伤和疼痛。

"不。"良久凤知微轻轻俯下身，趴在床沿上，对月光下那个一动不动、凝定如玉雕的男子，亦如发誓般喃喃道，"不要让你只懂得难过，不，不止这些。

"我要你走出困住你的牢笼；我要你看见这世界不仅仅你眼前的那一尺三寸地；我要你不要总做套中人，每碗肉必须得八块；我要你学会用目光正视我；我要你懂得哭，懂得笑，懂得计较和争吵，懂得，爱。"

休养了一阵子，虽还没大好，凤知微却投入了新一轮忙碌之中。闽南战事已起，宁弈已经奔赴战场，她不能再躺着悠游度日，虽然宁弈帮她打好了南海诸事的基础，但是很多细务，必须她亲自处理。

那晚她还是和顾南衣谈了关于请那个名医去治宁弈眼睛的事，顾南衣却默然不答，逼急了才道："我命令不了他。"

这句话让凤知微心中一动——这话什么意思？这口气倒像两人在一个组织，然后地位均等，所以顾南衣无法支使他。

"让我见他，我和他说。"凤知微觉得，如果和这位见见，也许心中许多谜团也便解了。

谁知道顾少爷直接拒绝，道："你好了，他便要赶回帝京，那边可能有事。"

凤知微无奈，只好将这事放在一边，又想解铃还须系铃人，如果能找到当初那批放蛊的人就好了，只是那批人多半是在闽南，还不如指望宁弈自己找着。

她每日马不停蹄地在事务司和官府之间奔波，先是处理当日的抢粮事件。宁弈在的时候她重病，周希中一肚子邪火没处发，现在可逮着她了，整日叨叨说要给个说法——擅自开仓也就罢了，平野粮库五个守粮官，竟然给砍翻了两对半，好歹留一个看门呀！

凤知微含笑听着周大人的怒责，然后慎重地推出两名当事人——赫连铮和姚扬宇，表示要砍要杀悉听尊便。周希中对着那两个无赖直抽嘴角，一个是得罪不得的草原王世子，一个是他会试房师姚英的儿子，他能怎么办，最后只得悻悻拂袖而去，再败一局。

不管怎样，开仓从某种程度上也平抑了当前的米价，再加上黄家、上官家自顾不暇，另三家收手，南海物价民生开始慢慢平稳。周希中的不满只是因为这本来是他打算在合适时机用来博民望加官声的后手，却被凤知微抢先釜底抽薪做了好人而已。

不过他的怒火很快就被凤知微平息了。凤知微提出，联合其他三大世家，重惩上官家和黄家，两家打垮后剩下的利益，由官府和其余三大世家平分。

这自然是好事。周希中假惺惺地表示，无论如何魏大人应有一份。凤知微含笑推辞，说自己一个过路钦差，办完差事就走路的，没必要雁过拔毛，再说，朝廷家大业大的，他也不在乎是否要和地方上抢这一份，南海好就是他魏知好——你好我好大家好。唯一有个小小的要求，就是燕家总领具体事务，最辛苦，得多分些，另外拨出产业一成给船舶事务司作为活动经费，相关的利润以后也给船舶事务司，作为将来世家针对海寇组建海上侦缉营的军费。

这本就是朝廷的意思，周希中也同意了。他一介书生出身，并不明白世家财产的庞大可观，也不知道这个一成如果做起手脚来可以有多少猫腻——铺子分赚钱不赚钱，地皮有值钱不值钱，这些事由精通此道的燕怀石来操作，最后落到船舶事务司手里的，自然都是最肥的。

凤知微心中，还有个打算。上官家和黄家在他们的联合打压下，倾倒只在顷刻之间，而一旦倒台，数以万计的雇工渔民将失业。如果这些人全部被另外三家吸纳，将会助长三家成为庞然大物，将来难以操控，倒不如立即编起海上侦缉营，将这些人选精英纳入。这些人都是现成的水上能手，简单操练便可以上手，而将来闽南战事常氏一旦不利，收缩战线，很可能会逃往海上，和那批勾结的海寇呼应作乱，那到时这批人就是现成的南海新水军。

她只是船舶事务司的钦差，虽然对南海诸事有督管之权，却干涉不到南海军政，而宁弈在闽南作战，她要想帮到他，也只有这个路子。

这日，凤知微去视察了起建中的事务司。燕怀石动作很快，已经建得差不多，其美轮美奂，几乎快要超过布政使衙门的水准。据说在上野的事务司分衙门，天高皇帝远，无所顾忌，比这里还要华美。

凤知微看着神采飞扬的燕怀石，心想，憋闷了这么多年也就随便你吧，再说你老婆都快被我拐走了，算是补偿你好了。

从事务司回来，她去了按察使衙门，近期抓获的常家细作以及涉案官员都在这边进行审问。她刚坐定，按察使陶世峰便迎了出来，笑呵呵道："哎呀，魏大人，正要派人去通报你，我这里有点消息。"

"怎么？"

"牢里突然暴毙了几个人，"陶世峰道，"是刚刚捉进来的，审问黄家一个二代子弟时得到的线索。那些人出现在南海和闽南交界处的乌吉山，看路线竟像是奔大军去的。我们的人抄小路堵了那些人，一路追逃，发现那些人竟然是奔着丰州来的。在丰州城外，伤了几个，捉了几个，可还没审问，捉到的几个竟然死了。"

说着便带凤知微去看了尸体。那几人瞪大眼睛倒在牢中，浑身没有伤痕，眼神却很惊恐，惊恐中有种特别的茫然之态。凤知微看着那样的神情，隐约间觉得有些熟悉，心中一动。

她蹲下身，细细在尸体上翻找。陶世峰道："仵作已经仔细查验过了，没有伤痕，那怪了，这人是怎么被杀的呢？"

凤知微身边一直没说话的顾南衣，突然上前一步，指了指其中一人的手腕。

那里有浅浅细细的几道印痕，看样子像是什么东西抓的。

"这个不致死，不过是个小伤口……"陶世峰话还没完，一直仔细看那抓痕的凤知微已经转身，问："陶大人，你们在哪儿捉到的这些人？"

"在丰州城外十里处，一个废弃的农家宅院。"

"带我去！"

半个时辰后，风驰电掣的一行人，在那座宅院前下马。果然是废宅，四面都没有人烟。

凤知微望着那静静矗立在黄昏中的小院，心中有些惴惴不安，便和顾南衣低声说了几句。两人让别人等着，下马进入室内。

里外仔细搜寻了一圈，没有人。凤知微刚有些失望，顾南衣突然指指一处废弃的猪圈。

凤知微慢步过去。

金红的夕阳挂在枯黄的草尖上，被深秋的风瑟瑟吹动。

猪圈早已荒废，破损的圈门被风吹得吱嘎吱嘎摇晃，地上满是枯草和结块的猪粪，四面沉静无声。

凤知微一脚踩在一根枯枝上，发出轻微的咔嚓声。

嚓！

一柄锈迹斑斑的杀猪刀，闪电般砍向她的面门！

与此同时，凤知微惊呼："是你！"

第七十五章
迷局

杀猪刀来势如电，凤知微却只对着乱发掩映里的那张脸惊呼。

那呼声里有几分惊喜，几分疑惑。

铿一声，气势汹汹的杀猪刀在顾少爷手中毫无悬念地断成两截，随即那人号叫一声，倏地弹起，把自己也当成刀般砍杀过来。

他身子一起，两道金光随之飞出，半空中叽叽哇哇一叫，八只爪子凶猛地挠向凤知微的脸。

凤知微只一喝："是我！"

金光忽止，现出两只手指大的猴子，奇大的眼睛瞪得圆圆的，盯着凤知微，刹那间眼中光芒暴涨，欢喜得"吱哇"一声便要抱，却又忘记自己在半空，唰的一下齐齐坠落。

正好掉入凤知微伸出来等候的手中。

那边顾南衣再次一伸手，将炮弹般砸过来的那人抓在手中。偌大的身躯在他手中挣扎号叫，顾南衣动也不动。

凤知微攥着两只小猴，望着对面那人乱发间掩着的浮肿的脸，深吸一口气，含着泪笑起来。

她道："淳于……你还活着，真好！"

　　她和随行的官员简单交代了几句。陶世峰倒有些意外之喜，淳于猛身份不凡，父亲还是征北副帅，如今救下他，可也算一份功劳。

　　自到南海来，一直有些沉郁的凤知微，也露出真切的欢喜之色，自陇西暨阳山断崖失散，她便一直对淳于猛的牺牲耿耿于怀，午夜辗转不眠时总想起那少年自青溟书院饭堂里大步向她走来。十多年来，他是第一个不怀杂念地接近她的人，他给过她一份最诚挚的特别。

　　凤知微第一次真心感谢上苍——老天偶尔还是有眼的。

　　只是过了一会儿，她便望着淳于猛发愁——这孩子是怎么了？

　　他现在这副样子，别说自己差点认不出他，就是他爹妈来了都要以为是人家的。

　　且不说他衣衫破烂、乱发纠结。看样子，他是做了人家的俘虏，俘虏自然没什么好待遇，只是那群人杀人不眨眼，为什么没有杀他？而且很明显，他的神志有点不对，竟然没能认出她，而且满脸的浮肿青紫，不像被殴打的，倒像是什么病症。

　　将嗷嗷挣扎、见人就想杀的淳于猛塞进马车回了憩园，招了大夫来，说是好像乱吃了食物——可能误食毒草，导致神经错乱，开贴药就好了。凤知微松了口气，随即又觉得奇怪，她原以为淳于猛一定是饿极了才会乱吃草根，但是看他精神健旺，并没有消瘦，连两只猴也养得肥壮，体形直逼萝卜，这种情形为什么还会乱吃东西？实在令人不解。

　　此时，婢女送上她的药。凤知微现在没人监督哪里肯喝，顺手撂在一边，不想淳于猛看见了，端过来便咕嘟咕嘟一气喝完，完了还满足地咂咂嘴，一副意犹未尽的样子。

　　凤知微目瞪口呆地看着他，这药的味道恐怖得令人想死，一煮好，所有人都会露出呕吐的表情，为什么淳于猛喝得这么欢快，脸上的神情还好像那是玉液琼浆？

　　她心中一动，命人送了甜梅来，搁在淳于猛面前。果然，淳于猛如见粪便，唰的一下跳了开去，避得远远的。

　　淳于的味觉和嗅觉，似乎都混乱了……

　　想起宁弈所中的眼蛊，凤知微陷入沉思，难道，淳于也中了蛊？

　　眼耳口舌鼻，七窍相通，如果能解了淳于的蛊毒，那宁弈的是不是也可以？

　　"顾兄。"她转头问顾南衣，"那位名医，走了没有？"

　　顾少爷不说话。他要是不说话，就说明他不想答却也不想撒谎。

　　"这是我的好友。"凤知微指着淳于猛，恳切地道，"为救我一命才落到这地步。请帮我转告那位先生，无论需要什么代价，我都愿意请他出手救人。"

　　顾少爷"哦"的一声，出门去了。

半晌后他回来，头摇得拨浪鼓似的。

凤知微气结，这什么人，好难讲话，不肯给宁弈治也罢了，为什么淳于猛也不肯？

"姑娘还是少替别人操点心的好。"顾少爷转述那位的话。

凤知微一怔——难道那位名医已经猜到她的心思——想要通过治淳于的方法来治宁弈？

为什么他坚持不肯管宁弈？

她想起这么长时间，身边的这些人，除了顾南衣，其余人始终不露面——是不想让她知道，还是根本就是不想让宁弈知道？

虽然宁弈和她确实不能算一个阵营的，对他防备很正常，但是凤知微总觉得，这种防备和敌意里，似乎还有点别的原因。

"行，我不替别人操心。"凤知微默然半晌，淡淡道，"同样一句话我也赠给他：先生还是少替别人操心的好，凤知微一介平凡女子，当不起诸位如此关切，以后……还是免了吧。"

话音一落，隐约便听哪里有声响——顾少爷默默坐着，吃胡桃。

凤知微看看他。

他看看凤知微。

凤知微再看看他。

他再看看凤知微。

凤知微终于忍无可忍，提醒道："顾兄，我刚才的意思是说，我不要保护了。"

"哦。"顾少爷专心吃胡桃，"他们知道了。"

凤知微耐着性子，"也包括你。"

顾少爷停了手，看了看她，然后很大度地继续吃，"不包括。"

"包括。"

"不包括。"顾少爷拍掉手掌上的胡桃皮，"我是你的人。"

凤知微深呼吸，"你是你自己，谁的人都不是，你必须做你自己。"

"你不要我了？"

凤知微"啊"一声，觉得和顾少爷的对话实在没法继续。

她说不出来，顾少爷却开始有疑问了。

"你不要我？"他仰起头，像是对屋顶又像是对自己喃喃自语，"那我该干什么？"

"做你想做的事，或者云游四海，或者开个小铺子，或者……"凤知微轻轻道，"娶个人过日子。"

顾少爷又仔细地想了一阵，决然地摇摇头，又低头吃胡桃。凤知微叹了口气。

屋子里静了半响，只头顶上有衣袂带风声。顾少爷却又问她："你刚才说不要我的时候，我突然觉得心里有点空，那叫什么？"

顾南衣难得一次主动好学，凤知微立即振作起精神，循循善诱："那叫茫然。"

"哦，茫然。"顾少爷继续努力地寻找茫然去了。

头顶上有人轻轻叹息了一声，道："没用的。"

人随声落，仿若一团云飘在了人间。那人的身法特别轻逸，凤知微只觉眼前白衣一拂，一人已经背对她站在了屋里。

修长的身形，穿着一袭合体的白袍，站立的姿态渊停岳峙，有种特别的沉稳。

凤知微看着那人的身形，隐约觉得有些眼熟，等着他转过脸来，那人也确实转了过来，却是一张木板板的脸，用的居然是最差的面具，明摆了告诉她——我就是不想给你看见脸。

她笑吟吟站了起来，寒暄道："想必这位就是救在下一命的先生吧，敢问尊姓大名？请受在下一拜。"

那人站着不动，默默凝视着她。凤知微上前一步，双膝一软就要跪下磕头。

那人一惊，原以为她就是弯弯腰，不想竟然准备下跪，赶紧衣袖一拂将她扶起。他衣袖一卷间风云流动，姿态特别飘逸。凤知微盯着那动作，一瞬间灵光一闪，恍然道："是你！"

脑海中刹那掠过一副黑色衣袖，流云飞卷，将一本册子掷入自己怀中。

那是在被逐出秋府后，"偶遇"宽袍黑衣人，被强逼着做了一段时间的"用人"时发生的。在那里，她学会了基本的武功心法和身法，还得了一本助她平步青云的神秘册子。

相处一个多月，她记得他施展武功时的气流变化。一个人再怎么改装，武功是改不了的。

她记得，也是在那个小院里，她被宁奕押解着去"找凶手"，正遇见他和顾南衣"决斗"，然后她糊里糊涂被顾南衣抓走。

然后顾南衣糊里糊涂迷了路，弄丢了自己，被她捡了去，而他也就那么坦然地被捡，一直捡到现在。

当初捡他时，存了一分试探的心，以为走不了多远就会有人追上来，然而一直没有。

原来相逢不是巧遇，每个拐角处都有人处心积虑地在等你，不用这种方式，也会用另一种方式，和你邂逅。

凤知微浅浅地笑了起来，眼睛里却没有笑意。

对面男子静静地看着她，半晌也无奈地笑了一下，道："又上了姑娘的当。"

凤知微一瞬间心念电转，将出府前后至今的所有事都闪电般过了一遍，一时间觉得似乎所有原先看起来很简单、很自然的事情，现在看来都已经不是那么回事，似乎从一开始，她就走在别人安排的路上，她以为她一直都掌控着自己，却很可能一直被人所控。

这种感觉并不好受。

"为什么？"她沉默半晌，开门见山。

白衣人弯下身给淳于猛把脉，淡淡地答："姑娘，今日我被你逼出来，以后我还是不会出现，你又何苦追根究底，当作从前一样不好吗？"

"不好。"凤知微道，"无功不受禄，我不能坦然地享受着这份保护却不追问理由。"

"现在没到说的时候。"白衣人道，"但是请姑娘相信，我们没有害你之心。"

"我知道，我的命还是你救的。"凤知微一笑，"但世人有时候，常常会好心办坏事，你说是不？"

"姑娘不用担心这个。"白衣人一笑，"我们不会干涉姑娘的任何举动，只是保护你的性命而已。"

"唯因如此，我更不安。"凤知微叹息道，"我何德何能，一介孤女，得到诸位这般护佑？没得损福折寿，我当不起。"

"当不起当得起，我们自己知道。"白衣人并不接受她的套话，将淳于猛放平，取出针囊专心给他施针，"姑娘还想我救这位不？如果不想，咱们不妨到前厅，慢慢继续说。"

凤知微气极反笑，扭头就走，"我看我还是好好教教顾兄，终有一日他会和我说清楚。"

"最好不过。"白衣人略带忧伤的目光，扫过漠然吃着胡桃的顾南衣，"如果可以，我愿意用全部的秘密，换得他，走到这个天地中来。"

凤知微将屋子留给白衣人，自己站到院子里的阳光下，闭起眼感受秋日阳光温暖地洒在脸上，姿态平静而心乱如麻。

一直以来隐隐的猜测在今日得到证实，却毫无大石放下的轻松之感，反而更添了一份沉重——世上没有凭空掉落的好运，所有事的发生都必然有其缘由。

但看样子，这群人是无论如何不肯现在就给她一个答案了。

压下心底的不安，凤知微带着两只笔猴再次回到按察使衙门，重新去看那几具尸体。当初她就是因为尸体手腕上的抓痕，想起了笔猴，如今看来，这批人应该就是当初在陇西追杀他们的那批，在宁弈大军出动后试图再次出手，却被最近风起云动的南海官府逼得半途罢手。但是为什么不向闽南跑，而是自投死路地奔向南海腹地丰州，倒有些令人不解。

　　她仔细地盯着那几具尸体的眼睛，此刻终于明白了为什么看那尸体的眼神觉得怪异，因为那是被"大王"弄死的，临终前眼睛已经瞎了，所以眼神才那么奇怪。

　　现在，那只"大王"在哪里？这东西眼睛一睁必有人失明。这要给人弄到谁面前，后果会如何？

　　"前不久审问一批上官家子弟，牵涉到强占土地之事。"陶世峰在她身后道，"有些案卷，殿下在走之前扣压了下来，指示让魏大人看看，你看……"

　　宁弈扣下的案卷？那必然有问题，凤知微点点头，随陶世峰进了放绝密书简的书房，将那些案卷翻了翻，神色渐渐凝重，"和军队有关？"

　　"涉案军官十三人，已经去函吕指挥使，请求协同处理。"陶世峰道，"地方不得随意干预军务，这事便是周大人也得和吕指挥使商量着办。"

　　天盛的军制，除了北疆和南疆，在与各国接壤的边境设立边军之外，还在各道设府军，由都指挥使掌管，直接对朝廷五军都督府负责，是地方最高的军事长官。三司虽以布政使为首，但其实职权分离不受统属，难怪周希中和陶世峰在抢占土地案涉及军队后，无法继续处理。

　　"吕指挥使怎么说？"

　　"吕指挥使日前正在闽边视察。征南大军开拔，朝廷令吕指挥使坐镇会龙县，督办大军粮草，不过他接到文书后，已经赶来，大概已经去和周大人会晤了。不过魏兄放心，"陶世峰笑道，"吕大人是极其公正的人，从不任用私人、结党营私，此事交到他手里，必有公正裁决。"

　　凤知微"嗯"了一声，将那些案卷又翻了翻，却突然看见在一个涉案都指挥佥事的名字下，似乎被人用指甲浅浅地画了一道杠。

　　她心中一怔，将那人的案卷拿起，仔仔细细看了一遍。这人履历看来平常，山南人氏，从小兵做起，屡立战功而积升，后调至南海道都指挥使司做佥事。履历后面很详细地附了此人当年立的一系列战功，其中有长熙元年的三次对大越战事，长熙五年的对西凉战事，而且长熙七年十万大山蛮族起事，此人也参与了镇压。

　　仅仅这些，有什么不对？

　　"这位佥事，倒是个人物。"陶世峰在她身后瞟了一眼，笑道，"据说性子很暴，时常和吕大人争执，吕大人很不喜欢他。如今活该他倒霉。"

　　凤知微却已经闭起眼睛，慢慢地想，来到南海之后，曾经听宁弈简单说过的南海各级官员的履历。

宁弈一定是听宁澄给他读的这些案卷，当时他一定觉得有什么地方不对，却因为一时没有想出来或者没有时间，只做了这个记号。

是哪里不对呢？

"陶大人，我想调南海四品以上官员的档案。"想了想，凤知微道。

"这不可能。"陶世峰一口截断，"官员档案不允许对外借阅。"

"我以南海道专员钦差大臣的身份命令你。"凤知微手一翻，钦差关防直摊到陶世峰面前，寸步不让。

陶世峰面有难色，半晌道："这不归我统属……"

"一切有我担待。"凤知微一口截断他的话。

厚厚的一堆官员档案最终抱了来，陶世峰知趣地出去了。凤知微瞟瞟那些堆成山的档案，根本没有去翻找，直接奔到最上面，找到了吕博的档案。

说要四品以上官员档案是假，她真正要查的，只是吕博的底细而已。

一页页地翻过去，油灯灼灼的光亮照得她脸色冷白，半响，她微微冷笑了一下。

长熙元年的三次对大越战事，长熙五年的对西凉战事，长熙七年十万大山蛮族起事……吕博的履历，和那位金事，惊人地重复。

她又回头翻那位金事的档案，果然看见薄薄的一纸黜令，时间在长熙八年。

长熙七年十万大山蛮族起事，朝廷先后派兵三次才镇压下来。蛮族利用大山地形险峻，很是折损了一部分朝廷自以为是的骄将。很多人在前两次战役中被朝廷责罚降黜。

这位金事，在被黜后，便调到了南海。第二年，吕博因为对蛮族第三次战役胜利而转任南海都指挥使。

凤知微啪地合上两人的档案，激起一阵故纸淡淡的灰尘，然后，她夹了两份卷宗步出书房，问等候在外的陶世峰："陶大人，你先前和我说，在哪里截到了那批人？"

"南海和闽南交界处的乌吉山。"

凤知微点点头，快步出门，在门前又突然停住，仰头思考了一下，道："陶大人，请你立即亲自持按察使衙门印和我的钦差关防，前往会龙县，以追查土地强占案为名，羁押此案涉案军官，并派快马追回已经押送的那批粮草，如果追不回，就就地销毁。"

"你疯了！"陶世峰一瞬间简直不敢相信她在说什么，退后一步白着脸道，"你知道你说的是什么？干涉军务？擅自羁押在职军官？拦截军粮，甚至销毁？你说的哪一件，都是掉头的勾当！"

"我一个字都没说错。"凤知微神色不动，"陶大人，你我虽然平级，但是钦差有临急处断之权。你去办，一切由我担待。"

"这不是调档这样的小事！这是杀家掉头的混账决定！"陶世峰勃然大怒，重重一拂袖掉头就走，"你要找死我不拦你，你别拉着我！"

他怒气冲冲经过凤知微身边，打算和这个冷静的疯子擦肩而过。

凤知微一动不动，在他经过时却突然微微一笑，道："得罪。"

她手指横弹琵琶，无声无息挥了过去。

陶世峰只觉得冷风扑面，随即眼前一黑。

她一手接住陶世峰软倒下来的身子，将他拖回书房。凤知微关上门，过了会儿，拉响了门侧的金铃。

这是按察使书房用来召唤下属的铃声。不多时，便有几名佥事奔来，然而到了近前却见门关得紧紧，也不敢擅自推门，只隐约从隔着窗纸上投射的影子，看出陶大人正和钦差大人头碰头，似乎在商量什么事情，两人声音很低很含糊，辨不出具体在说什么，就听见一句半句，"既然如此……拜托魏兄……""事急从权……"之类的，听得半通不通，却越发觉得神秘，都凛然退了退。

随即，凤知微开门出来，在门口半回身向屋内拱手，道："陶大人不必送，此事交给兄弟定可放心，您还是赶紧给朝廷写折子——禀明要紧。"随即将门关上。

她一回头，看见不远处恭立的佥事，便递给几封盖好按察使衙门印和钦差关防的信笺，道："陶大人另有要务，此事请副使大人亲自去办。"

她刚才在书房，已经将那些杀头任务都仔细分割过了——一部分人去羁押军官，一部分人去拦截粮草。她没有说明那是军粮，只说那是上官家对外私运的粮食，要求务必拦截，众人也毫不怀疑，凛然遵令，匆匆而去。

凤知微又掏出一封信，对等在门外的顾南衣道："拜托顾兄去找一趟燕怀石，告诉他，不管用什么办法，哪怕掏空世家的私仓，立即运一批粮去闽南。"

顾南衣摇摇头，却轻轻一弹指，屋檐上便冒出个灰衣人，接信而去。这是凤知微第一次亲眼见着守卫在自己身侧的隐形人，看来自从她认出那白衣人便是宽袍客，这些人也就从地下转为公开了。

凤知微立在屋檐下，看着按察使衙门的人分批离开，脸色微微发白。

现在只有她知道，她仅仅根据猜测，便做了天下最大胆的事，而这些事中的任何一件出了差错，她十个脑袋也不够掉。

然而饶是如此，她还是怕自己不够大胆，反应还不够快。

一军之重系于粮草，闽南前方十万将士已经和常敏江交战，并在宁弈的指挥下连战告捷，常敏江的地盘也已经收缩成一小块，而在这种情形下，粮草一旦出了问题，不仅战局会全盘翻转，闽南要血流漂杵，而且连带南海，甚至更广阔的疆域，都会遭殃。

她握着手指，手指微凉，却也没有时间再去后怕，随即飞身上了马，直奔布政使衙门。

布政使衙门前停着八人抬的绿呢大轿，门正笑着告诉凤知微："吕大人刚来。"

凤知微点点头，急步进入衙门后直奔书房，人却不在。书房里清茶犹自冒着热气，书房打扫的小厮告诉她，吕大人要寻一帧旧年卷宗，而那个卷宗在衙门的内库里，周大人亲自陪着去寻了。

衙门的内库……一般都是比较陈旧昏暗的地方。

凤知微越发验证了自己的猜测，一瞬间疾步如飞！

周希中正陪着吕博在找一卷文书，脸色有些不耐烦。

叫书办师爷来找就是了，他却非说事关重大，要亲自来寻，又拖了他一起，还关了门。他举着油灯，踩着梯子，在高高的档案架上寻找时，又不慎落了灯。现在库里光线昏暗，看他怎么找？

他敲着桌子，想着等一下怎么和吕博谈处理那批涉案军官的事。如今吕博督办着征南粮草，正值战事人员吃紧，这一动又十几个，弄不好还要军中清洗，只怕很难处理，他得想个妥当的办法。

他忽然看见吕博的肩膀，似乎动了动。

他觉得有点奇怪，又仔细看了一眼，这一看才发觉，那块地方动得奇怪，不像是吕博自己在动，倒像是什么东西在里面拱。

他正想再看个清楚，吕博却已经从梯子上下来，拿着一卷东西，笑道："好歹找着了。"

"到底什么东西？"周希中想着他神秘兮兮的，有点好奇。

吕博摊开手中的案卷，示意他低头，"你看——"

绿光一闪。

砰！

库门被人重重撞开。

一个人冲进来，大喝："闭眼！"

周希中一低头间只觉哪里绿光一闪，随即便眼睛刺痛，又听见这一声立即知道不好，赶紧闭眼低头，向后退，随即听见对面吕博冷笑一声，接着便觉得尖锐的东西扑面而来。

却有人从他身后扑来，带来更凌厉的风声。

来的正是凤知微。她闭着眼冲入，手一撒，扔出两只笔猴。

两道金光在半空中一闪，直奔绿光而去。从吕博袖子里钻出来的"大王"，一看阴魂不散的老相好又到了，气得呱呱一叫，唰的一下转身就走。

吕博没想到这个宝贝竟然对着两只小猴子不战而逃，大惊之下也赶紧逃，凤知微却早已在他的退路上等着。

吕博抬手便是一掌，赫然是个练家子，只是武功不怎么高明。凤知微虽然还未痊愈，但仅凭从顾南衣那里偷学的精妙招数，便足可四两拨千斤，三下五下便封住了他的退路。

"黑金！"吕博突然大叫！

库门口，人影一晃，现出穿黄衣的人影，手中一把青色的刀熠熠闪光，似要奔来。

他身后却突然无声无息出现了天水之青的淡淡人影，一道烟雾似的罩上来。那人左冲右突，无论使出多么高妙的身法，都无法摆脱那道影子。

吕博求援不得，还接连发生意外，"大王"逃走，以为拥有绝世武功的帮手却无法来帮他，心慌之下招式已乱。凤知微冷笑着，觑见一个破绽，手一伸，已捏住他的喉咙。

指下的人绝望地挣扎着，用一双乞怜的眼睛看着凤知微。

凤知微不为所动。

"吕大人。"她微笑道，"您辛苦了。"

吕博面色死灰。一旁周希中捂住眼泪涟涟的眼睛，连问："怎么回事？怎么回事……"

"很简单，这位吕大人是常家的人。"凤知微将吕博端端正正绑好，"应该就是常家留在南海的最高级别的官员了。很厉害……常家很厉害……三司之一啊，真正三足鼎立的地方大员！竟然还给他捞着了督办粮草的差事，这不等于将自己的军队，往人家嘴里送吗？"

她将怀里那都指挥使佥事和吕博的档案递到周希中面前，"早在看这位佥事的履历时，我便觉得眼熟，后来想起，竟然和吕大人的一模一样。这种情况，只有特意安排才会出现，尤其十万大山镇压蛮族那次，那位佥事作为战败有罪将领，被黜降至南海，而第二年，吕大人也因为蛮族第三次战役的胜利，升职来了南海，他又正巧到了吕大人麾下……世上有这样的巧合吗？

"为了怕人发现这样的巧合，所以吕大人和他'关系恶劣，水火不容'，可是试想，如果真的关系恶劣、水火不容，那么怎么会容得他一直在自己军中，给自己添堵？"

凤知微还有句话没说，那批在陇西出现的刺客，再次出现时是在南海和闽南交界处的乌吉山，而乌吉山正靠着会龙县吕博的所在地。那批人被发现后自寻死路往丰州跑，是因为吕博来了丰州，他们寻求庇护来了吧！那个叫黑金的首领，带着"大王"留在了吕博身边，而其余落入按察使衙门的，则被"大王"杀死灭口。

"糟了！"周希中忽然想起一事，大惊失色，"那金事是吕博军中特办的督粮官！当时就是因为吕博任用这个'死敌'做督粮官，我们才觉得他为人公正……"

"我已经命按察使衙门追回在路上的那批粮草，并命燕家火速调集世家存粮送往闽南。请大人立即安排府军护送送粮队伍，并在事后以官府征粮价给予世家补偿。"

周希中瞪着有点模糊的眼睛，怔怔地看着凤知微。这个小子，他一天比一天觉得自己太小看他了——这等细密心思，这等雷霆决断，这等无畏举措，还没抓到证据就敢悍然动军粮、押军官的这般胆量，以往他未曾见过谁有，以后想必也再见不着谁能有。

当初鼓动万民砸船请愿，如今想来，实在是很蠢的举动啊……

凤知微并不理会他震惊的眼神，只转身遥遥望着南方，在心底轻轻叹息。

宁弈，但望你一切都好……

长熙十六年十月，常家在南海一败涂地后，埋在南海最深的棋子在紧要关头浮出水面。都指挥使吕博竟然是常家细作，并领征南大军最要紧的粮草督办之责，若不是钦差大臣魏知及时发现，追回掺毒军粮，并火速以世家存粮替补，征南大军必将遭受重劫。据说按察使衙门所属拦截住军粮时，粮草队伍离征南大营只有十里。

可以说，这事从根本上加速了常氏的灭亡。常氏信心满满，握在手中，潜伏十年，准备最后拿出翻转战局的撒手锏，未堪凤知微一击。正是从吕博的事发，所有人，包括常氏自己，都看见了常氏末日的即将降临。

此事周希中上报朝廷后，朝廷下了满满一长篇嘉奖旨意，连篇累牍地表达了对凤知微的赞赏，达到了嘉奖圣旨前所未有的字数之最。满朝都在议论，这位十六岁的钦差大臣，回京后必将鲜花着锦，再上层楼了。

凤知微却不在意这些，她关心的是蛊毒的解法。顾南衣擒下了那位叫"黑金"的闽南刺客首领，并用他自己的手段，逼得他找回了"大王"。顾少爷把自己和这两位关在一个屋子里。半天之后，黑金就变成了白金，往昔的阴冷硬气都没了，气息奄奄地表示，各位想和他谈什么都可以。

于是凤知微知道了淳于猛的经历——果然是笔猴救了他，那晚淳于猛拼死阻拦，重伤十余处，就在刺客们最后准备一刀结果他的时候，笔猴跳了出来，令刺客们当即大惊失色。

在闽南的传说里，这种笔猴其实已经不是那种供人赏玩的宠物猴，而是闽南万毒之宗。这种毒祖宗，本身是没毒的，却对闽南巫族仗恃着伤人害命的各种活蛊有威慑之力，所经之处，万蛊退避。蛊和本主心意相通，蛊怕的祖宗，本主也无法伤害，还得好好供着，因此黑金想将笔猴养驯据为己有，笔猴又拼命要护着淳于猛。淳于猛这才保得一命，被他们一路带着养伤，直到在丰州附近，那些人自顾不暇，才让淳于猛逃了出来。

淳于猛中的蛊，还是黑金下的手，是用古墓尸气养出的"舌蛊"，因这东西不是活物，所以笔猴也无能为力。

知道这些蛊的来历，凤知微便将黑金交给那白衣人。那人自称姓宗，名宸。凤知微想了很久，也没想出天下有精通医术的宗姓男子，估计又是个假名。

淳于猛三天后渐渐开始恢复神志，对气味的辨别也趋向正常，宗宸却说淳于猛的味觉被破坏，从此以后将很难尝到食物的真味。凤知微想到淳于还算年轻，却今生今世再也不能尝到食物之美、茶水之香，不觉黯然。

好在淳于猛是个豁达性子，清醒过来后一句不提，吃起东西来也狼吞虎咽，令人错觉他的口味完全正常，就是有时会误把生姜当作红烧肉，津津有味地吃下去。

治好淳于猛后宗宸便离开了，只临走时给了凤知微一个纸包，说是研制出来的蛊的解药，凤知微便令人快马飞递闽南。又过了几日，燕怀石从征南大营运粮回来，笑嘻嘻地上门来。

他装作很辛苦的样子拼命抹汗，然后将一个精致的盒子往凤知微眼前一推，对她挤眼睛。

"嘿！有人送你的！"

第七十六章

纸短情长

凤知微瞟着那盒子，心想，自己面具下的脸怎么有点发热呢，当然，面上神情还是要不动声色的，语气也是要淡定无波的，然后随意拿过盒子，淡淡道："劳烦燕兄带来，一路运粮来去辛苦，早点休息吧！"

燕怀石瞟了瞟她，忍着笑退下去，在门外遇到华琼时，便伸手一拉她，道："大人精神还好，你就不用去问安了，没得打扰别人兴致。"说着哧哧地笑了。

华琼疑惑地看着他。燕怀石笑道："嗯，我是发现我这位魏兄弟了，真正高兴的时候，就特别淡漠，特别爱打官腔。这人啊，再英明睿智，逢上感情的事还是免不了别扭幼稚，不过这样也好，这才像十六岁的人嘛。"

华琼又瞟他一眼，终于忍不住笑道："你在开什么玩笑？两个男人，什么感情不感情的？"

"何必管是男是女？"燕怀石眼珠转啊转，似笑非笑，"你没渡过远洋，不知道有的国家民风十分开明。我十岁时随三叔去海外浦国，那里的男女都在大街上搂了跳舞。那才叫风流呢。"

"是吗？"华琼脸上有悠然神往之色，"倒真想去看看。"

她看见燕怀石脸上隐约有汗迹，心中一软，便取了帕子给他拭汗。燕怀石正说得高兴，不妨她突然凑近来，虽眼前晃动的皓腕精致，衣袖香气淡淡，拂在脸上一阵温软，心中却一震，下意识让了让。

这一让，华琼的手便一顿。燕怀石立即惊觉，连忙一笑，去接她的帕子，道："你有身子了，还要你照顾我，我自己来。"

华琼望着他，一笑，将帕子递给他。燕怀石心不在焉地胡乱擦了几把，犹豫了一下，道："母亲问什么时候举办婚事，你看……"

"等孩子生下来再说吧。"华琼默然半晌，道，"以你现在的身份，是要大宴宾客的，到时候我挺着个肚子不太好看。"

燕怀石松了一口气的样子，有点感激地笑着看她，道："那也好，到时定要给你个最为风光盛大的婚礼，才不枉你那一番祠堂溅血相救的恩德。"

"怀石。"华琼抬起眼帘，目光明亮，直视着他，"我们之间，只有恩德吗？"

燕怀石没想到她会突然问出这么一个直接的问题，张了张嘴，一时间突然有些心乱。

对面女子清秀洁净，不算绝色，但眉宇间英气超卓，是气质极为出色的女子，根本不像私塾先生女、落第秀才妻。

而且以他自小对她的了解，她配得上天下任何男子。

七岁，他第一次知道母亲在尼庵时，一夜跑出几十里赶去，扒着庵堂的院门求了一天，尼姑们都不许他进去，他号啕大哭，是她闻声而来。当时，八岁的她，指挥自家学堂的学生扛了把梯子，光天化日带着他爬墙头去会母亲。他在底下抱着母亲哭，她坐在墙头给他望风。

九岁，他因为经常偷偷去看母亲，被家里禁足，而当时母亲重病想见他，是她孤身跑来，翻墙进柴房，拎着一把菜刀砍断门闩，二话不说把他拉了走。

十二岁，尼庵得了家主命令，不允许他再去探望母亲，四面严加看守，是她拿了把锄头，把尼庵西墙根的狗洞掏大，命令他钻进去，可他觉得丢面子，不肯，她便一脚踹在他的屁股上，凶狠地骂他："大丈夫行事不拘小节，今日你钻不得洞，明日你就受不得倾轧，以后你在燕家，死了都没地方埋！"

他钻狗洞偷偷见母亲很多年，但很久以后才知道，她钻的时间比他更久，在他还没找到母亲之前，她就是通过这个狗洞，每隔几天给被饿饭的母亲送馒头的。

……

他从来都敬她，服她，感激她。祠堂被困时他听着门外她和燕家无畏地冲突，惊心动魄中热泪不禁夺眶而出。那声"娶不娶我"，他答得毫不犹豫，实为当时心声。

娶，一定要娶，否则他过不了良心那关，可她是他的妻，认定了，便不再多想。

然而当这个问题抛至面前，他突觉茫然——娶，是义务，是责任，是必须，然后，其他呢？

他们是并不两情相悦的青梅竹马。

他们是被一场家斗纷乱撮合到一起的半路夫妻。

而在他过往的二十年里，无数次听母亲训导，他是燕、陈两大世家的后代，是燕氏尊贵皇族血脉的后裔，而家世血脉，高贵尊荣，只宜配同样高贵的女子。

听得多了，似乎也就该是这样。

对面的女子目光清亮地望过来。一瞬间，母亲多年的训导和她的相伴画面，在心中闪电交掠而过，他愣在那里不知道怎么回答。

华琼却已经再次笑了起来。

她笑声朗朗，一推燕怀石，道："确实是个傻问题，难怪问住了你，我也真是的，都快结亲了，还问这些做什么？"

"是啊！"燕怀石讪讪地用帕子胡乱在脸上抹，"都快结亲了，都快结亲了……"

"去忙吧。"华琼推他，看着燕怀石逃似的远远走开。

她久久立在回廊里，扶着廊柱，看天际浮云四塞，游风涌动，看身后院子里凤知微急急忙忙将放在窗口的盒子小心抱走，又关了窗，似是怕突然下雨湿了那盒子。

良久，她轻轻地笑了一下。

凤知微不知道回廊里燕氏夫妻有过这么一场至关重要的谈话，她只关心地看着外面的天色，想着顾少爷难得自己出门不知道干什么去了，可不要淋了雨。

燕怀石送来的盒子静静地放在桌上，不是常见的玉盒。而是淡绿色的木质，有着天然的回风舞雪的美丽纹路，十分清雅，边缘烙着一朵金色的曼陀罗花，是宁弈披风上的式样。花叶妖娆，和木盒整体的清雅气质格格不入而又生出奇异的魅惑，也像宁弈这个人整体给人的感觉。

这人……做个盒子都要搞成第二个自己。凤知微忍不住轻轻一笑，细细抚摸着触手滑润的木质，不过，不得不佩服宁弈的眼光，相比于昂贵而俗气的金玉之物，这个盒子本身，就很合她的喜好。

盒子里，会是什么呢？

看这盒子，就知道不会是常规的首饰，那或者是闽南的珍奇玩物？或者是什么给她补身的灵丹妙药？或者就是个恶作剧，打开盒子蹦出另两只笔猴？

难为他统率大军，操心军务，竟然还有闲心给她置办礼物。

凤知微捧着腮，对着盒子，眼波流动，细细地想着里面会是什么东西。她并不急着打开盒子，觉得这份对着礼物、揣着一怀淡淡喜悦猜想的心情，也很美。

这是她十六年来收到的第一份别人慎重送来的礼物。她要将这心情，延续得久一点。

半个时辰后，她终于体味得满足了，懒洋洋地去开盒子。

手指按在搭扣上，微微用力。咦？没动？

往上掀，往下压，往左掰，往右扭……就是听不见盒盖弹开的吧嗒之声。

凤知微这下不懒了，一骨碌坐起来，抓过盒子左看右看，随即嘴角抽搐。

这搭扣，根本不是搭扣，只是个假的搭扣状装饰。可怜她居然就这么被骗了！

凤知微哭笑不得地抓着盒子，想着宁弈难得的恶作剧，眼神里泛起淡淡的、温软的笑意。

将盒子上下左右摸了一阵子，她发现这盒子竟然严丝合缝，只有底部别有洞天，开了条窄窄的缝。

这就是开口？

凤知微愕然地看着盒子，心想这根本打不开啊。

看来灵丹妙药、首饰、笔猴之类的猜测，都将破灭了。

底部那条缝，窄窄长长。凤知微看着那缝的宽度，心中一动，将手指探了进去，隐约摸着，果然是信笺之类的东西，很多，都竖插在里面，还有些别的，挤在出口，没法子一次性抽出来，只好先抱在怀里使劲晃晃，将里面挤在出口的东西晃散。

吧嗒一声，一封信笺落了下来，淡绿封面，印金色曼陀罗花。信封的纸质很特别，有点滑，很硬挺。

凤知微抿着嘴，望着那信，忍不住要笑，这人，真是想得出的法子！

然而又微微有些失望——这盒子里既然是信，那么想必便没什么惊喜了，宁弈眼睛不方便，自己是写不了的，而由人代写，大概也就是公事吧。

她怔怔看了信笺半晌，慢慢伸手拆了，只是剥封口的时候很仔细，像是生怕毁坏信封。

月白色熟罗压纹纸上，墨迹深深。凤知微还没看内容，便扑哧一声乐了。

那叫个啥字呀？

起先都是一团团的墨团，根本辨不清字迹，慢慢地才好些，而那字迹歪歪斜斜，虽然看得出构架漂亮、功底深厚，形状却难看得很，而且每个字的底端，都微微拖平，看着更是有说不出的别扭。

然而瞬间，凤知微便敛了笑意。

这是宁弈的亲笔。

她认得他的字，虽然此刻面目全非，但也依稀辨认得出，也正因为是面目全非，她知道这些字，都是他深夜在营帐中，一字字亲笔写下的。

天知道他眼睛不方便，是怎么摸索着写信的！看那每个字底端的拉平，想必怕自己跳行，是用横尺压住写的。

凤知微轻轻呸了一下，嘀咕道："这么难看的字，亏他好意思拿出手。"语气虽然嗔怪，眼神却是带笑。

她将油灯捻亮点，眯着眼睛凑近去，仔细地读。

前面的墨团，她想，应该是她的名字。

微，我这信，字写得怎样？我可是拿军报先练了好久。宁澄总是不明白我要做什么，等到我誊的军报他说他能看清字的时候，我就知道我可以写信给你了。

大军今日刚刚开拔，出丰州城三十里外扎营，我和帐中将领议事一直到戌时。将领分成两派，争执不休，老成的是南海将军那一派，中规中矩，建议先锋先行，中军压上，作风力求稳妥；激进的是急于立功的新任闽南将军那一边，都在请缨率精英轻骑突进，过麻峪关两路包抄，攻常氏个措手不及。两边吵得厉害时，我想着你若在，该是个什么主意？以你平日的阴坏，估摸着便是个声东击西、暗度陈仓的法子，所以我令南海将军率骑兵先攻乐都县，再以闽南将军一万人马伏于必经之路坝河，待常氏回军予以伏击，打散建制后三路包围。你觉得这个主意好不好？

不过还是不要操心这些事，闽南必将收复于我手中，你且好好将养要紧。

今日路过凤尾县，这里有一种凤尾木，木质紧密细腻，纹路精美，再用凤尾叶汁染了，便有一种青翠幼树才有的淡绿色，十分美丽。我命宁澄去做个盒子来，画了样式给他，他倒是很快给做了来，却自作主张加了个金搭扣，说是声东击西迷惑敌人之计。我让他滚，回帝京声东击西去。

帐外更鼓四声，就此搁笔，见字如晤，千万珍重。

凤知微将信读了四遍，才仔仔细细叠起，又看了看那搭扣，啼笑皆非，骂一声："什么阴坏阴坏的？你才是！"

她举着信四处张望，觉得藏哪里都不合适，想了想，又将信塞回了盒子缝里，抱了一阵后，胡乱地摇，摇一阵，啪一声又掉落一封。

凤知微忍不住便要笑，觉得仿佛回到幼年，她和弟弟上街去摸糖子儿，小贩也用个盒子，当然没这个漂亮，设了些简易的机关，转一转，便出来一个图，红色的是大糖球，黄色的是小糖球，绿色的是糖稀。

她手气不好，回回都是糖稀。

如今手气可好了吗？

拈起信封，见抬头上标了个"三"，凤知微愣一愣，随即想起这信可能是按顺序放的，而给她这一塞，想必乱了。

乱也有乱的意思，她笑笑，打开。

知微，今儿行军到溪塔，宿营地不远处有个芦苇荡，极大极浩荡。宁澄说芦苇很美，风过招展一色，望去如浩浩白海。我站在芦苇荡边听了听，竟仿佛听见海潮之声。有鸟儿从荡顶掠过，鸣声清脆，还落了一根白羽在我袖中。我命宁澄去采了最大最美的那根芦苇，将鸟羽和芦苇随信附上，但望你也能听见风的声音。

信上粘着一根洁白的鸟羽和一枝微微有些发黄的芦苇，在油灯的光芒里闪烁着淡淡的荧光。凤知微手指轻轻地抚过细腻的鸟羽和芦苇浅浅的绒，想着芦苇荡边那个清雅而华艳的男子；想着洁白的鸟掠过他乌黑的眉尖；想着风卷起他的衣袂，淡金色的曼陀罗张扬绽放在风中；想着那些飘荡如雪花的芦苇，扑入他月白色的衣袍，漫天里燃着白色的火。

她的笑容也越发轻，像那一幕美丽的图景，梦般开放在心的天幕里。

摇一摇，掉一封，信封抬头是"七"。

知微，今日自安澜峪过海，为免惊动，趁夜而行。一整夜涛声起落，听起来空明而寂静，船身起落摇晃得人微微发醉。有倦意，却又睡不着，总是想起祠堂那天，百姓的呼声也和那潮似的生灭不休，然后你倒在我怀里，仿佛海水突然便倒倾……于是更加睡不着，起来在甲板上喝了半夜茶，并将某个鬼鬼祟祟跟在一边的人推下海，告诉他不采到一枚极品海珠不准上来。第二天早上，他上来了，珠子没有，只交上一枚小珊瑚，只有半个指头大，说是无意中发现的，天生的花朵形状，品质虽不太好，模样却奇巧，是天地造化之工，比一百颗海珠都珍贵……这个人油嘴滑舌，不用理他。珊瑚随信附上，你看着好便好，不好，照样踢下海。

信角，果然粘着一枚小小的珊瑚，朱红色，光洁滑润，瓣蕊层层，竟然真的是一朵花形，仿佛是牡丹，惟妙惟肖。

确实比一百颗海珠都珍贵。

凤知微用温水泡软信笺一角，小心翼翼地将珊瑚剥了下来，找了个盒子放好。

摇一摇，掉一封。

这回是个"二"。

知微，我想着你定然举着信不知道藏在哪里好，以你那个多疑的性子，既怕被人偷了去，又怕被顾南衣拿去包了胡桃壳子，所以你最有可能是将信重新塞回盒子。最后，我安排好的顺序定然会被你打乱，不过这样也好，很多事情，因为未知而显得更美好些，比如你在取信的时候，就会想，这次掉的会是第几。

是的，因为未知而美好，每次都会掉下一封，每次都不知道这次掉下的会是哪一天的心情记录，便是猜着这些，也是快乐的。

不过，这人真是她肚子里的蛔虫啊，连她怎么藏信都能猜得一点不错。

知微，用你的办法果然是对的，咱们和常氏首战告捷，士气大振，也许过不了多久我便回来。你说过，等我一起回京，可不许先跑，谁先跑，罚谁这辈子再见不着谁……

什么我的办法……凤知微眼波流动，这人真是颠倒黑白，明明是他自己声东击西的诡计，偏要赖到她的头上。

知微，秋风一阵凉过一阵，夜寒吹角连营，巡营时已经得穿上大氅了，你记得晚上出门不要忘记穿厚衣裳。上次我给你把脉，那场恶病是寒疾，所以你得注意穿暖和些，不要再次引发。

他那不方便的眼睛，还要巡营吗？凤知微将信在手中轻轻抚摸，眼神在灯光下粼粼闪烁，想着燕怀石带去的药，不知道宁弈用了没。燕怀石送粮到了大营便立即赶回，用药效果这盒子里的信一定没有提到，改日还得自己去信问问。

凤知微想着那人的信一封封一封封的，字字殷切，却不提要自己回信，不由得挑了挑眉。

呵，她当然也不会回信，不过作为提供解药者，问一下病人的病情，这个很正常吧？

凤知微为自己找好了理由，一本正经地收好信。盒子里的信应该还有，但是她不打算一次性倒个精光，这么温存而美好的心情，若那么奢侈地挥霍干净，实在是一种浪费。

夜深人静，路途羁旅，心事惆怅，万事缠身……这些时刻，都不妨抱出盒子，拍一拍，摇一摇，然后倒出欣喜的期待和美好的心情。

留着，在以后长长的日子里，便会存了个甜美的寄托。

她铺开信纸，濡笔磨墨，趴在桌子上写信。

宁弈，这些信现在你也见不着，总得等你眼睛好了之后再给。嗯，我要问问你，用了药眼睛可好了？我知道这是废话，等你能看见这信，必然是好了的，所以这句问话你当没看见吧。

珊瑚收到，很美，像一朵小小的牡丹花，你说是镶戒指还是做珠花？虽然我也许很难有用上的时候，但是看着也是很好的。鸟羽很白，芦苇很漂亮，我想我们回京时，也会路过那片芦苇荡，到时候我想亲耳听听那芦苇荡在风中如海潮一般的声音，或许也会有只鸟落羽在我衣襟。嗯……你愿不愿意一起再听一次？

油灯的光芒渐渐浅淡，泛着淡黄的、一圈圈的光晕，光晕里凤知微天生迷蒙的眼眸越发水意微漾、湿润晶亮，像浸在水晶里的黑玛瑙珠子。

她久久抚着信笺，唇角一抹笑意依旧淡淡的，却不同于平日里的微凉，是温而软的，让人想起鸟儿洁白的羽和芦苇雪色的绒。

吱呀，突有门推开之声。

凤知微急忙站起，手忙脚乱地收拾好桌上的信纸，百忙之下没处放，也便装进了那个盒子，又抱着盒子在屋子内团团转了一圈，然后塞在了被窝里。

进来的是顾南衣，这个在她意料之中，除了他也没有人可以说进就进她的房间，只是顾南衣的造型，实在太在她意料之外了。

凤知微怔怔望着长驱直入的顾少爷，觉得今儿个惊喜实在太多了，尤其是惊。

对面，顾少爷两边肩头，一边一个，站着威风凛凛的金毛小猴子，左抓右挠，顾盼生姿，让人以为这位是个江湖耍猴的。

这还不够。

顾少爷僵直地伸着臂，僵直地抱着一个婴儿……

凤知微呆呆地瞪着两肩担金猴、一怀抱幼儿的全新的顾少爷，半晌才找回自己的声音，"你……你这是做什么？"

"孩子，猴子。"顾少爷道，"我想试试看。"

还是没头没脑的断句式说话风格，也只有相处了很久又善于沟通的凤知微能懂，她念头一转，心中已是一动，"你的意思是，你想学会和人相处，所以想从孩子和猴子先学起？"

顾少爷点点头，用一种抵抗莫大痛苦的语气答道："那天很难受，也很特别，所以试试。"

"那天抱着这个孩子，你有特别的感觉，是吗？"凤知微认出这正是那天他们在码头上救的那个婴儿，救下后就送去了世家的善堂，不想顾南衣居然一直记得，如今竟然想起要拿这个来试手。

"学武的时候也有关隘，迎着上了便水到渠成。"顾少爷说起武功便特别流畅些，"所以我觉得这个也一样。"

凤知微默然看着他，她知道，因为他浑然不觉她险些丢命，很有些自责，因此第一次表露了要做和他们一样的人的想法，她却没想到，他说到做到，竟然想到要通过抚养那个孩子，来慢慢学会做个正常人。

可是对于需要远距离，需要生命中宁静无波的他，这样的举动，应该有着与生俱来的抗拒和痛苦吧？

他痛苦，却坚持，只因为，不想再莫名其妙失去她。

也许正是因为这种血脉中的执着，才成就了他的与众不同之处。

凤知微抿了抿唇，心中微微发紧——顾南衣开始愿意去接近人群，那是好的，是她一直希望也为之努力的事，可是突然，她心中又泛起一阵莫名的畏惧和战栗，仿佛看见冥冥中命运那森凉铁青的面孔，正狞笑着遥望这世间的一切美好和纯洁。

让那洁白如纸、安静在自己天地里的少年，去懂得并面对这人世的沧桑和复杂，真的是好事吗？

走出去，可能看见华美的人生、斑斓的天地，却也更可能看见黑暗的人性、带血的人间。

她突然因那一瞬间的心凉，有些微微动摇。

"顾兄……"她伸出手，要去接过那个婴儿，实在是看到顾南衣那个僵直的、抱得远远的姿势就替他难受，"有些事不要勉强，何况照顾孩子。别说你，就是其他人也很难做到，我们不如换个方法试试……"

"不。"顾南衣一飘身，让开了她，"这个有感觉。"

两只笔猴在他肩头吱哇乱叫，挤眉弄眼，还抓住顾南衣的头发荡秋千，浑然不知这要换成以前，它们这蛊祖宗立刻就会变成蛊肉饼。

凤知微劝说无效，一转眼却看见顾少爷竟然抱着孩子直奔她的被窝，大惊之下，她急忙追上去，将被窝往床里一推，回头对顾少爷僵硬地笑。

顾少爷哪里想得到这女人做贼心虚，只自顾自地将孩子放在她的床上。

随即两人便闻见一阵不太好闻的气味。

顾少爷望望凤知微。

凤知微望望顾少爷。

半晌凤知微抽抽嘴角，道："少爷，你抱回了他，便得对他负责。"

　　顾少爷不和她斗嘴，哗啦啦抽开尿布。凤知微痛苦地闭上眼，知道今晚自己的床得从里换到外了。

　　痛苦归痛苦，她当真要这么把顾少爷和他要养的娃娃扔在一边不理？凤知微只好上来帮手，尿布一掀，"啊"的一声。

　　看那孩子剃的是富贵人家男孩常有的寿桃头，一直便以为是男孩，原来竟是女孩。

　　顾少爷向她投来疑问的眼光。凤知微觉得有点难以开口，想了一下，道："这是个女孩子，不太方便的。下次我找个男孩给你养。"

　　顾少爷还是用那种澄净无辜、不明所以的眼光看着她，一副"女孩就女孩，我是照顾小孩，你觉得有什么不方便"的表情，看得凤知微只觉得自己思想龌龊，无地自容。

　　好吧，她闭嘴。凤知微老实地把床单撕了给孩子先换上尿布，又命人去找华琼。凤知微很相信华琼处理事情的能力，从某种程度上华琼比她更狠——前阵子，"燕姨娘"一哭二闹三上吊，凤知微准备驱逐出去，华琼却拦住了，三下五除二地送到庵里去"普度众生"了，并以燕家主母的身份，要求她为燕家祈福八十年。换句话说，这辈子"燕姨娘"是没法出来了。

　　不一会儿，华琼过来，看见手忙脚乱的两人就笑了，又听凤知微说了原委，道："好办，我给大人找个得用的奶妈来，就安排住在这边西跨院的小房里。"

　　凤知微以为顾少爷一定会反对，不想他竟然没说话，看来是下定决心，不敢多抗拒，也坚决不退缩了。

　　奶妈不可能当晚来，华琼便在凤知微院子里住了，替他们照顾着。她给孩子洗澡时，顾少爷就老老实实坐在一边仔细看着。她给孩子喂米汤时，顾少爷也喝了一半，并对这种不甜不苦、毫无味道的玩意儿表示了极大的不满，对孩子喝得津津有味表示了极大的不解，觉得孩子这种东西果然是很奇妙的。

　　两只笔猴玩累了，在他肩头酣然而睡，他便用两个手指拎下来，拎得远远的，动作却很小心。见华琼看着有点疑惑，顾南衣淡淡地告诉她："我怕一不小心控制不住就捏死了。"

　　华琼忍不住一笑，笑完却敛了容，将孩子哄睡后，就自己去花园散步了。

　　这一散步，自然就遇见了也睡不着出门散步的凤知微。两人隔着花丛对视一阵，笑笑，随即转过花丛，在一处白石桌椅前坐下。

　　"真的决定了？"

　　"决定了。"华琼掠掠头发，"我知道你过阵子就要去上野，如果我没猜错的话，你可能会带海上侦缉营出海剿盗。看常家目前的态势，迟早也要从海上走。你是不是打算在海上和殿下会和，办完事情就直接回京了？"

"是的。"凤知微一笑，"船舶事务司已建，世家得到了控制，而官府那边，南海官场上下有把柄捏在我手里，周希中又承我救命之恩，再不会有什么幺蛾子。我这边的钦差事务已经基本完结，而殿下也已胜券在握。他是亲王之尊，不可离京太久，闽南事变战局稳定之后，其余事务必然要交给闽南将军处理。他和我，都会在近期回京。"

"那很好。"华琼平淡地整整衣裳，"我近期便以出门采买婚礼用品为名，到靠近上野港的封乐镇等你。"

凤知微看着她宁静的眼神，知道这女子一旦下定决心，世上再无人可以扭转她的决定，那将来也只有看燕怀石的心意到底如何了。

"别用这副忧心忡忡的眼神看我。"华琼爽朗一笑，"我倒是有句话要提醒你。"

"哦？"

"殿下对你，不可谓用情不深。"华琼直视着她的眼睛，"只是再深，也深不过这社稷天下，你得想清楚。"

"你见过几个男人为红颜抛却江山的？"凤知微沉默半晌，也不打算遮遮掩掩，坦然道，"何况殿下……你以前应该听过他的一些事，那以你的聪慧，猜也猜得着，他必然是不甘的。"

华琼叹息一声，语气里有几分失望。

"正如你喜欢怀石，却不愿放弃自尊去做那燕家夫人一般，"凤知微起身，悠悠踱步，"我同样有我不能放弃的底线。"

"知微，我们女人，不同于男人，男人动心，只会更加奋发昂扬，在自己要走的路上走得更远，可女人动心，却往往一退再退，丢城失地，直至失去一切，换得一个彻底的——输。"

凤知微震了震，将唇轻轻抿起，半晌慢慢道："华琼，死过一次的人，心态想法有时会和以前有些不同，会心软些，松懈些，对温情分外敏感些，也会因为那场直面死亡而后悔以往的轻掷时光，会想要尝试努力更好地活一场，想要学会珍惜人生里一些难得的心意，想要偶尔放肆一下遵从自己的心——因为怕不知道什么时候，突然便死了，令短暂的一生徒留许多遗憾……可是你要信我，凤知微永远是凤知微，任何时候，放开都有其限度。"

华琼望着面前的一朵残菊，嘴角慢慢绽出一抹苍凉的笑容。

她伸手将那枯黄的花摘去，笑道："也未必如我等这般悲观失望，前面的路还长着呢，我期望他们可以。"

凤知微默然不语，负手看天际的月色。一弯残月淡黄如琥珀，在苍青天幕底色中光芒幽凉。这个时辰，他是否也在夜雾中行走巡营，隔着数百里的路途和她一起谛听这夜色里露珠从枝头坠落的声音。

是的，我期望。

你也可以。

长熙十六年十二月，南海道钦差大臣视察了上野船舶事务司分衙门和新成立的海上侦缉营，随即在上野港点齐侦缉营两万水军出海，然后按照燕家提供的海上海寇分布路线图，沿途清剿盘踞南海、为害多年的海寇。

与此同时，闽南对常氏的战争也已经进入了尾声，被宁弈和凤知微扫荡过的南海，也已经没有了常家的退路。宁弈的大军，一直在有计划地一步步向海上推进，把常家逼向大海。

然后当常氏无可奈何，准备转向海路，和交联已久的海寇相互勾连，试图挽回一局时，他们遇上了一路扫荡海寇过来、螳螂在后的船舶事务司海上侦缉营。

事后，用战史学家的话来说，时辰掐得刚刚好。

一方从闽南推进向海，一方从南海沿海而来，在某个计算已久的集合点，当两万新水军那迎风招展的白底苍青水兽旗帜出现在常氏残军的千里眼中时，所有人齐齐发出了一声哀叹。

大船上，凤知微白袍优雅，大红披风却烈烈如火，千里眼平端手中，看着圆形视野里，常氏军船出现在海的那一边。

军容似乎还挺齐整，船也高大结实，可惜就是连旗帜都没来得及挂好。

凤知微嘴角凝着一抹冷笑，千里眼微微上抬落向云端，看到天际之上，隐约似有黑烟腾起，血火一闪。

那些爆炸的火弹子，那些腾起的不辨人影的黑烟，那些哀号和痛哭，那些残肢断臂无辜伤者，那些在码头爆炸中失去生命、失去亲人的人。

她曾承诺过，要报仇。

她曾劈剑为誓，要常氏洗脖来等。

如今，可算是等着了。

千里眼搁下，搁在船舷上清脆的一声响。凤知微身后，上野船舶事务司分衙门总司黄大人，紧张地注视着她的手势。

洁白的手在蓝天背景下如流线般划落，划出一个有力、干净、毫不犹豫的手势。

"放！"

悠长雄浑的令声中，轰然巨响起于海上。

利炮吐着猩红色的火焰，如火龙般腾跃于沧海之上，直奔常氏军队而去，火光一耀里，刹那间便吞噬了昂然而来的首船，随即，平静的海水被掀起万丈巨浪，半空里矗起巨大的水晶墙。

巨大的水幕后，是两军交战的隆隆巨响，是鸣炮不休的铁甲军船，是凤知微森凉的笑意——借这铁黑的炮口，吐出熊熊的怒火。

宁弈的眼睛，她的重病，数百条无辜人命和无数残疾者，重重累累的债，便在今日偿还！

长风起巨浪，她在云霓间。

长熙十六年十二月初，起建的海上侦缉营首次出航，便直面常家残军。初生牛犊不畏虎，侦缉营首先开炮，首炮便击沉对方一船。一场海上大战延续两日，海水几被染红，长达两百米的海面，都是被轰碎的船只残骸，如无数尸体，在很久之后依旧悠悠漂荡。

本就仓皇逃奔的常氏，遇此重创，丧魂失魄。据传，常敏江正在被首炮轰沉的第一船上，连尸体都没找着，而五皇子虽临阵指挥，终究难挽士气，在常氏麾下残军投降之后，跳海自杀。

雄踞闽南、南海两地多年的泱泱大族常氏，至此终于被连根拔起，残余势力也都隐姓埋名散逃入内地，在短期之内，是再无可能重新崛起了。

而海寇原本就据常氏而生存，本身势力并不如想象中那么庞大，再给凤知微带着的新水军，根据燕怀石穷尽多人、多年出海经验探查画就的势力分布图，犁庭扫穴，很快便被逐于海上，元气难复。

长熙十六年十二月中，凤知微回航上野，在这里，她等宁弈将军中事务移交闽南将军后，一起回京。

华琼早早便在上野等她，当凤知微的船缓缓靠岸时，两人相视，露出会心的笑意。

一个笑意开阔中带着苍凉，想着从此一别南海，回归无期，当年尼庵门口那个小小少年再不会在她怀抱中哭泣。

一个笑意沉潜中带着期盼，想着一别数月，宁弈眼睛想必大好，而帝京阔别已久，终可以等着他，一起踏上回归路途。

她和顾南衣从船板上下来，身上背着转战海上也未曾离身的盒子，心情很畅朗。

刚刚在码头上站定，她还没来得及说话，忽有一个灰衣人闪电般飞奔而来，奔到她面前，啪地跪下，一个头磕在了泥水尘埃里！

第七十七章
帝京七日

前几日下了场雨，港口四处泥泞，那人那样奔来，毫无顾忌地跪在了泥水中，重重落地的双膝激起泥花四溅，沉闷的声响惊得凤知微震了震。

突然便有窒息般的不安从心底泛起，如乌云般扫荡了刚才的晴朗，她低头看着那面容平凡的男子，再从一旁顾南衣的反应上，感觉出这似乎是顾南衣那个组织的人。

四面无人，她快船日夜疾行而来，当地官府还没得到消息赶来迎接，而远处士兵正在淳于猛的指挥下有序下船，华琼也已经抱着那个孩子远远避了开去。

"说吧。"凤知微深吸一口气，将那人扶起，淡淡道。

那人神情似有惶愧之色，疾声道："请姑娘不要再等候楚王同行，立即随我等离开！"

"离开？去哪里？"凤知微皱起眉头。

"属下等自有安排。"

凤知微听见那句属下，又皱了皱眉头。

随即她淡淡道："阁下远来辛苦，前方有当地驿站，我会着人安排你休息，我还要去安排士兵回营事务，不陪了。"

说完转身便走。

"姑娘！"

凤知微好像没听见。

那人惶然望着她的背影，又望向顾南衣。顾南衣是从来不管这些事的，他的事情很简单，就是和凤知微在一起，凤知微转身，他也转身。

那人无奈，冲前一步，张嘴便要说，又想起离开前总令大人的嘱咐，犹豫地停住脚步。

"姑娘虽然为人决断，不失狠辣，但心中其实极重情义。此事始末一旦为她知晓，必将不惜冒险。本来你可以直接联系宗主，让宗主带姑娘走，可宗主最近似乎已经因姑娘有些改变，只怕你也不能说动他……但又绝不能让姑娘再和楚王同行……算了，你事急从权吧……"

左也不是，右也不是，灰衣人愣在当地，眼看着凤知微越走越远，竟然真的不再回头，心急之下，向前一冲。

"姑娘！"

十二月的南海，到了夜间依旧刺骨地冷，带着水汽的寒风，比起北方的干冷烈风还要令人难以抵受，而那些似乎凝着冰珠的气流从马身上方掠过时，人会觉得连头发也将冻起。

清脆的马鞭扬出去，落下来，频率极快，连绵成一片密集的光影，可以想见马上骑士心急如焚，已经顾不得怜惜爱马。

马上骑士，是凤知微。

她快马前驰，长长的乌发在风中扯成猎猎的旗，身后追着顾南衣、华琼等人，不即不离地追着。凤知微并不回头，追上追不上，她已不关心。

耳中只有呼啸的风声、落雨般的马蹄声，还有那灰衣人万般无奈下的话语。

"姑娘，前段时间您离京时，京中负责追查前朝遗案的金钥卫已经将目标转向了您。总令大人为此留在帝京主持大局不敢离开，可谁知您一场重病，总令不得不离京赴南海，便也是在此时，出了些变故。现在我们的暗线得知，金钥卫已经上报帝王，可能近期就会对您不利，只是金钥卫目前还不知道您还有魏知这重身份，所以总令大人命属下通知您，万不可自投罗网，请随属下等暂时远避。"

"前朝遗案？什么遗案？"

没有答案，灰衣人不肯再谈，凤知微却知道事情岂会这么轻描淡写？金钥卫，宁弈曾经提过的皇家密卫，专司与皇族和大逆案有关的皇朝最重要的侦缉事务，是天盛帝手中一把隐形的刀，而一旦被这刀的刀锋触及，伤及的又岂会是血肉皮毛？

金钥卫大权在握，凶悍狠毒，不出手则已，一出手便是毁家灭门。她逍遥在外，那么，娘呢？娘怎么办？

当时灰衣人的答话，令她刹那间从头凉到脚。

"凤夫人很不容易，令人由衷敬慕。"他躲闪着她急切的眼光，垂头看着自己的脚尖，声音越来越低，"若此次能平安渡劫，很多事姑娘也就明白了。"

这话直将她的心听到了深渊底，她来不及抓住人家细细问来龙去脉，只胡乱抓了些东西便上马回程。

临行前匆匆给宁弈留了信，只说有急事先回京，钦差仪仗等请他回程时一并带走。他愿意为她遮掩也行，他不愿意，她也顾及不了，如果真的出了滔天大祸，她这魏知的身份又能维持多久？她要魏知这个身份又有何用？

燕家最好的快马，本就在憩园马厩中，她匆匆回奔时全部牵走。此时日夜不停，换马不换人，每天只休息两个时辰，其余时间，连吃饭都在马上——她不能浪费任何一点宝贵的时间，那不是时间，那是命！

南海、陇南、陇西、江淮……一路而经四省，无数田间劳作、路头闲游的人都曾看见，一人黑衣黑马，卷起腾腾尘土，风驰电掣而过。

六天后，离帝京最近的江淮道。

夜。

一骑快马如电般从官道上驰过，将路侧的碧树连绵成一片模糊的光影，马上骑士满身尘土已经辨不清颜色，唇上焦裂，覆了一层暗黑色的灰，骑在马上的姿势摇摇欲坠。为免筋疲力尽落下，那人将缰绳绕在自己的手腕上，因为勒得太紧，以至于手腕一片青肿紫胀。

前方不远，便过了江淮地界，再往前，便是帝京。

马上人长长出了一口气，将积压在骨里的无限疲惫微微发泄，马势却丝毫不减，向黑暗深处狂奔而去。

前方却突然鬼魅般出现了一些人影，在道口必经之地，一字排开。

缰绳狠狠一拉，骏马长嘶而起，半空中飞蹄弹踢，随即被马上人狠狠勒下。

"让开。"

马上人声音沙哑得几乎无法辨清，语气却斩钉截铁，不容更改。

前方人默不作声，停在原地不动，礁石般沉默而坚定。

马上人只说了两个字便轻轻地咳嗽起来。她微微抬起眼帘，暗淡的月光下，那双水汽迷蒙的眼眸里满是血丝。

将长鞭缓缓举起，咬牙忍住这个动作带来的手臂无法自控的颤抖，凤知微一言不发，用行动表达了自己的不可撼动。

没有人动，没有人说话，很明显，对方也很坚决——你要过去，从我们身上踏过去。

凤知微冷笑，平举的长鞭倏然落下。

一声长嘶。

骏马暴起，满身肌肉都在鼓动，刹那间扬蹄如电，划出一条黑色直线，穿向人群！

"退！"

一声轻叱，十几人训练有素地向后一退，围出一个半圆形。

"撒！"

银光闪动，如月色落天而来，每个人刹那间举手齐扬！

一张铺天盖地的银色巨网，粼粼晃动着耀眼的水光直罩而下，瞬间将凤知微连人带马整个兜在网里。

哧——

几乎发生在网落下的同时。冷笑纵马闯阵的凤知微，在那声"撒"字刚出口，便悍然拔出了早已备在怀中的刀。

网落，她一刀横掠，白光闪过，巨网破裂，她直冲而出，瞬间已在网外。

冲出网，她既没有发怒呵斥，也没有表达庆幸，她连头都没回，看也没看拦截她的那些人，以刀支地，徒步向前。

一落地，她便一个趔趄，连日在马上早已颠得筋骨都似要散架，此时落地震得浑身疼痛都疯狂地喧嚣起来，她瞬间咬破了下唇。

下唇咬破，步子却不缓，她一瘸一拐拖着自己的刀，用一种古怪却依旧快速的姿势，向着那个方向继续。

到得此刻，全部意念都只剩下"快速回京"，虽千万人吾往矣，虽千万人不可阻之。

拦得了我的马，拦不了我的人，马被拦住，我还有腿！

拦下马的人们，手中抓着网扣，忘记了所有动作，只怔怔回首看着那个挣扎前行的女子，看她满身灰土、狼狈不堪，看她唇焦舌裂、满眼血丝，看她歪歪斜斜支撑着身体，用一种可笑却让人想流泪的古怪姿势，徒步挣扎前行。

看她近乎瘦弱的身体里，爆发出来无人可阻的坚持和执着。

吧嗒。

一个男子松开了手中的网扣。

吧嗒吧嗒。更多人松开了手，巨网落地。

领头的人闭眼长叹，半晌咬咬牙，挥了挥手。

巨网松开，有人默默过去，解开了被困住的马，然后牵到凤知微的面前。

凤知微站住，半晌，眼底溅出些晶莹的液体，将她满脸的灰土冲开了一些，像一道深深的沟渠。

领头人沉默着将她扶上马，在马旁放了新鲜的水囊和干粮袋。

他想说什么，却最终没有说出来。

又是一阵急速的马蹄声响起，一直紧追不放的顾南衣到了。他现在也很有些狼狈，一向讲究干净柔软的丝袍，黑一块黄一块早已分不清颜色，遮面的白纱也变成了黄纱。

拦路的人看见他慌忙施礼，他却看也不看，径直驰过凤知微身边，一伸手抓起她，往自己马上一搁，随即疾奔而去。

那些人淹没在腾起的烟尘里，看着他们的背影消失在地平线深处，久久无语。半晌，那领头人叹息一声，道："通知后面的兄弟，都不必拦了。"

"是。"

"通知总令大人……"那人语气低沉，"姑娘决心，无人能改……请他做好准备。"

"是！"

第七天。

烟尘在快马蹄前激扬如浪，而浪花尽头，天下帝京的巍峨城门即将在望。

转过一座矮山，凤知微知道，路的尽头就会出现那人流来去的城门，她长长吐出一口气，几乎要瞬间瘫软在顾南衣的怀里。

人的潜能真的是无穷无尽，三天前她就觉得自己随时会从马上掉下来，而如今她还好端端地坐在马上，不过说是坐在马上，其实也就是倚着顾南衣才成。

顾南衣这一路又在破例——一直没换衣服，一直没推开她。

平常快马半月之路，她们只用了七天。

鼓起最后一丝力量，她催马前行。

却有箫声响起。

清越空灵的箫声，迤逦于山间，仿佛自云端降下，携了这金风玉露天水薄云，穿过风的经纬，将无尽的心思苍凉奏响。

那曲调起初轻灵，渐转激昂，几番雷生电闪云起雨收，忽又化作瑟瑟秋雨，低沉绵邈，不尽徘徊。

箫音有几分熟悉，凤知微一怔勒马，细细听着，眼底神色变幻，忽然仰头。

矮山半山松树上，有白衣人悠悠于树上吹箫。

几个月前，陇西暨阳山无名古寺之外，凤知微曾于生死绝境之际，听过他的箫声。

一曲《江山梦》，梦断江山。

几个月后，在帝京城外不知名的矮山上，他白衣如雪，持箫坐于青松之上，对一路狂奔回京的凤知微，以箫声相召。

宗宸。

凤知微听着那苍凉寂寥的箫声，一瞬间心中若压重石，沉沉坠在血液里，明明急如星火，恨不得插上双翼立即飞往帝京，突然便觉得腿似灌了铅，再也提不动脚步。

她的心怦怦地跳了起来，手指一阵阵地发抖，嘴唇也不住颤动，焦裂出的血口因此沁出淡红的鲜血，却无法发出任何一个字。

宗宸一曲吹完，青玉箫斜斜执在掌中，倾身望向凤知微。

那一刻，他的眼神温和而悲悯，带着几分深藏的怅惘和悲凉。

他看着哆嗦得越来越厉害的凤知微，平静而怆然地道：“知微，对不住……迟了。”

时光倒流，走回帝京七日。

七日前。

午夜皇城城门紧闭，却忽有鸣镝之响，撕裂皇城的夜空，随即深红色城门訇然中开，一骑飞驰而入，铁铜赤甲，金羽饰腰，似一道赤金长线，投入城门黝黝的深暗之中。

那人并没有直奔皇城深处的金钥卫内衙，而是奔向皇城之西，《天盛志》设在外廷的编纂处。

有人夜半被惊醒，已经在编纂处等候。

重门关闭，深窗烛影，赤甲金羽的男子匆匆禀告后，宽衣大袖的男子神色凝重。

片刻后，赤甲金羽的男子退出。

宽衣大袖的男子步出中庭，遥遥望向天盛之南，久立无语，夜色深浓，露染衣襟。

六日前。

一封来自闽南的火漆加封的绝密书简，静静躺在编纂处副总裁的书案上。

一双保养良好的手轻轻拆开信封，抽出只有寥寥几字却语气坚决的信笺。

几个字，那看信人却看了很久，良久一声长叹，将信重重丢于一边。

他默然在椅中枯坐良久，眉头深锁，神情犹豫难决。

书案上还有一沓类似形状的信笺，他抽出来，一封封地回看，越看越眉头纠结。

他突然停住了手。

一封信笺，底层微有皱折，他想了想，以金钥卫秘法药水，将底层略泡，一行字悄然显现。

王心已乱，弟甚担忧，先生大才，必能自决。

他执着信纸，沉思在夜的无边无垠的黑暗里。

五日前。

一行灰衣人，身姿翻惊摇落，悄然掠过夜色中的重重屋脊，掠入秋府后院的一座小院。

那些人落地轻轻，小房内辗转反侧、彻夜难眠的妇人却立即惊醒，目光炯炯。

嚓。屋内灯火被点亮。

妇人披衣坐起，神色镇定地望着来人，将所有人仔细看了一阵后，若有所悟。

缓缓道："那事……终于来了吗？"

"夫人。"灰衣人单膝跪地，"您多年辛苦……总令大人命我等前来接您立即离开。"

"十多年了，你们终于出现了。"夫人不接他们的话，神情微带感叹地道，"我曾期盼你们的出现，又害怕你们的出现。如今，总算尘埃落定。"

"金钥卫近期换了新主人。"灰衣人垂目道，"十多年来为了躲避他们的追查，夫人您从深山迁出，带小主人大隐隐于京，大隐隐于朝，然而对方实在厉害，经我们的暗线接报，对方已经掌握了确凿证据，马上就要动手。您收拾一下，我们马上就走。"

妇人沉静地笑了笑。

"我为什么要走？"

灰衣人愕然。

"这一走，他的梦想也将付诸东流。"夫人面色苍白却眼神明亮，"我不管你们内部有什么意见分歧，对我来说，我要完成的就是他的嘱咐。他一生的梦想，我已经看见了期望，为什么要前功尽弃？"

"可是……"

"准备了那么多年。"夫人道，"何必要白白浪费？"

"夫人。"灰衣人沉声道，"这是性命攸关的事。"

"你说得对，性命攸关。"夫人古怪地一笑，"不过有些性命，从来就是准备拿来牺牲的。"

灰衣人默然不语，半晌勉强道："总令大人觉得，还是太冒险了……对方……"

　　"千古基业，险中求。"夫人淡淡道，"你们这一代，也许更看重稳妥和皇族血脉的延续，可我更记得他至死不改的期望。他那样的人，一生不接受失败，却遭受了那样的命运，家国崩亡、组织毁灭、千里追杀、同伴零落、兄弟一个个在眼前死尽……最后还要遭受那样击毁一切的背叛……他什么都没说，我却知道他恨，我知道他内心深处最后的愿望，他要看到这个王朝的死亡，正如这个王朝曾眼看着他的兄弟们死亡……这个愿望，他做不了，我这个未亡人也做不了，但是我相信，有人做得了。"

　　"夫人！"灰衣人急声一呼，"您已经违背了……"

　　"别和我说违背了谁。"夫人傲然打断，"我并不是你们组织中人，没有背负你们世世代代相传的任务，对我来说，我只需要尽我所有，完成先夫遗愿。"

　　灰衣人沉默下去，想着先一代的宗主大人，那铁血而刚烈的男子，短暂的一生里只为一个梦想而活，并用他的执着影响了眼前这个女子——一生里，也只为他的执念而活。

　　"别忘记，你们的主子，自幼承我的教导。"夫人突然一笑，"只有我最清楚，她到底是个怎样的人，只有我最明白，在什么样的事情的激发下，你们主子会决然而起，走上我想要她走的道路。"

　　"主子未必适合走上那样的道路……"

　　"不，她适合。"夫人眼神闪动，带着几分骄傲和几分欣慰，"你们看看她所做的一切，你们看看翻云覆雨、惊动天下的十六岁钦差大臣！她是天生的王者，坠于尘埃而不掩光华。这样的人，这样高贵而不可超越的血统，你们愿意她放弃与生俱来的无上天赋和使命，一生甘于平凡，在你们的保护下庸庸碌碌地嫁人生子，做那锱铢必较的田间妇？你们觉得，这样对得起她？对得起你们的上代宗主？对得起你们永忠的大成皇朝血脉？"

　　"这是总令大人的意思。"灰衣人默然良久，答，"他认为，先皇主的遗命只是维护皇族尊贵血脉的承续，至于江山更替，朝代变迁，这是历朝历代都不可避免的潮流之势，无须介意太多，只要主子安好，一切都不值得为之牺牲。"

　　"你们总令大人，承继了先代的倜傥洒脱。"夫人冷笑，"我却不能，这么多年，每当我想起他那样寂寞地离去，想起他临终前握住我的手，想要说什么却没能说出的模样，我就知道，终我一生，有件事，我永远也不能放弃。"

　　她神情决然，语气坚定，一字字钢铁般铮然有声。灰衣人怔怔地望着她，知道今晚是无论如何也完成不了任务了。

　　"这是您的母国……"半晌灰衣人苦笑，"我没想到您竟然……"

　　"没什么母国不母国，天盛的疆土，也是夺自大成，仔细说来，天盛也是大成的叛臣。"夫人沉静地道，"我不管这天下，我只管一人。"

灰衣人不再说话，静静望着这个传说中性烈如火、坚执天矫的女子，曾以为那许多年的艰辛忍辱、风霜折磨，早已将这女子的锋芒磨砺圆滑，不承想，真正面对的时候，才赫然发现她颜色不改，锋利更胜当年。

"就这样吧，我睡了。"夫人不再说话，吹熄灯火，竟然就这么裹着被子睡下了。

灰衣人一声叹息，散在沉重的黑暗里。

"保重。"

四日前。

秋府陷入一阵慌乱——秋夫人突然得了急病，瘫倒在床口不能言，四肢僵木无法移动。秋府连连派人延请名医，内院外院，人来人去，川流不息。

向来不为人注意的某个小院，自然更不为人关注。

一大早，凤夫人便起身，和往常一样梳洗穿衣，把自己屋子里的东西整理整理，又去了原先住的小院，只是过了一阵子才出来，最后又去了凤知微的"萃芳斋"。

凤知微离京这段时间，萃芳斋大门紧闭，对外号称凤知微"得了天花"。偶有秋府人去送东西，也能看见一个女子整日蒙着脸在屋子内不见人，不过从昨晚之后，这个女子也不见了，只是秋府陷入慌乱，无人察觉。

凤夫人长驱直入萃芳斋，在凤知微的卧室里寻找了一阵子，拿了件东西出来。

随后她出门，背着个包袱，去了刑部，要求探望凤皓。塞了许多银子，她才被带入刑部大牢。

凤皓被关在牢里已久，因为事先有了宁弈的嘱托，所以他并没有吃苦受罪，还养得胖了些，只是一直不让他见人，所以一见凤夫人出现，他顿时狂扑过来，将木栅栏摇得山响，"娘！娘！"

"儿子。"凤夫人在牢门前蹲下，仔仔细细地看着凤皓的脸，伸手进去轻轻抚着他的乱发。

"娘，您来接我出去对不对？"凤皓狂喜，抓住凤夫人的手，眼神晶亮，盯着凤夫人的眼，"太好了！我受够了！娘，这么久，您怎么都不来看我？"

凤夫人并没有回避他那期盼的目光，她宁静地看着凤皓，仔仔细细，一寸不落地看。那眼神，似要将眼前这个她养了十五年的孩子的一切，都深深刻进自己的眼睛里去。

她的眼神太过奇异，连陷入狂喜的凤皓都觉得不对劲。他渐渐安静下来，呆呆地望着母亲，有点畏怯地轻声问："娘，您怎么了，您不高兴吗？"

被关了近半年，娇纵恣意的凤皓也懂得察言观色了。这一声小心翼翼的问话，刹那间问红了凤夫人的眼圈。

她深深地吸了口气，颤抖着手去抚摩凤皓的头发，"皓儿……皓儿……"

凤皓却已经不耐烦起来，一偏头让开她的手，"娘，您到底是不是来带我走的？您再不带我走，我就要死了！死了！"

凤夫人震了震，手缓缓地缩回去。她凝望着凤皓，眼底那点闪烁的晶莹渐渐淡去，换了针尖钢铁般的凝重决然。

"出了什么大事了？"几个衙役一边说话一边巡牢，"刚才看见很多赤甲卫士过去，往西华巷方向去了。"

"没见过这种装扮的卫士，不过看那气势，啧啧，真是吓人，谁家犯事了吗？"

"一出动就数千人，乖乖！"

衙役们腰上的钥匙哐哐响着，空旷的步声渐渐走开。凤夫人凝神听着，嘴角逐渐绽开一丝古怪的笑容。

时辰到了。

她突然站起，一伸手，寒光一闪，突然从地上包袱里抽出一柄打磨锋利的小斧！

不待目瞪口呆的凤皓反应，她抢斧而起，一斧头劈在木栅栏上！

哗啦一声，碗口粗的木栅栏断成两截，木屑飞溅里，凤夫人停也不停，第二斧再次砍下。

凤皓抱着头大叫一声，惊惶地退到牢里，瞪大眼睛看着凤夫人疯狂地砍牢门，砍得牢门上的锁链哗啦哗啦巨响——母亲疯了！她这是要劫狱吗？可能吗？有这么当着人的面砍门劫狱的吗？

"娘，你疯了？"他大吼一声，惊惶地缩到牢壁前，背心紧紧靠着冰冷的墙壁，然后对外面大叫，"她疯了，她疯了！我没叫她劫狱！不是我，不是我！"

毫不掩饰的巨大响动惊动了那批刚刚走开的衙役，他们霍然转身，几乎不敢相信自己的眼睛——这世上居然还有人，大白天在衙役的眼皮底下，公然持斧砍牢门劫狱！

因为太不可思议，他们愣在那里一时忘记反应，凤夫人却仿佛根本没听见凤皓的狂呼，三两下劈开牢门，将斧头往地上一扔，大步跨进牢里，一把抓住凤皓便向外奔。

"儿子，我们走！"

惊呆了的凤皓被她拉得一个踉跄冲前一步，随即反应过来，拼命赖着向后退，"不不不……我不和你走，你疯了，你害我！"

在牢里关着死不了，暴力劫狱却是死罪！

他拼命要挣脱，凤夫人的手却如铁钳似的牢牢抓住他的手腕。他在惊恐的挣扎里混乱地想，母亲的武功竟然没有落下？她是什么时候修炼的？

此时衙役已经反应过来，哗然一片，直奔过来，有人在惊叫，有人在怒喝："抓住他们！"有人飞快奔去报信求援，而外面有更多的人影晃动，包围过来。

凤夫人抓着凤皓，一脚踢起那个包袱，背在背上便向外冲。

凤皓在一片混沌惊恐的混乱里，眼神无意识地随着包袱落在母亲脸上，突然便发现凤夫人脸上神情古怪，在人越拥越多的重重包围里，她竟然露出一丝古怪的笑意，而眼角，有一滴晶莹的泪水，无声无息地迸出。

随即她决然一仰首，眼泪便不动声色地顺着眼角流入鬓发里。远处油灯昏惨惨的光芒映着她昂起的下颌，一个坚定至不可更改的悲怆姿势。

他突然心惊起来。

人潮蜂拥而来，将出路堵得死死的。他的手在母亲手中，用尽全力挣脱不得。

随即他便听见母亲在他耳边轻而苍凉地说："皓儿，对不起！"

……

与此同时。

金羽如流，穿越熙攘的烟火，直奔西华巷秋府，砰然一声踢开大门，在满院子的惊呼乱叫中长驱直入，刹那间团团包围凤夫人和凤知微各自住的小院。

为首者一声大喝："凤知微人呢？"

三日前。

皇城西侧，靠近冷宫的地方，有一处禁地，向来有重兵看守，不许人进入，只有少部分皇家高层才知道，那里有座地牢，是属于金钥卫的密牢，戒备森严天下第一，而在那里关押着的，向来都是涉及皇族和大逆罪的重案要犯。

密牢空置十余年，今日终于有了新客人。

油灯惨惨，照耀着深青色的铁壁，凤夫人盘膝坐在地上，闭目一言不发，凤皓惊惶地缩在她对面，抖颤着身子，望着这看起来比刑部大牢还要恐怖一百倍的铁牢。

他的目光每次在墙上那些沾血的刑具上掠过，便要抖上一抖。

"娘！娘！"他跪爬到凤夫人身前，身上的锁链哗啦啦直响。他拼命伸手摇撼着一动不动的母亲，"这是在哪里？为什么会这样？告诉我！告诉我！"

凤夫人缓缓睁开眼，目光平静如深水。

"这是金钥卫皇家密牢，"她静静看着凤皓，"也就是传说中的天牢。"

"天牢！"凤皓倒吸一口凉气，俊秀的脸一阵扭曲，"娘！我们犯了什么罪，会被关到天牢？"

他突然若有所悟："是因为您劫狱吗？"他恨恨爬起来，"我没有叫您这样做，没有！"

"您去和他们解释清楚！"他拉凤夫人起来，"就说这是您自己要做的！和我无关，让他们放我出去，我出去后会来解救您！"

凤夫人定定看了他半晌，随即长叹一声，闭目不语。

凤皓见母亲软硬不吃，一骨碌爬起来，拖着锁链便站起来，扑到牢门前大力拍门，"放我出去！放我出去！不是我要劫狱的！我是无辜的！"

没有人理他，只有回声不断地在幽深的铁壁内回荡，"无辜，无辜，无辜，无辜……"地一路响下去。

"没用的。"凤夫人在他身后淡淡道，"这是铁牢，机关无数，不需要人看守，而且四壁都是重铁，什么声音都传不出去。"

"你疯了！"凤皓霍然回身，眼睛通红，咬牙切齿地盯着凤夫人，"你要自寻死路，为什么要拖着我？"

"也未必就是死路。"凤夫人目光复杂地看着这个儿子，眼神里有悲凉、有庆幸。

"怎么说？"凤皓立即目光发亮地扑过来。

"你娘有点旧案在身，连累了你。"凤夫人替儿子理理乱发，温言道，"这事你不知道，也不应给你知道。你晓得的，有些事，知道了反而不是好事。"

凤皓点点头，他毕竟在世家大族混了这么多年，这种道理还是明白的。

"所谓不知者不罪，什么错都有娘担着，你只要记着，不要乱说话便成。"凤夫人将他的手握在掌心，反反复复焐着，"以后几天，不管发生什么，你都说不知道便成，千万记住。"

"嗯。"凤皓点头，"我说不知道，就能出去吗？"

凤夫人深深凝视着他，半晌道："能。"

凤皓勉强露出一丝笑意，盯着凤夫人的眼睛，轻轻道："娘，我是您儿子，您不要骗我。"

凤夫人看着一身凌乱的凤皓，他脸上有细细的伤痕，是被金钥卫拖进来时在铁壁上擦伤的。不是少爷却自小过得金尊玉贵的凤皓，从没吃过皮肉之苦，换成以前早叫苦连天了，可如今被性命之危压迫得连和她撒娇都忘记了。

她从袖子里取出贴肉藏的、没被金钥卫搜去的一小管软膏，然后轻轻扳过儿子的头，道："我给你敷敷。"

凤皓顺从地偏过头，感觉到母亲的手指细致温柔地在脸上移动，触手清凉，听见她轻轻道："皓儿，放心，娘总是陪你一起。"

凤皓"嗯"了一声，放下了一半心，脸上疼痛渐去，便觉得疲倦泛起，打了个哈欠，搂住母亲的腰，道："那我睡会儿。"

凤夫人轻轻拍着他，像儿时一般。凤皓觉得倦意深浓，不住袭来，虽然心中总有些模糊的不安闪过，但却抗拒不了那种深入骨髓的疲惫，沉沉地在母亲怀里睡去。

凤夫人轻轻揽着他，枯坐于铁牢的乱草之上。她微微低头，看着儿子眉头微皱的睡颜，手指仔仔细细地在他眉眼之上画过，一笔一画，刻在心底。

恍惚间有滴晶莹的液体落下，即将落到凤皓脸上时，凤夫人手掌一摊，闪电般接住。

她久久看着那滴液体，缓缓地，再次落下泪来。

两日前。

从头顶一道铁缝里透出的一点天光看来，天色似乎是亮了。

凤皓却还没醒。

头顶的铁阶上，传来缓而重的脚步声，那脚步声虽然力气不足，但步率沉稳，听来是久居上位者才有的步伐。

一角黄袍，隐隐现在阶梯末端，昏暗的油灯光线里，有人在铁牢那头遥遥停住。

凤夫人淡淡地笑了。

她的笑意隐在暗影里，无人看见那神秘与了然的神态。

那人一直远远看着她，眼神感慨，半晌挥挥手。

有杂沓的步声退下。

"明缨。"那人开了口，语气不辨喜怒，"细算起来，十几年没见过你了。"

凤夫人站起来，锁链轻响里姿态不卑不亢，向对方行了个礼，"是，陛下。"

"上次见你，还是那年在你得胜还朝的庆功宴上。"天盛帝静静看着伊人眉目，目光很远，似在记忆中搜寻当年那明艳刚烈、英气逼人的女子，"当时有世家小姐讥你不似女子，无闺秀之风，你却一怒掷杯当朝赋诗，朕……一直记得很清楚。"

凤夫人淡淡笑了笑，"明缨谢陛下厚爱！"

"你是当朝女帅，功勋卓著的一代女杰，年轻时在我天盛居功甚伟。"天盛帝语气沉沉，遗憾深深，"为何后来竟会助纣为虐，相助大成余孽？"

凤夫人默然不语，良久一笑，道："都是冤孽。"

天盛帝沉默了。两人遥遥隔着铁牢各自不语，一个在一怀沉静而冰冷的决心里等待着最后的结局，一个在不解和迷茫中恍惚——仿佛看见多年前那英气勃发的女子，于金殿之上，一抬手金杯飞掷，声音琅琅。

"臣不敢与此等庸脂俗粉同堂献艺，污我天朝颜色！"

彼时那女子鲜亮如彩屏，照亮那满殿苍白，从此之后，那抹颜色便留在了记忆里，直到今日再次重温，才恍然惊觉时光的冷凝与无情。

远去的岁月如故纸，被久沉的湿霾粘连在一起，掀不动此刻沉重的心情。

很久以后，天盛帝终于再次开口："凤知微在哪里？"

凤夫人似是震了震，半晌道："前不久她得了天花，出京养病，现在想必已经回京。"

她回身，望望熟睡的凤皓，突然落下泪来，一直坚持着的岿然不动似被这句话给彻底摧毁，衣袂一掀已经跪在了地上。

"陛下……明缨知道您不会放过知微，明缨只求……只求能与她共死……"她眼角一滴泪欲坠不坠，看得人心欲沉不沉，"还有，皓儿无辜……求陛下放了他……"

天盛帝默然不语，半晌却冷哼一声。

凤夫人低着头，手指抠在铁缝里，指甲隐隐出了血。

砰。

一个小小的包裹扔在她面前。天盛帝的声音里有了怒意，"明缨，你到此刻还想瞒我？"

凤夫人翻开那包裹，将里面的东西仔仔细细看了一遍，越看越脸色死灰，随即勉强镇定着将东西收好，磕头道："明缨不明白陛下的意思。"

"你还真是对大成莫名其妙地愚忠！"天盛帝怒喝，"竟玩这种声东击西、李代桃僵之计！"

凤夫人身子微微颤抖起来，咬着下唇，强声辩道："陛下，您上当了！"

"朕不会蠢成那样！"天盛帝怒不可遏，"为什么凤皓还会有一个玉锁片？那上面的生辰八字为什么不同？为什么还会有大成暗记？他明明是你收养的孩子，你为什么要说是亲生的？金钥卫找到的稳婆，将线索直指凤知微，但那个稳婆为什么会暴毙？朕告诉你，朕找到了当年大成的宫人，指证了当初淑妃生下的是皇子，而且朕也已经找到了当年真正给你接生的稳婆。凤知微才是你的亲生女儿，凤皓是养子，而且，他比凤知微大！你给他常年挂的金锁片，将他的生辰八字都改过！"

凤夫人脸色大变，脱口而出："知微是我亲生？不可能！当初我那孩子落草就死了……"她说到一半突然停住，脸上露出霹雳震惊的神情，似是突然想起了什么，浑身猛烈地颤抖起来。

"果然连你也被人骗了！平白为他人做了挡箭牌！"天盛帝看着凤夫人的神情，越发肯定了自己的推断，"朕还以为你中了什么蛊，竟然用自己的亲生女儿来换大成余孽的生存，还想丢下她，自己带着凤皓劫狱逃跑，原来，原来如此！"

凤夫人"啊"的一声，眼泪瞬间无声地流了满脸。

天盛帝望着她那凄切的神情，想着她竟然被蒙骗了十几年，还险些拿自己亲生女儿代人去死，心不由得软了软，然而又想到就算她被骗了，犯下的也是皇朝最忌讳的大逆之罪，心中一痛又一绞，生出些烦躁，冷声道："朕不知道你还护着凤皓做什么，难道你还指望活着出去，将来凤皓给你个太后做？"

"陛下……"凤夫人一个头重重磕在尘埃里，"您目光如炬，明缨什么也说不得，只是容明缨替皓儿再说一句……那孩子什么都不知道……除了那血脉，他什么也不是……金钥卫想必调查过他，他就是普通人家养大的普通孩子……他……他什么都不会做啊，陛下……"

"斩草不除根，必将为害己身。"天盛帝冷然道，"明缨，这是十多年前你率军追杀大越残军时，对朕说过的话。"

凤夫人重重一震，终于伏地痛哭。

"当初那个组织，现在在哪里？"天盛帝默然良久，问。

凤夫人摇了摇头，"陛下，您也知道，当年他们被太子率军千里追杀，又被楚王拦截于千踪谷，全军覆没……就连皓儿，也是明缨当时在谷中捡到的，一时心软，予以收留。这么多年，那组织的人从没出现过，如果真的还有人活着，早就该出现在我们身侧……可这么多年，我们过得怎样……想来您也清楚……"

天盛帝怔了怔，想起秋明缨母子三人十几年来的艰辛，心中也动了动，沉吟不语。

凤夫人趁他分神，向后退了退，拍开了儿子的睡穴。

凤皓懵懂着醒来，一醒就大叫："啊，我什么都不知道，什么都不知道，别杀我，别杀我！"眼神惊恐，显见是做了噩梦。

"乖儿。"凤夫人将他揽在怀里，闭上眼睛。

天盛帝沉在铁牢上端的暗影里，默默看着席地相拥的母子，半响，默然转身。

"乖儿……"凤夫人没有回身，始终闭着眼睛抱着凤皓，眼泪滚滚而下。

"别怕……"

一日前。

铁牢前的光影那么短暂，日头起来或降下，落在墙面上，也不过手指长的光影。

凤夫人盯着那光影，面无表情，似乎只想抓紧时间多看一眼那人间的光，害怕错过了便永难追寻。

凤皓扒着铁栏对外张望，不住道："娘，我昨天醒来看见有人出去，他们问过了是吗？那什么时候放我们出去？什么时候放我出去？"

"快了。"凤夫人淡淡道，"就快结束了。"

"那太好了。"凤皓眼中闪着欢喜的光，"娘，您放心，我出去一定会救您！"

"你是好孩子。"凤夫人对他微微一笑，"娘相信你。"

凤皓拉着沉重的铁链，在哗啦啦的响声里对凤夫人撒娇道："太重了，我都没法睡觉。"

"就快好了。"凤夫人将那沉重的锁链捧在手里，帮他减轻分量，"就快好了。"

有沉重的脚步声传来，阶梯尽头，出现几个人影，是赤甲金羽。他们神色冷肃，前头两人，手中捧着两个托盘。

"是来放我的人吗？"凤皓大喜，冲过去晃铁门。

凤夫人身子颤了颤。

咔嗒。十三声机簧连响，精工密制的重锁打开，当先两人捧着托盘进来。

第一个托盘上，是一杯酒。

第二个托盘上东西多些，有一颗药丸，还有一套宫装式样的女子衣裙。

"夫人。"当先一个男子语气平静无波，"陛下说，您看了就会明白，并请您亲自请酒。"

凤夫人的目光，缓缓在那宫裙上掠过，最终停在了那杯酒上。

她眼神里一片黝黑，看不出任何情绪，仿佛整个天地的光，都已经被藏在了她心底，不愿被任何人照亮。

良久她慢慢起身。起身时，金钥卫隐约觉得，似乎听见她骨骼发出了咯咯的声响。

她慢慢走到第一个托盘前，端起了那杯酒。

她久久地端着那酒，似乎是端得实在太久，手指渐渐有些颤抖。远处一点灰色的微光照过来，那无色的酒液，在杯中微微荡漾着。

凤夫人慢慢抬起手。

有那么一瞬间，金钥卫突然感觉，面前这个一直很镇定的女子，似乎打算把这酒倒进自己口中。

然而马上他就看见凤夫人平静地端着酒，转身，走向凤皓。

金钥卫松了口气，看着凤夫人依旧笔直的背影，眼中闪过既佩服又鄙夷的神色，向后退了一步。

"皓儿，渴了吗？"凤夫人款款端着杯，立在凤皓面前，"喝杯酒吧。"

凤皓自从那酒被端起，就已经怔在了那里，此时嘴唇哆嗦着，连眼神都变成了惊恐的铁青色，"娘……娘……您要做什么？这是什么？"

"酒。"凤夫人静静地将酒杯递过去。

"不！不！"凤皓突然号叫起来，连滚带爬地拽着铁链爬向墙角，看凤夫人伸过来的手就像看着苍天之巅伸下的魔爪，"你骗我，你骗我，你骗我，你骗我！我不……"

他疯狂地号叫着，胡乱挥舞着双手，试图推开那可怕的东西。凤夫人躲闪不及，酒液泼出了点，金钥卫连忙上前接住。

"两位，我完成不了陛下的交代。"凤夫人不动声色地交回金杯，走回原地，背对凤皓坐下，"拜托了！"

两个金钥卫对视一眼，点了点头。陛下本来就没说一定要凤夫人亲自灌酒，只要她肯亲自奉酒，陛下就愿意原谅她，给她一个机会。

两名金钥卫捧着酒，走了过去。

凤夫人静静坐着。

她面对着墙壁。远处油灯的光芒照过来，将身后人的影子拉长，如憧憧鬼影，投射在墙壁上。

强壮和弱小的人影……巨大的装满毒酒的晃动的金杯……缩在墙角无处可缩的少年……被大手捺倒在地的身体……一个影子踩着另一个影子，掰开嘴将酒杯重重倒下……

号叫，逃避，哀求，拒绝，挣扎，哭泣，喘息……

她一动不动，眼睛一眨不眨，沉默，近乎执着地看完那一切。

半刻钟之后，一切归于寂静。

第二个托盘轻轻放在了她面前。

"夫人，用完化功散之后，请换上衣服。"金钥卫低声道，"陛下在宁安宫等您。"

凤夫人默然不语，起身，走向身后，凤皓躺着的地方。

那个娇纵的、跋扈的、被她宠惯得不通世情、无法无天的孩子，从此以后再也无法在这个人间发出属于自己的声音。

凤夫人跪在冰冷的铁质地面上，将那孩子的身体，最后一次抱在自己怀里。

她细细地抚着凤皓冰冷的脸，将他刚才挣扎时沾着的泥尘小心抹去。

油灯下，凤皓红润的脸色只剩下月色般的惨白，随即，不知道哪里盘旋起了一阵风，在四面深黑色的铁壁里低声呜咽。

凰皓奄奄一息，睁开眼。

他有点陌生地望着凰夫人，像看着一个遥远的人，半晌，低声哀吟一声，挣扎着拉着凰夫人的手，去摸自己的肚子。

声音轻细，像是冬风里即将断去的蛛丝。

"娘……我好痛……"

那手在半空中无力地抓挠，想要身边的亲人去亲手体验那肠穿腹烂的痛苦，就像从小到大，很多次那样。

然而，那无力的手刚刚牵到凰夫人的手指，便突然停住，随即，无声垂落。

他躺着，大睁着眼睛，眼底的神光，一丝丝地散了。

半空里隐约有谁呼出最后一丝气息，凄凉地在夜的哀哭里游荡。

临死前他呼着痛，一生里最后一次想去牵亲人的手，不愿去想这死亡背后森凉的真相。

他只想带着温暖上路，如这短暂一生里，娘一直给他的所有的一切。

这一生，他活得任性自私，是非颠倒，只因为命运早已安排，注定于他亏负。

凰夫人的手也僵在了半空。

她久久凝视着那双至死未闭的眼睛，并没有伸手抚下他的眼帘。

儿子……让你看着我，一直看着我。

从收养你那天开始，我便对你发过誓，你这短暂的一生，我只让你痛一次……就这一次。

就这么一次，我用十五年的溺爱来补偿你，可我知道，补偿不了，没有什么比生命更重要。

皓儿。

看清楚我。

这是天下最为绝情的母亲，最为无耻的亲人，最为冷酷的女子，她用十五年的时间，等你，去死。

……

墙上的天光，又转过了一指的长度。

化功散入了腹，衣裙上了身。

凰夫人自站起身之后，再也没有回首去看凰皓一眼。两个金钥卫将尸体用黄绫裹了拖了出去，这是要交给陛下亲自验身的。

金钥卫再次前来催促时，凤夫人平静地起身，而她迈出阶梯时，所有人都觉得眼前亮了一亮。

像红枫积了雪，万顷碧波冻了冰，那女子乌黑的眉宇间萧瑟而明艳，令那日光也退了退。

有风韵而又沉凝哀伤的女子，自有令人心惊之美。

凤夫人只是目不斜视，挺直着背脊，往宁安宫的方向，缓缓而去，步伐稳重，不疾不徐。

长长的裙裾拖在身后，如一片白羽掠过明镜般的汉白石地面。

风扬起她的头发，一片乌黑里突然翻飞出赛雪的白，跟在后面的金钥卫一惊，面面相觑。

他们记得凤夫人刚进牢里时，还是一头青丝，什么时候，青丝之下，乌发尽成雪？

前方女子一直昂着头，平静地走着，过回廊，穿花园，越小径，进宫廷……双肩很单薄，背影很挺直。

无人看见她神容如雪，唇角一抹淡淡的笑意。

知微，你应该已经在他们的保护下避到安全的地方了吧？

或者你没有避。以你的性子，很有可能正在回京的路上，然而南海和帝京相隔迢迢，等你赶到，一切都已尘埃落定。

你回来也没关系，娘会替你安排好后路，从此，这一生，你再无此刻的危机之忧。

很多年前，我爱的人对我说，无论做什么，都要有始有终，做到最好。

知微。

但望你也能如此。

第七十八章

深雪

重重宫阙，九曲华堂。

长长的裙裾拖过飞龙舞凤的雕栏玉墀，在日光的光影里转入那幽暗的宫室深处。

暗影深处，有人微带急切地立起身来。

凤夫人站定，微微仰起脸，露出一抹沉静而哀伤的笑容。

那样的笑容，看在天盛帝的眼里，仿若看见峭壁上一朵悄然开放的花，于刚硬的背景里开出令人心动的柔软来。

"明缨……"他有点忘情地伸出手，柔声召唤。

凤夫人定定地看着他，并没有拜，只是含笑上前。

天盛帝携了她的手，将那双有些苍白的手仔仔细细抚摸了个遍。手并不细致柔软，还有些薄茧。他知道，这些茧，有二十年前持剑练武生出的，也有这十几年辛苦劳作导致的。

带着点复杂的怜惜，他握紧了她的手，絮絮道："明缨，说到底你也是为人蒙骗，又于国有大功，朕实在不忍杀你，可是这样的大逆之罪，不给个交代也说不过去……后宫那边，有座搁置不用的宫殿，离办公的皓昀轩很近，还很隐秘……你好好在那里，以后不要出来也便是了。"

凤夫人垂着眼帘，顺从地听着他关切的安排，微俯的容颜，让人看不清嘴角讥诮的笑意。

这本是无人知晓的皇家秘案，给谁生，给谁死，需要对谁交代？

她当年救驾救国有着滔天功勋，换来的就是这样的一场恩宽？

一座废宫，一段残生，要她从此困于几尺宫室，寸步不得出，沦为他一人的禁脔？

他啊……永远都是这么凉薄自私。

她浅浅低笑，带点恍惚，带点决然，随即扬起眼睫，轻轻道："谨遵陛下吩咐。"

"明缨。"天盛帝眼中闪过一丝喜色，牵着她的手，转过重重帘幕，"来……让我好好看看你……"

明黄织金丝的厚重垂帘层层，横亘在深殿之中。一层层转过去就像转过这险阻不断、长痛于心的人生，扑面而来的沉厚压抑令人窒息，而那些被风吹起的飘摇的纱，蛛丝般让人抓挠不得，一碰，便要刺啦一声，破了。

他挽着她的肩，而前方，珠帘玉榻，一室沉香。

此刻谁携了谁的手，欲待奔向期望多年的温柔乡。

此刻谁依在谁的怀，等着一生里苦难挣扎的决然终结。

天盛帝揽着凤夫人坐下，就着烛影摇红，细细看伊人明艳的眉目，眼神如醉，良久，手指温柔地落在了凤夫人的领口。

"陛下……"凤夫人却轻轻一让。

天盛帝一怔，眉间起了沉沉的阴霾。

"这光亮……怪羞的……"凤夫人满面薄红，指了指那仕女烛台。

天盛帝一笑撒手，凤夫人起身，吹熄了烛火。

黑暗降临，帘幕后透过一点淡白的天光，天盛帝懒懒地在榻上躺下，等着黑暗中那女子逶迤而来，纤指穿花，共赴巫山。

砰。

声响沉闷，整个床榻都起了微微的震动。

半闭着眼睛、正沉醉在美梦中的天盛帝，恍惚间觉得横梁承尘都似被撞震倒下，惊惶跃起。

"怎么回事？"

没有人回答他，宫人都被远远斥退到殿外，黑暗中隐约有种铁锈般沉厚的气息，熟悉得令人心惊。

"明缨！"

天盛帝的脚一穿入榻下的便鞋，便觉得鞋子潮湿，再一转眼，隐约看见凤夫人倒在地上，一泊迤逦的深色液体在金砖地面静静洇开。

他扑过去，哗啦一声掀开帷幕，天光刹那涌入，照亮宫室里那一地灼灼刺眼的红。

"陛下……"凤夫人奄奄一息，在血泊里向他伸出手，沾了血的手指如玉如琢，"我……"

天盛帝怔在那里，一眼看见她头边的包金床脚上染了一色惊心的艳红，刚才……她就是这么撞上去，用自己的太阳穴，准而狠，坚决而不留一丝力气，撞碎了自己。

一瞬间又是恼怒又是悲凉，还有几分失望和不解，他避开那蔓延向脚下的血，做梦般问她："为什么……为什么……你就这么讨厌朕……"

"不……"凤夫人仍坚持向他伸着手，神色哀凉，鲜血自额角汩汩而落，染得鬓发尽湿，不觉可怕只觉凄然。

"陛下……"她长长的睫毛上，渐渐沾了一层泪，"明缨当年生产大出血，后来衣食不继，多年贫苦……便有了妇人恶病……这样的身体……怎配……怎配侍奉陛下……明缨视陛下如神……怎可以污浊之身……亵渎……"

天盛帝怔在那里，心中热潮刹那涌起，逼到眼眶，终于落下泪来。

"明缨！"他终于靠近她，握住她递过来的手，再不避那鲜血黏腻，眼泪一滴滴落下，"你怎么不早说……让太医给你看看就是，就算……就算治不好……也不会伤朕对你一丝爱护之心……"

随即他回身，大喝："叫太医！叫太医立即给我滚过来！"

殿外宫人连滚带爬地离去。天盛帝抱着怀中女子，只觉得心中一片空茫。

"我这样……不洁不忠的女子……"凤夫人将手温柔地放进他手里，仰目哀哀地看着天盛帝，"留着……终究会给陛下带来麻烦……皇子们鹰顾狼视……陛下步步艰难……这些年我看着……也替您惊心……不安……明缨不能因为……自己一条贱命……坦然求存……给陛下带来……隐患……"

天盛帝震了震，想起自己那些虎视眈眈的儿子，想起刚刚兵败自杀的五皇子，心念电转间，已经明白凤夫人的顾虑是对的，于是心中越发感动，哽咽道："难为你……这么替朕着想……只是可惜了你……"

"二十年前……明缨可以为陛下死……"凤夫人唇角一抹笑意温柔如白莲，遥远地开在寂寥的宫室里，"虽然……走错了一段路……但明缨最终还是可以……为陛下死……真欢喜……真……欢喜……"

天盛帝揽紧了她，感觉那热血不停息地流，感觉她的生命在这样深情娓娓的诉说里正一点一滴流去，心痛之间恍惚便也觉得，她确实是为自己死的，如此委曲求全而又如此深明大义，和二十年前……一样。

"二十年前……"凤夫人呢喃着，微笑，容颜间现出几分明亮的欢喜。

"二十年前……"天盛帝喃喃重复，泪眼模糊。

时光仿佛于此刻飞速退去，白发转乌，容颜回春，现出二十年前黑发明眸的少女，于血染黄沙间一剑如电光劈裂，将一只持枪戳向他胸口的手砍断。

"主上！我来救你！"

他睁开眼，看见的便是她的笑脸，还有那一身染血的赤甲，一枚长箭惊心动魄地插在她的肩头，她却面不改色，一手扶住他，冲向数十倍于己的敌人包围群。

那么一场惨烈的战斗啊……

他伤重无法再战，全靠她独力冲杀。单薄的少女将沉重的他用腰带缚紧在背上，悍然冲入敌群。他虚软地看着她刀起刀落，溅开别人的血和她自己的血，看着她背不动他，便半跪在地一点一点挪，膝盖在嶙峋的地面摩擦得血肉模糊……那些滚热的血珠溅到他眼睛里，比泪还热。他在那样灼热的心绪里对自己发誓……如果能活着出去……一定……一定好好待她……

那样的誓言，当时铮铮在心，觉得永生不可或忘，然而天长日久的时光，终究会淡淡削薄记忆；然而帝王之誓向来也便是风过掠耳的轻薄，渐渐也便忘记了……直到今日，那女子哀凉在他怀里，带着几分怀念的笑意，将二十年前，轻轻提起。

他握紧了她的手，鲜血如火也似，灼着了他的心，他在她耳侧轻轻道："朕一直念着你……那一年金殿之上你掷杯赋诗，朕心里……"

这是他的心结，到她死，他都不忘记问个清楚——那一年金殿掷杯赋诗，他怦然心动，随即便准备下诏封她为妃，可谁知没多久，她便与人私奔，那是他一生里第一次面对拒绝，来自她的。

"明缨从来不敢爱陛下……"凤夫人伸手，细细地抚着天盛帝的胡楂儿，露出一抹凄凉的笑意，"那三宫六院……七十二妃……明缨妄想着和陛下……一生一世一双人……可是那不可能……求不得……待在帝京也是凄凉……明缨不是与人……私奔……是自己走的……第二年……才因为江湖落魄……嫁了人……"

天盛帝怔怔地看着她，怔怔地落着泪，凄声道："明缨！朕误会了你这么多年！"

"是……我……自己性子……不好……太……贪心……"凤夫人笑意薄薄，似乎随时会被死亡的利剑穿透，"至死……不改……"

"别说了……"天盛帝抱着她呜咽，"告诉我……你有什么未了的心愿？"

"只愿……陛下安康喜乐……"凤夫人答得缥缈，眼神远远地放空，像一缕云，飘在久远的时空里，"那一年……金殿掷杯赋诗……真痛快啊……"

"你可以安心地去。"热泪滚滚里，天盛帝想起半年前那个再次金殿赋诗的女子，凤知微，她的女儿，心中涌起了一丝柔软，轻声道，"你要朕安康喜乐，朕也要你无所挂碍地走，你的女儿，朕会好好对待，她很像你……朕封她……封她郡主……赐婚……赫连铮！"

"知微……很像我……"凤夫人提起凤知微，终于露出了一丝明亮而骄傲的笑意，紧紧握住天盛帝的手，"郡主什么的……不要紧……只盼您看在明缨的分儿上……她若有什么无知错处……包涵一二……赐婚……您看着办吧……草原太远了……心疼……"

"赫连世子会对她好的，不过依你，再看看吧。"天盛帝抱着轻弱如羽的女子，看着她游丝一线，挣扎着不肯离去，知道她在等着唯一的亲人，于是轻轻拭了拭泪水，将她平放在榻上，冷声对赶来的太医道："无论如何，给我延续住她的命，让她见到凤知微再去！"

"是！"

皇城内暗潮翻卷，一个女子在血泊内完成了一生里所有的使命。

城门外，凤知微倚树而立，听完了这七天里的变幻风云。

她满是尘灰的脸上，早已没有了血色，却也没有泪水，仿佛自从听见那句"迟了"开始，所有的泪水便被那霹雳消息烘干。

她紧紧贴着那树，似乎不如此便不能再支撑自己的身体。

宗宸说得很简单，一是怕对凤知微刺激太过，二是有些事他自己也不清楚，然而凤知微的心早已沉在了深水里。

母亲和弟弟因为涉及大成皇嗣案，入了天牢，然后弟弟死了，母亲被带往宁安宫，不久之后，有人看见太医匆匆奔往宁安宫。

宗宸安慰她："也许令堂只是受伤……"

凤知微摇摇头。宗宸闭嘴，这话连他自己都不相信——以凤夫人的烈性，隐忍数十年至今，哪有可能再忍下去？从她劈斧劫狱开始，这女子就已经孤注一掷，破釜沉舟，永远不打算给自己留退路了。

"我去宁安宫。"良久之后，凤知微淡淡道。

"凤姑娘。"宗宸试图劝她，"这太危险……"

"她在等我。"凤知微语气决然，自己动手取下魏知的面具。

宗宸不再说话，拍拍手掌，有人自树后出来，捧着清水、衣物和梳洗用具。

"你不能这个样子去见她，皇帝疑心很重。"宗宸道，"你洗去尘灰，我给你改一下装。"

凤知微洗了脸，换了衣服，按凤知微的妆容重新化了妆。宗宸用羊油替她细细抿去唇上的起皮焦裂，又取过一个盒子，在她脸上做了些天花之后留下的浅浅的痘痘。

凤知微镜中一照，发现几可乱真，心知这位总令大人擅长易容，只怕连自己的面具都是他的手笔。

她满腹痛楚的心事，无心多说，匆匆上马，直奔皇城。

娘，等我！

皇城九重，无宣召不得入。

内廷的旨意还没传到外城来，宫门前禁军穿梭不休，把守严密。

忽有蹄声如雨，飞驰而近，禁军纷纷转头，便看见平阔如湖面的巨大广场之上，有人单骑匹马，披一身如金日光，一线惊电，霹雳穿空而来。

来人一身黑裙，和身下黑马浑然一体，急速驰骋中衣裙飞舞招展，像一朵霾云自苍穹之上、雷霆之间刹那掩至，倏忽罩顶。

那马极其神骏，禁军们尚自目目眩神迷，迷失于来者的气概风华，那单骑已至眼前，惊风度越，刹那而过。

仿佛天地间飞过鸿羽，抓握不及。

等到禁军反应过来，那一骑已经连越两重宫门！

日头的金光被那道身影连成一线，似一支金色的鸣镝，直穿这帝京中枢、九宫正中而过。

此时，第三重宫门前守卫的人才隐约听见骚动，可一抬头便被那黑云遮了视线，正要横枪相拦，马上人突然斜俯下身，摊开手掌对着他们一扬。

那手掌莹白如玉。禁军们以为是要出示入宫腰牌，便将枪一收，却听一声长嘶，劲风掠耳，那马那人已经过了第三重门。随即，一个守军觉得腰间一轻，手一摸，才发现不知什么时候，已经被人摸去了腰间金锏。

每重宫门各守其职，任何情况下不得擅离岗位，前三重门守军惊异之下，只得待在原地，并鸣号示警。

悠长的鸣号声穿裂层云，穿透阔大高远的九重宫门。天盛建国以来，第一个悍然单骑白日闯宫者，令守门禁军吹响了早已尘封的黄金号角。

那一人一骑，却始终不曾回头。

凤知微不管这些。

娘在宫内到底是什么情形，她不知道，她唯一知道的是现在肯定时间紧迫，没有腰牌和帝王传唤的她不能在一重重宫门前不停地被盘问消磨时间，而且，就算内宫有传出允许自己觐见，那以太监磨磨蹭蹭的速度，等他们到也太迟了。

生命太长，长到很多人忍耐不得自行结束。

生命太短，短到有时不会给人等候一秒的时间。

第四重宫门！

两柄巨型长枪铿然一架，金光四溅，巍然若山。

一骑泼风而来，碗口大的马蹄溅碎流水般的日光。

长枪枪尖锋利明锐，如一对冷眼，毫不动摇地盯着那三门连闯的骑士。

马到近前！

金光乍现！

铿——

一柄金铜载着日色，突兀地出现在骑士手中，迎着枪尖悍然一抢，金属相撞的尖锐悠长的回声中，两柄重达百斤的长枪被狠狠劈开。

黄金枪尖划过，一道彩色的眩光荡起如桨，两个持重枪的力士踉跄后退。

一退间那马已腾身而起，三丈长的宫门一掠而过！

第五重！

长枪如林，结成阵形，早早等在了宫门前。

那林是天下最密的林，不容一只鸟轻盈飞过。

禁军们抿紧嘴唇，严阵以待，天盛皇朝建国以来，从未给人这般连闯四重宫门，来者太过强悍逼人，以至于每个人的心都紧张得怦怦跳起。

随即他们便看见那神骏黑马，鬃毛飘扬，奔驰而来，马身上横着一柄金枪，却没有人。

所有人都一怔。

人呢？

在前面已经被拦截了？

所有人一怔之下心中一松。

那马已至面前，面对着枪林竟然毫不减缓速度，恶狠狠地直冲过来。

但凡学武的人，都是爱马的，这么一匹举世难寻的极品越马，禁军们都难免生出爱惜之意，并且也没有看见令他们紧张的敌踪，于是不由自主地将枪撤了撤。

一撤之间。

马腹下突然伸出一双雪白的手，闪电般就手一抄，哗啦啦将身侧禁军们的金枪全部抄在了手中！

随即马腹之下，一枚黑羽翻起般飘出一个人，在半空中划出一个漂亮的弧，落在马上，而手中那捆金枪，柴火捆一般向前一横，轰隆隆便直对后阵撞了过去。

失了枪的禁军们惶然后退，后面的禁军害怕伤着同袍急忙收枪退后，一时乱成一团，还没收拾好自己，耳边却听得蹄声震耳，那一骑已经再次越过！

第六重宫门！

宫城之上有人举着千里眼，遥遥看着前方宫门的动静，便看见那闪电般一抄，如捞日月、如揽青天般的开阔手势；看见那飞羽般的飘身而起，风一样的女子，火一般的神韵；看见阔大的白石长路上，那黑裙女子连闯五门，碎日惊风，一路飒然而来，于是心动神摇间一阵恍惚。

仿佛想起多年前对越战场之上，亦曾有这么一位女子，赤甲黑衣，金枪乌骑，长发和衣裙在血与火中猎猎飞舞，一枪挑下悍勇无伦的越将。

当年他还是个小兵，在第一女帅麾下，仰望着天盛女杰的风采。

多年后他是宫门领，刚刚听闻那绝世女子即将离去的消息，然后怆然在城楼之上，欲待拦截二十年后的另一个她。

"那是凤知微吧？"他对身侧属下道，"宁安宫的事我听说了，陛下迟早要传旨让她进去，不必拦了。"

一骑如黑线，自他脚下城楼电掣而过。

他立在城楼之上，想着那个坚毅而隐忍的女子，微微湿了眼眶。

"愿她后继有人。"

第七重宫门！

惊动皇城的那骑黑马，一往无前而来。

城门前却已悍然布下了火枪队，这位宫门领并不知道宁安宫发生的事，也不似前一位，对女帅怀有永恒的敬慕之心，他只知道，后三重宫门已经逼近皇宫中心，万万不容人过去。

凤知微踏马而来，看见城门前的阵势，眉头一皱，手中金枪一扬。

"让我过去！"

"还不速速下马被缚！"城楼上有人霹雳大喝，"擅闯宫门，竟至六重，你找死！"

"陛下许我进宫！"

"腰牌拿来！"

"马上就有谕旨！"凤知微金枪一指，"现在，让开！"

宫门领放声长笑，"马上就有谕旨？灭你九族！"

唰！

金光一闪，劈风而来，铿然一响之后，宫门领笑声顿止。

一柄金枪，自下而上飞射过来，刺穿他面前的青砖堞垛，直逼他的面门，离他的下颌只有寸许！

"下一枪。"凤知微掂着她那柴捆似的金枪，冷笑，"就是你的嘴！"

"你——"

"让！"

"陛下有旨——"尖厉的内侍传报声终于赶至，打破这一刻剑拔弩张的僵持，"传凤知微进宫——"

城楼上的人目光变幻，恨恨地挥手。

凤知微抱着那捆柴火似的金枪，似乎想要笑一笑，却最终落下泪来。

宁安宫笼罩在一片令人窒闷的死寂中。

空气中有种铁锈般的沉厚气味，太医们在帘幕后穿进穿出，不时窃窃低语，宫女们端着金盆，进去时是清水，出来时是血水。

天盛帝面沉如水，坐在外殿，手里拿着本书，却一个字也没看进去。

凤夫人已经回天乏术，那么重的一撞，她没对自己留后手，太医说她早就该故去，她却一直奄奄一息坚持着。他明白她是在等凤知微，也命太监立即去传，可心中却不抱希望——天盛皇宫进出手续烦琐，每重宫门都会仔细盘查，这一来一回极其耗费时间，还要去找凤知微，而就算凤知微现在已经赶到宫门外等候，只怕也已经来不及了。

她这样熬煎着，何必？

"陛下……"太医正匆匆迈出帘幕，"怕是……不成了……"

天盛帝心中一沉。

她终究是没等着！

"陛下！"有内侍闪进来，不敢大声，低声相唤。天盛帝不耐烦地抬眼，正要发怒，却听内侍低声说了几句。

天盛帝眉毛一动，放下书。

"已经来了？这么快？"

随即又惊讶地道："连闯六道宫门！"

"明缨后继有人啊……"天盛帝想起那日金殿之上那个掷杯斗诗的女子，眼神中闪过一丝惊喜，扬声道，"快宣！"

人影一闪，殿门前出现一个长发黑裙的女子。

她似乎有些气急，微微喘息着，额头上有细细的汗，在门槛前半边的日影里闪着微光。

她快步过来，每近一步，脸色便白一分。

"你来了。"天盛帝坐在榻上，脸色怆然，"去看看她吧。"

凤知微听见这一句，心中一松，险些瞬间瘫软在地。她狂奔回京，一路早已耗尽体力，又连闯六重宫门，早已强弩之末。

此时却还不是倒下的时候，她挣扎着，二话不说给天盛帝磕了个头，转身就朝内殿走。

天盛帝带点欣慰地看着她的背影，此时的凤知微越像秋明缨，他越安心。

凤知微直奔内殿，其余人都已避了出去。

凤夫人头上搭着白巾，遮住了伤口，直直望着殿顶，眼神已将涣散。

"娘！"

凤知微一个扑跪，扑到榻前。

凤夫人将要游离的眼神，听见那声呼唤，瞬间亮了亮。她挣扎着转过眼，去摸索凤知微的手。

"你……果然来了……"她声若游丝，唇角微微掠出一抹笑，"我差点……等不及……"

凤知微闭上眼，紧抓着她的手，梦游般轻轻道："我不会让你白等……我来了……"

她伸手，轻轻掀开凤夫人头上的白布。凤夫人无力阻止她，露出一个凄婉的笑容。

凤知微眼睛一眨不眨，望着那个血肉模糊的狰狞伤口，将那凄迷的血色一点点看进眼底，看进心底，看进永生注定不会磨灭的记忆里。

她要记住娘此刻的伤口，如同记住这个森凉皇朝所给予她们母女的一切，记住这十六年的艰辛忍辱、苦痛挣扎，记住在她以为一切都将好转，她终可以让母亲悠游过下半生的时刻，有人狠狠将她和她的亲人，从梦想的云端推落。

　　她要记住这世事多苦，如这伤口般血肉翻覆，而这割裂的血肉从此长在她的心底，随时光荏苒而日久深刻，永不愈合。

　　珠帘一掀，天盛帝跟了进来，他终究还是不放心。

　　凤夫人不说话，凤知微也不说话，她闭着眼，感受着娘的手指在自己掌心画的字。

　　那手指无力而轻微，绵软几不成字，刻下的却是她一生里最重的烙痕，不在血肉中、体肤间，却在灵魂里、梦魇内。

　　"知微。"天盛帝眼光转开，避开那个惊心的伤口，神情温和而悲悯，"你要节哀……"

　　凤知微听着这和蔼的语气，唇角露出一丝森然的笑，但看着凤夫人突然有些急切的眼神，她安抚地捏捏她的手指。

　　娘，您放心，我明白。

　　她转过头去，已经换了一脸感激的哀切，"陛下……"

　　凤夫人手指动了动，捏着她的手，努力往天盛帝的方向凑。凤知微犹豫着，抿着唇，有点怯怯地看着天盛帝。

　　这母女二人的神情和动作，看得天盛帝心中一热，他赶忙上前一步，接住了凤夫人递过来的凤知微的手。

　　他将凤知微的手接在掌心，一触即放，随即沉声道："知微，你母亲于国有功，那许多年朕亏负于她，如今朕补偿在你身上，从今以后，朕封你为圣缨郡主，也将你当女儿看待……你……放心……"

　　凤知微的眼泪无声地流了满脸。

　　"臣女谢恩！"她重重跪伏在天盛帝脚下。

　　手指抠在金砖缝里，无声无息地用力，再无声无息地裂开，鲜血缓缓浸润而出，流进接缝，而那里有一片暗色的痕迹，是不久前凤夫人流出的血。

　　她在那样裂心的痛里，无限孺慕地仰头看着天盛帝，直如看着自己的父亲。

　　天盛帝想着这孩子身世堪怜，从此后就是彻头彻尾的孤儿，心中一酸，眼泪夺眶而出。

　　凤知微却已跪在地上转了个身，转向看着这一切，唇角微微弯起的凤夫人。

　　凤夫人是在笑。

　　知微啊……她的知微。

　　从来都是她为之费尽苦心保护珍惜的女儿。

　　无论多么悲愤欲狂，无论多么伤心欲绝，无论被怎样的苦痛压得欲待奋起崩毁，她依旧清醒明智，永远做着最正确的抉择，哪怕这抉择需要她用尽全身力气，哪怕需要她努力地收束那恨，收束得浑身的骨节都在咯咯作响。

她看见她的灼灼仇恨，化作那眸底浓得化不开的血色；看见她的无尽愧悔，在内心翻涌激荡，生灭不休；看见她着黑裙，骑黑马，驰骋在天盛万里的疆域之上，手中长刀如雪，划裂一个时代的富盛繁荣。

于是她浅笑着，满足地让自己飘起，这人间太过沉重，她再经不起一点尘埃的压迫。

这一生苦心绸缪，这一生强自隐忍，都只为等待这最后的决然结束成就那悍然的开始，等着那一抹黄昏地平线，沉了谁家的皇朝旗帜。

她累了，以后的事，就交给继续行走的人们吧。

终可含笑归去，坦然地去见他了。

哦，不……还差一点……还差一点……

她将自己按沉了几分，挣扎着睁开眼，示意女儿凑近来。

凤知微将满是泪痕的脸，凑向她的唇边。

她的脸，和她的唇，一般地冷，像是极北雪山上永冻的雪，从此后再见不着人间日光，从此后再无热度可以温暖。

"不要怪娘……不要怪……你弟弟……"凤夫人露出一丝歉然的笑意，在凤知微耳边呢喃，"他活着……就是为了……代你去死的……"

一点游音，散在风中，气息如窗上霜花，薄凉地，淡了。

一生里最后一句话，却依旧清浅如风而又沉重若锤，砸在了那女子此刻已经千疮百孔的心上。

"啊——"

一口鲜血，斑斓惊心，喷在金砖地上！

宫中的天色，总是那么拘在四角的天空里，方方正正一块，不让你越过规矩的藩篱去。

就像一具棺材，让肉体永远沉睡其中。

凤知微盘膝坐在宁安宫的偏殿内，面对两具棺材，读完凤夫人藏在腰带内给她的信。

她一字字看得认真，每个字都看得十分用力，很久很久以后，她将信凑近长明灯，慢慢地，烧了。

信笺在火头上微微卷起，飘落成灰。

火光映着她的目光，无限森凉，像一片无涯的深渊，有着看不到底的黑。

长明灯执在掌中，白幡在午夜的风中微微飘荡，她游魂一般，在两具棺材间行走。

有一具是凤皓的。

验明正身之后，按例要抛去化人场，她恳求天盛帝给弟弟一个全尸。天盛帝看着她满眼的血丝，沉吟了一下，同意了。

"这是陛下宽慈。"还尸体给她的太监尖着嗓子道，"历来进化人场的，就没有全尸。"

陛下宽慈。

她在微弱的长明灯前，轻轻笑了一下。

给你具尸体，也叫宽慈。

不过没关系，和我比起来，你确实宽慈——将来你就知道了。

再次给长明灯添了油，她倾身，仔细地看着凤皓。

那孩子静静睡着，睁着大大的眼睛，临死前瞳孔里还残留着惊恐痛苦之色——他走得很挣扎、很不甘。

凤知微凝望他良久，缓缓伸手抚着他冰冷的脸，上次触摸他是什么时候？不记得了。她是如此厌恶他，从不愿碰他，她恨铁不成钢，小时候她觉得那是个讨债鬼，长大后她觉得这个弟弟是自己最大的拖累。

在他即将代她而死的前半年，她还暗中使坏，将他一直关在刑部大牢里。

他一生的最后时间，是在牢里度过的。

原来她才是那个最大的拖累，原来她才是那个真正欠了别人却永远无法偿还的人。

娘说亏负他，最起码娘还溺爱了他十五年，给了他尽力的补偿，而真正欠他的自己，冷漠相待了他十五年。

她的手指，缓缓在他脸上抚过……皓儿……让我这一生，第一次，也是最后一次，抚摸你一回。

你一生里为姐姐而活，为姐姐而死，却没有得到姐姐的温暖，此刻且让我补给你，虽然注定永远已迟。

她的手指也没有合上凤皓大睁的眼睛。

皓儿。

我让你看我，看清楚我。

这是天下最为绝情的姐姐，最为冷漠的亲人，最为愚蠢的女子，她用十五年的时间，来辜负你。

……

油灯的光芒缓缓游弋，暗夜里像是明灭的鬼火。

她停在凤夫人的棺前。

娘。

我曾无数次问过您，当年夭矫绝艳的火凤女帅，是被谁磨灭了一生的戾气和光华。

您完全可以不给我答案，为什么一定要用死亡来告诉我这个问题的唯一结局？

我们曾经约定，一起离开帝京，然而人算不如天算，老天从来不愿成全我，哪怕是一个最为卑微的梦想。您永远不会等着我，我也永远不能和您一起，悠游山海，过世外桃源的生活。

这，是不是命？

我至今不敢去想您如何熬过了那十六年。

我至今不敢去想，那次我回秋府，您带了新做的一件衣服来送我，我却因为您不肯送弟弟去首南山，而将您拒之门外。那天下着小雨，我隔门等着听您离去的声音，我等了多久？等到我快睡着……那天您的衣裳，一定里外全湿。

直到今日我才明白。

您不能让他被送去首南山，因为离得太远，事情败露，没人代我去死。

您不能让他被逐出府，因为他在府外无法自保，一旦出事，没人代我去死。

娘。

您是要用这两具我唯一亲人的尸体告诉我，时光无法倒流，再多的愧悔也无法弥补当初的错。

哪怕今日我睡进这棺材里，将自己垫在了棺底，也永远无法换来您微笑地和我分吃一个馒头，无法换来弟弟在桌子那头独享那碗白菜汤。

这一年我锦衣玉食，享尽人间荣华，然而到今日我才明白，我真正想要的，还是三人围桌，头碰头，喝那一碗白菜汤。

追不及，挽不回，这人世间，无限悲凉。

灯光渐渐地灭了。

夜半时分，飘起了雪。

雪势很大，扯絮丢棉，很快便是厚厚一层。

凤知微无声无息，单衣薄衫，走在雪地里，任由冰凉的雪没过脚踝，彻骨地冷，却又不觉得冷——从今天开始，再没有什么事，可以让她冷。

从今天开始，她已经沉睡在了永冻的深雪里，一无所有，孤身一人。

知微，等我。

　　到时候我想亲耳听听那芦苇荡在风中，如海潮一般的声音，或者也会有只鸟落羽在我衣襟。嗯……你愿不愿意一起再听一次？

　　我们不会再在一起听芦苇荡的声音了。

　　当辛子砚掌握的金钥卫冲破萃芳斋的院门时，那片芦苇荡，就注定永远枯萎在那一片遥远的南海了。

　　爱恨是非，永在路中。

　　宁弈。

　　金钥卫是你的，是吗？

　　对凤家的调查，从我们初遇，就开始了，是吗？

　　对凤皓的关注，来源于你对他和我身世的怀疑，是吗？

　　原来我从来都是你的目标——不是爱情，而是皇权生死。

　　原来我从来都站在你对岸——不是命运，而是血脉对立。

　　呵……多么傻，多么傻！

　　原来我的一生，注定没有放纵之期，当我想将心事跑马，命运便要狠狠勒住我的缰绳，再给我最重最彻骨的一鞭。

　　原来我所有的期望，都是浮在云端的梦想，看似美丽，实则随时都会被雷电劈开，被狂风吹散。

　　原来我以为的触手可及，其实远在楚河汉界的天涯。

　　雪下得无情无义，呼啸悲号，不管这一刻，是否有人衣单身寒，长立雪夜之中。

　　凤知微缓缓蹲下身，在一棵矮树下，用手指慢慢地写了一个名字。

　　她在夜色雪光里，出神地看着那个名字，然后将冻得通红的手，无声无息地按了上去。

　　那一片雪地，被她毫无温度的手焐热，千般心思，万般落寞，渐渐都化水流去，潺潺的，像人生里，一些无可挽回的东西，比如生命，比如亲情。

　　天亮的时候，她扶着两具棺材，踏雪步出宁安宫，纷落的大雪里，背影笔直，再不回头。

　　那棵矮树下那被手心焐化的名字，被她静静抛在身后。大雪永不停息地下着，将那里一层层覆盖，永远无法拨雪去寻。

　　长熙十六年的帝京，有被逐出门的无家孤女，有寄人篱下的妓院听差，有平步青云的无双国士，有风生水起的少年钦差。

　　长熙十六年的帝京，有走马京华的风流皇子，有寡情薄凉的开国帝王，有忍辱求存的一代女帅，有懵懂等死的无辜少年。

　　长熙十六年的帝京，有冬日冰湖的薄凉初遇，有长风孤桥的夜半对酌，有微雨古寺的依偎求生，有风云南海的生死温存。

　　长熙十六年的帝京，有一个人一生里，最烂漫、最鲜亮的回忆，却在那一年的第一场雪夜，无声地翻过。

　　湮没，繁华。

番外一
一处心思古今同

这一年还是长熙十六年，南海的秋季灿烂如金，远山似长幅青绸，延展在憩园长廊下的潺潺流水里，水纹便似多了脉脉的起伏，如临水之人唇边的笑意。

"大人今日精神倒好。"身边侍女见她注目水池神情愉悦，也笑着凑趣，"殿下等会儿来若见着，定然高兴。"

她听了那个称呼，微微扬眉不语，池水中那人笑意明灭，被池底游曳的锦鲤搅散成无数叠影。

距离祠堂那日已有大半个月，她自那场沉疴中醒转之后，便受到了最严密的保护和最细致的伺候。所有人都被她当初的濒死给吓着了，攒银子一般攒紧她每一分生机。宁弈尤其着紧，很多事不肯假手他人，每日凤知微非得装睡，才能将他从身边赶走去处理公务，处理公务那也是神速，离开时一碗粥刚刚盛上，回来时那粥还没喝完。

想起以往体尊端严走路袍角不惊的某人，最近来去如风的模样，她唇角弯起的弧度更深了些。

"殿下说大人若是闷，今日应该可以看看书了，只是切莫超过半个时辰。"侍女捧过书箱来，严格按照宁弈的指示办事。

另一个侍女啪地弹开了西洋怀表的表壳，对时，这也是宁弈的吩咐——好掐时间。

凤知微刚拿过一本书，看见这个动作无奈地扬扬眉——这样掐点看书，等一下看到正起劲处时辰到了怎么办？这么争分夺秒的，哪还有读书的闲情逸趣？

某个人看似尔雅，其实骨子里还真是霸道。

"算了。"凤知微将书丢下，转头看见自己的书箱还捧在侍女手中，心中一动，伸手道，"书不必看了，趁今日太阳好，我把藏书翻晒翻晒。"

侍女将书箱递过来。箱子不重，她远差南海，自然不会将藏书都带着，只选了一些最重要最喜欢的书籍，她在书箱里摸了摸，不出意料地触及了一本薄薄的小册子。

封面柔软，触感奇异，她的手指在书上停了停，抬头对两个侍女微笑，"想吃佛跳墙。"

侍女们面面相觑，不明白她怎么会在刚吃完早饭后就提出这么一个复杂的要求，然而殿下有吩咐，凡是大人要求的，必须办到；凡是大人喜欢的，必须转告。

两个"凡是"，憩园上下，一向执行得很好。

侍女们被打发走，她抽出那本薄册，小心翼翼地在阳光下摊开，金丝猴皮的封面光泽闪耀，刺得她眯了眯眼睛。

这本书，和这本书的主人，一样光芒四射，那华光甚至漫越了整整六百年，照射在后世的她身上。

大成神瑛皇后，该是个怎样的奇女子？

而传说里她倾心爱恋的那个男子，又该是怎样卓绝的人物？

凤知微无意识地翻开书页，纸张在指间掠过。

"卿卿，请允我偷看。"

"偷窥者耻！"

"告而窥之，不为耻。"

"责而继续窥，更耻！"

……

凤知微浅浅笑起来——再怎么威临万方的绝世帝侣，打情骂俏还是一对小儿女。

她一遍遍摩挲着那对话的字迹，眼神温软，漾出自己也未曾察觉的向往和羡慕。

寄人篱下，备受欺凌，她原以为自己这一生定然满心都是不甘和奋起，再没有放下男女之爱的余地，然而南海一场惊心旅途竟渐渐在她眼前展开一片斑斓的天地。

如俗世之人偶遇蓬莱，扑面而来，刹那惊艳。

令人畏怯却又沉沦的美。

若有一日，自己也有这般幸福……

她停了手，突然红晕上脸——好端端的这是在想什么？

啪一声合上册子，似乎动作不如此猛烈便不能狠狠砍断这一刻不合时宜的绮思。

动作却太猛烈了些，手一滑，册子坠地。她急忙去捡，她身体还没完全康复，关节有点僵硬，只能用手指拈着书脊往上拎，拎的时候便觉得什么沉沉欲坠，随即听见吧嗒一声。

册子又掉了下去，手里只剩下金丝猱皮的封套，原来这册子上面套了一层皮，只是年深日久，渐渐黏合在一起，被她这样一拎，便彻底分开了。

她怕撕破书，急忙捞起落地的册子，突然愣了愣——封面上有字。

"《基于和谐稳定建设发展的五洲大陆速成版成才指南》"

什么意思？

下面还有一行小字。

"——太渊小学、无极中学、天煞高中、轩辕大学、璇玑硕士、扶风博士、穹苍博士后连休满分之孟扶摇之五洲大陆毕业论文"

硕士？博士？

论文？

是策论文章吗？

号称"国士"、以才智驰名帝京的魏大人，此刻对着这两行歪歪扭扭天书般的字，也露出了白痴般的呆愣表情。

"在看什么？"

身后突然有人问话，随即一只手轻巧而又坚定地收走了她的册子，很随意地便在她身边坐下来。等发呆的凤知微反应过来，那册子已经在那人手中被饶有兴味地翻阅了。

凤知微"啊"的一声，心知此时再去抢也已来不及，反而露了行迹，只好故作无所谓地笑了笑，道："今天过来得倒早。"

"我听说有人大清早的想吃佛跳墙。"宁弈微笑，墨玉般的眸子辉光流动，"我想知道这回又出了什么幺蛾子。"

"哪能呢？"凤知微无辜地微笑，眸子里写满"我很诚实"四个大字。

她素来雍容淡定，这种带点撒娇意味的语气极为少见，一瞬间四面气息都芬芳如蜜。宁弈手指颤了颤，啪地合上册子，俯过身来，悄悄道："是吗？用什么来证明呢？"

明明是极普通的一句话，从他口中出来便多了几分旖旎和调笑。凤知微不能自已地红了脸，勉力向后让了让，一让间忽然瞥见宁弈手中合上的册子，呆了呆，道："耍流氓！"

"呃……"倾身一半，正想趁机偷香的宁弈，被这天外飞仙的一句给震住了。

"流亡？"宁弈皱起长眉，不理解这三个字的意思，直觉像是在骂人，不过凤知微可从来不会这么直接地骂人。

他转头去看凤知微，中了眼蛊到现在，他一直努力驱毒，宁澄也没少给他找药，现在只差一味药，要等到闽南之后再到十万大山里寻，视力虽然没有恢复，却也有了点好转，看得见灰白的天地里她秀致的轮廓，有些蘸了浓墨比较凸出的字迹，连摸带猜地也能看个大概。

当然，这个是不必告诉她的，正因为他的瞎，她才心生怜惜不再那么拒人千里，有时候一些小女儿态才没着急收拾，他告诉她？傻了吗？

所以这一望，便发现凤知微并没有看他，这句话似乎不是对他说的，她的眼神，一直落在他手中的册子上。

宁弈原本没在意手中的册子，此时才低头去看，手指摸上去，猜度半晌，又是一怔。

册子的封底上，赫然有字，第一行就饱蘸浓墨亮闪闪写着："耍流氓！"

宁弈愕然抬头，头抬到一半又赶紧落下，好在凤知微注意力也在册子上，没有发现他的失态。

宁弈的手指，悄悄摸上纸面。

下面一行，还是那歪七扭八、力透纸背的难看字。

"摸什么摸，说的就是你！"

宁弈："……"

再下一行，那人似乎在叹息，"唉，这小子似乎有点傻啊，善了个哉的，配得上吗？"

宁弈很用力地盯了这行字很久，脸色有点不好看。凤知微心虚地向后让了让，让完之后才想，咦，心虚什么？他又看不见。

只是这人看不见，干吗还抓着书不放呢？还有脸色怎么这么奇怪？他不会能摸出字来吧？

凤知微心想把书拿回来，却又觉得这样太明显。宁弈却笑笑，将书搁在膝上，凑到她面前，道："什么书？读给我听听。"

凤知微瞟他一眼，笑道："一个滑稽戏话本子，说的是一对神婆夫妻的闺房闲话，你没兴趣的。"

"闺房闲话吗……"宁弈拖长声调，语气充满笑意，"我正想学。"

凤知微脸上又是一热，却只好抿唇不语，这世上最厉害的调情就是——你明明知道人家调的是你，却没法以牙还牙。

她只好凑过去读，再下一行却换了潇洒飘逸的字体，语气也和先前不同。

"数百年后事，何必多操心，小心长皱纹。"

"元某人，你嫌弃我老！！！"

"哦，卿卿，我的皱纹永远比你多一条。这辈子只担心你嫌弃我。"

底下突然多了一排小小的爪印，纸质有点损坏，似乎被什么东西给挠过，随即那人似乎在解释。

"元宝说，求你快点嫌弃，它等得好急。"

歪七扭八的字迹重回，这一行写得分外剑拔弩张，"让它去屎——"

宁弈开始咳嗽，凤知微已经缩到了躺椅最深处——史书里文治武功、光耀千秋的大成开国帝后，调起情来实在太叫人吃不消了。

她内心深处还有一层担忧——宁弈现在是看不见，但他已经知道了这本书的存在，以他对她的了解，只怕也不会相信她的随身书箱里会放滑稽戏话本子，如果他因此疑问，她要怎么解释？

好在宁弈好像被那奇异的对话给吸引住了，神情并无异色。凤知微松口气，决定今日之后，这本书一定要好好藏好，不再见天日。

书上的对话却又换了内容。

"我可怜的孩子……"那丑丑的字迹突然莫名其妙来了这句，宁弈还不觉得什么，凤知微却突然心中一震。

明明不知道对方说的是谁，却从这行字里，感受到了心疼、怜惜、关爱、无奈……种种复杂的情绪，自六百年前的书香笔墨间，透纸而来。

她竟莫名地红了眼眶。

"还是操心你肚里的那个吧。"潇洒的字迹语气也多了几分无奈，"厨房熬了金丝官燕羹，浓浓的，去喝一碗？乖。"

"表！求拉丝元宝羹！"这排字越发歪斜，字字拖曳。凤知微微笑，仿佛看见某人正在被拉走却又不甘被困努力爬回。

往下看，一排愤怒的小爪印之后，是最后几张张牙舞爪的大字。

"小子，你给我——"

仿佛某人挣扎奔回，心急火燎添上这一句。

随即一片空白，戛然而止。

凤知微震了震。

一瞬间心中竟无限失落。

不知怎的，这对六百年前的帝侣，一直给她亲切而孺慕的感觉，仅仅看见那样嬉笑怒骂的对话，便觉得温暖透心，她曾无数次在册子中翻找，希望能看见另外的只言片语，也无数次收获失望，一直到今日。

此刻她惊喜，也寂寥，因为她明白，这真的是最后的话了，再也没有别的。

她如此在意、向往，不仅因为喜爱大成帝后的鲜活温暖，还因为他们的字里行间隐约藏着对她的关切，这样的关切，过去十数年她不曾有，以至于她无限渴慕，眷恋不休。

她失神沉默，宁弈却也没有说话，他将几排字仔仔细细摸了无数遍，最初的震惊过去后，眼神里渐渐浮现出些奇异的情绪。

他的手指停在封底，指间无意识地摩挲着纸页，此刻，只要手指轻轻一动，翻开书页，关于她身世的一切疑问和猜想，都将得到证明。

书页在指间唰啦啦地飞快翻过，翻开、合起、翻开、合起……快速翻动的纸张连绵成叠影，像这人生里不断流转的时光，有些事也和时光一样，只要打开，便永远流水般泻落，再也无法收拾重整，再也无法回头。

凤知微盯着他的手指，心跳微微地急，她看出他在犹豫，却不明白，也不敢想他为什么犹豫。

啪。清脆的声音竟惊得她一跳，抬眼看去，宁弈已经站起，手一抬，册子被干脆利落地合上。

她盯着那册子，他却不看，弯身微笑抚了抚她的长发，柔声道："我去看佛跳墙火候到了没。"

她"嗯"了一声，他将册子搁在她膝上，封面朝上，苍白的视野里，隐约透出一排黑色的字。

凤知微的手，慢慢地盖了上去，宁弈却已转身。

他唇角的笑意，在转身的刹那，被南海秋风悄然卷去。

那封面上有那个如雷贯耳的名字。

那册子有世间最尊贵的主人。

那主人才能通神，是六百年不灭的传说。

那人的一切，由前朝密卫保管，代代传于皇室后裔，永不会落在外人手中。

不过……这些，他想，他不知道。

南海深秋金红斑斓，风中有玉簪花和长寿菊的香气，混杂在一起，特别浓烈。他负手树下，想起那册子上最后一句话，想着六百年前那明艳浓烈的女子，匆匆作笔，只为给他一个遥远的警告。

神瑛皇后。

你且听着。

为她。

我甘愿，什么都不知道。

Best Time

白 马 时 光

天下
归元
著

凰权

HUANG
QUAN

第一卷·下

百花洲文艺出版社
BAIHUAZHOU LITERATURE AND ART PRESS

第七十九章

大妃

从青卓雪山传来的风，带着高山雪末的气息，走过千里朗阔的草原，扑到脸上，便只剩了舒爽和清凉。

地平线永远远在视线之外，一抹残阳，在碧蓝的天幕那头，分外雄浑地燃烧着，将眼前壮阔的河水，照耀得闪烁如金。

"过了前面这条河，就是呼卓十二部的地盘。"华琼从车内出来，给负手立于河边的凤知微披上披风，"内陆虽已开春，北方却是越走越冷，这么单衣薄衫的，冻着了怎么办？"

凤知微拢紧披风，对她一笑，道："别把我当病猫似的，你快生产了，才不能出来吹风。"

华琼拍拍她的肩，两人相视一笑。

随即各自调开眼光。

一个继续出神地看河水，一个眯起眼睛遥望茫茫草原。

风拂起两人的头发，都猎猎飞舞。

出帝京已经有些日子，大雪那日，凤知微葬了凤夫人和凤皓之后，便狠狠地病了一场，病好后，她仔细思量，决定还是离开帝京。

所有的牺牲，都必须有其价值，娘宠爱弟弟十五年，做了那许多准备和假象，就是为了有朝一日大成皇脉案掀起，好将弟弟推出去替她顶包，甚至不惜自己一死，以换得天盛帝的原谅和怜惜，不仅给了她生存的机会，也给了她崛起的可能。

从今以后，她便不会再陷于身世被揭穿的危险之中，甚至可以凭借帝王的愧疚和那个郡主的身份，逐步走向娘希望她走向的方向。

娘为她做到这个地步，连临死，都在对天盛帝做戏。她凤知微怎么可以辜负这样的苦心恩情，怎么可以浪费掉那两条性命？

而宁弈，既然已经对她出手，也就再无留情的可能，第一次被她逃脱了，难保不会再有第二次下手，而且，随着宁弈回京，征南大胜的战绩必将使他更加熏灼，到时她要如何和他斗？

"有些东西我势在必得，而如今既然已经走到这一步，便再容不得我退后。有时候为上位者也身不由己，就算他想退后，他的部属，他的跟随者也不会允许，你……可明白？"

话声言犹在耳，那次五皇子夺嫡之后两人在御书房之外回廊里的对话，她至此日方才明白其中的深意。

可惜，明白得也太迟了。

帝京居，大不易，那么便先退一步，海阔天空吧。

没多久，华琼和赫连铮也都赶到。恰逢此时，对越战事也出现了变化。

先是在一次战事中，天盛军中大越埋伏，大败，主帅秋尚奇重伤。

其后追查，才发现问题出在呼卓部，呼卓十二部中的金鹏部，因为今冬大雪草场分配不均，便心中不满，暗中勾连大越出卖军情。呼卓老王大怒之下，寻金鹏部首领质问，却被金鹏部暗藏的勇士击杀而亡。呼卓部顿时乱成一团，据说自老王死后，为继承权和部落势力划分，天天都在打仗死人。

呼卓是天盛领土，天盛自然不允许这样的事发生，天盛帝立即允准了赫连铮回草原的请求，并封赫连铮为呼卓十二部大汗，承顺义王爵位，回草原接位。另外，还下诏严词斥责金鹏部首领弘吉勒莫特图，要求其立即交出刺杀老王的凶手，并归顺新王。

诏书是堂皇冠冕，但谁都知道，草原部族彪悍，只相信胜者为王，所以赫连铮这个顺义王如果不能镇服草原之乱，那就是个空头圣旨，保不准自己都落不得全尸。

赫连铮当即点齐属下回奔草原，临行前向凤知微告别。凤知微只淡淡道："无须告别，我跟你走。"

第二日，天盛帝便下了旨，封凤知微为圣缨郡主，赐婚赫连铮，由长缨卫偏领淳于猛送嫁，即日起随顺义王前往呼卓十二部。

这个带"圣"字的封号令满朝震惊，凤知微却只将讥诮的笑意藏在温婉的神情里——

果然，得不到的就是最神圣的。

赫连铮既喜且忧，一番心事搅扰在心说不出口，凤知微却只上殿平静领旨，在众人"可怜刚刚飞上枝头便要去送死"的复杂眼光里，接了旨。

那日，金殿高旷，圣缨郡主昂首下阶的身姿笔直，长长的裙裾层层拖曳于玉阶金陛，转身的背影写满决然。

那日，顺义王一行，自正殿出，过九龙台，经玉堂大街，越神水门，出永宁门，离京。

那日，闽南道钦差、征南主帅、楚王宁弈凯旋。钦差仪仗自长安门入，过神水门，经玉堂大街，入九龙台，上正殿。

擦肩而过。

当钦差大臣的马蹄踏上送嫁队伍的满地红绢时，帝京已成回忆。

当钦差大臣于金殿拜谢圣恩，接受那一系列的赐宴、论功、封赏……在帝京的繁华风流里再次呼风唤雨时，圣缨郡主长长的马队已经行往千里寥廓的草原。

草原的风，很硬，很凉。

凤知微站在波光粼粼的昌水边，看着夕阳渐渐将自己烧尽，看着细碎的水光渐渐归于黑暗，良久，慢慢地笑了一下。

她轻轻从袖子里取出了一样东西，方方正正，触手细腻，不用去看，也可以感觉到上面天然生成的美丽花纹。

这世间天生美丽的东西，多半有毒。

如今她可算明白了。

风行水上，将衣袖吹得鼓荡，风里有什么声音在瑟瑟低吟，却不知道是那永在路中、雪绒漫天的芦苇荡在吟唱，还是夜色下，安澜峪的海潮起潮落生灭不休。

谁在听芦苇唱歌，谁在听海潮赋诗，谁在听此刻夜风鼓荡下的昌水河？

扑通。

很久很久之后，水面上有一声轻响，随即归于寂灭。

草原的夜，深凉。

"我们为什么不趁夜过河？"回到宿营地，赫连铮皱着眉头问她。

"你知道为什么不能。"凤知微在他身侧坐下，"虽然对岸现在不是金鹏部的地盘，但是十二部现在内部纷乱，谁知道对岸的貔貅部会不会有异心？趁夜过河，太危险。"

她端起一杯羊奶，还没端近，就皱起了眉头。

"不想喝就不要勉强自己。"赫连铮按住她的手。

凤知微不动，眼光下垂，在那按住自己的手腕上略一停，赫连铮立即讪讪地收回了手。

转开目光，凤知微若无其事地笑笑，道："世上事，不能总因为自己不喜欢便不去做。"

她仰头，将羊奶一口饮尽，然后接过赫连铮递来的帕子拭拭唇，对他坦然一笑。

赫连铮不说话——他知道，此刻如果和她说话，她一定憋不住会将刚喝的羊奶吐出来，然后等会儿她还会继续喝，何苦要折腾她？

他转开目光，不想让自己眼底的心疼被她看见。

知微变了。

变的不是平日的性格，她依旧温和婉转，依旧笑意盈盈，然而只有时时相伴于她身侧的人才知道，她那温和婉转的笑意背后，是永冻的寂寥荒凉。

如果说以前，她那温柔表象下的冷与辣，还有着灼热的人间气象，那此刻的温柔背后，就只剩下了一望无涯的空寂。

她自悔着自己不够聪慧、不够狠，所以再不允许自己放纵和迁就。

包括……感情。

陛下下旨赐婚的那日，他于失去父王的悲愤疼痛中找到了一丝惊喜，然而当他抬头看见她那淡定无波的眼眸时，心便重重地沉了下去。

那是将一颗心束之高阁的凤知微。

她比以往任何时候都离他更近，却也比以往任何时候都离他更远。

这茫茫阔大的草原，不及她的心更空。

"早点休息吧，明日便要进入呼卓十二部的地盘了。以后的日子，有的累。"赫连铮接过她的杯子。

"也许……从现在开始，就得累了。"凤知微皱着眉头，忍着那泛上来的恶心。

赫连铮微微叹息一声，站了起来，决定从明天开始，不允许任何羊奶出现在她帐中，看她还怎么喝。

他迈步出帐，快捷的脚步带起一阵夜的凉风。凤知微望着他的背影，想着那带点无赖之气的跳脱男子，这段日子也比以前沉默了很多，是为父王暴死、家族前途未卜而沉重吗？

每个人都被世事逼着做出无可奈何的改变，而那些旧日轻盈，如花，离落枝头。

门帘一掀，顾南衣两肩担金猴、一怀抱婴儿地进来了。他永远都是这么固执坚持——养孩子、养猴子也不例外。

凤知微很奇怪，在她无心顾及他的时候，孩子怎么没给他养死，还越发白白胖胖，就爱他的怀抱，别人都不太亲近。

也是，孩子总是亲近和自己朝夕相处、连睡觉都在一起的人，不管那是奶妈，还是奶爸。

"该起个名字了。"她接过孩子，两只笔猴也跳到她的手指上，一根根地啃她的手指。

当初那锁片上有孩子的生辰，如今她也快一岁了，该有个正式名字了。

"知道。"顾南衣说。

"嗯，那你说起什么名字？"凤知微以为，他在说他知道该给这孩子起名字了。

"知道。"

"啊？"凤知微一愣。

"知道。"顾南衣指指孩子。

凤知微终于明白了，他是说他起的名字就是"知道"。

凤知微哭笑不得，顾南衣却一本正经地抱过孩子，道："顾知道。"

"……"

"我说，不能用这样的名字。"凤知微半晌叹口气，耐心地和顾少爷解释，"人家是女孩子，用这样的名字，长大后会恨你的。"

面纱后，顾少爷用一双比草原星光更亮的眼睛，不解地看着她，半晌道："为什么？"

顾少爷很少开口问为什么，所以逢着这样的机会，凤知微一定不会放过，"女孩子的名字要优雅美丽，不然会被人笑话。"

"可我觉得，'知道'最好。"顾少爷慢吞吞地答。

凤知微默然，知道自从自己那次南海重病，顾南衣就留下了一个死结，他觉得一切问题出在自己的不知道上，所以他心心念念于"知道"，连这倒霉孩子都被迫要叫"知道"。

"这样吧，叫知晓。"她最终妥协，"顾知晓，'知晓'就是'知道'。你看，是不是好听得多？而且听起来很像我妹妹。"

顾少爷想了一会儿，点点头，认可了这个名字，却又要纠正她的看法，"你女儿。"

凤知微一个倒仰，险些呛着。

我女儿？

她很想纠正，但是实在不敢，她怕这个问题纠缠下去，顾少爷再来句"我女儿"，那这问题就大了。

"你养女。"她坚决地道，"你的。"

顾少爷点点头，答："我的就是你的。"

凤知微深呼吸，决定真的没有必要再继续这个问题，顾南衣却也觉得这完全是没有争议的事，于是自己先转了话题，"魏知在回京途中遭遇山崩，被洪水冲走，下落不明。宗宸说的。"

凤知微又一愣，宗宸自己不来和她说，要南衣来说？转瞬便明白，宗宸看出她想拉顾南衣出自己的世界，这是配合她来了。

魏知下落不明……她陷入沉默，宁弈竟然没有揭穿她就是魏知，还为她的失踪寻找了一个借口，这是为什么？难道他还期盼着她终有一日以魏知的身份回朝？

她早已做好宁弈揭穿她还有一个身份的准备，这也是她快速随赫连铮离京的原因，北疆天高皇帝远，就算天盛帝把魏知立的不小功勋都丢在一边，硬要追究她的欺君之罪，也不会那么容易。

然而他没说。

既然已经对她下了狠手，为什么不斩草除根连根拔起？这实在不像宁弈的风格。

目前只有宁弈和宁澄清楚自己就是魏知，辛子砚却不知道，否则天盛帝也必然知晓。

那两人为什么出手只出一半，她百思不得其解，却也不想解——无论怎么出手，都是出手，事实俱在，后果惨烈，永远无法挽回。

顾南衣说完那句话，就自顾自地拿出奶瓶给知晓喂奶。他左手稳稳地兜着，右手不疾不徐地喂着，手指间还拈着一小块棉布，以便随时将溢出的奶汁擦去，动作娴熟，姿态流畅，已经和一开始奶汁泼得娃娃一脸一身都是，不可同日而语了。

两只笔猴站在知晓肚子上，踮着脚尖，虔诚地托着奶瓶。

油灯的光芒射过来，隐隐透过顾南衣的面纱，照出那男子绝世精美的轮廓，照见他微垂的浓长睫毛和隐约安宁静谧的神态。这一刻，他依旧是玉雕，却鲜活温润，由内而外，散发光华。

凤知微静静看着这滑稽而温馨的一幕，眼底浅浅地透出一丝暖意。

她于世人身上看见无数薄凉，却总能从眼前这人身上看见纯净和美好。

"顾兄……"她突然道，"魏知会失踪，就有再出现的可能，你觉得这事怎么样？"

从今天开始，她要让他参与进这个世界，并用自己的态度去思考。

顾南衣并没有思考，回答得很快，"不要。"

"为什么？"

顾南衣喂完奶，小心翼翼地将知晓捧过去，交到她的怀里。

"会伤心。"

他的目光落在凤知微脸上，脑海中忽然掠过帝京那第一场雪——那天松山脚下堆起两座坟茔，她跪在深雪里，用手，一点一点抹平坟头的碎土。

她没有哭，一直很安静。

他那样看着飞雪中她长跪的背影，却突然觉得那飞舞着雪花的铁灰色苍穹，沉重而压抑，正旋转着压下来，沉沉地压在心上。

那天他问她，是什么这么沉重，不让人安然呼吸。

她说，伤心。

伤心。

原来那就叫伤心。

那日他在深雪里陪她从日落待到日出，当天际一线红日战栗着挣扎出云层，明光刹那渡越万里，射入他的双眸时，他突然明白了一些以前不能明白的事情。

比如，很多东西他不是不懂，而是别人不能让他懂，只有她，才能教会他什么叫茫然，什么叫担忧，什么叫恐惧，什么叫……伤心。

只有，她。

对面，凤知微怔怔地看着他。他凑过去，坐得更近一点，牵过了她的手指。

凤知微震惊地看着他——以前他也拎过她，拽过她，却都是在危急关头为了救她，而在平日这样无故主动接触她，似乎还是第一次。

他牵了她的手指，去触知晓粉嫩的脸颊。

“温暖。”他说，“舒服。”

两只笔猴伸出毛爪，不甘人后地也冲上去摸。

倒霉的娃不堪两人、两猴的蹂躏，哇的一声哭了出来。

凤知微却闭上了眼睛。

顾少爷……这是在安慰她吗？

她闭着眼睛，不说话，不动。

良久之后，却有细细的水光，从眼角缓缓流下。

到了深夜的时候，帐篷里滚成一堆，顾南衣不肯离开，睡在她的地毡上，肚子上一个娃娃，娃娃肚子上两只猴子。

队伍里有奶妈，不过很多时候顾南衣还是自己带她睡觉。知晓是个很乖的孩子，很少闹夜，每夜只寅时会准时要嘘嘘，少爷也会准时醒来去把尿。

凤知微自己另外铺了一张地毡睡下,头枕双手,有点好笑地想,大家伙儿也都是看惯了,赫连铮也够大度,竟然就由他的"王妃"和别的男子共处一帐。

睡到半夜,她忽觉哪里一亮,随即便隐约听见一些动静。

她匆匆爬起出帐,见赫连铮等人也都起来了,正望着河那边——大河滔滔,水声不休,十丈宽的对岸似乎很不安宁,处处点着火光,火光里隐约有人影闪动,还有尖叫之声。

"怎么回事?"

"两种可能,"赫连铮道,"要么就是貔貅部内部出事了,最近草原十分不太平;要么就是有人使诈,想让我们趁夜渡河。"

"貔貅部平日对王庭的忠诚度如何?"

"不如何。"赫连铮冷笑道,"白鹿、青鸟、火狐三部,出身于呼卓氏嫡支弘吉勒,和王庭利益相关,才是王庭的忠诚部属。貔貅部既然处在呼卓十二部的外围地盘,自然不会是我父王最忠实的子民。"

"哦。"凤知微淡淡回身,"那好,睡觉。"

所有人跟着她齐齐转身,对面的惨呼求救,看都没多看一眼。

"杀千刀的赫连铮!你老娘死了你还死赖在那里不动?"对岸突然隐约传来一声尖呼。

赫连铮霍然转身。

凤知微喃喃道:"这谁的嗓门,比十个知晓哭起来还恐怖。"

远处亮起更大的火光,隐约照见一个人的身影,似乎正在火光里又蹿又跳,手里还挥舞着什么东西,一把嗓子也是十分惊人,居然能在这样嘈杂的夜里传到十丈外的对岸来,"赫连小崽子!赫连小混账!札答阑因尔吉!你给我滚过来!立刻!马上!"

火光里,赫连铮呆呆地看着对岸,脸色变幻,一会儿青一会儿紫,缤纷好看。

八彪也呆呆地看着对岸,却突然抱着头转身就走。

"札答阑因尔吉是谁?"凤知微皱起眉头,心中突然有种不好的预感。

不会吧……

"是我——"赫连铮麻木地站着,干巴巴地答。

"吉祥小宝贝——"对岸那个跳大神似的人影,似乎发现怒骂这一招没什么用,立即改变策略,挥着手中那一长条,昵声尖唤,"吉祥小宝贝,吉祥小心肝,吉祥小千岁,吉祥心头肉小乖乖……你娘快死了,金鹏部那个杀千刀的,要捉了你美貌的娘去做阏氏,你再不来,就要喊弘吉勒金鹏做爹了!"

吉祥小宝贝……凤知微斜睨着赫连铮,决定不去问这是谁了,看他那表情,已经简直可以去死了。

"刘牡丹！"赫连铮突然跳起来，暴跳如雷地对着对岸吼，"你去死！你去嫁！你去和弘吉勒金鹏睡一窝！你等着下次遇见我，和你的奸夫一起跪下来喊我汗父！"

凤知微一个踉跄……这什么人啊……这什么对话啊……

对面那个刘牡丹女士，听见这句，突然便换了哭腔，"吉狗儿，你这没良心的货！老娘难产半个月生下的小狗崽子！一把屎一把尿地把你拉扯大，老娘吃的是草挤出来的是奶，奶大了你这个养不家的狼崽子！你爹死了你不报仇，你娘要被人睡了你也不睬，老娘怎么就没把你扔尿桶里淹死？你你你你你你……老娘现在就淹死自己，做了鬼掐死你！"

她哭着、喊着、挥舞着便往岸边跑，做出一副要自杀的模样，可河岸那么长，她从这头跑到那头，从那头跑到这头，连跑了四个来回就是不跳。无数人跟在后面追，也追不上那彪悍的大脚丫子。

凤知微千年难得一见地张大嘴，看着对面那位神婆——难产半个月，您竟然还活着！

从赫连沦落到札答阑因尔吉、沦落到吉祥宝贝、沦落到吉狗儿的赫连铮，脸上的五彩缤纷一直就没消停过。他瞪着对面那神婆，半晌一跺脚，恨恨便往营地走，走了几步又顿住，顿住又走，最后竟然在原地转起圈来。

凤知微叹了口气。

很明显，这位风采非凡、气质超群的神婆级人物，就是草原王的大妃，赫连铮的母亲，上代顺义王妃。虽然不明白呼卓部大妃怎么会是这样一位惊天地泣鬼神的女子，但很可悲，她确实就是赫连铮他老娘。

难怪老王的十个老婆没有娶满，王帐中也只有四位——这位大妃太有特色了吧！

凤知微眯着眼看了对岸一刻钟——唉，这河，真难跳啊，这都跑了八个来回了。

大妃，您体力真好！

"很明显有陷阱。"宗宸在她身边道，"对面烧杀成这样，赫连世子……咳咳，令堂，还能这么自如地跑来跑去，明显就是要用她逼世子过河的。"

"你说大妃是蠢还是聪明呢？"凤知微不答反问，唇角露出一抹奇特的笑意，"她这种闹法，傻子都看得出有问题，赫连铮只要不是猪，就不会过河。"

"她若不这么闹，而是坚决不肯出面引赫连铮过河，只怕金鹏部就会绑起她要挟世子了。"宗宸也露出淡淡的笑意，"现在金鹏部的人还没反应过来，等反应过来，大妃危险。"

凤知微回身看看赫连铮，看他负手立在黑暗里，背对着河岸，一动不动，并不回头。

对岸，神婆跑得气喘吁吁，手中那一长条也有挥不动的模样，却仍嘶哑着喉咙喊："吉狗儿，你这混账，你老子死了你就人走茶凉！还不如克烈贴心！老娘就当没生过你这狗崽子！明儿就收了他做儿子！"

赫连铮的背影震了震。凤知微轻声问："克烈是谁？"

"火狐部首领……"赫连铮半晌咬牙答，"原来他是叛徒……"

凤知微恍然，赫连铮之前就和她说过，老王之死很有疑问，因为当时是召金鹏部入王帐询问，可出事后金鹏部首领扬长而去，视王帐森严守卫于无物，很明显必有内奸，却不知道是谁。

如今，神婆大妃用这种方式，通知了儿子。

大妃身后有人哄笑，很多人似乎看得有趣。凤知微举起千里眼，却看见重重帐篷后，散布着无数黑影。

"我们有泅水的高手吧？"她突然问。

宗宸道："确认大妃身份时，我已经派过去了。"

凤知微满意地点点头。赫连铮听见，回首露出感激的神色，草原中人不擅水，仓促之间，他的手下也没有这类高手，而这十丈宽的河很难不被发现就渡过去。

他霍然转身，冲着对岸高喊。

"刘牡丹，你这疯婆子，你爱和谁睡一窝就睡一窝，你爱要谁做儿子就做儿子，爱跳河就跳河，别在那叽叽歪歪的，闹得人心烦！"

"老娘现在就睡！就跳！"刘牡丹挣脱身后拉她的手，蹦蹦跳跳，随即一口唾沫强劲有力地吐在了昌水里。

"你吓不着我！"赫连铮大怒，"你嫁我爹前就睡过不下一百个人的被窝，嫁我爹之后还要勾搭乃蛮白鹿。呼卓十二部，最起码有十位大人告过你骚扰。你丢尽我因尔吉王族的脸，肮脏了因尔吉高贵的血统，我要是理你，我不姓因尔吉！"

"老娘当初怎么没把你塞马蹄下踩死？"

"我当初怎么没把你从呼勒被窝里拖出来掼死？"

这对母子竟然隔岸吵了起来，还互揭隐私，一个说对方人尽可夫、水性杨花、出身妓户、身份下贱，不配做大妃，身为儿子都替她羞辱；一个骂对方没有良心、狼心狗肺，一定是雪山狼崽子转世，要不然怎么从小喝奶每次都恨不得咬掉她的奶头，撒泡尿撒三个时辰把她的手都端麻——骂得个五颜六色，吵得个七彩缤纷。两岸的人听着这草原至尊之王的隐秘家事，全部目瞪口呆。

听得连对岸的人们都忘记去拉刘牡丹，任由她越蹦越向河中。

"给我拉住她——"突然一声长喝伴随着急骤的马蹄之声传来。

与此同时哗啦一响。

岸边的刘牡丹突然不见了。

唰。

平静的昌水水面上突然爆出一蓬巨大的银光，伴随着溅起的水花直射向跟在刘牡丹身后的那些人。那些人听草原王秘辛正听得津津有味，哪知道水底杀神掩至，于是还没从看见刘牡丹突然不见的惊讶之中反应过来，就被那蓬银光刹那罩顶。

"啊！"

惨叫连连。来自巧手工匠的特制内陆劲弩，即使是在水底发射也有足够的杀伤力，瞬间，人倒了一片，鲜血将碧色的河水染红了。

那策马而来的男子也在暗器笼罩的范围之内，可他却十分矫健，银光扑面时，一翻身躲在马腹之下。骏马被暗器击中，一声长嘶轰然倒地，他却自马腹下掠出，勃然望着已经平静的水面和水上一大片尸体，跺跺脚，脸色一片铁青。

水面上数道银色波纹无声划向对岸，河正中浮出女子的脑袋，得意扬扬地举起手，冲他挥挥手，随即又嘟起涂得鲜红的唇，冲他一嘬。

"MUMA！"

"嘿！"

那男子一怒拔剑，长剑击在水面，激起丈高水花，可那行人却已远远去了。

等到渡河还不忘飞吻的神婆大妃被宗宸手下擅水的高手带上岸时，赫连铮已经在对岸严阵以待了。

水下埋伏的人已经被清理干净。赫连铮没理他那哭哭啼啼张开双臂奔来的老娘，立即指挥自己的三百护卫上船，淳于猛带来的三千送嫁护卫也随后跟去。

对方用大妃胁迫赫连铮的计划失败，却也并没有就此收手的打算——火光下皮甲骑士一字排开，严阵以待。

这是进入呼卓地盘的开始，也是草原王是否能立足脚跟的第一步。正如赫连铮必须要在这一战立威一样，金鹏部也打算在这一战将赫连铮的脚步永远留在这里。

草原男儿行事直接，既然彼此都不打算让对方活着回去，那么连废话都没有，直接短兵相接。

渡河而来的兵士无法立刻骑上马，而且几乎在船刚刚靠岸时，对方的飞箭已经如雨罩落。

　　淳于猛早已指挥手下盾牌军蹲在船头挡着，长弓兵自盾牌后回射，而赫连铮和八彪，手持盾牌，居高临下地冲下船，一头撞入敌阵。

　　宗宸手下的擅水高手，溜滑如鱼，从水底爆出，防不胜防地出现在金鹏、貔貅二部骑士的马蹄之下，什么都不做，专砍马腿，瞬间，倒了一堆，将后面的阵形冲乱。等到他们挣扎而起，赫连铮的人也已冲到。

　　心怀杀父仇恨的赫连铮自然不会手软，杀人如同砍豆腐，带领着名动草原的勇士八彪，像九道旋风一样卷进了敌军中，所经之处，血光照亮夜色，将草原染红。

　　貔貅部原本是十二部中最弱的一支，要不然也不会分在这草原外围，所以能出动的力量有限，而金鹏部，因为还在和其余各部争夺王权，能拿来截杀赫连铮的人也注定不会是全部。原本金鹏部算准赫连铮的护卫并不多，而王妃送嫁护卫人数虽然可以，但是用船慢慢运过来，也必然不能一次性压入战场，所以完全可以分批宰割。这主意打得是不错，也是凤知微和赫连铮不想趁夜渡河的原因。

　　但金鹏部怎么也想不到，凤知微有属于她自己的力量，人数不多，却是涉及各方面的高手，其会合力量，不下于一支训练有素的小型军队。

　　何况还有个没出手的顾南衣。

　　顾少爷用他抱着婴儿闲庭漫步的造型，跟在赫连铮后面，手挥目送间，便了结了一大批试图从后方围攻赫连铮的凶猛的金鹏勇士——很多人连死都不知道是怎么死的。

　　等到天快亮的时候，一场规模不大，却注定影响深远的战役已经结束。

　　金鹏部那位中途追来的首领见势不妙，遂率领残余部众逃逸，而貔貅部家族就在这里，没地方逃，大多弃械投降。

　　日光浅淡地照过来，碧草上浓腻的血液，此时才一滴滴滴落，将黑土浸润得更加肥沃。

　　来年这里的草场，想必更加茂盛。

　　赫连铮在一地死尸和焦烟中缓慢行走，微微泛着紫光的幽邃眼眸平静无波，青金色长袍缓缓拂过一地鲜血，而脚下，瑟缩着他的战俘。

　　"突查。"他突然在一人面前停住脚步，俯视着他，"我们是自小一起长大的朋友，小时候你赢过我的骑射。我们相约过，你的女儿，要嫁给我的儿子，现在我的儿子还没出生，你便要将你女儿的未来公公，杀死在你的脚下吗？"

　　突查抬起头来，那草原汉子满面泪痕。

　　"因尔吉，是我的错，是我被弘吉勒金鹏花言巧语蒙了心！我们……我们貔貅部这么多年分不着好草场，原有的肥沃之地也被火狐部渐渐占完。弘吉勒答应事成之后将南草原分一半给我们……因尔吉，背叛兄弟的人该死！但是，看在我们自小一起的分儿上，不要罪及我的族人妻女！"

他身后，女人和孩子哭成一片，连连向赫连铮磕头。

赫连铮负手看着他，点点头道："你知道该怎么做。"

突查咬咬牙，铿然拔刀，一刀戳进心窝。

他身后貔貅部的汉子们，都无声拔刀，瞬间，数十柄雪亮的刀在草原的蓝天下划出灿亮的白色弧线，再激着鲜红的血泉在日光下腾起。

哭声震天。

赫连铮始终平静地看着，并不避开那些缓缓流到靴子下的血。

随即他仰起头，看着天际苍鹰般变幻飞扬的白云，轻描淡写地道："都杀了。"

嚓！

刀光拉开杀戮，血虹横贯天际。

哭叫声戛然而止。

凤知微远远地负手看着，并没有前去阻止。

草原人有仇必报，恣意恩仇，这是他们选择的生存方式，而如果今日谁逞了妇人之仁，难保将来这些孩子中的谁长成人，不会操刀杀入王帐为父报仇。

在草原，没有不杀战俘，只有斩草除根。

突查的心里，也许留存的是以往的那个赫连铮，大度而宽容的少年，一起射猎，还会将最好的猎物留给兄弟。

但那前提是——还是兄弟。

其实早在昨夜，当大妃母子隔岸互相揭丑，所有人听得津津有味时，这些人已经注定不能留下性命。

草原王庭的隐私和尊严，必须用血和生命来捍卫。

只有死人，才不会传播流言。

"呼卓十二部，目前只剩下十一部了。"赫连铮仰起头，似在喃喃自语，"谁会是下一个被抹去的部族呢？"

"儿子！"刘牡丹湿淋淋地奔来，看也不看地上横七竖八的尸体，"克烈不要杀啊，长得很不错啊……"

赫连铮一把将他色迷心窍的老娘推开。刘牡丹踉跄着退后几步，被凤知微一伸手扶住。

　　"你是谁？"正要撒泼的刘牡丹一回头看见了凤知微，然后偏头，用一眼就能看穿你罩杯和臀围的目光，将凤知微上下打量了半晌，恍然大悟，道，"你不会是那个朝廷下旨赐婚的什么英英郡主吧？我的天！你怎么长得这么营养不良？吉狗儿不会跟他爹一样不晓得节制，每晚都要用你吧？"

　　"刘牡丹！"赫连铮怒喝，"你滚一边去！"

　　"你才滚！"刘牡丹大步往帐前一坐，指了指自己的鼻子，道，"大妃我正在训你的妻妾，你男人插什么嘴？你，"她对着凤知微勾勾手指头，"还不过来给你婆婆我磕头？"

"婆婆"高踞王座，五彩华裳，姿态谨严，呼奴前来。

呃，其实是刘牡丹女士，蹲在压帐篷的一块青石上，一身沾了泥水和草浆的右衽斜边镶边皮袍，上红下绿，扎黄色腰带，颜色搭配得发人深省，正勾着手指，示意郡主娘娘，这一代顺义王妃，上前来磕头。

这句话说出口，最起码有十人以上，想过来把她塞到那块石头下面去。

凤知微笑吟吟地看着她，正考虑着是给"婆婆"个醍醐灌顶式见面礼好呢，还是清风徐来式见面礼，顾少爷却已经两肩担金猴，一怀抱婴儿地大步奔来。

凤知微一看不好，赶紧抢上一步，伸手执住刘牡丹的手，深情地道："婆婆，要拜见也不是在这里，瞧您衣服都湿了的……还是回帐歇歇再拜不迟。"说着眼光在她胸上扫了扫。

刘牡丹立刻骄傲地挺了挺胸，可眼光一落却发觉自己的袍子已经乱了，衣襟敞开，露出里面的好像没穿内衣的胸。她眼珠一转，并不尴尬，更不掩饰，反把胸往凤知微面前凑了凑，傲然道："羡慕吧？敬仰吧？你家大妃我今年四十五了，还没下垂！当初吉狗儿那狼崽子叼那么狠都没给我叼下去……"

呼啦一声，大妃被她家忍无可忍的吉狗儿一把掀翻进了帐篷。

凤知微对赫连铮摇了摇手指，肃然道："吉祥，做人要孝顺。"跟着钻进去侍候婆婆了。

吉祥同学脸色一阵青一阵白，立在瑟瑟寒风中，不胜老娘彪悍之雄风……

"你叫什么名字？"被掀翻进帐篷的刘牡丹，一边一个骨碌翻身坐好，动作十分伶俐，看样子这种经历也有很多次了，一边顺手将手中一直抓着的一长条往怀里塞。凤知微这才发觉，敢情神婆昨夜一直抓在手中跳大神的那一长条是她自己的裹胸，难怪她刚才袍子一裂，大片雪白的胸就呼之欲出了。

看凤知微盯着那裹胸，刘牡丹也不穿了，得意扬扬地往凤知微手中一递，道："我亲手做的！看看你婆婆的手艺！"

凤知微双手接过，真的认真瞻仰婆婆的手艺了。

越看越敬仰，越看越膜拜。

粉红色，中原才有的贡缎质料，钉了无数的珍珠，看上去密密麻麻像个豪猪，左胸上绣着"必须汹涌"，右胸上绣着"一定喷薄"，字迹如狗爬，绣工可惊神。翻过里层，染着斑斑淡黄色的痕迹，居然也有字，左边是"牡丹"，右边是"库库"，中间是一块红通通的菱形图案。凤知微猜测半晌，才隐约揣摩——这莫不是个红唇？

真是举世无双、上天入地、振聋发聩、出神入化之绝世无双的裹胸啊……

"好看吧？"刘牡丹两眼发光，殷切地盯着凤知微。

"好看。"凤知微由衷地道，"既有破釜沉舟、大气沉雄之豪言壮语，又有温情脉脉、缠绵缱绻之絮絮爱称，更兼珍珠熠熠，红唇如焰，令人感时花溅泪，恨别鸟惊心。"

"你们古人……中原人就是这么文绉绉的？我听不懂。"刘牡丹眉开眼笑，大力地拍凤知微的手，"不过我知道你很敬佩我。哎，真是的，这么多年，只有你知道我那被埋没的惊世才华……果然皇帝还是有眼光的，你虽然长得寒酸了点，拿不出手了点，对不起我了点，但是这人品不错，我喜欢。"

凤知微浅笑，谢了婆婆的高度赞誉。刘牡丹举着手中脏兮兮的裹胸，为难地道："看你这么喜欢，应该送给你的，做婆婆也该给媳妇见面礼的，只是这个……"

"知微怎能夺大妃所好，"凤知微赶紧推辞，"这么华丽宝贵的……衣服，只有大妃您妩媚高贵的气质才适合，给知微，浪费了。"

刘牡丹思考了一下，点点头，将裹胸自己穿上，道："那也好，反正你婆婆的钱都给你公公扣着，你公公死了，就是吉狗儿扣着，你要什么，自己找他要去好了……来，媳妇，帮个忙。"

她示意凤知微转到她背后，替她将裹胸后面几个古里古怪的小搭扣给扣上，然后深吸一口气，将两胸往中间挤了又挤，挤到自己满意的高度才肃然对凤知微道："我看你这个长得不够好，男人对这个很看重的，你不要掉以轻心，明儿我给你个方子，你每天喝，放心，不说和我比，最起码能长到我一半。"说着便去捏，跟菜市场上掂肥肉似的。

凤知微唰一个后退躲开，笑道："是，多谢大妃厚赐！"

长到你一半……那还能看吗？

"别那么客气。"刘牡丹眉开眼笑，"再说，严格说来，现在你才是大妃，以后就叫我牡丹花吧，顺口，亲切，别叫婆婆，都把人叫老了，我才四十五岁！"

对，您才四十五岁，人家这个年纪也不过抱个曾孙而已。

"牡丹花。"凤知微从善如流地对刘牡丹女士微笑。

刘牡丹心花怒放，觉得这个媳妇就是好，通情达理，善解人意，既不像草原女子太过粗放凶猛，又不似中原女子太过拘谨娇柔，好，好得很。

帐篷里的"婆媳"在亲切而和谐地进行着胸的交流。帐篷外，赫连铮忧心忡忡地问八彪："怎么办？"

"大妃……呃，有分寸，应该不会太……不客气的。"三隼不太有信心地安慰他，声音越说越低。

自称"上穷碧落下黄泉、前无古人后无来者、草原一枝花"的刘牡丹大妃向来是"上穷碧落下黄泉、前无古人后无来者的草原喇叭花"。除了顺义老王，上至吉狗儿赫连铮，下至偏远部落的放羊娃，无论谁和这位草原最尊贵的女性相处超过一刻钟，都会无限度接近崩溃。

这都进去这么久了，凤知微还活着吗？

帐帘一掀，有人出来，赫连铮立即跳起来，一回头，正看见两代大妃和乐融融地手搀着手出来。

刘牡丹深情地握着凤知微的手，"千万记得要天天喝，最好房事后……"

凤知微立即打断她："有机会，牡丹花你教教我刺绣。"

"好。"刘牡丹立刻忘记方才自己要说什么，"教你绣个和我一模一样的，我给你想好新词儿了，左边叫'立马膨胀'，右边叫'迅速发展'……"

"牡丹花，我饿了，我们去吃东西。"

牡丹花再次被打断思路，颠颠地跟着儿媳妇去吃东西了。

赫连铮呆滞地望着那两个背影，呆滞地转过头，问八彪："我不是在做梦吧？"

八彪没人理他，都充满膜拜地望着凤知微的背影。

　　"郡主娘娘就是神人啊……喇叭花都没能搞倒她啊……"

　　等牡丹花对着羊奶和糍粑左右开弓的时候，所有人才敢进帐——大妃只有在吃东西的时候才会特别专心，并且不会太具有震撼感。

　　顾南衣抱着顾知晓直奔向凤知微，道："没奶。"

　　中原跟来的奶娘，昨夜见了那一幕血腥杀戮，受了惊吓，竟突然没了奶。顾知晓又是个娇贵的，不肯吃米汤，于是顾少爷找凤知微求救了。

　　凤知微瞪着他——你找我干吗？难道你还真认为这是我的女……

　　"哪儿来的娃？这么漂亮！"正风卷残云的牡丹花眼睛一亮，突然停了手，一边满嘴掉渣子，一边就来接，"微微心肝儿，你真能干，这婚还没结，娃都抱上了。吉狗儿，你也不错……"她以迅雷不及掩耳的速度唰的一下掀开小被子，再唰的一下盖上，瞪眼，"就是种子差了点，怎么是个女的？"

　　正喝奶茶的赫连铮噗的一口茶喷了出去，害得宗宸只好奔出去换自己今天的第三件白衣服。

　　"不是我的——"赫连铮奄奄一息地道，"捡的。"

　　"哦。"牡丹花也不知是失望还是庆幸地叹口气，随即伸手便去接饿得哇哇哭的顾知晓，"我来。"

　　顾少爷当然不理她。赫连铮大骂："你来，你来个屁啊，你有奶啊？"

　　"你说对了！"牡丹花将盘子一搁，重重一挺胸，大声道，"我！有！奶！"

　　"……"

　　一帐篷的人定在那里，牡丹花已经满面骄傲地逼近顾南衣，用胸一波波地顶向他，"要不要看看？要不要看看？有奶没奶，一见便知！"

　　顾少爷生平第一次在敌人面前，节节后退……

　　牡丹花乘胜追击，唰的一下抢过顾知晓，笑眯眯逗她的脸蛋，对凤知微道："微微宝贝儿，以后你生个，可不能比这个丑。"

　　凤知微淡定地坐着，含笑点点头，对牡丹花自来熟的任何昵称都保持着强大的镇定——比起吉狗儿，好歹牡丹花没好意思叫她微猫儿、微兔子。

　　"你……又生了……"赫连铮挣扎着问，"我才离开没多久，你……又生了？"

　　什么叫又生了？大妃经常生吗？

　　"什么叫又生了？"牡丹花突然暴跳如雷，指着赫连铮鼻子就骂，"这么多年我不过就生了八个！都是你这个转世狼崽子，达玛活佛说你命硬克兄弟，那是一点不错！生六个死六个！这第八个，我被掳时留在王庭，八成……八成又活不了！你这狼崽子，狼崽子，狼崽子——"

赫连铮这回不说话了，看样子自己也觉得理亏。牡丹花的怒气发泄完毕却也立即忘记了，只高高兴兴去解衣襟，"好歹有的挤了，这可憋死我了……"

满帐篷的人唰的一下神速消失了。

"闺女，都喝了吧，都喝了吧。"牡丹花很有母爱地对着顾知晓敞开胸怀，"反正你哥也喝不着了。"

哪儿来的哥啊？赫连铮的弟弟，会是顾知晓她哥？

凤知微哭笑不得地看着她，提醒道："既然你还有孩子要喂，好歹留着些。"

"不用了。"刘牡丹大气地挥挥手，"活不了的。"

"为什么？"

"必须的。"刘牡丹道，"吉狗儿克兄弟，如果克不了，那……"

她突然住了口，脸色有点奇怪，随即转移了话题，咯咯笑道："准备一下吧，我被掳出来，一路留了记号，王庭王军应该已经追出来，前来迎接赫连铮的大队也应该到了。"

凤知微望着那笑得没心没肺的女子，眼神微微深思——这朵喇叭牡丹，丈夫被杀在笑，自己被掳在笑，幼子会死在笑，被逼隔岸诱骗儿子送死，也在笑。

她笑着，在老王死后留在风雨飘摇的王庭；笑着，在被掳后和金鹏部首领眉来眼去换得松懈的看守；笑着，故作逼迫其实却是在通知儿子逃离……她笑着面对一切，从不去想自己的生死。

这段时间，老王被杀，世子在外，诸部陷入血火争夺之中，王庭王军却没有生乱，完整建制，等到赫连铮回来——这是谁的功劳？

凤知微看着她那厚厚的脂粉、恶俗的妆扮、粗鄙的举止，慢慢地笑了笑，手按在了她的手上，轻轻道："大妃辛苦！"

刘牡丹怔了怔，一瞬间，脸上笑容有些僵硬，随即便如前般舒展开来，将吃饱了的顾知晓一丢，夸张地张开双臂，哈哈笑道："好媳妇儿，你知道我辛苦！"

凤知微伸手，接住了她的怀抱。

那女子扑在她肩头，将脸埋在她的肩上，随即，浓郁俗艳的香气逼来，熏得人鼻子发痒。凤知微去揉鼻子——不是因为痒，而是因为微微有点酸。

帐篷里有那么一瞬的安静，叽叽喳喳吵人的笑声消逝，两个女子轻轻拥抱的姿势，写满了解和关切。

只将脸埋在凤知微肩头一瞬，随即立即抬起，牡丹花还是那般没心没肺的笑容。

凤知微的眼光有意无意地扫过自己的肩头，那里，有浅淡得几乎看不见的湿痕。

帐外，遥遥地，有马蹄声惊天动地而来。

"走吧。"凤知微挽起她的手，相视一笑。

两个不同性格却同样不凡的女子，迎着隆隆的草原军马，步向帐外的万丈金光。

草原二月，风还是夹霜带雪般冷，上万铁骑携着硬风飞驰而来时，整个草原都似被震动，震落无数草尖的霜雪。

凤知微出帐时，等在帐外的赫连铮令她眼前一亮。

银狐七宝金顶冠，狐毫的银光和黄金的金光交相辉映。黑色貂鼠金丝大氅，七彩叠绣靴，金色锦缎长袍，黑缨金纽衣扣。镶满珊瑚碧玉玛瑙的腰带，杀出紧窄有力的腰，腰上古铜镶翡翠腰刀和垂挂的琥珀鼻烟壶随着行走不断相击，声音清越。

越发衬得容颜俊朗，眸色琥珀浓如酒，幽紫深似渊，七彩宝石般熠熠生光，和平日那一袭衣扣都扣不好的青袍比起来，真是华贵万方以至于炫目。

"这人还是要穿衣裳啊……"凤知微喃喃自语。

赫连铮看着她那眼睛一亮的神情，正欢喜地等她赞赏，却乍然听见这一句，脸黑了一半。

这叫什么话，难道平时他没穿衣服吗？

他倒是愿意不穿衣服在她面前展示一下的，她肯吗？

凤知微却已经笑吟吟地挽住了他的臂膀。被她手臂那么温柔地一穿过他的臂弯，赫连铮的心就像被温水那么一泡，软得不知道今夕何夕，刚才那一肚皮的腹诽立即就凭空失踪了。

牡丹花不甘示弱，大力要挎儿子的另一边臂弯，却被儿子嫌弃地踢了一脚，"死开，疯婆子！"

"不识好歹！吉狗儿！"刘牡丹骂骂咧咧就去揍儿子的后脑勺。

帐篷前有一道小山包，隔住了王庭王军的视线，母子俩便一路追追打打，追过小山包。

刚转出来这一刻。

赫连铮唰地扶住了他老娘。

刘牡丹唰地放下正抬起欲搂赫连铮的手，落到鬓边，仪态万千地掠了掠自己的头发。

等到一行三人转过山包，出现在万军面前时，呼卓王军看见的是华贵正式的小顺义王和雍容微笑的老顺义王妃，如以往很多次那样，母慈子孝，携手而来，庄严地出现在万军之前。

哦，还多了一个人。

所有人都将目光偷偷转向那挽着他们王臂弯的汉人女子。

啊，黄脸！啊，瘦弱！啊，小臀！啊，细腰！啊，没有前任大妃笑傲草原的雄壮的胸！啊，没有足够的奶汁，下代世子要如何带领他们驰骋草原？！

草原男儿眼底浮上失望。

哪里都不满意！

八彪在一边咧开血盆大口笑——叫你们那德行，叫你们那神情，叫你们不满意——他奶奶的一群羊羔子，等着吧。

草原男儿们的目光向来肆无忌惮，何况有刘牡丹那么个大方任人看甚至生怕人家不看的大妃在前，所以看起凤知微来也是如狼似虎，一边看一边等着那个娇怯怯的中原汉女被看哭——以往很多次，中原皇帝赐汉女给老王，他们在大妃的授意下也就是这么将汉女给看哭、看晕、看跑的。

看啊看啊看，看啊看啊看……

他们失望了。

无论如何被看，凤知微都若无其事地俯视着铁甲如流、杀气腾腾的彪悍王军，就像看着自家庭院里养的一群猫，还是剪去爪子专门供她爱宠的那种。

草原男儿们看久了，不得不承认，那女子即使样样不符合他们的要求，但那么立在彪悍的大妃和王身边，神情淡淡、眼神高远，让人怎么看怎么觉得，不比他们天生高贵的王差一分。

她含笑将双手拢在腹前、立得笔直的姿势，让人想起一株自峭壁之上生出的挺拔的凌霄花。

赫连铮一直没有说话，只含着一分骄傲的微笑，看着凤知微初次和他桀骜的王军见面，便以一人之博大凛然的气质，压倒万军。

随即他转头，一声暴喝。

“看够了没！”

夹杂了真气的雄浑喝声，似滚滚巨雷掠过草原。上万正目光灼灼的骑士瞬间被震醒，凛然望向赫连铮。

这是他们的世子，如今的王，在去年前往帝京为质之前，是他们的兄弟，只在王帐下黄金狮子营做个佐领，和他们同吃、同睡、同乐、同猎，会在篝火节和他们抱在一起摔跤，会在夏天时一起光屁股洗澡，会在冬天时一起上步步凶危的哈林雪山狩猎，一起分吃最新鲜的烤熊掌。

这是他们记忆里大度爽朗，还有点小小无赖的世子，打猎赌输了叫他滚几圈就滚几圈，但是坚决不肯掏钱。

和英明神武、高高在上的老王不同，世子因为更亲切，而在他们心中缺乏一定的威仪。而此时，正当王庭风雨飘摇——前往天盛、大越战场的黄金狮子营战士折损大半，属于呼卓氏因尔吉直系高贵血统的子弟军实力锐减，因尔吉氏眼看就要占不住这遥远草场和黄金权位——每个骑士心中，因此都有一份前途未卜的茫然和不安。

然后却被这霹雳似的一声唤醒。

"把你们只知道看女人那傻乎乎的目光给我收起来！"赫连铮一指前方，"给我看着你们身后的千里草原，给我看清楚，东峨关以北，大雪之下的四千黄金狮子营战士，远赴战场，然后尸骨永远散落在荒原之上，无人殓理；给我看清楚，东峨关以南，王庭之中暴死帐中的库库因尔吉，三十年前带着你们的父辈战败呼卓金鹏部，让黄金狮子旗插遍南北草原，三十年后在王座之上死而不倒。你们的父辈、兄弟已埋骨关外，弘吉勒金鹏的背叛已经践踏了黄金狮子旗，杀了你们的王，踩了你们兄弟的骨，用你们的旗擦了自己的靴子，你们还有脸举着这旗出现在我面前？为什么不赶紧回家，用你们婆娘的腰带，勒了你们自己的脖子？"

"嗷——"八彪突然齐齐发出一声苍凉的号叫，似雪山之上的孤狼泣血向月。

"嗷——"上万骑士被骂得齐齐低头，无数人放声大哭。草原男儿全民皆战士，死在对越战场上的黄金狮子营的战士们，多半是他们的父辈、兄弟。

"给我哭！用力哭！今天你们流了多少泪，明天就要弘吉勒金鹏和所有那些背叛我们的畜生流多少血！"赫连铮铁青着脸，容颜冷峻如雪山不化的冰岩，手一挥。

一个麻袋重重地扔在军前，麻袋没有扎口，滚出无数血淋淋的耳朵。

"就在昨夜，貔貅部勾结金鹏部作乱，试图胁迫大妃暗杀本王。"赫连铮冷冷道，"我已经送了他们全族去见长生天。"

全族！

战士们张大嘴，眼泪都流在了嘴里。

呼卓十二部，严格说来是同一个祖宗，虽然多少代下来通婚杂居，早已分出无数分支，但是在草原一直有着这么一个约定俗成的规矩，无论怎样争夺杀戮，不得灭族，必须给每一个姓氏留下薪火相传的种子。

三十年前，库库老王征战南北草原，合并呼卓十二部，曾将最桀骜的金鹏部杀得血流成河，却也留下了当时才十岁的弘吉勒金鹏。

三十年后，弘吉勒金鹏背叛，令四千因尔吉直系战士死于大越战场，库库老王被杀，弘吉勒金鹏却也没敢立即就对因尔吉氏灭族。

没想到，连库库老王和弘吉勒金鹏都没敢做的事情，却是这个爱笑的新王抢先做了。

"所有的罪都要用血洗清，因尔吉氏不接受任何背叛。"赫连铮森然道，"貔貅部只是第一个，我不在乎是不是还要有第二个。谁动我的人，我灭谁的族——"他蓦然振臂暴吼，"弘吉勒金鹏，等老子来睡你娘！"

"弘吉勒金鹏，等老子来睡你娘！"上万人齐齐暴吼，雄浑的吼声暴风般卷过草原，仿如突然起了一阵旋风，惊得远处石山上正休憩的苍鹰哑哑怪叫，一头撞上苍青的天空！

以气夺之，以伤痛激之，以言语辱之，以灭族震之。

逼出了这些尚自茫然的骑士胸臆深处那久藏的悲愤的铁血之气。

嚓！

铿然，长刀斜举，刀光逼退灿亮的日光。马刺相撞，铁甲铮然，上万人下马声如一声，长刀横扣于掌心，俯伏在地，诺声轰然。

"王！"

只此一声。

一轮硕大的红日突然自地平线以外，悍然跳出，刹那间光耀千里，灼灼燃烧。

万丈光芒里，赫连铮衣袂飘飞，凝重如山。

万丈光芒里，牡丹花眼底最后一丝担忧淡去，嘘出一口长气，露出一抹当真可比牡丹花灿烂光艳的骄傲笑容。

"弘吉勒金鹏还是很有几分心机的。"王军引路在前，向王庭奔驰，凤知微在马上对赫连铮道，"从你一进入呼卓十二部地盘的范围，他的攻势就开始了，先用大妃逼你过河，就算你安全过河，也还有貔貅部和金鹏部的战士等着杀你，就算杀不了你，也会让你十分狼狈，折损不小。这个时候，王军来迎你，而你这么个狼狈的王，到时候能否被桀骜的王军承认都是个问题。要知道，虽然王军都算黄金狮子族下，但其中也有很多是属于白鹿、青鸟、火狐的分支，一个不小心，你也许就永远留在对岸了。"

"是的。"赫连铮十分爽快地承认，"草原胜者为王，没有一定的规则约束，何况，王庭那边，听说我那些远近堂支兄弟也争夺得厉害，各自都有自己的势力。如果我不能镇服王军，那我连貔狳部的地盘也走不出去。"

"就算现在镇服，可在将来的一系列争斗中，如果你不能一直让他们满意……我看，也难说。"凤知微含笑叼着一枚草根，慢慢地嚼着那微苦的滋味。

"我什么都不比别人强。"赫连铮十分谦虚而又骄傲地道，"我唯一的长处是，大妃支持我。"

凤知微怔了怔，在草原，女子终究是没地位的，牡丹花，有这么重要的作用？

"这疯女人，是天降之子，达玛活佛说，她是我们草原的守护神。"赫连铮好气又好笑地道，"嘿嘿！守护神！不过喇叭花也确实有她的长处，当年我父王在战场上捡了她，结果最后却是她救了他的命，将他背出战场，还带着王帐亲卫一起活着走了出来，这才有了后来黄金狮子的兴盛，所以喇叭花在草原，确实是当之无愧的太后。"

"多亏你命硬，"凤知微开玩笑道，"不然，随便哪个弟弟存活了，得了牡丹花的偏爱，局面也许就不同了。"

身边的人突然沉默下来，凤知微愕然转头，便看见赫连铮紧紧抿着唇，眼底紫光幽浮，闪烁着奇异的光彩。

"不……其实……"良久他慢慢道。

"报！"

一声传报打断了他的话。飞驰而来的骑士神色虽然力持冷静，语气却微微有些仓皇。

"弘吉勒金鹏今日召集十二部大人，在丙谷河畔设呼卓金盟！"

赫连铮面色如铁，第一句便是问："所有大人都去了？"

"白鹿、青鸟两部大人没去，依旧镇守王庭。"

赫连铮神色微微松了点，点点头。

"火狐部……去了，"那战士低声道，"黄金狮子部……也去了人。"

赫连铮脸色大变，"去了谁？"

"库尔查因尔吉。"

赫连铮默然半晌，挥挥手示意他下去。

他神色凝重，默然不语，凤知微也不打扰他，只示意宗宸将自己的人靠拢。

"呼卓金盟是，当镇守王庭的那一族力量不足以统治草原时，其余部族在自己拥有足够实力的情形下，可提请并经十二部一半以上大人同意后召开的盟会。历代，这样的盟会，一般就是重新确定草原之主，再次进行势力划分，以及……将原先的王驱逐。"过了一会儿，赫连铮向她解释。

"库尔查因尔吉是谁？"

"是我的亲叔叔，他的血统比我父王还要纯正，我父王是妾生子，他却是主母的儿子。"赫连铮道，"但他多年来从无怨言，对父王忠心耿耿，父王也一直觉得对他有亏欠，所以接受朝廷顺义王封赐后，便将黄金狮子族族长一职交给他。他也掌握着黄金狮子两万人马，是因尔吉氏除了父王之外，最有实力的人。"

"你现在能有多少实力？"

"因尔吉最精锐的黄金狮子营，不少死在大越战场，现在王军不足两万，白鹿、青鸟各有一万，可关键问题是，因尔吉氏不能再有内战，否则将永远一蹶不振，白鹿、青鸟也不会参与因尔吉内战，所以等于我两万对叔叔两万。"

"真是势均力敌。"凤知微冷笑道，"我就不明白了，参加这个金盟，推翻因尔吉统治，对他有什么好处？"

"他在我手下，永远只是个空头族长，掌着兵却也不能动，可一旦将我驱逐，他就是名副其实的因尔吉第一人，两边的实力也归于他一人。就算金鹏部现在势大，他也能稳居第二，占据好的草场，在自己的地盘里做王，何乐不为？"

"好算盘，好算盘。"凤知微悠然称赞。

"弘吉勒果然一手跟着一手，"赫连铮苦笑，"我原本打算先回王庭镇服我那群蠢蠢欲动的远近支兄弟，再和金鹏部好好打一场，现在他却抢先来这一手，动用了沉寂三十年的金盟，想不战而屈人之兵。一旦被十二部大人议定废黜，我就等着夹着尾巴逃吧。"

"我可不陪你逃。"凤知微浅浅笑道。

"我可不陪你逃。"偷听党牡丹花神出鬼没地冒出来，"我去做弘吉勒金鹏的大妃，你该干吗干吗去。"

"哈哈。"赫连铮望着这对风格不同却同样彪悍的"婆媳"，忽觉心思畅快，满腹忧思一扫而光，随即左手拉了他娘的马缰，右手拉了凤知微的马缰，对着前方"呸"的一口，笑道，"他奶奶的，逃什么逃？就冲着这娘和这老婆，赫连铮爬也要爬到丙谷河去！"

凤知微一笑望天，好像没听见。

牡丹花眉开眼笑，"儿子！你总算有良心了一回，不枉你小时候老娘给你叼烂了奶头……"

砰！

牡丹太后被刚刚才表达了孝心的儿子，再次掀翻在了泥地里……

丙谷河畔，团团金顶大帐十二顶，围着正中的紫毡巨帐，四面燃起熊熊篝火，无数战士手执长枪短刀，游走守卫，森严戒备。

这是草原上的一块不毛之地，是十二部地盘中的一块势力真空，历来十二部有什么必须要凑在一起，却又不放心到对方地盘去解决的事，便在这里碰头。

帐外雪色皑皑，寸草不生的冻土踩得梆梆响，帐内火炉温暖，融融如春。

"听说札答阑因尔吉昨夜已经过了昌水。"一个瘦削老者倾身问一个白脸男子，"弘吉勒，不会有什么变故吧？"

白脸男子冷然一笑，这人容貌平常，唯一双眼睛开合之间，精光四射，令人心生凛然，正是一手导致数千因尔吉战士战死沙场、导致库库老王暴毙的金鹏部首领弘吉勒莫特图。

对库尔查因尔吉的询问，他只是淡淡道："再凶猛的幼鸟也敌不过一直翱翔在天的苍鹰。"

帐中起了一阵心领神会的哄笑。

"那么一个乳臭未干的东西，只怕看见来接的王军，都要吓破了胆吧！"

"丙谷河这里，他肯定是要绕着走的。"

"因尔吉氏到了这一代，算是没戏喽。"

库尔查因尔吉有些尴尬，脸色不太好看，弘吉勒立即道："因尔吉这一代不成了，还有上代的英雄嘛，咱们的库尔查，当年可是因尔吉氏第一猛士！"

库尔查有些讪讪地笑了，心想，自己什么时候被封过什么"第一猛士"，倒是被刘牡丹那女人封过"第一傻瓜"。

"不知道这次朝廷赐婚给札答阑的那个什么圣缨郡主，"忽有人在一群粗犷的调笑声里，慢悠悠近乎梦幻地道，"会是个什么样的美人呢？圣缨……圣缨……真是好听。"

"克烈！"有人冲他抛来一只烤好的羊腿，"光念不做，可不是草原男儿的本色。以你'草原第一美男'之名，那个什么英英的，见了你，还不赶紧投怀送抱？"

嫌弃地用衣袖一拂，将那羊腿拂落在地，毡毯上火红皮袍的男子坐起身，皱眉道："你真脏！"

他一坐起，满头长发便悠悠落了下来，竟然是极其少见的白金色头发，火光里真如白金一般熠熠生辉，然而就算那流动的月光般的发色，也不及他一双眼睛流魅醉人，活像绝巅之上千里冰封之间行走的银狐，一偏首间万里回春。

他微微上挑的眉，似墨笔画成，不能再有增减的美丽弧度，在晶莹似透明的肌肤上，鲜明媚惑。

银发红袍，无限艳光。

"要我说，"他闲闲执过身边一个执壶女子的手指，慢慢把玩，"我对你们划分什么地盘的都不感兴趣，到时候把那个圣缨郡主给我玩玩就行了。"

"成！"弘吉勒大笑，"就是，人家好歹是个郡主，你可不能再像以前那样玩死了。"

"为什么不能？"克烈眨眨眼睛，微笑道，"中原女人嫁鸡随鸡，嫁狗随狗，真要是什么了不起的郡主公主，你以为会嫁到草原？放心，她的身份只会跟着札答阑走，札答阑不是王，她就不是大妃，那不是大妃，我为什么不能玩死？"

弘吉勒呵呵一笑，道："依你，依你。"他瞄了克烈一眼，不打算和他争辩。这小子，是十二部首领中最年轻的，却也是最狡黠、最狠辣的，当真是狡猾如狐、狠毒似蛇的人物。一个排行最末的女奴之子，最后却做了族长，而在做族长的过程中，他的爹妈、兄弟、姐姐、妹妹等等一个也没能活下来。

还是离远点好吧，好歹他弘吉勒还是正常人。

克烈依旧在笑吟吟抚摸着女奴的手指，悠然神往地道："等我要了她，我要好好玩玩……听说中原女子纤纤柔荑，十指如青葱，不知道是怎样的一种美丽……啊，你这执壶、挤马奶、扫羊粪的粗糙手指……真令人扫兴……"

那个"真"字刚出口，便隐约听见咔的一声。

那女奴一声"啊"还没出口，克烈便笑吟吟操起刚才那滚地的羊腿，一把塞到了她嘴里。

"真令人扫兴"五个字中，隐约五声咔连响后，那刚才还满面红晕的女奴，此刻面无人色，涕泪横流，再也坐不住，浑身抖颤地伏在地上，而握在克烈手中的手指，已经变成五根软绵绵的、奇形怪状的东西，被克烈满面淡然地揉来捏去。隐约中有碎裂骨节摩擦声响，一片寂静里听来瘆人。

族长们面面相觑。库尔查勉强道："克烈，你真是什么时候都能扫兴……你要那什么圣缨，让给你就是——"

砰！

一件东西突然掼了进来，重重落在弘吉勒的案桌上，将他面前一只烤全羊砸扁，而羊上插着的一只金刀却奇异般跳起，唰地直逼弘吉勒的双目。

与此同时，四个声音同时响起。

　　"谁他娘的找死，敢要我的大妃？"雄浑而杀气腾腾的。

　　"谁找死，敢要我儿媳妇？"泼辣而嗓门巨大的。

　　"谁？找死？"干巴巴而最简单的。

　　最后一个，是一个淡定雍容甚至带着浅浅笑意的声音："克烈，抱歉，你狐骚臭太熏人，本大妃不敢要你。"

第八十一章

孩子他爷

满帐的人唰的一下站起来，弘吉勒一边忙着躲那柄鬼似的割肉刀，一边大叫："谁？谁？来人！来人——"

克烈却已经笑了起来，细长流金的眼睛一眯，当真如狐一般狡黠灵动，悠悠道："来得好快啊……"

他轻轻推开那个已经痛昏过去的女奴，拍拍手掌站起来，漫不经心地从她身上踩过去，笑道："我们的顺义王和大妃驾临了，大家还不快去迎接？"

族长们此时也已经反应过来，脸色都有些不自在。瘦削的库尔查神色变幻，目光投向弘吉勒，弘吉勒却还在忙着对付那柄刀——那刀就和沾上他一样，追缀不休，而他上蹿下跳，狼狈万分。

"一群狼对着月亮跪拜，多半是想求得更多猎物。"赫连铮满不在乎的声音瞬间就到了帐门前，"咱们草原上，真是养了太多贪得无厌的狼！"

帐帘一掀，赫连铮大步进来，看也不看那些站起来不知该如何举措的脸色铁青的族长，大步走到上座，一屁股坐在弘吉勒为躲避飞刀已经让开的位置上，顺手割下一块油脂淋漓的羊里脊就吃，一边吃一边道："人混账，肉烤得还不错！"

"札答阑！"弘吉勒终于急中生智，将一张案几掷出迎上飞刀，刀唰的一下插入案几，离他的鼻尖只差寸许，他抖着手摸了一把额头上的冷汗，砰然放下案几，森然道，"你敢闯金盟大帐！"

"你敢杀草原之王，我就敢闯金盟大帐！"赫连铮一巴掌把吃剩的肉往他脸上一甩，"我还敢杀你！"

"金盟所在地，方圆十里，不得有杀戮，否则为草原共敌！"

"你们都抢先以我为敌了，我还管什么共敌不共敌？"赫连铮啪的一下拍碎桌案，横眉竖目，一步不让，"都一刀戳死算了，死一个是一个！管我身后草原翻天！"

众族长哑然，呆呆看着赫连铮杀气凛然的眉目，看那眼神就知道他绝不是虚张声势，而印象中，顺义王世子大气、爽朗、爱笑，还有些小无赖，不想今日才见着真颜色。

他们面面相觑——金盟大帐所在地是个三面围山的窄谷，出口极小，而对着出口的那面，早已被十家族长各自的军队围得水泄不通，其余三面是滑不留手的岩山，就算所谓的中原武林高手都未必能顺利攀缘，真正是一夫当关万夫莫开，而谷内还有武士守卫，那赫连铮这几个人，是怎么神不知鬼不觉进来的？

这样森严的戒备，按说赫连铮闯不进来，但既然闯进来了，就说明赫连铮此来绝不好惹，那他如果真的发了疯，不顾后果地破坏金盟规矩，死了也要拖几个人垫背，那他们也只有自认倒霉。

规矩说到底都是人定的，向来也是用来给暴力破坏的，规矩遇上不守规矩的，那就是废话。

"无知小子，你吓谁？"苍狼部首领、和弘吉勒交好的禄赞一声暴喝，"这里是万崖丙谷，谷外就有十家护卫共三万军，谷内也有上千护卫，你想和我们同归于尽，也要看看够不够格！"

赫连铮双手撑膝，不言不语地盯着禄赞，他那真正暗夜苍狼般的眼神，看得禄赞竟然不自觉地一颤抖。

"轰。"

就在赫连铮凶光闪闪盯着禄赞，盯得禄赞坐不住勉强色厉内荏，盯得帐篷里一片死寂众人试图打圆场，盯得弘吉勒眼珠一转正要说话时，突然一声巨响。

像是共工撞了山，敖广翻了海，九天之上诸神之战兜翻了天地，整个地面一阵轰然震动，将几个席地而坐的族长直接掀翻在地。

"怎么回事？"弘吉勒一声惊呼还没出口。帐篷口人影一闪，一个护卫满面惊惶地冲过来，大叫："不好——山崩啦，山崩啦，山崩啦——"

一只戴满黄金戒指亮闪闪的手一把将他推开去，嘎嘎笑道："金鹏部手下就是傻子，连话都说不周全，崩崩崩崩个啥啊，还是大妃我亲自打帘，让诸位大人看个清楚吧。"

牡丹花太后笑眯眯亲自打帘，帐门一掀，顿时就看见了正对帐门的窄谷出口。

那里，弥漫的硝烟里，正不断滚落黑色的山石，出口也已经被那些大大小小的石块填平，山上还有石块不断落下，将底下那些护卫打得到处乱窜，瞬时，惊呼声、惨叫声乱成一团。

"我们没做什么。"刘牡丹谦虚地道，"也就是炸了一小段山，把这个出口给堵住了而已。"

弘吉勒张着嘴，看着山石高垒的入口，一时已经忘记说什么。禄赞脸色死灰，此时，赫连铮才将一直盯着他的目光收回，掸掸袍子，云淡风轻地笑道："现在，我够不够格，和你们同归于尽？"

"……"

帐篷里此刻的沉默令人更加难熬，谁也没想到赫连铮狠起来竟然完全不顾后果，火药炸山，堵死出口，将他自己和大家全部堵在这不能进出的窄谷里，那摆出的架势，也真是你咬我一口，我灭你全家，生死不计，丢命拉倒。

之前隐约听说他将貔貅部灭族，众人还不相信，此时看这小子比狼还狠、比豹子还烈的行事风格，才知一定不会有假。貔貅部族长提前赶来参盟，并不确定族中的事情，此刻脸上的神情，已经无法用言语形容。

赫连铮笑眯眯高踞座上，环顾四周，学着凤知微的眼神——自己觉得很夫妻相。

"札答阑！不要冲动！"沉默半晌后，库尔查以叔父的身份上前怒叱，"不要惹得不可收拾！我以族长的身份命令你——"

赫连铮一偏头，斜睨着他。

那目光看得库尔查颤了颤，想好的一句话突然便卡在咽喉里，再也说不出口。

半晌，赫连铮好奇地道："你谁？"

"……"

库尔查僵立在原地，手和嘴唇都在颤抖，硬是抖不出一句完整话来，赫连铮却已经不屑看他一眼，只高踞上座，垂下眼帘，慢悠悠地拭自己的腰刀，"札答阑因尔吉的眼睛，只看得见人，至于畜生……"

他一笑，摇摇头。

"满堂皆无人啊……"他仰首长叹，不胜惋惜。

满堂"畜生"面无人色，连一直站在帐门附近堵住凤知微，崩山都没多看一眼，只顾将她从头到脚打量个遍的克烈，都目光微微一闪，回头看了一眼。

不过他的目光很快拉回，皱着眉头又望了凤知微一眼，再次叹息："丑，丑。"

凤知微看都没看他一眼，只关注着赫连铮，听见他那一句满堂无人，不禁一笑，心想，世子爷去了一趟中原，学了不少拐弯抹角的骂人本事。

克烈原本就要失望地转开眼，却突然看见这一笑，眼前一亮，只觉这黄脸女子一笑间婉转雍容，迷蒙眼眸波光流转，竟有常人难及的韵致，不由得赞道："笑起来还像个美人……"伸手就去摸她的脸。

啪。

一枚黄乎乎的东西电射而出，雷霆般直奔克烈的眉心，这么小的东西，这么短的距离，竟然射出呼啸猛烈的风声，克烈的手指还没伸出，那东西已经逼到他的要害。

惊而不乱，那如狐的男子反应竟也狐般狡黠，猛一偏头让过第一波攻击，并不去管落空之后立即转折追来的胡桃暗器，伸手就去抓顾南衣怀中的顾知晓。张开的五指，闪耀着铁青的暗光。

顾南衣果然立即抱着他家知晓飘身退后，胡桃落地，与此同时，一卷银白的头发也蓬然散开飘落——刚才仅这擦身而过、圆溜溜的胡桃的劲风，便将克烈的一截头发割断了。

如果克烈反应慢一点，武功低一点，没有去攻击顾南衣的必救之人，此刻也许断的就不仅仅是头发了。

这一手看在满帐族长眼里，顿时被震得鸦雀无声。凤知微却终于正眼看了克烈一眼——刚才这两下看似简单，但克烈表现出的非凡武功和准确应变令人心惊，他竟能一眼看出她武功不低，没有试图攻击她去挟制顾南衣。

两人目光相遇，一个微笑，一个媚笑，各自有各自的平静和深意，随即凤知微闲闲转开目光，克烈的脸色却微微变了变。

"克烈小心肝……"刘牡丹冲了上来，伸出狼爪就去摸克烈的脸，"好久不见你了，想死你干娘我了，来摸摸……"

克烈一拂袖拂开她沾满油光脂粉的手，唰的一下退后三尺，笑道："干娘，几日不见，您真是青春逼人，美得克烈我在您面前站不住……"

"真的吗？"刘牡丹喜笑颜开地摸着自己的脸，半怅惘半得意地道，"哎呀，老啦，老啦，老公都死啦，札答阑都娶老婆啦……"

"老公死了正好方便，札答阑就更无所谓了，他不是十岁就有老婆了？"克烈微笑着一瞟凤知微，"这一帐篷里，一半都是他丈人……"

"呸！"刘牡丹啪的一巴掌就拍出去，"什么便宜丈人？克烈，你少给我岔开话题，来给老娘摸摸，你那小蒜瓣儿长成蒜头没？"

"……"

两人一进一退，一追一跑，竟然就这么退出帐外去了。凤知微退后几步靠着帐门，饶有兴致地看她家牡丹花缠上白狐狸——流氓交给花痴来磨，那是最合适不过了。又想，十岁就有一堆老婆，难怪赫连铮三天不去院子就恨不得上房揭瓦，发育得小狼似的，某些方面真是启蒙太早啊……

"札答阑！"帐内顾不着这边的闹剧，弘吉勒的怒喝声里已经少了几分底气，目光不住地睃巡向帐外，"金盟是各族族长议事，你便是顺义王也无权干涉，还不赶紧退出去！"

赫连铮望也不望他一眼，只端着酒杯，不急不忙下座来。

"扈特加叔叔。"他语气再次做了改变，从一开始的杀气腾腾、旁若无人到坐下后的冷嘲热讽、明敲暗打，再到此刻的温存缅怀、款款而言。

"扈特加叔叔。"他执壶，给一个蓝衣红脸的汉子斟满酒，语调悠悠，"三十年前海冬青战役，越国打进草原，一直打到昆加河时，那夜越国闯营，昆加河边死伤无数。我父王那时还是狮子族的一个普通兵，断了腿倒在你身边，是你一直将他背出三十里，逃出敌手。这份恩情，父王时时和我提起，至死不忘。"

酒杯满满，轻轻递过。扈特加神情复杂，注视着酒杯一直没接。赫连铮笑容不变，毫无尴尬之色，端杯的手，稳定如初。

帐篷里有一刹那的沉默。

扈特加的蓝熊部，是十二部中排行第四的大族，族中男子英勇善战，底盘功夫了得，一直是呼卓部地位重要的一部。蓝熊部作风也如其名，沉稳厚重，两边不靠，只是后期因为族中人口暴涨，草场资源不足，在争夺过程中曾和老王有过纷争，所以此次金盟，蓝熊部首领也来了。

赫连铮一上来，就挑了举足轻重、最难对付的蓝熊部，众人惊异之余，也不禁有了几分佩服，却又觉得乳臭未干的札答阑，万万不可能打动为人固执的扈特加，便都不自觉地目光灼灼，呼吸也粗重了几分。

半晌，一片沉静里，扈特加沉声道："这个故事你还没说完，当年是我将他背出死尸堆，但在半路上，敌军追来，我要拔刀回身拼杀，是你父亲一把拉住我，把我扑倒在水边，两个人装成死尸。越军谨慎，追来后不放心，便将溪水边所有的死尸全部都补了一刀，那一刀，插在你父亲的腰肋上，他却始终咬牙没动。越军离开后，我被压在他身下只受了轻伤……所以那次，是他救了我，不是我救了他。"

"是吗？"赫连铮微笑，"谢谢扈特加叔叔还记得！"

扈特加看着他诚挚的笑容，目光闪动，终于伸手接过酒杯，默默一饮而尽。

帐篷里有轻微的骚动。弘吉勒脸色大变。

"胡恩叔叔。"赫连铮已经行到一位白发老者身边，那人脸上有一道疤，狰狞地从左眼角划到右眼角，愈合后伤口周围肌肤收缩，将一张脸扯得不成模样，望之令人心惊。

弘吉勒看赫连铮居然走到这人身边，脸上露出一丝冷笑。

胡恩可不是沉稳老实的扈特加，可没和库库老王有一同在战场里扶持求存的同袍交情，而且，这人因为早年遭遇极惨，性子极为暴躁，极其忌讳别人提他的伤疤，无论谁提起，都会遭到他疯狂的报复。

赫连铮年轻气盛，不知轻重，只知道胡恩手下的铁豹部耐力一绝必须争取，可这要触了他的忌讳，嘿嘿……

何况胡恩还是他的亲家……

果然，赫连铮坦然注视着胡恩的脸，轻轻道："胡恩叔叔，你的伤……"

胡恩"嗯"了一声，话语的尾音高高挑起，一张支离破碎的脸微微抽搐，鬼魅般令人心惊。

他宽大衣袍下的手指，慢慢挪向腰间的刀。

有人冷笑，有人欢喜，有人沉默，扈特加也有点不安地看过来，赫连铮却仿佛对那些异动浑然不觉，继续道："父王一直挂心着……"

胡恩愣了愣，正要搁上刀的手指顿住了。

"我去中原的前一夜，父王召见我，说中原地大物博，帝京物产齐全，无论如何要在中原找到胡恩叔叔需要的火心圣莲。"赫连铮从怀里取出一个小盒子，躬身双手捧着奉到胡恩面前，"可是能完全治好叔叔伤的圣莲已经绝迹天下，火心莲也只剩下数株，虽然火心莲不能替叔叔完全治愈伤势，但是据说这株是上品，最起码可以替叔叔解除部分痛苦……札答阑没能完成父王交代的任务……对不起……"

盒子打开，一株三叶暗红色的干花状植物静静躺在其中。胡恩盯着那火心莲，眼神微微翻腾。

他幼时遭遇奇惨，且留了一身的伤病，多年来饱受折磨，导致脾性怪异，而许多年来找寻自己需要的火心莲，更不知耗费了多少心思和金钱。别说圣莲，就连火心莲，几十年下来他不过找到了一株一叶莲，也已经算是穷尽能力了，却不想这事居然记在库库老王心上，更由札答阑带来了遍求而不可得的灵药！

看着身前的男子捧着盒子的眼神诚恳，还有几分未能找到圣莲的歉意，胡恩心中一阵热潮涌起，可他没有接盒子，而是先将他扶起，拍拍他的手，道："你真的将貔貅部灭族了吗？"

"是！"赫连铮答得毫不躲闪，铮铮有声，"草原男儿光明磊落，要杀就堂堂正正地杀。他挟持大妃，诈我过河，半路设伏，勾结金鹏，我不灭他，灭谁？"

"好。"胡恩沉默半晌后，反而笑了笑，一笑狰狞恐怖，语气却是温和的，"什么狗屁规矩，规矩掌握在强者手里。札答阑，你很好！"

赫连铮一笑，大声道："自然！"

胡恩大笑着接过盒子，再次拍拍他的肩，随即一摆手，止住了急欲说话的弘吉勒，淡淡道："弘吉勒，我并不是为了这药，我一个快死的人了，活多久并不要紧，而草原的存续却比我活多久重要得多。你虽然是我的亲家，但在我看来，札答阑做这个草原之主，也许比你还好些。"

一部分族长陷入沉默，确实，往日老王在时，他们和赫连铮接触并不算多，没留下什么深刻印象，近些日子，又在弘吉勒的故意影响下，都觉得让一个二十出头的毛头小子做这草原共主不合适。可今日丙谷之中，赫连铮从出现开始，就不停地带给他们震惊，当真是硬也硬得，软也软得，杀也杀得，跪也跪得，比起当年过于诚厚的老王，犹上层楼。

金盟废黜草原王，只能废倒行逆施或懦弱无用的那种，说到底是为了草原共荣。当年草原各部落之间连连征战，人丁凋零，因而被大越不断欺凌，这样的情景，谁也不愿重现。弘吉勒有才干有势力，拥立他未为不可，然而如果草原新王并非无用之人，那么便要重新掂量，不然，当真要杀成一团，自毁家园，给别人占了便宜吗？

凤知微望着赫连铮的眼神也有了一丝淡淡的笑意，今日发生的所有事，除了她出动淳于猛部下帮助布火药炸山之外，其余都是赫连铮自己的主意和手笔。赫连是骄傲的人，不会愿意接受女子的保护，而她也不打算多这个事，如果赫连铮自己不能做成这草原王，那她勉强扶持上去，反倒是害他。

所以连她也不知道赫连铮是何时准备了这火心莲，不过她可以确定的是，库库老王曾经绝对没有嘱咐他去找什么火心圣莲，因为据赫连铮有次喝醉酒说漏口时说的，他来帝京之前刚和老子吵了一架，一个多月没说话，之后他跑到草原和内陆接壤的甘州散心，也是从甘州接到父王谕令直奔帝京的。

在帝京时，她只看见他求亲、爬墙、追女人，却不想那人悠游、爱玩、无赖的表象下，竟也有一颗未雨绸缪、细致的雄心。

赫连铮已经端着杯向下一人走去，那是个三十左右的黄衣汉子，不等他过来，就呼的一下站起，端起自己的杯，大声道："札答阑兄弟，你不用说了，也页不冲库库老王面子也得冲你面子——十一岁时，我被毒蛇咬了一口，还是你给吮的毒。今儿我来，是族中长老的意思，我也就是来瞧瞧，没说一定要驱逐你，我先干了！"说着一饮而尽。

赫连铮大笑，一口喝干，大力拍他的肩，道："好兄弟，下次你再给土公蛇咬了，兄弟我一定狠狠地吸。"

刘牡丹百忙中探头进来，尖声道："小崽子力气很大的，当年差点吸掉我的奶——"

她立刻被凤知微温柔决绝地推了出去。

也页只剩下苦笑了。

最主要的几个大族族长先后倒戈，今日之盟将注定没有结果。弘吉勒脸色十分难看，沉思了一下，眼光无声无息地向帐门口一个卫士一掠。

那人正要挪动脚步，凤知微立即好像完全无意地动了一步，正堵住那人的去路，笑盈盈道："要去哪儿？"

弘吉勒在帐内冷喝："金盟帐内不许女人插话，不管你是谁，滚出去！"

族长们都露出赞同的表情，嫌恶地望着凤知微。

"哦？是吗？"凤知微笑吟吟地望着那些人，"金盟帐内？不许女人插话？"

她突然一抬手。

黑光一闪。

宛如一道流弧，越过宽阔的大帐内，刺啦一声裂响随之而起，随即，大片布毡轰然坠落，靠在帐篷边的族长们惊呼跃起，却还是被头顶坠落的帐篷砸了个满头。

纷乱半晌后回归平静，众人这才发现，敢情刚才这位笑眯眯不动声色的大妃，竟然一抬手便砍下了小半个帐篷！

那种砍法极其巧妙——另外大半个帐篷居然完好如初。满地堆着布毡帐篷的细布和木料，坐在门边的族长们从布堆里挣扎出来，发现始作俑者竟好端端地坐在原地，所有东西都没落在她和她身边人头上。

坐姿端庄的女子，看也不看她抬手就毁掉的那神圣的金盟主帐，只微笑看着弘吉勒，淡淡道："看，族长大人，我现在不在金盟帐内，我可以插话了吗？"

她现在确实不在"帐内"，她所在的小半边帐篷已经被她砍没了。

半边帐篷里只剩下长长短短的呼吸，连听着都似乎不那么顺畅——如果说赫连铮给了族长们措手不及的震惊，那凤知微给他们的，就是一个打在头顶上的霹雳了。

在骄傲的草原族长眼里，女人都是摆设，中原的女人更连摆设都不能算——瓷器一样，一碰就碎。

如今这个看起来比瓷器还要易碎娇弱的汉女郡主，笑吟吟、温软软的，像抹挂在草尖上的云，除了出现时的第一句话让人忍不住多看了她一眼外，之后一直表现得和她的长相一样安静平凡，却不想乍一出手，便直接教会了他们什么叫不动声色的彪悍。

"现在，"凤知微端坐在一地帐篷碎片里，微笑地对着对面半个帐篷里的族长们，平静地道，"我遵守了你们的规矩，轮到你们遵守我的规矩了——好好听我说话，我只说一遍。"

"你们今日开这个愚蠢的金盟大会，指望着弘吉勒金鹏带领你们重新划分草场，从此逐水草而居，沐天风而长，子孙代代兴旺……真是美好的梦想。"黑袍女子眼眸黝黑，有种淡淡的讥诮，并不看相顾失色的族长们，"弘吉勒给你们画了什么大饼？大族许以丰美草场，小族许以重利粮帛，是吗？"

满座无声，很明显就是那样。

"你想挑拨什么？"弘吉勒冷笑，"库库老王分配草场不公，处事不公，众家族长受欺压良久，不是你随意挑拨几句就有用的！"

凤知微理也不理他，随手用木棍在地上画了个简单的呼卓十二部疆域分布图，淡淡道："来，我们来推断一下未来的弘吉勒王会怎么分配诸位的地盘——这里，这里，这里，"她指了指靠近王庭的几处疆域，"想必要留给火狐、蓝熊和铁豹三族？"

几位族长默然不语。胡恩皱眉道："有何不对？"

"很对，很对。"凤知微笑着比画，"嗯，按照各位势力和作用的比例，铁豹想必在这里。等弘大王占据王庭，肯定要联合火狐、苍狼将青鸟、白鹿灭族，于是火狐必然向南延伸，占据原先隔壁青鸟的草场，再左边是苍狼的势力向北延伸，取代白鹿，啊……恭喜胡恩大人，您左有狼，右有狐，千秋万代，一统江湖。"

胡恩脸色变了变，森然道："他敢！"

凤知微笑眯眯看着他，"是吗？弘吉勒不敢？克烈不敢？如果不敢，为什么作为王庭三大直系护军之一的火狐要选择背叛？好处在哪儿？就为了青鸟那部分草场？那为什么铁豹部会安排在这里？二十多年前铁豹部的女奴被送给火狐部的族长，产后便亡，而那个险些两族都不肯要、如今却做了火狐族长的孩子，如果哪天心情好了，想起您的恩情了，给别人递个信，从东林山谷左右一合去拜访您……呵呵。"

不等脸上伤疤蠕动、狰狞燃烧的胡恩说话，她又偏偏头，对蓝熊族长扈特加道，"扈特加大人，如果你们真的离开青卓山脉南线那一块地盘，选择移居到王庭附近的草场，我敢说，不出三十年，你们族中的男子，必定大部分都会死亡。"

"什么？"扈特加霍然转头。

"我们一路赶往丙谷河，曾经途经贵部领地，"凤知微道，"我们队伍中有人发现贵部男子下盘特别稳扎，当真有熊般的沉厚，但腿上却青筋脉突，不像是练武所致。而贵部草域附近，生满了一种金蓝色的草，那是传说中的'焰七星'，其气味若长期闻见，会令人体力增长、腿力稳健，但时间久了也会沉毒于下盘，伤损性命。所幸有毒处必有解药，草域附近那个林子里的一种矮灌木，偏偏是这种气味的克星。贵部常年在那里打柴烧火，两相中和，不仅无害于身体，还使族中老少体力强健、作战勇猛。只是，一旦离开那里，没有了那种矮灌木，'焰七星'长年累月积累的毒素必将从腿部上行，到时经脉爆裂，轻则瘫痪，重则丢命，阁下一族，灭矣！"

扈特加悚然失色。弘吉勒沉声道："你少耸人听闻，蓝熊部功勋卓著，原当最好的草场。我对扈特加兄弟此心可鉴，什么焰七星、焰八星，我听都没听过！"

"是吗？"凤知微笑吟吟托腮看着他，"你没听说过？你真没听说过？你没听说过你刚才老朝帐外望做什么？你是在望谁呢？"

扈特加仿佛得了提醒，霍然扭头看向帐外，道："前些日子克烈曾来拜访，还说过那草很好看……"

赫连铮冷笑起来。扈特加不说话了，只盯着弘吉勒，腮帮子渐渐鼓起绷紧的一块。

"这件事情，王庭也是知道的，"赫连铮突然道，"王庭医官有次去蓝熊部也发觉了，禀告了父王，所以后来蓝熊部和土獾部争夺草场，父王出动王军阻止，勒令蓝熊部交出已占领的草场，以至于蓝熊部心生不满。父王之所以一直没有说明缘由，隐瞒至今，是怕这个消息传出去，引起其他部族觊觎，令蓝熊部永无安宁之日。"

他微微叹息道："父王曾说，扈特加兄弟为人诚厚，蓝熊部也骁勇第一，所以才有此福报，而作为兄弟，他宁可受些误会，也不能轻易让他被人所趁。"

扈特加此时愧悔得恨不得钻进地下，厚大的手掌胡乱地抹了一把眼睛，哽咽道："我……我……"突然离座而起，铮然拔刀。

赫连铮端坐不动，平静地看着他。

嚓。

刀光在帐中划出雪亮的弧线，雪光里血滴一抹，一根血淋淋的小指落地。扈特加在赫连铮面前轰然跪倒，举起残缺的左手，声音沉雄坚决，"长生天在上，扈特加以连心之指立誓——蓝熊部自今日起，誓死效忠顺义王，若违此誓，全部死绝！"

"扈特加叔叔！"等他誓言发完，一直端坐不动的赫连铮立即砰的一声跪在他对面，抚着他的肩大声恸哭，"父王九泉之下亦可安慰！"

两人抱着哭得一把鼻涕一把泪，扈特加那是真情流露，赫连铮那是即兴表演——他埋在扈特加肩上，泪眼模糊里对凤知微挤挤眼睛。

凤知微板着脸瞪他一眼，唇角的笑意却有一丝赞赏——小子很灵啊，反应快得惊人，瞬间便借势将蓝熊部对王庭多年来最大的心结给解了，什么王庭医官早已知道，什么父王宁愿误会也要保全蓝熊，真是满嘴胡柴。就在先前经过蓝熊领地，宗宸对着"焰七星"皱起眉头时，他还笑嘻嘻地凑过去说这草真好看，问可不可以吃呢！

蓝熊部发下最重的血誓效忠，铁豹部也转而与金鹏为敌。赫连铮、凤知微强强联手，刹那间便将已经平分的局势转向自己这方。如今这情形，别说驱逐废黜不可能，就是仅凭最为骁勇的蓝熊誓死效忠，赫连铮也有了和弘吉勒一战之力。

将满面泪痕的老实汉子哄好后，赫连铮站起来，四顾那些和弘吉勒结盟的小族。众人都躲避着他的目光，满地眼珠子乱飞。有个人畏畏缩缩地躲在人群后，恨不得将自己缩在毛毡里。

"我说库尔查，你躲什么呢？"赫连铮目光瞥过，森然一笑，突然扬声一唤。

那老者僵硬地转过身子。

"库尔查，我父亲最爱重的兄弟，最相信的兄长，最贴心的人。"赫连铮步步逼近他，嘴角露出一抹狞笑，"为了报答他所谓的'忠诚'，我父亲成为第一个放弃本族族长之位的草原王，赐给他兄弟最肥沃的草场、最美丽的女人、最珍贵的宝物，连朝廷赏赐的，都让他的兄弟先挑。"他微笑着，像苍鹰一样，凶厉地盯住了无处可躲的库尔查，"然后，他的兄弟回报了他什么？勾结外敌杀他于王座，在他死后对凶手卑躬屈膝，意图赶走他的侄子！"

胡恩脸上露出鄙夷之色，扈特加一口唾沫吐在库尔查脚下。

库尔查被逼到帐篷角，退无可退，突然一挺胸，大声道："你杀了我便是！"

"我为什么要杀你？"赫连铮突然止步，一笑负手转身，"脏了我的手。"

"各位。"他看也不看库尔查，冷然道，"我以御封顺义王之王令，现今剥夺库尔查之黄金狮子族族长之位，逐出王庭及因尔吉氏，至于你们谁要收留这丧家之犬……请便。"

一片沉默后，随即爆发出库尔查的号叫："不！不！不能！你不能！我是因尔吉氏族长，你无权剥夺我的族长之位……"

"从现在开始，我是族长！"赫连铮转头暴喝，泛着紫光的眼眸幽邃森然，"仁慈养不熟天生的狼崽子，因尔吉氏从本王开始，再不需要两个主子！"

库尔查号叫着，拔刀便向外冲。扈特加早上前一步，一脚便将他蹬到帐外，滚在地上爬不起身。

"现在。"赫连铮不再理会那群族长，缓缓转头看着神色变幻的弘吉勒，"该算我们的账了。"

"不能杀他——"蓦然一声娇脆的尖叫传来，与此同时，一道水红色影子突然从王帐后扑出，张开双臂便搂向赫连铮，"札答阑，那是你的丈人，是你孩子的爷爷！"

第八十二章

此情深处

"爷爷你个屁啊！"赫连铮人还没看清楚先一个巴掌扇了过去，"你的孩子，你爹那是外祖！"

骂完了又觉得不对劲，唰地一撩袍子向后便退，"什么爷爷外公？娜塔，我什么时候睡过你了？滚你蛋的！"

水红色影子站定，张开双臂，护在弘吉勒身前，尖声道："该是谁的就是谁的！就是你的！"

"在哪儿睡的？"

"甘州！"

"……甘州哪里？"

"万花楼！"

"……哪天？"

"八个月前，那天下着雨，你说热，进门就叫我脱了衣服……"

"……放屁……我那是对歌女说的……"

"我就是那个歌女，我改装跟了去的！"

"……"

凤知微斜睨着赫连铮——从那句甘州开始，大王真是越问越心虚，越问声音越低啊……

再看看那个娜塔，长得不错啊，就是鼻子上雀斑多了点，不过挺俏皮的。

"札答阑，我娘是汉女，你娘也是汉女，"娜塔把赫连铮问哑，立即便改了先前的气势汹汹，温柔地抚摸着自己那硕大的肚皮，含情脉脉地道，"我们正是天生一对。"

"鬼才和你天生一对，"遇上女人，赫连铮什么霸气狡猾都没了，大骂，"老子娶汉女才叫天生一对。鬼知道你从哪儿搞了个算在我头上！"

"你可以杀我，可以不要我和孩子，但你不能辱我！"娜塔勃然变色，满面深情一扫而光，"中原人有句话，士可杀不可辱，众位叔叔，你们看见了，是札答阑逼我的！"

她嘿呀一声跳起来，一头撞向桌案，力道之大竟然丝毫没留余地。她身后弘吉勒惊呼："我的女儿！"便伸手要拉她，却忽然踩着了地上一块肉，狼狈跌倒。娜塔以雷霆万钧之势轰隆隆奔向桌角而去。

哗啦。

桌案突然向后一退数尺，娜塔寻死目标物失去，却收势不住，一头撞在一人怀里。

那人一伸手将她揽住，温和地笑道："莫激动，小心动了胎气。"

娜塔一抬头，便看见凤知微迷蒙而又深沉的特别眼眸，一瞬间有些不自在，随即嘴角一撇，挣脱她的搀扶，并不谢她的救命之恩，冷冷道："离我远点！我娘说了，中原女人，最会争宠使坏害别人！"

"她用不着和你争宠！"赫连铮呸的一声，"你没资格去我的王庭争宠！"

"札答阑，我以死明志，你都不要我？"娜塔尖叫，转向帐中各人，"叔叔们，咱们草原女人是不算什么，但是孩子是骨、是血、是宝，谁也不能践踏。札答阑做了王，便要坏了咱们草原的规矩吗？"

众人脸上露出赞同的神色，对于人丁一直不旺的草原各族来说，孩子确实相当重要，抛妻可以，弃子却是不可能的。

"王。"扈特加皱眉道，"娜塔既然怀了你的孩子，那看在她为你因吉尔氏承续血脉的分儿上，就对弘吉勒网开一面吧。当初你父王杀了弘吉勒的亲人，如今他也算是报了仇。咱们草原男子，年年互相争夺，不是砍死别人就是被别人砍死，没那么多计较，真要报起仇来早死绝了。"

"是啊。"也页也道，"王，做哥哥的托大劝你一句，既然娜塔有了你的孩子，那你也不希望将来你的儿子为他外公报仇吧？你放心，今日这决议，是咱们共同的意思，若弘吉勒敢不遵守，不用你动手，我们替你动手！"

"我看这样好了，弘吉勒犯下的罪，用他的领地和金钱来赎。"胡恩道，"每年供奉王庭羊万头、金钱若干，并退出青卓山脉以东的草场，迁到……昌河之北吧。"

昌河以北，正是已经被灭族的貔貅部原先的领地，最贫瘠的一块。

族长们纷纷点头，都觉得这个主意最好，保存实力又得了实惠，何必一定要和金鹏部闹个鱼死网破、两败俱伤，便都七嘴八舌地劝赫连铮。

赫连铮立在原地，负手默然不语，脸色森冷，一瞬间，王者威仪天生，令聒噪的族长们不由自主地渐渐消了声，只有些尴尬地互相看看。几个刚才开口的大族长，脸色都开始有点不好看。

凤知微看着，心中叹了口气——现在这个情势，想要杀弘吉勒已经不可能，虽然赫连铮在金盟大会反败为胜，但是王庭那边的情势还没稳定，而他又刚刚才获得族长们的支持，此刻如果他坚决不采纳族长们的意见，坚持不顾族长们的反对当面杀弘吉勒，只怕事情又会有变化。

赫连铮并不适合在此刻和金鹏部摆开架势，拼死一战，这是肯定的。

只是，他之前在王军面前慷慨激昂，势必要报仇，如今却没杀弘吉勒，还收了弘吉勒的女儿，这实在有些无法交代。

看样子……她老人家又得出面担当了。

她目光投过去，赫连铮正悄悄看过来。那眼神，鬼鬼祟祟的。

凤知微又叹了口气，心想，这个大妃真是不好做啊……

但她心中还是有几分疑惑的，不过先留下弘吉勒父女的命，也无所谓。

"各位大人说的是。"她微笑开口，"你们放心，大王不过是顾忌对我的尊重而已。金鹏部如何赔偿我管不着，不过娜塔小姐的归宿，我却是可以做主的。"

族长们眼睛一亮，觉得这女子虽然丑了点，但是有胆有识，又知情识趣，确实，收谁不收谁，大妃就可以做主。

"知微。"赫连铮"立即不忿"地插话，"怎么能要你受这个委屈？"

装，叫你装！凤知微恨不得瞪他一眼，脸上却只好继续和蔼地微笑，"嫁到草原就要遵守草原的规矩，不委屈，不委屈的。"

"就是，哪有什么委屈嘛？"顿时有人不以为然，"咱们哪家帐篷不是三妻四妾。王，你还当真只要大妃一个？她吃得消你天天要吗？"

"本王怎么能收杀父仇人之女？"赫连铮怒气铮铮，横眉竖目。

"父亲有罪，无关儿女，更无关王嗣。"凤知微勤勤恳恳地扮演"来自中原，通情达理、深明大义的大妃"的角色，"王，您受委屈了。"

"本王曾对王军发誓，要取仇人头颅！"赫连王爷"寸步不让"，弹剑作鸣。

"大王可以将金鹏部的赔偿拿来抚恤将士。"凤大妃"婉言相劝"，"事关王嗣，因尔吉的勇士们会理解的。"

"是啊，是啊，大妃深明大义，王还是退上一步吧，毕竟子民安定才是草原兴旺之道啊……"族长们充满对大妃的赞赏，频频点头。

"王。"凤知微深情款款地握住赫连铮的手，"金鹏之罪可以稍后再议，事关您的后代，请允许妾身擅自做主了。"

赫连铮垂下眼帘，望着那双雪色柔荑，这是凤知微第一次主动握他的手，还是因为在必须做戏的众目睽睽的场合，虽然明知是做戏，可他一瞬间心中热潮一涌，险些一反手握住她的手——把握住这千载难逢的机会，在这最接近她心的距离里，将许多压在心底的话都说给她听。

他的手一紧，凤知微立即察觉，淡淡笑着，不动声色地将手抽了出去。赫连铮望着那双一触即离的手，隐约间有个挽留的动作，随即恋恋不舍地放手。他用手指摩挲着自己的掌心，神情一瞬间有点远，有点迷茫，似乎还在慢慢回味刚才那一刻细腻温柔的触感，回味属于看似温柔实则冷淡的凤知微那难得的主动接近。

凤知微却已经走了开去，扶住娜塔，笑道："欢迎你来到王庭！"

娜塔望着她，眼神里没有欢喜，倒有些奇怪的意味。弘吉勒冷着脸站在一边，目光闪动。

赫连铮没有看见这对父女的表情，他讪讪搓着手，给凤知微递眼色，眼色中写满了"小姨姑奶奶，谢谢你，委屈你，帮我递了个台阶。以后你要什么，我爬也要给你送来"的意思。

凤知微瞟他一眼，露出"大侄子，其实也没啥大不了的，反正我当便宜老妈也不是第一次"的神情。

族长们不知道这两人的眼色机锋，都松了一口气，皆大欢喜。金鹏财力雄厚，这番退出草场送上的赔偿，今日在场的各家部族都会沾到点好处。比起杀了弘吉勒引发草原混战，这对他们要上算得多。

大王肯退步，都是大妃做主的功劳，扈特加首先笑道："恭贺大王，大妃真是贤明聪敏，草原有福！"

"是啊，"赫连铮立即十分感叹地接上，"但望我这福气永恒绵长！"

凤知微笑笑，转移话题道："王，金盟这事已罢，还是商量一下，下一步的事务吧。"

"既如此，"赫连铮笑道，"弘吉勒大人和禄赞大人请留在丙谷，出手令安排贵部迁移事务，而其他诸位大人还是顺路和我同行去王庭吧，正好出席我的即位仪式，顺便商议一下金鹏部迁地之后的草场赔偿分配。"

族长们喜动颜色，赫连铮这话，明摆着，金鹏部吐出的东西会有他们一部分了。弘吉勒和禄赞脸色死灰，一言不发——双拳难敌四手，今日在札答阑手下一败涂地，族长们又利益当前纷纷倒戈，想要挣扎，也不是时候。

两人对望一眼，眼神阴鸷。

"怎么走？"禄赞突然冷笑，"你不是已经炸了山道，将咱们都堵在了谷里？"

众人一愣，这才想起赫连铮先声夺人地炸山出场，脸色都变了变。

"嘎嘎嘎嘎，"一流女龙套，刘牡丹太后，再次准时冒出来，伸手一引笑道，"苍狼就是个傻子，长着个眼睛也不晓得看清楚，炸炸炸，炸个啥啊？"

众人先前一直都在紧张对峙，没注意到山口，此时被她一指引看过去，都呆了呆。

那个狭窄的出口，确实垒了挺高的石头，但是并不如想象中那么堵得死死的，是完全可以爬过去的，而且，原以为定然被炸毁的山梁，似乎也并没有想象中炸得那么凄惨。

"炸个啥啊，嘎嘎。"刘牡丹笑得满脸脂粉簌簌往下掉，"哄你们咧。"

先前那声响得惊天动地的炸，其实只不过是搁在崖边的空炮，只炸落了一部分山石，却被故意弄出好大的声响和动静，又由赫连铮的护卫和淳于猛的手下在浓烟中搬了石块往下掷，而刘牡丹撩开帐帘那一刻，正是掷得最凶猛的时候，所以看起来吓人，其实是骗人的。

族长们哭笑不得，却也松了口气。胡恩脸上泛出淡淡的笑意，道："王有勇有谋，胡恩佩服！"

这是他第一次开口说"王"，桀骜的铁豹部终于正式表态。赫连铮望他一眼，含笑点头。

九家族长留下自己的护卫看守弘吉勒和禄赞，便随赫连铮步出帐外。赫连铮目光一转，要找克烈，牡丹花已经凑过来悄悄道："别找了，人跑了。"

赫连铮眉头一皱，牡丹花捏捏他的手，"你别在这儿闹起来，克烈这人表面功夫做得好，族长们很喜欢他，他是奸细也只是我的怀疑，那晚昌水边，我怕自己活不了，才那样通知了你。现在说这个不是时候，等回了王庭，整死他！"

凤知微一旁听见，这才明白为什么牡丹花一开始就把克烈给哄了出去，原来是不想赫连铮打草惊蛇。

"父亲……"娜塔顶着个大肚子和弘吉勒告别，并没有流泪，只是将父亲的手握了握，便毅然转身而去。凤知微负手一边看着，唇角露出一抹淡淡的笑意。

众人出帐，行到山口，看着堆得危危险险的石头堆都有点皱眉头，顾少爷却早已抱着孩子飘了上去，谁过来，他就轻轻巧巧把人给拎过去。族长们只觉得风声一响，眼前一花，已经过了高高的山口。

"这位兄弟好功夫！"土獾部族长也页忍不住夸赞，"不知道是否有空去我们那里教教儿郎们？"

众人都将灼灼的目光投过来，草原汉子好武，看见高手个个心动。

凤知微原以为顾少爷定然是不理的，便连打圆场的词都想好了，可谁知顾少爷低头看了看怀中的顾知晓，很认真地思考了一下，问："你有奶吗？"

"……"

也页一个跟跄，险些栽倒在石堆上。

凤知微也险些被震倒，然而她听得出顾少爷语气里的认真，他并不是开玩笑，也并不会开玩笑，很明显，他是最近被牡丹花搞怕了——现在只有牡丹花有奶，可偏偏牡丹花的好奇心特重，对顾少爷兴趣非常之大，整天思考着如何玩弄少爷以及掀开他的面纱，并不断以奶威胁之。少爷烦不胜烦，生平第一次对人产生畏惧，这是想另找一个奶娘摆脱牡丹花的魔爪了。

只要能摆脱牡丹花的蹂躏，叫他教武功也成。

"他是说，需要一个奶娘。"凤知微赶紧给族长们解释，并指指顾少爷怀中的顾知晓。

族长们"哦"了一声，对顾少爷的奶爸造型实在有点适应不了，再没人敢对他表示兴趣，齐齐狼奔而下。

谷外，三万族长的护卫正在和一万王军对峙，山口崩塌早已惊动众人，但是金盟神圣，没有大人们的命令，谁家也不敢进入，此时见族长们出来，众人都松了口气。

王军看见赫连铮安然无恙地出来，还和蓝熊、铁豹的族长手挽着手，顿时明白金盟之危已去，轰然一声齐齐拔刀下马，嚓声一响间，刀光如日光飞溅开去，齐齐高呼："王！"

声音震得石山上的碎石簌簌而下，族长们相顾失色，都没想到年轻的王，竟然也已收服了桀骜的王军。

"我的勇士们！"赫连铮爬上山石，振臂高呼，"暴风雷雨阻不了高飞的苍鹰，弘吉勒的阴谋也注定灰飞湮灭！你们的王还是你们的王！从今天开始，金鹏收起利爪，退出青卓山脉以东的肥美草场，黄金狮子荣光永存！"

"黄金狮子荣光永存！"王军听见那句"退出草场"，顿时目光发亮，热血沸腾，以铁刀猛击地面，地面砰然震抖。

"金鹏部的那些土地，那些牛羊，那些在边境买卖得来的银钱！"赫连铮的手臂用力在半空一抓一撒，一个悍然而有煽动性的手势，"大家分！"

欢呼声更响，震得凤知微耳膜都在发痛。

"让弘吉勒多活几天，好给我们老实操办迁居赔偿事务，"赫连铮恶狠狠地道，"阵亡的将士，孤寡的遗孀，多拿一份！"

"我王万岁！"

"老子说过要睡弘吉勒的娘！"赫连铮仰头，线条英朗的下颌在日光中灿烂流金，镀在日光里的身形也颀长雄健，有着天神般英武耀目的气概，"他娘太老，老子决定，睡他女儿！"

"睡他女儿！"欢呼声掀翻了巍巍石山。欢呼声里，众族长面面相觑，又笑又佩服。欢呼声里，娜塔脸色惨白。

欢呼声里，凤知微一个踉跄扶住顾少爷……这说的是啥话啊……

不过不得不承认，赫连铮这家伙确实厉害，先抛出实惠吸引王军，随即轻描淡写、一句带过不杀弘吉勒的原因，解释成需要操办赔偿。他从最能让人接受的角度安抚了王军，而最后呼应那句睡他老娘的话，转折得漂亮干净，从头到尾不失声威，不减热血。明明是他违背誓言，被迫不杀老丈人还娶一带一，最后却变成了他收服了金鹏部，要到了赔偿，还睡了人家囡。

她正用欣赏的眼光打量着赫连铮，那家伙却从石头上跳下来，大步行到她身侧，在她耳边悄悄低笑，"其实我绝不真的睡……"

凤知微唰的一下转身走开，留下表白被梗在肚子里的新任草原王……

那边传来牡丹太后兴奋的嘎嘎笑声，"也页！来给老娘摸摸，看你的江苏蒜苗长成山东大葱没！"

……

快马驱驰三日，将到王庭。

此次赫连铮回王庭，规模已经不是最初从帝京回来时带的三百护卫了，而是一万王军前引，八大族长簇拥——最起码，表面看来是如此。

赫连铮以瓜分战利品为名，邀请族长们同赴王庭的提议，此时便见了效果——在王军事先派出先期护卫回王庭通知后，青鸟、白鹿、火狐三族族长立即带三千护卫迎出十里，这样，一路上旌旗招展、铁骑如流，会合起来的数万大军，将一些人蠢蠢欲动的心思，镇得不敢发作。

长熙十七年二月十六，顺义王携大妃抵达王庭。因为老王暴毙而人心惶惶的因尔吉部，不仅迎来了他们的新王，还迎来了金鹏部被镇服即将迁居的消息，草原一路因此载歌载舞，欢声笑语。

凤知微骑马伴在赫连铮身边，看着路边跳着舞的彩裙女子。不断有人冲过护卫的拦截，将自己的荷包腰带扔到赫连铮的怀里时，笑道："咱们的王爷真受欢迎。"

"我也受欢迎啊。"牡丹花立即不甘示弱地对着人群挥手，大声嚷，"因尔吉部的美男子们，你们大妃我——终——于——自——由——啦——快来追我啊——"

呼啦啦，四面扔下来一堆臭靴子、烂袜子，一部分是美男子们自己扔的，一部分是美男子们的老婆们扔的。

凤知微同情地望着牡丹太后，那神情不着一字，尽得风流。牡丹太后却毫不脸红，表示："男人脸皮薄嘛，心里还是很想的，我懂的。"

是啊，跟您老比起来，全天下人脸皮都薄。

奶爸造型的顾少爷竟然也收了不少荷包腰带，盖因为衣袂飘飘、白纱微拂的汉人男子，自有一份不同于草原粗犷男子的精致雅美，而那种玉雕般的光润气质也是十分吸引人的。

顾少爷对着那堆香喷喷的东西望了半响，理解为是送给他家顾知晓的，于是全部挂在顾知晓的小被子上，把娃娃熏得直打喷嚏，还是华琼赶上来赶紧全部给解了，结果她却被草原美人们怒目而视。

赫连铮心情正好，正要俯身和凤知微说什么，忽有宛转带笑的一声响起。

"阿札！"

平地起了一道紫金色的旋风，团团飞旋奔近。那紫金色身影轻俏如百灵，灵便如麋鹿，半空里唰的一个倒仰，翻上了赫连铮的马，衣裙展开如一朵绚丽的大花，转眼已经轻轻巧巧地坐到了赫连铮的背后，抬手，自自然然抱住了他的腰。

她脸贴着赫连铮的背，娇笑道："你可回来了！"

四周卫队对这突然闯进来、倒翻上王爷坐骑的女子毫无敌意，都笑着看她。四面百姓对她精妙的身法轰然道声好，连女子看她的眼光都毫无妒意，只充满佩服。

赫连铮在马上惊喜转身，道："梅朵姨，你在王庭！"

"什么姨不姨的，难听！"梅朵一笑，捧着赫连铮的脸细细端详，"我看看我的阿札。瘦了！"

"什么阿札不阿札的，难听！"赫连铮大笑，"我不是瘦，是精神好。"

"就是我的阿札，我的。"梅朵眉毛一扬，英气四溢，"从你三岁起，我就这么叫着了，你今天叫我改？"

"好好，依你。"赫连铮自从看见这女子，似乎一直都很欢喜，神采飞扬，神情容让。

两人谈得欢快，看得出，极其熟悉自如。凤知微被冷落一旁，倒没什么感觉，只饶有兴致地看着这两人，并隐隐感觉到，这个被赫连铮称作姨的女子，对自己似乎隐隐有点排斥，从她一出现就紧盯着赫连铮说话，却看也不看她一眼便知道了。

赫连铮却不会忘记她，突然牵了梅朵的衣袖，得意扬扬地转向凤知微，道："梅朵，这是我的大妃，中原的圣缨郡主，你见见。"

梅朵转过脸来。

她有一张秀丽而英气的脸，眉宇间的神情乍一看和华琼有些相似，细看来却相差较远，华琼与生俱来的朗阔大气如海蕴藏，她却是一种锋利逼人的嶙峋凌厉，一照面便试图用目光逼人。

她灼灼地盯着凤知微的脸，丝毫不掩饰眼神里的敌意和审视。她沉默盯视的时间太长，连赫连铮也已发觉，脸色一沉正要发话，梅朵却已转开目光，端坐在赫连铮马后，带着几分傲然的微笑，淡淡道："是大妃吗？真是失礼。"

这话，也不知道是说她自己失礼，还是说凤知微失礼。

"嗯。"凤知微浅浅颔首，一笑，"你是失礼了点，应该下马见我的，不过看在你是赫连铮姨妈的分儿上，本大妃尊重长辈，就罢了吧。"

"你……"梅朵气得俏脸煞白。赫连铮一看风头不对，立即含笑揽住她的腰，不管三七二十一地将她往地下一放，大声道，"梅朵姨，改日好好和你说话，我们先走了。"

他二话不说一拍马便跑。凤知微望着那恨恨站在原地、吃着马屁股灰的梅朵，似笑非笑，"你真是太不怜香惜玉了。"

"错，我那是救她一命。"赫连铮嗤之以鼻，"和你斗才是找死。"

"你姨吗……"凤知微漫不经心，"不是亲姨妈吧？"

"当然不是。"赫连铮笑道，"我两岁时，大越来犯，我父王领兵出征，牡丹花当时也正在坐月子，而梅朵是她的婢子。我堂叔叔勾结人潜进草原想把我给掳出去卖到中原，是梅朵无意中发现，并拼死追出去救下了我。她把我藏在草堆里，自己却跳了冬天里的冰湖，我那堂叔叔便以为我们都死了，只好罢手。那冰湖很冷，梅朵留下了病根，而牡丹花为了感谢她，认了她做妹妹，对她一直都不错。"

是很不错，一个婢子已经把自己惯成太后了。

"牡丹花。"凤知微落后一个马身,问她家婆婆,"你得罪人了,你知不知道?"

"你才得罪人了。"刘牡丹就在他们身边,自然看得清楚,翻了个白眼。

凤知微笑而不语。牡丹花半晌悻悻叹了口气,跟凤知微咬耳朵,"你这滑头孩子……是,我是故意认她做妹妹的,我知道她想要的不是这个,但是不能……梅朵在湖里留了病,以后再不能生孩子了!"

凤知微默然,想着那女子刚才的骄傲凌厉,心里隐隐有点不安,半晌道:"她多大了?"

"比吉狗儿大六岁。"

"中原有些家产富裕,已经儿女成群,需要续弦的人家。"凤知微把玩着缰绳,悠悠道,"牡丹花,你不妨考虑一下。"

"我也知道女子留来留去留成仇,我这些年不知道给她找了多少人家,"牡丹花皱着眉头,"可是你也发现了,梅朵心高气傲,而且这么多年,王庭像对公主一样对待她,她哪里看得上那种人家?"

"哪儿来的公主?"凤知微淡淡道,"这个年纪留在这里,等的是什么想必你清楚,做不到,就不要给人任何希望,否则将来只怕为祸深远。女子的青春,是耽误不起的。"

牡丹花咬着牙,怔怔不语,半晌一拍手,决然道:"好!嫁!"

"嫁什么?"前方赫连铮没听清楚,回头来问。

牡丹太后一马鞭抽在他的马屁股上,把他远远地送了出去,"驾!"

远远地望见呼卓王庭时,凤知微倒怔了怔,原以为草原王庭,不过就是分外华丽庞大的帐篷群,而前方地平线上的,竟赫然是一座巨大的白色建筑。

碧草高坡之上,方正宽阔的白石王宫巍然矗立,绵延数里。王宫深处的塔楼,刺向分外高蓝的天空,像一柄洁白的玉剑。

"多么巍峨的建筑啊……"牡丹花难得文绉绉地发思古之幽情,"集合了故宫、白宫、白金汉宫、罗浮宫、布达拉宫这些宫所有的建筑优势,精美、大气、华贵、仪态万方、展现出了古今中外人类艺术的高智慧……"

"是不错,有名字吗?"凤知微仔细地思索着那堆宫殿的名字,心想,怎么自己一个都没见识过,在海外吗?

"布达拉第二宫。"牡丹花正色道。

这什么古怪名字?

一瞬间,凤知微听出刘牡丹语气里的异常,偏头看见那女子正仰首望着远处的宫殿群,眼神里光芒闪烁，流动着一种奇异的情绪。

追忆、怅惘、怀念、忧伤、寂寞、满足……复杂至不可尽叙。

"以前我们住的是帐篷。"牡丹花悠悠道，"后来我和库库说，我的家乡和这里很像，也有天一般广阔的草原和云朵般洁白的羊群，还有所有族民心目中的圣地，布达拉宫。库库问我去过没有，我说我再没有机会去了。库库就说，在这里为我造一座，以后我住的地方，世世代代就是呼卓部的布达拉圣地。我说不能亵渎圣地，就叫布达拉第二宫好了……"

她说着说着，渐渐羞涩起来，红晕透过厚厚的脂粉，像一抹娇艳的晚霞，而眼神清亮，令阳光下的笑容如少女般葳蕤绽放。

凤知微心中一动，心想，那位库库老王和牡丹花的爱情，该是怎样与众不同而又绵远悠长?

他和她战场相遇，他和她草原定情，他和她一起走过三十年风风雨雨，他也许没对她说过"爱"字，却为她建造了心目中的圣地第二;她也许每日都骂他杀千刀，但当他真的中刀而亡，她不落泪，却悍然挑起一个部落的未来。

有一种爱情，无须说出口，只日月见证，草原见证，布达拉第二宫见证。

而此时，就在他和她的王宫前，人潮如钢铁之龙，蜿蜒无际，散布于无涯的草原，而日光反射着钢铁兵刃的寒光，泛出一片海洋般厚重的乌金之色。

草原春色，苍翠如洗，猎猎塞上风中，新一代草原王和他的母亲、妻子，沐浴在四射的金光下，以万丈霞彩为披风，以光耀烈日为冠冕，飞驰渡越后，停缰勒马于高岗之上。万众屏息，仰首怔怔看着他们那英姿勃发的王。

一片寂静里，赫连铮俯首看着下方人群，长眉飞扬，泛着紫光的琥珀色眼眸，浓郁如塞外美酒。

他突然大笑。

"知微! 知微! 此刻有你在身边，我好快活!"

他伸手，一把抱过了凤知微!

凤知微来不及惊呼，便已经落入了赫连铮的怀抱，百忙之中只来得及用手抵住他的胸膛，并故作"羞涩"，乖顺地伏下脸去。

赫连铮已经大笑着，抱着她飞驰而下。

一骑腾云，飞马而落，如一柄黑色神剑，飒然霹雳穿越长草，直奔向他的子民。他的银色大氅和她的黑色狐裘互相拍击狂猛飞舞，在炫目的阳光下划出一道流利的弧影。

数万人轰然跪下，高呼汇聚成强而有力、惊动天地的飓风。

"王！"

在那样激昂旷远的欢呼里，凤知微清晰地听见赫连铮心跳得奔腾激越，听见草原的风声无边无际地传过山海去，听见身后跟随的牡丹花，仰首向天，微笑呼唤。

"库库！"

草原上，意气风发的新王携着自己的大妃，同享万众中央的荣光。帝京内，尊严华贵的楚王府却陷在沉凝而肃杀的气氛里。

府中下人来去匆匆，却无人敢发出任何声音，更无人敢打扰房门紧闭的书房——殿下每日下朝后，便将自己关在书房里，可那两扇紧闭的黑色大门内毫无声音，经常让人觉得里面并没有人。

虽然什么事都没发生，但是每个人都觉得气氛压抑，只是却也不明白那压抑何来——殿下征南大胜，闽南常家势力便已经基本被拔除，而且，携征南大胜之威，一直难以插手军中的楚王府，正好借这个机会在军中安插了好些亲信。连同青溟书院那批当初随着楚王和魏知历练的二世祖学生，都先后在各部各司安排了职务。陛下在对魏知的失踪表达了一番唏嘘惋惜之后，也对殿下多加褒奖，最近他的本子，奏一本保一本。朝中上下，更是众口赞誉，谁都能看出，目前殿下是皇上驾前第一人。

苦熬这么多年，终于一步步熬到这一日，殿下却没有任何欢喜之色，这是怎么了？

书房里垂着厚厚的藏蓝金丝帐幕，几乎挡住了外间所有的日光，宁弈自从从闽南回来，眼睛似乎就有些不太好，怕光怕风，所以原本浅绿色的帘幕，现在都换成了深色调的。

书房里有轻微的纸张翻动之声。淡淡的烟气是珍贵的龙涎香的味道。

"工部那个乌侍郎，是早先太子的奶哥哥，"座上宁弈无声地翻看着一本厚厚的档案，语气淡漠而干脆，"换掉。"

"是。"座下的辛子砚，眼观鼻，鼻观心，并无嬉笑之态，"从何入手？"

"他不是爱好收集金石和绝版古书吗？"宁弈淡淡道，"你掌管着《天盛志》编纂，要想给他安个罪名，还不容易？"

辛子砚眉毛挑了挑，从这句话的语气里听出了浅浅的讽刺。

"殿下。"他抬头直视宁弈，"那件事我——"

"我累了。"宁弈抬起头来，依旧是清雅无双的眉目，神情间却有些憔悴，他微闭眼睛，轻轻揉着眉心，并不给辛子砚把话说完的机会，"就这样吧。"

随即他闭上眼，向后一靠，做出完全拒绝交谈的姿态。

辛子砚却不打算接受他的拒绝，从回帝京到现在，他被这阴阳怪气的宁弈给折腾够了。这人像是有点不正常，日夜不分地拼命做事，费尽心机暗动朝局，几乎不给自己休息的时间，整天待在书房，也完全拒绝和他们交流任何关于朝务以外的事情。他今天这个话头，已经是第十次被打断了。

他记得宁弈初回帝京时，在金殿之上，陛下说起，可惜他和顺义王一行擦肩而过，不然倒可以相送一程，而当陛下说清楚顺义王和大妃是谁之后，宁弈当时便晃了一晃，一瞬间脸色惨白。

他记得下朝后，宁弈在太和门外随手抢了一匹马便狂奔而去，却在城门前黯然住马，伫立久久，最终无声无息拨转了马头。

再之后，他便没有了任何异常，可只有他们几个近臣才知道，没有异常才是最大的异常。

辛子砚目光复杂，想着回帝京后，连宁澄都在某件事情上躲着他，而宁弈回来后立刻将他代管的金羽卫拿了回来，不用说，就是为了凤家，可是无论如何，他没有做错——陛下将金羽卫交给宁弈，唯一的任务就是找到大成遗孤。这本就带有几分考察的意思，而他，已经有了明确线索，却还在这件事中犹豫迟疑，后果将不堪设想。

只是谁也没想到，遗孤竟然不是凤知微！这是好事，还是坏事？辛子砚闭上眼，暗叹：阴错阳差，阴错阳差啊……

看着对面宁弈疲倦的神色，辛子砚的心火不由得腾腾升起。

"你累了，你可以闭着眼睛听我说话！"他突然向前一冲，双手支在宁弈的书案前，目光灼灼地盯着他，"你今天必须听完我的话！"

"不用听。"宁弈还是不睁眼看他，"你是天盛第一才子，你是陛下最为爱重的能臣，多年前，你又在众皇子中挑中我辅佐，从此一心一意，呕心沥血。你所做的，你要做的，从来就没有错。你没什么必须要和我解释的，我也没什么要挑剔你的，就这样。"

"那我要挑剔你。"辛子砚冷笑，"你赶走宁澄做什么？他整天爬墙打瓦地围着王府转，你看着不难受？你不难受，我被他天天拦轿子哭，我难受。让他回来。"

宁弈睁开眼，眼神冷酷。

"你不是我的手下，是我的师友，我不动你，不干涉你要做的事。"他淡淡道，"宁澄是我的手下，我有权动他，请你也别干涉我。"

"如果我是你的手下，你是不是也打算赶走我？"辛子砚冷笑。

宁弈默然不语。

辛子砚定定地注视他半晌，眼神失望，良久道："你如果打算为了一个女人整垮自己，让这十多年的苦心筹谋功亏一篑，那也由得你，只算我瞎了眼。"

"怎么会？"宁弈微微抬起长睫，笑了笑，那笑容沉在淡金色的烟气里，看起来不像笑，倒有点令人森然，"世间事很奇怪，在其位，或者不在其位，都会有很多事迫不得已，既然如此，我更想试试，那唯一的一个位置，是不是就能让我活得随心所欲些。"

他说得清淡，辛子砚却听出了其中的苍凉，默然半晌，轻叹道："我倒想劝你收收心……有些人注定是敌，到得如今这个地步，你看不开，只会害了你自己。"

"我怎么会看不开？"宁弈一笑，微微上挑的眼角飞出流逸的弧度，美如炫梦，却也是令人沉溺、森凉的梦，"你没见我正在准备给顺义王的礼物？"他指了指桌上一个精致的礼篮。

篮子很精致，裹得很细密，看不出里面装了些什么。

"我还准备亲手致信顺义王及大妃作贺，以全亲王礼数。"宁弈笑笑，铺纸濡墨，提笔要写，却又停下，淡笑注视着辛子砚，不语。

辛子砚叹了口气，只得退下，带上了门。

最后一点光影也被合起的门扇拒之门外。帘幕重重，不见微光，那人沉在淡金色的烟气里，举着笔，对着雪白的熟罗压金纸，以一个恒定的姿势。

沉默，久久。

第八十三章
帝京信来

提着笔的时辰太久，久到笔尖饱蘸的墨汁，悠悠坠成一个圆弧，迫不及待地坠落。

啪。

熟罗压金纸笺上，溅开黑色墨痕，延展开的形状像一轮黑色的太阳。

宁弈怔怔地注视着那点狰狞的墨痕。

其日如夜啊……自从她离开以后。

不过是一场别离，突然就变成了山海生死之隔，他满心以为会在上野和等着他的她一起，满载收获和喜悦逍遥回京。他想着要问问她收到信盒子没，喜不喜欢那朵芦苇和珊瑚，愿不愿意和他一起在回南海的途中再去看看那芦苇荡；他想着看看一别数月，她是瘦了还是胖了，有没有被海风吹黑，有没有被南海的水滋润得更丰盈——他不能看见她那么久，那么久。

可等到能看见，却已不得见。

"等我。"

"总是要等你一起回京的。"

"我记住你现在的轮廓了，到时候给我查出瘦了，可不饶你。"

"如何不饶我？"

"杀了你，和你势不两立。"

彼时笑语，一语成谶。

南海的路，在上野港口永远分歧，港口湿润的青石地上，也永远不会再站着衣袂飘飘的她。

她不会再等他一起去看芦苇荡，而那里的芦花年年开谢，永在梦中。

她不会再查验他轮廓的胖瘦与否，哪怕他憔悴得瘦骨支离。

她不会再饶他——那样两条她最珍视的性命，森冷地隔在他和她之间。

她从此当真和他势不两立——圣缨郡主，顺义大妃，走得那么坚决，连稍等一等，当面质问都不曾——她决心已定，无须多言，他知道。

那天他在太和门外徘徊良久，终默然回身，追不上，也不能追。

追上了能说什么？说其实不是他下的令？说辛子砚不听他，自作主张？说宁澄擅自在密信中附言，鼓动辛子砚？还是说他从来没有想过要拔除她？

有些解释，别说她不会相信，连他都不信。

秋府初遇，他便是去联络五姨娘的，让她盗出凤家姐弟的生辰八字。金羽卫经过那么多年的追查，已经初步将目光锁定在凤家姐弟身上。

起初怀疑的便是凤皓，凤夫人对那孩子如此珍重呵护。他也以为如此，然而冰湖一见，突然便开始注意到她。

那样的决然冷酷，不动声色，仿似皇族里惯常会流着的深沉的血脉。

凤夫人将身负振兴大成重任的凤皓娇惯成纨绔，却将自己弃如敝屣的女儿教育成超卓绝艳的女子。

从直觉里，他不信。

他让手下那帮消息灵通的京城纨绔去接近凤皓，试图让贪慕虚荣的凤皓受激，变卖家中值钱之物。皇家子弟都有证明血脉身份的金玉牒，而凤皓不知轻重，又钱财窘迫，一旦瞒着凤夫人偷偷翻出什么东西来，事情也便尘埃落定。

纨绔们引诱凤皓，他的焦点却在凤知微。

妓院相遇，书院邂逅，太子逆案，韶宁陷害，常贵妃庆寿，遗诏之诈，一路碰碰撞撞走过来，一步步看得她雏凤在野，一鸣清声。

他警惕，却不由自主地接近。

不知道什么时候开始，追随她身影的目的，由最初的监视变成了沉溺。

是命，是缘，又是孽，她迷蒙眼眸深处的旋涡，令他不能自已般跃入，等到欲待拔身而出，却早已窒息没顶。

……

帘幕深垂，二月的春风透不过这深垂的帘幕。宁弈手撑在桌案上，将染了墨痕的纸撤去。另铺开干净的纸，重提紫毫，新濡香墨，缓缓落笔。

字呈顺义大妃足下：

眼前流光一闪，依稀见高阔雄伟的大成旧桥，薄雪之上，斜倚桥栏，分喝一壶粗劣的酒。

他指点山河，语带傲然，"是日，大成旧臣如草偃伏，尽在我皇脚底。"

她默然饮酒，一笑森凉，"拜的不过是染血刀兵而已。"

残夜将尽，倾尽壶中，她醉酒于巍巍高桥。

"最后一滴酒，敬这一弯孤桥，世事跌宕多变，唯此桥亘古。"

世事果真跌宕多变，临到头来，谁都不再是谁，唯有长桥默然伫立，凄凉风中。

一别已久矣，卿安否？

他靠在她的脸颊边，执了她的手指，反反复复摩挲，微微低头的姿势，近得不能再近，呼吸相闻，气息相缠，连发丝也无声地纠结着，垂在一起。他偶然偏了偏头，腻在了她的脸颊边，脸颊边细腻如玉，心情却像翠叶掠过粼粼水面，溅起涟漪层层水纹隐隐，无声无息荡漾开去。

卿安否？卿安否？那一日宫外小院耳鬓厮磨，旖旎至凛冽，终被长天深雪，埋没。

自南海一别，已近半载……

哪里的灯笼华彩一闪，如玉珠飞天而来，那是常贵妃大寿，多少新人笑，不见旧人哭。

暴雨里，废宫中，沉暗的宫室，炉火熊熊，她给他一个烤衣的背影，娴静而温存。

"你以为你美到让我情不自禁吗？"

"我认为我可以。"

暗室香暖，心事交托，谁的唇如此清甜芬芳，蕴藏了千万年来的春色无边，一触及便是惊艳，再深入就是失魂，他终于丢了魂，失了心。

"知微，纵然天下皆为我敌，独不愿有你。"

知微，知微，原来只要你与我为敌，便痛过天下皆以我为仇。

帝京正当阳春，风光晴好，不知塞外鸿野，景致如何……

那一日风光晴好，榕树翠荫如盖，她负手而立，"叫楚王殿下来与我说话。"

他来了，无论如何对立，都不愿负她之约。

香茗素手，言辞如锋，他懂得了挣扎帝京、不甘人下的凤知微，却又试图挽住那一颗注定歧路相背的心。

"休谈利弊，休谈将来，只问此刻之心——你的心。"

"我的心，在它该在的位置，或有一日翻江倒海，能换得它倾倒翻覆。"

"知微，离开官场，回到秋府……将来，你就是我的……"

"楚王宁弈，不合格也！"

知微，我确实是不合格的那个人，还未三宫六院，已经悍然操刀。

帝京正当阳春，可是这春光里少了一个人，春也再不是那春。青溟书院榕树长青，此生还有谁会素手递过香茗？

北地苦寒，晨间深夜，勿忘保暖……

华严杜村有人用性命保得他们逃离，屋后峭壁上有人轻轻抱住他的膝窝。

"现在，就让我做你的眼睛吧。"

山崖下相依醒来，她低头扣着衣纽，指尖香气淡淡，在鼻尖似乎逶迤至今。

"如果我离开帝京，永远消失，你会怎么想？"

"找到你。"

"找不着呢？"

"你走不脱，天下疆域，风雨水土，终将都归我所有，你便是成了灰，化了骨，那也是我的灰，我的骨。"

知微。

天下疆域，风雨水土，纵然终将归我所有，只怕我寻回的也不是原先的你。茫茫黄土，浩浩大雪，长熙十六年最后沉重的一页，碾碎的到底是谁的灰、谁的骨。

你生长于内地中原，想必不习惯草原饮食……

那一日，祠堂呼声如潮，她穿山远奔而来，长袖善舞，解祠堂之危，然后如一抹轻云般倒在他怀里。

那一次，暗室里，他跪在她身前，亲手静静为她擦身，怀着一腔寂寥悲凉，以为从此一切回到原点，归于陌生。

那一次，终于离了她身侧，行军到溪塔，于浩荡的芦苇荡之前采了羽，撷了风，要和她同听风的声音。

那一回，安澜峪过海，在空明寂静的起落涛声里，将珊瑚慢慢粘上信封，想着以为失去她的那一刻亦如海水倒倾，于是再次彻夜不眠。

那些夜里，静静摸黑写着信，想着她会用什么样的动作和方式藏信，于月明星稀、万籁俱寂的沉静里默然欢喜。

那一天，将装满信封的盒子交给燕怀石，听出他语气里不能掩饰的轻快喜悦，忽然也觉得天地光明，长风宁静。

却原来。

最近的距离，只不过是为了拉开时，更加猛烈而遥远。

一路转折，起伏不休，到得今日，当真不过这洒金笺上不痛不痒的几句话？当真不过是楚王殿下对顺义大妃，随时可以拿出去公诸天下的平平问候？

他突然停了笔。

抿了唇。

随即飒然走笔，落笔极快，一句一顿，突化作滔滔流水。

知微，那一日帝京大雪，足可埋膝，我在安平宫偏殿外徘徊良久，听说你曾于此盘桓一夜，偏殿外矮树上有零落的指痕，可是你留下的？你可是当时将那树当成了我？当成我也无妨，为何不等到我到来，用你的手指亲手掐紧我的喉咙？我操刀于路，灭你两条亲人性命，你只拂袖而去，避到草原，天涯不见，这实在不似你的性子。

知微，有些人命中注定阻着你，走遍天下也躲不了，或许你不想躲，只是想着韬光养晦，或有一日也横刀于路，予我一击，那么千万莫让我等太久。魏知的封赏升职文书，还在我抽屉里等你。

你也曾承诺在路的那边等我，那路如今被拉得太远了些，但再远的路，只要愿意走下去，总有走到的一日。

那只装满信笺的盒子，想必，或被你践踏于马蹄，或被你付诸流水，也无妨，那字写得着实有些难看，有闲的时候我会一封封重写。溪塔芦苇，安澜珊瑚，连同闽南凤尾木，都不是这世上独一份的东西，真正独一份的，是一生里不可或忘的某段相遇里的心情。

我不知道你将那心情收藏在了哪里，我的在我这里，等你亲手来挖了，掏了去。

记住，莫让我等太久。

信封封起，加火漆封，连同那只精巧封闭的礼篮一起，静静放在桌上。

他微微向后，靠在椅背上，面对着那信，静静看日光透过帘幕一点点走进格子窗，再换了如霜的月光，淡雾般镀在浅绿的信封之上，将字迹一点点模糊，洇去。

风在屋檐上，将寂寥的曲子低唱，帝京之夜，如此深长。

帝京之夜如此深长，有人从日到夜，为一封信辗转起伏。

草原的日光却明亮而灿烂，王庭人群欢庆如海，裹挟得人忘记了悲伤。

赫连铮抱着凤知微驱马而下，随即陷入人群海洋，挣扎了好久才到达王宫门口。赫连铮已经浑身挂满了荷包腰带和各式吃食，连凤知微怀里都被扔上了油腻腻的糍粑。

一转过人群，凤知微就一掌拍在赫连铮胸前，手法巧妙，拍得赫连铮手一松，凤知微已经飘然落地。

她理理衣襟，看也不看赫连铮一眼，转身就走。

"哎哎，你生气了吗？"赫连铮赶紧跟来，拉住她的袖子，"别，别嘛，小姨，小姨，下次我不了。"

他每次一心虚就喊她小姨，凤知微无可奈何地转过脸来，道："你可记住了？"

"我那是情不自禁。"赫连铮目光发亮，仰首看着草原分外高远的天空，"知微，我终于从帝京回来了，天知道我有多么讨厌帝京，死气沉沉的，所有人都戴着面具，所有人都活得不由自主，所有人说的话你都只能信三分……还是草原好啊，天都比帝京高些。知微，我只是想你知道我的欢喜。"

我只是想你知道我的欢喜。

凤知微眉睫微微一颤，一瞬间笑得有些凄凉——我知道，我知道，可惜，你便是想把可以装满整个草原的欢喜分享于我，我也没有地方去放那些欢喜了。

那里，心的地方，只有长熙十六年帝京的第一场雪，悠悠飘落，永不止歇。

"好热闹！"身后有欢快的呼声传来，是淳于猛带着护卫兴奋地跟了过来，他大声道，"呼卓部的姑娘，我喜欢！明儿讨个做老婆！"

"难道你不回去吗？"凤知微笑笑。

淳于猛瞬间敛了笑容。凤知微愕然地盯着他的神情，道："你真的不想回去？怎么可能，你淳于家是楚王的亲信，你回去，挟南海和此次护送的功劳，楚王一定会给你安排重要的实职。前程似锦，你可不要放弃。"

这是她离京以来第一次主动提起宁弈，说起那人，心里便似突然塞了一团火烧云，乱而微痛。

"我在草原边界收到了殿下的快马传书。"淳于猛道，"他说我是武将世家出身，军功才是最实在的东西，与其回京在长缨卫慢慢熬，不如趁目前对越战事需要补充将领之际，直接补入前方大营。他让我考虑，可我已经决定了，这边事情一完，我就要前往榆州大营，先做个参将。我一切听从殿下的安排，殿下从来都不会错的。"

凤知微默然不语，半晌慢慢笑了一下，道："是啊，殿下从来，都不会错。"

淳于猛望着她的神情，一瞬间有些心悸，想说什么，却觉得无法张口。

那边，嘎嘎嘎的牡丹花已经从人群里挤了出来，一把拉过凤知微的手，笑道："快快快，我们来参观布达拉第二宫。我给你准备了正宫，等下我就搬出去。"

"不用了。"凤知微被她拽着走，"我随便哪间屋子住就可以了……"

"要的，要的。"牡丹花就差没在平滑的白石地面上滑起来了，"我早早就叫人把屋子腾出来了，你直接住就可以了。瞧瞧我给你布置的房间，你一定会喜欢的，哈哈……"

凤知微心想，就你那眼光，我会喜欢才奇怪，牡丹花却已经一路聒噪了下去。这女人上下嘴皮子每天高速运动，从来也不会觉得累，"你好好休息，吉狗儿接王位的仪式不是立刻就能开始的，要等达玛活佛来请了神，一切顺利才可以。正好也让达玛活佛给你看看命，嘻嘻，当年我就是被那老家伙一眼看中，库库才堵了那些族长的嘴，立我为大妃的……"一边嘴皮子不停，一边七拐八弯地进了宫，还不停地对护卫挥手叫他们让开，直到走了好远，拐过一处回廊，她才推开一扇门，笑道："当当当当！"

凤知微凝目一瞧，确实也被"当当当当"给砸了。

真是……喜庆啊！

满目的红，红床、红帐子、红被子、红瓶子、红毡毯、红壁画……红得鲜艳热烈，还一大片一大片地攒在一起，看得人头晕眼花，血脉都似要怦怦跳动。这还不算，更痛苦的是，所有的红色物品上都有图案，不管东西是否是草原的风格，图案一定是中原的鸳鸯戏水。鸳鸯戏水也罢了，偏偏还要画蛇添足地画上朵牡丹花。画牡丹花也罢了，偏偏鸳鸯戏水是绿色的，牡丹花是黄色的，画在大红的各式物件上，令人看了四肢抽搐，精神崩溃。

"好看吧？"牡丹花扬扬自得，"鲜艳！喜庆！精神！兴旺！我想了好久的搭配！"

确实，这么诡异的搭配，真难为牡丹花想得出来。

牡丹花哗啦啦又推开左侧一间的门，"这间本来是我小儿子的，估计他也没了，正好给小乖乖住！"又道，"我们草原没那么多规矩，孩子还小，衣衣带着她住在一起。"

凤知微偏头一瞧，瞬间对自己的房间产生了巨大的满足感——好歹自己那房间还是个房间，而这间，叫什么？

一色粉红，四壁都垫了粉色的软垫子，地面有一半是软榻，铺了粉红色缀珍珠的被褥，挂着些叮叮当当的铜铃，铜铃上也不怕麻烦地缀了好多丝带啊、花啊、彩球啊等等，花花绿绿的。地上堆着许多形状古怪的东西，都是粉红色或白色的。凤知微捡起一个，发现是绒布做的，里面大约塞了棉花，至于形状嘛……

她举着一个五条腿、一只耳朵长一只耳朵短的东西问牡丹花，"这是什么？"

　　"兔子。"

　　"怎么五条腿？"

　　牡丹花对凤知微的眼力嗤之以鼻，"看清楚，那是尾巴，尾巴！"

　　凤知微将那只举世无双的长尾兔抓在手里，望了半天还是觉得，这尾巴怎么比腿还像腿呢？

　　"你做的吧？"

　　这么惊人的手工，和那个裹胸有异曲同工之妙，想必出自同一人之手。

　　牡丹花骄傲地一挺胸，波涛汹涌。

　　凤知微回头，同情地看着顾少爷——您以后大概，也许，可能就要睡在这间摆满孩子玩物、梦幻旖旎的粉红色房间里了……

　　顾少爷淡定地站在她身后，淡定地打量着房间，觉得除了凤知微的神情有那么点不对外，一切看起来都挺好。

　　牡丹花拉着凤知微和华琼，又走了几步，推开一道门，道："琼琼，你要生产了，也得住近些，这是原先……"

　　她突然"咦"的一声，顿住了。

　　房门开启，一人自地毡上缓缓站起，仰起下巴看过来。

　　"梅朵。"牡丹花盯着她，"你怎么还在这里？不是叫你随我搬到二进后殿里去了吗？"

　　"我就住在这里。"梅朵笑了笑，将手中的壶扬了扬，"大妃，这酥油茶滚热的，来喝一杯，我刚叫侍女给煮的……"

　　"你怎么还在这里？"刘牡丹突然便收了刚才的聒噪，不笑，也不理会梅朵的邀请，将先前那句话重复了一遍。

　　她一重复，语气一冷，一贯的轻浮跳脱便突然不见了，生出几分凛冽和寒意。凤知微偏头看看她，终于明白这位嬉笑不拘的大妃是如何镇住这段时间纷乱的王庭的。

　　梅朵脸色僵了僵，咬了咬唇，也重复道："我就住在这里。"

　　"我都不住在这里了，你为什么要住在这里？"刘牡丹盯着她，没有笑意，"你难道比我还矜贵？"

　　梅朵将壶往几上一搁，直直地立着，清脆的声响里她淡淡道："我在这个房间里住了十几年，住出了感情。我不明白为什么大王即位了，便连一个房间都不给我住下去。真要我走，也可以，让大王来赶我。"

　　"布达拉第二宫是我的宫殿，吉祥也不能做主。"刘牡丹怒极反笑，一拍手，四周立即拥出一堆女奴，"不走是吗？行，爱住就住，但是你在这里用的所有东西都是我给你的，是我的东西。我拖不走你的人，我可以拖走我的东西，给我把所有的东西都移到后殿去，立刻！"

身强力壮的女奴应了一声，立即手脚麻利地动起手。梅朵扑上去要拦，却被女奴们毫不留情地推到一边。凤知微负手看着，眼底有一丝淡淡的笑意，还好，看来梅朵虽然把自己惯成了太后，但真正的太后，还是刘牡丹。

梅朵拦不住，开始大声嚷叫，她叫的是草原当地的方言。凤知微听不懂，但显然不是好话，因为牡丹太后的眼神里，已经开始闪耀着和看见克烈时一样的光芒。

叫声惊动了赫连铮，他大步奔过来，看见这纷乱不由得呆了呆。梅朵看见他，立即梨花带雨地扑过去，扑在他怀里，大哭，"阿札，当年我救了你，你们说要用一辈子报答我，现在却连个房子，都不许我住下去！"

凤知微嫌恶地皱皱眉，和华琼对视一眼，两人眼底都有鄙薄之色——挟恩以报，没完没了，难道这以往十几年公主般的待遇，都是白给的？

赫连铮抱着梅朵，将她微微推开了些，随即轻轻拍她的背，笑道："什么大事嘛，哪有不给你住？不过换个地方，走，咱们看看后殿，给你选个最好的房间！"

"我就住在这里！我就住在这里！"梅朵将地跺得嗵嗵响。

赫连铮皱起了眉头，询问地回望凤知微。

凤知微笑一笑，心想，赫连铮还是心思粗疏了些，一声"姨"喊了多年，还真就当人家是姨妈了，可是人家不愿做你的姨啊。

"行。"她接收到赫连铮的眼色，淡淡道，"那你就住在这里吧。"

所有人都一愣，梅朵从赫连铮怀里抬起头来，有点惊异地望着她。凤知微看着她闹了半天却完全干燥的眼睛，笑得更加温柔讥诮。

"你说得对，不就是个房间嘛，你既然住出了感情，那叫你搬走实在过意不去，你就住下吧。"

梅朵惊喜地睁大眼睛，不谢她，却更紧地抱住赫连铮，"阿札，你真好，你真好！"

"不过，我却不想住在这里。"凤知微懒洋洋一句话接了上来，"我比较喜欢后殿。赫连铮，我们住到后殿，让大妃和梅朵姨妈住在这里。"

牡丹太后笑了起来。梅朵愣在那里。

"另外，"凤知微看也不看她一眼，已经转身离开，随口道，"鉴于王庭最近这段时间不太安定，我觉得有必要严格宫禁管理，大王和我的住处，从现在开始由我的陪嫁护卫负责。除大妃和我亲自许可的人之外，任何闲杂人等，不得擅自进入后殿寝宫打扰。"

很明显，梅朵便在那"闲杂人等"之列了。

凤知微心情很好地离开了，心想，多亏了梅姨妈这么一闹，她才能脱离了大妃布置的那间惊天地、泣鬼神的卧室。一群人毫不犹豫地跟着她，只留下梅朵怔怔立在房中，四顾茫然。

良久之后，面对翻得一团乱的房间，她嗷地叫了一声，一脚将桌案踢翻。

小几骨碌碌滚了出去，落在一人脚下，被一双手轻轻扶起。

梅朵转过头，看见了大腹便便、微笑立在门口的娜塔。

刘牡丹陪着凤知微转去后殿，重重叹息："可惜了我的精心布置，要不要给你们再搬过来？"

"那么好看，我怕我没日没夜看了会睡不着。"凤知微赶紧拒绝，"还是牡丹花你自己欣赏吧。"

顾少爷抱着顾知晓跟在她身后，胳肢窝里夹着那只粉红色的五条腿兔子——因为顾知晓喜欢。

他衣袂飘飘，顶着猴子、抱着婴儿、揣着兔子的造型十分诡异。一路上，婢女、女奴们都看着他味味地笑，顾少爷却不以为然——只要凤知微不对着他味味笑，他就觉得这个世界一切正常。

"啊啊——"顾知晓突然在他怀里叫了起来，努力地将小身子向外探。

对面，一个女奴抱着一个婴儿走了过来，那孩子看起来比顾知晓还小一些。顾知晓难得看见同类生物，兴奋了。

赫连铮已经欢喜地奔了过去，"喇叭花，这是我弟弟吗？"

牡丹花早已愣在那里，看着那小小的孩子，怔怔地道："啊？没死？"

凤知微叹息……这叫什么话？

"王，大妃。"那女奴对众人行礼，"察木图长得很好呢！奴婢刚才带他去园子里看花了。"

"叫察木图吗？"赫连铮兴致勃勃地逗着那孩子，勾住他小小的手指摇晃，"真有力气，好弟弟！"又抱过孩子，递给刘牡丹，"还不抱着？"

刘牡丹手一撒，一瞬间竟然是个退让的动作，随即反应过来，抱住了孩子。

她抱着那小小的一团，低头深深地盯着那孩子，脸上的神情十分复杂。

从凤知微的角度看去，只见她微垂的眼角，反射着日光，似乎有什么晶亮的东西一闪。

顾知晓却不满意了，她最近吃惯了刘牡丹的奶水，见她抱住别的孩子，急忙啊啊地叫着，要凑过去。刘牡丹赶紧一手揽一个，都紧紧抱住，将脸左右贴着，笑呵呵地道："都要，都要！"

她脸上的神情已经恢复了正常，抱着两个孩子便赶赫连铮，"别在这里腻着，去招待族长们。还有，派人去迎达玛活佛，不管那老头子多倔，都要给我捆上马拖回来。别让他慢悠悠地走过来，夜长梦多！"

"你儿子，你放心！"赫连铮笑嘻嘻应了，却对凤知微道："喇叭花累了，经不起两个孩子折腾，你给帮忙照应着。"

凤知微看着他的眼睛，点点头。牡丹花脸上的神情瞬间有些不自然，扭过头去。

凤知微随着她去安排了房间，将身边的人都安排住在附近。草原不像中原，分内院外院男女分居，这里一人一间就算是隔开了。娜塔被安排住在宗宸和顾南衣之间，这个安排直让她面如死灰。

刘牡丹帮她安排好便要抱着孩子离开了，凤知微却笑吟吟地留她喝茶。

喝了不一会儿，她说要去茅坑，要抱着孩子走，凤知微却笑吟吟地提醒她，没必要上茅坑也把孩子带着，掉进茅坑怎么办？

上完茅坑回来，她说想念后面园子里的一池水，怕给女奴们洗衣服弄脏了，抱着孩子要去看，凤知微却笑吟吟地接过孩子说，那我给你抱着察木图，你专心看水。

婆媳俩笑来笑去，一直到了晚间。吃过晚饭，刘牡丹松了一口气的样子，抱着察木图，道："在你这里待了大半天，现在可得回去睡觉了。"

"慢走，不送。"凤知微一句话出口，便见刘牡丹眼睛亮了亮，随即急匆匆、火烧屁股似的走了。

凤知微静静坐在那里，听着草原分外猛烈的风声，远处苍狼的嚎叫声也凄凉地传来，撕心裂肺。

过了一会儿，她站起身，顾少爷已经拿着她的披风在门口等着。

"你怎么知道我要出门去？"凤知微有点惊异，偏头看他。

顾少爷沉默了一下，道："有心事。"

这万事只管自己面前一尺三寸地，人死在他面前都未必眨一下眼睛的人，竟然仅仅凭感觉，便发觉她有心事，要出门？

凤知微怔怔地盯着顾南衣——是从什么时候开始，他在不动声色却天翻地覆改变？

披风拢上肩，厚重温暖，凤知微伸手去系带子，不防顾南衣也在试图从背后替她系上带子。两人手指一碰，顾南衣飞快地缩回手。

缩得太快，让凤知微又呆了呆——他好像比以前敏感了，以前别说碰个手指，就是抓住她浑身乱摸，他也完全没忌讳的。

难道他的渐渐开启，一定要和她有关吗？

凤知微抿着唇，一瞬间心乱如麻，慢慢系好带子后，并不回头，轻轻道："走吧。"

顾南衣不说话，跟在她身后，将因为照顾顾知晓而很久没吃的胡桃拿出一颗来，慢慢吃着。

胡桃不知道是放久了，还是什么原因，吃在嘴里有种涩涩的味道，不如平日香甜。

那种陈涩的味道，让他想起南海她病重时，他冒雨睡在屋檐上，闻见的四面青苔的气味；想起那日大雪里她葬了亲人时，他扶着她走在雪地里，新雪散发出的气味。他曾回头看着来时路，茫茫雪地里只有他和她的两串迤逦的足迹，而足迹尽头，是孤零零的两座坟茔。

吃在嘴里的胡桃就这么失去味道，他却还是慢慢吃完。

有些胡桃屑落在手指上，他轻轻地舔去，动作很慢。手指上除了胡桃的香气，似乎还有点别的气味，淡淡的，像午夜的雾气般捉摸不得却无处不在。

他仔细闻着手指上的气味，温润的红唇，轻轻地触过去……

凤知微始终没有回头。

月色如许，铺在洁白的石路上，他在她身后一步，将自己长长的身影，温柔地覆在她的影子上面。

布达拉第二宫是很松散的建筑，并没有很森严的戒备，这是草原人疏旷的个性导致的。

各处房屋之间的建筑也没什么章法，很明显，只要有牡丹花参与的设计，必然是没章法的。

所以转过一道矮墙，便看见大妃那鲜红的卧室和关得紧紧的一排长窗。

牡丹花是个很喜欢畅朗的人，到哪里都爱先开窗，今天却将自己的卧室关得死紧。

凤知微笑了笑，看见牡丹花的身影，被牛油蜡烛投射在窗纸上。

她抱着察木图，轻轻摇晃着，绕着室内打转，似乎在低声唱着什么歌谣，音调很柔软，大约是什么催眠曲。

四面有淡淡的花香，是一种小蓝花，不张扬，胜在开得葳蕤，有种烂漫的感觉。月色很干净，风很清甜，窗户里传出来的歌谣声，摇曳如小舟。

　　一切静谧而美好，有那么一瞬间，凤知微认为自己是在多想，会错了赫连铮的意。

　　牡丹花唱着歌，抱着察木图，歌声一直没有停息，她一边唱着，一边走到床边，伸手拉下了床边的挂帘。

　　悠悠的歌声一刻也没止歇，隐约还听得见歌词。

　　"小小娃儿，像朵花，被风吹着，被雨打着……"

　　月光悄悄退避了些，云层飘过来，走廊里暗影深深浅浅，歌声悠悠荡荡，明明很平常的歌词，听来不知怎的有几分诡异。

　　"被风吹着，被雨打着……"

　　刘牡丹唱着歌，抽出了束着挂帘的宽宽的带子。

　　"被雨打着……"

　　她将带子单手绕着，绕成了一个活结的圈。

　　"被雨打着……"

　　凤知微突然推门，走了进去。

　　歌声戛然而止，床前的刘牡丹惶然回首。

　　她手中挽着打成活结的布圈圈，脸上满是泪痕。

　　那些泪水蜿蜒在她的眼角，将厚厚的脂粉冲得不成模样。

　　凤知微的目光，缓缓扫过她的脸，扫过那布带子，扫过在她怀里、吮着指头正睡得香甜的察木图。

　　这个流着泪，唱着歌，挽着套，准备套上亲生儿子脖子的母亲！

　　"为什么……"很久之后，凤知微才问了第一句话，一出口惊觉声音嘶哑。

　　有那么一种母亲，总是让人心生凛然畏惧，不知其爱之所以。

　　刘牡丹失魂落魄地望着她，突然垂下手，布带子落地。她似乎失去了全部的力气，颓然跌坐在床上，双手捂住脸，半响，有珍珠般的泪滴，自指缝间一闪。

　　"察木图不能留……我所有的儿子都不能留……"她哽咽道，"达玛活佛说了，札答阑克兄弟，但若有一日他克不成兄弟，兄弟必将克他……"

　　凤知微心中蓦然生出一股凉意，半响道："你那死去的六个儿子……"

　　刘牡丹只剩下了呜咽。

　　凤知微退后一步，看着这个平日里嬉笑风流的女子——就是这个看起来永远没心没肺的人，为了长子的顺利成长，亲手杀了自己的六个孩子？

"怪力乱神之言，不可全信。"凤知微半晌才找回自己的声音。

刘牡丹绝望地摇摇头，"不……不会错，札答阑的三弟出生后，长得可爱，我一时心软……结果那年札答阑落崖，险些丧命……"

"我不明白。"凤知微良久缓缓道，"为什么一定要保住赫连铮，不惜放弃这么多条同样是儿子的性命？"

"呼卓部有规矩，嫡长子是最有继承权的。"刘牡丹低声道，"呼卓十二部的组成复杂，每代为承继都会发生流血事件，有时候甚至祸延数代，而嫡长子继承最有号召力，也最能令部族接受，能够避免许多纷争，所以只要嫡长子不是呆子，基本上生下来，王位就是他的。何况札答阑出生那一年草场丰收，天降双虹，达玛活佛说这是祥瑞，是天命英雄。札答阑，不能死。"

她凄凄的诉说响在静夜里，声音微细，却令人心底震出隆隆的声响。凤知微伫立良久，叹息一声，揽住了她的肩。

刘牡丹扑在她身上，泪如泉涌，却忍住了，不发声。单薄的肩膀因此不住地抽搐，像冬日里落了翅的蝶，令人难以相信，就是这样薄弱的肩，无声无息地承载了一个部族兴旺的重任，承载了自己七条亲生骨肉的无辜性命。

她静夜里，探向那些微笑信任看着她的孩子咽喉的手指，是否也如此刻般死命痉挛？

"察木图……不能留……库库的草原，不能陷入危险……"刘牡丹的眼泪，已经湿透了凤知微的衣襟，语气里却渐渐多了一份坚决，"这孩子一看就知道命硬……怀上他就克死了他父亲。我丢他在王庭那夜，明明到处都是敌人，他却滚落床下安然无恙。婢女事后找不到他，说不定他也就在床下饿死了，却偏偏在婢女进房要出来时，他大哭……这么硬的命，札答阑……抵不过……"

室内一片安静，只有刘牡丹低低的抽泣声。凤知微抱着她，仰头望着描红涂金的穹顶，眼神无奈而悲凉。顾南衣站在门侧，似乎在深深思考，不明白为什么有母亲将顾知晓护于身下挡住死亡，却也有母亲将察木图抱在怀中送他去死。

"不！"

一声暴喝，身后陡然起了一阵旋风。旋风扑近，一把夺过刘牡丹怀里的察木图，塞在了凤知微怀里。

赫连铮到了。

"阿妈！"他扑通一声跪在床边，用头砰砰地撞着床沿，痛苦得连声音都变了，"不要杀察木图。我的命，不要弟弟用命来让！"

"札答阑。"刘牡丹发泄了一场，情绪平静了些，抹一把眼泪和鼻涕，恶狠狠地揩在锦缎被褥上，"你不要也得要！已经牺牲了这么多个，没道理功亏一篑！"

"谁也克不了我！"赫连铮大声道，"你不要相信那些！"

"我知道，啊，乖，最后一个，最后一个了啊。"刘牡丹摸着赫连铮的脸。

"不！"

要不是满心凄楚，凤知微差点笑出来，这对话听起来，真像做娘的在哄儿子吃饭。

草原王族也有这般深刻入骨的无奈和凄凉啊……

"老娘没工夫和你废话！"刘牡丹久劝不成，霍然翻脸，一脚踢翻了赫连铮，"你爹死前，我答应要替他守好这草原，守好你，任何牺牲都在所不惜。你小子再敢和我啰唆一句，我休了你爹，不要你！"

"一个死人，你爱休就休，只要你舍得！"赫连铮也翻脸，呛的一下拔出长刀，横在自己脖子上，"老子受够了以命换命，这就还给你，你爱杀谁就杀谁去！"

"你！"刘牡丹横眉竖目。

"我！"赫连铮怒发冲冠。

突有人轻描淡写地将刀从赫连铮手中抽了出去。

"吵什么呢？我说。"抽刀的是顾少爷，说话的是凤知微。她对着刘牡丹眨眼睛，"大妃，你看这事搞的，这样当面要喊要杀的，谁肯啊？从长计议，从长计议。"

转个身，她又对着赫连铮眨眼睛，"你好好活着，你娘不就不担心你被克了？尽在这里吵什么呢？"

刘牡丹悟了——儿媳妇这是在暗示，我现在杀不成以后再说，说不定她会帮我解决呢。

赫连铮悟了——老婆这是在暗示，我把察木图抢在手里，老娘就害不成了呢。

两人都放了心，安安稳稳爬起来。凤知微转身就走，而孩子被顺理成章地抱到了顾少爷怀里，"和顾知晓一起养。"

那两人还没来得及说什么，远处突然传来吵嚷声。

一个苍老的声音气喘吁吁道："快快快，那个中原汉女，赶紧给我……"

他的话音被淹没在淳于猛悠长浑厚的传报声里。

"楚王殿下八百里加急礼，求递顺义王大妃足下——"

第八十四章

鞭刑

那一声浑厚悠长，扩散在整个王庭里，大半夜的，像是生怕人听不见似的。

赫连铮和顾南衣都同时去看凤知微，凤知微却半偏着脸，看着窗外那簇花，让人看不清她的神情。

室内的气氛突然有些尴尬，只有不知究竟的牡丹花瞪眼皱眉，十分疑惑，"哪个楚王？朝中目前最权势滔天的那个？王公贺礼不是在京中已经随赠了吗，怎么又巴巴地老远送了来？还是给……"

她突然住口，看了看赫连铮的表情。赫连铮转开脸，一边简单地说了句："知微，你看顾好察木图。"一边大步跨了出去，走了老远，他大声吩咐："来人，送达玛活佛去休息。"又喝道，"贺礼直接送到后殿大妃那里。"

牡丹花听着，然后用凤知微能听见的小声"自言自语"："我家吉狗儿，度量当真不错……"

凤知微笑了笑，道："察木图，我抱走了。牡丹花，不是我说你，既然你信达玛活佛，就不要生这么多嘛。"

"你以为我想啊。"牡丹花的注意力被转移，脖子一梗，道，"我嫁给他二十五年，加起来也不过生了八个！呼卓部喜欢多子多孙，库库想要很多孩子，可达玛活佛的话我又不敢和他说，便自己在中原偷偷找了避孕的药汤来喝。他以为我不想生，隔段时间便偷偷倒掉，或者换掉我的药。就这么防啊漏啊的，药汤本身也不是很灵光，得，隔三岔五便冒出一个。"

"老王不知道孩子是你……"

"我只和他说了达玛活佛预言的前半部分，他以为是札答阑克死的。"刘牡丹声音低了下去，"我不想让他迁怒札答阑，却也不想让他伤心……"

所以就这么一直瞒他到死，自己承担着那个预言所带来的全部苦痛？

凤知微望着刘牡丹，有点迷惑，这世上怎么有这样宠惯丈夫的女子？这么想着，突然便有些怔怔，觉得库库老王实在有福气得很。

"你可以走了，不要在这里东拉西扯。"牡丹花反倒催她，"我不和心神不定的人说话。"

凤知微有点尴尬地笑了笑，出了门去，然后将察木图交给王庭里的奶婆子，又催顾南衣去睡。顾南衣认真地看了她半晌，道："莫哭。"

凤知微默然，勉强笑道："好端端的哭什么？"

"你心里。"顾南衣指指她的心。

凤知微沉默着，立在黑暗里，草原冷硬的风吹过来，花香却依旧柔软，混杂着对面男子青荇般洁净的气息，有种温暖的熨帖。

半晌，她轻轻笑了一下。

顾南衣突然伸手，抚了抚她的头发，然后动作有点生硬地将她揽了过来，在她背上拍了两下。

那手势，和哄顾知晓睡觉一模一样……

凤知微在他怀里，想笑，却突然觉得鼻子发酸，这是他和她第一次相拥，无关风月，只有关怀——关怀……他终于懂得，真好。

空气中有什么在静谧地流动，婉转温柔如一首小夜曲。

半晌，凤知微轻轻推开顾南衣，仰首对着他线条精致的下巴，轻声道："南衣，你别担心，哭没有关系，谁都会有要哭的时候，只要在哭过后记得下次还会笑，便不要紧。"

顾南衣定定地看着她，突然道："我若有一日为谁哭，必永不再笑。"

说完，不待凤知微回答，他转身进门，咔嗒一声掩上门，声响细微，却震得凤知微一惊。

不知不觉间，顾南衣似乎真的渐渐开启了他的世界，这是她第一次听见他说出这么完整清楚，而又充分表达了自己想法的言语。

其中的意味，却令她心惊。

她默默退后两步，凝视着顾南衣紧闭的房门，半晌一声叹息，散在草原宁静的春夜里。

从前廊到门前是七步，从门前到前廊是七步。

凤知微用自己的步子，把自己门前的那点距离丈量了十几遍。

四面很安静，不像中原大族，时刻都有人在你附近等着侍候你。这份安静平时看来很好，此刻却有点不是那么习惯。

月亮升到中庭，凤知微仰头看看天色，无奈地叹口气，推开门。

一个样式很特别的礼篮，静静放在屋中央。礼篮是月白色的，编着淡金色和黑色的边，这种风格恍惚间一眼看去，令人想起一个人。

凤知微立在门边，默然良久，才终于缓步过去，却并没有去开启，而是先抱起了篮子。

一抱并没有抱动，她愕然下望，才发现篮子居然被人粘在了地上。

她挑了眉——竟然叫淳于猛把篮子粘在地上？粘在地上我便不能扔？

用了点力气，篮子离地而起，却吧嗒一声落下一封信。

也不能说是信，是搁在篮子底部的一张硬纸笺，只简单地写了几个字。

凤皓的生辰八字在内，欲知隐情，请启。

凤知微盯着那纸笺，眉头皱起，隐有无奈之色。

宁弈那个人，心思确实细密得常人难及，总能找到你的七寸，一把掐住了不让你逃。

算准了她可能根本不打开礼物便会丢弃，于是粘住篮子，又算准她会用力拔篮子，于是设置了这个机关，但更算准她看见这句话，无论如何也得开篮。

凤知微将纸笺揉碎，去解篮子的外封。篮子顶端有个小结扣，按照帝京的惯例，这里会拴一些小玩意儿，比如金铃、玉扣之类的，不过眼前这个小玩意儿，却造型奇特得让凤知微眼角一跳。

一个小小的金扫帚。

扫帚做得精致玲珑、惟妙惟肖，是那种用来扫雪的长柄扫帚，连柄端的竹节和帚部的竹丝都做得根根分明。

扫帚。

秋府冰湖初见，她拖着个大扫帚扫雪，并用那把扫帚，把和他私下联络的五姨娘送去了鬼门关。

凤知微的手指轻轻抚摸过那把扫帚——如果当初不起杀心，不杀五姨娘，是不是就不会遇见他？不会遇见他，是不是就不会有这之后的种种般般？

不……命中注定如此对立，兜兜转转还会遇见。

她手指用力，揪下那金扫帚，丢在一边。

篮子分很多层，东西似乎不少，一层层地放着。

第一层，一壶酒。

酒壶是粗陶制成的，很粗劣，连标记都没有——帝京各大酒楼都有自己的酿酒坊，酒壶上会刻上自家的印记，只有小酒馆才没有。

宁弈千里迢迢，送这样一壶劣质酒？

凤知微盯着那酒壶，又觉得似乎有点眼熟，随即将酒壶打开，仔细嗅了嗅那酒味。

味道冲鼻，绝不醇厚，可以想见，很烈，是那种卖力气的苦哈哈在冬天最爱喝来暖身的廉价酒。

凤知微抓着酒壶的手，抖了抖。

那夜把酒孤桥上，他和她共饮一壶小酒馆的劣酒，听大成遗事，他语气淡淡，满怀心事，她心不在焉，只在思考着前路。

当时以为不过随口言语，如今想来，他每句话都有深意，连上那桥，也许都是有意为之。

那年冬夜桥上薄雪，不知不觉，便已落了前路厚厚一层。

真难为他，居然能找到卖那酒的小酒馆。

凤知微淡淡笑了笑，抓起那壶酒，一口饮尽。

酒下喉咙，刀子一般烈而热，一线火龙蹿入肺腑般，砰的一声，五脏六腑都似瞬间烧着。

她猛呛起来，咳得满面通红，愕然看着那空壶时，想不明白当初自己怎么就喝得若无其事。

这么差的酒，记得当时金尊玉贵的他喝得也眉头都不皱一分，这人……永远不想活出真实。

凤知微抹抹唇，将指尖上的一点酒也抿进唇中，在那份灼痛般的烈里，慢慢回想以往的滋味。

这一年喝过很多好酒，原来只有这一壶，才是人生真味。

第二层，一柄奇形精巧的小弩。

小弩不似中原所制，两边蛇形垂红缨，其上弩箭长短不一，光泽微红。

凤知微第一眼没认出来，把玩了半天，才恍惚觉得那弩箭有些眼熟。

书院大考前夜，酒醉的她无意闯入后院，却正撞上准备对太子动手、从地道出来的宁弈。

彼时，他深黑色的披风被夜风卷起，倒飞眼前，淡金色的花朵一闪间，深红弩箭对准她的后心。

她狼狈翻滚而逃，百忙间看见那弩箭微红如鹰隼之眼……

如果当时那一箭射入她的后心，母亲和弟弟，也许未必会死。

凤知微轻轻抚摸着那小弩，手指在流线的弩身和淡红的短箭上一遍遍流连而过。

咔，咔咔。

静夜里低而干脆的数声。

地毯上，无声撒落了几枚从中折断的微红短箭。

第三层，一包金沙海棠果。

青溟书院大考那日，刺客用特制软剑叠成碟子，装了这金沙海棠果献上御前。

剑光突起时，朱红色的海棠果伴随着激射的血花，将地面染了一色泼辣辣的艳红。

一场苦肉计，一场局中局，他费尽心思不惜己身，势必要将太子拉下马，自容不得她这新进国士窥探他的秘密。

屏风后，他带血的手指搁在她颈间，她在他眼底看见了腾腾的杀意。

却最终放手。

凤知微震了震。

"今日你放过我，终有一日，我也会放你一次。"

有些话说的时候漫不在意，事到临头才发觉那是命运的谶言。

金沙海棠果慢慢含在齿间，这举世闻名的贡品甜果，吃到嘴里，竟然是苦的。

如这人生里，回旋往复，不敢回忆的旧事。

第四层，一枚青色药丸。

魏府酒醉，韶宁公主交给她的，要她趁给酒醉的宁弈把脉时，涂在宁弈的腕脉上，等来日金殿赫连铮叩阖状告宁弈时，势必要他失爱于父皇，不得翻身。

脉把了，醒酒汤做了，药丸却没有涂。

她不相信步步为营的宁弈会贸然醉倒在她府中，正如她不相信宁弈会完全信任她。

果然她的抉择是正确的。

一切都在他的算计之中，连韶宁手中那能将血液变金的青色药丸，他都有。

宁弈。

你是要感谢我当初没有下手？

还是要告诉我，我永远不能逃出你的掌心？

第五层，一块透明的水晶，边缘不规则，显然是某物碎裂的一部分。

天盛皇宫，地道出口处的水晶美人迎面而来，眉目婉转，姿态媚人。

而那人剑光突起，一剑碎了这稀世珍宝，只因为那是一个人对他最爱女子的永久亵渎。

暴雨废宫里，一番心事倾诉，她抚过他胸前的伤疤，也抚过他心底的伤疤。

那块水晶握在凤知微的掌心，触手冰凉，像是此刻的心情。

心中微痛，手指便不自禁地微微用力，然而却没有想象中的刺痛和流血，她抬起手，才发觉那水晶原本尖利的边缘，竟然都已经被小心磨平。

是谁在静夜里无声将锋利的边缘细细琢磨，落下的细碎水晶散在案上如晶莹的泪光。

是谁心思细密如发，悄悄将棱角磨圆，只因为害怕那一刻伊人心潮翻涌或将自伤。

打磨得了水晶却打磨不了心的裂痕，那夜如此苍凉。

第六层，金柄鼓槌。

赫连世子手中的鼓槌击鼓声声，常贵妃寿宴，众家贵女争斗纷纷。

一场簪花宴，数首状元诗，她掷杯泼酒于殿上，看似劝告华宫眉，眼神望着的却是他。

“求十全完美，忘九死一生，看似八面威风，实在七窍不通，浑忘得六亲不认，搓揉得五脏不生，缠磨得四肢无力，颠倒得三餐不食，终落得二地相望，不如抛——一片痴心！”

终落得二地相望，不如抛，一片痴心。

凤知微轻轻笑起来。

有时候，她不得不佩服自己的远见卓识。

于此刻繁荣里望见彼岸苍茫，早早窥见命运的凄凉。

她轻轻拿起鼓槌，抬手，黄金柄在黑暗中划过鲜艳的流光。

咚。

击不破夜的厚重，沉闷一声。

第七层，海棠酱大饼。

垫在怀里的海棠酱大饼，挡住了心怀诡诈的五皇子的暗刀。

“你救谁？”

有些问题其实是不必问的，答案清清楚楚摆在那里，江山美人，孰轻孰重——宁弈不是前朝为妃子倾了皇朝的厉帝，她凤知微也不是传说里妄图以一己容颜便夺了天下的世宗妖妃。

那一次是第一次听说金羽卫，而他，用那样淡然的语气提醒她。

"咱们做臣子的，都要小心些。"

"人要活下去，本就要加倍小心。"

凤知微，你其实还是很愚钝，很愚钝。

看得见横亘于彼此间的楚河汉界，看不见近在身侧的苦心筹谋。

凤知微缓缓拿起那海棠酱大饼，帝京北疆路途遥远，大饼已经僵硬，硬得硌牙。她慢慢地啃着，仿佛还是当初，在御书房前靠着回廊栏杆吃饼。

那时大饼很香软，笑容很轻松，一瞬间，恍如隔世。

那样一口口吃完。

没有滋味。

第八层，松子。

"咱们和楼上邻居商量一下，匀点东西来吃。"

那棵松树上的主人，在她那如簧之舌下节节败退，被恶客掏光它的老窝。

"人之恶胜于畜。牲畜很少会无缘无故挑衅你，背叛你，践踏你，伤害你，但是，人会。"

正如她饿了便掏空松鼠一冬的存粮一样，她自然也会逢上因为自己需要便掏空她一切的人。

世道循环，道理从来都如此。

第九层，鱼干。

南海初至，下马威便如浪头打来，百姓砸上船头的鱼干，却被他和她很有默契地拿去分食。

"殿下将亲自布筷，魏大人将亲自下厨，并邀请周大人上船烧火。"

这一生，你布筷来我下厨，不过是寻常人家平平常常的家务事，换了不同身份、不同立场的人们，便似乎要唱成奢侈的绝响。

第十层，松瓤酥和薄荷糕。

两道很平常的点心，她爱吃的，和前面这许多有特别意义的礼物比起来，似乎不具有什么代表性。

她皱着眉头凝思良久——也许，宁弈只是捎带点她爱吃的南食来？

脑海中突有画面一闪，是相依偎的男女，他的手紧紧按在她不着寸缕的肩头，她的脸牢牢贴在他敞露的胸膛上。

在依偎的两人背后，桌上，却放着为她准备的点心。

有些事当时未必注意，很久之后将记忆回溯，才会在画面闪回里，发现一些当初的忽略。

他为她准备了点心，等着海鲜宴后注定没吃饱的她，但等来的却险险是一场误会。

"我终有一日会做这样简单的女子，可简单的女子只适合简单的男子和简单的生活来配。到那时，我希望有一间小屋，几亩良田，还有一个合适而简单的人，在我被羞辱的时候站出来替我挡下，在我被背叛时操刀砍人，在我失望时和我共向炉火慢慢哄我，在我受伤哭泣时不耐烦地骂我，然后抱住我，任我哭。"

呵……宁弈，说这番话的时候，你我都知道，别说你不是那个简单的男子，连我也不能是那个简单的女子。

我们一生笑得虚假，我们没有哭的权利。

谁能丢开红尘牵念，忘做了凡人百年？

第十一层。

凤知微以为会是那种凤尾木做的盒子，不想居然是一截树枝，有些枯，上面还斑斑驳驳有些指痕。

她认了半天没有认出来，只得掀开最后一层。

第十二层，静静躺着一封信。

凤知微凝视着那封信，她读过他很多信，那时，在南海舒爽的海风里，满怀喜悦地读过。

之后在海上清剿海寇时，亦无数次重温过。

千里来书，须得温软期盼的心情开启，才能读出人生里绵延悠长的牵记。

时景变换，物是人非，如今，信在，读信时的心绪已不在。

"殿下对你，不可谓用情不深，只是再深，也深不过这社稷天下，你得想清楚。"

聪慧敏锐的华琼，在她最不能自控、最轻狂的时刻，一语道破。

"我是死过一次的人，因此想要尝试努力更好地活一场，想要学会珍惜人生里一些难得的心意，想要偶尔放肆一下遵从自己的心。"

信马由缰的后果，便是踏破了方寸山河。

如今，宁弈，你还要说什么呢？

解释？也许。哀求？不可能。公事公办如对陌路？八成。

凤知微在月色光影里，淡淡笑了一下，最终缓缓拿起信，一字字读了。

一开始露出"果然如我所料"的神情，但渐渐便敛了眉。

偏殿外矮树上有零落的指痕，可是你留下的？你可是当时将那树当成了我？当成我也无妨，为何不等到我到来，用你的手指亲手掐紧我的咽喉？

一偏头，她看见枯枝上的斑斑指痕。

那日大雪，偏殿外，她茫然徘徊良久，记得曾在树下逗留，可当时神魂飞散不知所以，到底对那树做了什么，她已不记得。

真难为他居然能找到那树，能看出那些根本说不清是什么的印痕，还能联想到他自己的脖子。

凤知微笑了笑，那笑，不在眼神里。

那天真正留下的，关于他的印记，写在茫茫雪地里，被大雪一层层覆去，再被脚印一点点带走。他便是大罗金仙，也永不能得知。

真正的心事，永不开启。

化雪无痕。

礼篮已空，精精巧巧十二层，十二件平凡之物，一路历程。

他在告诉她他不曾忘记，换得她午夜草原风中默然不语。

我的心情，收藏在了哪里？

你问我，我却给不得答案，或者就在那日娘太阳穴处狰狞的血洞里，或者就在安平宫偏殿凤皓大睁着的眼睛里，或者就在京郊松山脚下那寂寞的孤林里，或者早已化作那日飘飞的纸钱，与雪同殉。

月光渐渐亮起来，淡淡的红，她席地而坐，倚着窗，偶一偏头，看见天边晨曦初露，已换了明亮的日光。

十一件礼物，一封信，不知不觉，便尽了一夜。

地毡上散落的那些东西，她一一收起，除了已经吃掉的，都按原样放好。

她忍不住笑了一下——宁弈又骗她一次，说是有凤皓的生辰八字，在哪里？

淡淡的日光里，她的笑意再不复一贯的温柔而远，是实在的，微凉的，覆上了积雪，镀上了秋霜。

随即，她慢慢掩起了脸，将头埋在臂弯里，将身子缩成一团——一个保护自己，拒绝外界的姿势。

她不知道。

门廊外有人睡在栏杆上，双手枕头，大大睁着一双七彩宝石般的眼眸，将月色从东头看到西头。

隔壁有人盘膝而坐，手心紧紧贴着墙壁，向着她背靠的方向。

天亮的时候，除了三个一夜未眠的人，其余人都精神饱满得很。

最饱满的是昨晚赶到的达玛活佛，说赶到是假的，老得骨头都酥了的活佛，是被赫连铮派人用布袋子一包，快马扛过来的。

老家伙昨晚一到，便想昭告他的存在，却被担心他累着的赫连铮赶到房间去睡觉，并且不许任何人吵扰活佛，今天一大早就起来了，指名传叫赫连铮。

遥遥听见前殿方向传来的声音似乎有点沸腾，凤知微打开门，一眼看见睡在走廊上的赫连铮，不由得怔了一怔。

赫连铮一翻身爬起来，向她伸出手，"走吧，我们去见达玛阿拉。"

他笑容坦荡，伸手的姿态充满包容，眼睛里却有一夜未眠导致的细细血丝。

凤知微看着他，缓缓将手伸进他的臂弯。

还没走到前殿，便见牡丹花精神百倍地指挥着奴婢安排客人。一间宽敞的大殿前，席地放了很多地毡，已经坐了百来号人，把前院吵嚷得沸反盈天。

"哪儿来这么多人？"

"是你爷爷、奶奶、叔叔、婶婶、伯伯、伯母、舅舅、舅妈、大伯子、大嫂子、小叔子、弟媳妇……"牡丹花凑过来滔滔不绝。

"哪儿来这么多亲戚？"赫连铮不以为然，"从现在开始，都是我的属下、子民。"

"札答阑！"有人挀着袖子高喝，"那是你的汉女吗？天哪，她长得比草根下的土疙瘩还黄！"

四面哄笑声起，那些不管势力大小都觊觎着王位的兄弟，笑得拍打着地面，就差没四脚朝天。

"那是你们的大妃！"赫连铮暴烈一喝，声音震得满院子的喧嚣都静了一静，"不懂规矩的，立刻给我滚出去！"

淳于猛带着他的护卫轰然往人群中央一站，哗啦啦，长刀和铁甲的交击声清脆，而眼神比那些长刀刀锋还要寒芒四射。

四面安静了些，有些人面露敌意。

"札答阑，你要在达玛阿拉面前动武吗？"那男子斜着眼睛盯着赫连铮。

赫连铮冷笑一声，立即开始挀袖子，却有人将他一拉。

"札答阑是草原人，不能在活佛面前动手。"凤知微笑吟吟地踱了过来。

那男子冷哼一声，看也不屑看她一眼。

"大妃我和我的属下们却是汉人，未必需要遵守某些规矩。"凤知微慢条斯理地整着衣袖，对淳于猛一偏头。

淳于猛高兴得"嘿"一声，上前一脚踢翻了那人的桌案。

"正看你不顺眼！有种就干一架！"

"呸！"那人悍然立起身来。

两人混战在一起，武将世家出身又久经出名武师教导的淳于猛，自然不是草原这些出手没章法的汉子可比的，没一会儿就把人强势压倒，按在身下猛揍。

四面的人面有怒色，蠢蠢欲动，凤知微却淡淡道："谁要群殴，我们奉陪。"

群殴，谁也殴不过她的三千护卫，而淳于猛一对一也打得对方无法招架，所以众人只好眼睁睁地看着。那男子闷声痛哼，淳于猛抓起一把草根下的黄泥，塞在他嘴里，"奶奶的，看清楚，黄吗？黄吗？"

牡丹花目光灼灼地盯着淳于猛的背，口水流到了脚背上，"我以前怎么没发觉这孩子这么英武壮健呢？瞧那话问的，黄吗？黄吗？黄！"

凤知微瞟她一眼，心想，神婆，你怎么听见个"黄"字就这么兴奋呢？

"看清楚了是吧？看清楚了可以滚了！"淳于猛手一扬，将那家伙偌大的身躯砸出了几丈远，砸在地下轰然有声。

这下百多号人终于安静了。

"这男人到底是谁？"凤知微望着那个还在坑里挣扎着要爬起来的男子问。

"库尔查的长子加德。"牡丹花附在凤知微耳边，"赖着不肯交那两万军权呢。"

"呼卓部的王军和其余部族的散民为军不同。"凤知微道，"鉴于呼卓部对朝廷的支持，王军是单独建制，并由禹州粮道负责一部分的辎重粮草。不肯交？很简单，我这就去信一封，让淳于猛交给禹州粮道，就说目前草原存粮足够，倒是今年冬天预计可能有暴雪，而草原这边没有可供储存的大型粮仓，不如先寄存一半在禹州粮库，然后……你知道该怎么做。"

牡丹花喜动颜色，却又犹豫，"我知道，扣下他那两万人的粮食嘛！但是这两万军拿回来后，我们不够吃怎么办？"

"再去要嘛。"凤知微轻描淡写一笑，"淳于猛是要带一部分送嫁护卫赴榆州大营的，到时候因尔吉部随便出点人，算是襄赞朝廷大军，禹州那边便不会扣粮的。"

"微微心肝儿。"牡丹花动情地抓住她的手，"娶到你真是我家吉狗儿的福气……"

凤知微笑笑，眼角忽然觑见远处白影一闪，是宗宸在召唤她。

她敷衍了刘牡丹几句，便随宗宸走到一个角落。宗宸道："查过克烈了，从丙谷河出来后他直奔呼音庙达玛活佛那里，然后比你们提前一步赶回来的。你们回来后，他在四周转啊转的，看我们戒备森严便没有试图走近。这人确实可疑，你小心些。"

"他和弘吉勒必然有关系。"凤知微道，"先把布达拉第二宫守好，我还得去对付那个老家伙和一堆亲戚呢。"

穿过人群，第二进院子里聚集了族长们，都看见了刚才的一幕，却都当作没看见。

自从金盟大会之后，族长们都知道这女子不好惹，而因尔吉部这些窥视王位的小子，一场梦快要做到头了。

族长们一大早便过来了，为的是拜见很少出庙的达玛。老家伙今年一百一十三岁，是草原上最长寿的人，并以他的智慧和指引，多次带领族人走出困境，可以说德高望重，备受尊崇。

赫连铮的即位仪式，是必须要达玛主持的。

"阿拉！"族长们伏在门外，恭敬地对着屋内拜见。

"札答阑呢？札答阑！"屋内传来气喘吁吁的声音，直唤赫连铮。

赫连铮携了凤知微的手，进门去。

达玛活佛坐在迎门的地毡上，不算太冷的天烘着三个火盆，身躯已经缩成了孩子大小，用一只不知道谁给他的千里眼，正对着门边张望。

凤知微一进门就看见那硕大的千里眼顶在自己面前，吓了一跳。

"这个女人——"达玛已经从千里眼里看见了巨大的凤知微，蓦然暴吼，"滚出去——"

赫连铮呆了。

族长们脸上的笑容凝固了。

正准备进来的牡丹花，一脚踏在门槛上一脚在外，忘记了下一个动作。

一片寂静里，只有凤知微神情如常，负手而立，带着一丝微微的冷笑，她问："为什么？"

"你是潜伏在草原的母狼，每一根毛尖都带着无解的毒药，"干瘪得一把柴似的达玛嘶哑地道，"你的身后拖曳着血和战火，最终将蔓延到呼卓丰饶的草原上。你是札答阑的劫数和陷阱，他挽着你，就像挽着行走的骷髅。"

庭院里一片倒抽气的声音——达玛活佛平静了一生，为无数人卜算预言，却从未用过如此寒悚的语句。

"哦？"凤知微还是那个语气，笑眯眯道，"我记得我是刚刚才见到你的，你怎么就算得这么清楚？"

达玛掀起眼皮看她一眼，不吭气。

凤知微不让，平静地站在他面前，盯视着这把老骨头。

"你不能做这个大妃。"半晌，达玛活佛平静了一点，"我允许你待在札答阑身边做他的女人，这是我给你的最大恩赐。现在，你可以出去了。"

"不！"

说话的不是凤知微，而是刚刚清醒的赫连铮。

"她是我的大妃！"他上前一步，不看任何人，语气斩钉截铁，"不会有别人！"

"札答阑，你疯了！"达玛霍然坐直，干瘪的身体里似乎鼓满了怒气，"你想找死吗？"

"那又怎样？什么母狼？什么骷髅？什么劫数和陷阱？知微是怎样的人，没有人比我更清楚。我盼着她做我的大妃，像鹰盼着飞在高天！达玛阿拉，这件事你不要再说！谁知道你是不是卜错了？"

"王！"这回怒喝的是族长们，达玛是草原之神，札答阑竟然敢于质疑？

"不过是不做大妃，"有人以为赫连铮是因为接了圣旨而不敢违背，苦口婆心劝他，"以前朝廷赐下的汉女，也有最终没有立为大妃的。草原有草原的规矩，朝廷一向不干涉这些事，大王，你不要顾忌这个。"

"我不是畏惧朝廷怪罪！"赫连铮一甩手，"我就是那句话，没有别人，就是她！"

"王！无故忤逆达玛活佛，是要当众受荆条鞭刑的！"

此时，争吵声已经传到外面，百多号草原贵族挤在门边，听见这句话顿时哄然，有人大叫："让这个汉女滚！"

"让她滚！"

"草原不会养心怀恶意的母狼！"

"滚！"

"滚你奶奶的！"淳于猛在人群外跳脚大骂，指挥着护卫便要揍人。凤知微平静地转头，按了按手，示意淳于猛少安勿躁，随即，她的目光扫视过人群。所有人接触到她迷蒙水色却又森凉清冷的目光，都激灵灵打了个寒战，到嘴的辱骂便再也说不出来了，只是那眼神还是充满敌意和憎恶，堵在门口不肯离开。

赫连铮冷笑起来。

他突然大步向达玛活佛走去。族长们以为他要对活佛不利，大惊蹿起。

"王，不能——"

赫连铮却一手拉过达玛身后一个捧着荆条的小喇嘛。那荆条被长年累月捧在活佛身后，却从来没有人尝过它的滋味——神圣的活佛，草原子民顶礼膜拜，从没有人想过要去忤逆。

赫连铮将荆条抓在手里，一瞬间眼神有些迷茫。他也是活佛座下虔诚的子民，他在今天之前也从未想过要去忤逆祖父一般的活佛，他甚至期盼着达玛像对他的阿妈一样，垂爱于凤知微，让新一代草原大妃，真正被草原接纳，然后爱上草原。

可是，世事终究不如人愿。

那眼神不过一瞬迷茫，随即，他紧紧抓住了荆条。那东西说是荆条，其实是最坚韧的牛皮鞭子，再缠了生有无数倒刺的刺枣枝条，只是那么一抓，赫连铮的手心便已破裂，鲜血一滴滴，滴落在地。

他恍若未觉，一把拉起蓝熊族长扈特加向外走。扈特加莫名其妙地跟着，围着的人都傻傻地让开。

身影一闪，凤知微挡在他面前，淡淡道："回去吧，不必为那虚名受皮肉之苦，大妃不大妃的，没那么重要。"

赫连铮一把推开她，笑道："我没为你做过什么，你总得给我个机会。"

凤知微一愕，赫连铮已经大步走了出去，掌心的鲜血一路迤逦开去，一直行到外面一进院子，在众目睽睽下，登上原本给他安排的高台座位，然后一脚踢翻那案几，将荆条交给扈特加，脱了上衣，露出一身淡蜜色、晶莹结实的肌肤，翻身背对众人跪下，大声道："来吧！"

第八十五章
在这里等你

"来吧！"

一声大喝震翻了所有人。

赫连铮竟然要在这高台之上，当着所有人的面，以草原王者之尊，自受鞭刑！

赫连铮跪着，身躯却挺得笔直，然后昂首看着第二进院子里活佛所在的屋子，大声道："忤逆活佛者，受荆条之刑，不用你们判，我自己受！"

他自判受刑，那便是明摆着告诉所有人——我绝对要忤逆。

族长们呆呆坐着，谁也没想到赫连铮坚决到这地步，说到底，遵守活佛的喻示和安排，在呼卓部只是个信念，并不是铁规。只是，千百年来被神权灌输成型的人们，早已想不起来去违背而已，而在呼卓的教义里，受荆条之刑后到底怎么办，似乎也没个明确的说法，事实上，这一条就没人犯过。

达玛活佛翻着白眼，有点上气接不了下气的样子。

凤知微冷冷看着他，用眼神将他提前看成骷髅。

"你去阻止他。"她转身对牡丹花道，"没必要为个快死老头子的废话，让皮肉受苦。"

牡丹花的脸色却有些古怪，盯着凤知微，半晌叹口气，道："命……由他去吧，你不知道达玛的威信……不这样没法解决。"

啪！

鞭子落在皮肉上的声音令所有人都颤了颤,一瞬间,四面安静如死。

带着倒刺的鞭身几乎刚刚接触到背部,便令肌肤皮开肉绽,鲜血几乎是喷出来的。拖曳而下的鞭身将肌肤拉开深深的沟壑,四面的皮肉却立即高高肿起。那些血流迅速顺着裂口滚落,转眼将下裳湿透,金色长袍上,现出一大片惊心的深红色。

第一鞭下去,死死跪在地上的赫连铮便颤了颤,手指深深地抠在了草皮里,却对着赶出来的凤知微朗地笑,"嘿!我以为有多痛,不过如——"

啪!

第二声鞭声落下,立即将故作轻松的赫连铮的声音打飞。凤知微看着他一瞬间痛苦得扭曲的脸,轻轻道:"别说话。"

啪!

赫连铮往下一栽,却立即用手肘撑住自己,再次努力抬头对凤知微笑笑。

荆条上已经沾了许多破碎的血肉,挥动时四面溅开,有一滴血落在凤知微脸上。她没去擦,却突然上前一步,抬手抓住了鞭子。

"够了!"

染血的荆条立即刺入她的掌心,鲜血汩汩流出,和赫连铮的血肉混在一起。

"知微!"赫连铮自己血肉横飞也没哼一声,看见她流血却惊得挣身而起,却又牵动伤口往前一栽。凤知微抛掉荆条,一把扶住他,对掌鞭的扈特加道:"三鞭够了,那是你们的王!"

扈特加捡起荆条无声地退了下去。凤知微森然地注视着地面的血。赫连铮嘶嘶地吸着气,正想勉强玩笑两句,却听见她低声道:"谁规定神权还得凌驾于王权之上?从我开始,不——允——许。"

她语气里的森凉和决然听得赫连铮浑身一颤,凤知微却已经不再说话,扶了他进了里面院子,然后抽出一本历书往地毯上一抛,对浑身发抖、坐在当地的达玛活佛道:"荆条挨了,话说完了,下面麻烦您老选出大王即位的吉日。我看最近三天都不错,就在里面选吧。"

她说完也不看众人脸色,自扶了赫连铮去后殿,然后命人拿了药箱,打水取布,亲自给赫连铮上药。

那鞭子不是平常的鞭子,重而凌厉,赫连铮的后背现在肿的肿、碎的碎的肉,惨不忍睹。赫连铮埋头趴着,一声不吭,即便凤知微尽量轻手轻脚地敷药,却犹自感觉到他身子不住地一颤一颤。

"痛就叫。"凤知微仔细地处理着鞭痕，一点点挑去嵌入肌肤里的倒刺，可惜这漂亮的肌肤，只怕难免要留疤，"你忍着，我也不会仰慕你的英雄气概。"

"我是……怕你为我心疼。"赫连铮抬起头来，额上有一层细密晶莹的汗珠，眼眸已经因为疼痛而变成深紫色，嘴角有点细微的破痕，却仍旧在笑。

凤知微注视着他，处理好最后一点伤口后，轻轻在他肩头一拍，在赫连铮噭的一声号叫中，轻描淡写地道："心疼？有点。"

"算了……算了。"赫连铮苦笑，"我还是别奢望你的心疼比较好。"

"心疼没有作用。"凤知微坐在那里，脸颊掩在屋内的暗影里，"与其浪费时间去心疼，不如做点实际的。"

赫连铮趴在地毡上，勉强仰头看她，"你要做什么？"

凤知微默然不语。

"知微……"赫连铮突然伸手，握住了她的手，"你变了，第一次我在马车边看见你，你虽然狠，但还有余地。现在你似乎冻住了自己，别说对别人，便是对自己，也不留余地了，这不好。"

"怎么个不好法？"凤知微没有抽开手，静静垂头看他。

赫连铮握着她的手，却觉得似乎握的不是手，是冰，不是和心脏最近的距离，而是天南海北一般遥远，她的手虽在他手里，人和魂，却都不在。

他唇角绽出一丝苦笑，轻轻道："人生苦短，与其用那么多时间去仇恨，不如试着让自己快乐点，我……只希望你快乐。"

他笨手笨脚地去摸药箱，抽出白布和金创药。凤知微不明白他要做什么，却见他小心地去挑她掌心伤口里的小刺，然后敷药包扎，可就这么点小动作，他额头上又出了一层汗。

凤知微凝视着他，取过帕子替他擦去额头上的汗，道："我今天很开心，因为终于发现，这世上有多少人亏负你，就有多少人厚待你。赫连，谢谢你！只是我并不觉得，你值得为一个大妃的虚名伤损自己，你应该知道，对于我，做不做这个大妃，都不会有什么影响。"

赫连铮沉默了，他不是笨人，自然听得出凤知微的提醒，半晌，他笑了笑，道："总是我甘愿。"

随即他闭上眼睛，做出要睡的模样。凤知微收拾好东西，轻轻走了出去。

她的身影刚刚离开，赫连铮便睁开了眼睛。

他琥珀般幽紫的眼眸，紧盯着屋顶，一瞬间闪过一抹苦痛之色。

良久，他喃喃道："知微……便是一个虚名，我也要，因为……那是我能接近你的，最近的距离。"

从赫连铮卧室里出来，凤知微没有理会前殿的动静，直接叫来宗宸和顾南衣，嘱咐了几句。

没多久，牡丹花来说，吉日定在后天，又说活佛精神不太好，毕竟一百一十三岁了，看那样子，主持完这次仪式，下一次盛会应该就是新活佛的事了。

牡丹花今天倒不如平日聒噪，总有点若有所思的样子，自从达玛说出那句话，她就那个神情。

凤知微看着她时时走神的样子，突然道："牡丹花，你是不是很想杀了我？"

她这么单刀直入的问法，惊得牡丹花一颤，睁大眼睛怔怔看着她，半晌才讷讷道："你问的这是什么话？"

"正常话。"凤知微皱着眉头喝羊奶，"你如此相信达玛的预言，为了赫连铮的性命，不惜亲手杀掉自己的六个孩子，为什么就不能杀母狼凤知微？"

牡丹花又怔了一阵子，良久苦笑道："那也要杀得掉才行。"

"你倒坦率。"凤知微放下碗，笑道，"居然就这么承认了。"

"听见那句话，我第一反应确实是这个。"牡丹花老老实实承认，"达玛的预言，真的是很准的，最起码在我身上从来都很灵验。我以前也不信这些，但是老家伙让我不得不信。"

凤知微笑而不语。

"不过回头再一想，又觉得那个预言也未必是我们认为的那个意思。"牡丹花嘻嘻一笑，"你是浑身带毒，但女人不毒男人欺负，毒又不是错；你带着血火而来，大越和天盛战事未毕，因尔吉被出卖死了那许多无辜战士，这场债迟早要和大越讨，战争确实不可避免，却未必算是你的原因；至于说你是札答阑的劫数……爱情也是劫数。"

凤知微笑一笑，心想，大大咧咧的牡丹花，其实通透得很啊。

"以上这堆其实还是废话。"牡丹花神情猥琐，"关键问题是，我知道我杀不了你，倒不如老老实实和你交好，有些人不能做敌人，做朋友会更有好处。知微，我的便宜儿媳妇，我把札答阑交给你，"她向后一靠，眯起眼睛，"你是要毒死他也好，劫数死他也好，一切都得看札答阑的运气。"

"我觉得大妃才是这草原最聪明的人。"凤知微由衷地赞赏了她一句。

牡丹花眯着眼笑，一副"我也觉得是这样"的神情。

"夜了。"凤知微喝着酥油茶，笑得如这夜色般迷离，"希望所有人都能安睡。"

希望所有人都能安睡，那当然是客气话。有些人，凤知微绝对不打算让他安睡。

三更过后，她迈出门去，带着宗宸、顾南衣和华琼。

布达拉第二宫的守卫目前分三部分，一部分是原王庭护卫，一部分是她的送嫁护卫，还有一部分是她自己的人——属于顾南衣的隐形势力。

傍晚的时候，牡丹花将王庭守卫调换了一下，达玛活佛所住的前殿院子原来有一部分是她的护卫，现在都被换成了王庭守卫。凤知微知道牡丹花那点小心思——她是害怕凤母狼一怒之下对达玛老骨头下手呢。

真是小看她凤知微了，杀人，未必需要用刀。

他们刚走过后殿和前殿的宫门，忽见一群人过来了，是刘牡丹带着一队女奴。看见她，她笑得眉眼花花，道："晚上憋闷，出来散步，微微心肝儿，你要去哪里？"

"晚上憋闷，到达玛活佛那里散步。"凤知微直言相告。

牡丹花挽起她的胳膊，咯咯一笑，道："那正好，我们一起，我让那老家伙给我算算察木图的命。"

"好。"凤知微并不拒绝，笑吟吟地和她同行。

快要到达玛活佛院子的时候，华琼突然"哎哟"一声。

众人急忙回头。华琼捧着肚子，扶住廊柱，低声道："没事，有点不舒服……"

宗宸过来给她把了把脉，道："华姑娘快临产的人了，小心动了胎气，还是回去休息的好。"

凤知微立即过去扶住她，道："我扶你回去。"

"别。"华琼推开她，"你还是去找活佛给你算算，我嘛……"

她一把抓住刘牡丹，伏在她肩上，道："还是麻烦一下大妃算了。"

刘牡丹怔了怔，眼睛对凤知微瞟了瞟，笑道："好……好……我送你过去，你没事了，我再走。"

"我也快生了……"华琼伏在刘牡丹肩上，和她咬耳朵，"有些话不好和她姑娘家说，也不想和男子说，倒是想问问你，也就你合适了……"

这么一说，刘牡丹更加无法拒绝，赶紧招呼着女奴将华琼扶走。

凤知微看着华琼慢吞吞挪回去的背影，笑了笑。

这下可没人再挡着了。

　　她带着两个人长驱直入，在达玛活佛院子门口大大方方地求见。侍候的小喇嘛出来接着，虽然有点不安，但是她是大妃，又只带了两个人光明正大地过来，想拒绝也没理由，只得将她请了进去。

　　清漆长廊落足无声，廊檐下，桐油灯光线昏暗，厚厚的五彩地毡上，干瘪得孩子似的老人，还是端着个千里眼窥视着来人。

　　一尊包金铜佛像在他身后，含着一抹神秘的微笑，沉默地注视着神情雍容步入的女子。

　　凤知微大开着门，屋子里的一切清晰可见，宗宸和顾南衣立在门口，院子里侍候的小喇嘛们，眼睛一眨不眨地注视着屋子里的两个人。

　　"你来做什么？"老喇嘛厚厚的眼皮耷下来，眼睛看着地面。

　　"来看看我们的达玛阿拉。"凤知微远远地坐下来，言辞亲切，语气听起来却不是那么回事，下一句更是让达玛一震，"看看他，怎么还不死呢？"

　　"想我死……"达玛沉默了一阵，沙哑地笑起来，"你这头心怀叵测的母狼，你能在这草原上，咬着云端上的神吗？"

　　"几十年的族人顶礼膜拜和香火供奉，还真的熏得你昏了头，把自己当成神了。"凤知微浅笑着，拨亮桌上的油灯，油灯的光芒在她眼下照出睫毛的暗影，"依我看，你还不如你身后那座实心的呢，永远不会乱说话。"

　　"没有乱说话。"达玛眼睛一眨不眨地盯着她，哑声道，"这是持戒弟子最大的罪，不敢犯。"

　　"就算你所预言的每个字都是真的。"凤知微倾身向前，盯着他的眼睛，"你敢说你是出于公心进行的卜算？你敢说你一直没有受到任何影响？达玛，持戒弟子，任何时候都必须秉持公心。你敢说在这件事上，你所有的话、所有的举动，都没有任何可以挑剔处？"

　　达玛一动不动，苍老的皱纹层层叠在一起，像一团烂毯子，缩在油灯的阴影中。

　　昏暗沉凝的气氛里，似有什么东西沉重地压下来，老喇嘛眉宇间，露出了一点疲倦的神色。

　　"克烈对你说了什么？"凤知微向后一仰，靠在巨大的靠枕上，神情悠然。

　　"他只是将最近发生的事告诉了我而已。"达玛摇摇头，"并不是你猜想的那样，说了什么不好的话，就算说了什么，卜卦的结果也是天意注定，不是谁可以摆布的。"

　　"你卜卦的时候，他就在你身边吧？"凤知微露出一丝冷笑，"达玛，你好好想清楚。"

　　老喇嘛震了震，混浊的眼睛一阵翻动，回忆着卜卦时的一幕，原本的深信不疑渐渐露出了一丝迷惑，半晌，他却摇摇头，"他离得很远。"

"离得远就做不成手脚？"凤知微跟进一步。

老喇嘛又陷入一轮沉思。他的神情越发有些迷茫，苍老的大脑似乎今晚转动得特别迟钝些，他拼命地回忆不久前克烈到呼音庙的那一幕，却发现自己怎么也记不清楚到底都有哪些细节。

"老了……老了……"他摇头叹息，却依旧固执地道，"神的旨意不会有错，你不用再说什么了，神的弟子，永远不会改动卜卦结果。"

"谁要你改动了？"凤知微站起身，笑得懒散，"达玛阿拉，看你气色不好，经常失眠是吗？不过没关系，很快，你就可以好好睡了。"

她笑着转身离去，轻捷的步伐带动着油灯火苗一阵乱闪。飘摇的光影里，老喇嘛费劲地掀起眼皮，看着她的背影，咕哝道："来到草原的母狼……"

"你说小孩子的尿布用什么布料好啊？夏天用细葛成吗？不然就是棉布？会不会热着了生疮？"后殿里，华琼抓住刘牡丹问个不休，不住地抚摸肚子，"哎呀……今晚他闹得我好不安生。"

"棉布就好啦，我们草原上没中原那么多讲究……"刘牡丹轻轻抚摸着她的肚子，担忧地问，"去请医官吧？你这孩子，我说要请医官，你为什么怎么都不肯……"

长廊外传来脚步声。

刘牡丹手一松，华琼唰地坐起，伸了个懒腰，笑吟吟道："哎呀，请什么医官？我好了。"

她眼波清亮，动作利落地爬了起来，绕着室内飞速走了一圈，然后对着刘牡丹手一摊，"你的话比灵丹妙药还有用，我现在精神可好了！"

刘牡丹仰头望着刚才还气息奄奄的孕妇，脸上的表情十分精彩，鼻子不是鼻子，眼睛不是眼睛。

"好了啊？"凤知微一脚跨进来，笑眯眯地道，"真是麻烦牡丹花了，牡丹花出马，无人能挡。"

"华琼出马，无人能挡才是。"牡丹花嘿嘿笑着爬起来，"好了，她精神好了，我也被用完了，你步也散过了。我继续去散。"

"请便。"凤知微微笑着目送牡丹太后狼奔而去，随即，回身对正得意扬扬、摸着肚子夸奖她儿子的华琼道："一事不烦二主，明天还得借你大肚子一用。"

草原晨间的气息清新明亮，照着黑瓦白墙、色彩分明的王庭，高岗上的布达拉第二宫也因此纯净而清贵了。

今天除了养伤的赫连铮，所有人都很忙碌——招待族长，准备明日的仪式，安排宾客。一大早，两代大妃便去前庭主持诸般事务了，连梅朵都被牡丹花叫去帮忙了，后殿里只剩下赫连铮和两位孕妇。

娜塔从自己的屋子里走了出来，她住在宗宸和顾南衣之间，这几天被夹得一动也不能动，好容易今天出来透口气。

后殿有厨房，她去厨下端了碗酥油茶，又带了一些外伤用药，往赫连铮所在的殿室走去。经过一道游廊时，忽觉地面有点滑，她怕跌着，便下意识地伸手扶墙，可身子一歪，酥油茶泼了出去。

随即，她便听见有人"哎哟"一声。

那人刚才从廊下园子里走过，不防廊上突然泼出了这东西，连忙闪躲间，还是被泼脏了衣裙。酥油茶滚烫，那人赶忙脱去外袍。

娜塔认出那是凤知微身边的那个汉人孕妇，不禁有些戒备，但是自己弄脏了人家衣服就这么撒手走，似乎也说不过去，于是只好一边扶住她，一边召唤女奴，准备有人接手时立即离开。

华琼却不理她，只顾自己收拾衣服，还小心翼翼地将一个东西赶紧解下搁在栏杆上，生怕弄脏了似的。

娜塔眼光一掠，发现那是个护身符，却不是普通的护身符，上面有呼音庙的钤记，还是黄黑二色——正是庙中地位最高的达玛活佛才会用的符套。

"你这是哪儿来的？"她拿起那护身符。

"别动！"华琼一把夺过，"昨晚大妃为我向达玛活佛请来的，佑我生产顺利、子孙康健，你不要乱拿。"

娜塔知道昨晚凤知微确实去了达玛那里，闻言眼睛一亮，道："大妃好大面子，活佛很少亲自赐护身符的。"

"是我要求的。"华琼嘴一撇，"达玛阿拉为人公正，不会因为大妃而迁怒于我。我这个孩子来得比较……难，我托大妃和达玛阿拉说了，达玛阿拉便给了我这个。"

娜塔瞟了一眼她的肚子，她也知道中原风俗，像华琼这种孕妇，莫名其妙地跟着凤知微到草原，身边又没有男人，保不准便是中原哪家大户的弃妇什么的，孩子来路不明。达玛活佛心地慈悲，确实有可能因为这个汉女的身世而对她另有垂爱。

她瞄着那个装护身符的锦囊，心里痒痒，哎，这么宝贵的，草原人人想要的东西，怎么就给了这个汉女。

"这是延福符啊。"华琼捧着那符，笑眯了眼，"护佑所有寄生辰于此的孩子。将来我若还有孩子，也一样可以的。"

娜塔正在盘算着是不是去向活佛求一个，但想着自己不被允许出后殿又有点沮丧，可听见这一句顿时眼睛一亮，"护佑所有寄生辰于此的孩子？"

华琼瞟她一眼，将那符一收，"干吗？"

娜塔犹豫了一下，试探地问："那我的孩子，寄生辰于此，想必也可以受到护佑吧？"

"赫连铮的孩子？"华琼犹豫地看了一下她的肚子，"我也不确定，当时活佛是这么说的，庇佑所有寄生辰于此的孩子，不然你还是自己去求一个好了。"

娜塔摇摇头，求达玛的符是要看缘分的，何况达玛一来，她就找人示意过，但早就被拒绝了。

"孩子还没生，怎么就知道生辰了？"

"有个大概月份就可以，再写上你想给他起的名字。"华琼道，"做母亲的，总不会连自己什么时候生都不知道吧？"

娜塔又犹豫了一下，道："等我一下。"她匆匆回房，过了一会儿，拿了一个叠好的纸封出来，递给华琼。

华琼看也不看，随手将纸封装了进去，咕哝道："我也不保证有用，我觉得你还是自己去求……"

"不要紧的，有用最好，没用也没关系。"她越拒绝，娜塔心意越坚定，又看她那不情愿的样子怕她还要啰唆，娜塔赶紧转移话题，笑道，"你袍子脏了，拿给我洗吧。"

"我有女奴呢。"华琼道，"何必要你洗？"

"这种油茶印子不好处理。"娜塔道，"我有办法。"

"那你和我一起回房，等我换下衣服。"华琼拉了她的手往回走。娜塔盯着那护身符小锦囊，道："华姑娘，这么宝贝的东西，不要带在身上，免得弄脏了、弄丢了，亵渎神灵。我们呼卓部的人，都是将请来的护身符，放在屋内神龛下面的。"

"是吗？"华琼点点头，安排她在外屋坐了，随即依着她的话将小锦囊压在神龛下，自己进了里间换衣服。

她刚进去，娜塔立即站起，从怀中抽出一个颜色相似的小锦囊压到神龛下，并抽出原先的那个塞进自己怀里。

她将那个偷出来的护身符紧紧按住，脸上露出一丝冷笑。

我怎么可能将我孩子的出生月份写给你……

随即她坐了回去，慢条斯理地喝茶。华琼从里间出来，将袍子交给她，笑道："拜托了。"

"洗好了我给你送来。"娜塔将袍子托在手里，小心地不去碰那些污渍，立即匆匆告辞。

华琼注视着她快速离去的背影，脸上露出一丝笑容，和刚才娜塔偷护身符的笑容，一模一样。

没过多久，凤知微等人就一起回来了，同时加强了后殿的防卫，可以说是围得个水泄不通。凤知微对牡丹花的解释是，赫连铮有伤在身，明日又是即位大典，不能有任何差错。

晚饭的时候，所有人在一起吃，娜塔吃得很少，有点坐立不安的样子。饭快吃完时，凤知微立即道："今晚都早些睡，明天，娜塔，你就不必出席仪式了，在宫里好好养胎。"

又对赫连铮道："今晚，王帐安排哪位侍寝？"

赫连铮在王庭有几位姬妾，是按照草原规矩，成年礼那天由族长们送的。在凤知微看来，那不是小老婆，是奸细，不过如果赫连大王自己乐在其中，她也懒得管。她来了之后一直很忙，也没空见识这几位直属手下。

赫连铮脸色有点尴尬，偷偷瞄她一眼，道："大妃，按例，立妃前后三天，都是你……咳咳，侍寝。"

座上有人咳嗽，有人似乎不小心将骨头咬碎了。凤知微呆了一呆，道："啊？我？哦。"

她就这么三个字，然后便不说话了，只继续吃，倒把赫连大王给吊得个不上不下，不知道尊贵的大妃是个什么心思，于是举着个小刀斜瞄着她，可偏偏大妃说完就似乎忘记了，只顾自己吃肉，急得赫连大王像生了疮，屁股左扭右扭。

一顿饭扭完了，大王也没能等来大妃的下文，眼看着各自散了。见凤知微向后殿走，赫连铮连忙跟了上去，然后看见凤知微淡定地进了她的房间，他只好站定脚步，悻悻地站在那里，哀伤地叹息一声，最后垂头丧气地回了自己的房间。

王庭虽然是宫殿，但是还是按照草原风俗，大王单独一殿，女人们围绕在侧，需要谁，点谁进来，大妃也不例外。赫连铮孤独地趴在自己房间的地毡上，心想，要不要即位后改良一下规矩，也和中原普通夫妻学，夫妻合住？

突然，门被拉开，先进来一床被子，随后飞过来一只枕头，最后是凤知微黑底银边的裙摆，淡定地踩着被子迈进来。

赫连铮瞬间便从低谷飞到了天堂，狂喜地支起身子嚷道："大妃，你来侍寝了吗？"

"大妃我来寝。"凤知微对他摇了摇手指，"你多说了一个最关键的字。"

赫连铮砰的一下落在地毡上，悻悻地道："你这女人从来就不肯让别人多欢喜一刻钟。"

凤知微不理他，自顾自地在地毡上铺开自己的被褥，躺了进去，道："安稳些，睡觉，明天有事要做。"

"我们可不可以今晚先提前做点事？"赫连铮觍着脸，"做点愉快的、轻松的，能够让你我都觉得不虚此生的美妙的事？"

他蹭啊蹭地游移过来，抓住凤知微的被角。

"可以。"凤知微头枕双手，悠悠道，"不过，我不保证这事完毕之后，你会不会觉得悲伤沉重得恨不得从来没生下来过。"

赫连铮忧伤地拿她的被角抹了一把，沉醉地把脸捂在被子上，看那模样恨不得把自己给闷死，良久之后才闷声闷气道："算了，知道没指望的，你肯睡在这里已经不错了，好歹是担心我。"

"聪明的孩子大妃喜欢。"凤知微懒洋洋道，突然鼻子嗅了嗅，"咦"了一声。

"咦什么？"赫连铮偷偷摸摸地撩被子，想把自己一点点地往里面卷。

凤知微等他卷得差不多了，才左拉一把，右抓一把，把被子全部拽过来垫在了自己身下。

赫连大王悲伤地望着把自己裹成一长条的凤知微。

凤知微就像从头到尾都不知道他的小动作一样，闭着眼睛道："我憋了半天气了，刚才不小心没憋住，然后我奇怪……"

"奇怪居然不臭了是吗？"赫连铮眼睛发亮，"你不知道吗，自从遇见你，我开始天天洗脚了！"

"那你以前多久洗一次？"

"我想想啊……"赫连铮思考了半晌，肃然答，"我在甘州时洗过一次。"

换句话说，他从甘州直接到帝京为质，在遇见凤知微之前那么长时间内，就没洗过脚……

"唉，其实我觉得那也是武器呢，顾南衣都给你熏得快昏倒了。"凤知微翻了个身。

"我想着，你也许有睡在我身边的一天，要把你熏跑了，我会悔死的。"赫连铮在她身边悠悠道，"喜欢一个人，就要将自己做到最好，不愿意为女人改变自己缺点的男人，不是真正的好男人。"

凤知微睁开眼睛。

眼前那人趴在她被窝边，托腮看着她，泛着幽紫光芒的琥珀眼眸，宝石般熠熠发亮。

他微微敞着衣襟，露出一半有着淡蜜色肌肤的晶莹的胸膛。他眸光流转间自有迫人的男子魅力，偏偏神情间又带着几分孩童般的无赖和欢喜，两种绝不调和的气质混杂在一起，看来别有一番与众不同的风情。

半夜爬墙，把小鸟粘在了墙上，被扛着示众事后付诸一笑的是他；忤逆草原之神，不顾王者之尊，当众自判鞭刑的也是他。

这个刚硬而又柔软的男子。

"你是好男人。"凤知微从被窝里伸出手，缓缓抚了抚他的眉，"可惜我没这个福气，札答阑……在我最伤心沦落的时刻，是你的草原庇护了我。你明知我不能给你什么，还让我占去了大妃的位置，所以不管达玛说的是什么，我都会像你的阿妈守护你阿爸的草原一般，守护你的草原。"

"知微，没有走到尽头之前，不要那么肯定地说结局。"赫连铮的眸光暗了暗，却立即握住了她的手，"你不欠我什么，你跟我到草原是我此生最大的欢喜。我不要你像我阿妈那样，近乎疯狂地守着她库库的一切，我要你爱自己，守护自己，或者，放开心怀，让我来守护你。"

凤知微收回手，再次闭上眼睛，默然不语。

赫连铮趴在她身侧，静静地看着她的睡颜，像是对她说又像是对自己，语声轻轻，却像无数的白钉子，鲜明地钉在了草原深浓的夜色里。

"我总在这里等着，你不过来，不让我过去，那么我就在这里。你且记得，累了的时候，退后一步，回头看，我在这里。"

这一夜到底是否有人安睡过，没有人知道，所有人的呼吸都很平静，所有人睁开眼时，都目光清明。

这一夜也不似想象中那么平静，夜半最困倦的时刻，墙里墙外，隐约有些奇异的风声。风声响起时，凤知微睁开眼睛，而身边趴着睡的赫连铮并没有动，只手指紧紧抓着她的被窝角。

天快亮的时候，远处传来悠长的号角声，极具穿透力地揭开了顺义王即位之日的春光。

赫连铮坐起身，轻轻道："今天会发生什么？"

"今天。"凤知微盘膝而坐，长发流水般泻落，笑容浅浅，炫目在阳光里。

"所有人都会在他的位置，所有人都该有一个宣判，该来的要来，该走的要走，陈旧的被扫荡，新鲜的被捧出，算劫数者亡于劫数，设陷阱者死于陷阱。"

第八十六章
陷害

这是个晴朗的日子，晴朗到让人觉得在这样的日头下什么异样都不会发生。

仪式在王庭外的草原上进行，早已搭了高台彩棚，十里飘红。一万王军逡巡于周围十里，青鸟、白鹿、火狐三族居中拱卫。四面放着数十口可以用来洗澡的大锅，翻滚着羊肉的香气。不住有人用巨大的笊篱将熟了的肉捞上来，用杀人的长刀切成脑袋大的肉块，然后在香料盐水里一滚，大木盘子托了，流水般地往靠近高台的、各族首领所在的贵族席上送。肉香和酒香，被无拘无束的风远远地卷开去，熏得人几里外便可醉去。

远近族民皆盛装赶来，歌舞弹唱。女子翩翩花裙，像无数绚丽的花朵绽开于一色深翠。

后殿里，凤知微亲自为赫连铮正了正七宝金顶冠，然后仔细端详着一身金色镶黑边长袍、碧玉纽带、七彩腰刀，英姿勃发的男子，笑道："可比我初见你时像样多了。"

"你会发现我更多的好，"赫连铮向来不懂谦虚，盯着一身黑裙，只简简单单束着银色腰带的凤知微道，"你怎么不换衣服？"

"王庭为我准备的是红袍，可我还在孝中。"凤知微挽了他向外走，淡淡道，"而且……也许我未必需要换衣服。"

赫连铮侧头看了看她，没有说话。梅朵突然跟上来，道："阿札，我也跟着你！"说着便来挽他另一边的手臂。

赫连铮推开她，看着她的红袍，那是火一般的颜色，而金色腰带上缀满玛瑙和琥珀，竟然和大妃的正装十分相似。赫连铮本就遗憾不能看见凤知微着草原大妃正装的华贵模样，此时看见梅朵这样穿着，顿时皱了眉头。

"梅朵姨，"他道，"你可以跟着我母妃去，但是这身袍子不能穿，别叫人看见了误会。"

"有什么误会？"梅朵一脸茫然无知。

人家巴不得误会吧！凤知微看在眼里，笑笑，目光在梅朵紧紧抓着赫连铮腰带的手上掠过。

"你知道有什么误会。"赫连铮并不留情面，拉开她的手。

"大妃。"梅朵竟然转了个身，抓住了凤知微的腰带，"这是我为大典赶制的新衣，我花了一个月工夫，难道要我现在脱下来吗？"

凤知微看着她一脸哀求之色，再想起初见时她的傲气，觉得很有趣，忍不住笑了一下。

她一笑，眼神里就浮出一些特别的东西。梅朵看着她的眼睛，突然便觉得心中一震，手不知不觉松开了。

赫连铮立即牵过凤知微，扬长而去。牡丹花从后面赶上来，笑嘻嘻地揽住梅朵的肩膀，道："我们走，有好事说给你听。"

片刻后，走在前面的凤知微听见梅朵一声尖叫，声音充满难以置信的愤怒。

凤知微笑笑，对身边的宗宸做了个手势，随即快步离开了。

在即将迈出最后一道门的时候，有一队小喇嘛快速地过来，拦住了凤知微。

"达玛阿拉说，请你不要去参加仪式。"

"什么？"赫连铮的脸色立即沉了下来。

"达玛阿拉说，如果你真的如你所说的，会爱着草原，那么就不要在这个吉祥的日子里，影响王一生中最隆重的庆典，给他的前路笼罩上乌云。"小喇嘛向着凤知微一拜，随即又转向赫连铮，"王，阿拉说，如果她出席，他就不会出现。"

"那便不出现吧。"赫连铮毫不犹豫，"我倒不相信，缺少了活佛祈禳的即位仪式，会当真受到诅咒！"

"王！"前来迎接的族长纷纷惊呼。

"天神的旨意需要达玛阿拉指引，历代草原王的诞生不能离开阿拉父亲！"蓝熊族长扈特加半跪于地，恳切地望着赫连铮的双眸，"这不是那日的大妃之争，不过是不参加仪式。达玛阿拉已经做了让步，您不要再任性了！"

"王，没有活佛的仪式，将不会被族民承认！"

"大妃可以另选日子再立，无论如何，即位仪式为重！"

七嘴八舌的劝说声带着急切涌来。有人在偷偷牵凤知微的衣袖，示意她自己请辞。

"你们的活佛，坚持不要我出现在仪式上。"凤知微终于开了口，语气平静，"诸位都听见了？"

众人都点头，有点不明白她强调这个做什么。

"那我就不去了。"她下一句说得轻描淡写，转身就走，"请大人们保护好王。"

"知微——"赫连铮长声一唤，凤知微早已头也不回地离去，而对面，达玛活佛的仪仗法器，一路迤逦地行出院子。

坐在舆上的达玛，今天的精神看起来更加衰败，软塌塌堆在那里，绣金袍子空荡荡地飘着。他在舆上掀起眼皮，看了一眼凤知微。凤知微对他一笑，做了个口型。

达玛一怔，还没揣摩出什么，凤知微已经擦身而过。

草原王即位的仪式，不似中原烦琐多礼——十二部军列阵以示军威，十二部族长献礼，达玛将金盆里的酥酪点在新王的额头上，以示祈求草原年年丰饶，再摆出些神示，然后大家吃喝、歌舞、玩乐，举行盛大的骑射狩猎活动，热闹个三天三夜，也便完了。

赫连铮挟屠灭貔貅部的威势而来，身边又有蓝熊、铁豹两大骁勇的部族支持，震得部族中那些野心勃勃、觊觎王位的兄弟不敢轻举妄动，所有人的公开或私纂势力，都被看守得滴水不漏。

十二部军现在只剩下十一部，在高岗下以方阵一字排开，分别着以金、青、白、赤、蓝、黑、浅灰、深灰、黄、月白、绿十一色皮甲，形容严整，军威如铁，都手持一式弯弧长刀。刀尖透着沉厚的乌金之色，在日光下无边无垠地铺展开去，一起一落，都炫成光海翻腾，逼得人不敢睁眼。

赫连铮金袍黑马，银狐大氅猎猎飞舞，一声长笑，自高岗飞驰而下，所经之处，所有人轰然跪下以掌加额。

马蹄翻飞，溅起草皮四散。赫连铮的马飞驰到哪个方阵，哪个方阵便悍然拔刀向天，嚓嚓齐响里，十一色刀光如练，一层层翻叠如浪，赫连铮便是那唯一登临浪头的弄潮儿——俯瞰潮头，万浪俱在足下。

草原男儿们轰然诚服，草原女儿们目光熠熠。

一圈阅罢，新王登临王座。高台之上铺了红毡金案，族长们按年纪顺序，各自献礼。

不过是些各自领地的特产土物，以示将赖以生存的、最珍贵的东西献给新王。

赫连铮微笑雍容，对每位族长都大加褒奖。达玛活佛坐在他身侧，满是皱纹的老脸上有淡淡的笑容。

最后上来的是火狐族长克烈。

年轻的男子，被火红皮袍、黑色狐裘衬得一张迥异草原男儿风格的脸越发娇艳，细长流波的双目笑意盈盈，手中金盘里托着一块雕成飞鹰状的乌金。

众族长都有艳羡之色——火狐的领地里有一个小乌金矿，所以十二部里，除了黄金狮子，以火狐部最为富庶。

"以我族赖以生存之至宝，献给尊荣无上的大王。"克烈的举止优雅而谦恭，将乌金高举过头。

赫连铮盯着他，微微弯了弯唇角，道："克烈兄弟，不必多礼，你是我呼卓部最年轻的族长，将来兄弟还要多依赖你。"

"愿为大王驱策。"克烈笑吟吟地退了下去。

有人奉上金盆，装满洁白的酥酪，达玛活佛颤悠悠站起身来。

赫连铮转头笑命身边的女奴："还不去搀扶达玛阿拉——"

他一句话没说完，突然脸色变了变，随即，所有人都看见他眉宇间泛出一股残青色。惊呼声里，赫连铮晃了晃，突然倒了下去！

哗然声起，族长们都抢上前来，达玛活佛一震，险些撞倒金盆。

"大王！大王！"蓝熊族长等人围在赫连铮身边连声呼唤，有人脚不点地地飞奔入王庭拖出医官和巫医来。这些人满头大汗地挤进来，手忙脚乱，把脉的把脉，扶乱的扶乱，占卜的占卜，跳神的跳神，忙得乌烟瘴气，乱七八糟，却对赫连铮的情况完全说不出个所以然。半晌，在族长们焦急的催问下，王庭医官才结结巴巴地道："大王好像……好像不成了……"

"怎么回事？"众人急声问。青鸟、白鹿两族的族长立即互相使了个眼色，重新安排王军护卫，在高台四周围了个水泄不通，将赶来探听消息的贵族全部堵在台下。

"我看看，我看看——"达玛活佛气喘吁吁地被人搀着走近来，众人急忙让开道路。老喇叭仔细看着赫连铮惨青的面色，有点不敢相信地把了把他的脉，半晌，闭目一声长叹。

"我的孩子……我的孩子……"老喇嘛泪如雨下，"你不该这样去的啊，怎么会这样？难道不祥的乌云这么早便罩在了你的头顶？"

这话说得族长们面面相觑，不禁想起前两天赫连铮忤逆神的旨意，悻然自判鞭刑。有人迟迟疑疑地道："难道是天神怪罪……"

"什么天神怪罪？"有人挤进来大声道，"看大王这脸色，好像是中毒，分明是有人下毒手，看看谁今天接近过王！"

说话的人是克烈。

"我的儿啊——"牡丹花带着八彪从下方台席上奔上来，一路连踢带踹地将人赶开，扑上去抱住赫连铮就哭，"你这是怎么了，今早还好端端的啊……"

"大妃。"前天被淳于猛揍得脸上青肿未消的加德挤进来，翻翻赫连铮的眼皮，忧心忡忡地道，"您别急着哭，我听说，中原施毒的人身上都会有解药，还是先把那个下毒手的人给找出来，救下大王要紧。"

"今早大王能遇见谁？"底下因尔吉氏的贵族们虽然被王军立即拦在台下，但是刚才的事都看得清楚，立即有人直着脖子嚷："他从王庭直接出来，不就是住在一起的身边人嘛！"

这句话一出，有片刻的安静，随即便像热油锅溅入凉水，砰的一下炸了开来。

"王身边还能有谁？立妃前后三天，都是大妃侍寝！"

"今早王从后殿出来时，谁陪着？"

"大妃！"

"女奴也有侍候！"

"女奴近不了王的身！"

"先把今早所有侍候过大王的女奴都唤过来！"加德自作主张，开始指挥，"严加拷问。"

惊惶不安的女奴们被拖了过来，一个个缩在地上颤抖。

"长生天在上，今早大王的衣服，是大妃亲自整理的。"

"早饭是，是，是奴婢端上来的，但是当时是所有人……一起吃的，大妃还亲手给大王切了块肉……"

"出来的时候，王没要我们随侍，是和大妃一起走的，奴婢们什么都不知道啊……"

一个个说完了，也都搜完了身，台上又安静了一阵。克烈默然不语，加德眼角透着一抹笑意，也不说话，青鸟、白鹿的族长互视一眼，沉声道："牡丹大妃，你看……"

刘牡丹呆呆地坐着，一副伤心欲绝、完全没有了主意的样子，然后抹了一把鼻涕，顺手揩在身边克烈的身上，气若游丝地道："叔叔们做主吧，我老婆子没啥主意了。"

"不可能的！"八彪纷纷摇头，"大妃怎么可能害大王？别胡乱冤枉人。"

"冤枉不冤枉，也得先查问，既然大妃无辜，就应该不介意我等冒犯。"克烈答得平静。

"来人。"青鸟族长点点头，道，"请大妃！"

说是"请"，白鹿族长却点了足足有一千王军。众人仰着脖子看着刀甲鲜明的王军列队而过，眼神里的意味复杂万端。

有人担忧着大王即位庆典又出了事端，草原或许将要爆发新的流血事件；有人欣喜大王庆典果然生变，那么越乱越好，不妨浑水摸鱼。

青鸟、白鹿、蓝熊、铁豹四族在将王军收拢，各家族长也都在悄悄传呼自己的护卫，而加德不知道什么时候，已经退出了人群。

达玛活佛今天的精神一直有一点恍惚，坐在赫连铮身边沉思不语。

王军列队整齐地奔向不远处的布达拉第二宫。人们停下歌舞，探头张望。

"不用请，我来了。"

女声淡淡，听起来似乎并不高，每个人却都听得清楚，台上人齐齐变了色。

人群分开一线，有人缓缓走来。

高挑清瘦的女子，黑裙端严，裙摆滚着宽银边，素净里有种凝然的沉肃，和四周的华艳对比，不觉单调反觉高贵清爽，行走间的姿态也如衣袂带风，逐波水上，在日光下碧野中，飘飘而来。

人群看着这样的气质，恍惚间便忽略了那黄脸垂眉，自觉地纷纷屏息让开。

凤知微到了。

台上族长们看着她神态雍容、款款而来，神情间都有了一丝惋惜，这样的女子，应该会是草原上前无来者的出众大妃，可惜……

"来到草原的母狼！"寂静的人群中突然有人切齿大叫，"达玛阿拉说得一点也不错，你每一根毛尖都带着无解的毒药！"

"达玛阿拉早就说了你是王的劫数和陷阱，可恨大王被你这丑女蛊惑，一意孤行！"

"滚出草原，呼卓部需要的是祥和与平静，不需要你带来的血和战火！"

达玛的预言，那天在场的人都知道，赫连铮为了大妃忤逆活佛自判鞭刑，所有人也都亲眼得见，所以此时不管真假，熊熊怒火都直奔凤知微而去。

有人扬手砸出了手中啃剩下的羊骨头，更多人便如得了提醒，就手将手中的东西砸了出去。

跟在凤知微身后的顾南衣抬手轻轻一划。

所有砸过来的东西仿若遇见了透明的墙，纷纷在凤知微身边三尺之外落地。呼卓部的人什么时候见过这种神奇的武功，齐齐瞪大眼睛呆在当地，就差没嚷："鬼啊——"

"别乱砸。"一片安静中，凤知微偏偏头，巧笑嫣然，"小心我等会儿叫你们把自己砸出来的东西都吃下去。"

她语气清淡，然而那眼神一掠，众人都觉得那不是开玩笑，瞬间都退了退。

"大妃，你来得正好。"青鸟、白鹿两族的族长有点尴尬地迎上来，"王出了点事故……"

对于这两位忠心耿耿的族长，凤知微一向保持着几分尊敬，便微微颔首，随即快步上前，看了看赫连铮，皱眉道："怎么回事？"

"怎么回事？"立即有人冷笑，"这得问大妃你自己。"

"哦？"

"装什么傻？"赫连铮一个远支堂兄仰着脖子叫，"大王今早一直和你在一起，然后就中毒了。你这来到草原的母狼，迫不及待地对我们的王下手，还不拿出解药？"

"我为什么要对王下手？"凤知微一笑，"他死了对我有什么好处？"

那人窒了一窒，所有人也都陷入沉默，觉得这句话正中要害，大王在，大妃才是大妃，杀了大王，大妃还算个什么呢？

克烈却突然笑了笑。

"大妃。"他悠悠道，"按说我不该管因尔吉的事，但是王的事，就是草原的事，谁都责无旁贷。"

凤知微转身笑望他。克烈抬起眼帘。

两人目光相对，各自一闪，都没有退让之色。

"各位，前不久我们火狐部驻守草原边界的战士，截获了一封信。"克烈从袖筒里掏出一封纸笺，"信是大妃写给主管王庭王军粮食供应的禹州粮道的，信中说——"他拖长了语调，慢吞吞道，"草原最近将有变动，部分军粮暂时不需要，由禹州粮库保管，大妃的护卫队会来接收。我想问问大妃，你信中所说的，是什么变动？为什么突然不需要禹州的粮食？您的护卫队为什么会去接收我草原王军的军粮？"

台上台下都起了一阵骚动，这事便是族长们也都不知道，都惊疑地盯着那信。克烈带着一抹优雅的微笑，将信传递给众人看了。草原贵族都通汉文，虽然不认得凤知微的字迹，但那字迹骨秀神清，信笺纸张也都是中原所产，更钤着"圣缨"印记——这草原上，除了凤知微，再没有第二人有这些。

克烈一挥手，底下立即有人绑上来一个男子，穿着送嫁护卫队护卫的服饰，跪在底下满面惊惶。

　　"这是王军在靠近禹州边界抓住的那个给大妃传递文书的信使。"克烈道，"他当时神情鬼祟，引起了我部下的怀疑，信便是这么搜出来的。"

　　"大妃！"那男子频频向凤知微磕头，神情愧悔，"属下办事不力！请您责罚！"

　　凤知微噙着一抹冷笑看着，纹丝不动。克烈将信在手中轻轻掂着，细长流金的媚眼瞟着她，笑意薄凉，"大妃，我是不是可以这么猜想，这代大王唯一的一个弟弟还在襁褓中，第一个孩子也还在娜塔的肚子里。于王室青黄不接时，您是不是想效仿牡丹太后，在王死后挑起咱们草原王庭的重担，独揽大权，然后在合适的时机，将呼卓部整个献给朝廷呢？"

第八十七章

生死由我不由天

族长们想着那信上的话，听着这犀利的诛心之言，都相顾失色。

如果这位活佛预言中带着血火而来的母狼真的是朝廷奸细，来的目的就为夺取草原的话，那么她确实有杀死大王的动机。

如今一切看来，都和活佛的预言很吻合啊。

"不是这样的吧？"凤知微没说话，反倒是刘牡丹开了口，怔怔地道，"知微和我说过这事，她只是说草原今冬可能有暴雪，目前咱们存粮够了，不如先将粮食寄存在禹州，没说那后面的话啊。"

"大妃，您被骗了吧。"有人冷笑着将信扔给她，"这才春天，谁能预计到冬天就有暴雪？再说目前存粮谁说够了？这女人心机深沉，而大妃您是厚道人，可千万别听她的。"

刘牡丹张了张嘴，当着这许多人的面又不好说暴雪只是扣粮的借口，不好说存粮够了是不算加德不肯交出的那两万王军才够。这是她和凤知微要夺回原族长手中军权的私下决策，没办法在这个场合说清楚。

她将信翻了一翻，也皱起了眉头。

凤知微眼角瞥过那封信，眼神微微一闪，信确实是她的信，人也确实是她的人，帝京护卫的口音和草原人氏有很大区别，装也装不来。

然而那封信，却被人巧妙地改动过了。

不知道克烈从哪儿找的高手，对信笺做了揭层、添字、减字的处理，虽只添减了寥寥几字，却将整个意思引入了另一个方向。

她的沉默看在众人眼里，就是心虚，越发证实了众人的猜测。刘牡丹坐在赫连铮身边，仰头伸手去拉她的衣袖，"知微，你——"

她伸手一拉，凤知微身后却不知道谁突然一歪身子，撞得她身子一斜。刘牡丹拉住凤知微袖子的方向便没把握住，刺啦一声撕开了她的腰带。

一点淡淡的雾气腾了出来，克烈脸色大变，大喝："退后！"随即闪电般掠过来，一把将凤知微身边几人拉开。那雾气落在地面的微草上，草尖顿时微黄。

"有毒！"

"难怪在她住的地方搜不着，原来毒大王的毒药藏在她的腰带里！"

"来人——"青鸟、白鹿两族的族长一声断喝，直指凤知微。

王军如铁甲洪流涌上，将凤知微团团围住，刀出鞘，箭在弦。铮然声响里，人们围挤过来，被刀锋向外的王军远远拦住。

"处置奸细，各家人等散开——"克烈悠长的呼喝声传得整个草原都听得清楚。

一名王军小队长冲上前来，抖开手中的牛皮绳索。

克烈负手看着，看见凤知微身后顾南衣的手指动了动，唇角掠过一丝笑意。

今日只要有一人死于顾南衣之手，乱局必将不可收拾。

绳索生风，向凤知微套下。

凤知微突然向前一步。

她不退反进，那不知底细的小队长倒愣了愣，一愣间，凤知微道："处置奸细，无关人等散开。"

随即她衣袖一拂，那小队长立即踉跄退后，不明白发生了什么。人群里忽然又起骚动，又有几人走来。

当先的是华琼，她挺着大肚子，面带微笑地牵着另一个大肚子——娜塔。

之后还有宗宸，拽着梅朵。

看着这么一群人过来，众人都有些惊异。娜塔睁大眼睛看着克烈，面色发白。克烈衣袖一动，细长流媚的眼眸一睐，笑道："大妃，中原有句话，叫狗急乱咬人，您现在也急了吗？"

"急的是你吧？"凤知微唇角的笑意讥诮，不再看他，转向族长们，道："各位大人想必还记得，当初娜塔以腹中胎儿为名求得弘吉勒一命时，曾对大王说，她这胎是在甘州怀的。"

众人点头，娜塔张开嘴，退后一步，护住自己的腹部。

"大王是去年五月左右逗留甘州，六月底接到老王王令赶往帝京的，如果娜塔是在这之后怀孕，如今孩子应该八个月，还有一个多月临盆，然而事实上，娜塔临盆，应该就在这个月。众位族长如果不信，让自己的巫医来把脉便知。"

"你胡说！"娜塔抚着肚子，白着脸尖叫，"我确确实实是在甘州之后怀的孕！你是想陷害我。就算是我这个月临盆，也有可能是早产，或者你下手催产！"她扑向蓝熊等几位族长，"叔叔们，你们看着我长大，不能让那母狼这样当着你们的面害我！"

凤知微看也不看她一眼，手一伸，华琼便递上一个黄黑相间的方形锦囊。

"你叔叔们不能让你当着他们的面被害，你却可以当着他们的面撒谎？"凤知微轻笑，将手中的锦囊晃了晃。

娜塔撇撇嘴，唇角露出一丝得意的笑容，"你晃这个干吗？我不认识。"

"你以为，你已经在神龛下换了护身符吗？"凤知微的一句话，成功地将她那得意安稳之色打去，"很抱歉，忘记告诉你，华姑娘根本没有把那个护身符放在神龛下，你换走的，是另外一件看起来一模一样、其实却不相干的东西。"

娜塔退后一步，抬手就下意识地去摸怀中，却被旁侧的一个目光狠狠盯住，顿时，手僵在那里不敢动了。

"不用去摸了，我没有诈谁。"凤知微不疾不徐地从黄黑相间的封套里抽出一张纸笺。

"大妃，这是怎么回事？"族长们看得一头雾水，愕然发问。

凤知微从锦囊里抽出一张字条，递给青鸟族长，"大人们请看，这是娜塔为自己的孩子写的护身符，有孩子出生的大概日期和名字。从这个日期上推断，娜塔在五月初就已经怀孕了，而五月初，大王还没到甘州，也没去过金鹏部的领地。"

华琼上前一步，用她特别清楚的口齿，简单说了诈出娜塔孩子真实出生月份的经过，娜塔却尖叫起来："你撒谎！你撒谎！没有这样的事！这不是我写的！不是！"

"搜她！"

一声令下，宗宸出手如闪电，抬手就从娜塔腰间摸出了一个一模一样的黄黑相间的封套，笑道："这是你从神龛下偷换的护身符吧？你以为你换回的是达玛活佛加持过的护身符？你换的是大妃的铃记！"

他将那里的字条抽出，取出一个极薄的小夹子，再将字条一抽，夹出一个更薄的小小纸片，而上面有一个阳文红缨印记，正是独属于凤知微的钤记。

"这事要是我们编造的，你的身上怎么会有圣缨郡主的东西呢？"

"娜塔！你竟然将不知名的野种，冒充王裔！"不待众人反应过来，克烈便出口怒喝。

娜塔怔在那里，直直望着克烈，忽然身子晃了晃，向后便倒。

她身边有人扶住她，伸手一触她的鼻下，立即惊呼："怎么回事？气绝了！"

人群哄然一声，都不明白娜塔怎么好端端就会死。克烈快步上前，把了把她的脉，又再三试了试她的呼吸。他微垂头面向娜塔，长长的发丝落下，遮掩了脸上的神情，半晌一甩手，冷笑道："畏罪自裁？也好！"

凤知微望着他悠悠笑道："克烈族长也太狠心了，听说，好歹你和娜塔自小一起长大，怎么就没有一点香火之情呢？"

"罪是罪，情分是情分，只有你们女人才会混为一谈吧？"克烈微微眯着眼睛，"何况大妃，东拉西扯也是你们女人的专长，你说娜塔冒充王裔，那也就是王帐的私事，和先前我问的出卖呼卓部的事，似乎不相干吧？"

"相干吗？相干。"凤知微笑吟吟地看着他，"事端多由内鬼起，家宅之事，保不准就是天下大事……我说克烈族长，我有一事不解，可否请教？"

克烈望着她，目光闪动并不答话，其余人却也感觉出了一些不对，人群喧嚣的声音，渐渐低了些。

凤知微根本也没打算等到克烈的答话，笑道："我就是不明白，草原向来人丁不旺，你的第一个儿子，怎么就忍心认了别人做父亲呢？"

凝神聆听的人群又是哄然一声出现骚动。克烈冷笑道："什么叫死无对证、任意污蔑，这就是！娜塔已经自裁，你想把那孩子栽在谁头上，自然由得你。"

"克烈！"

一声尖呼，已经"断气"的娜塔突然从地上爬起来，直扑向克烈，"你这头杀妻灭子的狼！"

她顶着个大肚子扑出去，尖尖的十指奋力在半空抓挠，看那力度，恨不得将克烈撕成碎片。克烈眼神中掠过一抹震惊，眉尖一皱并不答话，飞身便向后退去。

青鸟、白鹿两族的族长互视一眼，对台下王军做了个手势。王军纷纷来截，克烈身影翻飞，一转眼便掠过了人群。

却有天水之青的人影一闪，快得像一抹青色的风，刚刚生起，便越了千山万水，后发先至，玉雕般堵在克烈面前。

克烈左掠，他向左，克烈右奔，他向右，身法看起来似乎不疾不徐，却始终在克烈前三步距离处，将他所有的去路，堵得死死的。

克烈眼中光芒闪动，看了一眼前方，又恨恨回头看了娜塔一眼，眼中闪过一抹困惑之色。

"不明白娜塔怎么死又怎么生的，是吧？"凤知微悠悠笑道，"金盟大会那日，你看情势不对，便授意娜塔把自己的便宜儿子栽给赫连铮。你怕娜塔露馅，当时就在娜塔身上种了草原巫医的黑骨死咒，必要的时候，你动动手指，她就会死。可惜这东西，一早便被我一个精擅各类医术、巫蛊、符咒的朋友察觉，换去了符咒。娜塔刚才的'断气'，只是中原一种闭穴手法而已。你的武功大概出身草原雪山游巫门派，自然不懂中原医学的博大精深。"

她对宗宸笑了笑，一直站在娜塔身后的宗宸，也轻轻一笑。

"你大概一直有点奇怪——你看见娜塔出现已经知道不妙，可在袖子里捏死咒的时候娜塔没死，却在骗局被拆穿后才死，现在可明白了？娜塔的生死，不操纵在你的手中，只在我手里。"

"也许她整个人的意志，都操纵在你手里，也未可知。"克烈犹自平静，居然还笑了笑，"你说一千道一万，却始终无法解释那封信，不是吗？"

"大妃，此事既然另有隐情，还请一并说个明白。娜塔和克烈冒充王裔的事情，我们会另行处置。"青鹿族长沉声询问。

言下之意，就算冒充王裔事真，也只是王嗣案，还是不够洗清先前克烈的指控。

凤知微淡淡负手，看着前方，看那里，渐渐出现一骑快马，她释然一笑。

"关于那封信，我现在可以说了，克烈拿出的那信确实是我的，那信使也是我的。"

面对众人震惊疑问的眼色，凤知微手一招，众人便目顺她的手势看去，看见风尘仆仆的淳于猛越奔越近。

"克烈截获的信使，虽然是我的手下，但其实只是我派出的两个信使之一，除了克烈截获的这个，还有一个是我的送嫁队长淳于猛，而他带来了禹州粮道的回信，请大家看看。"

信笺递上，族长们再次传看，眉头渐渐皱起。

禹州粮道信中答复，拨放给呼卓部的粮食已备妥，可既然呼卓部要求存粮禹州，那就等到秋粮下来后再拨运，等等。信是禹州官府正式的公文用件，信笺印鉴都是齐备的，青鸟族长往日就专司和中原各级官府打交道，自然认得。

"原来如此。"青鸟族长第一个改了脸色，将回信递还，歉然道，"险些误会大妃，请大妃恕罪！"

"误会我没关系，别放过有心陷害的人便成。"凤知微意态轻闲，似笑非笑地看着克烈。

克烈挑挑眉，此时才露出一丝遗憾之色，然后看了一眼娜塔，摇头轻轻叹息道："女人……为什么有的那么聪明，有的那么蠢……"

神情间一副可惜她没死成的样子。

"克烈——你狼心狗肺——你不得好死——"娜塔披头散发，两眼充血，在宗宸手中挣扎着要扑向克烈，尖嚷声也极具穿透力，刺得整个草原都似要被掀开。

"我也这么认为。"凤知微轻轻笑着，"不仅他，还有你——"

她霍然转身，指向达玛活佛！

"你疯了，大妃！"

"不得对达玛阿拉无礼！"

叱喝声立刻爆发。这回众人反应很快，刚刚舒展开脸色的众位族长，神情都瞬间变得铁青，纷纷怒喝："大妃，休得胡言乱语！"

冷笑一声，凤知微一改先前的悠闲神情，抬起的手指也始终没有放下，直指达玛，"相信诸位今儿也看出来了，有人设了一个局，要先杀大王，再陷害驱逐我，然后把持王权，夺取王位，让还未完全安定的草原，再次陷入纷争血火之中。"

"那与达玛活佛有何关系？"

"如果不是有人为克烈撑腰，弄出那个针对我的预言，大家何至于这么容易便相信了我会加害大王？"凤知微冷笑，"你们那在云端的神，享尽你们的香火膜拜，却不肯将光芒普照全族子民，只加持于你们火狐族长的头顶呢！"

不待众人反应，她突然快步上前，一把拽过了达玛身后为他捧着铜法器的小喇嘛，将那法器夺过，然后拔起身侧烤羊上插着的匕首，将那黄铜的颜色一刮。铜法器立时露出黑色的内里。

那颜色乌沉璀璨，不同于一般的铁胎。众人都惊"咦"一声，眼光不禁转到先前克烈献上的那块乌金上，很明显，是同样的东西。

乌金矿极为少见，只有火狐族领地有，所以能拿出这么一大块乌金做法器，除了族长克烈，还能有谁？

而呼卓部都知道，达玛活佛力行俭朴，从不收受族人私下供奉，更不要说使用这么贵重的乌金法器，何况就算用乌金，也应该光明正大地用——偷偷摸摸上了一层铜漆遮掩，其间鬼祟之处，众人想着，便已经呆了。

达玛霍然抬头，注视着那法器，混浊的眼底神色震惊，嚅动着嘴唇正要开口，凤知微已经风般走过，走到那装着酥酪的金盆之前，用那把烤羊上的银刀挑起洁白的酥酪，对着众人一扬。

日光下，挑着酥酪的银刀，慢慢变成黑色！

人们难以置信地张大了嘴，一瞬间极度震惊失语而导致极度安静。凤知微斜睨着达玛活佛，缓缓道："达玛阿拉，如果赫连铮刚才没有中毒，也必然逃不过你酥酪点额的杀手吧？你们为了弄死他，还真是煞费苦心。"

"你……你……"达玛嚅动着嘴唇，拼命地想说什么，然而身子抖得厉害，整个人看起来越发干瘪，似要缩进法衣里去。

"你收了火狐的贿赂，为他污蔑大妃，拦阻大妃参与庆典，好方便他们谋杀大王。达玛，你也算持戒弟子？也算出家之人？你对得起百万呼卓儿女多年来的供奉膜拜？对得起这抬头朗朗青天、俯首浩浩草原？"

"你……"达玛似乎想用手支撑起身子和凤知微辩驳，但任凭他那枯瘦苍老如树根的手指无力地在地面抓挠，长长的指甲刮得泥屑纷飞，也始终无法挪动一丝一毫。

"你号称今世苦修，青灯小庙，清素简朴，并以此得到草原百万臣民的爱戴，可惜却是个惺惺作态的佛门败类，沽名钓誉的欺世之徒！"

凤知微上前一步，一把扯下达玛的一截衣袖，手指用力将布撕开，露出同样烁烁闪金的乌金之丝，然后将那半幅衣袖在空中一展，大声道："我的草原兄弟姐妹们，你们是否因为达玛活佛这件穿了三十年都没换的法衣而感动过他的俭朴节约？今天且让你们看清楚，三十年没换，是因为，没有什么衣服，抵得上这件的真正价值！"

乌金细丝织就的法衣，在日光下光芒熠熠，一瞬间，所有人都闭上了眼，不知是被那乌金之光刺着了眼睛，还是被这样令人无法接受的现实给刺了心。

像看见巍然于草原云端多年的神轰然崩塌，又像是内心深处的信仰堡垒突然出现裂痕，人们心中都生出一点茫然，不敢信，不愿信，便都将希冀的目光投向达玛活佛——只要他为自己辩解，他们都相信！

然而没有。

达玛活佛始终在颤抖，喉咙里发出低低的呜咽，混浊的眼睛无力地翻动，始终无法对凤知微步步紧逼的责问做出任何应答。

克烈目光闪动，张嘴想要说话，顾南衣却在他对面摸出自己的小胡桃，不动声色地吃，还不时地将小胡桃对着克烈的嘴瞄瞄。克烈相信，如果自己真的发出一个字，喉咙里一定会被立即塞进一颗胡桃。

他微微向后看看，神情间有些焦虑，然而面前堵着这么个瘟神，便是想动上一步都不可能。

"达玛阿拉。"凤知微远远地站着，居高临下俯视着他，"你是神圣的长生天之子，预知天命，护佑草原。长生天的光明，不容任何魑魅魍魉，也没有任何人能够瞒过你智慧的眼睛，将污水泼在你的头上，所以，是与非，对与错，凤知微站在这里，等着我们的父亲回答。"

她神情明朗，义正词严，眉宇间正大光明，执着乌金衣袖的手指雪白，立在风中像一尊雪山寒石雕像，坚毅而刚强。

草原汉子仰头看着她，突然觉得这个自己一直瞧不起的汉女，此刻看来高贵而有着凛凛之威。

一日之间，见她被指证，被围攻，被折辱，却始终不疾不徐，淡定从容，于抬手间翻覆不利局势，锋芒毕露却又不咄咄逼人，敢作敢为却又留有余地，即使在此刻，面对着一直针对她的达玛活佛，依旧光明坦荡地要给对方自辩的机会。

草原男儿最欣赏的就是正直坦荡的人，相比之下，素来神一般的达玛活佛，缩在地毡上无言以对的姿态，就太让人失望了。

信念的摧毁虽然不是一朝一夕的事，但只要埋下种子，就有发芽的可能。

草原汉子们沉默了，虽然眼神依旧半信半疑，但很明显，在凤知微如此激烈的指控之下，却没有一个人像先前一样辱骂指控，其间意味，不言自喻。

达玛抬起满是血丝的浑浊老眼，看着凤知微，那眼神里映出的不是黑裙肃然的女子，而是披着血衣走向草原的母狼。

他已经不再试图嚅动嘴唇——从刚才凤知微站出来开始，他全身的血液便似突然被什么东西给堵住了，黏滞而厚重，束缚住了他所有的语言和动作。

他恍惚间想起凤知微昨夜的拜访……她去挑油灯……她坐在他对面的暗影里……立在门口上风处的两名男子……隐隐约约，心中似惊雷一闪，訇然劈开他混沌的意志。

她果然有备而来，虽然不知道她是怎么做到的，但很明显，昨夜她吸引了他全部的注意力，派人换走了他的铜法器和法衣，还顺手对他下了毒。

最关键的问题是，她身边定有绝顶用毒高手，竟能完全控制他毒性发作的时辰，令他只在此刻作声不得，而在场那么多人，看他之前一切如常，此刻却"无言以对"，等于默认指控。

　　这一手连消带打，不仅让她解了自己之危，还顺手将他推落神权王座。这只母狼，早就开始怀疑克烈，怀疑娜塔的孩子，可故布疑阵、诱敌深入还不罢休，还要拉扯上他，一举将所有不利于她的敌人一网打尽。

　　活佛收受贿赂，勾结火狐族长，陷害大妃，谋刺大王……果然狠得令人难以想象！

　　达玛垂下眼帘，粗重地喘了口气……草原的未来，当真就这么注定要被这女人摆布了吗……不……不……

　　"大妃，火狐族长并没有王位继承权，就算娜塔的孩子是他的孩子，以后可继承王位，可我草原王位承继变数很多，不容易等到孩子长大，他犯不着这么冒险。"白鹿族长突然提出异议，"活佛就更没有必要为火狐族长这么做了。"

　　"是啊……等不到孩子长大，那么现在，该是谁呢？"凤知微笑得意味深长，突然道，"咦，加德哪里去了？"

　　众人一愣，这才想起，先前最早出现，发现大王中毒，又提醒牡丹大妃查问凶手的加德，不知什么时候不见了。

　　青鸟族长脸色变了变，赶紧挥手命属下去查看。半晌，那属下匆匆奔来，在青鸟族长耳边说了几句，青鸟族长的脸色立即变了。

　　"不用担心。"凤知微看着他的表情，微笑着道，"我的护卫已经封锁在外围一线，另外还调动了部分王军随时注意加德的动向。他点了他的两万人刚一出营，我们便带着大王的令箭迎上了。"

　　随着她的话音，远处隐约有纷扰喧嚣之声。青鸟族长眉头一紧，和白鹿族长匆匆奔下高台，去指挥王军镇压加德了。

　　"大家现在应该很清楚了。"凤知微示意高台下的护卫让开，缓缓在台上走了一圈，道，"原库尔查族长之子加德，图谋大王位，和火狐族长勾结，并以重金求得达玛活佛庇护——先由活佛捏造预言，陷我于不利境地，再陷害我出卖草原，试图驱逐我，避免朝廷介入草原事务，再谋刺大王。一旦大王身亡，加德立即点齐麾下两万因尔吉王军，武力围困会场，以近支兄弟的身份夺取顺义王位，再给予克烈封赏。不过，螳螂捕蝉，黄雀在后，就连加德只怕也不知道，克烈的野心绝不仅止于新王的小小封赏，他要的是王位——当娜塔的孩子在他的保护下生下，他便可以和自己的老丈人弘吉勒一起，杀掉加德，扶札答阑大王的'唯一子嗣'即位——名正言顺，天经地义，朝廷、草原，无人可阻，从此千秋万代，克烈大人一统草原。"

一番令人眼花缭乱的阴谋，给她说得清晰明白。四周数千人，都露出恍然却又难以置信的神色，草原汉子直心肠，这些弯弯绕绕听着都觉得费劲，真难为这个大妃人在局中，居然看得这么清楚。

"我说克烈这小子不是好东西。出身雪山邪门的人，就是和我们不一样，为个王位都能搞出这许多花招。"有人事后诸葛，低声嘀咕。

"哎，再多花招也瞒不过中原人啊，你看中原女子，真是厉害。"有人却在想，大妃实在是令人惊讶，克烈号称'草原第一狐'，到她手里竟然也不够看的。

"那大妃腰带里的毒是怎么回事……"土獾族长发出新的疑问。

"怎么回事？陷害呗。"

声音从地上发出，听来有几分熟悉，众人回头一看，看见先前还奄奄一息，快被毒死的赫连铮，不知何时已经坐起，懒洋洋地搭手于膝，笑嘻嘻地看着凤知微。

"大王！"

族长们的声音几多惊喜，不过凤知微还是从中听出了几分复杂的味道——十部族长，难免还是人心不齐啊，不过经过今日，想必定可安分。

凤知微将腰带轻轻解下，抬手一抛，抛在了一人脚下。

那是脸色铁青的梅朵。

"今天早晨，我们那高傲尊贵的梅朵姨，"凤知微浅笑，"曾很难得地抓住本大妃的腰带乞求，当时我们身边很多人在，都可以做证。"

"那又怎样？"梅朵梗着脖子，脸色虽然难看，嘴上却一句不让，"我碰你一下就是我下了毒？我曾经拼死救护大王，我救他时你还不知道在哪里！我怎么会和克烈勾结，去害你，害大王？"

"你对大王的救命之恩，可不可以少说两次？"凤知微懒洋洋地唇角一勾，"拜托，我来才没几天，已经听你说了十几次，都快能背下来了。我们中原有句话，叫施恩不望报，如今到了草原我才明白，原来这里，施恩是必须要加倍报还的。"

台下有人哧哧地笑——梅朵仗着当年对世子的救命之恩，在草原盛气凌人，众人多有些厌烦，只是刘牡丹和赫连铮都没说什么，别人自然更不敢讽刺，如今凤知微说得丝毫不留情面，很多人听得极其痛快。

"你少讥讽人！"梅朵又羞又恼，"我没有就是没有！"

"你说你不可能害大王，可我也没说你害大王。"凤知微淡淡道，"你想害的，不过是我而已。我不死，梅朵姨妈怎么能做上梅朵大妃？"

"你……"

"还是问问你新结交的朋友吧！"凤知微冷笑，一指被宗宸抓住、目光始终充血瞪着克烈的娜塔，"问问她给你的到底是什么东西？"

梅朵霍然扭头，盯着娜塔，可娜塔根本不理她，嘴一撇道："看我干吗？你有你想要的，我也有我想要的，事情一起做，后果一起担，没说的！"

娜塔一扭头又对凤知微道："你说的那些，她不认我认。梅朵那天因为换屋子的事恨你，我便教了她给你下毒。我肚子里的孩子不是赫连铮的，那些甘州的事情，是克烈告诉我的，你们要杀要剐我随便，我就一个要求——那混账也得死！"

她一指克烈，眼神凶狠如狼，当真是恨毒了他，不惜拖着这无情无义的负心郎一起下地狱。

"所有人都会在他的位置，所有人都该有一个宣判。"凤知微一笑。

"那也要你能宣判得了。"远远地，一直仰望天色的克烈突然也一笑。

随即天色突然暗了下来。

这一阵暗沉来得极其浓重，像是一口铁锅突然扣在了草原上。黑暗降临的时刻，原本空气中流动的肉香和草木香突然都消失无踪，只剩下一股奇怪的腥气，若有若无地冲在鼻端。

黑暗中一阵骚动，有人惊叫："大地狱神通！"

凤知微没听懂这是什么意思，却忽然想到刚才有人说的克烈出身雪山邪教的话，何况他们一直盯着克烈，却一直对这人一身诡奇的武功来源何处无解。难道这是克烈的保命手段？

不过听底下的惊叫声此起彼伏，似乎草原中人对这个邪教很有些畏惧，有人似乎已经趁乱逃离，高台上的族长们也十分惊惶，有人跃下高台。

赫连铮追了过来，直奔凤知微的方向。凤知微盯着那片黑暗，眼光一闪，觉得这倒是个好机会，随即一边扬声招呼顾少爷："顾兄，小心，穷寇莫追——"一边挥了挥衣袖。

一片混沌中，有人无声无息地掠上高台，掠过懵然不觉的族长们的身侧，直奔委顿在地的达玛活佛。

片刻之后，黑暗突然散去，像是呼啦啦落下的幕布被抽走，连那铁腥气都荡然无存了。草木香和酒肉香里，台上只剩下寥寥数人。

娜塔不见了，宗宸也不见了，梅朵被扣在赫连铮手里，赫连铮另一只手还紧紧抓着凤知微。

在场的八位族长只剩下五个，另外几个有点狼狈地落在了台下王军中央。

更远一点，顾南衣堵住克烈的地方，两人都不见了。

"达玛阿拉！"

一声惊呼惊醒了还有点蒙然的众人，他们转回头来才看见达玛活佛的头，不知何时已经软软地耷在一边。

"阿拉！"

天边金光一闪，掠过云层之上，众人仰头去看，只看见苍鹰高远地飞过。

四面隐约泛起一阵异香，达玛活佛突然偏了偏身子，挪了个方向，随即一只手缓缓抬起，向那个方向指去。

所有人都白着脸色，砰然跪下，都知道，活佛要圆寂了。

历代活佛圆寂前，都有异象，并会在临终前以法体或预言，预示下一代活佛的所在。

按照呼卓供奉的长生天教义，代代活佛传承分为两种，一种是前代活佛死后转世，一种是前代活佛的魂灵托付新主，无论是哪种，都需要活佛死前给予喻示。

空气中的异香越发浓重，高台上的族长们也齐齐跪倒。历代活佛都在呼音庙圆寂，达玛将成为第一个在万众目光下圆寂的活佛。众人此刻心中却已经没有了荣幸和膜拜之感，大多数人甚至在暗暗庆幸——活佛在此刻圆寂，倒免了大家对刚才大妃指控的活佛之罪的处置为难，挺合适。

至于为什么在此刻圆寂，倒没有人多想，达玛本来就是风中残烛，所有人都预计他活不到下个春天，如今这事一出，心志一摧，就此圆寂完全正常。

异香浓郁，四面屏息，偌大的草原寂然无声，等待一个老人的时代就此逝去。

人们伏跪于达玛身前，以额触地，小喇嘛们诵起经文，有人燃起梵香。浓密的淡白烟气里，凤知微似笑非笑地注视着达玛，像一尊诡异的像。

你一生凭借神的名义，遥遥在这草原云端，而我今日便要叫你知道，控人者终将被人控，生死由我，不由你的天。

淡白烟气里，达玛最后一次努力抬起眼皮，在一片朦胧摇晃的视野里，盯视着凤知微。

一生平静的长生天之子，长生天教义的领路人，在生命的最后，终于闪现出愤恨的眸光。

无法控制的愤恨……

他努力地动着手指，想将自己的手指和身子转个方向……这不是他想要指向的方向，他的转世或附身……不在那里……

　　对面，所有人都深深伏面于地，不敢亵渎这草原上最神圣的逝去，只有那女子昂着头，唇角微弯，那么有趣地瞧着他。

　　像瞧着笼子里的猴戏，抓耳挠腮，费尽心思，却不过是别人手中的玩物。

　　竟然连别人的死，她都想拿来利用……

　　达玛蜷缩着手指，一点点想将指向王庭某个方向的手指缩回来。

　　然而他听见了一声轻微的咔。

　　极轻细的一声，像是谁在长天之上，玩笑似的掷了一把骰子，掷出他人最后的命数。

　　又或是他的神祇，无声拨断了命运的终弦——

　　有什么在崩塌，有什么在断裂，有什么在沉没，有什么在不甘中永久化灰。

　　达玛的手指，定在了原地。

　　头颅，无声无息地俯到胸前。

　　四面的香气，腾腾地漫开来。

　　"阿拉！"

　　恸哭和呼喊，瞬间潮水般淹没了午后的草原，一片灿烂的金光里，无数人跪转身子，惊愕地看着达玛活佛临死前身子的朝向，以及手指指向的方向。

　　王庭，后殿。

第八十八章

活佛

王庭后殿里，很明显没有即将出世的婴儿，那么第十七代的活佛传人，就是灵魂附体那一种。

呼卓教义里的活佛灵魂附体转世，多半发生在幼儿身上。众人一边忙着收拾达玛的法体，一边去呼音庙报信，请来护法大喇嘛准备举办法事，并为达玛进行火葬。

呼音庙离王庭并不算远，快马半日来回，其间，众人一边焦灼不安地等候，一边频频张望王庭后殿的方向。

"去找找顾兄。"凤知微示意淳于猛，有点担忧地望着顾南衣失踪的方向，又道，"那克烈有点邪门，多带点人，小心点。"

淳于猛点点头离开了。赫连铮坐在凤知微身侧，对她左看一眼右看一眼。凤知微含笑偏头看他，"怎么？"

赫连铮半晌不语，睫毛垂落，盖住七彩流光的眼神。

有一肚子疑问想问，比如达玛是怎么死的，比如达玛最后那个有点别扭的手势……然而话到口边，却又咽了下去。

有什么必要问呢？她总是为他好的，他相信。

她眼神云遮雾罩，谁也看不清她真实的心绪，然而那云雾背后，他知道，有一处属于他的草原。

就算她血雨腥风翻覆手，摆布这天下棋局无双谋，他却也只愿做个痴愚男子，不去探及那些机谋背后令人心寒的真相。

喜欢她，成全她，天地广大，由她。

前方传来骚动，呼音庙的四大护法喇嘛到了，想必四人在路上已经听说了今日发生的事，脸色都不大好看。

"活佛圆寂前指向哪里？"为首的大喇嘛一到便问。

众人全部无声地指向王庭。

四人都愣了愣，面面相觑。

达玛活佛在离开呼音庙前，曾经说过自己也许会一去不回，并留下遗言，要求护法喇嘛将来按照他的临终姿势去寻找下一代活佛。如今这话，竟然应验在王庭。

活佛转世，转在了这么近的地方，还真是多年来的头一次。

然而达玛的手指，那么牢牢地指向那个方向，众目睽睽之下，谁也改动不得。

四大护法喇嘛带着弟子们，捧着达玛生前的法器奔向王庭后殿。

后殿那个方向，正是赫连铮和凤知微居住的地方，一个宽阔的大院子，林林总总地住着所有他们亲近的人。

幼儿也只有两个，察木图和顾知晓。

刘牡丹一直跟到后殿，眼中闪动着喜色——如果活佛的转世灵魂附身于察木图，那么一直困扰着她的赫连铮命硬的问题，也便解决了。

门被打开，奶娘怀里一岁多的顾知晓和半岁的察木图正睡得香甜，蓦然被人声吵醒，随即，睁眼看到这么多神情严肃的陌生大人，察木图立即受到惊吓，大哭起来。

顾知晓倒没哭，乌溜溜的眼睛转啊转，小鼻子一嗅一嗅的，那么大点年纪，竟然露出了点像是思索的表情。

首席护法喇嘛神情凝重地跪在了门口，将达玛活佛生前最常用的一串沉香佛珠和先前那个包铜乌金法器轻轻放在身前。

毡毯卷起，呼音庙的喇嘛和族长们跪在阶下，人人屏息凝神，四面静无人声。

奶娘被这庄严的气氛所惊，放下了两个孩子。长长的地毡尽头，察木图哭了一阵，见无人理睬，只得自己在地毡上慢慢爬动。

察木图自小便长得健壮，才半岁就腿脚有力，这么慢慢爬，竟然直向着达玛的遗物而来。

众人露出喜色。

凤知微远远站在院子门口，负手而立，看也没看这边一眼，只皱眉想着小呆怎么还没回来，这么重要的时刻——

察木图爬到两件遗物前，一把抓起那佛珠。

护法大喇嘛颤抖着嘴唇，欢喜地张开双臂来接。

察木图小拳头一松，佛珠掉落，砸痛了他的脚趾，他哇的一声再次大哭起来，抬脚就要踩佛珠。

大喇嘛赶紧将佛珠从他脚下抢出来，脸上露出失望的神色。

到了这一步，基本也就可以确定不是察木图了，可大喇嘛犹自不死心，将那法器向察木图递过去，察木图却已经扑向赶来的奶娘怀中，大哭着推开法器，小脸全部皱在一起。

所有人都失望地叹了口气。

首席喇嘛犹豫地看着手中的法器，然后和身边三名护法对视一眼，迅速取得了一致意见，随即垂下眼皮，将法器和佛珠快速收起。

几位族长目光都一闪，却也都没说话。

很明显，呼音庙的喇嘛不想让顾知晓接触达玛的遗物。这孩子虽然来历不明，但却是大妃收养的，一旦被认定为活佛，以后草原上，这位令人捉摸不透的大妃，将再无掣肘。

历代男活佛转世或附身女佛的虽然少，但也不是没有，没有人敢冒这个险。

遗物即将收起。

奶娘得到授意过来，将顾知晓抱起，试图将她抱走。

凤知微远远负手看着，眼神里有一丝笑意。

一直盯着那两样东西，小鼻子一嗅一嗅的顾知晓，突然咯咯地笑起来。

随即，她在奶娘怀里挣扎地扭起身子，身子前倾，探向大喇嘛的方向，示意奶娘带她过去。奶娘犹豫着，顾知晓便立即抬手去拉她的头发。

众目睽睽之下，这种愿意接近活佛遗物的举动，立时引起一阵骚动。大喇嘛再也无法装聋作哑，僵着脸，将两件遗物缓缓放在地上。

顾知晓蹬着奶娘，逼着她把自己抱到遗物前，咯咯笑着，将自己肌肤细致的小脸，贴上那光泽沉润的法器。

她闭着眼，神情沉醉，身后香炉里烟气袅袅，淡白烟气里，她巴掌大的小脸看来竟突然多了几分庄严静谧之气，如一朵圣洁的莲花，开在云端之上，九霄之中。

首席大喇嘛高宣一声佛号。

梵唱声起。

所有人无声伏下身去。

顾知晓咯咯笑着，因为那佛珠上的气息而陶然沉醉，浑然不知，就在此刻，她的一个动作决定了草原未来数十年的气运。

远处凤知微于暗影里露出一抹沉静了然的笑容，只是那笑容，怎么看来都有点不怀好意。

昨晚她去了达玛那里，趁挑油灯的时刻，无声无息地换掉了达玛的法器，那法器内部，布了一种宗宸自己研制出来的香粉，有点胡桃的气味，是顾知晓最熟悉的属于顾南衣的味道之一。凤知微看顾知晓太黏顾南衣，有意安排宗宸弄出来，好在将来顾南衣万一不在时，拿出来哄顾知晓。这小丫头从小鼻子就灵，对朝夕相处的顾南衣的味道特别敏感，今日法器一捧出来，她便嗅见了那若有若无的胡桃香。

达玛日日拿在手里的佛珠自然做不得手脚，但是不常使用、常由小喇嘛捧在手中的沉重法器却可以。

顾知晓抱着那法器，嘻嘻笑着，被颤抖着手的首席大喇嘛抱起。院子里的喇嘛偃伏如草，齐齐喃喃诵经，低沉而急速的音浪，如一阵风，传掠过千里草原。

该来的要来，该走的要走，陈旧的被扫荡，新鲜的被捧出。

第十八世呼克图活佛，出世。

等到顾南衣追逐克烈回来，他家顾知晓已经换了个身份。

顾南衣听凤知微解释了半天关于活佛的问题，始终不置可否，却在凤知微终于解释完毕的那一刻，一针见血地答："被卖了。"

凤知微默然，心想，谁说少爷呆的，这才叫犀利。

顾知晓懵然无知地缩在顾南衣怀里，把那个神圣的法器当玩具嗅来嗅去，达玛的佛珠却被她抓在手里揉来揉去毫不顾惜，如果首席护法大喇嘛看见这一幕，八成这"灵童"也就被拆穿了。

本来顾知晓应该立刻被送往呼音庙的，但是顾知晓在大喇嘛试图抱走她时大哭不止。最后赫连铮出面挽留，表示灵童还小，不妨在王庭寄养，而且真正坐床册封还要等朝廷派出使节参与办理，到时候再决定是否去呼音庙也不迟。喇嘛们只好放手，先去主持操办达玛的葬礼，并让赫连铮快马将灵童上报朝廷批准。

王位继承仪式最终没有完成，酥酪有毒，活佛圆寂，灵童幼小无法主持，于是赫连铮自登高台，朗朗一笑，道："札答阑王位受命于天，心中自有大光明，醍醐灌顶，自在成人。"随即自己给自己加了王冠，跳下台便去指挥王军包围加德的叛军去了。

他转身前深深看了凤知微一眼，最终却什么都没有说。

凤知微回想着赫连铮的眼光，心中叹息，这也是个聪明人，却由得她在草原翻云覆雨，给了她常人难以给予的无上信任。

这是心怀比天地朗阔的男子。你弱，他以全心爱护你；你强，他以一切成全你。

"克烈跑了？"沉思半晌后，凤知微收回思绪，问顾南衣。

顾少爷不说话，似乎很不高兴的样子。宗宸推门进来，道："克烈果然出身邪门。我以前听说过，格达木雪山有一个呼摩教，据说最远可以推溯到数百年前的某神权教派。这是其中的一个分支，渐渐入了邪道，武功诡异驳杂，犹擅幻影迷阵之术，今天那黑雾就是他们的障眼法。克烈出身低下，幼时曾被放逐到雪山，大概就在那时拜入了这教下。"

"连顾兄都没跟上？"凤知微十分惊异。宗宸道："是我赶去半路拉回了他，边境的诡异教派，有些伎俩，非中原江湖人士所能掌握，何况……所以我不能让他孤身涉险。"

凤知微点点头，道："娜塔是不是和克烈一起走了？"

"不是。"宗宸道，"我当时急着去追回南衣，只觉得有人从我身侧掠向娜塔，应该是弘吉勒一直派人混在人群中，趁那一阵雾起，救走了他女儿。"

"救走也好。"凤知微笑笑，"娜塔现在对克烈恨之入骨，弘吉勒应该也转过弯来了——想必当初克烈和他商量好了这假冒王裔之事，许诺过事后和他平分草原，然而克烈狠毒心性，将来哪有他的好结果。敌人的敌人，就是朋友，让金鹏部和火狐部去狗咬狗好了。"

两人在那里讨论，那边顾知晓讨好地啊啊扑向顾南衣，把那佛珠往她爹手里塞。顾少爷哪里肯要别人的脏东西，一撒手就扔了他家顾知晓的心意。顾知晓立刻含了一泡眼泪，雾气蒙蒙地看着她爹。

她爹不为所动，自顾自地吃胡桃。顾知晓对于胡桃这种神秘的食物垂涎已久，再次啊啊地和她爹要。她爹递了个壳给她……

顾家娃娃锲而不舍，想了半晌，抓过那佛珠塞给凤知微，然后把她的手推向顾南衣。凤知微忍住笑，不用力气地让顾知晓推过去。顾南衣偏过头，犹豫了一下，用手指将佛珠拈起，一副"其实我真的很嫌弃，只是我给你面子拿一下而已"的模样。

宗宸一直笑着看，乌木面具后目光闪动，半晌道："南衣对你，与众不同，连知晓都感觉出来了。"

凤知微僵了僵，缩回手指，笑道："许是我看起来比较温和。"

宗宸一笑，摇摇头，淡淡道："我几乎算是看着他长大的，就算是相处十多年的人，他也未必愿意接近。"

凤知微默然不语，岔开话题："知晓也有一岁多的年纪，怎么还不开口说话？"

"一个人如果一生始终懵然不知，未尝不是一种幸福，最怕的是被开启后，却又遭遇拒绝。"宗宸却不让她回避，固执地拉回话题。

凤知微垂下眼帘，注视着自己的手指，这双手，如果坚持要拉开那人沉静封闭的天地，会否最终为他拉开的不是五彩斑斓的新人生，而是另一种苦痛和磨难？

身侧顾南衣安详地坐着，顾知晓扑在他膝上。白色面纱后似乎可以看见那人眼眸如星子，而唇角有淡淡的月色一弯。

这般静谧美好，连淡漠的宗宸，都忍不住试图维护。

凤知微坐直了腰，试探着微微向后挪了点距离，而身侧的顾南衣立即察觉，抬头看她，然后很自然地坐近了些。

凤知微腰背有点僵硬，不动了，隐约听得宗宸叹息一声，悄无声息地出去了。

门被拉开的声音有点尖锐，刺得人心口有点发紧……

有点尴尬的沉静中，忽然听见门外传来尖厉的吵叫声。

"我不走——我不走——我死也要死在这里——"

是梅朵的声音。

凤知微舒了一口气，快速站起身走出去，果然看见梅朵衣衫凌乱、披头散发地从前殿跑过来，身后跟着一群满头大汗的护卫。

看得出来，梅朵多年来在王庭的地位跟太后似的，余威犹在。护卫们束手束脚，她一路在王庭横冲直撞，竟然撞到了目的地。

"我为了救大王，什么都没有了，你们不能这样对我！"梅朵疯子一样跑过来，直扑凤知微这里，"凤知微，你这贱人，是不是你，是不是你搞的鬼把戏？你不如杀了我，杀了我——"

"那成！"凤知微负手立在台阶上，看也不看她，断然一喝，"想死，容易！"

她一摆手，华琼冷笑着冒出来，啪地扔下三样东西。

匕首，白绫，药瓶。

"我们中原，要人死，就这么三件东西。"凤知微笑眯眯地道，"一个叫死得快，一个叫死得紧，一个叫死得烂肝肠。同时，这也是给有身份的人才准备的东西，保留你尊贵的全尸。我想，这也对得起你为大王所做的牺牲了，你自己选吧。"

梅朵呆呆盯着地面上那三件东西，一时似乎对凤知微竟然真的准备好了自杀的东西反应不过来，僵在那里不动了。

"请，请！"华琼冷笑着将三件东西往她面前踢了踢。梅朵浑身一颤，下意识地向后退了退。

"你当初救下大王的那功劳，"凤知微居高临下俯视着她，眼眸淡漠，"这许多年王庭用最尊荣的待遇早已还了你，就算你觉得没还完，昨日你对我下毒也已经抹杀干净了。别人眷顾你，你再不知分寸，就是自寻死路——要知道，你对我可没有救命之恩，却有下毒之仇，我要杀你，谁能拦我？"

梅朵看看地上那三件东西，又仰头看看她。台阶上的女子眼眸深沉，冷漠如斯，令人相信，她没有不敢做，也没有不能做的。

"阿札——"发愣片刻后，她撕心裂肺地叫起来，"你来救救我，你来救救我，这么多年，我带大了你，你不能让我就这么被这头母狼给胡乱嫁到关内，嫁给那些脑满肠肥的老头子！"

"关内德州马场场主，年方四十，有三子一女，为人老实，家产丰厚。"凤知微淡淡挽着袖子，"这位并不脑满肠肥的场主，是我在十多人的名单中挑选而出的，并经大王亲口同意。"

听见最后一句的梅朵，如被雷击，傻在当地。

"大王顾念你当年恩义，给你一个机会。你若不要，很好，大妃我其实更喜欢你不要。"凤知微伸手一引，"三选一，快点。"

梅朵瘫在匕首之前，半晌，抖抖索索地伸出手够向匕首。凤知微冷眼瞧着，眼神不曾波动一丝。

梅朵磨蹭半天后，猛一咬牙，恶狠狠抓住匕首，紧紧抓住，抬眼直视凤知微。凤知微还是一动不动，面带微笑，一脸期待地看着她。

两人用目光较着劲，四面屏息无声。

半晌，呛啷一声。

匕首跌落尘埃，同时跌落的还有梅朵。她捂着脸，在地上哭得撕心裂肺。

凤知微一挥手。

立即有人抬了一顶红色轿子过来，三下五除二给梅朵换上一身红袍。两个五大三粗的喜婆揣着麻绳，将她给塞了进去，随即，自己也跟进去，门神一般一左一右坐着。轿夫立即飞快地抬起轿子转身。一个汉子赶过来，抬手砰地放了一炮。

　　"恭贺梅姨出门之喜。"凤知微一挥手，"去一千人送嫁！"

　　送嫁队伍，自布达拉第二宫迤逦而出，载着哭得天昏地暗的梅朵，行往遥远的中原。

　　与此同时，近在咫尺的天盛和大越战场，也传来战局再变的消息。

第八十九章

重回

梅朵的送嫁队伍迤逦出草原的那刻，凤知微正在翻看由宗宸提供的来自各地的密报。

顾南衣和宗宸手下的这个属于她的组织，到底势力有多庞大，她并没有问过，只隐约知道宗宸消息极其灵通，并且似乎这个组织，只有一部分是留在她身边，还有一部分散落各地，至于到底都是些什么身份，做些什么，她便不知道了。

宗宸曾经说过，她知道得越少越好，不知道，在某些机诈之中才能显现出真实的懵懂，不被人所疑。

凤知微深以为然，内心却对宗宸的身份有了确定——四大世家中精擅医道的轩辕氏，早年中兴之主承庆帝轩辕越，曾化名姓宗。

在那本由宗宸给她的、助她平步青云的小册子中，那女子曾经那样一遍遍地写："宗越，宗越，只愿花常开，人长在，一生知己，永不相负。"

但愿人长在，人长在，然而那位英华夭娇的轩辕大帝，最终不过在位五年。

凤知微在离京之前，曾经搜罗了一部分大成国史，从中隐隐得到了一些信息。

当年大成荣盛极于一时，当时五洲大陆除孟扶摇的大宛外，尚有大瀚、轩辕、扶风、大燕四国，其中扶风自愿为臣属之国。据说，五国帝君当年各自有一段情谊，神瑛皇后在世之时，曾立誓互不侵犯，但历经数代至十数代后，随着大成的越发强大，国事变迁，诸国渐渐臣服于强成之下。

大成一百二十七年，大燕归顺。

大成二百一十五年，轩辕末代帝君轩辕璟逊位。

大成三百二十九年，大成玄景帝夺大瀚国都，大瀚灭。

至此，天下一统，广袤万方的土地之上，只留大成火红的凌霄花旗帜飘扬。

数百年前，那英风明烈的奇女子，于长青神山之上发出的琅琅誓言，终被漫漫时光湮灭，连同那些热血传奇、绝代儿女，那些她和他们写在岁月长河中的一见惊艳、一生相许，最终都留在了历史背面，不复为人记起。

据说，当年五国帝君的继承人，因为那互不侵犯的誓言，都曾询问过将来要遵守到何时。当时大瀚帝君一声朗笑，"这天下，谁爱要，谁拿去。"

轩辕帝君低咳道："不要拿这种无聊的问题来问朕。"

大燕帝君遥望陆地之南，神态淡然，"得之，我幸；失之，我命。"

而大成帝后携手宫阙之巅，闻言亦云淡风轻，"管得了今时，管不了后世，向来无铁打的江山，便是我大成，就算今日繁花着锦、富盛一时，将来也难免子孙不肖、四海不宁，那又何必操心那么多？"

这是野史里流传的故事，至今铮铮飞扬着绝代五圣的旷朗风华。据说，那个故事的最后，神瑛皇后还曾对着长青神山终年不化的积雪，给子孙后代留下了一条铁训，至于那铁训的内容是什么，只有大成皇族后代的长孙才能得知。

而当年退出朝堂的皇族们，想必也曾给子孙后代留下了维护大成皇族血脉的遗训，然而时事变迁，沧海桑田，如今看来，仍然记得并遵守誓言的，只有轩辕氏了。

这位皇族后代，个性宽和，曾于凤夫人逝后，和凤知微暗示过，他的组织服从凤知微的一切调遣，并永久保护她的安全，而至于这把握在她掌心的剑，是用来保护自己，还是出鞘伤人，由她自决。

凤知微对这个问题，不置可否。

有些事走到最后，常常便是四个字：身不由己。

"秋尚奇重伤不治，淳于鸿提为主帅，朝廷可能派来监军。"凤知微在油灯下翻着密报，忽然抬头看着宗宸，"秋尚奇……真的是战场受伤？"

宗宸默然半晌，答："不是。"

凤知微沉默，没有继续问下去，一时间心中有微微的凉意。

当皇嗣案爆发，宗宸必然会从各个角度，掐断所有可能暴露她身世的线索，所以，秋夫人突然重病不能言；所以，秋尚奇在北疆"被流矢所伤"。

一条性命的保全，需要那么多牺牲，而且，由不得她拒绝。

她已在不知不觉间，背负了那么多条性命。

"大越临阵换帅……"凤知微又翻开一封，"战事胶着，大越皇帝不满，本来派三皇子安王晋思羽监军，不想这位殿下监了没两天，临阵斩将，竟然自任主帅！"

她啧啧赞叹一声，道："好，好，竟然敢冒天下大不韪临阵斩将，这位何许人也？我以前对境外各国不甚关心，竟然没听说过。"

"这是大越的嫡出皇子之一，听说很受皇帝宠爱。大越和天盛不同，一直没有立太子，而这位呼声最高。"

"个性如何？"

这回连宗宸都沉默了一下，半晌才道："难以捉摸。"

能有看似温和其实眼高于顶的宗宸如此评价，那这位大越新主帅，看来着实不是个简单角色。

凤知微笑了笑，又换了一封。

"西凉国主驾崩，一岁半的皇太子即位，太后临朝听政。"凤知微"咦"的一声，道，"殷志谅死了？"

"据说死了有阵子了，一直秘不发丧。"宗宸道，"直到确定顾命大臣，皇太子才以幼龄即位。"

"为什么秘不发丧？"

"不知道。西凉在殷志谅驾崩后，似乎乱了一阵子，只是被小心掩住了。天盛那段时间，北疆有大越战事，南疆有常家变乱，便没有顾及西凉这边的异常，倒是我们当时有一部分人在靠近西凉的闽南境时，隐约得到了一点消息。然后直到现在，皇太子才即位。"

凤知微一笑，将密报撂开，道："说到底那是别国的事……这是什么？"

密报中夹着几张笺帖，不是天盛的风格。

"是密探从西凉转来的一些文书拓版，正是从这些西凉内政往来的文书中，我们看出一点殷志谅驾崩后的西凉，曾经按下了国主的丧信。"

凤知微正要看，身侧的顾知晓突然爬过来，抓过她手中那几张笺帖，在小肥爪中揉啊揉。

凤知微要拿回来，顾少爷已经开始"助纣为虐"地帮他家顾知晓拿那几张笺帖叠纸玩，两只笔猴也不甘寂寞，一边抓一角地一拉。嚓一声，好好的笺帖一撕两半。

凤知微柳眉倒竖，准备把那几只抓过来揍屁股，宗宸却打圆场，"没事，也就是个附言，不是重要的东西。"

"孩子不能惯。"凤知微叹口气，苦口婆心地教育她家那死心眼的顾小呆，"女孩子惯坏了，长大以后会很麻烦。"

这个万事不在心的人，为什么就比她还会惯孩子呢？

"不要学你。"顾小呆专心地给他家顾知晓叠纸，头也不抬，"知晓要快乐。"

顾知晓感动地扑过去，用不多的几颗糯米细牙啃他的手指，然后被她爹嫌弃地推开。

凤知微垂下眼帘，微微抿了抿唇。

他是在说，不希望顾知晓像她这样，一生被所背负的拘束，做不得自己吗？

这实心的玉雕啊，从什么时候开始，看得如此清楚，又如此语气清淡地用他的方式来疼怜。

那边顾知晓咯咯笑起来，顾小呆的叠纸叠好了。

叠得很简单，细长的叶子形状。凤知微微怔了怔，认出那是她曾经教顾少爷做过的叶笛。

草原上树很少，顾少爷已经很久没有吹过他的叶笛了，所以念念不忘，连折纸也折了一个。

顾知晓啊啊地去要，顾少爷却让开她，怔怔凝视着手中的纸叶笛。

一瞬间想到陇西暨阳府那夜，她在他身侧，看他翻飞着叶子的柔软手指，眼眸里有欲流的星光。

又或是在他真正懂得什么叫死别的那几天，他在屋顶上淋着雨，吹那叶笛吹到唇角绽血。

那冰凉而微咸的感觉，或许就是人生百味里，那种叫作苦的况味。

也许他更喜欢以往那些永恒的平静，但是现在，他愿意去懂那些。

懂得什么叫苦，就会懂得什么叫苦后的欢喜。

将那纸叶笛攥在掌心良久，他起身，找了个盒子，将它小心地装了进去。

顾知晓懵懂地坐在地毯上，不明白，为什么她爹为她叠了个玩具，却最终不肯给她，而是这么宝贝地收起来。

明白的那个人，沉默地抱起她，将脸贴在她细瓷般的小脸上。她的面容亦如这春花般娇嫩，而心却已在流水般的时光里老去。

有些不能言的情感在流水般的时光里走向苍老，有些欲待爆发的事端在流水般的时光里走向成熟。

入夜的边界小镇。

往北走是草原，往南走是中原，明天，在这个名叫回尧的小镇上，前来迎接梅朵的迎亲队伍，将和草原王庭的送嫁队伍交接，德州马场的场主，将带回他的续弦。

赫连铮派出了最亲信的青鸟部下的护卫送嫁，而黄金狮子部虽直属王庭，多年来却受梅朵威压，所以为了避免生出事端，不仅护卫选了梅朵不熟悉的王军，连梅朵身边侍候的女奴都一个没带来。

庞大的送嫁队伍包了小镇上所有的客栈，将梅朵那间屋子团团守护在正中，院子里轮班值卫，灯火通明，再几个五大三粗的婆子轮班看守，梅朵就算想死，都没机会，更不要说和别人说一句话。

凤知微说过了，对梅朵的一切待遇都尊荣如故，但绝不允许她出任何事，也不许任何人和她搭话，违者自己提头来见。

草原王军自近期的一连串事件后，再不敢对中原女子有任何轻视，对于这位令行禁止、心思深沉的大妃，更无人敢于违拗她的命令。

梅朵坐在屋子里，呆呆对着灯火，眼泡红肿如桃，一路上哭闹了三天，撒泼、收买、求告、装病试图逃跑……什么办法都使过了，可所有的办法都无功而返，四面人群如铁，沉默似巍巍高山，她往哪个方向钻，都会撞上不可飞越的墙。

过了明天，一切就尘埃落定了，德州距离王庭路途迢迢，她想要回来会很难，而成为他人妻子的她，也必然无颜再回来。

梅朵咬着牙，眼底露出绝望的神色，一边细细思索，一边无意识地攥揉着自己的腰带。

立即就有婆子过来，坐在她身边，目光灼灼地盯着她的手，像是生怕她抽出腰带立即就挂上梁自尽一般。

梅朵苦笑了一下，松开手。

门吱呀一响，看见一个婆子走进来，先前那个婆子松口气，笑道："你可来了，那我去睡了。"

后进来的婆子略点一点头，前一个婆子打个哈欠出门去了。

后一个婆子一屁股坐在梅朵身边，动作僵硬。

梅朵绝望地叹口气，从桌边起身，往床边走去。

"你还想回去吗？"

有点熟悉的男声，惊得梅朵浑身一颤，霍然回首。

　　四面无人，只有那婆子正看着她，见她望过来，眼睛眯了眯。

　　这一眯间，目光如流金，生出无限勾魂媚色，恍然间便是一个人独有的风情。

　　"克……"梅朵一声惊呼险些出口，却被对方的目光给堵了回去。

　　"凤知微真是个厉害角色啊……"一身塞得鼓鼓囊囊、扮成婆子的克烈伸了个懒腰，"我教派几乎全部出动，从王庭一直跟到这里，那么多人费尽心思想尽办法，今天才能趁着他们任务快完成，有点松懈的时辰，找到一点漏洞，到了你面前……啧啧……"

　　"你是来救我的？"梅朵惊喜得不敢相信自己的耳朵。她平日里和克烈也没什么交情，这人连自己的妻小都不放在心上，居然肯费尽心思冒险来救她！

　　"就算是吧。"克烈低低地笑。梅朵立即转身收拾东西，"那我们现在走！"

　　"不用了。"

　　梅朵愕然转身。克烈迎着她的目光，盈盈一笑，"说实在话，我没办法从这里把你带走，而且以我和你的交情，似乎我还犯不着为了你，令我手下损失惨重。"

　　这话虽无情，却是实话，梅朵脸色灰暗下来，停了手，冷冷道："那你来干吗？"

　　"给你一个将来回来的办法。"克烈从怀里拿出一个纸包，"这是我教门中的奇药，用了之后，身上会渐渐出现一些紫青瘢痕，看上去像是遭受虐待所致，脉象也会有所损弱，其实于人身体并无妨碍。将来你只要能回去，再那个样子出现在札答阑面前，以札答阑素来对你的情义，你说……"他一笑住口。

　　梅朵想了一想，脸上绽出喜色，却依旧半信半疑，女性天生爱美，对这种药效直觉排斥，半晌道："我怎么相信你不会害我？再说这药的药效要是退不去……"

　　克烈又拿出一个小瓶，道："解药。"

　　梅朵望着药不语。克烈无所谓地挑眉，道："这种药是长期之后才会出现瘢痕，也就是说，你现在吃，在嫁过去之后才会慢慢出现瘢痕，将来才会更容易取信于札答阑，让他相信你被凤知微安排嫁进了虎狼之家，受尽苦楚，所以你要我现在吃给你看，也没用。你爱信不信，随便你，实在不放心，还我。"

　　说着便要去拿药，梅朵却一把夺过，将那纸包紧紧攥在手里，眼里闪动着森然的利芒，慢慢道："我从未被人逼到这个地步……便是死了又如何？如果不是还想着见札答阑一面，亲口问问他，那日我早就将匕首戳进心窝了！"

　　克烈淡淡瞥她一眼，眼中掠过一抹讥讽，转开目光不语。他眯着眼睛，想起初见时，在帐篷口看见那浅笑而来的黄脸女子，那个不动声色助札答阑解金盟之危，在即位仪式上一箭无数雕地连除他、加德、娜塔、梅朵、达玛等人的非凡女子。他想着她那黄脸垂眉之后为人所忽视的、无双精致的眉目轮廓——拥有那样轮廓的女子，怎么会是个丑女？

他盈盈地笑起，如狐的眸子光芒狡黠……草原之王做不做，没那么要紧，只是这人生若是没有了挑战和起伏，没有那些最美丽的鲜血和白骨点缀，还有什么意思？

真庆幸以后还是有的玩的……

他含笑，推过一杯茶。

梅朵咬着牙，目光闪烁。克烈笑吟吟道："这药还有个好处，你那个样子了，那个鳏夫也就不会再碰你了，将来你吃了解药，还能以完璧之身回到札答阑身边。"

不再犹豫，梅朵就着茶，吞下了包中的灰色粉末。

看着她一点不漏地吃完，克烈眼中的笑意更浓了。

梅朵静了一些，脸上渐渐生出一抹微红，她按住心口，轻喘一声道："你这药……你这药……"

"哦，忘记告诉你了。"克烈懒洋洋地道，"我先前在里面加了点催情的药物。"

"你——"梅朵霍然抬头，挣扎着要起，却发现全身绵软，失去力气。

克烈上前，轻轻抱起她。

他抱着她往床边走，含笑俯身，在她耳边，梦幻般道："那个老鳏夫，定然得了凤知微的嘱咐，对你严看死守，但是中原人很注重贞洁，只要你不是完璧之身，他心中对你嫌弃松懈，总有你逃出的一日……"

梅朵在他臂弯无力地挣扎着，想说什么，却发现连说话的力气都已没有。

帐帘垂下，衣物抛出，淡红影绡纱里，朦胧绰约，男子修长的身躯，将婉转柔软的女子覆起……

烛光幽幽灭灭地闪着。

半晌，一声低沉的惨呼响起。

那惨呼极其撕心裂肺，却没有能完全发出声来，似是被人快速用棉被给堵住，闷在了一片黑暗里。

黑暗中，床榻微抖，也不知道抖的是床还是人，也不知道抖着是因为欢乐还是痛苦。

烛光颤了两颤，灭了。

有低笑迤逦在室内。

"梅姨妈啊梅姨妈……当你这样烂着身体到了德州，你说那鳏夫，会不会认为，草原顺义王把自己用坏了的一个烂货扔给了他？会不会因此恨上札答阑和凤知微？这位马场场主，据说还有个不为人知的身世，和那位掌管前方粮草运送的禹州粮道很是有点关系……

梅姨妈，多谢你的牺牲，多谢多谢。"

室内渐渐迤逦开淡淡的血气，帐钩晃动，帐帘掀开，克烈漫不经心地分帘而出，穿好改装的衣物，离开时，修长的手指在门边的帐幕上随意一揩。

一道殷然的血痕。

当注定要带着满腔仇恨走向自己婚姻的梅朵，一心灰暗地进入德州的马场时，草原在新王和大妃的带领下，进入了全新的时期。

叛乱的加德，最终未能走出大营，被青鸟、白鹿、黄金狮子三族扼杀于当地。草原汉子不愿自相残杀，当加德以"大王身死，王妃作乱"为名，要出兵救王驾的理由被当场推翻时，属于他节制的两万王军立即退回大营。加德被三族护卫围困力战而亡，在他死后，昔日黄金狮子族长的家族被正式驱逐出草原。

加德之死，震慑了那群不安分的叔叔、伯伯、哥哥、大侄子，连势力最雄厚的库尔查家族都失败了，别人自然不敢再有异想，因为有异想的人都死了——某一晚，有一群叔叔、伯伯、哥哥、大侄子们帐篷聚会，第二天大王便亲切地召见了所有参加聚会的人，将昨夜他们谈的所有内容一一读给他们听，并根据他们的谈话内容做了区别对待，有赏座位的，有站着的，有被按跪下的，还有直接人推出去头回来的。

桀骜的因尔吉贵族从此噤若寒蝉——明明那晚四面看守严密，一个鬼影子都没，大王是怎么知道所有的谈话内容的？

而现在的王庭地位，也更加稳固——十八世活佛诞生于王庭，注定这一代的呼卓顺义王将是王权最为坚实、最为不可摧毁的一代，神权都生于王权怀抱里，人们跪着活佛的同时也跪着顺义王，还有什么说的？

火狐部因为克烈作乱，被逼着退出现有领地，并更换了族长，而领地内的乌金矿，赫连铮宣布强势收归王庭，由王庭每年根据收益和功劳给部族分成，避免了草原再次因为这个乌金矿陷入纷乱。

几乎在草原刚刚安定的那段时间，凤知微便开始了对因尔吉战士的训练。草原汉子，骑术和下盘功夫都相当了得，但和真正的中原高手比起来，作战技巧还有不足，便由宗宸亲自拨手下的高手训练，并在其中选择三千最优秀、最精悍、最忠心的因尔吉战士，另组成"顺义铁骑"。顾少爷有时候心情好，也会背着他家女活佛去亲自点拨两下。顾知晓天生就有极好的适应能力，无论是飞起还是降落，活佛都觉得奶爸背上天下第一爽。

宗宸还开出方子，针对草原人因为水土和生活习惯导致的体质不足，进行调养。之前每年草原初生儿在春季疾病高发期，都会死上一大批，但自从宗宸来了后，草原几乎就没有夭折的孩子。

在赫连铮王权稳固的同时，新一代的大妃，在草原也收获了不下于牡丹太后的威信和地位。

训练"顺义铁骑"时，后期的首领渐渐换成了一个姓魏的少年。

这个人物是这么出场的。

某日，战士们最为景仰的顾大侠带着一个蓝衫飘飘的汉人少年过来，观看铁骑操练。

很有表现欲的因尔吉战士都觉得最近自己突飞猛进，遂使出浑身解数，展现风采，等着那看起来有点纤弱的少年，表现出他的惊叹和赞赏。

结果那少年不动声色地看完后，只评价了三句。

"动作傻！力道弱！应变差！"

生生将三千彪悍汉子说青了脸。

那天那蓝衫飘飘的少年，迎着三千可杀人的、不服气的目光，单手下场，连挑三千铁骑的八位首领——大王的八彪亲卫。

八彪被打得落花流水，一败涂地，于是地上滚落了一地眼珠子。

"爬不起身"的八彪，趴在地上撑着下巴想，咱们跟着大王大妃，这演戏天分越发高超了，叫倒下就倒下，叫装死就装死，叫往左滚三圈，绝不往右滚四圈……

魏姓少年，轻而易举地获得了草原汉子的诚服，自此，时常出现在战士们的训练场地，和战士同吃同住。这人为人和蔼，极有才识，和战士们混得厮熟。

渐渐地，人们知道，这少年是个可怜人，于某次遇袭中失去记忆，茫然行走，一直流落到草原，不知其来处，不知其去处，只隐约记得自己姓魏。

善良博大的草原，接纳了茫然不知其所以的游子，就连大妃，也曾经设宴招待过这魏姓少年，而此举又获得了人们一致的赞誉。

一晃间已是数月，八月初秋，朝廷来使，主持活佛坐床仪式。

呼音庙为活佛准备了盛大的庆典，顾知晓第一次被迫离开她爹，十分不耐烦、不合作。凤知微威逼利诱着，威逼她不乖就让她从此一个人睡，利诱她乖就允许她和她爹一起睡，这才把十八世活佛搞定。

那位来使居然是个熟人，很熟很熟的那种——辛子砚。

神圣的坐床仪式上，香烟缭绕的呼音庙中，朝廷来使辛子砚和顺义大妃凤知微，在长熙十七年秋，在帝京七日之后，第一次相见。

相视微笑，揖让甚欢。

"大妃，别来可好？"辛子砚一个长揖到地，彬彬有礼。

凤知微望着他近一年不见微微泛白的鬓角，眼前突然掠过那年兰香院树上的月白色屁股。

那年，她救出他于他家河东母狮的菜刀杀手之下；不久后，他陷她于大成皇嗣第一案，致使她失去唯一的亲人。

这是仇人。

不过她早已学会了对着仇人微笑。

"托辛大人福，"她回礼优雅，"一切安好。大人可好？帝京居，大不易，但看大人神采焕发，想来甚为得意。"

辛子砚目光一闪，抬头看她，他一直不知道凤知微就是魏知，因此印象中只有这女子当初常贵妃庆寿宴斗诗的才华横溢，和金殿受封圣缨郡主随赫连铮别帝京时的漠然从容。如今一年后再相见，那女子从容如旧，而当初矫矫于金殿上的锋芒却已暗藏，温存和煦如潺潺温泉，可他却因此突然生出寒意，像看见长天之凤收起利爪，于皑皑雪山之上，偏头用精芒暗闪的眼眸看你。

目光如海般平静，只为随时可涌出将天地淹没的浪潮。

"不敢。"辛子砚垂下眼眸，退后一步，"一切托赖于陛下恩慈，托赖于楚王殿下宽和。子砚受主子们恩惠深重，诸般大小事，主子若有一时想不着，子砚必为主上勠力效命而已。"

他是在说，当初皇嗣案和宁弈无关，是他个人的意志吗？

凤知微淡淡笑起。

如果宁弈真的想保护她，金羽卫就不会在他离京后交给辛子砚。

如果宁弈真的从没想过动她，金羽卫对凤家的追查会在很早就结束。

如果没有宁弈的默许，有很多事根本不会行使得那么方便。

他是云端总控的手，手也许没有直接戳出刀，但是手一松，刀掉落，一样也能伤人的。

"是的，一切托赖于主子们的福泽。"凤知微越笑越可亲，"看来楚王殿下深受陛下爱重，想必东宫之位迟早之事，等先生回京，请代为祝贺。"

辛子砚抬头看她，犹豫了一下，才道："我暂时不回京，这话，还是大妃亲自对殿下说吧。"

凤知微怔了怔——辛子砚也会到北疆战场？宁弈将他的得力亲信派往北疆，是要彻底把持天盛军方吗？但是辛子砚一个书生，跑来有什么用？难道是来做监军？

"大人说笑了，草原帝京，迢迢千里，知微在帝京已无亲人，此生也不再有回归之日，想必无缘再得拜见殿下，真是遗憾！"

说着遗憾，她的表情却毫无遗憾。笑一笑，她转身，准备结束对话。

既然辛子砚你来了，那么很好，等着吧。

她身后，辛子砚望着她的背影，张了张嘴，一句话似要冲口而出，却在看见她决然离去的背影后，终于停了下来。

算了……她总会知道的。

坐床仪式后不久，便是顾知晓两岁的生辰。

顾知晓的生辰，目前只有凤知微知道，当初那个华贵的金锁片，看似没有字，凤知微却于某日就着烛火观赏时，在投射在墙上的光影中，看见了一排生辰八字。

原来锁片中空镂刻，只有透光才会显影。这是极其精妙的设计，寻常富贵人家都不能有。

中原风俗，矜贵人家孩子的生辰八字，对外报的都不是准确的时辰，以防被小人所趁。凤知微发现这个秘密后，更干脆，连日子都给顾知晓改了。

当晚，王庭花园的草地上，所有人围着篝火席地而坐，金黄的烤全羊滋滋地冒着油，火光映着顾知晓那通红的小脸，对着她爹笑得眉眼花花。

赫连铮用肩头拱拱凤知微，挤眉弄眼，"我发觉这丫头只有对着顾南衣才笑得最好看。"

凤知微有点吃味地道："当初最先抱起她的还是我呢，真是个吃里爬外的。"

"女人都是这样。"赫连铮长叹，"当初最先向你求亲的还是我呢，到今天你都没给我进你的房。"

"我主动进过你的房，你还不满意？"凤知微淡定地切着羊腿。

"你主动上我的……"赫连铮话还没说完，凤知微已经塞过来好大一块羊肉，将大王絮叨的嘴给堵住了。

"我说……你真打算……上战场……"赫连铮满嘴的肉，呜呜噜噜地问。

凤知微垂下眼睫，掩住流光变幻的眼神，半晌道："赫连，草原从来都应该是你一个人的，无论魏知回来不回来，都不应该牵涉到你的草原，你为什么坚持要我统带顺义铁骑？"

"我的草原，就是你的。"赫连铮咽下肉，拍拍肚子，"我管不了千秋万代、后世百年，但只要我在一天，你就必须被我保护一天。"

凤知微默然不语，长睫毛下的眼色迷蒙湿润。

赫连铮不可能不知道，一旦她选择以魏知的身份参与天盛对大越的战事，就意味着她踏出了重回朝局的第一步，意味着她将正式走上和宁弈对弈天下的舞台，是非生死，从此再不能回头，而作为深爱草原的草原之王，他应该选择装聋作哑、明哲保身，而不是义无反顾地蹚入浑水。

然而他，连犹豫都不曾有。

"不要告诉我你不需要保护。"赫连铮仿佛什么都不曾想，只在仔细地为她切羊肉，很细致地切成薄片，并一把推开想要来偷吃并偷听的牡丹太后，"不要告诉我你不寂寞。知微，我只希望你在走过黑夜的那个时辰，不要倔强地选择一个人。"

他用刀尖挑着羊肉，出神地咀嚼几口，然后突然把刀子一抛，站起身来，振臂大吼："凤知微，老子永远是你的！"

突如其来的吼声惊得众人全部傻傻抬头看他。牡丹太后张大嘴仰望着儿子，半晌嘴边连着一线涎水，吧嗒掉下一截羊腿骨。

"爹爹！"

忽然又是一声尖吼，声音细弱娇嫩，和赫连铮浑厚惊人的大吼天壤之别，然而其气势和杀气腾腾却丝毫不逊。

"你的！"

众人唰的一下转头，再次傻傻地发现，那一嗓子，竟然是那两岁都没开口的顾知晓吼出来的。

真是要么不开口，一开口便石破天惊。

顾家知晓，腆着个小肚皮，站在赫连铮身边，学着赫连铮的姿势，叉腰仰头大叫："爹爹！你的！"

她没法完整地说句子，只两个字两个字地吐，但所有人瞬间都听懂了，她是在学赫连铮那句话。

那一大一小迎风而立，庄严神圣。底下一堆人就火仰望，木雕似的。

宗宸突然开始咳嗽。

凤知微难得地忘记形象，叼着个肉片发呆。

八彪捂住肚子滚到草丛后面去了。

牡丹太后抱着她家的察木图，抓紧时间教育，"幺儿，你看，这就是榜样的负面作用，都是不学好的货……"

坐完月子没多久的华琼，急忙抱开他的儿子，以免受到不良影响……

只有养出那出口惊人的彪悍娃娃的顾少爷，依旧淡定如常，抱过他家小囡，把她因为大吼喷出的口水擦干净，指指凤知微道："她的。"

"你的。"顾知晓不依。

回过神来的凤知微开始咳嗽，拼命地想要阻止顾少爷接下来的话，可顾少爷一向把任何暗示都当作耳边风，抱起他家娃娃，脸对着脸，十分严肃地教育，"我是她的，你是我的，所以你是她的。"

赫连铮喷出一口水。

凤知微以手支额……拜托，顾少爷说话不要这么越来越流利好不好。

没听懂这句话却隐约感觉到她爹不要她的顾知晓开始大哭，声音尖厉如杀猪刀。

察木图立即跟着二重唱。凤知微无奈地堵起耳朵，在一片吵嚷中，看见草原尽头升起明亮的月色，月色下，人人唇角都有淡淡的笑意；看见她喜欢的人们围拢身边，一个不少。远处不知道是谁弹起了草原独有的东古拉琴，歌声沧桑而悠长。

天快亮的时候，凤知微惺忪地睁开眼睛，看见自己睡在顾南衣腿上，赫连铮睡在她腿上，牡丹太后枕着赫连铮的肚子，而自己肚子上放着察木图，顾知晓脸上犹自带着泪花，紧紧抱着顾南衣的腰，而那从来距离人群远远的少年，坦然在众人中间安睡。

而远处，隐隐响起急骤的马蹄声，响起刀枪出鞘的摩擦声，响起悠长雄浑的号角——吹彻草原。

长熙十七年八月，呼卓部以为四千战死的因尔吉战士报仇为名，再出一万军，进入天盛对大越的战场。

同月，顺义王妃怀孕，因胎位不稳在王庭闭门不出养胎。朝廷得知此讯，特命边境离州给大妃送去大量养胎药物。

长熙十七年八月，因对大越战事节节败退，天盛朝廷派出监军，并调集北疆边境离、平、禹、豫四州边军，及漠北道府军，总二十万，将与大越决战于禹州外的胡伦草原白头山。

第九十章

险救

征北主帅淳于鸿，有点焦躁不安地在主帐中来回踱步。

他帐中坐着的一群副将、参将及各营主将，都半仰着头，眼巴巴地望着淳于鸿。

在长达一年多的战事中，天盛、大越一直互有胜负，总体上是天盛占了上风，将原先已经占据北疆五县的大越打得不住后退，然而自从大越犯兵家忌讳临阵换将之后，反而气势高涨。新任主帅，那位安王晋思羽殿下，用兵诡诈，难以捉摸，先是收买呼卓部金鹏部，在东峨关战役中出卖军情，导致身为侧翼、担负侦查斥候任务的呼卓骑兵队几乎全军覆没，连带天盛左翼大军被打乱，被迫后退，撤出已经收服的杞县，之后在刘家沟一战中又突出奇兵，导致征北主帅秋尚奇在前段时间的双河谷战役中，中箭重伤，被送回帝京。

战局不利，天盛对越的国策却需要必须胜利，淳于鸿因此承担着巨大的压力——朝廷催战的文书一封接着一封，眼下却并不是贸然进攻的当口，连败之下，军心不稳，承担战场消息传递的骑兵又损失惨重，要是再有一败，战局将更不可挽。

"大帅！我愿领兵三千，今夜奇袭杞县！诸番连战，晋思羽手中的兵力其实并不多，还要维持住格达木山南脉以下的大营，分给杞县的兵力有限，杞县目前的守将方大成为人又暴躁冲动，若咱们来个出其不意，定可将杞县夺回！"

说话的人十分年轻，不同于其余将领久待北疆一脸风霜，他面皮白净，衣冠楚楚。他话音未落，四周立即有人掀起眼皮子，不咸不淡地看他一眼，虽然一句话不说，但眼神里满是轻蔑。

"姚公子。"有人打个哈哈，笑道，"杞县虽然兵力薄弱，但相邻的乔县离北大营很近，必然布有重兵，一旦对方发现杞县被袭，从千斤沟穿插过格达木山南脉来救，必将你前后堵成瓮中之鳖……呵呵，公子爷啊，你来北疆没多久，年轻气盛，立功心切，咱们都明白，只是这打仗不是读书，仅凭匹夫之勇……哈哈。"

那人一脸笑意，抚着膝仰首，一句话未说完，众人都露出会心的笑意。

"姚参领弃文从武，令人敬慕，大学士家风可佩。"淳于鸿连忙打圆场，"这样吧，格达木山脉有一批山匪，形迹可疑，我们都怀疑和大越有所勾连，不如请姚参领带一营兵去剿匪，也好解除我等后顾之忧。"

姚参领，正是青溟书院的二世祖之一姚扬宇。南海出了一趟差回去后，果然各有封赏，姚扬宇本来要补进兵部武功司任职的，他却不肯，自己请缨战场，和一批当初的同窗，都跑来了北疆。

这些人在淳于鸿等老将眼底，都是得罪不起又使用不得的大爷们，上战场也是为了积点军功好为日后晋升之本，哪能真让他们做什么？

"剿匪！"姚扬宇暴怒而起，一张小白脸狰狞扭曲，"那么三五百号人，叫我点一营兵去剿？杀鸡用牛刀？当我白痴？"

他一脚踢翻自己的小板凳，揣着一怀怒气，摔帘而去，将那些不屑轻视的目光抛在身后，直奔到一处高岗之上，对着塞外分外高远的天，大呼："啊——"

叫声冲上云霄，惊得苍鹰远远飞开去。帝京二世祖怔怔地站在草原高岗，触目四野是萧瑟秋景，草尖黄，凝白霜，转瞬离当初去南海，已经又将一年。

一年沧海桑田。

当初一起抗南海民潮，渡码头灾厄，整南海官府，破常氏奸谋，种种般般，何等跌宕起伏而又酣畅淋漓！然而不过一眨眼，那个自己真心钦服的、惊才绝艳的少年，已经自过往里湮没不见。

而南海一行，似乎所有人都不再是原来的自己，连殿下，从南海回京后，私下里也似换了个性子，风流不见，沉默寡言。

姚扬宇眼底露出一丝怅然，想着此生至今最痛快的日子竟然就是在那人身边的日子，然而随着那人的失踪，一切都不可重回。

身后有脚步声传来，一双手重重拍上他的肩。姚扬宇没有回头，知道是和自己一起入伍的青溟书院的同学余梁等人。

他们和他一样,在天盛大营里看似饱受爱护,其实深受排挤,郁郁而不得志。

"我说,"姚扬宇怔了半晌,忽然道,"你们记得当初魏大人曾经说过的一句话吗?"

"什么?"

"当初南海燕氏祠堂闹事,魏大人命赫连世子和我去开邻县的常平仓,当时赫连世子问,对方一定不肯,怎么办。"姚扬宇腮帮肌肉鼓起,冷冷道,"大人说,这个可以杀。"

身后余梁、黄宝梓等人,忍不住笑了笑,神情间有着淡淡的怀念。

"现在,我也想说,不给我战,怎么办?"

他霍然转身,哈哈一笑,大步下了山岗。

"这个可以战!"

"扬宇,你要慎重——"

"扬宇,不遵军令是杀头的重罪——"

营门前,一身软甲、装束整齐的姚扬宇自马上俯首,对自己几个同窗好友笑嘻嘻地道:"我哪有不遵军令了?叫我剿匪,我就去剿呗,至于剿匪过程中为了追敌不小心越跑越远,那也怪不得我是不是?"

"你带一千营兵,就想去夺回杞县?"反应较快的余梁猜到了他的意思,瞪大了眼睛。

"我什么都没说!"姚扬宇一扬鞭,带着他的兵,烟尘滚滚地出了营门。

身后,余梁、黄宝梓对望一眼,毅然翻身上马去追。

当夜,姚扬宇进入格达木山脉,将那批两三百人的土匪追得四处逃窜,渐渐便追出了土匪盘踞的范围,直奔杞县而去。

牛刀既出,便绝不会只满足于杀鸡。

姚扬宇天生便有些将才,他并没有急着进入杞县,而是趁夜在杞县外围,每隔数百米便挖一个埋锅造饭的坑,一直绵延向杞县二十里外的千斤沟。

杞县是大越前不久刚从天盛手中拿下的,而眼下天盛密集调兵,双方都做出大战的准备。杞县自认为这里不是主战场,何况相邻乔县就有重兵呼应,自然高枕无忧——城静谧,沉浸在月色中,城头上的守兵,支着枪杆半睡不睡,城外象征性地派了几个潜伏哨,被姚扬宇派人无声无息地袭杀了。

攻城进行得很顺利,很快,夜袭的天盛军无声上了城墙。城内兵力本就不足,又分散各处,等到守将方大成急匆匆赶出来时,姚扬宇已经占据城楼,领着人杀到了他所在的城守府。

方大成匆匆点齐亲卫，杀出城守府，指望着乔县来兵援助，谁知道那边始终没有援兵来——乔县守将到了千斤沟，看见无数埋锅造饭的痕迹，担心前方有埋伏，半路退回了。

方大成的亲卫拼死护持他逃出杞县，至此，姚扬宇已经算是大胜。余梁等人劝他穷寇莫追，姚扬宇却年轻气盛，想着阵斩敌将头颅才叫功绩，于是带着一百人追了出去。

眼看着快到千斤沟了，姚扬宇有些犹豫，然而前方方大成仓皇逃奔之态给他增加了信心，再说，他自己就是从千斤沟过来的，知道没有问题，当下一鼓作气追了过去。

千斤沟地势狭窄，两侧峭壁悬立，更兼山势奇突，转过一道还有一道，层层山壁遮挡了前方的视线，等姚扬宇追过三道山壁时，猛一抬头，发现前方山崖前有一处平地，黑压压立着许多衣甲鲜明的士兵，当先一人青色软甲披白色披风，笑意温润地看过来。

而他头顶，招展的大旗上，有一个斗大的"晋"字。

姚扬宇心知不好，立即下令后退，对方却在旗下，只那么轻轻缓缓一举手。

连缰飞鞚，烟云尘拥，箭下如雨，人潮滚滚，刹那间，姚扬宇单薄的兵力便倒下了一半。

到得此时，明摆着中了计，躲避已不可能，姚扬宇不再试图退后，一声低吼，长刀一摆，当先扑了出去。

枪起枪落，刀出刀劈，无数武器乱糟糟地纠缠在一起，无数血肉挥洒在广阔的千斤沟，人性中杀戮的本能在激越的战声中被无限激发。因在绝路，所以每个人都近乎狂肆地砍杀，将那些曾经鲜活的肢体、柔韧的肌肉、大好的头颅、闪亮的双目一一消灭在沾满鲜血的、寒冷的各式兵器之下。

敌我兵力相差太大，半个时辰后，天盛军横七竖八地倒了一地，只寥寥几个亲卫，摇摇欲坠地护在姚扬宇身前。姚扬宇染了一身黏腻的鲜血，以刀支地，和余梁、黄宝梓背靠背，不住喘息。三人身上都挂了彩，连眼睫毛上都沾了细碎的肉屑。

那大旗下温文微笑的男子，始终没有动过地方，用一种有点厌倦又有点兴趣的眼光，注视着那支苟延残喘的残军。

"要活的。"

他突然抬抬手，指了指姚扬宇三人。

声音清晰地传来。姚扬宁闭了闭眼，一瞬间明白，为何为了自己这一营兵力，对方主帅不惜亲率大军埋伏于此——完全是因为自己的身份，一旦天盛当朝首辅之子被大越活捉，那么对天盛此时本就已经不足的士气，必将是更为沉重的打击。

立功未成，反倒成为要挟天盛的把柄，被大越五花大绑牵上两军战场，于万军众目睽睽之下被拿来讨价还价，换得天盛大军不甘撤军——男儿若真沦落至此，还有何面目存活于天地间？

苦笑了一下，姚扬宇握紧了手中因力疲快要掉落的刀。

"兄弟们。"他缓缓道，"是我太过急功近利，连累了你们，咱们——"

一句话哽在喉中，他眼底闪出泪光。余梁和黄宝梓像那日一样沉默地拍拍他的肩，低声替他接上了下面那句话。

"来世再见。"

三人相视一笑，齐齐抬起手中的刀。

散发着寒气的刀锋逼近咽喉时，姚扬宇心中迷迷糊糊掠过一个念头，"要是魏大人现在在就好了……"

随即他苦笑了一下，真是人之将死，梦也荒唐。

刀锋闪亮，映着绝望而沉静的眼眸。

对面敌军似乎没有想到这三个传说中走马帝京、纨绔浪荡的二世祖，竟然不愿苟且求生，大惊之下拨马冲来。

刀锋将及喉。

铿——

碎石击断钢刀的声音清越。一枚轻飘飘的石子，打着水漂似的飞来，竟然同时打断了三把刀。飞起的断刀有眼睛似的滴溜溜一转，呼啸而起，直冲向正策马奔来的大越主帅晋思羽。

晋思羽正全神贯注于欲待自刎的三人，不妨冷锋迎面——三截断刀半空一竖，竟然同时袭击了他的头面要害。他百忙中惊而不乱，一个倒仰，手中长枪已将断刀拨了开去。

然而断刀刚被拨开，便有一骑自对面而来，黑衣黑马，白箭白弩，五指一捻五箭在弦，轻笑，"看我连环箭！"

晋思羽又是一惊，此时身形倒仰，若对方援军中有使连环箭的高手，一定无法逃开，于是冷哼一声，单手一拍已自马上飞起，看也不看向后退去。

等他退到地上，被自己的亲卫接住回到旗下时，却见，不知何时，他那万金难换的骏马，连同本来被包围着的姚扬宇三人已经被抢了回去，而号称要出连环箭的那个，却犹自笑眯眯地坐在马上，将五支箭在掌心里扇子似的排开收起，收起排开，一面玩一面喃喃道："连环箭怎么射？"

"……"

　　大越自主帅以下人人气结，面色铁青，那人却已经抬起头来。

　　月色下，眉目清秀，一双眼睛水色氤氲，像隔了蓬莱云雾，看不透四海之下，红尘几许。

　　失了马的晋思羽站在地上，遥遥仰头看着那少年，只觉得那眼神清凌凌地看过来时，这一天的月色便光暗了，漫天的寒风便森凉。

　　而无限惊喜的呼喊，已经自寂静的沟谷中爆发出来。

　　"魏司业！"

第九十一章
立威

　　"魏司业是谁？"相较于姚扬宇等人的惊喜，马上的凤知微姿态茫然。

　　姚扬宇等人如被泼了盆冰水，立即从巨大的兴奋中清醒过来，面面相觑，随即借着月光仔细辨认了一阵，确定那是魏知没错，而且，和魏大人同时失踪的顾大人也在，正如天水之青的衣色是顾南衣的标志般，顾南衣也是魏知的标志。

　　半晌，姚扬宇若有所悟，试探地道："魏司业，你忘记以前的事了？那你怎么会出现在这里？"

　　凤知微扬眉笑道："几位是我的熟人吗？以前的事，我忘记许多。既然有缘遇见，等一下说不得要请教，不过现在有更要紧的事要做——这位是安王殿下吗？久仰久仰，幸会幸会。"

　　晋思羽骑上属下牵来的马，凝眉看着对面那好整以暇的少年。战场凶危，很少有人能在这样的场合这么悠游自在，而他身后影影绰绰，人马掩映在半道山壁之后，看不出有多少人，也看不出是多少骑兵、多少步兵。

　　他自姚扬宇带兵剿匪时，便从姚扬宇的行军路线中猜测出他的目标是杞县，于是立即以杞县为诱饵，趁夜出大营堵截。为免惊动天盛大营，他带的人并不很多，连邻近的乔县守军都没惊动。他算准姚扬宇年轻气盛必将追到千斤沟，所以只打算抓了人立即回营，不想突然冒出这么个人来。

千斤沟地势特别，自西向东逐渐开阔，西面多山壁阻挡，固然让对方不能顺利冲锋，却也让自己无法辨明对方的军力，一旦贸然开战，后果未知。

再看看对方气定神闲的眉宇，心中忽然便掠过一丝警兆。

对方出现的时机太奇怪了。

早不来晚不来，偏偏就在人质即将到手的那一刻，那么巧地出现，趁着他在姚扬宇等人自杀，防备松懈，冲出来的那一刻，而且一出手就险些要了他的命，不仅救回了人，还抢走了他的马。

是巧合，还是有意等到那个时机？

如果是巧合也罢了，如果是有意等，那这个人就太可怕了——看得出，姚扬宇等人和他交情很好，可他竟然也能等到他们山穷水尽，被逼自杀，引他出阵的那一刻才出手。

晋思羽看着对面，那人笑意悠然，自己的马却已经不知被拉到哪里去了。

他心中隐隐泛起一股焦躁，这是他临阵斩将，自任主帅以来，第一次出现这样的情绪。

原因无他——这马太重要了。

战场上死伤战马都是常事，但是他所骑的却不是普通战马，而是名扬天下的绝顶越马，是连天盛都重金一求而不可得的绝世神骏。大越皇子，每人都有一匹御赐的、最好的越马，自小精心喂养，久经训练，培养出和主人之间强大的默契，因此倾注了极大的心力，是每个人不可替代的伙伴，可以说千金难换。

大越军民人人都知道，这种越马，长力、耐力、速度兼具，还十分有灵性。在战场上，这样一匹马，是用来在最危急的时刻救命的，很多时候，这种和主子心灵相通的马，比百名护卫还有用。

当年，他曾用一匹极品越马，引得天盛朝皇家父子猜忌，引得天盛皇帝的三儿子被逼兵变，死于帝京望都桥。如今，十余年，风水轮流转，他的马落入了他人之手——明明是巧合，也不算大事，可不知怎的，他心底泛起了不祥的预感。

何况真要战死也罢了，却是被抢，还是在埋伏偷袭对方的时候，在两军阵前被抢。这要传回去，他真要颜面扫地了。

更何况，对方连箭都没出……

晋思羽目光闪烁，眼底翻涌着杀机，不管如何，今日断不能就此了结！

他手臂一竖，便要下令，后方却忽有马蹄声传来。

一个传信兵跑得发髻披散，从后方直冲了过来，一边大力打马，一边大声叫道："大帅！不好了！东路军大营粮——"

喀！

声音戛然而止，那百里奔驰、一心报信的士兵瞪大眼睛，怔怔地看着高踞马上、森然看着他的晋思羽。

随即他捂着喉咙，缓缓倒了下去，指间有一支鲜血淋漓的甩手箭。

尸体跌落马下，扑通一声，听来空洞而冗长。晋思羽缓缓回顾四周一眼。所有听见刚才那句话、看见那一幕的将士，接触到他的眼光，都白了白脸色，随即漠然地扭过头去，表示自己什么都没听见，什么都没看见。

对面，凤知微的眼底闪动着淡淡的笑意。

这位殿下，反应好快啊！

一句话没说完，便已经知道东路军大营粮草被烧，立即出手杀人灭口，以免动摇军心。

火光微闪，深黑的崖壁如憧憧黑影蹲伏在侧，晋思羽的半张脸掩在暗影下，看不清什么表情，突然，他抬起手中马鞭，遥遥指向凤知微。

手臂直如一线，马鞭如毒蛇，盯住了软甲薄袍的少年。

凤知微笑笑，对他做了个"请君自便"的手势。

晋思羽又狠狠看她一眼，霍然放下马鞭，一踢马腹，转身便走。

山壁上有人影快速闪动，大越军马后队变前队，整齐有序，无声撤下。

凤知微眯着眼，看着对方稳定有序地撤离，眼神中有几分激赏，帅才并不仅仅指行兵布阵，在撤退时更可见为将者的功力，那种在最易慌乱生变的时刻，能够将军队完全约束，将之井然带离，本身就证明了为将者对部属的掌控力。

大越退兵，凤知微身后的宗宸上前来给姚扬宇三人处理伤口。姚扬宇默默看着前方的战场——他的一百亲卫，全部死绝。

姚扬宇在尸堆里缓缓蹒跚而行，不住将一具具死状狰狞的尸体摆正放好。他神色怆然，而身后，月光淋上荒草，草尖满是殷然血色。

凤知微没有下马，远远高踞马上，静静地看着他的背影。

余梁和黄宝梓默默跟着姚扬宇，半晌去拉他，"扬宇……"

"他们原本可以不必死。"姚扬宇突然沙哑地开口。

余梁以为姚扬宇是在说因为他贪功冒进而导致亲卫死绝，正要安慰，却听姚扬宇低低道："魏大人先前就应该过来了，却等到我们自杀……才出手。"

余梁一怔，随即便明白了他的意思，一瞬间汗毛倒竖，霍然扭头去看凤知微。

月光下，山壁前，那人衣袂飘飘，注视百余具尸体的眼神凝定如一。那样平静的眼神，令人怀疑，姚扬宇的猜测是不是小人之心。

"不会吧……"他犹在喃喃自语，印象中，风骨独具却又亲切随和的魏大人，会对着百余生命的死亡，漠然无动于衷？

姚扬宇却已经转过身去。

"你早就来了，是吗？"他声音嘶哑，挥舞着手臂，"你从我们开始剿匪就跟着，是吗？你等着我们被大越埋伏，然后你埋伏大越，你让我们做了你的饵，是吗？"

凤知微默然不语，月光下眼神清冽，无一丝波动。

"战事以大局为重，做了你的饵也没什么！"姚扬宇用血迹斑斑的长刀支撑着身子，仰首狠狠地看着凤知微，"可是他们可以不必死！最起码不必全死！可你就这么看着，看着他们被断臂，被群攻，被大越的狼崽子乱刀分尸，头颅滚落你脚下，临死还闭不上眼；看着我们被逼到山穷水尽，愤而自杀。你不动，你始终不动，你好，你厉害，你狠——你要将我们这个饵，做到淋漓尽致，做到真假难辨，做到瞒过所有人，却只为了抢回晋思羽这一匹马？"

他将长刀狠狠一掷，掷到凤知微的马前，吼声悲愤，"一百条人命，一匹马！"

凤知微垂首，看着那柄染满鲜血的长刀，刀尖上，有姚扬宇自己的血，而更多的是敌人的血，将刀身糊得看不清原来的颜色。她看着那柄刀，想起帝京初见时，那浪荡妓院的纨绔子弟，眼神里的情绪莫名涌动。

随即她什么话都没说，只轻轻一拍马，让开了几步。

她身后的宗宸和顾南衣，也无声分开，各让了几步。

姚扬宇蓦然愣在当地。

三人身后，那些影影绰绰，竟然都不过是遮了草的断树，连一个人都没有。

来救他们的，只有三个人！

"我确实拿你们做了饵。"马上，凤知微终于开口说话，语气清淡，"我发现你们的时候，同时发现了鬼鬼祟祟的越军，于是我让呼卓铁骑分兵两路，一路去烧东路大营的粮草，一路埋伏在等一下晋思羽要回大营的路上。因为呼卓步兵还没赶到，三千铁骑分兵两路已经捉襟见肘，所以我只带了两个人跟你。我算过，断了东路的粮，才有可能令晋思羽收军回撤，而千斤沟的山壁，可掩饰我们兵力不足。晋思羽此人多疑谨慎，定然不会贸然开战……抱歉，我不能出手太早，因为一旦被发现，陷入围攻，便是绝顶高手，也抵不过晋思羽留在崖壁上的万支羽箭。"

　　姚扬宇三人有点呆滞地望了望空落落的崖上，这才明白为什么以顾大人的超卓武功，却始终没有在那么好的机会下对晋思羽出手——一旦进入羽箭射程，只来得及做一件事，要么杀掉敌军主帅，要么救回他们，很明显，凤知微和顾南衣放弃了大好机会，选择了他们。

　　以他们为饵，弃百余护卫的性命不顾，是无情。

　　放弃杀帅大功，最后关头决然救人，是有情。

　　姚扬宇怔怔望着前面那空荡荡的山谷，再看看后面堆成坡的亲卫尸体，一时心乱如麻，脑中空白一片，浑然不知恩怨对错，是非所以。

　　凤知微却已一改先前的淡漠，语气渐转严厉。

　　"骄兵躁进者必败！如果以前这只是你在书中读来的字眼，那今日便用这一百余具尸首来教会你！你若记不住，便永不配再当天盛军民！"

　　她下马，一抬手拔出姚扬宇插在她马前的刀，啪的一声折断。

　　"再教你最后一句——命断如刀折，永不可再续，但这刀已经杀过不下十人的头，对得起做刀的使命了！这人也一样，为将者，任何时候都应该不惧牺牲，只要牺牲得有价值！"

　　断刀落在姚扬宇的脚下，他痴痴地低着头，凤知微却早已不再回头，转身就走。

　　"魏大人！"

　　身后有重重的跪落声响。

　　凤知微于凄冷的月色下半回首，看见那骄狂的帝京二世祖，跪落在尘埃似的血色中。

　　秋月霜白，少年们仰起的脸比月更白，却沾着日光一般鲜艳的血色，用那样痛而切的目光，深深地看着她。

　　"愿一生追随大人骥尾，永为驱策！"

　　长熙十七年八月中，在南海失踪半年多之久的魏知，突然出现在千斤沟。他的到来，不仅将陷入埋伏险些自杀的姚扬宇等人救下，还趁机分兵两路，烧掉了大越东路军大营的粮草。晋思羽匆匆回援，却又在吉兰山北麓鹿角原遭伏，所带不多兵马，被魏知派出的彪悍凶厉更胜往常的呼卓骑兵，居高临下犄角般撞入，杀了个血流成河。晋思羽也确实厉害，换成寻常将领必小命不保，他竟不顾安危，毅然转入深山小道，又派死士做疑兵，绊住了追逐最凶猛的呼卓骑兵，虽最后回营时狼狈万分，但所幸带来的两万大军实力基本保存。

　　这是大越安王任主帅以来第一次大败，败的也不是实力，而是大越刚刚连胜数场鼓舞起来的士气。据说当安王殿下回营时，虽然在营外重整队列、梳洗整齐，衣冠楚楚、力持镇定，然而当士兵看见他胯下那匹普通战马时，都齐齐发出了惊异的叹息。

流言风一般传开来，都说他们算无遗策的安王殿下在千斤沟一败涂地，被对方一个姓魏的十七岁少年，一箭未出而夺马，生生在眼皮底下救走了三个重要的人质，而他连追都没敢追。

晋思羽为此斩了三名传流言传得最厉害的士兵，只是掉落的头颅虽然能堵住人们的嘴，却不能堵住颓丧情绪的蔓延，而当东路粮草被烧的消息传来时，人们更是陷入了惶恐之中。

作战烧对方粮草，向来是釜底抽薪的好计，却也是最不容易完成的计划，双方将领都知道粮草重要，都在粮草运送上使尽计策，真真假假，虚虚实实。晋思羽尤其擅长此道，天盛虽打他粮草主意很久，却一次也没成功过。

所以这场各为各饵的伏击战看似简单，其间却包含了晋思羽和凤知微的心思博弈。晋思羽东路军的粮草在上一次战役胜利之后，因为被天盛探知所在地，曾传出从所在的东岗镇转移到三坡村，但天盛在三坡村伏击，却发现转移过来的不是粮草，而是伏兵。遭此一击，天盛不敢再轻举妄动，从此放弃三坡村，然而千斤沟那晚，凤知微不动声色，还是直扑三坡村，却在离三坡村三里外迅速转向，扑向东岗镇和三坡村之间的凤里谷口，最后果然在那里，堵住了东路军的粮草。

晋思羽十分震惊，凤知微竟然猜出他在东岗镇和三坡村两地都不是虚招，却不知凤知微在来之前，早已研究过他的个性资料和以往所有战役的用兵习惯，知彼知己，百战不殆，而晋思羽对她，却全无所知。

从那日开始，凤知微所领的呼卓骑兵，便在北疆大地上和晋思羽展开缠战。凤知微充分利用骑兵机动性强的特点，穿插于胡伦草原和格达木山脉脚下，不仅特别针对当初杀了呼卓因尔吉部四千战士的东路军——见一个杀一个，见一队杀一队，还打劫越军各斥候和运粮部队，时不时还夜袭骚扰三路大营——上来就打，杀一阵便走，你追不上，你回去她又来。这种无赖打法扰得大越大营一日三惊，食不安，寝难枕。有时候凤知微根本不动，只远远在山头上点几堆火，没事干将山上的树木摇摇，惊起飞鸟，然后便在树上安睡，远远地，大越士兵却担心得整晚不敢睡觉。

不过一个月，她便得了个"草原之狐"的称号。大越士兵听见魏知这个名字就摇头，看见凶悍更胜往常的呼卓骑兵就腿软。

晋思羽为此在天盛将领悬赏榜上狠狠添了魏知这个名字，和主帅淳于鸿并列，黄金万两，求魏知人头。

凤知微知道后，不过一笑而已，头便在那里，有本事便拿去。

　　二世祖们现在都是她的手下，自愿降职到她骑兵队里做个校尉，都觉得比在大营里做个参将要痛快得多。

　　她转战草原的这一个多月，天盛大营早知道她的到来，却一直没见到她人。凤知微打算做出成绩，再挟胜而归，所以一个多月后，才踏入天盛大营。

　　主帅淳于鸿得知消息后十分欢喜，这位失踪复回的当朝少年名臣，果然在军事上也展现了超人的天赋，只率呼卓骑兵，便将气焰不可一世的大越给绊住了，于是急忙命帐下将领全部去迎接。

　　那些骄将却有些不愿——再厉害，闯出再大名声，不过是个没有军中身份的文臣，率的也不过是那些草原蛮子，凭什么要他们这些高级将领去接？

　　军需官朱世容更是不满——这位魏大人人还没到，就已经命人快马来辎重库，拿了长长的单子，要求拨付粮草、弓箭、皮甲、盾牌等物，还指明要最好的——他算什么东西？这么挑三拣四的？

　　人们各怀心思，在大营前站成一排，远远看见烟尘漫天，有飞骑动地而来。

　　仿佛地平线上忽然起了一道黑云，刹那间便连接天地。那黑云在眼前略一招展，突然便到了眼前。众人仰起头，只看见无数碗口大的四蹄翻飞，一路激扬着泥土毫不停息，仿佛立刻便要踩到自己头顶，大惊之下惶然后退，便要惊呼，却听见一声清越的哨声。

　　嚓。

　　起若漫天雷云，收却只是一声，上万骑兵齐齐勒马，动作整齐一毫不差，马弁撞击鞍鞯的清越之音远远传出去，竟然也只有铿锵一声。

　　好精绝的骑术！

　　淳于鸿原本对呼卓骑兵能够横扫草原的功绩存疑，如今却不得不信，眼前的呼卓骑兵，分明比原先战死的那批更为彪悍精锐。

　　被吓着的将领们此时才反应过来，顿时面皮发红，暗暗恼怒，正要发作两句，忽觉眼前一亮。

　　一骑悠悠，上前来。

　　和整肃精悍、铁般的骑兵队不同，来者黑衣黑马，只简单地套了青色皮甲，一条黑色锦带杀住细细的腰，身姿细瘦而矫健，坐在马上的姿态明明很闲逸散漫，满脸笑意似乎也无害，然而那双水汽氤氲的眼睛，看向谁，便让谁觉得心中一冷，像是心被刹那掏出来，浸入了万年的冰川中。

　　这就是当初以国士之名震惊天下，最近又以绝杀之锋名驰草原的"草原之狐"，文臣出身的魏知？

　　众人的目光又忍不住投向魏知身后的那三个二世祖，那几个令整个帝京都头痛过的风流浪荡子，现在俨然军人形容，寸步不离地跟在魏知身后，而曾几何时，眉梢眼底那万人不服的骄矜之气，都化作了此刻沉肃凝重的拱卫神态。

　　淳于鸿目光一跳——杀人易，收服这几个帝京二世祖难，这个魏知，果然非凡。

　　想起自己在禹州大营任职的儿子，听说魏知回来了，立即递书要求到主营任职，最好拨到呼卓骑兵营，为此也宁愿自降一级，淳于鸿又忍不住苦笑了笑。

　　他满面诚恳地迎了上去，凤知微也下马上前，寒暄几句后，直接道："下官此来，是来请大营拨付装备的，天气转寒，兄弟们还穿着秋衣，软甲也需要换了，还有武器，转战北疆，消耗极快，缺了哪些都不行，请大帅体谅！"

　　"这个应该，这个应该。"淳于鸿满口答应，立即传呼朱世容。半晌，朱世容匆匆过来，看也不看凤知微一眼，只对淳于鸿满口打包票："大帅，放心，已经准备好了！"

　　"我自己去领吧。"凤知微带了姚扬宇等人跟上去。淳于鸿派了一名参将随同，道："魏兄弟这一个多月辛苦，既然来了大营，就先休整一阵子吧。朝廷派来的监军大人可能也会在今晚抵达，正好一起接风。"

　　"再看吧。"凤知微淡淡道，"我们没打算宿在主营，不太方便，我们在前面有自己的宿营地。"

　　淳于鸿知道，上次呼卓部被出卖，族中精英死伤大半，其中也有天盛军内部细作的作祟，所以，如今人家不再相信自己也正常，只是不明白这魏知一个外来人，是如何收服名动天下的彪悍呼卓部的。

　　疑问在心底转了转，没有出口，他回了主营。凤知微跟着朱世容，去了仓库。

　　仓库门口堆了一堆东西，乍一看数目不少，姚扬宇便上前命人装车，却突然"咦"了一声。

　　他对着凤知微举起一件皮甲，就手揉了揉，那皮甲立即出现了一个洞。

　　是霉烂的皮甲。

　　凤知微目光跳了跳。

　　姚扬宇的神色已经冷了下来，又取出一柄长矛，轻轻一搁，矛尖掉落。

　　铁制矛尖掉落在地，声音铿然。姚扬宇缓缓转头，注视着朱世容。

　　朱世容的神情有点尴尬，这里面的东西，好坏参半，淳于鸿虽然批了给骑兵营最好的皮甲武器，他却存了一份私心——他的小舅子，当朝次辅胡圣山的二儿子也在禹州大营任参将，曾经拜托他为自己的前锋营留点好东西，说好后天就来请大帅批的，所以他将部分有瑕疵的装备混在好的里面，指望蒙混过关。他想着骑兵营有时一天转战数百里，也未必有空为几十件霉烂的皮甲跑回来找自己算账，不想二世祖清点东西这么细心，所有皮甲，都是一件件捏过去的。

对上姚扬宇森然的眼光，他的心怦怦跳起来，却仍然没认为这算什么大事，强笑辩解道："姚兄弟，好皮甲都在这里了，实在不够数，现在各营都在要东西，我也难……"

凤知微垂下眼皮看他，淡淡道："好皮甲都在这里了？"

她那眼光看得朱世容心中又是一跳，随即咬咬牙，大声道："是！"

仓库门非经大帅批准和自己开门，谁也进不去，他咬准好皮甲全在这里，魏知能拿他怎么样？

凤知微看着他，对顾少爷摆摆头。

顾少爷衣袖一挥，寒光一闪，仓库门上那两人才能托起的巨锁砰然掉落，险些砸断了朱世容的脚趾。

朱世容大惊失色，大叫道："你们要做什么？擅闯仓库者死——"

淳于鸿派来陪同的那位副将也赶紧来拦。凤知微笑吟吟地看着他们，道："谁说我要闯了？"

两人一愣，顾少爷已经飘了过去，双手虚虚一推，两扇厚重的大门在他面前缓缓开启。摆在最外面木架上的便是皮甲，顾少爷手一招，一件皮甲落在他手中。

这手隔空取物看得朱世容面如死灰。凤知微在一边闲闲地道："我们可是没有进门啊……"

顾少爷把手中的皮甲一抖，皮质光亮，柔韧崭新。

姚扬宇一脚将朱世容蹬翻在地！

"你们要干什么？"朱世容大叫，"我是军需官，给你什么东西我有权划配！就你们那些汗臭满身的草原蛮子，用得了什么好皮甲——"

"就这些汗臭满身的草原蛮子，一个多月杀了上万大越士兵！"姚扬宇啪的一个巴掌打掉了他满嘴的牙，"抵得上你们去年全部的战绩！"

朱世容呜呜地叫着，满嘴鲜血还想叫嚷什么，姚扬宇立即一把抓过那件烂洞的皮甲，恶狠狠地塞在他嘴里。

"就在前不久，东坝那里，大越的骑兵追了上来，我们干过一场！当时刚刚战过一场，兄弟们的皮甲不够，互相推让，最后决定，以摔跤决定皮甲归属，但他们每个人都抢着输！"姚扬宇的脚踩在朱世容的胸膛上，呸的一口吐沫吐在他脸上，"最后还是一位队长'弄权'，把自己的皮甲'输'了，然后，被越军一枪穿胸，却临死未倒，还捅死了举枪杀他的仇人——他妈的，你们这些在后方龟缩不出的混账，还敢拨最差的皮甲，给流血最多的草原兄弟！"

他眼底光芒闪亮，血丝层层泛出，恶狠狠地盯着朱世容的眼神，像头狼。

呼卓骑兵们眼角泪光隐隐，腮帮咬得高高鼓起。

"和他说这么多干吗？"一直沉默静听的凤知微突然没有笑意地笑了笑，"违抗军令，如何处置，还要我告诉你？"

姚扬宇眼睛一亮，朱世容已经魂飞魄散地叫起来："我没违抗军令，我没，我没！你不是军中大将，你无权杀我——"

"魏将军！"淳于鸿派来的那位副将也急忙拦在朱世容身前，"你不能滥杀无辜！这是天盛主营，朱世容有错，也该大帅判决，你擅杀军需官，也是死罪！"

姚扬宇犹豫了一下，看向凤知微，他不在意自己的前途，却担心连累凤知微。

"魏大人！"这边的争执已经惊动大帐，一名参将气喘吁吁地跑来，附在凤知微耳边低声道，"这位是胡大学士的女婿……是楚王殿下的……"

他一句话没说完，突然发现身边这人笑了笑。

这一笑，浮光闪动，薄凉如天边将起的月色，随即他听见这十七岁的杀将，沉缓而有力地道："是楚王殿下派系的吗？"

参将怔怔地看着凤知微那突然弯起的眼睛，只觉得那笑容看起来有几分发寒，于是有点茫然地点点头。

"很好。"凤知微笑得更加亲切，"殿下英明，手下怎么能有如此败类？我们做臣子的，万不能让这种混账败坏了殿下的千秋声名。殿下想不到的，我们应该替他做到……扬宇！"

"到！"

"杀！"

"好！"

剑光一闪，鲜血喷了姚扬宇一头一脸。朱世容号了一声，砰然倒地，抽搐了两下，不动了。

鲜血静静地流开来，四面屏息无声。

谁也没想到，这名驰骋北疆的少年，竟然真如传说中那样凶厉非凡，说杀就杀，抬出大帅没用，抬出楚王殿下，好，杀得更快。

盯着地上迤逦的鲜血，每个人都忘记思考，只觉得那血似乎倒流进了自己的肺腑，堵得人脑中混乱一片，说不出一句话。

凤知微注视着流向脚下的鲜血，唇角笑意不散。

此番重回，她不再是当初那个目标不明、韬光养晦的魏知了，她是挟势而来、势必要翻江倒海的魏知，她绝不仅仅满足于杀一人或一千人，她要的是步步腾云，直至凌驾于权力之上，将她要掀翻的一切，彻底踩在脚下！

从截到的朝廷文书来看，天盛帝已经不满过于老成持重的淳于鸿，此时自己只有多露锋芒，才能得帝王青眼，才能更有晋身之地！

正好，拿这混账的血来淬出鞘之剑！

"好了，就这样。"她随意地拍拍手，"扬宇，按单子把我们的东西调换一下，然后回营。"

"是！"

那副将看见她居然这样便打算走，慌忙拦住，想说什么，看着地上的尸首却又不知该说什么。凤知微斜睨着他，突然问："听说监军大人要到了？"

那副将愕然看她，不知道她转了话题是为什么。

"你可以让开了。"凤知微浅笑着看他，"今晚监军大人到来，必然携有封赏嘉奖我的旨意。如果我没料错的话，我最起码会是个副将，所以，我的平级副将阁下，你请让开。"

她淡淡地说着"请"字，却连看也不屑多看对方一眼。那副将冷汗满身地抬头，却正看见她身后那些凶睛怒目的呼卓骑士，齐齐手按刀柄，杀气腾腾地注视着他。

很明显，如果他再拦下去，魏副将是绝对不会介意再多杀一个人的。

这位副将是知道魏知在天盛帝心中的地位的，无双国士，少年英杰，当初南海出使的大功还记档未封，如今强势重来，竟然在军事上也是一代奇杰，这对于多年来旧帅凋零、青黄不接的天盛来说，又是何等的喜讯，所以，以他的功劳和以后会发挥的作用，别说杀个朱世容，就是杀了自己，只怕也未必有人舍得定他的罪。

副将默然撒开手，退了开去，看着姚扬宇快速收拾好东西，随着凤知微呼啸而去。等到主帐再派人来看，凤知微早已出营。

她的万骑刚自大营北口快驰而出，烟尘滚滚向西而去，一队长长的队伍，飘着斗大的杏黄色"宁"字旗，便迤逦自大营南口进入。

擦肩而过。

斗大的杏黄色"宁"字旗迤逦进营，旗下轻衣缓带的男子，仰首望着营北口腾起的烟尘，笑一笑，面带赞赏地道："好彪悍的骑兵队！"

前来迎接的淳于鸿捋须点头，"殿下真智人也，仅凭烟尘，便已看出这队骑兵十分彪悍，这等眼力，我们可万万不及。"

四面将领顿时一阵谀辞潮涌，谁都知道楚王势大，此时不捧更待何时？

"这是谁麾下的骑兵？"无论怎么彩声如潮，宁弈都是那种淡淡的笑意，"仅凭这一手练兵功夫，本王便可以为他请功。"

"这是呼卓顺义铁骑，这阵子屡立战功的那支。"淳于鸿道，"由失踪归来的魏大人率领。"

宁弈突然不说话了。有人无意中一掠，发现他脸上的笑意突然一凝。

在场的都是人精，看着向来喜怒不形于色的殿下竟突然变色，顿时都凛然不敢说话。

四周声息忽静，淳于鸿却没有发觉，滔滔不绝地说起这支骑兵的赫赫功勋，说起魏知在大越新得的称号"草原之狐"，说了半天才发觉宁弈一言不发，只出神地看着烟尘消失的方向，便顿时有些尴尬，呵呵一笑住口。

宁弈立即发觉，轻轻笑了笑，道："听你说顺义铁骑和魏大人的抗越事迹，真是令人热血沸腾，为之神往。这功是要请的，你们主营调度有方，也是要报请陛下嘉奖的。"

此话一出，人人喜动颜色，都心想，传说楚王殿下精明厉害、长袖善舞，果不其然，主营最近明明没有出战，他一番话仍然说得人人熨帖，难怪成为当朝最炙手可热的皇子。

淳于鸿的心中却想得更远，他是楚王门下，如今做了主帅，按说这个监军就不该是楚王殿下，当初传言也是说前来监军的会是七皇子，可不知怎的，却换成了楚王。主帅监军一个派系，这是为君者的大忌，天知道殿下费了多少心思，才促成此事。

从辛子砚出京到禹州大营担任军师就可以看出来，殿下为了来做这个监军，已经不惜抛出自己最重要的伏手——辛子砚在朝堂上，一直以楚王对立者的姿态出现，并因此很得陛下器重，拿来作为制衡楚王的重要人物之一，也正因为如此，辛子砚是殿下在朝中最重要的暗助，主持大部分在京事务很得方便，可如今陛下为了制衡主帅监军同出一派系的情况，特地派出了辛子砚来"监视"殿下，虽然照旧是上了殿下的当，但对殿下来说，失去辛子砚在帝京坐镇，一门主力全远赴北疆，一旦出了什么事，连退路都没有，这后果更加可怕。

帝京风云变幻，他竟然不在帝京坐镇，竟然连辛子砚也不惜抛出来，不怕被人有机可乘，也一定要到北疆来做这个监军，到底是为什么？

淳于鸿的脑子乱糟糟的，总觉得对于英明睿智的殿下来说，这是一出蠢棋，完全不符合楚王集团的利益。他猜想过其中也许有什么深意，可是怎么看，似乎这都是对楚王不利的局面。

正想着是不是找个机会委婉地试探一下殿下，忽有人狂奔而来，老远大呼："大帅，大帅，不好了——"

"军营重地，胡嚷嚷什么？"淳于鸿脸色一沉，在殿下面前这样大呼大叫，一点静气都没有，不是叫殿下看在眼底，笑自己带兵无方吗？

他怒极之下，就要喝令将那没眼色的参将推出去挨鞭子了，宁弈却突然伸手虚拦了拦。

他看着那参将跑来的方向——正是凤知微带着呼卓铁骑消失的方向。

"怎么了？"

那参将一仰头看见他，脸色顿时变了。宁弈看着他的神情，眼睛缓缓眯起。

这时已经有人将朱世容的尸体抬了上来，看得淳于鸿脸色大变。

那参将说了事情的始末，一边说还一边瞟着宁弈。淳于鸿将他牵到一边，跺脚低骂："你蠢！你怎么不提醒魏知，这是楚王殿下的……"

"我说了啊。"那参将苦着脸，"谁知道我一说……"

他回头望望宁弈，不敢继续说下去了。

淳于鸿也傻了眼，回头望望宁弈。

宁弈始终端坐马上，似乎没有听见他们的对话，只凝视着一刀穿心的朱世容，这人是他的门下，在胡大学士引见下拜会过他。这个征北大营军需官的肥差，还是他授意兵部给安排的。

然而今天，在他到来之时，这个人死了。

是死给他看的吧？

看那一刀穿心，下手极狠，可以想见她下这个命令时的毫不犹豫。

她出刀时，是将这人假想成他吧？

她杀人立即出营，也未必是怕他追究罪责，而是根本不想看见他吧？

宁弈注视着朱世容当胸那个硕大的血洞，良久，缓缓抬手，抚住了自己胸前同样的位置。

那里，似乎也突然出现了一个血洞，有高原上凶猛号哭的风穿过。

似乎是痛，似乎是空，又似乎，不过是一梦。

朱世容被杀案，最终没有追究魏知的罪责，用宁弈的话来说，魏将军功大于过，何况朱世容违抗军令本就当死，于是宣魏将军前来接旨，小小惩戒也就是了。

不过最终，凤知微连宁弈带来的封魏知为副将的嘉奖令都没接，淳于鸿就已经找不着她了——说是带着骑兵们已经进入了格达木山脉南部，并在那里找到一条小道，略微开辟一下，可以直捣大越主营后方，军情紧急不容延误，等事毕再来领旨云云。

宁弈对着凤知微派回来，一板一眼传达魏将军意思的姚扬宇，无奈地笑笑，什么也没说，只将写着魏知名字的圣旨给搁下了。

"殿下没有别的吩咐，卑职告退。"姚扬宇完全没有了帝京的浪荡之气，动作利落地行了一个军礼，便要匆匆回去，好赶上队伍。

"扬宇。"

姚扬宇在帐篷口停下。

帐篷里有细小的尘絮飞扬，光影中宁弈的脸上神情模糊。姚扬宇只看见他将指尖一柄笔杆轻轻转着，似乎有什么疑难之事沉吟难决。

姚扬宇等了一阵，心悬已经开拔的队伍，有点焦躁地要开口。

宁弈却似已经下定了决心。

“魏将军……可好？”

姚扬宇松了口气，原以为能让殿下如此碍难，该是怎样难答的问题，不想听见的却是这句，便轻松地笑了笑，道：“将军很好。”

“怎么个好法？”宁弈又犹豫了一下才开口，心中暗骂，当初这小子废话超多，怎么一从军跟了凤知微就这么惜字如金了呢？

“啊？就是很好。”姚扬宇瞪大眼睛，不明白殿下到底要问什么。

“我是说！”宁弈终于起了火气，将手中的笔重重一搁，“她精神怎样？饮食如何？胖了还是瘦了？有没有受过伤？现在在哪里？”

“哦。”姚扬宇恍然大悟，却又皱起眉头，觉得殿下这些话虽然也符合上位者对下属的关心，但印象中殿下似乎没这么啰唆！

对面，宁弈的目光看过来，虽然依旧是他喜怒不形于色的模样，但那眼光总让人觉得寒寒的。

姚扬宇赶紧道：“精神极好，吃得却不多，我总觉得将军似乎不喜欢草原的食物，但是却没见将军表现出来过，只是有一次，粮食补给还没到，军需官先发了点干酪饼子充饥，将军拿了半块在大家面前吃得津津有味，然后一转身就不见了，我不放心，跟过去看，结果……”他犹豫了一下，住了口。

“结果怎样？”宁弈又想瞪他了，这人怎么跟凤知微跟久了，连她那阴阳怪气、说半句留半句都学了个十足十呢？

“结果我看见将军在山丘后想吐，却死命卡着自己的脖子不许吐，憋得……我看着都难受……”姚扬宇咬咬唇，眼圈都有点红了。

宁弈沉默下来，用手缓缓支住头。

你……其实一向是对自己很宽容的人，你知道世事多为难，所以不喜欢吃的东西，你从不愿意勉强自己，然而如今连这点小事，你都学会了强迫自己。

或者说，是谁强迫了你去强迫你自己？

他支肘桌案，静听风声，在一怀落寞里淡淡地想着前事，乌发长长地垂下来，流水般半遮了颜容。

姚扬宇安静了下来，不敢让自己焦躁的马刺声响惊动了此刻这静默沧桑的气氛。

良久，他听见一声几乎微不可闻的叹息，随即淡淡的语声从烟气中游移而出。

“后来呢……”

“后来顾大人去了。”姚扬宇静了一歇才低声回答，“顾大人拍着将军的背，然后……

然后我就走了。"

不知怎的，他就是觉得，当时看见顾南衣揽将军入怀，细致而又习惯地拍将军背的那一幕，不适宜说给殿下听。

不说，也已猜着，宁弈沉默了，隐在暗处的目光幽幽闪动，干脆连话也不说了。

这一刻的空旷寂寥让人连心都似空落了起来，姚扬宇被这诡异的气氛逼得心里发急，急欲用言语再填满此刻的空旷，连忙欢快地大声道："那也只是我猜将军不适应草原的食物。将军精神很好，没有瘦，也不见黑，睡得比我们迟，起得比还我们早，前几天大越骑兵堵截我们，那天将军还亲自上阵了的，然后——"

他又顿住了。

宁弈抬起头看他。

"也没有什么……"姚扬宇结结巴巴，暗恨自己嘴快，"小黄被人挑落马，又被马压在身下，将军去救他，挨了一支冷箭……"

他声音越说越低，明明对面那人一句话没说，他却觉得四面空气忽然冷而紧，像被浸透了冰凉井水的绳索捆住，彻骨之寒里还不能透气。

扁扁嘴，姚扬宇心想，今天真是失态，大概是将军受伤这事折腾得大家都有点疯，比如顾大人，竟然惩罚他自己面壁三天，谁去也不理，搞得将军还去低声下气地赔罪，真是怎么想怎么诡异。

"你转告你家将军一句话。"在姚扬宇快要被这沉默逼跑之前，宁弈终于开口，"巨仇在前，迟早都能捅死，大可放心，有些事却不宜操之过急，晋思羽温润其外，阴毒其中，若要杀帅，必须要有万全之策方可动手，万不可轻举妄动，切记。"

姚扬宇一怔，听出宁弈的语气凝重，点头应是，宁弈却不说让他走，又想了一阵，道："你们骑兵营，呼卓部是不通军事的战士，掌兵的却多是年轻人，易有贪功激进之弊。这样吧，让卫玉随你们去。"

姚扬宇又是一怔，卫玉这人他知道，是禹州大营第七营的校尉，父亲是楚王府的管家，他是正宗的楚王府家生子奴才。这样一个人派到顺义铁骑，摆明了是要来做监军的，而以将军看似温柔实则睥睨的性子，能容许军中另有耳目？

可宁弈已经挥手，命他退出去。

姚扬宇无奈，走到帐篷边回身一看，看见宁弈还是那个支着肘的姿势，手指无意地在桌案上轻轻画着什么，长长睫毛垂下，眉宇间隐约有几分疲倦。

淡淡的月光自掀开的帘幕照进来，远处有战士擦刀的碎音，那人沉默在黑暗里，枕一轮寂寥月色，听着塞上凛冽的刀声。

有人在帐篷里枕一轮寂寥月色，有人在高岗上沐塞上天风。

凤知微和华琼，肩并肩躺在营地外的一处高坡上，对着漫天繁星摊开身子。

华琼早早将孩子断了奶，留在呼卓王庭托付给赫连铮，自己则和凤知微一起来到北疆，和凤知微一样易钗而弁转战疆场。她出身南海农家，自幼做农活锻炼得身轻体健，人悟性也好，在宗宸亲自点拨她骑术武功后，进步一日千里，更兼出手狠决断强，如今也是凤知微身边颇有名声的一员骁将。据说，大越那边送了她一个"黑寡妇"的称号。

之所以叫"黑寡妇"，倒不是猜到了她的女儿身，而是那是大越一种毒虫的名字，有一对双刀般的锋利前螯，和喜欢使双刀的华琼，有异曲同工之妙。

凤知微也觉得，月色下咬着黑发举着双刀奔驰向敌阵的华琼，着实像只凶猛的黑寡妇。

"你不高兴！"华琼的问话，不是疑问，而是肯定句。

凤知微咬着草根，笑了笑，刚要开口，华琼立即又道："得了，你下面的解释一定是说楚王派来了一个探子让你不舒服，可是知微，咱们之间，你如果还用这种理由来搪塞我，你就不够义气了。"

凤知微笑了起来，"我说你越来越厉害了，我这还什么都没说，你就堵死了我的口……好，不为卫玉，那算个什么？宁弈到底想做什么，我不知道，但他应该明白，放个人在我这里，什么用也不会有。"

"你啊……"华琼悠悠一叹，"平日里冷静睿智，遇上和宁弈相关的事，你就没了平日的一半镇静。"

凤知微默然不语，想着姚扬宇转告的那句"巨仇当前，迟早都能捅死……"，扬宇以为说的是晋思羽，其实只有宁弈和她心知肚明那说的是谁。

他坦然等她来杀他，反逼得她心乱如麻。

"你还打算躲他到什么时候？"身侧，华琼的声音飘来。

"不用躲。"凤知微淡淡道，"冬天快要到了，要么就是一场大决战，要么就要准备撤兵。北疆气候严寒，大越那边冷惯了不受影响，我们这边抽调的边军和府军，很多却是南方换防而来的，士兵们会吃不消。就算拖过冬天，春天道路翻浆更不利行军，你看着吧，如果大越不撤军，宁弈应该就准备决战了。"

"那你……"

"我要抢头功。"凤知微坐起身，看着面前的白头山。就是在这里，前不久赫连铮派人给她递消息，说有个牧民知道这里有条隐秘小道，直穿过去，崖下就是晋思羽的大营。

"你看，"她掰着手指头给华琼算天盛的兵力，"宁弈主营这边有十个步兵营，四个弓弩营，一个盾牌营，两个后勤营，禹州那边也有差不多的兵力，麾下将领无数，自秋尚奇败后都还未有新功，而楚王安插于各营的亲信子弟也还寸功未立，都急需一场决战来实现。而我们呼卓骑兵，说到底只算个外围军，而这段时间我们出尽风头，已经让将领们十分不满，所以一旦展开决战，呼卓的骑兵营定然会被安排在侧翼穿插冲锋，绝不会起到尖刀作用。这也是我一直游离主营之外，单独打野战的原因，在主营，不会有我们的用武之地。"

"但是一旦开始决战，你便必须服从主营号令。"

"所以，"凤知微咬着下唇，"我要让他们打不成这场决战，我要让头功只落于顺义铁骑之手。淳于猛现在也过来了，再加上扬宇他们，顺义铁骑之中就很多帝京门阀后代，而他们只要在此战中立下大功，将来就是天盛军中的中坚力量。这是个难得的机会。"

华琼默然，半晌喃喃道："太冒险了……"

"千古功业险中求。"凤知微冷笑一声。

华琼思量半晌，朗声一笑，道："我总是跟着你的。"

"你还是别去了吧。"凤知微道，"孩子还小，赫连铮那天来信说，他会笑了……"

提到儿子，华琼明亮的眼波也染上母亲的柔软，微笑道："我前天给他做了件百纳兜，让大王信使带回去了，也不知道穿上了没有。我还给知晓做了一件，听说她长得飞快，可不要嫌小。"

"可别提知晓。"凤知微赶紧来捂她的嘴巴，后怕地四处看看，生怕隐形的顾少爷会突然冒出来，"南衣最听不得这两个字，你别看他不说，心里想得很，那天我在他的包袱里看见以前知晓用过的奶瓶，他居然一直带着。"

华琼哧哧地笑，道："好了，玉雕越来越像个人了，知道思念也是好事。"

"哦？是人都知道思念。"凤知微斜睨着她，"你知道不知道？"

"我？"华琼装傻，掠掠鬓发，吸吸鼻子，"知道啊，我思念我家华长天。"

凤知微诡异地笑起来。

"你笑什么？"华琼愕然地看她。

凤知微抿着嘴，不说话，在衣服里窸窸窣窣地找着什么，半晌掏出一封信笺，按在心口，装模作样地叹了口气，道："某些人可怜啊，日思夜想，辗转反侧，费尽心思寻遍中原，却遇上天下最无情的女子，一句不提，到现在还想着另一个男人！"

华琼的眼睛亮起来，伸手就来夺信，"我看看！"

凤知微看着她那不矫饰的神情，也觉得心中难得地有了明亮的欢喜，突然便起了逗乐之心，将信往身后一收，笑嘻嘻道："啊？干吗？和你有什么关系？去去，不要打扰本将军思考军情。"

"军情你个呸啊。"华琼扑过来就去拧她的脸，"你这坏女人，我的信居然藏着不给我，看我不撕碎了你！"

"关你什么事？关你什么事？你这春情乱发的女人。"凤知微抓着信跑开去，华琼嗷的一声抓着她的腰带将她扑倒。两人在草地上滚成一团，脆亮的笑声冲上云端，惊得一弯上弦月都更亮了几分，探头出云层悄悄窥看，窥看这绝世女子，难得地抛却重重心事，只纯然欢喜。

"你这个……泼妇……"闹了半天，凤知微累了，气喘吁吁地瘫在高坡上，将信对华琼挥舞，"我就该……不告诉你……急死你……"

华琼白她一眼，一把夺过信，笑眯眯去坡下读了。凤知微坐起身，翻翻白眼——这女人，读信还要找个地方躲起来。

她舒舒服服地躺下来，双手抱头，带着一抹微笑望着一弯笑眼般的月亮。她觉得今夜的月亮特别明亮，风特别清爽，风里有龙胆和格桑花淡而清郁的香气，让人想在这样的月色里歌唱。

她想她猜得到信中会写什么——那个精明伶俐的少年，曾以为眷恋不是爱情，曾因为婚姻的顺理成章而忘记去思考背后的情意，然而她一旦离开他，他便霍然明白，有一种圆满存在时不觉得其珍贵，却在缺失后惊觉空落。

能寻找将近一年，能百般辗转找到她这里，可以想见，燕怀石经历了多少周折，而这样的周折，已经将所有的心意都证明。

坡下有噔噔的脚步声，华琼大步奔上来，清秀的脸庞微微发红，眼睛发亮，薄薄的信笺在她指掌间飞舞，像一双翩翩的蝶。

她跑到凤知微面前，站定，胸脯一起一伏地望着她，想说什么又似乎一时说不出来，霍然扭头，噔噔噔地又奔下去了。

凤知微愕然坐起，想笑，却又没能笑出来。

是怎样的欢喜盈满胸膛，令人连言语都无法表述，直欲将心肺炸裂，炸上天堂。

凤知微笑着，真心为那女子快乐，却没发觉自己的眼底，不知何时已经蒙上了夜雾般淡淡的忧伤。

　　噔噔噔的脚步声响传来，华琼又奔了上来。凤知微这回可真忍不住了，正要取笑，华琼却忽然将信笺小心地往怀中一塞，双手叉腰，对着北疆茫茫天穹，大叫："啊！我好欢喜！"

　　"我好欢喜！我好欢喜！我好欢喜！我好欢喜……"四面的远山将那声喜极而出的欢呼隆隆地传开去，再无边无垠地反射回来，在所有人的耳中，不断激荡。

　　凤知微的眼泪，夺眶而出。

　　这一夜，北疆的风涤荡，高岗下两人，头靠头听夜的吟唱。

　　华琼将信按在心口，闭目假寐，突然吸了吸鼻子，道："凤知微，你多少天没洗澡了？"

　　凤知微动也不动，懒洋洋道："和你一样。"

　　两人坐起来，各自看看对方，本就没有条件洗澡，再加上刚才一阵疯闹，头发间都是灰土，这不说还好，一说，便觉得身上脏得不可忍受，再不洗澡就会死。

　　"刚才我绕底下转了一圈，看见远处有条河。"华琼指指西边。

　　"那好，去洗澡！"凤知微立即起身，对着空气道，"顾兄，我去洗澡了，就在附近，别担心。"

　　华琼哧哧地笑，道："你还是担心下你自己会不会给看光吧，他肯定会跟去的。"

　　"男女非礼勿视。"凤知微肃然道，"这个他是懂的。"

　　"得了吧，知晓的澡都是他亲手洗的，知晓不是女的？"

　　凤知微讪讪地笑，一把拖了她道："就你啰唆，走吧！"

　　河不大，对面有个小树林，稀稀拉拉几棵树，河水清冽，在月色下光芒粼粼，两人一看，顿时觉得身上更痒了。华琼已经开始脱衣服，凤知微慌忙对身后打手势。

　　跟过来的顾少爷乖乖地转过身去。

　　他坐在河边，背对着河，面对着一块大石，石头上搁着两人的衣服，凤知微放心地脱下面具和衣物，进入河中。

　　征战北疆，好久没洗澡了，机会难得，凤知微打算干脆连头发也洗一洗，她解开长发，站在河中，一点点梳理那有点打结的头发。

　　月色牛乳般泻下来，照上小河，照上河中玲珑窈窕的女体，再照上岸边的白石。

　　顾少爷坐在白石面前，专心地看守着两个女人的衣物。

　　月下白石如镜，反射着河中的景物，而他正巧坐在镜前。

　　白石如一卷幕布，映出女子纤细精美的曲线，长发如瀑，垂在细致的肩头，垂下美妙亦如流波的轮廓，几乎长及膝窝，双腿修长如玉竹，倒放琵琶般流畅的身躯弧线，到了腰间是细不可一握的收束，再往上，是恰到好处的微微隆起……

顾南衣忽然转开眼光，一瞬间月色薄透，映见他耳根微红。

生平第一次脸红，只为投影于白石上的那人的身姿。

顾南衣手指有点无措地抠紧了地上的草皮，平缓了十几年的心，于今夜此刻，在看清楚那石上的风景时，突然怦怦地跳动起来，越跳越急，越跳越奔腾，仿佛哪里窜出了奔马，惊蹄尥蹶，瞬间踏乱了万里河山。

星火缭乱，水声湍急，听不见四面的声音，看不清天地穹庐，顾南衣按住乱跳的心口，以为自己这一刻得了必死的绝症。

他在一怀初动的欲望里懵然着，努力控制着生平首次脱缰的意识奔马，因此混乱中没有注意到，他背对着的地方，隔河的小树林里，隐约有些极细微的响动。

那里，一堆残乱的石头后，无声无息地潜伏着一道人影，黑暗中，一双眼睛细长明媚，如鬼火般幽光浮漾。

他紧紧盯着河中的两个女子，目光着重落在凤知微的身上。

月夜的小河中，水声遮挡了一切，凤知微专心梳理着自己打结的乱发，她的半边脸落在月光里，一副肤光如雪、清艳至于绝俗的容颜。

月色打在她长长的睫毛上，显出一层淡淡的、温柔的弧影。脱下双层面具的她，洗去姜黄，洗去烟熏垂眉，现出晶莹的肌肤、飞扬的长眉和烟笼雾罩的秋水之眸。

树林中的人，盯着凤知微，眼里一片异光，随即目光落在河岸边用石头压住的人皮面具上。

他渐渐浮起一丝薄薄的笑意，像一道钢丝，拉过这静谧的夜色，掠出如雪锋芒。

半响，凤知微和华琼洗好上岸。顾南衣始终僵硬地背对着她们，没有回头。

那黑影一直等到三人离去，才如一道轻烟，消失在月下。

草原上的太阳，光芒万丈地升起，日光下，长长的车队，迤逦而行。

这是给凤知微的顺义铁骑运送粮草的车队，呼卓部的粮草，一直就近从禹州调取。本来顺义铁骑可以从主营请求拨粮，但是凤知微转战北疆，出没不定，更兼对主营不够信任，所以还是由禹州拨粮给呼卓，再由赫连铮和凤知微约定取粮地点。呼卓族人对地形熟悉，也免得被大越所趁。

这次的运粮队有点不同，分外齐整严肃、拱卫森严——因为顺义王也在队列中。

虽然凤知微没有对赫连铮说起自己的作战计划，但赫连铮却从她的动作中猜到了她要行险，他放心不下，于是将呼卓事务交给牡丹大妃，亲自押送这批粮草去和凤知微接洽。

要冒险，一起冒。

反正草原有牡丹大妃，还有"知晓活佛"。

赫连铮骑在马上，想着很快就可以见着凤知微，唇角笑意明亮。

前方突然停滞了一下，随即有些骚动。

赫连铮直起身。

"大王！"

一个战士奔过来，眼神惊异，"前面……前面……"

赫连铮皱起眉头，不待他说完便拨马过去。

他的马正是晋思羽那匹绝品越马——凤知微将这马送了他，晋思羽和赫连铮有间接的杀父之仇，赫连铮花了很长时间调教好了这匹马，骑着甚是解气。

前方人群之中，隐约有个披头散发、衣不蔽体的妇人。

赫连铮心中一跳，第一反应差点以为是骑兵出事，有人来报信，可仔细一看不是，再仔细一看，他呆了。

"梅……梅……"他难得地结巴起来。

地上的人抬起头，青紫浮肿、面目全非的脸上，唯有一双眼睛，还是旧时颜色。

她一看见赫连铮，先是怔了一怔，然后似乎精神迟钝地眯着青肿的眼睛看了他半天，等到认出他的那一刻，眼泪瞬间无声流了满脸。

是没有声音的那种哭。体内像是有无数的喷泉，液体无声无息地不断喷出来，似乎永远没有尽头，要这么无休无止地永远流下去。

她哭得浑身抽搐，哭得双眼翻白。那些奔流的泪水从伤痕斑斑又浮肿的脸上流下，将满脸的灰尘冲刷如沟渠，却始终无法发出任何哭声。

不是极深、极沉、极无言的疼痛，谁也无法这样哭。

所有人都露出不忍的神色。

他们都认识梅朵，想着那个尊荣鲜艳的女子，多少年公主似的生活于王庭，可谁也无法将现在惨不忍睹的她和原先的她再联系在一起。

"梅朵！你怎么会这样？"赫连铮翻身下马，一把抱住了她，"你怎么会——"

他的声音突然顿住，慢慢地看向梅朵的裙裾——衣不蔽体的破烂皮袍里，露出不整的亵衣，而那些亵衣上，全是斑斑的旧血痕，还冲出一股腐烂发臭的气息，令人欲呕。

赫连铮的脸色变了。

"阿札！"

抖了半天的梅朵，在他僵住的那一刻，终于炸出了自己的第一句话。

"阿札——"她一开口便是呼号，嗓音已经破了，夜枭一般炸在寂静的空气里，听来瘆人，"你要杀我，便杀我，为什么要这样对我？为什么……"

她挣扎着爬起来，疯狂地扑向赫连铮，尖尖的十指抓住他的胳膊，指甲死死地掐在他的肉里，拼命用头撞她，歇斯底里地叫："你怎么不杀了我？杀了我，杀了我——"

赫连铮一动不动，任她抠，任她撞。他双臂上全是血痕，细细的鲜血流下，滴落在草地上。护卫冲上来要拉她，可赫连铮厉烈的眼风飞过去，便没人敢动了。

"梅姨……这是怎么回事？"赫连铮轻轻拍着梅朵，眼睛不敢看她那破烂皮袍里露出的青紫的肌肤。

"你问我？你怎么不问问你自己？"梅朵霍然抬脸，眼睛里全是血丝，"你千挑万选，为我选了那个老变态！你安排护卫送嫁，却让他们在路上轮奸了我！那老家伙恨我不是完璧之身，打我，骂我，关我黑屋子，不给我吃喝，还用棍子捣烂……捣烂我！札答阑！札答阑！你为什么不杀了我？或者十几年前，我为什么要救你？"

她霍然张开那满嘴白森森的牙齿，嗷呜一口咬在了赫连铮的手臂上。

她咬得极其用力，鲜血几乎立刻迸射开来，赫连铮却一动不动，挥手拂开冲上来的侍卫。

半晌，梅朵身子一软，挂在了他的臂上，牙齿却还没松开。

赫连铮半扶半抱着她，仰首望天。没有人看得清他脸上的神情，良久，他道："队伍里有婆子，叫一个来。"

因为凤知微和华琼是女儿身，所以运粮队每次都会找理由安排一两个婆子，方便凤知微用。婆子几乎是被护卫拽过来的。

赫连铮已经将梅朵抱进了车里，自己坐在车辕上，由护卫给他包扎手臂上的伤口，看到婆子过来，他冷冷道："进去给梅姨检查下身体，出来告诉我，记住，你看见的，从此给我烂在肚子里。"

婆子吓得一抖，赶紧应了，钻进车里，半晌出来，面露怜悯之色，在赫连铮耳边低声说了几句。

赫连铮默然不语，挥手示意她下去。默默坐在车辕上看了半晌天后，他转身进了车厢。

梅朵已经换了一身衣服，躺在那里，疯狂的神情也已经安静了下来，看见赫连铮，她竟然还笑了笑。

随即她张开双臂，对着赫连铮，轻轻道："阿札……阿札……我刚才以为我要死了……突然看见你，我要疯了……我有没有咬痛你？我看看……我看看……"

赫连铮看着她那憔悴的气色，眼圈一红，差点落下泪来，随即将自己包扎好的手臂递过去，勉强笑道："没事，小伤。"

梅朵抚摸着他那白布包扎的伤口，眼泪扑簌簌落了下来。

半晌她轻轻道："阿札……不是你，不是你是吗？你是我从小养大的，你没有这样比豺狗还恶毒的心！"

赫连铮默然不语，半晌艰难地道："梅姨……这也许只是个误会……"

"误会！"梅朵立即激动起来，挣扎着坐起身子就要掀开皮袍，"什么样的误会会造成这样的——"

"别！"赫连铮慌忙按住她，"别！梅朵姨妈，你别激动……我们慢慢说……"

梅朵闭上眼，胸口起伏，半晌冷冷道："顺义大王阁下，既然您不信我的话，便亲自派人把我送回德州马场去吧！也好让您的人亲眼看看，到底是谁在撒谎！"

"梅朵姨……别说那样的话，我没有不信你。"赫连铮轻轻道，"但我也知道，知微不是那样的人，这里面一定有什么误会。这样吧，我还有点事，先派人送你回王庭，有什么事回来再说，好吗？"

"你丢我一个人回王庭？"梅朵霍然睁眼，"你丢我单独面对你那豺狗般凶恶、兀鹰般狡猾的王妃？你是要再次送我进火坑？"

赫连铮张了张嘴，不能说凤知微已经不在王庭，只好道："那么不回王庭，我把你托付给青鸟族长，让他来照顾你……"

"算了吧，大王！"梅朵冷笑起来，"你的人，现在都是你那位大妃的走狗！你看着吧，你今天送回我，明天我就会被送回德州！"

"那你要怎样？"赫连铮皱起眉头。

"我跟着你！"梅朵语气坚决，"你到哪里，我到哪里。阿札……我这个样子，你叫我还敢相信谁？你若不肯带我，我立刻滚下车，死在你的车轮下！"

她说着便爬起身，挣扎着挥开被褥，往车下滚。

赫连铮拦住她，却决然道："梅朵姨，不管什么事，不管谁的错，都要等我回来再说，现在我不能带着你，我此行……很重要。"

他不再说话，快速将梅朵一拎，拎下车，喝道："留下二十人，护送梅朵回青鸟部！"说完再不回头，策马便走。

　　刚走了没几步，就听见身后的惊呼声。

　　他回首，便看见梅朵挣脱了护卫，竟然追着车队跟着跑。她刚才下车没有穿鞋，此时赤足在沙土地上一跑，顿时脚底被磨破，地面上一串斑斑血迹，然而她像是毫无感觉，也不知道哪儿来的力气，猛然纵身一跃，抓住了最后一辆车的边沿，竟然就这么把自己死死地拖挂在了车边。

　　赫连铮霍然变色，大吼："停车！停车！"

　　车马立即停下，赫连铮快马驰近，死死扒着车辕的梅朵凄然抬头，道："阿札……你不要我……我的尸首也要跟着你……"

　　赫连铮愣在了日光下。

　　"阿札，你在怕什么？我能对你和你的大妃怎样？我这个样子？"梅朵凄然一笑，"我知道你护着她，我都这样了你还护着她，可你既然无论如何都相信她，你就把我带着，问问她，问问你家那冰清玉洁的大妃，我有没有冤枉她？"

　　赫连铮默然不语，坚定的神色终于微微露出一丝动摇。

　　梅朵扒着车辕，仰起脸看着赫连铮，泪光盈盈里轻轻道："阿札，我的阿札……你永远都是这么坚定，那时你两岁……我抱着你在草垛里，你一声都不哭，还和我说，梅朵姐姐，我们都不用怕，不用怕……你那么小，可我抱着你突然便不抖了，你都不怕，我怕什么呢？你叔叔的长枪扎进草垛，扎破了你的手掌，你却动都没有动。我还怕什么呢？不过是冰湖……死不了……阿札，你看……我现在这样，也没死……我的阿札……在这个世上，我什么都没有了，活下去……为了你，死了，还是为你……"

　　"别说了！"

第九十三章
生死相托

"别说了！"赫连铮的一声吼惊得絮絮不休的梅朵霍然闭嘴，只抬起一张涕泪横流的脸惊惶地看着他。

赫连铮不看她，烦躁地在地上来回踱步。看着梅朵低声啜泣着，皮袍下露出血痕斑斑的双脚，四面的护卫都面露恻隐之色。

护卫们都是因尔吉部的战士，对梅朵熟悉得很，虽然以前多少有些不满她的张扬，但男人天生对落难女子有不可抑制的同情之心，何况在他们看来，梅朵都凄惨成这样了，又有这么多护卫在，大王还担心什么？不过是送趟粮草而已。

"大王……"八彪护卫此次来了四个，大鹏在试探着求情，三隼却已经认为，他们忠义诚厚的大王，不可能抛下这样的梅朵——他的救命恩人，照顾他长大，如今又落得这般惨状。

于是三隼上前，自作主张扶起她，赫连铮背对着他们，也没有说话。

梅朵收了眼泪，看了赫连铮的背影一眼，见他没有动，唇角露出一丝笑意，在三隼和婆子的挽扶下往车上爬。

见赫连铮始终没有动，护卫们都松了一口气，欢笑着去赶车子。

等到梅朵爬上车坐好，赫连铮跨上马，对八彪中赶车技术最好的大鹏道："你去赶梅朵那辆车。"

大鹏应了,爬上车辕。赫连铮将车厢门一关——这是装粮草的车子,没有窗户,只有可以打开的门,为免路上翻车使粮草倾泻,门上都有铁闩。

赫连铮关上门,抬手就把铁闩闩上,随即扬手一鞭,恶狠狠地抽在拉着那辆车的马屁股上!

那马受了惊,长嘶一声,扬蹄便奔。车厢里传来梅朵的惊叫,车辕上,大鹏抓着缰绳目瞪口呆。赫连铮暴吼:"赶好车子,送她回王庭!"

大鹏手忙脚乱地赶紧调控缰绳,使尽浑身解数安抚惊马让歪歪斜斜的车势平稳。东倒西歪的车厢里传来梅朵爆发似的大哭声,隐约还有砰砰撞车门的声音,声音如鼓槌,重重地擂在所有人的心上。赫连铮唰地掉转身,背对远去的车子,双拳捏紧,闭上了眼睛。

满地的护卫呆在那里,完全忘记了所有动作,看着那车在大鹏的拼命控制下险而又险地恢复了平稳,才舒出一口气,然而那沉闷的撞击声,似乎依旧隐隐响在耳中。

"王!"直心肠的草原汉子们不赞同地齐齐大喊。

王竟然偏心如此!狠心如此!这还是他们心中那恩怨分明、仁义勇毅的王?

"去二十个人,追上去护卫。"赫连铮却似已经失去了所有的力气,听不出众人的不满,只疲乏地挥挥手,拖着脚步上了马。

护卫们用陌生的眼光看着他们的王,半天都没有人动。三隼怔怔地看着那车半晌,狠狠地跺了跺脚,一扬手,一鞭子抽上一个护卫。

"叫你们去追,还不去!"

二十个护卫被赶上马,追逐车子而去。余下的人面面相觑,毫无声息,先前的欢声笑语,都飞到了九霄云外。

三隼闷头赶车,谁都不睬。赫连铮端坐马上,一言不发。

他不是笨人,感觉得到四周护卫们的失望,他们素来爱戴崇敬他如神,而今日他那看来似乎毫无理由的绝情,让神从云端掉落。

偶像的建立也许需要年深日久的培养,崩塌和毁灭却往往只在一瞬间。

草原汉子不懂得那么多顾忌为难、大局为重,他们只知道有恩便要报,落难者必得帮。

这是赫连铮第一次感觉到身周全部都是敌意和不满,此时才知道这滋味如此难捱。

他抬起头来,长长嘘出一口气。远处浮云迤逦,似万马奔腾,恍惚间那是黑甲青衣的顺义铁骑,亮长刀,策快马,在茫茫北疆大地踏血奔驰,而在万人之首,有黑衣软甲的少年,一骑当先,在天地间绽开雍容而刚烈的笑容。

知微。

我不能将任何一点危险带到你身侧，哪怕只是一个微小的可能，都不行。

便纵因此为千夫所指。

我认！

　　"白头山小道已经清理得差不多了。"凤知微在一处隐秘的矮山后和属下们做着最后的计划拟订，"最后一段是一处山崖，还好，不是很陡，但是想要毫无声息地下去不容易，所以，我们只选最精锐的去偷袭，由我带领，从后方直穿晋思羽的主帐。其余人由淳于和扬宇带领，带着战马、蹄裹草、口衔枚，在主营五里外的白灵淖等候。以红色旗花为号，这边一破主帐，那边立即强攻。"

　　"我跟着你！"姚扬宇一口拒绝。

　　"不行。"凤知微答得更干脆，"你武功不过关。"

　　几个二世祖直着脖子，斗鸡似的瞪着凤知微，凤知微却看都不看他们一眼。淳于猛幸灾乐祸地呵呵笑，一副我去不成你们也别想去的样子。

　　"我们会很小心的！"姚扬宇又哀求，他望着白头山的方向，隐隐的，心中有些不安。

　　"你们跟着我只会是拖累。"凤知微毫不客气，"你以为叫你们直袭大营是轻松活？大营有十万人马！"

　　"那你为什么带她？"余梁不服气地对着华琼一摆头。

　　华琼唰的一下抽出腰间的双刀，对着余梁一亮，"为什么？拿刀说话！"

　　余梁干瞪眼不说话了，同样是半路出家学武功，人家就是比他学得好，有什么办法。

　　"黑寡妇！"

　　"小白脸！"

　　那边吵得斗鸡似的，这边凤知微好像没听见。

　　"宗先生跟着你们这队。"凤知微道，"我侦查过地形，那山崖后有个不起眼的洞，万一事有不谐还能从洞中退走，其实没什么危险。倒是你们这边，以一当十直闯大营，比我们要难得多。你们放心，顾兄和我在一起。"

　　姚扬宇还想说什么，凤知微却已经不容置疑地站了起来。忽然砰的一声，天上飞下来一个人影。

　　那人狼狈栽落，跌了个嘴啃泥。

　　远处，顾少爷拍拍手，道："偷听。"然后慢悠悠踱了开去。

地上的人艰难地抬起头来，是宁弈派来的校尉卫玉。凤知微开绝密军情会议，自然不会让他参与。

"将军……"卫玉爬起身，对上凤知微那似笑非笑的眼眸，打了个寒战，却急迫地道，"您的计划，太冒险了……"

"你准备去报告楚王吗？"凤知微打断他的话。

卫玉竟然点点头，诚恳地看着她，道："将军，我来之前，殿下亲自嘱咐过我，说不管您有什么想法，他托姚校尉转告的话都请一定要听，还要我，只要有什么消息，必须报他得知。这是王命，我……不能违背。"

"那你去报吧。"凤知微的回答也出乎意料。她拍拍手，顾少爷便牵过来一只瘸腿毛驴。

驴极丑、极老、极衰颓，眼角糊满眼屎，气息奄奄。

凤知微仰慕地看着顾少爷，自己只说找头驴，真难为他从哪里找出这么一头衰到惊天动地的驴。

卫玉看着它那瘦得刀削似的、一坐下去便可能割破屁股的背脊，脸色比黄连还苦。

百里路途，用这只毛驴回去报信？等人到了，战事必定都完了。

"去吧。"凤知微亲切地把他墩在驴背上，一拍驴屁股，老驴蜗牛似的晃悠出去，"记得代我向殿下问好，这头驴也不用还我了，就说是我送他补身子的，鲜花衬美人，宝驴赠贤王，魏知孝心，请殿下一定赏脸。"

卫玉苦着脸，骑着驴去"报信"了。凤知微仰头看看天色，道："赫连铮送粮快要到了，等下吃饱肚子就出发，是非成败，只在今夜二更！"

秋夜的风掠过草尖，其声瑟瑟，将篝火吹得飘摇欲灭。

马车里的哭泣声始终没有停过。

大鹏叹了口气，从火堆上取下烤羊腿，走到车边，轻声道："梅朵阿姑，吃点东西吧。"

回答他的是更高一调的凄凉哭声。

"大王也太狠心了！"一个坐在火边的护卫沉着脸，忍不住道，"便是让阿姑跟着又有什么关系？她现在动都动不了，大王怕什么啊？"

"老实说，我觉得阿姑说得一点不错，她不能被送回王庭。"另一个护卫皱着眉头，"大妃那个人，你们知道的，厉害得很。阿姑这样回去，大妃只怕还真的会把她送回给德州。"

"哪里还能回去？"又有人愤愤接口，"看她都成什么样了！"

"中原女人就是心机深，最会争宠！"

"就是！"

"休得背后议论贵人！"大鹏走过来，沉声一喝。众人收了声，静默半晌却又忍不住，有人道："大鹏大人，您看，阿姑都这个样子了，再不吃不喝、整日哭泣，我怕到不了王庭，她便……"

大鹏脸色变了变，这话正击中他的担心，大王将梅朵交给他，若是半路上出了什么事，要怎么向大王交代？

"我去劝劝她。"他起身向车子走去。

"阿姑，吃点东西吧，你好歹得撑着等到大王回来啊。"大鹏蹲在车门口，殷殷劝说。

"我等得到他回来吗？"半晌，伴随着抽泣声，梅朵的声音幽幽地传了出来。

她终于肯答话了，大鹏心中一喜，道："您坚持一下，大王很快会回来的，左右不过半日路程……"

梅朵突然不说话了，半晌低声道："我不想回王庭。"

大鹏为难地搓着手。梅朵道："我们就在这里等他好不好？"

大鹏怔了怔，犹豫道："这……"

梅朵见他意动，立即又道："我们在回王庭的路上啊，你可以说有什么事耽搁了。大王只是不要我跟随着他，但是没说我不可以在半路等他，我……我不敢回王庭……"

她又哭了起来，声音哀切。大鹏闻着车厢里传来的药味和一种细微的腐臭味，心中一酸。

几个护卫走过来，纷纷相劝。大鹏终于点了点头。

梅朵的哭声渐渐低了下去。大鹏叹了口气，下车看看，附近不远处有座矮石山，便命护卫们把车马赶进山坳里。

梅朵似乎情绪也好了些，还下车靠着篝火坐了坐，和护卫们低声谈了几句，又亲手烤了些羊肉递到护卫们手中。护卫们看着她憔悴的脸上眼眸诚恳，都心中发酸，特别痛快地吃起她烤的肉来。

大鹏却一直没有近火边来，也没有再靠近梅朵，只是很尽职地在高处守望，虽然草原目前已经一统，但是作为深知呼卓部内部暗流的赫连铮亲卫，大鹏不敢掉以轻心。

忽听身后梅朵唤他，大鹏一回头，隐约看见火堆旁的护卫们都睡下了，心中一惊，可这点感触还没完全掠过脑海，忽觉身后有大力一推，随即脑中一晕，重重从山石上跌落。

　　一道黑影无声从他身后飘了过来，懒洋洋地踩着他的背，对火堆旁站起的梅朵笑道："还好你聪明，知道停在了这里，再往前，王庭护军就会频繁出没，我可不敢随意下手。"

　　梅朵看着他，目光中尖锐的恨毒之意一闪而过，冷冷扭转脸不理他。

　　"别这样。"克烈笑吟吟地飘过来，摸摸她的脸，"你应该高兴些，很快，你的王就会回到你身边了。"

　　梅朵偏转过脸，嫌恶地道："别碰我！"又看看他手中拎着的大鹏，疑惑地道："你一定要我探听到大王要去的地方做什么？你不会是想害他吧？"

　　"别问那么多。"克烈笑道，"总之，你听我的，你才能回到你家大王身边，不过赫连铮可真是心狠啊，你这个样子，那样求他，他居然还是不让你跟着。我跟着他，却险些被魏知那边接出来的暗探给发现，好在你这边总算给我留了个空子。"

　　"刚才我问了那些护卫。"梅朵道，"他们并不知道大王要去哪里，每次送粮快到时，便另外有人来接，不过，我想大鹏应该知道。"

　　"嗯。"克烈细长的眼睛幽光一闪，眼神里流出兴致勃勃的神态，"我有好几个好消息，想必大越那位安王殿下，一定很感兴趣……"

　　天色将晚的时候，有车马驶近凤知微所在的白头山背后的小山坳。

　　"呼卓部送东西来了。"凤知微眼中闪出喜色，快步去接，随即便听一人笑道："赫连铮幸不辱命，准时送到。"

　　"你怎么亲来了？"凤知微又惊又喜。赫连铮大步过来，亲自指挥护卫们卸下车上的东西，道："除了禹州那边送来的粮食，还带了一批族民们自己腌的牛羊肉干酪，还有呼卓铁匠打的弯刀，儿郎们吃惯了草原食物，用惯了自家武器，最顺手！"

　　"难得你这么细心。"凤知微抿嘴一笑，"粮食这边倒还好，只是剩得不多。牛羊肉干酪什么的，立即发下去，大家尽饱而止！"

　　姚扬宇他们还不觉得什么，呼卓部的骑兵队长们都在欢呼，征战在外，啃腻了中原的干粮面饼，今晚可以吃到习惯的食物，众人都十分兴奋。

　　赫连铮看着凤知微，上下左右地看她，半晌皱眉道："好像瘦了？"

　　凤知微瞟了一眼姚扬宇他们，生怕赫连大王控制不住说出什么不妥的话来，赶紧道："还不去安排伙食，早做准备！"

　　姚扬宇望了赫连铮一眼，"哦"了一声，带了兄弟们出帐去，一边走一边咕哝："将军的男人缘可真好……"

赫连铮隐约听见，噗的一声笑了出来。凤知微悻悻道："混账小子，无法无天！"

她语气嗔怪，眼神却是含着笑意的，在黄昏的暗色中闪出熠熠的光来。

赫连铮看着她那水汽迷蒙却晶莹闪亮的眸子，满腔的话突然便凝在了嘴边，路上想好的要问一些问题，要表达一些疑惑，到此时却突然都没有了说出来的兴致——问什么呢？有这样一双眸子的人，绝不可能做出那种恶毒的事情来。

她也许心计深沉，也许不择手段，但是她的恶，永远都有其原因和原则。

赫连铮微微地笑起来，觉得仿若心上去了块大石，遍身都轻松了，却忽听身边那个敏锐的女子问："你好像想说什么？"

"不，没有。"赫连铮摇头，诚恳地看着凤知微，"我只是觉得，在你身上，很轻松。"

"傻瓜。"凤知微轻轻地笑，眼神里有微微的愉悦。

从外面进来的顾少爷看见赫连铮，突然飘了过来，堵在他面前，隔着面纱，也能看出他的眼睛闪闪亮亮的。

赫连铮拍一拍头，笑道："想问你家知晓是吧？嗯……"

他犹豫了一下，而这一犹豫，顾少爷立即走近几步，连凤知微都转过了头。

"也没什么。"赫连铮赶紧笑道，"就是前些日子开始有些发热腹泻，烦躁不安。王庭医官看了，说没什么，不过到我出来为止，似乎热还没退下去。"

顾少爷立即转头看宗宸。宗宸皱皱眉头，问："有热度？看过舌苔没有？咳嗽否？"

连问了几个问题，听赫连铮一一答了后，宗宸皱起眉头。凤知微已经道："莫不是出痧？"

宗宸默然不语，半晌道："不看本人病症，不能确定。"

这话从他口中说出来，便令众人多了几分慎重。顾少爷不太明白出痧的意思，转头看凤知微。凤知微道："没事，不然还是请宗先生回去看看吧。"

"不可，现在这个情形，仰仗宗先生之力甚多，万万不能离军。"赫连铮立即否决，连顾少爷都在摇头。

凤知微瞟了一眼顾南衣，看他头摇得坚决，眼睛却望向王庭方向，很明显，他已经听出了其中的凶险，却依旧为了她的安全不肯让宗宸离开。

别人不清楚，凤知微却最明白知晓在他心目中的地位。这个他一生首次主动纳入怀中并亲自抚养的孩子，是他灵魂的钥匙、心灵的门户，而他正是在那柔软的小身体上懂得了诸如温暖、柔软、欢喜、怜惜等种种情绪，并如同珍惜自己的生命一般珍爱她。

"赫连，知晓生于南方，体质不如你们草原的孩子皮实，你们草原的巫医，在这方面也没有汉医有经验。这万一要是天花，不能轻忽，我看还是让宗先生去一趟，快去快回就是了。"

赫连铮默然不语，不方便再反对，只把浓眉皱着。顾少爷还在摇头，一边摇一边盯着王庭的方向，而凤知微已经决然把宗宸推了出去。赫连铮叹口气，牵过自己那匹越马，道："只好烦劳先生辛苦点，快去快回。"

宗宸留了一包药，道："这是我研制出来的万灵丸，对大多数毒药都有效果，你们留着。"

三人都应了，看着宗宸匆匆离去。凤知微握握踮起脚尖看宗宸远去的顾少爷的手，安慰道："没事，别说未必是天花，就算是，宗先生出马你还怕什么？"

顾少爷沉思了一会儿，也拍拍她的手，道："你在，大家都在，便什么也不怕。"

凤知微一怔，轻轻笑起，握住他的手，道："放心，都在。"

姚扬宇出了帐，顺带便去看了火头军。大锅里煮着热腾腾的野羊肉，那种气味在中原人闻来膻味冲鼻，草原汉子却都卜在锅边口水直流地说香啊香啊。

姚扬宇闻着那种味道，皱了皱眉头，突然想起在山坡后捏着自己脖子强咽干酪的魏将军。这种气味特别浓重的草原食物，将军也是不习惯的吧？

"怎么煮的还是存粮？不是有新粮过来了？"他盯着锅里发黄的米饭，"前阵子暴雨，有些小米受了潮，一股怪味儿。"

"将军吩咐，"火头军笑道，"不得浪费，先紧陈粮吃。"

"那你就煮一小锅新米粥。"姚扬宇犹豫了一下，又翻了翻送来的东西，喜道："居然还有蔬菜鸡蛋！赶紧给我拣没烂没坏的，精心地炒几样给将军帐里送去，要是问起，你说我叫的。"

"好。"火头军手脚利索地边忙，边笑嘻嘻道，"还是姚校尉体贴将军，说实在的，将军也确实辛苦……"

姚扬宇哈哈笑着，贪馋地凑在青菜上嗅了嗅，才恋恋不舍地走开，去和士兵们挤在羊肉锅前等吃晚饭。

晚上饭菜送进主帐，凤知微一见便皱了眉头，然而看看顾少爷，又不说话了。

小呆也可怜啊，他比她还不爱吃羊肉，每次都是闭着眼睛吞的。这在北疆打仗，胡桃也供应不上，凤知微每次看见他腰上那几个空空的胡桃袋子都觉得心酸。

女儿也抱不着，胡桃也吃不上，再不给人家一口新鲜蔬菜吃，连凤知微这么厚的脸皮都觉得不好意思了。

"要么你去吃羊肉。"凤知微推推赫连铮，"我们在这儿喝粥。"

"想都别想。"赫连铮一把挤坐在她身边，抢先端过一碗粥喝了一口，"别想躲一边吃独食。"

凤知微笑笑，给把头埋在碗里的顾小呆夹菜，又道："吃完饭就回去吧，王庭那边一日都少不了你。"

赫连铮不理她，将青菜往她碗里夹。

凤知微挡住碗。

赫连铮筷子不松，抬起眼帘看她，他琥珀般幽紫的眼眸光芒闪烁，亮得逼人。

"宗先生已经走了，我不能再走。"他道，"爬也要爬去。"

"你身份贵重……"凤知微试图劝说，赫连铮却埋头扒饭，不理她。

知道这家伙倔起来也是八头牛拉不动，凤知微叹了口气。三人草草吃完，简单的几样菜一扫而空，顾少爷尤其吃得多，他思念中原蔬菜已经很久了。

淳于猛披挂整齐进来，道："将军，我们先走一步。"

"白头崖下见。"凤知微一笑。

"白头崖下见。"淳于猛眼底闪着兴奋的光，出去了，随即低沉有力的号令声起，九千骑兵直奔白灵淖而去。

"我们也该准备了。"凤知微进了后帐，换了一身紧身黑衣出来，愕然发现不仅赫连铮换了衣服，连从来都是一袭天水之青、柔软长袍的顾少爷，都换上了紧身黑色夜行衣。

凤知微知道，这样紧身、质料又不算太好的衣服，对顾少爷这样的人来说，穿着便等于受刑一样难受，赶紧道："顾兄不要紧的，你的武功不怕被人发现……"

"你的安全最重要。"顾少爷平平板板地回答，一闪身已经掠了出去。

精选出来的三百夜行士已经由华琼率领着，在帐外等着凤知微。

她抬头看看天色，夜色幽冥，草原上有迷蒙的雾气在流动，宗宸走的时候推测说今日夜间有雾，正是行动的最好时机。

前方乱草丛拨开，一条小道迤逦深入，直入山深处。

人们目光灼灼，等着凤知微军前动员，凤知微却一句话不说，只无声将手掌向下一划，劈向白头山！

她动作劲健有力，杀气凛然，黑暗中黑色衣袂一闪，像一道森凉的闪电劈落！

每个人都被这无声动作里的决然和凛冽，激得热血与目光同沸！

雪光一亮，华琼双刀一挥，当先奔了出去。

三百多人成长蛇阵，武器全部漆成黑色，着紧身黑衣、软底薄靴，腰间束着长绳，微微弯腰屈膝，在草间小径上快速前行。

黑暗中，一道道黑影如风行草上，流波般掠过，衣服摩擦长草发出唰唰的声响，和远处呼啸的风声混杂在一起。

到了白头崖上，凤知微一个手势，众人全部停下。

趴在崖上打量崖下，晋思羽的大营连绵十里，灯光暗沉，巡逻守夜的士兵来往不绝，十分密集，所有的帐篷都一模一样，看不出主帐在哪里。

凤知微闭上眼，崖下地形图在脑海中缓缓铺开，半晌她睁开眼，指了指某个方向。

她身边的赫连铮赞同地点了点头，手势一摆，众人系绳鱼贯而下。

凤知微和顾南衣在最前面，一路快速攀下山崖，无声落地。

一队巡逻士兵过来，凤知微却无声一滚，滚入帐篷后，见士兵浑然不觉地过去，凤知微闪电般纵身而出。

士兵只觉得手中的灯笼光影一晃，似乎有什么一长条的黑影一掠，还没来得及回身，便觉得咽喉一凉。

他身子一软，倒在凤知微的臂弯里。凤知微勒着他的脖子，将他拖到帐篷后，轻轻将他的尸体放下，快速剥下衣服穿在自己身上，却在胳臂上套了一个细细的红布条。

这是等下在混乱中用来辨认自己人的。

身边的也放倒了两具尸体，赫连铮和顾南衣如法炮制，换上了大越士兵的衣服。三人无声打了个手势后，分头扑了出去。

一队巡逻的士兵看见一人提灯而来，灯光背面的脸却模糊不清，刚要发问口令，忽觉眼前精光一亮。

亮完了，便是永恒的黑。

还有两个士兵在开小差，躲在一处山石后分吃偷藏下的干粮，忽然看见有人过来，拿灯光直照着他们的脸，慌乱之下急忙去藏干粮，可手刚背到身后，就看见自己的头颅掉在了地上。

掉在地上的头颅，还神奇地看见干粮没有落地，挑在一人平伸的剑尖上。

暗夜里，三人如魔，携着杀机和血色，无声无息地解决掉了主帐和重要将领周围的巡逻暗哨。

随即凤知微抬手，靠近山壁，做了个手势。

嗤一声轻响，她身边落下华琼，随即，等候已久的三百人，不断跃落。

每个人的落地声都极轻，有些落地不准、落不到草上的，顾少爷都及时拍出一掌，将他们送到落足无声的草地上。

凤知微示意了几个帐篷，众人领命散开。

夜色里，三百条收割生命的夜行者，蹿行于帐篷之间。黑色长刀如冷电，出没于血肉肌体间，而那些刀锋与血肉摩擦的沉闷声响，被秋夜里不断鸣叫的夜虫的叽叽声淹没。

凤知微三人，则逼近了晋思羽的营帐。

虽然看起来和别的帐篷一模一样，但是只要敢于走近，就会发现这个帐篷的与众不同——守卫最严密，位置最好，所有的帐篷，都若有若无地对其进行拱卫。

晋思羽还没睡，帐篷里灯火通明，但是似乎没有别人，只他的身影长长地投在帐幕上。

那么明亮的灯火，几乎让人无法逼近，凤知微三人几乎是贴着地面游过去的，即便以三人的武功，也用了整整一刻钟才解决掉所有暗哨。

趴在草地上，浑身肌肉高度紧张，凤知微飞快地和赫连铮用手指官司商量以哪种方式进晋思羽的帐篷最合适，却忽然听见急促的脚步声。

三人都身子一紧，伏得更低了。

赫连铮飞快示意凤知微，"需要撤否？"

凤知微摇摇头，示意等一下。

这一摇头，她忽然觉得眼前一黑。

她怔了怔，第一感觉就是以为自己紧张太过，可随即便觉得不对劲。

头有点晕，身子有点软，体内的力气，像泉水般突然流泻了出去，她甚至觉得，自己虚弱得快要飘浮了起来。

更糟的是，因为这种奇异的感觉，体内久已沉默的那股炙热也轰然一声从丹田内跃出，火龙般顺着她的经脉炙烤着，几乎是瞬间，她便汗湿身下的泥土。

凤知微在这一瞬间做了三个动作。

第一是看看四周还在暗杀的华琼等人，而那些飞窜的黑影，证明他们没有受任何影响。

第二是看看身边的赫连铮和顾南衣，两人目前没有异常，但是凤知微确定，既然在外吃大伙食的人都没事，那问题就出在今晚的青菜米粥上，未必是毒，但一定有问题。三个人都吃了，谁也逃不掉，顾南衣尤其吃得多，只是因为她有痼疾，发作得最快而已。

第三个动作，她突然出手，横掌在身边两人的后颈上重重一拍！

这一拍用尽她全部力气。那两人便是疑遍天下人也不会对她有一分防范，闷声不吭地便被她劈昏过去，连顾南衣都不能幸免。

　　凤知微劈昏两人，挣扎着支起身子，盯住了刚才发出急促脚步声奔过来的人。

　　那人是个将领打扮，似乎因为心急，完全没有在意主帐四周的守军已经不见。他身后还跟着一个人，那人形容有些狼狈，身法却有些特殊。

　　远远地看着那身法，凤知微心中轰然一声，百忙之中什么也顾不得，更来不及和身边的人商量，立刻发出了一声蛐蛐鸣叫。

　　这是她定下的撤退暗号。

　　黑影一闪，华琼和赫连铮的八彪护卫来到她身侧。凤知微一边看着那两人冲进晋思羽的帐篷，一边对着八彪示意拖走赫连铮和顾南衣。

　　她打出的手势是："有变！速撤！"

　　八彪愣在那里，不知道好端端的为什么会这样，华琼反应却快，立即又发出一声蛐蛐叫。流窜各处的黑影都顿了顿，随即如黑色沙子流回瓶中一般聚集到华琼身侧，随即整齐有序地重新往崖上攀缘。

　　主帐内隐约有声响传出，是晋思羽在问："怎么到现在……"

　　随即来者答："出了点小岔子，被缠住了，快……"

　　声音模糊传出。随即，晋思羽快速掀帘而出，正要说什么，看见营门正前方又有骚动，火光里又有人闯了进来，这回却有人在拦截。远远地，那人高叫跳跃着，似乎在叫嚷着什么，但是离得远，无法听清。

　　又有惶急的士兵飞奔而来，急报多名将领于帐中被杀。凤知微趁晋思羽愣在帐门口，狠狠把三隼一推，低喝："计划有变，快带大王和顾大人走！"

　　八彪中的二虎三隼急忙将两人负起，奔到崖下。已经爬上去的人垂下绳索。

　　华琼却不走，执着双刀看着凤知微。凤知微勉强支持着镇定从容的神情，笑道："我刚才突然有了更好的主意，看见营门口那个人没，那也是我布下的棋子，你且看着吧！"

　　华琼有点迷惑不解地看着凤知微，不知道她葫芦里卖的什么药。凤知微冷汗直流，悄悄用长刀支撑住自己摇摇欲坠的腿，咬牙笑道："快走，别坏了我的事！"

　　随即她一抬手，手指一拉，轰的一声放出了信号旗花。

　　旗花放出的同时，凤知微一脚将华琼踢到崖边。巨大的光亮下虽然惊呼声起、人潮涌出，但人人都被那灿光逼得睁不开眼，华琼也被凤知微突然放信号吓了一跳，下意识地就往崖上爬。

　　主帐前奔出的晋思羽和克烈，都面色铁青。巨大的光亮过后，晋思羽狠狠扭头，一眼看见崖壁上的人影，还有还没爬到崖端的三隼和二虎。因背着人行动慢，两人都只爬到一半。

晋思羽冷笑一声，手一抬，掌中已经多了一柄弯弓，弓上重箭漆黑。他抬弓援臂，弓弦的吱吱声响里，直对半空中赫连铮的背心。

他目光精准，虽然崖上还有很多人没爬上去，但是很明显，被背着爬上去的多半是重要人物，于是想也不想，便直接冲着赫连铮去了。

凤知微立即抬手又抛出个备用旗花，她不砸晋思羽，却砸向帐篷前的火把。轰然一声，星花大作，晋思羽和克烈都被那响声和亮光逼得向后一退，重箭落空。

此时，大越大营已乱，人们惊惶地从营中冲出来，不知道发生了什么事。晋思羽赶紧整肃安抚、指挥应变，一时顾不上再袭击山崖。克烈跟在晋思羽身边，一眼便看见了凤知微。他眼睛一亮，正要和晋思羽说完他来不及说的话，又想夺过一个士兵的刀去砍山崖上的绳子，却忽然听见身边有人厉号一声："克烈！"

克烈一回首。一人满身浴血地扑过来，抱住他的脖子张嘴就咬。

克烈大骂一声："又是你！"

火光中一片乱象，一瞬间，人人都被惊住，只有凤知微依旧清醒，趁着克烈、晋思羽无暇注意她时，一翻身退向山崖后，拨开乱草，找到当初说起过的那个隐秘的洞，一头钻了进去。

从洞里的缝隙对外看时，她才发现那趁乱闯进大营的竟然是赫连铮手下的八彪之一大鹏，他一身鲜血，衣衫凌乱，神情有疯狂之色，死死缠住克烈不放。也不知道他怎么会出现在这里，又怎么会和克烈这样不死不休。

克烈也在暗叫倒霉，他用师门摄心法术从大鹏口中得知了赫连铮将要去哪里，又隐约猜到他们要做什么后，立即赶来向晋思羽报信。谁知大鹏心志坚毅，受了法术之后竟然自己苏醒，偏偏又因此神志不清，只记得自己背叛了大王，痛悔之下恨极克烈，一路竟然就这么追了过来。他武功本就是赫连铮手下最好的一个，发狂之后力气又大涨，克烈竟被他一路绊住，以至于延误了到大营的时辰，否则，凤知微早已全军覆没。

此时大营纷乱，大鹏一路闯了进来，他认出了山崖上的主子，看见克烈更是新仇旧恨，于是扑上去一把抱住，张开口就对着克烈的喉咙啃了下去！

克烈猝不及防之下一偏头，喉咙却已经被大鹏的利齿咬出一个洞。鲜血喷射里，他急怒攻心，抓住刀就对大鹏连连乱捅。大鹏嗷嗷地吼着，血肉成泥里死不放手，只管将嘴凑过去，拼命地撕扯乱咬。

两人滚倒在地，如野兽一般挣扎撕咬，咻咻喘息里血肉横飞，遍地滚出一片片的血痕，惨烈得连晋思羽都怔在了那里。

"大哥！"

山崖上传来撕心裂肺的大吼。三隼和二虎霍然转头，眼角崩裂出鲜血，撒开手就想跳下来，却又在动作做到一半时生生止住，抓住山岩的手指指甲生生裂开！

"给我射！"晋思羽指着山崖冷声命令。

凤知微一抬头，看见三隼和二虎已经将近崖边，和接应的人只差一只手臂的距离，立即一把撕掉面具，披发于面，从藏身的洞里奔了出去。

她与其说是奔，不如说是滚，力气已经流失干净，体内的热火却还在腾腾燃烧。这一滚便滚向晋思羽脚下，晋思羽只看见黑影一闪，随即刀光如雪般泼出！

大惊之下，惊而不乱，晋思羽飞身跃起，凤知微却像是已经算准他的动作，横砍之后立即一竖，刀尖恶毒地直指腾身在自己头顶的晋思羽胯下！

晋思羽又是一惊，半空中赶忙腿一并向后一个滚翻，狼狈落地，随即霍霍舞出一个剑花准备着应对凤知微的下一个恶毒招数，却见凤知微懒懒趴在地上，软趴趴地挥挥手，对他做了个"你可以休息了"的手势。

晋思羽面色铁青，一抬头看见三隼和二虎已经爬上了山崖，和接应的人一起，飞速消失在夜色里。

他怒哼一声，大步上前，长剑出鞘，寒光一闪，直劈向凤知微的后心！

凤知微一动不动，她已经没有一丝力气了，趴在地上听见万马奔腾如擂鼓，也不知道是自己的心跳，还是姚扬宇的骑兵马上就要到了。

今晚虽然出了差错，但计划不算失败，可惜自己却活不成了。

这一身自从娘死去便担下的沉重心事，眼看着便要因为自己的死亡而灰飞烟灭。凤知微此时竟不觉得扼腕，反而有着淡淡的解脱——死了也挺好，不用再面对那么多的焚心痛苦和左右为难。

她浅浅地笑着，于雪亮的刀光里看见堂皇的大殿，玉阶千层，飞龙舞凤的鎏金宝座上，缓缓坐下那华艳而清雅的男子……

又或是洁白雪山之上，天水之青的少年，牵着牙牙学语的可爱女童，对阔大的苍茫四海微笑。

又或有英朗璀璨的男子，一骑驰骋，飞渡草原万里……

铿！

刺耳的金属摩擦声响在耳侧，火花闪在眼前，刺得凤知微不得不眯起眼。

有人滚倒在她身侧，气喘吁吁，凤知微一扭头，看见是满面泥泞的华琼。

她盯着华琼，没有问她为什么去而复返，华琼却在泥地上对她绽开无所畏惧的笑容，朗然道："嘿，做英雄怎么不带着我？"

凤知微定定望着她。两个满面泥泞、鲜血的女人在地上互视微笑，头顶上千刀成网，万剑指心，都似没看见。

此时还有一部分没有来得及爬上去的属下，看见凤知微和华琼失陷，都纷纷自己砍断绳索，回身奔了过来。

凤知微咬牙支肘爬起来，华琼扶着她，两人相互扶持，以刀支地，对包围过来的万倍于己的敌军冷笑。

随即，悍然挥刀。

鲜血泼洒，一刀一人命，一步杀一人。凤知微心知此时白灵淖的骑兵未到，而一旦赫连铮和顾南衣被赶上，那些人保不住他们的命，虽然她一向不爱拼命，然而此时也不得不拼。

她没有力气，便用虚招诱人接近，再由华琼出刀解决，两人配合默契，不多时，脚下的尸体便层层叠叠，而那些鲜血和碎肉溅到脸上，却已没有时间和力气擦去。

而外围，呼卓战士的尸体，亦层层叠叠。

正如她们互相背靠背，耗尽力气依然不断挥刀，只为呼应兄弟们的拼死冲近。

呼卓精英们也一次次徒劳却又绝不放弃地冲向大越军的包围，不惜以血肉铺路，只为近她们一分。

生死相托，没有退缩。

那些扑上刀剑的肉体，那些不惧寒刀的死亡。

那些战得惨烈与死得悲壮。

"好姐姐……"鏖战中，凤知微轻轻偏头，在华琼耳边气喘吁吁地道，"淳于猛、姚扬宇就快来了，坚持一下……这后面有个山洞，等下你趁乱……躲藏一下……还有转机……"

"要去一起去，要等一起……等。"华琼一刀拍飞一柄捅来的长枪，随即手臂一软，一柄长刀便毒蛇般钻入，刺向她心口。凤知微闪电般抬起手中的剑，奋力一挡，将长刀击开。凤知微喷出一口鲜血，却笑眯眯道："准头好……差！"

华琼立刻一刀砍在那看见凤知微的笑容后愣在那里的士兵的手臂上，生生将他的手臂砍落，鲜血飞溅里，她一边累极咳血，一边大笑道："我这个才叫……准！"

　　晋思羽遥立人群之外，死死盯着那两个女子，他先前没有再下令射箭，是一腔怒火下想存心耗死两人，却不想对方如此勇烈，拼命之狠，男儿不如！

　　天盛何时有如此女子？

　　他遥立火光包围之外，光影摇动里心旌似乎也在摇动，为前赴后继、悍不畏死的呼卓战士所惊；为血雨漫天里依旧近乎温柔的笑容所惊；为那鲜明决然的女子，一转眸间无畏而又忧伤的眸子所惊。

　　他突然大步奔了过去，反手拔刀。

　　啪！

　　刀背狠狠地拍在凤知微的额上。

　　脑中一痛，眼前一黑，凤知微最后看了一眼身边的华琼，同时听见远处骑兵的奔马终于踏破营门的声音。

　　沉入黑暗之前，她对自己说。

　　我要活下去。

第九十四章
你来我往

　　长熙十七年九月底，震惊天下的白头崖之战爆发。魏知率领的万余顺义铁骑，横穿白头山，强渡白灵淖，里应外合，夜袭大越主营，暗行似刃，铁骑如锋，以一对十，悍然撞上惊惶的越军。顺义铁骑的长刀映月滴血，穿行纷乱沸腾的十里军帐，所经之处，斩落尸首无数。

　　当夜，杀敌将十一，伤敌三万，俘虏两万，是为开战以来的第一大胜。

　　这也是自半年前天盛之败后，最有力、最起关键性作用的一场大胜，因为这场胜利，天盛乘胜追击，接连收复失地，而损兵折将的大越，不得不撤营退入边境浦城。天盛和大越这场延续一年多的战争，此时基本胜负已定。

　　白头崖之战中，涌现出一批杰出的年轻将领，其中带领铁骑强渡白灵淖的淳于猛、姚扬宇、余梁、黄宝梓是出自帝京贵族阶层、以往的青溟浪荡子，但在从军之后展现出了其无上的勇悍和军事才能，一洗帝京纨绔子弟的污名。战后，顺义铁骑中的年轻将领们，先后被派往各军中任要职。这些冉冉升起的军事新星，照亮了天盛帝一统天下的内心欲望，也照亮了全天盛有为青年的眼眸，以至于在很长一段时间内，帝京出现了贵族子弟从军热。

　　百姓得知前方大胜的消息，欢欣鼓舞，一扫前些日子里的惶惶阴霾。连日至护国报恩寺烧香还愿者络绎不绝，每人清香三炷，一愿天下昌平，二愿战事早毕，三愿战死沙场的英魂早日安息。

那些写在眼眸里的欢喜，那些盈街载道的高歌。

却传不去煌煌宫阙、浩浩边关。

天盛皇宫里，来往宫人步伐轻捷，嘴角含笑，天盛帝的御书房却门扉紧闭。日渐苍老的天子，仔细地翻阅着刚令方书处找出来的、去年的一些存档文书。最上面一封写着"平越二策"，字迹清秀峭拔。

天盛帝仔细地又看了那封奏简半晌，随即提笔在末端写上："大越将伏，时机成熟，平越二策，此诚魏卿德理兼备之良策，可由内阁勒红，批示边境数州推行。"

内侍恭敬地接过，放在金匣内，交往内阁皓昀轩。

天盛帝端坐未动，想着刚才那个折子，目光便在面前的一封军报上一次次流连。

良久一声叹息。

"可惜啊……"

北疆天盛大营内，士兵们在欢欢喜喜地收拾整理，准备开拔——战事告一段落，大越目前无力再战，天气又已经冷了下来，天盛大军将要撤入后方的德州和禹州。

监军主帐内却毫无动静，士兵们来来往往，都将疑惑的目光投过去。

战事虽然已告一段落，但听说监军殿下向陛下请求，暂留北疆，以备大越宵小动作，陛下也同意了。

不回京城的花花世界，偏要留在北疆，不知道这位殿下是怎么想的。

主帐内没有点灯，帘幕遮得严实，所有景物都笼罩在灰色的暗影里，不辨轮廓。

案几前那人，以肘支额，长夜枯坐，不知时光流逝，不见今夕何夕。

有风从帐间缝隙溜进来，吹起桌上一封薄薄的军报，和天盛帝案前那封一样。

寥寥几字，写尽繁华背后，牺牲悲凉。

"白头崖之战，顺义死士三百，穿崖入越军主营，杀将十一、哨三十六，奠大胜之基，后遭越军围攻，死士一百六十余，皆阵亡，尸首遭乱刀分尸，模糊不可辨……校尉华琼、统兵副将魏知，亡。"

大越德化二十年，冬，浦城。

这是大越边境相比之下最富庶也最繁华的一个城市，所以大越撤军之后，便将大军驻扎在城外，虽然溃败，越军撤退得却整齐有序，只是难掩神情中的颓丧落寞之色。

一大早，笼罩在薄薄雾气里的浦城城门口，已经聚集了一大批等待进城的百姓。时辰还早，还有一刻钟才开门，人们有耐心地等候，不住地交头接耳。

"听说前方大败！"

"可不是，兵都撤回来了。"

"说是原本胜券在握的，偏偏对方出了个骁将，竟然夜袭大营，以一对十，一万人就活活杀掉了我们十万人！"

"别是吹吧，怎么可能，杀掉一万人就不错了！我倒听说，那是天盛呼卓部的铁骑，最是出名勇猛，而前阵子，呼卓部被我们殿下使计灭了族中精英，这是报仇来了。"

"这么快就卷土重来，还比原先的更狠，呼卓部的大王，很厉害啊！"

"早知道就不得罪那群草原蛮牛了，不过我倒听说，当时率领呼卓铁骑的，还是天盛那边的将领呢。"

"是谁啊，这么狠？我们殿下那么英明睿智的人物，竟然也折在人家手中！"

"死啦！据说打得够惨，当时最先袭营的那批被陷住了，上万人围着那一群，安王殿下脚下堆了一百多具尸体。那些人不知道为什么，一个不退，打到最后，我们这边的人都手软了。听说那将军也在其中，不忍部下白白牺牲，抚尸痛哭，道：'兄弟们积骨盈山，我岂可独活？'当场就抹脖子自杀了，喏，你没看见？脑袋在城门上挂着呢。"

众人仰头，便看见浦城城门口，两具头颅迎风飘荡，乌发披面，满脸血迹，辨不出原来的面目，只能感觉到很年轻。

百姓们心绪复杂地望了半晌，摇摇头。半晌，有人低声咕哝道："怪可惜的，说到底也是个英雄，却落得个尸首不全……"

"噤声！"立即有人喝止，"那是敌军头目！"

人群静默了下来，说闲话的人散去，无人发觉几个隐在暗处、衣着平常的男子，有人身子颤了颤，有人握紧了拳头。

更远一点，一辆马车里，有人倚着车壁，静静听着这方闲谈。

日光光影被车帘分割，映得此人面目模糊。他撩开车帘，仰头看着城门上的头颅。

他看得很久很认真，似乎要这么远远地，把那根本看不清眉目的头颅，刻在心底。

良久他摇摇头，放下车帘，没有笑意地笑了笑。

"是你吗……"

一声若有若无的疑问回荡在车厢里。

没有人回答，自从那年大雪之后，他再不需要别人回答他所有的疑问。

"如果真是你，你怎么会说那句'兄弟们积骨盈山，我岂可独活'，你怎么舍得抹脖子自杀？你会说'兄弟们尽管去死，我会记得给你们报仇'，你会把抹脖子的刀换成伸缩刀，然后在别人来查看的时候，抹了别人的脖子。"

"这才是你……知微。"

手指轻轻敲着马车的车壁，他漾出一抹淡淡的笑容，有点凉，像曼陀罗花开在水上。

"凤知微。

"在我死之前，你怎么会，舍得死？"

城门前的人越聚越多，远远地，却有一队人疾驰而来，最前面有"安"字旗帜飘扬。

百姓纷纷避让，都知道安王殿下到了。

虽然前方大败，被迫撤军，这位殿下的圣宠却似乎并未衰退，大越皇帝换了副帅，却没有动晋思羽。大军驻扎在临近边界的浦城，看样子，这位皇子殿下不甘白头山大败之辱，有心要在此恢复元气，等明年再战了。

车队疾驰而过，城门提前开启，四周百姓纷纷跪迎。

有几个人动作似乎慢了些，开路的护卫便眼神不善地望过去。那几个男子身边的人赶紧将他们一拉，那几人便砰地跪下去，膝盖撞在地面上一声脆响。

"原来是傻子。"安王府护卫头领的眼神里掠过一丝轻蔑，头也不回地驰了过去。

几个混在人群中的男子抬起头来，注视着长长的车队，先瞥了一眼镶金嵌玉的安王马车，随即眼光落在了最后两辆车上。

那两辆车看起来也平常，是一般大越马车的式样，只是看守得特别严密些，四角包铁，横门上闩，窗户紧紧拉着帘子，连个人影子都看不见。

几个男子对视一眼。

一人衣袖一动。

地上黑影一闪，随即有人惊呼大叫："哎呀，有蛇！"

人群顿时出现骚动拥挤，各自跳脚躲闪，其中一个男子被推推搡搡，竟然挤出了侧道，滚向了车轮！

人群齐声惊呼。

那人滚在车轮下，似乎十分慌乱，挥舞着手脚乱叫，手臂打得车厢底部砰砰乱响。他伸手去够车厢边缘，想将自己的身体停稳。

隐约间，那男子臂弯间似有乌光一闪。

乌光一闪间，不知道哪里又有异响——一个路边卖旧衣的摊子被挤散，衣服滚落一地，摊主大叫着扑上来收拾衣物，不怕被轧着手，将手伸进车厢底部去够。

先前滚到车厢底的男子和这个摊主，在车厢底部，各自手臂一架。

随即让开。

马车停下，前方护卫疾驰而来。男子灰头土脸地从车厢底爬出，大骂："哪个龟儿子推俺的？险些轧死我！"

摊主抱着自己散落的衣物，点头哈腰地和安王府护卫赔笑，"军爷……小的也是被人推落的，恕罪恕罪……"

安王府的护卫冷着脸，将两人恶狠狠地推开，"滚！"

前方号令传来，示意不得有误继续前行。看着车马驰过，人们都松了一口气，跟着进城，然后各自散开。

那个滚入车厢底的青衣汉子，掸了掸身上的灰，和另外几位男子混合在一起。

他们在一座酒楼门口买了几个烧饼，蹲在廊檐下啃，和那些卖苦力的汉子一个模样。

"刚才怎么回事？"一个宽袍黑衣人问。

"被人阻住了。"青衣汉子低低开口，声音低沉，眼睛似乎不太好，糊满眼屎，让人看不清他的眼眸长什么样子。这人一边说话一边不适应地抬手要去揉眼睛，却在接触到对面人的目光后赶紧顿住，随即讪讪笑了笑，道："实在不习惯的……"

"对方什么来路？为什么会阻你？"

"当时他挡住我想要劈开车底的刀，只说了一句，不是，不要打草惊蛇。"青衣汉子道，"我听他语气诚恳，正好我也觉得不对劲，那车厢里的东西似乎太重了些，所以我收了手。对方的来路，我看不出，不过似乎没敌意。你知道的，现在各方都不相信那个消息，试图营救她的人，不止我们。"

宽袍黑衣人"嗯"了一声，不说话了。他身边一人，穿着粗劣的、苦哈哈的黄布衣，蹲在那里好像浑身长了虱子，不住地抖着衣服，满身不自在。他对两人的对话不理不睬，突然摘了身边一棵树的叶子，道："这里也有。"

随即他将叶子叠叠，放在唇边吹了起来，声音微细，淹没在嘈杂的集市声里。

他身边几个人都不说话，静默地看着他，他却只是专心地吹着，似乎要不知疲倦地吹下去。

几个汉子听着，一直听到都觉得快要不能忍受，想要开口阻止，而那人已经放下叶子，轻轻道："吹着笛，找到你。"

糊满眼屎的青衣人突然转过头去。

另一个宽袍大袖的黑衣男子，一张普通的黄脸，盯着那城门上的头颅，目光若有所思。青衣汉子挥挥手，满不在乎地道："看什么看，别看了！"

他决然地扭着头，似乎不看那头颅，那东西便不存在了。

黄布衣的少年勾着头，慢慢地啃烧饼，道："不是。"

青衣汉子倒来了兴趣，凑过去问："你怎么知道不是？"

黄布衣的少年一巴掌将他推得远远的。

"我不是说这个……"宽袍黑衣人若有所思地看着那头颅，道，"你们想过没有，如果她没死，晋思羽为什么要这样做？如果她没死，为什么身份没有被泄露？那晚到底发生了什么？"

这句话一问，两个人都沉默了，半晌，青衣汉子艰涩地道："我……不知道……"

黄衣少年手一伸，掌中的烧饼突然变成碎末，他怔怔盯着烧饼，突然一个转身，面壁了。

青衣汉子露出崩溃的表情，一把将他转过来，在他耳边低喝："这不是天盛，不是在她身边，这是敌国大越，她还在险地，生死不知！你赶紧给我正常起来，话要流畅地说，事情要正常做！做不到也得做！不然你害死我们，就是害死她！"

他语气严厉，宽袍黑衣人听着，张了张嘴，有点不忍地想要去拦，可手伸到一半却又止住，叹息一声。

黄衣少年却似乎没有生气，也没有推开青衣汉子，想了半晌，认真地抬起头来，道："我正常就能找到她？我不像你们这样就会害死她？"

"哎呀，就应该这样子说话！"青衣汉子赶紧大力点头，生怕点慢了，这家伙又不正常了。

黄衣少年若有所思地蹲在那里，半晌点点头，道："她希望我走出来，她说过，如果她看见那样的我，会很高兴出来见我的。"

他说得很慢，每句都停顿很多次，似乎要仔细艰难思索才能完整地说出这么一句流畅而有关联的话，对面的两个人却露出喜色，对望一眼。宽袍黑衣人忍不住喃喃道："也许能因祸得福……"

"他的天地唯有她而已，少了她，他就再做不成原来的他。"青衣汉子蹲着，有点吃味地哼了一声。

"说来我也有错。"宽袍黑衣人叹息，"我不该离开的，不然你们哪里会中招？"

"别说了！"青衣汉子烦躁地道，"千错万错，错在我，心太软不成事！娘的，那德州老混账竟然和禹州粮道有关系，梅朵跑掉他便在新粮里下了药！谁想得到一直好好的粮食会突然出事，本来也没打算吃新粮，不想偏偏煮了那锅粥！"

"谁都没错，不过是阴错阳差致此祸患。小姚为了这事，险些自刎谢罪，你们也耿耿如今，何必？"宽袍人淡淡道，"事情既已发生，后悔无用，唯全力弥补而已。"

"他妈的，她为什么要劈昏我？为什么要劈昏我……"青衣汉子犹自愤愤，将烧饼捏得芝麻纷纷掉落。

"她承诺护持你和你的草原，自然不能让你蹈险。"宽袍人叹息一声，"可惜那晚跟在她身边的暗卫也全死光了，有些事，真的只有找到她才能知道了……"

三个人都不说话了，只遥遥看着马车远去的方向。

你在哪里？

这一日的浦城，有人坐在马车中，有人蹲在屋檐下，天南海北因一人相聚，不惜风餐露宿，而让人风餐露宿的那个人，却睡在深宅大院的锦绣被窝里。

院子是城东"浦园"，画梁雕虎，精美清雅，是浦城第一大户刘家的别业，最近贡献出来作为安王殿下的行宫。

重重深户卷珠帘，快速穿过的高挑的人影，衣袂卷得帘幕光影动荡。回廊下、照壁前的丫鬟小厮，纷纷躬身垂手，远远退开去。

人影直奔后院第三进，转转折折，越过一重隐秘的垂花门户后，在一扇门前停下。

"怎样了？"在推门之前，他沉声问迎出来的女医官。

那女子低声道："应该快醒了，只是不知道醒来后会怎样……"男子眉目间的神色更沉了几分，出神半晌，道："你下去吧，看看另一个，好好看护，别出岔子。"

那医婆领命而去，男子则轻轻步入室内。

室内燃着宁神安息香，气味清郁，软榻上的锦被间，沉睡着一个人，被子直拉到下颌，露出一张巴掌大的秀致清绝的脸。

那脸上肌肤细腻，微带苍白，似乎久未见光，而两腮两鬓上，都有细小的擦痕，额头上则有一道伤疤，已经收口，显出光滑的、浅白色的月牙形，在她精致的额上不觉得狰狞，反而多出几分楚楚的韵致来。

只是那脸的眉心间，有点淡淡的红色印迹，有点像隐在肌肤内的瘀血。

她呼吸匀净，似乎沉在甜美无忧的睡眠里。

男子久久地看着她，想着那夜火光乱营里，那个突然扑出来的、身份不明的女子，大概是天盛的战士吧，以女儿身投入军营，却比男人更悍勇——那夜万人围攻而神色不改，白头崖下杀敌数十，累到吐血犹自微笑，秋水蒙蒙的柔软眼眸里，是令男子都为之心动神折的决然刚强。

他仔细地看着她的脸，思索着她的身份。那夜，很多人前赴后继为救她而死，可见她身份不低，然而多方打听，用尽手段，却无法得出她的真实身份，倒是和她一起被俘的那个女子，有人认出是最近名驰大越的"黑寡妇"华琼。

看华琼和她生死相托的情义，可见两个女人间的关系不凡……男子凝着眉，心中掠过一个模糊而大胆的猜想，也正是这个猜想，让他没有砍下手染无数大越儿郎鲜血的黑寡妇的头颅，当然，他不会愿意承认，其实最初，只是因为看见她在晕去前，还那样死死拉着华琼的手，突然心中一动才留下华琼的命而已。

她是谁？思绪如沉云，压上心头。男子的容颜阴晴不定，日光淡淡地照过来，眉宇温和、有着翩翩文雅气质的男子，眼神里却是一片森然的警惕。

大越安王晋思羽，对着榻上人，沉思良久。

床上的人不安地动了动，似乎快要醒来了。

晋思羽立即站起，打开墙上的一扇暗门。光线透进幽暗的空间，照见斑驳的墙壁、染血的刑具、铁栅栏、烂稻草。

这富丽华贵的内室中，竟然还有一座牢房。

晋思羽一把抓住床上那将醒未醒的人，拎着她瘦了许多的身子，大步进了牢房，打开栅栏门，将掌中人扔在烂稻草上。

牢房另一侧，门户开启，有一些人影闪了进来。晋思羽瞄了一眼，没有说话。

被他这么一拖一扔，那人终于醒了。

于昏黄的壁上、油灯之下，她睁开了眼。

一瞬间，秋水蒙蒙，水汽氤氲，那双历经血战而不改柔软晶莹的眸子，看得晋思羽再次心中一颤。

随即他便掉开眼光，漠然地看着她的脸。

晕迷中醒来的女子，却似乎还没反应过来，在稻草上窸窸窣窣地爬起来，又大约觉得头晕，晃了晃，扶住头，呻吟了一声。

半响，她抬起头，灯光映着她额角的伤疤，眉宇间那抹淡红之色更重了些。

她有点迷惑地看看四周，又看看立在面前的晋思羽。

晋思羽伫立不动，站立的角度和方位，却是最能保护自己的攻击死角，而在暗处，还不知隐伏了多少高手，只要眼前这个人暴起伤人，那么等待她的，一定是比死还惨的结局。

女子却没动，坐在那里表情茫然地发了阵呆，随即懒洋洋地在稻草上扒拉扒拉，把烂了的稻草给扔开，只剩下光滑新鲜点的稻草，然后舒舒服服地趴下去了。

一边趴着还一边咕哝："怎么感觉刚才的稻草比现在的软和呢……"

"……"

晋思羽愕然地瞪着她，他设想过很多种这女子醒来的情况，暴起杀人，装疯卖傻……可想来想去，就是没想到这种状况。

那女子似乎累得很，趴下去就不动了，眼睛半眯着，看那样子，又准备睡了。

晋思羽站了很久却没人理，满肚子的话也没问，终于等了半天忍无可忍，上前一脚把她给踢开了。

"起来！"

砰的一声，轻飘飘的身子给从这头踢到那头，撞到墙上。听着那声音，晋思羽微微皱了皱眉头。

女子软绵绵地从墙上滑了下来，伏在地上不住咳嗽，空洞的咳嗽声回响在囚室里，听得人心里生出烦躁。

半晌她咳完了，慢腾腾地爬起来，抬头看了看晋思羽，终于开口，问："你是谁？这是哪里？"

好歹说了句正常话，晋思羽拧着眉头，冷冷看着她，沉声道："这里轮不到你来问我，你是谁？"

女子眯着眼看他，神情既不刚强也不冷漠，全无那夜浴血闯营的风采，只带了几分迷惑，茫然道："啊？我是谁？"

晋思羽的目光在她额上的伤疤处一掠而过，冷笑起来，"装失忆是吗？在本王面前？"

"你是王爷？"女子偏头看他，清艳的眉宇因这个动作多了几分秀气的狡黠，看得晋思羽目光一闪。

"我哪里得罪了你？这是你的王府地牢？"女子举目四顾，喃喃道，"我犯了死罪？"

她想了半天，似乎又觉得累了，再次趴了下去，道："看样子我的罪不小，看你的眼神你很想杀我，既然这样，咱们也不必浪费时间你来我往了。我很累，就算你不打算给我饱饭吃，好歹让我死前睡个好觉。"

"你要么永久地睡，要么——回答我。"晋思羽重重抬起她的下巴，逼她转个方向，看清楚那些阴森的刑具。

女子的眼光，落在那些满是钩牙利齿的刑具上，无奈地笑了笑，偏头想了想，道："是，我没失忆，我刚才是骗你的，我叫王芍药，嗯……是你的仇人，我女扮男装接近你，想杀你报仇，却失手为你所擒，就这样。"

"我们什么仇？"

"你欺行霸市，欺压良善，强抢民女，抢占民田，"那女子一边说一边想，一本正经地道，"你看中我家祖屋地好风水，想夺了去做你家祖坟地，你杀了我爹，把他推进了河里……嗯，你还逼死了我娘，害她一根绳子上了吊……"

"够了！"晋思羽又好气又好笑，忍不住叫停了她的胡言乱语。

女子停下来，叹了口气，又捧住头不动了。

哗啦。

一堆狰狞的刑具扔在她面前。

"没给你上刑，是给你个机会，你既然不知好歹，胡言乱语，那就休怪本王无情。"晋思羽闪着酷凉的笑意，道，"这里有刑具十八种，无论你戴上哪一种，都可以让你永久痛苦地睡……自己选吧。"

女子抬起头，目光在那些染血的刑具上一一掠过，半晌道："既然一个王爷亲自来审问我，说明我是重犯，重犯应该有重犯的待遇，比如白绫、毒酒、鹤顶红什么的。"

"你想死？"晋思羽目光一冷。

"我只是不想受尽折磨地死。"女子笑笑，"我回答不出你的问题，你又偏偏要我回答。答不出要上刑，答错了还是要上刑，早知道都是一样的结果，何必那么折腾？"

晋思羽默然，觉得这么个软硬不吃的女人实在有点麻烦。

目光在她额上的伤疤处再次掠过，晋思羽眼神中有几分疑惑。医婆先前给她看过脉，说当时额上这一击确实不轻，敲坏了脑子是有可能的，何况医婆也说过，她体内有毒，还有病，乱七八糟地纠缠在经脉中，竟然令人无法辨明到底是什么问题。

他也把过她的脉，没搞懂她古怪的脉象，却发现她体内原有的真力，似乎都不见了。

换句话说，武功已毁。

一个刚强血性、武功高强的女子，醒来后发现自己的武功已毁，是很难控制住那激愤绝望的情绪的，而她似乎毫不在意，像是真的不记得自己曾有武功。

"殿下。"感觉到他的犹豫不决，他的护卫头领自暗处闪了出来，"三木刑求之下，没有问不出的话……"

晋思羽的目光在遍地刑具上掠过，有的能将人一身肌肤烫烂，有的能将背脊生生分开，有的能将头皮一点点扯掉，有的能将全身的骨节一点点卸落……

那些刑具看得他抿了唇，以前没觉得有什么，今日看着，却觉得分外狰狞。

目光越过刑具，飘在稻草上那近乎瘦弱的身体上，她缩起来的模样看起来像个小小的少年，脊背单薄，凸出的骨节像一对薄翼的蝶，只是眼光落上去，都令人觉得似乎不可承载。

宽袖下的手指微微蜷起，又松开，松开，又蜷起。

几番袖底挣扎之后，他终于指了指最小的穿指刑具，道："这个。"

护卫拣了刑具过去。她看着那一排长针，苦笑了笑，道："我真希望此刻我能交代出我的来龙去脉、祖宗十八代。"

"我也希望。"晋思羽漠然道，"不要以为你一定是死罪，你不过是个女子，也许是被逼从逆，只要本王愿意，保你一命不在话下，怕就怕你不知好歹，自寻死路。"

"我想说我是被逼的……你大概又不相信。"女子苦笑着，老老实实地伸出手指，趴在那里不动了。

搁在稻草上的手指，虽然指节处生着薄茧，但纤长优美，指甲晶莹，一截玉葱似的精致。用刑的士兵看着那样的手指，想到要将长针穿过指节，毁去这般美好的形状，都觉得有些不忍。

那女子也面露惋惜之色，将自己的手指放在眼前翻来覆去地看，喃喃道："对不住，亏待你了，从此咱们就和完美告别了……"

晋思羽转过身去。

灯烛的光亮将动刑的黑影投射在斑驳的墙面上，那些动作细腻而森然，带着缓而沉冷的力度，空气里有隐约的血腥气息漫开，晋思羽细细地嗅着，面无表情。

面无表情，心却微微提着，等待着身后的声音，并没有指望那个外表娇柔实则刚毅的女子会哭叫求饶，却又不知道自己到底在等什么，然而什么声音都没有，如此安静，只有一声似有若无的叹息。

叹息声邈远，充满解脱似的快意，隐约间似乎还有些令他揣摩不出的其他意味，随即听见护卫的报告："殿下，她昏过去了。"

晋思羽回身，见那女子倒在稻草上，双目紧闭，额角浸出一片晶莹的汗水，在灯光下反射出淡淡的色泽。

晋思羽的目光缓缓下落，却在她的衣袖边缘停住，掠开。

黑暗中缓缓又走出一个身影，对晋思羽一揖，道："殿下，这女子有些奇怪，莫不真是被那一刀拍傻了？"

晋思羽一笑，道："还得再看看，今日问不出，明日问，明日问不出，后日问，总有水落石出的一日。"

"我看殿下倒不必费那心思。"那人笑道，"说到底也就是个女人，武功废了，手也废了，还能翻出什么浪来，殿下若是不介意，我看就放到大营红帐篷里去好了。"

红帐篷是军中军妓的代指。

"好。"晋思羽二话不说便要吩咐。

倒是提议的那人慌忙拦住，道："殿下，下官想过了，这女子至今身份不明，放到那复杂的地方怕会惹出什么事来，还是拜托殿下费心，好好留在身边审问才是。"

"你说审问什么？"晋思羽眉毛一挑，有些不耐烦，"杀了我那许多大越儿郎，千刀万剐也不为过。我看也不必问了，直接拖出去杀了。"

"这女子的身份很有些奇异处，"那人笑道，"若真是失忆，辅以药物治疗，还是能想起来的，说不定是天盛的重要人物，掌握着军情，就这么杀了可惜。"

晋思羽沉吟了一下，勉强道："那便先拘着，等身份清楚了再说。"

那人含笑告退。晋思羽看着他离开的背影，眼神闪动——这是陛下新近派来的军师，说是军师，其实也就是变相的监军，经此一败，表面看来他圣眷如前，可只有他知道，陛下对他的信任已经大不如前了。

想起白头崖一战，他眼底掠过一丝阴霾，那个传说中只有十七岁的魏知，竟然神兵天降，敢于以三百死士闯营杀将，害他一番功绩付诸流水，一生基业几将功亏一篑！

据说那晚混战中，魏知中流箭身亡，他没能在众多的尸首中发现他——所有的尸体都被要泄恨的大越士兵剁成肉酱，不辨面目，最后为了安定民心挽回点面子，他直接找出两颗头颅悬挂在城门上，虽经惨败，但对方主将被杀，好歹帮他维持住了此刻的军权。

晋思羽默然伫立，宽袖下的手指，紧紧蜷在一起，指节因为用力，在静寂中发出咯咯的声响。

魏知！

你最好真的死了！

北地的初冬，已经有了雪的气象，风呼啸的声音厉而冷，像是战士们临死前的嘶吼。

火光跃动……战马嘶鸣……雪亮的刀光一现又隐……漫天的鲜血无遮无拦……杂沓的脚步，围困的人群……血肉的堡垒，肌骨的沟渠……远处有人冷冷，冷冷地笑着，黑马上月白色的衣袂一闪……突然便下起了雪……埋了树林深处那寂寞的坟茔……

她呻吟一声，睁开眼。

一双手伸过来，执了锦帕细致地擦去她额头上的汗，随即有个清脆的声音欢快地叫道："姑娘醒了。"

有脚步声快步过来，带着陌生而温雅的属于男子的气息。

而身下柔软，被褥光滑，四面都有淡淡的香气，隐约还有细碎的铃声，在风中丁零作响。

不用睁眼，她也知道这不是先前的暗牢。

她也没有睁眼，只默默在心中将所有思绪理了一遍。

这是一间比较密封的富贵人家的静室……因为丝毫不透气……有人坐在身侧……身上的龙涎香气味高贵……四面都有高手，呼吸微细……更远一点，有机簧咯咯转动的声音，唉……这谁家的傻孩子，装个机关也不过关，八成不是新货就是太旧了，也不知道上点油。

"醒了为什么不睁眼？"

温和的男声，当然，她绝对不认为他很温和。

她睁开眼，瞄了一眼床边那金冠王袍的男子，似乎望了半天才认出他，于是将自己一双包扎得冬瓜似的手小心地挪出来，亮给他看，"我痛，痛得不想说话。"

晋思羽怔了怔，没想到她睁开眼第一句话竟然说的是这个，然而看见她额头上又起了薄汗，想起她脑伤未愈，外伤遍身，还有内伤，再加上刑伤，这一身的倒霉样子，不自主地便心一软，一偏头，示意丫鬟上来拭汗。

"今天换了个地方，是吗？"她任人服侍，闭着眼，懒洋洋道，"但是我告诉你，我还是没有想起来，你如果恼羞成怒要扔我进暗牢，麻烦请快点，不然我睡得太舒服，等一下起来会非常痛苦。"

晋思羽忍不住一笑，赶紧敛了笑容，淡淡道："你好像很想被用刑。"

"我只是不想享受了美好的日子后再去面对刑具。"她皱着眉头，睁开眼看他，"不打算送我去？不打算送我去我就提要求了，有吃的没？我饿了。"

晋思羽又是一呆，他贵为皇子，依红偎翠也算阅女无数，但就没见过这样的女子，既血性又散漫，既大胆又谨慎，既狡猾精明又直率坦诚，说真话的时候像在说假话，说假话的时候像在说真话，很懒，还很无耻，偏偏又令人觉得气质凛然而高贵。

真是极其特别的女子，复杂得万花筒也似。

他挥挥手，命侍女送上热粥。她果然吃得很香，毫无心事似的，吃完一碗还要一碗。他看着她吃，道："等下送你去红帐篷。"

侍女惊得手一抖，她却毫无所觉，只"哎呀"一声道："别让开嘛，我还没吃完。"

然后把头凑了过去，随口问道："什么是红帐篷？"

"军妓。"晋思羽答得很随意。

吃粥的动作终于慢了一慢，她抬起眼帘，上上下下看看他，又转过身，就着床边的铜镜，仔细看了看自己，叹了口气。

晋思羽实在不想老是问她的想法，显得自己什么都猜不出，傻乎乎的，但是确实也猜不出这人古怪的脑子里都在想什么，忍了半天只好问："你叹气做什么？害怕了吗？害怕的话，说你该说的，也许还有转机。"

她抬眼看了看他，又看了看自己被包成冬瓜的手，慢吞吞道："王芍药觉得，其实她又不丑，为什么有人就是看不中呢？"

"……"

侍女们忍着笑。晋思羽的表情很有些古怪，正要说些什么，突然她脸色一变，推开碗，一个翻身趴在床边，哇哇就吐了起来。

晋思羽慌忙避开，却还是慢了一步，深紫色王袍的袍角已经沾满秽物。她犹自吐着，面红耳赤，青筋泛起，似乎不仅要吐出刚吃的粥，还要把自己的五脏六腑都恶狠狠地吐出来。

侍女们乱成一团，有的倒水，有的捧漱盂，有的收拾秽物，有的给她拍背。晋思羽站在一边，也觉得心里乱糟糟的，半晌怒道："笨手笨脚，喂个粥也不会！"

她伏在榻边，吐得气息奄奄，犹自不忘勉强抬头对他翻白眼，"……你怪喂粥的什么事？我有病，我需要大夫，大夫！"

晋思羽怒瞪着这个不知好歹的女人，她却看也没看，扭头继续吐。晋思羽闷在那里，推开要来给他换衣服的侍女，冷冷吩咐："请大夫！"

全城最好的大夫很快被拖了来，一一把脉，递上来的药方五花八门。晋思羽自己看了都觉得实在荒唐，心里知道，这些大夫是没用的——她体内经脉逆流，实在不是这些普通大夫可以对付的。

她终于吐了干净，疲倦至极，一张苍白的纸似的躺在榻上。晋思羽凝视着她，半晌亲自取了帕子，给她拭了拭唇角，突然道："有个人，你去见见。"

"谁？"她拒绝，"我累，不想去。"

"不见，也许没有机会了。"他唇角浮现出一丝冷笑。

"为什么？"她有气无力地睁开眼，"谁这么重要？"

他盯着她的眼睛。

"华琼。"

第九十五章
惊心试探

　　"华琼？"她皱起眉头，重复了一遍，"是我的朋友吗？"

　　晋思羽盯着她的神情，很清晰的茫然和疑问，而神情语气，真实得任谁也找不出不自然处。

　　他突然有点心惊，这个女子，如果真的失忆也罢了，如果没有，这种猝然临之而不惊的伪装能力，太可怕了。

　　"我也不知道她是不是你的朋友。"他道，"这是和你一起抓来的嫌犯，她倒是很想见你。"

　　"你要我去见，我就见。"她挣扎着爬起身，一副很合作的样子。

　　晋思羽亲自去扶她，她也毫不客气，软软地靠在他身上，由侍女服侍着穿鞋。

　　晋思羽原本只是想扶她一把，不想她竟然就这么软骨头地靠了过来，再想让已经让不开。他手握着她的胳臂，隔着秋衣也似乎能觉出那份细腻，隐约还有淡而凉的透骨香气迤逦而来，待要仔细去嗅却又难寻，让人想起掠过残夏荷叶的秋日蝴蝶，而她的脸半倚在他肩上，纤长的睫毛在眼下打出婉转而温柔的弧影。

　　他心中有些恍惚，觉得脱去战袍的她竟然可以纤弱娇柔得如此，难道军营只是让她被逼得坚硬刚强，而眼前的这个才是真正的她？

"王爷，你好好扶，不要心不在焉。"她咕哝着教训，很自然地把熊掌一样的手搭在他肩上，一瞬间，晋思羽觉得自己成了宫中的太监。

他斜眼睨了睨那毫无美感的爪子一样的手，很想重重拂落，可不知为什么，看见白布间隐隐的血迹，也便没有拂。

两人一路行出门去，身后跟着重重侍卫。她走几步，便要停下来喘口气，遇见门洞要扶一扶，遇见带栏杆的长廊要坐一坐，遇见凉亭——那是一定要去吹吹风的。

晋思羽看看天色——等她这么乌龟似的慢慢爬过去，天都黑了，自己的一整天也就被她耗完了。

"王爷那边有个荷池……"她又想爬过去了。

晋思羽忍无可忍，突然伸臂在她膝窝下一抄，将她打横抱起。

侍卫们立即纷纷后退，垂目低头，她却没有惊呼，眯着眼看他半晌，随即很自然地把脑袋往他肩上一搁，居然还满足地叹了口气。

看那意思，好像是说，你终于肯抱我走了，我走得累死了。

晋思羽突然便有些恼怒——这女人是不是天生水性杨花，随便哪个男人抱了都无所谓？

正要发作，想把她掼进荷花池里，却听见她在他胸前低低地道："我不要去红帐篷。"

晋思羽一怔，低头看她。她抿着嘴不看他，只玩他衣领的金纽。晋思羽这才发现，看起来，她好像很坦然地被他抱着，但是身子有些僵硬，还试图努力地让胸离他远些。

忽然他心情好了些，脸上却不动声色，淡淡道："所以你要色诱我？"

"咦？"她抬起头来，脸上有点惊讶，有点不好意思，脸很迅速地红了红，随即嘿嘿一笑，道，"差不多吧。"

晋思羽的手一抖，差点手一软把她掉下去，随即赶紧努力将头转向一边，以免被她发现唇角那忍不住的笑意。

这个女人啊……实在有意思得很。

"红帐篷的事，以后再说。"他很快恢复正常的姿态，抱着她步伐轻快地转过几道院子，渐渐便越走越偏僻，越走越向下。

后院花园内，一对石狮子镇守门口，晋思羽在左边的石狮子头上旋了旋，地面便无声地滑开一道缝隙，现出黝黑的地下门户。

晋思羽抱着她走进去，侍卫们留在外面。这是一个阴森的铁牢，只有一扇天窗，透出的光线朦胧奇异，仔细看才看得出，天窗上面不是空的，似乎是池塘的底部，四壁都是铁壁。难怪连守卫都不需要，人进来了，根本没法出去。

"人还是漂亮点好啊，"她一边东张西望，一边由衷感叹，"你看连待遇都不一样。"

晋思羽瞪着她——这世上居然有这么厚脸皮的女人！

脚步声空旷，在地底深处一座黑牢前停下。

"见她最后一面吧。"晋思羽漠然道，"等下她就要被送上囚车，送到浦城大牢了，明日问斩。"

她默然不语，看着黑牢之内，到处挂满了比她那间暗牢还多的刑具，上面都沾着血和肉，看得出来，那血肉还是新鲜的，那些刑具就在刚才，还饱吸了囚犯的鲜血。

牢中腐烂的稻草之上，趴伏着遍体鳞伤的黑衣女子，衣服都已成了碎片，碎片间露出青紫赤红的肌肤，而腰间那一片，竟然是整片的赤红血肉，微微跳动着，现出青色经脉，却不见一寸皮肤——那里的皮似乎已经被剥掉了一截。

而腰间往下，破碎的衣裙间，隐隐还有红红白白的黏腻液体，昭告着她还曾受到女性俘虏常常受到的最惨无人道的折磨。

她在稻草间蠕动，满脸的血迹已经看不清颜容，连昔日明亮的眸子都已光泽暗淡。

浓郁的血腥气息扑面而来。这一幕惨不忍睹。

晋思羽听见她发出一声低低的叹息。

他心中一紧。

随即听见她道："她犯了什么罪，你们要这样对待一个女子？"

很不满的语气，却是很陌生的态度，像是所有善良的女子，看见遭罪的陌生人时都应有的反应。

没有故作漠然，也没有眼看生死相托的同伴身遭不幸的难掩疼痛。

他又怔了怔，随即淡淡道："你不知道？"

"我知道我还用问你？"她没好气地瞪他。

"你带刀闯入本王所在的府邸，意向不明，被本王击昏擒下。"晋思羽冷冷道，"她为了救你，竟然闯入府中，险些杀掉本王，这是死罪。"

他侧首看她的表情，她双眉蹙起，茫然而疑惑，没有反驳的意思。

"如果是别的事，为了寻求线索和真相，我也许还会考虑留她一命，也许她还有活下来的价值。"他眯着眼，看着那不成人形的女子，叹息道，"现在……你既然不记得，行刺本王的重罪便得她一人来担……她必死无疑。"

他说得漫不经心却满带遗憾，口气清淡，眼角却微微斜睨着她。她沉默着，似乎在思考，但还是没有要开口说什么的意思。

"你仔细想想，是不是还有什么隐情？"晋思羽循循善诱，"你们女人能做出什么？想必背后有人指使，不要白白被人家给卖了，死了都没处掩埋。"

"我也觉得。"她终于道，"你看我这个没武功又没体力的，发了疯似的来到铁壁森严的王府行刺你？你是不是冤枉我了？是不是看错人了？你既然冤枉了我，保不准这位也是被冤枉的，你看是不是这道理？"

"冤了你吗？"晋思羽道，"目前证据确凿，你要推翻，总得有个来龙去脉，不然……有人就要死了。"

"我想不起来……"她痛苦地蹲下去，抱住头，"我想不起来……"

晋思羽望着她，眼神闪烁。

牢中，乱发披面的女子却似被两人的对话惊醒，缓缓抬起头来，看见她，眼前一亮，突地扑过来。

她挣扎着似乎要说什么，啊啊地张开嘴，舌头却似乎被烫过，说不出完整的句子，只拼命将手穿过铁栅栏，去够蹲着的她的手。

沉重的锁链拖在地面发出一阵惊心的大响，地面拖开浓长黏腻的血迹。

远处门口处，细微的灯光，照见女子的容颜，依稀是那张清秀微黑的脸，长眉浓而英锐。

她被华琼骤然抓住手，痛得"啊"一声大叫，向后退了退，似乎想要挣脱，却又顾忌伤手不敢用力，剧痛之下也泛出泪花。

华琼这才发觉她的手有伤，赶紧换抓了她的手腕，洁白的手腕上，顿时满是淋漓的血痕。

"华琼！"晋思羽站在一边，冷冷喝道，"看清楚面前的是谁了吗？老实交代，还有生机！"

华琼一口带血的唾沫，恶狠狠地呸在地上，理也不理，却抓着她的手腕，落下泪来。

晶莹的泪珠从脸上缓缓滚落，混杂着淋漓的鲜血，渐渐成了淡粉色，滴落在她的手背上。

她低头去看，神情不忍。

华琼似乎想对她说什么，却始终说不出来，只紧紧攥着她的手腕，眼底闪过希冀和悲愤的光，徒劳地用坏掉的嘴啊啊着，那些破碎淋漓的血肉不住翻卷，看得人心中发紧。

她霍然扭头，看着晋思羽。

晋思羽盯着她，眼神缩如针尖。

"我受不了……"她喃喃道，"什么大罪要折磨成这样？太可怜了……就算我不记得什么了，你说她是为我而来，那我便要求情，给她个痛快吧，这人不人鬼不鬼的，叫人看了受不了……"

"还有更受不了的，"晋思羽淡淡道，"明日定的是凌迟之刑。"

她怔在那里，回头看看华琼，迷惑似的道："那为什么我没有……"

"你只是带刀进入王府，并没有真的做什么。"晋思羽道，"她却以为你被我杀了，真的混到我身侧险些杀了我，所以……"他讥诮而恶毒地笑了笑，"她等于是为你死的。"

她震了震。身后的华琼啊啊地叫起来，叫声充满愤怒和不甘，却又紧紧执了她的手腕，眼神殷切，虽然口不能言，却也令人读出其中的鼓励和托付之意。

孤牢残灯，遍地血肉，隔牢相对而跪的女子，面临着最惨烈的生离死别。

凄切而悲凉，有沉沉的气氛压下来，压得人近乎窒息。

华琼的泪断线般落在她手上，却挣扎着对她绽开一个安慰无畏的笑容。

那笑容摇曳在灯影里，竟有回光返照似的明艳。

这样刚强的女子，这样悲惨的遭遇，这样令人不能接受的结局……

她颤了颤身子。

晋思羽立即上前一步，搀着她，柔声道："你要说什么？"

触手却觉得她的身子绵软得不像话，急忙低头一看，她面色惨白，额上满是冷汗，竟然昏过去了。

晋思羽怔在那里，看看华琼，看看她，一时心中乱糟糟的，不知道是失望，还是庆幸，还是疑惑，还是别的什么。

然而手搭着脉搏，指下混乱急促、经脉逆流，那些乱七八糟的暗伤纠缠在体内——她昏得完全合理，能坚持到现在已经是奇迹。

不过……昏得真是时候啊……

晋思羽苦笑了一下，再次抱起她，感觉到她的冷汗浸湿了衣服，心中忽然起了淡淡的怜惜。

身后的华琼似乎要说话，他衣袖一拂，做了一个噤声的手势。

一片黑暗寂静里，他将她抱了出去，铁门在身后落下，见有侍卫闪近来，躬身听命，他道："这是重犯，小心游街时有人劫狱，不要白天带出去，今夜二更送入囚车，送往浦城官衙大牢。"

侍卫领命而去，他抱着她回到那间隐秘的静室。她一直没醒，眉头浅浅地蹙着。

晋思羽命侍女去熬药，自己一直坐在她身侧。她醒过一次，迷迷糊糊喝了药，又昏沉睡去，睡得并不安稳，眼皮微微翕动，说明沉浸在一些不太美妙的梦中。

晋思羽突然站起来，伸手拉下厚重的帘幕，将最后一点光线阻隔在外。

随即他坐到她身侧，伸指温柔地抚过她的眉端。她似乎觉得舒适，轻轻地"嗯"了一声。

他笑笑，突然柔声问："你是谁？"

她哼了哼，唇间呢喃，却听不出在说什么。他将头凑近去听，依旧是些模糊的字眼，只好失望起身。

身子一倾间，她的唇擦过他的鬓。

仿若邂逅了惊心的柔软，迤逦淡淡的唇齿芳香，似北地深冬突然繁花娇艳，艳过春花。

他僵在那里，以一个有点别扭的姿势固定住，好一阵子后，才缓缓直起身。

那点透骨的柔软似乎还在鬓边，带点诱人的湿润，然后慢慢地在那点肌肤上干了，那片肌肤便因此有些紧绷，像是此刻某种不愿为人知的心情。

然而他随即便淡下了眼光，坐直了身子，看着哼哼唧唧的她。

她似乎梦到了什么好玩的事，绽开一点难得的笑容。她笑起来从唇开始，涟漪般漾到眼角，整张脸都生动而明媚，水底宝石般清艳璀璨着。

不知道如果睁开眼睛，那样的笑会是如何颠倒众生？

有谁说过，笑的时候，心防最松。

他沉在黑暗里，轻轻地问："你梦见了谁？"

她"嗯"了一声，忽然翻了个身，一伸手抱住了他撑在床边的臂，似乎感觉很好地蹭了蹭，脸贴上去，不动了。

晋思羽啼笑皆非地看着没脸没皮攀上来的她。她似乎很没有安全感，喜欢抓紧什么东西睡觉。

他试图抽出自己的手，她却更紧地攀了攀，导致他不仅动不了，也没法再扭头以别扭的姿势说话。

晋思羽很可以像昨日那样，毫不客气地一脚把她踢出去或甩出去，可不知怎的，他没有动手。

他突然也觉得有些倦，和这个女子打交道似乎就是件很累人的事情，天知道她下一刻会做出什么举动来。他浅浅地打了个哈欠，顺势也就在她宽大的榻边躺下了。

一抬手拉过她半边被子，当真睡起觉来。

　　两个人都很安静，屋内的沉香淡淡弥漫开来，那气味有些特别，闻久了令人越发昏沉不清醒。

　　帘幕外，最后一点微光都消逝不见，夜色已经完全降临，这一觉竟然睡了两个时辰，随着远处响起开饭的钟声，两个人都醒了过来。

　　沉梦方醒，是意识最混沌的一刻。

　　她浅浅地转着身子，和被子嗯嗯啊啊抵死缠绵。他睁开眼睛，没有动，目光清明。

　　远处，淡淡的灯光和袅袅烟气里，他突然开口，唤："魏知。"

　　"……"

　　一瞬间的静默后，她偏头看他，愕然道："你在喊谁？"

　　他坐起身，看着她的眼睛，很特别的秋水蒙蒙的眼眸，时刻掩映于雾气中，令人难窥其中的任何翻涌。

　　这眸子真是得天独厚——你永远无法从这样的眼睛中读取你想要的东西。

　　只能看见她神情中真实的茫然。

　　"没什么。"他静了一静，垂头整理衣襟，道，"想起了我的仇人。"

　　"哦？"她懒洋洋地转头看他，不是太有兴趣的样子。

　　"就是这个人，杀我数万大越子弟，毁我驰骋北疆建立的所有功勋。"晋思羽笑容温润如玉，眼神里却阴光微闪，"我如果不能将他剥皮挫骨，火焚扬灰，怎么对得起我那战死沙场的父老兄弟？"

　　她听着，懒懒地打个哈欠，敷衍道："对，对，有仇不报非君子，一定要狠狠地捉了来折磨，或者你可以阉了他，用男人最酷的刑罚。"

　　"那也得是男人才成。"他望着她，笑意温和。

　　"难道不是男人？"她终于生出点好奇，"女将？"

　　"谁知道呢？"他起身，拉开帘幕。侍女流水般鱼贯进来，在榻上安排小几，摆上食物。

　　食物很丰盛，却看起来不太精致，鲜红的大盘子盛着红红白白的肉糜，似乎煮得还不太透，透出些血色，让人想起地底暗牢里看见的一切。

　　晋思羽含笑给她安置碗筷，道："这是我们大越有名的'雪琼肉羹'，别看样子不怎么样，其实火候已到，其中添加了大量蛋白，上火笼蒸后，十分鲜嫩，你可不要错过。"

　　她坐在床上，呆呆地瞪着那菜。侍女跪在床上，用小碗盛了一碗，服侍她吃饭。

　　她决然地扭过头去。

　　"我吃不下。"

"为什么？"晋思羽盘膝坐在她对面，优哉游哉地吃了一口，看起来很不解地问她。

她抿着唇不说话。

"浪费食物可耻。"他沉了脸，搁下自己的碗，舀起一勺便往她嘴里塞，"这个不吃，你就下去吃牢饭！"

她努力躲闪，可是身体虚弱哪里经得起他的力气，嘴里被塞了一口，未及咀嚼便哇的一口吐了出来，喷得红锦被褥斑斑点点。

晋思羽将碗筷重重一搁，瓷底敲击黑檀木小几的声音清脆。

"我吃不下。"她并不看他的脸色，气喘吁吁地道，"一看见这个我就想起……华琼。"

晋思羽眼睛眯了起来，淡淡道："你倒老实承认了。"

"你说她是为我死的。"她眼底泛上泪光，倔强地不肯掉下来，"我在这里好吃好睡，她却要被凌迟，我要吃得下，我还是人吗？"

"那你就快点想起来。"晋思羽道，"谁叫你不肯？"

"我不肯！"她霍然将饭桌一掀，"我要想得起来我用得着受这个罪？该是什么就是什么，不过一绳子牵了去菜市口给剐了！犯得着在这里被你试探个没完没了，还得吃这和脑浆一样恶心的东西？"

哗啦啦，"脑浆"连同碗筷汤汁翻了一床，也泼洒在他的衣襟上。侍女们惊得忘记反应，木头似的戳在那里。

晋思羽也愣在对面，目瞪口呆地看着她，心想，原来会发脾气，原来发起脾气来果然母大虫一般凶猛。

看着自己那不成模样、沾满红红白白碎肉的衣襟，想到她的形容，不知怎的，他突然也觉得恶心，差点要呕出来，顿时大怒，扭头对侍女大喝："还不赶紧上来收拾！"

侍女齐齐吓得一颤，抖抖索索，含着眼泪上来收拾，心中不无委屈——桌子是别人掀的，对方还是个囚犯，怎么挨骂的反而是她们？

安王殿下素来温雅，是人人推崇的谦谦君子，往日里就算对奴仆，也很少恶言相向，今天一天却发作了好几次。侍女们都觉得，殿下自从遇见这个囚犯，就有点反常了。

换了干净的被子，收拾好了桌子。晋思羽也换了身衣服，冷冷吩咐："重新上菜。"

"我不吃。"她愣了愣，一句话脱口而出。

晋思羽用阴鸷的眼光看着她，突然冷笑道："你这么看不得她死，为什么不以命换命？"

她愣了愣，喃喃道："换命？"

"拿你自己的命，换回她的命。"晋思羽淡淡道，"别装得这么圣洁清高，知道人家要为你而死，你也不过是闹着不肯吃肉糜，可曾说过一句代她去死？你们所谓的生死相托，不过如此。"

他语气刻毒，面带讥笑，等着她再次发作，她却没有动作，在那里默默沉思，神情阴郁，半晌低低叹息一声，道："我想活。"

晋思羽面上的冷笑更烈。

"不过，"她突然抬头笑了笑，依然是那种带点散漫的笑意，并不锐利逼人，不知怎的，看得他心中一颤，"我想你终究不会放过我，所以……"

她爬下榻，鞋子也不穿，头也不回地往门外走，"再会，永远不会。"

"你干什么？"晋思羽看着她那歪歪扭扭、东扶一把西摸一把的步伐，觉得自己的火气就像这暖炉里的火苗般，一拱一拱的，压不住。

"去吃牢饭。"她走得歪七扭八，答得轻描淡写。

还没到门口，身后光影一暗，腰上一紧，她还没来得及挣扎，已经被他卡着腰扔回了床上。

一口气逆了上来，她开始咳嗽，胸口起伏，喘息细碎，本有些苍白的脸颊上泛出淡淡的红晕，衬着秋水盈盈的流动眼波，弱得像一团旖旎的云。

晋思羽又怔了怔。

他拱身在她上方，本想冷冷教训几句这个外表娇柔、内心坚决的女子就松开，不防眼光这样落下来，正邂逅她清丽的容颜——水汽蒙蒙的眸子下，唇色和脸色都因为一番动作而泛了红，往下是一截雪白纤细的脖颈，衣领有些散开，现出一抹精致细腻的锁骨，再往下……

晋思羽有些慌乱地收了目光，突然发觉自己的手还卡在她的腰上，那里，触手温软，窄窄一握，纤细里又有习武女子独有的柔韧，让人有种想要尝试折断的冲动，或者想看着这样的柔软，能在自己身下，翻折出怎样的角度来。

这样的念头一起，脑中便一昏，他的呼吸急促起来。四面的侍女很有眼色，鱼贯无声退下，最后一个还小心地带上了门。

带上门，互视一眼，撇了撇嘴——大越女性战俘，多半是这个结局，而看安王殿下情动的样子，这次承欢之后，这女子的这条命大概是保住了。

门扉合上的声音惊得心神迷乱的晋思羽一醒，他轻轻地笑了笑，放开了她的腰，却取过一方丝帕，给她拭干净刚才赤足在地上走留下的灰尘泥迹。

纤细的脚踝握在掌中，也细致如竹，指甲也并没有像大越女性习惯的那样，用凤仙花染得深红或淡红，只干净洁白如珠贝。他的动作忍不住轻盈了些，带了点自己都没察觉的温柔。她依旧一动不动，任他服侍。

脚擦干净，他将丝帕一扔，倾身伏了上来。她还是没有动。

这是默许，还是邀请？

晋思羽一笑，伸手去解她的腰带，以往他也偶尔享用过天盛那边掳来的女性战俘——部下选些姿色好、性情佳的送来，却不过是浅尝辄止，换个口味罢了，从无此刻缱绻而温柔的情致。

因了这份若有若无的愉悦缱绻，他唇角含了一抹温雅和煦的笑，噗的一声吹灭了灯烛。淡黄的光晕撤去，月色幽幽地泻下来，她半身在被褥里，半身在月色中，轻软得一根羽毛似的。

腰带解开，衣襟散开，一抹肌肤比月色更洁白，比珠玉更莹润。

她一直沉默着，手肘压在眼上。晋思羽知道她没有力气挣扎，但心中却认为，她其实也是不想挣扎的。

女扮男装从军的女子，多半身世飘零有孤苦之恨，很少还能保有完璧之身，而这种男欢女爱的事情，若能换来自由和生命，说到底也是值得的。

他的手指轻轻抚上那抹洁白。

她颤了颤。

他突然也颤了颤。

恍若惊雷打下，竟将手指震在了半空。

月光冷冷，穿堂入户。

照见晋思羽，一瞬间，他的脸色比月色更白。

照见他半举着手，死死盯着腰间的那抹肌肤，就在他刚才触摸过的地方，现出了密密麻麻的鸡皮疙瘩，排列在她莹润的肌肤上，鲜明得刺眼！

厌恶！

这是只有女子内心极度厌恶，才会导致的身体反应！

她厌恶他的碰触！

晋思羽的脑中一瞬间竟然有些空白——他一生天潢贵胄、玉堂金马，人也温雅俊秀、风度翩翩，所经之处群芳献媚，走马行街万众呼拥，经历过险恶诡诈、人心翻覆，经历过倾轧欺骗、世事无常，却真的从来没有经历过此刻的……厌恶。

发自一个女子内心难以控制的厌恶。

晋思羽的手悬在半空，对着那抹鸡皮疙瘩密集的肌肤，忽然觉得自己是那种半路劫色、拖人入树林、用蛮力压伏女子的下三流贼。

怒火腾腾地燃起来，金尊玉贵的皇子的骄傲，使他无法再继续做自己要做的事。

手指一抖，被褥卷过，覆住了她凌乱的衣襟。他一言不发地站起来，大步行出。

门关上的声音重重一响，哐的一声，四壁都似在摇晃。

四面恢复了安静，良久之后，她睁开了眼，有点疲倦地，笑了笑。

随即撇了撇嘴，艰难地用自己包扎得熊掌似的手，在腰后摸了摸。

一只小蚂蚁，被她给摸了出来。

用恩人的表情凝视着这只刚才她下地偷偷摸来的蚂蚁，她神情似笑非笑，半晌轻轻道："多谢你爬啊爬，捍卫了我的贞操，不然这鸡皮疙瘩，可真不容易说起就起。"

月光照进她的双眸，冷而睥睨的目光一闪。

随即她轻轻一吹，将蚂蚁吹落在地，如吹落这尘世的无限劫灰。

夜到了二更，隐约传来车马的辘辘声响。

按照安王殿下的吩咐，今夜便要将死囚装车送往浦城府衙大牢。

四面都很安静，看不出戒备森严，本来也没有必要，因为囚犯已经历经酷刑，奄奄一息，你就是放她出囚笼，她也未必有力气爬出三步。

"王芍药"小姐所在的静室也很安静，该特殊囚犯病重，来来往往的不是大夫就是侍女，看守的护卫懒洋洋地靠着门洞，低声聊着天。

虽然沉静而放松，空气中却似有隐约的张力，绷紧在幽暗的夜色里。

二更鼓两声。

静室床上的她突然睁开了眼。

她先偏头对床下看了看，见侍女在脚踏上沉沉地睡着，她慢慢掀开被褥，缓缓下床。

落足无声，侍女未醒。

她一抹游魂般出了房。门口侍卫抱着长枪坐在长廊边，头一点一点的，她从身边掠过都不曾觉察。

走廊尽头，一队侍卫正好交班，错开行过。

她不动声色地飘过长廊，偏巧今晚侍女给她换的是黑色的中衣，一点也不显眼。

转过回廊，是一方院子，院子里没有侍卫，只月洞门那边有。

月洞门那边的侍卫，躲在阴暗处，在头靠头看春宫，不住嘻嘻笑着，哪里还顾得上抬头看一眼？

她飘过他们身后，从一丛花树后面转了过去。

几个侍卫仿佛全无觉察，却又突然抬起头，互相看了看。

一道黑影，无声地出现在他们身后，侍卫们赶紧丢下春宫，恭敬地垂手侍立。

"出去了？"来者沉声问。

侍卫点点头。

月色下，那人神色沉肃，眼神闪动着复杂的意味，正是晋思羽。

他默然半晌，挥挥手，侍卫走开，春宫丢在地上无人捡拾。

"殿下，要不要……"他身后有人低声问。

晋思羽淡淡道："我自己跟着，你带人等着便是。"

身后人领命而去。晋思羽又怔了一会儿，才飘出身去。

他追着前面那个清瘦的影子，跟着她一路穿堂过户，过花园、走小桥……渐渐便觉得不对。

这路，好像不是通往那暗牢的方向？

眉头皱起，晋思羽愕然地发现，她摇摇摆摆地竟然是飘向后院一个小池塘的方向。

她去这里做什么？

一心以为她要去暗牢，满怀复杂心情、等着守株待兔的晋思羽，怔怔地跟在她身后，眼看着她蹒跚地走过带露的草丛，步过白石地，摇摇晃晃，直奔池塘边。

池塘是人工挖出来的——原本这家附庸风雅，在池塘边养了仙鹤，后来仙鹤死了，池塘便空了出来——水质清冽，在月色下光泽粼粼。

她步到池塘边，停也不停，抬脚就跨向池塘——

晋思羽突然掠了出去。

他身形如闪电，扑过去的身姿也仙鹤似的舒展，瞬间便冲到她身后，一把抓向她的后心衣襟。

然而终究是迟了一步，扑通一声，水花溅起。

她掉了进去，他也没能幸免，掠得太急收势不住，一头也栽到了水里。

水不深，就是冬日里彻骨地凉。他一落水就慌忙去捞她，因身边的人并没有溺水似的挣扎，他一抓就抓住了，可抓过来一看，她脸色惨白，眼睛竟然是闭着的。

闭着的？

梦游？

晋思羽呆了呆，湿淋淋地打了个寒战，却听怀中人呢喃："洗澡……"

她大半夜鬼兮兮地奔出来，竟然是因为做梦要洗澡？

他跟了这半天，竟然就是为了陪她一起洗这冬日冰湖的冷水澡？

晋思羽气得忘记爬起，在水中怒哼一声。此时，火把渐次亮起，侍卫们奔来，领头的原本是按他吩咐去布置伏兵的，此时看见这一幕，呆了一呆，赶紧脱下自己的披风送上来。

晋思羽抱着她，蹚着水走上来，低头时看见她衣衫尽湿，一身单衣裹在纤细的躯体上，曲线玲珑，自有一种喷薄而又青涩的妖娆，再一转眼看见四面的侍卫神色不自然，便赶紧将披上肩的披风扯下，将她裹紧，又一连声道："立即请大夫，淬雪斋再送三个火盆来，熬姜汤，快！"

他抬手触了触她的额头，果然火一般烫，心中隐隐急起来，虽然软玉温香在怀，却什么绮念也没有，只快步回了淬雪斋，命侍女赶紧给她换衣服。他一时隐隐焦灼心忧，在堂前来回踱步，直到侍女怯怯提醒，才想起来自己竟然忘记换下湿衣。

换好衣服回来，大夫已经赶来，只把了脉便"啊"的一声，道："这位姑娘的病势怎么突然又沉重几分？这下可麻烦了……"

晋思羽心中一沉，垂目看着床上的人烧得火烫，靠近三尺都能感觉到热度惊人，可一转眼又会突然凉下去，冰块似的寒森森的，这么在火热与寒冷之间交煎着，令人担心下一个瞬间她会不会突然熬不得这苦楚而碎裂。

她的意识似乎已经不清晰了，双手徒劳地在心口挠着，似乎想要挠出令她烦躁的心头血。晋思羽怕她伤了还未痊愈的手，用肘压住她的手腕，随即听见她昏迷中犹自喃喃："洗澡……"

晋思羽心想，这女人血战之后被俘，地牢待过，地上滚过，又因为重病怕着凉，一直没有洗澡，而她大概生性好洁，做梦也不忘记，所以迷迷糊糊梦游奔了出去，去找有水的地方，倒害得自己也跟着泡了冷水。

"洗个热水澡可有帮助？"他看着她那难受的样子，想了想，问大夫。

大夫有点怪异地看了眼晋思羽，觉得殿下这个问题实在蠢得很，命都快没了，还洗什么澡！

"殿下……"老头子捋捋胡须，含蓄提醒，"她这个样子，只怕没多久，便要彻底净身了……"

大越风俗，死人入殓，是要彻底大净的，晋思羽一愣之下才反应过来，难以置信地怒道："你这话是什么意思？"

大夫不敢再说话，也没有写药方，只谦恭地弯下腰去，道："不然殿下试试请宫中的太医来……"

晋思羽默然不语，太医向来不出京城，此地离京城也极远，就算太医赶到，只怕也未必来得及。

眼前这个大夫，已经是大越北地首屈一指的名医了，他若束手，四周再无可以救命之人。

"殿下，民间其实多卧虎藏龙之辈，也有些秘不外传的祖传单方颇有灵效。"那大夫建议，"不如张榜寻名医，或者私下查访，或许还有一线希望。"

晋思羽沉默着，温雅的容颜沉在日光的暗影里，不辨神情，半晌后，点了点头。

大夫最后还是留下了点安神的药。熬下去喝了后，她安静了些，天快亮的时候，清醒了过来。

她看见他，疲倦地笑了笑，喃喃道："你半夜是不是……揉我了？怎么这么累？"

她还有心情开玩笑，晋思羽只好也陪着扯了扯嘴角，看着她一夜之间消瘦许多的脸颊，沉默半晌道："千古艰难唯一死，你现在却好像没什么求生意志？"

她默然不语，神情间并不赞同，半晌道："你舍得杀我？"

晋思羽不说话，突然一笑，道："这人的心思啊，真是难测，有人快死了，拼命挣扎着要活，有人有机会活，却自暴自弃地要死。"

她闭着眼，一副懒得回答他的样子。

晋思羽却不要她回答，拍了拍手掌，侍卫们便抬进一个人来，安置在外间，晋思羽道："这是你的一个朋友，快要死了，他却不想死，一直挣扎着活。你们都病成这样，我也不必忌讳什么，就把他放在外间，让你看看人家是怎么求生的，互相鼓励着，也许你能好过来。"

"我的朋友？"她睁开眼，想了想道，"华琼吗？"

"他叫克烈。"晋思羽若无其事地道，"知道你失陷在这里，他在我府门前求了三天三夜的情，被门丁驱使狼狗咬破了咽喉，至今昏迷不能说话，也不知道能不能活。我觉得这人很有义气，也没什么罪，想着要栽培他，但也得他有命享福才行。"

她听着，露出一个疲乏的笑容，道："克烈……是吗？那请你救救……他。"

"我也想救醒他，看看他想说什么。"晋思羽起身，道，"听说浦城城西的三鼎山有位赤脚郎中，他的祖传秘方对很多病症都有奇效。我命人去寻这郎中来，给你们看看。"

　　"我觉得……你是好人。"她笑笑，牵住他的衣袖，低声道，"我怎么就想不起来……我为什么要与你为敌呢？"

　　"那也得问你自己。"晋思羽轻轻抽回衣袖，笑着点了点她的脑袋，温和地给她掖了掖被角，"睡吧，外面那个克烈的喉管被咬破，时常会有怪声出来，你不要被吓到。"

　　她点点头，很平静的样子，神情间还有点怜悯。他看了她一阵，脚步轻捷地出去了。

　　她在被褥里，睁着眼睛，听着脚步声渐渐归于寂灭。

　　外间，克烈混浊怪异的呼吸声传来。

第九十六章
烙印

克烈的呼吸声果然十分怪异，像是在拉风箱，吱吱嘎嘎声空洞瘆人，让人担心这风箱不知什么时候便散了。

或者……也只差一点便要散了。

侍女们来来回回经过，都躲闪着眼光不敢看床上那人，没见过人伤成这样，喉咙被咬了个洞居然还能不死，他脸上也被咬下块肉，但依然可以看出原本的风流美貌。越是艳美的东西，破碎之后，越叫人看着心惊。

"真是可怕……"两个侍女在那里小声议论，"这么好的容貌，可惜了……"

"是为了救人才落到这个地步的吗？真是英雄……"

"那人似乎很急，总想说什么话的样子，但是又动不了，可怜……"

她睁开眼，听着，笑了笑。

"姑娘要去看看吗？"一个中年妇人过来，眉目慈祥，看起来是个有身份的嬷嬷，"你那个朋友，也不知道能活多久。"

她轻轻"嗯"了一声，嬷嬷便叫人抬来藤床，命人将她抬到外间，放在克烈身边。

她转过头去，仔细地看着身边一尺外的男人，用一种陌生而感激的眼光。

目光在那破开的喉管处着重落了落，她眼睛眯起，一瞬间似有什么东西快速掠过，然而没有人看得见。

再看她时，还是那一脸的震惊和痛惜。

嬷嬷一直在她身侧照应着，突然道："哎呀，先前姑娘药方里有味冰片，库房里出来的不太好，王爷要我去他屋里取，我险些忘记了，挽春、抱夏，你们跟我去拿。"

侍女们应了声，跟着嬷嬷出去，里间的侍女们在忙着撤换被褥、焚香，也没有出来，一时，她身边没有了人，只有个进不得内室的三等丫鬟在门外站着。

古怪的呼吸声响得更烈，克烈的眼皮微微跳动，有快要醒来的迹象。

这个人，如果醒来，会做些什么？

她在枕上偏过头去，仔仔细细地凝视克烈，那云遮雾罩的眼神十分深切，若不见天日的深渊。

良久她伸出手去。

伸到克烈咽喉边……

给克烈仔细地，掖了掖被角。

……

等到嬷嬷回来，看见的就是她安静地睡在克烈身边，呼吸均匀，而克烈昏迷得很安稳，被角也被严严实实掖过。

嬷嬷在门口站下，侧了侧身，身后露出晋思羽那沉思的脸。

他看着平静睡在克烈身边的她，眼神里不知是庆幸，还是更为深重的担忧，他轻轻过去，坐在她身边，替她拈去额头上被汗粘住的乱发。

半晌他沉声道："给我加派人手，务必立即找到那个郎中！"

浦城城西的三鼎山是浦城郊外最高的山，山中地气寒冷，据说还常起毒雾，但是在山中打猎的猎户却很少生病。

这都得益于在山中居住的郎中阮正，据说这位郎中的早先祖上也是宫中御医，后来辞官回乡，手中很有些千金不换的济世良方，只是这位郎中性情古怪，从不出山，只在山巅孤崖，结庐而居。

北地十月的夜，山间雾气森寒，如水晶帘飘摇动荡。

几道黑影，电射般穿崖而上，很快到了山巅。

听见来客轻轻敲门，主人蹒跚来应，打开门却四面空荡荡无人，还在疑惑自己是不是做了梦，随即又听见敲门之声从身后发出，回身一看才发觉，敢情来客敲的是窗。

窗下无路，是万丈悬崖。

阮郎中抖了一抖，一瞬间脑海里掠过"山精鬼怪"之类的词，来客却已不请自人。

三条人影，将他围在正中，其中一人露齿一笑，牙齿白得亮眼，问他："你是希望我们把你从这后窗自由地扔下去，还是把你捆起来送出门？"

阮郎中的选择，自然不用再问。

郎中和隔房的药童，被捆捆扎扎趁夜送下山，送到谁也找不着的地方。余下的三个人换了衣服，易了容，蹲在那里开始吵架。

"只有一个药童，自然是我去。"牙齿很白的那位挥舞拳头，"我武功好，反应快，会说话……"

砰。

一声闷响，归于寂静。

出拳的那个人收回拳头，干巴巴地道："我的拳头更会说话。"

坐在椅子上喝茶的那位皱了皱眉头，道："南衣，我觉得还是赫连好些，你……"

黄衣少年回过头来，平板的人皮面具配他平板的语气十分合适，"我如果坏了事，我杀了自己。"

宗宸不说话了，苦笑了笑，知道眼前这个人，因其与众不同，而更有常人难及的坚毅。

他曾为练武将自己埋于沙地五个日夜，险些窒息而死，只因为有人无意中告诉他，五个日夜最有效，却忘记告诉他，这么久会丢命。

他从来不去想那么多后果，只做自己要做的事。

没有世人的心机和顾虑，也就没有了畏缩和退却。

他这样的人，发誓一生保护凤知微，便永远不会主动离开她。

顾南衣不等宗宸回答，便将赫连铮捆捆，堵上阮郎中堆在那里没洗的臭袜子，把他塞在了床底下。

随即两人便躺在那家伙的头顶上舒舒服服睡觉了——浦城外松内紧，盘查极多，外有大军，内有王爷的亲卫，实在是目前的第一险地，为了避免声势过大，原本带进浦城的手下，很多都打发出城等候，而留在城内的是最精英的少数人，就是这样，也不敢尝试让他们进入王府，只因怕他们不够和甚有城府的晋思羽周旋，反而打草惊蛇，而最关键的事更得自己出马才放心，两个人因此都有点累，并且知道以后还会继续累，那这一晚将是在浦城的最后一个可以安睡的夜晚，到了明日，就没的睡了。

知道这一点，却还有人失眠，翻来覆去地烙床板，直到宗宸叹息一声，道："南衣，她会没事的。你要相信她，全天下人都死了她也不容易死。"

黑暗中烙床板的人不烙了，却也不说话，只天快亮的时候，迷迷糊糊的宗宸，听见他喃喃道："你总在丢下我。"

天快亮的时候，有一群山民，哭哭啼啼地抬了人上山来。

"阮大夫！"当先一个老者看见背着药筐正要出门的郎中，便扑了上去，"我在宁城的大侄子来看我，第一天就被不知道是什么的东西给咬了，您给救救，您千万给救救啊……"

抬上来的青年，脸上一层黑气，腿肿得跟冬瓜似的。

阮郎中随随便便看了一眼，不悦地道："这点小伤，哪值得急成这样？"也不开药方，随手在四面指了些药草，命药童采来煎来灌下去。不多时，那肿眼看着便消了下去，人也醒了过来。

老者千恩万谢地抬着侄子走了。郎中和药童正要继续采药，一队侍卫不知道从哪儿冒了出来。

"我们主母夜来突发急病，烦请先生跟着走一趟浦城，定有重重酬谢。"

"不去！"性格怪诞的阮郎中果然架子不小，翻翻白眼，理也不理，扭头就要走。

侍卫头领手一挥。

一群人扑上去，把人扭了便走。

"哎哎，你们干什么？放开我！"阮郎中拼命挣扎，破口大骂，"你们这群强盗！混账！猪猡！"

药童哗地丢下药篓，追了过去，举着拳头便毫无章法地一阵乱打，"强盗！混账！猪猡！"

阮郎中骂："放开！不然小心你死全家！"

药童蹿上去就咬，"死全家！"

阮郎中骂："无知肮脏的粪缸蛆！"

药童跳上一个人的背就去卡他的脖子，"蛆！"

侍卫们忍无可忍，郎中不可得罪，药童却是可以整治的，围起来便一阵暴打。

药童捂住脑袋，在地上滚来滚去，只会骂："蛆！蛆！"

"打坏了我的童子，我和你们拼命！"阮郎中扑不过来，暴跳如雷。侍卫们这才罢手，恶狠狠地将烂布塞了药童一嘴，一把扛了便下山，塞进马车，直奔浦园而去。

等到人都走干净，崖上空落落之后，忽然有人从屋子中歪歪扭扭蹿了出来。

一把扯掉嘴里的臭袜子，对着地上呕了几声后，眼屎超多的青衣汉子愤然对天"嗷嗷"大叫。

"等着！老子一定到！"

自从浦城驻扎大军之后，浦城的日子，渐渐便多了纷扰。越军大败而归，心气沮丧而烦躁，进城办事采买的时候，很容易和百姓发生冲突，这样的事自驻军以来便一直没断过。即使主帅晋思羽再三严令，还斩了几个闹事的士兵，又严格控制城外驻军进城的名额，这样的事还是屡禁不止，晋思羽也不敢逼得太紧——士兵们大胜之后立即遭逢大败，巨大的落差导致情绪受到影响，而陛下又不许退军，明春还有大战，万一士兵控制不住闹营什么的，事情也便闹大了。

然而今天发生的事情更凶猛——几个士兵在浦城西市，拿假银子买东西被发现了，事情本来也不大，赔个不是、赔了钱也就没关系了，偏偏那几个士兵嚣张桀骜，不赔钱还打死了人，被西市百姓、商人齐齐围起，而当时在城内的还有一些士兵，立即又赶过去声援同袍，当即打成一团，等到浦城县衙和浦园晋思羽的护卫过去处理时，事态已经控制不住，别说百姓、士兵死伤不少，就连衙役都伤了好几个。

事后清点发现，当时正值早市，浦园那边的很多小厮也在那儿采买东西，当时就被踩死几个，又失踪了几个。浦园自从接待王驾之后，本就觉得下人人手不够，如今更加紧张，浦园原主人便托人向安王请示，是不是可以补点奴仆来。

晋思羽正忙着处理这场惊动朝廷的大混乱，没问什么也就同意了，临走时却又对来禀告此事的自己的护卫头领道："按老规矩来。"

侍卫头领应了，自带了人陪浦园管家筛选奴仆，这是要选在浦园侍候王驾的，哪怕进不了内院，只在外院侍候，也要千挑万选，看家世清白，看身份文书，看保人荐书，一层层手续很是烦琐。

侍卫头领到时，已经初步选出一批家丁，个个看起来都甚是伶俐，都垂手听着吩咐。

浦园管家眉开眼笑地迎上来，有点兴奋地搓着手道："这批家丁，苗子都不错，您给好好看看。"

侍卫队长点点头，一眼扫过去也觉得最起码这批人精神都不错，遂在上座坐了。

"你们要侍候的不是一般人，是当朝大元帅，圣眷优隆的安王殿下，哪怕只在二门外侍候，那也是光宗耀祖的差事，万万要打起精神小心着，里面的规矩，学好了再进来，不然有个什么差错，谁也保不了你的命……"侍卫队长坐在上头疾言厉色，说了半天觉得口渴，伸手要端茶，立即有个高大的新家丁，很有眼色地上前一步，将茶奉上来。

侍卫队长接了，打量了这个伶俐的家丁一眼，觉得这人除了一双眯缝眼有点不雅观之外，倒也算身量高大、仪表堂堂，尤其那特别挺直的腰板，看着很是顺眼，满意地点点头，又说了几句才道："既然做了殿下身边侍候的人，就要遵从我们安王府的规矩。"说着挥挥手，立即有人端上一个铁盘子，上面是燃得通红的火炭，和一个雕了字的烙铁。

"为人属下奴仆，讲究一个忠字，一日为安王府的人，终生是安王之奴——你们可愿意？"

"是！"所有人齐声回答，那个高大的汉子尤其答得响亮，还自己加上一句，"为殿下赴汤蹈火，在所不辞！"

"哟，还有点墨水！"侍卫队长一笑，"赴汤蹈火倒不必，一点皮肉之苦罢了。"

新小厮们都抬起头来，望着那已经烧得通红的烙铁，烙铁上，有很清晰的一个"安"字。

"这是我安王府的标记，从此以后，你们带在身上，永生无法剥除。这是你们的荣耀，不过如果有人害怕，可以要回自己的文契。"

众人的面色都变了变——牛马一样烙上印记？听说大越贵族早年是有这个规矩，但是因为过于野蛮早已废除，不想安王府竟然还保留着这个规矩。

侍卫队长默默地喝茶——其实安王府以前也没这个规矩的，这是王爷来浦城后的最新要求，至于为什么要这样，王爷的心思，不是他们这些下人可以揣测的。

室内一片沉默，众人都有为难之色，做小厮固然是人下之人，好歹也是人，而这可是牛马的待遇，以后要是回乡出籍，这辈子也就没法见人了。

隔壁房间的门打开，放着几张窄床，等着人进去被烙，或者自动离开。

那个眯缝着眼的高个子盯着那烧得通红的烙铁，好像想把烙铁看出花来。另一个沉默的面容普通的男子，则盯着那扇小门若有所思。

还有几个人垂着头，哪儿都不看，一副听之任之的样子。

还是高个子最先开口，突然哈哈一笑打破沉寂，"赴汤蹈火都敢，还怕个什么烙印？我先！"

看他十分痛快地抬腿就往门里走，侍卫队长满意地一笑。

那个沉静的男子也笑了笑，二话没说也跟着过去了。

那几个谁都不看的人霍然抬头，张张嘴，似乎想说什么，但是立即也咬咬牙跟上了。

有这些人带头，其余人都稀稀落落地跟了过去，也有人最终退出。看着这些退出离开的人的背影，侍卫队长头一摆，立即有人悄悄跟了上去。

这边进了小门的十几个人，面面相觑。带头的高个子爽朗一笑，道："烙上面还是烙下面？不会烙我老二吧？"

侍卫忍不住一笑，糗他道："看你这德行，想做太监也不够格。来，脱裤子。"指了指他的屁股。

高个子哈哈一笑，道："怎么不烙在我心口，将来我娶了老婆，也好给我那口子好好欣赏一下，保不准她心疼我，一口亲在那地方……啧啧，多美，这屁股，可就没法有这待遇了。"

那沉静的男子看他一眼，突然笑道："就怕阁下烙在心口也未必有人肯去亲，那岂不是白烙了？"

"你懂什么？"高个子斜睨他一眼，"我要娶的那老婆乖巧得很，一定会亲。"说着三下五除二便脱了裤子，露出大理石般浑圆饱满的臀部，淡蜜色的肌肤光泽闪亮，"哟呵"一声便跳上了床，自己一拍屁股，啪啪声响里，道："来！可惜了一块好肉！"

又转头讥笑那沉静的男子："又不是娘们儿，脱个衣服也磨磨蹭蹭！"

站在最边上的一个男子，一直盯着这边，听见这句霍然抬头便想说什么，然而看看那个沉静的男子，扁扁嘴，转身去抠墙了。

沉静的男子不理挑衅，抿着唇，慢条斯理地脱衣服。他容貌不出色，但动作沉稳，举止间有种特别的韵致，一眼看过去没什么，多看几眼便移不开目光，令人觉得他做什么，都是好看的。

就连脱衣服挨烙这种事，他做起来也优雅有静气，不急不忙，不像即将被侮辱身体，倒像要去状元夸街。

衣服脱再慢也会脱尽。高个子趴在他隔壁床上，优哉游哉地撑着头，眼光一瞄他的身子，笑了笑，道："以为会有一身白得瘆人的细皮嫩肉，不想你也挺有看头的。"

那男子趴着不动，头枕着手臂，他身上的肌肤细腻如绸，不是乏味的苍白，也不是高个子那种男人气浓郁的淡蜜色，是一种近乎有质感的牛乳似的白，在朦胧的室内微微闪着光，身形线条也精致流畅，肌肉充满弹性和力度。他趴在高个子男子身边，两人都令人觉出有着属于男性身体的独特之美。

侍卫队长走了进来，眼光一扫亮了亮，犹豫了一下，突然道："其实白头崖之战后，我们护卫队也死了不少人……"

身边的浦园管家立即很有眼色地笑道："大人不妨挑几个好的去。"

"也好，也不过就是补到外面的护卫队。"侍卫队长点点头，大步过去走了一圈，拍了拍高个子的屁股，笑道："起来！跟我走。"

"怎么？"高个子捂住屁股，嚷，"我愿意被烙，我要去浦园，我奶奶在家还没钱买药……"

"傻货，不烙屁股痒？"侍卫队长笑骂他一句，虚踹他一脚，道，"我看中你了，是块好料子，补进护卫队里，不用做那低声下气的小厮了！"

"还不谢谢大人！"浦园管家眉开眼笑道。

高个子愣了一阵子，穿了裤子爬起来，又愣了一瞬，爬下去就给侍卫队长磕头，"多谢队长抬举，小的一定好好孝敬！"

侍卫队长笑着扶起他，又看了看那沉静的男子，神情有点犹豫，半晌道："我看你也不错，可会武功？"

那男子摇摇头。

"大人想必看出这小子文绉绉的，有些不同了吧？"浦园管家笑道，"他出身也算书香门第，家里世代都是私塾先生，住在南境皋山，只是他父亲早逝，皋山那里又办起书院，没有生计来源才来此卖身的。我看他识文断字，想着王爷书房里缺个得用小厮，就想带着给王爷看看，大人如果要……"

"不要，不要。"侍卫队长连忙挥手，"不会武功要他干吗？"

说着带着高个子便出门去了。小厮捧着烙铁进来，烧得通红的烙铁在铁盘上嗞嗞作响，高个子错身而过时，脸上露出庆幸和遗憾交杂的复杂表情。

趴在床上的男子，转头看了那烙铁一眼，淡然地转过头。

烙铁按上肌肤，长长的嗞声细响，熏腾的烟气里，一股焦熟的气味瞬间弥漫了整间房，令人闻见便忍不住要颤一颤。

房内惨呼号叫声响起，高个子竖着耳朵听了听，觉得似乎没有听见那沉静男子的呻吟声。

一转眼看见侍卫队长似乎也在竖着耳朵聆听惨叫，眼珠一转，笑道："大人，小的该补到哪里的卫队？王爷的亲卫吗？"

"你想得美！"被他一打岔忘记了继续听，侍卫队长翻了他一个白眼，"你这种寸功未立的新人，能在二进院子外守卫就不错了！"

"哦。"高个子有点失望地跟在他身后，摸着下巴，猥琐的眯缝眼里，露出思索的神情。

他在思考着……我要不要回头再去挨一烙铁呢……

淬雪斋目前是浦园最为忙碌的地方——来来往往的大夫川流不息，倒出来的药渣子快要垫成一条路了，又因为安王殿下时常过来，有时还歇在这里，所以警卫也最是森严的。

一大早，她在熏人的药香中醒来，疲乏地睁开眼，听见婆子丫鬟惊喜地呼叫："姑娘醒了！"

她扯了扯嘴角，算是个笑容。

这几天她睡得越来越多，清醒的时候越来越少，以至于每次她醒来，都会很隆重地惊动晋思羽。

婆子看她醒来，急匆匆地去报晋思羽了。她眯了眯眼睛，突然对侍女道："扶我起来，给我装扮一下。"

侍女愣了愣，心想，你什么时候这么重视容貌了，以前脏得猴子似的照样好意思往殿下肩上靠，现在病得七死八活倒讲究起来了。

她抿着唇不言语，侍女却不敢不听她的话——总觉得这个女子的沉默中自有一股力量在，容不得人轻忽，再说这人很泼的——会掀桌。

被扶起来，身子却软绵绵地往下溜，她努力支撑着，憋得脸上泛起红潮。侍女赶紧加了三四个大软枕，才把她给支撑住，又取过妆奁，问："姑娘想要什么样的妆？"

侍女取了些颜色鲜艳的口脂腮红，以为她终于开窍，想在死前色诱殿下一把，不想她指了几个淡淡的颜色，道："这个。"

那些腮红口脂的颜色很粉嫩，上了妆后，她苍白的气色去了好些，颊生红晕，唇泛娇粉，看起来竟然没有了那种奄奄一息的感觉，反倒青春娇嫩，明媚流波。

侍女这才知道她为什么不选鲜艳的颜色，她病得过于瘦弱苍白，一旦用了艳色，反而会显得浮而假，倒不如这些温和的颜色看来更真实，于是由衷地赞道："姑娘真美！"

她注视着铜镜里的自己，镜中女子清艳绝俗，唯有眉宇间一块像胎记、像瘀血的红色印记，有些令人觉得怪异，然而怪异中，又生出几分妖异般的美来，摄人心魄。

她缓缓抚了抚那印记，用一种陌生的表情，做梦似的喃喃道："是耶？非耶？"

侍女听不清她在说什么，一回首见她笑意浅淡，却有着几分怅惘、几分寂寥、几分无奈、几分决然，那么复杂的神情混杂在一起，在晨间的日光里摇曳氤氲，让人想起雾里的花，似近实远地美着，你摘不着。

侍女屏住呼吸，她却已丢开铜镜，看看自己，又道："给我换件衣服，要长袖的。"

侍女愕然地看着她——难道她的衣服不是长袖？这袖子不是直直覆盖到手背吗？

她垂下眼帘，看着自己那伤势未愈还包扎着的手，道："布裹得我难受，撤了，然后换件袖子特别长的，别给王爷看见。"

说了这许多话，她气喘吁吁。侍女不敢让她劳神伤身，不然王爷发现又是一顿责怪，只好依着她的意思，先撤了裹伤的布。

有点变形的手露出来，她举到眼前，仔细地看，并无一般女子会有的痛惜之色，只自嘲地道："破了相，毁了手，换了天地，怕是我死了，也没人认得我了。"

"怎么会？"侍女给她拉下层层衣袖挡住手，笑道，"等你想起来，一切都好了。"

她唇角弯起，靠在软枕上，努力让自己坐得端正些。

有脚步声匆匆传来，不是一个人的。

"芍药。"晋思羽的声音传来——她坚持自己叫芍药，连晋思羽也不得不这么称呼，"我给你找了好郎中来。"

门帘一掀，晋思羽进了门，身后，跟进两个人来。

阮郎中和他的药童。

那两人一进门，便看见榻上笑看过来的她，药童当即就晃了晃，却被阮郎中不动声色地牵住了。

走在前面的晋思羽并没有看见身后的事情，只有点惊异地打量着焕然一新的她，带点喜色道："你今天气色倒好！"

又道："怎么坐起来了？"

她只是笑，对着晋思羽，一眼也不看他身后那两个人。

阮郎中静静地垂目站着，仔细嗅着空气中的脂粉气味。药童直挺挺地站着，下死眼地看了她几眼，随即又拼了命地将目光掉开。

他站在门边，伸手似乎想去抓门框，被阮郎中看了一眼，于是立即收手，手指缩进了自己的袖子里。

顾南衣的手指，紧紧掐进了他自己的掌心……

此刻心中混沌一片，只剩下两个字疯狂叫嚣——是她，是她，是她，是她……

床上那人散散绾着长发，瘦得可怜，卧在被子中一团云似的，让人担心她随时都会飘起，也因为瘦，眼睛便显得出奇地大，那般水汽蒙蒙的微微一转，他便觉得似被带雾的潮水淹没。

他不曾见过真的她——她一直戴着两层面具，去掉一层还有一层，她对自己的真面目如生命一般小心保护着。他习惯于魏知或者黄脸的凤知微，然而此刻床上那个看起来小小的人，只那么一眼，他便知道是她。

原来这是她，可不管是哪张脸，似乎都没有区别，有种人的相认和相逢总是那么奇妙，戴万千面具，都只看灵魂。

他不敢看她，怕自己真的控制不住，像以前很多次那样过去，将她拎起揉入怀中，让她躲进他永恒的保护里，然后就像赫连铮所警告的那样，害了她。

他只能任指甲狠狠掐进掌心，死死低头看着地面。白石地面很干净，模糊地倒映着她的影子，那么弱那么薄，比哪次看见她都薄，让人担心一道光便将她压碎。

恍惚中有什么轰然而来，惊涛拍岸，卷起千堆雪，冲击着某处牢固的堡垒，将心和血肉都轰成碎片，全部打散了重来，而他在那样焚心的疼痛中几乎要颤抖，却不敢颤抖。他一遍遍想着她往日带笑唤着玉雕，这一刻他真的愿意自己是玉雕，只是玉雕。

一瞬间，他懂得世间之苦，那些失散后的惊心、焦虑、担忧、恐惧，那些终于找到她时的震惊、疼痛、怜惜，和相遇不能相认的悲苦。

果然如她所说，痛于一切。

他咬牙沉默着，在寂静中，掌心血肉模糊。

她的眼光，终于越过晋思羽，懒洋洋地扫了两人一眼，随即撇撇嘴，一脸厌烦的表情，道："又是哪家的大夫？"

那目光掠过去，在药童被揉得有点狼狈的身上略停了停，随即飘过，她垂下了眼帘。

"别瞧不起人，许是救你命的菩萨。"晋思羽看她今天精神好，心情顿时也明朗了几分，亲自替她掖了掖被角，动作亲昵而温柔。

药童抬头看过来，她突然开始咳嗽，将身子往后让了让，药童立即唰地低下头去。

"这是我的爱妾。"晋思羽回身对阮郎中道，"请务必好好救治。"

阮郎中一副第一次见识这种钟鸣鼎食、堂皇富贵之家，被震慑了的样子，路上的桀骜不满早已不见，诚惶诚恐地哈着腰，过去为她把脉。

"我这小妾前些日子出门，不小心落下惊马，伤了头，从那以后记忆便有些混乱。"晋思羽指着她额上的伤疤道，"先生也请看看，看有什么法子让她恢复正常。"

郎中和药童都抬起头来，认真地看了看她的伤疤。

她笑笑，有点不好意思的样子。

郎中垂下眼帘，把着她的脉，眼光突然一凝，随即动了动身子，对药童道："咱们带来的药草可以拿出来晒晒了，等会儿怕是要用。"

药童抿着唇，眼光飘飘，越过郎中的肩头，然而什么也看不见，她被遮掩得死死的。他胡乱地点点头，二话不说退了出去。

晋思羽笑道："先生这童儿倒老实。"

　　"这也是个可怜人。"阮郎中道，"小时候上山采药也伤过脑子，有些事便有点糊涂，如果冲撞了王爷，还请王爷包涵。"

　　"无妨，无妨。"晋思羽心情很好。

　　郎中垂下眼帘，目光在她手上一晃，袖子长长，确实挡住了很多东西，但是无论如何也瞒不过执腕把脉的大夫。

　　晋思羽的感觉十分灵敏，郎中的目光一落，他的眼神便追索了来，郎中也不慌张，落落大方地一笑，指了指她瘀紫变形的手，道："夫人这手也是落马所伤的吗？是否可以一起看看？"

　　"你若能行，自然最好不过。"

　　忽听身后砰的一声闷响，几个人都抬眼看去，看见拿着药箱的药童，傻傻地站在屋角克烈的床边，正弯身去揉腿。那声闷响，是他撞在克烈床角上发出的。

　　看见几人望过来，他抬起头，指着克烈，干巴巴地道："好可怕——"

　　"吓着你了？"晋思羽的眼神中浮现出释然，笑道，"这位确实伤得也重，先生等看完我这夫人，给他也看看。"

　　"医者救人性命，责无旁贷。"阮郎中一口答应了。

　　"这位是义士。"晋思羽诚恳地道，"为了救我小妾，被山间的饿狼咬破了喉咙，也不知道能不能醒。我这小妾感念他的恩德，命人抬来看一眼，既然先生来了，那以后他也托付你照顾。先生医术名动四野，想来这点外伤不在话下。"

　　"自然要尽力的。"阮郎中一笑，将她的衣袖轻轻放下，回身去开药方。那边，药童垂首看着克烈。阮郎中道："小呆，越看越怕，还看什么，赶紧去晒药。"

　　药童小呆听话地垂首出去。床上，她倚枕看着，目光越过晋思羽，落在那背影上，唇角有一丝微凉的笑意。

　　门外响起轻微的敲门声，浦园的管家在外面恭谨地道："殿下，这批新选的家丁都在二门外跪候了，您要不要过去训话？"

　　她疲倦地闭目假寐，似听非听。

　　开药方的阮郎中，手轻轻一抖。

　　晋思羽背对着他们，想了一想，道："不必了，跪足两个时辰，你看着各自分派。有没有特别伶俐的？"

　　"这批都很伶俐。"管家赔笑，"刘大人还看中了一个，当场带走补进二门外护卫队了。"

晋思羽"嗯"了一声，又道："都按规矩办了？"

"是。"

晋思羽笑了笑，笑容里有些特别的意味。她抬起眼帘，凝视着那笑容，随即眼光向院子外瞟了瞟。

"这批家丁都很伶俐。"晋思羽突然转身问她，"我想着，等你好点了，给你配个花鸟小厮，专门养些珍奇的鸟儿给你开开心怀，你可愿意？"

"不要。"她立刻拒绝，"好吵……"

"那就你安排吧。"晋思羽满意地转身，"书房现在的那个太蠢，叫你找个能识文断字的来，可有合适的？"

"已经有了。"

"那就安排在书房，没事也可以跑跑腿什么的。"晋思羽起身，做出要走的样子。她含笑目送他。

晋思羽突然俯下身，在她耳侧轻轻道："你要乖点，等你好了我带你去京都……"

他靠得极近，俯下的身子挡住了单薄的她，从阮郎中和窗外药童的角度看过去，便仿佛他在亲昵地吻她的额角。

两人的乌发泻落下来，在锦被上暧昧地交缠在一起。

她不动，不说话，也不避让，只半闭着眼睛，似乎这一阵子的问诊已经耗尽了力气，完全没有注意到他的亲昵。

阮郎中专心地开着药方。

药童低头晒着草药。

晋思羽微笑着行出门去，锦袍的袍角拂过药童的脸。

药童不动，良久，抬起头来，转了个方向，将药草拿到屋后另一面去晒，那一面，隔着墙，便是她的床榻。

他将药草缓缓铺开，自己蹲在墙角，良久，慢慢把掌心按在了墙上。

隔着墙，便是她背靠的位置；隔着墙，便是她跳动的心……

如果可以，他想要打烂这墙。

如果可以，他想要越墙将她抱走。

如果可以，他要将她带出这步步围困的富贵铁牢，从此自由地继续相守。

可是他知道，他不可以。

四面早已经过改造，机关无数，重兵无数，她是被困在重重铁壁里的诱饵，等着意料中的人来莽撞赴死。

　　他不怕死，却不能害她死，那样的身体，经不起任何折腾。

　　他只能蹲在这墙角之下，对着一面墙，思念她。

　　越思念，越怀念。

　　原来以往那些不以为意的朝夕相处，到了近在咫尺却不能相认的此刻，才是珍贵无伦。

　　风森凉地刮过来。

　　他闭上眼，仰头于北地冬日的寒风里。

　　隔着厚厚的墙。

　　用掌心。

　　听。

　　她。

第九十七章
相遇

　　室内很安静，侍女们都去送晋思羽了，屋中只剩下了她和阮郎中。

　　她还是那闭目养神的样子，阮郎中则专心写药方，谁也没对谁多看一眼。

　　四面只有克烈混浊的呼吸，古怪地响着。她突然睁开眼，诚恳地对着阮郎中的背影道："先生好歹救我这朋友一救，为了我，已经死了一个，万不能再死一个。"

　　阮郎中提着笔，疑惑地回头看她。

　　她扯扯嘴角，露出一抹苦笑，却没有说什么，只道："先生看救得吗？"

　　阮郎中倾身看了看，道："此人求生意志极强，身体底子也好，倒也不是不能试试。"

　　"那便拜托先生了。"她笑笑。

　　看侍女们送完晋思羽回来，阮郎中吩咐："把这个病人抬出夫人的房间，不要过了病气。"

　　说着，又取出一把药草，道："悬挂在门楣上方，每日夜间熏一个时辰，至于其余的，什么熏香之类的，都不要用了，病人受不得这个。"

　　他说什么，侍女们便做什么，想来已经得了晋思羽的吩咐。

　　开了药方，便拿药煎药。药是药童煎的，喂药的却是侍女。药童直直站在床边，不走，盯着那药碗。

"你这人好不晓事。"侍女被看得难受，忍不住责怪，"尽戳在这里做什么？"

正翻检药囊的阮郎中急忙赶过来，拉走药童，一边低声道："小呆，别不懂规矩！"一边对侍女笑道，"姑娘，莫怪，这是我行医以来的规矩，要看着病人喝药时的反应，好随时斟酌药方，失礼了。"

那侍女这才转怒为喜，抿嘴一笑，大方地让了让身子，道："反正看的又不是我，你爱看就看。"

阮郎中还想拉走药童，药童却突然一甩袖子。阮郎中被推了个趔趄，忍不住讪讪苦笑，道："这实心眼的孩子。"不再试图拉他，却也站在他身边不走。

短短榻前，这下子站了两个人，其中一个直勾勾地盯着侍女喂药，任谁也会不自在，她却若无其事，眼皮子也不掀一下，一口口喝完。侍女取出帕子给她按了按唇角，笑道："姑娘今天喝药特别爽快。"

"我觉得这药舒服，虽然苦了点，但是喝下去不那么翻江倒海。"她淡淡地答，随即闭上了眼睛。

阮郎中立即知趣地拉着身子有点僵硬的药童退了出去。那孩子步子沉重，走起路来拖泥带水。侍女们都咻咻地笑，觉得傻子好玩。

两人的身影即将消失于门边的时候，她突然睁开眼，看了两人的背影一眼。

仿佛背后有眼睛般，药童也突然回身看向她。

却只看见她闭着眼，安睡如前，一副从来没有睁过眼的样子。

门槛上那一回身，不过略略一瞬。

他的目光飘了千里万里，不能抵达。

侍卫队长刘大人，领了今日新选的侍卫走进二门。一路上不断有人打招呼行礼，看着这个幸运儿的笑容，却都有几分古怪。

一副像是觉得什么好戏要开场，但是又得忍着，绝对不能被当事人发现的那种神情。

新选进来的高个子倒没有发觉这些，神采飞扬，左顾右盼，一副乡下人进城的样子，将浦园看了个饱。

"我说，你叫什么名字？"侍卫队长的手搭着他的肩，笑吟吟问。

高个子有点奇怪地低着头，心想，这家伙比自己矮半个头，却非得把手搭他肩上艰难地仰头说话，不觉得难受？嘴上却恭谦地道："小的叫刘三虎。"

"三虎啊，好名字，还和我一个姓，真是难得的缘分。"侍卫队长呵呵笑着，大力拍他的肩，"放心，跟着我，以后我会好好对你。"

刘三虎喜笑颜开地望着他，一个躬身干脆利落地弯下去，"谢大人抬举！"

"我叫刘源。"侍卫队长拉起他，抓着他的手，将他上上下下又打量一番，眼神里浮现出一丝隐秘的笑意，道，"我得好好栽培你，从今儿起，你和我住一屋吧。"

四面的侍卫们都竖着耳朵听着，听见这一句，再看看高个子的身子骨，唇角都勾出诡异的弧度，但又赶紧转身的转身，做事的做事，都把自己搞得很忙。

刘三虎这回倒没有露出喜色，迟疑道："和大人住一屋？这……不合适吧？"

和你住一屋，大王我要怎么去找人啊。

"嗯？"刘源挑起长长的尾音，眼睛斜睨过来，"什么合适不合适？我说合适，那就合适！"

刘三虎壮士反应灵活，立即一扫犹豫之色，啪地一躬，"是！"

"来，我带你去看看我们的屋子。"刘源转怒为喜，一把牵过他便往前院西厢走。身后，侍卫们探头探脑，面面相觑，神情诡秘，等到两人身影转过去都"哗"的一声笑开。

"喂，又一个！"

"老刘这下可爽了。"

"咱们来赌赌，明儿那家伙是外八字走路呢，还是直接就请假了？"

"我赌请假！"

"外八字！"

"请假！"

后边笑成一团，前边两个人自然都听不见。刘源拉着刘三虎，直接进了西厢一间房，这房位置幽静，四面都是花圃，也不见个下人。

刘源直接就把刘三虎带进了内间，往床上一靠，拍拍床板，对刘三虎招手道："这是你的床，来。"

刘三虎偏着头，看着刘源，"啊"的一声。

"来啊。"刘源眯着眼睛笑，"给我看看，你身子骨结实不结实。"

"大人先前不是看过了吗？"刘三虎愕然，慢吞吞地过来，站在床边。

"就是看过了，好漂亮的……"刘源嘻嘻地笑，"所以想再看看……"

刘三虎似乎愣在那里，不动了。

"傻子！不知道刘爷我看上你了吗？"刘源笑吟吟抬头，啪地一拍刘三虎的屁股，一声脆响。

刘三虎被拍得噌一下跳起来，摸着屁股，瞪着刘源，眯缝眼也睁开了，圆溜溜的。

刘源撇撇嘴，"装什么傻？看你这伶俐样子，也不像个不懂事的，这事，说句好听的，叫男风，说句不好听的，叫屁股官司……来，陪爷玩好，有你的好处。"

说着站起身，双手搭在刘三虎肩上，一用力，便把傻傻的刘三虎推倒在床上。

"好身子骨，可惜还得刘爷我费劲……"刘源眉开眼笑，"刘爷我喜欢玩一点小花样，小乖乖，你忍着点啊。"

他一抬手拉开身侧柜子的抽屉，里面满满的是绑绳、鞭子之类的东西。将那些东西慢条斯理地放好，刘源一手按着刘三虎，一手猛力一撕，刺啦一声，刘三虎的衣襟被扯开一大块，露出淡蜜色的、坚实晶莹的胸膛，在幽暗的烛光下绸缎般熠熠闪光。

"真是漂亮的……"刘源啧啧赞叹，"人长得一般，身子却是难得一见……"

刘三虎闭着眼睛，皱着眉头，从刚才到现在，他一直没动，没说话，紧闭的眼皮下眼睫迅速颤抖，似乎在激烈地思考，同时颤抖的还有他的手指，在床沿不住抓握，把木床板抓出一道道指痕。

"小乖乖……忍着点啊……"刘源暧昧地笑着，拿起一截绳子，绕过刘三虎的颈项，又绕向他赤着的胸膛，"陪刘爷玩个痛快……"

"操！"

一声低吼，狮子般沉怒的咆哮。刘源一惊，随即觉得劲风扑面，来势凶猛，逼得人气息一窒，恍惚中，七彩宝石般的光芒一闪，砰的一声已经被踹倒在地。

他大惊抬头，便见被按倒在床上的那个人跃身而起，半空里怒扑如黄金雄狮，一脚便将他踹倒，随即矮身一跪，膝盖狠狠压上他的胸膛，顶得他胸骨一阵吱吱嘎嘎脆响，险些就要碎裂。

这一切发生于猝然之间，刘源满腔的绮念霍然被浇了一盆冷水，脑海中一片空白反应不及，只似乎隐约听见刘三虎低低咕哝了一句："对不住，我实在忍不了……"

这句话的意思他没懂，只惶然抬头，而刘三虎的脸已经恶狠狠地逼了下来，"死兔子！死兔子，死兔子！"

刘源张了张嘴，想说我不是兔子，我是爱玩兔子，刘三虎却已经呸了他一脸唾沫，一抬手扯下自己脖子间的绳子，三五下将刘源胡乱捆起，砰地扔在地上，然后脚踩刘源的胸膛，呸的一声道："士可杀不可辱，既然放倒了你，不如来个痛快——老兔子，你忍着点！"

他一掀装满皮鞭的抽屉，胡乱抓出一条，拿在手里，劈头盖脸就对着刘源抽了下来。

抽一下，问一句。

"叫你玩兔子？"

啪！

"叫你喊我小乖乖？"

啪！

"叫我忍？"

啪！

"陪你玩个痛快？揍你个痛快！"

啪！

"你玩就玩，居然玩得这么恶心，害得老子想咬牙牺牲都没能坚持下去！你害死老子了！"

啪！

刘源被打得嗷嗷叫，在地上滚来滚去，渐渐地却不叫了，只用胳臂护住头脸，又从胳臂缝里偷偷仰头看刘三虎。

顶上那人，从躺在地下的角度看上去，十分高颀，宽肩，细腰，窄臀，长腿，有着黄金般漂亮的身材。被扯开的衣襟忘记掩上，露出一大片淡蜜色、饱满的胸膛，额头和胸上也因为出力和气愤，沁出晶莹的汗珠，在昏黄的烛光下反射出钻石般的光泽。浓郁的男人气息发散出来，这一刻，暴怒的男子，有种俊美雄狮般的雄性魅力。

刘源着迷地望着，突然便忘记了劈头盖脸的疼痛——这种鞭子本就是游乐所制，并不伤人筋骨，他渐渐放开手。刘三虎霍的一鞭子又抽下来，刘源却不让，嗷的一声扑上去，抱住了刘三虎的腿。

"大王！"

一声称呼石破天惊，刘三虎举着鞭，愣了。

"大王……好人……"刘源抱着他的腿，气喘吁吁地蹭着他，仰头媚笑道，"打我……打我啊……"

刘三虎缓缓低头，瞪着他，完全忘记该做什么了。

"你是我的英雄，我的大王……"刘源伸手去抓他手中的鞭子，"都说我喜欢玩兔子……其实我更爱你们折磨我……就是没人敢……一直没人敢……我只好去玩他们……对他们举鞭子的时候，其实我多希望有个真男人……像这样狠狠地……狠狠地……"他抓着刘三虎的手，把鞭子往自己面前凑，"来……来……快点……只要你肯……我什么都答应……"

刘三虎怔怔地看着手中的鞭子，看着一脸欢喜激动，满面红光，连鼻翼都兴奋得不断翕动的刘源，脸上露出了崩溃和惊喜交杂的表情。

他直着眼睛，喃喃道，"这世道真是太让人吃不消了……"

随即他低头，看着一脸春情、假攻实受的被虐狂刘兔子，将鞭子噼噼舞了个鞭花，恶狠狠低喝："要我打？"

"嗯。"刘兔子一脸沉醉地点点头。

"什么都答应我？"

"好人……"刘兔子气喘吁吁地抓着鞭子，"什么都成……"

"我要进后院做王爷的亲卫！"

"好！"

"他奶奶的，这下子不打你倒对不起你了。"刘三虎一甩头发，忍住仰天长啸及长笑的冲动，啪啪啪胡乱连揍三鞭，然后扔下鞭子抬脚就走。

不用怀疑有诈，再有诈也搞不出这种奇葩来。

裤脚却突然被人拉住。

"心肝！"刘源仰头喘着气，抓着他的靴子，"再来一鞭！"

新来的刘侍卫，第二天没有请假，倒是侍卫队长刘大人，请假了。

侍卫们看着意气风发地走向后院的刘侍卫，露出五雷轰顶的表情。

这孩子怎么玩的？这么凶猛？兔子把大爷给玩倒了？这得多深的功夫啊！

刘侍卫意气风发，高高兴兴地去内院报到，报到后才发现，说起来是王爷亲卫，但是也不是时刻跟在王爷身边的那种。王爷的亲卫也分内外之别，而他是守在内院门口的那种。刘侍卫十分不满，很想再回去揍老兔子一顿，换个一等亲卫来做做，又想想，那种亲卫只怕得晋思羽亲自批，老兔子还没那个权力，只好罢手。

晋思羽大部分时间都在内院，听说他最近新纳的一个小妾，十分宠爱，小妾生病，他便夜夜宿在她房内。侍卫们消息很灵通，说起这个都眉飞色舞，说那个小妾无人见过，王爷珍宝似的养在深院，只有人远远看过一眼，弱得风似的，也看不出有什么好来，又说王爷看似和蔼，其实对女人一向淡漠，这次难得动了心，这女子要是能养好身子早日生个一男半女，保不准将来就能飞上枝头，虽然王爷已经有正妃了，但侧妃位置还空着呢。

每逢说起这些，刘侍卫便默默听着。有天听侍卫们再次谈起，他便道："那小妾有病吗？王爷会喜欢一个病秧子？"

"美人捧心更添风姿嘛。"一个侍卫文绉绉地来了句，又道，"王爷为她特地找了三鼎山的名医来呢，听说最近好了些。王爷怕她随时需要大夫，特地允许那两个人住在淬雪斋。真是难得这么用心。"

"那内院也允许住外男啊？"刘侍卫咋舌一笑，"连咱们都一步进不去呢。"

"得了吧，不进去是你的福气。"一个侍卫懒洋洋道，"那内院是什么？龙潭虎穴！步步危机，光是从盛京运来的……"

"老四！"一个侍卫突然开口一喝，先前说话的侍卫立即住口，讪讪地笑笑，拍了拍刘三虎的肩，道："兄弟，反正那不是咱们该关心的地方，不问也罢。"

"谁对内院有兴趣？"刘三虎嗤之以鼻，托着脸十分神往地道，"我是对女人有兴趣……家里穷，二十二了还没老婆呢！"

侍卫们一阵哄笑，一个副队长笑道："你这话倒在理，外院多旷男，内院多怨女，我上次见过几个，确实有几分姿色。咱们这个身份，将来就是跟王爷回了盛京，在那天子脚下、煌煌帝都，也没人多看咱们一眼，不如就在这浦城，讨个清白本分的，做妻做妾都成。三虎兄弟，你是本地人，你要真有这打算，兄弟倒可以帮你看着点。"

"那就拜托哥哥了！"刘三虎喜不自胜，站起来就是一躬，"我老娘盼我娶个媳妇回去，都快盼瞎眼了！"

侍卫们哄笑着，推搡着刘三虎，打趣他讨到老婆要请客，然后又开始兴致勃勃地讨论内院哪些侍女长得不错可以考虑。刘三虎嘿嘿笑着，跑出来撒尿，一边撒一边低低咕哝："色诱完了男的色诱女的，老子真是男女通杀啊……"突然一声低喝，"谁？"

墙头上黑影一闪，现出一个人影子。刘三虎似乎看不清楚，眯着眼打量，突然一个肘槌就横捣了出去，直袭对方的胸口，肘底风声虎虎，杀气凛冽，"受死！"

黑影一闪，轻飘飘一掠，从他肘底枯叶般游移过去，随即一抬手，就封了刘三虎出手上下三路。

随即嘻嘻一笑。

刘三虎皱起眉头，隐约觉得这笑声有点熟悉，心中一动收了手，不再说话，只凝眉注视着黑暗处。

对方渐渐显出身形，青衣小帽，外院小厮打扮，容貌平常，一双眼睛却十分灵动。

刘三虎仔细打量他的身形，半晌迟疑道："你……"

对方扁扁嘴，道："我什么我？别问我，我现在也不知道我是谁了。"

刘三虎目光一闪，露出恍然的神情——听这落寞赌气般的语气，八成是那个横插一杠子导致她失母丧弟的某人的贴身护卫。

对这个人，他可没好感。

"哎哟，听说阁下不是恢复自由身了吗？怎么会出现在此地，莫非见浦城风光独好，前来度假？"

刘三虎壮士第一次发现，原来自己也有讽刺人的特长。

对面那个帝京第一娇纵的护卫却并没有跳起来，撇撇嘴，道："是啊，风光独好，有拍起来啪啪响的漂亮屁股，有兔子做不成最后玩兔子的老千，还有天天用鞭子疼爱人的小乖乖，真好看！"

"……"

刘侍卫青筋暴起，眯缝眼瞪成球，手指骨咯咯直响，清脆得一阵鞭炮似的。

耳根后却有很可疑的一阵薄红……

"我可不是来和你打架的。"小厮退后一步，有点委屈地扯扯自己的布衣，"我找你商量，你想个办法，把我送进去。"

"我把你送进去？"刘侍卫笑了起来，指着自己的鼻子，"老子自己还不去呢，老子自己还和自己的人失散了呢，送你进去？美的你！"

"我进去比较有用。"小厮认真地道，"我武功比你们都高，我能救出你想要救的人。"

刘侍卫有点不爽地冷哼一声，却没有反驳那句关于武功的看法，只冷冷道："你会救她？别忽悠我了，当初她母亲和弟弟，可是间接死在你手上的！"

"不是……"小厮急迫地要说什么，张了张嘴，却又停住，半晌叹了口气，道，"我写那封信的时候，南海后来的事还没有发生，我当时看着主子犹豫，心里不安。你不知道，金羽卫虽然给了主子，但不是他一人独管……南海祠堂被围事件后，我心里……但是写出来的东西，白纸黑字，也挽不回了……"

"所以你后悔了？"刘三虎静静听着，摇摇头，"不，我觉得你不可靠，你做什么都为你主子，而你主子做什么都为了那位置，你们俩随时都可能为了自己最看重的东西倒戈一击……我不相信你。"

小厮默然，垂头不语，半晌低声道："他都做到这样了，那天……你也看见了，他那样金尊玉贵的人……自愿受那个罪……你还不信吗？"

"那也是他应得的。"刘三虎慨然答道，"凡事自有因果，要论起皮肉之苦、内心之痛，他也好，你也好，我也好，谁痛得过她？"

　　小厮不说话了，脚尖在地上画着，手指不住抠墙，似乎想将墙抠出个洞来，好钻进去见他主子。

　　"我这段时间将外院的路摸了个大半。"刘三虎壮士不理他，自顾自掏出一张纸，"还有一半，我过不去，看你的打扮，是外院洒扫小厮吧？正好，把那一半帮我补齐。这整个浦园都很不简单，内院外院都有不少布置。我已经做了标注，你把你那一半也标注了，然后我们互通有无，再想办法送进去，就算进不了内院，也得替他们把出路搞清楚。"

　　"你确定那个小妾是她？"

　　刘三虎默然不语，半晌道："外院有处地方，就是西北角那里，我觉得有点不对劲，你帮我查一下，看是不是晋思羽声东击西的花招。"

　　他望着那个方向，目光闪动，想着有次想方设法路过那里时，觉得那个花园里的石狮子有点怪异，而且那里的那个池塘，水似乎也太浅了些。

　　"如果那里有个暗牢，那么关押的会是谁呢……"

　　第二日，刘侍卫领到了一个差事——送文书到内院，交由书房小厮。

　　晋思羽常待在内院，很多事务的处理，都是由外院侍卫送到内院门口，再由内院书房小厮出来接了送过去的。刘侍卫平常没什么机会进内院，也不能在内院门口探头探脑，这日终于接到了往内院送文书的机会。

　　他捧着装文书的匣子往里走，一路上目不斜视，却用眼角余光，将四面看了个清楚。

　　越接近内院，有些声音越发清楚——机簧的咯咯声响，几乎无处不在，可以想见，在那些浓荫里、山石后、檐角上、花墙间等所有可以遮蔽的地方，都有着整个大越最犀利的武器，用森黑的炮管，冷然注视着所有试图觊觎内院的人。

　　这还只在外围，她身边呢？又会是如何步步惊心的布置？

　　想着她羸弱受伤，困于重围之中，拘于虎狼之侧，处于众目窥视之下，一着不慎便是杀身之祸，他的心便腾起如火的焦灼。

　　这种环境，她能否吃得下，睡得着？能否好好休养，不被晋思羽无时不在的攻心、试探逼垮？

　　至于他自己，他倒没有多想——谁都知道晋思羽绝不会是因为她的美色而留下了她。这位传说中极有城府的亲王，大越皇位最有力的竞争者，留下她一命只可能出于一个目的——围城打援。

　　她活着，就有源源不断的救兵来试图援救，从这些救兵中可以揣摩出她的身份，更可以逮到更大的大鱼。

所以，一个都不能失手。

刘三虎抿紧唇，捧紧了手中的东西，心想，万一事有不谐真的到了山穷水尽的地步，到时候是咬舌死得快呢，还是自刎？

……

内院门口，一个小厮打扮的男子，也在目不斜视地等着他。

这人束手站在门边的姿态，比刘侍卫更规矩，更像一个诚惶诚恐的家丁。

刘侍卫眯缝着眼看着他，忍不住一笑。

他将盒子递了过去，小厮抬头来接，两人在盒底手指一碰，又各自缩回。

彼此袖子都动了动。

四面都有人在。两人抬头互视，目光一碰似有火花，随即便都收敛。

两人是一批进府的，一点都不寒暄说不过去，虽然两人其实根本不想寒暄。

“这位兄台怎么称呼？”刘侍卫眯着眼向对方笑，“那天在门房，咱们见过一面的，差一点便在一起了。”

“裘舒。”男子抬头一笑，“我没有兄台的好运气，你看，书房小厮。”

“刘三虎。”刘侍卫笑，“兄台是王爷身边人，不是我这个二等亲卫可以比的，以后还请多多提携。”

“不敢不敢。”

“一定一定。”

假笑着，平淡无奇地拉扯几句，刘侍卫转身便走，快得好像后面有人在烧他屁股一样，那个叫裘舒的书房小厮也头也不回，捧着盒子回了内院。

裘舒捧着盒子，刚走到二进院子，便见一群贴身亲卫在那里练武，小厮绕行而过，忽听身后道：“着！”

声音突如其来，杀气腾腾，随即一片晶光耀眼从身后罩下！

裘舒讶然转头，和所有不会武功的普通人一般，被惊得在原地动也不动。

哗。

一缸水兜头罩下，瞬间将裘舒浇个透湿，而那盛水的缸犹自向他当头砸落。他愣在那里，瞪大眼睛，看来已经吓傻了。

铿的一声，刀光一闪，贴着他头皮掠过，将那小缸击落在地，碎片溅在他脚边。赶来使刀碎缸的侍卫扬刀而起，刀上带落几根发丝，随即轻蔑地将他一推，道：“傻站在那边干什么？碍手碍脚的！"

裘舒还没反应过来，就被推得一个趔趄跌倒在地，手下意识一撑，正撑在那些碎瓷片上，顿时手掌被割破，将碎瓷染红。

他嘶嘶地吸着气，手心染血，一身水湿，头发湿答答地贴在额头上，在北地初冬的寒风中瑟瑟颤抖，看起来狼狈得很。面对着围上来的侍卫，他小心地在地上往后挪了挪，不敢去看自己的伤口，犹自谦恭地赔笑，"是，是，是小人没眼色……原来这就是武功，各位大人真是让小人开了眼界。"

那出刀击缸的侍卫冷哼一声走开去，却有另一个汉子过来，亲手扶起他，笑道："别理老张，他刀子嘴豆腐心。都怪我，刚才正顶缸练马步，突然一个蚂蚁爬上脖子，一痒之下没耐住，正巧你经过……没事吧？"

"多谢大人关心，没事的，没事的。"裘舒一脸受宠若惊、感激之色。那侍卫扶起他，笑道："衣服都湿了，盒子也沾了水，这个样子怎么去给王爷送文书？我们在这边的练功坪有换洗的衣服，去换一套吧。"

"我怎么能穿大人们的衣服……"裘舒赶紧惶然推辞，那侍卫却将他向屋子里推，笑道："没事，不是护卫服式，是我们下值后出门穿的随便衣服。"不由分说便拉他进了屋子，亲自找出一套衣服来，还拿在手中，要眼看着裘舒换下。

面对这个侍卫超乎寻常的热情，裘舒扭捏客气了一会儿，也就坦然接过，大大方方地换了，那侍卫却又漫不经心地转过头去，好像根本不在意的样子。

他看不看实在没什么要紧——四面不知道有多少可以看人的地方。

将湿衣服都换了下来，裘舒谢了侍卫，抱了衣服要走，那侍卫却拉了他道："你这衣服是我给弄脏的，我得赔个罪，你去练功坪西侧的司衣房去洗，那是专门给我们侍卫洗练功服的。"

说着生怕裘舒推辞的样子，夺过他的衣服给送了过去。裘舒淡淡一笑，也不去问，道："那我去给王爷送文书。"

他辞了那侍卫，捧着盒子继续往前走，手上的伤口已经凝了血，伤痕比意想中的深，涌出的鲜血在冬日的寒风里很快结成一团冰珠——刚才那超级热情的侍卫只顾着关心他的衣服，却连这些伤口看也没看一眼。

他轻轻抬起手，很随意地在墙上拭去血痕，像是怕弄脏了盒子和衣服。那些血痕鲜明地印在青砖墙面上，色泽殷然。

伤口有新血涌出，隐隐现出白色的痕迹，那是一枚染血的蜡丸，嵌在了伤口里。

就在刚才，跌落的一瞬间，原本在袖筒的蜡丸进入掌心，被他狠狠地塞进了自己的伤口。蜡丸不大，露出皮肤的只有一小部分，再被鲜血一凝，在本就血肉模糊的掌心里，看起来没有任何迹象。

他跌落时对准了最利的瓷片，伤口极深，此时要想将已经狠狠塞进去的蜡丸取出，不啻于又一场割心的疼痛。

他皱眉看着那伤口，不是畏惧疼痛，而是担心已经压扁的蜡丸在取出时碎在血肉里，而一旦感染，这手也就毁了。

想了半天，他抬手从身边的树上采下一截枯枝。

正要去挑，忽然停了手，他将枯枝一抛，放下衣袖，迅速站直身体。

过了半晌，才有脚步声过来，是中年男子和痴呆小童，阮郎中和他的小呆，出现在路的那一边。

阮郎中长居山上，每天有例行散步的习惯，而这是他散步固定要走的路，大家都知道。一开始侍卫还跟着，渐渐便很少来了——这大冬天的，寒风里散步，实在不是什么舒服事。

他看着那两人过来，弯了弯腰。小药童当先停步，盯着他。

目光平淡，四面的枯枝却突然开始瑟瑟颤抖。

他面不改色，含笑向阮郎中问安："先生可好？"

阮郎中一笑，道："承问，很好。"

裘舒便要退开，阮郎中却突然道："小兄弟手上怎么伤了？"

刚被扯开的伤口正在滴落鲜血，地上已经积了一小摊，他嘶嘶地吸着气，笑道："刚才不小心，被瓷片割伤了，小事，不敢当先生动问。"

"咱们当郎中的，看见人受伤就手痒。"阮郎中呵呵一笑，招手唤他到一边的凉亭里，"我给你简单处理一下。"

两人在凉亭坐下，阮郎中取出随身带的药囊，找了找，又回头问药童："可带着麻沸散？"

药童小呆手里抓着一个装麻沸散药丸的小包，却决然摇头："没有。"

裘舒开始咳嗽。阮郎中怔怔看着小呆。小呆面无惭色地回望着他，神情坚决，眼神清澈。

半晌，阮郎中不知是无奈还是欢喜地摇摇头，抓过裘舒的手，歉然道："忍着点。"

长长的银镊子探入伤口，一点点拨开血肉，夹出碎屑。裘舒颤了颤，却立即笑道："先生可好？"

这话他先前请安时已经问过，此时又问一遍，便别有一番意味。阮郎中抬眼看看他，半晌道："尚可。"

这回答也和先前的不一样。裘舒舒出一口气，额头上起了密密的汗珠，也不知道是痛的，还是听见这句话放松而出的。

"早知今日何必当初。"阮郎中一边慢慢清理伤口，一边说话转移他的注意力，"也不小心些。"

"很多事不是想避便可以避免的。"裘舒莞尔。

"是啊。"阮郎中笑起来，"倒不如让自己忘记。"

"就怕想真忘，却忘不掉。"裘舒看着阮郎中的眼睛。

普普通通一句话，阮郎中却沉吟起来，他自然知道对方在问什么，然而这个问题，只有这个问题，连他也摸不准答案。

她那样的人啊，真要收起了自己，通天的智慧和医术，也别想真正摸清。

半晌，阮郎中摇摇头，道："通天医术，不治心病。"

裘舒沉默了，四面只余了枯叶摩擦地面的薄脆声响，和刀、剪、镊、针交替搁落白石桌面的细音。伤口被翻得很狰狞，裘舒却始终没有呻吟过，眼神里还渐渐生出淡淡的笑意。

他笑的时候，眼神里有淡淡的波光，像远山里静默的湖泊，在岁月里长久地寂寥着。

蜡丸压碎在血肉里是很麻烦的，足足小半个时辰，阮郎中才道："好了。"

裘舒又笑了笑。阮郎中一抬眼，看见他领口那里的颜色变深，想必里外衣服全湿了。

蜡丸血淋淋地落在两人手掌的阴影下，小呆在一丈外漠然地站着，有他在，谁也不能靠近了却不被发觉。

蜡丸压碎，现出一张薄薄的字条，上面用极细的笔画着一些线条，笔迹很丑，线条歪歪扭扭，不过难得某个粗人，竟然能用这么细的笔画出这么细的线。

也多亏了细到这程度，蜡丸很小便于隐藏，不然便是连伤口也塞不进的。

两个绝顶聪慧的男子，不过一眼瞄过便记在了心里。阮郎中抬手收拾药囊，而等他将药囊移开，别说字条不见了，便是蜡星子也不见一点。

裘舒起身向阮郎中道谢，阮郎中坦然邀请他一起散步，三人照原路一直走到内院的二进院子才分手，然后两人回了淬雪斋，一人去了书房。

去书房的裘舒，将文书小心地分类整理好，磨好墨，收拾好书桌，便拿掸尘整理书架。他虽然是书房小厮，但是晋思羽完全是皇家气派，小厮只能在他不在的时候打点书房的一切，当他办公时，是任何人也不许在场的。

晋思羽喜欢夜里办公，按他的规定，申末酉初，小厮必须退出书房，而那时天已经黑透，大厨房的饭早已开过，所以裘舒每天回自己的下房，能捞着一口冷饭便不错了，有时候也只能饿着肚子等第二天的早饭。

此时不过申时初，还有宽裕的时间，这个时辰晋思羽从未来过书房，裘舒便慢悠悠地打扫着，在长排书架前似浏览书一般，一个个看过去。

突有脚步声传来，夹杂着女子娇弱而含羞的低低笑声。

那声音如此熟悉，听得立在书架前的裘舒，如被五雷轰顶，僵在了那里。

随即有低低的男子的声音，快速接近，带着笑，道：“芍药，难得你今晚多吃了点，大夫说要多出来散散步，怕积了食……正好，来看看我每天办公的地方。”

女子哧哧地笑着，声音有点闷，似乎沉在他人怀中，“这算个什么散法？你好歹让我自己走呀……”

两人的语气都很轻快，充满浓浓的愉悦。背对着门的裘舒，侧着头，静静听着。

听见对谈的声音迅速接近，裘舒有点僵硬地放下掸尘，此时再出门已经不合适。据说王爷一旦撞见小厮逗留书房，会将人轻则驱逐重则打死。他四面张望了一下，只好一闪身，躲入长排书架后的帐幕里。

吱呀一声，门开了。

晋思羽抱着王芍药，跨进门来。

第九十八章
险地之吻

书房原先点着瓷质美人灯，将室内笼罩在一片明亮的光影里。

门开处，气质温雅的男子抱着轻弱似羽的女子，含笑进门来。

他的手托着她的背和膝窝，姿势轻柔。她的头靠在他的胸上，长长的裙裾垂落，身上还盖着他的披风，她微微仰头含笑相望的姿势，像一朵险些被风吹破的花，承在他目光的暖阳中。

晋思羽一直将她抱到书架前的美人榻前，先将披风铺好，才把她放在美人榻上，又取过锦褥给她盖上，似是怕她枕得不舒服，又几次给她调整了可以活动的美人榻的靠枕部。她软软的任他摆布，眼神清澈而随意。

从书架后帐幕的缝隙看过去，晋思羽的眼睛粼粼闪烁在烛光中，看她的神情温柔而专注。

如果没有这里三层外三层的守卫机关，没有这没完没了的惊心试探，没有她身上也许不知是谁下了的禁制——这真是一对让人看来情意深浓的男女。

烛光下，晋思羽小心地整理着她的头发，将乌黑的长发握成一束小心地从她背后抽出，垂在榻下，以免被压乱。

美人榻一直放在书架前，晋思羽喜欢取书之后在榻上阅读。她的长发迤逦如流水，长长的发尾一直拖到地面。

他在书架后，帐幕间，透过书的缝隙，凝视那长发。

长发很美丽，细而顺滑如流水。他有点恍惚地看着那头发，想起相遇以来其实很少遇见她披发做女儿态——她总着男装，是小厮、学生、官员、轻衣缓带的少年重臣……很多面，哪一面都是才智卓绝的皎皎少年，哪一面都不是现在的她。

柔软而轻逸，开放在别的男人的臂弯里。

有风从窗缝里漏进来，拂动发尾摇荡如梦。他想起初见时，这发滴着水，攥在她手中，而她湿淋淋举着发，半身站在湖水里，水汽蒙蒙地看着他。

那时，那头发光润乌黑，似一匹最为精致的黑绸，如今发长依旧，发尾处的光泽却有些暗淡，伤病已久，她虽然薄点妆脂，但这飘摇的发丝还是泄露了她的虚弱。

有几根最长的头发轻轻摇曳，近得仿佛只要他一伸手便可以捉住，然而他沉静在暗影里，别说手指，连呼吸都没动静。

尚未成熟的撷取，只会摧残枝头的花。

"芍药。"晋思羽坐在另一边的书案后，轻轻唤她，道，"我先处理今日的文书，你累了就休息会儿。"

这名字听得他一阵恶寒——芍药，真亏她起得出。

"嗯。"她答得婉转，尾音微微翘起，轻快而乖巧，"我可以看看书架上的书吗？"

他在书架后挑挑眉——这女人就从没用过这种口气和他说话，要么公事公办一本正经，要么一脸假笑似近实远。

"任卿选择。"晋思羽一笑，埋头进文书堆里。

她半躺着，打量着书架上的书籍，从他的角度看去，正看见她的脸。

看见额头上的伤疤，看见眉间的瘀红，看见不喜着脂粉的她用脂粉遮住的苍白气色。她薄得一张纸似的，绝世名医日日在侧，长时间地调养治疗，竟然也没能令她迅速好转。

她竟病重如此，不由得引得他一阵思索，军粮里的毒，宗宸来后一定已经解开，但是她眉间的瘀红显示她还有别的病症，想必那毒引起了她旧疾的发作，不过看宗宸的模样，似乎并不着急，想必没有性命之忧。

虽然想过她是不是还被晋思羽下了什么药，不过有轩辕世家的后人在，倒也不必担心什么。

只是这种状态，很难从这龙潭虎穴中将她完好带出，难怪宗宸和顾南衣明明就在她身侧，也一直到现在都没有动静。

他倚着壁，手指扣着书架旁的一个突起，凝神看着她的动作。

她伸手在书架上选书，衣袖极长遮住手指，那手在书架上一排排点过去，突然就停在了一个位置。

那里是一本《大越总典》，集经史子集、天文地理于一身的大越典册，每册的厚度都有巴掌宽，正挡在他脸的位置。那书抽出来，虽然还有层帘幕遮着，但是光影一透，很容易便会将他的脸部轮廓显现出来。

手指停在那里，并没有犹豫，慢慢抽出。

他无声苦笑了一下。

"你要看那本？"晋思羽回身看见，道，"太重了，我帮你拿。"说着走过来。

"哎呀。"她仰头看着，手停住了，"你倒提醒了我，确实太重了，我怕我拿了之后，也抱不动，换一本吧。"

"好。"晋思羽走开，在隔壁书架上拿了一本《词选》，笑道："你们女人，看这个陶冶气质。"

她笑着白了晋思羽一眼，"你是在暗示我没气质吗？"

晋思羽笑而不语，神情温存。

她也不追问，只抿了唇浅笑，灯影下风鬟雾鬓，眼波盈盈。

仿若小儿女打情骂俏，空气中有温柔的气息氤氲流动。

他突然觉得心底酸痛。

她未曾这么对他笑过，未曾这般靠近过他，哪怕是假的，似乎也没有。

她却已悠闲地躺了下去，有一张没一张地翻那本《词选》，还不住喃喃吟诵，似乎十分沉迷的样子。他看着，唇角又微微弯起，心想，这个女人真是天生的天下最高贵的戏子，不管真假，做什么都绝对到位——他记得她明明说过诗词之道是雕虫小技，斟字酌句会拘人性灵，过于着迷只会令人越发迂腐，所以平日她不看这些，看了也是为了催眠。

如今读得可真欢快。

那边的晋思羽却听得很享受，时不时还和她讨论两句，两人言笑晏晏，气氛融洽，忽然晋思羽停了笔，"咦"了一声。

她放下书，抬目望了过去，却没有开口发问。

晋思羽正要说话，突然抬头，道："外面起了风。"随即便听见突然风声大作，盘旋逼近，大越北境冬天常有大风，晋思羽立即站起去关窗户。

刚到窗边，风声一猛，噗的一声，灯光突然灭了。

　　因为风大，外面的灯笼也被吹落在地，一时四面都没了灯光，整个书房沉浸在一片纯然的黑暗中。

　　"好大的风。"晋思羽知道她万万不可吹风，怕她着凉，他没来得及点灯，赶紧先去关窗，一时却摸不着窗户的插销。

　　她静静待在黑暗里。

　　身边忽有淡淡的熟悉的气息逼近，华艳清凉，随即一只手仿佛自黑暗中突兀地出现，极其准确地抓住了她。

　　正抓在她的伤手上，按着未愈的骨节。她痛得眉头一抽，却没有惊叫，也没有说话。

　　那只手牵住她，轻轻一拽，往书架后的方向去。

　　她没动，黑暗中气息平静。

　　那手一拽未成，也就不再勉强，人却似乎没有离开。身边有极其轻微的气流涌动，那点气息逼近。

　　她不动，皱着眉头，反手一推。

　　推到空处，他忽然又不见了，她怔了一怔，手悬在半空，似有那么一点恍惚。

　　一恍惚间，她的手已经又被握住。

　　这回握得极其轻，像一叶轻草落在花间，不惊那娇嫩的蕊尖，随即手指快而轻柔地无声抚上去，在她微微变形的指节上着重停了停。

　　随即她觉得手上一凉，有什么湿润的东西，温软地贴了上来。

　　她如被惊电穿过，不动了。

　　黑暗中，晋思羽遥遥站在窗前，一扇扇地给窗户上插销，书房是一长排长窗，他一个个关过去，不断响起关窗声和插销落下声，遮没了所有微响。

　　黑暗中，美人榻旁，温软湿润的唇，靠上她变形的手指，那是带雨的风、落泪的云，从遥远的天际寂寥地掠过，所经之处，留下湿而暖的痕迹。

　　她大睁着眼睛，有点茫然的样子，武功不能用，目力不如以前，只隐约看见似乎有模糊的影子，半跪于她榻前。

　　她盯着那个影子，眼神里浮光变幻，如午夜潮汐，无声地涌在月下。

　　那带雨的风，掠过她的手指，突然便到了她的唇边。

　　气息逼近，她才仿佛自梦中惊醒，下意识一让，他却似乎早已料到了这一让，唇在最准确的位置等着，她一让，反而正将唇让至他的唇边。

　　他毫不犹豫地迎上，狠狠咬住了她。

咬住。

齿在她唇上，将那两瓣唇含在齿间，轻轻一吮，芬芳直入肺腑，随即一个轻巧的轻叩，无声叩开齿关，他长驱直入不待邀请，用灵巧的舌品尝她那久违的芬芳清甜，做一只无所顾忌的蛟龙，只在她的蔷薇岛屿深处畅游。

她似是完全没想到他如此大胆，竟然敢在这样的地点、时刻，几乎就是在晋思羽的面前强吻，一时连惊叹都已忘记，只觉得脑中轰然一片，还未清醒便被他攻城略地，忘记了疆域归属。

黑暗中，唇齿交缠，唯因在最不合适的时机，最亲密地接触，有着偷情般的刺激快感，她不能控制地红了脸，想推，手伤未愈；想挣扎，一动美人榻难免发出声音，必然惊动晋思羽，只好僵在那里，渐渐便起了微微的战栗，瑟瑟如落花，也因这轻颤，那吻更荡漾无边了。黑暗中，彼此都听见对方剧烈的心跳，黄钟大吕，怦怦地震在彼此的脑海里，而四面的涟漪无声无息地扩散开去，如沧海起了巨浪，卷碎无数洁白的珊瑚，碎在碧波间。渐渐地，她觉得自己也碎了，每条筋脉都似掠过无数惊电，一丝丝穿越纵横，充盈容纳，将她震软，震裂，震碎，震成天地间的齑粉。

那般软如春水无边沉溺，却丝毫未曾发出喘息和其他任何声音，谁也没有，如此安静至诡异，沉默至惊心，于最不可能的情境下、最无机会的险地间，抵死缠绵，一个吻。

感受中无比漫长，似穿越亘古的洪荒，现实里无比短促，不过刹那星火。

晋思羽已经关到最后的一个长窗。

她眼底突然泛上泪花。

那么晶莹地一闪。

恍如某一场大雪里第一枚飘落的六角梅花般的雪……

彻骨森凉。

他突然无声无息地移了开去，已经不能再耽搁，她似乎坚持不肯冒险和他走，他也觉得时机未成熟，那便只有先进入书架后的密道。

密道是早已发现的，之所以不敢去尝试，是因为摸不准密道后到底是出路还是陷阱。

他并不是孤身进浦城和浦园，就算晋思羽布下天罗地网，他也有办法全身而退，但是如果她不配合，甚至根本没失忆仍积怨在心，那么会害死很多人。

从心底知道，冲出去也比进入密道好，密道才是真正的不安全，然而那般抚着她，心中便一恸，知道自己这一冲便前功尽弃，赫连、宗宸他们以后要想救出她会更难。

他想不那么自私一回。

这一路行来如此薄凉，如长天里的漫漫深雪，然而这一生，总该为谁冒险一次。

他恋恋不舍而又决然地移开自己的唇，向后退去，退向书架后。

她突然闪电般出手！

黑暗中悍然横肘，失去真力但角度精准、力道巧妙绝伦，用尽全身力气，狠狠飞撞上他的额角！

他万万没想到她竟会在刚缠绵过的此刻突然出手，只觉得脑中砰然一声，火星四溅，随即天地一片漆黑。

他无声无息地倒了下去。

然后她开始尖叫。

拉得长长的叫声尖厉而充满惊恐，钢丝般戳破这黑暗的寂静。

她一边尖叫，一边滚下美人榻，滚下榻的时候一脚将他扫进书架后，然后用最快的速度连滚带爬地到后窗边，那里也有一扇窗户，因为没有对着她这个方向，所以晋思羽没有第一个去关。她快速滚过去，跃起，抬手便将窗户拉开，黑暗中，手中的暗光同时一闪。

嚓！

有什么东西被激发，呼啸着撞进书房，砰的一声钉在某处，带动着嗡嗡的震动声。

她尖叫方起，晋思羽已经扑了过来，凭印象扑向美人榻所在的地方，却摸了个空，大惊之下低喝："芍药！"

她尖叫，缩在后窗下，抖抖索索，"有人！"

嚓。

晋思羽点亮灯烛，擎在手中，昏黄的灯光映着他的脸，担忧之色浮于眉宇间，"芍药！"

他快步奔来，将她揽在怀中，"你怎么到了这里？"

"有人！"她在他怀中扭身直指后窗，"刚才你去关窗，我躺在榻上，突然感觉有人扑了进来，先掠过来抓起我，大概发现不对，一把扔开我。我跌了出去，一直跌到这里……咦，人呢？"

她惶然四顾，倒抽一口凉气，道："人呢？"

晋思羽盯着她，看她一身狼狈地滚在墙角，撞得头发散乱，连妆也乱了，手上阮郎中给她固定骨节的软木也七零八落，显见是被人抓住手拉起来的，以至于她痛得眼底泛起泪光，冲掉了眼下的胭脂。

"你真的看见有人？"他缓缓问。

她摇头，他一怔。

"不是看见,是感觉。"她道,"我只听见后窗撞开,风声猛烈,然后有人抓起我,扔出我,非常快……我跌出去头一晕,只听见头顶有风声,然后你的灯就亮了……那人是人,是鬼?怎么可以这么快?现在去哪儿了?"

晋思羽抬头,看着后窗外飘摇不休的树木,缓缓道:"我想……因为前窗锁起,你又叫破他的行藏,所以他从后窗出去了。"

她愕然抬起头,无意中眼光一掠,又是倒抽了一口凉气。

就在前壁承尘上,钉着一排密密麻麻、乌青的铁箭,在灯影下光芒烁烁。

"他触动了机关。"晋思羽顺着她的眼光看过去,倒没什么奇异的表情,"只要有人不在合理路线内出现在书房前后范围,就有可能触动机关。"

"这是什么人呢?"她喃喃道,"刺客?"

晋思羽拍拍手掌,不多时,有人应声而入,他道:"刚才有刺客闯入书房,全府加强戒备,增加夜班巡视,并立即给我全府搜查。"

"是!"

侍卫领命而去,晋思羽抱起她。她舒出一口长气,在他怀里喃喃道:"我刚才以为我要丢命了……"

"你怎么就没认为自己会被救?"晋思羽俯脸看着她,笑意淡淡,"如果这人是来救你的呢?"

"救我的?"她瞪大眼,随即一笑,"救我的会把我给扔出去?我倒觉得,八成是你的敌人。"

"哦?"晋思羽将她放在软榻上,"为什么?"

"你这个身份,不可能没敌人。"她答得简单。

他出了一会儿神,才道:"是,从小到大,我经历过一百三十一次暗杀,刺客这东西,对我来说,最是司空见惯不过。"

听他语气轻描淡写,她垂下眼睫——如果真的司空见惯从不在意,又怎么会将被暗杀的次数记得这么清楚?

"叫阮郎中来给你处理一下吧,瞧你狼狈的。"晋思羽道。

"大晚上的,也没受伤,不必了。"她摇头,"我受了惊吓,心跳有点急,你让我躺躺,咱们说说闲话就好。"

"要么我送你回房吧。"

"你呢?"她看着他,"我倒觉得你更需要休息。"

"我送你过去，还得回来。"他苦笑道，"有些麻烦事。"

"哦？"

晋思羽却没有再说什么，只是眉头轻轻拧起。

她也不说话，闭目养神，一时书房内只有纸张被风簌簌翻动的声音，半晌，看晋思羽过来扶她，她抬头对晋思羽笑了笑。

看见她的笑容，晋思羽怔了怔，一时自己也没有反应过来，一句话便脱口而出。

"我家老四最近有点动作，我心烦……"

话说出口便觉得不合适，怎么就说了这个，却也收不回，只好苦笑了一下。

她不说话，抬起眼帘询问似的看着他，轻轻道："事情压在心底不好受，你要愿意，把我当个听客也好。"

"也没什么。"晋思羽想了想，在她身侧坐下来，轻轻握住她的手，道，"我家老四趁我新败，动了我派系的兵部尚书和户部尚书，纠合御史台联名上本，硬生生把他们给罢的罢、撤的撤，其中兵部尚书换成了我的舅父，而我这位舅父，向来偏爱他。大军如今还在前方，谁都知道开春还有战事，征派将领、调拨大军事务都掌握在兵部手中，这万一故意作梗，我这里就麻烦了。"

"你家老四？"她对这个比较亲热的称呼表示疑问。

晋思羽苦笑一下，"一母同胞的亲弟弟。"

"那何至于如此？"她道，"兵部尚书既然是你亲舅，那就算有所偏祖，也不会偏到哪儿去，不必如此忧心吧？"

"你不知道。"晋思羽犹豫半晌终于道，"老四和我虽是一母同胞，但是向来不对付，我母后也从不试图撮合我俩和好，在她看来，两个儿子，无论谁得登大宝，她都是太后。两个儿子她都扶植，谁若自己不争气了，她就会放弃谁，转而支持另一个，这也是她多年来在大越后宫屹立不倒的法宝，如今……用到儿子身上。"

她默然，半晌道："可怕的皇家……"

可怕的皇家，母不成母，子不成子，兄弟不成兄弟。

晋思羽苦笑一下，在她身侧躺下，头枕双手，喃喃道："你看，至亲兄弟，却成了你最大的拦路石，动也动不得，杀也杀不得，如何是好？"

她笑了一下——当真动不得，杀不得吗？当真动不得，杀不得，你根本就不会起这个念头了。

"兄弟不能杀，"她漫不经心地翻着手上的书，道，"不知好歹的舅舅却是可以动的。"

　　晋思羽一怔，回头看她，忽然昧地一笑，道："胡言乱语，你不知我母家势大，儿子们可以有选择地放弃，兄弟们却是维系家族兴盛的骨干，母后对家族十分维护，动了我舅舅，惹怒母后，连我自己也会根基不稳。"

　　她还是那副平平淡淡的样子，道："那简单，让你舅舅失爱于你母后不就得了？"

　　晋思羽听她这语气，倒来了兴趣，一个翻身面对她，道："你可有什么好法子？"

　　"法子是没有的。"她懒懒地打着哈欠，"大越皇宫是不是美人如云啊？"

　　"什么美人如云？"晋思羽笑起来，"父皇年迈，母后又……严谨，为免伤父皇龙体，宫中多年未选宫妃，现在多半都是老娘娘们了。"

　　"是吗？"她笑道，"宫中太清静，皇后娘娘的心思难免就要多放在朝堂一点。"

　　这句话只说了一半，然而晋思羽何等聪明，顿时便明白了她的话意，恍然一拍手，道："还是你们女人了解女人，只是……我舅父也断然不肯去得罪母后啊。"

　　"何来得罪？"她道，"既有大战，兵部尚书定然要举荐将领吧？兵部尚书举荐的将领在前方战事有胜，献俘于帝，很正常吧？至于这个俘虏嘛……陛下愿意怎么处置是陛下的事，你说是吧？"

　　晋思羽望着她，半晌眼底浮现笑意，道："大越边界，有几个部族的女子是十分美貌并擅长内媚之术的……"

　　她笑而不语。

　　"将来父皇若真的宠幸这些女子，逼得母后不得不将精力收回后宫并惩戒舅舅，但是母后的手段我很知晓，这些只有容貌的女子是无法和她抗衡的，到时……"晋思羽沉吟。

　　"到时你再做好人嘛。"她伸了个懒腰，"帝王专宠战俘，说起来总是不太好听的，王爷，你忠心为国，发动御史上书谏言也是应该的，而到那时，皇帝想必也腻了新人，里外压力一来也会让步，到最后，皇后娘娘想必还承你的情。"

　　晋思羽望定她，目光灼灼，半晌忽然倾身，揽她入怀，道："芍药，我再想不到你竟然会帮我。"

　　他这一刻的语气诚恳，一贯的温雅里带点疏离的感觉散去，颇有几分欣喜与诚挚。

　　她在他怀中，姿态慵懒，气息微微，含笑玩着他的衣领金纽，低声道："我为什么不会帮你？以前的事我不记得了，我只记得现在你对我还不错。我那么大的罪，你也没杀我，可见你还是眷念我的，那么你的烦恼，我自然也不愿意见，只是我都是些女人想头，也不知道说得对不对。"

　　晋思羽低头看着她那长长的羽睫，浓密地扑闪着，轻俏而乖巧，唇角不禁含了笑，轻轻抚着她的长发，道："不管对不对，有这份心，便是我莫大的欢喜。"

她抬头看他，笑吟吟道："那我以后天天给你出主意，出一堆馊主意。"

他忍不住哈哈大笑，亲昵地一捏她的鼻尖，突然道："芍药，阮郎中说你脑伤瘀血已散，记忆若是一时不能回来，只怕以后也难说什么时候能想起了，也许三五天，更有可能是很多年。你如今孑然一身，身体羸弱，还是让我照顾你吧。"

还是让我照顾你吧。

话说得委婉，意思却分明。她沉默着，唇角露出一抹浅浅的笑意，道："你愿意相信我？"

晋思羽一笑，道："你也感觉到这浦园特别壁垒森严了，是吧？不要多心，不是针对你。我是堂堂皇子，天潢贵胄，我所在的地方，总是要步步防卫，时时小心的，这也是要保护好你嘛。"

她笑了笑，倾身靠向他，不发一言。他揽着她，眼神里绽出自己都未曾察觉的温软。

那般排山倒海的疑心，在日复一日的无数试探中渐渐被削薄，他的无数布置考验在她面前从来都是落空，到得如今，再要怀疑她都不容易。

曾经疑过她是那个人，然而她没有拼死救华琼，也没有下手动克烈，甚至克烈还在一天天好转，而她的欣喜写在眉间，她是真相信了他的话。

而天盛那边传来的消息说，已经为魏知举行了葬礼，三军致哀，圣旨慰抚。他派人去偷偷掘了墓，墓中尸首齐全，取了一截骨头请巫师测骨，得出的年龄确实和魏知的一样。

而传闻中的魏知，和这温柔轻俏的女子，实在有太多差异——那是个温和在表、凌厉在骨的少年，态度和蔼疏离，行事却如霹雳雷霆，而千斤沟他与魏知匆匆一面，留下的确实是这个印象。

有时候他想，自己是不是太多疑，想法太荒唐了，这女子虽然出色，但和传闻中那无双国士少年英杰还相差甚远。

一个失去记忆和武功的天盛战俘而已，纳为怀中人天经地义。

他从未如此刻这般，愿意相信她。

相信她，便可容纳她。

怀中女子幽香淡淡，有着温暖柔和的香气，他不禁一阵心猿意马，却想着还有事情要做，才勉强推开她，下榻听着风声渐渐减轻，笑道："我还是把窗户稍开一点，这样全部死死关着，又燃着火炉，小心给熏着。"

他去开窗户，顺着墙边走着，又去拨亮烛火。

先前他所在的位置，一直都背对着书架，满心都在烦朝廷事务，又专注地和她对谈，也没有注意到书架背后，如今他走去重新剪烛，而且眼看就要走到书架这边来。

榻上放在一边的《词选》，突然吧嗒一声落地。

她"哎呀"一声，翻身下榻去捡，刚刚蹲下，突然又"哎呀"惊叫一声。

晋思羽正好走过来，目光一凝，也已看见了书架后隐隐露出的一丝乌发。

他目光一闪，看了她一眼，伸手将那人拖了出来，见那人护卫便服打扮，面容却不认识。

"这是什么人躲在书架后？"她惊声问。

晋思羽冷着脸，拍拍手掌，过了一会儿，浦园的管家急急奔来，看见地上昏迷的那人，神色一变，道："王爷，这就是那个给您安排的书房小厮，他怎么现在还在这里？"

晋思羽冷冷负手站着，眼神里掠过一丝疑惑，随即沉声道："坏了规矩，你知道怎么办？"

"是，"管家心中叹口气，他知道今天王爷提前到了书房，这小厮想必是躲避不及才躲到书架后的，又不知怎的昏迷在了这里，不由得心中暗骂这人蠢——宁可当时奔出去冲撞王爷，也不能留下来犯了忌讳，王爷处理公事，很多秘密一旦被人听了去，那才是真正的死罪。

他对身后两名侍卫摆摆手，示意拖出去。

两个侍卫上前便要将人拖走。

"慢着。"

她一开口，管家就停了手，知道现在她是王爷驾前的第一红人，不敢得罪。

"你们要带他去哪儿？"

管家默然不语，偷偷看晋思羽。

她却似已经明白，皱起眉头，看向晋思羽，"王爷，这小厮并没有坏规矩，今天你早来了半个时辰，他想必正在打扫书房，不敢和你迎面冲撞才躲在书架后，而刚才有刺客闯入，发现我的同时想必也发现了他，才出手击昏了他……他，什么都不知道，不是吗？"

晋思羽沉默着，明白她话中的意思——这个小厮没有故意逗留在书房，而当他开始和她讨论朝廷事务时，他已经昏迷了，根本没听见。

他淡淡扫了那小厮一眼，近期进府的所有人，不管身家来历如何，都处在极其严密的监控之下，他也随时不忘予以试探，总要试探到完全放心才能用，所以他今天提前到书房，而如果这小厮试图带走她，或者试图动书架后的密道，等着他的，便是他早已布置好的天罗地网。

然而都没有。

然而最终还是她先发现了这人。

看着她那殷切的眼神，他知道这女子其实心地柔软，求情是必然的。

"既如此，死罪可免，活罪难饶。"他淡淡道，"三十板，给他长长记性。"

她叹了口气，却不说话了。晋思羽以为她还要求情，见她见好就收还有些诧异，她却道："你有你的规矩，已经很给我面子了。"

真是知情识趣的人，晋思羽一笑，心情又好了几分，兴致勃勃地取出黑白子，道："我们来下棋。"

侍卫们上前，将裘舒拖了出去，迈过门槛时，他醒了。

从昏迷中刚醒来的人，眼神有点茫然，不太明白发生了什么事，只听管家道："你小子好命，冲撞王爷本来是死罪，但芍药姑娘为你求情，领三十板便没事了！还不去谢恩？"

他抬起眼帘，看向室内的两人，火盆添暖，烛光向红，一对男女盘膝而对，都没看他，只顾对着棋盘沉吟。她乌发长长，披泻下来，遮住了半边颜容和脸上的神情，忽然啪地下了一着臭棋，惹得晋思羽哈哈大笑，听见管家说要他磕头谢恩的话，便不耐烦地摆了摆手。

他默然不语，目光从她撑着肘的衣袖上掠过，随即自己站起身，跟着侍卫到了院内。

看两个家丁在院子里拿着板子，摆开刑凳等着，他笑笑，趴上刑凳前却道："两位大哥，我这身衣服是一位护卫大哥借给我的，要还的，打坏了不好交代。我听说大哥们手底功夫极巧，能伤人皮肉却不损衣服，还请大哥帮个忙。"

"这个容易。"一个家丁笑道，"你小子倒懂道理，我看你是怕脱衣服吧？毕竟是读书人家出身，也难怪，只是那打法更伤人些，你可掂量好了？"

"无妨的。"他望望那边的书房，暖黄的灯光流水般出来，隐约掺杂着她低低的娇笑和晋思羽爽朗的笑声。

"开始吧。"

"一！"

"吃！"

第一声板子声下来时，她巧笑嫣然地落子。

重板击上皮肉的声音传到内室已经有些依稀不闻，她也果然没听见的样子，眉宇间微笑盈盈，只看着对面的晋思羽。

第一板落下时，他震了震。

嘴角却扯开一抹笑意，想着，大越浦城真是一趟奇异的旅程，这一生什么都经历过了，也未曾尝过这般滋味。

为上位者亲操贱役，控人生死者被人所控。

她于暖榻华堂和他人含笑弈棋，听他寒风院子独自一人受责挨板，真是人生里从前不会有，此后也不会有的最奇妙之事。

想必老天看不过他当初那私心一念，冥冥中安排了这一次皮肉之苦？

还是根本就是这妮子故意整治他？

想必很愉快吧？

虽然想着这世间因果报应真不爽，但若真能令她愉快，倒也无妨……

"十五！"

"不来了，不来了！不带这么下的！"她的娇嗔声传过来，就着哗啦啦乱棋的声音，淹没了其他任何声音。

刑凳下滴落的鲜血，自里衣透出，缓缓渗落。

他下巴搁在凳子上，面色平静，闭着眼睛，听。

不听头顶风声的击落，只听远处室内她低低的笑声，清亮，带点软糯，很难说清楚这两种感觉是怎么同时出现在一个人的笑声里，然而就是这样，一声声玲珑如珠，却又在尾音里拖出点点弧度，于是那笑声便多了醉人的韵律，那般坦然直率地勾魂。

突然想起这笑声睽违已久，就算将来回去，只怕也不容易笑给他听，还是此刻抓紧时机多听几声吧。

又想，这女人下棋怎么这么投入啊……怎么以前记得她除了害人，根本就不爱动脑子的？

思绪东拉西扯，便不去关注那风声虎虎的板子，然而血依旧渐渐浸出，范围越来越大，但衣服无损，只半透着殷红的底色，腿上却似有火线烧起，灼到哪里，哪里便似跳跃起腾腾火焰，一抽一抽似要抽到了心里。

原来板子这么不好挨，还不如一刀来得痛快……被击昏的头脑还有些晕沉，迷迷糊糊地想，以后回府了，取消板子，一律三刀六洞！

"三十！"报板声悠长决断。

"吃了你的大龙！"她啪地落子，脆声一笑。

"裘舒谢恩——"监板的管家按规矩在门口拖长声音谢恩。晋思羽摆摆手，道："带下去，找大夫看看，别落了病。"

她听着那声悠长的报声，看了一眼执仗家丁手中染血的板子，眼光并没有再延展开去，而是含笑落在了对面晋思羽的身上，温柔地将手放进了他掌中，轻轻道："王爷，你真好！"

第九十九章

出轨

天气渐渐地冷起来，费尽心思遍栽名花的浦园也谢了容华，显出几分冬的萧瑟。

浦园最近渐渐显出几分安稳，王爷好转的心情连带得浦园所有人的心绪也松快了几分，而松快的结果就是，刘三虎侍卫的鞭子技术越发精彩了，阮郎中和他的小呆药童也不再被紧紧看守了，书房里的裘舒养好伤又回来侍应了。因了裘舒和刘三虎同批进府的情谊，又因为阮郎中曾经得芍药姑娘吩咐给裘舒送过药，他们彼此之间也都有了在合理范围内的公开往来，次数多了，渐渐地，也没人注意了。

刘三虎侍卫拜托侍卫副队长给他找寻个婆娘，人家原本也只是说说而已，耐不得实心眼的老刘当了真，整天追着人家哭爹喊娘地要给牵线。那个副队长给老刘缠得没办法，就随便找了个内院的侍女——倒不是芍药姑娘的丫头。这丫头细看姿色很好，人却有点神神怪怪的，据说有个说古怪梦话的习惯，经常把同屋的丫头吓个半死，渐渐地便没人和她来往，也不敢让她在体面地方应差了，只安排在针线房了事。这丫头年纪渐渐大了，却也没人想得起来要放出去。侍卫副队长有一次进内院禀报事情，无意中看见了她，心中一动，觉得反正老刘是个粗人，睡觉一定死沉死沉的，说个梦话他也听不着，不如就介绍给他。

他悄悄和老刘说了，并关照刘三虎壮士千万不要告诉侍卫队长刘大人。老刘黑着脸慎重地点点头——自然不能告诉，他家被虐狂会吃醋的。

找机会和那丫头偷偷见过几次，老刘牙缝里嘶嘶响——谁告诉他，人家长得不错的？这不错是怎么看出来的？这谁的眼神能在这脸上看出不错来啊？那得多超群绝伦的目力啊……好吧，他承认，五官仔细看来是绝美的，但是掩藏在一堆很久没洗的、超级厚重的头发间，再被下巴处的一道长疤和脖子上积年的黄垢衬着，那美貌便真的是令人发指，振聋发聩啊！

刘壮士哀伤了，刘壮士哀伤地想，他这么爱清洁、常洗脚的大王却不得不和一个污糟的婆娘打交道，这小姨要是知道了该得多心疼啊。

又奇怪这样的奇葩怎么能在浦园这富贵地方留下来，大户人家选侍女不是很讲究吗？何况王爷驻驾在此，怎么也没把她给驱赶出去？打听了一下，他才知道，这女子不是浦城人，是大越和天盛边境的大山人氏，浦园管家早年有一次进山遇险，被这女子救了，看她独自一人十分孤苦，便带进来，也算是个照应，只是平常到不得贵人面前去罢了。

刘三虎侍卫听着这一段经历，心中一动，隐约想起了什么，一时却又想不清楚，但因了这莫名其妙的心中一动，便没有拒绝这个女子，也偷偷找机会见过几次。这女子却对他甚有好感，每次看见他都含情脉脉，那眼光和刘兔子一样，让刘壮士每次撞上都起一身鸡皮疙瘩。

这天，内院针线房给外院侍卫发冬衣，内院这种跑腿活都是那个叫佳容的丫头来做的，侍卫副队长便安排老刘去领冬衣，也算给个机会见面。

容貌不佳的佳容看见刘三虎就两眼放光，按捺着将冬衣交给小厮送回去，便含羞带怯地邀老刘在这内外院交界处的碧漪湖散个步。老刘翻着白眼答应了——大冬天，冷飕飕的湖边，散什么步啊，再说，园子里允许人散步吗，况且那不叫散步，那叫偷情。

这浦园真是葬他一世英名的地方啊，兔子也遇上了，天天甩鞭子的活计也摊上了，还得陪个丑女散步啊散步。

两人颤抖地绕着不大的碧漪湖转啊，转啊转，转三四圈了，一直羞答答扭着手绢的佳容都不说话，却不住想把老刘往僻静地方引。

老刘抵死不从——您脖子给洗干净再说！

"呵呵，最近府里挺太平的……"老刘胡乱拉呱着，思考着话题怎么往芍药姑娘那边引。

"过阵子就过年了，到时候又要忙。"佳容偷偷去碰他的手。

颤颤抖抖的手还没碰着，老刘却突然抬手边整理头发，边左顾右盼看风景，"啊，你们针线房想必要忙得没觉睡了吧？王爷的……衣服都是你们打理吧？"

"我还没资格做王爷的衣服，是我们绣房的大姑姑做。"佳容不气馁，有意无意地转到他另一边。

老刘唰的一下换了个方向，"那你们大姑姑很轻松，只做一个人的衣服。"

佳容磨磨蹭蹭又转过来，红着脸偷偷瞟着他那挺翘的臀，心不在焉地道："哪有啊，王爷的衣服最费工夫，而且还要做芍药姑娘的衣服，听说最近还接了个活儿，要给芍药姑娘做礼服……"

老刘一怔，不动了。佳容姑娘顺利地摸到了老刘的手，唰的挠了一下他的掌心，可惜学来的调情方式不到位，指甲忘记修剪，一挠就是一条红印子，险些把老刘的掌心给刮破。

老刘现在却没空计较这不到位的调情，"啊"的一声道："礼服？"

"是呀，年后王爷要纳妾，那芍药姑娘，一个战俘，这下可是飞上枝头了，要是再生下个一男半女，保不准还是个侧妃呢。"佳容撇撇嘴，忽然扭头盯着刘三虎，"你好像对这位芍药姑娘特别关心？"

语气酸溜溜的。

"哪有？"老刘立即牵起她的手，轻轻搓她的掌心，"什么芍药、牡丹、喇叭花的，都及不上我家佳容万分之一，你是我的心、我的肝、我的心尖肉肉儿，你看我一眼，我心尖都要抖三抖。"

说完，老刘真的抖了抖。

"死相！"佳容娇嗔地一跺脚，那么厚的头发间，居然也能让人看出脸上起了红晕，眼珠子晶晶亮的，手拍老刘，"这么恶心的话你也说得出来！"

是呀，这么恶心的话，自己是怎么说出来的？老刘望天……

"恶心吗？我那是情之所至嘛。"老刘牵着佳容的手，揽着她的腰往树荫后走，"佳容啊，我们都老大不小的了，我看终身大事也该办办了。王爷那边年后要纳妾，具体是什么日子啊？咱们等那大事忙完，也好和管家说说，把你给放出来。"

佳容娇羞地被他揽着走，心跳，身软，魂飞魄散，迷迷糊糊里答："年初八吧，芍药姑娘身子渐渐好了些，王爷才敢操办纳妾的事宜，不然怕累着她。前两天，我听荷香姐姐说，王爷把芍药姑娘挪出淬雪斋了，说那里布置太硬了，芍药姑娘夜里会做噩梦，本来是要住在王爷隔壁的绿琦居的，但芍药姑娘好静，便指了内院西南角，带独个花园的听风轩。原有的几个丫鬟婆子，拣好的带过去几个，又说要再重新添几个……"

她絮絮叨叨地将自己知道的事都说给刘三虎听。刘三虎一边漫不经心地听着，一边笑嘻嘻地摸，摸得她浑身发软，哪里还记得住自己说了什么。刘三虎又道："你和芍药身边的荷香走得近，我看以后也不妨和人家多拉拉交情，万一在芍药姑娘面前得了脸儿，你放出来时，她说不定还会赏点嫁妆，也是你我的体面。"

佳容却撇了撇嘴，道："什么稀罕人物？不过是个战俘，运气好罢了，我听我奶娘说，我才是……"

她突然住了嘴，显出茫然的神色，刘三虎却没在意这句话，满脑子都是刚才听见的内容，想着想着便将手从她怀里抽了出去。佳容若有所失，嗯嗯啊啊地腻过去，老刘却已经不耐烦了，看看天色，唰地起身，道："我走了。"

佳容愕然地坐起来，她本就是正当怀春的年纪，被老刘三五下撩拨得情动，不防这家伙说抽身就抽身，好像梦里万丈悬崖前突然失足，又或是内急却找不到茅厕，那种既空荡荡又憋了一半的感觉实在让人猫爪挠心似的难受。她呆呆望着老刘，突然一抬手抓住他的裤脚，眼眶里已经含了一泡泪。

老刘最讨厌别人抓他裤脚了！

天天被抓腻了！

本来还有几分不忍，突然就忍不住要爆发，老刘邪恶地一笑，慢条斯理地对着佳容摊开手。

手上有些淡淡的长条状灰迹，仔细看，似乎是搓出来的泥垢……

刚才他搓那姑娘的手腕和胸脯，搓出来的……

佳容愣了愣才看清那是什么，随即轰的一声，脸就烧起来了，一瞬间浑身颤抖，羞愤欲死，老刘却已经嘿嘿一笑，二话不说，抬腿就走。

扑通。

身后的落水声惊得老刘头发一炸，哎呀，不好，这妮子要是刺激太过跳了水，这事情就麻烦大了，害了一条人命不说，还可能坏了大家的计划！

老刘唰地转身，一个起跑助跳，就准备勇投河中，英雄救美，可一转身，突然一愣。

那妮子在河中凫水呢！

这是在干吗？刘三虎壮士愣在河边傻了眼，大冬天的，下水游泳吗？要游也不用在他面前游啊，还是被气傻了，传说中的古怪毛病发作了？

然而看河中那女子抖抖索索、脸色青白的样子，却又不像。

老刘还没反应过来，佳容在河中，突然将脑袋往水里一扎！

哎哟，这是要在河里将自己憋死？用得着这么费劲？

老刘愣愣地看着河水里，佳容姑娘那个脑袋扎水下的造型，心想，这是在示威呢，还是在展示她的憋气工夫呢？还没思考出个结果，忽听见哗啦一声。

水面矗起水晶墙，水晶墙里艳光一展。

刘三虎壮士上愣住了。

厚发不见了，下巴的疤不见了，满脸发黄的泥垢不见了，而披着水光的那个女子，肌肤如雪，秀眉拢烟，一双细长流逸的飞凤眼，水光流溢，皎皎若明月，灼灼如芙蕖。

她瑟瑟立在水中，抖着嘴唇看着老刘，薄袄湿透，紧贴在身上，现出日常被特别宽大的袄子遮掩住的玲珑身线，曼妙得像一枝亭亭的莲叶，摇曳在冬日的碧波里。

老刘嘶地倒吸一口冷气——认了半天，好歹认出来了，佳容，佳容，还真的是上佳之容啊。

在冬日湖水里颤抖的、脱胎换骨的美人，颤抖地看着老刘，颤抖地问："我，我，我……我这下可干净了……"

刘三虎壮士揉了揉鼻子，对自己刚才那无良举动终于忏悔了一下，讪讪道："干净了，干净了，其实我说你洗就洗嘛，用得着这么用力地洗？你赶紧出来，这大冷天的冻着了可不是玩的……"

"我……可干净了……"佳容颤抖地搓着手腕，"没泥……没泥了……"

老刘一个头两个大，这大越的女子就是这么脆弱，一点点伤害都寻死觅活的，这要换成凤知微，谁说她脏她保证送谁去泥坑，绝不会自己跳水坑。

老刘萧瑟地叹息着，一边去拉佳容，一边安慰性地在她手腕上搓搓，"干净，可干净了……"

佳容呜咽着扑进他怀里，立即也把他搞个浑身上下水湿，还哭得抽抽噎噎，"人家……人家积攒了十几年的泥垢……都为你……洗了……"

老刘"呃"的一声，心想，这句式多么像那句"人家保留了十几年的清白，都给你了"，但是内容又是多么令人悲伤……

他扶着佳容的肩，将她推开一些，肃然道："你放心，我会对你好不容易积攒的这十几年的泥垢……呃，负责的。"

佳容得了这句承诺，在他臂上哭得更加梨花带雨。老刘看着她脖子后那斑驳的黄印子，不敢提醒说，姑娘，其实你还没洗干净……

寒风飕飕，老刘半湿着身搂着个全湿着身的美人，咬牙切齿地想，小姨啊小姨，为你我真是亏大发了，这世上没有比干看着不能吃更悲惨的事了。

"你为什么要弄得自己这么脏兮兮的？"见佳容哭个不住，老刘只好转移话题。

"我也……不知道。"佳容抽噎，"奶娘叫的，她死前说，孤女在这世上活下去，不能有好容貌，否则会带来灾祸，要我发毒誓掩藏容貌，所以这些年，我头发一直没修剪，贴了个假疤，又尽量把自己弄得脏兮兮的，本来也想就这么过一辈子……可是……可是……"

可是心上人一嫌弃，她便撑不住了。

女人的软肋，永远都是爱情。

"既然发过毒誓，还是不要违背了吧。"刘三虎壮士想着这么个美人突然冒出来，只怕还真是麻烦，"你头发等下干了不要理，还是挡在脸上，疤再贴上去，哎呀，这皮肤……"

佳容看着他，哀怨地道："攒了很久的泥都洗没了……"

那口气就好像在说，我攒了几十年的私房钱都倒贴给你这小白脸了。

"白就白点吧。"老刘叹气，拍拍她的肩，"要是有人奇怪，你就说你本来就这样，大惊小怪做什么，是她们眼神不好。"

佳容是个没心眼的，连心上人这个不怎么样的理由也欣然接受了，点点头，突然打个喷嚏，老刘赶紧推她，"回去吧，回去吧，赶紧洗个热水澡，换衣服！"

"你……"佳容依依不舍。

"我永远是你的……"老刘张张嘴，那些顺溜的情话突然就说不出来了，原先他逢场作戏，以为这姑娘也不过是急于出嫁而已，到时候大不了看机会带出去，给她配个草原好儿郎就是，如今她为了他的一句嫌弃便破了毒誓，显见情根深种，这下，他还怎么好再闭着眼睛满嘴情话糊弄人？

女人的情意是伤不得的，伤着伤着会成孽，经过梅朵事件，某人痛定思痛，是绝对不敢再招惹女人心了。

他叹口气，摸摸佳容的头发，温言道："回去吧，放心，我记着你。"

佳容红着脸，一步三回头地走了，老刘叹着气，抖着湿棉袍也走了。晚上，他遇见洒扫小厮宁某某，两人这段时间互通有无，不住斗嘴中倒也建立了古怪的友谊，忍不住便将这事和他说了。

宁澄眼底闪着奇异的光，却没说什么，支吾几句就走了。刘三虎壮士也没在意，继续和佳容谈谈情，说说爱，偶尔被她揩揩小油，得到一些鸡零狗碎的信息，拼拼凑凑，和大家伙儿共享共享，没事再勤快地跑跑腿，把外院来来回回跑遍，别说侍卫换班的时间顺序、里外岗的变动规律、能够找出的大大小小的暗哨，就连每道墙根下，他都撒过一泡尿，表示他来过。

当然，其余几人也没闲着，做的事大同小异，一边等着芍药姑娘的身体足够支撑远奔和追杀，一边等着他们商定的时辰到来。

这天，老刘又去和佳容约会了，顺便给佳容送了点胭脂香粉。佳容一看那胭脂就是上好的成色，顿时十分欢喜。老刘摸着头很诚恳地表示，那是他半个月的工钱，立即被佳容用青春勃发的胸顶到了角落里，狠狠地用厚毛假疤下的樱桃小嘴表达了对他那三块胸肌的膜拜。

胭脂有两份，被肆意揩完油的老刘表示，他不懂哪种好，所以两种都买了。两种自然都是好的，只其中一种稍差一些，这是阮郎中的主意——如果两种都是绝好的，女人一般会把两种都占为己有，但如果有一个差一些，就比较容易把差点的那个送出去做人情。

老刘当时便表示了对阮郎中的由衷佩服，并正色问他是不是女人堆里长大的。他本是随口问一句，不防一向温和随意的阮郎中听见这句，当场就赏了他一身痒痒粉，害他无辜地挠了很多天。

果然，佳容高高兴兴地说，要送一份给荷香，随即便要回内院。老刘正好要送文书去，便顺便送她一路过去，在内院门口，他们见着了等在那里的裘舒。

那人静静站在内院门口，气质沉稳，青衣小帽穿在他身上，也丝毫不觉得局促，看见老刘和佳容一道过来，眼神一掠。

老刘觉得，那眼神似乎是看着自己的，其实也许，未必。

"小裘啊。"老刘把匣子递过去，笑呵呵打招呼，"臀安否？"

裘舒瞟他一眼，接过匣子，语气客气有礼，"托福。刘侍卫左拥右抱，艳福不浅，真是令兄弟羡煞。"

老刘唰地青了脸，佳容含羞带喜地垂下头去，心中迷迷糊糊地想，艳福不浅是对的，但左拥右抱是哪儿来的呢？

"这位姑娘是……"裘舒看着佳容，一脸等老刘介绍的样子。

老刘翻翻白眼，不情不愿地介绍："绣房的佳容姑娘。"

佳容认为这是自己男人的好友，没什么避忌的，便羞答答地向裘舒施礼。裘舒半侧身，客客气气还礼，佳容又道："裘兄弟要是有什么衣服需要缝缝补补，也不妨带个信让小厮捎来，我给裘兄弟照管一下。"

这事说起来简单，但对规矩森严的内院来说，操作起来很有难度，也不过是句客气话，裘舒却笑应了，又说了几句才告辞。

老刘盯着他的背影，再看看从另一条路走了的佳容，摸着下巴，眼神若有所思。

过了几天，内院管家突然传出话来，说院子里有一批丫鬟小厮年纪大了，趁着春节喜气，年前要放出去，名单已出来，就有佳容，配给二门侍卫刘三虎。

刘三虎壮士领着佳容谢了恩，心中却有些奇怪，之前一直没有要放人出来的消息，怎么突然就放出来了。他原本还打算等事情完全结束时再把佳容带出来，现在却提早了些，好在该知道的也知道了不少，倒也无妨。

问起佳容，佳容含羞道："我是自己去和管家提的……我也……年纪不小了……"

老刘听着这话，总觉得哪里不对劲，这丫头不是那么有主意的人，谁给她出了主意？

他将佳容带出府，住在浦城西城大柿子胡同里——他既然编造的来历是本地人，自然在浦城有自己的破房子，连假娘、假奶奶都有，他的人马也驻扎在那附近，只是为了避免露出破绽，很少回来而已。

当晚，一群侍卫去他"家"闹酒，当场闹哄哄地按着要拜堂。老刘哪里肯，那群粗汉子却当即把老刘和佳容给推到屋子里反锁上了。

老刘一回头，便见佳容羞答答地坐在床边，对侍卫们的哄闹完全是默许的样子，看样子，真的打算今晚就把自己交给他了。灯光下仔细一看，又发觉那女子因为出府，修了厚发，去了假疤，洗了澡，又薄薄地上了脂粉，晕黄的烛光里，越发美艳得不可方物。他心中顿时一紧，觉得自己这个血气方刚的美少年，虽然定力是很好的，但红粉陷阱向来是强大的，虽然别人愿意相信他，但他自己却是不敢相信自己的，于是老刘噌的一声，从窗户里溜了。

从窗户里溜了，却被守株待兔的侍卫朋友们逮住，当即推了去酒楼罚酒，老刘呵呵笑了，觉得反正今晚没地方可去，喝酒就喝酒，于是爽快地去了太白居，一直闹到三更才回来。

三更回来，醉醺醺的老刘正要去开门，忽然眼角黑影一闪。

一惊之下酒意全无，老刘一扭身就追了出去，原以为人家那惊人的速度，他追也未必追得着，不想那人掠出一段，竟然还停下来等了等他。老刘跑近点，那人又跑开些，逗猫似的。

老刘的犟脾气被激发出来，铆足了劲追下去，接连追了几个圈子，突然恍然大悟——这不是绕着城在转圈吗？

这分明是调虎离山！

再一看前面那人的身形，怎么看怎么熟悉，怎么看怎么猥琐。

老刘一跺脚，不追了，拔腿就往大柿子胡同跑，急匆匆回去，到了门口却不发出声音，只一阵风般掠过屋檐，直奔自己的卧房。

砰。

他一脚踢开自己厢房的门。

随即，他呆了。

室内没点灯，月光淡淡洒进来，足可看清一切景物，他看见佳容香甜地睡在床上，看见一个人，不急不慢地从她身边坐起。

那人一扭脸，月色下衣衫不整却神情从容，人皮面具也掩盖不了那天生沉凉而华艳的气质。

裴舒，宁弈。

老刘怔在那里，虽然先前终于认出把他引得在城内乱转的是宁澄，知道这事一定和宁弈有关，可也没想到他竟然是这个造型，出现在他这里。

他呆滞地从酣睡的佳容望到她身边的宁弈，再从宁弈望到佳容，这明摆着就是一出新郎偷天换日、新娘错付清白的老套戏码，只是男女主角实在太令人意想不到。

迎着他迷惑震惊的目光，宁弈竟然还对他颔首一笑。

这一笑，火种噌地点着了刘壮士。

他一个箭步奔过去，抬手就是一拳，恶狠狠打向宁弈的下巴。

宁弈一偏头让过，行云流水般掠起，一飘便飘了出去。老刘这一拳便直奔床上的佳容而去，他赶紧硬生生扭了个方向，砰的一声打在床柱上，生生将床柱打断。

便是这么大的动静，佳容也没醒。

此时隐伏在院子里的八彪们纷纷赶来，在门外慌声询问。老刘喝道："都滚下去。"

四面安静了下来，老刘赫连铮恶狠狠地瞪着宁弈，眼神就像噬人的狮子，半晌从牙缝里森然问："你在这里做什么？"

宁弈笑笑，"如你所见。"

"我所见？"赫连铮转头，看看佳容，眼神里的青光一闪，"我看见的就是你跑来，爬了我的床，睡了这个无辜的女人。"

"你要这么认为也可以。"宁弈不以为然地整理衣襟，"我得走了，还得回府点卯。"

赫连铮一飘身拦在他面前。

"说清楚再走！"

"说清楚啊……"宁弈望着赫连铮，突然又笑了笑，这回的笑意不再是先前的随意淡漠，而是森然沉凉，叱咤天盛的第一亲王，刹那重回，"喏，你拐了我的女人，让她做了你的大妃，我便也来拐一次你的女人，你要愿意，让给我，可以做个妾。"

赫连铮瞪着他，宁弈的目光也丝毫不让，两人对望一刻，赫连铮突然笑了。

"哈哈！"

他一开口就是大笑，笑得乐不可支，笑得东倒西歪，捧着肚子差点笑得滚到地上，"哎哟，我是该庆幸，还是得意？堂堂楚王殿下竟然说出这么幼稚的话？你在吃醋吗？吃醋吗？吃醋吗？吃醋吗？这醋吃得可真有意思……哎哟，我的妈呀……"

宁弈不说话，静静地看着他。

赫连铮收了笑声，抹一把笑出来的眼泪，瞬间脸色一整，道："你这话，我知道，其实也不全是假，最起码你介意那个大妃的称号是真的，但是宁弈，你别当我是傻子，什么抢女人？你在侮辱你自己，还是在侮辱我，还是在侮辱她？"

宁弈默然不语，在桌边坐下，自己给自己斟了杯茶。

"别喝。"赫连铮立即冷笑，"有毒。"

宁弈听而不闻，慢条斯理地抿了一口，平静地道："赫连，虽然你这个人粗了点，本王还是很欣赏你的，最起码，你能为了她做到这个地步，我就很感谢你。"

"我用得着你感谢？"赫连铮立即反唇相讥，"你别自以为是地用丈夫的口吻说话，你有什么资格说这话？说到底，这话应该我来对你说——你能为我的大妃做到这个地步，我很感谢你。"

不等宁弈回答，他立即又冷笑了一声，"不过从今晚开始，我又不感谢你了，我原以为以你金尊玉贵的皇子之尊，以你的个性身份，为她潜敌国、操贱役、受烙刑、挨板子，做到这一步实在也算难能。结果，我今天才发现，原来你果然是天下第一自私的人，你的人生里果然没有深情厚谊这种东西，你做的一切，根本不是为了她，从来都只是为了你自己，为了找——她！"

他霍然转身，指着床上的佳容。

宁弈看着他，乌黑深凉的瞳眸里没有表情，既没有用意被拆穿的尴尬，也没有心意被误会的悲愤。

看着那样的眸子，只令人觉得，他如果关起心门，永无人可以走近。

半晌，他笑了笑，低头轻轻喝了一口茶，摇了摇头，道："我为什么要向你解释？"

"你当然不需要向我解释。"赫连铮气极反笑，"你自有该解释的人，可就怕你死了，也解释不清你造的孽！"

"如果我有孽罪，我等她来讨。"宁弈淡淡道，"在此之前，没有谁有资格向我讨要什么。"

赫连铮冷笑，"我和你多说一句都恶心！"他快步走到佳容身边，试探她的呼吸脉搏，觉得只是进入了一种深度睡眠，身体并没有受伤害，看不出宁弈对她做了什么。赫连铮呆了半晌，实在也没法去掀开被褥看看这女人被占有了没，到了这个地步，说什么似乎都迟了。

他现在认定宁弈进府就是为了这个女人，而自己也被利用了一把，从佳容遮掩容貌看来，这个女子的身世定然也有不寻常之处，宁弈这人，当真无耻！

宁弈看见赫连铮眼底的熊熊怒火，若无其事地坐在一边喝茶，很多事确实是巧合，但别人愿意将事情扭曲成怎样，他也没兴趣解释，他真正在意的、想和她解释的那个人，早已没有了解释的可能。

如此，说什么也便没了意义。

如果爱已不可能，多恨一点也不坏。

"我走了。"他淡淡起身，指指佳容，"麻烦帮我把这姑娘照顾好。"

赫连铮瞪着他，气得几乎不会说话了，也气得没法说话——以他的性子，肯定会因此照顾好无辜的佳容，绝对不会拿她出气。无耻的宁弈，就是完全拿捏住了他的性子，才这么有恃无恐。

"除夕那天有庆典，她会出席。"宁弈走到门边，半回身又关照一句，"宗宸说，如果那个机会错过了，怕就得等开春了，夜长梦多，尽量就在那天。你再气我，有些事希望你注意分寸。"

赫连铮一言不发，背对着他，听得宁弈的脚步不急不慢地远去，眼前突然浮现出苍白冷漠的魏知，月光下驻马高岗，黑发飘扬，唇线抿得平直。

那个森凉决然的女子，一生欢乐，永葬帝京长熙十六年的深雪——拜他所赐。

原以为他终于知道痛悔，终于懂得为她牺牲，虽然不忘嘲笑挖苦他几句，私心里却为她欢喜，心想，她若没有失忆，如若知道这些，那么那长久森凉的心，想必会因此得到些温暖和慰藉吧，却原来……却原来……

赫连铮只觉得五脏六腑都似涌起了腾腾怒火，无边无垠地烧灼，瞬间吞没了心的万里原野。

"嘿！"

长空惊电，悍然劈裂。

扭身错步，剑光闪过，一个盆架齐刷刷裂成两半摔落。

哗啦啦的巨响终于惊醒了床上的佳容，她愕然坐起，揉揉眼睛，先是低头看看自己只剩内衣的身子，又看看背对她的赫连铮，脸上泛起微微的红晕，扭捏了半晌，才对着赫连铮绽开温婉而羞涩的笑容，低低问："夫君……怎么了？"

那个称呼，让赫连铮僵着背，怔了半晌。

良久，他缓缓转身，对满眼爱恋、信任望着他的佳容，露出一个此刻能扯出来的最和蔼的笑容。

"练剑，练剑，呵呵！"

从腊月初八，浦城便开始下雪，纷纷扬扬很多日，地面积雪盈尺，城内外很多贫民的棚子被压倒了。驻驾浦城的晋思羽自然要安排救灾抚恤事宜，虽然公事繁忙，他也不忘记陪伴芍药，没事就把文书抱进芍药的暖阁内，两人对着火炉，抱着热茶，说说笑笑，也就把公事办完了。

晋思羽在芍药身边办公还有个原因，就是这女子十分聪慧，虽然她不对朝政公务发表直接看法和建议，但眼光精准，思路奇特，往往在晋思羽走入死胡同的时候，能轻描淡写一句话令他豁然开朗，但是却又并不表现出凌驾于他人之上的惊世才华——她很多点子都很天真很可笑，并不精通朝政时事，只是能从触类旁通的角度，给人启发罢了。

因为如此，晋思羽近来对公务的处理，屡屡得到大越皇帝的赞赏，短短一段时间已经被嘉奖两次，越发令他心情极好，而芍药那种天真未凿的聪明，也让他大为赞赏，这分明是未经朝政打磨过的局外人才能有的思路和视角。

一大早，听风轩开始有人扫雪，以免芍药姑娘出来时滑了脚，其实芍药姑娘从来不出来，要出来也必然在晋思羽的怀中，后面又有一大堆侍卫，想滑都不可能。

扫雪的人中，有阮郎中的小药童，他扫得极其认真，每条青石缝里的碎雪都用手抠了去，手指因此冻得通红。

一点点扫到阶下，他似乎有点累了，靠着扫帚，站在檐下休息。

"小呆。"窗户忽然拉开，探出芍药的笑脸，嘴一动一动的，手里还抓着几个热腾腾的小包子，"冷吗？吃点热的，暖暖身体。"

小呆抬头看着她，老老实实答："冷。"

她一笑，用袋子装了包子递出来，小呆去接的时候，她抓过他手指搓了搓，道："雪冻着了要活血。"

小呆用嘴叼着包子袋，毫不客气地把两只手都递过去给她搓。

院子里的人都笑看着，没人觉得有什么异常，这个叫小呆的少年，虽然有点傻傻的，但人很勤快，举止很可爱，院子里上上下下都喜欢他。小呆每天都会去给她熬药扫院子，每次扫到廊檐下，她都会开窗和他说句话，给点吃的。最近一直在下雪，她就会每次都给他搓搓冻僵的手指，小呆也从来不知道拒绝，两人的动作都坦然从容，让人想不到什么邪处，连晋思羽几次看见，都没觉得什么，反而笑着说，这两人姐弟似的，挺好。

手指搓在她掌中，她的肌肤细腻温暖，手掌上的伤已经好了，只稍微有点变形，不仔细看是看不出来的。

他垂着眼帘，看着那手温柔地包裹着自己的手指，一动不动。

每天，这是最接近她的距离。

为此他抢着做事，承担了院子里所有的杂务，因为宗宸说，如果平日不做事，突然要做某件事，会很可疑。

所以院子里的活，他几乎都包下了，所以他要做什么，大家都乐意成全。

以前他是不做事的，为了不至于一出手就让人看出不善杂务，不像个出身平常的药童，他半夜偷偷跟着宗宸学着做那些杂务，不睡觉，一遍一遍做，做到熟练了，不让人看出生疏为止。

他以前扫雪还会不自觉地运功，不让自己受寒，后来发现她会特别体谅那些受冻的人，于是再也不运功，天天把萝卜手晾给她看。

她的手指摩挲着他的手指，他将指尖悄悄地对上去。

宗宸说了，手指，最靠近心的距离。

她覆住他的手，抬头看了他一眼，眼神里掠过一丝笑意。

他突然觉得掌心里塞进了一样东西。

有一瞬间的愕然——他知道大家一直在准备，要在万全的情况下救走她，但是这些事都是他们在操持，他只要做好药童小呆就行，然而今天很特别，她竟然选择了他传信。

她……放心他不会出状况了？

他张着嘴，吧嗒一下，包子袋落下，他快速接住，包子袋盖住了那个小东西。

她趴在窗台上，笑意盈盈地看他。

他突然就涌起极大的欢喜——这世上只有一人能如此信他，放心他，不将他当作异类疏远或丢开他，不因为他的特别只一味保护他，而是用自己全部的耐心来打开他。

他捧着包子，夹着扫帚，离开院子，出门时和晋思羽迎面相遇，他坦然地向他施礼，和晋思羽擦肩而过。

晋思羽没有多看他一眼，大步匆匆进来，在廊檐下抖落身上的雪，一进门就笑道："今天可觉得好些？"

"很好。"她示意荷香上茶。晋思羽穿过门楣上悬挂的药包，笑道："再过阵子，这药包也该取下了，天天嗅着，我都觉得自己身上有药味了。"

"这可是好东西，王爷不觉得最近身轻体健，精神特别健旺吗？"她笑道，"阮大夫说，这东西就是该这么慢慢渗透的，长期散发才有效果。"

"依你，依你，确实是好东西。"他亲昵地一捏她脸颊。

荷香上茶来，因是新年，穿得十分齐整，头发抿得一丝不乱。他喝了一口茶，突然笑道："这丫头今天打扮得用心，身上这香气也比平日好闻了。"

"是吗？我倒没注意。"她凑过去闻，害得那丫头红了脸，赶紧匆匆告退。

"晚上除夕，我给你想了个乐子，我看你也好了许多，可以好好玩一玩，"晋思羽将她揽在怀里，悠悠道，"算起来，这是咱们在一起过的第一个年，以后带你回京都，过下一个年，下下个……三十年……四十年……八十年……"

她笑起来，声音娇脆，"哪能活得到那么久？鸡皮鹤发的也不好玩啊。"

"大过年的，不要说不吉利的。"晋思羽轻轻捂住她的唇，"只要你愿意，咱们就能长长久久。"

"我自然是愿意的。"她轻轻倚入他怀中，嫣然一笑。

"我很期待，这个除夕。"

第一百章
除夕之夜

　　一年之末，除夕。

　　因安王殿下今年不回京在浦城过年，浦园布置得分外华丽喜庆，连落叶凋零的树上都包了彩绢，剪了绿绸做叶，一色瓜形深红宫灯如玉珠飞天而来，倒映着皑皑雪地流光溢彩。

　　晋思羽原本是可以回京过年的，却在年前上了折子，称今冬大雪，多有百姓受灾，愿坐镇北地，主持赈灾事宜，与百姓大军同乐，折子中还称，但凡有一人于新春啼饥号寒，思羽都无心于京都坐享富贵。折子一上，很得大越皇帝赞赏，当即便颁下厚厚的赏赐。

　　兵败皇子如此优渥恩宠，也算异数，朝中因此对这位殿下更加逢迎。晋思羽心情很好，将宫中赏赐全数搬到芍药屋里，弄得芍药姑娘屋里那些人出来进去都嘴角含笑，眉梢透着喜气——谁都知道，过了年，芍药姑娘便要正式收房了。

　　除夕那天上午，家在浦城的外院侍卫轮班放假，晚上回来值夜，老刘"新婚宴尔"，自然也在休假之列。他回家打了个转却又赶了过来，说是兄弟们今天都忙，不如都休息，他前几天轮休过，现在他在就行了，反正上午王爷去了城外大营，也不在。

　　侍卫们自然乐意，都欢欢喜喜地离开了，前院只留下老刘带着一堆小厮看守。老刘把小厮们支使得团团乱转，一会儿说门楼搭得有点偏，一会儿说地面有纸屑，尤其对一个洒扫小厮态度恶劣，逼着他把一个跨院扫了七遍。

老刘不回家过年，他婆娘佳容也便回了府看看姐妹，贴上假疤进了门，发现绣房里的人正团团乱转，便问怎么回事。绣房大姑姑道："今早也不知道哪儿来的一只疯野猫，突然窜进绣房，姑娘们受了惊吓去追打，那猫东奔西窜间抓坏了好多衣服，别的也罢了，唯独王爷今晚要穿的一件秋香色箭袖蟒袍的腰带被拽坏了。这腰带绣工繁复，一时半刻是做不好的，眼看就要送进去，这可怎么是好？"

佳容也怔在了那里，这是个没主意的姑娘，只晓得陪着姑娘们愁眉不展，倒是大姑姑看见她，突然眼前一亮，道："佳容，你是新妇，绣工又好，按说你嫁过去，该给你夫君很是做了些衣服才是。"

佳容脸上一红，扭捏半晌道："是有的……"

"我上次看见你家三虎下值后穿了件秋香色袍子，绣工很是不错。"大姑姑一拍手道，"是你做的吧？"

看佳容点点头，大姑姑眼前一亮，道："我记得你最擅长绣零碎东西，那袍子可有腰带？"

佳容犹豫了一下，那衣服确实是她为老刘做的，很是下了一番工夫，领口、袖口、腰带都绣得极精致。老刘穿是穿了，却说不过是个下人身份，穿得太招眼会惹来祸事，所以没敢把那精致的腰带束出去。她自己是个心疼丈夫的想头，觉得她家老刘仪表堂堂，凭什么就穿不得，但也不想给老刘招祸，也便答应了，把腰带好好地收在梳妆台里。

这要送出去，可就拿不回来了，想起自己灯下一针一线为夫君做衣的甜蜜心情，不由得有些舍不得。

然而，转眼看大姑姑眼巴巴地看着自己，实在不好意思拒绝，给人感觉人走茶凉似的，只好勉强点点头，带了人回家去取了那腰带。配起来正合适，大姑姑松了一口气，赶紧命人送了进去。

佳容便要走，她家老刘嘱咐她晚上务必要在家，等他回去吃年夜饭，大姑姑却极力挽留，道："今晚后院里放灯、唱戏、耍把戏，王爷说了，全院的人都可以过来凑个热闹。反正你家老刘要值夜，你一个人在家过年多凄惶，不如就留在府里看看新鲜，说不定你夫妻能站在一处，等于也是一起过年了。"

佳容听着心动，虽然想着老刘再三嘱咐要在家，但实在不愿意一个人守着两个痴聋老太过年，也便应了。

这边，老刘并不知道佳容留了下来，今晚除了留下几个人看守城中他那屋子之外，他们所有的力量都已经迅速调动到了浦园到浦城之外的道路沿线，好一路接应。

　　半下午的时候，名驰大越的头号戏班子"长春班"进了浦园。好多人去看热闹，阮郎中家的小药童也跑去挤在人群里，和外院一个洒扫小厮还撞了个满怀。

　　后院里，管家指挥着往树上挂灯谜，书房小厮裘舒自然是得力下手。

　　老刘在外院转啊转，把外院所有的地方都转了个遍。

　　因为年节，全城的城门都已经关闭戒严，最近又大雪盈尺，天光亮，道路滑，城门闭，只要是正常人，都不会趁此时作乱，这将是个安逸的年。

　　园子里因此十分放松，欢声笑语。

　　时间一点点流过。

　　天将擦黑的时候，晋思羽回来了，侍卫们各自按部就班，看不出来曾经都偷溜过。

　　他一回来便直奔听风轩，门上的暖帘被他的脚步声带起，拨动金铃一阵乱响，他的声音跳跃着明亮的喜悦，"芍药，看我给你带来了什么？"

　　倚着软枕看书的女子，含笑转头过来，道："难得看你这么风风火火的，什么好东西？是八宝琉璃钗呢，还是飞凤翠玉簪，我跟你说，我已经有很多了……"

　　她突然顿住语声，眼前一亮。

　　对面，一身白袍，披着银狐狐裘的男子，兴冲冲举着一枝新绽的梅花，梅花开得极好，褐色枝条遒劲舒展，点缀着深红明艳的五瓣梅，花瓣极大，蕊心嫩黄，流丝漫长根根可见，衬着那人的雪素锦衣、冠玉容颜，鲜明正如画中人。

　　她有一瞬间的失神，随即笑道："这梅花配你倒比配我好看。"

　　晋思羽笑一笑，眼神温存如春水，过来将梅花插了白玉瓶里，道："你看这梅花比寻常的更艳，这是我们这里一种很奇特的梅花，不是年年开花，据说只有美人出世才会盛开，所以本地人叫它斗芳花，这花……我看是为你开的。"

　　"美人……"她笑笑，摸摸额上疤眉心红，笑道，"你看过这样的美人？"

　　晋思羽的目光在那条疤上掠过，那疤经过阮郎中妙手调治，已经淡得几乎看不见了，发丝一遮，更是轻易找不着。饶是如此，他眼神里依旧掠过一丝歉意，含笑坐过来，岔开话题，"晚上先吃年夜饭，饭后听戏，放烟花，猜灯谜。你闷了这么久，今晚得玩个痛快。"

　　"好。"她起身，欢欢喜喜笑道，"可有红包给我？可有新衣服给我？我记得过年都要穿新衣服的。"

　　"哪能没有呢？"晋思羽手一招，侍女们便送上两套衣服，都是秋香色，晋思羽笑道，"本该穿红的，不过咱们过几天再穿更合适。"

她自然明白他的意思，过几天他要将她收房，到时自然要穿红，她忍不住一笑，垂了眼睫，颊侧微微泛了红。晋思羽看着她，目光荡漾，便要上前，她却很自然地一转身，拿起外袍道："换衣服吧。"

晋思羽一笑，宽了外袍，侍女上前服侍他穿衣。她突然上前，笑道："我来。"然后亲手替他穿起外袍。她比晋思羽矮半个头，微微低头给他束纽时，头发轻轻擦着他的下颌，发丝上若有若无的香气盈盈，嗅见了便让人心中一荡。从他那个角度往下看，便能看见她纤长浓密的睫毛，颤颤抖动如蝶翼，鼻挺而精致，琼柱一般光滑，而唇色嫣然，让人想起刚才那最爱斗芳争艳的梅瓣。

晋思羽这么看着，心情便悠悠地荡起来，有些温软，有些恍惚，也没在意她在做什么，忽听她笑道："发什么呆呢？"她亲昵地替他理平整领口，又蹲下身去，捋顺了碧玉荷包垂下的丝绦。

他看着她近乎贤惠地打理他的一切，心中涌上一股暖流，笑道："瞧咱们这样子，可不是那鹣鲽情深，举案齐眉？"

她不说话，抿唇一笑，眼波盈盈。晋思羽眼珠一转，拿了她的衣裙道："来而不往非礼也，我也替你穿一穿。"

她脸色唰地绯红，一把夺了衣裙便奔入屏风后，还不忘探出头白他一眼，笑道："哎呀，这可当不得。"

晋思羽一笑，也没有追过去，他为人温雅，于男女之事上总喜欢你情我愿，认为那才叫情趣，又自恃身份高贵，不屑于以蛮力权势相逼，如今眼见她一日日对他放开心防，反觉得比起强自占有，更有一份让人喜悦的收获。

她换了衣服出来，秋香色重锦宫裙，系同色丝绦，垂拇指大的绿松石，裙摆大幅地飘散开来，绣满层层叠叠的折枝花，越往上越少，生出一种簇簇的情致，衬得那分外清减的腰肢不盈一握。侍女给她披上雪白的狐裘，领口雪白的绒毛拥着她小巧的下巴，玉般的精致娇弱里又添了几分天真娇怯的温软。她亭亭立在重锦叠绣的华堂里，一室富贵也不能将她的风采压下一分。

晋思羽一抬头，便眼前一亮，心中暗赞，她果然是好风姿，秋香色对于年轻女子来说多半觉得老气，气质压不住，可他就从来没见过她有什么颜色会压不住，穿娇嫩是明媚新鲜，穿老气是华贵沉稳，这个女子，天生气质超越一切。

侍女们很会凑趣，都笑吟吟道："王爷和姑娘这么站在一起，真真一对璧人。"

晋思羽哈哈一笑，愉悦地挽了她，上了步辇，去正堂吃饭。偌大的厅堂，明烛高烧，长桌上菜色百十道，海陆奇珍丰富精致，侍候的侍女、佣仆川流不息。

他搀了她在桌边落座，她却四面望望，不动。

"吃啊。"晋思羽亲自给她夹菜。

她"哦"了一声，半晌却忍不住问："就我们两个吗？"

"不喜欢吗？"晋思羽一边轻轻问她，一边给她盛汤。

她摇摇头，看看四面无数恭立、一声不响的侍女，看看高可三丈阔可十丈的巨大厅堂，再看看埋在长桌边几乎找不着的渺小的两个人，良久，叹了口气，声音细细地道："我隐约记得，以前过年，都是很热闹的……"

晋思羽的手顿了顿，眼神里飘过一丝茫然，默然半晌道："是吗？可是我不知道……我以为过年都是这样的，今年我还觉得挺热闹，因为添了一个你。"

"你不和你父皇母后一起过年？"

"成年皇子很早就出宫开府。"晋思羽露出一丝苦笑，"逢年过节，随班磕头，大殿赐宴，说起来是一起过年，但是父皇母后是天下的，是百官的，不是我的。"

她默然，银筷子上的链条细碎作响。

"父皇要在年节赐宴百官，母后要在后宫接见命妇，所以年节是他们最忙的时候，而那些宴席，要不停地举礼跪拜，没有人能吃得饱，每次结束后，我都回府自己再吃正式的年夜饭，也是这么大的厅，这么长的桌子，一个人。"

"为什么就不能和其他人一起吃呢？"她乌黑的眼睛望着他，有点不解，"朋友啊，兄弟啊，平日里亲近的护卫什么的。"

晋思羽怔了怔，这个念头他想都没想过，朋友，皇子没有朋友，只有幕僚门客；兄弟，兄弟是天下最该防卫的天敌；而护卫下人，更是完全不相干，自小被灌输了天潢贵胄的意识，他在云端而他人在地底，怎么可能坐在一起？

他很想驳斥她，然而看着她雾气蒙蒙的眼睛，便觉得责难无法出口，想必她出身平凡，没有阶层观念和自矜意识，喜欢人间烟火，向往红尘热闹，这又有什么错？

"不能的。"他轻轻抚她的头发，给她夹菜，"吃吧。"

她不说话，扒饭，默默地。

扒完一碗，侍女递上一碗，她接过，继续默默扒。

扒完，继续……

他突然搁下筷子。

银筷搁在玉碗上的清脆响声惊得她一跳，睁大眼睛看他，一粒饭还粘在下巴上，几分滑稽，几分惊讶。他看着巨大的燕窝白菜鸭子后面，她那几乎被淹没的小脸，张了张嘴，却不知道要说什么。

半晌，他吩咐身后的管家。

"请外书房几位没回京的先生过来。"又道，"内外院刘源他们最近也够辛苦的，如果抽得出空，也让他们过来，本王给敬一杯酒。"

她露出欢喜的神色，看得他心中一软，又想外书房那几个自己的幕僚，她没见过，难免拘束，犹豫了一下又道："阮郎中和他那个药童可吃过没有？请他们也过来一起用饭吧。"

眼神轻轻掠过去，管家接收着，恭谨地弯下腰。

说是"请过来"，自然要接受无数道盘查，才能进来的。

她不知道这个，却明白这是他最大的让步——毕竟现在整个浦园，勉强能算得上"客"的，也只有这些人了。

不多时，那些清客和有头脸的护卫都受宠若惊地过来了，在下首颤颤巍巍地坐了，又过了一会儿，阮郎中才带着他的药童进来。

"小呆。"她一见药童便喜笑颜开，招手唤他，"过来，坐我身边……"突然觉得这话不妥，转头询问地看向晋思羽。晋思羽原本听见这句皱了眉头，待到看见她及时发觉懂得回头征询他的意见，神情又宛然便是妻子询问丈夫时，突然便觉得心中欢喜，笑道："过来吧。"

小呆毫不客气地过去。阮郎中笑看着，摇摇头，向晋思羽告罪。晋思羽道："先生为芍药尽心竭力，还没谢过先生，不必客气。"示意管家带他坐到自己对面。

长桌很大，椅子之间相隔很远，说是坐在身边，其实伸长手臂也够不着。她并没有先理会别人，却先斟了一杯酒，执在手中敬晋思羽，随即当先一饮而尽，柔声道："恭祝王爷福寿万年，年年喜庆如今日！"

晋思羽看着她那执玉杯的雪白的手指，分不清哪个更白，都在灯光下反射着辉光，一杯酒下肚，她脸上便起了微微酡红，娴静如娇花照水，他忙含笑举杯，尚未饮，便觉心中软烟氤氲，已将醉。

她坐了下来，这才用长柄汤勺给小呆舀汤，道："这是瑶柱鲜贝汤，这个季节，这种地方很难得的，小呆，你尝尝。"

那少年不等侍女送过来，就自己默默端过碗，然后很仔细地一口口地喝，似乎在品尝着北地人很难尝到的鲜贝的味道。

他垂下长长的眼睫，不看任何人，只看着清汤中漂浮着的雪白的鲜贝。

刚才和宗宸在自己的院子里吃饭，正听宗宸叮嘱他今晚的一切，忽然便听见王爷邀请共度除夕的消息。这原本并不在他们的计划中，宗宸当即有些惊讶，怕节外生枝，两人忧心忡忡赶来，以为会有什么变故，然而一进门便见她抬头，笑意温暖地看过来。

触及那样的目光，以往一直混沌不解他人内心世界的他，突然便明白了她的心意。

她要和他一起过年。

陪他一起领略红尘温暖，人间烟火，在腾腾热气和满堂喜庆里，过他人生里真正有人陪伴的年。

以往那些年，再多人在，都走不进他的世界，他孤寂而空白的天地，也染不上年的喧嚣和烟光的五彩斑斓。

如今这个年，在险地、敌群、敌意中央、行动之前，在最不合适的时刻，可她执意大胆地要给。

是觉得时光年年过去，命运颠沛流离，谁也不知道之后还会发生什么，谁也不知道下一年是否还会在一起，所以要珍惜当前，且共此刻吗？

他慢慢喝着汤，并不喜欢海鲜特有的气味，却喝得香甜。

她含笑看着他，眼神亲切，像所有寂寞的人，看见投契的同伴而简单地欢喜。

晋思羽觉得这少年吃东西那种特别专注的劲儿，很惹人喜爱，一时来了兴致，竟也亲自给小呆来了几块肉，道："这是浦园首屈一指的大厨做的红香腐乳肉，最是软烂鲜美，你大概没吃过，来，吃，吃。"

夹过来的肉，三块。

小呆的手，顿了顿。

对面正在喝酒的阮郎中，持杯的手也顿了顿，一瞬之后他含笑站起，恭敬地举杯向晋思羽敬酒。

他打算用敬酒来引开晋思羽的注意力，因为之后小呆会做什么，他也没有把握，只好做最坏的打算。

三年前，有次侍候他的人忘记了八块肉的规矩，他将碗扔进了粪坑里。

如今这碗如果扔进粪坑，那便是轩然大波。

阮郎中举起杯子，手指暗扣住酒杯底，眼角余光扫着小呆，面上还得对晋思羽微笑。

小呆低着头，盯着那肉，没动筷子。

晋思羽的眼光已经疑惑地飘了过去。

阮郎中虽然在笑，但仔细看，眼睛底已经闪出寒芒，所站立的位置，也稍稍变化了一下。

小呆突然站起来。

晋思羽和阮郎中都一怔。

便见那少年站起，向着晋思羽躬了一躬，然后坐下，默不作声地认认真真吃完了那三块肉。

他吃肉的态度和喝汤的态度看起来，完全没有不同。

晋思羽大喜，笑道："都说他心智不全，我看竟也是个懂事的，难怪芍药喜欢。"

清客们急忙凑趣，大肆吹捧，都说王爷德被四方，痴愚者亦被感化，等等。芍药姑娘静静听着，眼神里闪耀着一些晶莹的东西。

阮郎中沉默地坐下，松开手指，目光掠过认认真真吃那三块肉的小呆，一瞬间眼神翻涌，复杂难言。

没有人比他更清楚那人的坚执与封闭，过往十数年，他使尽绝世医术、多方手段未曾打开他一寸光明，攘攘尘世曾经那般鲜明地摆在他面前，他看不见就是看不见。

然而如今，眼见着他一步步退出雾气走向清晰，一步步退出自己的坚执走向世上唯一能温暖他的那个人，他却不知是心忧还是欢喜。

他学会了吃三块肉，也学会了强迫自己对仇人鞠躬。

这是收获着同时也失去着的复杂人生。

这一年的年夜饭，有人在高堂之上觥筹交错，于敌群之中共享新年。

这一年的年夜饭，有人在侍卫房里和一堆伙伴乱七八糟地喝酒，端着个酒杯到处乱跑，在外院墙根下举杯对着月亮遥祝。

这一年的年夜饭，有人在大伙房里排队取饭，坐在内院书房的青石台阶上吃已经冷掉的菜，想着自己以往那些随班磕头，大殿赐宴，永远吃不饱，回家空荡荡一人的年夜饭。

这一年的年夜饭，也就这么过了。

吃完年夜饭，晋思羽挽着她出来，亲自给她戴好斗篷，道："天色黑了下来，正好放烟花。"

两人一路过去，今晚在内外院交界处的碧漪湖边，靠着假山设了戏台，围了锦幕，搭了暖棚。王爷有令，今晚与民同乐，允许没有回家的浦园上下人等都来看戏，但是不许接近暖棚十丈之内。暖棚周围十丈范围内，布置的是京都带来的最精锐的亲卫和浦城县衙抽调来的府兵。晋思羽说，浦园护卫累了一年，今晚就不承担最重的护驾任务了，只在外围保卫。那些亲卫将暖棚围了个里三层外三层水泄不通，连只耗子想钻进去都不大可能。

除了部分可以随侍的人，浦园护卫和王府各级下人都被亲卫拦在十丈外，原本阮郎中和药童也是十丈外的看客之一，但既然被邀请参加了晚宴，很自然地饭后便和那些清客一起，跟着王爷到外园，也没有人多加注意。

碧漪湖边人头攒动，除了例行当值的，浦园里，连护卫带侍候的好几百号人都在，老刘也在其中，他上午代了人家的班，晚上看戏，人家便不好意思不让他来。老刘怀里揣着一壶酒，袖子里装满花生豆，往嘴里扔一枚豆喝一口酒，优哉游哉的。

他身边一个洒扫小厮，搓着今天扫院子生生扫肿了的手，哀怨地看着老刘，老刘却当没看见。

再过去一点，书房小厮裘舒平静地站在一株老树下，倚着树身，似笑非笑地看着内院的方向。宫灯、彩灯的光芒映着他的眸子，一片水色变幻。

洒扫小厮只是蹭老刘，几次很想蹭到他面前去，却都被裘舒一个眼风便生生阻住，那嘴眼看着更扁了。

突然前方一阵骚动，众人抬眼看去，嚼花生正欢快的老刘，突然不动了。

裘舒直起腰来。

前方，瓜形宫灯引导下，一队人簇拥着一对男女出来了，男的金冠玉带，容颜温雅，很明显就是晋思羽；女子身姿亭亭，披着雪白狐裘，微露秋香色宫裙，眼波流动，笑靥含春，一枚深红玉钿垂在眉心，遮了那瘀红之色，倒显出胜雪的肌肤来。

四面都有抽气的声音，都听说那名字俗气无比的芍药姑娘，很得王爷的欢心，知道姿色必然是好的，却也没想到好成这样。

难怪定力不错的王爷，最终坠入了这个战俘的温柔乡。

老刘半弯着腰，张大嘴，一枚嚼了一半的花生从嘴里掉出来。

身边的洒扫小厮嫌弃地唰地跳开，却也忍不住对那方向看一眼，再看一眼。

这两位，都是第一次见她的真颜，有对意料外的美色的惊讶，更有对那张脸本身的震撼。

老刘的震撼只怕还要大些——他一向认为他家小姨就是那个黄脸模样，虽从没觉得丑，也不觉得有必要更美些，如今不仅比美还美了些，更糟的是，那张脸美得有点惊世骇俗。

这幸亏是在大越，要是在天盛的哪家王府，只怕要晕倒一大片。

老刘张着嘴，吃了半天风之后，才呆滞地退后一步，喃喃道："他奶奶的，这女人竟然一直对我掩着脸；他奶奶的，不过我不怪她；他奶奶的，这张脸换谁也得掩着啊。"

洒扫小厮呆了半天，突然目中爆出狂喜之色，一拍手掌心想，太像了，太像了，莫非当年皇帝已经占有过她娘，那她岂不也是皇室的种，那么和王爷岂不是亲兄妹，真是太好了，太好了。

那边裘舒的目光却根本没在她脸上停留——他是第一眼便看过她真面的人，震撼早已过去，他的眼光只落在她的腰上，那里有只手放在了不该放的位置。

然后目光又飘到她嫣红的唇上，心想那晚的滋味其实特别好……

人群外，心思各自翻涌；人群中，她含笑而立，目光从十丈外的外围掠过，很散漫，蜻蜓点水似的，看不出到底落在了哪里。

此时亲卫送上烟花来，晋思羽亲手揽着她点燃了一支，火线嗤嗤地燃烧，微光明灭，映着含笑相视的男女，着实一幅很美的场景。

老刘的花生豆扔得更快了，酒喝得贼急。

洒扫小厮撇着嘴，觉得虽然不希望看见这女人和主子站在一起，但是看见她和别人站在一起却也不舒服。

裘舒和她身后的小呆，却只默默看着她点烟花的手，什么人也不多望一眼。

咻！

东风夜放花千树，吹落繁星如雨，漫天里绽开深紫、金黄、嫣红、翠绿的流光，如凤凰曳着华丽的尾羽越过天际，一些微云被惊碎，斑斓在丝缎般的夜色里，巨大的七彩喜花映得半边天通红璀璨，笼罩下人群济济的整个浦园上空。

闪烁的流光下，黑压压的人头昂首着迷似的看着天际变幻着的绚烂色彩，一道道飞光掠过人群，映得人们面色迷离。隐约有咻咻之声连起，园子外的城中似也起了呼应，鞭炮脆炸，烟火升腾，此起彼伏于各方天际、各个角落，虽然远远及不得浦园的盛势，却也令这份热闹越发锦上添花。

烟花下，她突然闭起双目，喃喃作语。

烟花下，有些人互视一眼，眼神沉凝而冷静。

就在这浦园烟花胜烟霞，满城爆竹迎新春的一刻，所有潜伏在浦城的人马，也已经出动。

爆竹声掩掉惨呼声，烟花光湮灭火焰光，在这样四处皆亮的时刻，烧几处房子，腾几处烟火，都不会有人发觉，城外的大军也不会因此便轻易出动。

她在烟光下轻轻作语。巨大的声响里听不见她在说什么，但看那面上神情却似在许愿，晋思羽看着她，眼神宠溺。

愿年年岁岁如今日，花开葳蕤。

烟花未尽，他揽了她去猜灯谜，他自然精通这些，她却不擅长此道，屡屡不中，却又犯起了倔性子，一个个翻过去，非要找到自己会的。

突然她在一个灯谜下停住。

这是个走马灯，灯谜写在灯的四面，慢慢地转着。

谜面很简单：一心擢用外戚，吕后定有异心。

猜一字。

看她沉默在树下，微微偏着头，晋思羽过来，笑道："怎么，猜出这个了？"

"这么难我哪猜得出。"她笑道，"我是看那走马灯的画有意思。"

晋思羽抬头一望，那画也没什么稀奇的，是月下浩浩荡荡的芦苇荡，漫天飞絮里白鸟轻盈掠过。这也是极普通的画，只是这年节喜庆之时，一般都画吉祥娃娃之类的东西，看见这个反觉得特别清爽。画贴在走马灯上，缓缓旋转时那些飞絮和鸟羽便仿佛飞了起来，令人恍惚间觉得，那些白羽飞絮正缓缓落在颈间。

待再看谜面，也觉得和这画一般与众不同，便招过管家来问："这是谁做的？"

管家眯眼看了一阵，为难地道："王爷，很多灯谜是从外面买来的，大家帮着挂上去，实在没法……"

晋思羽挥手令他下去，转眼看见她已经步伐轻快地走向下一盏灯，并没有再多看那灯谜一眼。

他跟过去，心中一瞬间流过那个猜字灯谜的答案。

"憾。"

灯谜设在湖岸边的树下，戏台子搭在树的对面，靠着一座假山。

暖棚里铺了锦垫，放了点心，四角烘着火盆。

两人在棚里坐了，她随便点了一出戏，对面长春班遥遥磕头。一声裂金碎玉的起调过后，喧闹的浦园全体皆静。

"……花残莺老，虚度几多芳春。家乡万里，烟水万重，奈隔断鳞鸿无处寻。一身，似雪里杨花飞轻。"

有人杨花般飞起，于雪地里越过高阔的城门，黑影一闪。

暖棚里，她倾身和他谈戏文，带着欣喜的语气，夸赞长春班名不虚传，他抚着她的头发，承诺只要她喜欢可以经常听。

"……残霞散绮，新月渐明，望隐隐奇峰锁暮云。"

剑光冷冷，在火树银花的天幕下一亮，有人从城门头栽下，雪地上泼辣辣一色艳烈。

她听得入神，含着一枚朱果忘记吃，果子艳红，不及唇色更艳。他痴痴看着，也不知道是在听戏还是在赏人。

"……泠泠，见溪水围绕孤村。"

一队人白衣如雪，行走于茫茫雪地——更远一点，大越和天盛交界的凤来镇，白甲士兵们无声行军，马衔了软木，在夜色中打着响鼻，喷出冰花般的雾气，那行军的路线，渐渐绕向了浦城之外的越军大营。

她终于发觉他在走神，含笑白他一眼。他讪讪地转过头去，不知道台上唱着什么。

"……望断天涯无敌人，便做铁打心肠珠泪倾。只伤着，蝇头微利，蜗角虚名。"

城门、烽火台、武器库、粮草库、驿站、浦城县衙、浦城兵马司……所有趁年夜半休息、只留寥寥数人值夜的浦城重要部分，所有能影响浦城安定及信息传递的地方，都有黑影穿梭来去，翻惊摇落。

她亲自给他斟茶，十指纤纤，他接过去，顺便包住了她的手不放，她微笑垂下头去。

"……暗思昔情人，临风对月欢娱频宴饮，转教我添愁离恨。您今宵里，孤衾辗转，谁与安存？"

剑光乍起又收，一人倒下，立即有人无声将其拖走，有人飞快蹿上，将廊檐下的红灯取下，挂上垂了红缨的风铃。

她喂了晋思羽一块橘饼，他含笑还了一枚蜜饯，想用唇喂过去的，人太多，没好意思。

"……且宽心，休忧闷。放怀款款慢登程，借宿今宵安此身……"

一道道人影聚集在浦园外，自一处旧房内进去，消失在房内早已挖好的地道内。

他轻轻剥着瓜子，瓜子仁归她。

"……唯有感恩并积恨，万年千载不成尘……"

砰——

第一百零一章

倾城之救

砰。

听起来像是什么烟花起炸的声音，沉闷而不明显，险些淹没在喧天的锣鼓里。

这声闷响起来时，她正附耳在他耳边说着小儿女的悄悄话，他含笑听着，却对亲卫首领使了个眼色。

亲卫首领听着那声音似乎就在近处，按剑起身，警惕地四处寻找。

台上水袖飞舞的旦角长长的衣袖正凄怨地抛掷出去，在半空中飞出流曼的弧度，随即一个明月拱桥般优美的卧鱼姿，缓缓倒下，半掩娇靥，轻舒广袖，一个眼神便是一段风流香。

"好！"

戏迷们拍肿了巴掌。

又一声闷响，掩在狂风暴雨般的巴掌里。那台上的旦角正要起身，忽然"哎哟"一声。

台下的人还没发觉，长春班的班主已经变了颜色，正要想办法遮掩，戏台上的灯却突然一暗。亲卫首领认定了刚才那一声定然出自戏台之上，手一挥，带着亲卫快步奔上台来。

晋思羽霍然起身，望着戏台之上。

哧哧哧！

四面的所有宫灯，突然全部灭了。

啪啪啪！

头顶大树上垂下的灯谜，在灯灭的那一瞬立即炸开，漫天里星花飞射，一蓬蓬落在暖棚之上，顿时将全是锦幕搭建的暖棚燃着。

噼啪之声不断，星火流光纵横四窜，刺得人眼花，有的足足射出十丈远，被亲卫拦在外面的下人们一阵惊呼，纷纷走避。人太多了，你挤了我，我踩了你，瞬间乱成一团，负责保卫浦园的所有府兵和亲卫，第一时间飞奔向暖棚。

但是亲卫既要注意戏台，又要注意暖棚，还要约束拦阻惊惶乱窜的人流，又被炸开的灯、四射的星花晃得眼晕头晕，几乎辨不清方向，混乱之中相互碰撞，再被人群挤开，就这样，原本整齐如铁栏的队伍迅速散开，东一堆西一簇的，不知道往哪里去才对。

乱起四侧，变生肘腋，惊呼号叫声此起彼伏。浦园里像开了锅的粥，人是沸腾翻涌的米粒，你挤着我，我挤着你，很多人张着嘴不知道自己在叫什么，只是胡乱地发泄这一刻的惊恐。人太多，大多数都在叫，只声浪便山崩海啸似的，遮蔽了一切声响。

在这惊变方起，最乱、最令人失措的时刻，只有一个人没有乱。

晋思羽。

他只做了一件事。

抓住了他的芍药。

几乎就在那声似有若无的闷响响起时，他就已经挪了座位，挡住了芍药的去路，而台上旦角哎哟一声时，他刚刚含笑递过去新剥的瓜子仁，却也立即顺手一把抓住了芍药的手。

位置抓得极其精准，腕脉。

那个位置别说失去武功的人，就算有武功的，一抓之下也欲振乏力。

芍药姑娘被抓住手的那刻，并没有惊慌，只低下眼看看自己的手腕，再抬眼看看他，一瞬间，眼神竟然是凄然的。

她笑笑，道："你抓痛我了。"

晋思羽一怔，今夜作乱虽然在他意料之外，毕竟这天气太不适合救人，但是一直没将戒心完全卸去的他，始终不曾让自己离开过芍药身边——作乱必然是为她，只要控制得住芍药，作再大的乱，也必将无功而返，而城外大军他也不是完全没有准备，到时候瓮中捉鳖，雪夜追杀，一样逃不掉。

却没想到，她从声音响起时就没动，脸上是和别人一样的惊讶；没想到，她被他这样抓住，眼神里不是惊恐而是凄然。

难道……自己真的误会她了?

这念头流星般飞快地从脑中闪过,他怔了怔,还未及思考,忽听轰的一声。

和先前所有的声音都不同,这一声雄壮而澎湃,浑厚而凶猛,如天神击响苍天巨鼓,起震撼四海八荒的隆隆之音!

声音近在身侧。

晋思羽回首,经历无数风浪、向来镇定的大越皇子,一瞬间连瞳孔都在放大!

澎湃!

真正的澎湃!

大片大片的波浪呼啸翻卷,以猛虎出柙之势奔腾而来,带着水晶般的碎冰狂流以一往无前的气势卷过岸边花草,卷过落灯帷幕,卷过四面人群,狂流汹涌,直奔暖棚!

正对着暖棚的碧漪湖被炸开了!

一瞬间,所有人都忘记了反应,什么戏台,什么灯谜,什么刺客……都是常见手段,乱上一阵自能约束,但任谁想破了天也不会想到,竟然有人雷霆暴戾、翻江倒海,在这种情形下掀开了碧漪湖!

好大的手笔!

湖边因为背水,谁也无法公然渡水而来,所以并没有安排侍卫,虽有很多家丁护卫稀稀落落站在岸边看戏,但此时湖水倒灌霍然卷上,很多人立即被冲开了。

亲卫们倒有反应极快、毫无畏惧地举刀奔上的,但是刀剑只能砍在实处,却动不得雄浑莫御的自然之力,水流涌来,顿时如被巨锤砸上当胸,毫无抵抗能力地被压在水底,而那水势毫不减缓,哗啦一声,已经冲倒了暖棚!

这一切只发生在瞬间,太过震惊的人们大多数都还没反应过来。晋思羽只来得及那一回首,便看见凶猛水流冲散头顶暖棚,连带着棚架帐幕当头罩下,随即被冲得头脑一晕呼吸一窒眼前金星四射。巨大的自然力量毫无悬念地撞开了他的手,水波里手一滑,一直死死抓在手中的芍药的手腕,已经不见了。

晋思羽立即反手一捞,手中却只有空空的水流,想起刚才隐约也曾听见芍药惊呼,他勉强睁开眼,拔出腰间的长剑,只见四面水流汹涌,所有搭在暖棚上的锦帐都在水中散开,缓缓游弋,深红、浅黄、明紫、翠绿,斑斓得似乎无数条巨大的锦鲤缭绕身边。冬日湖水其冷彻骨,冻得他觉得从手指到心尖都僵硬起来,心神却还未乱,知道这种水流只是一阵就完,赶紧脱开这范围便没事。但是水中人动作缓慢不说,隐约间还似看见水底有人,游鱼般一摆已经到了自己面前,伸手就去勾他的腰间。

　　晋思羽心中一惊，他应变也算奇疾，知道对方不攻要害却抓腰带必然有其原因，唰的长剑一挑，将自己的腰带挑落。

　　腰带落地，隐约有嗡的一声，但此时水流激涌，也看不出什么来，晋思羽却浮出一丝冷笑，冷笑未毕，寒光一亮，便有分水刺直往他当胸刺来！

　　晋思羽赶紧顺着水流勉力后退，哪里还顾得上去找芍药。他退得快，那追来的人更快，双方顺着水流一泻数丈，分水刺也寒光掠电，紧追不休。嚓的一声，有淡红的血色淡淡洇开，晋思羽勉力翻身，臂上一道血丝飘摇曳散，却顾不得伤口，一伸手扯过一道锦围，深红幕布飘摇舒展开来，挡住身形。

　　那人武功高绝，似是对人体也极为熟悉，出手必是要害，幕布挡下他看也不看，抬手一刺，刺的还是心脏的位置。

　　嚓。

　　刺尖入肉的低微一声。那人出手惊人的精准，水色暗光中银光一亮。

　　隐约有人闷哼一声。

　　此时水底一刹惊魂，无人看见到底发生了什么。外围有些没被水冲到的护卫却已经反应过来，一部分人整束人群，一部分人试图救晋思羽。刘源事发时正好去小解，听见巨响跑回来时惊得目瞪口呆，眼看着人群裹在水流里四散零落，赶紧跳脚大叫："王爷在暖棚底下，快救，快救！啊，那儿有个人飞起来了！"

　　啪！

　　一鞭子抽得刘源快活得一哆嗦，一转身便见他的大王一手叉腰一手执鞭，横眉竖目地瞪着他。

　　刘源下意识就要扑过去抓他的裤脚，觉得大王今日这个鞭子技巧发挥得分外精彩，抽得人痒酥酥的，销魂得想疯。他两眼泛光、面色通红地扑过去，战栗地道："啊，啊，好人，漂亮！"

　　"痛快不痛快？"老刘大王一鞭子抽过去，"这地方抽人特别痛快，是吧？"

　　"是！"

　　啪！

　　老刘一鞭子抽上天灵，把刘兔子给抽昏了，顺手塞在了墙洞里。

　　克烈今晚也在外面，有人把他的轮椅搬了出来，放在暖棚不远的地方。克烈这几天已经有点快要能说话了，今晚几次指着暖棚啊啊地要进去，都被侍女给阻止了。水流冲到时，照应他的侍女被冲开，轮椅被冲翻在地，克烈在水流中挣扎着抓住了轮椅才没被冲走。他死死扒着轮椅，也不知道被水冲开了哪里的封闭，啊啊地竟然挣扎着说出了一句模糊的话：

"她是……"

"她是谁？"

纷乱的人群无人听见他的话，却有人温柔亲切地问了他这一句。克烈一抬头，便看见青衣小帽的男子，虽然也一身湿透，却毫无狼狈之相，俯身淡淡看着他。

他眼眸里万里江山落雪森凉，遍地里开满淡金色曼陀罗。

那样的眼光罩下来，克烈突然觉得比刚才冬日冰冷的湖水过身时更寒气彻骨。

他心有所悟，便一把拖过轮椅试图遮挡自己，然而轮椅刚刚拖过来，便看见木质的椅面上突然穿过来一只手。

仿佛长在轮椅里那样，那只手平静地穿过椅面，继续向前，随即穿过了他咽喉本就有的豁口。

这次，克烈再没有了上次的好运气。

那只手指力量稳定，金刚石般坚硬决然，手指穿入咽喉，毫不犹豫地轻轻一勾。

啪。

喉管被钩断的声音其实是听不见的，这么嘈杂纷乱的环境，便是爆炸也不容易听见，然而克烈就是这么清晰地听见了自己的喉管在那金刚般的手指下，被勾出、折断的声音。

像是秋日里枯脆的树枝被冬日的雪压断的声音。

眼睛里，那些兴奋和惶乱的妖火渐次灭了下去，细长妖媚的眸子，渐渐凝成了一摊死色的黑。

"你已经多活了两个月又十七天，很可以了。"那人淡淡地将手指抽出，在克烈女子般姣好的脸上擦干净，不急不忙地走开了。

遍地水湿，满场纷乱，倒地的人被混乱的脚丫子踩来踩去，没有人知道这一角的宣判和结束。

在另一角，洒扫小厮轻烟般掠过来，左一歪右一斜避过了所有乱挤的人，手一招，一群从湖边顺水过来的人跟着他便奔了出去，直奔后院西北角花园的一个角落。那里有一对石狮子镇守门口，小厮宁澄并没有动左边那个门户，却抱着右边石狮子的头转了三圈，嚓的一声狮子陷落，现出一方窄小的门户。

宁澄手一挥，那队人步伐轻捷地下去，不多时便抱出一个女子来，蓬头垢面，脸色苍白，正是华琼。

她并没有惊呼挣扎，只皱着眉头打量戴了面具的宁澄，声音低弱，语气却很清醒，"你们是来救我的？"转头看看远处的纷乱，眯了眯眼又问，"军中暗号，报上来。"

宁澄本来端着下巴，对在这么心急火燎的时刻还要分兵去救这个他看来完全不相干的女人很有些意见，如今听见这一句，反倒笑了。

"果然不愧是她的好友，果然不愧殿下要救你。"他笑嘻嘻道，"他说如果不救你一起走，那么救出凤知微也是白救。"说着掀了面具。

两人在南海本就是认识的，华琼看他一眼，冷哼一声，却道："知微没事了吗？"

"不知道有事没事，她不是我的任务。"宁澄道，"我的任务就是救了你出城，但是我现在觉得有件事不对劲。"

两人对望了一眼，眼里都掠过一丝不安——关押华琼的地方，就算左右两个狮子搞得实则虚之，虚则实之；就算今晚热闹，大家都去看热闹了；就算碧漪湖水倒灌把护卫都吸引了过去，但是没道理这里一个人都不剩。

人到哪里去了？

"不管它，我们走我们的。"宁澄跺跺脚，"你这里和凤知微那院子的地下都是铁板，我们没法挖地道，最后便定了炸湖的计策。我们观察过，碧漪湖的地势比别的地方要高一点点，我们用两个月的时间才悄悄掘了条通往湖边假山下的地道，趁乱连炸三次，炸开一个不大的缺口，先冲了晋思羽的暖棚，可惜不能令湖水全倾，否则淹了这整个浦园，多痛快！"

他背着华琼一路掠过去，很熟练地躲着暗哨和四面的机关，笑道："这院子里的很多机关，要么被咱们摸熟了，要么就被赫连大王一泡尿给浇坏了……嘎嘎！"

人影掠过，快得追光蹑电，有人感觉到似乎有风从头顶上掠过，抬头望时却只看见寥廓的星空。

最凶猛的水流已经过去，几个内院亲卫队长，和刚才跟着去吃年夜饭的有头脸的家伙们，蹚着泥水奔过来，大叫："救王爷！开动所有机关！关门！向城中、城外示警！封路……哎哟！"

最后一声内容明显不对，再一看，人已经都捧着肚子滚倒在地上。一群小侍卫群龙无首，傻乎乎地撒着手去搬那个不成样子的暖棚，忽见黑影一闪，冲散的暖棚底蹿出几条人影，各自往不同的方向离去。侍卫们冲过去，推开那些乱七八糟的竹架子和沉甸甸的锦帐，从帐下拖出一身血水、泥水，狼狈万分的晋思羽。

晋思羽的身上全是血，脸色青白，头发湿淋淋地粘在额头上，看起来十分糟糕。亲卫们眼前一黑，心道休矣，正心急王爷薨于此地如何交代，忽见晋思羽睁开了眼。

亲卫大喜，连声相唤。晋思羽抚着自己前胸心口的位置，脸上露出一丝冷笑，咳嗽了几声，挣扎着厉喝："追！"

亲卫们慌忙跳起来去追，却又不知道到底往哪里追合适，只得分兵去追那几条黑影。无人注意到，就在黑影散开、晋思羽挣扎而出的那一瞬，几条人影投入了碧漪湖假山那个方向。

晋思羽抹了一把脸上的泥，注视着被水冲得东倒西歪的暖棚和戏台，和人流乱窜、惊成一片的浦园，眼神里掠过一丝愤恨和阴狠之色，突地一抬袖，抽出一截短短的旗花，钩弦一拉。

嚓。

一道金光耀上天空，比满城烟花更亮、更艳、更华美，直直一线如金剑，瞬间戳破夜的黑。

和趁乱扑进来的属下打倒了所有外院侍卫，正赶往城外会合地的赫连铮，愕然仰首。

背着华琼什么也不管，顺着赫连铮开的路直扑浦园之外的宁澄，仰面向天。

某个角落，一把在一群纷乱的人群里将一人无声牵走的男子，眉头皱起。

那边被亲卫扶起的晋思羽，看着浦园之外的方向，听着关于克烈被杀、华琼被救走的回报，手中紧紧攥着一块色泽古怪的玉状的东西，低低冷笑道："好，好，倾碧湖，炸灯谜，伤戏子，毁机关，毒侍卫，救该救的人还不忘杀该杀的人……数管齐下，好大手笔！但我还是要看看，你们走不走得出这浦城！"

"这浦城想要走出来容易。"有人在浦园外一处旧房内，蹲在地道入口，对爬出来的两个人道，"只怕想要走远不容易。"

说话的是宗宸，他外袍内穿着水靠，手里抓着一对分水刺，看见顾小呆抱着凤知微出来，看了看她的脸，赶紧往她嘴里塞了颗药丸。

凤知微一直在捂着嘴咳嗽，百忙中扬扬手表示感谢。宗宸凝视着她，叹息道："晋思羽看守得死紧，最后只得定了这个计划，就是因为考虑到你的身体，只怕当不得冬日湖水这么临头一浇，才又拖了阵，等你好了些，才敢动手，如今你觉得如何？"

凤知微又笑笑，挥挥手，表示不如何。

顾小呆过来，从旧房的柜子里找出准备好的干布，想要帮她擦头发，又试图去解她的衣服想帮她换干衣，却被她大力拒绝，让了又让。顾小呆怔怔地停了手，不明白凤知微怎么突然这么疏远。

宗宸过来，递了件斗篷给凤知微，很大很宽的斗篷，几乎能把凤知微整个淹没。她人埋在里面，连说话的气息都透不出来。

凤知微道了谢，随即才问："为什么走远不容易？"

"晋思羽似乎还有伏手，这是个谨慎的人。"宗宸道，"虽然我们选了一个最不可能、最令人放松的日子动手，可我怀疑即使在这种情况下，他还是做了一些防备，比如我知道的晋思羽的近卫营，前两天就似乎有了动向，却不知道去了哪里。"

凤知微"嗯"了一声，神色若有所思，正要说什么，随即听得风声连响。一个眯缝眼睛的高个子带着几个人奔了进来，一见凤知微就张开双臂，低呼一声："长生天，我的小姨！"便要做出狼扑之势，被顾小呆一脚给踢了出去。

凤知微浅浅地笑了，眼神里有些很奇怪的东西。宗宸已经对赫连铮道："宁澄他们出城了？"

"他们的路线和我们的不同，他带华琼直接奔往城外，我警告过他了，敢使幺蛾子，我就给他主子下绊子。"赫连铮阴森森地磨牙道。

为了分散目标，众人本来就没约定要一起走，宗宸点点头，道："夜长梦多，知微，你要坚持得住就立即走。"

凤知微点点头，还是没说话。赫连铮笑道："我那口子还在家等我，离这里不远，我叫三隼去接了，你们先走，我在这里等她一等。"

看凤知微疑问的目光转过来，赫连铮对她笑出一嘴白牙，"禀告大妃，我刚在浦城娶了第三房小妾，如果你不介意的话，改日让她来给你奉奶茶。"

"第三房？你好意思，明明第五房了。"宗宸笑骂一句，却也毫不耽搁，示意顾南衣背起凤知微，凤知微却突然道："小呆身上全湿了，背着我不舒服，先生，你先前穿的水靠倒没有沾水，我想麻烦你。"

顾南衣和宗宸都怔了怔，顾南衣低头看看自己湿透的衣服没吭气，赶紧运功烘衣服，宗宸望了凤知微一眼，道："好。"

他转头对赫连铮道："接了人就快点来，事不宜迟。"

赫连铮笑眯眯地点点头，看着他们离开后，脸上的笑意突然一收。

身后有脚步声接近，赫连铮没有回头，负手出神地看着消失在夜色中的宗宸等人的背影，淡淡道："还是没找到吗？"

三隼垂下头，道："是，找遍了，佳容姑娘不在，估计……"

他没说下去，众人都心知肚明，佳容能去的地方，除了这个"家"，就是浦园。

赫连铮仰首向天，只沉思了一瞬，便道："你们去追他们，立刻出城。"

三隼没动，望着赫连铮的背影，"王，您……"

"走！"

没有人动。三隼连话都不说了，他知道自己拉不走大王，但是大王也别想赶走他。

赫连铮叹口气，回身道："没事的，现在那边还乱着，趁乱进去，拎了人就出来，什么事都不会有。"

还是没人理他，赫连铮无奈地笑笑，觉得自己这个大王当得越发没气质。

一行人影回头直奔浦园而去。

"王，您为什么……"疾驰中，三隼忍不住要问这一句，他明明看出大王的眼神，是很希望随着宗先生和大妃走的。

赫连铮抿着唇，沉默。

良久，充满爆竹硝烟气味的空气里，才飘过一句似乎是自言自语的回答。

"她唤我一声'夫君'。"

充满爆竹硝烟气味的空气里，凤知微伏在宗宸背上，一路疾驰出城。

"浦城现在可以说是个死城。"宗宸道，"所有可以顺利传递消息的渠道，都已经被我们的人控制了。"

"但只要安王还活着，"凤知微的姿势有点古怪，头离宗宸的背很远，似乎生怕自己的呼吸吹着了他的发，慢慢道，"一切就还有变数。"

宗宸不说话了，半晌叹了口气，道："对不住，我没能杀了他，哪怕我刺中他的要害，还是没能杀了他。"

"这不是你的问题。"凤知微抿着唇，偏着头，微有些散乱的头发中，额角有些微青，"如果他那么容易就能杀掉，先前给他换衣的时候我已经动了手。他身上穿了护身宝甲，你手上那对分水刺算是神兵，但是也不能完全戳穿。"

"嗯……好在他应该已经中了毒。"宗宸半晌道，"不过早死迟死而已。"

凤知微默然，半晌却突然轻轻道："先生，你说我该是早死呢，还是迟死？"

宗宸震了一震，霍然扭头，张了张嘴却没说出话。

"先生医术独步天下，不可能看不出我的问题。"凤知微一笑，"能让你都束手的毒，该是怎样的毒？"

"我既然一力要救出你，自然有把握救得你。"宗宸沉声道，"你难道还不信我？"

“我没有不信先生。”凤知微默然半晌，突然抽出手道，“抱歉，先生，刚才我在你的腰囊里，找到了一个簿册。”

她将手中一个薄薄的册子，在宗宸眼前晃了晃。册子也就薄薄一两页，封面写着《世绝之说》。

宗宸的背又僵了僵。

“这不是毒。”凤知微看着册子中的内容，柔声道，“这是双生蛊，传闻中早已失传的蛊，据说最早来自于大成之前的扶风一族。第一代扶风女王一生未嫁，穷其一生之力只做了这个蛊，没有人见过，也没有人知道制蛊和解蛊的办法，只隐约知道蛊名‘双生’，一荣俱荣，一损俱损，一旦分离，受蛊者便成毒人……传说里女王制此蛊，不为害人也不为救人，只为排遣内心永远难解的寂寞……临去前，她道，便有蛊双生，世间又有多少人能生同衾死同穴？传闻里，她毁去了这蛊，不想……居然还有……”

“失传几百年了……”宗宸默然很久后，终于苦涩地道，“连我也没有认出来，只是我们心中都有点疑惑，晋思羽为什么这么有恃无恐？为什么敢纳你？我承认他的防备已经很仔细，很小心，也并无可疑处，但总觉得，似乎应该更小心些。直到刚才湖水冲倒暖棚，我去刺杀他的那一瞬，其实我的分水刺应该能刺穿他那不是很了不起的护身宝甲，但是那一瞬间我突然看见他太阳穴上的一点深青之色。”

凤知微沉默着，笑意微凉。

“我突然就想起了传说中的扶风双生。我记得隐约在哪本书上看过，这种蛊无色无味，没有任何显兆，但是受冻之后会出现凝结状青点，所以我犹豫了一下，晋思羽也便逃了开去。之后我越想越疑惑，折回头找到了这本书，后来又看见你，同样的地方也有，才确定的。”

凤知微叹息一声。

“知微，这蛊从没被使用过，所以也没有人钻研过解法。”宗宸转头，诚恳地道，“但是你要相信我，给我时间，我能解。”

“但是在此之前呢？”凤知微默然半晌，没有笑意地笑笑，“一个毒人，在你们的队伍里，连她自己都不知道会以什么样的方式传毒，也许是接触，也许是共食，甚至也许仅仅是呼吸……太可怕了。宗宸，我们会全军覆没的。”

宗宸决然摇头，“不，知微，你要知道，我是轩辕世家的人，天下没有轩辕世家解决不了的病症。我让大家小心些，不会有事。”

“不，蛊不是病，并不在你最擅长的领域内，而且我能感觉到，就在刚才出地道时，晋思羽已经发动了那蛊。”凤知微道，“所以我不让小呆背我，而你衣服里穿着水靠，有什么毒，大概也不至于能穿过水靠进入你的身体。先生，你并没有完全的把握，是吗？"

宗宸默然半晌，心中泛起淡淡的苦涩。六百年前，巫蛊之国扶风的女王，本就是巫师中的绝巅人物。那位少年时不爱巫蛊却爱武功的女子，在一次失去母亲的宫变中惊觉了自己巫蛊之术的不足，之后便苦修经义，拜尽名师。本就天资颖慧，再下定决心，又有王者的地位和资源来支撑她去钻研，这样的人，穷其一生、耗尽所有精力制出的唯一的蛊，又岂是轻易能解的？

便是他的先祖复生，只怕也对这蛊束手无策吧……

"我们的人，太重要了，我们要做的事，太重要了……"凤知微在他背上轻轻道，"先生，我绝不能任由这样没有必要的牺牲发生。"

"不！"宗宸立即道，"你疯了？好不容易掀翻浦园救出你，你再回去便是送死！"

"双生蛊不是吗？"凤知微懒懒地笑了笑，"我本来还有些担心，现在倒没什么在乎的了，晋思羽无论如何也不能杀我，不是吗？"

"他给你种这蛊，不是一开始就种的。"宗宸道，"想必是在下决心纳你为妾的时候下的手。你不要忘记，这蛊经过了六百多年，是否被人改造过也未可知。我怀疑这蛊只能约束你，却未必能约束得了他，再说，他既然敢下这蛊，对他也未必就没有解法，你绝不能回去。"宗宸耐心地劝她，"这次，你只要再回去，我们便再没有办法潜进浦园。你孤身一人，面对比上次更危险的境地，大家绝不会同意。你跟着我们，多穿些衣服，密密遮着，让大家离你远些，未必就能伤着谁。"

"万一没用呢？"凤知微道，"等到大错铸成，那就说什么都晚了。先生，永生难挽的错，经历一次就足够，我不想经历第二次。"

宗宸沉默下来，凤知微又轻轻道："这种蛊，我也研究过一二，是解铃还需系铃人的蛊，这关键肯定还在晋思羽身上。我不想那样裹得严严实实，永远无法接近任何人地过一辈子，既然他有解法，那我更要回去，让双生不成双。"

宗宸沉默了很久，还是摇摇头，道："不，知微，这件事牵扯太大，所有人都在付出，何况姚扬宇带领的轻骑应该已经夜行到了大越大营……我没有权力决定让你回去。"

凤知微不说话了。此时一行人已经到了城门口，城门守卫已经被众人潜伏着杀了一部分，并没有多难便可出城，然而刚刚掠上城头，宗宸、顾南衣便一震。

城门外原本有个光秃秃的小山包，草木凋零，覆盖了厚厚的冻雪，此时那山包之前，却有密密麻麻一排金甲长龙，包围了整个浦城，是属于晋思羽的亲军近卫营。金色的盔甲上覆了斑驳的雪，密密麻麻的枪戟如无数双森冷的眼，冷冷对着乱成一团的浦城。

第一百零二章

城头变幻大王弓

　　地上还有一些零落的尸体和血迹，很明显，有人已经闯过这里，想必是宁澄那一帮——他们出来得早，接令过来的晋思羽亲军还没来得及布阵，就被武功高绝的宁澄给一路闯了出去。

　　"果然晋思羽有准备，刚才我们的人也不知道出去了几批。"宗宸道，"赫连铮怎么现在还没赶过来？"

　　凤知微似乎是在观察四周的军队，缓缓绕着城墙走了一遭，最后停在大越城楼的大旗之下，手在堞垛上极慢极慢地拂过。

　　宗宸正在犹豫是等赫连铮一起硬闯，还是先动手，忽听远处又是一阵嘈乱之声，随即一骑飞驰而来，直冲入亲军近卫营中，似乎在大声惶急地报着什么，便见大旗下几位将领，霍然扭头，看着来路。

　　远远地，看不清楚他们的神情，却也能感觉到焦灼不安的气息在近卫营中蔓延。

　　"姚扬宇动手了。"城头上宗宸道，"原本计划是他带兵奇袭大越大营，但是宁弈担心孤军深入，万一接应不成陷入群攻便是全军覆没，所以他们三日三夜急行军，在浦城和大营之间的东石谷埋伏。那里有一条不宽的河，最近冰又结得很结实，越军大营接到晋思羽发出的浦城示警的消息，必然要派军来援，心急之下必然会踏冰过河，然后……"

"然后冰化了。"凤知微笑笑，"这积雪的天，谁也辨不清冰河之上的是盐还是雪，以盐化冰，是个好法子。"

此时等候大越援军一起到来的晋思羽的近卫营也有些焦躁。王爷传令是包围浦城，谁要出城一律斩杀，但是城内迟迟没有人出来，王爷又没有出现，而越营那边被人伏击，战事不利。按照军规，主营战事不利，所有在外的军队都必须立即回援，万不能坐视不理，所以此时都十分焦灼，踌躇不定。

想了想，近卫营统领决定派人入城请示，当即仰头呼唤城门之上，道："开门！"

城门守军原本不少，晋思羽严令各处不得松懈，但是雪夜除夕，谁都认为不会出事，好些士兵溜号回家团圆，队长们也睁一只眼闭一只眼，还有些躲在门楼里烤火喝酒的，早被潜伏在浦城的暗探给杀掉了。城门领倒是在，不过脖子在顾南衣手里。

宗宸和凤知微对望一眼，都觉得此时不宜硬闯，大可静观其变。宗宸一摆头，顾南衣对城门领后心一顶，那人"啊"的一声不由自主地嘴巴张开。宗宸一弹指，一枚药丸飞射入那人大张的嘴里。

"送你个黄泉大补丸，养养脑子。"宗宸温文尔雅地笑了，"想必你一聪明，就知道什么该说什么不该说了。"

城门领白着脸色过去，在门口上面大喊："是李将军吗？职责所在，不敢有误，烦请出示令牌！"

"里面没出大事？"那李将军看见他在，倒是一愣，"刚才有人闯城门，我还以为你们已经全军覆没了，正考虑硬闯呢！"

"刚才那几个人高来高去，一阵风就过去了，兄弟们追不及，但也没受什么损伤。"城门领喊道，"下官也看见了王爷的金烟令花，但是里面一直没有消息出来，也看不出发生了什么。王爷之前有令，未得他令谕大军不得入城，李将军可有王爷的虎符？"

"不必了！我等不入城！只是有要事需要向王爷面禀，开城门，放两个兄弟进去便是！"

"是！"

城门开启一线，验了令牌，两名近卫营士兵策马而入，随即城门再次掩起。

那两人正要奔入城内向安王报信，忽见城门背后转过一个人来，笑眯眯道："借阁下身份一用。"

赫连铮一路奔回，原准备先奔往浦园，又想着佳容也许在乱中惊慌失措，过阵子自己会回家，便又回去了一趟。

　　佳容还是没回来。赫连铮皱皱眉头，留下一个护卫在屋子里等着，自己带着三隼等人直扑浦园。

　　他们刚走，街角人影一闪，拐出一个人来，抹了一把满脸的汗，气喘吁吁道："你们大王呢？"

　　听说是为找佳容去了浦园，那人一拍大腿，"糟了！"

　　不待赫连铮的护卫问，那人就急急道："我是楚王殿下留在浦城的人，先前奉令接应殿下。殿下让我到这里来通知赫连大王，佳容他带走了，但是先前我出浦园的时候被暗哨拦住，耽搁了一阵子，这下怎么办？"

　　"去追！"

　　赫连铮并不知道身后这事，他直奔浦园，原以为浦园此时应该已经安定下来，不想依旧乱成一团。原来晋思羽虽然没有性命之危，却被宗宸分水刺上的暗劲所伤，咳血不止，神志也有些不清醒，咳出的血还是青紫色的，颇为吓人，大夫们正围着他团团乱转。

　　群龙无首，倒方便了赫连铮，他顶着张老刘的面皮，趁着混乱在外院找了一通，没找着佳容，他心中焦躁，心想，难道这丫头躲进了绣房？又想了想，示意其余人在外院后墙外等着接应，自己直奔内院。

　　他并没有来过内院，路线却极为熟悉，两个月不是白潜伏的，连内院明哨、暗哨换班路线都清楚得很。趁着夜色，他一路遮遮掩掩直奔绣房，绣房里却没人。赫连铮怔了半晌，一跺脚，扭身就走。

　　事到如今，自己再耽搁，很有可能会影响大家的计划。赫连铮素来决断，拿得起放得下，心中虽然怅然，但也不打算继续傻找，暗自决定偷偷留下几个暗探，到时候慢慢查访便是。

　　他从绣房出来，为了躲避暗哨，从后院一座小园经过。小园对面就是"王芍药"曾经住过的淬雪斋，但是芍药搬到听风轩也有阵子了，最近便也空了下来，没人往那里去。

　　赫连铮自然也没有一探旧楼的兴致，人都已经走了，还看什么。他从墙头掠过，擦着淬雪斋的后墙飞了过去。

　　然后他突然从墙头落了下来。

　　落下地的赫连铮，黑暗中鼻子耸动，目中精光闪闪，眼神猎狗般四处搜索，若有所思。

　　就在刚才他越过淬雪斋的某段后墙时，闻见了某种淡淡的熟悉的气味。

　　草原王庭，一直都供奉着擅长巫蛊之术的大巫医，当初他进京为质时还带了一个。虽然他对巫蛊之术没兴趣，但是巫师们炼蛊专用的那种带着腥气的陶罐的味道，他却是再熟悉不过了。

越是厉害的蛊，那种味道越浓烈，久养毒物的毒腥之气深深浸入陶罐的每寸泥土肌理。一般人闻不见，熟悉这道的人，能在遍地香花中准确地找到深埋地底的三寸小蛊。

赫连铮虽然没这本事，但是这味道太特别太浓，在这亲王驻驾的浦园，在凤知微曾经住过的淬雪斋后墙下，发现这种东西，就让人不得不疑惑了。

赫连大王是个行动派，有疑问就去解，他立即顺着味道寻准位置，掘地三尺，果然发现一方铁板。

抽开铁板，是一个小小的陶罐。

赫连铮倒抽一口凉气，原先闻见味道就已经惊叹这东西一定是极厉害的蛊，能给自己这个半外行都嗅见，不想居然还隔着铁板，那这里面的东西，到底有多厉害？绝世神蛊？

他心中微微地跳了跳，掠过不祥的感觉，随即用布包了手，小心取出那蛊罐，看到出毒虫的那个孔，已经开了。

换句话说，这东西已经用了。

赫连铮心中更凉了几分，将小罐在手中摇了摇，却听见簌簌的声音，里面似乎还有东西，但却不像活物。

他沉思了一阵子，身子躲得远远的，用树枝挑开了蛊盖。

没有东西爬出来，却在开盖的瞬间冒出一股青气。赫连铮死死屏住呼吸，等了好半晌才小心地过去，看见罐子底有个小小的锦包。

他将锦包再小心挑开，里面滚落一些月白色的弯弯的细碎的东西。

赫连铮认了半天才认出来那是指甲，只是已经不全，看不出是男人指甲还是女人的。

放在这蛊里的，必然不会是好东西，赫连铮知道有些巫蛊之术，是需要人身之物做引子的，十分重要，当下便毫不犹豫，撕了内衣衣襟，里三层外三层地包起来，揣在了腰囊里。

随即他啃了啃自己的指甲，啃下一些乱七八糟的碎片，放在那小锦包里，重新放回蛊罐，原样埋好。

做完这些，他站起身，听见前边一阵响动，似乎隐约是说晋思羽醒了，他便不敢再留，身形一纵，消失在了夜色里。

晋思羽确实是醒了，在前院书房里睁开眼，正要传令去问城内外的情形，忽听近卫营有亲军求见。

　　来的自然是宗宸和凤知微，顾南衣不适合扮演这种角色，还在城门楼上控制着城门领。

　　按照宗宸的意思，截杀近卫营信使，让他们始终得不到消息僵在那里，也好让姚扬宇那边将截杀执行得更彻底点。凤知微却不同意，说近卫营僵在城门外只能是暂时的，晋思羽那边迟早会传出消息，到时候腹背受敌更麻烦，倒不如釜底抽薪，自己两人扮作信使再进城去，想办法夺了晋思羽的虎符，调开近卫营，一劳永逸地解决问题。

　　这法子虽然冒险，却已经是当前僵局下最合适的解决办法。宗宸却有点不放心，一路上切切叮嘱凤知微："你可千万别想着回去。"

　　"你说我这样子怎么回去？"凤知微回眸一笑，"如果我还是芍药的装扮，我还能尝试着再骗骗晋思羽，说我是被你们掳了去要挟他的，但是你们绝不会配合掳我让我回去，我只好算了。"

　　宗宸觉得这话也有道理，再想不出凤知微在这种情形下还能怎么取信晋思羽，也便同意了。

　　两人一路奔往浦园，却在即将接近浦园时，凤知微突然道："先生，你看，做个失忆的人，其实有很多方便。"

　　宗宸一时不明白她的意思，却不禁笑道："那说到底就是骗人，可惜骗得了一次骗不了第二次，骗得了一时骗不了一辈子。"

　　"谁说不是呢？"凤知微笑笑，这一笑意味深长，"相比于失忆，我更愿意选择性忘记。"

　　宗宸总觉得她话里有话，还想试探什么，但浦园已经到了。

　　两人一身近卫营亲军的装扮，帽子压得低低的，垂眉肃目，经过浦园一层层通报后，立在书房外一丈处。

　　听见里面一声疲倦的"传"。

　　两人同时举步，一起走到书房门前。晋思羽的护卫队长一掀门帘，道："进来一个人。"

　　凤知微立即一笑，横臂虚虚一拦，自己当先过去。

　　宗宸这才发觉，敢情她穿的是件小队长的军服，而自己只是个士兵的。

　　先前换衣服时，因为知微是女子，他这让惯女性的习惯性让她先换，又避嫌地躲开，不想凤知微竟然抢了小队长的衣服。

　　这女人真是一刻不小心着都不行。

　　此时里外皆敌，亲卫首领目光灼灼地看着，宗宸怎么能和她争，虽心中悔之不迭，却也只好站在院中不动。

　　凤知微掀帘进去。

晋思羽躺在长榻上，脸色青白，身前身后围着很多人，并没有睁开眼看她，只沉声道："城外怎么样了？"

"殿下，卑职有重要的军情须得面禀！"凤知微膝尖点地，语气沉静。

晋思羽不胜疲倦地揉着眉心，还是没睁开眼看她，道："你说便是。"

等了一会儿依旧沉默，晋思羽愕然睁开眼，一眼正撞上凤知微那不遮不掩望过来的眸子。

水汽氤氲，云烟横。

晋思羽霍然坐起，直直盯着地面上的人，将她从头到脚打量半晌，突然笑了。

这一笑森凉，眼底闪烁着刀锋般的光芒。

随即他抬起手，示意所有人都下去。

满屋子的人鱼贯退下，最后一人还将门小心带上，却都并没有远离，就在门外把守。

室内一阵静默，淡淡的药香里，两个人沉默对望。

半晌，晋思羽又笑了笑，向后一靠，道："好，好，我还以为你会像以前一样，扮着失忆，辗转马前，用一脸无辜的神情向我泣诉，你是被前来刺杀我的刺客顺手掳去，然后等待我心软后继续收留，再来一场尔虞我诈的红粉陷阱……没想到你竟然这个打扮出现在我面前，你果然每次都让我惊喜。"

凤知微站起身，莞尔道："多谢殿下夸奖！"然后不急不忙走到案前，给自己斟了杯茶，顺手也给晋思羽加满了茶水，浅笑盈盈地递过去，道，"殿下看起来心焦气躁得很，喝口茶润润嗓子吧。"

晋思羽看着她笑意晏晏的眉目，听着她云淡风轻的语气，目光缓缓下移，落在端着茶盏的手上。手指洁白纤长，原先有些变形的骨节经过精心调理，已经不怎么看得出，被紫砂茶盏一衬，鲜亮得灼眼。

不知怎的便觉得怒气上涌，他当真便"心焦气躁"了，勉强按捺心神，接过茶盏，在手中一顿，冷笑道："看来你知道双生蛊了？居然还敢这样回来。"

凤知微倚在桌案边，抱着热气袅袅的茶，笑眯眯看着他，道："自然要回来的，你不就在这儿等着我吗？"

"是的，算你聪明。"晋思羽默然半晌，露齿一笑，"你若再不回来，你们那群人救走的只怕便是一具死尸了。"

"你的双生蛊，果然经能人改良过。"凤知微喝了一口茶，悠悠道，"不过殿下，我的长生散，虽只和双生蛊一字之差，却也弱不到哪儿去，服了长生散，保君永长生。"

上了天庭，自然永远长生。

晋思羽微微咳起来，脸色青白，冷笑道："那便一起吧！"

"我是不介意和殿下一起早登极乐的。"凤知微从容微笑，"想来我一介草民，上无遮额之瓦，下无容身之榻，孤身一人，四海飘零，死了也便死了，不过草席一埋了事。只是殿下就有些可惜了，玉堂金马，天潢贵胄，最受君宠的少年皇子，若是运筹得法，将来的大越皇位也未必坐不得，有着这般远大的前景，却甘心和我这敌国草莽葬送作一堆，实在令人扼腕啊扼腕。"

她一边笑眯眯地说着扼腕啊扼腕，一边慢吞吞地将晋思羽书房里的果品糕点翻来拣去，选喜欢的左一块右一块，吃个不休，一点扼腕的表情都没有。

晋思羽瞪着她，知道这样的人你骂也没用，嘲也没用，威胁也没用，眼看着点心都快给她吃完了，气得连水都快喝不下去了，将茶盏重重在身前一墩，冷声道："你吃完了没有？"

凤知微拍拍手上的点心渣，抱歉地柔声道："不好意思，昨晚没吃饱，谈判是很伤精神的，得垫垫肚子。"

"谈判？你有什么资格和我谈判？"晋思羽像听见了最不可思议的事，上下打量着她，眼神里满是讥嘲，"用你这一点援兵？还是用你最擅长的失忆戏码？"

"呵呵。"凤知微坐下来，笑看晋思羽，以手敲敲额头，"用区区在下这不才的脑袋。"

晋思羽一怔，随即明白了她的意思，蓦然一笑，笑声里满是讽刺。

"你的脑袋？你还真是自信满满，本王座下清客三千，谋士数百，哪个不是人中之杰，满腹才学？不是名家大儒，进不了本王的外院书房！你是谁？你算什么东西？一介女子，一个敌国士兵，充其量有一点小聪明，凭运气暂时没落个下风，你以为你就有资格和我谈判，做我的智囊？你凭什么？"

他一番话说得又急又快，苍白的面色泛出淡淡的红。

凤知微并无怒色，有点有趣地望着难得这么激动的晋思羽，等他说完才笑道："我凭什么？"

她靠着桌案，俯视着晋思羽，盯着晋思羽的眼睛，轻轻道："凭我十五岁入青溟，擢英长卷成就无双国士；凭我十六岁入内阁，南海出使首建船舶事务司；凭我十七岁拜副将，白头崖下覆了你大越十万兵！"

"……"

室内好长一段时间没有任何声音，连呼吸声都没有，仿佛有人的呼吸已经被巨大的震撼和惊讶给逼回了腹中，好半晌，才有游丝般的声音，在淡淡的烟气和药香里迤逦浮起，回旋着淡淡苦涩的味道。

"果然……是你。"

凤知微站直身体，微笑一个长揖，"天盛人氏，礼部侍郎、副将魏知拜见大越安王。"

晋思羽怔怔坐着，望着眼前的女子，普通士兵打扮，神态自如，显见穿男装早已习惯，气质平静和雅，有种泰山崩于前而色不变的自在从容，和传说中天盛那惊才绝艳、长袖善舞的少年国士，确实很像，但却和自己当初千斤沟月下所见的目光凌厉的少年不同，和白头崖下万众围困里血流披面的厉烈女子不同，和相处两个多月的温柔和婉、俏皮讨喜的芍药不同。

这个千面女子，谁能一阅其心？

王芍药是魏知，这个念头从俘虏她那一刻便生起过，她出现的时机太巧，华琼为救她不惜拼命，数百死士为了她不惜前赴后继蹈死……这样的疑惑时时生起，使他留下了她的命，但却又令他时时想推翻——不敢相信名动天下，连大越都熟知并警惕的无双少年，竟是一介女子。

两个多月的相处，他渐渐觉得她不是魏知，不会是，不应是，他也不想她是。

如果是，还有什么余地可以容纳一段异国战地间不应发生的温情？

他可以纳一个战俘为妾，却只能斩下魏知的人头。

无数次劝说自己……如果是魏知，少年成名必然心高气傲，锋芒毕露，怎么可能温柔婉转低伏如此？

他还是太低估了她。

"好……好……"良久之后，他苦涩地笑了笑，道，"魏大人既然亮明身份，本王就更加不觉得有和魏大人谈判的必要了——你我分属敌对，各为其主，而且，白头崖一战，十万大越战士英魂未灭，横亘彼此，我们能谈什么？怎么谈？"

"一将功成万骨枯，国与国之间疆域之战，千古来一日未休，可算不得你我之间的仇恨。"凤知微眼波流动，笑道，"殿下，那些战事旧账，不过各为其主，咱们可不可以放在一边，只讨论一下咱们自己的事？"

"咱们的事？"晋思羽连声音都有些变了，不可思议地打量着她——你不会魏知不做，真的打算做王芍药吧？

"魏知号称'无双国士'，得国士者得天下，殿下应该知道。"凤知微将一张雪白的脸凑过来，很诚恳地看着晋思羽。

"那又如何？"晋思羽嗤笑，"那是你天盛的国士，可不是……"他突然顿住。

凤知微笑眯眯地看着他。

"你的意思……"晋思羽脸上露出了深思的神情。

"无双国士一说，来自于六百年前的大成，而当时大成疆域广大，你大越现今的国土，也在大成疆域之内，那大成惊才绝艳的开国始皇帝的这个预言，很明显不会单单指天盛，而是指整个天下。"

"我是国士。"凤知微一本正经地指着自己的鼻子，"而我也用过去两年的功绩，向天下证明了大成的预言不虚。你看见过谁十六岁侍郎，十七岁副将？哦，据说天盛陛下追封我为忠义侯，领武威将军衔，马上我就是十八岁的超品爵爷了。"

"恭喜恭喜！"晋思羽掀起眼皮看看她，"恭喜阁下出师大捷，马上便要封侯拜相，领无上荣衔。"

"恭喜恭喜！"凤知微肃然道，"恭喜安王殿下得国士无双，天下疆域，指掌之间矣！"

……

室内又一阵沉默。

两个人对面相望，一个沉默审视，一个微笑从容。

半晌，晋思羽又开了口，这回说得很缓慢，每个字都似在斟酌，"魏知，你是天盛重臣，又翻云覆雨，狡诈出名，我，信不得你。"

"我本非天盛人氏。"凤知微冷笑一声，"我是个连自己的来路都不知道的孤儿，天盛官员档案里的身份履历，不过是一个冠冕堂皇、无处考证的假履历，谁知道我是天盛人还是大越人？抑或是西凉人？既然不知道是哪里人，为谁效力又何必分得那么清楚？"

她背转身，负手遥望广袤大地，"这天下合久必分，分久必合，迟早还是要一统的，既如此，又何必拘泥于一家一国？"

晋思羽愕然地望着她的背影，不曾想到这样志向远大、气象开阔的话出自于女子之口，在他还在为大越皇位殚精竭虑时，这女子已经在想着天下一统，国界无分了。

"何况……还是小命要紧啊……"凤知微背转身，气象宏伟的奇女子瞬间变成锱铢必较的深闺妇，"我中了你的蛊，注定要留在你身边才能保命，既然注定要留在你身边，我当然要为自己争取一个最好的地位和待遇，做谁的国士，不是国士？"

她俯下脸，手撑着桌案，盯着晋思羽的眼睛，平静而诚恳地道："你应该研究过魏知，他不是个好人，一向以自己的利益为重而不惧牺牲，也一向不算拘泥死板，你应该明白他这种人在这样的情形下会有的选择，不是吗？"

晋思羽眼神变幻，默然不语。

"我不要做你的小妾，这不可能。"凤知微重重道，"我生来就是为助人得天下的，助你，或天盛，没有区别。安王殿下，我们各退一步，你放开和魏知之间的国家仇恨，纳他为你的左右臂助，他也自会投桃报李，还你这茫茫疆土，承平天下。到时，你便是四海一统的开国之主，天盛、大越、西凉俱在你御座之下，到时什么十万白头崖冤魂，还算什么？"

晋思羽目光闪动。凤知微不再说话，自己抱着茶润嗓子去了。

"我要如何相信你？"半晌晋思羽沉声道。

"我给你长生散的一半解药。"凤知微道，"另一半等你带我回京都，确保无事后我再给你，同样，你给我解去一半双生蛊，不要告诉我解不了，以我对你的了解，你才不会把你的命和我的捆在一起。我只需要你帮我解去毒人之毒，我想你也不希望你将来的谋士，是个谁都不能靠近的毒人吧？"

"你这叫什么条件？"晋思羽气极反笑，"竟然还在要挟我，这就是你的诚意？"

"我还没说完。"凤知微淡淡道，"不给你全部解药，是因为你固然不信我，我又岂敢信你？这本就是必经的过程，但是我可以先向你证明我的诚意，你马上就可以押解我去城楼，我让天盛退兵。"

"我擒下你，照样可以让天盛退兵！"

"你错了，殿下。"凤知微摇头，"你太低估天盛的楚王，他岂是为人所挟之人？"

"听说宁弈对你十分看重。"晋思羽森然地笑了，"本王先前一直在想，混进府里的人，哪个是他呢？"

"混进府里？他？"凤知微愕然转头，看了晋思羽半晌，忍不住扑哧一笑，"我的殿下，你这话说得实在太不像你了。宁弈进府？天盛统帅，当朝亲王，一身系天盛国运的当朝皇子，会为了一个属下，冒险潜入敌国，以千金之躯身入险地？你觉得，可能吗？"

晋思羽也忍不住笑了笑，以他对宁弈的了解，确实觉得，不可能。

但看着那女子雾气蒙蒙的眼睛，他一句话便脱口而出："也许你是个例外。"

"我确实是个例外。"凤知微负手冷笑，"世人都道楚王宁弈和侍郎魏知共御南海事变，是一对知己主臣，然而却很少有人知道，知己是知己，有时候，敌人也是知己。"

"敌人？"

"魏知确实失忆过，想必殿下你也知道。"凤知微淡淡道，"魏知曾在南海回帝京的路上失踪，流落胡伦草原呼卓部，参加了顺义铁骑，才有了后来的白头崖之战。可不知殿下有没有疑惑过，既然楚王和魏知是知心主臣，为什么魏知回来后，率领铁骑转战草原，却从来没有回主营拜见过楚王，甚至连封赏的圣旨都没去接过？"

　　晋思羽怔了一怔，这事他也听说过，确实疑惑过，为什么看起来这位魏大人似乎在避着楚王宁弈，此时被提醒，想了一想，恍然道："难道你当初失踪，和楚王有关？"

　　"然也！"凤知微双掌一合，"既然要和王爷合作，说给你听也无妨，当初南海船舶事务司是我的提议，事务司本就是为了平衡南海官场、剿灭南海海寇所设，可南海海寇一旦灭尽，闽南和南海将军的权柄必将大为削减。楚王当时费尽心思才插手进军方，好不容易安排了一个闽南将军，指望着从此以此入手，好好营建军方势力，却被我这么一打岔，如意算盘几乎落空，等于要从头再来。你说，他怎么可能不恨我？而我在这样的主子手下，又怎么能安心地活？"

　　晋思羽沉吟着，将脑海中自己以往得来的天盛朝廷的政事资料和凤知微所说的相互印证，不得不承认她说的毫无疑点，很有道理，这要换成他自己，也要恨上那半路搅局的人。

　　对于不涉兵权的皇子来说，没有什么比掌握军权更重要的了。他自己何尝不是费尽九牛二虎之力才做了这个主帅，自然能明白她的意思。

　　心中疑念虽打消了些，面上却丝毫不露，他只冷笑道："便是宁弈不会为你退兵又如何？难道我自己打不退他？他来得正好，敢于深入大越国境动我浦城，我要他来得去不得！"

　　"殿下真要现在打，我也没办法。"凤知微手一摊，笑吟吟道，"可惜今日天盛已经成功伏击大营，再加上浦城之乱，殿下已经算是小败。而宁弈既然敢来，也绝不仅仅是用来伏击的那一处兵马，在边境之上，定有大军等候，如此，便成互相纠缠包围之势，势必一场大战才能解决，可是现在，适合大战吗？"

　　晋思羽沉默了。

　　"越军刚败，兵员补充还没到位，要等年后才能完全补上，眼下又正值喜庆年节，别人都在报喜讨彩头，你这边却打乱兵部明春的作战计划妄动干戈。一旦开战，还在浦城的监军必然上报朝廷，必定提起被伏击之败和浦城之乱，而这传到陛下耳朵里，你便又败了一场。再被你那些在京兄弟嚼嚼舌根……"凤知微语重心长，"便是你后来胜了，也不算胜。"

　　晋思羽干脆不说话了。

　　"于今之计，是速速令天盛退兵，然后整顿浦城，安抚监军，将事态控制在最小的范围内。"凤知微道，"那么一场大战便变成短兵相接，宁弈兵临城下便变成无功而返、铩羽而归，而殿下，时当年节却依旧不曾放松警惕，大军整肃如臂使指，虽敌军年夜偷袭而未有大损，这样报上去还可以赢个嘉奖。"凤知微笑吟吟道，"再加上收服天盛名臣魏知之功……皆大欢喜，欢喜过年。"

晋思羽抬起眼帘，瞟她一眼，终于露出了今夜的第一个笑容，"现在要说你不是魏知，我都不肯信了。"

凤知微轻轻一笑，从怀中取出一个小包，放在晋思羽面前，"谨以长生散一半解药，求幸于安王殿下门下。"

晋思羽看着那纸包，不动手，凤知微打开纸包，剥下一点，吃给他看。

晋思羽唤进一个人来，将那药又剥下一点给他吃了，半晌看无事，才安心服下，过了一阵子，青白发紫的脸色才略好些，于是也掏出一个瓶子，道："蛊没什么解一半不解一半的说法，这是控制蛊毒的药，可将你外放的毒转化到内腑。以后每年你都必须在这个时辰服下解药，否则性命难保。"

"说起来还是我亏了，我得终生为殿下所控。"凤知微笑笑，倒出瓶子里的药丸吃了。

"你真要忠心，不再玩花招，我不会亏待你。"晋思羽看她吃了药，露出一丝安心的神色。

"殿下。"凤知微出了一会儿神，道，"门外的那个人，拼死来救我，虽说从此和我分道扬镳，但我也不愿见他尸横就地，请看在以后咱们将一世主臣的分儿上，放了他。"

"放了他？以后还这般手段百出地来救你，到时怎么说？"

"我即将为天盛的叛将。"凤知微苦笑，"他们怎么还会拼死来救我？"

晋思羽沉默了一下，扬声对外唤道："长乐。"

亲卫首领应声来到门前。晋思羽取过信笺，随手写了几个字封起，递给他，道："我这里有给近卫营李将军的一封信，你让门外那个兵先出城带给李将军，而这位魏队长，我还有事和'他'谈。"

亲卫首领应了，将信交给宗宸。宗宸接了信莫名其妙，凤知微自从进去后，屋子里就全无动静，不知道里面到底在干什么。他心中焦灼，却不敢先发作打草惊蛇，此时这信又是什么意思？要是凤知微被拿了，断不可能放他走，但就算凤知微装的信使骗过了晋思羽，也不可能只让他走，到底怎么回事？

他断不肯这样拿了信便走，犹豫一下便想冒险相唤。忽然窗帘一掀，凤知微的笑脸现出，她很平静地道："王兄弟，你先走，王爷还有些事要垂询于我，放心，晚上等我回大营吃饭。"

说着，眼风瞟了瞟。

宗宸见她安好，倒放了点心，犹豫了一下，还是退了出去。

这边凤知微一直看见他走远，才放下帘子，又等了一会儿，笑道："殿下便请缚魏知上城吧。"

说着，她重新绾了头发，就着书房水盆的清水，简单地找出易容用具画了画，见七分是魏知的模样，有点遗憾地道："当初魏知的那个面具遗失了，以后就用这张脸吧。"

晋思羽望着改扮成魏知的她，眼神颇有些复杂，半晌，命侍卫抬来一顶宽轿，将凤知微的手腕用牛筋绳缚了，笑道："委屈魏大人一二。"

"不委屈，不委屈。"凤知微毫不挣扎。

两人坐进宽轿，带着府兵亲卫，一路浩浩荡荡向城门口进发，还没到城门便接二连三地得报。姚扬宇的铁骑在河边伏击了大越援军后，并没有回攻大越大营，而是直扑浦城城门口，和近卫营战在一起。城门一度为人打开，却被近卫营背城死死护住，现在城门前，两军打得不可开交。

晋思羽听了，不过冷笑一声，带了人继续上城头。凤知微眼角一瞥，原先还很担心顾南衣还在城门上，如今却只见城门领尸横就地，而城下近卫营中，一道黄影窜来窜去，正杀得起劲。

远远地，看见宗宸也出了城，他接到了她的暗示，将顾南衣给哄了下去，去冲刺近卫营，接应姚扬宇的队伍。

凤知微不得不感叹一下，顾少爷现在真的很好说话呀很好说话。

此时，晋思羽将她往城楼大旗下一推，大越这边的人还没觉得什么，天盛那边已经开始骚动惊呼。

天盛"宁"字大旗下，有人抬头遥遥看来。

是宁弈。

最早出城的宁弈，被姚扬宇的铁骑接着，反攻浦城来了。

此时已将黎明，这是天盛长熙十八年的第一天，日光尚未升起，城外茫茫一片的雪色背景里，黑底金字的大旗招摇铺展。旗下那人，眸色和发色比旗色更黑，唇色却潋滟如春水，深黑色大氅迎风飞舞，淡金色曼陀罗花因此分外妖艳葳蕤。

他抬头看向城楼上。

黄底红字的"晋"字大旗下，她一身熟悉的男儿装扮，长发随随便便绾起，脸容有些清瘦，眼眸却水光盈盈，发上青色的系带和乌发一起，也在风中柔曼招展。

这是时隔一年之后，两人真正以宁弈和魏知的身份相见。

不是擦肩而过的主营之遇，不是浦园暗室的惊心之吻，不是除夕之夜的火树银花里，十丈外的小厮和暖棚内的芍药。

是此刻城上城下，相隔万军。

人海熙攘，相望而不相近。

宁弈一直仰着头，极其仔细地看着她，其实昨夜才远远见过，然而不知怎的，他就是不愿承认之前那个在别人怀里的女子是她，那只是披着凤知微外衣的一个假人，只有此刻的魏知，才是真的。

他微微拧着眉头，刚才遇见宗宸，已经知道了双生蛊的事，如今看见她站在晋思羽身侧，又是当初魏知那种淡而雍容的样子，心底隐隐生出不好的预感。

凤知微居高临下，眼神在掠过一圈之后，终于转到了"宁"字大旗下。

目光相碰，各有各的深沉如海，各有各的凝定似渊，彼此都在对方的眼神里看见了星火缭绕，彼此都将那缭绕的星火，放逐在心中的荒芜里。

目光一碰，便立即转开。

"看来魏将军你在天盛很有人望。"晋思羽似笑非笑。

"过奖，过奖！"凤知微肃然道，"在其位谋其政，在下一向是个恪尽职守的好属下。"

"魏将军——"

一声凄越长唤，惊破长空，惊得两军齐齐罢手，只见一骑长驰而来，悍然穿越纠缠在一起的黑甲和金甲士兵，手中长枪和胯下马蹄同时激扬起带着血色和泥泞的飞雪，"将军——"

马上的人驰到近前，被近卫营阻住。他那些拼命拍马跟随而来的护卫急忙上前迎战，他却不管不顾，自马上飞身而下，一个扑跪，在泥泞的雪地上滑出好远，头重重地磕在地面上，"将军！"

三声连唤，悲愤惭悔，再抬头时已泪流满面。

天盛军一阵唏嘘，很多士兵悄然落泪。

近卫营愕然停手，不知道究竟发生了什么。

凤知微立于旗下，看着满脸泥泞混着泪水的姚扬宇，一瞬间，素来淡定的眼神，都如风过碧湖，动荡起无声的涟漪。

然而她随即就平静了下来。

晋思羽沉默着，看着那哭得孩子似的年轻的天盛将军，眼神里有淡淡的震撼——一介女子，能令这样的男儿折服如此，该是何等的独步天下？

他缓缓举起手，手中抓着缚住凤知微的绳索，又将一把刀，横架在她的颈上。

天盛大军哗然，无数人开始张口大骂，宁弈也面色一变。姚扬宇霍然从地上爬起来，跳上马就冲着近卫营矛尖对外的铁墙狠狠撞去，后被手下的护卫死命拉住。

　　一直在人群中穿梭杀人的顾南衣呆呆停手，有着高绝武功却险些被一个小兵给刺着。宗宸过来将他拉开，顾南衣却抬脚就向城楼上跨，门楼上立即射下无数的箭来。

　　"你为什么要我先出城？"顾南衣霍然扭头，怒视宗宸。

　　宗宸又呆了呆，顾南衣竟然会质问人了？还质问出这么一句有条理的，他一时倒忘记了反应，想好要说的话都忘记说了。

　　先前出城正遇上城门缠战，后被宁弈以一队骑兵接到军中的赫连铮，提刀策马奔上前，大骂："他妈的，为什么她没有出来？为什么？"

　　"这位是谁不用我介绍了吧？"晋思羽受伤未愈，精神不济，不管底下骂声汹涌，长话短说，"这是白头崖下孤身奋战，以一己之力缔白头山大胜的你们的魏将军，是我们大越恨不得食其肉寝其皮的元凶巨擘，却也是你们天盛在这次战事中最大的功臣。她现在在我身边，你们只要再向前一步，我便把她推下去，你们向后退，我便礼送她出城。"

　　天盛军一阵鼓噪。大旗下，宁弈默然不语。晋思羽等人群安静下来，又冷笑道："我听说天盛多热血男儿，我还听说这队骑兵就是当初魏大人曾经亲领过的那一支。怎么，你们很想看见为你们受尽苦难的魏将军，脑浆崩裂，死在你们脚下？"

　　"退——退——"姚扬宇挥舞着长枪，一路疾驰长喝，"退——"再次被亲卫冒死扑上马堵住了嘴。

　　此时两军都沉默下来，看着大旗下的宁弈，退或不退，说到底只有他说了才算。

　　宁弈微微抿着唇，神情平静，看不出喜怒。姚扬宇飞奔到他马前，扑通一声跪下去，"殿下，殿下，退兵吧，您不就是为了……"

　　"拖下去！胡言乱语，扰乱军心！回营后自去领六十军杖！"宁弈看也不看他，冷声一喝，便立即有人上前将挣扎的姚扬宇拖了下去。

　　"殿下，您可以杀了我，您不能不救魏将军！"姚扬宇一边被拖走一边挣扎着大喊，声音凄厉，四面军士都有动容之色。

　　城头上，晋思羽和凤知微都不动声色地看着，随即晋思羽轻轻一笑，"感动否？"

　　凤知微叹了口气。

　　"不过我看，他不退也得退了。"晋思羽轻轻一笑，"否则必被冠上凉薄主帅之名，以后再想掌兵也难。"

　　"我军此来，本就为迎回魏将军。"默然良久之后，城下的宁弈终于开口，"但望安王殿下，信守诺言。"

　　"大丈夫一言九鼎。"晋思羽露出一抹微笑，"这是两军阵前应的誓，数万儿郎都听着，你我皆为一国亲王，怎能儿戏？请楚王殿下传令后军，向后开拔，我军定然不会再妄动干戈。大家明春再好好战一场便是。"

"魏将军呢？"宁弈问。

"魏将军，只要他愿意，自然和你走。本王言出必行。"晋思羽一笑。

宁弈盯着他，缓缓竖起手掌。

传令兵一路变幻旗号，疾驰过去。

后军变前军，队形整肃，缓缓后撤。宁弈不用担心有大越大营围困，腹背受敌——他早已调动天盛的主营大军，守在渭水河侧，做出要渡河攻打的样子，而大越大营已经遭受过一次伏击，此时必不敢再轻举妄动。

晋思羽这边的近卫营收束阵形，严守城门之前。

大军已动，大旗下的宁弈等人却没走，都在仰头望着凤知微。

凤知微却突然叹了口气。

她的后心，不知何时，顶上了一样森凉尖锐的东西。

"我没有不相信你，但是我需要最后一个让我安心的证明。"晋思羽亲切地在她耳边低下头，轻轻道，"你说你和楚王殿下不共戴天，你马上也要投奔我国，不如便将宁弈的头颅作为你弃暗投明的投名状，如何？"

"这么远，我射不死他。"凤知微叹息。

"无妨，射射看。"晋思羽很有耐心。

他微笑着，取过短剑划断凤知微手上的绳索，一边探身对城门下道："马上礼送魏将军出城。"一边将一柄长弓，塞在了凤知微手中。

凤知微的身前，是高达她胸前的堞垛，左右两侧都有人，身后，则是一柄雪亮的长刀。

她被死死困在当中，被逼着用一支箭向多疑的晋思羽做最后的表态。

晋思羽在微笑。

这一箭，射中射不中，并不重要，射中自然最好，主帅被杀，天盛必然大乱，自己便可以稳操胜券，而不中，魏知于万军之前射出这一箭，也必永远回不去天盛，一样可令失望震惊的天盛军心大乱，从而扭转战局。

置之死地而后生，而已。

凤知微只沉默了一瞬，身后长刀便入肉一分。

她抿着唇，手指一动，缓缓取过了弓。

晋思羽目光闪动，忍不住一笑。

　　凤知微也无奈一笑，低头对城下望去。

　　中军如岩石，岿然不动，拥护着猎猎飘扬的主帅大旗。远处晨曦已露，万丈金光利剑般劈裂深灰色的阴霾，穿越茫茫雪野直达眼前。被雪光反射得近乎耀目的金光里，那男子衣袍飞舞，将她默默凝望。

　　眼神相遇，看见这座森然的城。

　　她对他一笑，然后，拉弓，搭箭，弓成满月。

　　森黑的箭尖如阴冷而充满仇恨的眼，沉默坚定地，向着他。

　　底下连哗然都没有，所有看见这一幕的人，都震惊得失去声音。

　　宁弈直直地昂着头，看着城头之上那乌发飘扬的女子，看她神情平静，看她眉宇冷凝，看她拉弓的手稳定如石，看她对准他的方向不差一毫。

　　没有敷衍，没有作假，没有犹豫，她拉弓引箭，对着他。

　　刹那间，长熙十六年的飞雪重来，旋转呼啸着冲入他的五脏六腑，化为相遇两年间无数的过往碎片，冰凉地塞进心底，随即有什么东西被击打得碎裂生痛，吱吱嘎嘎有如深雪被践踏。

　　反应灵敏的护卫冲了上来，举起盾牌，他却白着脸，重重挥臂挥开。

　　我曾说过，我在这里，等你横刀于路，予我一击。

　　如今，那年帝京之后的第一次正式相见，你城头挽弓，冷箭相对，是终于要来和我算这笔旧账了吗？

　　但见我，便杀我。

　　好，很好。

　　万军震讶，唯有他不动，不让，不护，不挡，仰头看她。

　　万军震讶，唯有她不变颜色，只含着一抹平静的笑意，引弓。

　　弓弦微响，长箭将出，晋思羽微露笑意。

　　便在这一瞬间。

　　惊变乍起！

　　她的手臂突然一沉，重弓磕在身前的堞垛上。堞垛瞬间粉碎，化为一阵红雾散开，而她支在堞垛上的身子因此失去凭依，霍然自城头坠落！

　　一线流星，飞坠于万军之前，万丈雪野之上。

　　远方的地平线上，深红色朝阳猛然一蹿，跃起。

顾少爷二三事·情书事件

凤知微以魏知的身份在草原训练顺义铁骑期间，每天收到很多情书和荷包腰带，足可以开一间铺子。

凤知微转手就把这些东西扔给牡丹太后，牡丹太后欣然全收，没事拿来打赏女奴也好呀。

因为知晓时常养在牡丹太后这里，顾少爷有时也会来转转，有一次进门，就看见太后眉开眼笑地给顾知晓读故事听。少爷看女儿听得专注，也坐下来听。

你是草原上的雄鹰，我是你心口那一簇细羽……

"我呸，人不做，做鸟毛？"牡丹太后说。

来我宽广的怀里，像大海足可容纳阳光……

"姑娘，吹吧！你有这么大的胸吗？"牡丹太后说。

我甘心做一只羊，任你烧烤，永远睡在你的胃里……

"然后化成便便，扑哧。"牡丹太后说。

……

顾少爷默默将女儿拎出了房间。

"我说，"牡丹花将情书抖得哗哗响，恨铁不成钢地道，"情书不是这么写的，忒没创意，想当初俺熟读情书大全，什么样的情书没见识过……"

"怎么写？"

牡丹太后消音一分钟。

随机她缓缓转头，看着声音的来处——顾少爷。

"你……嘎……"牡丹太后的神情，像看见一头牛在天上飞。

写情书？顾少爷？

哦，胡伦草原明年夏天一定会下雪。

"你说，我写。"行动力很强的顾少爷，已经摊开纸笔。

牡丹太后满脸都是可以卖弄才学的兴致勃勃。

"达令……

"你是我喝水的碗——吻你，是我睡觉的毡——爱（挨）你，我思念你像天上的月亮思念日光瘦成半弯，你是我的心你是我的肝你是我生命的四分之三……"

当夜，帐篷灯火三更后才熄。

三更后太后将顾少爷送出门，情书搁在她案上——她好说歹说才劝得顾少爷相信，直接递情书是不礼貌的，最终把情书交由她转递——主要她想确认那句达令后跟着的名字是谁。

太后送走顾少爷，突然有点闹肚子，于是蹲坑去了。

赫连大王处理完公务回来，经过老娘屋子看察木图，察木图正在哭闹，大王解开尿布一看，拉稀了。

大王顺手从案上扯过一张纸，给弟弟擦屁股。

……

据说牡丹太后有阵子都躲着顾少爷走。

据说赫连大王有阵子心情特别好。

据说顾少爷从此以后最恨看见情书……